교주 완월회맹연 4

교주

완월회맹연 4

玩月會盟宴

완월회맹연 번역연구모임

ⓗ

《완월회맹연》 교주본과 현대역본을 내면서

조선시대 최장편 국문소설 《완월회맹연》

완월회맹연(玩月會盟宴, 달구경을 하면서 굳은 약속을 하는 모임 혹은 잔치). 이는 18세기 조선의 장편소설 제목이다. 달밤의 약속이라니, 낭만적이다. 무슨 이야기일까? 《완월회맹연》은 고전문학 연구자들에게는 익숙한 작품일 터인데, 일반 독서 대중들에게는 낯선 소설일 수도 있겠다. 《완월회맹연》의 교주본과 현대역본 출판을 앞두고 쓰는 서문은 각별하다. 궁금한 작품이었고 또 널리 알리고 싶은 작품이었지만 너무나도 방대한 분량에 압도되어 오늘날의 독서물로 번역할 엄두를 내기 어려운 작품이었기 때문이다. 번역을 하기 위해서는 원문 교주본이 필요하다. 제대로 된 번역을 하기 위해서는 원문에 대한 정확한 이해가 확보되어야 하는데, 이 긴 분량을 교감 작업을 하면서 주석하는 일 역시 엄두가 나지 않기는 마찬가지였다. 그런데 지금 그 1차 교주본과 현대역본의 출간을 앞두고 서문을 쓰고 있다. 1976년 창덕궁 낙선재에서 《완월회맹연》이 발견된 이후 첫 번째 교주 및 현대역 작업의 결과물이 이제 첫선을 보이는 것이다.

창덕궁 안에 있는 낙선재에 소장되어 있었던 장서각본《완월회맹연》의 독자는 비빈과 상궁, 궁녀 등 궁중에 거처하는 여성들이었을 것이다. 조선시대에는 소설을 읽기도 했지만 남이 읽어주는 것을 듣는 방식으로 즐기기도 했다. 그렇기 때문에 '독자'라는 단어를 사용하기가 조심스러운 부분이 있는데, 180권이나 되는 작품을 듣는 방식으로 즐긴다는 것은 엄두가 나지 않을 것으로 보이기에 이 같은 국문장편소설의 경우는 독자라는 단어가 적합할 것으로 보인다.

이 최장편 국문장편소설의 작가는 안겸제의 어머니로 알려진 여성이다. 이를 뒷받침하는 것은 조재삼(1808-1866)이 쓴《송남잡지(松南雜識)》의 기록이다.

> 또 완월은 안겸제의 어머니가 지은 바로, 궁궐에 흘려 들여보내 이름과 명예를 넓히고자 했다(又玩月 安兼濟母所著 欲流入宮禁 廣聲譽也).

안겸제의 어머니가《완월》을 지었는데, 궁중에 들여보내 자기 이름이 알려지고 명예가 더해지기를 바라서 이 소설을 지었다는 내용이다. 조선시대 소설은 작가가 밝혀진 경우가 드문데, 이 장편 거질은 작가가 거론되고 창작 이유까지 언급되어 있다. 더구나 작가가 여성이라니 더더욱 눈길이 가지 않을 수 없다.《완월》은《완월회맹연》을 가리키는 것으로 보인다. 조재삼의 기록은 신뢰할 만한 근거가 있다. 조재삼 집안과 안겸제의 모친 전주 이씨는 외가이자 사돈지간으로, 조재삼의 외고조부가 안겸제 모친과 재종지간이며 조재삼의 큰며느리도 전주 이씨이다. 이런 경로로 조재삼은 집안끼리의 왕래를 통해 안겸제 모친에 대한 소식을 들었을 수 있다. 안겸제의 모친 전주 이씨는 1694년에 아버지 이언경과 어머니 정부인 안동 권씨 사이에서 태어나 20세 무렵 안개(1693-1769)와 혼인했으며, 안겸제는 그녀의 셋째 아들이다. 지금도 파주에 가면 전주 이씨가 남편인 안개와 함께 묻힌 묘소가 있다. 무덤 앞의 비석에 새겨진 비문을 보면 전주 이씨는 부덕을 갖췄으며 여사(女史)의 풍모가 있는 여성이었음을 알 수 있다. 이런 자질은《완월회맹연》의 작가로서 잘 어울리는 요소이다. 그뿐만 아니라 안겸제 모친 전주 이씨의 친정 가문 여성들에게 소설을 즐기는 문화가 있었다는 연구 결과도 보고되어 있다. 다만 소설 분량이 너무 방대하고 후반부에 약간 결이 다른 서술들이 발견된다는 점을 염두에 두고 볼 때《완월회맹연》을 지은 작가가 전주 이씨 한 명만이 아닐 가능성은 있다. 중국의 장편소설인 탄사소설《재생연(再生緣)》도 공동 창작 작품으로, 원래 작가였던 진단생이 마무리를 못 하고 죽자 후에 양덕승이라는 여성이 그 뒤를 채워 결말을 맺었다.

《완월회맹연》은 180권으로 이루어진, 단일 작품으로는 가장 긴 서사 분량을 지닌 한글소설이다. 지금 우리가 보기에 180권이나 되는 소설 작품은 돌출적인 작품인 것처럼 보일 수도 있다. 그러나 17세기 중후반부터 조선에서는 이 같은 길이의 국문장편소설을 창작하고 즐기는 여가 문화가 펼쳐졌을 것으로 보인다. 17세기 작품인《소현성록》연작이 그 효시가 되는 작품이며, 소위 삼대록계 국문장편소설로 불리는 다수의 작품이 있고, 이 같은 장편대하소설들은 18, 19세기까지 지속적으로 창작되고 독자들을 확보했다. 세책가라고 불리는 책 대여점에서도 국문장편소설은 중요한 비중을 차지했다. 이런 소설들은 가문소설이라고 불리기도 하는데, 그 까닭은 이런 소설에서는 대개 두세 가문이 등장하여 혼인 관계로 사건이 얽히고 삼대에 걸쳐 가문의 흥망성쇠를 보여주는 서사가 펼쳐지기 때문이다.

'완월회맹연'이라는 제목처럼 이 작품은 아름다운 달밤에 자식들의 혼인 약속을 정하는 것이 서사의 근간을 이룬다. 그 이야기의 세계는 우아하고 유장하고 섬세하고 구체적이며 때로는 격렬하며 역동적이고 선악의 길항이나 인간 내면의 여러 겹 층위를 다양하게 드러내어 보여주고 있다.《완월회맹연》서사 세계의 정교함과 풍부함 그리고 문제적 징후를 포착해 내는 시선은 중국의《홍루몽》에 비견할 만하다. 또《완월회맹연》서사의 방대함이란 여느 연의소설에 견주어도 못지않은 장강 같은 흐름을 보여준다. 이 작품에는 조선시대의 상층 문화가 상세하게 재현되어 있다. 배경은 중국이지만 이 작품이 다루고 있는 내용은 조선시대 상층 양반들의 이야기이자 그들의 생활문화이다. 180권에 달하는 서사 분량 속에 당대 문화의 규범과 일상의 디테일들이 풍부하고도 섬세하게 담겨 있는 것이다. 그러나 그렇다고 하여 이 작품이 상층의 인물만을 재현하는 것은 아니다.《완월회맹연》은 하층 인물들 또한 구체적으로 실감나게 재현하고 있으며 하층 인물의 경우에도 인물마다 이야기를 만들어주고 있다. 이 교주와 번역 작업을 통해《완월회맹연》의 서사 세계와 그 가치가 드러날 수 있기를 기대한다.

《완월회맹연》 교주 및 현대역 작업 과정

《완월회맹연》 교주 및 번역 작업은 이화여자대학교 고전소설 전공자들이 진행하고 있다. 박사 논문을 쓴 선배부터 석사과정 학생에 이르기까지 이화여대에서 고전소설을 전공하는 이들이 모여 매주 열너덧 명의 인원이 강독 스터디에 참여하고 있으며, 그중 국문장편소설을 번역할 역량을 갖춘 구성원들이 주축이 되어 교주 및 번역 작업을 담당하고 있다. 《완월회맹연》 강독은 2016년 무렵부터 시작하여 그 이후 매주 토요일에 각자 입력하고 주석한 원문과 번역문을 가지고 와서 안 풀리는 부분을 함께 풀어가고 있다. 이 모임에는 이미 삼대록계 국문장편소설을 번역·출판한 경험을 비롯하여 다수의 한문소설을 번역한 경험을 지닌 연구자들 여럿이 함께하고 있는데, 《완월회맹연》 번역은 기존에 했던 어떤 국문장편소설들보다도 난도가 높은 것으로 보인다. 방학 동안에는 조금 더 집중적으로 작업을 해왔으며 코로나 이후로는 토요일마다 계속 줌(zoom)을 통해 같은 작업을 이어가고 있다. 혼자서는 도저히 안 풀리던 구절이 여럿이 함께 의논하면 신기하게도 풀리곤 하는 경험을 반복하고 있다. 여럿의 입이 난공불락의 글자들을 녹여 뜻을 드러내는 듯하다. 이렇듯 노력을 기울이고 있지만 그 과정에서 툭툭 오류들이 발견되고 수정될 때마다 아차 싶고 교차 검토에서도 오류가 바로잡히는 것을 보게 된다. 첫 번 시도하는 《완월회맹연》 교주 및 번역 작업에 만전을 기하고자 노력하지만 여전히 발견하지 못한 부분들이 남아 있을 수도 있다. 이어지는 또 다른 작업에서 오류가 시정되기를 바라면서 《완월회맹연》의 첫 번 교주본과 현대역본을 세상에 내보낸다.

《완월회맹연》은 180권으로 이루어진, 단일 작품으로는 가장 긴 서사 분량을 지닌 한글소설이다. 이 작품은 현재 두 개의 완질본이 있는데, 하나는 한국학중앙연구원 장서각본(180권 180책)이고 다른 하나는 서울대학교 규장각본(180권 93책)이다. 장서각본은 원래 창덕궁 낙선재에 소장되어 있었다. 이 두 이본은 책수가 다르고 필사 과정에서 약간의 차이를 보이는 부분들이 있으나 전체적인 내용과 분량은 서로 유사하다. 이 두 이본 중에는 장서각본이 전체적으로 더 보관 상태가 깨끗하며, 상대적으로 구개음화나 단모음화가 일어나지 않은 표기가 빈번하므로 필사 시기도 앞설 가능성이 높을 것으로 논의되고 있다. 그러므로《완월회맹연》의 교주 작업 역시 장서각본을 대상으로 했으며, 규장각본으로 교감 작업을 병행하여 장서각본의 원문이 불확실한 부분을 보완했다. 이 작업을 마친 후에는 본격적으로 규장각본을 함께 검토하고 교열하면서 교주 및 번역 작업을 해오고 있다.

《완월회맹연》은 한글소설이지만 한자 어휘 및 용사나 전고 등의 한문 교양이 대거 사용되고 있다. 교주본 작업을 하면서 각주를 통해 용사나 전고 등의 전거를 최대한 정확하게 밝히고자 했다. 미진한 경우에는 맥락에 따라 추정을 하고 그 추정 근거를 밝히는 방식으로 작업했다. 각자 교열 및 주석 작업을 한 후에는 수차례에 걸쳐 서로의 교주본 파일을 교차 검토하면서 교주본의 완성도를 높이기 위해 노력했으며 오류가 발견되는 경우 강독 모임을 통해 그 경우의 수들을 공유하면서 각자 수정을 하여 교주 및 번역의 일관성을 유지할 수 있도록 했다.

국문장편소설에는 길이가 긴 문장들이 자주 보이는데《완월회맹연》도 한 문장의 길이가 매우 긴 경우들이 빈번하게 등장하며 그 안에서 초점화자가 바뀌는 경우들이 있기에 주술 관계나 수식 관계를 파악할 때 각별한 주의를 기울였다. 긴 문장 속에서 자칫하면 서술어의 주체를 놓치기 쉽고, 경우에 따라서는 인물들의 호칭도 헷갈릴 수 있기에

조심스럽다. 남성 인물들은 대개 성씨에 관직명을 더해 부르는데 두세 가문의 인물들이 주로 나오므로 같은 성씨가 반복되는 데다가 여러 인물들이 같은 벼슬을 할 수도 있고 같은 인물이라 해도 승진이나 부서 이동에 따른 호칭 변동이 있을 수 있다. 여성 인물의 경우에도 용례는 다르나 비슷한 어려움에 처할 경우가 생긴다. 친정의 맥락에서는 남편 성씨에 따라 부르기도 하기 때문이다. 예를 들어 서씨 성을 가진 여성이 정씨 집안으로 시집을 가면 시집 맥락에서는 계속 서부인으로 불리다가 친정의 맥락에서는 정부인으로 불리는 식이다. 더군다나 친족 관계 호칭도 상황에 따라 변할 수 있기에 인물들 간의 관계를 잘 따져가면서 확인할 필요도 있다.

《완월회맹연》 번역은 특히 이런저런 신경을 늘 쓰고 있어야 맥락이 풀리는 경우가 많다. 매주 하는 강독 모임에서 발견하는 즐거움이 있다면 그것은 이런 문제 해결에서 온다. 혼자서는 맥락이 잘 안 잡히던 부분이 여럿의 공동 고민을 경유하면 툭 하고 풀리는 시원함을 경험한다. 이러니 힘들지만 우리는 서로에게 책임을 느끼며 모이는 데 열심을 낼 수밖에 없다. 《완월회맹연》 교주와 번역은 이화여대 《완월회맹연》 번역팀의 열너덧 명이 한마음으로 진행하고 있다. 이렇게 작업할 수 있음에 감사하고 또 묵묵하게 힘든 작업을 해내는 구성원들 모두에게 존경을 보낸다. 보다 구체적인 번역 원칙은 교주본의 일러두기에 적어놓았다. 《완월회맹연》 작품 자체에 대해서는 이 팀의 공동 저서인 《달밤의 약속, 완월회맹연 읽기》에 미룬다.

우리 팀은 우선 교주와 번역을 시작했는데 막상 이런 장편 거질을, 그것도 원문 입력과 주석까지 더한 학술적 성격의 초역을 출판해 줄

출판사를 만나는 것이 또 하나의 숙제였다. 이처럼 방대한 작업의 출판을 기꺼이 결정해 주신 휴머니스트 출판사에 마음 깊은 곳에서 우러나는 감사를 드린다.

이야기는 인류의 유산이자 자산이다. 지금도 새로운 이야기들이 만들어지고 있다. 《완월회맹연》은 18세기 조선에서 만들어진 유례없는 장편소설이다. 이 작품이 지니는 여러 매력적인 지점들과 의미 있는 부분들로 인해 《완월회맹연》에 대해서는 지속적으로 연구들이 쌓이고 있다. 이런 《완월회맹연》의 첫 교주본을 낼 수 있게 되다니 감개가 무량하다. 《완월회맹연》 교주본과 현대역본 출판은 학문적 연구의 활성화는 물론이며 다양한 문화콘텐츠의 원천으로도 충분히 활용 가능할 것이다.

2021년 투명한 가을 공기 속에서

조혜란 씀

일러두기

- 교주본은 장서각본을 중심으로 규장각본을 대교하며, 교감 내용은 각주로 제시함.
- 띄어쓰기가 되어 있지 않은 원문의 가독성을 높이기 위해 현대어 문법에 따라 띄어쓰기를 하고(단, 호칭과 관직은 붙여 씀), 대화문이나 이야기가 전환되는 장면에서는 줄 바꾸기를 함.
- 장서각본의 면수를 표시하고 새로운 면이 시작되는 글자 위에 ● 표시를 하였음.
- 문장부호의 경우 대화는 큰따옴표(" "), 강조는 작은따옴표(' '), 병렬은 가운뎃점(·), 의문형은 물음표(?), 그 외 느낌표, 마침표, 쉼표만 사용함.
- 순한글 고어로 표기되어 있는 원문의 문해성을 높이기 위해 한자어의 경우 한자를 병기함. 원문에 각주 형식으로 전고 및 어휘의 의미를 보충함.
- 동일 한자어의 한자 병기는 원문 1면에 1회를 기준으로 하고, 빈도에 따라 조정함.
- 각주 형식은 '표제어: 기본형 혹은 원형. 의미. 출전' 순으로 제시하고, 표제어는 원문에 병기된 한자를 포함하며, 출전은 필요한 경우에만 제시함.
- 한자와 각주는 고어대사전, 한자어사전, 국어사전, 한국고전번역원DB 등을 참고하여 작성함.
- 원문의 세주는【 】로 표시함.

차례

정잠과 정삼 집안

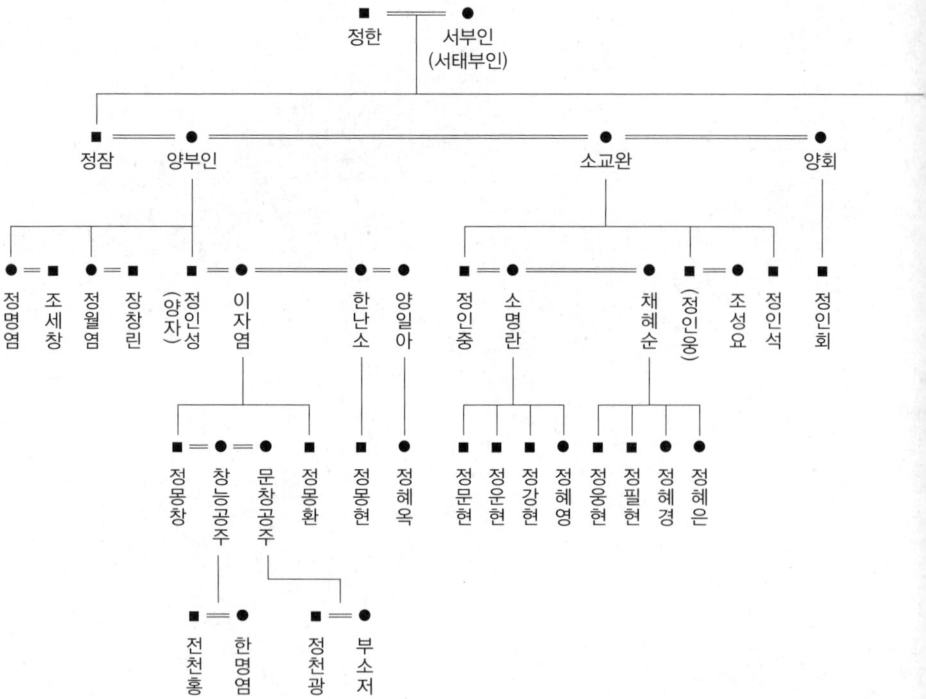

정한
서부인
(서태부인)
정잠
양부인
소교완
양회
정명염
조세창
정월염
장창린
정인성
(양자)
이자염
한난소
양일아
정인중
소명란
채혜순
(정인웅)
조성요
정인석
정인회
정몽창
창능공주
문창공주
정몽환
정몽현
정혜옥
정문현
정운현
정강현
정혜영
정웅현
정필현
정혜경
정혜은
전천홍
한명염
정천광
부소저

인물 관계도

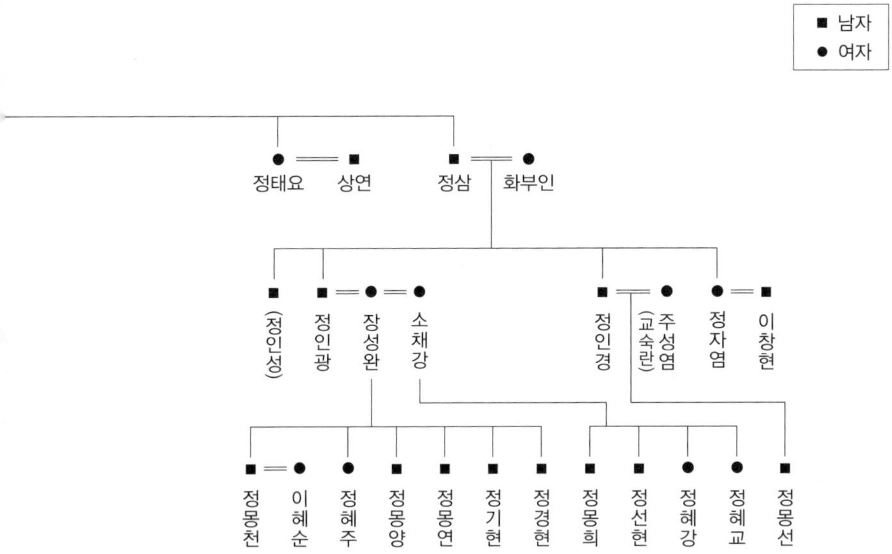

■ 남자
● 여자
정태요
상연
정삼
화부인
(정인성)
정인광
장성완
소채강
정인경
주성염
(교숙란)
정자염
이창현
정몽천
이혜순
정혜주
정몽양
정몽연
정기현
정경현
정몽희
정선현
정혜강
정혜교
정몽선

정흠과 정염 집안

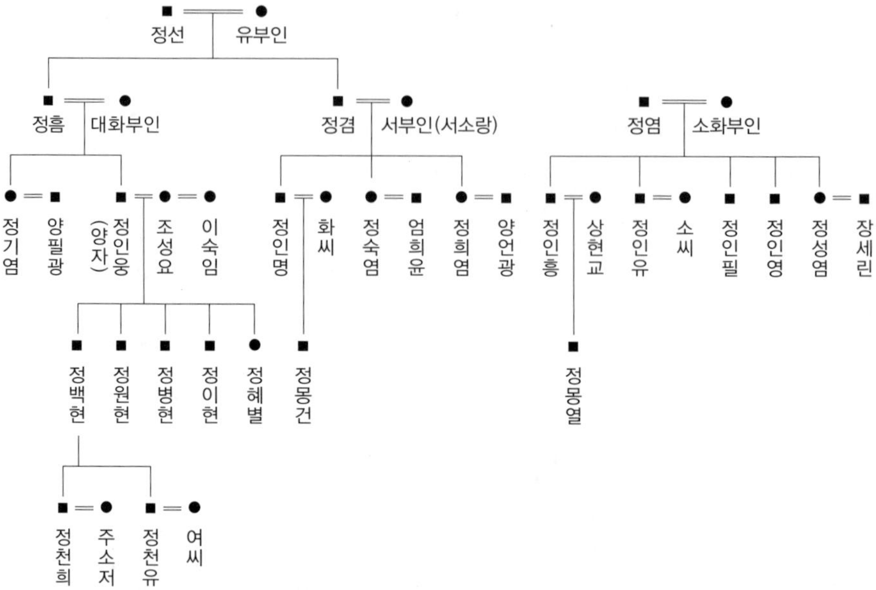

조세창 집안

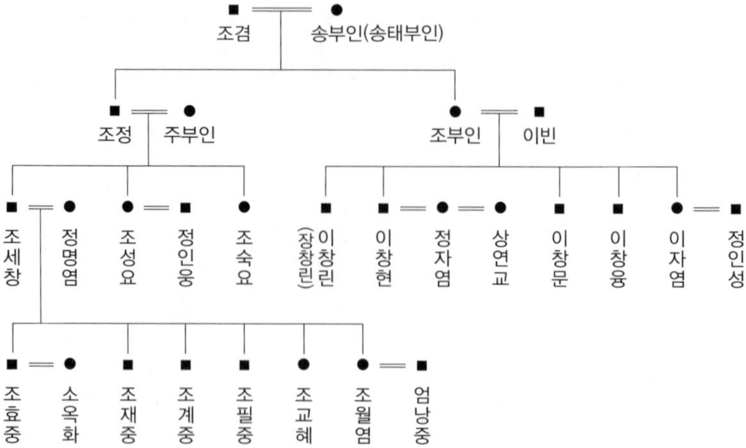

장헌 집안

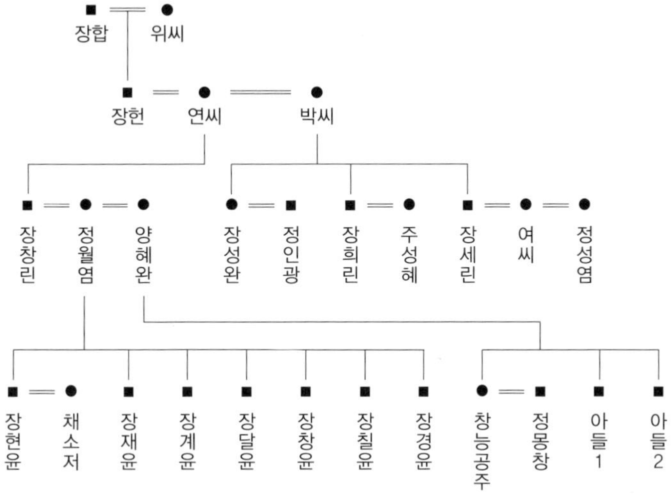
장합
위씨
장헌
연씨
박씨
장창린
정월염
양혜완
장성완
정인광
장희린
주성혜
장세린
여씨
정성염
장현윤
채소저
장재윤
장계윤
장달윤
장창윤
장칠윤
장경윤
창능공주
정몽창
아들 1
아들 2

소교완 집안

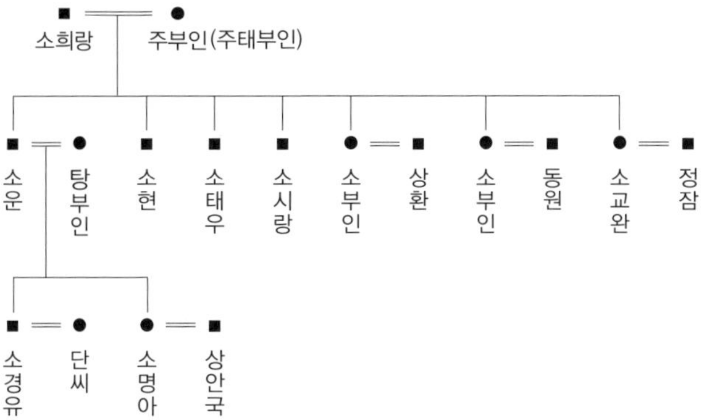
소희랑
주부인(주태부인)
소운
탕부인
소현
소태우
소시랑
소부인
상환
소부인
동원
소교완
정잠
소경유
단씨
소명아
상안국

상연 – 정태요 집안

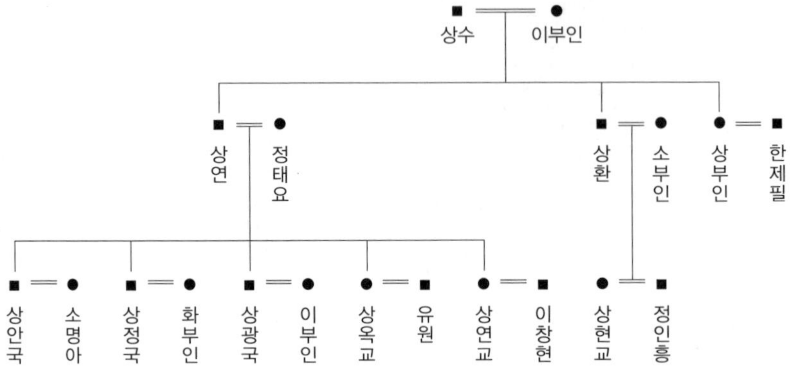

주성염(교숙란) 집안: 정인경 처가

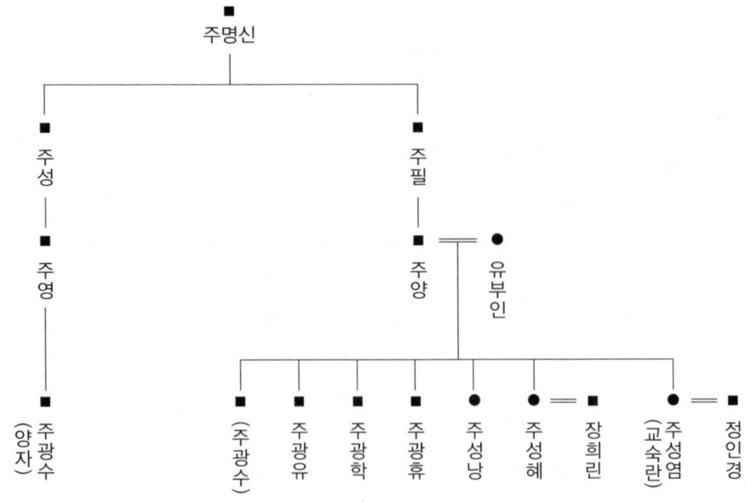

완월회맹연

玩月會盟宴

권지삼십일

卷之三十一

1면 익셜(益說). 니공[1]이 츄연(惆然)이 됴흔 빗치 업셔 탄왈(嘆曰)
"ᄋᆞ뷔(兒婦)[2] 부운(浮雲) ᄀᆞᆺ튼 누얼(陋孼)을 인ᄒᆞ여 깁고 것ᄎᆞᆫ 곳의 죄인으로 ᄌᆞ쳐ᄒᆞ여 오뉵년디ᄂᆡ(五六年之內)의 텬일(天日)을 보미 업ᄉᆞ니 그 형용의 참담홈과 거쳐(居處)의 ᄎᆞ악(嗟愕)ᄒᆞ믈 ᄃᆡ(對)ᄒᆞ미 슬프고 잔잉ᄒᆞ미[3] 골졀(骨節)이 져린디라[4]. 쇼뎨(小弟) 그 ᄇᆡᆨ옥(白玉)이 무하(無瑕)ᄒᆞ믈 소연명각(昭然明覺)ᄒᆞ여 악(惡)을 디은 ᄌᆞ(者) 머디 아니믈 거의 알오ᄃᆡ 쾌히 젹발(摘發)치 못ᄒᆞ니 이 ᄯᅩᄒᆞᆫ ᄋᆞ부를 져ᄇᆞ리미라. 이졔 형이 ᄋᆞ부를 보고ᄌᆞ ᄒᆞ믈 드ᄅᆞ니 쇼뎨 무안ᄒᆞ미 극(極)ᄒᆞᆫ디라. 실노 인도ᄒᆞ여 상견코ᄌᆞ 시브디 아니ᄒᆞ나 신ᄉᆡᆼ쌍ᄋᆞ(新生雙兒)의 긔특ᄒᆞ미 가히 보암 즉ᄒᆞ니 ᄋᆞ부의 ᄋᆡᆨ운(厄運)이 거의 딘(盡)ᄒᆞ고 길셩(吉星)을 만나미 날을 혜여 긔필(期必)홀 ᄃᆞᆺᄒᆞ니 형의 광달(曠達)ᄒᆞ므로 이를 모를 ᄇᆡ 아니라. ᄒᆞᆫ번 드러가 그 일식(一息)이 니어시믈 볼디어다."

2면 셜파(說罷)의 챵닌을 보아 졍공을 인도ᄒᆞ여 드러가라 ᄒᆞ니 이ᄯᅢ 경조(京兆)[5]와 닌흥이 월염쇼져를 보고ᄌᆞ ᄯᅳᆺ이 범연(泛然)ᄒᆞ미 아니로ᄃᆡ 쇼졔(小姐) 표슉(表叔)[6]도 보디 아닛ᄂᆞᆫ다 ᄒᆞ니 일시의 드러가 그 심회(心懷)를 더옥 돕디 못ᄒᆞ여 외당(外堂)의 잇더라. 댱ᄉᆡᆼ(張生)[7]이 참

1 니공: 이공. 이빈.
2 ᄋᆞ뷔(兒婦): 아부. 며느리. 여기서는 정월염.
3 잔잉ᄒᆞ미: 잔잉ᄒᆞ다. 애처롭고 불쌍하여 차마 보기 어렵다.
4 져린디라: 규장각본에는 '져진지라'로 되어 있음.
5 경조(京兆): 경조윤(京兆尹) 벼슬에 있던 정염을 이르는 말.
6 표슉(表叔): 표숙. 외삼촌. 여기서는 정염.
7 댱ᄉᆡᆼ(張生): 장생. 장창린.

경[8] 부ᄌᆞ(父子)를 인도ᄒᆞ여 드러오미 실노 쾌ᄒᆞᆫ 뜻이 업고 깁히 참괴(慙愧)ᄒᆞ미 ᄃᆡ인(對人)ᄒᆞᆯ 낫치 업ᄉᆞ나 굿ᄐᆞ여 ᄉᆞ식(辭色)의 낫토ᄃᆡ[9] 아니ᄒᆞ고 궁벽ᄒᆞᆫ 비실(鄙室)을 ᄎᆞᄌᆞ 니ᄅᆞ러 창외(窓外)의셔 ᄒᆞᆫ 번 기춤ᄒᆞᄆᆡ 츈·경 이파(二婆)와 셤옥이 년망(連忙)이[10] 나오ᄂᆞᆫ디라. 댱싱이 참졍공의 ᄂᆡ림(來臨)ᄒᆞ믈 닐너 비실을 쓸나 ᄒᆞ며 댱원(壯元)[11]으로 ᄒᆞ여곰 빙공(聘公)을 뫼셔 입실ᄒᆞ라 ᄒᆞᄃᆡ ᄌᆞ긔ᄂᆞᆫ 굿ᄐᆞ여 방듕(房中)의 드디 아냐 ᄒᆞᆫ 조각 쳥실(廳室)의 안고ᄌᆞ ᄒᆞᄂᆞᆫ디라. 참졍 부ᄌᆡ 흠긔 들기를 쳥(請)치 아니ᄒᆞ고 날호여[12] 입실ᄒᆞ니 일간(一間) 비실이 황벽누츄(荒僻陋醜)ᄒᆞᆯ ᄲᅮᆫ 아니라 팔쳑댱신(八尺長身)이 용슬(容膝)ᄒᆞᆯ 길히 업거ᄂᆞᆯ 계오 좌(座)를 일우ᄆᆡ 눈을 드러 쇼져를 보니 산후일칠(產後一七)이 넘지 못ᄒᆞ엿ᄂᆞᆫ디라. ᄃᆡ란(芝蘭) ᄀᆞᆺ튼 약딜(弱質)이 옥누고ᄃᆡ(玉樓高臺)의 심ᄉᆞ로 안한(安閑)이 ᄒᆞ며 식보(食補)로 각별이 ᄒᆞ여 됴호(調護)ᄒᆞ여도 오히려 깁디게[13]로 인ᄒᆞ여 미풍(微風)을 근심ᄒᆞ고 금병취막(錦屛翠幕)의 듕듕쳡쳡(重重疊疊)이 ᄒᆞ여도 오히려 쵹풍(觸風)ᄒᆞ미 이실가 아쳐ᄒᆞ미[14] 이실 ᄇᆡ어ᄂᆞᆯ 쇼져의 ᄒᆞᆫ 벌 닙은 의상과 머므ᄂᆞᆫ 바 누실(陋室)은 아마 녕악(獰惡)ᄒᆞᆫ 노예라도 보젼ᄒᆞ여 견ᄃᆡ기 3면

8 참졍: 참정. 정잠.

9 낫토디: 낫토다. 나타내다.

10 년망(連忙)이: 연망이. 급하게, 빠르게.

11 댱원(壯元): 장원. 장원 급제한 사람. 여기서는 정인성.

12 날호여: 천천히, 서서히, 뒤이어.

13 깁디게: 깁지게. 깁은 명주실로 짠 비단의 일종. 지게는 지게문으로, 마루와 방 사이의 문을 가리킴.

14 아쳐ᄒᆞ미: 아쳐ᄒᆞ다. 싫어하다.

어려온디라. 프른 ᄇᆡ치마ᄂᆞᆫ 얇흘 계오 ᄀᆞ리오고 셩긘 깁옷시 ᄉᆞᆯ흘 ᄀᆞᆷ초아실디언졍 ᄂᆞᆰ고 ᄒᆡ여져 셰월이 오라도 가라닙디 아냐시믈 블문가지(不問可知)어ᄂᆞᆯ ᄒᆞᆫ 조각 삿[15]ᄎᆞ로 바닥을 덥헛ᄂᆞᆫᄃᆡ ᄉᆞ벽(四壁)이 황냥(荒涼)ᄒᆞ여 일촌디(一寸紙)ᄅᆞᆯ 바ᄅᆞ미 업ᄉᆞ니 훈풍(薰風)이 동녁흐로셔 니러나ᄂᆞᆫ ᄯᅵ로ᄃᆡ 오히려 한ᄂᆡᆼ(寒冷)ᄒᆞ믈 면(免)치 못ᄒᆞᆯ디라. ᄒᆞᆫ 우음[16] 믈노뼈 슈건치 아닌 용광(容光)이 범인(凡人)으로 니ᄅᆞᆯ딘ᄃᆡ 완연이 봉두귀면(蓬頭鬼面)으로 진ᄋᆡ(塵埃)의 ᄡᅵ이여 추루(醜陋)ᄒᆞᆯ 거시로ᄃᆡ 이ᄂᆞᆫ 도로혀 빈환(鬢鬟)이 스ᄉᆞ로 광윤(光潤)ᄒᆞ여 거믄 구ᄅᆞᆷ
4면 이 ᄆᆡᆺ치이며 옥안(玉顏)이 교결(皎潔)ᄒᆞ여 위혜(魏惠)의 구ᄉᆞᆯ[17]이 보광(寶光)을 먹음고 화시벽(和氏璧)[18]을 진ᄋᆡ(塵埃)의 더짐 ᄀᆞᆺᄐᆞᆫ디라. 텬ᄌᆞ슉딜(天姿淑質)이 탈연비쇽(脫然非俗)ᄒᆞ여 우고(憂苦)와 슈환(愁患) 가온ᄃᆡ나 츈광(春光)이 졍셩(鼎盛)ᄒᆞ니 ᄀᆞ을ᄃᆞᆯ이 쇄락(灑落)ᄒᆞ믈 버셔시며 봄하날이 조홰(造化) 무궁ᄒᆞᆷ ᄀᆞᆺᄐᆞ니 교교아아(皎皎雅雅)히 운우계월(雲雨桂月)의 상뇌(霜露) 나리고 요디농회(瑤池龍會)의 왕뫼(王母)[19] 졍둔(停遁)ᄒᆞᆫ ᄃᆞᆺ 츄쉬(秋水) 징딩(澄澄)ᄒᆞᆫ 졍신과 츄관(秋

15 삿: 갈대를 엮어 만든 자리.

16 우음: 우흠. 움큼.

17 위혜(魏惠)의 구슬: 위(魏)나라 혜왕의 구슬. 위나라 혜왕이 제나라 위왕에게 "위나라는 작지만 수레 12승을 비출 수 있는 구슬이 있다."라고 한 것에서 유래한 말. 《사기》 〈전경중완세가(田敬仲完世家)〉에 나옴.

18 화시벽(和氏璧): 화씨벽. 화씨는 춘추시대 초나라 사람 변화(卞和)로, 변화가 형산에서 발견한 진귀한 옥돌을 왕에게 바쳤는데, 처음에는 진가를 인정받지 못했다가 후에 천하제일의 보배인 화씨벽이 되었다고 함. 《한비자》에 나옴.

19 왕뫼(王母): 왕모. 서왕모(西王母). 중국 신화 중 여선(女仙)의 우두머리로, 자신이 사는 곤륜산의 요지(瑤池)에서 연회를 베풀었다고 함.

官)의 녈녈(烈烈)ᄒᆞᆫ 졀죄(節操) 가문졍녈(家門貞烈)과 셰ᄃᆡ덕ᄒᆡᆼ(世代德行)을 니어시니 고고결결(高高潔潔)ᄒᆞ미 참변디화(慘變之禍)의 능히 보명(保命)ᄒᆞ믈 어더 스ᄉᆞ로 심관활인(心寬活仁)ᄒᆞ여 태운(泰運)의 길셩(吉星)을 기다리고 쇽졀업시 포원요몰(抱冤夭沒)ᄒᆞ미 되디 아니ᄒᆞ니 기량(其量)이 여ᄒᆡ(如海)ᄒᆞ고 기덕(其德)이 윤빈(潤彬)ᄒᆞ여 어질며 ᄇᆞᆰ으미 밧그로 졍화(精華)ᄅᆞᆯ 일워 긔운이 츄양(秋陽) ᄀᆞᆺ고 격죄(格調) 쳥빙(淸氷) ᄀᆞᆺᄐᆞ니 ᄇᆡᆨ 가지 누욕(陋辱)과 쳔 가지 피견(被譴)[20]이 그 신샹(身上)의 다 뭇겨시나 디원극통(至冤極痛)ᄒᆞᆫ 누셜(陋說)의 ᄲᆞ져시믄 ᄇᆞᆰ히 알디라. 뉵쳑셰신(六尺細身)[21]이 일쳑(一尺)이 ᄎᆞ디 못ᄒᆞ나 거의 ᄀᆞᆺ쳐질 ᄃᆞᆺ 슈약(瘦弱)ᄒᆞᆫ 병톄(病體)의 ᄋᆡ원(哀怨) 5면
ᄒᆞᆫ ᄉᆡᆨ위(色威) 졀츌긔려(絶出奇麗)ᄒᆞ여 ᄇᆡᆨᄐᆡ슈츌(百態秀出)의 만염(萬艶)이 겸발(兼發)ᄒᆞ니 단장치 아닌 ᄐᆡ되(態度) 상(傷)ᄒᆡ셔 더옥 빗나고 병든 형상이 ᄯᅩᄒᆞᆫ 셩ᄒᆞᆫ ᄡᆡ의셔 더옥 어엿브ᄃᆡ 그 위ᄐᆡᄒᆞ믈 의논컨ᄃᆡ ᄒᆞᆫ 조각 춘빙(春氷) ᄀᆞᆺᄐᆞ니 범범(泛泛)ᄒᆞᆫ 타인디심(他人之心)도 ᄒᆞᆫ번 보ᄆᆡ 위ᄒᆞ여 참연타루(慘然墮淚)ᄒᆞ믈 면치 못ᄒᆞ려든 ᄒᆞ믈며 텬셩디친(天性之親)과 골육의 졍이리오? 공의 두터온 ᄌᆞᄋᆡ(慈愛)와 디극ᄒᆞᆫ 어딜므로 이 경ᄉᆡᆨ(景色)을 ᄃᆡ(對)ᄒᆞᄆᆡ 통운(痛隕)ᄒᆞ고 ᄋᆡ졀ᄒᆞ믈 니긔디 못ᄒᆞ여 미위(眉宇) 슈집(愁集)ᄒᆞ며 안ᄉᆡᆨ이 ᄎᆞ상(嗟傷)[22]ᄒᆞ여 츄연타루(惆然墮淚) 왈

---

20 피견(被譴): 견책을 받음.

21 뉵쳑셰신(六尺細身): 규장각본에는 '뉵쳑졔신'으로 되어 있음.

22 ᄎᆞ상(嗟傷): 규장각본에는 'ᄌᆞ샹'으로 되어 있음.

"누셜(陋說)이 참ᄎᆞᆷ(慘慘)키의 니ᄅᆞ니 엇디 한심ᄎᆞ악(寒心嗟愕)디 아니리오? 슈연(雖然)이나 너의 부ᄌᆞ(夫子) 댱군(張君)이 유식관대(有識寬大)ᄒᆞ여 사ᄅᆞᆷ의 일ᄉᆡᆼ을 ᄆᆡ몰(埋沒)케 아니 ᄒᆞᆯ 거시니 가지록 덕을 닷그며 졀(節)을 잡아 딜병우고(疾病憂苦)의 ᄆᆞ음을 동(動)치 말고 풍운(風雲)의 길시(吉時)를 기다리라. 네 아비 만분[23] 슈계(囚繫)도 면(免)ᄒᆞ미 이시니 넨들 엇디 긔궁험ᄋᆡᆨ(奇窮險厄)ᄒᆞ미 유시(幼時)로브터 ᄒᆞᆫ갈ᄀᆞᆺᄐᆞ리오?"

6면 셜파(說罷)의 광슈(廣袖)를 드러 안쳔(眼泉)을[24] 졔어ᄒᆞ고 신ᄉᆡᆼ빵ᄋᆞ(新生雙兒)를 나호여[25] 보니 이 과연 농ᄌᆞ봉취(龍子鳳雛)라 아비의 댱원(壯元)홈과 어미의 고어ᄒᆞ믈[26] ᄀᆞᆺ초 습(襲)ᄒᆞ여 빵개옥닌(雙介玉麟)이 텬디슈츌(天地秀出)ᄒᆞᆫ 졍화(精華)를 띄여시며 일월녕슈(日月靈秀)를 거두어 샹운셔애(祥雲瑞靄) 일신(一身)을 둘너시니 공이 비록 외손(外孫)이나 그 졍(情)의 깁히 어엿브믄 친손(親孫)의 더으고 ᄒᆞ믈며 농손디경(弄孫之慶)[27]이 쳐음이라 그 작인(作人)의 비상(非常)ᄒᆞ믈 ᄒᆡᆼ희(幸喜)ᄒᆞ고 녀ᄋᆡ(女兒) 참화누셜(慘禍陋說) ᄀᆞ온ᄃᆡ 산휵(産畜)ᄒᆞ믈 무ᄉᆞ히 ᄒᆞ여 삼개(三介) 긔린이 옥(玉) ᄀᆞᆺᄐᆞ며 농(龍) 갓ᄐᆞᆫ디

---

23 만분: 영종황제를 따라 마선의 노영(虜營)에 온 정잠과 조세창이 갇혀 있던 곳.

24 안쳔(眼泉)을: 규장각본에는 '안쳔으로'로 되어 있음.

25 나호여: 나호다. 나오게 하다.

26 고어ᄒᆞ믈: '고아(高雅)하다'의 뜻으로 보임.

27 농손디경(弄孫之慶): 농손지경. 농장지경(弄璋之慶)과 같은 말로, 아들이나 손자를 보는 경사를 말함. 《시경》〈소아(小雅)〉의 "아들을 낳으면 침상에 누이고 꼬까옷을 입혀 손에는 구슬을 쥐어 준다(乃生男子 載寢之牀 載衣之裳 載弄之璋)."라는 구절에서 유래함.

라. 환환(歡歡)이 두굿겨[28] 향직(嚮刻)의 비쳑(悲慽)ᄒᆞ던 얼골을 곳쳐 십분화열(十分和悅)ᄒᆞ니 쇼져 참혹(慘酷)ᄒᆞᆫ 익경(厄境)은 도로혀 부운(浮雲)의 더디미 졍쇼졔 야야(爺爺)의 무ᄉᆞ환경(無事還京)ᄒᆞ심과 닌셩의 ᄉᆡᆼ환고토(生還故土)ᄒᆞ믈 드ᄅᆞᄃᆡ 즉시 상봉치 못ᄒᆞ믈 졀연비울(切然悲鬱)ᄒᆞᆯ ᄲᅳᆫ이러니 이에 니ᄅᆞ러시믈 드ᄅᆞ니 반갑지 아니미 아니로ᄃᆡ ᄌᆞ긔 거쳐형용(居處形容)이 부친과 동긔도 ᄃᆡ(對)ᄒᆞᆯ 낫치 업ᄉᆞ니 그윽이 명도(命途)를 탄(嘆)ᄒᆞᄃᆡ 조부야이 심ᄉᆞ를 상도(傷悼)ᄒᆞ 7면
미 업ᄉᆞ니 오딕 하날을 어긔오디 아니ᄒᆞ고 도모ᄒᆞ여 면(免)코져 아니ᄒᆞ여 담연(淡然)이 시일(時日)을 보ᄂᆡ미 셩탕(成湯)의 하ᄃᆡ지시(夏臺之時)[29]와 문왕(文王)의 유리디익(羑里之厄)[30]으로 방블(彷彿)ᄒᆞ니 태부인 쥬시와 샹국군 부인 됴시 ᄆᆡ양 친님(親臨)ᄒᆞ여 어로만져 위로ᄒᆞ며 갈ᄉᆞ록 ᄋᆡ디휼디(愛之恤之)ᄒᆞ여 보호ᄒᆞ며 년ᄋᆡ(憐愛)ᄒᆞᄂᆞᆫ 도리 친ᄉᆡᆼ녀ᄋᆞ(親生女兒)의 더으니 쇼졔 감은ᄒᆞ며 우러ᄂᆞᆫ 졍셩이 골슈와 폐부의 ᄉᆞᄆᆞᆺᄎᆞᄃᆡ[31] ᄌᆞ긔 신셰 험흔(險釁)ᄒᆞ미 친당(親堂)과 구가(舅家)의 효셩을 베프디 못ᄒᆞ고 도로혀 이우(貽憂)[32]를 증(增)ᄒᆞ여 블효 깃치믈 슬허ᄒᆞ더니 금일(今日) 친안(親顔)을 득승(得勝)ᄒᆞ고 남ᄆᆡ 상ᄃᆡ(相對)ᄒᆞ여 그 반기ᄂᆞᆫ 뜻과 슬픈 졍이 황양(黃壤)의 고혼(孤魂)이 도

---

28 두굿겨: 두굿기다. 매우 기뻐하다.

29 셩탕(成湯)의 하디지시(夏臺之時): 하나라 걸왕이 폭정을 행하자 탕(湯)이 이윤(伊尹) 등과 함께 하나라를 멸하려 했으나 이를 눈치챈 걸왕이 탕을 하나라 감옥인 하대에 가둔 것.

30 문왕(文王)의 유리디익(羑里之厄): 상나라 문왕이 주왕의 폭정에 대해 한탄하자 이를 들은 주왕이 문왕을 상나라 감옥인 '유리'에 7년간 가둔 것.

31 ᄉᆞᄆᆞᆺᄎᆞᄃᆡ: ᄉᆞᄆᆞᆺ다. ᄉᆞ못치다. 사무치다, 꿰뚫다.

32 이우(貽憂): 근심을 끼침.

라오므로 일반이라. 쇼져의 견고화활(堅固和闊)ᄒᆞᆷ과 댱원(壯元)의 침위관통(沈威貫通)ᄒᆞ므로도 능히 ᄎᆞᆷ디 못ᄒᆞ여 셔로 븟드러 일장(一場)을 오읍뉴톄(嗚泣流涕)ᄒᆞᄆᆡ 소ᄅᆡ 쯧쳐지고 긔운이 혼미ᄒᆞ여 말을 일

8면 우디 못ᄒᆞ니 공이 손을 잡고 다시음 어로만져 위로ᄒᆞ나 쇼져와 댱원(壯元)이 ᄒᆞᆫ갓 디난 일을 늣기고[33] 슬허ᄒᆞ미 아니라 길흉우락간(吉凶憂樂間)의 구원션비(九原先妣)의 음용(音容)이 졈졈 멀고 깁허 영영히 알오미 업ᄉᆞ시믈 각골통상(刻骨痛傷)ᄒᆞ여 ᄉᆡ로이 쳔븡만열(千崩萬裂)ᄒᆞ니 부젼(父前)을 삼가나 ᄇᆡᆨ쳬(百體)의 감긴 통(痛)과 폐부(肺腑)의 얽힌 셜우믈 금억(禁抑)ᄒᆞ여 슈히 딘뎡(鎭靜)ᄒᆞ리오마ᄂᆞᆫ 부친이 바야흐로 빵ᄋᆞ(雙兒)ᄅᆞᆯ 어로만져 슈미(秀眉) 화열(和悅)ᄒᆞ시고 ᄉᆡᆨ위(色威) 희열ᄒᆞ시니 듕니(中裏)의 비졀(悲絶)ᄒᆞ믈 스ᄉᆞ로 관인(寬忍)ᄒᆞ여 위로ᄒᆞᄂᆞᆫ 바의 존젼(尊前)을 도라보디 아니ᄒᆞ고 통회(痛懷)만 더으미 블효믈 ᄭᆡ다라 옥슈(玉手)ᄅᆞᆯ 드러 빵톄(雙體)ᄅᆞᆯ 졔어ᄒᆞ고 비로소 말ᄉᆞᆷ을 여러 호디누옥(胡地陋獄)을 버셔 무ᄉᆞ환국(無事還國)ᄒᆞ심과 태산의 왕모(王母)[34] 셩톄(聖體) 안강(安康)ᄒᆞ시미 일마다 텬우신됴(天佑神助)ᄒᆞᆫ 바의 샤뎨(舍弟)[35] 농방(龍榜)[36]의 쳔인(千人)을 묘시(藐視)ᄒᆞ여 댱원낭(壯元郎)이 되믈 ᄒᆡᆼ희(幸喜)ᄒᆞ여 온화ᄒᆞᆫ ᄉᆞ식(辭

9면 色)과 이열(怡悅)ᄒᆞᆫ 셩음이 쳔연(天然)ᄒᆞ고 안샹(安詳)ᄒᆞ여 ᄌᆞ가(自家)의 억슈쳔비(億愁千悲)ᄅᆞᆯ 가져 ᄉᆡᆨ어(色語)의 빗최미 업ᄉᆞ니 공이

33 늣기고: 늣기다. 어떤 느낌이 마음에 북받쳐서 벅차다.

34 왕모(王母): 할머니. 여기서는 서태부인.

35 샤뎨(舍弟): 사제. 남에게 자기 동생을 겸손하게 이르는 말. 여기서는 정인성.

36 농방(龍榜): 용방. 과거 합격자 명단.

더옥 듕ᄋᆡ(重愛)ᄒᆞ고 년셕(憐惜)ᄒᆞ며 댱원(壯元)이 션탄감복(羨嘆感服)ᄒᆞ여 ᄡᅣᆼᄋᆞ(雙兒)ᄅᆞᆯ ᄡᅳ다ᄃᆞᆷ으며 져져(姐姐)ᄅᆞᆯ 향ᄒᆞ여 ᄀᆞᆯ오ᄃᆡ

"당ᄒᆞ신 바 누얼(陋孽)과 잠기신 바 죄명이 사ᄅᆞᆷ의 참디 못ᄒᆞᆯ 곳이로ᄃᆡ 쥬공(周公)의 누언디참(陋言之讒)[37]을 만나심과 증삼(曾參)의 살인디명(殺人之名)[38]을 드ᄅᆞ미 그 므ᄉᆞᆫ 허믈이리잇고? 굴(屈)ᄒᆞ여 펴이미 ᄌᆞ고유디(自古有之)라. 져져의 긔흔궁ᄋᆡᆨ(奇釁窮厄)이 맛ᄎᆞᆷᄂᆡ ᄒᆞᆫ갈ᄀᆞᆺ디 아니ᄒᆞ리니 비극태ᄅᆡ(否極泰來)면 간인(姦人)이 어이 오ᄅᆡ 안향(安享)ᄒᆞ여 현인(賢人)을 함(陷)ᄒᆞ리오? ᄌᆞ연이 풍운(風雲)의 길셩(吉星)을 만나실 ᄡᅳᆫ 아니라 유ᄋᆞ(幼兒)의 비상(非常)ᄒᆞᆫ 작셩(作性)이 ᄒᆞᆫ갓 당시의 쥬셕(柱石)이 되기ᄂᆞᆫ 니ᄅᆞ도 말고 타일(他日) 국가의 경샹(頂上)이 되리니 져져의 놉흔 복녹(福祿)을 보디 아냐 거의 알지라. 원컨ᄃᆡ 져져ᄂᆞᆫ 관심안연(寬心晏然)ᄒᆞ샤 일이 되여가믈 보시고 부운(浮雲) 갓ᄐᆞᆫ 누셜(陋說)을 거리씨디 마ᄅᆞ쇼셔."

쇼제 ᄋᆡ영탄식(哀詠嘆息) 왈

"현뎨(賢弟) 이리 니ᄅᆞ디 아니ᄒᆞ나 우제(愚姐) 원간 명되(命途) 디극 10면
히 완(頑)ᄒᆞ고 겸ᄒᆞ여 무디(無知)ᄒᆞ미 토목 ᄀᆞᆺᄐᆞᆫ디라. 조흔궁험(阻釁窮險)이 딘실노 사ᄅᆞᆷ의 견ᄃᆡ디 못ᄒᆞᆯ ᄇᆡ로ᄃᆡ 임의 ᄎᆞᆷ고 보명(保命)ᄒᆞ

37 쥬공(周公)의 누언디참(陋言之讒): 주공은 주나라 무왕의 동생으로 무왕 사후에 어린 성왕을 대신하여 섭정하다가 모함을 받았으나 천둥이 치고 비가 와서 결국 그 누명을 씻을 수 있었다고 함.

38 증삼(曾參)의 살인디명(殺人之名): 증삼이 살인을 저질렀다는 오명을 입은 일. 증삼과 같은 이름을 가진 자가 살인을 하였는데, 이를 잘못 안 사람들이 증삼의 어머니에게 와 알리자, 처음에는 믿지 않다가 세 사람이 같은 말을 하니 일어나 달려갔다고 함. 사실이 아닌데도 사실이라 말하는 자가 많으면 진실이 됨을 비유하는 말.

믈 좌우의 븟드러 구호ᄒᆞᆷ도곤 더은디라. ᄒᆞ믈며 차시(此時)ᄅᆞᆯ 당ᄒᆞ여 ᄂᆞᆫ 야애(爺爺) 무ᄉᆞ환경(無事還京)ᄒᆞ신 즐거오미 잇고 현데(賢弟) 구ᄉᆞ일ᄉᆡᆼ(九死一生)ᄒᆞᆫ 바로 분니십ᄌᆡ(分離十載)의 단회디경(團會之慶)이 쳔고긔실(千古奇事) ᄲᅳᆫ 아니라 농방승영(龍榜承榮)이 사ᄅᆞᆷ이 구ᄒᆞ여 엇디 못ᄒᆞᆯ 경홰(慶華)라. 만심희환(滿心喜歡)ᄒᆞ미 ᄇᆡᆨ슈쳔녀(百愁千慮)ᄅᆞᆯ 일시의 소셕(消釋)ᄒᆞ니 몸 우ᄒᆡ 죄루(罪累)ᄅᆞᆯ ᄯᅩᄒᆞᆫ 니ᄌᆞ미 되엿ᄂᆞᆫ디라 엇디 심녀(心慮)ᄅᆞᆯ 허비ᄒᆞ여 단명(短命)ᄒᆞᆯ 징됴(徵兆)ᄅᆞᆯ 디으리오?"

셜파(說罷)의 홍안(紅顔)의 옥제(玉涕) 빵〃(雙雙)ᄒᆞ니 공이 그 머리ᄅᆞᆯ ᄡᅳ다ᄃᆞᆷ아 ᄀᆞᆯ오ᄃᆡ

"범간세ᄉᆡ(凡間世事) 인녁(人力)이 아니라 ᄉᆞᄉᆡᆼ(死生)이 유뎡(有定)ᄒᆞ고 부귀 ᄌᆡ텬(在天)이라. 득죄어텬(得罪於天)이면 무소도도의(無所蹈道矣)라 엇디 필부(匹婦)의 미(微)ᄒᆞ므로 하날을 항형(抗衡)ᄒᆞ리
11면 오? 네 아비 평ᄉᆡᆼ 사ᄅᆞᆷ의게 디나미 업ᄉᆞᄃᆡ 다만 ᄆᆞ옴을 잡고 멀며 갓가오ᄆᆡ 텬디신기(天地神祇)[39]ᄅᆞᆯ 속이디 아냐시니 굽으며 펴ᄆᆡ 죡히 븟그리믈 면ᄒᆞᆯ가 ᄒᆞᄂᆞᆫ디라. 내 ᄋᆞᄒᆡ(兒孩) 아븨 우딕(愚直)ᄒᆞᆷ과 어믜 ᄌᆞ인(慈仁)ᄒᆞ믈 픔(稟)ᄒᆞ여실딘ᄃᆡ 비록 누셜(陋說)의 잠기미 슬프나 ᄒᆞᆫ번 죽으ᄆᆡ 녕ᄇᆡᆨ(靈魄)이 됴흔 곳의 놀기ᄅᆞᆯ ᄉᆞ양치 아니리라."

말노조ᄎᆞ 츄연함쳑(惆然含慽)ᄒᆞ여 쇼져의 팔흘 ᄌᆞᆸ아 옥부(玉膚)[40]의

---

39 텬디신기(天地神祇): 천지신기. 천신지기(天神地祇). 하늘의 신령과 땅의 신령. 규장각본에는 '쳔지시긔'로 되어 있음.

40 옥부(玉膚): 옥같이 고운 살갗.

빙골(氷骨)만 남아시믈 깁히 잔인[41] 년셕(憐惜)ᄒᆞ니 쇼졔 블효통도(不孝痛悼)ᄒᆞ여 다시 화긔(和氣)롤 작위(作爲)ᄒᆞ여 블초욕녀(不肖辱女)롤 셩녀(聖慮)의 거리ᄭᅵ디 마ᄅᆞ시믈 쳥ᄒᆞᄆᆡ 이윽고 공이 댱원(壯元)으로 더브러 니러날ᄉᆡ 녀ᄋᆞ의 손을 계오 노흐며 ᄀᆞᆯ오ᄃᆡ

"우명일(又明日) 텬태산으로 향ᄒᆞ리니 그 ᄉᆞ이 너롤 다시 와 보디 못홀디라. 금번(今番) ᄯᅥ나믄 젼일(前日)과 달나 후회(後會) 갓가오미 슈월디간(數月之間)이라 언마[42] ᄒᆞ여 ᄒᆞᆫ 당(堂)의 모다 반기리오? 모로미 산후병톄(産後病體)롤 잘 됴호(調護)ᄒᆞ여 위틱ᄒᆞᄆᆡ 니ᄅᆞ디 말고 합문(闔門)이 도라오는 ᄯᅵ의 됴흔 낫ᄎᆞ로 마ᄌᆞ믈 바라노라."

쇼졔 악연결울(愕然結鬱)ᄒᆞ믈 니긔디 못ᄒᆞ나 야야(爺爺)의 도라가시는 심회롤 어ᄌᆞ러이디 못ᄒᆞ여 계오 안슈(眼水)롤 ᄀᆞ리와 ᄌᆡ비ᄒᆞ고 댱원(壯元)의 하딕ᄇᆡ례(下直拜禮)ᄒᆞ믈 당ᄒᆞ여는 ᄒᆡ음업시 오열비읍(嗚咽悲泣)ᄒᆞ여 쳔니댱졍(千里長程)의 무ᄉᆞ왕반(無事往返)ᄒᆞ여 슈히 모드믈 일ᄏᆞᄅᆞ니 댱원이 ᄯᅩᄒᆞᆫ 함누쳑연(含淚惕然)ᄒᆞ여 그 ᄉᆞ이 셩톄(聖體)롤 보듕(保重)ᄒᆞ여 합개(闔家) 고퇵(古宅)의 못는[43] ᄯᅵ의 져져(姐姐)도 삼ᄋᆞ(三兒)롤 거ᄂᆞ려 단회(團會)ᄒᆞ여 십ᄌᆡ분니디졍(十載分離之情)을 위로ᄒᆞ믈 쳥ᄒᆞ고 날호여 부공(父公)을 뫼셔 나올ᄉᆡ 댱ᄉᆡᆼ(張生)이 오히려 쳥ᄉᆞ(廳舍)의 잇던 고로 참졍 부ᄌᆞ롤 인도ᄒᆞ여 셔헌(書軒)의 나오ᄆᆡ 경되 참졍을 향ᄒᆞ여 딜녀(姪女)의 연연약딜(軟軟弱質)이 12면

41 잔인: 문맥상 '애처롭고 불쌍하여 차마 보기 어려운 데가 있다'는 의미의 '잔잉'으로 봄.

42 언마: 얼마. 얼마나.

43 못는: 못다. 모이다.

유란(幽蘭)과 혜초(蕙草) 갓ᄐᆞ므로뼈 빵ᄐᆡ냥ᄋᆞ(雙胎兩兒)ᄅᆞᆯ ᄉᆡᆼ(生)ᄒᆞ
ᄆᆡ 반ᄃᆞ시 긔운이 여상(如常)치 못ᄒᆞᆯ 바ᄅᆞᆯ 므ᄅᆞ니 참졍이 답왈(答曰)
"거쳐형용(居處形容)이 니형[44]의 니ᄅᆞᆫ 바의 감(減)치 아니ᄒᆞ나 그 죄
뉘(罪累) 경(輕)치 아니니 범ᄉᆡ(凡事) 엇디 평상(平常)ᄒᆞᆫ 사ᄅᆞᆷ 갓기
13면 ᄅᆞᆯ ᄇᆞ라리오? 오히려 그 일식(一息)이 긋디 아니미 존부호ᄉᆡᆼ디덕(尊
府好生之德)이라. 임의 죽기ᄅᆞᆯ 면ᄒᆞ미 텬일(天日)을 볼 시졀이 이실
ᄃᆞᆺᄒᆞᆫ 고로 우형(愚兄)의 구구(區區)ᄒᆞᆫ ᄉᆞ졍인ᄌᆞᆨ 시톄(屍體)ᄅᆞᆯ 어로만
져 우ᄅᆞᆷ도곤 나으미 만흐니 가히 용녈(庸劣)치 아니랴?"

경됴 부ᄌᆡ 쳥미(聽未)의 참연분개(慘然憤慨)ᄒᆞᆫ 빗치 잇고 댱원(壯元)이 통돌(痛咄)ᄒᆞᆫ 안ᄉᆡᆨ을 잘 ᄀᆞᆷ초디 못ᄒᆞ니 니공이 그 졍니(情理)의 참디 못ᄒᆞᆯ ᄇᆡ믈 혜아려 댱헌의 무디블측(無知不測)ᄒᆞ며 츄셰비루(趨勢鄙陋)ᄒᆞ미 ᄒᆞᆫ 조각 사ᄅᆞᆷ의 심통이 되디 아녓던 바ᄅᆞᆯ ᄉᆡ로이 골돌 분ᄒᆡ(憤駭)ᄒᆞᄃᆡ ᄉᆞᄉᆡᆨ(辭色)디 아니ᄒᆞ고 다만 ᄋᆞ부(兒婦)의 셩덕긔딜(性德氣質)이 복을 밧고 슈(壽)ᄅᆞᆯ 누리믈 보디 아냐 긔필(期必)ᄒᆞ리라 ᄒᆞ여 졍공 부ᄌᆞ 곤계(昆季)[45]ᄅᆞᆯ 위로ᄒᆞ더니 일ᄉᆡᆨ(日色)이 셔령(西嶺)의 댱원(壯元)이 몬져 니공을 하딕(下直)ᄒᆞ고 양아[46]로 향ᄒᆞ니 니각뇌 ᄆᆞᄋᆞᆷ의 듕보(重寶)ᄅᆞᆯ 일흔 ᄃᆞᆺ 훌연(欻然)ᄒᆞ믈[47] 니긔디 못ᄒᆞ더라. 참졍과 경됴 부ᄌᆞᄂᆞᆫ 니공으로 죵용이 담화ᄒᆞ다가 도라가ᄂᆞᆫ 길ᄒᆡ 양참졍[48] 등을

44 니형: 이형. 이빈.

45 곤계(昆季): 형제.

46 양아: 양씨 부중.

47 훌연(欻然)ᄒᆞ믈: 훌연하다. 갑작스럽다, 허전하다.

48 양참졍: 양참정. 양선.

ᄎᆞᄌᆞ 필광의 등과디경(登科之慶)을 칭하ᄒᆞ고 셔로 쥬ᄇᆡ(酒杯)를 거훌 14면
너[49] 즐기믈 다ᄒᆞ미 황혼의 운산으로 힝ᄒᆞ고 댱원(壯元)은 표가(表家)[50]의 머므러 밤을 디ᄂᆡ고 명됴(明朝)의 외왕고비(外王考妣)[51] 샤당(祠堂)의 작(酌)을 밧드러 ᄇᆡ알(拜謁)홀ᄉᆡ 쵹쳐(觸處)의 셕ᄉᆞ(昔事)를 감상(感傷)ᄒᆞ여 슬픈 눈믈이 옥귀 밋출 적시니 양참졍 곤계(昆季) 더옥 감챵(感愴)ᄒᆞ믈 니긔디 못ᄒᆞ고 졔부인(諸夫人)이 닌셩의 뇽문고등(龍門高登)을 친ᄌᆞ(親子)의 경화(慶華)ᄀᆞᆺ치 넉이나 쇼고(小姑)[52]를 ᄉᆡᆼ각고 ᄯᅩᄒᆞᆫ 늣기믈 마디 아니ᄒᆞ더라. 댱원이 인ᄒᆞ여 표슉(表叔) 부부와 표형(表兄) 등을 하딕ᄒᆞ고 운산의 도라와 닌흥으로 더브러 원근친쳑(遠近親戚)과 부형(父兄)의 고우(故友)를 널니 ᄎᆞᄌᆞ ᄇᆡ견(拜見)ᄒᆞ믈 다ᄒᆞᄃᆡ 의양으로조ᄎᆞ 화·부 졔공(諸公)이 밋쳐 올나오디 못ᄒᆞ엿ᄂᆞᆫ 고로 알현ᄒᆞ믈 엇디 못ᄒᆞ고 결울(結鬱)ᄒᆞ미 밋쳣더라. 임의 삼일유과(三日遊街)[53]를 맛고 궐하(闕下)의 샤은홀ᄉᆡ 샹(上)이 졍닌셩으로ᄡᅧ 듕셔샤인(中書舍人)[54] 동궁딕학ᄉᆞ(東宮直學士)[55]를 졔슈(除授)ᄒᆞ시고 댱챵
닌으로ᄡᅧ 한님학ᄉᆞ(翰林學士)[56]를 ᄒᆞ이시고 양필광으로ᄡᅧ 금문딕ᄉᆞ를 15면

49 거훌너: 거후르다. 기울이다.

50 표가(表家): 외가. 여기서는 양씨 부중.

51 외왕고비(外王考妣): 돌아가신 외조부모.

52 쇼고(小姑): 소고. 시누이. 여기서는 정월염.

53 삼일유과(三日遊街): 삼일유가. 과거에 급제한 사람이 사흘 동안 광대를 앞세우고 풍악을 울리면서 시험관, 선배 급제자, 친척 등을 방문하는 일.

54 듕셔샤인(中書舍人): 중서사인. 중서성과 문하성에서 간쟁(諫諍)을 맡아보던 관직.

55 동궁딕학ᄉᆞ(東宮直學士): 동궁직학사. 동궁의 교육을 담당하던 직학사.

56 한님학ᄉᆞ(翰林學士): 한림학사. 당 현종 때 황제의 측근을 한림학사로 임명하기 시작했는데, 조서(詔書)를 기초하고 황제에게 전달된 각종 문서를 관리하는 일을 맡았음.

ᄒᆞ이시고 졍닌흥으로뼈 시강학ᄉᆞ(侍講學士)[57]룰 ᄒᆞ이시니 ᄉᆞ인(四人)이 ᄌᆡ죄 미(微)ᄒᆞ고 견식(見識)이 고루(固陋)ᄒᆞ여 ᄉᆞ군찰임(事君察任)ᄒᆞᆯ ᄌᆡ략이 업ᄉᆞ믈 일ᄏᆞ라 고샤(固辭)ᄒᆞ믈 마디 아니ᄒᆞᄃᆡ 샹이 블윤(不允)ᄒᆞ시고 이(二) 졍(程)과 댱챵닌은 영친(榮親)[58] 말믜룰 주샤 슈삭(數朔) 후 힝공찰딕(行公察職)ᄒᆞ라 ᄒᆞ시니 졍·댱 등이 임의 샤양ᄒᆞ여 엇디 못ᄒᆞ고 ᄉᆞ친디회(思親之懷) 졀박ᄒᆞ믈 인ᄒᆞ여 즉일(卽日)의 옥궐(玉闕)의 하딕ᄒᆞ고 썰니 발졍(發程)코ᄌᆞ ᄒᆞᆯᄉᆡ 샹이 각별ᄒᆞᆫ 은우(恩遇)와 딕극ᄒᆞᆫ[59] 셩권(聖眷)을 뵈샤 향온(香醞)[60]으로뼈 삼인(三人)을 주시고 속속히 도라오믈 당부ᄒᆞ시니 군신의 의로뼈 부ᄌᆞ의 은ᄋᆡ룰 겸ᄒᆞ시니 삼인이 고두빅ᄇᆡ(叩頭百拜)ᄒᆞ여 은권(恩眷)을 샤례ᄒᆞ고 니문(里門)의 기다리믈 위로ᄒᆞ고 즉시 도라와 됴항(朝行)[61]의 슈(數)룰 ᄎᆡ와 견ᄆᆞ(犬馬)의 갑기룰 효측(效則)ᄒᆞ믈 주(奏)ᄒᆞ니 셩의(聖意) 흔열(欣悅)ᄒᆞ시ᄃᆡ 먼니 보ᄂᆡ믈 홀연(欻然)ᄒᆞ시더라. 삼인이 뎐폐(殿陛)의 하딕ᄒᆞ고 믈너날ᄉᆡ 됴ᄉᆞ도[62]의 부ᄌᆞ와 졍참졍이 ᄯᅩᄒᆞᆫ 옥폐(玉陛)룰 우러러 하딕을 주(奏)ᄒᆞ니 뇽안(龍顏)이 결연(缺然)ᄒᆞ믈 ᄯᅴ이샤 쳔니댱졍(千里長程)의 무ᄉᆞ왕반(無事往返)ᄒᆞ믈 니ᄅᆞ시고 양쥬(良酒)와 필

16면

---

57 시강학ᄉᆞ(侍講學士): 시강학사. 황제를 위해 경서를 강의하고 자문의 역할을 담당하는 내각 혹은 한림원에 소속된 종5품 관직.

58 영친(榮親): 과거에 급제하거나 서울에 와 관직에 임명된 사람이 고향으로 돌아가 부모나 친척들을 뵙고 그들에게 영광을 돌리는 것.

59 딕극ᄒᆞᆫ: '디극ᄒᆞᆫ'의 오기로 보임. 규장각본에는 '지극ᄒᆞᆫ'으로 되어 있음.

60 향온(香醞): 술의 한 가지.

61 됴항(朝行): 조항. 조정 대신의 항렬.

62 됴ᄉᆞ도: 조사도. 조정.

빅(匹帛)으로뻐 그 친(親)을 영(榮)케 ᄒᆞ시고 환경(還京)ᄒᆞᆫ 후 샤연샤악(賜宴賜樂)ᄒᆞ샤 경부 태부인과 됴태ᄉᆞ[63] 부부와 됴ᄉᆞ도 부쳐(夫妻)로 ᄒᆞ여곰 ᄋᆞ돌의 효양(孝養)을 무흠(無欠)이 바다 팔구ᄌᆡ(八九載) 분니(分離)ᄒᆞ엿던 회포ᄅᆞᆯ 위로코ᄌᆞ ᄒᆞ시니 경참경과 됴톄찰[64]이 셩은을 감골(感骨)ᄒᆞ여 계슈샤은(稽首謝恩)ᄒᆞ고 각각 늙은 어버이ᄅᆞᆯ 더브러 도라와 셩쥬(聖主)의 늉은(隆恩)을 만분일(萬分一)이나 보(報)ᄒᆞᆷ을 일ᄏᆞ라 하딕ᄇᆡ샤(下直拜謝)ᄒᆞ고 믈너나니 샹이 태산과 녀강의 샤(使)ᄅᆞᆯ 보ᄂᆡ샤 경부 태부인과 됴태ᄉᆞ 부부ᄀᆡ 쳥계[65]와 후암[66]의 ᄉᆡᆼ환고국(生還故國)ᄒᆞ미 가국(家國)의 만ᄒᆡᆼ(萬幸)이ᄆᆞᆯ 일ᄏᆞᄅᆞ시고 노인(路人)이 원노애각(遠路涯角)의 무ᄉᆞ샹경(無事上京)ᄒᆞᆷ믈 니ᄅᆞ샤 은우(恩遇)ᄅᆞᆯ 알게 ᄒᆞ시고 젼 녜부샹셔 경흠이 젹심단튱(赤心丹忠)으로뻐 보과 보과습유(補過拾遺)[67]의 면졀졍징(面折庭爭)[68]이 먼니 비간(比干)의 칠심(七心)을 ᄲᅧ히믈[69] 효측(效則)ᄒᆞ고 갓가이 댱구령(張九齡)의 규 17면

---

63 됴태ᄉᆞ: 조태사. 조겸.

64 됴톄찰: 조체찰. 조세창. '체찰사'는 지방에 군란이 있을 때에 왕 대신 가서 군무를 총괄하던 군직으로 보통 재상이 겸임했음.

65 쳥계: 청계. 정잠의 호.

66 후암: 조세창의 호.

67 보과 보과습유(補過拾遺): 앞의 '보과'는 잘못 들어간 것으로 보임. 임금의 부덕이나 잘못을 바로잡아 고치게 함.

68 면졀졍징(面折庭爭): 면절정쟁. 조정, 특히 임금의 면전에서 임금의 행한 일 또는 정치상의 사건에 대해 기탄없이 쟁론하는 것.《사기》〈여태후본기〉에서 진평이 왕릉에게 한 말인 "지금 면절정쟁하기는 내가 그대만 같지 못하다(於今面折廷爭 臣不如君)."에서 나온 것.

69 비간(比干)의 칠심(七心)을 ᄲᅧ히믈: 은나라 주왕이 충신인 비간의 간언을 싫어하여 '성인의 심장에 구멍이 일곱 개가 있다'는 말을 확인하겠다 하며 심장을 꺼내 죽인 것.

감(規鑑)을 드리던 바[70]로 흡ᄉᆞᄒᆞᄃᆡ 셩졍(性情)이 그롯 왕진 흉젹(凶賊)의게 상(傷)ᄒᆞ샤 튱신의 간표(諫表)를 용납디 아니ᄒᆞ시고 참혹히 형하(刑下)의 죽어시믈 ᄉᆡ로이 골돌 츄회(追懷)ᄒᆞ샤 친작일톄(親酌一體)로 녜관(禮官)을 보ᄂᆡ여 치졔(致祭)ᄒᆞ여 쳔양원ᄇᆡᆨ(天壤寃魄)을 위로ᄒᆞ실ᄉᆡ 본딕(本職) 녜부샹셔(禮部尙書) 문연각 태학ᄉᆞ 하람ᄇᆡᆨ을 츄증(追贈)ᄒᆞ여 봉읍소산(封邑所産)이 쳐ᄌᆞ(妻子)의게 밋게 ᄒᆞ시고 시호(諡號)를 뎡간공이라 ᄒᆞ샤 묘젼(墓前)의 튱의비(忠義碑)를 셰워 그 녈딕(烈直)을 금셰인(今世人)과 후셰초뷔(後世樵夫)라도 알게 ᄒᆞ시고 효녀 졍시(程氏)[71]를 졍문표장(旌門褒獎)[72]ᄒᆞ샤 그 뎍인취부(適人娶夫)ᄒᆞ믈 기다려 디효댱녈인션군부인ᄒᆡᆼ의문(至孝壯烈仁善君婦人行義門)을 놉히게 ᄒᆞ시고 태ᄌᆞ쇼ᄉᆞ(太子少師)[73] 졍혐의게 슈됴(手詔)를 나리와 ᄒᆡᆼ공찰임(行公察任)ᄒᆞ믈 간졀이 쳥ᄒᆞ시니 인신디도(人臣之道)의 감히 거역디 못홀 쁜 아니라 하람ᄇᆡᆨ의 ᄌᆡ(子) 이셔 타일(他日) 과옥(科屋)의 나믈 게얼니 홀딘ᄃᆡ 샹의 디극히 뉘웃ᄎᆞ시믈 아디 못ᄒᆞ
18면 고 아뷔 원앙죄몰(寃殃罪沒)ᄒᆞ믈 함통원국(含痛寃國)ᄒᆞ미라 ᄒᆞ시니 참졍이 ᄀᆞ마니 탄회(嘆懷)ᄒᆞ여 명슈궁달(命數窮達)이 텬디의 뎡(定)ᄒᆞᆫ 바를 인녁(人力)의 밋쳐 도망치 못ᄒᆞ믈 슬허ᄒᆞ여 댱원(壯元)이 부

---

70 댱구령(張九齡)의 규감(規鑑)을 드리던 바: 당나라 현종 때의 명신인 장구령이 현종에게 《천추금감록(千秋金鑑錄)》을 올려 충신과 간신을 구분할 것을 간(諫)했던 일.

71 졍시(程氏): 정씨. 정기염.

72 졍문표장(旌門褒獎): 정문포장. '정문'은 충신, 효자, 열녀 등을 표창하기 위해 그 집 앞에 세우던 붉은 문. '포장'은 나라에서 상을 주어 공덕을 기리는 것.

73 태ᄌᆞ쇼ᄉᆞ(太子少師): 태자소사. 동궁(東宮)의 관직으로, 태자의 교육을 담당하는 직책.

친을 뫼셔 운산의 도라와 힝니(行李)ᄅᆞᆯ 다ᄉᆞ려 발마(發馬)ᄒᆞᆯ시 경됴 공의 찰임ᄒᆞ미 날이 포집디[74] 못ᄒᆞ엿고 관부(官府)의 번극(煩劇)ᄒᆞᆫ 옥숑(獄訟)이 뫼ᄀᆞᆺ치 ᄡᆞ혀시므로 능히 몸을 ᄲᆡ혀[75] 태산을 말ᄆᆡ암디 못ᄒᆞ여 다만 학ᄉᆞᄅᆞᆯ 명ᄒᆞ여 샤묘(四廟)ᄅᆞᆯ 뫼시며 모뎨(母弟)로 더브러 샹경ᄒᆞ라 ᄒᆞ니 닌흥이 결훌(缺欻)ᄒᆞ믈 씌여 슈명하딕(受命下直)ᄒᆞ고 상[76]부인이 거거(哥哥)와 딜ᄋᆞ(姪兒)ᄅᆞᆯ ᄯᅥ나ᄂᆞᆫ 회푀 훌훌ᄒᆞ나 단회디경(團會之慶)이 슈삼월디ᄂᆡ(數三月之內)의 이시므로 과도히 상심ᄒᆞ미 업더라. 샤인(舍人)[77]이 닌흥으로 더브러 부친을 밧드러 니발승도(離發乘道)ᄒᆞᆯ시 ᄯᅩ 됴톄찰이 가졍(家庭)을 뫼셔 녀강으로 향ᄒᆞ니 길히 오뉵일(五六日) 디난 후 ᄒᆞᆫ가디로 향ᄒᆞᄂᆞᆫ디라. 영요(榮耀)ᄒᆞᆫ 위의(威儀)와 호셰(豪勢)ᄒᆞᆫ 부귀 인인(人人)의 흠복(欽服)ᄒᆞᆯ ᄇᆡ라 일노(一路)의 쥬현(州縣)이 황황영숑(遑遑迎送)ᄒᆞ야 위의ᄅᆞᆯ 도으니 비록 쳥검졀 19면
ᄎᆞ(淸儉切磋)ᄒᆞ믈 위쥬(爲主)ᄒᆞ나 ᄌᆞ연이 작임(爵任)의 ᄯᅩᆯ오인 하리(下吏)와 위예(位禮) 조ᄎᆞᆫ 영광을 견혀 폐(廢)치 못ᄒᆞ니 거륵ᄒᆞ며 댱녀(壯麗)ᄒᆞ미 낙양셩듕(洛陽城中)의 대패(大敗)ᄒᆞ던 쇼계ᄌᆡ(蘇季子)[78] 뉵국(六國)을 병상(倂相)ᄒᆞ여 금의환향(錦衣還鄕)의 의어왕ᄌᆞ(擬於王者)ᄒᆞ던 거동이 아니면 진졍 부상의 슈가(須賈)ᄅᆞᆯ 식포ᄒᆞ야 고한

---

74 포집디: 포집다. 거듭 집다, 포개어 놓다.

75 ᄲᆡ혀: ᄲᆡ히다. 빼다, 빠뜨리다.

76 상부인: 정태요.

77 샤인(舍人): 사인. 중서사인. 정인성.

78 쇼계ᄌᆡ(蘇季子): 소계자. 소진. 전국시대의 유명한 변론가로, 진(秦)나라에 맞서 동방의 6국이 연합하여 진나라를 제압하자는 합종책을 주장함.

(古恨)을 쾌셕(快釋)ᄒᆞ던 범슉(范叔)[79] 승샹(丞相)의 존영귀(尊榮貴)ᄒᆞ미라. 거릐(去來)의 크게 비환(悲歡)이 밧괴이믄 니ᄅᆞ도 말고 야촌우밍(野村愚氓)과 심산초뷔(深山樵夫)라도 졍쳥계와 됴후암의 막븍호디(漠北胡地)로 버셔 긔특이 싱환ᄒᆞ니 방가(邦家)의 대힝(大幸)이오 창싱(蒼生)의 늉복(隆福)이라 ᄒᆞ여 흔열상하(欣悅上下)ᄒᆞ믈 마디 아니ᄒᆞ니 군ᄌᆞ의 놉흔 덕을 가히 알니러라.

션시(先時)의 당한님 챵닌의 ᄌᆡ실(再室) 박녀 교랑이 포달(褒妲)[80]의 간녕(奸佞)이오 음녀(淫女)의 흉괴(凶狡)라. 초(初)의 댱싱의 영풍옥골(英風玉骨)이 승난(乘鸞)[81]·ᄌᆞ건(子建)[82]이라도 능히 밋디 못ᄒᆞᆯ ᄇᆡ믈 심심과듕(甚深過重)ᄒᆞ여 오장(五臟)의 ᄒᆞᆫ 조각 딕흰 거시 업고 뉵부(六腑)의 ᄒᆞᆫ 터럭 쥬(主)ᄒᆞᆫ 거시 업ᄂᆞᆫ 그 슉모로 ᄇᆡᆨ 가디로 보ᄎᆡ여 댱싱으로 인연을 일우나 챵닌의 디인(知人)ᄒᆞᄂᆞᆫ 안춍(眼聰)을 ᄀᆞ리오디 못ᄒᆞ니 그 고은 얼골과 ᄲᅢ혀난 미우(眉宇)의 살긔 등등ᄒᆞ고 냥안(兩眼)의 벽졍(癖情)이 니러나며 입이 프ᄅᆞ고 혜 모딜미 츄풍(秋風)의

20면

79 슈가(須賈)를 식포ᄒᆞ야 ~ 쾌셕(快釋)ᄒᆞ던 범슉(范叔): 범숙은 전국시대 유명한 변론가 범수의 자. 범수는 수가의 모함 때문에 모진 고문을 받은 후 진(秦)으로 망명하여 재상이 되었는데, 후에 수가가 사신으로 오자 복수를 위해 해진 옷을 입고 정체를 속인 채 만났으나 수가가 솜옷을 챙겨주어 그의 죄를 용서하고 살려준 것. 《사기》 〈범수열전〉에 근거함.

80 포달(褒妲): 포사(褒姒)와 달기(妲己). 포사는 주나라 유왕의 비(妃)로, 평소 잘 웃지 않아 유왕이 그녀를 웃게 하기 위해 봉화를 올려 제후들을 헛걸음하게 하자 비로소 웃었다고 함. 달기는 은나라 주왕(紂王)의 비로, 잔인한 독부(毒婦)로 전해지며 주왕의 폭정을 방조해 나라를 망하게 했음.

81 승난(乘鸞): 승란. 당나라 때의 승려. 세상사에 얽매이지 않았으며 승려를 스승으로 삼기를 원하지 않아 스스로 머리를 깎았다고 함.

82 ᄌᆞ건(子建): 자건. 조식. 문장가로 이름이 높았으며 특히 〈칠보시(七步詩)〉가 유명함.

우ᄂᆞᆫ 여이[83] 형상이며 궁곡(窮谷)의 쥬린 범의 거동으로 영죵(永從)ᄒᆞᆯ ᄌᆡ 아니믈 ᄇᆞᆰ히 ᄭᆡ다ᄅᆞᄆᆡ 심골(心骨)이 경한(驚汗)ᄒᆞ여 맛ᄎᆞᆷᄂᆡ 금슬(琴瑟)의 낙과 운우(雲雨)의 졍을 두디 아니ᄒᆞ고 등녀 낙션이 ᄯᅩᄒᆞᆫ 비례(非禮)로조ᄎᆞ 니ᄅᆞ러 ᄌᆞ긔 쳥졍(淸淨)ᄒᆞᆫ 몸을 상ᄒᆡ오고 가란(家亂)을 니ᄅᆞ혀미 날노 더으ᄆᆡ 졍쇼져ᄅᆞᆯ 화망(禍網)의 건디지 못ᄒᆞ고 졸연이 노영(虜營)[84]으로 향ᄒᆞᄆᆡ 등녀ᄂᆞᆫ ᄉᆞ상(思想)ᄒᆞᄂᆞᆫ 졍이 실셩발광(失性發狂)키의 밋쳐 하일당야(夏日長夜)의 간위(肝胃)ᄅᆞᆯ ᄐᆡ오고 흉격(胸膈)을 통도(痛悼)ᄒᆞ여 혹 울며 ᄂᆡ닷고 발 굴너 셜워ᄒᆞ니 등부마[85]와 셜능공쥐 큰 우환을 삼아 당싱을 통한(痛恨)ᄒᆞ고 ᄯᆞᆯ의 신셰ᄅᆞᆯ 슬허ᄒᆞᄃᆡ 능히 됴흔 모ᄎᆡᆨ(謀策)을 엇디 못ᄒᆞ고 박녀의 부형(父兄)은 져의 신셰ᄅᆞᆯ 도와 슬프게 넉이미 업고 당싱을 원한(怨恨)ᄒᆞ미 업셔 ᄆᆡ양 교 21면
랑의 무상(無狀)ᄒᆞ믈 ᄎᆡᆨ(責)ᄒᆞᆯ ᄲᅳᆫ이러니 교랑이 당싱을 ᄉᆞ상(思想)ᄒᆞᄂᆞᆫ 졍으로ᄡᅥ 통원(痛願)ᄒᆞᄂᆞᆫ ᄆᆞ음을 밧고와 분심(憤心)과 노긔(怒氣)ᄅᆞᆯ 억졔치 못ᄒᆞ여 도로혀 당싱을 너흐러[86] 당시지ᄉᆞ(張氏之舍)ᄅᆞᆯ 복멸(覆滅)ᄒᆞ고 졍쇼져의 만니젼졍(萬里前程)을 아조 뭇딜너 ᄒᆞᆫ 터럭 ᄇᆞ랄 거시 업게 ᄒᆞ려 ᄒᆞ여 흉활(凶猾)ᄒᆞ고 요괴로온 ᄭᅬᄅᆞᆯ 발(發)ᄒᆞ여 ᄂᆡᆯᄉᆡ 변용(變容)ᄒᆞᄂᆞᆫ 요약(妖藥)을 어더 시녀(侍女) 일션은 폐부(肺腑)ᄅᆞᆯ 거훌너 흉보(凶謀)ᄅᆞᆯ 획ᄎᆡᆨ(劃策)ᄒᆞᄂᆞᆫ 일당인 고로 져의 형용복ᄉᆡᆨ(形容服色)을 빌녀 당아(張衙)의 머믈고 져ᄂᆞᆫ 다ᄅᆞᆫ ᄆᆡ골을 비러 ᄀᆞ

83 여이: 여우.

84 노영(虜營): 오랑캐 군영. 여기서는 마선의 지역을 말함.

85 등부마: 등수. 설능공주의 남편.

86 너흐러: 너흘다. 이로 물어뜯다.

마니 궁뎐의 드러가 디존(至尊)을 시위(侍衛)ᄒᆞ여 경태(景泰)의 도라 보믈 닙으니 기간셜홰(其間說話) 번다ᄒᆞᄃᆡ 《의밍셩호연》의 올나시므로 이에 ᄲᆡ힌디라.[87] 교랑이 임의 셩명을 변ᄒᆞ고 형용을 곳쳐 언연ᄒᆞᆫ 쳡예(妾女) 되여 경태의 통ᄋᆡ(痛愛)ᄅᆞᆯ 당ᄒᆞᄆᆡ 비로소 음흉교활ᄒᆞᆫ ᄯᅳᆺ
22면 을 펴 평ᄉᆡᆼ의 ᄆᆡᆺ친 한이 업ᄉᆞ나 당ᄉᆡᆼ을 분원(忿怨)ᄒᆞ믄 오히려 플니디 아니ᄒᆞᄃᆡ 쟝닌이 닙신(立身)ᄒᆞᆫ 됴ᄉᆞ(朝士)와 ᄀᆞᆺ디 아냐 그 유무거취(有無去就) 국가의 간셥ᄒᆞ미 업고 경태(景泰) 셜능의 모녀ᄅᆞᆯ 과ᄋᆡ(過愛)ᄒᆞ야 당쟝닌의 박졍(薄情)을 한(恨)ᄒᆞᆯ디언졍 깁히 죄주기ᄂᆞᆫ 아니 ᄒᆞ니 ᄀᆞ바야이 ᄒᆡ(害)ᄒᆞᆯ 긔틀을 엇디 못ᄒᆞ야 민민(憫憫)ᄒᆞᆯ 분 아니라 뎡궁(正宮)의 형셰 태악(泰嶽) ᄀᆞᆺᄐᆞ여 져 ᄀᆞᆺᄐᆞᆫ 부빈(副賓)은 능히 우러러보디 못ᄒᆞᆯ ᄇᆡ니 텬셩이 예착의 흉교와 상신의 언죡이 식비와 무을(武乙)[88]의 하날 두리디 아니믈 겸ᄒᆞ엿ᄂᆞᆫ 고로 당ᄉᆡᆼ ᄆᆡ오믄 버금이오 뎡궁(正宮)을 몬져 ᄒᆡ코져 ᄒᆞ엿다가 일이 ᄆᆡᆺ쳐 니디 못ᄒᆞ야셔 경태 폐(廢)ᄒᆞ여 셔ᄒᆡ로 올므미 된디라. 경태 쇼속(所屬)이 ᄒᆞᆫ가디로 셔ᄒᆡ로 올맛더니 교랑의 모딘 슈단과 간교ᄒᆞᆫ 획계(劃計) 뎡궁을 ᄒᆡ코져 ᄒᆞᆫ 거시 그ᄅᆞᆺ 번뒤쳐[89] 경태 신샹(身上)의 ᄆᆡᆺ쳐 졈졈 병독(病篤)ᄒᆞᆫ 가온ᄃᆡ 괴이ᄒᆞᆫ 셤어(譫語)ᄅᆞᆯ 긋치디 아니ᄒᆞ여 위듕ᄒᆞ니 술ᄉᆡ(術士) 망
23면 긔(望氣)[90]ᄒᆞ여 요예디믈(妖穢之物)을 어더ᄂᆡ여 궁아(宮兒)ᄅᆞᆯ 츄문(推

87 ᄲᆡ힌디라: ᄲᆡ히다. 빠뜨리다, 생략하다.

88 무을(武乙): 상나라 경정(庚丁)의 아들로, 하늘을 업신여기고 도리에 어긋나는 일을 자주 저질렀으며 결국 천둥 치는 소리에 놀라 죽었다고 함.

89 번뒤쳐: 번뒤치다. 번드치다, 뒤집다.

90 망긔(望氣): 망기. 나타나 있는 기운을 보고 일의 조짐을 알아내는 것.

問)ᄒᆞ니 악ᄉᆡ(惡事) 발각ᄒᆞᆫ디라. 임의 ᄒᆞᆫ 삿치 들니ᄆᆡ 젼젼악ᄉᆡ(輾轉惡事) 셰셰히 낫타날 ᄲᅮᆫ 아니라 경태(景泰) 맛ᄎᆞᆷ니 괴딜(怪疾)을 드ᄃᆡ여 블긔(不起)ᄒᆞ니 황태휘(皇太后) 대의(大義)ᄅᆞᆯ 집허 경태ᄅᆞᆯ 폐(廢)ᄒᆞ고 샹황(上皇)[91]을 복위ᄒᆞ여 민망(民望)을 조ᄎᆞ시나 텬뉸(天倫)의 졍과 모ᄌᆞ의 ᄌᆞᄋᆡ(慈愛)ᄂᆞᆫ 션악의 잇디 아니ᄒᆞᆫ디라. 경태의 ᄲᅧᆯ니 훙(薨)ᄒᆞ믈 엇디 슬허 아니시며 교랑의 져쥬(咀呪) 빌ᄆᆡ믈 더옥 통한(痛恨)치 아니ᄒᆞ시리오? 이에 교랑을 궐졍(闕廷)의 엄형츄문(嚴刑推問)ᄒᆞ시ᄆᆡ 악녀(惡女) 비록 대간대악(大奸大惡)이나 일이 발셔 발명(發明)[92]치 못ᄒᆞᆯ 디경의 밋쳐시므로 출하리 죽기나 슈히 ᄒᆞ고ᄌᆞ ᄒᆞ여 죵두디미(從頭至尾)ᄅᆞᆯ 일일복초(一一服招)ᄒᆞ고 유모 ᄒᆡ월이 젼후ᄉᆞ(前後事)ᄅᆞᆯ 알욀 즈음의 젼 녜부상셔(禮部尙書) 집금오(執金吾) 댱헌의 일녀(一女) 셩완쇼져ᄅᆞᆯ 여ᄎᆞ여ᄎᆞ 함ᄒᆡ(陷害)ᄒᆞᆷ과 챵닌의 조강(糟糠) 졍쇼져ᄅᆞᆯ ᄯᅩ 여ᄎᆞ여ᄎᆞ 모ᄒᆡ(謀害)ᄒᆞ믈 ᄀᆞᆺ초 복초ᄒᆞ니 샹이 ᄎᆞ(此) 냥ᄉᆞ(兩事)ᄂᆞᆫ 국가의 간셥디 아니ᄒᆞ믈 모로디 아니ᄒᆞ시ᄃᆡ 범경화ᄂᆞᆫ 더옥 간흉(奸凶)ᄒᆞ믈 한심ᄒᆞ시고 졍·댱 냥인(兩人)의 디원극통(至冤極痛)ᄒᆞᆫ 죄뤼(罪累) 풍교(風敎)의 관계ᄒᆞ믈 ᄎᆞ악(嗟愕)ᄒᆞ샤 범경화와 젼후블의디ᄉᆞ(前後不義之事)ᄅᆞᆯ 동심(同心)ᄒᆞᆫ 뉴(類)ᄅᆞᆯ 다 ᄌᆞᆸ혀 일쳐(一處)의 ᄃᆡ면딜졍(對面質定)케 ᄒᆞ실ᄉᆡ 댱시(張氏) 월ᄋᆞ[93]ᄅᆞᆯ 빅 가지로 함ᄒᆡ(陷害)턴 바와 졍시(程氏) 월염을 죽이도록 도모턴 바의 다ᄃᆞ

24면

91 샹황(上皇): 상황. 자리를 물려준 황제를 이르는 말. 여기서는 영종.

92 발명(發明): 말로써 무죄를 밝히는 것.

93 월ᄋᆞ: 월아. 장성완.

라ᄂᆞᆫ 인심(人心)의 통원분ᄒᆡ(痛冤憤駭)ᄒᆞ믈 니긔디 못ᄒᆞᆯ 븐 아니라 블명무디(不明無知)ᄒᆞᆫ 당헌과 혼용무식(昏庸無識)ᄒᆞᆫ 박시 ᄌᆞ식의 셩효절녈(聖孝節烈)을 아디 못ᄒᆞ고 도로혀 흉요(凶妖)ᄒᆞᆫ 죄의 모라녀흐믈 못 밋ᄎᆞᆯ ᄃᆞᆺᄒᆞ고 졍시의 슉뇨완혜(淑窕婉惠)ᄒᆞᆷ과 인효명텰(仁孝明哲)ᄒᆞ믈 몽니(夢裏)의도 ᄭᆡ닷디 못ᄒᆞ여 사ᄅᆞᆷ의 ᄎᆞ마 못 ᄒᆞᆯ 거조(擧措)로 죽이려 셔도던[94] ᄇᆡ 역뉴간당(逆類奸黨)의 입으로 낫낫치 드러나ᄂᆞᆫ 바의 당헌과 박시의 무거블측(無據不測)ᄒᆞ믄 셰샹의 더브러 ᄀᆞᆺᄐᆞᆫ 사ᄅᆞᆷ이 업고 댱시 십 셰 유년(幼年)의 셩효녈절(誠孝烈節)이 궁만셰(窮萬歲)ᄒᆞ여 비우(比偶)ᄒᆞ리 업ᄉᆞ니 결부(潔婦)[95]의 쳥고(淸高)ᄒᆞᆷ
25면 과 녀죵(蠡種)[96]의 ᄆᆡᆼ녈(猛烈)ᄒᆞᄆᆡ 더어 낫갓ᄎᆞᆯ 벗기고 귀ᄅᆞᆯ 버혀 ᄆᆞᆰ은 절(節)을 엄슉히 ᄒᆞ고 큰 결단을 ᄇᆞᆰ히 잡아 흉당(凶黨)의 ᄇᆞ라믈 ᄭᆞᆺᄎᆞᄃᆡ 무디(無知)ᄒᆞᆫ 당헌이 오히려 ᄭᆡ닷디 못ᄒᆞ여 운산 빈집의 혼ᄌᆞ 두어 맛ᄎᆞᆷᄂᆡ 경화의 ᄒᆡ(害)ᄒᆞ믈 버셔나디 못ᄒᆞ니 믈 가온ᄃᆡ ᄲᅥ러져 죽으ᄆᆡ 니ᄅᆞᄃᆡ 디금(只今) 당헌의 부쳐(夫妻)ᄂᆞᆫ 아디 못ᄒᆞ고 그 시신도 거두디 못ᄒᆞ미 우흐로 텬심(天心)과 아ᄅᆡ로 시위군신(侍衛群臣)이 위ᄒᆞ여 참연ᄎᆞ셕(慘然嗟惜)ᄒᆞ고 칙칙탄상(嘖嘖嘆傷)ᄒᆞ여 당헌 부부ᄅᆞᆯ ᄭᅮ딧고 댱시의 고절녈ᄒᆡᆼ(高節烈行)을 칭도(稱道)치 아니리 업ᄂᆞᆫ디

---

94 셔도던: 셔돌다. 서두르다.

95 결부(潔婦): 추결부. 노나라 추호자의 아내. 추호자가 혼인한 지 닷새 만에 관직 때문에 떠났다가 5년이 지난 후 돌아오는 길에 자신을 못 알아보고 수작을 부리자 이를 부끄러워하여 강에 투신해 자살했다고 함.

96 녀죵(蠡種): 여종. 월나라 대부(大夫)였던 범여와 문종. 월나라가 오나라에 패해 이른바 회계(會稽)의 수치를 당했는데, 이 두 사람이 월왕 구천을 도와 끝내 그 수치를 씻게 했음.

라. 샹이 듕신(衆臣)을 도라보샤 졍·댱 냥녀(兩女)의 특츌긔이(特出奇異)ᄒᆞᆫ 효졀덕ᄒᆡᆼ(孝節德行)을 일ᄏᆞᄅᆞ시고 댱헌 부ᄌᆞ 쵹ᄒᆡᆼ(蜀行)을 인ᄒᆞ여 이 옥ᄉᆞ(獄事)ᄅᆞᆯ 참졍(參政)치 못ᄒᆞᆷ을 ᄋᆡ돌니 녁이시며 댱시의 포원조요(抱冤早夭)ᄒᆞᆷ을 ᄎᆞ셕(嗟惜)ᄒᆞ야 복션디니(福善之理) 도샹(倒常)ᄒᆞᆷ을 탄(嘆)ᄒᆞ시니 상국 니빈이 챵닌의 고(告)ᄒᆞ므로 댱시의 죽디 아냐시믈 아ᄂᆞᆫ디라 이에 댱가(張家) 변고(變故)와 졍·댱 냥녀의 참잔(慘殘)턴 졍니(情理)ᄅᆞᆯ 주(奏)ᄒᆞ고 위공이 댱녀ᄅᆞᆯ 구ᄒᆞ여 쵹의 두어시믈 알외니 샹이 댱녀의 복상(復常)홈과 ᄉᆡᆼ존ᄒᆞᆷ을 신긔히 넉이 26면
시고 졍시(程氏)의 셩효덕ᄒᆡᆼ(聖孝德行)을 칭찬ᄒᆞ샤 문녀(門閭)의 졍표(旌表)[97]키ᄅᆞᆯ 니ᄅᆞ시니 듕신(衆臣)이 맛당ᄒᆞ시믈 일ᄏᆞᆺ더라. 이에 박시 교랑을 안뉼(按律)홀ᄉᆡ 흉모(凶謀)ᄅᆞᆯ 동참(同參)ᄒᆞ여 경태(景泰)ᄅᆞᆯ 시(弑)ᄒᆞᆫ 일뉴간당(一類奸黨)을 졔졔(齊齊)히 쳐참효시(處斬梟示)ᄒᆞ고 범경화ᄂᆞᆫ 더옥 화셩공쥬의 일ᄌᆞ(一子)믈 민측(憫惻)ᄒᆞ샤 ᄉᆞ오일졍(四五日程)의 찬ᄇᆡ(竄配)ᄒᆞ야 회과슈ᄒᆡᆼ(悔過修行)ᄒᆞᆫ 후 은샤(恩赦)ᄅᆞᆯ 나리오믈 니ᄅᆞ시고 기여졔뉴(其餘諸類)ᄅᆞᆯ 다 감샤뎡ᄇᆡ(減死定配)ᄒᆞ실ᄉᆡ 등녜 쳐음 박녀의 당(黨)의 드러 원비(元妃)ᄅᆞᆯ 폐(廢)ᄒᆞ고 금디화엽(金枝華葉)을 ᄌᆞ세(藉勢)ᄒᆞ여 범간ᄒᆡᆼᄉᆡ(凡間行事) 무상(無狀)ᄒᆞ나 댱헌과 박시의 슬하(膝下) 되여 년쇼녀ᄌᆞ(年少女子) 그ᄅᆞᆺ되미 괴이치 아니ᄒᆞ디 셜능의 졍ᄉᆞ(情私)ᄅᆞᆯ 츄연(惆然)타 ᄒᆞ샤 긋ᄐᆞ

97 문녀(門閭)의 졍표(旌表): 문려정표. 효자·효부·열녀의 행실을 칭찬하고 장려하기 위해 하사하는 것으로, 대체로 벼슬이나 물건을 상으로 주되 마을 입구나 집 문 앞에 정려문(旌閭門)을 세우기도 함.

여 죄를 다ᄉᆞ리디 아니ᄒᆞ시고 다만 챵닌이 샤(赦)ᄒᆞ여 브ᄅᆞ디 아니ᄒᆞ여셔 방ᄌᆞ(放恣)히 댱가(張家)의 나아가디 못ᄒᆞ리라 ᄒᆞ샤 다시 텬가지엽(天家枝葉)을 일ᄏᆞ라 방죵(放縱)ᄒᆞᆫ 일이 업게 ᄒᆞ라 ᄒᆞ시고 화셩
27면 공쥬와 셜능공쥬의게 엄디(嚴旨)를 나리오샤 경화와 낙션의 블의(不義)를 도으믈 칙(責)ᄒᆞ시고 박상규ᄂᆞᆫ 블힝(不幸)ᄒᆞ여 간음찰녀(奸淫剎女)를 나흘디언졍 일즉 그 악ᄉᆞ(惡事)를 도으미 업고 궁졍(宮廷)의 드ᄅᆞᆫ 바ᄂᆞᆫ 젼혀 아디 못ᄒᆞ믈 샹의(上意)와 듕심(衆心)이 다 무죄ᄒᆞ믈 일ᄏᆞ라므로 ᄃᆡ명(待命)ᄒᆞ믈 하교(下敎)ᄒᆞ시고 안심찰딕(安心察職)ᄒᆞ라 ᄒᆞ시ᄃᆡ 박상귀 교랑의 음악대흉(淫惡大兇)을 븟그리고 슬허 다시 벼ᄉᆞᆯ의 나디 아니ᄒᆞ니라. 죄ᄌᆞ(罪者)를 일일히 벌ᄒᆞ고 공ᄌᆞ(功者)를 졔졔(齊齊) 상(賞)ᄒᆞᆯᄉᆡ 이 가온ᄃᆡ 댱헌의 ᄇᆡ은망혜(背恩忘惠)ᄒᆞᆫ 무상블의(無狀不義)를 겸ᄒᆞ여 츄셰비박(趨勢卑薄)ᄒᆞᆫ 탐욕이 사ᄅᆞᆷ의 타비즐ᄆᆡ(唾鄙叱罵)ᄒᆞ믈 면치 못ᄒᆞᆯ ᄇᆡ로ᄃᆡ 기ᄌᆞ(其子) 챵닌의 긔특ᄒᆞ미 샤딕(社稷)의 간셩(干城)일 ᄲᅳᆫ 아니라 댱헌이 일즉 닙됴(入朝)ᄒᆞ여 국ᄉᆞ(國事)의 딘심(盡心)ᄒᆞ고 샹(上)이 남궁(南宮)의 계실 젹 오ᄅᆡ 위호춍관(衛護摠官)[98]이 되여 튱근(忠勤)ᄒᆞᆫ 공이 잇고 노영(虜營)의 계실 ᄯᅵ 황후긔 쵹단(蜀緞) 삼쳔(三千) 필(疋)을 드리고 블측(不測)ᄒᆞᆫ 죄과(罪科) 업ᄉᆞ므로 작상(爵相)을 더으시미 둣터오ᄃᆡ 댱공이 ᄋᆞᄌᆞ(兒子)
28면 의 간(諫)ᄒᆞ므로조ᄎᆞ 병이 깁흐믈 알외여 아딕 벼ᄉᆞᆯ을 샤양ᄒᆞ고 쵹힝(蜀行)을 말ᄆᆡ암은 고로 그 셰미(細微)ᄒᆞᆫ 가ᄉᆞ(家事)를 인ᄒᆞ여 죄

98 위호춍관(衛護摠官): 위호총관. 호위를 총괄하는 직무.

룰 논ᄒᆞ미 블가(不可)타 ᄒᆞ여 다시 일ᄏᆞᆺ디 아니ᄒᆞ고 다만 한님 댱챵닌 쳐 뎡시(程氏) 셩효덕힝(誠孝德行)을 포댱(褒奬)[99]ᄒᆞ샤 ᄌᆞ덕의셩효렬인현군부인을 봉(封)ᄒᆞ샤 금ᄌᆞ어필(金字御筆)노 졍문(旌門)ᄒᆞ고 금은필빅(金銀匹帛)을 상샤(賞賜)ᄒᆞ야 일셰ᄉᆞ녀(一世士女)의 효덕녈힝(孝德烈行)을 흥긔(興起)ᄒᆞ고 댱쇼져 월ᄋᆞ의 쳔고무쌍(千古無雙)ᄒᆞᆫ 녈졀(烈節)을 ᄯᅩᄒᆞᆫ 어필졍문(御筆旌門)ᄒᆞ여 댱녈졀효션의군명 졀문(節門)을 놉히고 긔딘이보(奇珍異寶)로 상샤ᄒᆞ야 금셰인후셰인(今世人後世人)으로 ᄒᆞ여곰 녀ᄌᆞ의 효졀(孝節)이 ᄇᆡᆨ힝(百行)의 읏듬으로 댱쇼져 ᄀᆞᆺᄐᆞ미 ᄯᅩ다시 아니 ᄒᆞ믈 칭숑케 ᄒᆞ니 쳐결ᄒᆞ시ᄂᆞᆫ 바의 블가(不可)ᄒᆞ미 업ᄂᆞᆫ디라. 군신이 맛당ᄒᆞ믈 일ᄏᆞᆺ고 만셩ᄉᆞ셔(萬姓士庶)와 심산궁곡(深山窮谷)이라도 뎡·댱 이(二) 쇼져(小姐)의 효졀녈힝(孝節烈行)을 아니 칭찬ᄒᆞ리 업더라. 이 옥ᄉᆞ(獄事)의 ᄒᆡ비(該備)ᄒᆞᆫ 셜화(說話)와 댱공의 젼후괴패디시(前後怪悖之事)며 오 셰 손ᄋᆞ(孫兒)룰 다리고 쵹도(蜀道)의 니ᄅᆞ러 연부인긔 샤죄ᄒᆞ던 ᄉᆞ셜(辭說)이며 챵닌의 등과(登科)홈과 뎡공(程公)의 노영(虜營)으로조ᄎᆞ 환됴(還都)ᄒᆞ믈 듯고 챵황착급(蒼黃着急)히 몬져 샹경ᄒᆞ여 가샤(家舍)룰 졍쇄(淨灑)ᄒᆞ고 뎡시(程氏)룰 빗ᄂᆡ 쳥ᄒᆞ여 ᄉᆞ랑홈과 위로ᄒᆞ믄 니ᄅᆞ도 말고 공경ᄒᆞ며 흠복(欽服)ᄒᆞ믈 ᄋᆞᄌᆞ(兒子)의 더ᄒᆞ던 셜홰(說話)며 박부인의 츤냥업던 거동은 《의믱셩호연》의 올나시므로 ᄎᆞ편(此篇)의ᄂᆞᆫ 대략만 쓰니라. 황태휘(皇太后) 교량의 념통을 가져 경틔(景 29면

99 포댱(褒奬): 포장. 나라에서 상을 주어 공덕을 기리는 것.

泰)의 녕궤(靈机)의 제(祭)ᄒᆞ고 참통(慘痛)ᄒᆞ믈 니긔디 못ᄒᆞ시니 샹이 ᄯᅩᄒᆞᆫ 슬허ᄒᆞ샤 장념(葬殮)ᄒᆞ기ᄅᆞᆯ 친왕(親王)갓치 ᄒᆞ시고 왕을 시호(諡號)ᄒᆞ여 ᄀᆞᆯ오ᄃᆡ '녀(戾)'라 ᄒᆞ고 종동대리ᄉᆞ의 츄증(追贈)ᄒᆞ야 그 일ᄌᆞ(一子)ᄅᆞᆯ 응(應)ᄒᆞ다.

션셜(先說). 텬태산 졍부(程府)의셔 운계[100]션ᄉᆡᆼ이 의계[101]와 냥계[102]공으로 더브러 말셰(末世)의 휴휴(虧虧)ᄒᆞᆷ과 시ᄉᆞ(時事)의 분운(紛紜)ᄒᆞ믈 피ᄒᆞ여 태산궁협(泰山窮峽)의 ᄌᆞ최ᄅᆞᆯ 븟치ᄆᆡ 인간풍우(人間風雨) 듕(中) 어ᄌᆞ러온 소식을 씃쳐 만승(萬乘)[103]을 초개(草芥)ᄀᆞᆺ치 녁이니 번화부귀(繁華富貴) ᄯᅩᄒᆞᆫ 헌신 ᄀᆞᆺᄐᆞᆫ디라. 의의(猗猗)ᄒᆞ여 고듁쳥풍(孤竹淸風)[104]ᄒᆞ니 셔산의 ᄀᆞᆷ초이미 의블식쥬속(義不食周粟)[105]이라. 헌앙
30면 (軒昻)ᄒᆞᆫ 뜻이 한젹(漢的) ᄌᆞ릉(子陵)[106] ᄀᆞᆺ고 신긔ᄒᆞᆫ 도량(度量)이 딘젹(晋的) 도ᄌᆞᆷ(陶潛)[107] ᄀᆞᆺᄐᆞ니 ᄡᆞᆯᄃᆡ업시 〈니소(離騷)〉[108]ᄅᆞᆯ 디어 원망치

---

100 운계: 정삼의 호.

101 의계: 정염의 호.

102 냥계: 양계. 정겸의 호.

103 만승(萬乘): 만 대의 병거(兵車)라는 뜻으로, 천자의 자리를 이르는 말. 여기서는 '제후' 정도가 적절할 듯함.

104 고듁쳥풍(孤竹淸風): 고죽청풍. 고죽군의 아들인 백이·숙제의 청절(淸節)과 고풍(高風).

105 의블식쥬속(義不食周粟): 백이와 숙제의 고사 중 '고사리 캐는 노래(采薇之歌)'의 일부인 "주나라의 식량을 먹지 않았고, 수양산에 숨어 고사리를 캐서 그것을 먹었다(義不食周粟 隱於首陽山 采薇而食之)."에서 나온 것.

106 ᄌᆞ릉(子陵): 자릉. 후한 회계(會稽) 사람인 엄광(嚴光)의 자(字). 함께 수학한 광무제가 높은 벼슬을 제수하려고 했지만 사양하고 부춘산에 은거했음.

107 도ᄌᆞᆷ(陶潛): 도잠. 자는 연명(淵明). 중국의 대표적인 시인. 항상 전원생활을 그리다 누이의 죽음을 구실 삼아 사임한 뒤 다시는 관직에 나가지 않았음.

108 〈니소(離騷)〉: 〈이소〉. 전국시대 초나라의 굴원이 쓴 장편서사시. 초왕을 섬겨 충성을 다했으나 간신의 참소를 받아 추방되어 유랑하다 결국 멱라수에 투신한 그의 충절을 담고 있음.

아니ᄒᆞ고 구구(區區)히 회왕(懷王)[109]을 모ᄉᆞ(模寫)ᄒᆞ여 형고의ᄉᆡᆨ(形枯意塞)ᄒᆞ믈 구(求)치 아니ᄒᆞ여 무우(無憂)ᄒᆞ며 한가ᄒᆞ미 이 ᄀᆞᆺᄐᆞᆫ ᄌᆡ업ᄉᆞᆫ ᄃᆞᆺ 븍당(北堂)[110]의 편위(偏闈)ᄅᆞᆯ 봉시(奉侍)ᄒᆞ여 무ᄎᆡ(舞彩)[111]의 노ᄅᆞᆷ과 질츄(跌墜)의 희(戲)로뼈 태부인 열의(悅意)ᄅᆞᆯ 구ᄒᆞᄂᆞᆫ 결을의도 덕을 니ᄅᆞ며 학문을 논ᄒᆞ여 후원산졍(後園山亭)의 ᄒᆡᆼ보(行步)ᄒᆞ며 금회(襟懷)ᄅᆞᆯ 널니고 나면 태산 풍경을 편답(遍踏)ᄒᆞ며 동구(洞口)와 쥬산(主山)의 ᄒᆡᆼᄆᆡ(行邁) 학을 솔 아ᄅᆡ 길드리고 거믄고ᄅᆞᆯ 바회 아ᄅᆡ 고로고 퉁소ᄅᆞᆯ 뫳 가온ᄃᆡ 블며 바독을 반셕 우ᄒᆡ 두고 그믈을 반계(盤溪)의 치며 낙시ᄅᆞᆯ 동강(東江)의 드리오고 칼노 바회ᄅᆞᆯ ᄯᆞ려 붓ᄉᆞᆯ ᄲᆡ혀 운(韻)을 블너 ᄡᅳ고 혹 ᄆᆞᆯ을 어거(御車)ᄒᆞ믈 닉이고 샤법(射法)을 희롱ᄒᆞ고 경젼(經典)을 강논ᄒᆞ며 《쥬역(周易)》을 강논ᄒᆞ여 만고득실(萬古得失)과 텬츄흥망(千秋興亡)을 토론ᄒᆞ여 난의답논(難疑答論)ᄒᆞ고 산계(算計)ᄅᆞᆯ 닉여 뉵예(六藝)[112]ᄅᆞᆯ 뎡통(精通)ᄒᆞ고 시쥬(詩酒)로 챵화(唱和)ᄒᆞ며 혹 들ᄒᆡ 나가 목화(木花)ᄅᆞᆯ ᄯᆞ고 화셔(禾黍)ᄅᆞᆯ 븨며 슉금 31면
(淑琴)을 두다려 시ᄅᆞᆯ 읇고 가(歌)ᄅᆞᆯ 답ᄒᆞ니 도도ᄒᆞᆫ 흥미 만고(萬古)ᄅᆞᆯ

109 회왕(懷王): 전국시대 초나라의 왕. 탐욕과 어리석음으로 여러 차례 진(秦)나라 승상 장의(张仪)의 계책에 넘어갔으며, 굴원의 간언을 뿌리치고 진나라에 들어갔다가 억류된 뒤 그곳에서 죽었음.

110 븍당(北堂): 북당. 중국 고대 가옥에서 여성의 처소가 북쪽에 있었던 데서 유래하여, 어머니를 지칭하는 말로 쓰이게 됨.

111 무ᄎᆡ(舞彩): 무채. '반채(班彩)'와 같은 말. 색동옷을 입고 즐겁게 해드린다는 것으로, 춘추시대 초나라 사람 노래자가 나이 든 후에도 부모님을 기쁘게 해드리기 위해 부모님 앞에서 아이처럼 색동옷을 입고 춤을 추었다는 고사에서 유래한 것.

112 뉵예(六藝): 육예. 고대 중국 교육의 여섯 가지 과목인 예(禮), 악(樂), 사(射), 어(御), 서(書), 수(數)의 육학(六學)을 가리킴.

기우리고 녑녑(曄曄)ᄒᆞᆫ 문ᄎᆡ(文彩) 텬디ᄅᆞᆯ 기우리ᄃᆡ 노ᄅᆞᆷ이 잡풍(雜風)의 잇디 아니ᄒᆞ여 쳑동쇼ᄌᆞ(尺童小子)라도 경각(驚覺)ᄒᆞ고 시위ᄉᆞ령(侍衛使令)이라도 무심(無心)ᄒᆞ믈 삼가ᄂᆞᆫ디라. ᄂᆡ외(內外)의 쳥졍(淸淨)ᄒᆞ미 혁연(赫然)이 츄슈(秋水)ᄅᆞᆯ ᄆᆞᆰ혀시니 ᄒᆞᆫ 터럭 혼탁홈과 ᄋᆡ톄(礙滯)ᄒᆞ미 업시 부인ᄂᆡᄂᆞᆫ 날노 녀교(女敎)ᄅᆞᆯ 강논ᄒᆞ고 방젹(紡績)을 다ᄉᆞ려 부공(婦功)이 가ᄌᆞᆨᄒᆞ고 셩회(聖孝) 동쵹(洞屬)ᄒᆞ며 화긔(和氣) 은은(誾誾)ᄒᆞ여 돈목상ᄋᆡ(敦睦相愛)ᄒᆞᆯ ᄲᅮᆫ이니 이 부듕(府中)의 엇디 먹음은 회포(懷抱)ᄅᆞᆯ ᄇᆡ예 두며 블협(不協)ᄒᆞᆫ ᄯᅳᆺ을 가ᄉᆞᆷ의 담을 ᄌᆡ이시리오마ᄂᆞᆫ 소부인[113] ᄒᆞᆫ 사ᄅᆞᆷ이 ᄇᆡᆨᄉᆡ(百事) 딘션(盡善)ᄒᆞᆫ 바로 가ᄉᆞᄅᆞᆯ 션치(善治)홈과 존고(尊姑)ᄅᆞᆯ 봉효(奉孝)ᄒᆞ며 유ᄌᆞ(幼子)ᄅᆞᆯ 무양(撫養)ᄒᆞ믄 죡히 다시 일ᄏᆞᄅᆞᆯ ᄇᆡ 아니니 샤광[114](師曠)의 춍(聰)과 니루[115](離婁)의 명(明)이라도 소부인의 표리교간(表裏巧奸)ᄒᆞ여 ᄆᆡᆼ덕(孟[116]德)의 간웅(奸雄)과 님보[117](林甫)의 심통을 홀노 가져 ᄀᆞ만ᄒᆞᆫ 가온ᄃᆡ
32면 간악(奸惡)을 위심(爲甚)ᄒᆞ며 션ᄒᆡᆼ(善行)을 블관(不關)ᄒᆞ고 ᄇᆡ텬긔심(背天欺心)ᄒᆞᄆᆡ 밋ᄎᆞ믈 뉘 알니오마ᄂᆞᆫ 가듕(家中)이 다 우젼초박(憂煎焦迫)ᄒᆞ여 다ᄅᆞᆫ ᄃᆡ ᄆᆞ음이 잇디 아니ᄃᆡ 쳐ᄉᆞᄂᆞᆫ 텬시(天時)와 인ᄉᆞ(人事)ᄅᆞᆯ ᄇᆰ히 혜아려 단회긔약(團會期約)을 기다리고 과도히 원우영

113 소부인: 소교완.

114 샤광(師曠): 춘추시대 진(晉)나라 때의 악사로, 태어날 때부터 장님이었는데 음률을 잘 판별했고 소리로 길흉까지 점쳤다고 함.

115 니루(離婁): 이루. 눈이 아주 밝았다고 전해지는 전설상의 인물.

116 ᄆᆡᆼ덕(孟德): 맹덕. 위(魏)나라 건국의 기초를 닦았던 조조의 자.

117 님보(林甫): 임보. 당나라 현종 때의 재상 이임보. 중상모략에 능하고 겉과 속이 달라, 입에는 꿀이 있으나 배 속에는 칼이 있다는 뜻의 '구밀복검(口蜜腹劍)'이라 불렸음.

탄(怨憂詠嘆)ᄒᆞ믈 낫토디 아녀 ᄒᆞᆫ갈ᄀᆞᆺ치 태부인을 위안(慰安)ᄒᆞ여 황향(黃香)[118]의 션침(扇寢)과 증ᄌᆞ(曾子)의 양지(養志)[119]ᄅᆞᆯ 쏘와 동동촉촉(洞洞屬屬)[120]ᄒᆞ미 ᄉᆞ심(私心)을 결을치 못ᄒᆞ니 이공(二公)이 쏘ᄒᆞᆫ 쳐ᄉᆞ의 그림ᄌᆡ 되여 태부인 슬하ᄅᆞᆯ 님ᄒᆞᆫᄌᆞᆨ 봄빗치 온화ᄒᆞ여 셕ᄉᆞ(昔事)ᄅᆞᆯ 감상(感傷)ᄒᆞ믈 빗최디 아녀 희ᄒᆡ(戱諧)ᄅᆞᆯ 요구ᄒᆞ여 긔국(碁局)으로 소유(消遊)ᄒᆞ며 셰월을 보ᄂᆡ미 되고 화부인이 일시도 존고좌하(尊姑座下)ᄅᆞᆯ 쩌나미 업셔 브드러온 말ᄉᆞᆷ과 유화(柔和)ᄒᆞᆫ 안ᄉᆡᆨ이 훈풍이 ᄇᆡᆨ믈(百物)을 화ᄉᆡᆼ(和生)ᄒᆞ고 동황(東皇)[121]이 만믈을 붓쳐ᄂᆡ니 사ᄅᆞᆷ으로 ᄒᆞ여곰 ᄇᆡᆨ우(百憂)ᄅᆞᆯ ᄉᆞᆯ와바리고 만영(萬榮)을 인도ᄒᆞᆫ디라. 태부인이 효ᄌᆞ현부(孝子賢婦)의 디효(至孝)ᄅᆞᆯ 의디ᄒᆞ여 스ᄉᆞ로 관심억제(寬心抑制)ᄒᆞ나 ᄊᆡᄊᆡ 븍디고상(北地苦狀)을 닐너 우구(憂懼)ᄒᆞᆫ 근심과 간졀ᄒᆞᆫ 념녀(念慮) 침식(寢食)을 일우디 못ᄒᆞ고 쳐ᄉᆡ 모친의 33면 상심비우(傷心悲憂)ᄒᆞ시믈 당ᄒᆞᆫᄌᆞᆨ 황황민울(遑遑悶鬱)ᄒᆞ미 이에 디난 밧ᄌᆡ[122] 업셔 ᄇᆡᆨ 가디로 태부인 소회(消懷)ᄒᆞ시믈 구(求)ᄒᆞ여 ᄇᆞ야 깃브시믈 보온 후야 잠간 방심(放心)ᄒᆞ니 태부인이 상셔 부ᄌᆞᄅᆞᆯ 니ᄌᆞ

---

118 황향(黃香)의 션침(扇寢): 황향의 선침. 한나라 때 황향이 아버지를 봉양하면서, 날이 더우면 이부자리와 베개에 부채질을 하여 시원하게 하고 추우면 자신의 몸으로 따뜻하게 했다는 고사에서 유래한 것으로, 부모에 대한 자식의 지극한 효성을 말함.

119 양지(養志): 공자의 제자인 증자가 실행한 효의 방식으로, 부모의 크나큰 은혜를 갚기 위해서는 무엇보다 뜻을 받들어야 한다는 것.

120 동동촉촉(洞洞屬屬): 부모 앞에서 지극히 공손한 모습. 《예기》 〈제의(祭義)〉의 "조심조심 경건하게 감당할 수 없는 것처럼 하고(洞洞屬屬然如弗勝)."라는 구절에서 나온 말.

121 동황(東皇): 오방신장(五方神將)의 하나로, 봄을 맡고 있는 동쪽의 신.

122 밧ᄌᆡ: 밧〔所〕자(者). 바의 것.

미 아니로되 쳐ᄉᆞ의 우황초박(憂惶焦迫)ᄒᆞ믈 돕디 못ᄒᆞ여 스ᄉᆞ로 관인(寬忍)ᄒᆞ믈 위쥬(爲主)ᄒᆞ더니 샹(上)이 니빈 등 졔신(諸臣)을 거ᄂᆞ려 안귀고국(安歸故國)ᄒᆞ샤 텬하를 대샤(大赦)ᄒᆞ시ᄆᆡ 태산이 비록 심슈(深邃)ᄒᆞ야 셰샹 소식을 긋ᄎᆞ미 유명(幽明)을 격(隔)ᄒᆞ므로 일반이나 이 ᄯᅩᄒᆞᆫ 하날 아ᄅᆡ오 국가 ᄒᆞᆫ ᄯᅡ히라. 임의 소문이 눈 날니듯 ᄒᆞ여 대개(大駕) 환귀(還歸)ᄒᆞ시ᄃᆡ 졍쳥계와 됴후암이 도라오믈 엇디 못ᄒᆞ여 만분의 굴욕을 면ᄒᆞᆯ 날이 업다 ᄒᆞᄂᆞ디라. 셔태부인이 ᄒᆞᆫ번 드ᄅᆞᄆᆡ 악연통돌(愕然痛咄)ᄒᆞ여 먼니 ᄉᆡ븍(塞北)[123]을 ᄇᆞ라 허희영탄(歔欷永嘆)ᄒᆞᄆᆡ 쌍뉘(雙淚) 쇼메를 젹시니 쳐ᄉᆡ 민황(憫惶)ᄒᆞ믈 니긔디 못ᄒᆞ여 븟드러 위로ᄒᆞ며 모젼(母前)의셔 희경(喜慶)을 츄슈(推數)[124]ᄒᆞ여 길흉(吉凶)을 졈복(占卜)ᄒᆞᆯᄉᆡ 미묘(微妙)ᄒᆞᆫ 곳을 방통ᄒᆡ발(旁通解發)ᄒᆞᄆᆡ 비록 목금(目今)의 도라오디 못ᄒᆞ미 시운(時運)의 건둔(蹇屯)ᄒᆞ미나 맛ᄎᆞᆷᄂᆡ 유길무흉(有吉無凶)ᄒᆞ여 영화로온 술위[125]와 빗난 위의(威儀)로 금의환향(錦衣還鄕)ᄒᆞ미 슈삼츈츄(數三春秋)를 격(隔)ᄒᆞᆯ디라. 태부인과 화부인이 일죵(一從) 온용(溫容)ᄒᆞ고 고요ᄒᆞ믈 주(主)ᄒᆞ여 평ᄉᆡᆼ 녀공(女工)[126]을 다ᄉᆞ리며 듕궤(中饋)[127]를 쥬ᄒᆞᆷ도 오히려 능치 못ᄒᆞᆯ 둣 겸손ᄒᆞ고 텰부(哲婦)의 경셩(傾性)을 아쳐ᄒᆞ여 통텰(聰哲)ᄒᆞᆫ 디식이 업손 둣ᄒᆞ나 텬셩딘춍(天性盡聰)과 디명(至明)인족 만ᄉᆞ(萬事)

34면

---

123 ᄉᆡ븍(塞北): 새북. 북쪽 변방.

124 츄슈(推數): 추수. 닥쳐올 운수를 미리 헤아려 아는 것.

125 술위: 수레.

126 녀공(女工): 여공. 부녀자들이 하는 길쌈을 비롯한 집안일.

127 듕궤(中饋): 중궤. 부녀자가 주방에서 음식 만드는 일을 관장하는 것.

의 무블능통(無不能通)ᄒᆞ니 엇디 슈학(數學)[128]의 붉디 못ᄒᆞ미 이시리오? 쳐시 길흉(吉凶)을 츄졈(推占)[129]ᄒᆞᄂᆞᆫ 바의 태부인이 옥슈(玉手)로ᄲᅧ 산(算)ᄒᆞ여 스ᄉᆞ로 히득(解得)ᄒᆞ고 화부인이 그윽이 혜아려 흉쇼길다(凶小吉多)ᄒᆞ믈 ᄭᆡ치미 잠간 희긔(喜氣) 슈미(秀眉)의 도라와 인ᄒᆞ여 우회(憂懷)를 져기 위로ᄒᆞ미 되ᄂᆞᆫ디라. 소부인이 ᄉᆞ긔(史記)와 경젼(經典)의 슉달(熟達)ᄒᆞ나 슈학을 붉히 통(通)ᄒᆞ믄 태부인과 화부인을 밋디 못ᄒᆞᄂᆞᆫ디라. 쳐ᄉᆞ와 화부인이 굿ᄐᆞ여 말이 업고 태부인이 다만 졈ᄉᆞ(占辭)[130]를 보고 ᄒᆞᆫ번 산(算)ᄒᆞ미 고개 좃고 다시 말을 아니ᄒᆞ니 소부인이 ᄒᆞᆫ두 곳 미히(未解)ᄒᆞᆫ 바를 므를 곳이 업셔 침음(沈吟)이러니 날호여 사실(私室)의 믈너와 닌웅을 블너 쳐ᄉᆞ의 츄졈(推占)ᄒᆞᆫ 바로ᄲᅧ 므ᄅᆞ니 공ᄌᆡ 모ᄌᆞ(母子)의 친(親)과 텬눈(天倫)의 졍(情)으로ᄲᅧ ᄌᆞ긔 아ᄂᆞᆫ 바를 숨기미 괴이홀 ᄲᅳᆫ 아니라 졈ᄉᆡ(占辭) 대길(大吉)ᄒᆞ믈 힝심(幸甚)ᄒᆞ여 ᄌᆞ부인(慈夫人)[131] 슬젼(膝前)의 나아안ᄌᆞ 그 길ᄒᆞ믈 슌슈(順數)ᄒᆞ고 아딕 태운(泰運)이 다ᄃᆞᆺ디 못ᄒᆞᆫ 바를 고(告)ᄒᆞ니 소부인이 일일졈두(一一點頭)ᄒᆞ고 공의 영화로이 환졍(還程)홀 바를 깃거치 아니미 아니로ᄃᆡ 닌셩의 신싊(身數) 놉히 빗나고 크게 길(吉)ᄒᆞ믈 블힝통한(不幸痛恨)ᄒᆞ여 노심한골(勞心恨骨)ᄒᆞ미 더으ᄃᆡ 힝혀도 ᄉᆞ식(辭色)의 낫토미 업고 언어의 발(發)ᄒᆞ미 업ᄉᆞ니 닌웅공ᄌᆞ의 셩명디식(盛明至識)이 신이민달(神異敏達)ᄒᆞ므로도 오히려 그 모친의 흉교

35면

128 슈학(數學): 수학. 상수학(象數學). 《주역》의 괘에 나타난 형상과 수의 변화를 연구하는 학문.
129 츄졈(推占): 추점. 앞으로 올 일을 미루어서 점을 침.
130 졈ᄉᆞ(占辭): 점사. 점괘에 나타난 말.
131 ᄌᆞ부인(慈夫人): 자부인. 모친.

간활(凶교奸猾)ᄒᆞᆫ 심혜(深澺)ᄅᆞᆯ 다 아디 못ᄒᆞ고 오딕 양모(養母)[132]의
36면 텬셩디인(天性之仁)과 슉모(叔母)[133]의 ᄌᆞ인극션(慈仁極善)으로 논(論)
컨ᄃᆡ ᄉᆡᆼ뫼(生母) 맛ᄎᆞᆷᄂᆡ 표리병텰(表裏併徹)치 못ᄒᆞᆫ가 ᄒᆞᆯ디언졍 ᄌᆞ긔
ᄉᆡᆼ세디후(生世之後)의 모친ᄒᆡᆼᄉᆞ(母親行事)ᄅᆞᆯ 보건ᄃᆡ ᄒᆞᆫ 거ᄅᆞᆷ과 ᄒᆞᆫ 말
ᄉᆞᆷ이 녜의(禮義)와 법귀(法規) 아니미 업ᄉᆞᆫ디라. 효의(孝義)와 인의
(仁義) 겸젼(兼全)ᄒᆞ여 덕ᄒᆡᆼ이 온유(溫柔)ᄒᆞ니 무스 곳의 허믈이 이시
믈 알니오? ᄒᆞᆫ갓 ᄌᆞ긔 셩효(誠孝)ᄅᆞᆯ 다ᄒᆞ여 양모(養母)의 비원쳐초(悲
願悽焦)ᄒᆞᆫ 심회ᄅᆞᆯ 위로ᄒᆞ고 ᄉᆡᆼ모(生母)의 젹막ᄒᆞᆫ 좌와(坐臥)[134]ᄅᆞᆯ 살펴
동동쵹쵹디셩(洞洞屬屬之誠)이 인ᄌᆞ(人子)의 봉친디되(奉親之道) 흡
흡(洽洽)ᄒᆞᆯ 쁜 아니라 근일(近日)의 ᄆᆡᆺ쳐ᄂᆞᆫ 인ᄉᆡ(人事) 더옥 슉건(肅
虔)ᄒᆞ여 비록 늉동셜한(隆冬雪寒)이라도 듕야(中夜)의 니러 조모(祖
母)와 두 모친 침슈(寢睡)ᄅᆞᆯ ᄉᆞᆯ펴 평부(平否)ᄅᆞᆯ ᄇᆞᆰ히 안 후의 잠간 잠
을 일우나 부형(父兄)이 ᄉᆞ븍만니(塞北萬里)의 도굴(到屈)ᄒᆞ여 도라
올 디쇽(遲速)을 뎡(定)치 못ᄒᆞ믈 슬허 날노 ᄉᆞ렴(思念)ᄒᆞ고 원모(遠
慕)ᄒᆞ여 븍녁 희미ᄒᆞᆫ 구ᄅᆞᆷ을 늣기ᄆᆡ 쳑호(陟岵)[135]ᄒᆞᄂᆞᆫ 눈믈이 한삼(汗
衫)을 젹시고 쳠망(瞻望)[136]ᄒᆞᄂᆞᆫ 탄식이 슈미(愁眉)ᄅᆞᆯ 기리 잠으ᄆᆡ 되엿
37면 다가도 왕모(王母)와 모젼(母前)을 님(臨)ᄒᆞ면 화긔(和氣) 이셩(怡聲)

---

132 양모(養母): 양어머니. 여기서는 정흠의 부인인 화부인.

133 슉모(叔母): 숙모. 여기서는 정삼의 부인인 화부인.

134 좌와(坐臥): 앉고 눕는 것. 기거 및 일상생활을 말함.

135 쳑호(陟岵): 척호. 민둥산에 오른다는 뜻으로, 아버지를 그리워한다는 말. 《시경》〈위풍(魏風)〉 '척호(陟岵)'의 "저 민둥산에 올라 아버지 계신 곳을 바라보네(陟彼岵兮 瞻望父兮)."에서 유래함.

136 쳠망(瞻望): 첨망. 아버지가 계신 곳을 바라본다는 뜻으로, 아버지를 그리워함을 이르는 말.

ᄒᆞ여 경슌위열(敬順爲悅)ᄒᆞ미 쳐ᄉᆞ의 효뎨(孝悌)[137]를 법바드니 조모와 두 모친의 만금귀듕(萬金貴重)이 ᄒᆞᆫ 몸의 온젼ᄒᆞᄃᆡ 공ᄌᆡ 더옥 삼가고 조심ᄒᆞ여 조곰도 귀문교ᄋᆞ(貴門驕兒)의 긔운이 업ᄉᆞᆯ 쁜 아니라 양부(養父)[138]의 포원죄왕(抱冤罪枉)[139]ᄒᆞ믈 극민참통(極憫慘痛)ᄒᆞᄆᆡ 오오열열(嗚嗚咽咽)ᄒᆞ니 그 궁원한결(窮寃恨結)ᄒᆞ미 우흐로 구텬(九天)을 ᄉᆞᄆᆞᆺ고 아ᄅᆡ로 궁텬(窮泉)의 통(通)ᄒᆞ니 강보의 이셔 셰ᄉᆞ(世事)ᄅᆞᆯ 아디 못ᄒᆞᆯ ᄊᆡᄂᆞᆫ 억슈쳔통(億愁千痛)이 이셔도 족히 니ᄅᆞᆯ ᄇᆡ 아니어니와 공ᄌᆞ의 조셩특눈(早成特倫)ᄒᆞ믄 오륙 셰로브터 ᄇᆡᆨᄒᆡᆼ(百行)이 찬연(燦然)애 도학(道學)이 빈빈(彬彬)ᄒᆞ여 ᄉᆡᆼ디(生知)[140]ᄒᆞᄂᆞᆫ 셩(性)을 가져시니 어버이ᄅᆞᆯ ᄉᆞ랑ᄒᆞᆷ과 어룬을 공경ᄒᆞ미며 동긔ᄅᆞᆯ 우ᄋᆡᄒᆞᆷ과 친쳑을 돈목ᄒᆞ미 그 텬셩(天性)이라 양부의 조셰원왕(早世冤枉)ᄒᆞ믈 통원각골(痛冤刻骨)ᄒᆞ고 ᄉᆡᆼ부(生父)[141]의 호디슈계(胡地囚繫)ᄅᆞᆯ 원호초박(冤號焦迫)ᄒᆞ여 슈통(愁痛)이 층쳡(層疊)ᄒᆞ니 튱년유ᄌᆞ(沖年幼者)의 아디 못ᄒᆞᆯ 바ᄅᆞᆯ 스ᄉᆞ로 ᄊᆡᄃᆞ라 디통(至痛)과 심녀(心慮)ᄅᆞᆯ 간혈(肝血)의 ᄆᆡ ᄌᆞ 흉격(胸膈)을 통도(痛悼)ᄒᆞᄃᆡ 억졔ᄒᆞ믈 남달니 ᄒᆞ고 관인(寬忍)ᄒᆞ믈 디극히 ᄒᆞ여 폐부(肺腑)의 얽힌 슬픔과 념녀ᄅᆞᆯ 존젼(尊前)의 닐위디[142] 아니ᄒᆞ니 두 모친과 왕뫼(王母) 오히려 ᄎᆡ 아디 못ᄒᆞᄃᆡ ᄌᆞᆼ형(從兄) 38면

---

137 효뎨(孝悌): 효제. 부모에 대한 효도와 형제에 대한 우애를 통틀어 이르는 말. 효우(孝友)와 같은 말.

138 양부(養父): 양아버지. 여기서는 정흠.

139 포원죄왕(抱冤罪枉): 억울하고 원통한 죄를 받음.

140 ᄉᆡᆼ디(生知): 생지. 도(道)를 스스로 깨닫는 것. '생이지지(生而知之)'와 같은 말.

141 ᄉᆡᆼ부(生父): 생부. 친아버지. 여기서는 정삼.

142 닐위디: 닐위다. 이르게 하다, 이루어지게 하다, 만들다.

닌명이 낫으로 밤을 니어 일시도 ᄯᅥ나미 업시 셔로 ᄌᆞ최ᄅᆞᆯ 조ᄎᆞ므로 공ᄌᆞ의 통회(痛懷)ᄅᆞᆯ 슷치고[143] ᄆᆡ양 위로ᄒᆞ여 무익(無益)ᄒᆞ므로ᄡᅧ 심ᄉᆞᄅᆞᆯ 날노 상손(傷損)ᄒᆞ고 신졍(神精)을 졈졈 소삭(消削)ᄒᆞ미 도로혀 블효의 갓가오믈 니ᄅᆞᆫᄃᆡ 공ᄌᆡ 기리 탄식(嘆息)고 일ᄌᆞᆨ 비원(悲怨)과 슈한(愁恨)을 토셜(吐說)ᄒᆞ미 업ᄉᆞ나 침쳐(寢處)의 쳬읍ᄒᆞᄆᆡ 눈믈이 벼개ᄅᆞᆯ 젹시고 사ᄅᆞᆷ 업ᄉᆞᆫ 곳의 가 븍녁흘 ᄇᆞ라 통읍(痛泣)ᄒᆞ고 비러 부형(父兄)의 슈히 도라오기ᄅᆞᆯ 원(願)ᄒᆞ니 쳑호망운(陟岵望雲)[144]ᄒᆞᄂᆞᆫ 졍이 일일심졀(日日深切)ᄒᆞᆫ디라. 닌명이 그 디효(至孝)ᄅᆞᆯ 감탄ᄒᆞ여 스ᄉᆞ로 밋출 ᄇᆡ 아니믈 니ᄅᆞ며 깁히 ᄉᆞ랑ᄒᆞ고 듕(重)히 넉이미 일신 ᄀᆞᆺᄐᆞ니 공ᄌᆡ ᄯᅩᄒᆞᆫ 졔죵(諸從) 가온ᄃᆡ 닌명의게 ᄌᆞ별(自別)ᄒᆞᆫ ᄯᅳᆺ이 잇
39면 ᄂᆞᆫ디라. 냥계공과 셔부인이 닌명을 귀듕ᄒᆞ미 텬뉸(天倫) 밧긔 ᄲᅱ여난 졍(情)이로ᄃᆡ 범ᄉᆞ(凡事)의 신ᄋᆡ(信愛)ᄒᆞ고 취듕(取重)ᄒᆞ믄 오히려 닌웅을 더ᄒᆞ여 슉딜(叔姪)의 졍이 부ᄌᆞ(父子)의 감(減)ᄒᆞ미 업ᄉᆞ니 일가(一家)의 긔ᄃᆡ츄앙(期待推仰)ᄒᆞ미 졔공ᄌᆞ뉴(諸公子類)의 웃듬이오 닌듕은 용모풍신(容貌風神)이 졀츌(絶出)ᄒᆞ고 춍명ᄌᆡ홰(聰明才華) 탁월ᄒᆞ여 모부인(母夫人)의 ᄌᆡ용긔딜(才容氣質)을 젼습(傳襲)ᄒᆞᄆᆡ 일ᄌᆞᆨ 슈고로이 ᄇᆡ호미 업시 박고통금(博古通今)ᄒᆞᄂᆞᆫ 문식(文識)과 능운졔셰(淩雲濟世)ᄒᆞᄂᆞᆫ ᄌᆡ학(才學)이 날노 댱딘(長進)ᄒᆞ니 일개(一家) ᄋᆡ경(愛敬)ᄒᆞ고 쳐ᄉᆡ 어로만져 닉ᄋᆡ(溺愛)ᄒᆞ믈 디극히 ᄒᆞᄃᆡ 훈교(訓

---

143 슷치고: 슷치다. 알아채다.

144 척호망운(陟岵望雲): 척호망운. '척호'는 민둥산에 오른다는 뜻으로, 아버지를 그리워함을 이르는 말. '망운'은 객지에서 고향에 계신 어버이를 생각한다는 것으로, 당나라 때 적인걸이 타향에서 부모가 계신 쪽의 구름을 바라보고 어버이를 그리워했다는 데서 유래함.

敎)ᄒᆞ믈 뎡엄(正嚴)히 ᄒᆞ여 ᄒᆞᆫ 조각 브졍디ᄉᆞ(不正之事)를 구두(口頭)의 올니디 아닐 ᄲᅳᆫ 아니라 평싱의 음일암험(淫佚暗險)ᄒᆞᆫ 말을 귀가의 머므ᄅᆞ디 아냐 목블시ᄉᆞ쉭(目不視邪色)ᄒᆞ며 이블쳥비례(耳不聽非禮)ᄒᆞ니 엇디 ᄌᆞ딜(子姪)의 다ᄃᆞ라 ᄇᆡᆨᄒᆡᆼ(百行)을 경계ᄒᆞ미 범연(泛然)ᄒᆞ리오? ᄒᆞ믈며 디인(知人)ᄒᆞᄂᆞᆫ 안춍(眼聰)이 사ᄅᆞᆷ의 폐부(肺腑)를 ᄉᆞ뭇ᄂᆞᆫ디라. ᄂᆡ듕이 문풍(門風)의 고고항항(高高抗抗)홈과 튱근검냑(忠勤儉約)ᄒᆞ믈 능히 픔(稟)치 못ᄒᆞ고 도로혀 셰쇽(世俗)의 식ᄉᆞ(飾辭)ᄒᆞᄂᆞᆫ ᄐᆡ되(態度) 이시믈 깁히 념녀(念慮)ᄒᆞ여 순순(諄諄)히 군ᄌᆞ의 덕ᄒᆡᆼ이 표리교간(表裏巧姦)ᄒᆞ미 업ᄉᆞ믈 닐너 ᄆᆡ양 순일뎡대(純一正大)ᄒᆞ므로ᄡᅧ 경계ᄒᆞᄃᆡ ᄌᆞᄋᆡ(慈愛)를 합ᄒᆞ여 요란이 즐칙(叱責)ᄒᆞ미 업ᄉᆞ니 ᄂᆡ듕이 계부(季父)[145]의 어디롬과 졔죵(諸從)의 긔특ᄒᆞ믈 모로미 아니로ᄃᆡ 맛ᄎᆞᆷᄂᆡ ᄯᆞᆯ와 ᄀᆞᆺ고ᄌᆞ 아니 ᄒᆞ여 비록 겻ᄎᆞ로 흐ᄅᆞᄂᆞᆫ ᄃᆞᆺ 공슌(恭順)ᄒᆞ여 니ᄅᆞᄂᆞᆫ 바의 ᄉᆞ디(死地)라도 거역디 아닐 ᄃᆞᆺᄒᆞ나 듕심(中心)인즉 ᄂᆡ도ᄒᆞ여[146] 부월(斧鉞)이 당젼(當前)ᄒᆞ나 ᄉᆞᄉᆞ로온 암의(暗意)를 곳칠 길히 업ᄉᆞ니 쳐ᄉᆡ 엇디 ᄋᆞ딜(兒姪)의 인믈을 아디 못ᄒᆞ리오? 가풍(家風)을 츄락(墜落)ᄒᆞ고 조션(祖先)을 쳠욕(沾辱)홀가 그윽이 념녀ᄒᆞ나 그 나히 어린 바의 칙망(責望)이라도 홀 ᄇᆡ 아니라 ᄒᆞ여 가디록 죵용ᄒᆞ믈 주(主)ᄒᆞ니 ᄒᆡᆼ혀도 못ᄡᅳᆯ 말노 ᄭᅮ딧디 아니ᄒᆞ므로 냥계와 의계공이라도 ᄂᆡ듕의 총명ᄌᆡ긔(聰明才氣)를 칭ᄋᆡ(稱愛)홀 ᄲᅳᆫ이오 픔딜(稟質)이 졔ᄋᆞ(諸兒)와 ᄂᆡ도ᄒᆞ믈 아디 못ᄒᆞ고 셔태부인은 친

145 계부(季父): 아버지의 동생. 여기서는 정삼.

146 ᄂᆡ도ᄒᆞ여: ᄂᆡ도ᄒᆞ다. 매우 다르다.

손죵손(親孫從孫)을 간격(間隔)디 아냐 보면 흔연(欣然)이 ᄉᆞ랑ᄒᆞ여 어리니ᄅᆞᆯ 가ᄎᆞ(假借)[147]ᄒᆞ고 ᄌᆞ라니ᄅᆞᆯ 션교(善教)ᄒᆞ미 ᄒᆞᆫ갈ᄀᆞᆺ치 ᄋᆡ휵(愛畜)ᄒᆞᄆᆡ 조곰도 편벽(偏僻)ᄒᆞ미 업ᄉᆞᆫ디라 듕ᄋᆞᄅᆞᆯ 위ᄒᆞ여 깁히 념녀ᄒᆞᄂᆞᆫ 바ᄅᆞᆯ 쳐ᄉᆞ 부뷔라도 ᄀᆞᆺᄐᆞ여 알과져 아니 ᄒᆞ니 타인이야 더옥 엇디 알오미 이시리오? 보ᄂᆞᆫ ᄌᆡ 황홀이 ᄉᆞ랑ᄒᆞ믄 졔공자(諸公子) ᄀᆞ온ᄃᆡ 닌듕이 ᄋᆞᆺ듬인 ᄃᆞᆺᄒᆞ고 하쳔복뷔(下賤僕夫) 다 닌듕공ᄌᆞᄅᆞᆯ 일ᄏᆞ라 ᄌᆞ인(慈仁)ᄒᆞ미 ᄎᆞ공ᄌᆞ(此公子) ᄀᆞᆺᄐᆞ니 업다 ᄒᆞ니 이 ᄯᅩ 듕ᄋᆡ 모친셩픔(母親性品)을 습(襲)ᄒᆞ여 장확(壯獲)[148]의 뉴(類)ᄅᆞᆯ ᄉᆞᄉᆞ로이 ᄃᆡ졉ᄒᆞ여 귀ᄒᆞᆫ 과실이며 보ᄇᆡ의 음식과 문방(文房)의 등믈(等物)을 ᄉᆞᄆᆡ의 너코 단니며 ᄒᆞᆫ가디로 노ᄂᆞᆫ ᄋᆞᄒᆡᄅᆞᆯ 남녀 업시 주고 혹(或) 쳥(請)을 조ᄎᆞ며 상급(賞給)을 등샤(等賜)ᄒᆞ여 위ᄌᆞ(慰藉)ᄒᆞ며 포장(褒奬)ᄒᆞ미 인심을 감격게 ᄒᆞᄂᆞᆫ디라. 소부인의 총오민달(聰悟敏達)ᄒᆞ므로 ᄌᆞ식의 위인을 모로리오? 듕ᄋᆞ의 사ᄅᆞᆷ 되오미 디죡다모(知足多謀)ᄒᆞ고 언죡식비(言足飾非)ᄒᆞ여 ᄌᆡ조와 긔딜이 덕을 니긔고 픔도(稟度)와
42면 셩ᄒᆡᆼ(性行)이 인의군ᄌᆞ(仁義君子)로 ᄂᆡ도ᄒᆞ믈 블열미흡(不悅未洽)ᄒᆞ여 스ᄉᆞ로 간포블인(奸暴不仁)을 깁히 곰초고 ᄋᆞᄌᆞ(兒子)ᄅᆞᆯ 훈계ᄒᆞ믄 ᄆᆡᆼ모(孟母)의 유법(有法)ᄒᆞᆷ과 왕손가디모(王孫賈之母)[149]의 괴로오믈

---

147 가ᄎᆞ(假借): 가차. 사정을 보아줌.

148 장확(壯獲): 노비. '장획'이라고도 함.

149 왕손가디모(王孫賈之母): 왕손가지모. 제나라 왕손가의 어머니. 왕손가가 민왕을 섬길 때 그의 어머니가 "네가 아침에 나가 저녁에 돌아오면 내가 집 문에 기대어 너를 기다렸고, 저녁에 나가 돌아오지 않으면 내가 마을 문에 기대어 너를 기다렸다(如朝出而晚來 則吾倚門而望 女暮出而不還 則吾倚閭而望)."라고 말한 고사가 《전국책(戰國策)》에 나옴.

겸ᄒᆞ여 ᄋᆞ쇼(兒小)의 우연ᄒᆞᆫ 노롬과 젹은 희롱이라도 다 규구(規矩)와 녜모(禮貌)ᄅᆞᆯ 응(應)케 ᄒᆞ고 브잡(浮雜)ᄒᆞ며 무식ᄒᆞᆫ 바ᄅᆞᆯ 용납디 아니니 닌듕의 춍명ᄒᆞ므로뼈 엇디 어룬의 눈츼와 ᄌᆞ모(慈母)의 ᄀᆞᄅᆞ치미 법되믈 아디 못ᄒᆞ리오? 져의 본심이 광명뎡딕(光明正直)ᄒᆞᄆᆡ 갓갑디 아니ᄒᆞᄃᆡ 아딕 ᄌᆞ모의 계훈(戒訓)을 봉승(奉承)ᄒᆞ여 힝실을 닷가 일가문듕(一家門中)의 칭예(稱譽)ᄅᆞᆯ 취ᄒᆞ미 맛당ᄒᆞ믈 스ᄉᆞ로 ᄭᆡ다라 모젼(母前)의 경슌(敬順)ᄒᆞᄂᆞᆫ 녜(禮)ᄅᆞᆯ 디음과 효도로오믈 일워 ᄂᆡ미 튱년쇼ᄌᆞ(沖年小者)의 ᄉᆡᆼ각디 못ᄒᆞᆯ 거죄(擧措) 만흐ᄃᆡ 소부인이 조곰도 긍과(矜誇)ᄒᆞ며 가ᄎᆞ(假借)ᄒᆞ미 업셔 ᄒᆞᆫ갓 의식이 ᄭᆡᄅᆞᆯ 조ᄎᆞ ᄌᆞᄋᆡᄒᆞ미 듯터올디언졍 안ᄉᆡᆨ을 허(許)ᄒᆞ여 과듕혹ᄋᆡ(過重惑愛)ᄒᆞ믈 뵈디 아니ᄒᆞ니 듕ᄋᆡ 모친의 심디(心地)ᄅᆞᆯ 능히 아디 못ᄒᆞ여 ᄀᆞ장(假裝) 인션(仁善)ᄒᆞᆫ가 넉이고 또 긔탄(忌憚)ᄒᆞ미 깁허 가바야이 넉이디 43면
못ᄒᆞ더니 일야(一夜)ᄂᆞᆫ 닌웅과 졔죵(諸從)으로 더브러 야심(夜深)토록 문니(文理)ᄅᆞᆯ 챵논(唱論)ᄒᆞ다가 우연이 허핍(虛乏)ᄒᆞ믈 인ᄒᆞ여 모친긔 고(告)ᄒᆞ고 므어ᄉᆞᆯ 요긔(療飢)코ᄌᆞ ᄒᆞ여 ᄌᆞ부인(慈夫人) 침당(寢堂)으로 드러오ᄃᆡ 혹ᄌᆞ(或者) 모친이 취침ᄒᆞ여신죽 감히 어ᄌᆞ럽디 못ᄒᆞ리라 ᄒᆞ여 죡젹(足跡)을 업시 ᄀᆞ마니 드러와 창외(窓外)의 귀ᄅᆞᆯ 기우려 방듕동졍(房中動靜)을 드ᄅᆞ려 ᄒᆞᆯ시 부인이 ᄇᆞ야흐로 녕원(獰猿)[150]의 슈셩(愁城)이 침침(浸沈)ᄒᆞ니 울울(鬱鬱)이 쳥산이 단영(斷嶺)

150 녕원(獰猿): 영원. 《돈황변문집(敦煌變文集)》〈유마힐경강경문(維摩詰經講經文)〉에 나오는 "마음속 원숭이와 생각 속 말이 미쳐 날뛰다(心猿意馬罷顚狂)."라는 말에 근거하여 원숭이가 사납게 날뛰는 것처럼 불안하고 두근두근 뛰는 마음을 비유하는 것으로 봄.

ᄒᆞ고 간격(肝膈)이 초열(焦熱)ᄒᆞ니 등등(騰騰)이 화봉(花峰)이 이단(崖斷)ᄒᆞ여 분민(忿憫)이 흉험(凶險)을 창광(猖狂)ᄒᆞ니 도화일디(桃花一枝)ᄂᆞᆫ 우로(雨露)ᄅᆞᆯ 일허 됴양(朝陽)의 초췌ᄒᆞ며 세류츈양(細柳春陽)은 광풍의 딘탕(盡蕩)ᄒᆞ니 보빈(寶鬢)의 녹발(綠髮)이 난만(爛漫)ᄒᆞ여 운환(雲鬟)이 봉침(鳳枕)의 침면(沈面)ᄒᆞ고 옥협(玉頰)의 분홰(粉花) 니러나니 슈압(繡押)을 아상(牙床)의 딘(進)치 못ᄒᆞᄂᆞᆫ디라. 촉나(觸羅)ᄅᆞᆯ 헤쳐 분흉(憤胸)을 드러ᄂᆡ고 유져(鍮箸)ᄅᆞᆯ 가져 금병(錦屏)을 기리 치니 의심컨ᄃᆡ 상셩위광(喪性爲狂)ᄒᆞ고 억녀(抑慮)ᄒᆞ

44면 ᄆᆡ 분한딜텬(憤恨叱天)ᄒᆞ니 ᄌᆞ블영압(自不寧壓)ᄒᆞ여 잠간 소회(消懷)ᄅᆞᆯ 구ᄒᆞᄆᆡ 녹빙·계월을 압히 두어 좌우ᄅᆞᆯ ᄉᆞᆯ피고 가법(家法)의 뎡졔슉결(整齊肅潔)ᄒᆞ미 쇼장쳔확(小壯賤獲)이라도 암연(暗然)ᄒᆞᆫ 거ᄅᆞᆷ과 그윽ᄒᆞᆫ ᄯᅳᆺ을 ᄑᆞᆷ은 ᄇᆡ 업ᄉᆞᄆᆞᆯ 아ᄂᆞᆫ 고로 노쥬(奴主)의 ᄉᆞ어(私語)ᄅᆞᆯ 드ᄅᆞ리 업ᄉᆞ리라 ᄒᆞ여 이비ᄌᆞ(二婢子)ᄅᆞᆯ 도라보아 ᄒᆞᆫ 소ᄅᆡᄅᆞᆯ 기리 탄(嘆)ᄒᆞᄆᆡ 다시 옥슈(玉手)로 금병(錦屏)을 두다리고 ᄯᅩ 아연(俄然)이 늣겨 ᄀᆞᆯ오ᄃᆡ

"녹빙·계월아, 내 엇딘 팔ᄌᆡ(八字)며 이 엇딘 셰간(世間)이완ᄃᆡ 괴롭고 슬프며 분ᄒᆞ고 이ᄃᆞᆯ오미 사ᄅᆞᆷ의 견ᄃᆡ여 참디 못ᄒᆞᆯ ᄇᆡ 만흐뇨?"

냥비ᄌᆡ(兩婢子) 쳐ᄉᆞ의 졈ᄉᆞ(占辭)ᄅᆞᆯ 닌웅공ᄌᆡ 유길무흉(有吉無凶)타 ᄒᆞᆯ ᄲᅮᆫ 아니라 닌셩공ᄌᆞ긔 크게 길(吉)ᄒᆞ다 ᄒᆞᄆᆞᆯ 드럿ᄂᆞᆫ디라 ᄯᅩ 한심분울(寒心憤鬱)ᄒᆞᄆᆞᆯ 니긔디 못ᄒᆞ더니 부인의 말노조ᄎᆞ 계월이 갓가이 나아가 업ᄃᆡ여 ᄀᆞ만ᄒᆞᆫ 계교ᄅᆞᆯ 뭇ᄌᆞ오ᄃᆡ 소ᄅᆡ 미미(微微)ᄒᆞ여 창외(窓外)의 들니디 아니ᄒᆞ고 다만 부인이 년(連)ᄒᆞ여 탄식고 니ᄅᆞᄃᆡ

45면 "쳐ᄉᆞ 부ᄌᆞᄂᆞᆫ 원간 업ᄉᆞᆷ만 ᄀᆞᆺ디 못ᄒᆞ거니와 ᄉᆡᆼ각건ᄃᆡ 초(初)의 잇던 바롤 이졔 업시ᄒᆞ미 블가(不可)홀 쁜 아니라 그 고요ᄒᆞᆫ 가온ᄃᆡ 신셩특달(神性特達)ᄒᆞ미 셰간의 무이(無二)ᄒᆞ니 냥평(良平)[151]의 디모(智謀)와 분휵의 용밍이라도 거우디[152] 못홀디라. 셔어(齟齬)히 ᄒᆡ(害)코자 ᄒᆞ미 도로혀 화(禍)롤 취홈 ᄀᆞᆺ거니와 나와 너의 ᄉᆞᄉᆞ(私私) ᄆᆞ옴이 아니라 금황(今皇)이 밍츄관을 식여 태산을 믓디롤딘ᄃᆡ 우리 노쥐(奴主) 말과져 ᄒᆞ므로 득디(得之) 못 ᄒᆞ리니 다만 듕·웅 냥ᄋᆞ(兩兒)와 존고(尊姑)긔 화롤 밋디 아니케 홀 쁜이니라."

녹빙이 탄왈(嘆曰)

"계랑과 밍츄관이 도모ᄒᆞ여 존당(尊堂) 태부인과 우리 녀군(女君)과 냥공ᄌᆞ(兩公子)롤 무ᄉᆞ케 ᄒᆞ고 그 밧 도륙(屠戮)의 밋쳐도 죡히 근심되디 아니ᄒᆞ고 쳐ᄉᆞ 노야(老爺)와 화부인을 덜미 쏘ᄒᆞᆫ 닌셩공ᄌᆞ의 뉴(類)롤 더ᄂᆞᆫ 마ᄃᆡ라 딘실노 다ᄒᆡᆼᄒᆞᄃᆡ 닌셩공ᄌᆞᄂᆞᆫ 니론바 금의 별이오 죵긔(宗器)의 엉얼이라 비록 호디만니(胡地萬里)의 일시곤익(一時困厄)ᄒᆞ나 타일(他日) 도라오미 쥬군(主君)의 만금소듕(萬金所重)과 일가(一家)의 긔ᄃᆡ앙복(期待仰服)이 젼ᄌᆞ(前者)의 비(比)치 못ᄒᆞ리니 우리 냥공ᄌᆞᄂᆞᆫ ᄌᆞ최 셧긔고 유뮈(有無) 블관(不關)ᄒᆞ여 대공ᄌᆞ의 귀듕ᄒᆞ믈 능히 우러러보도 못ᄒᆞ실 ᄇᆡ 각골분한(刻骨憤恨)ᄒᆞ니 이 마ᄃᆡ의 다ᄃᆞ라ᄂᆞᆫ 아등(我等)의 흉격(胸膈)의 블이 닐믈 ᄭᅵ닷디 못ᄒᆞᄂᆞᆫ디라 녀군(女君)의 심회(心懷) 엇디 온젼ᄒᆞ실 날이 이시리오마ᄂᆞᆫ ᄉᆞᄉᆞ 46면

151 냥평(良平): 양평. 장량과 진평. 지략으로 한 고조 유방을 도와 한나라 창업에 힘쓴 개국공신들.

152 거우디: 거우다. 겨루다, 대적하다.

로 할연관통(豁然貫通)ᄒᆞ샤 호리(毫釐)도 거리ᄭᅵ미 업ᄉᆞᆫ ᄃᆞᆺᄒᆞ시니 쳔비(賤婢) 등의 블민(不敏)ᄒᆞ므로ᄡᅧ 능히 규측(揆測)디 못ᄒᆞ더니 오날ᄂᆞᆯ 번민ᄒᆞ샤미 이에 밋ᄎᆞ샤믈 보ᄋᆞᆸ건ᄃᆡ 긴 셰월의 함디인디(含之忍之)ᄒᆞ신 ᄇᆡ 심회 되여 계신디라. 대공ᄌᆡ 도라오시ᄂᆞᆫ 날의 평셕(平昔) 갓디 못ᄒᆞ샤 듕목(衆目)의 의심을 닐월가 일ᄌᆞᆨ 근심되고 ᄯᅩ 듕쳡(重疊)ᄒᆞᆫ 분한을 셜(雪)ᄒᆞᆯ 날이 업ᄉᆞᆯ가 원만(冤滿)ᄒᆞ믈 니긔디 못ᄒᆞ리로소이다.”

소부인이 거연(遽然)이 봉침(鳳枕)을 믈니치고 돌연이 몸을 니러 환연(歡然)이 잠간 웃고 ᄀᆞᆯ오ᄃᆡ

“디아ᄌᆞ(知我者)ᄂᆞᆫ 냥비(兩婢)라 ᄒᆞ엿더니 녹빙이 엇디 날을 도로혀 아디 못ᄒᆞᄂᆞ뇨? 내 비록 협조편익(狹阻偏隘)ᄒᆞ나 가바야이 젹은 거
47면 ᄉᆞᆯ ᄎᆞᆷ디 못ᄒᆞ여 큰 모(謀)흘 어ᄌᆞ러이미 되디 아니리니 타일(他日)을 니ᄅᆞ디 말고 목금(目今)의 닌셩이 위고금다(位高金多)ᄒᆞ여 소계ᄌᆞ(蘇季子)의 뉵국(六國)을 병상(倂相)ᄒᆞ여 금의환향(錦衣還鄕)ᄒᆞ던 영귀(榮貴)ᄒᆞ미 이셔도 어로만져 ᄌᆞᄋᆡ(慈愛)ᄒᆞᆷ과 흔ᄒᆡᆼ(欣幸)ᄒᆞ여 두ᄀᆞᆺ기미 평셕(平席)의 감(減)치 아니리니 여등(汝等)이 이에 다ᄃᆞ라ᄂᆞᆫ 근심치 아냠 족ᄒᆞᆫ디라. 내 다만 ᄆᆡᆼ셰ᄒᆞ여 닌셩을 죽이고 긋치리니 여등은 좌우익(左右翼)이 되여 죵시(終是)ᄅᆞᆯ 볼 ᄯᆞ롬이니라.”

냥비兩婢) 일시의 ᄇᆡ하(拜賀)ᄒᆞ여 ᄀᆞᆯ오ᄃᆡ

“녀군(女君)이 평ᄉᆡᆼ애 법규(法規)ᄅᆞᆯ 응(應)ᄒᆞ샤 덕셩(德性)이 찬연(燦然)ᄒᆞ실 ᄲᅮᆫ 아니라 관통할달(貫通豁達)ᄒᆞ시미 사ᄅᆞᆷ의 바랄 ᄇᆡ 아니니 쳔비(賤婢) 등이 하날의 가이업ᄉᆞᆷ과 은하의 근원을 규측(窺測)디 못ᄒᆞ던 바로 금야(今夜)의 번민ᄒᆞ시믈 경혹(驚惑)ᄒᆞ와 심회(心

懷) 듕(重)ᄒᆞ신가 근심ᄒᆞ옵더니 이러틋 ᄒᆞ시믈 보오니 딘실노 대ᄉᆞ(大事)ᄅᆞᆯ 일우시ᄆᆡ 위티롭디 아니ᄒᆞᆫ디라. 비ᄌᆞ(婢子) 등이 감히 고인(古人)의 놉흔 튱의(忠義)ᄅᆞᆯ ᄯᆞ로디 못ᄒᆞ오나 거의 녀군의 덕화(德化)ᄅᆞᆯ 목욕ᄒᆞ여 견마(犬馬)의 도으믈 죵신(終身)의 ᄀᆞᆺ치디 아니리이다."

부인이 ᄯᅩ 믄득 탄(嘆)ᄒᆞ여 ᄀᆞᆯ오ᄃᆡ

"여등의 튱심(忠心)이 브죡(不足)ᄒᆞᆫ ᄇᆡ 아니오 내 계교ᄅᆞᆯ 획(劃)ᄒᆞᆫ ᄇᆡ 소활(疎濶)키의 잇디 아니ᄒᆞᄃᆡ 도금(到今)ᄒᆞ여 왕·밍 등의 듕도작변(中途作變)이 헛곳의 도라디고 나의 쐬ᄅᆞᆯ 그은 ᄇᆡ 그림ᄌᆞᄅᆞᆯ ᄡᅳ고 실형(實刑)을 잡디 못ᄒᆞ여 ᄋᆞ히 노롬이 되여시니 엇디 가쇼롭디 아니리오? 연이나 내 젼ᄌᆞ(前者)의 심녁(心力)을 허비ᄒᆞ믈 ᄯᅳᆺ글ᄀᆞᆺ치 ᄡᅳ러바리고 한(恨)을 기리 프디 아닛ᄂᆞ니 초인(楚人)의 니ᄅᆞᆫ바 인듕(人衆)이 승텬(勝天)[153]을 본밧디 아니ᄒᆞ랴? 여등(汝等)은 ᄉᆞ셰(事勢)ᄅᆞᆯ 보아 날을 돕고 범ᄉᆞ(凡事)의 함믁(含黙)ᄒᆞ여 내 말이 몬져 발(發)치 아니커든 여등이 ᄯᅩᄒᆞᆫ 입을 다ᄃᆞ 쇼견(所見)을 니ᄅᆞ디 말나." 48면

냥비ᄌᆡ(兩婢子) ᄇᆡ이슈명(拜而受命)ᄒᆞᄆᆡ ᄯᅩᄒᆞᆫ 말을 ᄀᆞᆺ쳐 일ᄏᆞᄅᆞ미 업ᄉᆞᄃᆡ 쵹광(燭光)이 명휘(明輝)ᄒᆞ여 부인이 슉침(宿寢)ᄒᆞᆯ 의ᄉᆡ 업ᄉᆞᆫ디라. 듕이 창외(窓外)의셔 모친과 냥비(兩婢)의 문답셜화(問答說話)ᄅᆞᆯ 드ᄅᆞᄆᆡ 과연 이져(二姐)의 암험블인디심(暗險不仁之心)으로 합(合)ᄒᆞᄃᆡ 모친의 녈슉(烈肅)ᄒᆞᆫ 위의(威儀)ᄅᆞᆯ 두리므로 감히 창 밧긔

---

153 인듕(人衆)이 승텬(勝天): 사람이 많으면 하늘의 뜻을 이긴다는 말. 《사기》 〈오자서열전〉에 나옴.

셔 절청(竊聽)ᄒᆞ믈 ᄉᆞ식(辭色)디 못ᄒᆞ여 날호여 몸을 두로혀[154] 먼니셔
49면 브터 드러오ᄂᆞᆫ 바로 방듕(房中)이 알게 ᄒᆞ고 ᄒᆞᆫ번 기춤ᄒᆞᄆᆡ 계월이 웃고 마조 ᄂᆡᄃᆞ라 븟드러 올니며 ᄀᆞᆯ오ᄃᆡ

"밤이 깁헛거ᄂᆞᆯ 공ᄌᆡ 엇디 지금 취침치 아냐 계시니잇고?"

듕ᄋᆡ 답왈(答曰)

"내 셔헌(書軒)의셔 군죵(群從)으로 담화ᄒᆞ다가 셕반(夕飯)을 실(實)히 못 ᄒᆞ엿ᄂᆞᆫ 고로 허핍(虛乏)ᄒᆞ거ᄂᆞᆯ ᄌᆞ졍(慈庭)긔 알외고 무어ᄉᆞᆯ 요긔(療飢)ᄒᆞ려 드러왓거니와 어미ᄂᆞᆫ 엇디 ᄌᆞ디 아니코 이에 그져 시위(侍衛)ᄒᆞ여 믈너나디 아냣ᄂᆞ뇨?"

월이 닌듕을 졋 먹여 기ᄅᆞᄆᆡ 그 졍이 제 ᄌᆞ식을 닛고 공자ᄅᆞᆯ 의앙(依仰)ᄒᆞᆷ과 귀듕ᄒᆞ미 견졸 곳이 업ᄂᆞᆫ디라. 그 옥면뉴풍(玉面流風)이 날노 쳥신가려(清新佳麗)ᄒᆞ여 조셩민달(早成敏達)ᄒᆞ미 나흐로조ᄎᆞ ᄂᆡ도ᄒᆞ믈 크게 두굿겨 귀듕히 녁일ᄉᆞ록 닌셩공ᄌᆡ 종댱(宗長)의 듕(重)ᄒᆞ믈 가져 닌듕으로 ᄒᆞ여곰 무용(無用)ᄒᆞᆫ 몸이 되게 ᄒᆞ믈 통한각골(痛恨刻骨)ᄒᆞ여 브ᄃᆡ 일공ᄌᆞ(一公子)ᄅᆞᆯ 업시ᄒᆞ고 듕ᄋᆞ로ᄡᅧ 졍문(程門) 종통(宗統)을 니으미 되과져 ᄒᆞᄂᆞᆫ디라. 이날도 앙앙분개(怏怏憤慨)ᄒᆞ미 츌어듕심(出於中心)ᄒᆞ고 현어형ᄉᆡᆨ(現於形色)ᄒᆞ여 공ᄌᆞ로 더
50면 브러 입실ᄒᆞ여 부인긔 고(告)ᄒᆞ고 진육(珍肉)과 과실을 ᄂᆡ여 공ᄌᆞ의 요긔ᄒᆞ믈 권ᄒᆞ고 기리 탄(嘆)ᄒᆞ여 ᄀᆞᆯ오ᄃᆡ

"우리 공ᄌᆞ의 특이발췌(特異拔萃)ᄒᆞ시미 므스 곳의 딘(進)치 못ᄒᆞ여

---

154 두로혀: 두로혀다. 돌이키다, 돌리다.

당당ᄒᆞᆫ 죵댱(宗長)으로ᄡᅧ 형산(荊山)의 돌이 되미 업시 도로혀 죵형(從兄)의게 종통(宗統)을 샤양(辭讓)ᄒᆞ미 되여 계시뇨?"

언미파(言未罷)의 소부인이 뎡식왈(正色曰)

"비ᄌᆡ(婢子) 무식ᄒᆞ나 엇디 괴이ᄒᆞᆫ 말을 호란(胡亂)이 발(發)ᄒᆞ여 감히 대ᄉᆞ(大事)ᄅᆞᆯ 한(恨)ᄒᆞᄂᆞ뇨?"

월이 황공ᄒᆞ여 망녕되믈 샤죄ᄒᆞᄂᆞᆫ디라. 닌듕의 모친의 ᄂᆡ외(內外) 다ᄅᆞᆷ과 딘심회포(眞心懷抱)ᄅᆞᆯ ᄡᅳ리쳐[155] 져다려 니ᄅᆞ디 아니ᄒᆞ믈 비로소 ᄇᆰ히 ᄭᆡ다ᄅᆞᄆᆡ 깁히 영ᄒᆡᆼ(榮幸)ᄒᆞ여 타일의 졔 몸이 종당의 듕(重)ᄒᆞ믈 담당ᄒᆞᆯ가 심하흔열(心下欣悅)ᄒᆞ나 ᄯᅩ ᄉᆞ식(辭色)디 아니코 긔운을 온화히 ᄒᆞ고 소ᄅᆡᄅᆞᆯ 유열(愉悅)이 ᄒᆞ여 모친의 취침ᄒᆞ시믈 쳥ᄒᆞ고 딘육과 과실을 나와 요긔ᄒᆞᆫ 후 날호여 나가니 이 모ᄌᆡ 셔로 ᄆᆞ음을 ᄀᆞᆷ초아 구밀복검(口密腹劍)이 님보(林甫)의 심장과 왕망(王莽)의 겸공(謙恭)[156]을 아오라시ᄃᆡ 소부인은 침단(沈端)ᄒᆞ며 고슈(高秀)ᄒᆞ미 ᄋᆞᄌᆞ(兒子)의 우히오 닌듕은 모습(母襲)이 만흐ᄃᆡ 놉고 ᄲᆞ혀난[157] 격을 잠간 밋디 못ᄒᆞ미 잇더라. 51면

션시(先時)의 문양 츄관(秋官) 밍쥐 경태(景泰)의 밀디(密旨)ᄅᆞᆯ 바다 졔정(諸程)을 뭇디ᄅᆞ고ᄌᆞ ᄒᆞᄃᆡ 계월의 안면을 거리ᄶᅧ 여러 셰월을 쳔연(遷延)ᄒᆞ미 되엿더니 경태 ᄯᅩ 밀디ᄅᆞᆯ 나리와 졍삼의 거쳐ᄅᆞᆯ 심방

---

155 ᄡᅳ리쳐: ᄡᅳ리치다. 쓸어버리다, 쏟아내다.

156 왕망(王莽)의 겸공(謙恭): 왕망은 전한 시대의 관리로 신(新)나라를 세우고 스스로 황제가 된 인물. 그는 자신이 권력을 얻을 때까지 겸공, 즉 남을 높이고 자신은 낮추는 방법으로 스스로를 단속하여 주변의 신임을 얻었다고 함.

157 ᄲᆞ혀난: ᄲᅡ혀나다. 빼어나다.

(尋訪)ᄒᆞ여 쌜니 즛치라[158] ᄒᆞᄂᆞᆫ 고로 오리 군긔(軍紀)를 머추디 못ᄒᆞ여 이에 발병(發兵)홀시 일홈 업ᄉᆞᆫ 쳔군만마(千軍萬馬)를 동(動)치 못ᄒᆞ여 다만 심산(深山)의 웅거(雄據)ᄒᆞᆫ 도젹을 치ᄂᆞᆫ ᄇᆡ 쏘 명(命)이라 ᄒᆞ고 졍댱군(精壯軍)을 쌜시 ᄇᆡᆨ의 열흘 갈희고[159] 열히 ᄒᆞ나흘 취ᄒᆞ여 개ᄀᆡ(箇箇)히 일당ᄇᆡᆨ(一當百)을 갈히여 삼ᄇᆡᆨ군(三百軍)을 ᄎᆡ오ᄆᆡ 즉시 텬태산의 니ᄅᆞ러 깁흔 곳의 군ᄉᆞ를 ᄆᆡ복(埋伏)ᄒᆞ고 졔 스ᄉᆞ로 복식(服色)을 곳쳐 졍부(程府) ᄒᆡᆼ각(行閣)의 와 계월을 보고 듕야(中夜)의 부듕(府中)을 ᄡᆞ고 졍가 남녀를 셤멸(殲滅)코져 ᄒᆞᄂᆞᆫ 바를 니ᄅᆞ니 월이 쇼왈(笑曰)

"군(君)이 비록 샹명(上命)을 바다시나 우리 부인과 냥공ᄌᆞ(兩公子)를 능히 ᄒᆡ(害)치 못ᄒᆞ리라."

52면 밍취 왈

"내 쏘 그ᄃᆡ의 안면을 아니 도라보디 못ᄒᆞ리니 소부인 삼모ᄌᆞ(三母子) ᄒᆡ(害)홀 뜻은 두디 아니ᄒᆞ거니와 반야삼경(半夜三更)의 분변키 어려오니 미리 피홀 도리를 ᄉᆡᆼ각ᄒᆞ라."

월이 응낙고 소부인긔 고(告)ᄒᆞᄆᆡ 부인의 뜻이 쳐ᄉᆞ 부부를 앗기미 업ᄂᆞᆫ디라 이에 믈너나 밍츄를 보고 계교를 뎡(定)ᄒᆞᄆᆡ ᄂᆡ일(來日) 밤으로 맛초 왓더니 ᄇᆰᄂᆞᆫ 날의 쳐ᄉᆡ 이공(二公)과 ᄌᆞ딜(子姪)을 거ᄂᆞ려 모젼(母前)의 슈삼일(數三日) 츌유(出遊)ᄒᆞ믈 고ᄒᆞᄆᆡ 태부인이 쳐ᄉᆡ ᄌᆞ긔 압흘 슈삼일디간(數三日之間)이라도 ᄯᅥ나려 ᄒᆞᄂᆞᆫ 바를 도로혀 괴

---

158 즛치라: 즛치다. 짓치다. 세게 몰아치다, 함부로 마구 치다.

159 갈희고: 갈희다. 가리다, 고르다.

이히 넉이ᄃᆡ 그 가온ᄃᆡ 므ᄉᆞᆷ 연괴 잇ᄂᆞᆫ가 ᄒᆞ여 즉시 허(許)ᄒᆞᆫᄃᆡ 쳐ᄉᆡ 닌광·닌경과 닌흥의 형뎨와 닌명가디 뒤흘 조ᄎᆞ라 ᄒᆞᄃᆡ 다만 닌듕과 닌웅을 머므러 ᄌᆞ위(慈闈)ᄅᆞᆯ 뫼시라 ᄒᆞ니 닌듕은 밍츄의 작변(作變) 코져 ᄒᆞ믈 얼프시 드러시므로 계부(季父)ᄅᆞᆯ 조출 뜻이 업셔 집의 이시라 ᄒᆞ믈 그윽이 깃거 슈명(受命)ᄒᆞ고 닌웅은 양모(養母)의 쳐황(悽惶) ᄒᆞᆫ 심ᄉᆞ와 젹막ᄒᆞᆫ 좌와(坐臥)ᄅᆞᆯ 위로ᄒᆞ리 업ᄉᆞ믈 슬허 본ᄃᆡ ᄒᆞᆫᄊᆡ 니 53면
측(離側)을 절박히 넉이ᄂᆞᆫ 고로 츌유(出遊)의 뜻이 업셔 집의 머믈미 된디라. 쳐ᄉᆡ 학운ᄌᆞ[160]와 졍셤가지 다리고 나가니 남졍(男丁)이라 ᄒᆞᄂᆞᆫ 바ᄂᆞᆫ 닌듕 곤계(昆季)ᄲᅳᆫ이라 밍츄·계월이 ᄂᆡ응외합(內應外合)ᄒᆞ여 쳐ᄉᆞ 부부와 이공(二公)의 부ᄌᆞ와 닌광 등(等)가지 도륙(屠戮)고져 ᄒᆞ엿다가 크게 계교와 ᄀᆞᆺ디 아니믈 ᄋᆡ돌와 ᄒᆞ나 다시 ᄉᆡᆼ각건ᄃᆡ 이공ᄌᆞ(二公子)만 부듕(府中)의 머믈고 쳐ᄉᆞ 곤계 ᄌᆞ딜(子姪)노 츌유ᄒᆞ미 딘실노 구(求)ᄒᆞ여 엇디 못ᄒᆞᆯ 계제(階梯)라. 밍ᄎᆔ 손벽 쳐 우어 ᄀᆞᆯ오ᄃᆡ

"졍쳐ᄉᆡ 이뎨(二弟)와 ᄌᆞ딜노 더브러 스ᄉᆞ로 목숨을 ᄌᆡ촉ᄒᆞ여 셤분(纖紛)이 되고져 ᄒᆞ니 ᄎᆞ역텬얘(且亦天也)라 엇디 버셔나믈 어드리오? 그 형뎨부ᄌᆡ(兄弟父子) 다 업셔진 후ᄂᆞᆫ 젹은 계집이 궁텬(窮天)의 통(痛)을 니긔디 못ᄒᆞ여 약잔(弱殘)ᄒᆞᆫ 명을 쇽졀업시 끗ᄎᆞ리니 슈고로이 병잠기(兵仗器)ᄅᆞᆯ 더어 므엇 ᄒᆞ리오? 내 삼ᄇᆡᆨ군(三百軍)을 모라 졍쳐ᄉᆞᄅᆞᆯ ᄡᆞ로고 이 부듕의 요란ᄒᆞ믈 닐위디 아니ᄒᆞ리라."

계월이 ᄯᅩᄒᆞᆫ 그러히 넉여 ᄲᆞᆯ니 쳐ᄉᆞᄅᆞᆯ ᄡᆞ로라 ᄒᆞ니 밍ᄎᆔ 고개 좃고 즉 54면

160 학운ᄌᆞ: 학운자. 정천의 호.

시 쳐ᄉᆞ의 ᄒᆡᆼ도(行途)ᄅᆞᆯ ᄡᆞ로니라.

션시(先時)의 ᄆᆡᆼ취 몬져 태운산의 니ᄅᆞ러 두로 므ᄅᆞ니 졍부(程府) 딕흰 노복(奴僕)들은 심산궁곡(深山窮谷)의 올므무로 ᄌᆞ셰히 모ᄅᆞᆫ다 ᄒᆞ고 혹ᄌᆞ(或者) 아ᄂᆞᆫ ᄌᆡ(者) 이셔 텬태산으로 옴다 ᄒᆞᄃᆡ 젹실(適實)ᄒᆞᆫ 줄 모로노라 ᄒᆞ거ᄂᆞᆯ ᄆᆡᆼ취 즉시 텬태산을 ᄎᆞᄌᆞ 나아가니 과연 산셰(山勢) 심슈(深邃)ᄒᆞ여 은ᄌᆞ(隱者)의 숨을 곳이어ᄂᆞᆯ 제졸(諸卒)을 산곡간(山谷間)의 ᄀᆞᆷ촌 후 사ᄅᆞᆷ 업ᄂᆞᆫ ᄯᆡᄅᆞᆯ 여어[161] 바로 곡듕(谷中)으로 곡듕으로 ᄣᅦ쳐[162] 드러가ᄆᆡ 일좌모옥(一座茅屋)이 운무(雲霧) 듕(中)의 잠겻ᄂᆞᆫ디라. 블승대열(不勝大悅)ᄒᆞ여 바로 계월의 쳐소(處所)ᄅᆞᆯ ᄎᆞᄌᆞ니 이ᄣᅢ 계월이 ᄇᆞ야흐로 ᄆᆡᆼ츄ᄅᆞᆯ 기다리던디라 셔로 반겨 오ᄅᆡ ᄯᅥ낫던 졍을 니ᄅᆞ며 젼ᄌᆞ(前者)의 셩공ᄒᆞᆫ 바ᄅᆞᆯ 일ᄏᆞᄅᆞ니 취 ᄉᆞ샤(辭謝)ᄒᆞ고 ᄯᅩᄒᆞᆫ 이에 니ᄅᆞᆫ 슈말(首末)을 젼ᄒᆞᆫᄃᆡ 월이 깃거 소부인의 젼후슈말(前後首末)을 젼ᄒᆞ며 틈을 여어 슈히 거ᄉᆞ(擧事)ᄒᆞᆯ 거시라 ᄒᆞ니 취 응낙고 가더라.

ᄎᆞ일(此日)의 운계션ᄉᆡᆼ이 냥계·의계와 학운ᄌᆞ로 더브러 고금(古今)을 55면 답논(答論)ᄒᆞ며 쥬역(周易) 뉵십ᄉᆞ괘(六十四卦)[163]의 현묘(玄妙)ᄒᆞᆫ 곳과 텬디도슈(天地度數)[164]의 측냥(測量)치 못ᄒᆞᆯ 조화(造化)ᄅᆞᆯ 닐너 미ᄒᆡ(未解)ᄒᆞᆫ 곳을 ᄇᆞᆰ히고 제ᄌᆞ딜(諸子姪)의 학문이 댱건(壯健)ᄒᆞ믈 일ᄏᆞ

161 여어: 엿다. 엿보다.

162 ᄣᅦ쳐: ᄣᅦ치다. 뚫고 나가다.

163 뉵십ᄉᆞ괘(六十四卦): 육십사괘. 《주역》에서 인간과 자연의 존재 양상과 변화 체계를 상징하는 64개의 괘.

164 텬디도슈(天地度數): 천지도수. 일월운행(日月運行)의 변화를 상수(象數)적으로 표현한 개념.

라 의ᄉᆡ ᄌᆞ못 탐탐(耽耽)ᄒᆞ더니 홀연 텬디(天地) 혼흑(昏黑)ᄒᆞ며 일딘 괴풍(一陣怪風)이 니러 쳐ᄉᆞ의 쁜 관을 거두쳐 공듕의 올낫다가 도로 ᄯᆞᄒᆡ 나려디며 괴풍이 ᄉᆞ면(四面)으로 허여디거ᄂᆞᆯ[165] 만좨(滿座) 대경실식(大驚失色)ᄒᆞ고 쳐ᄉᆡ 또ᄒᆞᆫ 경동(驚動)ᄒᆞ여 그 관을 소화(燒火)ᄒᆞᆫ 후 고요히 좌(坐)ᄒᆞ여 므ᄉᆞᆷ ᄉᆡᆼ각ᄂᆞᆫ ᄇᆡ 잇ᄂᆞᆫ ᄃᆞᆺᄒᆞ니 학운ᄌᆡ 고왈(告曰)

"텬이 평ᄉᆡᆼ의 소활(疎闊)ᄒᆞ여 강절(康節)[166]의 고ᄉᆞ(故事)ᄅᆞᆯ 취(取)치 아니ᄒᆞ더니 목금디ᄉᆡ(目今之事) 가히 경ᄒᆡ(驚駭)치 아니타 못 ᄒᆞᆯ디라. 비록 취신(取信)치 못ᄒᆞᆯ ᄇᆡ나 텬이 ᄒᆞᆫ번 길흉(吉凶)을 졈득(占得)ᄒᆞ리니 엇더ᄒᆞ리잇고?"

쳐ᄉᆡ 셔이ᄃᆡ왈(徐而對曰)

"ᄆᆡᄉᆡ(每事) 텬의(天意)니 비인녁소치(非人力所致)라 텬뎡(天定)이면 블가도애(不可道也)어니와 연이나 사ᄅᆞᆷ이 셰샹의 나ᄆᆡ 엇디 간인(奸人)의 독슈(毒手)ᄅᆞᆯ 맛쳐 ᄆᆡ몰(埋沒)ᄒᆞ리오? 아모커나 슉시(叔氏)의 명달(明達)ᄒᆞ믈 보ᄉᆞ이다."

학운ᄌᆡ 즉시 쥬역(周易) 팔괘(八卦)ᄅᆞᆯ 버리고 금돈을 더져 ᄒᆞᆫ 괘ᄅᆞᆯ 어드니 왈 '거화하산(拒禍下山)이라.' ᄒᆞ엿거ᄂᆞᆯ 학운ᄌᆡ 희왈(喜曰) 56면

"차역(且亦) 명애(命也)라."

ᄒᆞ고 디필(紙筆)을 나와 두어 줄 글을 뼈 쳐ᄉᆞᄅᆞᆯ 뵈니 ᄒᆞ여시ᄃᆡ '일이 기소(棄所)애 브득기귀(不得其歸)라.' ᄒᆞ며 또 그 아ᄅᆡ 뼈시ᄃᆡ 'ᄌᆡ가

165 허여디거ᄂᆞᆯ: 헤여디다. 헤어지다, 흩어지다.

166 강절(康節): 강절. 전한(前漢) 무제 때 방사(方士)였던 소옹(邵雍). 무제가 총애하던 왕부인의 혼령을 방술로 불러들인 것을 계기로 문무장군에 임명되었으나 그 이후에 속임수를 들켜 처형당함.

난방(在家難防)이오 츌유션쳐(出遊善處)ᄒᆞ리라.' ᄒᆞ여시니【ᄒᆡ왈(解曰) '범이 ᄒᆞᆫ번 그 소(所)를 ᄯᅥ나미 다시 도라가믈 엇디 못ᄒᆞᆯ 거시오 집의 이시미 방비키 어렵고 나가 놀미 잘 쳐치ᄒᆞ리라.' ᄒᆞ엿더라.】 쳐ᄉᆡ 보고 믁연(默然)이 말이 업ᄉᆞ니 냥계와 의계와 ᄯᅩᄒᆞᆫ 의괴난측(疑怪難測)ᄒᆞ여 다만 쳐ᄉᆞ의 쳐변(處變)을 기다리더라. 학운ᄌᆡ ᄌᆡ삼(再三) 쳐ᄉᆞ를 권ᄒᆞ여 피(避)ᄒᆞᄌᆞ ᄒᆞᆫᄃᆡ 쳐ᄉᆡ 마디못ᄒᆞ여 태부인긔 슈일츌유(數日出遊)ᄒᆞ믈 고(告)ᄒᆞ고 즉시 졔뎨ᄌᆞ딜(諸弟子姪)을 거ᄂᆞ려 표연이 나아가니 그 거쳐를 모를너라.

ᄎᆞ시(此時) 졍쳐ᄉᆞ 운계션ᄉᆡᆼ이 원간 먼니 츌유(出遊)ᄒᆞ미 아니라 잠간 태산 샹상봉의 올나 부듕(府中)의 어ᄌᆞ러온 변(變)을 닐위디 말고ᄌᆞ ᄒᆞ미 비록 간인(奸人)의 흉모곡계(凶謀曲計)를 듯디 못ᄒᆞ미나 ᄌᆞ긔의게 급ᄒᆞᆫ ᄋᆡᆨ(厄)이 잇ᄉᆞ믈 ᄭᆡ닷거니 어이 쥐 무리의 간ᄒᆡ(奸害)를 바다 힘힘히[167] 맛출 졍쳐ᄉᆡ리오? 냥뎨(兩弟)와 ᄌᆞ딜(子姪)노 더브러 듁장망혜(竹杖芒鞋)로 산샹(山上)을 향ᄒᆞᆯ시 쳥풍(淸風)이 슬슬(瑟瑟)ᄒᆞ여 의슈(衣袖)를 뒤이ᄌᆞ며[168] 향긔 습습(習習)ᄒᆞ여 사ᄅᆞᆷ의게 ᄲᅳᆷ기이니 ᄯᆡ 졍히 구츄망간(九秋望間)이라. 텬긔(天氣) 상ᄂᆡᆼ(霜冷)ᄒᆞ고 믈ᄉᆡᆨ(物色)이 유량(溜亮)ᄒᆞ거ᄂᆞᆯ 금풍(金風)이 쳥노(淸露)를 인ᄒᆞ여 만목(滿目)이 휘황ᄒᆞᆫᄃᆡ 홍엽(紅葉)이 녕녕(泠泠)ᄒᆞ며 은쳔(銀川)이 담담(淡淡)ᄒᆞ여 찬 빗치 사ᄅᆞᆷ의게 ᄡᅩ이고 산ᄉᆡᆨ(山色)이 오히려 봄을 보ᄂᆡ디 아냐 긔이ᄒᆞᆫ 플이 향긔를 토ᄒᆞ며 ᄇᆡᆨ 가디 ᄭᅩᆺ치 ᄆᆞᆰ은 시ᄂᆡ의 ᄯᅥ러디

57면

---

167 힘힘히: 부질없이.

168 뒤이ᄌᆞ며: 뒤잊다. 뒤집다, 뒤집히다.

니 폭포 소ᄅᆡ 징연(錚然)ᄒᆞ여 농옥(瓏玉)이 어ᄅᆡ엿고 암혈셕봉(岩穴石峰)의 신긔ᄒᆞᆫ ᄉᆡ소ᄅᆡ 싱황(笙簧)을 진쥬(陳奏)ᄒᆞ여 봉죄(鳳鳥) 화(和)ᄒᆞᄂᆞᆫ ᄃᆞᆺ 유풍(柔風)이 호인(呼人)ᄒᆞ며 ᄆᆞᆰ은 ᄯᅳᆺ이 쇄연(灑然)ᄒᆞ여 졈졈 깁히 드러가니 ᄒᆞᆫ 바회 이셔 너븨 슈십 간(間)이나 되ᄂᆞᆫ디라. 쳐ᄉᆡ 냥뎨(兩弟)의 손을 닛그러 오로기ᄅᆞᆯ 평디(平地)ᄀᆞᆺ치 ᄒᆞ나 졔공ᄌᆡ(諸公子) 능히 잘 오로디 못ᄒᆞ니 닌광이 ᄉᆞᄆᆡᄅᆞᆯ 버려 졔죵(諸從)의 손을 븟들고 뉴리 갓ᄐᆞᆫ 암상(巖上)의 오로기ᄅᆞᆯ 다ᄒᆞᄆᆡ 학운ᄌᆞ와 경셤이 쏘ᄒᆞᆫ 올나 ᄉᆞ면(四面)을 ᄉᆞᆯ피건ᄃᆡ 바회 평상(平床)을 괴인 ᄃᆞᆺᄒᆞ며 빗치 프ᄅᆞᆫ 옥 ᄀᆞᆺᄐᆞ여 졍히 광능보경(光陵寶鏡)을 ᄉᆡ로 ᄀᆞ라 거럿ᄂᆞᆫ ᄃᆞᆺ 인영(人影)이 빗최니 호발(毫髮)을 헬디라. 텬ᄒᆡ연심(淺海淵深) ᄀᆞᆺᄐᆞᆫᄃᆡ ᄀᆞ온ᄃᆡ로조ᄎᆞ 구궁팔과(九宮八卦)[169]ᄅᆞᆯ 상(像)ᄒᆞ여 옥을 무은 ᄃᆞᆺ 슈졍을 ᄡᅳᆷ은 ᄃᆞᆺᄒᆞᆫ 믈이 모도혀 암셕 반허리ᄅᆞᆯ 잠가시니 쳔쳑은ᄃᆡ(千尺銀臺)의 쳥운긔암(靑雲奇岩)이 듕님(重臨)ᄒᆞ엿ᄂᆞᆫ디라. 그 위ᄐᆡᄒᆞ미 디극ᄒᆞᄃᆡ 오히려 평탄ᄒᆞ미 뉴리졍(琉璃亭)과 ᄇᆡᆨ옥상(白玉床)의 안ᄌᆞᆫ ᄃᆞᆺ 임의 녈좌(列坐)ᄒᆞ여 ᄉᆞ면(四面)을 완상(玩賞)ᄒᆞ니 만목(萬木)은 흔흔(欣欣)ᄒᆞ여 광엽(廣葉)을 나븟기고 ᄇᆡᆨ화(百花)ᄂᆞᆫ ᄌᆡᆼ발(爭發)ᄒᆞ여 츈ᄉᆡᆨ(春色)을 아ᄉᆞ시니 오ᄉᆡᆨ호졉(五色胡蝶)은 분분(紛紛)이 왕ᄂᆡᄒᆞ여 그림 그린 날개의 슈(繡) 노흔 몸으로 신무능비(神舞能飛)ᄒᆞ여 ᄇᆡᆨ화(白花)ᄅᆞᆯ 희롱ᄒᆞ며 심목(深木)이 승졀(勝絶)ᄒᆞᆫᄃᆡ ᄉᆞᄒᆡ팔황(四海八荒)이 안져(眼底)의 버러시니 각각 유흥(幽興)이 발(發)ᄒᆞᄆᆡ 붓ᄉᆞᆯ 드 58면

169 구궁팔과(九宮八卦): 구궁팔괘. 《주역》의 해설에 이용되는 기본적인 '팔괘'를 8개의 방위에 대응시키고 여기에 중앙을 포함하는 9개의 방위를 '구궁'이라고 함.

러 시롤 디어 챵화(唱和)홀시 스ᄉᆞ로 득의(得意)ᄒᆞ믈 니긔디 못ᄒᆞᄃᆡ 쳐ᄉᆞ의 시ᄉᆡ(詩思) 블의디변(不意之變)을 조심ᄒᆞ미 이시니 닌광이 경
59면 아(驚訝)ᄒᆞ여 딘젼복이(進前伏而) 문기고(問其故)ᄒᆞᆫᄃᆡ 쳐ᄉᆡ 왈
"오ᄋᆞ(吾兒)ᄂᆞᆫ 슈고로이 뭇디 말고 금야(今夜)롤 이에셔 보라."
냥계 블열왈(不悅曰)
"연즉(然則) 부듕(府中)으로 도라가리니 엇디 심산고봉(深山高峯)의셔 블의디변(不意之變)을 영ᄃᆡ(迎待)ᄒᆞ리잇고?"
쳐ᄉᆡ 쇼왈(笑曰)
"집의 도라가든 면(免)ᄒᆞ며 이에 이셔든 죽으랴?"
의계공이 만히 취(醉)ᄒᆞ엿ᄂᆞᆫ디라 초혜(草鞋)롤 글너 발을 벗고 다리롤 드러ᄂᆡ여 긔암(奇巖)의 셰족(洗足)홀시 크게 골오ᄃᆡ
"내 본ᄃᆡ 녁발산(力拔山)ᄒᆞᄂᆞᆫ 긔력(氣力)과 당일ᄇᆡᆨ(當一百)ᄒᆞᄂᆞᆫ 용밍이 잇ᄂᆞ니 블의디변이 이셔도 족히 근심 업도다."
쳐ᄉᆡ 쇼왈
"은ᄇᆡᆨ[170]의 허패(虛弊)ᄒᆞ고 취광(醉狂)ᄒᆞ미 쳑동쇼ᄌᆞ(尺童少者)롤 당(當)홀가 시브디 아니ᄒᆞ니 모로미 긔운을 ᄌᆞ랑치 말며 암상(巖上)의 고요히 잠드러 정신으로 홀난치 말나."
의계 웃고 탁족(濯足)을 다ᄒᆞ미 과연 취긔(醉氣)롤 니긔디 못ᄒᆞ여 팔흘 베고 누으니 닌흥이 민망ᄒᆞ여 ᄌᆞ긔 옷술 버셔 부친 허리롤 밧치며 머리롤 괴이나 암셕(巖石)이 오히려 ᄎᆞᄆᆡ 겻ᄐᆡ 뫼셔 긔운을 술피더니

170 은ᄇᆡᆨ: 은백. 정염의 자.

이으고 금외(金烏)[171] 셔녁히 숨으며 옥퇴(玉兎)[172] 동녕(東嶺)의 소스니 60면
학운즈 등의 유흥(幽興)이 돌을 씌여 더옥 놉흐미 냥애 즈쳔(恣擅)ᄒᆞ
고 풍완(豊婉)이 셩은(盛殷)이라. 쇼언(少焉)의 월싀(月色)이 졈졈 분
명ᄒᆞ며 향풍이 습인(襲人)ᄒᆞ니 닝긔(冷氣) 투신(透身)ᄒᆞᄂᆞᆫ디라. 공즈
등이 가군(家君)의 노긔(老氣)ᄅᆞᆯ 두려 피풍(避風)ᄒᆞ시믈 쳥ᄒᆞᆫᄃᆡ 의계
공은 취쉬(醉睡) 몽농ᄒᆞ여 능히 ᄭᆡ디 못ᄒᆞ고 쳐ᄉᆞ와 냥계공은 믁연단
좌(默然端坐)ᄒᆞ여 움즉이디 아니ᄒᆞ니 학운지 좌우젼후(左右前後)ᄅᆞᆯ
도라보아 뎡히 침음(沈吟)ᄒᆞᄂᆞᆫ ᄇᆡ 잇더니 홀연 먼니로조ᄎᆞ 금괴(金
鼓) 제명(齊鳴)ᄒᆞ며 함셩이 대딘(大振)ᄒᆞᄂᆞᆫ 듕 일됴군(一條軍)[173]이 즛
쳐 바로 산샹(山上)으로 오로ᄂᆞᆫ디라. 쳐시 블변안싀(不變顔色)ᄒᆞ고
학운지 조곰도 놀나디 아니ᄒᆞᄃᆡ 냥계와 졔공지(諸公子) 경동(驚動)
ᄒᆞ믈 면치 못ᄒᆞ여 졔어(制御)ᄒᆞᆯ 바ᄅᆞᆯ 아디 못ᄒᆞ고 닌광이 분연(奮然)
이 니러나 손의 촌쳘(寸鐵)이 업시 졔젹(諸賊)을 당(當)코즈 ᄒᆞᄂᆞᆫ디
라. 쳐시 ᄋᆞ즈(兒子)ᄅᆞᆯ 도라보아 왈

"ᄎᆞ젹(此賊)이 젼혀 우리 부즈ᄅᆞᆯ 싀살(弑殺)코즈 ᄒᆞ거니와 간ᄃᆡ로[174] ᄒᆡ
(害)치 못ᄒᆞ리니 망녕도이 ᄂᆡ닷디 말나."

학운지 쇼왈(笑曰)

"공지 족히 당(當)ᄒᆞ리니 상공이 신모비계(神謀秘計)ᄅᆞᆯ 발(發)치 아 61면

---

171 금외(金烏): 금오. 태양. 태양 속에 세 개의 발을 가진 까마귀(삼족오)가 있다는 전설에서 유래함.

172 옥퇴(玉兎): 옥토. 달에 산다는 전설상의 토끼. 달을 가리킴.

173 일됴군(一條軍): 규장각본에는 '일쵸군'으로 되어 있음.

174 간ᄃᆡ로: 간대로. 함부로, 쉽게.

니시나 소탕(掃湯)ᄒᆞ미 어렵디 아닐가 ᄒᆞᄂᆞ이다."
쳐ᄉᆡ 왈
"ᄋᆞᄒᆡ(兒孩) 년유미약(年幼微弱)ᄒᆞ므로뼈 간젹(奸賊)의 흉댱(凶壯)ᄒᆞᆫ 셰(勢)ᄅᆞᆯ 당키 어려오니 딜이 죽을힘을 다ᄒᆞ여 막고ᄌᆞ ᄒᆞᄂᆞᆫ ᄇᆡ라. 슉시(叔氏) 쏘ᄒᆞᆫ 도으미 이시랴?"
학운ᄌᆡ 쇼왈(笑曰)
"비인(卑人)이 엇디 노력을 다ᄒᆞ여 도으믈 앗기리잇고마ᄂᆞᆫ 원간 힘이 브죡ᄒᆞᆫ 후 계교ᄅᆞᆯ 쓰거니와 ᄎᆞ젹(此賊)은 공ᄌᆡ 거의 당ᄒᆞᆯ 바의 몬져 계교ᄅᆞᆯ 움ᄌᆞ기미 브졀업ᄉᆞ나 상심(詳審)ᄒᆞ리이다."
말이 맛디 못ᄒᆞ여셔 산하(山下)로조ᄎᆞ 오로ᄂᆞᆫ 도젹이 몬져 궁시(弓矢)ᄅᆞᆯ 발(發)ᄒᆞ여 살이 비 오ᄃᆞᆺ ᄒᆞ니 학운ᄌᆡ 즉시 앏흘 향ᄒᆞ여 딘언(眞言)을 념(念)ᄒᆞ믜 광풍(狂風)이 대작(大作)ᄒᆞ며 양ᄉᆞ쥬셕(揚砂走石)ᄒᆞ여 오로ᄂᆞᆫ 살이 ᄀᆞ로닷고 암샹(岩上)의 갓가이 범치 못ᄒᆞ거ᄂᆞᆯ 학운ᄌᆡ 졔공ᄌᆞ(諸公子)ᄅᆞᆯ 쳐ᄉᆞ 겻틔 옴긴 후 닌광을 닛그러 바로 젹당(賊黨)을 싀살(廝殺)코져 ᄒᆞᆯ시 쳐ᄉᆡ 학운ᄌᆞ의 신긔홈과 ᄋᆞᄌᆞ(兒子)의 용녁(勇力)을 거의 미더 가바야이 경동(輕動)치 아니ᄒᆞᄃᆡ 냥계ᄂᆞᆫ
62면 십분초조(十分焦燥)ᄒᆞ며 의계ᄂᆞᆫ 잠이 깁헛다가 함셩을 인ᄒᆞ여 황망이 니러 안ᄌᆞᄃᆡ 어린 ᄃᆞᆺᄒᆞ여 경신을 슈습(收拾)디 못ᄒᆞ니 쳐ᄉᆡ 웃고 산하(山下)ᄅᆞᆯ ᄀᆞᄅᆞ쳐 왈
"녁발산(力拔山)ᄒᆞᄂᆞᆫ 용ᄆᆡᆼ으로뼈 쥐 무리ᄅᆞᆯ 근심ᄒᆞ랴?"
의계 냥안(兩眼)을 두려시 쓰며 두 쥬머괴ᄅᆞᆯ 브ᄅᆞ쥐고 몸을 니러 산하로 나리고ᄌᆞ ᄒᆞ거ᄂᆞᆯ 쳐ᄉᆡ 븟들며 우어 왈
"잠간 형셰ᄅᆞᆯ 보아 움ᄌᆞᄀᆡ고 급거이 말나."

의계 오히려 취ᄒᆞᆫ 거시 ᄭᆡ디 못ᄒᆞ여 쁜 긔운이 발(發)ᄒᆞᄆᆡ 닓더나다가[175] 쳐ᄉᆞ의 말니믈 인ᄒᆞ여 도로 안ᄌᆞ 말이 업ᄉᆞ니 냥계 경황(驚惶) 듕(中)이나 우읍기ᄅᆞᆯ ᄎᆞᆷ디 못ᄒᆞ여 대쇼왈(大笑曰)

"언과기실(言過其實)은 은ᄇᆡᆨ시[176]ᄅᆞᆯ 닐넘 ᄌᆞᆨᄒᆞ니이다."

쳐ᄉᆡ 함쇼왈(含笑曰)

"쳐음브터 블의디변(不意之變)을 근심ᄒᆞ여 집으로 가랴 ᄒᆞ던 ᄌᆞ(者)와 댱긔(壯氣)ᄅᆞᆯ ᄌᆞ랑ᄒᆞ고 일당ᄇᆡᆨ(一當百)을 근심치 아니ᄒᆞ던 ᄌᆡ 만히 갓디 아니랴?"

냥계 대쇼왈(大笑曰)

"쇼뎨(小弟)ᄂᆞᆫ 겁(怯)ᄒᆞᆯ디언졍 은ᄇᆡᆨ시ᄀᆞᆺ치 용긔ᄅᆞᆯ 니ᄅᆞ디 아니ᄒᆞᄂᆞ이다."

이러ᄐᆞᆺ 말ᄒᆞ며 산하ᄅᆞᆯ 바라보니 제젹(諸賊)이 험ᄒᆞᆫ 산노(山路)의 발을 붓치디 못ᄒᆞ여 병긔(兵器)ᄅᆞᆯ 들고 업더디ᄂᆞᆫ ᄌᆡ ᄒᆞ나둘히 아니로ᄃᆡ 63면
죽기ᄅᆞᆯ 그음ᄒᆞ여[177] 셔로 붓들며 쏠니 오로니 흉ᄆᆡᆼ(凶猛)ᄒᆞ여 무비일당ᄇᆡᆨ(無比一當百)이로ᄃᆡ 닌광과 학운ᄌᆡ 조곰도 겁ᄒᆞ미 업셔 바로 도젹을 향ᄒᆞ여 나아갈ᄉᆡ 돌ᄒᆞᆯ 집어 앏ᄒᆡ 오ᄂᆞᆫ 도젹을 막으니 그 셰(勢) 잔ᄌᆞ리[178] 태산(泰山)을 거움 ᄀᆞᆺᄐᆞ여 과연 당ᄒᆞᆯ 길히 업ᄂᆞᆫ디라. 닌광이 돌ᄒᆞᆯ 드러 앏ᄒᆞᆯ 당ᄒᆞ여 오ᄂᆞᆫ 도젹의 면상(面上)을 맛치니 ᄒᆞᆫ 소ᄅᆡᄅᆞᆯ 니ᄅᆞ며 댱검(長劍)을 노화바리고 ᄶᅡᄒᆡ 것구러디거ᄂᆞᆯ 공ᄌᆡ 그 칼ᄒᆞᆯ 아ᄉᆞ

175 닓더나다가: 닓더나다. 일어나다.
176 은ᄇᆡᆨ시: 은백씨. 정염.
177 그음ᄒᆞ여: 그음ᄒᆞ다. 한정하다. 여기서는 '작정하다'의 의미.
178 잔ᄌᆞ리: 잔자리. 잠자리.

길게 무디개 빗치 니러나며 제젹(諸賊)을 젼후좌우로 플 쌔ᄃᆞᆺ ᄒᆞ니 신위(身威) 당당ᄒᆞ며 용밍이 졀뉸(絶倫)ᄒᆞᆫᄃᆡ 노발(怒髮)이 샹디(相持)ᄒᆞ고 목ᄌᆡ(目眥) 딘녈(盡裂)ᄒᆞ여 음아즐타(音訝叱咤)의 쳔인(千人)이 ᄌᆞ폐(自廢)[179]ᄒᆞᆯ 위풍(威風)이오 협ᄐᆡ산이초븍ᄒᆡ(挾泰山而超北海)[180]ᄒᆞᆯ 긔상(氣像)이라. 제젹이 댱녕(將令)을 바다 졍시(程氏)ᄅᆞᆯ 도륙(屠戮)ᄒᆞᆫ 공을 셰오고져 ᄒᆞ므로 머리 쩌러디며 경혈(頸血)이 만뉴(滿流)ᄒᆞᄃᆡ 각각 죽기ᄅᆞᆯ 도라보디 아니ᄒᆞ고 일시의 납함(吶喊)ᄒᆞ며 공ᄌᆞ
64면 ᄅᆞᆯ 몬져 죽여 져의 죽은 동뉴(同類)의 원슈ᄅᆞᆯ 갑고ᄌᆞ ᄒᆞ여 창검(槍劍)을 춤추어 비발치ᄃᆞᆺ ᄒᆞᄃᆡ 공ᄌᆡ 더옥 졍신을 가다ᄃᆞᆷ고 용긔ᄅᆞᆯ 분발(奮發)ᄒᆞ여 젼후좌우(前後左右)로 튱돌(衝突)ᄒᆞᄆᆡ 도젹의 머리 검광(劍光)을 조ᄎᆞ 산하(山下)의 구을며 학운ᄌᆡ 공ᄌᆞᄅᆞᆯ 도와 딘언(眞言)을 념(念)ᄒᆞᄆᆡ 샹운셔무(祥雲瑞霧)ᄅᆞᆯ 닐위여 공ᄌᆞ의 일신(一身)을 둘너 젹되(賊徒) 감히 범치 못ᄒᆞ게 ᄒᆞ니 밍츄 뒤ᄒᆡ 이셔 군사ᄅᆞᆯ 디휘(指揮)ᄒᆞ다가 제군(諸軍)이 ᄒᆞᆫ 닌광을 당치 못ᄒᆞ믈 보고 대로대분(大怒大憤)ᄒᆞ여 댱창(長槍)을 두로며 다라드니 공ᄌᆡ 마ᄌᆞ ᄡᅡ홀ᄉᆡ 븍ᄒᆡ(北海)의 셩닌 뇽이 태산(泰山)의 모진 범과 닷토ᄂᆞᆫ ᄃᆞᆺᄒᆞᆫ디라. 졍히 싀살(廝殺)ᄒᆞ더니 공ᄌᆡ 믄득 몸을 날녀 밍츄의 두 발을 졉고 머리ᄅᆞᆯ 치니 검광(劍光)이 번개 ᄀᆞᆺᄐᆞ며 몸과 머리 각각 ᄯᅡᄒᆡ 구으ᄂᆞᆫ디라. 다시 칼흘 드러 밍츄의 ᄇᆡᄅᆞᆯ 그으니 학운ᄌᆡ 겻흐로 ᄂᆡᄃᆞ라 허리의 요패(腰牌)ᄅᆞᆯ

179 음아즐타(音訝叱咤)의 쳔인(千人)이 ᄌᆞ폐(自廢): 《초한지》의 "항우가 큰 음성으로 소리 질러 꾸짖으니, 천 사람이 그의 목소리에 놀라 쓰러졌다(項王 音訝叱咤 千人自廢)."에서 온 것.

180 협ᄐᆡ산이초븍ᄒᆡ(挾泰山而超北海): 협태산이초북해. 태산을 끼고 북해를 뛰어넘는다는 뜻으로, 용력이 썩 장대함을 비유한 것.

ᄶᅧ혀 그 셩명을 알녀 ᄒᆞ더라. 임의 ᄆᆡᆼ취 죽고 군ᄉᆞ 삼ᄇᆡᆨ 명의 반 나마 공ᄌᆞ의 버힌 ᄇᆡ 되니 여졸(餘卒)이 각각 목숨을 도모(圖謀)ᄒᆞ여 ᄉᆞ산분궤(四散紛潰)ᄒᆞ거ᄂᆞᆯ 쳐ᄉᆡ ᄆᆞᄋᆞᆷ의 ᄋᆞᄌᆞ(兒子)의 무용(武勇)이 졀눈 65면
(絶倫)ᄒᆞᆷ과 영쥰(英俊)이 무쌍(無雙)ᄒᆞ믈 힘닙어 위ᄐᆡᄒᆞ믈 면ᄒᆞᄆᆡ 영ᄒᆡᆼ(榮幸)치 아니미 아니로ᄃᆡ ᄋᆞᄌᆡ 년유동치(年幼童稚)로 인명(人命)을 만히 살ᄒᆡ(殺害)ᄒᆞ믈 블ᄒᆡᆼ이 넉여 학운ᄌᆞᄅᆞᆯ 블너 ᄀᆞᆯ오ᄃᆡ

"임의 젹괴(賊魁)ᄅᆞᆯ 죽여시니 남은 뉴(類)ᄅᆞᆯ ᄉᆞᆯ와 보ᄂᆡ미 맛당ᄒᆞ거ᄂᆞᆯ ᄋᆞᄒᆡ(兒孩) 분두(憤頭)의 의리ᄅᆞᆯ 모로고 인명을 도륙(屠戮)ᄒᆞᄃᆡ 슉시(叔氏) 블가(不可)ᄒᆞ믈 닐너 긋치게 아니시ᄂᆞ뇨? 이ᄂᆞᆫ 은ᄌᆞ(隱者)의 되(道) 아니[181] 군ᄌᆞ(君子)의 덕이 아니믈 ᄉᆡᆼ각ᄒᆞ라."

학운ᄌᆡ 쇼왈(笑曰)

"근슈교의(謹受敎意)려니와 아모리 은ᄌᆞ군ᄌᆡ(隱者君子)라도 도젹의 독슈(毒手)ᄅᆞᆯ 면(免)코ᄌᆞ ᄒᆞᆯ진ᄃᆡ 살뉵(殺戮)을 아니치 못ᄒᆞ리이다."

언필(言畢)의 제젹(諸賊)을 ᄭᅮ디져 왈

"우리 심산(深山)의 오ᄅᆡ 복거(卜居)ᄒᆞ여 사ᄅᆞᆷ으로 더브러 셤개(纖芥)의 원(怨)이 업거ᄂᆞᆯ 너의 므ᄉᆞᆷ 연고(緣故)로 벌의 독을 발(發)ᄒᆞ여 감히 귀인을 범코ᄌᆞ ᄒᆞᄂᆞ뇨? 괴슈(魁帥)ᄅᆞᆯ 임의 죽이고 너의 패잔여명(敗殘餘命)을 일시의 도륙ᄒᆞ미 인ᄌᆞ(仁者)의 덕이 아닌 고로 길게 곡딕(曲直)을 뭇디 아니ᄒᆞ며 잔명(殘命)을 븟쳐 도라보ᄂᆡᄂᆞ니 회션기악(回善其惡)ᄒᆞ여 다시 흉ᄆᆡᆼ(凶猛)을 ᄉᆡᆼ의(生意)치 말나." 66면

181 아니: 규장각본에는 '아이요'로 되어 있음.

졔젹(諸賊)이 감히 다시 ᄡᆞᄒᆞᆯ 의ᄉᆡ 업ᄉᆞ니 흉녕(凶獰)턴 용ᄆᆡᆼ이 셕은 플ᄀᆞᆺ치 각각 목숨을 어로만져 살기ᄅᆞᆯ 바라ᄆᆡ 엇디 정신을 ᄎᆞᆯ혀 언어ᄅᆞᆯ ᄃᆡ(對)ᄒᆞᆯ 결을이 이시리오? 다만 머리ᄅᆞᆯ 두다려 호ᄉᆡᆼ디덕(好生之德)[182]을 일ᄏᆞᄅᆞ며 도라가고ᄌᆞ ᄒᆞ거ᄂᆞᆯ 공ᄌᆡ 비로소 칼ᄒᆞᆯ 더디고 ᄀᆞᆯ오ᄃᆡ

“됴흔 뫼ᄒᆡ 흉젹(凶賊)의 시슈(屍首)ᄅᆞᆯ 뼉이미 더러오니 너의 ᄲᆡᆯ니 거두어 먼니 ᄎᆡ온 후 도라가라.”

ᄒᆞᆫᄃᆡ 졔젹이 졍공ᄌᆞ와 학운ᄌᆞᄅᆞᆯ 감히 다시 우러러보디 못ᄒᆞ며 발셔 겁(怯)ᄒᆞ기ᄅᆞᆯ 과히 ᄒᆞ여시ᄆᆡ 혼ᄇᆡᆨ(魂魄)이 경월(驚越)ᄒᆞ고 ᄉᆞ디(四肢) 프러져 동(東)으로 ᄡᅳ러지며 셔(西)흐로 업더져 쥬댱(主將)과 동뉴(同類)의 시슈ᄅᆞᆯ 먼니 옴겨 ᄯᅡᄒᆡ 무든 후 일시의 도라가거ᄂᆞᆯ 공ᄌᆡ 비로소 폭포ᄅᆞᆯ 우희여[183] 목욕셰안(沐浴洗顔)ᄒᆞᄆᆡ 쳐시 ᄋᆞᄌᆞ(兒子)의 옷ᄉᆡ 븕은 피 낭ᄌᆞ(狼藉)히 ᄲᅳ려시믈 더러이 넉여 닌명 등의 쇽옷ᄉᆞᆯ 벗겨 ᄀᆡ착(改着)ᄒᆞ고 버ᄉᆞᆫ 옷ᄉᆞᆯ 믈의 씌여 업시ᄒᆞ라 ᄒᆞ니 공ᄌᆡ 슈명(受命)ᄒᆞ
67면 여 몬져 옷ᄉᆞᆯ ᄀᆞᆺ친 후 긔운을 ᄂᆞᆺ초와 부친을 뫼실ᄉᆡ 냥계와 의계 어린ᄃᆞ시 안ᄌᆞ 죵시(終始)ᄅᆞᆯ 다 보고 도로혀 이상ᄒᆞ믈 결을치 못ᄒᆞ여 학운ᄌᆞ의 신긔ᄒᆞᆷ과 닌광이 만인무젹디용(萬人無敵之勇)이 무빵(無雙)ᄒᆞ믈 대경칭찬(大驚稱讚)ᄒᆞ며 금야위화(今夜危禍)ᄅᆞᆯ 면(免)ᄒᆞ미 닌광의 용ᄆᆡᆼ을 힘닙으미라 ᄒᆞ고 다ᄒᆡᆼᄒᆞ며 긔특ᄒᆞ믈 일ᄏᆞᄅᆞ니 쳐시 왈

“블의디변(不意之變)을 당ᄒᆞ여 슈미(首尾)ᄅᆞᆯ 도라보디 못ᄒᆞ고 내 몸이 살기ᄅᆞᆯ 취ᄒᆞᄆᆡ 도젹을 싀살(廝殺)치 아니치 못ᄒᆞ려니와 원간 션젼

---

182 호ᄉᆡᆼ디덕(好生之德): 호생지덕. 생명을 아끼고 사랑하는 덕성.

183 우희여: 우희다. 옮기다.

ᄌᆞ(善戰者)ᄂᆞᆫ 상텬의복(上刑宜服)[184]ᄒᆞᄂᆞ니 ᄋᆞᄒᆡ 이칠(二七)을 계오 디난 바로 여러 인명을 상(傷)ᄒᆡ오미 스ᄉᆞ로 ᄒᆞ고ᄌᆞ ᄒᆞᆫ ᄇᆡ 아니로ᄃᆡ ᄌᆞ연ᄒᆞᆫ 가온ᄃᆡ 악(惡)을 ᄲᆞ흐미 졔 몸의 다못 기미(羈靡) 될가 심니(心裏)의 크게 편치 아닌디라. 어나 결을의 그 용ᄆᆡᆼ을 기ᄅᆞ미 되엿던고?"

셜파(說罷)의 슈젹(首賊)의 요패(腰牌)ᄅᆞᆯ 나와 ᄒᆞᆫ번 보ᄆᆡ 문양 츄관(秋官) ᄆᆡᆼ쉬라 ᄒᆞ엿거ᄂᆞᆯ 닌광공ᄌᆡ 운학·경농의게 드ᄅᆞᆫ 말노ᄡᅧ 고(告)코ᄌᆞ ᄒᆞ나 오히려 ᄇᆡᆨ모(伯母)[185]의 골경디신(骨骾之臣)[186]이 ᄡᆡ이ᄆᆡ 됴치 아냐 토셜(吐說)치 아니ᄒᆞ고 다만 태쥬 ᄒᆡᆼ도(行途)로브터 흉당(凶黨) 68면
을 모화 작변(作變)ᄒᆞ던 ᄌᆡ(者) ᄎᆞ젹(此賊)의 소위(所爲)ᄅᆞᆯ 고(告)ᄒᆞ니 냥계와 의계 측냥(測量)치 못ᄒᆞ여 왈

"우리 집 모든 사ᄅᆞᆷ이 일ᄌᆞᆨ ᄆᆡᆼ츄 이ᄍᆞ(二字)ᄅᆞᆯ 듯디 못ᄒᆞ여시니 딘실노 은원(恩怨)이 업ᄉᆞᄃᆡ 뉘 잇셔 이 가온ᄃᆡ 식이미 잇ᄂᆞᆫ가 ᄭᆡ닷디 못ᄒᆞ리로다."

쳐ᄉᆡ 침음냥구(沈吟良久)의 왈

"금번(今番) 젹화(賊禍)ᄂᆞᆫ 우흐로 바든 명(命)이 잇고 아ᄅᆡ로 공교(工巧)ᄒᆞᆫ ᄌᆡ(者) ᄂᆡ응(內應)ᄒᆞ미 잇거니와 ᄉᆞᄉᆡᆼ(死生)이 유뎡(有定)ᄒᆞ니 우리 형뎨부ᄌᆡ(兄弟父子) 엇디 일시의 젹화ᄅᆞᆯ 바다 몰몰(沒沒)히 ᄉᆞᆺ촐 ᄌᆡ리오? ᄌᆞ연이 간당(奸黨)의 패(敗)ᄒᆞ믈 볼디니라."

---

184 션젼ᄌᆞ(善戰者)ᄂᆞᆫ 상텬의복(上刑宜服): 《맹자》 〈이루 상(離婁上)〉의 "따라서 전쟁을 잘하는 자는 극형을 받아야 하고(故善戰者 服上刑)."라는 구절에서 온 것으로 보임.

185 ᄇᆡᆨ모(伯母): 백모. 큰어머니. 여기서는 소교완.

186 골경디신(骨骾之臣): 골경지신. 목에 걸린 가시처럼 듣기에 괴롭고 강직한 간언을 하는 신하. 여기서는 소교완의 심복 시비인 녹빙과 계월.

학운지 쇼왈(笑曰)

"간당의 망(亡)ᄒᆞ믈 향킥(嚮刻)의 쾌히 보아시니 다시 더 볼 거시 므어시리오?"

쳐ᄉᆡ 다시 말을 아니코 셔동(書童)을 명ᄒᆞ여 쥬과(酒果)를 나와 ᄌᆞ딜(子姪)과 ᄒᆞᆫ가디로 먹어 긔운을 뎡(靜)ᄒᆞ며 이에셔 잠간 안헐(安歇)ᄒᆞᄆᆡ 임의 평명(平明)이 된디라. 비로소 옷슬 ᄯᅥᆯ쳐 산하(山下)로 나릴ᄉᆡ 닌광공ᄌᆡ 거야(去夜)의 대젹(大賊)을 당ᄒᆞ여 긔력을 분발(奮發)ᄒᆞ

69면 ᄆᆡ ᄌᆞᆺ치기를 쾌히 ᄒᆞ니 반ᄃᆞ시 피곤ᄒᆞᆯ 거시로ᄃᆡ 오히려 긔운이 평상(平常)ᄒᆞ고 졍신이 싁싁ᄒᆞ여[187] 조곰도 블평ᄒᆞ미 업ᄉᆞ니 쳐ᄉᆡ 심하(心下)의 그 긔력(氣力)을 댱(壯)히 넉이며 이슉(二叔)과 졔죵(諸從)이 혀를 둘너 긔이히 넉이믈 마디 아니ᄒᆞ더라. 이에 부듕(府中)의 도라와 태부인긔 뵈웁고 야릭존후(夜來存候)를 뭇ᄌᆞ온ᄃᆡ 부인이 무ᄉᆞᄒᆞ므로뼈 ᄃᆡ(對)ᄒᆞ며 슈일(數日)을 긔약(旣約)던 바의 ᄒᆞ로밤을 디ᄂᆡ고 도라오믈 깃거ᄒᆞ니 의계 웃고 쥬왈(奏曰)

"원간 먼니 츌유(出遊)ᄒᆞ미 아니오라 급ᄒᆞᆫ 익(厄)을 피ᄒᆞ여 산샹(山上)의 올낫삽더니 작야(昨夜)의 여ᄎᆞ여ᄎᆞ 대젹(大賊)이 뫼흘 ᄡᅡ며 급히 싀살(厮殺)ᄒᆞ오니 닌광과 슉시(叔氏) 아니러면 비록 죽기를 면ᄒᆞᆫ다 ᄒᆞ나 만히 상(傷)ᄒᆞᆯ 빈로ᄃᆡ 닌광과 학운지 여ᄎᆞ여ᄎᆞ 흉젹(凶賊)을 쥬멸(誅滅)ᄒᆞ여 쾌히 믈니치고 부ᄌᆞ형뎨(父子兄弟) 무ᄉᆞ히 도라오믈 엇ᄉᆞ오니 젼혀 닌광의 용ᄆᆡᆼ을 힘닙으미로소이다."

---

187 싁싁ᄒᆞ여: 싁싁ᄒᆞ다. 엄하다, 굳세다.

언필(言畢)의 일좨(一座) 대경(大驚)ᄒᆞ여 비록 디난 일이나 젹당(賊黨)의 흉쟝(凶壯)턴 바ᄅᆞᆯ ᄉᆡᆼ각ᄒᆞᄆᆡ 심골(心骨)이 경한(驚汗)ᄒᆞ믈 면치 못ᄒᆞᆯ너라. 이ᄯᆡ 태부인이 졔젹(諸賊)의 흉험(凶險)턴 바ᄅᆞᆯ 통ᄒᆡ(痛駭)ᄒᆞᆯ디언졍 ᄒᆞᆫ 조각 다ᄅᆞᆫ ᄉᆞᄉᆡᆨ(辭色)이 업셔 기리 탄식왈(嘆息曰) 70면

"셰ᄉᆞ(世事)ᄂᆞᆫ 난측(難測)이오 인심(人心)은 블가량(不可量)이라. 비록 쳔만무려(千萬無慮)ᄒᆞᆫ 가온ᄃᆡ나 간흉(奸凶)과 요ᄉᆡ(妖邪) 이셔 궁모곡계(窮謀曲計)로 ᄂᆡ응외합(內應外合)ᄒᆞ여 젼후(前後)의 젹변(賊變)을 니ᄅᆞ현동 엇디 알니오? ᄎᆞ후(此後) 상심(詳審)ᄒᆞ여 흉인(凶人)의 독슈(毒手)ᄅᆞᆯ 졔방(除防)ᄒᆞ라."

닌광이 쇼이ᄃᆡ왈(笑而對曰)

"ᄉᆞ블범졍(邪不犯正)[188]이오 요블승덕(妖不勝德)[189]이오니 흉간(凶奸)과 요당(妖黨)이 독ᄉᆞ(毒蛇)의 ᄒᆡ(害)ᄅᆞᆯ 디으며 흉벌의 독을 발(發)ᄒᆞ오나 현인군ᄌᆞ(賢人君子)ᄂᆞᆫ 능히 범(犯)치 못ᄒᆞ오리니 우려치 마ᄅᆞ쇼셔."

ᄒᆞ더라.

(책임교주 탁원정)

---

188 ᄉᆞ블범졍(邪不犯正): 사불범정. 바르지 못하고 요사스러운 것이 바른 것을 건드리지 못함.

189 요블승덕(妖不勝德): 요불승덕. 요사스러운 악은 올바른 덕을 이길 수 없음.

완월회맹연 玩月會盟宴

권지삼십이 卷之三十二

1면 셜표(說表)[1]. 닌광공지 쇼이딗왈(笑而對曰)

"샤블범졍(邪不犯正)이오 요블승덕(妖不勝德)이오니 흉당(凶黨)과 요당(妖黨)이 독ᄉ(毒蛇)의 히(害)롤 디으며 흉벌의 독을 발(發)ᄒ오나 현인군ᄌ(賢人君子)난 능히 범(犯)치 못ᄒ오리니 우려(憂慮)치 마ᄅ쇼셔. 간당(奸黨)이 곳비[2] 길면 드딗이난[3] 환(患)이 미구(未久)의 이시리이다."

졔부인(諸夫人)이 쳥파(聽罷)의 단슌(丹脣)을 ᄉ개(乍開)ᄒ고 호치(皓齒)롤 교영(皎映)ᄒ여 잠쇼왈(潛笑曰)

"현딜(賢姪)은 억슈(億愁)와 쳔녀(千慮)롤 만나도 쾌히 뎡도(正道)롤 잡으며 텬의(天意)롤 밋고 만약 셰운(世運)이 쇄폐(衰弊)ᄒ여 하날이 사룸을 니긔디 못ᄒ즉 그 포요(暴妖)ᄒ 지 득디(得志)ᄒ며 악착(齷齪)ᄒ 지 치빙(馳騁)ᄒ고 딕되(直道) 용납디 못ᄒ며 뎡인(正人)이 복이 업다 ᄒ려니와 디금(至今)의 사룸과 결원(結怨)ᄒ미 업시 힉코져 ᄒ미 그 갓ᄐ믈 드롤ᄉ록 경악(驚愕)ᄒ믈 니긔디 못홀 쁜 아니라 필경이 엇디 될고? 근심이 듕(重)ᄒ도다."

공지 년(連)ᄒ여 우으며 딗왈(對曰)

"명괴(明敎) 디당(至當)ᄒ시나 근심ᄒ고 념녀ᄒ여 유익ᄒ미 업ᄉ오
2면 니 되여가믈 볼 ᄯ룸이로소이다."

태부인과 화부인은 다시 말이 업ᄉ딗 졔부인(諸夫人)은 공ᄌ롤 무

---

1 셜표(說表): 설표. 발어사. 중국 희곡 용어로, 배우 간의 대화인 '설백(說白)'과 제삼자의 서술인 '표백(表白)'을 한데 이르는 말.

2 곳비: 고삐.

3 드딗이난: 드딗이다. 밟히다.

ᄋᆡ(撫愛)ᄒᆞ여 혜아리미 디극(至極)다 ᄒᆞ고 쳐ᄉᆞ 곤계(昆季) 등은 ᄀᆞᆺ ᄐᆞ여 거리ᄶᅵ미 업셔 후일을 근심치 아니터라.

ᄎᆞ시(此時) 소부인이 밍츄의 패망(敗亡)ᄒᆞᆷ과 닌광의 의심ᄒᆞᄂᆞᆫ 말이 크게 놀나오며 통한(痛恨)ᄒᆞᄃᆡ 감히 ᄉᆞ쇡(辭色)디 못ᄒᆞ고 ᄌᆞ약(自若)히 담화(談話)ᄒᆞ다가 ᄉᆞ실(私室)의 도라오ᄆᆡ 계월이 발셔 밍츄의 죽으믈 알고 통만(痛懣)ᄒᆞ며 분원(憤怨)ᄒᆞ미 하날을 쎄칠 ᄃᆞᆺᄒᆞ나 본ᄃᆡ 별믈간독(別物奸毒)이라 부인의 ᄯᅳᆺ을 밧드러 일을 도모ᄒᆞᄆᆡ ᄉᆞ졍(私情)을 버히고[4] ᄎᆞᆷ기ᄅᆞᆯ 모질게 ᄒᆞ여 듕목(衆目)의 의심을 닐위디 아니려 ᄒᆞᄆᆡ 디아비 죽으믈 일ᄏᆞᆺ디 아니ᄒᆞ며 다만 병이 이셔 ᄒᆡᆼ각(行閣)의 누엇다 ᄒᆞ고 죵일 폐식잠와(廢食潛臥)ᄒᆞ여시니 눅난 노흉(老凶)이 ᄉᆞ회ᄅᆞᆯ 죽이고 계월이 ᄯᆞ라 죽고져 ᄒᆞ믈 보ᄆᆡ 심간(心肝)이 뼈흐ᄂᆞᆫ[5] ᄃᆞᆺᄒᆞᄃᆡ ᄯᅩᄒᆞᆫ 견ᄃᆡ며 ᄎᆞᆷ기ᄅᆞᆯ 능히 ᄒᆞᄂᆞᆫ 흉믈(凶物)이라 타연이 ᄡᅳ리쳐 ᄉᆞ쇡디 아니ᄒᆞ고 부인 침젼(寢殿)의셔 ᄋᆞ환쇼비(丫鬟少婢)ᄅᆞᆯ 긔걸ᄒᆞ여[6] 침션(針線)과 딕ᄉᆞ(織事)ᄅᆞᆯ 힘ᄡᅳ게 ᄒᆞ니 소부인이 이 거동을 보ᄆᆡ 3면 유랑(乳娘)의 깁흐며 너ᄅᆞᆫ ᄯᅳᆺ과 계월의 튱의(忠義)ᄅᆞᆯ 감격ᄒᆞ여 스ᄉᆞ로 져바리미 이실가 근심ᄒᆞ고 월의 쳥츈을 잔인ᄒᆞ여[7] 츄연(惆然)이 빵미(雙眉)ᄅᆞᆯ ᄶᅵᆼ긔며[8] 므러 왈

4 버히고: 버히다. 베다.

5 뼈흐ᄂᆞᆫ: 뼈흘다. 썰다.

6 긔걸ᄒᆞ여: 긔걸하다. 분부하다.

7 잔인ᄒᆞ여: 문맥상 애처롭고 불쌍하여 차마 보기 어려운 데가 있다는 의미의 '잔잉하여'로 추정.

8 ᄶᅵᆼ긔며: ᄶᅵᆼ긔다. 주름지다, 주름 잡히다.

"월이 졸연(猝然)이 병이 이셔 거동치 못ᄒᆞ다 ᄒᆞ더니 원간 증셰(症勢) 엇더ᄒᆞ뇨? 모로미 듁음(粥飮)과 약믈(藥物)노뼈 구호(救護)ᄒᆞ여 슈히 ᄎᆞ셩(差成)케 ᄒᆞ라."

뉵난이 샤왈(謝曰)

"월이 쳔ᄒᆞᆫ 몸의 우연ᄒᆞᆫ 질양(疾恙)이 이신들 엇디 부인이 셩녀(聖慮)ᄅᆞᆯ 두시리잇고? 증셰 대단치 아니ᄒᆞᄃᆡ 근위(根委)[9] 가바얍디 아니니 슈히 낫디 못ᄒᆞᆯ가 우민(憂悶)ᄒᆞᄂᆞ이다."

부인이 다시 말을 아니 ᄒᆞ고 두어 줄 글노뼈 월을 위로ᄒᆞ며 듁음을 ᄀᆞᆺ초아 뉵유랑을 주어 왈

"일노뼈 월의 병을 구호ᄒᆞ라."

ᄒᆞ니 가듕샹ᄒᆡ(家中上下) 다 계월이 유질(有疾)ᄒᆞ므로 알 ᄲᅳᆫ 아니라 젹괴(賊魁) ᄆᆡᆼ츄의 계집인 줄은 몽니(夢裏)의도 ᄊᆡ닷디 못ᄒᆞᄃᆡ 홀노 닌광공ᄌᆡ 알오미 ᄇᆞᆰ더라. 원간 녹빙·계월 냥(兩) 흉비(凶婢) 디아비의 셩명을 가듕(家中)의 바로 고(告)치 아냐 ᄂᆡ도히 다ᄅᆞᆫ 셩명을 가져 고

4면 ᄒᆞ여시므로 왕술위와 ᄆᆡᆼ츄의 작변(作變)을 맛ᄎᆞᆷᄂᆡ 알 니 업ᄉᆞ리라 ᄒᆞ엿더니 닌광공ᄌᆡ 비록 소부인을 어침(御寢)[10]ᄒᆞ미 업ᄉᆞ나 ᄆᆡᆼ츄·술위 등의 작변을 알오미 되여시믈 경황구송(驚惶懼悚)ᄒᆞ고 심니(心裏)의 통ᄒᆡ(痛駭)ᄒᆞ며 분한(憤恨)ᄒᆞ여 공ᄌᆞᄅᆞᆯ 믜오미 삼킬 ᄃᆞᆺᄒᆞ나 감히 ᄉᆡᆨ어(色語)의 낫토디 못ᄒᆞ고 ᄆᆡᆼ취 패망(敗亡)ᄒᆞ므로브터 소부인이 심담(心膽)이 분분(紛紛)ᄒᆞ며 간격(肝膈)이 초렬(焦熱)ᄒᆞ믄 날노 더으ᄃᆡ

9 근위(根委): 근본과 말단. 여기서는 일반적인 병을 지칭하는 것으로 보임.

10 어침(御寢): 임금이 잠자리에 드는 것. 여기서는 어른들의 잠자리를 지키는 일.

또 능히 강작(强作)ᄒ여 화열안상(和悅安詳)ᄒ믈 주(主)ᄒ더니 이달의 상부인[11]이 귀령(歸寧)[12]ᄒ여 태부인을 봉시(奉侍)홀시 합문노쇼(闔門老少)의 셔로 반기ᄂ 경이 믈결을 ᄌ아시나 부인이 닌셩과 월염의 싱존을 듯고 닌광의 ᄉ라 도라와시믈 보미 시로이 교ᄋ[13]를 싱각ᄒ여 참상이졀(慘傷哀絶)ᄒ믈 니긔디 못ᄒ니 태부인이 또ᄒ 통도(痛悼)ᄒ여 비뤼(悲淚) 쳠금(沾衾)ᄒ믈 씨닷디 못ᄒᄂ디라. 쳐시 민망ᄒ여 교ᄋ의 작셩(作性)이 힘힘히 젹슈(賊手)의 맛츨 빅 아니믈 일ᄏ라 위로ᄒ믈 마디 아니홀시 상부인이 듕도(中途)의 작변ᄌ(作變者)롤 측냥(測量)치 못ᄒ며 흉젹(凶賊)을 잡아 목젼(目前)의 쥬륙(誅戮)디 못ᄒ믈 한(恨)ᄒ디 닌광이 우음을 먹음고 디ᄒ여 골오디 5면
"숙모ᄂ 흉젹(凶賊)을 일시의 쥬륙디 못ᄒ믈 한(恨)치 마ᄅ쇼셔. 쳥쳥(青青)ᄒ 양부호텬(陽府昊天)과 침침(沈沈)ᄒ 음ᄉ후퇴(陰司后土) ᄒ가디로 벌ᄒ샤 궁흉대젹(窮凶大賊)으로 ᄒ여곰 신슈(身首)롤 이쳐(異處)ᄒ미[14] 오라디 아니ᄒ리이다."
인ᄒ여 미져(妹姐)와 ᄌ긔의 젼후변고(前後變故)롤 디강 고(告)ᄒ며 풍상화란(風霜禍亂)이 그 디경의 밋ᄎ디 오히려 보젼ᄒ믈 어더시니 녀교 쇼미(小妹)도 결단ᄒ여 죽디 아냐시믈 일ᄏ고 텬눈(天倫)을 단회(團會)ᄒ미 머디 아닐 바롤 쥬(奏)ᄒ니 상부인이 기리 탄식ᄒ며
"녀ᄋ(女兒)ᄂ 나히 더옥 어린 바의 그 ᄀ트 흉젹을 만나 ᄉ 길히 업

11 상부인: 정태요.

12 귀령(歸寧): 귀녕. 시집간 딸이 친정에 가서 부모를 뵙는 것.

13 교ᄋ: 교아. 상여교.

14 신슈(身首)롤 이쳐(異處)ᄒ미: '신수를 이처하다'는 목이 떨어진다는 뜻.

ᄉᆞ리라."

ᄒᆞ여 슬허ᄒᆞ미 목젼(目前)의 죽엄을 노홈 ᄀᆞᆺᄐᆞ니 모다 위로ᄒᆞ믈 마디 아니ᄒᆞ다가 야심(夜深)ᄒᆞ믈 인ᄒᆞ여 각소(各所)의 안휴(安休)ᄒᆞᆯᄉᆡ 닌듕이 짐즛 모친의 ᄆᆞ음을 잠간 경동(驚動)ᄒᆞ고 인ᄒᆞ여 간모(奸謀)ᄅᆞᆯ ᄒᆞᆫ가지로 의논코져 ᄒᆞ여 듕야(中夜)의 모부인 침실의 니ᄅᆞ러 창외(窓外)의셔 기ᄎᆞᆷᄒᆞ니 부인이 근일(近日)의 더옥 침슈(寢睡)ᄅᆞᆯ 안온(安
6면 穩)이 못ᄒᆞ던디라 오히려 졍금단좌(正襟端坐)ᄒᆞ여 쵹광(燭光)을 ᄉᆞᄆᆞᆺ 보며 회푀(懷抱) 어ᄌᆞ럽고 념녜(念慮) 번난(煩亂)ᄒᆞ여 디향(指向)ᄒᆞᆯ 바ᄅᆞᆯ 아디 못ᄒᆞ더니 듕ᄋᆞ의 기ᄎᆞᆷ 소ᄅᆡᄅᆞᆯ 듯고 므러 왈

"ᄋᆞᄒᆡ 엇디 듕야(中夜)의 이러ᄐᆞᆺ 분쥬ᄒᆞᄂᆞ뇨?"

닌듕이 소ᄅᆡᄅᆞᆯ 나ᄌᆞᆨ이 ᄒᆞ여 ᄃᆡ왈(對曰)

"우연이 태모(太母) 침슈(寢睡)ᄅᆞᆯ ᄉᆞᆯ피려 드러왓ᄉᆞᆸ더니 ᄌᆞ위(慈闈)긔 고(告)ᄒᆞᆯ 말ᄉᆞᆷ이 이셔 이에 고과이다."

부인이 즉시 디게[15]ᄅᆞᆯ 녈며 드러오라 ᄒᆞ여 상하(床下)의 좌(座)ᄅᆞᆯ 주고 니ᄅᆞ고ᄌᆞ ᄒᆞᄂᆞᆫ 말을 므ᄅᆞᆫᄃᆡ 듕ᄋᆡ 짐즛 면모(面貌)의 경ᄒᆡ(驚駭)ᄒᆞᆫ 빗과 통만(痛懣)ᄒᆞᄂᆞᆫ 경상(景狀)을 디어 별 ᄀᆞᆺᄐᆞᆫ 빵안(雙眼)의 ᄆᆞᆰ은 누싊(淚水) 삼삼(滲滲)ᄒᆞ여 모친 므ᄅᆞᇁ 아ᄅᆡ 업ᄃᆡ여 오ᄅᆡ 말을 일우디 못ᄒᆞ니 부인이 경아(驚訝)ᄒᆞ여 붓드러 니ᄅᆞ혀며 므러 ᄀᆞᆯ오ᄃᆡ

"ᄋᆞᄒᆡ 므ᄉᆞᆷ 연고로 슬허ᄒᆞ믈 이ᄀᆞᆺ치 ᄒᆞᄂᆞ뇨?"

듕ᄋᆡ 비로소 눈믈을 잠간 거두고 희허탄식(唏噓嘆息)ᄒᆞ며 고왈(告曰)

---

15 디게: 지게. 전통 가옥에서 마루와 방 사이의 문이나 부엌의 바깥문을 가리키는 말.

"ᄋᆞ히 ᄉᆡᆼ셰팔년(生世八年)의 ᄌᆞ위(慈闈)의 양휵(養畜)ᄒᆞ심과 계부대인(季父大人) 훈교(訓敎)ᄒᆞ시믈 밧ᄌᆞ와 됴히 ᄌᆞ라믈 엇ᄌᆞᆸ고 문풍(門風)의 슉연(肅然)ᄒᆞ믈 인ᄒᆞ여 슉당(叔堂)과 친위(親闈)[16]며 졔죵(諸從)과 동긔(同氣)ᄅᆞᆯ 간격(間隔)ᄒᆞᆯ 바ᄅᆞᆯ 아디 못ᄒᆞ와 혈심(血心)을 의앙(依仰)ᄒᆞ고 돈목(敦睦)ᄒᆞᆯ ᄯᆞ롬이올너니 금야(今夜)의 ᄎᆞ마 듯디 못ᄒᆞ올 흉언(凶言)을 듯ᄌᆞ와 ᄌᆞ위(慈闈)긔 허다ᄒᆞᆫ 누얼(陋孼)이 밋ᄎᆞ믈 혜건ᄃᆡ 심혼(心魂)이 경니(驚離)ᄒᆞ며 의ᄉᆡ 통할(痛割)ᄒᆞ오니 능히 니긔여 주(奏)ᄒᆞᆯ 바ᄅᆞᆯ 아디 못ᄒᆞ리로소이다. 원간 왕술위와 밍취라 ᄒᆞᄂᆞᆫ ᄌᆡ(者) 그 엇더ᄒᆞᆫ 도젹이며 ᄌᆞ졍(慈庭)이 셕년(昔年)의 젼츌(前出)[17]을 ᄭᅦ리샤 목강(穆姜)[18]의 인ᄌᆞ셩덕(仁慈性德)을 ᄯᆞ로디 못ᄒᆞ시니잇가? 쇼ᄌᆡ(小子) 고ᄉᆞ(古事)ᄅᆞᆯ ᄒᆞᆫ번 듯ᄌᆞᆸ고ᄌᆞ ᄒᆞᄂᆞ이다."

부인이 쳥파(聽罷)의 블승경아(不勝驚訝)ᄒᆞ여 침음냥구(沈吟良久)러니 날호여 믄득 ᄉᆡᆨ위(色威) ᄐᆡ연(泰然)ᄒᆞ 연ᄒᆞ여 왈

"ᄋᆞ히 어ᄃᆡ 가 밋친 말을 듯고 어미ᄅᆞᆯ ᄃᆡᄒᆞ여 ᄆᆞᄋᆞᆷ을 경동(驚動)케 ᄒᆞ나 내 어이 심회(心懷)ᄅᆞᆯ 니ᄅᆞ디 아니리오? 내 쳐음의 너의 부친 가상(家上)[19]을 쳠(添)ᄒᆞ여 졍시(程氏)의 문의 들ᄆᆡ 여ᄆᆡ(女妹) 두 사ᄅᆞᆷ과 닌셩이 좌우의 버러 능히 ᄌᆞ도(子道)ᄅᆞᆯ 폐(廢)치 아니ᄒᆞᄂᆞᆫ디라. 내 듕년쇼심(中年小心)으로ᄡᅥ ᄌᆞ녀ᄅᆞᆯ 거ᄂᆞ리미 노셩(老成)ᄒᆞᆫ 부인 ᄀᆞᆺ디 못ᄒᆞ나 ᄯᅩᄒᆞᆫ 실톄(失體)ᄒᆞ여 가쇼로온 형상이 잇던 바ᄂᆞᆫ ᄉᆞᄉᆞ로 아디

7면

16 친위(親闈): 부모.

17 젼츌(前出): 전출. 전실이 낳은 자식. 여기서는 정인성.

18 목강(穆姜): 진나라 정문거의 후처로 자신의 친아들보다 전실의 자식들을 더 사랑했다고 함.

19 가상(家上): 아내, 부인의 의미로 추정.

8면 못ᄒᆞ고 목강의 인ᄌᆞᄒᆞᆫ 덕이 업ᄉᆞ나 민모(閔母)[20]와 상모(象母)[21]의 브ᄌᆞ
(不慈)턴 바ᄂᆞᆫ 잇디 아니ᄒᆞ니 뉘 이셔 나의게 허다ᄒᆞᆫ 누얼(陋孼)을 깃
치며 ᄯᅩ 왕·밍 냥젹(兩賊)의 도듕작변(途中作變)ᄒᆞ믄 내 역시 닌광
의게 쳐음으로 드러실 ᄲᅳᆫ 아니라 젼ᄌᆞ(前者)의 냥젹의 일홈을 알오미
업ᄉᆞ니 ᄋᆞ히 엇디 날다려 뭇ᄂᆞ뇨?"

언파(言罷)의 ᄉᆞ긔(辭氣) 정슉(靜肅)ᄒᆞ고 안뫼(顔貌) 단엄(端嚴)ᄒᆞ니
닌듕이 모친이 맛ᄎᆞᆷᄂᆡ 심ᄉᆞᄅᆞᆯ 은닉(隱匿)ᄒᆞ여 블인간교(不仁奸巧)ᄅᆞᆯ
바로 니ᄅᆞ디 아니ᄒᆞ믈 보ᄆᆡ 졔 회포ᄅᆞᆯ 감히 고(告)치 못ᄒᆞ며 다만 ᄉᆞ
ᄉᆡᆨ(辭色)이 분연(憤然)ᄒᆞ여 기리 탄식왈(嘆息曰)

"ᄌᆞ위(慈闈) 셩덕(性德)이 슉연(肅然)ᄒᆞ시믈 ᄋᆞ히 엇디 모로리잇고마
ᄂᆞᆫ 죵형(從兄)이 태모(太母)와 상슉모긔 ᄀᆞ마니 고ᄒᆞᄃᆡ '듕도(中途)
작변ᄌᆡ(作變者) 왕·밍 등 흉젹(凶賊)일 ᄲᅳᆫ 아니라 간모흉계(奸謀凶
計)ᄅᆞᆯ 그윽ᄒᆞᆫ 가온ᄃᆡ 획(劃)ᄒᆞᄂᆞᆫ ᄌᆡ(者) 먼니 아니 잇ᄉᆞ오니 그 셤휼
(憸譎)[22]ᄒᆞᆫ 독ᄐᆡ(毒態)와 긔활(奇猾)ᄒᆞᆫ 정상(情狀)이 간당뉴(奸黨類)
의 니ᄅᆞᆫ 괴슈(魁首)라. 밧그로 왕·밍 냥젹을 져주어[23] 간인의 흉계ᄅᆞᆯ
젹발(摘發)ᄒᆞ미 맛당ᄒᆞᄃᆡ 두로 안면(顔面)이 거리ᄭᅵ이니 잠간 셰월을
쳔연(遷延)ᄒᆞ여 ᄇᆡᆨ뷔(伯父)[24] 도라오시ᄂᆞᆫ 날의 명뎡기죄(明定其罪)ᄒᆞ
9면 미 올흐니이다.' ᄒᆞ니 상슉뫼 믄득 교아졀치(咬牙切齒)ᄒᆞ시며 왈 '소

20 민모(閔母): 민자건의 계모.

21 상모(象母): 순임금의 계모.

22 셤휼(憸譎): 섬휼. 휼계(譎計), 곧 남을 속이는 간사하고 능청스러운 꾀.

23 져주어: 져주다. 고문하다, 심문하다.

24 ᄇᆡᆨ뷔(伯父): 백부. 큰아버지. 여기서는 정잠.

가(蘇家) 요죵(妖種)의 간음(奸淫)ᄒᆞ고 교특(狡慝)ᄒᆞ미 포달(褒妲)의 흣소리[25]를 니어 왕망(王莽)의 겸공(謙恭)홈과 님보(林甫)의 구밀복검(口密腹劒)ᄒᆞ믈 ᄀᆞᆺ초 모ᄯᅳ나[26] 거거(哥哥)의 디인(知人)ᄒᆞᄂᆞᆫ 안춍(眼聰)은 능히 버셔나디 못ᄒᆞ리니 나의 교ᄋᆡ ᄉᆞ라 도라오면 오히려 촘ᄂᆞᆫ 도리 잇ᄉᆞ려니와 그러치 아니면 그 젼젼죄악(前前罪惡)을 일일셜파(一一說破)ᄒᆞ여 거거로 ᄒᆞ여곰 영영 츌거(黜去)케 ᄒᆞ리니 간인요종(奸人妖種)을 엇디 오ᄅᆡ 머므러 두리오?' ᄒᆞ시거ᄂᆞᆯ 태뫼(太母) 슉모의 언ᄉᆡ(言辭) 과도ᄒᆞ믈 니ᄅᆞ시고 죵형(從兄)을 경계ᄒᆞ샤 '비록 밍츄·술위 등의 작변(作變)ᄒᆞ믈 아라 의심이 업디 아니ᄒᆞ나 가바야이 발셜ᄒᆞ미 무익(無益)ᄒᆞ니 다시 일ᄏᆞᆺ디 말나.' ᄒᆞ시ᄃᆡ 죵형이 ᄌᆞ졍(慈庭)을 져훼(詆毁)ᄒᆞ며 욕ᄆᆡ(辱罵)ᄒᆞ여 무상패셜(無狀悖說)이 브졀(不絶)ᄒᆞ오니 쇼ᄌᆡ(小子) 창외(窓外)예셔 ᄒᆞᆫ번 드ᄅᆞᄆᆡ 분ᄒᆞᆫ 심ᄉᆡ 터질ᄃᆞᆺᄒᆞ와 바로 이에 와 ᄌᆞ위(慈闈)긔 쥬(奏)ᄒᆞ고 만일 ᄌᆞ위 실덕(失德)ᄒᆞ시미 죵형과 상슉모의 말숨 ᄀᆞᆺᄐᆞᆯ딘ᄃᆡ 밋쳐 회션슈덕(回善修德)ᄒᆞ시믈 기다리디 못ᄒᆞ고 쇼ᄌᆡ ᄒᆞᆫ번 죽어 태ᄐᆡ(太太)의 과실을 모로고ᄌᆞ ᄒᆞ오며 과연 ᄋᆡᄆᆡᄒᆞ시미 상ᄒᆡ(上下) 덕ᄒᆡᆼ(德行)의 찬연(燦然)ᄒᆞ심 ᄀᆞᆺᄐᆞ실딘ᄃᆡ 슉모와 죵형(從兄)의 앏히셔 일장(一場)을 닷토아 므슴 혐극(嫌隙)으로 동긔슉딜(同氣叔姪)의 졍(情)을 ᄭᅳᆺ쳐 공연이 함디깅참(陷地坑塹)ᄒᆞᄂᆞᆫ 그 심술(心術)을 뭇고ᄌᆞ ᄒᆞ옵던 ᄇᆡ라. 슉뫼 비록 존 10면

25 흣소리: 흣꼬리. 뒤꼬리로 추정. '뒤꼬리'는 뒤에 있다는 뜻을 강조해 꼬리를 가리키는 말.
26 모ᄯᅳ나: 모ᄠᅳ다. 흉내내어 본뜨다.

(尊)ᄒᆞ시고 죵형이 ᄯᅩᄒᆞᆫ 샤ᄇᆡᆨ(舍伯)[27]으로 일쳬오나 무상패셜(無狀悖說)노 ᄌᆞ위(慈闈)ᄅᆞᆯ 함ᄒᆡ(陷害)ᄒᆞ오미 그 ᄃᆡ경의 밋ᄎᆞᆫ 후ᄂᆞᆫ 쇼ᄌᆡ(小子) 결연이 됴흔 얼골과 후(厚)ᄒᆞᆫ 졍의(情誼)로 ᄃᆡ(對)치 못ᄒᆞ오리니 ᄌᆞ위ᄂᆞᆫ 엇더타 ᄒᆞ시ᄂᆞ니잇가?"

부인이 옥안(玉顔)이 화평(和平)ᄒᆞ며 셩뫼(聲貌) 고요ᄒᆞ여 죵두디미(從頭至尾)히 듯기ᄅᆞᆯ 다ᄒᆞᄆᆡ 그 춍명민달(聽明敏達)ᄒᆞ미 사ᄅᆞᆷ의 폐간(肺肝)을 ᄉᆞᄆᆞᆺᄂᆞᆫ디라 상부인이 비록 교ᄋᆞᄅᆞᆯ 실니(失離)ᄒᆞᆫ 통(痛)이 고인(古人)의 곡ᄌᆞ(哭子)[28]ᄒᆞᆫ 셜음의 디나나 텬셩(天性)이 온온슉혜(溫溫淑慧)ᄒᆞ고 인ᄌᆞ단목(仁慈團睦)ᄒᆞ여 간ᄃᆡ로 동긔ᄅᆞᆯ 즐ᄆᆡ(叱罵)치 아닐 ᄇᆡ오 닌광이 비록 ᄆᆡᆼ츄·술위 등의 작변(作變)을 아라시나 그 유식효우(有識孝友)ᄒᆞ미 ᄇᆡᆨ모(伯母)[29]ᄅᆞᆯ 비방(誹謗)ᄒᆞ여 무도패셜(無道悖說)을 발(發)치 아닐 ᄃᆞᆺᄒᆞᄃᆡ 다만 ᄀᆞ마니 의심ᄒᆞᄂᆞᆫ 말과 그ᄋᆞᆨ이 통한(痛恨)ᄒᆞᄂᆞᆫ ᄉᆞ어(私語)ᄅᆞᆯ 듕ᄋᆡ 잠간 듯고 이러ᄐᆞᆺ 쥬작(做作)ᄒᆞᄆᆡᆫ
11면 가 넉이며 젼혀 무근ᄆᆡᆼ낭디셜(無根孟浪之說)이믄 오히려 아디 못ᄒᆞ여 이ᄋᆞᆨ이 말을 아니 ᄒᆞ더니 냥구(良久) 후 도로혀 ᄋᆞᄌᆞ(兒子)ᄅᆞᆯ ᄎᆡᆨ(責)ᄒᆞ여 왈

"사ᄅᆞᆷ이 먼니셔 몬져 눈을 두로디 아니ᄒᆞ믄 남의 허믈을 볼가 두리미오 문을 당ᄒᆞ여 드러오믈 알게 ᄒᆞ믄 사ᄅᆞᆷ의 허믈을 드ᄅᆞᆯ가 삼가미어

27 샤ᄇᆡᆨ(舍伯): 사백. 남에게 자기 맏형을 겸손하게 이르는 말.

28 곡ᄌᆞ(哭子): 곡자. 곡자지통(哭子之痛). 공자 제자 자하가 서하(西河)에 머물 때 자식을 잃고 너무 슬피 울어 두 눈이 멀었다는 고사. 자식 잃은 슬픔으로 '상명지통(喪明之痛)' 혹은 '서하지통(西河之痛)'이라고도 함.

29 ᄇᆡᆨ모(伯母): 백모. 큰어머니. 여기서는 소교완.

ᄂᆞᆯ 너 쇼ᄋᆞ(小兒)ᄂᆞᆫ 나히 밋쳐 초팔디셰(初八之歲)ᄅᆞᆯ 넘디 못ᄒᆞ여셔 ᄀᆞ만ᄒᆞᆫ 거ᄅᆞᆷ과 그윽ᄒᆞᆫ 졍ᄐᆡ(情態)로 존당ᄉᆞ어(尊堂私語)ᄅᆞᆯ 탐문(探問)ᄒᆞ여 어미의게 젼ᄒᆞ고 동긔슉딜(同氣叔姪)의 졍을 니간(離間)ᄒᆞ며 네 ᄯᅩ 디친(至親)[30]의 돈목(敦睦)ᄒᆞᄂᆞᆫ 뜻을 버혀 졸연(猝然)이 혐극(嫌隙)을 두고ᄌᆞ ᄒᆞᄂᆞ뇨? 상부인과 닌광이 네 어미ᄅᆞᆯ 함ᄒᆡ(陷害)ᄒᆞ미 딘실노 네 말 ᄀᆞᆺᄐᆞ미 잇셔도 내 져ᄅᆞᆯ 한(恨)ᄒᆞ여 ᄋᆡᄌᆞ(睚眥)[31]ᄅᆞᆯ 갑고ᄌᆞ ᄒᆞ미 심히 암험(暗險)ᄒᆞᆫ디라. 네 다시 이런 말을 니ᄅᆞ디 말고 기리 화목ᄒᆞ여 가풍(家風)의 긔특ᄒᆞ믈 ᄯᅥ러바리디 말나. 닌광이 너의 낫ᄎᆞᆯ ᄃᆡᄒᆞ여 날을 욕ᄆᆡ(辱罵)ᄒᆞ미 이시며 상부인이 너ᄅᆞᆯ ᄂᆞ리와 슈죄(數罪)ᄒᆞ여 블인간녀(不仁奸女)의 ᄌᆞ식이라 ᄒᆞ거든 네 비로소 원억(冤抑)ᄒᆞ믈 닷톨디라도 그러치 아닌 젼(前)은 모로미 입을 다다 원한(怨恨)ᄒᆞᆫ 말을 ᄂᆡ디 말고 화긔(和氣)ᄅᆞᆯ 상(傷)ᄒᆡ오디 말나.” 12면

언필(言畢)의 믁연위좌(默然爲坐)ᄒᆞ여 다시 말ᄉᆞᆷ의 뜻이 업ᄉᆞ니 듕ᄋᆡ 모친이 져ᄅᆞᆯ 외ᄃᆡ(外待)ᄒᆞ여 딘졍회포(眞情懷抱)ᄅᆞᆯ 니ᄅᆞ디 아니ᄒᆞ믈 그윽이 ᄋᆡ돌와 간모(奸謀)ᄅᆞᆯ 동심(同心)치 못ᄒᆞᆯ가 가디록[32] 한ᄒᆞ나 감히 ᄉᆞ식(辭色)디 못ᄒᆞ고 다만 블초(不肖)ᄅᆞᆯ 샤죄(謝罪)ᄒᆞ여

“ᄎᆞ후(此後)ᄂᆞᆫ 삼가 디친(至親)의 졍을 소(疏)히 ᄒᆞ미 업ᄉᆞ리이다.”

ᄒᆞ며 믈너 셔ᄌᆡ(書齋)로 나아가니 부인이 ᄀᆞ마니 ᄒᆞᆫ 소ᄅᆡᄅᆞᆯ 탄(嘆)ᄒᆞ고 비로소 침금(寢衾)을 취ᄒᆞ여 고요히 ᄌᆞᄂᆞᆫ 쳬ᄒᆞ나 능히 ᄒᆞᆫ잠을 일

---

30 디친(至親): 지친. 매우 가까운 친족. 곧 부모·자식 간이나 형제와 남매 사이 등을 이르는 말. 여기서는 정인중의 사촌형인 정인광을 이름.

31 ᄋᆡᄌᆞ(睚眥): 애자. 눈을 흘길 정도의 조그만 원한.

32 가디록: 갈수록.

우디 못ᄒᆞ며 노분(怒憤)과 원한(怨恨)이 각골(刻骨)ᄒᆞ여 경ᄀᆡᆨ(傾刻)의 ᄂᆡᆫ광을 삼키디 못ᄒᆞ믈 ᄋᆡᄃᆞᆯ와ᄒᆞ니 이 ᄀᆞᆺᄐᆞ여 듕ᄋᆞ의 ᄆᆡᆼ낭디셜(孟浪之說)을 미드미 아니로ᄃᆡ ᄂᆡᆫ광이 향ᄌᆞ(向者)의 ᄌᆞ긔ᄅᆞᆯ ᄃᆡᄒᆞ여 ᄒᆞ던 말이 다 의심을 두던 ᄇᆡ라 ᄌᆞ긔 비록 타연(妥然)이 슈작(酬酌)ᄒᆞ여 ᄒᆞᆫ 조각 범(犯)ᄒᆞᆫ 일이 업ᄉᆞᆫ ᄃᆞ시 ᄒᆞ여시나 임의 등한(等閑)치 아니ᄒᆞ니 ᄯᅩ 엇디 ᄆᆞᄋᆞᆷ이 편ᄒᆞ리오? 대계(大計)ᄅᆞᆯ 획(劃)ᄒᆞ여 헛곳의 더디고 심녁(心力)을 허비ᄒᆞᆫ ᄇᆡ 도로혀 무ᄉᆞ안상(無事安詳)이 고좌(孤坐)ᄒᆞ엿던 바만 ᄀᆞᆺ디 못ᄒᆞ믈 분분통한(忿憤痛恨)ᄒᆞ여 그윽이 이ᄅᆞᆯ ᄀᆞᆯ며
13면 ᄀᆞ마니 혀ᄅᆞᆯ 무러 ᄆᆞᄋᆞᆷ과 ᄆᆡᆼ셰ᄒᆞ여 몬져 ᄂᆡᆫ셩을 죽이고 버거[33] 쳐ᄉᆞ의 ᄌᆞ녀ᄅᆞᆯ 다 ᄡᅳ러바려 목젼(目前)의 어ᄅᆞᆫ기ᄂᆞᆫ ᄌᆡ 업과져 ᄒᆞ니 간악ᄒᆞᆫ 심술과 궁흉(窮凶)ᄒᆞᆫ 의ᄉᆡ 당금(當今)의 무ᄡᅡᆼ(無雙)ᄒᆞᆯ ᄲᅳᆫ 아니라 젼고(前古)의 듯디 못ᄒᆞᆫ ᄇᆡ니 이 ᄀᆞᆺᄐᆞ여 소시(蘇氏)의 ᄉᆞ오나오미 고금(古今)의 ᄒᆞ나힌 거시 아니로ᄃᆡ 외모ᄇᆡᆨᄒᆡᆼ(外貌百行)이 타인 소시(所視)의ᄂᆞᆫ 디극히 현텰(賢哲)ᄒᆞ여 일호블인(一毫不仁)이 머므디 아닌 바ᄂᆞᆫ 고왕금ᄂᆡ(古往今來)의 그 뉘(類) 업ᄉᆞ니 왕망(王莽)의 겸공(謙恭)ᄒᆞᆷ과 님보(林甫)의 구밀복검(口密腹劍)으로도 비(比)치 못ᄒᆞ여 실노 이상ᄒᆞᆫ 인믈이니 만일 그 ᄆᆞᄋᆞᆷ을 쳔연안뎡(天然安定)이 잡아 ᄂᆡ외(內外)ᄅᆞᆯ ᄒᆞᆫ갈ᄀᆞᆺ치 ᄒᆞᆯ딘ᄃᆡ 엇디 쳔고(千古)의 특이(特異)ᄒᆞᆫ 어딘 부인이 되기ᄅᆞᆯ 근심ᄒᆞ리오마ᄂᆞᆫ ᄂᆡᆫ셩공ᄌᆞ의 ᄋᆡᆨ운(厄運)이 비상(非常)ᄒᆞ고 졍시(程氏) 가운(家運)이 블ᄒᆡᆼᄒᆞ여 소부인이 블인(不仁)을 ᄒᆡᆼᄒᆞ니

33 버거: 다음으로.

엇디 한(恨)홉디 아니ᄒᆞ리오?

이후 슈월(數月)의 상부인이 도라가고 셰월이 여러 일월을 뒤이ᄌᆞᆷ미 사ᄅᆞᆷ의 의심을 동(動)치 아닐 ᄃᆡ경의 비로소 계월의 ᄃᆡ아비 죽은 소식이 경사(京師)로브터 니ᄅᆞ다 ᄒᆞ여 동구(洞口) 밧긔 나와 피발통곡(被髮痛哭)ᄒᆞ니 쳐ᄉᆞ와 닌광공ᄌᆞᄂᆞᆫ 심니(心裏)의 더옥 흉히 넉이ᄃᆡ 타인은 만만무심(萬萬無心)ᄒᆞ여 계월의 져믄 나흘 앗기리 만터라. 태부인이 상부인을 훌훌히 니별ᄒᆞᆫ 후 상셔의 ᄉᆡ븍고상(塞北苦狀)을 슬허ᄒᆞ미 날노 더으ᄃᆡ 쳐ᄉᆞ의 위로ᄒᆞᄂᆞᆫ 말ᄉᆞᆷ이 졀졀(節節)이 화평ᄒᆞ며 영달(英達)ᄒᆞ여 미ᄅᆡ롤 거의 혜아리미 목젼(目前) ᄀᆞᆺᄐᆞ니 상셔 부ᄌᆞ의 도라오미 머디 아닐가 심하(心下)의 잠간 밋ᄂᆞᆫ ᄇᆡ 이셔 스ᄉᆞ로 관인(寬忍)ᄒᆞ고 억졔ᄒᆞ믈 힘쓰ᄂᆞᆫ ᄀᆞ온ᄃᆡ 광음(光陰)이 슉홀(倏忽)ᄒᆞ여[34] 쏘다시 슈년츈츄(數年春秋)롤 밧고ᄆᆡ 샹황(上皇)이 복위(復位)ᄒᆞ샤 텬하롤 대샤(大赦)ᄒᆞ시며 녯날 간관딕ᄉᆞ(諫官直士)롤 널니 징소(徵召)ᄒᆞ시ᄂᆞᆫ 바의 의계와 냥계롤 쳥현화딕(淸顯華職)으로 승소(承召)ᄒᆞ실ᄉᆡ 텬태산의 니ᄅᆞ러 샹교(上敎)롤 젼ᄒᆞ고 셔태부인을 션상부(先相府)의 가상(家上)이며 상셔의 ᄌᆞ부인(慈夫人)이라 ᄒᆞ샤 각별ᄒᆞᆫ 은우(恩遇)로뻐 안부롤 므ᄅᆞ시고 상셔의 튱효대졀(忠孝大節)을 칭도(稱道)ᄒᆞ샤 노영호디(虜營胡地)의 몰몰(沒沒)ᄒᆞ미 되디 아닐 바롤 닐너 계시니 합문샹히(闔門上下) 셩은을 감튝(感祝)ᄒᆞᄂᆞᆫ 듕의 상셔의 도라올 디쇽(遲速)을 뎡(定)치 못ᄒᆞ여 ᄉᆡ로이 민우(憫憂)ᄒᆞ며 문계공의 원앙화 14면

34 슉홀(倏忽)ᄒᆞ여: 슉홀하다. 빠르게 지나가다.

15면 몰(寃殃禍沒)ᄒᆞ미 이ᄣᆡᄅᆞᆯ 당ᄒᆞ여 더옥 슬프믈 돕ᄂᆞᆫ디라. 일개(一家) 다 ᄒᆞᆫ가디로 통만(痛懣)ᄒᆞ여 함연체루(涵然涕流)ᄅᆞᆯ ᄭᆡ닷디 못ᄒᆞ니 냥계공이 슈통만심(愁痛滿心)ᄒᆞ여 호환(好歡)이 돈무(頓無)ᄒᆞ니 엇디 환욕(宦欲)과 셰렴(世念)이 머믈니오? 스ᄉᆞ로 블튱ᄌᆡ박(不忠才薄)ᄒᆞ여 고관쳥딕(高官淸職)의 감히 나아가디 못ᄒᆞᆯ 바ᄅᆞᆯ 일ᄏᆞ라 젼혀 ᄒᆡᆼ공(行公)ᄒᆞᆯ 의ᄉᆡ 업ᄉᆞᄃᆡ 의계공은 샹(上)이 복위ᄒᆞ시믈 환ᄒᆡᆼ만열(歡幸滿悅)ᄒᆞ미 비록 브ᄅᆞ디 아니시나 ᄲᆞᆯ니 나아가 텬안(天顔)을 됴회(朝會)ᄒᆞᆯ 뜻이 급ᄒᆞ던디라 엇디 좀져온 샤양(辭讓)으로 괴로이 산듕을[35] 뉴련(留連)ᄒᆞ리오? 개연(介然)이 ᄉᆞᄆᆡᄅᆞᆯ ᄯᅥᆯ쳐 샹경ᄒᆞᆯᄉᆡ 님ᄒᆡᆼ(臨行)의 태부인긔 하딕(下直)ᄒᆞᄆᆡ 언ᄉᆡ(言辭) 활연(豁然)ᄒᆞ여 합개(闔家) 경샤(京師) 녯 집의 모드미 날을 혜여 긔필(期必)ᄒᆞ리니 이 니별이 블과 슈월디간(數月之間)이믈 일ᄏᆞ라 그 ᄉᆞ이 존휘(尊候) 만강(萬康)ᄒᆞ시믈 쳥ᄒᆞ니 태부인이 도로혀 잠간 우어 ᄀᆞᆯ오ᄃᆡ

"현딜(賢姪)은 본ᄃᆡ 산협(山峽)을 고염(固厭)ᄒᆞ던 ᄆᆞᄋᆞᆷ으로ᄡᅧ 오날놀 승탁(陞擢)ᄒᆞ시ᄂᆞᆫ 은영(恩榮)을 씌여 샹경(上京)ᄒᆞᄂᆞᆫ 뜻이 쾌활ᄒᆞ여 16면 만ᄉᆞ(萬事)의 거리ᄭᅵ미 업거니와 우슉(愚叔)은 혜건ᄃᆡ ᄇᆡᆨᄋᆡ(伯兒) 슈히 도라오믈 엇디 못ᄒᆞ면 경샤(京師)의 ᄒᆞᆫ가디로 모드믈 긔필(期必)치 못ᄒᆞᆯ가 ᄒᆞᄂᆞ니 모로미 현딜(賢姪)은 원노ᄒᆡᆼ도(遠路行途)의 무ᄉᆞ득달(無事得達)ᄒᆞ여 찰임(察任)의 튱의덕화(忠義德化)ᄅᆞᆯ ᄀᆞᆺ초 낫타ᄂᆡ고 여가(餘暇)의 도라와 궁협모려(窮峽茅廬)의 쇠박(衰薄)ᄒᆞᆫ 잔일

35 괴로이 산듕을: 규장각본에는 '이 산듕을'로 되어 있음.

(殘日)을 위로ᄒᆞ라."

의계 화(和)히 우으며 ᄃᆡ왈(對曰)

"쇼딜(小姪)이 무디블식(無知不識)ᄒᆞ와 텬니(天理)와 인ᄉᆞ(人事)로 아디 못ᄒᆞ오나 죵빅(從伯)의 환경(還京)ᄒᆞ미 머디 아닐 바ᄂᆞᆫ ᄇᆰ히 혜아리옵ᄂᆞ니 경샤(京師)의 일개(一家) 단회(團會)ᄒᆞ미 그 ᄉᆞ이 오ᄅᆡ디 아니ᄒᆞ올디라. ᄎᆞ고(此故)로 쇼딜이 몬져 샹경ᄒᆞ웁거니와 만일 뜻 갓디 못ᄒᆞ미 이실딘ᄃᆡ 외로이 경져(京邸)의 머므러 작녹(爵祿)을 탐(貪)ᄒᆞᄂᆞᆫ 우음을 밧디 아냐셔 인슈(印綬)를 드리고 도라와 슉딜 형뎨 샹니(相離)의 경경(耿耿)ᄒᆞᆫ 회포를 두디 아니ᄒᆞ오며 슬하의 봉시(奉侍)ᄒᆞ믈 ᄒᆞᆫ갈ᄀᆞᆺ치 ᄒᆞ리이다."

부인이 졈두(點頭)ᄒᆞ고 단회디경(團會之慶)이 머디 아니ᄒᆞ믈 거의 디긔(知機)ᄒᆞᄆᆡ 상니의 슬프믈 두디 아냐 다만 됴히 가 무ᄉᆞ히 이시믈 17면
당부ᄒᆞ니 의계 ᄇᆡ샤슈명(拜謝受命)ᄒᆞᆫ 후 쳐ᄉᆞ룰 향ᄒᆞ여 ᄀᆞᆯ오ᄃᆡ

"황샹(皇上)이 복위ᄒᆞ시ᄆᆡ 종샤(宗社)의 대ᄒᆡᆼ(大幸)과 신민(臣民)의 ᄒᆡᆼ심(幸心)이 이에 디난 밧ᄌᆡ[36] 업ᄉᆞᆫ디라 경과(慶科)[37]를 뎡(定)ᄒᆞ샤 날이 블원(不遠)ᄒᆞ다 ᄒᆞ오니 쇼뎨(小弟) 샹경(上京)ᄒᆞᆫ 후 즉시 졔딜(諸姪)과 닌흥을 보ᄂᆡ샤 과옥(科屋)의 참예케 ᄒᆞ쇼셔."

쳐ᄉᆡ 미쇼왈(微少曰)

"은빅 야촌간고(野村艱苦)를 니긔디 못ᄒᆞ다가 징소(徵召)ᄒᆞ시ᄂᆞᆫ 바의 샹경키를 당ᄒᆞᄆᆡ ᄯᅩ다시 ᄌᆞ딜(子姪)의 현달(顯達)ᄒᆞ기를 희망ᄒᆞ

---

36 밧ᄌᆡ: 밧[所] 자(者). 바의 것.

37 경과(慶科): 국가에 경사가 있을 때 치르는 과거.

여 장옥(場屋)[38]의 드리기ᄅᆞᆯ 권ᄒᆞ나 연이나 닙신(立身)이란 거시 손의 쥐인 ᄇᆡ 아니오 졔ᄋᆡ(諸兒) 학문이 ᄎᆡ 니디[39] 못ᄒᆞ고 인ᄉᆡ(人事) 미거(未擧)ᄒᆞ여[40] 아딕 과장(科場)을 참예치 못ᄒᆞᆯ디라 후일(後日) 과옥(科屋)의 드리미 올치 아니ᄒᆞ랴?"

의계 역시 우으며 그러치 아니ᄒᆞ믈 일ᄏᆞ라 ᄌᆡ삼(再三) 권ᄒᆞᄃᆡ 쳐ᄉᆡ ᄌᆞ딜을 보닐 ᄯᅳᆺ이 업고 태부인이 굿ᄐᆞ여 과경(科慶)으로ᄡᅧ 죄오미 업ᄉᆞ니 의계 ᄒᆞᆯ일업셔 다만 닌흥으로 ᄒᆞ여곰 과일(科日) 밋쳐 샹경ᄒᆞ라
18면 ᄒᆞ며 이에 쳐ᄉᆞ와 냥계로 더브러 분슈(分手)ᄒᆞᆫ 후 학운ᄌᆞᄅᆞᆯ 도라보아 니별의 결연(缺然)ᄒᆞ믈 일ᄏᆞᆺ고 후회(後會)ᄅᆞᆯ 츄간(秋間) 분소디시(墳掃之時)[41]로 뎡(定)ᄒᆞ니 냥계 우어 왈

"ᄒᆞᆫ번 가ᄆᆡ 졀ᄉᆞ(節祀) 샹춍(上寵)이 아니면 향니(鄕里)ᄅᆞᆯ ᄉᆡᆼ각ᄒᆞᆯ ᄯᅳᆺ이 업ᄉᆞ믈 인ᄒᆞ여 숙시(叔氏)와 후회ᄅᆞᆯ 뎡ᄒᆞ미 츄셕(秋夕) 소분시(掃墳時)ᄅᆞᆯ 니ᄅᆞ시니 가히 환욕(宦欲)이 심ᄒᆞ다 ᄒᆞ리로소이다."

의계 크게 웃고 셰쇄(細瑣)ᄒᆞᆫ 곡졀과 쇼쇼(小小)ᄒᆞᆫ 가ᄉᆞ(家事)ᄅᆞᆯ 거리ᄭᅵ미 업시 발마(發馬)ᄒᆞ니 션ᄉᆡᆼ과 냥계 ᄒᆞᆯ연ᄒᆞ미 깁흐나 ᄒᆞᆫ집의 모들 긔약이 갓가오믈 혜아려 무익(無益)히 셜셜(屑屑)ᄒᆞ믈[42] 낫타ᄂᆡ디 아니ᄒᆞ더니 의계공이 발졍(發程)ᄒᆞᆫ 슈일(數日)의 닌흥이 근신(謹愼)ᄒᆞᆫ 동ᄒᆡᆼ(同行)을 어더 샹경ᄒᆞ니 숙당(叔堂)과 모친이 원노ᄒᆡᆼ역(遠路

---

38 장옥(場屋): 과거 시험장.

39 니디: 규장각본에는 '이지'로 되어 있음.

40 미거(未擧)ᄒᆞ여: 미거하다. 철이 없고 사리에 어둡다.

41 분소디시(墳掃之時): 분소지시. '분소'는 경사가 있을 때 조상의 산소에 가 제사를 지내는 것.

42 셜셜(屑屑)ᄒᆞ믈: 설설하다. 자질구레하다, 침착하지 못하다.

行役)을 념녀ᄒᆞ여 능히 방심치 못ᄒᆞ고 태부인이 샹황(上皇)의 복위ᄒᆞ
시믈 드ᄅᆞᆫ 후로 심회 더옥 착급(着急)ᄒᆞ여 샹셔의 무ᄉᆞ히 환경(還京)
ᄒᆞ믈 튝원(祝願)ᄒᆞ미 일익심졀(日益深切)ᄒᆞ더니 믄득 운학이 경샤
로조ᄎᆞ 니ᄅᆞ러 샹셔 부ᄌᆞ의 ᄉᆡᆼ환(生還)ᄒᆞ믈 주(奏)ᄒᆞ고 쳘니 셔함(書
函)을 올니니 일가남녀(一家男女) ᄒᆞᆫ 당(堂)의 모다 경ᄉᆞ(慶事)ᄅᆞᆯ 셔 19면
로 칭하(稱賀)ᄒᆞ여 어린 ᄃᆞᆺᄒᆞ고 요요(搖搖)ᄒᆞ여 므ᄉᆞᆫ 말을 몬져 ᄒᆞᆯ 바
ᄅᆞᆯ 아디 못ᄒᆞᄂᆞᆫ디라. 셔태부인 침담(沈淡)ᄒᆞᆷ과 운계의 뎡딕(正直)ᄒᆞ
므로도 샹셔와 공ᄌᆞ의 글을 손의 잡으ᄆᆡ 반기ᄂᆞᆫ 졍과 깃븐 의ᄉᆡ 면간
(面間)의 넘ᄧᅵ니 홀연이 셕ᄉᆞ(昔事)ᄅᆞᆯ 감상ᄒᆞ여 눈믈이 ᄯᅥ러디믈 ᄭᆡ
ᄃᆞᆺ디 못ᄒᆞ고 다시 과일(科日)이 디ᄂᆡ기ᄅᆞᆯ 기다려 부ᄌᆞ의 환가(還家)
ᄒᆞ믈 착급히 현망(懸望)ᄒᆞ여 샹하(上下)의 환셩(歡聲)이 열열ᄒᆞ여 희
ᄉᆞ(喜事)ᄅᆞᆯ ᄒᆡᆼ심(幸甚)ᄒᆞᄆᆡ 즐기미 츈풍을 ᄌᆞ아시니 아니 깃그리 업
ᄉᆞᆯ 거시로ᄃᆡ 홀노 소부인이 닌셩의 ᄉᆞ라 도라오믈 심심분한(甚深憤
恨)ᄒᆞ여 몸이 나라 경샤(京師)ᄅᆞᆯ 향ᄒᆞ여 공ᄌᆞᄅᆞᆯ 므러삼키디 못ᄒᆞ믈
한(恨)ᄒᆞ나 ᄯᅳᆺ ᄀᆞᆺ톨[43] 길히 업ᄉᆞ니 도로혀 화긔(和氣)ᄅᆞᆯ 작위(作爲)ᄒᆞ
고 거디(擧止)ᄅᆞᆯ 타연이 ᄒᆞ여 닙의 ᄭᅮᆯ을 드리오고 ᄇᆡ예 칼흘 곰초니
낭연(琅然)ᄒᆞᆫ 담쇼(談笑)와 인ᄌᆞᄒᆞᆫ 덕셩이 보며 드ᄅᆞᆯ수록 인뉴(人類)
의 초월ᄒᆞ니 뉘 이 사ᄅᆞᆷ을 디목(指目)ᄒᆞ여 ᄉᆞ오납다 ᄒᆞᆯ ᄌᆡ(者) 이시
리오? 태부인과 쳐ᄉᆞ 부부의 디ᄎᆞᆼ(至聰)과 디명(至明)이 아니면 소시
(蘇氏)의 심폐(心肺)ᄅᆞᆯ 혜아리디 못ᄒᆞᆯ ᄇᆡ로되 가디록 함믁(含默)ᄒᆞ여 20면

43 ᄀᆞᆺ톨: 규장각본에는 '갓ᄒᆞᆯ'로 되어 있음.

구외(口外)의 니ᄅᆞ미 업시 ᄌᆞᄋᆡ(慈愛)ᄒᆞᄂᆞᆫ 은혜와 우공(友恭)ᄒᆞᄂᆞᆫ 졍이 두터오니 명찰(明察)ᄒᆞ고 ᄌᆞ상(仔詳)ᄒᆞᄃᆡ 관대(寬大)ᄒᆞ며 화홍(和弘)ᄒᆞ미 태부인 모ᄌᆞ 부부의 디나리 업ᄂᆞᆫ디라. 희보(喜報)ᄅᆞᆯ 드ᄅᆞᆫ 디슈삼일(數三日)이 넘디 못ᄒᆞ여셔 ᄲᆞᄅᆞᆫ 관편(官便)으로조ᄎᆞ 닌셩이 등과(登科)ᄒᆞ여 당원낭(壯元郎)이 되여시며 닌홍이 뎨ᄉᆞ(第四)의 ᄲᆞ히고 당ᄉᆡᆼ 챵닌과 샹공의 당셔(長婿) 뉴원이 다 농문(龍門)의 어향(御香)[44]을 ᄲᅩ히며 셤궁(蟾宮)의 계화(桂花)ᄅᆞᆯ ᄭᅥᆨ거시믈 상셰 몬져 보(報)ᄒᆞ고 ᄋᆞᄌᆡ(兒子) 삼일유과(三日遊街)ᄅᆞᆯ 맛ᄎᆞᆫ 후 즉시 더브러 도라가 슬하의 봉ᄇᆡ(奉拜)ᄒᆞ믈 일ᄏᆞᄅᆞ시니 태부인이 당금ᄎᆞ시(當今此時)ᄒᆞ여ᄂᆞᆫ 스ᄉᆞ로 ᄉᆞ랏던 바ᄅᆞᆯ 깃거 희환(喜歡)ᄒᆞ믈 니긔디 못ᄒᆞ며 쳐ᄉᆞᄂᆞᆫ 임의 혜아린 ᄇᆡ로ᄃᆡ 인심상졍(人心常情)이 우락(憂樂)의 교동(交動)ᄒᆞ여 그 우(憂)ᄅᆞᆯ 만나 우ᄒᆞ고 그 낙(樂)을 만나 낙ᄒᆞ미 ᄯᅩᄒᆞᆫ 군ᄌᆞ의 덧덧ᄒᆞᆫ ᄇᆡ니 쳐ᄉᆡ 엇디 홀노 긔득환낙(旣得歡樂)의 무ᄉᆞ무희(無思無喜)ᄒᆞ리오? 과연이 만심환열(滿心歡悅)ᄒᆞ여 모ᄌᆞ슈슉(母子嫂叔)이
21면 셔로 ᄃᆡ(對)ᄒᆞ여 흔하(欣賀)ᄒᆞ믈 마디 아니ᄒᆞ고 듕인(衆人)의 칭하(稱賀)ᄅᆞᆯ 사양치 아냐 ᄀᆞᆯ오ᄃᆡ

"이 딘실노 오문(吾門)의 대경(大慶)이오 일가(一家)의 만ᄒᆡᆼ(萬幸)이라. ᄒᆞᆫ갓 셩ᄋᆞ의 농방승영(龍榜承榮)을 인ᄒᆞ여 흔열(欣悅)ᄒᆞ미 아니로ᄃᆡ 나 블최(不肖) ᄒᆞᆫ 일도 ᄌᆞ의(慈意)ᄅᆞᆯ 깃기디 못ᄒᆞ고 졔ᄋᆞ(諸兒)ᄅᆞᆯ 실니(失離)ᄒᆞ여 도로혀 우(憂)로ᄡᅧ 증(增)ᄒᆞ니 민우(憫憂)ᄒᆞ며 결

44 어향(御香): 궁중에서 쓰는 향.

박(切迫)ᄒᆞ믈 비ᄒᆞᆯ 곳이 업던 바의 샤ᄇᆡᆨ(舍伯)이 무ᄉᆞ환졍(無事還程)ᄒᆞ시고 내 ᄋᆞᄒᆡ 졀계등화(折桂登華)[45]의 목젼슬하(目前膝下)ᄅᆞᆯ 훤영(喧榮)[46]ᄒᆞᆯ ᄇᆡ 텬우신조(天佑神助)ᄒᆞ미 아니라 못 ᄒᆞ리니 거의 아ᄇᆡ 블효ᄅᆞᆯ ᄀᆞ리올디라. 심하흔ᄒᆡᆼ(心下欣幸)ᄒᆞ믈 창졸(倉卒)의 형언(形言)치 못ᄒᆞ리로다.”

ᄒᆞ니 션ᄉᆡᆼ의 말ᄉᆞᆷ이 이 ᄀᆞᆺᄐᆞ므로조ᄎᆞ 합샤(闔舍)의 즐기미 더옥 늉늉(隆隆)ᄒᆞ여 다ᄅᆞᆫ 거리ᄭᅵ미 업ᄉᆞᆯ 듯ᄒᆞᄃᆡ 화부인은 동디(動止) 침졍여일(沈靜如一)ᄒᆞ여 화긔(和氣) 츈풍(春風) ᄀᆞᆺ틀디언졍 ᄀᆞᆺᄐᆞ여 흔흔쾌락(欣欣快樂)ᄒᆞ미 업ᄉᆞ니 소부인이 그윽이 찰시(察親)ᄒᆞ여 그 심졍의 무거오미 쇼쇼(小小) ᄋᆞ녀ᄌᆡ 아니믈 더옥 ᄭᆡ리ᄂᆞᆫ ᄇᆡ 되엿더라. 임의 듕쳡(重疊)ᄒᆞᆫ 희ᄉᆞ(喜事)ᄅᆞᆯ 드ᄅᆞ미 날이 오라디 아냐셔 참졍이 ᄌᆞ딜(子姪) 냥(兩) 신ᄂᆡ(新來)[47]ᄅᆞᆯ 거ᄂᆞ려 산듕(山中)의 도라오ᄂᆞᆫ 션셩(先聲)[48]이 니ᄅᆞ니 •쳐ᄉᆞ와 냥계공이 ᄌᆞ딜제ᄋᆞ(子姪諸兒)ᄅᆞᆯ 거나려 십 22면
니 밧긔 나아가 참졍의 ᄒᆡᆼ도(行途)ᄅᆞᆯ 마ᄌᆞᆯ시 본읍(本邑) ᄌᆞᄉᆞ(刺使)와 통판(通判)이 군악(軍樂)을 베퍼 종고(鍾鼓)ᄅᆞᆯ 울니며 격보ᄅᆞᆯ 두다려 이에 와 디영(祗迎)ᄒᆞ니 오음팔일(五音八佾)이 구텬(九天)의 나려 쳥산의 잠기이고 ᄇᆡᆨ운(白雲)의 알알(戛戛)ᄒᆞᆫᄃᆡ ᄌᆞ의금푀(紫衣錦袍) 졍졍졔졔(整整齊齊)ᄒᆞ여 프ᄅᆞᆫ 하날의 븕은 구ᄅᆞᆷ이 ᄭᅦ엿ᄂᆞᆫ 듯 옥

---

45 졀계등화(折桂登華): 절계등화. 과거에 급제하여 높은 벼슬에 오름.

46 훤영(喧榮): 좋은 일로 흥성거림.

47 신ᄂᆡ(新來): 신래. 새로 급제한 사람을 일컬음.

48 션셩(先聲): 선성. 미리 전달하는 기별.

패난셩(玉佩亂聲)이 장장(鏘鏘)ᄒᆞ여[49] 뉵뉼(六律)을 맛초아시니 쳐ᄉᆡ 본ᄃᆡ 부귀와 영녹(榮祿)이 바라ᄆᆡ 넘쪄[50] 포의(布衣)에 극(極)ᄒᆞ믈 그윽이 두려 깃븐 홍(興)을 만히 감(減)ᄒᆞ미 잇더니 일ᄉᆡᆨ(日色)이 반오(半午)의 먼니로조ᄎᆞ 풍악(風樂)이 훤텬(喧天)ᄒᆞ며 활냥(闊量)ᄒᆞᆫ 종고의 신신(新新)ᄒᆞᆫ 소셩(騷聲)이 뇨량(嘹喨)ᄒᆞ여 산쳔의 등요(登搖)[51]ᄒᆞᆫ 바의 ᄉᆞ마빵곡(駟馬雙轂)이 아으라히[52] 놉고 홍금냥산(紅錦陽傘)이 태양을 ᄀᆞ리오며 청나산이 표표(飄飄)ᄒᆞᆫᄃᆡ 참졍공이 거샹(車上)의 단좌ᄒᆞ고 뒤ᄒᆡ[53] 냥신ᄂᆡ(兩新來) ᄇᆡᆨ마금안(白馬錦鞍)의 녹금단녕(綠錦團嶺)[54]을 가(加)ᄒᆞ여시며 두샹(頭上)의 오모(烏帽)ᄅᆞᆯ 뎡히 ᄒᆞ여 구ᄅᆞᆷ ᄀᆞᆺᄐᆞᆫ 귀밋ᄐᆡ ᄇᆡᆨ년(白蓮)을 ᄭᅩ존 ᄃᆞᆺᄒᆞᆫ 냥이(兩耳)ᄂᆞᆫ 빵개금화(雙個錦

23면 華)ᄅᆞᆯ 븟쳐시니 영위(英偉) 동탕(動蕩)ᄒᆞ고 미위(眉宇) 당당(堂堂)ᄒᆞ고 냥쇼초월(良宵初月)이 운듕(雲中)의 츌힝(出行)ᄒᆞ며 빙텬셜풍(氷天雪風)의 동일(冬日)이 가ᄋᆡ(可愛)ᄂᆞᆫ 이 곳 옥폐금난(玉陛金欄)의 신딘명ᄉᆡ(新進名士)라. 광휘(光輝)와 문명(文名)이 오히려 참졍공긔 디난 ᄃᆞᆺᄒᆞ니 이 아니 십ᄌᆡ(十載)ᄅᆞᆯ 상니(相離)ᄒᆞ엿던 ᄋᆞᄌᆞ(兒子) 닌

49 장장(鏘鏘)ᄒᆞ여: 장장하다. 옥이나 쇠붙이 따위의 울리는 소리가 맑다.

50 바라ᄆᆡ 넘쪄: 규장각본에는 '바라ᄂᆞᆫ 바의 넘쳐'로 되어 있음.

51 등요(登搖): 규장각본에는 '동요'로 되어 있음.

52 아으라히: 아으라ᄒᆞ다. 아스라하다, 아득하다.

53 뒤히: 규장각본에는 '뒤의'로 되어 있음.

54 녹금단녕(綠錦團嶺): 녹금단령. 푸른 비단으로 만든 단령. '단령'은 문무 관원들이 입었던 공복으로 깃이 둥글고 소매가 넓으며 길이는 발뒤꿈치까지 내려오는 위아래가 붙은 포(袍)를 말함.

셩인가? 호연탈쇄(浩然脫灑)[55]ᄒᆞ여 텬디(天地)의 긔믹(氣脈)을 누ᄅᆞ며 오악(五獄)의 슈긔(秀氣)ᄅᆞᆯ 거두어시니 ᄒᆞ나흔 신신표표(申申表表)ᄒᆞ여 단봉(丹鳳)이 날개ᄅᆞᆯ 펴고 긔린이 쥬교의 나린 ᄃᆞᆺ 현텰(賢哲)ᄒᆞ여 홍곡(鴻鵠)이 아으라ᄒᆞ며 휘휘(輝輝)ᄒᆞ여 옥농(玉龍)이 힝ᄒᆞᄂᆞᆫ ᄃᆞᆺᄒᆞ고 ᄒᆞ나흔 늠연쥰ᄆᆡ(凜然俊邁)ᄒᆞ여 쳔니(千里)의 ᄃᆞᆺᄂᆞᆫ ᄆᆡ야디[56]오 호호발월(浩浩發越)ᄒᆞ여 긔결승패(旣決勝敗)ᄒᆞ며 유악산계ᄒᆞ여 젼국의 왕양(汪洋)ᄒᆞᆫ 협긔(俠氣)라. 운계와 낭계 쳠망일견(瞻望一見)의 반가온 졍신이 일신(一身)을 빗기 흔득이니 거롬마다 ᄲᆞᄅᆞ고 의ᄉᆡ 착급ᄒᆞ여 년망(連忙)이 참졍공 거젼(車前)을 향ᄒᆞ여 나아갈ᄉᆡ 쟝원(壯元)이 ᄡᆞᆯ니 하마(下馬)ᄒᆞ여 보보급급(步步急急)ᄒᆞᄆᆞᆯ ᄉᆡᆼ닷디 못ᄒᆞ니 닌흥이 ᄯᅩᄒᆞᆫ 쟝원의 뒤흘 조ᄎᆞ 나아가ᄆᆡ 잠시간의 부ᄌᆞ슉딜(父子叔姪)이 ᄒᆞᆫ ᄃᆞᆺ긔 모힌디라. 쳐ᄉᆡ 밋쳐 형댱(兄丈)긔 ᄇᆡ알(拜謁)치 못ᄒᆞ여 댱원(壯元)이 딘젼ᄌᆡᄇᆡ(進前再拜)ᄒᆞ니 영ᄌᆞ(英姿)ᄒᆞᆫ 풍위(風威)예 다ᄉᆞᄒᆞᆫ 빗치 텬황(天荒)의 구롬이 거더시니 그 발췌특이(拔萃特異)ᄒᆞᆫ 작셩(作性)과 초츌탁쇄(超出卓灑)ᄒᆞᆫ 격조(格調)ᄂᆞᆫ ᄋᆞ시형뫼(兒時形貌) 의연(毅然)ᄒᆞ며 표리병철(表裏併徹)ᄒᆞ고 ᄂᆡ외(內外) 징쳥(澄淸)ᄒᆞ여 ᄒᆞᆫ 조각 탁셰(濁世)의 무드미 업시 고고슉슉(高高肅肅)ᄒᆞ며 ᄒᆞᆨ문과 도덕이 셩ᄌᆞ(聖者)의 틀과 군ᄌᆞ(君子)의 긔딜이 신신이이(申申怡怡)ᄒᆞ믄 말쇽딘틔(末俗塵態)의 닌셩 밧긔 다시 이 ᄀᆞᆺᄐᆞ니ᄅᆞᆯ 보디 못ᄒᆞᆯ디라. 딘실노 변ᄒᆞ고 밧긔이미 업셔 어질며 빗나미 오 24면

55 호연탈쇄(浩然脫灑): 기상이 드넓고 속세에서 벗어나 말쑥하고 깨끗함.

56 ᄆᆡ야디: 뫼아리. 메아리.

히려 닌광의 우히니 셕년분니(昔年分離)의 팔셰동몽(八歲童蒙)이러니 금일상봉(今日相逢)애 신위(身威) 댱대(長大)ᄒᆞ고 셩위(聖威) 귀인(貴人)ᄒᆞ고 구쳑댱신(九尺長身)의 하일디위(夏日之威)[57]ᄂᆞᆫ 됴션ᄌᆞ(趙宣子)[58]롤 약(弱)히 넉일디라. 젼일(前日)은 단혈(丹穴)의 어린 봉(鳳) 갓더니 시금(時今)은 창ᄒᆡ(滄海)의 풍운(風雲)을 짓ᄂᆞᆫ 뇽(龍) ᄀᆞᆺᄐᆞ여 웅호탁낙(雄豪卓犖)ᄒᆞ미 텬디간(天地間)의 흘연(屹然)이 발호기췌(拔乎其萃)[59]ᄒᆞ며 탁호기셩(擢乎其性)[60]ᄒᆞ니 십ᄌᆡ원니(十載遠離)의 텬뉸(天倫)의 유연(幽然)ᄒᆞᆫ 은ᄋᆡ(恩愛)롤 ᄭᅳᆫ코 만니이국(萬里異國)의 도뢰(道路) 격졀(隔絶)ᄒᆞ여 초초관산(迢迢關山)의 몽혼(夢魂)
25면 이 경경(耿耿)ᄒᆞ며 ᄉᆞ막 풍ᄉᆡ(風沙)의 오ᄂᆞᆫ 기러기롤 늣겨 신소냥야(晨宵良夜)의 희허초창(唏噓悄愴)ᄒᆞ던 바로 일시의 단원디합(團圓之合)이 평ᄉᆡᆼ 극힐(極喜) ᄲᅮᆫ 아니라 동표셔박(東漂西泊)의 남쥬븍뉴(南周北遊)ᄒᆞ던 만ᄉᆞ여ᄉᆡᆼ(萬死餘生)으로 뇽갑(龍甲)을 더위잡아[61] 구텬(九天)의 어향(御香)을 ᄡᅩ이고 셤궁(蟾宮)의 단계(丹桂)롤 ᄭᅥᆨ거 만인(萬人)의 승장(勝長)ᄒᆞ며 쳥운ᄌᆞᄆᆡᆨ(靑雲紫陌)[62]의 영툥(榮寵)을 계승(繼承)ᄒᆞ여 옥폐금난(玉陛金欄)의 딘신(縉紳)[63]의 일홈을 거러 문댱ᄌᆡ

57 하일디위(夏日之威): 하일지위. 여름 해와 같은 두려운 위엄.
58 됴션ᄌᆞ(趙宣子): 조선자. 춘추시대 진(晉)나라의 대부(大夫) 조돈(趙盾).
59 발호기췌(拔乎其萃): 발호기췌. 무리 중에 가장 뛰어남.
60 탁호기셩(擢乎其性): 탁호기성. 타고난 성품이 빼어남.
61 더위잡아: 더위잡다. 붙잡다, 높은 곳에 오르려고 무엇을 끌어 잡다.
62 쳥운ᄌᆞᄆᆡᆨ(靑雲紫陌): 청운자맥. 벼슬에 오른다는 뜻.
63 딘신(縉紳): 진신. 벼슬을 한 사람.

홰(文章才華) 일셰(一世)롤 드레고[64] 셩효덕힝(誠孝德行)이 화고풍상(禍故風霜) 가온딕 더옥 찬연(燦然)ᄒᆞ믈 혜아리미 이 ᄋᆞ돌을 나흐미 황홀ᄒᆞᆫ디라 두굿기며 아름다오믈 엇디 다 형언ᄒᆞ리오? 그 졀ᄒᆞ기롤 당ᄒᆞ미 광슈(廣袖)로조ᄎᆞ 소슈(素手)롤 닉여 ᄋᆞᄌᆞ(兒子)의 손을 좁고 팔흘 어로만져 깃그믈 측냥치 못ᄒᆞ딕 태부인긔 알현(謁見)ᄒᆞ미 밧브므로 ᄒᆞᆫ 말을 시작디 못ᄒᆞ며 몸을 두로혀 참졍의 앏흐로 나아가니 이씨 쳥계공이 쳐ᄉᆞ와 냥계의 나옴과 졔ᄋᆞ(諸兒)의 죵후(從後)ᄒᆞ믈 잠간 보미 심신이 도로혀 황황(遑遑)[65]ᄒᆞᆫ 듯 반가오미 흐믓ᄒᆞ고 슬프미 동ᄒᆞ여 믄득 안식을 곳치며 몸이 힘음업시 술위의 나리믈 ᄭᆡ닷디 못ᄒᆞ여 ᄲᅧᆯ니 좌슈(左手)롤 드러 쳐ᄉᆞ의 손을 좁고 우슈(右手)로뼈 냥계의 팔흘 쥐미 이 딘실노 ᄉᆞ무여한(死無餘恨)이라 인싱의 디락(至樂)이 엇디 오날놀 ᄀᆞᆺᄐᆞ미 이시리오마ᄂᆞᆫ 도라 븍당(北堂)을 ᄉᆡᆼ각건딕 외로온 편친(偏親)이 먼니 현망(懸望)ᄒᆞ여 초창비우(悄愴悲憂)ᄒᆞ던 바의 상봉ᄒᆞᄂᆞᆫ 희ᄉᆞ(喜事)로뼈 반기시믈 쥬(主)ᄒᆞ올디언졍 가엄(家嚴)의 두굿기시ᄂᆞᆫ 얼골과 경계ᄒᆞ시ᄂᆞᆫ 교어(敎語)롤 밧드러 드롤 길히 업ᄉᆞ니 효ᄌᆞ의 츄원영모(追遠永慕)ᄒᆞᄂᆞᆫ 회푀 ᄉᆡ로이 구혼(九魂)이 녕낙(零落)ᄒᆞᄂᆞᆫ디라. 희허일셩(唏嘘一聲)의 쳬시(涕泗) 방타(滂沱)ᄒᆞ믈 ᄭᆡ닷디 못ᄒᆞ여 능히 말을 일우지 못ᄒᆞ니 쳐ᄉᆞ와 냥계공이 ᄯᅩᄒᆞᆫ 좌우로 븟드러 반김과 다힝ᄒᆞ미 형용치 못ᄒᆞᄂᆞᆫ 듕 도로혀 의황(疑惶)ᄒᆞ며 비희(悲喜)ᄒᆞ미 교극(交極)ᄒᆞ미 집슈년비(執手連臂)ᄒᆞ고 졉면동 26면

64 드레고: 들레다. 야단스럽게 떠들다.

65 황황(遑遑): 갈팡질팡 어쩔 줄 모르게 급한 것.

좌(接面同坐)ᄒᆞ여 봉안(鳳眼)의 신쳔(辛泉)[66]이 빗기 흘너 옷깃ᄉᆡ ᄉᆞ
ᄆᆞᆺᄂᆞᆫ디라. 경ᄉᆡ(慶事) 듕쳡(重疊)ᄒᆞ며 희환(喜歡)ᄒᆞ미 넘ᄡᅵ이ᄃᆡ 녯일
을 늣기고 ᄉᆡ로 즐기믈 일ᄏᆞᆺ디 못ᄒᆞ여 어린 ᄃᆞ시 상ᄃᆡ믁믁(相對默默)
이러니 참졍공이 몬져 ᄌᆞ후(慈候)[67]ᄅᆞᆯ 뭇ᄌᆞ오며 합문(闔門)의 평부(平
27면 否)ᄅᆞᆯ 뭇고 닌광 등 ᄌᆞ딜(子姪)을 앏ᄒᆡ 나호여 그 개개(箇箇)히 조셩
특이(早成特異)ᄒᆞ미 츌어범뉴(出於凡類)ᄒᆞ믈 심하흔힝(心下欣幸)ᄒᆞ
ᄂᆞᆫ 바의 닌웅의 비상ᄒᆞ믄 졔ᄋᆞ(諸兒) 듕(中)의 더옥 긔이ᄒᆞ믈 두굿겨
손을 잡으며 귀밋출 ᄡᅳ다ᄃᆞᆷ으ᄆᆡ 텬뉸(天倫)이 ᄌᆞ동(自動)ᄒᆞ여 샹하
냥졍(上下兩情)의 무궁ᄒᆞᆫ ᄆᆞ음과 측냥업ᄉᆞᆫ ᄯᅳᆺ이 능히 억졔(抑制)치
못ᄒᆞ더니 쳐ᄉᆡ ᄌᆞ졍(慈庭)의 기다리시므로 밧비 환가(還家)ᄒᆞ시믈 쳥
ᄒᆞᆫᄃᆡ 참졍이 기리 탄왈(嘆曰)

"사ᄅᆞᆷ이 ᄌᆞ식을 기ᄅᆞᄆᆡ 부모의 은혜ᄅᆞᆯ 알오미 잇다 ᄒᆞᄃᆡ 우형(愚兄)의 블초(不肖)ᄒᆞ믄 ᄌᆞᄋᆡ(慈愛)ᄅᆞᆯ 몬져 ᄒᆞ고 효의(孝義)ᄅᆞᆯ 버금ᄒᆞ여 학발편친(鶴髮偏親)[68]이 의려(倚閭)이 현망(懸望)[69]ᄒᆞ시믈 ᄉᆡᆼ각디 못ᄒᆞ며 유ᄌᆞ(幼子)의 슉셩(夙成)ᄒᆞ미 바라ᄆᆡ 넘ᄡᅵ믈 ᄒᆡᆼ심극희(幸甚極喜)ᄒᆞ여 ᄌᆞ젼(慈殿)의 ᄇᆡ시(拜侍)ᄒᆞ믈 늣추니 친(親)을 향ᄒᆞᆫ ᄯᅳᆺ이 ᄌᆞ(子)ᄅᆞᆯ ᄉᆞ랑홈만 ᄀᆞᆺ디 못ᄒᆞ믈 가히 알니로다."

셜파(說罷)의 고개ᄅᆞᆯ 두로혀 본읍(本邑) ᄌᆞᄉᆞ(刺史)와 통판(通判) 등

---

66 신쳔(辛泉): 신천. 매운맛이 나는 샘물이라는 뜻으로, 쓰라린 눈물을 비유.

67 ᄌᆞ후(慈候): 자후. 모친의 기체후.

68 학발편친(鶴髮偏親): '학발'은 학의 머리처럼 하얀 머리털이란 뜻으로, 노인의 백발을 비유적으로 일컫는 말. '편친'은 혼자되신 부모.

69 의려(倚閭)이 현망(懸望): 어머니가 마을 어귀에 서서 자식이 돌아오기를 기다림.

의 츄쥬알명(趨走謁命)[70]ᄒᆞ믈 거슈디낙ᄒᆞ고 쎨니 수ᄅᆡ의 오ᄅᆞᆯ시 쳐ᄉᆞ와 냥계 일시의 상마(上馬)ᄒᆞᄆᆡ 샤인과 혹시 졔뎨군죵(諸弟群從)으로 더브러 혁(𩊱)을 굷ᄒᆞ며 부슉(父叔)을 뫼셔 산듕(山中)으로 도라오니 쟝(壯)ᄒᆞᆫ 위의(威儀)와 긔특ᄒᆞᆫ 영광이 셰ᄃᆡ(世代)의 무빵(無雙)ᄒᆞᆫ 디라. 이의 힝ᄒᆞ여 부듕(府中)의 다ᄃᆞᄅᆞᄆᆡ 거실(巨室)이 환희열열(歡喜悅悅)ᄒᆞ여 쳥텬등운(青天登雲)ᄒᆞᆫ 가온ᄃᆡ 우비창가(優婢唱歌) 황망(慌忙)ᄒᆞ여 태부인이 신을 벗고 듕문(中門)의 마조 나오니 이ᄣᅵ 참졍공이 바야흐로 샤인과 혹ᄉᆞ로 더브러 보보급급(步步急急)히 듕문의 님(臨)ᄒᆞ엿던디라 ᄒᆞᆫ번 ᄌᆞ안(慈顏)을 쳠망(瞻望)ᄒᆞᄆᆡ 의시 고등(高騰)ᄒᆞ여 쎨니 계슈ᄌᆡ빈(稽首再拜)ᄒᆞᆯ시 태부인의 반기ᄂᆞᆫ 졍이 흐뭇ᄒᆞ며 깃븐 의시 좌우로 병츌(併出)ᄒᆞ니 도로혀 여취여광(如醉如狂)ᄒᆞ여 아모리 ᄒᆞᆯ 바ᄅᆞᆯ 모로ᄂᆞᆫ ᄃᆞᆺᄒᆞ더니 참졍이 손으로써 모부인(母夫人)을 붓들고 소ᄅᆡᄅᆞᆯ 화(和)히 ᄒᆞ여 ᄀᆞᆯ오ᄃᆡ

"블쵸(不肖) 슬하ᄅᆞᆯ 써나완 디 ᄒᆞ마 칠팔 츈취(春秋) 되온디라. 비록 신ᄌᆞ(臣子)의 딕분(職分)을 다ᄒᆞ여 션인(先人)의 튱녈대도(忠烈大道)ᄅᆞᆯ 츄락(墜落)디 말고ᄌᆞ ᄒᆞ오나 ᄉᆡ븍만니(塞北萬里)의 기러기 긋쳐지니 신혼(晨昏)의 쳔셩(天性)을 펼 길히 업ᄉᆞ와 블회 막심ᄒᆞ온디라 됴모(朝暮)의 삼츈(三春)을 늣겨 몽혼(夢魂)이 경경(耿耿)ᄒᆞ옵더니 국가 홍복(洪福)을 인ᄒᆞ여 셩쥬(聖主) 복위(復位)ᄒᆞ시며 블초(不肖) 등이 ᄉᆡᆼ환고국(生還故國)ᄒᆞ오니 공ᄉᆞ디ᄒᆡᆼ(公事之幸)이 이에 디나미

28면
29면

70 츄쥬알명(趨走謁命): 추주알명. 허리를 구부리고 엎드려 윗사람의 명을 기다리는 것

업ᄉᆞᆸ고 금일(今日) 환가입문(還家入門)ᄒᆞ와 ᄌᆞ안(慈顔)을 앙ᄇᆡ(仰拜)ᄒᆞ오ᄆᆡ 셩톄(聖體) 유평(猶平)ᄒᆞ시니 하회만열(下懷萬悅)이오ᄃᆡ 앙감훤위(仰敢喧闈) 쳐췌(悽悴)ᄒᆞ샤 모발(毛髮)이 호심(皓甚)ᄒᆞ시니 간담이 최심(摧心)ᄒᆞ믈 니긔디 못ᄒᆞ올디라. 식치디졀(食治之節)과 침슈디되(寢睡之道) 젼ᄌᆞ(前者)와 엇더ᄒᆞ시니잇가?"

말노조ᄎᆞ 안ᄉᆡᆨ이 더옥 유열(愉悅)ᄒᆞ여 화긔 봄빗출 ᄌᆞ아시니 쳑동쇼ᄋᆞ(尺童小兒)의 연약ᄒᆞᆷ ᄀᆞᆺ거ᄂᆞᆯ 댱원(壯元)이 츈양(春陽) ᄀᆞᄐᆞᆫ 의표(儀表)와 경운(景雲)[71] ᄀᆞᄐᆞᆫ 풍ᄎᆡ(風采)로 십년슈환(十年愁患)을 이날의 딘탕(盡蕩)ᄒᆞ고 계디쳥삼(桂枝靑衫)으로 조모긔 ᄇᆡ알ᄒᆞᄆᆡ 편발치몽(編髮稚蒙)이 변ᄒᆞ여 앙댱표일(仰壯飄逸)ᄒᆞᆫ 신댱(身長)이 셩탕(成湯)[72]의 십쳑댱(十長尺)을 밋디 못ᄒᆞ나 하우(夏虞)[73]의 구쳑신(九尺身)이 당당ᄒᆞ니 딘실노 신위(身威) 도(度)ᄒᆞ며 셩위(聖威) 뉼(慄)ᄒᆞ고 좌쥰승(左準繩)ᄒᆞ며 우규귀(右規矩)라 ᄌᆞ산(子産)[74]의 엇게ᄂᆞᆫ 곤산(崑山)의 ᄲᆡ혀나고 고요(皐陶)[75]의 목의ᄂᆞᆫ ᄇᆡᆨ셜(白雪)이 어ᄅᆡ여시니 옥 ᄀᆞᄐᆞᆫ 귀밋ᄎᆞᆫ 계홰(桂花) 셧겨시며 가ᄂᆞᆫ 허리ᄂᆞᆫ 황금을 횡ᄃᆡ(橫帶)ᄒᆞ여 쇼년션화(小年鮮花)ᄒᆞᆫ 방용(芳容)이 오히려 가졍(家庭)의 디나니 녹
30면 운(綠雲)을 상(像)ᄒᆞᆫ 월ᄐᆡ(月態)ᄂᆞᆫ ᄌᆞ팔(字八)의 문명(文明)을 낫타

71 경운(景雲): 태평 시대에 나타난다고 하는 상서로운 구름.

72 셩탕(成湯): 성탕. 중국 고대 상(商)나라의 임금.

73 하우(夏虞): 중국 고대 하나라를 창건한 우임금.

74 ᄌᆞ산(子産): 자산. 정나라의 대부(大夫) 공손교의 자(字). 40여 년간 국정을 장악하며 훌륭한 정치를 펼쳤음.

75 고요(皐陶): 순임금 때의 어진 신하. 법에 통달하여 법을 만들어 형벌을 제정했음.

ᄂᆡᄂᆞᆫ 위의(威儀)오[76] 셩명긔질(聖明氣質)과 텬ᄉᆡᆼ도덕(天生道德)이 ᄉᆡ
로이 더은 거시 아니로ᄃᆡ 그 언건댱대(偃蹇壯大)ᄒᆞ므로조ᄎᆞ 영위엄
슉(英威嚴肅)ᄒᆞ미 ᄇᆡᆨ신(百神)이 호위ᄒᆞ고 만믈(萬物)이 실소ᄒᆞ니 ᄇᆡᆨ
싊(百獸) 딘공(震恐)ᄒᆞᆯ ᄃᆞᆺ 쳠망ᄌᆡ(瞻望者) 홀홀경ᄉᆡᆨ(忽忽梗塞)ᄒᆞ믈
ᄭᆡᄃᆞᆺ디 못ᄒᆞ며 부모슉당(父母叔黨)의 흠앙열ᄋᆡ(欽仰悅愛)ᄒᆞ미 황홀
ᄒᆞ믈 니긔디 못ᄒᆞ니 단회디경(團會之慶)과 목젼영광(目前榮光) 밧긔
그 픔딜덕ᄒᆡᆼ(品質德行)을 깁히 두굿기ᄆᆡ 쳐ᄉᆞ의 단믁(端默)ᄒᆞᆷ과 화
부인의 온침(溫沈)ᄒᆞ므로도 쇼용(笑容)이 화열ᄒᆞ여 미우(眉宇)의 츈
풍이 움ᄌᆞᆨ이믈 잘 ᄀᆞᆷ초디 못ᄒᆞ니 ᄒᆞ믈며 기외(其外)ᄅᆞᆯ 니ᄅᆞ리오? 셔
태부인이 환희젼도(歡喜顚倒)ᄒᆞ여 이의 참졍의 낫출 다히고 댱원(壯
元)의 손을 닛그러 귀밋출 어로만디며 깃브미 넘ᄶᅵ고 슬프미 동ᄒᆞ여
ᄒᆞᆫ 소ᄅᆡᄅᆞᆯ 기리 탄(嘆)ᄒᆞᄆᆡ 빵뉘(雙淚) 현연(泫然)이 ᄯᅥ러디믈 ᄭᆡᄃᆞᆺ
디 못ᄒᆞ여 ᄀᆞᆯ오ᄃᆡ
"오날ᄂᆞᆯ 우리 모ᄌᆞ조손(母子祖孫)의 단회디경이 아니 ᄭᅮᆷ이냐 상시
(生時)냐? 노뫼(老母) 오히려 황홀여취(恍惚如醉)ᄒᆞ여 ᄭᆡᄃᆞᆺ디 못ᄒᆞ
리로다. 연이나 복션(福善)의 명응(冥應)이 쇼연(昭然)ᄒᆞ고 텬되(天 31면
道) 맛ᄎᆞᆷᄂᆡ 명실(明室)의 박(薄)디 아니시믈 인ᄒᆞ여 옥졀(玉節)[77]을 완
젼ᄒᆞ며 방명(邦名)을 빗ᄂᆡ미 뎡히 닌상여(藺相如)의 구ᄉᆞᆯ을 픔어 강

---

76 ᄌᆞ팔(字八)의 문명(文明)을 낫타ᄂᆡᄂᆞᆫ 위의(威儀)오: 규장각본에는 '자팔의 위의을 ᄂᆞ타ᄂᆡᄂᆞᆫ 위의 문면이오'로 되어 있음.

77 옥졀(玉節): 옥절. 관직을 받을 때 증서로 받는 옥으로 만든 부신(符信).

진(强津)의 ᄒᆡᆼᄒᆞ여 완젼이 도라옴[78] ᄀᆞᆺᄐᆞᆯ ᄲᅳᆫ 아니라 ᄂᆡ셩의 달효디셩(達孝之誠)이 텬디의 ᄉᆞᄆᆞᆺ고 신기(神祇)ᄅᆞᆯ 감응(感應)ᄒᆞ여 죽은 아비의 넉ᄉᆞᆯ 다시 ᄂᆡ어 호듕누옥(胡中陋獄)의 뉵칠 ᄌᆡ(載)ᄅᆞᆯ 보젼ᄒᆞ미 되엿다가 이제 산 얼골과 빗난 위의로 도라와 노모(老母)의 비읍초창(悲泣怊悵)ᄒᆞ던 바ᄅᆞᆯ ᄀᆞᆺ초 위로ᄒᆞ며 문호(門戶)의 영화ᄅᆞᆯ ᄂᆞᆯ위여 현양영친(顯揚榮親)이 이의 디나미 업ᄉᆞ니 오ᄋᆞ부ᄌᆞ(吾兒父子)의 튱효덕ᄒᆡᆼ(忠孝德行)이 젼고(前古)의 희한ᄒᆞ고 금셰(今世)의 듯디 못ᄒᆞᆫ ᄇᆡ라 노모의 ᄉᆞ심(私心)이 만ᄒᆡᆼ(萬幸)ᄒᆞᆯ ᄲᅳᆫ 아니라 샤딕(社稷)의 ᄒᆡᆼ(幸)과 증민(蒸民)의 복이 업다 못 ᄒᆞ리니 노뫼 스ᄉᆞ로 쾌열(快悅)ᄒᆞᄆᆞᆯ 슌셜(脣舌)노 못 ᄒᆞᆯ 거시로ᄃᆡ 오날ᄂᆞᆯ을 당ᄒᆞ여 셕ᄉᆞ(昔事)ᄅᆞᆯ ᄉᆡᆼ각ᄒᆞᄆᆡ 더옥 심담(心膽)이 최운(摧隕)ᄒᆞᄆᆞᆯ 니긔디 못ᄒᆞᄂᆞ니 박덕무용(薄德無用)ᄒᆞᆫ 노모ᄂᆞᆫ 셰간(世間)의 디리(支離)ᄒᆞ여 비환우락(悲歡憂樂)을 온가지로 당ᄒᆞ며 효ᄌᆞ현손(孝子賢孫)의 영광 부귀ᄅᆞᆯ 두굿기미 도로혀 ᄉᆞ라 보ᄂᆞᆫ 바ᄅᆞᆯ ᄒᆡᆼ희(幸喜)ᄒᆞ거ᄂᆞᆯ 션군(先君) ᄌᆡ텬디졍(在天之情)은 이 ᄀᆞᆺᄐᆞᆫ 경화(慶華)ᄅᆞᆯ 아디 못ᄒᆞ샤 다만 황양유묘(黃壤幽杳)ᄒᆞᆫ 가온ᄃᆡ 흔연(欣然)ᄒᆞᄆᆞᆯ 픔으실 ᄯᆞᄅᆞᆷ이오 양현부의 ᄌᆞ인극션(慈仁極善)으로 슈복(壽福)의 일ᄏᆞᄅᆞᆯ 곳이 업시 쳔ᄃᆡ고혼(泉臺孤魂)이 되여 셩ᄋᆞ의 농방승영(龍榜承榮)과 가부(家夫)의 ᄉᆡᆼ환극경(生還極慶)을 ᄒᆞᆫ가디로 즐기디 못ᄒᆞ여 유명(幽明)을 댱격(長隔)ᄒᆞᆫ 슬프미 노모(老母)

32면

78 ᄂᆡ상여(藺相如)의 구술을 ~ 완젼이 도라옴: 전국시대 조(趙)나라 혜문왕의 신하 인상여가, 진(秦)나라 소왕이 유명한 구슬인 화씨벽을 진나라의 성 15개와 바꾸자고 요구해 오자 왕명을 받들고 사신으로 가서 기지를 발휘해 구슬과 함께 무사히 돌아온 것.

의 죵신디통(終身之痛)이라 븡셩디변(崩城之變)과 역니(逆理)의 탄(嘆)을 괴로이 견디여 무궁호 셰월을 누리고ᄌ 호미 노모의 완한무디(頑漢無知)호미 아니랴?”

셜파(說罷)의 안쉬(眼水) 흘너 소삼(素衫)을 젹시고 일가졔인(一家諸人)이 오히려 당황호믈 뎡(靜)치 못호여 비회(悲懷) 층가(層加)호니 참졍 부지 셕ᄉ(昔事)롤 감상(感傷)호여 통만(痛懣)호믈 니긔디 못호나 태부인 상도(傷悼)호시믈 민망호여 좌우로 븟드러 관심(寬心)호시믈 쳥호며 드듸여 승당빅시(升堂拜侍)호여 남좌녀우(男左女右)롤 뎡(定)호믜 일가노뉘(一家老幼) 함취듕당(咸聚中堂)호여 흔흔열열(欣欣悅悅)호고 희동발츈(喜動發春)호여 츌어환낙(出於歡樂)호니 면면(面面)이 희긔(喜氣) 늉늉(隆隆)호며 환셩(歡聲) 녈녈(烈烈)호듸 문계공 부인 화시의 궁텬디통(窮天之痛)은 ᄎ시(此時)롤 당호여 더옥 시로오니 닌웅과 긔염쇼져의 비원(悲冤)이 쏘 엇디 심상(尋常)호리오마는 태부인 회포롤 동(動)치 못호여 계오 됴흔 빗츨 디어 뫼셔시니 샤인이 죵슉(從叔)의 포원별셰(抱冤別世)호믈 통도(痛悼)호미 디극호되 왕모(王母)의 비이(悲哀)호시믈 두려 대화부인긔 참변흉화(慘變凶禍)롤 길게 인ᄉ(人事)치 못호고 다만 친위슉당(親位叔黨)을 뫼셔 왕모 슬하의 시좌(侍坐)호믜 십진(十載) 풍상변고(風霜變故)로뼈 의쳐호여 눈을 드는 바의 반갑디 아닌 빅 업ᄉ며 닙을 여는 바의 깃브디 아닌 말이 업ᄉ니 츌텬대효(出天大孝)와 텬셩디우(天性至友)로뼈 친후(親候)의 안강(安康)호심과 동긔의 댱셩(長成)호믈 듸(對)호여 합문노쇠(闔門老少) 구(俱) 무양상봉(無恙相逢)호믈 환텬열디(歡天悅地)호는 빅로듸 왕부(王父)의 삼긔(三忌)롤 호가디로 맛디 못호 슬 33면

픔과 양모부인을 츄원영모(追遠永慕)ᄒᆞᄂᆞᆫ 디통(至痛)은 셰월이 오랄 ᄉᆞ록 간담이 최렬(摧裂)ᄒᆞ믈 ᄭᆡ닷디 못ᄒᆞᄂᆞᆫ디라. 비록 강인(强忍)ᄒᆞ
34면 여 화열(和悅)ᄒᆞ믈 일치 아니ᄒᆞ나 말이 셕ᄉᆞ(昔事)의 밋쳐ᄂᆞᆫ 녕녕(玲玲)ᄒᆞᆫ 미위(眉宇) 슈집(愁集)ᄒᆞ여 봉안(鳳眼)의 신쳔(辛泉)이 요동ᄒᆞ믈 면치 못ᄒᆞ더니 이에 참졍이 문묘(門廟)의 ᄇᆡ알(拜謁)ᄒᆞᆯ[79] ᄒᆞᆫ가디로 ᄉᆞ당(祀堂)의 오로ᄆᆡ 공이 희허일영(噫噓一詠)의 톄ᄉᆡ(涕泗) 방타(滂沱)ᄒᆞ여 션태부(先太夫) 신위(神位) 알ᄑᆡ ᄇᆡ례(拜禮)ᄅᆞᆯ 일우ᄆᆡ 기리 ᄭᅮ러 오ᄅᆡ 니러나디 못ᄒᆞ고 장원이 ᄯᅩᄒᆞᆫ 왕부(王父)와 션비(先妣) 목묘(木廟) 알ᄑᆡ 업ᄃᆡ여 실셩비읍(失聲悲泣)ᄒᆞᄆᆡ 일쳔 줄 ᄋᆡ뤼(哀淚) ᄇᆡᆨ옥용화(白玉容華)ᄅᆞᆯ 젹시며 슬프미 극(極)ᄒᆞ여 이윽이 긔운을 슈습디 못ᄒᆞ거ᄂᆞᆯ 참졍이 촌심(寸心)이 비졀(悲絶)ᄒᆞᆫ 가온ᄃᆡ나 ᄋᆞᄌᆞ(兒子)의 과ᄋᆡ비통(過哀悲痛)ᄒᆞ믈 깁히 앗겨 스ᄉᆞ로 관심억졔(寬心抑制)ᄒᆞ고 몬져 니러나 ᄋᆞᄌᆞ의 손을 ᄌᆞᆸ아 니ᄅᆞ혀니 샤인이 계오 비회ᄅᆞᆯ 셔리담아[80] 톄루(涕淚)ᄅᆞᆯ 거두며 날호여 부공(父公)을 뫼셔 뎡당(正堂)으로 나오ᄆᆡ 태부인이 참졍의 손을 ᄌᆞᆸ으며 샤인의 등을 어로만져 젼후(前後) 풍상변고(風霜變故)ᄅᆞᆯ 므ᄅᆞᆯᄉᆡ 모ᄌᆞ조손(母子祖孫)의 ᄉᆞ라 모
35면 드미 능히 긔약디 아닌 ᄇᆡ라 스ᄉᆞ로 신긔ᄒᆞ고 다힝ᄒᆞ믈 결을치 못ᄒᆞᄂᆞᆫ ᄃᆞᆺ 니원풍악(梨園風樂)[81]과 창부희ᄌᆞ(唱夫戲者)의 긔담쇼어(奇談

79 ᄇᆡ알(拜謁)ᄒᆞᆯ: 규장각본에는 'ᄇᆡ알ᄒᆞ고'로 되어 있음.

80 셔리담아: 서리담다. 어떤 생각을 마음속 깊이 간직하다. 규장각본에는 '셜이담아'로 되어 있음.

81 니원풍악(梨園風樂): 이원풍악. 궁중에서 벌이는 잔치 놀이. '이원'은 당나라 현종이 배우의 기술을 가르치던 곳으로, 이후 배우 집단을 총칭하게 됨.

笑語)ᄂᆞᆫ 밋쳐 이목(耳目)의 머므ᄅᆞᆯ ᄯᅳᆺ이 업ᄉᆞ니 참졍 부ᄌᆡ 역시 타ᄉᆞ(他事)의 념(念)이 업셔 젼젼앙모(輾轉仰慕)ᄒᆞ던 회포ᄅᆞᆯ ᄃᆡ강 주(奏)ᄒᆞ며 ᄒᆡ국(垓國) 고상(苦狀)을 잠간 주ᄒᆞ나 딘짓 위ᄐᆡᄒᆞ고 슬프던 바ᄂᆞᆫ ᄀᆞᆺ투여 거드미 업ᄉᆞ니 이ᄂᆞᆫ 비록 디난 일이나 일좌(一座)의 화긔ᄅᆞᆯ 감(減)ᄒᆞ일가 념ᄒᆞ미로ᄃᆡ 임의 태부인 이ᄒᆡ(以下) 몬져 대강을 드ᄅᆞ미 잇ᄂᆞᆫ디라 만분[82] 누옥(陋獄)의 됴후암으로 더브러 보명ᄉᆡᆼ환(保命生還)ᄒᆞ여 오날놀이 이시믄 텬우신됴(天佑神助)ᄒᆞ시미라 ᄒᆞ여 디난 바ᄅᆞᆯ 늣기며 시금(時今)을 만만ᄒᆡᆼ열(萬萬幸悅)ᄒᆞᆯᄉᆡ 월청강 젹환(賊患)의 실니ᄉᆞ산ᄌᆡ(失離四散者) 완연ᄌᆡ합(完然再合)ᄒᆞ여 허다 화고풍상(禍故風霜)이 일장츈몽(一場春夢)의 비(比)ᄒᆞᆯ 거시로ᄃᆡ 녀교쇼져의 ᄉᆞᄉᆡᆼ거쳐(死生居處)ᄅᆞᆯ 알 길히 업ᄉᆞ믈 태부인이 블승참연(不勝慘然)ᄒᆞ니 참졍이 교ᄋᆞ의 작셩(作性)이 초뉵튱년(初六沖年)의 화몰박복(禍沒薄福)디 아닐 바ᄅᆞᆯ 주ᄒᆞ여 위로ᄒᆞ고 월염의 잔잉턴 형상을 일ᄏᆞᆺ디 아냐 다만 신ᄉᆡᆼ빵ᄋᆞ(新生雙兒)의 작인(作人)이 비쇽(非俗)던 바ᄅᆞᆯ 고(告)ᄒᆞ여 두굿거오믈 띄여시니 태부인이 ᄯᅩᄒᆞᆫ 월염의 셩덕긔딜(性德氣質)이 먼니 복녹(福祿)을 유향(有享)ᄒᆞᆯ 바ᄅᆞᆯ[83] 모로디 아니므로 임의 젹변(賊變)의 ᄉᆡᆼ환ᄒᆞᆫ 후ᄂᆞᆫ 그 블인(不仁)ᄒᆞᆫ 구고(舅姑)로뼈 초두(初頭) 신셰 블안ᄒᆞ믄 깁히 우려ᄒᆞᆯ ᄇᆡ 아니라. 다만 빵ᄐᆡ냥ᄌᆞ(雙胎兩子)ᄅᆞᆯ ᄉᆡᆼ(生)ᄒᆞ여 신손(新孫)의 긔이ᄒᆞ미 쇽ᄋᆞ(俗兒)와 다ᄅᆞ던 바

36면

82 만분: 영종황제를 따라 마선의 노영(虜營)에 온 정잠과 조세창이 갇혀 있던 곳.

83 먼니 복녹(福祿)을 유향(有享)ᄒᆞᆯ 바ᄅᆞᆯ: 규장각본에는 '먼니 복녹긔딜을 유양ᄒᆞᆯ 바을'로 되어 있음.

ᄅᆞᆯ ᄒᆡᆼ심ᄎᆞ열(幸甚且悅)ᄒᆞ며 됴후암의 튱의녈졀(忠義烈節)을 앙복션탄(仰服羨嘆)ᄒᆞ여 ᄉᆡ로이 칭긔(稱奇)ᄒᆞ믈 마디 아니ᄒᆞ더라. 이날 야쵹(夜燭)을 니어 계명(鷄鳴)의 니ᄅᆞᄃᆡ 태부인이 와상(臥床)을 취치 아니ᄒᆞ고 참졍 곤계 ᄌᆞ딜(子姪)을 거ᄂᆞ려 담쇠(談笑) 풍늉(豊隆)ᄒᆞᄆᆡ 냥계공이 향ᄌᆞ(向者) ᄆᆡᆼ츄의 작변(作變)을 일일히 고ᄒᆞᆫᄃᆡ 참졍이 듯기ᄅᆞᆯ 다ᄒᆞᄆᆡ 기리 화우(華宇)ᄅᆞᆯ ᄧᅵᆼ긔여 ᄀᆞᆯ오ᄃᆡ

"젹변(賊變)의 시죵(始終)이 다 ᄂᆡ응(內應)ᄒᆞᄂᆞᆫ 간인(奸人)이 이셔 비롯ᄂᆞ니 흉당(凶黨)의 근본을 알냐 ᄒᆞ면 그ᄃᆡ도록 어렵든 아니ᄒᆞ거니와 깁히 혜아리며 다시 ᄉᆡᆼ각ᄒᆞᆯ딘ᄃᆡ 내 집의 블ᄒᆡᆼᄒᆞ미 이의 더으미 업
37면 ᄂᆞᆫ디라. 우형(愚兄)의 혼용(昏庸)ᄒᆞ미 쳐음브터 ᄉᆞ셰(事勢) 난안(赧顔)ᄒᆞ믈 거리쪄 쾌ᄒᆞᆫ 결단을 두디 못ᄒᆞ고 도로혀 미혼딘(迷昏塵)의 ᄭᆡ닷디 못ᄒᆞ며 호치와 ᄉᆞ갈(蛇蝎)[84] ᄀᆞᆺᄐᆞᆫ 심졍의 암희(暗喜)ᄒᆞ여 간ᄆᆡᆼ(奸猛)을 모도와 심우고 흉도(凶徒)ᄅᆞᆯ 블너 니ᄅᆞ혀니 악ᄉᆞ(惡事)와 괴란(怪亂)이 일됴일셕(一朝一夕)의 ᄀᆞᆺ칠 ᄇᆡ 아니라 집을 업치며 골육을 잔멸(殘滅)ᄒᆞ여 텬디ᄅᆞᆯ 뒤치ᄂᆞᆫ[85] 화ᄅᆞᆯ 보고 비로소 뉘웃ᄎᆞ리니 간인(奸人)이 남을 ᄒᆡ(害)코ᄌᆞ ᄒᆞ미 도로혀 그 젼졍(前程)의 유ᄒᆡ(有害)ᄒᆞ믈 아디 못ᄒᆞ미 ᄯᅩᄒᆞᆫ 어둡디 아니랴?"

셜파(設罷)의 긔위(氣宇)[86] 싁싁ᄒᆞ니 비록 요란이 분ᄉᆡᆨ(憤色)과 노긔(怒氣)ᄅᆞᆯ 발ᄒᆞ여 고셩대언(高聲大言)ᄒᆞ미 업ᄉᆞ나 졍시(程氏)의 젼ᄒᆞ

---

84 ᄉᆞ갈(蛇蝎): 사갈. 뱀과 전갈. 남을 해치거나 혐오감을 주는 사람을 비유적으로 이르는 말.

85 뒤치ᄂᆞᆫ: 뒤치다. 뒤집다.

86 긔위(氣宇): 기우. 기개와 도량.

ᄂᆞᆫ 긔ᄆᆡᆨ(氣脈)으로 긔상이 엄슉ᄒᆞᄃᆡ 블열(不悅)ᄒᆞ믈 ᄯᅴ여 말ᄉᆞᆷᄒᆞᄂᆞᆫ
즈음의 위의(威儀) 졍엄(正嚴)ᄒᆞ니 명찰(明察)ᄒᆞᆫ 안광(眼光)은 이루
(離婁)의 ᄇᆞᆰ으믈 압두ᄒᆞ며 신명ᄒᆞᆫ 심디ᄂᆞᆫ 사광(師曠)의 춍민(聰敏)
ᄒᆞ믈 묘시(藐視)ᄒᆞ니 비록 작죄(作罪)ᄒᆞ미 업ᄉᆞᆫ ᄌᆞᆡ라도 공의 ᄋᆞᆲ흘 님
(臨)ᄒᆞᄆᆡ 튝연(蹴然)이 황숑ᄒᆞ믈 ᄯᅴ여 혹ᄌᆞ(或者) 블미디ᄉᆞ(不美之
事)ᄅᆞᆯ 뵈미 될가 십분 조심ᄒᆞ미 잇거ᄂᆞᆯ ᄒᆞ믈며 악을 ᄲᆞ코 블인(不仁) 38면
을 힝ᄒᆞᆫ 소부인의 ᄆᆞ옴이리오? 과연 대담대악(大膽大惡)이나 참졍의
말ᄉᆞᆷ이 이에 밋ᄎᆞ미ᄂᆞᆫ 혼ᄇᆡᆨ이 경월(驚越)ᄒᆞ며 심골(心骨)이 숑연(悚
然)ᄒᆞ여 ᄌᆞ연 옥면(玉面)이 숙어오고 한한(寒汗)이 쳠의(沾衣)ᄒᆞ믈
ᄭᆡ닷디 못ᄒᆞᄃᆡ 듕목소시(衆目所視)의 변ᄉᆡᆨ경동(變色驚動)ᄒᆞ미 블가
(不可)ᄒᆞ믈 곳쳐 ᄉᆡᆼ각ᄒᆞᆯ ᄲᅳᆫ 아니라 공이 오히려 실형(實形)을 잡디 못
ᄒᆞ엿거ᄂᆞᆯ ᄒᆞᆫ갓 허영(虛影)을 인ᄒᆞ여 의ᄉᆡ ᄌᆞ못 의심되ᄆᆡ 젼후언ᄉᆡ(前
後言事) 격동분개(激動憤慨)ᄒᆞᆯ ᄯᆞ롬이오 딘짓 강ᄆᆡᆼ(强猛)ᄒᆞᆫ 쳐결(處
決)이 업ᄉᆞ믈 그윽이 우이 넉여 ᄯᅳᆺ 잡기ᄅᆞᆯ 쳘셕ᄀᆞᆺ치 ᄒᆞ며 비록 부월
(斧鉞)이 당젼(當前)ᄒᆞ고 뇌졍(雷霆) 딘쳡(震疊)ᄒᆞᄂᆞᆫ 아ᄅᆡ 님(臨)ᄒᆞ
여도 일편악심(一片惡心)은 곳치지 말기로 ᄆᆡᆼ셰ᄒᆞ여 닌ᄉᆡᆼ을 ᄆᆞ러 너
흘고ᄌᆞ ᄒᆞᄂᆞᆫ ᄆᆞ옴이 시ᄀᆞᆨ(時刻)의 익익층가(益益層加)ᄒᆞᄃᆡ 또 능히
금회(襟懷)의 분분(忿憤)홈과 녕원(獰猿)의 통울(痛鬱)ᄒᆞ믈 셔리담아
참졍 곤계(昆季)의 문답을 안연쳥디(晏然聽之)ᄒᆞ며 슉연졍좌(肅然正
座)ᄒᆞ여 무심ᄌᆞ약(無心自若)ᄒᆞ미 ᄒᆞᆫ 조각 허믈을 디은 바 ᄀᆞᆺ디 아니
ᄒᆞ믄 니ᄅᆞ도 말고 존젼(尊前)의 경근(敬謹)ᄒᆞᄂᆞᆫ 녜모(禮貌)와 군ᄌᆞᄅᆞᆯ
승슌(承順)ᄒᆞᄂᆞᆫ 법되(法度) 디극히 션(善)ᄒᆞ며 과연 초미(超美)ᄒᆞ미 39면
므스 거ᄉᆡ 브족ᄒᆞ여 하ᄌᆞ(瑕疵)ᄒᆞᆯ ᄇᆡ 잇ᄉᆞ리오? 만일 휴휴(休休)ᄒᆞᆫ

장부(丈夫)[87]와 호ᄉᆡᆨ(好色)ᄒᆞᆫ 쥰걸(俊傑)노 ᄒᆞ여곰 소부인을 빵(雙) 디오미 될딘ᄃᆡ 셔융(西戎)의 작난(作亂)이 국도(國道)ᄅᆞᆯ 탕멸(蕩滅)ᄒᆞᄂᆞᆫ 바의 니ᄅᆞ러도 팔쥰마(八駿馬)[88]ᄅᆞᆯ ᄎᆞ마 도로혀디[89] 못ᄒᆞ리니 왕모(王母)의 션ᄎᆡ미딜(善彩美質)이라도 소부인을 ᄃᆡᄒᆞᄆᆡᄂᆞᆫ 일두(一頭)ᄅᆞᆯ 샤양ᄒᆞᆯ 바로 ᄇᆡᆨᄒᆡᆼ쳔ᄉᆡ(百行千事) 딘무빵(眞無雙)ᄒᆞ고 졀셰샹(絶世上)ᄒᆞ여 과연 쇽인(俗人)으로 비(比)치 못ᄒᆞᆯ 거시어ᄂᆞᆯ 블ᄒᆡᆼ이 졍쳥계 ᄀᆞᆺᄐᆞᆫ 딘명(眞明)의 군ᄌᆞᄅᆞᆯ 만나며 ᄯᅩ 젼츌(前出)을 블열(不悅)ᄒᆞ여 그윽ᄒᆞᆫ 가온ᄃᆡ 간모흉계(奸謀凶計)ᄅᆞᆯ ᄒᆡᆼᄒᆞᄆᆡ 비록 듕목(衆目)의 현누(見漏)ᄒᆞ미 업ᄉᆞ나 져 군ᄌᆞ의 디인(知人)ᄒᆞᄂᆞᆫ ᄇᆞᆰ은 거울을 능히 버셔나디 못ᄒᆞ여 평ᄉᆡᆼ의 금슬(琴瑟)의 낙(樂)이 규됴(閨道)ᄅᆞᆯ 화(和)치 못ᄒᆞ니 이ᄂᆞᆫ 소부인의 ᄌᆞ작디얼(自作之孼) ᄲᅮᆫ 아니라 그 명도(命途)의 복덕(福德)이 완젼치 못ᄒᆞᆫ 연괴니 엇디 하날과 귀신의 식이미 아니리오? 참졍의 ᄉᆡᆨ에(色語) 블호(不好)ᄒᆞ믈 태부인이 크게 깃거 아
40면 냐 믁연(默然)ᄒᆞ고 샤인은 ᄉᆞ위(四位) 부모ᄅᆞᆯ ᄒᆞᆫ 당의 뫼셔 반ᄎᆡ(斑彩)의 즐기믈[90] 다ᄒᆞ고ᄌᆞ ᄒᆞᄆᆡ 십 년 슈한(愁恨)을 일시의 딘탕(盡蕩)ᄒᆞ며 스ᄉᆞ로 인ᄉᆡᆼ의 디락(至樂)이 이에 더은 ᄇᆡ 업ᄉᆞ믈 쳔희만열(千喜萬悅)이러니 대인(大人)의 말ᄉᆞᆷ이 무심히 발ᄒᆞ미 아니믈 ᄀᆞ장 황황

---

87 휴휴(休休)ᄒᆞᆫ 장부(丈夫): 마음이 너그러운 남자. '휴휴'는 《서경》 〈진서(秦誓)〉의 "그 마음이 아름다워 남을 포용함이 있는 듯하다(其心休休焉 其如有容焉)."에서 나온 표현.

88 팔쥰마(八駿馬): 팔준마. 주나라 목왕이 마차를 끌게 했다는 여덟 마리의 준마. 목왕은 정사는 돌보지 않고, 팔준마를 타고서 서정(西征)에 나가 돌아올 줄 몰랐다고 함.

89 도로혀디: 도로혀다. 돌이키다.

90 반ᄎᆡ(斑彩)의 즐기믈: 노래자가 나이 든 후에도 부모님을 기쁘게 해드리기 위해 늙으신 부모님 앞에서 아이처럼 색동옷을 입고 춤을 추었다는 것.

(惶惶)[91]ᄒᆞ여 심니(心裏)의 블힝ᄒᆞ믈 니긔디 못ᄒᆞᄃᆡ 작변ᄌᆞ(作變者)ᄅᆞᆯ
디목(指目)ᄒᆞ여 니ᄅᆞᆫ ᄇᆡ 업ᄉᆞ므로 감히 말을 못 ᄒᆞ더라. 신됴(晨朝)
의 참졍 곤계(昆季) ᄌᆞ위(慈闈)예 죵야(終夜)토록 폐침(廢寢)ᄒᆞ시믈
민망ᄒᆞ여 잠간 안휴(安休)ᄒᆞ시믈 쳥ᄒᆞᆫᄃᆡ 태부인이 흔힝쾌열(欣幸快
悅)ᄒᆞ믈 인ᄒᆞ여 ᄌᆞ디 아니ᄒᆞᄃᆡ 긔운과 졍신이 싁싁ᄒᆞ믈 일ᄏᆞ라 벼개
ᄅᆞᆯ 나오디 아니ᄒᆞ니 참졍 곤계 도로혀 긔휘(氣候) 손상ᄒᆞ실 바ᄅᆞᆯ 근
심ᄒᆞᆯ 즈음의 본읍(本邑) ᄌᆞᄉᆞ(刺使)의 헌하(獻賀)ᄒᆞᄂᆞᆫ 딘찬(珍饌)이
오로ᄆᆡ 빗나고 댱(壯)ᄒᆞ미 삼쳑(三尺)을 한(限)ᄒᆞ여 괴야시니 태부인
이 크게 블열(不悅)ᄒᆞ며 참졍이 역시 깃거 아냐 즉시 모친긔 픔(稟)ᄒᆞ
고 상을 도로 믈녀 십분의 팔구ᄅᆞᆯ 감(減)ᄒᆞ라 ᄒᆞ며 ᄌᆞᄉᆞ와 통판(通判)
의 딘헌녜믈(進獻禮物)을 엄졀(嚴切)이 믈니쳐 단ᄌᆞ(單子)ᄅᆞᆯ 문 앏ᄒᆡ
님(臨)치 못ᄒᆞ게 ᄒᆞ니 부듕(府中)이 담연(淡然)ᄒᆞ여 ᄉᆡ로이 강한(江 41면
漢)의 탁(濯)ᄒᆞ고 츄양(秋陽)의 폭(暴)ᄒᆞᆫ [92]ᄃᆞᆺᄒᆞ더라. 이윽고 봉디샤관
(奉旨使官)이 니ᄅᆞ러 태부인긔 샹교(上敎)ᄅᆞᆯ 젼ᄒᆞᆯᄉᆡ 참졍공의 무ᄉᆞ
환경(無事還京)ᄒᆞ미 근듕효셩녈(勤重孝誠烈)이 샹텬특감(上天特感)
을 일ᄏᆞᄅᆞ시며 뉵칠 년 니별의 ᄎᆞ악(嗟愕)던 바ᄅᆞᆯ ᄉᆡ로이 위로ᄒᆞ시고
목금경화(目今慶華)ᄅᆞᆯ 치하ᄒᆞ샤 샤숑(賜送)ᄒᆞ신 필빅(匹帛)과 어찬
(御饌)이 부인녀ᄌᆞ(婦人女子)의 당(當)치 못ᄒᆞᆯ 은영(恩榮)이어ᄂᆞᆯ 문
계공을 증딕치제(贈職致祭)ᄒᆞ시ᄂᆞᆫ 녜관(禮官)이 ᄒᆞᆷ긔 다ᄃᆞᄅᆞ니 합문

91 황황(惶惶): 두렵고 당황해하는 것.

92 강한(江漢)의 탁(濯)ᄒᆞ고 츄양(秋陽)의 폭(暴)ᄒᆞᆫ ᄃᆞᆺ: 증자가 공자를 찬양하면서 비유한 말로, "장강(長江)과 한수(漢水)의 물에서 빨아 가을 햇볕에 말리면 그보다 더 하얗게 될 수가 없다(江漢以濯之 秋陽以暴之 皜皜乎不可尙已)."라는 구절이 《맹자》 〈등문공상(滕文公上)〉에 있음.

(闔門)이 텬은(天恩)을 못ᄂᆡ 황숑ᄒᆞ며 셕ᄉᆞ(昔事)ᄅᆞᆯ 통열(痛裂)ᄒᆞ여 비원(悲怨)ᄒᆞ믈 니긔디 못ᄒᆞ니 문계 부인 화시와 긔염·닌웅의 디원극통(至冤極痛)은 오날을 당ᄒᆞ여 더옥 ᄉᆡ로온디라. 이에 향화(香火)ᄅᆞᆯ ᄀᆞ초와 문계공 신위(神位) 앏ᄒᆡ셔 친작어제제문(親作御題祭文)을 놉히 밧드러 녜관(禮官)이 공경독디(恭敬讀之)ᄒᆞᆯ시 텬심이 디극히 슬허ᄒᆞ심과 무궁히 후회ᄒᆞ시믄 문ᄉᆞ(文辭)의 절절(切切)이 낫타나거ᄂᆞᆯ 녈녈(烈烈)ᄒᆞᆫ 튱의(忠義)와 당당ᄒᆞᆫ 대졀(大節)은 농방(龍逄)[93]의 ᄌᆞ최ᄅᆞᆯ 니으며 비간(比干)[94]의 뒤흘 ᄯᆞ로미 겸연(慊然)치 아니믈 기리 칭

42면 도(稱道)ᄒᆞ샤 스ᄉᆞ로 딕언(直言)을 블납(不納)ᄒᆞ고 냥신(良臣)을 참뉵(慘戮)ᄒᆞ믈 븟그리시ᄂᆞᆫ 뜻이 ᄀᆞ득ᄒᆞ시며 공의 칠 셰 유네(幼女) 위부격고(爲父擊鼓)ᄒᆞ여 졔영(緹縈)[95]의 예궐(詣闕)의 더ᄒᆞᆷ과 목난(木蘭)[96]의 죵군(從軍)ᄒᆞᄆᆡ 감(減)치 아니ᄒᆞ믈 일ᄏᆞᄅᆞ샤 문녀(門閭)의 졍표(旋表)ᄒᆞ여 효도ᄅᆞᆯ 흥긔(興起)ᄒᆞ믈 공의 망녕(亡靈)이 알게 ᄒᆞ시고 공을 증딕증시(贈職贈諡)ᄒᆞ여 츄회(追悔)ᄒᆞᆷ과 참상(慘傷)ᄒᆞ믈 베프노라 ᄒᆞ샤 허다ᄉᆞ의(許多謝意) 디극ᄒᆞ시미 구원망녕(九原亡靈)으로 ᄒᆞ여곰 알오미 이실딘ᄃᆡ 감읍황숑(感泣惶悚)ᄒᆞ믈 니긔디 못ᄒᆞᆯ ᄇᆡ라. 합개(闔家) 호통(號痛)ᄒᆞ미 초상(初喪)의 나리디 아니ᄒᆞ니 닌웅공ᄌᆞ

93 농방(龍逄): 용방. 하나라 걸왕의 신하로, 임금에게 충간하다가 죽임을 당했음.

94 비간(比干): 은나라 주왕의 숙부로, 임금에게 충간하다 죽임을 당했음.

95 제영(緹縈): 제영. 한나라 문제 때의 효녀. 아버지 순우의가 죄를 지어 벌을 받게 되자 관비가 되어 벌을 대신 받겠다고 해서 아버지의 벌을 면하게 했음.

96 목난(木蘭): 목란. 아버지를 대신하여 남장하고 군대에 나가 공을 세웠음. 그 일이 악부(樂府)인 〈목란사〉에 전함.

와 대화부인 모녀의 딜텬호곡(叱天號哭)ᄒᆞ미 소리 ᄌᆞ로[97] 쓧쳐지고 태부인이 상도비졀(傷悼悲絶)ᄒᆞ믈 마디 아니ᄒᆞ니 참졍 곤계(昆季) 블승민박(不勝憫迫)ᄒᆞ여 좌우로 븟드러 관인(寬忍)ᄒᆞ시믈 쳥ᄒᆞ며 인ᄒᆞ여 졔(祭)를 파(罷)ᄒᆞᆫ 후 녜관(禮官)을 관ᄃᆡ(款待)ᄒᆞ여 보ᄂᆡ고 이에 튁일(擇日)ᄒᆞ여 태쥬 션산(先山)의 소분(掃墳)ᄒᆞᆯᄉᆡ 졔뎨ᄌᆞ딜(諸弟子姪)을 거ᄂᆞ려 태쥬로 나아가니 향니(鄕里) 친쳑과 복부장확(僕夫壯獲)이 먼니 나와 마ᄌᆞ 쒸놀며 반기고 즐기믈 니긔디 못ᄒᆞ니 딘실노 유명싱ᄉᆞ(幽明生死)의 난호이미 업던 바ᄅᆞᆯ ᄭᆡ닷디 못ᄒᆞ리러라. 참졍이 졔뎨ᄌᆞ딜(諸弟子姪)노 더브러 션산(先山)의 나아가 향을 술오며 작(酌)박을 헌(獻)ᄒᆞᄆᆡ 샤인과 학ᄉᆡ 금화계디(錦華桂枝)로 누ᄃᆡ션능(累代先陵)의 분소(墳掃)키를 당ᄒᆞ여 학ᄉᆞ는 각별ᄒᆞᆫ 비회 잇디 아니ᄒᆞᄃᆡ 참졍 곤계(昆季)의 츄원영모(追遠榮慕)ᄒᆞ는 회포와 샤인의 쳑연감상(慽然感傷)ᄒᆞᆫ 심ᄉᆞ는 션태부(先太夫) 묘젼(墓田)과 양부인 봉분(封墳)을 인ᄒᆞ여 능히 억졔치 못ᄒᆞ고 호읍뉴톄(號泣流涕)ᄒᆞᄆᆡ 긔운이 쓧쳐질 ᄃᆞᆺᄒᆞ니 엇디 즐거오믈 ᄭᆡ치리오? 송졍님목(松亭林木) ᄉᆞ이의 뉵뉼(六律)과 오음(五音)을 쥬(奏)ᄒᆞᄆᆡ 종고일동(鐘鼓一動)의 농이 읊주어리며 퉁소 일음(一音)의 봉(鳳)이 춤추고 난(鸞)이 노릐ᄒᆞ니 격튝(擊筑)은 양양(洋洋)ᄒᆞ며 금현(琴絃)은 도도(滔滔)ᄒᆞ여 만믈이 부휵(扶畜)ᄒᆞ니 텬디 화명(和明)ᄒᆞ고 일월이 광화(光華)ᄒᆞ여 쳥풍이 날호여 니러나ᄆᆡ 빅운이 기리 ᄉᆞ라디니 시졀이 바야흐로 삼월디쵀(三 43면

97 ᄌᆞ로: 자로, 자주.

月之初)라. 버들이 만만(滿滿)ᄒᆞ여 누른 깁 장(帳)을 드리온 ᄃᆞᆺ 도힝
(桃杏)이 발발(勃勃)ᄒᆞ여 ᄇᆡᆨ옥이 뭇거시며 붉은 안개 ᄌᆞᄌᆞᆺᄂᆞᆫ ᄃᆞᆺ 오ᄉᆡᆨ
44면 구룸이 봉만(峰巒)을 둘너 긔ᄆᆡᆨ(氣脈)이 녕슈(靈秀)ᄒᆞᆫᄃᆡ 셔광(瑞光)
이 ᄋᆡᄋᆡ(靄靄)ᄒᆞ고 보ᄎᆡ(寶彩) 녕녕(盈盈)ᄒᆞ여 완연이 명화ᄎᆡ도(名畫
彩圖) ᄀᆞᆺ거ᄂᆞᆯ 인믈우마셕(人物牛馬石)과 상탁졔귀(床卓諸具) 다 양
양졔졔(洋洋濟濟)ᄒᆞ여 딘짓 ᄉᆡᆼ긔(生氣) 유동(流動)ᄒᆞᆫ디라. 야인(野
人)이 무리 디으며 촌뷔(村夫) 셔로 닛그러 먼니셔 관광(觀光)ᄒᆞᄆᆡ
엇개 으슭이고 허리 굽닐믈 면치 못ᄒᆞ여 인셰(人世)의 져 ᄀᆞᄐᆞᆫ 영화
ᄅᆞᆯ 당ᄒᆞᆫ ᄌᆡ 그 몃 사ᄅᆞᆷ이리오 ᄒᆞ며 위ᄒᆞ여 열낙(悅樂)ᄒᆞ믈 마디 아니
ᄒᆞᄃᆡ 참졍 부ᄌᆞ·형뎨ᄂᆞᆫ 경ᄉᆞ(慶事)ᄅᆞᆯ 인ᄒᆞ여 구원션친(九原先親)을
ᄉᆞ모ᄒᆞ미 더옥 간졀ᄒᆞᆫ디라. 쳬루비읍(涕淚悲泣)ᄒᆞ여 오ᄅᆡ 니디 못ᄒᆞ
니 냥계공과 닌광 등이 븟드러 간유(懇喩)ᄒᆞ여 비회ᄅᆞᆯ 딘뎡(鎭靜)ᄒᆞ
고 날호여 묘소(墓所)의 나릴ᄉᆡ 본부ᄌᆞᄉᆞ(本府刺使)와 닌읍슈령현관
(隣邑守令縣官)이 셩디(聖旨)ᄅᆞᆯ 밧드러 문계공 묘소(墓所)의 상탁범
구(床卓凡具)ᄅᆞᆯ 뎡졔(整齊)ᄒᆞ며 비셕을 놉히 셰오고 튱녈대도(忠烈
大道)ᄅᆞᆯ 금ᄌᆞ(金字)로 ᄀᆡᆨ셔(刻書)ᄒᆞ여 쳔츄(千秋)의 블멸뉴젼(不滅
遺傳)케 ᄒᆞ니 비록 닌웅공ᄌᆞ의 디통(至痛)이 골졀(骨節)의 ᄉᆞᄆᆞᆺᄎᆞ시
나 일ᄉᆡᆼ일ᄉᆞ(一生一死)ᄂᆞᆫ 텬니(天理)의 덧덧ᄒᆞᆫ 바로 튱의대졀(忠義
45면 大節)이 명약일월(明若日月)ᄒᆞ며 뉴젼만ᄃᆡ(遺傳萬代)ᄒᆞᆯ ᄌᆞᄂᆞᆫ ᄎᆞ디시
(此之時)ᄅᆞᆯ 당ᄒᆞ여 문계공 ᄒᆞᆫ 사ᄅᆞᆷ이니 속뉴(俗類)의 구ᄒᆞ여 엇디 못
ᄒᆞᆯ ᄇᆡ라 댱원(長遠)ᄒᆞᆫ 슈(壽)와 넓은 복(福)을 누리디 못ᄒᆞ미 엇디 족
히 슬프다 ᄒᆞ리오? 임의 졔향(祭享)을 파(罷)ᄒᆞ고 산역(山役)을 맛ᄎᆞ
ᄆᆡ 부듕(府中)의 도라와 비로소 졍듕(庭中)의 삼현오악(三絃五樂)을

ᄀᆞᆺ초와 일시 즐기믈 열ᄉᆡ 냥계공이 호흥(豪興)이 돈무(頓無)ᄒᆞ나 태부인의 ᄒᆞᆫ번 우으시믈 위ᄒᆞ여 냥신ᄂᆡ(兩新來)ᄅᆞᆯ 나리와 일장(一場)을 유희(遊戲)ᄒᆞ며 태부인 역시 소·화 등 졔부(諸婦)ᄅᆞᆯ 거ᄂᆞ려 즐기믈 다ᄒᆞ고 친쳑 부인ᄂᆡᄅᆞᆯ ᄃᆡᄒᆞ여 각각 별ᄂᆡ(別來)[98]와 고졍(故情)을 펴고 쳔금과 필ᄇᆡᆨ(匹帛)을 ᄂᆡ여 그 계활(計活)의 간고(艱苦)ᄒᆞ믈 구졔(救濟)ᄒᆞ니 졔인(諸人)이 부인 삼고식(三姑息)과 화·셔 등 졔부인(諸夫人)의 덕화셩의(德化誠意)ᄅᆞᆯ ᄉᆡ로이 복복흠숑(僕僕欽頌)ᄒᆞ여 은혜ᄅᆞᆯ 고무감덕(鼓舞感德)ᄒᆞ더라.

익셜(益說). 화부인의 뎨삼거거(第三哥哥) ᄂᆡᄉᆞ 화흡이 텬하ᄅᆞᆯ 유람ᄒᆞ여 금회(襟懷)ᄅᆞᆯ 널니오고 의긔ᄅᆞᆯ 소창(消暢)코ᄌᆞ ᄒᆞ여 의양으로 조ᄎᆞ 두어 친우(親友)로 더브러 ᄇᆡᄅᆞᆯ 창파(滄波)의 ᄢᅴ여 바로 동졍호 46면
(洞庭湖)ᄅᆞᆯ ᄶᅦ쳐 소상강(瀟湘江)의 다ᄃᆞᄅᆞᄆᆡ 남으로 창ᄒᆡ(滄海)의 놀며 대강(大江)을 거ᄉᆞ려 운몽(雲夢)[99]을 ᄇᆞ라고 ᄑᆡᆼᄐᆡᆨ(彭澤)의 줄을 ᄆᆡ며 악양누(岳陽樓)의 올나 놀고 군산(君山)을 ᄇᆞ라 남악(南岳)의 놀며 인ᄒᆞ여 ᄆᆞᆯ을 달녀 디긔(志氣)ᄅᆞᆯ 소쳥(掃清)ᄒᆞ고 다시 ᄇᆡᆺ기 도라 ᄉᆞᆼ산(崇山)을 보며 태산(泰山)의 올나 텬하의 디셰(地勢)ᄅᆞᆯ ᄉᆞᆯ필ᄉᆡ 임의 대ᄒᆡ댱강(大海長江)과 명산승디(名山勝地)의 놀기ᄅᆞᆯ 다ᄒᆞᄆᆡ 다시 ᄆᆞᆯ을 두로혀 태쥬로 말ᄆᆡ암아 텬태산(天台山)으로 향(向)코ᄌᆞ ᄒᆞ다가 우연이 눈을 들ᄆᆡ 졍시(程氏) 션산(先山)의 영광(榮光)이 휘휘(輝輝)ᄒᆞ고 위의(威偉) 댱녀(壯麗)ᄒᆞᆫ 곳의 쳥계 곤계(昆季) ᄌᆞ딜(子

---

98 별ᄂᆡ(別來): 별래. 별래무양(別來無恙)의 준말. 지난번 이별 이후의 안부를 물음.

99 운몽(雲夢): 초나라의 크고 넓은 연못인 운몽택.

姪)을 거ᄂᆞ려 션능(先陵)의 소분(掃墳)ᄒᆞ거ᄂᆞᆯ 블승황홀난측(不勝恍
惚難測)ᄒᆞ여 ᄲᆞᆯ니 ᄆᆞᆯ긔 ᄂᆞ려 나아가ᄆᆡ 냥신ᄂᆡ(兩新來)의 미려쇄락
(美麗灑落)ᄒᆞ믄 총망(悤忙) 듕(中)이로ᄃᆡ 측냥치 못ᄒᆞᆯ디라. 이에 밧
비 브ᄅᆞ고ᄌᆞ ᄒᆞ더니 샤인이 먼니셔 아라보고 표슉(表叔)이믈 ᄭᆡ다라
년망(連忙)이 앏흐로 나아와 ᄇᆡ알(拜謁)ᄒᆞᆯᄉᆡ 이ᄯᆡ 닌흥이 고향을 ᄯᅥ
나 셰월이 발셔 오ᄅᆡ엿고 표문(表門)[100]의 왕ᄂᆡ(往來)ᄒᆞᆯ ᄯᆡ의ᄂᆞᆫ ᄌᆞ긔 나
히 어렷던 고로 구시(舅氏)[101] 등의 얼골이 의희(依俙)ᄒᆞ여 쳐음은 삼슉
47면 (三叔)이믈 아디 못ᄒᆞ고 다만 샤인의 뒤흘 ᄯᆞᄅᆞᆯ ᄲᅳᆫ이러니 화공이 냥
딜(兩姪)의 손을 함긔 잡으며 등을 어로만져 ᄀᆞ득이 ᄉᆞ랑ᄒᆞ고 황홀이
반겨 쳥화(淸和)ᄒᆞᆫ 셩음(聲音)이 과연 삼슉(三叔)의 언셩(言聲)이라.
년망(連忙)이 ᄌᆡᄇᆡ(再拜)ᄒᆞ며 이의 븟드러 좌셕의 오로ᄆᆡ 참졍 곤계
(昆季) ᄯᅩᄒᆞᆫ 반기ᄂᆞᆫ 빗치 ᄀᆞ득ᄒᆞ여 녜필좌뎡(禮畢座定)의 악슈쳑연
(握手惕然)ᄒᆞ니 피ᄎᆞ 셕ᄉᆞ(昔事)ᄅᆞᆯ 늣기나 목금경화(目今慶華)ᄅᆞᆯ 희
열ᄒᆞ여 비희교집(悲喜交集)ᄒᆞ더니 이에 본아(本衙)의 도라와 다시 오
ᄅᆡ 상니(相離)ᄒᆞ엿던 졍을 펼ᄉᆡ ᄂᆡᄉᆡ 닌광 등 졔딜(諸姪)을 나오혀 개
개특이(箇箇特異)ᄒᆞ미 ᄋᆞ시젼형(兒時前形)의 비범턴 ᄇᆡ 변치 아냐시
ᄆᆞᆯ 칭복션탄(稱服羨嘆)ᄒᆞ고 두 ᄆᆡ뎨(妹姐)[102]와 죵ᄆᆡ(從妹)[103]로 셔로 보
ᄆᆞᆯ 쳥ᄒᆞ니 샤인 등이 즉시 모부인과 이위(二位) 슉모긔 고ᄒᆞᆫ 후 표슉
(表叔)을 인도ᄒᆞ여 드러가니 쳐ᄉᆞ 부인이 문계 부인과 의계 부인으로

---

100 표문(表門): 외가.

101 구시(舅氏): 구씨. 어머니의 남자 형제를 이르는 말.

102 ᄆᆡ뎨(妹姐): 매저. 누이.

103 죵ᄆᆡ(從妹): 종매. 사촌 누이.

더브러 닉ᄉᆞ롤 마ᄌᆞ 반김과 슬프미 교극(交極)ᄒᆞ여 일장(一場)을 오읍뉴톄(嗚泣流涕)ᄒᆞ믹 경열(哽咽)ᄒᆞ여 말을 일우디 못ᄒᆞ니 쳐ᄉᆞ 부인은 더옥 심폐(心肺)롤 ᄉᆞᆯ와 회포롤 요동ᄒᆞᆫ즉 병이 발ᄒᆞᄂᆞᆫ 고로 샤인과 닌광 등이 블승민황(不勝憫惶)ᄒᆞ여 븟드러 무익디비(無益之悲)롤 긋치시믈 쳥ᄒᆞᆫᄃᆡ 부인이 ᄯᅩᄒᆞᆫ 억졔ᄒᆞ믈 굿게 ᄒᆞ여 쥬루(珠淚)롤 거두며 비회(悲懷)롤 뎡(靜)코ᄌᆞ ᄒᆞ나 안쉬(眼水) ᄒᆡ음업시 소ᄉᆞ 의슈(衣袖)롤 젹시ᄂᆞᆫ디라. 기리 읍읍ᄋᆡ졀(泣泣哀切)ᄒᆞ여 망극삼긔(罔極三忌)롤 여러 쳔니의셔 디닉고 훌훌(欻欻)ᄒᆞᆫ 광음(光陰)이 ᄌᆞ로 변ᄒᆞ여 ᄒᆞᆫ번 긔ᄉᆞ(忌祀)의 참빅(參拜)ᄒᆞ믈 엇디 못ᄒᆞ니 구로디은(劬勞之恩)[104]을 틋글[105]의 더디며 박셩(薄誠)을 미표(未表)ᄒᆞ미 죵신(終身)의 통(痛)이 싱젼의 플닐 날이 업솜과 남믹형뎨(男妹兄弟) 안항(雁行)[106]의 듕단(中斷)ᄒᆞ미 업시 싱존을 통(通)치 못ᄒᆞ여 ᄋᆡ회참졀(哀懷慘切)ᄒᆞ미 유명(幽明)을 격(隔)ᄒᆞ므로 일반 이런 바롤 ᄃᆡ강 고(告)ᄒᆞᄆᆡ 오열엄식(嗚咽掩塞)ᄒᆞ믈 ᄭᆡ닷디 못ᄒᆞ니 닉시 도로혀 톄루(涕淚)롤 거두고 기리 탄식왈(嘆息曰)

"텬디 합벽(闔闢)ᄒᆞ여 죵텬(終天)의 망극ᄒᆞ믈 ᄀᆞᆺ초 당ᄒᆞᆯ 시졀의 뉵아(蓼莪)의 통(痛)[107]이 구로(劬勞)의 망극ᄒᆞ믈 ᄭᆡ닷디 못ᄒᆞ니 블효명완(不孝命頑)ᄒᆞ여 일뉘(一縷) 디연(遲延)ᄒᆞᄆᆡ 삼긔(三忌)롤 훌훌히 맛ᄎᆞ니 인인(人人)의 ᄎᆞᆷ디 못ᄒᆞᆯ 바롤 능히 견ᄃᆡ믈 더옥 ᄋᆡ도ᄒᆞᆯ ᄲᅳᆫ이어

48면

104 구로디은(劬勞之恩): 구로지은. 낳아 기른 부모의 은혜.
105 틋글: 티끌.
106 안항(雁行): 기러기의 행렬이라는 뜻으로, 형제를 가리킴.
107 뉵아(蓼莪)의 통(痛): 육아지통. 부모를 잃은 슬픔.

49면 니와 우형(愚兄) 등은 ᄯᅩᄒᆞᆫ 구원(九原)의 ᄯᆞ라 뫼시믈 엇디 못ᄒᆞ엿ᄂᆞ
니 현ᄆᆡ(賢妹) 등이 엇디 몸을 죽여 디통(至痛)을 모로디 못ᄒᆞ믈 한ᄒᆞ
ᄂᆞ뇨? 이 ᄯᅩ 션인(先人)과 션비(先妣)의 ᄯᅳᆺ이 아니시라 모로미 과도
ᄒᆞ믈 긋칠디어다."

인ᄒᆞ여 형뎨ᄌᆞ딜(兄弟子姪)의 안부ᄅᆞᆯ 젼ᄒᆞ며 닌셩 등의 ᄉᆡᆼ환단취(生
還團聚)ᄒᆞᆷ과 농문디경(龍門之慶)을 흔하(欣賀)ᄒᆞ니 삼(三) 화부인이
강인(强忍)ᄒᆞ여 ᄋᆡ루(哀淚)ᄅᆞᆯ 거두고 죵용이 별ᄅᆡ(別來)ᄅᆞᆯ 니ᄅᆞᆯ시 화
ᄂᆡᄉᆡ[108] 이윽이 문답ᄒᆞ여 남ᄆᆡ 회포ᄅᆞᆯ 펴ᄆᆡ 날호여 셔헌(書軒)의 나와
참졍 곤계(昆季)로 더브러 밤을 ᄒᆞᆷ긔 디낸 후 명일(明日)은 졍부(程
府) 합문(闔門)의 니발(離發)ᄒᆞ여 경ᄉᆞ(京師)로 향ᄒᆞᄂᆞᆫ 날이라 향니
친쳑(鄕里親戚)이 운집작별(雲集作別)ᄒᆞ니 ᄂᆡᄉᆡ 분요(紛擾)ᄒᆞ믈 피
ᄒᆞ여 효신(曉晨)의 삼ᄆᆡ(三妹)ᄅᆞᆯ 니별ᄒᆞ고 발ᄆᆞ(發馬)코ᄌᆞ ᄒᆞ더니 홀
연 곽긔(癨氣) 급ᄒᆞ여 졍신을 슈습디 못ᄒᆞ며 긔운이 혼미ᄒᆞ니 참졍
곤계 경녀(驚慮)ᄒᆞ여 침약(鍼藥)으로ᄡᅧ 반일(半日)을 구호ᄒᆞ여 비로
소 회소(回蘇)ᄒᆞ나 오히려 졍신이 현난(眩亂)ᄒᆞ여 독병(毒病)을 디난
바 ᄀᆞᆺᄐᆞ니 원ᄂᆡ 화공의 긔딜이 쳥슈(淸秀)ᄒᆞ여 견확(堅確)디 못ᄒᆞᆫ 고
50면 로 우연ᄒᆞᆫ 병이 발(發)ᄒᆞ여도 일냥월(一兩月)의 가복(可復)디 못ᄒᆞᄂᆞᆫ
디라. 참졍이 밧븐 ᄒᆡᆼ거(行馬)로ᄡᅧ 화ᄂᆡᄉᆞᄅᆞᆯ 위ᄒᆞ여 디루(止累)ᄒᆞ미
피ᄎᆞ의 유익ᄒᆞ미 업다 ᄒᆞ여 태부인긔 고(告)ᄒᆞ고 쳐ᄉᆞ와 의논ᄒᆞ여 닌
광을 머므러 화공의 병을 구호ᄒᆞ여 쾌소(快蘇)ᄒᆞ미 니ᄅᆞ거든 ᄒᆞᆫ가디

108 화ᄂᆡᄉᆡ: 화내사. 화흡. 정삼의 부인인 화부인의 셋째 오빠.

로 더브러 경샤로 오라 ᄒᆞ니 공ᄌᆡ 부모슉당(父母叔堂)을 뫼셔 ᄒᆡᆼ(行)
치 못ᄒᆞ믈 결연(缺然)ᄒᆞ나 표슉(表叔)의 병휘(病候) 비경(非輕)ᄒᆞ믈
더디고[109] 가지 못ᄒᆞ여 냥대인(兩大人) 명을 조ᄎᆞ 이에 써질ᄉᆡ 화부인
ᄌᆞᄆᆡ(姊妹) 공ᄌᆞ를 당부ᄒᆞ여 거거(哥哥)의 환후(患候)를 잘 구호ᄒᆞ여
슈히 가경(佳境)의 니ᄅᆞ게 ᄒᆞ라 ᄒᆞ며 즉일(卽日)의 태부인을 뫼셔 니
발(離發)ᄒᆞ니 듕인(衆人)의 니졍(離情)이 의의(依依)ᄒᆞ여 져마다 누
쉬(淚水) 흐ᄅᆞ믈 면치 못ᄒᆞᄂᆞᆫ디라. 참졍 곤계(昆季) 면면이 위로ᄒᆞ고
브득이 ᄒᆡᆼ거(行車)를 두로혀 경샤(京師)로 향ᄒᆞ니 ᄒᆡᆼ노위의(行路威
儀)와 영요(榮耀)ᄒᆞᆫ 경ᄉᆡ 휘휘황황(輝輝煌煌)ᄒᆞ여 믈 ᄀᆞᆺᄐᆞ며 뫼 ᄀᆞᆺ더
라. 닌광이 십 니 밧긔 나와 부슉(父叔)을 ᄇᆡ별(拜別)ᄒᆞ고 고ᄐᆡᆨ(古宅)
의 다시 도라와 표슉의 환후(患候)를 구호ᄒᆞᆯᄉᆡ 화공이 굿ᄐᆞ여 고통ᄒᆞ 51면
미 업ᄉᆞ나 신긔(身氣) 곤뇌(困惱)ᄒᆞ며 ᄉᆞ디(四肢) 무긔(無氣)ᄒᆞ여 좌
와(坐臥)를 임의치 못ᄒᆞ고 침식을 ᄣᆡ로 일우디 못ᄒᆞ니 공ᄌᆡ 우민(憂
憫)ᄒᆞ여 ᄆᆡᆨ후(脈候)를 ᄌᆞ로 살피며 약음(藥飮)을 착실이 ᄒᆞ여 구호ᄒᆞ
믈 디셩으로 ᄒᆞᄃᆡ 화공이 슈히 가복(可復)ᄒᆞ믈 엇디 못ᄒᆞ여 오ᄅᆡ 미
류(彌留)ᄒᆞ미 되니 공ᄌᆡ 쥬야(晝夜)로 방소(方所)를 딕희여 약이 당
졔(當劑)를 일위고 듁음(粥飮)이 보유(補遺)ᄒᆞᆯ 바를 ᄀᆞᆺ초아 월여(月
餘)의 니ᄅᆞᄃᆡ 일시도 게어른 빗치 업셔 졍셩을 다ᄒᆞ니 일노 ᄃᆞᄃᆡ여 화
공이 쾌소(快蘇)ᄒᆞ믈 어더 침식과 긔거(起居) 평상(平常)ᄒᆞᆫ디라. 공
ᄌᆡ 환열(歡悅)ᄒᆞ믈 니긔디 못ᄒᆞ며 화공이 ᄯᅩ 딜ᄋᆞ(姪兒)의 졍셩을 힘

109 더디고: 더디다. 던지다.

닙어 회소(回蘇)ᄒᆞ믈 어들와 ᄒᆞ여 공ᄌᆞ의 열월근노(閱月勤勞)ᄒᆞ믈 더옥 어엿비 넉이고 그 ᄉᆞ이 친측(親側)을 ᄯᅥ나 회푀 울울(鬱鬱)ᄒᆞ믈 위ᄒᆞ여 민민(憫憫)ᄒᆞ믈 마디 아니ᄒᆞ며 쳐음의 텬태산(天台山) 풍경을 ᄎᆞᄌᆞ 놀고ᄌᆞ ᄒᆞ던 ᄯᅳᆺ을 긋치고 이에 딜ᄋᆞ(姪兒)로 더브러 바로 경사(京師)로 나아갈ᄉᆡ 밤을 인ᄒᆞ여 녀실(旅室)의 쉬기를 당ᄒᆞᆫ즉 숙딜(叔
52면 姪)이 시ᄉᆞ(時事)를 챵문(唱問)ᄒᆞ며 고금(古今)을 논난(論難)ᄒᆞ여 졍의(情義) 돈독ᄒᆞ고 디긔(志氣) 한가ᄒᆞ믈 셔로 흔열ᄒᆞᆯᄉᆡ 공ᄌᆞ의 웅문대ᄌᆡ(雄文大才)와 풍의긔딜(風儀氣質)이 볼ᄉᆞ록 츌월(出越)ᄒᆞ며 ᄃᆡ(對)ᄒᆞᆯᄉᆞ록 흉금이 상활(爽闊)ᄒᆞ믈 ᄂᆡ시 칭션ᄋᆡ복(稱善愛服)ᄒᆞ여 ᄆᆡ양 등을 어로만져 골오ᄃᆡ

"대ᄌᆡ(大才)라 아딜(我姪)이여! 약관디셰(弱冠之歲)의 셩명문식(性明文識)이 박달굉위(博達宏威)ᄒᆞ여 도도(滔滔)히 만고(萬古)를 기우리고 호호(浩浩)히 일셰(一世)를 업누를 긔상이 방가(邦家)를 굉쥬(肱柱)ᄒᆞ며[110] 창ᄉᆡᆼ(蒼生)을 젹복(積福)ᄒᆞ리니 단디(但只) 졍시(程氏)의 경홰(慶華) 아니라 명실(明室)의 복이로ᄃᆡ ᄉᆞ졍(私庭)의 너 ᄀᆞᆺᄐᆞᆫ ᄋᆞ돌과 ᄉᆞ회를 둘딘ᄃᆡ 슬하의 영광되믈 능히 다 니ᄅᆞ디 못ᄒᆞᆯ디니 쳥계와 운계의 복경(福慶)은 다시 니ᄅᆞ디 말고 당헌 블인(不人)의 복이 둣거워 이 ᄀᆞᆺᄐᆞᆫ 군ᄌᆞ로ᄡᅧ 슬하를 튱만(充滿)ᄒᆞᆯ ᄇᆡ 엇디 이상치 아니ᄒᆞ며 외람치 아니리오?"

---

110 굉쥬(肱柱)ᄒᆞ며: '굉주'는 '고굉주석(股肱柱石)'의 준말. 고굉은 임금에게 다리와 팔같이 중요한 신하를 뜻하며, 주석은 기둥과 주춧돌처럼 중요한 자리를 맡은 사람을 뜻하므로, 굉주는 한 나라를 떠받칠 수 있는 능력을 뜻함. '굉주하다'는 '떠받치다, 지탱하다' 정도의 뜻임.

공ᄌᆡ 기리 블감(不堪)ᄒᆞ므로 샤(謝)ᄒᆞ다가 표슉(表叔)의 말ᄉᆞᆷ이 댱헌의 밋쳐ᄂᆞᆫ 번연(幡然)이 깃거 아닛ᄂᆞᆫ 빗치 잇거ᄂᆞᆯ 화공이 쇼이문왈(笑而問曰)

"셕일(昔日) 완월ᄃᆡ(玩月臺) 샹(上)의셔 댱·됴·니 등이 여등(汝等) 형뎨남ᄆᆡ(兄弟男妹)로 약혼ᄒᆞ미 잇더니 이졔 구약(舊約)을 셩젼(成全)ᄒᆞᆫ ᄌᆡ(者) 몃치뇨?" 53면

공ᄌᆡ ᄃᆡ왈(對曰)

"죵ᄆᆡ(從妹) 냥인(兩人)이 셩혼(成婚)ᄒᆞ믄 구시대인(舅氏大人)이 거의 아ᄅᆞ실 ᄇᆡ오 그 밧 쇼ᄌᆞ(小子) 등은 아딕 가취(嫁娶)ᄅᆞᆯ 의논ᄒᆞᆯ 결을이 업ᄉᆞ믄 ᄯᅩᄒᆞᆫ 뭇디 아냐 딤작ᄒᆞ실 ᄇᆡ라. 샤곤(舍昆)이 종당(宗黨)의 듕(重)ᄒᆞ오므로뼈 니대인[111] ᄆᆡᆼ약(盟約)이 금셕 ᄀᆞᆺᄐᆞ시니 블구(不久)의 뉵녜(六禮)ᄅᆞᆯ 구ᄒᆡᆼ(具行)ᄒᆞ여 빵(雙)이 가ᄌᆞᆨᄒᆞ리이다."

공이 쇼왈(笑曰)

"여형(汝兄)은 홀노 교목귀가(喬木貴家)의 관져디시(關雎之詩)ᄅᆞᆯ 즐기믈 다ᄒᆞ고 너ᄂᆞᆫ 구약을 셩젼치 못ᄒᆞ여 환부(鰥父)의 구구(區區)ᄒᆞᆫ 신셰 되랴?"

공ᄌᆡ 믁연냥구(默然良久)의 ᄃᆡ왈(對曰)

"댱녜(張女) 비록 죽디 아냐셔도 쇼딜(小姪)이 댱튝(張畜)[112]의 입막디빈(入幕之賓)[113]이라 ᄒᆡᆼ셰키 어렵ᄉᆞᆸ거든 ᄒᆞ믈며 발셔 죽어 ᄇᆡᆨ골이 ᄉᆞᄒᆡ

---

111 니대인: 이대인. 이빈.

112 댱튝(張畜): 장축. 장헌을 짐승으로 비하하여 이르는 말.

113 입막디빈(入幕之賓): 입막지빈. 장막 뒤에서 남의 말을 엿듣는 참모라는 뜻으로, 특별히 가까운 손님이나 비밀을 서로 말할 수 있는 상대를 가리키는데, 여기서는 사위의 뜻으로 쓰임.

엿ᄂᆞᆫ 댱녀ᄅᆞᆯ 위ᄒᆞ여 슈졀ᄒᆞ리잇가? 텬하의 녀ᄌᆡ ᄒᆞ나둘히 아니니 어ᄃᆡ 가 덕요(德耀)[114]의 퍼딘 허리와 무염(無鹽)[115]의 거믄 낫ᄎᆞᆯ 만나디 못ᄒᆞ리잇고? 쇼딜이 오히려 치ᄋᆞ(稚兒)의 ᄆᆞ음을 면치 못ᄒᆞ여 부모의 좌와(坐臥)ᄅᆞᆯ 일시도 써나디 말고ᄌᆞ ᄒᆞ오며 종고(鐘鼓)의 낙ᄉᆞ(樂事)ᄂᆞᆫ 몽니(夢裏)의도 ᄉᆡᆼ각디 아니ᄒᆞᄂᆞ이다."

54면 공이 쳥파(聽罷)의 댱쇼져의 요졀참ᄉᆞ(夭折慘死)ᄒᆞ믈 경악ᄒᆞ나 그 므ᄉᆞᆷ 연고(緣故)로 죽어시믈 아디 못ᄒᆞ고 다만 딜ᄋᆞ(姪兒)의 가약(佳約)이 실허(失虛)ᄒᆞ믈 ᄎᆞ셕(嗟惜)ᄒᆞᆯ ᄲᆞᆫ이오 그 ᄉᆞ이 댱가(張家) ᄉᆞ고ᄅᆞᆯ 아디 못ᄒᆞᆯ디라. 슉딜(叔姪)이 ᄲᆞᆯ니 ᄒᆡᆼᄒᆞ여 오월디초(五月之初)의 경샤(京師)의 니ᄅᆞ니라.

화셜(話說). 션시(先時)의 댱한님 창닌이 영친(迎親) 말ᄆᆡᄅᆞᆯ 어더 쵹디(蜀地)의 ᄒᆡᆼᄒᆞ믈 ᄲᆞᆯ니ᄒᆞ여 슈쳔 니 댱졍(長程)의 검각(劍閣)이 최외(崔嵬)히 놉하시니 가위(可謂) 쵹도디난(蜀道之難)이 난어샹쳥텬(難於上青天)이로ᄃᆡ 긔긔고봉(奇奇高峰)을 넘쒸고 쳥총(青驄)이 일ᄒᆡᆼ쳔니(日行千里)ᄒᆞ여 사ᄅᆞᆷ의 최급(最急)ᄒᆞᆫ 거ᄉᆞᆯ 좃거ᄂᆞᆯ 집ᄉᆞ아역(執事衙役)이 다 흔흔이 즐김과 낙낙히 깃그믈 인ᄒᆞ여 도로의 노고(勞苦)ᄒᆞ믈 ᄭᆡ닷디 못ᄒᆞ며 ᄒᆞᆫ갈ᄀᆞᆺ치 ᄒᆡᆼᄒᆞ믈 게어ᄅᆞ디 아니ᄒᆞ니 시졀

---

114 덕요(德耀): 후한 양홍의 처 맹광. 부유한 집안 출신이었으나 남편의 뜻을 따라 가시나무로 만든 비녀를 하고 검소하게 지내며 끼니때마다 밥상을 높이 들어〔거안제미(擧案齊眉)〕 남편에 대한 공경심을 표했다고 함.

115 무염(無鹽): 전국시대 제나라의 추녀 종리춘의 출신 지역에서 온 별칭. 나이 마흔에 제선왕의 실정에 대해 간언하여 나라를 위기에서 건졌기 때문에 선왕이 감동하여 후궁으로 삼았다고 함. 《열녀전》 권6 〈제종리춘(齊鍾離春)〉에 나옴.

이 ᄯᅩᄒᆞᆫ 듕츈(仲春)을 당ᄒᆞ여 혜풍(惠風)이 기리 도라오ᄆᆡ 방최(芳草) ᄡᅡ 우ᄒᆡ 얽히고 양뉴(楊柳) 쳐음으로 프른 안ᄀᆡ를 ᄯᅴ이ᄆᆡ 쳐쳐(處處)의 긔이ᄒᆞᆫ 산ᄉᆡᆨ(山色)이 사ᄅᆞᆷ의 깃븐 흥을 도으며 쳔 니 강뉴(江流)의 한가ᄒᆞᆫ 달빗치 밧븐 ᄒᆡᆼ거(行車)를 늣추ᄃᆡ 한님이 과과졍도(過過征途)의 졀승명녀(絶勝明麗)ᄒᆞᆫ 풍치(風致)를 무심ᄒᆞ미 아니로 55면
ᄃᆡ 이위친당(二位親堂)의 졀ᄒᆞᆯ ᄯᅳᆺ이 시ᄀᆡᆨ(時刻)이 급ᄒᆞ므로 소과쥬현(所過州縣)의 은근 쳥뉴(請留)ᄒᆞ믈 당ᄒᆞ여ᄂᆞᆫ 졀박(切迫)ᄒᆞᆫ ᄉᆞ졍(私情)을 일ᄏᆞ라 머므디 아니ᄒᆞ고 날마다 효명(曉明)의 길흘 말ᄆᆡ암아 어둡기의 녀샤(旅舍)의 드ᄃᆡ 오히려 ᄒᆡᆼ노(行路)의 게어ᄅᆞ미 잇ᄂᆞᆫ가 근심ᄒᆞ니 효ᄌᆞ의 ᄉᆞ친영모(思親永慕)ᄒᆞᄂᆞᆫ 졍이 도로혀 몸의 날개 업ᄉᆞ믈 한(恨)ᄒᆞᄂᆞᆫ디라. 엇디 잠시나 더ᄃᆡ고ᄌᆞ ᄒᆞ리오마ᄂᆞᆫ 과연 하날을 년(連)ᄒᆞᆫ 층암쥰봉(層巖峻峯)과 긔구(崎嶇)ᄒᆞᆫ 셕벽험디(石壁險地)를 일시의 나라 넘디 못ᄒᆞ여 쳔신만고(千辛萬苦)히 셔쳔(西天)의 니ᄅᆞ니 시시(是時)의 댱상셔 금오공이 오 셰 손ᄋᆞ(孫兒)를 다리고 긔구험노(崎嶇險路)의 무ᄉᆞ히 셔쳔을 득달ᄒᆞ여 연부의 다ᄃᆞ라ᄂᆞᆫ 연태우 곤계(昆季)의 긔쇼(譏笑)홈과 소위공의 쥰졀면칙(俊切面責)ᄒᆞ믈 기리 감슈(甘受)ᄒᆞ며 스ᄉᆞ로 담을 크게 ᄒᆞ고 낫갓출 둣거이 ᄒᆞ여 손ᄋᆞ로ᄡᅧ 긔화(奇貨)를 삼아 연부인을 ᄇᆡᆨ단유셰(百端遊說)ᄒᆞ며 ᄌᆞ가(自家)의 젼젼과실(前前過失)을 쳔만샤례(千萬謝禮)ᄒᆞ여 ᄎᆞ후 다시 그ᄅᆞ미 업ᄉᆞ믈 쥬인광좌디듕(奏人廣座之中)의 대언듕ᄆᆡᆼ(大言重盟)ᄒᆞ고 부인의 ᄒᆡᆼ도(行途)를 ᄌᆡ촉ᄒᆞ여 혹ᄌᆞ(或者) 부인이 고집ᄒᆞ미 이실가 ᄉᆡᆨ어 56면
(色語)의 착급초조(着急焦燥)ᄒᆞ미 낫타나더니 연부인이 맛ᄎᆞᆷᄂᆡ 부도(婦道)를 졍슌(貞順)히 ᄒᆞ여 괴거(怪擧)ᄒᆞ미 업고ᄌᆞ ᄒᆞ므로 공의 그

ᄅᆞᆺ되미 남은 ᄯᅡ히 업고 젼젼무상블인(輾轉無狀不仁)ᄒᆞ믈 한심ᄎᆞ악(寒心嗟愕)ᄒᆞ던 ᄇᆡ나 ᄃᆡ(對)ᄒᆞᄆᆡᄂᆞᆫ 녀ᄌᆡ 교활ᄌᆞ듕(狡猾自重)ᄒᆞ여 댱부(丈夫)의 블길구구(不吉區區)ᄒᆞ믈 안연ᄂᆡᆼ쇼(晏然冷笑)ᄒᆞ며 양미(兩眉) 토긔(吐氣)ᄒᆞ여 가법(家法)의 ᄒᆡ이(解弛)ᄒᆞ믈 ᄭᆡ닷디 못ᄒᆞᄂᆞᆫ 뉴(類)ᄅᆞᆯ 도로혀 괴ᄒᆡ(怪駭)히 넉이ᄂᆞᆫ디라 어이 댱부로 ᄒᆞ여곰 ᄒᆡ거광담(駭擧狂談)을 낫타ᄂᆡ고 ᄌᆞ긔ᄅᆞᆯ 솔거(率去)케 ᄒᆞ리오마ᄂᆞᆫ 부인과 댱공이 모로ᄂᆞᆫ 듕의 연태우 등이 말을 디어 일장긔쇼(一場譏笑)의 말ᄂᆞᆯ 어더ᄂᆡᆫ 후 비로소 댱공으로 부인을 보게 ᄒᆞ여 허다 우은 셜홰(說話) 잇ᄂᆞᆫ디라. 연부인이 듕인(衆人)의 긔쇼(譏笑)ᄒᆞᆷ과 쳑동(尺童)의 희롱ᄒᆞ미 댱공 밧긔 나디 아니믈 보ᄃᆡ 희미ᄒᆞᆫ 우음과 ᄒᆞᆫ 조각 방ᄌᆞᄒᆞ미 잇디 아냐 담연(淡然)이 믁믁(默默)ᄒᆞ며 유연(幽然)이 공의 말을 조ᄎᆞ ᄒᆞᆫ가디로 샹경ᄒᆞᆯ 뜻을 빗쵤 ᄯᆞᄅᆞᆷ이오 침연(沈然)이 단좌(端坐)
57면 ᄒᆞ여 슉연(肅然)이 앏흘 보고 뇨연(寥然)이 정신을 가다ᄃᆞᆷ아 기리 댱공의 그ᄅᆞᆺ되믈 심니(心裏)의 개탄ᄒᆞᆯ디언졍 괴로온 긴 셜홰(說話) 업더니 공이 허언(虛言)을 ᄭᅮ며 녀ᄋᆞ(女兒)ᄅᆞᆯ 죽다 ᄒᆞᄆᆡ 다ᄃᆞ라ᄂᆞᆫ 더옥 ᄒᆡ연(駭然)ᄒᆞ믈 니긔디 못ᄒᆞ며 녀ᄋᆡ ᄉᆞ라 소부(蘇府)의 잇고 ᄌᆞ긔 됴왕모ᄅᆡ(朝往暮來)ᄒᆞ여 년디ᄋᆡ휼(憐之愛恤)ᄒᆞᄂᆞᆫ 바ᄅᆞᆯ 스ᄉᆞ로 모로ᄂᆞᆫ 쳬ᄒᆞ며 듕인(衆人)을 ᄯᆞ라 쇼텬(所天)[116]을 긔(欺)이미 블가(不可)ᄒᆞ믄 니ᄅᆞ도 말고 녀ᄋᆡ ᄉᆞ친영모(思親永慕)ᄒᆞᄆᆡ 병이 되여 장ᄎᆞ 위ᄐᆡᄒᆞ게 되여시므로 부녜(父女) 밧비 낫ᄎᆞ로 반기고ᄌᆞ ᄒᆞ여 젼후ᄉᆞ(前後

116 쇼텬(所天): 소천. 아내가 남편을 이르는 말.

事)롤 딕강 젼(傳)훈딕 댱공이 바야흐로 ᄌᆞ긔 허믈도 가리오며 녀ᄋᆞ의 졀힝(節行)도 유히(有害)ᄒᆞ미 업시 우연훈 일병(一病)으로 약녀(弱女)의 일명(一命)이 ᄭᅳᆺᄎᆞᆫ 빅라 ᄒᆞ여 부인을 속이다가 도로혀 부인의 무상(無狀)히 넉이믈 더으고 녀ᄋᆡ 완연보명(完然保命)ᄒᆞ여 소부의 이시믈 드ᄅᆞ미 텬셩(天性)의 친(親)으로ᄡᅧ 엇디 환심만열(歡甚萬悅)ᄒᆞ미 범연(泛然)ᄒᆞ리오마ᄂᆞᆫ 일단 인심(人心)의 슈치(羞恥)ᄒᆞ미 업디 아냐 이윽이 낫출 ᄡᆞ고 눈믈을 나리와 말이 업더니 날호여 구간(苟艱)이 두어 말을 ᄉᆞ며 녀ᄋᆞ(女兒)의 봉변(逢變)ᄒᆞ믈 달니 일ᄏᆞᄅᆞ니 연공 등은 소공의 말을 듯고 ᄆᆡ져(妹姐)의 니ᄅᆞ믈 조ᄎᆞ 붉히 아ᄂᆞᆫ 빅라 댱공의 브졀업시 긔(欺)이ᄂᆞᆫ 바롤 우으며 다만 부녜(父女) 상견(相見)ᄒᆞ믈 권훈딕 공이 즉시 소아(蘇衙)의 나아가 녀ᄋᆞ롤 볼ᄉᆡ 딘실노 ᄉᆞ지(死者) 브싱(復生)ᄒᆞ고 빅골이 싱육(生肉)ᄒᆞ여 황양(黃壤)으로조ᄎᆞ 도라온 비 아니믈 ᄭᆡ닷디 못훌 빅라. 셔로 딕(對)ᄒᆞ여 일장(一場)을 통곡ᄒᆞᄆᆡ 졍신을 슈습디 못ᄒᆞ니 소공이 나아 안ᄌᆞ 부녀의 슬허ᄒᆞ믈 위로ᄒᆞ며 다시 댱공의 젼ᄉᆞ(前事)롤 졀칙(切責)ᄒᆞ니 댱공이 계슈빅빅(稽首百拜)ᄒᆞ여 젼과(前過)롤 후회ᄒᆞ고 녀ᄋᆞ롤 ᄉᆞᆯ온 은덕을 샤례훈딕 소공이 그 칭은(稱恩)ᄒᆞ믈 더옥 깃거 아냐 잡담을 긋치라 ᄒᆞ며 날호여 셔ᄌᆡ(書齋)의 나와 죵용이 녀ᄋᆞ의 젼졍(前程)을 의논홀ᄉᆡ 졍닌광이 댱공의 쇼희(小姬) 되엿던 바롤 소공이 알오딕 굿ᄐᆞ여 댱공다려 니ᄅᆞ디 아니ᄒᆞ고 ᄯᅩ 월ᄋᆞ[117]롤 믈 가온딕 건디미 닌광의 구훈 바 58면

117 월ᄋᆞ: 월아. 장성완.

59면 ᄅᆞᆯ 니ᄅᆞ디 아냐 다만 ᄌᆞ긔 월ᄋᆞᄅᆞᆯ 위ᄒᆞ여 구약(舊約)을 여ᄎᆞ여ᄎᆞ 셩젼(成全)ᄒᆞᆫ 바ᄅᆞᆯ 니ᄅᆞᆫᄃᆡ 댱공이 비록 토목심장(土木心腸)이나 정문대은(程門大恩)을 졀졀(節節)이 져ᄇᆞ린 바ᄂᆞᆫ 니ᄅᆞ도 말고 정쳥계 아ᄃᆡᆨ ᄉᆡᆼ환(生還)ᄒᆞ믈 엇디 못ᄒᆞ여시며 운계ᄂᆞᆫ 비록 놉흔 션ᄇᆡ나 ᄌᆞ최ᄅᆞᆯ 산님의 ᄀᆞᆷ초와시니 졸연(猝然)이 경샤(京師) 번화ᄒᆞᆫ 곳의 나아올 바ᄅᆞᆯ ᄉᆡᆼ각디 못ᄒᆞᆯ디라 만일 쳥계의 무ᄉᆞ환귀(無事還歸)ᄒᆞ미 업ᄉᆞᆯ딘ᄃᆡ 정시제인(程氏諸人)은 초모(草茅)의 곤(困)ᄒᆞ리라 ᄒᆞ여 정가(程家)ᄅᆞᆯ 오히려 볼 거시 업시 넉이고 녀ᄋᆞ(女兒)ᄂᆞᆫ 쳐음의 아조 죽으니로 알 젹도 ᄎᆞᆷ으며 견ᄃᆡ여시니 이졔ᄂᆞᆫ 긔특이 산 얼골을 ᄃᆡᄒᆞ여 잔잉턴 형용이 완젼복상(完全復常)ᄒᆞ믈 보ᄆᆡ ᄉᆞ무여한(死無餘恨)이로ᄃᆡ 왕·범 냥ᄌᆞ(兩者)의 닷토던 거동과 놀납던 형상이 ᄉᆡᆼ각ᄒᆞᆯᄉᆞ록 ᄎᆞ악(嗟愕)ᄒᆞ미 녀ᄋᆞᄅᆞᆯ 다시 다려가 그ᄅᆞᆺ 또 변(變)을 만날딘ᄃᆡ 또 죽이든 못ᄒᆞ고 ᄉᆞ셰난안(事勢赧顏)ᄒᆞ믈 니긔디 못ᄒᆞᆯ ᄇᆡ라 ᄒᆞ여 임의 소공이 양녀(養女)로 뎡(定)ᄒᆞ며 그 셩혼취가(成婚娶嫁)ᄅᆞᆯ 다 소공이 근심ᄒᆞ

60면 여 스ᄉᆞ로 맛트미 되여시니 ᄌᆞ긔의게ᄂᆞᆫ 괴로온 근심이 업ᄉᆞᆯ더라. 술연이[118] ᄌᆞ긔의 ᄯᆞᆯ을 소공을 맛져 젼졍(前程)을 졔도코ᄌᆞ ᄒᆞᄆᆡ ᄌᆞ긔ᄂᆞᆫ 도로혀 모로ᄂᆞᆫ 가온ᄃᆡ ᄯᆞᆯ이 셩인(成姻)ᄒᆞ미 되고ᄌᆞ ᄒᆞ여 소공의 니ᄅᆞᄂᆞᆫ 말을 일일졈두(一一點頭)ᄒᆞ고 슌슌응ᄃᆡ(順順應對)ᄒᆞ니 원ᄂᆡ 소공은 ᄇᆞᆰ은 식견이 타인으로 더브러 만히 다ᄅᆞᆫ디라 당헌이 아ᄃᆡᆨ 정가(程家)ᄅᆞᆯ 대ᄉᆞ로이 넉이ᄂᆞᆫ ᄇᆡ 업ᄉᆞ나 날이 오ᄅᆡ디 아냐 정문(程門)의 ᄂᆞᆼ

118 술연이: 대번에 혹은 손쉽게, 수월하게.

경복녹(隆慶福祿)을 본ᄌᆞ 심혼(心魂)이 황홀ᄒᆞ여 념치인ᄉᆞ(廉恥人事)ᄅᆞᆯ 아오로 닛고 도로혀 텬연(天緣)이며 긔봉(奇逢)이믈 일ᄏᆞ라 녀ᄋᆞ(女兒)의 형용을 졍지 곳쳐 완젼복상(完全復常)케 ᄒᆞ고 녀ᄋᆞ의 닉ᄉᆞ(溺死)ᄒᆞ믈 졍ᄌᆡ(程子) 손으로 건디미 된 바ᄅᆞᆯ 일일셜파(一一說破)ᄒᆞ여 졍닌광의 고염(苦厭)ᄒᆞᄂᆞᆫ 뜻을 더을딘ᄃᆡ 하날 위엄이라도 졍ᄌᆞ의 고집을 도로혀디 못ᄒᆞᆯ디라 결단ᄒᆞ여 구약(舊約)을 일우디 못ᄒᆞ고 월ᄋᆞ쇼져로 ᄒᆞ여곰 공규(空閨)의 폐륜(廢倫)키ᄅᆞᆯ 면치 못ᄒᆞᆯ 거시므로 짐ᄌᆞᆺ 졍ᄌᆞ의 남화위녀(男化爲女)ᄒᆞ여 댱공의 쇼희(小姬)로 드러가 범ᄇᆡᆨ디ᄉᆞ(凡百之事)ᄅᆞᆯ 다 아ᄂᆞᆫ 바와 쇼졔(小姐) 강슈(江水)의 함닉(陷溺)ᄒᆞ여 죽으미 벅벅ᄒᆞ고[119] ᄉᆞᆯ미 만무(萬無)ᄒᆞᆫ 바ᄅᆞᆯ 닌광이 ᄒᆞᆫ번 건져 ᄉᆞᆯ오믈 함구블언(緘口不言)ᄒᆞ니 이러므로 쇼졔 디금(只今)의 아디 못ᄒᆞ고 다만 소공이 건져 구ᄒᆞ므로 젹실(適實)이 밋ᄂᆞᆫ디라 엇디 졍공ᄌᆡ 댱공의 허다과실(許多過失)과 가듕괴패디ᄉᆞ(家中怪悖之事)ᄅᆞᆯ 낫낫치 아라시믈 몽니(夢裏)의나 ᄉᆡᆼ각ᄒᆞ여시리오? 딘실노 소공의 너비 혜아림과 무궁히 ᄉᆡᆼ각ᄒᆞᆷ 곳 아니면 남녀냥인(男女兩人)의 뜻이 다 죽기ᄅᆞᆯ 그음ᄒᆞ여 가취(嫁娶)ᄅᆞᆯ 원치 아니리니 비록 냥가친당(兩家親堂)이 각각 ᄌᆞ녀(子女)ᄅᆞᆯ 개유(開諭)ᄒᆞ여 계칙(計策)ᄒᆞᆫ들 ᄒᆞ나흔 부슉(父叔)을 ᄒᆡ(害)ᄒᆞᄂᆞᆫ 원슈의 ᄌᆞ식으로 가실(家室)을 삼디 못ᄒᆞ리라 ᄒᆞ여 샤양ᄒᆞ고 ᄒᆞ나흔 부모의 과실을 븟그리며 누얼(陋孽)이 참참(慘慘)턴 바ᄅᆞᆯ 통한ᄒᆞ여 폐륜(廢倫)키ᄅᆞᆯ 결단ᄒᆞᆯ딘ᄃᆡ 일이 엇디 요란치 61면

119 벅벅ᄒᆞ고: 벅벅ᄒᆞ다. 틀림없다.

아니리오마는 소공이 발셔 이 곳튼 난안(赧顔)ᄒᆞ미 업과ᄌᆞ ᄒᆞ여 쳐음 브터 댱시로뻐 연시라 ᄒᆞ고 닌광의 건디미 텬연(天緣)으로 아라 약혼 62면 ᄒᆞ믈 경녕(丁寧)이 ᄒᆞ믄 초혼셩녜(初婚成禮)나 쥬편(主便)[120]이 ᄒᆞ고ᄌᆞ ᄒᆞ미라. 댱공이 어린 손ᄋᆞ(孫兒)를 다려 이에 온 셜화(說話)와 부인과 녀ᄋᆞ(女兒)를 보고 황홀난측(恍惚難測)ᄒᆞ여 허다 잡셜(雜說)이 브졀 여루(不絶如流)ᄒᆞ며 가쇼디ᄉᆞ(可笑之事)ᄂᆞᆫ《셩호연》의 ᄌᆞ셔ᄒᆞ므로 ᄎᆞ젼(此傳)의ᄂᆞᆫ 대강(大綱)을 긔록ᄒᆞ노라.

댱공이 이에 머믄 슌여(旬餘)의 쵹군태싊(蜀郡太守) ᄇᆡ현하례(拜見賀禮)ᄒᆞ여 녕윤(令允)의 고셩대명(高姓大名)이 방목(榜目)[121]의 ᄲᅥ혀시믈 고ᄒᆞ고 경사(京師) 소식을 일일히 젼ᄒᆞ며 됴보(朝報)[122]를 드려 국디 대경(國之大慶)을 밧비 관남(觀覽)ᄒᆞ라 ᄒᆞ니 이 다른 일이 아니라 졍 참졍 쳥계공과 됴상셔 후암공이 무ᄉᆞ환됴(無事還朝)ᄒᆞ여 옥졀(玉節)을 완젼ᄒᆞ며 방명(芳名)을 빗ᄂᆡ미 셩심(聖心)이 긔힝쾌열(奇幸快悅)ᄒᆞ샤 친히 궐문 밧긔 나 마ᄌᆞ시고 통우녜ᄃᆡ(寵遇禮待)ᄒᆞ샤 방가(邦家)의 대경(大慶)을 삼으시믈 대강 베퍼시며 경조윤 졍염이 샤은(謝恩)ᄒᆞ오미 인견사쥬(引見賜酒)ᄒᆞ시고 쏘 방목을 나호여 ᄉᆞᆯ피건ᄃᆡ 댱원(壯元)의 졍닌셩이오 뎨ᄉᆞ(第四)의ᄂᆞᆫ 졍닌흥이라 눈이 밤뵈며 졍신이 현난(眩亂)ᄒᆞ니 스ᄉᆞ로 아모라타 못 ᄒᆞᄂᆞᆫ 바의 듯ᄂᆞᆫ 말과 보ᄂᆞᆫ 일 63면 이 엇디 온젼ᄒᆞ리오? 귀로 태슈의 말을 듯고 눈으로 됴보(朝報)를 보

---

120 쥬편(主便): 주편. 자기에게 유리하도록 주장함.

121 방목(榜目): 과거에 급제한 사람의 성명을 적은 명부.

122 됴보(朝報): 조보. 조정의 소식을 알리는 관보.

며 다시곰 신딘셩명(新進姓名)을 ᄉᆞᆯ피ᄆᆡ 쳣머리의 '졍닌셩' 삼ᄌᆡ(三字) 놀납기 디극ᄒᆞ여 기하(基下)의 챵닌이 올나시ᄃᆡ 깃브고 즐거오믈 아디 못ᄒᆞ며 각각 부명(父名)을 뼈시ᄃᆡ 황겁(惶怯)ᄒᆞ여 보기를 그ᄅᆞᆺᄒᆞ여 뎨ᄉᆞ(第四)의 '졍닌흥' 셰 ᄌᆞ(字)를 다시 보ᄆᆡ 밋쳐 그 부명을 ᄌᆞ셰히 ᄉᆞᆯ피디 못ᄒᆞ고 의계의 댱ᄌᆡ(長子) 닌흥이런 바ᄂᆞᆫ 젼연이 ᄭᆡ닷디 못ᄒᆞ며 이 반ᄃᆞ시 졍운계의 ᄋᆞᄌᆞ(兒子) 닌광이 개명(改名)ᄒᆞ여 닌흥이로다 헤아리ᄆᆡ 졍문(程門)의 늉경영녹(隆慶榮祿)이 승어구일(勝於舊日)이라 믄득 황연져상(惶然沮喪)ᄒᆞ여 심붕담녈(心崩膽裂)ᄒᆞ니 안ᄉᆡᆨ이 딘토(塵土) ᄀᆞᆺ고 두 팔이 브드러워 떨니이ᄆᆡ 딘뎡(鎭靜)ᄒᆞ여 됴보방목(朝報榜目)을 ᄎᆡ 보디 못ᄒᆞ며 어린 ᄃᆞ시 노화바리고 터럭이 숫그러ᄒᆞ여[123] 니마의 일만(一萬) 시ᄅᆞᆷ이 ᄒᆡ음업시 모히며 닙시욹이 ᄌᆞ연 너흘녀 피 나기를 면치 못ᄒᆞ거ᄂᆞᆯ 속의ᄂᆞᆫ 만검(萬劒)이 구곡(九曲)을 촌졀(寸切)ᄒᆞ고 ᄇᆡᆨ인(百刃)이 가ᄉᆞᆷ의 결녀 일쳔(一千) ᄌᆡᆫ납이 어ᄌᆞ러이 쒸노니 도로혀 ᄒᆞᆫ낫 목우인(木偶人)[124]이 되여 닙을 봉(封)ᄒᆞᆫ ᄃᆞ 64면
시 말을 일우디 못ᄒᆞ더니 연공 등과 소공이 ᄒᆞᆫ가지로 안ᄌᆞ 졍공의 무ᄉᆞ환귀(無事還歸)ᄒᆞ믈 크게 환열(歡悅)ᄒᆞ며 창닌의 뇽방고등(龍榜高登)ᄒᆞ믈 깁히 환희ᄒᆞ여 댱상셔를 도라보아 일시의 칭하(稱賀)ᄒᆞᆯᄉᆡ 연어ᄉᆡ 댱공의 황황튝쳑(惶惶蹴踖)ᄒᆞ믈 딤작고 므러 ᄀᆞᆯ오ᄃᆡ

"졍가(程家)의 부귀영녹(富貴榮祿)이 젼ᄌᆞ(前者)의 셰 번 더을 쓴 아

123 숫그러ᄒᆞ여: 숫그러ᄒᆞ다. 곤두서다, 주뼛거리다.

124 목우인(木偶人): 나무로 만든 인형.

니라 졍운빅[125]의 벼술이 삼태(三台)의 거(居)ᄒᆞ여 기션(其先)[126]의 ᄌᆞ최를 니으니 혁혁ᄉᆞ윤(赫赫四輪)의 민구어쳠(民具爾瞻)[127]을 가히 볼디라. 텬하를 딘복(震服)ᄒᆞ며 거셰(擧世)를 님부ᄒᆞ여 이부(伊傅)[128] 쥬소(周召)[129]의 윤치(倫治)를 흡흡(洽洽)히 관망ᄒᆞ려니와 다만 텬관툥지(天官冢宰) 너모 강장(强壯)ᄒᆞ고 녈일(熱日)ᄒᆞ여 본ᄃᆡ 언논(言論)이 딕빅틔강(直白太剛)ᄒᆞ니 념졀(廉節)이 빅이(伯夷)[130] ᄀᆞᄐᆞ며 의렬(義烈)이 관공(關公)[131] ᄀᆞᄐᆞ여 뎡딕군ᄌᆞ(正直君子)의 뉴(類)ᄂᆞᆫ 혹 가히 ᄡᅳ이믈 어드려니와 쇽셰(俗世) 용용필부(庸庸匹夫)ᄂᆞᆫ ᄌᆞ최를 황예(荒裔)[132]의 ᄂᆡ쳐 미말쳔관(微末賤官)의도 참예치 못ᄒᆞ리니 우리 무리 ᄒᆞᆫ번 ᄡᅳ이믈 어들딘ᄃᆡ 영귀(榮貴)ᄒᆞ믈 만호후(萬戶侯)의 비(比)ᄒᆞ렷마

65면 ᄂᆞᆫ 미관말작(微官末爵)의도 나아가믄 엇디 못ᄒᆞ고 통운(痛隕)과 격언(激言)을 발(發)ᄒᆞ여 녯 긔습(氣習)[133]을 힝ᄒᆞᆫ족 됴졍(朝廷)의 블인ᄌᆞ

---

125 졍운빅: 정운백. 운백은 정잠의 자.

126 기션(其先): 기선. 조상을 가리킴.

127 혁혁ᄉᆞ윤(赫赫四輪)의 민구어쳠(民具爾瞻): "빛나고 빛나는 태사(太師) 윤씨여, 백성들이 모두 그대를 바라본다."라는 뜻으로, 《시경》〈소아(小雅)〉'절남산(節南山)'에 나오는 시구.

128 이부(伊傅): 이윤과 부열. 두 사람 모두 은나라의 재상으로, 이윤은 탕임금을 도와 은을 세웠고 부열은 고종의 정사를 도와 은의 중흥에 공을 세운 인물.

129 쥬소(周召): 주소. 주공(周公)과 소공(召公). 두 사람은 모두 주나라의 정치인으로, 어린 나이에 즉위한 성왕(成王)을 도와 주나라의 안정에 기여했음.

130 빅이(伯夷): 백이. 은나라 때의 현인. 동생 숙제와 함께 군주에 대한 충성을 끝까지 지킴. 주나라가 은나라를 멸하자 주나라의 곡식을 먹는 것이 부끄럽다며 수양산에 들어가 살면서 고사리를 캐 먹다가 죽었다고 함.

131 관공(關公): 관우. 삼국시대 촉한의 장수.

132 황예(荒裔): 멀리 떨어진 지방. 또는 먼 외국.

133 긔습(氣習): 기습. 어떤 개인이나 집단의 특징 또는 습관.

(不仁者)ᄂᆞᆫ 일시라도 머므ᄅᆞ디 아니리니 ᄯᅩ 가히 근심되디 아니랴? ᄒᆞ믈며 구ᄉᆡᆼ(舅甥)[134] 두 ᄉᆞᄅᆞᆷ이 다 만ᄉᆞ일ᄉᆡᆼ(萬死一生)ᄒᆞ여 ᄀᆡ특이 무ᄉᆞ환경(無事還京)ᄒᆞ믈 어더시니 비록 디극히 공번(公辨)된[135] ᄯᅳᆺ이 ᄋᆡᄌᆞ(睚眥)ᄅᆞᆯ 필보(必報)ᄒᆞ믈[136] 강협(剛狹)히 넉이나 일반(一飯)을 필상(必償)코ᄌᆞ[137] ᄆᆞᄋᆞᆷ은 업디 아닐디라. 졍가(程家)와 됴개 비우초황(悲憂焦惶)ᄒᆞᆯ 시졀의 위ᄒᆞ여 근심ᄒᆞ고 더브러 념녀ᄒᆞᆫ ᄌᆞ(者)ᄂᆞᆫ 이ᄯᆡ의 ᄒᆞᆫ번 고문(顧問)ᄒᆞ믈 바라도 죡히 쾌ᄒᆞᆫ 의ᄉᆡ 이시리로다."

연시듕이 쇼왈(笑曰)

"아이 엇디 졸연(猝然)이 녹녹ᄒᆞ며 비루ᄒᆞᆫ 말을 발ᄒᆞᄂᆞ뇨? 졍운ᄇᆡᆨ·됴ᄌᆞ의[138]ᄂᆞᆫ 하날 우ᄒᆡ 신션이오 아등(我等)은 ᄯᅡ 아ᄅᆡ 귓거ᄉᆞᆫ[139] 아니라 작ᄎᆞ(爵次)의 고ᄒᆡ(高下) 잠간 다ᄅᆞ나 그 므어시 ᄀᆡ특ᄒᆞ여 ᄐᆡᆨ인츌쳑(擇人黜陟)ᄒᆞᄂᆞᆫ 바의 ᄒᆞᆫ번 ᄡᅳ이기ᄅᆞᆯ 만호후(萬戶侯)의 비(比)ᄒᆞ리오? 연이나 이 좌듕(座中)의 간졀ᄒᆞ고 됴ᄌᆞ의 손의 ᄡᅳ일 ᄌᆞᄂᆞᆫ 후ᄇᆡᆨ이라. 구일(舊日) 골육디의(骨肉之義)ᄂᆞᆫ 니ᄅᆞ디 말고 운ᄇᆡᆨ으로 더브러
ᄉᆡ로이 인아(姻婭)[140]의 ᄃᆞᆺ터오미 이시며 창닌이 됴ᄌᆞ로 더브러 죵형뎨 66면

134 구ᄉᆡᆼ(舅甥): 구생. 장인과 사위를 아울러 이름.

135 공번(公辨)된: 공번되다. '공변되다'의 옛말. 일 처리가 공평하다.

136 ᄋᆡᄌᆞ(睚眥)ᄅᆞᆯ 필보(必報)ᄒᆞ믈: 범수가 눈을 흘기는 정도의 조그만 원한도 반드시 갚았던 것. 《사기》 〈범수채택열전(范睢蔡澤列傳)〉의 "눈을 흘기는 정도의 조그만 원한도 반드시 갚는다(睚眦之怨必報)."에서 온 것.

137 일반(一飯)을 필상(必償)코ᄌᆞ: 범수가 밥 한 끼 얻어먹은 작은 은혜도 갚았던 것. 《사기》 〈범수채택열전〉의 "밥 한 그릇의 은혜도 반드시 갚는다(一飯之德必償)."에서 온 것.

138 됴ᄌᆞ의: 조자의. 자의는 조세창의 자.

139 귓거ᄉᆞᆫ: 귓것. 귀신을 뜻함.

140 인아(姻婭): 사위의 아버지와 사위.

디의(從兄弟之義) 이시니 ᄌᆞ연이 안면을 도라보아 후ᄇᆡᆨ을 듕용(重用)ᄒᆞ미 이시리라."

연태위 머리ᄅᆞᆯ 흔드러 ᄀᆞᆯ오ᄃᆡ

"블가블가(不可不可)ᄒᆞ다. 졍운ᄇᆡᆨ과 됴ᄌᆞ의ᄂᆞᆫ 안면으로뻐 쳥쵹(請囑)의 암밀(暗密)ᄒᆞᆷ과 조뎨(朝制)의 인졍(人情)을 머므ᄅᆞ디 아니ᄒᆞ리니 져 사ᄅᆞᆷ들을 엇디 낫고 더러온 말노뻐 욕ᄒᆞ미 올흐리오? ᄂᆡ두(來頭)ᄅᆞᆯ 보면 알녀니와 디극히 ᄉᆞ랑ᄒᆞᄂᆞᆫ ᄌᆡ라도 그 허믈 되믈 ᄀᆞ리오디 아닐 거시오 이 심히 믜온 ᄌᆡ라도 그 션ᄒᆞᆫ 곳을 낫타ᄂᆡ리니 여등(汝等)이 군ᄌᆞ의 디공무ᄉᆞ(至公無私)ᄒᆞᆫ 뜻을 능히 아디 못ᄒᆞ리라."

졔연이 맛당ᄒᆞ믈 일ᄏᆞᆺᄂᆞᆫ 가온ᄃᆡ도 뎡공의 졍가(程家)ᄅᆞᆯ 져ᄇᆞ리미 남은 ᄯᅡ히 업ᄉᆞ믈 위ᄒᆞ여 ᄋᆡᄃᆞᆯ니 넉이ᄂᆞᆫ 빗치 이시니 뎡공이 오날ᄂᆞᆯ을 당ᄒᆞ여 일쳔(一千) 가디 뉘웃븜과 일만(一萬) 가지 ᄋᆡ달오미 좌우로 병츌(倂出)ᄒᆞ니 졔연의 문답이 모도 다 ᄌᆞ긔ᄅᆞᆯ 샹혈의 뉼(律)노 논죄(論罪)ᄒᆞᄂᆞᆫ ᄃᆞᆺ 심혼이 경악ᄒᆞ여 ᄒᆞᆫ가디로 담쇼(談笑)ᄒᆞᆯ 뜻이 업ᄉᆞ니
67면 계오 ᄋᆞᄌᆞ(兒子)의 농문디경(龍門之慶)으로뻐 ᄇᆡᆨ슈쳔녀(百愁千慮)ᄅᆞᆯ 위로ᄒᆞ여 듕인(衆人)의 하어(賀語)ᄅᆞᆯ 초초히 ᄃᆡ(對)ᄒᆞ나 면ᄉᆡᆨ(面色)의 황황여토(惶惶如土)ᄒᆞᆷ과 거동의 여상여실(如喪如失)ᄒᆞ믄 참변대화(慘變大禍)ᄅᆞᆯ 쳡봉독당(疊逢獨當)ᄒᆞᆫ ᄃᆞᆺ 의ᄉᆡ(意思) 초조망망(焦燥忙忙)ᄒᆞ여 아모라타 ᄒᆞᆯ 바ᄅᆞᆯ 아디 못ᄒᆞ니 쇽졀업시 앙두원쳥(仰頭願請)ᄒᆞ며 회슈좌우(回首左右)ᄒᆞ여 듕니(中裏)의 간졀이 앗기고 슬허ᄒᆞᄂᆞᆫ 밧ᄌᆞᄂᆞᆫ 챵닌이 일셰ᄅᆞᆯ 기우리ᄂᆞᆫ 문명ᄌᆡ화(文名才華)로뻐 놉히 농문(龍門)의 탁영(擢英)ᄒᆞᄆᆡ 쳥운ᄌᆞᄆᆡᆨ(青雲紫陌)의 영통(榮寵)을 계승ᄒᆞ여 부귀작녹(富貴爵祿)이 호호늉늉(浩浩隆隆)ᄒᆞᆯ ᄇᆡ어ᄂᆞᆯ ᄌᆞ

ᄀᆡ 일시 ᄉᆡᆼ각기ᄅᆞᆯ 그ᄅᆞᆺᄒᆞ며 ᄒᆡᆼ신쳐ᄉᆞ(行身處事)ᄅᆞᆯ 디극히 모략 잇게 ᄒᆞ노라 ᄒᆞᆫ 거시 도로혀 누누비비(陋陋鄙鄙)ᄒᆞ고 블의ᄇᆡ덕(不義背德)ᄒᆞ여 무신패ᄒᆡᆼ(無信悖行)이 쳔고의 ᄭᅮ디람을 면치 못ᄒᆞᆯ 바ᄅᆞᆯ ᄉᆡᆼ각ᄒᆞᄆᆡ 심담(心膽)이 셔늘ᄒᆞ며 당금(當今) 권문셰가(權門勢家)의 득죄(得罪)ᄒᆞ미 무궁ᄒᆞ니 ᄌᆞ긔 ᄒᆞᆫ갓 작딕(爵職)의 길히 막힐 쁜 아니라 ᄋᆞᄌᆡ(兒子) 아븨 허믈노ᄡᅧ ᄒᆡᆼ어셰닙어됴(行於世入於朝)ᄅᆞᆯ 능히 못 ᄒᆞ고 졍가당뉴(程家黨類)의 엄엄졀졀(嚴嚴切切)ᄒᆞᆫ 탄박(彈迫)을 만나 ᄇᆡᆨ셰젼졍(百歲前程)을 헛되이 맛ᄎᆞ미 벅벅ᄒᆞ리라 ᄒᆞ여 헤아리미 어ᄌᆞ 68면
러이 발(發)ᄒᆞ니 경ᄀᆡᆨ(頃刻)의 간담이 초삭(焦鑠)ᄒᆞ여 숨도 크게 쉬디 못ᄒᆞ더니 손ᄋᆞ(孫兒) 현윤이 연시 졔공ᄌᆞ(諸公子)로 더브러 외루(外樓)의 나와 조부(祖父) 슬하의 시좌(侍坐)ᄒᆞᄃᆡ 그 ᄒᆡᆼ보의 신긔ᄒᆞᆷ과 거동의 경슌(敬順)ᄒᆞ미 딘췌(盡瘁)ᄒᆞ여 치ᄌᆞ(稚子)의 미셩(未成)ᄒᆞᆷ과 쇽ᄋᆞ(俗兒)의 용(容)이 범범(凡凡)ᄒᆞ므로 ᄂᆡ도ᄒᆞ거ᄂᆞᆯ 녹미옥면(綠眉玉面)의 쥬슌(朱脣)이 반개(半開)ᄒᆞ며 빵봉냥안(雙鳳兩眼)의 영긔(英氣) 동인(動因)ᄒᆞ여 머리ᄅᆞᆯ 숙이고 손으로 됴보(朝報)와 방목(榜目)을 나오혀 나리 살필ᄉᆡ 그 부친이 뇽갑(龍甲)을 더위잡으며 외조뷔(外祖父) 무ᄉᆞ환경(無事還京)ᄒᆞ믈 능히 ᄭᆡ닷고 만심ᄒᆡᆼ희(滿心幸喜)ᄒᆞ여 화연(和然)이 우으며 조부긔 뭇ᄌᆞ와 ᄀᆞᆯ오ᄃᆡ

“야애(爺爺) 등졔(登第)ᄒᆞ심과 외조(外祖)의 환귀ᄒᆞ시미 가국(家國)의 다 ᄒᆞᆫ가지 경홰(慶華)라 환ᄒᆡᆼ만열(歡幸滿悅)ᄒᆞᄋᆞᆸ거ᄂᆞᆯ 이졔 왕부대인(王父大人)은 엇디 심홀경식(心忽梗塞)ᄒᆞ샤 셩의(聖意)ᄅᆞᆯ 경(靜)치 못ᄒᆞ시ᄂᆞ니잇가? ᄋᆞᄒᆡ 존안(尊顔)의 우ᄉᆡᆨ(憂色)을 앙쳠(仰瞻)ᄒᆞᄋᆞᆸ건ᄃᆡ 흥감(興減)ᄒᆞ믈 니긔디 못ᄒᆞ와 감히 곡딕(曲直)을 뭇ᄌᆞᆸᄂᆞ

69면 니 원컨ᄃᆡ 왕부(王父)ᄂᆞᆫ 붉히 교디(敎指)ᄒᆞ쇼셔."

셩음(聲音)이 쇄랑(灑朗)ᄒᆞ여 봉(鳳)이 오동샹(梧桐上)의셔 묽게 울고 학이 난가(鸞歌)ᄅᆞᆯ 화(和)ᄒᆞᄂᆞᆫ ᄃᆞᆺ 풍ᄎᆡᄂᆞᆫ 더옥 슈이(秀異)ᄒᆞ며 의화(儀華)ᄂᆞᆫ 볼ᄉᆞ록 동탕(動蕩)ᄒᆞ니 댱공의 블명취광(不明醉狂)ᄒᆞ미 초(初)의 이 손ᄋᆞ(孫兒)ᄅᆞᆯᄲᅧ 타인의 골육이라 ᄒᆞ여 정시(程氏)의 셔리 ᄀᆞᆺᄐᆞᆫ 절녈(節烈)을 참욕(慘辱)ᄒᆞ고 영영 의정(義情)을 슷쳐 ᄋᆞᄒᆡ 셰월노조ᄎᆞ 발췌긔이(拔萃奇異)ᄒᆞ여 조셩탁월(早成卓越)ᄒᆞ미 결비범골(決非凡骨)이믈 더옥 분한(憤恨)ᄒᆞ던 일이 오날ᄂᆞᆯ을 당ᄒᆞ여 겻ᄐᆡ셔 사ᄅᆞᆷ이 ᄌᆞ긔ᄅᆞᆯ 조건조건 슈죄(數罪)ᄒᆞ미 업시 ᄌᆞ연이 머리 숙어디며 담이 써러디니 ᄋᆞ손(兒孫)의 이갓치 므ᄅᆞ믈 보ᄃᆡ 니ᄅᆞᆯ 말이 업셔 다만 나호여 손을 ᄌᆞᆸ고 귀밋ᄎᆞᆯ 어로만져 웃ᄂᆞᆫ ᄃᆞᆺ 찡긔ᄂᆞᆫ ᄃᆞᆺ 두굿기미 젹은 거시 아니오 ᄉᆞ랑ᄒᆞ미 범연(泛然)ᄒᆞ미 아니로ᄃᆡ 태산(泰山)이 업누ᄅᆞᄂᆞᆫ ᄃᆞᆺᄒᆞᆫ 근심과 ᄇᆡᆨ인(百刃)이 뿌시ᄂᆞᆫ ᄃᆞᆺᄒᆞᆫ 두리오미 간위(肝胃) 끈흐며 ᄋᆡ ᄉᆞᆯ오므로 능히 됴흔 ᄉᆞᄉᆡᆨ(辭色)을 짓디 못ᄒᆞ니 연공
70면 등이 댱공의 이 갓ᄐᆞ믈 ᄃᆡᄒᆞ여 인간 징그러오미[141] 져 거동의 더으미 업ᄉᆞᆫ디라. 일신(一身)의 가려온 거ᄉᆞᆯ 소졔(掃除)ᄒᆞᄂᆞᆫ ᄃᆞᆺᄒᆞ더라.

(책임교주 탁원정)

141 징그러오미: 징그랍다. 재미있다.

완월회맹연

玩月會盟宴

권디삼십삼

卷之三十三

1면 어시(於是)의 연공 등이 댱공의 이 갓ᄐᆞ믈 ᄃᆡᄒᆞ여 인간 ᄌᆡᆼ그라오미 져 거동(擧動)의 더으미 업ᄉᆞᆫ디라. 일신(一身)의 가려온 거ᄉᆞᆯ 소졔(掃除)ᄒᆞᄂᆞᆫ ᄃᆞᆺ 면면이 우음을 먹음고 말노뼈 댱공의 ᄆᆞᄋᆞᆷ을 혹(或) 도도며 혹 늦추어 현윤을 쓰다둠아 ᄀᆞᆯ오ᄃᆡ

"너ᄂᆞᆫ 아ᄃᆡᆨ 인ᄉᆞ(人事)ᄅᆞᆯ 모로므로 네 외왕부(外王父)[1]의 ᄉᆡᆼ환(生還)ᄒᆞ시믈 즐기거니와 원간 네 외왕뷔 너의 한아비로 더브러 젹디 아닌 혐극(嫌隙)이 이시니 그 셰(勢) 과연 냥닙(兩立)디 못ᄒᆞᆯ디라. 당금(當今) 네 외조(外祖)의 권(權)이 산두(山頭)의 놉흐미 이시니 텬하ᄉᆡᆼ녕(天下生靈)의 ᄉᆡᆼ살(生殺)을 셕권(席捲)ᄒᆞᄂᆞᆫ 바로 여조(汝祖)의 일식(一息)을 ᄉᆞᆺᄎᆞ미 구구히 섭졍(聶政)[2]의 손삐와 형가(荊軻)[3]의 날ᄂᆡ믈 비디 아냐도 ᄒᆞᆫ 말ᄉᆞᆷ 허비ᄒᆞᄆᆡ 이시리니 그 도라오미 네 집의 크게 블ᄒᆡᆼᄒᆞᆫ디라. 너ᄂᆞᆫ 므어ᄉᆞᆯ 일ᄏᆞ라 가국(家國)의 경홰(慶華)라 ᄒᆞᄂᆞᆫ다?"

공ᄌᆡ 비록 쥰발총명(俊拔聰明)ᄒᆞ나 연공 등의 말이 희롱이믄 아디 못
2면 ᄒᆞ고 니아(李衙)의 이실 ᄊᆡ의 합문(閤門)이 댱공을 블인(不人)ᄋᆡᆺ 거시라 ᄒᆞ여 ᄉᆞ딧던 바ᄅᆞᆯ 드러시므로 조뷔(祖父) 과연 셰샹의 셔디 못 ᄒᆞᆯ 죄과(罪過)ᄅᆞᆯ 디엇ᄂᆞᆫ가 실연경황(失然驚惶)ᄒᆞ여 안ᄉᆡᆨ을 곳치며 연공 등을 향ᄒᆞ여 문왈(問曰)

---

1 외왕부(外王父): 외할아버지. 여기서는 정잠.

2 섭졍(聶政): 섭정. 전국시대 한나라의 자객. 자신을 알아준 엄중자의 원수를 갚기 위해 정승 협루를 죽인 뒤 누이에게 피해를 주지 않기 위해 자기 얼굴의 살갗을 벗기고 눈알을 뽑아낸 다음 배를 갈라 자살했음.

3 형가(荊軻): 전국시대 연(燕)나라의 자객. 태자 단(丹)의 부탁으로 진왕(秦王) 정(政)을 죽이려다가 실패해서 죽임을 당함.

"태야대인(太爺大人)이 외왕부(外王父)로 혐극(嫌隙)이 계시미 ᄉᆞᄉᆡ(私事)니잇가? 국ᄉᆡ(國事)니잇가?"

연공 등이 쇼왈(笑曰)

"ᄉᆞᄉᆡ나 국ᄉᆡ나 네 아라 브졀업ᄉᆞ니 일이 되여가믈 볼디라."

공ᄌᆡ 믄득 뎡ᄉᆡᆨ왈(正色曰)

"쇼손(小孫)이 유튱(幼沖)ᄒᆞ와 슈미곡딕(首尾曲直)을 아디 못ᄒᆞ옵거니와 우리 왕부(王父)와 외조(外祖) 혐극이 그ᄃᆡ도록 듕(重)ᄒᆞ여 셰(勢) 냥닙(兩立)디 못ᄒᆞ실 바의 잇셔도 당조 대인(大人)이 힘뼈 화호(和好)를 도모ᄒᆞ시고 왕부의 초우(焦憂)ᄒᆞ시믈 위로ᄒᆞ시미 쇽인디도(俗人之道)와 일가디졍(一家之情)이옵거ᄂᆞᆯ 엇던 연고로 사ᄅᆞᆷ의 ᄉᆞᄉᆡᆼ을 가져 가바야이 희롱ᄒᆞ샤 비쇼(誹笑)ᄒᆞ믈 심히 ᄒᆞ시며 곡딕(曲直)은 니ᄅᆞ디 아니ᄒᆞ시ᄂᆞ니잇가? 태야의 허믈이 ᄉᆞᄉᆞ의 간셥디 아니ᄒᆞ셔도 가친(家親)이 족히 명으로뼈 ᄃᆡᄒᆞ여 위티ᄒᆞ미 니ᄅᆞ디 아니시게 ᄒᆞᆯ 거시오 만일 ᄉᆞ실ᄃᆡᆫᄃᆡ 우리 모ᄌᆡ 죽기로뼈 외왕부의 ᄆᆞ옴을 도로혀 난안디단(赧顔之端)이 업게 ᄒᆞ리니 이 굿ᄐᆞ여 근심ᄒᆞᆯ ᄇᆡ 아니로소이다." 3면

셜파(說罷)의 늠연단좌(凜然端坐)ᄒᆞ니 긔상의 쥰격(峻激)ᄒᆞᆷ과 영위(英偉)ᄒᆞ미 은연이 댱한님 챵닌이 좌간(坐間)의 이시며 도도(滔滔)ᄒᆞᆫ 언에(言語) 늄니(倫理)의 합(合)ᄒᆞ고 싁싁ᄒᆞᆫ 졍신이 당당이 명ᄇᆡᆨᄒᆞ믄 졍참졍 쳥계공이 이에 님(臨)ᄒᆞᆫ ᄃᆞᆺᄒᆞ니 좌위(左右) 번연역ᄉᆡᆨ(幡然易色)ᄒᆞ고 악연(愕然)이 실찬왈(悉讚曰)[4]

4 실찬왈(悉讚曰): 칭찬하기를 마지않으며 말함.

“현ᄌᆡ(賢者)라. 태임(太姙)[5]이 문왕(文王)을 교이ᄉᆡᆼ셩(敎而生性)ᄒᆞ시고 태ᄉᆡ(太姒)[6] 역(亦) 태교어법태임(胎敎於法太姙)ᄒᆞ샤 시ᄉᆡᆼ냥셩(始生良性)ᄒᆞ시니 쥬종(周宗)이 챵셩(昌盛)ᄒᆞ미 계계승승(繼繼承承)ᄒᆞ여 팔ᄇᆡᆨ 년 긔업을 여러ᄂᆡ미 태강(太姜)으로브터 만히 삼모(三母)[7]의 덕셩을 비로ᄉᆞ니 원간 녀ᄌᆞ의 덕이 호호(浩浩)ᄒᆞ여 크면 능히 나라흘 흥(興)ᄒᆞ며 집을 챵(彰)ᄒᆞᄂᆞᆫ디라. 우리 ᄆᆡᄌᆞ(妹者)의 홍혜관쳘(弘惠觀徹)ᄒᆞ고 숙ᄒᆡᆼ셩심(淑行誠心)이 아니면 챵닌을 능히 탄ᄉᆡᆼ치 못ᄒᆞᆯ 거시오 뎡딜부의 초쥰탁아(超俊卓雅)ᄒᆞᆫ 효의덕셩(孝義德性)이 아니면 현윤을 두디 못ᄒᆞ리니 댱문(張門)의 늉경복녹(隆慶福祿)이 이에 더으

4면 미 업ᄉᆞᆫ디라. 댱후ᄇᆡᆨ이 공유(公劉)[8]의 유인(有仁)ᄒᆞ미 업시 우리 ᄆᆡᄌᆞ(妹者)의 유셩(有聖)ᄒᆞ믈 비필ᄒᆞ여 ᄇᆡᆨ승[9]을 ᄉᆡᆼ훈(生訓)ᄒᆞ며 뎡딜(程姪) ᄀᆞᆺᄐᆞᆫ 현부(賢婦)를 두어 윤ᄋᆞ ᄀᆞᆺᄐᆞᆫ 긔손(奇孫)을 나흐니 셩덕현명(盛德賢明)이 년년면면(連連綿綿)ᄒᆞ여 쥬덕(周德)의 챵셩ᄒᆞ믈 기필(期必)ᄒᆞ리니 후ᄇᆡᆨ의 영화복경(榮華福慶)은 ᄇᆡᆨᄃᆡ(百代)의 쇠(衰)치 아닐디라. 엇던 팔ᄌᆡ(八字) 이ᄃᆡ도록 무흠(無欠)ᄒᆞ뇨?”

공ᄌᆡ 연공 등의 말솜이 과(過)ᄒᆞ믈 깃거 아냐 기리 블감(不堪)ᄒᆞ믈 샤

---

5 태임(太姙): 주(周)나라 문왕(文王)의 어머니로, 태교를 잘한 것으로 알려짐.

6 태ᄉᆡ(太姒): 태사. 주(周)나라 무왕(武王)의 어머니로, 어질고 도리에 밝았으며 문덕(文德) 있는 여자라 하여 ‘문모(文母)’라고도 불렸음.

7 삼모(三母): 주(周)나라 왕실의 태강·태임·태사. 《열녀전》 등에서 여성의 모범이 되는 대표적 인물들로 여김.

8 공유(公劉): 고대 주(周)나라 왕조의 건설자라 이르는 후직의 증손. 선조 후직의 유업을 닦아 망해가던 주나라를 재건했으며 백성에 대한 풍화(風化)로 이름남.

9 ᄇᆡᆨ승: 백승. 장창린의 자.

(謝)ᄒᆞ고 낫빗ᄎᆞᆯ 디어 조부(祖父)의 황황민우(惶惶憫憂)ᄒᆞ믈 위로ᄒᆞ니 댱공이 ᄇᆡ야흐로 방촌(方寸)이 요요(搖搖)ᄒᆞ며 금강(金剛)이 초연(悄然)ᄒᆞ여 ᄌᆞ가(自家)의 ᄒᆡᆼ사(行事)ᄅᆞᆯ 뉘웃ᄂᆞᆫ 한이 튱만ᄒᆞ고 ᄋᆞᄌᆞ(兒子)의 젼졍(前程)을 근심ᄒᆞᄂᆞᆫ 념녜(念慮) 궁극(窮極)ᄒᆞ니 만ᄉᆡ(萬事) ᄎᆞ악(嗟愕)ᄒᆞ여 뎡히 소ᄅᆡᄒᆞ여 울고ᄌᆞ ᄒᆞᄃᆡ 방인(傍人)의 문견(聞見)을 위ᄒᆞ여 너모 괴이ᄒᆞ믈 피ᄒᆞᄆᆡ 쾌히 통곡디도 못ᄒᆞ나 실노 유ᄉᆞ디심(有死之心)ᄒᆞ고 무ᄉᆡᆼ디긔(無生之氣)ᄒᆞ여 조흔 모ᄎᆡᆨ(謨策)을 그ᄋᆞ지 못ᄒᆞ던 바의 손ᄋᆞ(孫兒)의 말을 드ᄅᆞᄆᆡ 일이 과연 그러ᄒᆞᆫ디라. ᄌᆞ긔 죄악이 국가의 간섭ᄒᆞ미 잇셔도 챵닌이 반ᄃᆞ시 아비로 ᄒᆞ여곰 ᄉᆞ디(死地)의 ᄉᆡᆼ디오든 아닐 ᄇᆡ어ᄂᆞᆯ ᄒᆞ믈며 터럭 ᄭᅳᆺ도 방실(邦室)[10]의 간섭ᄒᆞ미 잇디 아니ᄒᆞ고 젼후ᄉᆡ(前後事) 다 ᄉᆞᄉᆡ(私事)라 졍공이 비록 ᄌᆞ긔ᄅᆞᆯ 통ᄒᆡ(痛駭)히 넉이미 잇셔도 ᄯᆞᆯ과 ᄉᆞ회 안면을 거리셔 ᄋᆡᄌᆞ(睚眥)ᄅᆞᆯ 필보(必報)치 못ᄒᆞᆯ ᄃᆞᆺᄒᆞᄃᆡ 다만 졍시(程氏)의 ᄯᅳᆺ이 엇더ᄒᆞ믈 아디 못ᄒᆞᆯ디라. 만일 그 부형(父兄)을 ᄃᆡᄒᆞ여 젼젼변고풍상(輾轉變故風霜)을 일일고달(一一告達)ᄒᆞ며 셜한(雪恨) 쾌치(快治)ᄒᆞ믈 청ᄒᆞ미 이신즉 졍쳥계 비록 회홍대도(恢弘大道)ᄒᆞ여 공졍인셔(公正仁恕)ᄒᆞ믈 쥬(主)ᄒᆞ나 ᄉᆞ승디심(私勝之心)은 ᄌᆞ텬ᄌᆞ디셔인(自天子至庶人)ᄒᆞ여 인ᄉᆡ(人事) 유역(有易)이라 텬셩디ᄌᆞ(天性之慈)로뼈 만금교아(萬金嬌兒)의 화ᄋᆡᆨ고상(禍厄苦狀)을 ᄀᆞᆺ초 드ᄅᆞᄆᆡ ᄌᆞ연이 교아절치(咬牙切齒)ᄒᆞᄂᆞᆫ 분(憤)이 ᄌᆞ가(自家)의게 도라질디라. 그윽이

5면

10 방실(邦室): 국가와 왕실.

쟝닌을 고렴(顧念)ᄒᆞ여 ᄌᆞ긔(自己)로뼈 함디ᄀᆡᆼ참(陷地坑塹)을 못 ᄒᆞ나 졀졀(切切)이 분완(憤惋)ᄒᆞ믈 ᄎᆞᆷ고 ᄉᆞᄉᆞ(事事)의 통증(痛憎)ᄒᆞ믈 겸(兼)ᄒᆞ여 구일(舊日) 됴흔 안면이 밧괴이며 작딕(爵職)의 영화로온 길흘 끗쳐 ᄒᆞᆫ낫 기인(棄人)이 될가 초황착급(焦惶着急)ᄒᆞ미 더옥 간위(肝胃)ᄅᆞᆯ 회젼(回轉)ᄒᆞ니 ᄎᆞᆯ하리 낫ᄀᆞᆺ촐 ᄃᆞᆺ거이 ᄒᆞ고 담을 크게 ᄒᆞ
6면 여 ᄋᆞ부(兒婦)ᄅᆞᆯ 쳔셔만단(千緖萬端)으로 다ᄅᆡ며 졍공 면젼(面前)의 면젼의[11] 육단부형(肉袒負荊)ᄒᆞ여 허믈과 죄ᄅᆞᆯ 샤(赦)ᄒᆞ고 다시 녯날 골육 ᄀᆞᆺ던 졍의(情意)ᄅᆞᆯ 닛고 ᄉᆡ로 인호(姻好)의 ᄌᆞ별(自別)ᄒᆞᆫ 뜻을 펴미 ᄇᆡᆨ계쳔모(百計千謀)ᄒᆞᆫ 가온ᄃᆡ 샹ᄎᆡᆨ(上策)이라. 졸연(猝然)이 ᄂᆞᆯᄀᆡᄅᆞᆯ 붓쳐 잔도검각(棧道劍閣)을 쉽ᄉᆞ리 넘어 쥬야(晝夜)로 딜치(疾馳)ᄒᆞ여 경셩(京城)을 드ᄃᆡᆫᄌᆞᆨ 거의 졍문졔인(程門諸人)을 남의셔 몬져 만나 ᄇᆡᆨ단샤죄(百端赦罪)ᄒᆞ믈 마ᄋᆞᆷᄃᆡ로 ᄒᆞᆯ디라. 경ᄀᆡᆨ(頃刻)의 홍곡(鴻鵠)의 날개ᄅᆞᆯ 비지 못ᄒᆞ믈 한ᄒᆞ니 임의 신기ᄒᆞᆫ 긔모비계(奇謀秘計)ᄅᆞᆯ 획(劃)ᄒᆞᆷᄀᆞᆺ치 스ᄉᆞ로 득의ᄒᆞ믈 니긔디 못ᄒᆞ거ᄂᆞᆯ 쳔인(千人)이 말뉴(挽留)ᄒᆞ며 ᄇᆡᆨ인(百人)이 도로 잡아 안친들 엇디 드ᄅᆞᆯ 길히 잇ᄉᆞ리오? 환연(歡然)이 ᄇᆡᆨ우(百憂)ᄅᆞᆯ 프러 ᄇᆞ리고 쾌연(快然)이 슈미(愁尾)ᄅᆞᆯ 딘탕(盡蕩)ᄒᆞ여 비로소 깃븐 일을 당ᄒᆞᆫ 바ᄅᆞᆯ 낫타ᄂᆡ며 태슈ᄅᆞᆯ 샤례ᄒᆞ여 도라보ᄂᆡᆯᄉᆡ 이 쵹군(蜀郡) 태슈ᄂᆞᆫ 연공 등의 족패(族派)로 댱공의 위인을 아ᄂᆞᆫ디라 그 황망초조(慌忙焦燥)ᄒᆞ믈 보고 심하(心下)의 그윽이 실쇼(失笑)ᄒᆞ더라. 댱공이 계오 태슈의 도라가기ᄅᆞᆯ 기다려

11 면젼(面前)의 면젼의: '면젼의'가 중복 필사됨. 규장각본에는 '면젼의'로 되어 있음.

즉시 ᄂᆡ루(內樓)의 드러가 부인을 볼ᄉᆡ 언에(言語) 황당ᄒᆞ며 거디(擧 7면
止) 실조(失調)ᄒᆞ여 졍혼(精魂)을 낫낫치 ᄉᆞᆯ와 ᄇᆞ리고 다만 ᄋᆞᄌᆞ(兒
子)의 농문디경(龍門之慶)을 젼ᄒᆞ며 ᄌᆞ긔 이에셔 쟝닌의 영화ᄅᆞᆯ 즉시
보디 못ᄒᆞ니 심히 울울(鬱鬱)ᄒᆞᆫ디라. 명일(明日) 발마(發馬)ᄒᆞ여 샹
경코ᄌᆞ ᄒᆞ믈 의논ᄒᆞᆫᄃᆡ 부인이 엇디 공의 심폐(心肺)ᄅᆞᆯ ᄉᆞᄆᆞᆺ디 못ᄒᆞ리
오? 가디록 이 ᄀᆞᆺᄐᆞ믈 ᄒᆡ연망측(駭然罔測)ᄒᆞᄃᆡ 안식을 곳치디 아니
ᄒᆞ고 날호여 ᄀᆞᆯ오ᄃᆡ

“ᄋᆞᄌᆡ 농방승연(龍榜承榮)을 인ᄒᆞ여 부모ᄅᆞᆯ 보고ᄌᆞ ᄒᆞ미 더옥 시
ᄀᆡᆨ(時刻)이 급ᄒᆞ리니 반ᄃᆞ시 삼일유과(三日遊街)ᄅᆞᆯ 맛ᄎᆞ미 이에 나
려올디라. 상공이 마조 가디 아니시나 슈삼 일을 더 기다리면 ᄋᆞᄌᆡ 니
ᄅᆞ리니 그ᄣᆡ의 ᄒᆞᆫ가지로 샹경ᄒᆞ미 올치 아니리잇가?”

공이 부인의 니ᄅᆞ기 젼의 ᄋᆞᄌᆞ의 나려올 바ᄅᆞᆯ 몬져 디긔(知機)ᄒᆞᄃᆡ
졍가(程家)의 샤죄ᄒᆞ미 일ᄀᆡᆨ(一刻)이 밧븐디라. 발셔 샹경ᄒᆞᆯ 의ᄉᆡ 시
위 ᄶᅧ난 살 ᄀᆞᆺᄐᆞ나 오히려 금일(今日)을 ᄎᆞᆷᄂᆞᆫ 바ᄂᆞᆫ 부인을 위ᄒᆞ미러
니 부인 인이 ᄆᆞᆫ득 ᄋᆞᄌᆞ의 ᄒᆡᆼ도(行途)ᄅᆞᆯ 기다려 ᄒᆞᆫ가디로 가ᄌᆞ ᄒᆞ니
그 맛당ᄒᆞ믈 ᄯᅩᄒᆞᆫ 모로미 아니오 부인의 니ᄅᆞᄂᆞᆫ 바ᄅᆞᆯ 거ᄉᆞ리미 딘실 8면
노 졀박ᄒᆞ여 민면(憫愐)ᄒᆞ믈 마디 아니ᄒᆞ나 ᄌᆞ긔 졍가의 가 ᄲᅧᆯ니 샤
죄ᄒᆞ미 만니젼졍(萬里前程)을 도모ᄒᆞ여 함항(陷降)의 것구러진 바ᄅᆞᆯ
놉히 븟드러 쳥텬(靑天)의 비등(飛騰)ᄒᆞᆷ ᄀᆞᆺᄐᆞ량으로 아ᄂᆞᆫ디라. ᄆᆞᆫ득
화슌ᄒᆞᆫ 낫빗ᄎᆞᆯ 디어 우으며 ᄀᆞᆯ오ᄃᆡ

“현조(賢助)의 니ᄅᆞᄂᆞᆫ ᄇᆡ 우ᄉᆡᆼ(愚生)의 혜아림과 다ᄅᆞ미 아니로ᄃᆡ ᄉᆡᆼ
의 마음이 착급ᄒᆞ여 능히 ᄋᆞᄒᆡ 오기ᄅᆞᆯ 기다리디 못ᄒᆞᆯ ᄲᅮᆫ 아니라 졍운
빅이 호디노영(胡地虜營)으로조ᄎᆞ 무ᄉᆞ환됴(無事還朝)ᄒᆞ니 이ᄂᆞᆫ 딘

실노 ᄉᆞ쟈부싱(死者復生)ᄒᆞᄂᆞᆫ 신긔ᄒᆞ미라. 은가(恩家)의 ᄃᆡ경(大慶)을 범연(泛然)이 디ᄂᆡ쳐 드ᄅᆞ믄 인ᄉᆞ(人事)의 괴이ᄒᆞ고 디긔(知己)의 졍이 관포(管鮑)[12]의 디나며 셰한(歲寒)의 ᄉᆞ괴미[13] 교칠(膠漆)[14]의 둣터온 바로 일반 친븡(親朋)이 싱면(生面)으로쎠 금일디회(今日之會)를 펴미 당금(當今)의 희한ᄒᆞᆫ 일이라. 복(僕)의 뜻이 황황(遑遑)ᄒᆞ고 급급(急急)ᄒᆞ여 졍운빅을 반길 의ᄉᆡ 만ᄉᆞ(萬事)를 소졔(掃除)ᄒᆞᄂᆞᆫ디라. 부인은 쳥컨ᄃᆡ 다시 니ᄅᆞ디 말고 ᄋᆞᄌᆞ(兒子)의 오기를 기다려 복의 뒤흘[15] 샹경ᄒᆞ믈 늣추디 마ᄅᆞ쇼셔."

9면 셜파(說罷)의 현윤을 나호여 낫출 다히며 등을 두다려 만금귀듕(萬金貴重)이 비로소 조손(祖孫)의 졍을 다ᄒᆞ여 형모거동(形貌擧動)과 칠규만톄(七竅萬體)를 두로 일컷고 어ᄌᆞ러이 기리며 놉히 다혀 오문(吾門)을 챵대(昌大)홀 ᄌᆞᄂᆞᆫ ᄎᆞᄋᆞ(此兒)밧긔 나디 아니리라 ᄒᆞ고 아비의 탁이(卓異)홈과 어믜 특이ᄒᆞ믈 오로디 픔슈(稟受)ᄒᆞ니 비상특츌(非常特出)ᄒᆞ미 쳔고를 궁(窮)ᄒᆞ며 만셰를 통ᄒᆞ여 일등인믈(一等人物)이 되리라 ᄒᆞ고 엇게를 으ᄉᆞᆷ이며 안식을 디어 부인긔 아당(阿黨)ᄒᆞ고[16] 다시 현윤의게 쳠미(諂媚)ᄒᆞ여 타일(他日) 졍쳥계 윤ᄋᆞ의 말을

---

12 관포(管鮑): 관중과 포숙. 이들의 어떤 상황에서도 변치 않는 무조건적인 우정을 '관포지교(管鮑之交)'라고 함.

13 셰한(歲寒)의 ᄉᆞ괴미: 세한의 사귐. 변치 않는 사귐. 날씨가 추워진 뒤에야 소나무와 잣나무가 늦게 시드는 것을 알게 된다는 말에서 나옴.

14 교칠(膠漆): 교칠지교(膠漆之交). 아교풀로 붙이고 그 위에 옻칠을 하면 떨어지거나 벗겨지지 않는 것처럼, 서로 떨어지지 않고 마음이 변하지 않는 우정을 이르는 말.

15 뒤흘: 규장각본에는 '뒤흐로'로 되어 있음.

16 아당(阿黨)ᄒᆞ고: 아당하다. 아첨하다.

드러도 ᄌᆞ긔손ᄋᆞ(自己孫兒)가지ᄂᆞᆫ 디극히 ᄉᆞ랑ᄒᆞ던 바ᄅᆞᆯ 알미 되과
져 ᄒᆞ니 원ᄂᆡ 공이 오히려 쉼 ᄀᆞ온ᄃᆡ 잇셔 졍쇼져의 효졀덕ᄒᆡᆼ(孝節德
行)이 인뉴(人類)의 특이ᄒᆞ믈 아디 못ᄒᆞ고 현윤의 비상ᄒᆞ믈 보ᄃᆡ 그
진짓 ᄌᆞ긔의 손ᄋᆡ(孫兒)믈 ᄭᆡ닷디 못ᄒᆞ여 ᄆᆡ양 간부(姦婦)의 더래온
ᄲᅵᄅᆞᆯ 깃쳐 ᄌᆞ긔의 손ᄋᆡ라 ᄒᆞᄂᆞᆫ가 일단 츄(醜)히 넉이미 업디 아니ᄒᆞ
ᄆᆡ 흡연ᄒᆞᆫ ᄉᆞ랑을 두디 아니ᄒᆞ며 ᄯᅩ 이에 다려온 ᄯᅳᆺ은 부인의 온심(慍
心)을 프러 손ᄋᆞ(孫兒)로ᄡᅧ 화호(和好)ᄅᆞᆯ 삼고ᄌᆞ ᄒᆞᆯ디언졍 텬뉸(天 10면
倫)이 ᄎᆡ 통(通)치 못ᄒᆞ여 딘졍으로 귀듕ᄒᆞ믄 업더니 오날ᄂᆞᆯ 졸연(猝
然)이 황혹ᄌᆞᄋᆡ(惶惑慈愛)ᄒᆞ믄 그 표문(表門) 셰력이 당당ᄒᆞ믈 긔탄
경디(忌憚驚之)ᄒᆞ여 ᄌᆞ긔 인ᄌᆞᄒᆞ고 관후(寬厚)ᄒᆞ여 ᄒᆞᆫ 조각 블인(不
仁)의 거죄 업ᄉᆞᆫ 바로 ᄌᆞ손을 ᄉᆞ랑키의 다ᄃᆞ라ᄂᆞᆫ 타인의 만히 디난 바
ᄅᆞᆯ 졍시제인(程氏諸人)이 닉이 듯과져 ᄒᆞ며 ᄲᆞᆯ니 경도(京都)의 가 졍
시ᄅᆞᆯ 보고 젼ᄉᆞ(前事)ᄅᆞᆯ 츄회(追悔)ᄒᆞᄂᆞᆫ 바ᄅᆞᆯ 닐너 금셕이 녹을 ᄃᆞ시
다ᄅᆡ며 셜ᄉᆞ 졍시 측텬(則天)[17]의 궁흉교악(窮凶狡惡)ᄒᆞ믈 겸(兼)ᄒᆞ
여실디라도 그 부형(父兄)이 ᄌᆡ렬(宰列)의 디위로 슝망(崇望)이 늉듕
(隆重)ᄒᆞ니 그 ᄯᆞᆯ을 간ᄃᆡ로 죄루(罪累)의 잠가 두디 못ᄒᆞᆯ 거시오 현윤
이 블ᄒᆡᆼᄒᆞ여 댱가 골육이 아니라도 졍공 ᄉᆡᆼ젼의ᄂᆞᆫ 감히 낫타ᄂᆡ디 못
ᄒᆞ량으로 결단ᄒᆞ여 위권(威權)을 두리고 작녹(爵祿)을 도모코ᄌᆞ ᄒᆞᄂᆞᆫ
ᄯᅳᆺ이 돌갓치 뭉쳐시니 연부인이 ᄋᆞᄌᆞ(兒子)의 쳥운고등(靑雲高騰)을
ᄒᆡᆼ심(幸甚)ᄒᆞ며 졍공의 무ᄉᆞ환귀(無事還歸)ᄒᆞ믈 ᄎᆞ열(且悅)ᄒᆞ미 범 11면

17 측텬(則天): 측천. 당나라의 여성 황제 측천무후.

연(泛然)ᄒᆞᆫ ᄇᆡ 아니로ᄃᆡ 공의 측냥업산 인믈을 ᄃᆡᄒᆞ여 ᄉᆡ로이 심긔(心氣) 요요(擾擾)ᄒᆞ니 간(諫)ᄒᆞ여 쳥납(聽納)ᄒᆞ믈 엇디 못ᄒᆞᆯ디라. 기리 개탄(慨嘆)ᄒᆞ고 한창(恨愴)ᄒᆞ여 츄연(惆然)이 조흔 빗치 업ᄉᆞᆫ디라. 스ᄉᆞ로 명도(命途)를 슬허ᄒᆞᆯ디언졍 다시 말이 업ᄉᆞ니 공의 착급초우(着急焦憂)ᄒᆞᆫ 심ᄉᆡ 구원션친(九原先親)의 말뉴(挽留)ᄒᆞ미 이셔도 능히 긋치디 못ᄒᆞᆯ디라. 부인의 더옥 말니미 업ᄉᆞ믈 환희용약(歡喜踊躍)ᄒᆞ여 잠간 소부(蘇府)의 나아가 녀ᄋᆞ(女兒)를 보고 명일(明日) 니발(離發)ᄒᆞᆯ 바 니ᄅᆞ며 소공을 향ᄒᆞ여 연부의셔 샹경ᄒᆞᄂᆞᆫ 바의 ᄒᆞᆫ가디로 올나올 바를 쳥ᄒᆞᆫᄃᆡ 소공이 답왈(答曰)

"현뎨(賢弟) 니ᄅᆞ디 아니ᄒᆞ나 ᄌᆞ셔(子婿)와 손ᄋᆡ(孫兒) 텬문(天門)의 은샤(恩賜)를 닙어 고토(故土)의 환쇄(還刷)ᄒᆞ고 다시 됴항(朝行)의 튱슈(充數)ᄒᆞᄆᆡ ᄌᆞ연이 셔텬(西天) 험노(險路)를 ᄌᆞ로 말ᄆᆡ암디 못ᄒᆞ리니 부ᄌᆞ디졍(父子之情)이 구별디여(久別之餘)의 단취(團聚)를 ᄆᆞ음ᄃᆡ로 못 ᄒᆞ미 심히 결연(缺然)ᄒᆞᆫ디라. 브득이 슬튝(膝蹴)ᄒᆞ여 난
12면 하(欄下)의 나아가리니 그 ᄉᆞ이 블과 슌망(旬望)이 션후(先後) 될디라. 현뎨(賢弟)ᄂᆞᆫ 몬져 힝ᄒᆞ려니와 녀ᄋᆞ(女兒)의 셩혼디ᄉᆞ(成婚之事)ᄂᆞᆫ 우형(愚兄)의 쳐변(處變)을 기다리고 몬져 발구(發口)치 말나."

댱공이 슌슌응ᄃᆡ(順順應對)ᄒᆞ나 금ᄌᆞ(今者)의 졍문셰권(程勢門權)이 젼일(前日)과 ᄂᆡ도ᄒᆞ며 닌흥을 분명이 졍쳐ᄉᆞ 운계의 ᄎᆞᄌᆞ(次子) 닌광이 개명(改名)ᄒᆞ므로 아라 셔랑ᄌᆡ목(婿郞材木)이 발셔 쳥운과갑(靑雲科甲)의 문명(文名)이 혁연(赫然)ᄒᆞ고 농방승연(龍榜承榮)의 ᄌᆡ풍(才風)이 탁이(卓異)ᄒᆞ믈 혜아리ᄆᆡ 상딘(喪盡)ᄒᆞᆫ 념치(廉恥)와 무한ᄒᆞᆫ 탐욕이 희환긔황(喜歡奇恍)ᄒᆞ믈 니긔디 못ᄒᆞ니 ᄯᆞᆯ을 공연이

소공의게 도라보ᄂᆡ여 그 갓ᄐᆞᆫ ᄉᆞ회ᄅᆞᆯ 어드미 다소 공의 디휘(指揮)
간의 이실 바ᄅᆞᆯ 도로혀 한챵ᄒᆞ미 업디 아니ᄒᆞ니 졍가형셰(程形家勢)
쇠폐(衰廢)ᄒᆞᆫ ᄢᅵ의ᄂᆞᆫ 굿ᄐᆞ여 이 뜻이 나디 아냐 녀ᄋᆞᄅᆞᆯ ᄒᆞᆫ갓 ᄇᆞ린 ᄌᆞ
식으로 칙워 소공이 그 일ᄉᆡᆼ젼졍(一生前程)을 졔도(濟度)ᄒᆞᄂᆞᆫ ᄃᆡ로
보고 ᄌᆞ긔ᄂᆞᆫ 아ᄅᆞᆫ 쳬ᄅᆞᆯ 말고ᄌᆞ ᄒᆞ엿더니 당금(當今)ᄒᆞ여ᄂᆞᆫ 뜻이 변
ᄒᆞ며 ᄆᆞ음이 밧괴여 ᄌᆞ긔 브ᄃᆡ 졍쳥계 곤계(昆季)ᄅᆞᆯ 몬져 보고 구약 13면
(舊約)을 셩젼(成全)키로 쳥ᄒᆞ여 소공의 쥬장(主掌)ᄒᆞ미 업고ᄌᆞ ᄒᆞ
ᄃᆡ 소공을 본ᄃᆡ 긔탄(忌憚)ᄒᆞ므로 그 니ᄅᆞᄂᆞᆫ 말을 능히 거영(拒令)치
못ᄒᆞ더라. 명일됴신(明日早晨)의 댱공이 악모(岳母)긔 고별ᄒᆞᆫ 후 부
인을 ᄃᆡᄒᆞ여 ᄋᆞᄌᆞ(兒子)ᄅᆞᆯ 기다려 샹경ᄒᆞ믈 다시곰 당부ᄒᆞᄆᆡ 현윤을
어로만져

“그 ᄉᆞ이 됴히 잇다가 조모(祖母)와 아비로 더브러 올나오라.”

ᄒᆞ고 연공 등으로 면면작별(面面作別)ᄒᆞᄆᆡ 위의(威儀)ᄅᆞᆯ 다 ᄯᅥᆯ친 후
근신(謹愼)ᄒᆞᆫ 창두(蒼頭) 슈인(數人)을 다리고 쳔니구(千里駒)ᄅᆞᆯ ᄎᆡ
쳐 표연(飄然)이 길ᄒᆡ 오로ᄆᆡ 거롬이 ᄲᆞᄅᆞ믈 조ᄎᆞ 그림ᄌᆡ 훌훌(欻欻)
ᄒᆞ니 어이 일ᄒᆡᆼ쳔니(日行千里)ᄅᆞᆯ 못 ᄒᆞᆯ가 근심ᄒᆞ리오마ᄂᆞᆫ ᄒᆡᆼ혀 길ᄒᆡ
셔 ᄋᆞᄌᆞ(兒子)ᄅᆞᆯ 만ᄂᆞ 몬져 샹경ᄒᆞ미 가(可)치 아니믈 닷톨가 민망ᄒᆞ
여 짐즛 일쳑소션(一隻小船)을 어더 ᄐᆞ고 슈로(水路)로 ᄒᆡᆼᄒᆞ니라.

ᄎᆞ시(此時) 댱한님 챵닌이 춍신영명(聰神英明)ᄒᆞᆫ ᄆᆞ음의 그 부친의
인믈이 혹ᄌᆞ(或者) 이런 일이 이실가 념녀ᄒᆞ여 ᄌᆞ긔 등과디경(登科之
慶)과 졍참졍의 무ᄉᆞ환됴(無事還朝)ᄒᆞ믈 몬져 고(告)치 아니ᄒᆞ고 유 14면
과(遊街) 후의 바로 쵹ᄒᆡᆼ(蜀行)을 말ᄆᆡ암아 부모ᄅᆞᆯ 봉시(奉侍)ᄒᆞ며
ᄒᆞᆫ가디로 회환(回還)ᄒᆞᆯ가 계교ᄒᆞ미어ᄂᆞᆯ 쵹군(蜀郡) 태슈 희보(喜報)

ᄅᆞᆯ 젼ᄒᆞᆫ 연고로 댱공이 황황급급(遑遑急急)히 니발승도(離發乘道)ᄒᆞ
여 ᄋᆞᄌᆞ(兒子)의 계디쳥삼(桂枝靑衫)으로 슬하의 봉ᄇᆡ(奉排)ᄒᆞ믈 죵
용이 안ᄌᆞ 보디 못ᄒᆞ니 엇디 우읍디 아니리오? 한님이 노샹(路上)의
셔 젼혀 무심ᄒᆞ고 ᄒᆞᆫ갓 셔쳔(西天)의 니룸만 착급요망(齪急要望)ᄒᆞ
여 임의 공이 발마(發馬)ᄒᆞᆫ ᄉᆞ오 일의 한님이 허다위의(許多威儀)로
연부의 다ᄃᆞ라 몬져 부친긔 ᄇᆡ알(拜謁)ᄒᆞᆯ가 ᄇᆞ란 거시 ᄆᆞᆯ을 ᄂᆞ리며
드ᄅᆞᄆᆡ 부친이 발셔 샹경ᄒᆞ다 ᄒᆞᄂᆞᆫ디라. 효ᄌᆞ의 ᄉᆞ친(思親)ᄒᆞ던 회포
로ᄡᅧ 악연결울(愕然結鬱)ᄒᆞ믈 니긔디 못ᄒᆞ나[18] 즉시 ᄯᆞ라 밋ᄎᆞᆯ 길 업
고 외왕모(外王母)와 모친의 기다리시믈 ᄉᆡᆼ각ᄒᆞᄆᆡ 급급히 ᄯᅥᆯ쳐 도라
감도 인ᄌᆞ디되(人子之道) 아니라 드ᄃᆡ여 표슉(表叔) 등을 ᄇᆡ견(拜見)
ᄒᆞᆫ 후 ᄒᆞᆷ긔 ᄂᆡ루(內樓)의 드러가 왕모(王母)와 ᄌᆞ뎐(慈殿)의 녜알(禮
謁)ᄒᆞ며 슉모와 졔슈(弟嫂)·ᄆᆡ뎨(妹弟)로 셔로 볼ᄉᆡ 츄텬(秋天)의 양
15면 일(陽日) ᄀᆞᆺᄐᆞᆫ 긔상과 츄월(秋月)이 조등(早登)ᄒᆞᆫ 풍ᄎᆡ로 옥 갓ᄐᆞᆫ 빈
하(鬢下)의 ᄇᆡᆨ운(白雲)이 니렷ᄂᆞᆫᄃᆡ 문댱(文章)을 탁영(擢英)ᄒᆞᄂᆞᆫ 어
ᄉᆞ화(御史花)ᄂᆞᆫ 녹운(綠雲)을 향ᄒᆞᆫ 귀밋ᄐᆡ 어ᄅᆞ기고 비단 관ᄃᆡ(冠帶)
ᄂᆞᆫ ᄉᆡ로 농각(龍閣)을 밧든 영화(榮華)ᄅᆞᆯ 표(表)ᄒᆞ여 일희 허리[19]의 황
금을 횡ᄃᆡ(橫帶)ᄒᆞᄆᆡ 귀인의 톄(體)ᄅᆞᆯ 다ᄒᆞ여시니 금년(今年) 이십
(二十)의 언건댱웅(偃蹇壯雄)ᄒᆞᆫ 신위(身威) 농닌(龍麟)의 ᄌᆞ픔(資稟)
이오 태산(泰山)의 암암(巖巖)ᄒᆞ미라 엇디 ᄒᆞᆫ갓 약소년(弱少年)의 화
디(花枝) 용뉴디풍(庸陋之風)의 녹녹(碌碌)ᄒᆞᆫ ᄌᆡ화긔딜(才華氣質)노

18 니긔디 못ᄒᆞ나: 규장각본에는 '마지 아니ᄒᆞᄂᆞ'로 되어 있음.
19 일희 허리: 이리 허리. 남자의 유연한 허리를 비유하는 말.

비겨 의논ᄒᆞ리오? 연시 졔싱(諸生)이 ᄀᆡᄀᆡ(箇箇)히 학문·도덕으로 탁쇄비쇽(卓灑非俗)ᄒᆞ여 풍용긔딜(風容氣質)이 인인(人人)의 칭도(稱道)ᄒᆞᄂᆞᆫ ᄇᆡ로ᄃᆡ 한님이 좌간(坐間)의 니ᄅᆞᄆᆡ 졍히 태양이 승됴(勝朝)ᄒᆞ니 팔황(八荒)[20]이 광화(光華)ᄒᆞ고 명월이 승텬(昇天)ᄒᆞ니 일만셩신(一萬星辰)이 쇠잔ᄒᆞᆫ ᄃᆞᆺ 우마(牛馬)의 긔린(麒麟)이 셧기며 구톄(狗彘)의 교룡(蛟龍)이 겻디은 ᄃᆞᆺ 연싱 등이 미려(美麗)치 아니미 아니로ᄃᆡ 그 텬디의 비홀 덕딜(德質)은 뉘 능히 ᄯᅡ로리오? 모든 사ᄅᆞᆷ이 복복칭션(僕僕稱善)ᄒᆞ고 흘흘경찬(忔忔慶讚)ᄒᆞ여 져마다 타비능경(唾鄙凌輕)ᄒᆞᄂᆞᆫ 당상셔의 ᄋᆞᄌᆡ(兒子)를 ᄭᆡ닷디 못ᄒᆞ며 놉히 우럴미 븍신(北辰)이 거기소(居其所)의 듕셩(衆星)이 공디ᄃᆡ(拱之待)ᄒᆞᆷ[21] ᄀᆞᆺᄐᆞ 16면 니 ᄌᆞ모(慈母)의 디졍(至情)이 슈삼(數三) ᄌᆡ(載)ᄅᆞᆯ 니문(里門)의 비겨 ᄉᆞ모ᄒᆞᄂᆞᆫ 회픠 몽혼(夢魂)이 젼도(轉倒)ᄒᆞ던 바로 농방승연(龍榜承榮)을 인ᄒᆞ여 계디쳥삼(桂枝靑衫)으로 슬하의 졀ᄒᆞ기ᄅᆞᆯ 당ᄒᆞᄆᆡ 그 용의신풍(容儀身風)이 젼ᄌᆞ(前者)의 승비(乘倍)ᄒᆞ니 어심(於心)의 두굿겁고 듕니(中裏)의 아ᄅᆞᆷ다오믈 엇디 ᄲᅧ 비홀 곳이 이시리오? 근일(近日)의 댱공의 ᄒᆡ괴츄비(駭怪醜鄙)ᄒᆞᆫ 인믈을 ᄃᆡᄒᆞ여 비위ᄅᆞᆯ 상ᄒᆡ오며 명도(命途)ᄅᆞᆯ ᄉᆡ로이 ᄌᆞᄎᆞ(咨嗟)ᄒᆞ여 그 도라간 지 ᄉᆞ오 일의 니ᄅᆞᄃᆡ 슉식이 안온치 못ᄒᆞ여 ᄒᆡᆼ신쳐ᄉᆡ(行身處事) 그ᄃᆡ도록 무상(無狀)ᄒᆞ고 츄셰비루(趨勢鄙陋)ᄒᆞ믈 위ᄒᆞ여 개탄ᄒᆞ며 ᄀᆞ마니 슬허ᄒᆞ던

---

20 팔황(八荒): 팔방. 온 세상.

21 븍신(北辰)이 거기소(居其所)의 듕셩(衆星)이 공디ᄃᆡ(拱之待)ᄒᆞᆷ: 《논어》 〈위정〉의 "북극성이 제자리에 있으면 뭇별들이 그에게로 향한다(北辰居其所 而衆星拱之)."라는 말에서 온 것.

바로 ᄋᆞᄌᆞ(兒子)를 보ᄆᆡ 흡연(洽然)이 만심쾌열(滿心快悅)ᄒᆞ여 ᄇᆡᆨ우(百憂)를 소셕(消釋)ᄒᆞ고 만녀(萬慮)를 딘탕(盡蕩)ᄒᆞ여 팔ᄌᆞ아황(八字蛾黃)의 녕농ᄒᆞᆫ 희긔(喜氣)를 ᄯᅴ이며 쥬슌옥협(朱脣玉頰)의 찬연이 웃ᄂᆞᆫ 빗츨 동ᄒᆞ여 밧비 손을 ᄌᆞᆸ고 등을 어로만져 ᄌᆞᄋᆡ(慈愛)의 간졀ᄒᆞᆯ ᄡᅳᆫ 아니라 스ᄉᆞ로 부명(父名)의 미들 거시 업시 오딕 ᄋᆞᄌᆞ로ᄡᅧ
17면 교악(嶠嶽)의 구듬과 댱셩(長城)의 밋브믈 겸ᄒᆞ니 긔ᄌᆞ(其子)의 타별(他別)ᄒᆞ미 텬뉸(天倫) 밧긔 더온디라. 한님이 ᄯᅩᄒᆞᆫ 강ᄉᆡᆼ(降生)ᄒᆞ미 반년이 넘디 못ᄒᆞ여 텬뉸을 실ᄒᆡ(失解)ᄒᆞ니 비록 양부모(養父母)의 년무(憐撫)ᄒᆞᄂᆞᆫ ᄌᆞᄋᆡ(慈愛)를 바드미 늉산활ᄒᆡ(隆山闊海)ᄒᆞ나 십삼년을 타문(他門)의 댱어(長於)ᄒᆞ여 친부모의 슬하를 아디 못ᄒᆞ미 디통(至痛)이어ᄂᆞᆯ 계오 텬뉸을 단원(團圓)ᄒᆞ여 소ᄉᆡᆼ지디(所生之地)와 셩시근파(姓氏根派)를 알오미 이시나 ᄉᆡᆼ부(生父)의 과실이 다다(多多)ᄒᆞ고 ᄉᆡᆼ모(生母)의 신셰 쳐초(凄楚)ᄒᆞᆫᄃᆡ 가변(家變)이 일일층츌(日日層出)ᄒᆞ여 무비괴ᄒᆡ망측디ᄉᆞ(無非怪駭罔測之事)니 관통(貫通)ᄒᆞᆫ 디량(志量)의도 우우초박(憂憂焦迫)ᄒᆞ미 심샹(心上)의 은결(隱結)ᄒᆞᆫ 병이 되여 ᄉᆞ실(私室)의 좌위(左右) 고요ᄒᆞᆫ ᄣᆡ를 당ᄒᆞᆫ즉 돈연이 문을 밀치며 흘흘방황(忽忽彷徨)ᄒᆞ여 거의 위광상셩(爲狂喪性)ᄒᆞᆯ ᄃᆞᆺᄒᆞ여 임의 음식의 맛슬 모로고 벼개의 잠을 편히 못 ᄒᆞ연 디 칠팔 ᄌᆡ(載) 츈츄(春秋)라. 것ᄎᆞ로 언건(偃蹇)ᄒᆞ며[22] 호상(豪爽)ᄒᆞ여 댱ᄌᆞ(長者)의 앙연댱대(晏然長大)ᄒᆞ믈 다ᄒᆞ믄 그 픔딜(品質)의 비구(非苟)ᄒᆞ믈 인

22 언건(偃蹇)ᄒᆞ며: 언건하다. 거만하거나 도도하다.

ᄒᆞ미나 듕회(中懷) 슈울(愁鬱)ᄒᆞ여 폐간(肺肝)의 남 모로ᄂᆞᆫ 딜(疾)이 잠겨시므로 흉격(胸膈)이 비육(髀肉)이 소탈ᄒᆞ여 셜븨(雪膚) 최쳑(摧瘠)ᄒᆞ고 옥골(玉骨)이 소소(消消)ᄒᆞ기의 밋ᄎᆞᄃᆡ 양모(養母)와 양태뫼(養太母) 어로만져 근심ᄒᆞ며 념녀ᄒᆞᆯ디언졍 ᄉᆡᆼ모(生母)ᄂᆞᆫ 누쳔니(累千里) 애각(涯角)을 즈음쳐[23] 됴양셕월(朝陽夕月)의 태힝의 머은 구ᄅᆞᆷ을 늣기고 실솔벽샹(蟋蟀壁上)의 모ᄌᆞ은ᄋᆡ(母子恩愛)ᄅᆞᆯ ᄉᆡᆼ각ᄒᆞ여 톄령여우(涕零如雨)ᄒᆞ며 평ᄉᆡᆼ디원(平生之願)이 부모ᄅᆞᆯ 일ᄐᆡᆨ(一宅)의 뫼셔 텬뉸(天倫)의 ᄌᆞᄋᆡ(慈愛)ᄅᆞᆯ 다ᄒᆞ고 인ᄌᆞ(人子)의 효도ᄅᆞᆯ 다ᄒᆞᆯ가 바랄 ᄲᅳᆫ이오 녕원의 박힌 한과 심골(心骨)의 얽힌 병을 가져 필디어셔(筆之於書)ᄒᆞ여 모친의 회포ᄅᆞᆯ 돕디 못ᄒᆞᄂᆞᆫ ᄇᆡ러니 이제 졀계등화(折桂登華)의 쳥운과갑(青雲科甲)을 인ᄒᆞ여 애각을 ᄒᆞᆫ번 나라 건너ᄆᆡ ᄌᆞ젼(慈殿)을 님(臨)ᄒᆞ여 ᄎᆡ무(彩舞)[24]ᄅᆞᆯ 훤초(萱草)[25]의 길드리며 고원경져(故園京邸)의 단회디경(團會之慶)이 날을 혜여 긔필(期必)ᄒᆞᆯ ᄇᆡ니 인ᄉᆡᆼ의 디락(至樂) 됨과 심니(心裏)의 쾌흔(快欣)ᄒᆞ미 이의셔 더으미 업ᄂᆞᆫ디라. 칠팔년슈한(七八年愁恨)을 일시의 소셕(消釋)ᄒᆞ고 기리 궤슬복슈(跪膝伏首)ᄒᆞ여 남산디강(南山之康)을 튝(祝)ᄒᆞ며 외왕모(外王母)의 븍ᄒᆡ디슈(北海之壽)ᄅᆞᆯ 하례(賀禮)ᄒᆞᄆᆡ 녕농ᄒᆞᆫ 희ᄎᆡ(喜彩)ᄂᆞᆫ 슈형(秀炯)ᄒᆞᆫ 미우(眉宇)ᄅᆞᆯ 두루고 젼도(顚倒)ᄒᆞᆫ 환희ᄂᆞᆫ 문명(文

18면

---

23 즈음쳐: 즈음치다. 멀리 가로막혀 있다, 떨어져 있다

24 ᄎᆡ무(彩舞): 채무. 채색옷을 입고 추는 춤이라는 뜻으로, 노래자가 나이 든 후에도 부모님을 기쁘게 해드리기 위해 늙으신 부모님 앞에서 아이처럼 색동옷을 입고 춤을 추었다는 고사에서 유래한 표현.

25 훤초(萱草): 모친 처소 앞의 풀로, 모친이 기거하는 곳을 가리킴.

19면 明)ᄒᆞᆫ 안ᄎᆡ(眼彩)ᄅᆞᆯ ᄡᅴ여시니 외왕뫼(外王母) ᄯᅩᄒᆞᆫ 황홀귀듕(恍惚貴重)ᄒᆞ여 밧비 븟드러 낫출 다히며 깃브미 넘ᄶᅵᄆᆡ 셕ᄉᆞ(昔事)ᄅᆞᆯ 감쳑(感慽)ᄒᆞ여 믄득 연태ᄉᆞ의 보디 못ᄒᆞ믈 슬허ᄒᆞ니 연시 졔공(諸公)과 부인이 ᄯᅩᄒᆞᆫ 쳑연함비(慽然含悲)ᄒᆞ고 한님이 감회비상(感懷悲傷)ᄒᆞ나 태모(太母)와 모친의 슬허ᄒᆞ시믈 더으디 못ᄒᆞ여 위로간유(慰勞懇諭)ᄒᆞᆫ 후 날호여 외왕부(外王父) 문묘(門廟)의 ᄇᆡ알(拜謁)키ᄅᆞᆯ 다ᄒᆞᄆᆡ 거ᄅᆞᆷ을 두로혀 소아(蘇衙)의 나아가 소공긔 ᄇᆡ현(拜見)ᄒᆞ고 즉시 ᄆᆡ뎨(妹弟)ᄅᆞᆯ ᄎᆞᄌᆞ볼ᄉᆡ 시시(是時)의 댱쇼져 셩완이 소위공과 부인 니시의 ᄋᆡ디흘디(愛之恤之)ᄒᆞᄂᆞᆫ 덕의ᄅᆞᆯ 무릅ᄡᅧ 셔쳔(西天)의 머므런 디 하마 거의 칠팔 ᄌᆡ(載)라. 은양은모(恩養恩母)와 의형의뎨(義兄義弟)의 년무디ᄋᆡ(憐撫之愛)ᄂᆞᆫ 셰월노조ᄎᆞ 더어 권권쳬쳬(眷眷切切)ᄒᆞ미 친ᄉᆡᆼ골육(親生骨肉)의 동포형ᄆᆡ(同胞兄妹) 아니믈 ᄭᆡ닷디 못ᄒᆞ니 딘실노 ᄋᆡ듕ᄒᆞ미 텬셩(天性)의 감(減)ᄒᆞ미 업ᄉᆞᄃᆡ 쇼졔(小姐) 스ᄉᆞ로 몸 우ᄒᆡ 참누(慙累)와 흉얼(凶孼)을 븟그리며 규리(閨裏)[26]의 ᄌᆞ최 누쳔니(累千里) 애각(崖脚)의 ᄯᅥ러져 야양(爺孃)[27]의 음용(音容)이 아득

20면 ᄒᆞ고 ᄌᆞ모(慈母)의 유희 녕원의 박힌 늣기므로 평ᄉᆡᆼ의 ᄆᆡᆺ친 원(怨)이 죵신(終身)의 플닐 길히 업ᄉᆞ니 쇽졀업시 연희 질츄(跌墜)ᄒᆞ믈 늣기며 뉴님(柳林)의 ᄌᆞ외(慈烏) 반포(反哺)[28]ᄒᆞ믈 ᄎᆞ마 보디 못ᄒᆞ여 ᄋᆡ연(哀然)이 영모(永慕)ᄒᆞ미 날노 더으고 시(時)로 ᄉᆡ로오니 엇디 됴셕시

---

26 규리(閨裏): 처녀가 있는 규방 안.

27 야양(爺孃): 친부모.

28 반포(反哺): 반포지효(反哺之孝). 까마귀 새끼가 자란 뒤에 늙은 어미에게 먹이를 물어다 주는 효성이라는 뜻. 자식이 자라서 부모를 봉양하는 것을 의미함.

식(朝夕時食)의 맛숄 ᄡᅵ다ᄅᆞ며 침상의 취몽(醉夢)이 어이 안한(安閒)ᄒᆞ믈 어드리오? 과연이 합연(溘然)[29]ᄒᆞ여 참누(慙累)를 모로고ᄌᆞ ᄒᆞ되 양부모(養父母)의 여텬대혜(如天大惠)와 소쇼져의 디셩ᄋᆡ우(至誠愛遇)를 ᄎᆞ마 져ᄇᆞ리디 못홀 ᄲᅮᆫ 아니라 모친 연부인이 ᄢᅵᄢᅵ 어로만져 위로ᄒᆞ고 경계ᄒᆞ시ᄂᆞᆫ 밧ᄌᆡ 다 ᄉᆞ리의 광달대도(曠達大道)ᄒᆞ며 효힝의 완젼ᄒᆞ미 가즉ᄒᆞ니 쇼져의 특눈디효(特倫之孝)로ᄡᅧ ᄌᆞ긔 죽으ᄆᆡ 부모긔 훼언(毁言)이 더오고 연모친의 디극ᄒᆞᆫ 훈교(訓敎)를 져바리미 되ᄂᆞᆫ 바를 슬허 비록 죽기를 결(決)치 못ᄒᆞ나 일즉 ᄌᆞ쳐(自處)ᄒᆞ믈 강상(綱常) 일죄슈(一罪囚)ᄀᆞᆺ치 ᄒᆞ여 황벽(荒僻)ᄒᆞᆫ 누실(陋室)의 ᄒᆞᆫ 조각 것ᄎᆞᆫ 초셕(草席)으로 바닥을 가리오ᄆᆡ 좌우문호(左右門戶)를 구디 닷고 여러 셰월의 머리를 ᄂᆡ와다 사ᄅᆞᆷ과 텬일(天日)을 ᄃᆡᄒᆞ미 업시 일야(日夜)의 혼혼침침(昏昏沈沈)이 향벽잠와(向壁潛臥)ᄒᆞ여 ᄒᆞᆫ낫 시신(屍身)이 감(減)ᄒᆞ미 업ᄉᆞ니 유랑(乳娘)의 모녀와 츈홍 등이 비원통운(悲怨痛隕)ᄒᆞ며 소공과 니부인이 됴셕(朝夕)으로 친님(親臨)ᄒᆞ여 ᄉᆞ리(事理)로 개유(開諭)ᄒᆞ여 식음(食飮)을 권ᄒᆞ고 보호ᄒᆞ믈 당부ᄒᆞ여 친ᄉᆡᆼ녀ᄋᆞ(親生女兒)ᄀᆞᆺ치 무위(撫慰)ᄒᆞ면 쇼제(小姐) 슌슌이 각골감은(刻骨感恩)ᄒᆞ여 ᄇᆡ이계슈(拜而稽首)ᄒᆞ며 간간이 젼ᄉᆞ(前事)를 ᄋᆡ고(哀苦)홀시 ᄋᆡ용(愛容)이 참담ᄒᆞ고 옥셩(玉聲)이 쳐열(悽咽)ᄒᆞ여 셩덕을 샤(謝)ᄒᆞ며 회포를 쥬(奏)ᄒᆞᄆᆡ 효슌(孝順)ᄒᆞᆫ 말ᄉᆞᆷ은 녜도(禮度)의 ᄉᆞ뭇고 당당ᄒᆞᆫ 졀조ᄂᆞᆫ 셔리를 낫게 녁이거놀 온화ᄒᆞ 21면

29 합연(溘然): 합연장사(溘然長辭) 곧 '홀연히 이 세상을 하직하다'의 준말.

며 ᄋᆡ원ᄒᆞ여 좌우를 감동ᄒᆞ니 소공과 부인이 더옥 년측(憐惻)ᄒᆞ고 ᄋᆡ
듕ᄒᆞ여 범ᄇᆡᆨ(凡百)의 구구계렴(區區繫念)ᄒᆞ미 ᄌᆞ부녀ᄋᆞ(子婦女兒)
가온ᄃᆡ 댱쇼져를 타별(他別)이 ᄒᆞ여 슈양부녀모녀(收養父女母女)의
셔 더ᄒᆞ미 잇디 아니ᄒᆞ며 ᄎᆡ강쇼졔 쥬야(晝夜)로 겻ᄐᆡ 이셔 일시 ᄯᅥ
니믈 삼츄디별(三秋之別) ᄀᆞᆺ치 넉이니 댱쇼졔 그 부친의 블명(不明)
ᄒᆞᆫ 위인과 모친의 괴히막측(怪駭莫測)ᄒᆞᆫ 인믈을 보고 ᄌᆞ란 ᄇᆡ로ᄃᆡ 임
22면 의 ᄉᆡᆼ디(生知)ᄒᆞᄂᆞᆫ 긔딜이 혁연(赫然)이 대셩인(大聖人)의 어질며 ᄇᆞᆰ
으믈 가졋ᄂᆞᆫ디라 ᄆᆡ양 그 부모의 허믈을 ᄀᆞ리올 길히 업ᄉᆞ믈 슬허ᄒᆞ
고 간언(諫言)을 찰납(察納)디 아니믈 골돌이 ᄋᆡ달와ᄒᆞ다가 이의 와
소위공의 탈쇽(脫俗)ᄒᆞᆷ과 니부인의 현검(賢儉)ᄒᆞ믈 보ᄆᆡ 그윽이 앙복
흠션(仰服欽羨)ᄒᆞ며 소쇼져의 복되믈 블워ᄒᆞ여 인낙유현부형(人樂
有賢父兄)이라 ᄒᆞ믈 졍히 ᄎᆡ강쇼져의게 쁠 말이라 ᄒᆞ믈며 소쇼져 ᄎᆡ
강이 셩녀(聖女)의 ᄐᆡ교(胎敎)와 현ᄌᆞ(賢者)의 ᄉᆡᆼ훈(生訓)으로 셩명
디질(性命之質)의 아름다오미 곤옥(崑玉)을 탁마(琢磨)ᄒᆞ고 황금을
단년(鍛鍊)ᄒᆞᆷ ᄀᆞᆺᄐᆞ니 댱쇼졔 ᄯᅩᄒᆞᆫ ᄋᆡ경(愛敬)ᄒᆞ며 션칭(善稱)ᄒᆞᄃᆡ ᄌᆞ
긔 심ᄉᆡ 호화평상(豪華平常)ᄒᆞᆫ 사ᄅᆞᆷ으로 더브러 ᄂᆡ도ᄒᆞᆫ 고로 소시 ᄌᆞ
긔를 위ᄒᆞ여 누실벽쳐(陋室僻處)의 좌와(坐臥)를 념(厭)치 아니믈 블
안ᄒᆞ여 ᄆᆡ양 졍침(正寢)으로 도라가믈 쳥ᄒᆞᆫ즉 쇼졔 ᄉᆞ식(辭色)이 안
연(晏然)ᄒᆞ여 ᄃᆡ졍으로ᄡᅥ 각소(各所)의 이시믈 원치 아니ᄒᆞ고 스ᄉᆞ로
츈홍·츄연의 소임을 ᄃᆡ(代)ᄒᆞ여 댱쇼져의 누은 겻틀 ᄯᅥ나디 아니ᄒᆞ니
23면 댱쇼졔 ᄂᆡᆺ다감 소쇼져 옥슈(玉手)를 년집(連執)ᄒᆞ며 화슬(花膝)을 부
상(付相)ᄒᆞ여 ᄋᆡ영탄식(哀詠嘆息) 왈

"현ᄆᆡ(賢妹) 은야대인(恩爺大人)과 은모부인(恩母婦人)의 만ᄂᆡ필와

(晩來畢瓦)[30]로 쳔금귀듕(千金貴重)이 됴승지쥬(照乘之珠)[31]와 년셩디벽(連城之壁)[32]의 감(減)치 아니ᄒᆞ거ᄂᆞᆯ 므ᄉᆞᆷ 연고로 박ᄒᆡᆼ누져(薄行陋姐)ᄅᆞᆯ 딕희여 옥골귀톄(玉骨貴體)ᄅᆞᆯ 욕되게 ᄒᆞᄂᆞ뇨? 디친(至親)은 칭ᄉᆡ(稱辭) 업고 동긔(同氣)ᄂᆞᆫ 칭은(稱恩)을 가바야이 아니 ᄒᆞ믈 대인(大人)이 ᄆᆡ양 니ᄅᆞ시니 우제(愚弟) 존의(尊意)ᄅᆞᆯ 봉승(奉承)코져 아니미 아니로ᄃᆡ ᄆᆡᄆᆡ(妹妹)의 누인(陋人)을 위ᄒᆞ여 디극ᄒᆞᆫ 졍이 ᄯᅩᄒᆞᆫ 범연ᄒᆞᆫ 동긔로 니ᄅᆞᆯ ᄇᆡ 아니로소니 우져의 감골(感骨)ᄒᆞᆫ 가온ᄃᆡ도 블안ᄒᆞ미 업디 아니ᄒᆞ도다."

소쇼졔 ᄃᆡ왈(對曰)

"사ᄅᆞᆷ이 셰샹의 ᄂᆞᄆᆡ 금슈(禽獸)와 다ᄅᆞ믄 인의(仁義)와 녜디신(禮智信)이 이시미라. ᄒᆞᆫ번 의ᄅᆞᆯ ᄆᆡᄌᆞ 쳔츄(千秋)의 져바리디 아닌 ᄌᆞᄂᆞᆫ 뉴관댱(劉關張)[33]이니 비록 녀ᄌᆞ(女子)의 쳐신이 남ᄋᆞ(男兒)로 ᄂᆡ도ᄒᆞ나 엇디 무의무신(無義無信)ᄒᆞ여 결약형ᄆᆡ(結約兄妹)의 귀ᄒᆞ믈 아디 못ᄒᆞ리오? ᄒᆞ믈며 져져(姐姐)의 셩덕디ᄒᆡᆼ(盛德之行)이 쇼뎨(小弟)의 본 바 쳐음이라 임의 더럽다 ᄇᆞ리디 아니시믈 어더 감히 동긔로 칭ᄒᆞ고 디긔(知己)로 허(許)ᄒᆞ믈 당ᄒᆞ니 쇼뎨(小弟)의 일ᄉᆡᆼ디락(一生之 24면
樂)이 이 밧긔 다시 잇디 아니ᄒᆞ거ᄂᆞᆯ 져져(姐姐)ᄂᆞᆫ 엇디 괴이ᄒᆞᆫ 말ᄉᆞᆷ

---

30 만ᄂᆡ필와(晩來畢瓦): 만래필와. 늦게 얻은 귀한 딸.

31 됴승지쥬(照乘之珠): 조승지주. 수레를 비추는 구슬이라는 뜻. '조승지벽(照乘之璧)'이라고도 함. 위(魏)나라 혜왕의 구슬이 수레 12대를 비출 정도로 환했다고 함.

32 년셩디벽(連城之璧): 연성지벽. 여러 개의 성을 합친 것만큼 귀한 보물이라는 뜻. 진(秦)나라 소왕이 조나라 왕에게 진나라 성 15개와 화씨벽을 바꾸자고 한 데서 나온 고사.

33 뉴관댱(劉關張): 유관장. 유비·관우·장비.

으로뼈 형뎨의 디졍(至情)을 소(疎)히 ᄒᆞ시ᄂᆞ니잇고? 거쳐(居處)의 황벽(荒僻)ᄒᆞ미 이에셔 더으미 잇셔도 져제 머므신즉 쇼ᄆᆡ(小妹) ᄯᆞ라 뫼시믈 영화로이 넉이리니 원컨ᄃᆡ 져져는 소ᄆᆡ의 미셩(微誠)을 빗최샤 좌하(座下)의 그림ᄌᆡ 셔로 ᄯᆞ로믈 념(厭)히 넉이디 마ᄅᆞ쇼셔.”

댱쇼졔 쳥파(聽罷)의 감은(感恩)ᄒᆞ미 깁흘 쁜이오 다시 긴 셜화(說話)를 시작ᄒᆞ미 업셔 다만 셔로 ᄆᆞ음을 빗최고 졍의를 뽀다 동포골육(同胞骨肉)의 더으미 잇더니 믄득 댱공이 니ᄅᆞ러 부녜(父女) 샹견ᄒᆞᄆᆡ 효녀의 구모디여(久慕之餘)의 친안(親顏)을 득승(得勝)ᄒᆞ여 우러러 반김과 황황(遑遑)히 비챵ᄒᆞ믈 엇디 견즐 곳이 이시리오마는 댱공이 오히려 녀ᄋᆞ(女兒)의 쳥상(靑霜)을 능두(凌頭)ᄒᆞ며 ᄇᆡᆨ옥(白玉)을 유하(有瑕)ᄒᆞᄂᆞᆫ 녈졀빙심(烈節氷心)을 아디 못ᄒᆞ고 ᄒᆞᆫ갓 부녀의 졍으로뼈 그 ᄉᆞ라시믈 ᄒᆡᆼ열(幸悅)ᄒᆞ며 완연복상(完然復常)ᄒᆞ믈 경의ᄒᆞ여 디난 바를 ᄉᆡᆼ각고 일댱(一場)을 통곡ᄒᆞ나 연무(煙霧) 듕(中) 몽농

25면 ᄒᆞᆫ 뜻이 술연이 녀ᄋᆞ(女兒)를 소공긔 밀친 후 도라가니 쇼졔(小姐) 부친의 용약환희(踊躍歡喜)ᄒᆞ여 샹경ᄒᆞᄂᆞᆫ 멍에[34]를 능히 머추디 못ᄒᆞ고 훌훌(欻欻)히 ᄇᆡ별(拜別)ᄒᆞ미 되니 비록 단회(團會)의 긔약이 머디 아니ᄒᆞ나 결울(結鬱)ᄒᆞᆫ 졍을 니긔디 못ᄒᆞ여 현윤을 ᄌᆞ로 블너 압ᄒᆡ 두고 스ᄉᆞ로 심회를 븟치더니 홀연 한님의 드러오믈 고ᄒᆞᄆᆡ 현윤이 그 부친의 니ᄅᆞ믈 젼혀 아디 못ᄒᆞ엿다가 황망이 개호츌보(開戶出步)ᄒᆞ여 하당ᄇᆡ알(下堂拜謁)ᄒᆞ니 그 녜되(禮度) 딘슉(振肅)ᄒᆞ여 치ᄌᆞ(稚子)의

---

34 멍에: 수레나 쟁기를 끌기 위하여 마소의 목에 얹는 구부러진 막대. 여기서는 장헌의 상경하는 행차를 말함.

유튱(幼沖)ᄒᆞ미 업ᄉᆞᆯ ᄲᆞᆫ 아니라 반기ᄂᆞᆫ ᄉᆞ쇡(辭色)과 경근(敬謹)ᄒᆞᄂᆞᆫ 거동이 ᄀᆞᆺ초 어엿브며 아룸다오니 한님이 흔연ᄋᆡ듕(欣然愛重)ᄒᆞ여 뒤흘 조ᄎᆞ 입실ᄒᆞ라 ᄒᆞ고 ᄲᆞᆯ니 ᄆᆡ뎨(妹弟)ᄅᆞᆯ 드러와 보건ᄃᆡ 거쳐복식(居處服色)이 젼일(前日)노 다ᄅᆞ미 업ᄉᆞ니 참연이 통운(痛隕)ᄒᆞ믈 니긔디 못ᄒᆞ여 읍하여우(泣下如雨)ᄒᆞ며 영이태식(永而太息) 왈

"현ᄆᆡ(賢妹) 현ᄆᆡ야. 셩녀슉완(聖女淑婉)이 슈ᄌᆡ누셜(雖在陋說)이나 비기죄애(非其罪也)라. 효의 졀녈(節烈)이 앙소텬도(仰霄天道)ᄒᆞ고 하달디로(下達地路)ᄒᆞ니 네 ᄆᆞᄋᆞᆷ의 므어시 븟그러오며 허믈이 되여 ᄆᆡ양 이 거조로뻐 은연이 ᄌᆞ쳐죄인(自處罪人)을 달게 넉이ᄂᆞ뇨? 우 26면
형(愚兄)이 블우무상(不優無狀)ᄒᆞ여 디금의 현ᄆᆡ(賢妹)로뻐 누얼(陋孼)을 신ᄇᆡᆨ(伸白)[35]디 못ᄒᆞ고 타연이 심니(心裏)의 머믈미 업셔 홀노 쾌흔ᄌᆞ락(快欣自樂)ᄒᆞ여 부모의 과실을 ᄀᆞ리오디 못ᄒᆞᄂᆞᆫ 붓그림과 동긔(同氣)의 변고ᄅᆞᆯ 구(救)치 못ᄒᆞᄂᆞᆫ 슬프믈 ᄭᆡ닷디 못ᄒᆞ니 셰간(世間)의 블효무디(不孝無知)ᄒᆞ미 우형 갓튼 ᄌᆡ 다시 이시랴?"

셜파(說罷)의 손을 드러 쇼져(小姐)의 녹발(綠髮)을 쓰러 옥면(玉面)을 잠간 드러ᄂᆡᄆᆡ 쳔교ᄇᆡᆨ미(千嬌百美)의 은영(隱映)ᄒᆞᆫ 염질(艶質)이 쇼슈쳥연(素粹淸然)ᄒᆞ여 텬픔(天稟)이 탁연긔이(卓然奇異)ᄒᆞ니 젹뇨침잠(寂廖沈潛)ᄒᆞᆫ 가온ᄃᆡ 가을 달이 쇄락ᄒᆞᆫ ᄃᆞᆺ 봄 하날 ᄐᆡ되 무궁ᄒᆞ니 교교아아(姣姣雅雅)히 운우계월(雲雨桂月)의 상ᄋᆡ(霜靄) 나리고 요디능회(瑤池陵會)의 왕뫼(王母) 뎡돈(整頓)ᄒᆞᆫ ᄃᆞᆺ 일만슈원(一萬愁

35 신ᄇᆡᆨ(伸白): 신백. 말로써 억울함을 밝히는 것.

怨)과 일쳔비한(一千悲恨)이 간격(肝膈)을 초삭(焦鑠)ᄒᆞ여 골슈의 깁
흔 병이 죵신(終身)의 니ᄅᆞᆯ 거시로ᄃᆡ 그 년긔(年紀) 졍셩(鼎盛)ᄒᆞ믈
조ᄎᆞ 뉴미풍완(柔媚豊婉)ᄒᆞ미 젼ᄌᆞ(前者)의 ᄇᆡ승(倍勝)ᄒᆞ니 태양이
됴하(朝霞)의 오로며 부게(芙蕖) 녹파(綠波)의 ᄂᆡ왓ᄂᆞᆫ ᄃᆞᆺ 월ᄋᆡᆨ(月額)
27면 의 셔ᄎᆡ(瑞彩) 휘황(輝煌)ᄒᆞ고 취아(翠蛾)의 상운(祥雲)이 므ᄅᆞ녹으
니 신신(申申)[36]ᄒᆞ며 찬난(燦爛)ᄒᆞ여 졍뎡완혜(貞靜婉慧)ᄒᆞ니 구덕(九
德)이 셩비(盛備)ᄒᆞ고 팔복(八福)이 완젼ᄒᆞ니 놉흔 격조와 귀ᄒᆞᆫ 긔상
이 비환우고(悲患憂苦) 듕(中) 더옥 호호특이(浩浩特異)ᄒᆞᆫ디라. 한님
이 다시 탄왈(嘆曰)

"상모골격(相貌骨格)이 여ᄎᆞ(如此) 긔이ᄒᆞ고 ᄯᅩ 엇디 초년(初年)의 무ᄉᆞᄒᆞ믈 바라리오? 원간 너의 ᄋᆡᆨ경(厄境)이 ᄉᆡᆨ광(色光)의 ᄒᆡ(害)ᄅᆞᆯ 보미어니와 영복과 부귀ᄅᆞᆯ 타나미 당금(當今)의 무비(無比)ᄒᆞ니 가히 근심되디 아니ᄒᆞ도다."

쇼제(小姐) 거거(哥哥)의 화ᄃᆡ쳥삼(華帶靑衫)[37] 가온ᄃᆡ 영풍쥰골(英風俊骨)이 당당비쇽(堂堂非俗)ᄒᆞ여 임의 귀인의 격(格)과 댱ᄌᆞ(長者)의 톄(體)ᄅᆞᆯ 다ᄒᆞ여시믈 ᄃᆡᄒᆞ여 문호(門戶)의 유경(有慶)과 부모의 복녹(福祿)을 ᄌᆞ긍심하(自矜心下)ᄒᆞ며 그 부모의 허믈을 거의 ᄀᆞ리오고 망측ᄒᆞᆫ 가도(家道)ᄅᆞᆯ 안졍ᄒᆞ여 ᄌᆞ손을 챵셩(昌盛)ᄒᆞ며 조션(祖先)을 빗ᄂᆡ여 부모의 노년(老年)을 현양(顯揚)ᄒᆞ미 거거 부ᄌᆞ(父子)의 더으리 업ᄉᆞ믈 혜건ᄃᆡ ᄒᆡᆼ심만열(幸甚萬悅)ᄒᆞ니 ᄌᆞ긔 참누ᄋᆡᆨ경(慚累厄境)

---

36 신신(申申): 마음에 개의하는 바가 없는 모양.

37 화ᄃᆡ쳥삼(華帶靑衫): 화대청삼. 화려한 띠와 푸른 적삼. 과거 급제자의 의복을 가리킴.

은 도로혀 니ᄌᆞ미 되ᄂᆞᆫ디라. 한님의 쳑회(慽懷)ᄒᆞ믈 ᄃᆡᄒᆞ여 심ᄉᆡ 타
연ᄒᆞ미 아니로ᄃᆡ 스ᄉᆞ로 관인(寬忍)ᄒᆞ여 몬져 야야(爺爺)의 샹경ᄒᆡᆼ거
(上京行車)ᄅᆞᆯ 만나며 아니 만나믈 뭇고 원방구치(遠方驅馳)ᄅᆞᆯ 일ᄏᆞᄅᆞ 28면
ᄆᆡ 다시 ᄌᆞ후(慈候)와 희린 등의 평부(平否)ᄅᆞᆯ 므ᄅᆞᆯᄉᆡ 효우(孝友)의
디극ᄒᆞᆷ과 정셩의 간도(懇到)ᄒᆞ미 말ᄉᆞᆷ 밧긔 낫타나며 경도(京都)의
올나가 부모동긔(父母同氣)ᄅᆞᆯ 단회(團會)ᄒᆞᆯ 긔약이 슈월디ᄂᆡ(數月之
內)의 잇ᄉᆞ믈 깁히 다ᄒᆡᆼᄒᆞ나 ᄌᆞ긔ᄂᆞᆫ ᄒᆞᆫ갓 죄루(罪累)ᄅᆞᆯ 므릅쁜 기인
(棄人)으로 일ᄏᆞ라 텬셩디친(天成之親)과 골육동긔(骨肉同氣)도 ᄃᆡ
ᄒᆞᆯ 바ᄅᆞᆯ 븟그리니 그 언ᄉᆡ(言事) 구ᄐᆞ여 누루통원(縷縷痛冤)ᄒᆞ믈 더
으미 아니로ᄃᆡ 비만(痞滿)ᄒᆞ미 안ᄒᆡ 잇고 ᄋᆡ원ᄒᆞ미 밧긔 잇셔 외로이
누실(陋室)의 잠긴 거동이 긔린(麒麟)이 교야(郊野)의셔 슌허(巡許)
ᄒᆞ며 봉황이 기산(岐山)[38]의셔 우ᄂᆞᆫ ᄃᆞᆺ 견ᄌᆞ(見者)로 ᄒᆞ여곰 쎄 싀고
ᄆᆞᄋᆞᆷ이 읇흐믈 니긔디 못ᄒᆞ니 ᄒᆞ믈며 한님의 디셩디ᄋᆡ(至誠至愛)리
오? 챵연ᄋᆡ도(愴然哀悼)ᄒᆞ미 칼ᄒᆞᆯ 삼키고 돌을 먹음은 ᄃᆞᆺᄒᆞ더니 소공
이 드러와 한님의 무익디비(無益之悲)ᄅᆞᆯ 위로ᄒᆞ며 쇼져ᄅᆞᆯ 어로만져
태운(泰運)의 길셩(吉星)이 머디 아냐시믈 일ᄏᆞ라 조ᄇᆡ야이 심ᄉᆞᄅᆞᆯ
상손(傷損)치 말나 ᄒᆞ니 한님과 쇼졔(小姐) ᄇᆡ샤슈명(拜謝受命)ᄒᆞ고
인ᄒᆞ여 뫼셔 죵용이 말ᄉᆞᆷᄒᆞᆯᄉᆡ 한님이 샹경ᄒᆞᆯ 바ᄅᆞᆯ 의논ᄒᆞᆫᄃᆡ 소공 왈 29면
"굿ᄐᆞ여 낙셩(洛城)의 나아가 댱구(長久)히 잇고ᄌᆞ 뜻이 업ᄉᆞᄃᆡ 졔ᄋᆡ
(諸兒) 다 몸을 나라ᄒᆡ 허(許)ᄒᆞᆫ ᄇᆡ 되여 임의 환쇄복딕(還刷復職)ᄒᆞ

38 기산(岐山): 주(周)나라 문왕의 덕치로 나라가 잘 다스려지자 이 산에 봉황새가 날아와 울었다고 함.

ᄂᆞᆫ 은샤(恩賜)를 닙ᄉᆞ오ᄆᆡ 능히 믈너나믈 ᄯᅳᆺᄀᆞᆺ디 못 ᄒᆞ니 우리 냥노(兩老)의 슬하를 위로ᄒᆞ리 업ᄉᆞᆫ디라. ᄉᆞ셰브득이(事勢不得已) 샹경ᄒᆞ기를 결단ᄒᆞᄆᆡ 슈히 ᄂᆡ발(離發)코ᄌᆞ ᄒᆞᄂᆞ니 연뎨 등과 너의 츌ᄒᆡᆼ(出行)ᄒᆞ믈 조ᄎᆞ 일시의 승도(昪道)ᄒᆞ리라.”

한님이 더옥 깃거 맛당ᄒᆞ믈 일ᄏᆞᆺ고 이에셔 발졍(發程)ᄒᆞᆯ 날을 뎡(定)ᄒᆞᆫ 후 날호여 연부의 도라와 모친과 왕모(王母)를 죵용이 뫼시고ᄌᆞ ᄒᆞ나 향듕친우(鄉中親友)와 원닌빈ᄀᆡᆨ(遠隣賓客)이 작별운집(作別雲集)ᄒᆞ여 신ᄅᆡ(新來)를 희롱ᄒᆞ며 연·소 등 졔공(諸公)을 숑별코ᄌᆞ 가득이 모드니 능히 헤왓디 못ᄒᆞ여 날마다 음쥬달난(飮酒團欒)ᄒᆞ고 ᄒᆡ음업시 돗글 여러 니원풍악(梨園風樂)으로ᄡᅧ 즐기ᄆᆡ 미급일슌(未及一旬)의 발졍디일(發程之日)이 다ᄃᆞᄅᆞ니 소공이 뎨삼손(第三孫) ᄃᆡᆨᄉᆞ로 더브러 미복(微服)으로 ᄂᆡ발ᄒᆞᆯᄉᆡ 소어ᄉᆡ 문묘(門廟)와 ᄌᆞ당(慈堂)을 밧
30면 들며 슈ᄆᆡ(數妹)를 호ᄒᆡᆼ(護行)ᄒᆞ여 길ᄒᆡ 오로고 연태우 등이 ᄯᅩᄒᆞᆫ 태부인(太夫人)을 뫼시며 가솔(家率)을 ᄌᆡ촉ᄒᆞ여 샹경을 바얄ᄉᆡ 당한님의 착급(着急)ᄒᆞᆫ ᄯᅳᆺ은 왕반(往返)의 다 ᄒᆞᆫ가지라. 일시의 애각(崖脚)을 나라 넘디 못ᄒᆞ믈 한(恨)ᄒᆞᄂᆞᆫ ᄇᆡ로ᄃᆡ 모친과 ᄆᆡ뎨(妹弟)를 호ᄒᆡᆼ(護行)ᄒᆞ여 ᄌᆞ연이 도로의 조심ᄒᆞᄆᆡ 일족 들고 늣게야 ᄯᅥ나ᄆᆡ 되니 ᄌᆞ긔 홀노 쳔니구(千里駒)를 달ᄂᆡ ᄒᆡᆼᄒᆞᄂᆞᆫ 바와 ᄂᆡ도ᄒᆞᆫ 가온ᄃᆡ 일노쥬현(一路州縣)이 소부 니부인과 연부 태부인이며 댱금오 부인 ᄒᆡᆼ거(行車)를 영숑(迎送)ᄒᆞ여 호셩(豪盛)ᄒᆞᆫ 광치를 더으며 영요(榮耀)ᄒᆞᆫ 위의(威儀)를 도으니 폐믈(幣物)ᄒᆞᄂᆞᆫ 보화와 헌하(獻賀)ᄒᆞᄂᆞᆫ 딘찬(珍饌)이 과과뉴쳐(過過留處)의 뫼갓치 ᄡᅡ히ᄃᆡ 연·소 등 졔공(諸公)이 믈니치믈 ᄆᆡᆼ녈이 ᄒᆞ여 츄발(秋髮)을 머므ᄅᆞ미 업ᄉᆞ나 일노쥬현방ᄇᆡᆨ(一路

州縣方伯)이 능히 긋치지 아니ᄒᆞ여 져마다 폐믈을 도로 가져갈디언 졍 인ᄉᆞ(人事)의 당당이 폐(廢)치 못ᄒᆞᆯ 바로 알오미 잇더니 댱금오 부인긔 드리ᄂᆞᆫ 폐믈이 니ᄅᆞ미 한님이 모부인(母夫人)긔 픔명(稟名)ᄒᆞᆫ ᄃᆡ 어이 연고 업손 믈화(物貨)ᄅᆞᆯ 머므ᄅᆞ라 ᄒᆞ리오? 즉시 단ᄌᆞ(單子) ᄅᆞᆯ 도로 ᄂᆡ여주라 ᄒᆞ니 한님이 비로소 모든 쥬현(州縣)을 샤례ᄒᆞ여 도 31면
라보ᄂᆡᆯ시 말ᄉᆞᆷ과 긔운이 ᄆᆡ믈ᄒᆞ믈[39] 구(求)치 아냐 ᄌᆞ연ᄒᆞᆫ 가온ᄃᆡ 인심(人心)을 감열(感悅)ᄒᆞᄃᆡ 위의긔상(威儀氣像)인즉 츄텬(秋天)이 고원(高遠)ᄒᆞ고 하일(夏日)이 의의(猗猗)ᄒᆞ니 보ᄂᆞᆫ 지(者) ᄒᆡ음업시 외복딘뉼(畏服震慄)ᄒᆞ여 그 슬히 넉이ᄂᆞᆫ 바ᄅᆞᆯ 감히 다시 나오디 못ᄒᆞ니 일노조ᄎᆞ 셔로 젼ᄒᆞ여 녜믈(禮物)을 긋치며 ᄒᆞᆫ갓 위(慰)로ᄲᅧ 영숑(迎送)ᄒᆞᆯ ᄯᅳᆫ이라. 소공이 챵닌의 위인을 션탄(羨嘆)ᄒᆞ여 ᄌᆞ긔 졔ᄌᆞ졔손(諸子諸孫)과 연시 제공(諸公)이 능히 밋디 못ᄒᆞᆯ 바ᄅᆞᆯ 일ᄏᆞᆺ더라.

화셜(話說) 션시(先時)의 댱상셔 금오공이 황황급급(遑遑急急)히 애각(涯角) 삼쳔 니ᄅᆞᆯ 무ᄉᆞ왕반(無事往返)ᄒᆞ여 낙셩(洛城)의 니ᄅᆞ러ᄂᆞᆫ 하우(夏禹)의 홍슈(洪水) 다ᄉᆞ리믈[40] 근노(勤勞)ᄒᆞ미 아니로ᄃᆡ 이목(耳目)이 초젼(焦煎)ᄒᆞ고 구쥬(九州)ᄅᆞᆯ 분쥬ᄒᆞ여 과가문블입(過家門不入)ᄒᆞᄂᆞᆫ 큰 소임이 아니로ᄃᆡ 술연이 집을 디나 바로 니아의 나아가 졍쇼져ᄅᆞᆯ 친히 호ᄒᆡᆼ(護行)ᄒᆞ여 다려오려 ᄒᆞᆯ시 임의 졍문(程門)의 셰엄(勢嚴)이 당당ᄒᆞ믈 두리ᄂᆞᆫ ᄯᅳᆺ이 황황(惶惶)ᄒᆞ며 뉼뉼(慄慄)ᄒᆞ여 ᄌᆞ

39 ᄆᆡ믈ᄒᆞ믈: 매믈ᄒᆞ다. 매몰차다.

40 하우(夏禹)의 홍슈(洪水) 다ᄉᆞ리믈: 중국 고대 하(夏)나라를 창건한 우(禹)임금이 아버지 곤(鯀)을 이어 황하 유역의 홍수를 오랫동안 다스린 것.

긔의 ᄉᆡᆼ살디권(生殺之權)이 졍쳥계 슈듕(手中)의 이시므로 아ᄂᆞᆫ디라.
32면 졍쇼졔 십악대죄(十惡大罪)와 ᄇᆡᆨ흉(百凶)이 구비(具備)ᄒᆞ미 이실디
라도 그 부형의 위권(威權)을 인ᄒᆞ여 됴흔 낫ᄎᆞ로 ᄉᆞ랑ᄒᆞᄂᆞᆫ 졍을 낫
토고ᄌᆞ ᄒᆞᄂᆞᆫ ᄇᆡ어ᄂᆞᆯ 및 니아의 니ᄅᆞ러 니상셔ᄅᆞᆯ 몬져 보ᄆᆡ 상셰 각노
의 나가시믈 니ᄅᆞ고 인ᄒᆞ여 박녀 교랑의 초ᄉᆞ(招辭)[41] 일통(一通)을 ᄂᆡ
여 뵈며 그 ᄉᆞ이 허다흉뫼(許多凶謀) 발각ᄒᆞ여 교랑이 복쥬(服誅)ᄒᆞ
고 졍·댱 이(二) 쇼져(小姐)의 졍문포댱(旌門褒奬)ᄒᆞ시ᄂᆞᆫ 은권(恩權)
이 계시믈 일일셜파(一一說破)ᄒᆞ니 댱공이 눈으로 간음찰녀(奸淫刹
女)의 초ᄉᆞᄅᆞᆯ 보며 귀로 니샹셔의 허다셜화(許多說話)ᄅᆞᆯ 드ᄅᆞ미 비
로소 녀ᄋᆞ(女兒)와 졍쇼져의 디원극통(至冤極痛)ᄒᆞᆫ 누명이 교랑 흉
녀(凶女)의 작악(作惡)이런 바ᄅᆞᆯ ᄭᆡ칠 ᄲᅮᆫ 아니라 심니(心裏) 황황(遑
遑)ᄒᆞ여 우흐로 태산이 누ᄅᆞ고 아ᄅᆡ로 구학(丘壑)을 님ᄒᆞᆫ ᄃᆞᆺ 뉼뉼(慄
慄)이 찬 ᄯᆞᆷ이 옷ᄉᆞᆯ ᄌᆞᆷ으니 어나 결을의 녀ᄋᆞ의 참연ᄋᆡ졀(慘然哀切)
턴 거동이야 ᄉᆡᆼ각이나 ᄒᆞ리오? 다만 졍쇼져의 어딜고 아ᄅᆞᆷ다오미 인
뉴(人類)의 초월ᄒᆞ거ᄂᆞᆯ ᄌᆞ긔 눈이 이셔도 사ᄅᆞᆷ 아ᄂᆞᆫ 구슬이 브싀며
쇽이 이시ᄃᆡ 오장(五腸)의 ᄒᆞᆫ 가지 업셔 츄셰비린(趨勢鄙吝)ᄒᆞ미 사
33면 ᄅᆞᆷ의 권위ᄅᆞᆯ 조ᄎᆞ 됴셕(朝夕)으로 ᄆᆞ음을 변ᄒᆞ고 시시(時時)로 ᄯᅳᆺ을
곳쳐 업더진 ᄌᆞᄅᆞᆯ 밀치며 나ᄂᆞᆫ ᄌᆞᄅᆞᆯ 못 밋출 ᄃᆞ시 밧드러 블인간당
(不仁奸黨)의 낫빗ᄎᆞ로뼈 아요(阿諛)ᄒᆞ고 말ᄉᆞᆷ으로뼈 쳠미(諂媚)ᄒᆞ
여 초(初)의 왕던을 셤기미 엄ᄉᆞᄀᆞᆺ치 ᄒᆞ다가 임이 왕던이 멸(滅)ᄒᆞᄆᆡ

41 초ᄉᆞ(招辭): 초사. 죄인이 범죄 사실을 자백하는 것.

다시 우겸을 셤겨 고관듕작(高官重爵)을 희망ᄒᆞ니 우겸은 왕딘의 궁흉무상(窮凶無狀)흠과 ᄀᆞᆺ디 아냐 위국튱심(爲國忠心)과 ᄋᆡ군(愛君)ᄒᆞᄂᆞᆫ 뜻이 고인(古人)의 븟그럽디 아니ᄒᆞᄃᆡ 젼혀 경태(景泰)ᄅᆞᆯ 위ᄒᆞ고 샹황(上皇)[42]을 복위ᄒᆞᆯ 의ᄉᆡ 업ᄉᆞ므로 니·양 제공(諸公)으로 붕당(朋黨)이 갈니이며 언논(言論)이 난호여 ᄋᆡᄌᆞ(睚眦)의 원(怨)이 업시셔 은연ᄒᆞᆫ 혐극(嫌隙)이 되엿더니 임의 샹황이 복위ᄒᆞ시ᄆᆡ 대란이 니러날 쁜 아니라 맛ᄎᆞᆷᄂᆡ 죄의 나아가 부월(斧越)의 업ᄃᆡ믈 면치 못ᄒᆞ니 듕도의 복복츄앙(僕僕推仰)ᄒᆞ여 쳠녕경슌(諂佞敬順)ᄒᆞ믈 유공블급(猶恐不及)ᄒᆞ던 왕문범·단앙셩 등이 우겸으로 더브러 ᄒᆞᆫ갈ᄀᆞᆺ치 죄쥬(罪誅)ᄒᆞᄆᆡ 니ᄅᆞᆫ디라. 당금디세(當今之世)의 위고권듕ᄌᆞ(位高權重者)ᄅᆞᆯ 우러러 셤기고ᄌᆞ ᄒᆞ나 능히 뜻 ᄀᆞᆺ기ᄅᆞᆯ 긔필(期必)치 못ᄒᆞ고 우·왕·단 등이 복쥬(服誅)ᄒᆞ므로브터 훌훌(欻欻)히 긔박(奇薄)ᄒᆞᆯ 바 34면
ᄅᆞᆯ 아디 못ᄒᆞ미 태산(泰山)과 교악(喬嶽)이 문허디니 텬ᄒᆡ(天下) 공연(空然)ᄒᆞ여 위름(危懍)ᄒᆞᆫ ᄃᆞᆺᄒᆞ거ᄂᆞᆯ 또 졍문(程門)의 죄 어드미 터럭을 ᄲᅢ혀 헤여도 딘(盡)치 아닐 ᄃᆞᆺ 스ᄉᆞ로 여얼여취ᄒᆞ여 듕심(中心)이 뇨뇨(搖搖)ᄒᆞ니 능히 아모라타 니ᄅᆞ기ᄅᆞᆯ 못 ᄒᆞ더니 번연(幡然)이 닓더나 딕입ᄂᆡ샤(直入內舍)코ᄌᆞ ᄒᆞᄃᆡ 니샹셰 시ᄋᆞ(侍兒)ᄅᆞᆯ 명ᄒᆞ여 몬져 졍쇼져긔 댱공의 드러가믈 젼ᄒᆞ고 날호여 닛그러 졍쇼져 침소의 니ᄅᆞ니 댱공이 톄면(體面)을 젼혀 일코 ᄋᆞ부(兒婦)ᄅᆞᆯ 향ᄒᆞ여 머리 조아 샤죄코ᄌᆞ ᄒᆞ니 쇼졔(小姐) 경황착급(驚惶着急)히 하계지ᄇᆡ(下

42 샹황(上皇): 상황. 영종황제.

階再拜)ᄒᆞ며 셕고ᄃᆡ죄(席藁待罪)ᄒᆞ니 댱공이 드리다라 븟들고 쒸놀
며 ᄌᆞ거기죄(自拒其罪)ᄒᆞ여 언언츄회(言言追悔)ᄒᆞ고 졀졀(節節)이
ᄌᆞ칙ᄒᆞ여 다시 그ᄅᆞ미 업ᄉᆞᆯ 바ᄅᆞᆯ 대언듕밍(大言重盟)ᄒᆞ며 신싱ᄡᅡᆼ손
(新生雙孫)을 좌우로 어로만져 황홀ᄒᆞᆫ ᄌᆞᄋᆡ(慈愛)ᄅᆞᆯ ᄉᆞᄉᆞ로 억졔치
못ᄒᆞ니 니상셰 그 위인을 실쇼(失笑)ᄒᆞ고 이날이야 비로소 양참졍 곤
계(昆季) 니ᄅᆞ러 쇼져ᄅᆞᆯ 볼ᄉᆡ 댱공의 거동을 박쇼(拍笑)ᄒᆞᄃᆡ 졍시(程
35면 氏) 힝혀도 우이 넉이미 업ᄉᆞᆯ ᄲᅮᆫ 아니라 존구(尊舅)의 인믈이 이ᄃᆡ
도록 괴이ᄒᆞ믈 심니(心裏)의 탄회(嘆懷)ᄒᆞ니 ᄌᆞ연이 즐기ᄂᆞᆫ 쯧이 감
(減)ᄒᆞ며 공경ᄒᆞᄂᆞᆫ 바ᄅᆞᆯ 더어 비록 쳔만인(千萬人)이 능경디시(凌輕
指示)ᄒᆞ여도 ᄌᆞ긔ᄂᆞᆫ 슌근디녜(醇謹之禮)ᄅᆞᆯ 프러 ᄇᆞ리디 아니ᄒᆞᄂᆞᆫ디
라. 쇼졔 원ᄂᆡ 누얼(陋孼)을 신셜(伸雪)ᄒᆞ나 존구(尊舅)의 명을 듯디
못ᄒᆞ여시므로 오히려 누실벽쳐(陋室僻處)의 두문블츌(杜門不出)이
러니 오날놀의 비로소 존구의 권ᄋᆡ(眷愛)ᄒᆞ믈 바다 봉관월패(鳳冠月
佩)의 명부녜복(命婦禮服)을 뎡돈(整頓)ᄒᆞ니 쇄락(灑落)ᄒᆞᆫ 긔딜은 옥
쉬(玉樹)[43] 놉하시며 ᄆᆞᆰ은 ᄐᆡ도ᄂᆞᆫ 구ᄉᆞᆯ ᄀᆞᆺ치 샹낭ᄒᆞᆫ ᄃᆞᆺ 쳔연ᄒᆞᆫ 용ᄌᆞ(容
姿)ᄂᆞᆫ 찬난ᄒᆞᆫ 광염(光艶)을 씌이고 휘황ᄒᆞᆫ 팔ᄎᆡ(八彩)[44]ᄂᆞᆫ 놉흔 규모
ᄅᆞᆯ ᄀᆞᆷ초와시니 쳔ᄐᆡᆨ(川澤)의 어ᄅᆞᆷ이 교교(皎皎)ᄒᆞ며 형산(荊山)의 ᄇᆡᆨ
벽(白璧)이 ᄐᆡᆺ글을 ᄡᅵᄉᆞᆫ ᄃᆞᆺ 겸슌(謙順)ᄒᆞᆫ ᄉᆞᄒᆡᆼ(辭行)과 명환(明煥)ᄒᆞᆫ
덕셩(德性)이 발어면모(發於面貌)ᄒᆞ니 댱공이 셩녀현부(聖女賢婦)

43 옥쉬(玉樹): 옥수. 곤륜산에서 나는 나무로, 옥을 열매로 맺는다고 함.
44 팔ᄎᆡ(八彩): 팔채. 여덟 가지 문채가 있는 요임금의 눈썹으로, 보통 빼어난 군주의 상으로 여겨짐. 여기에서는 빼어난 눈썹을 형용한 것으로 보임.

의 ᄇᆡᆨ힝긔딜(百行氣質)이 초군특이(超群特異)ᄒᆞ믈 이졔야 쳐음으로 ᄃᆡᄒᆞᆫ ᄃᆞᆺ 환연이 경복(敬服)ᄒᆞ고 흘흘이 션탄(羨嘆)ᄒᆞᄂᆞᆫ 가온ᄃᆡ도 낫빗출 디으며 말ᄉᆞᆷ을 ᄀᆞ장 됴화 잇게 ᄒᆞ여 젼ᄉᆞ(前事)ᄅᆞᆯ 칭죄(稱罪)ᄒᆞ 36면
고 쳥계공이 태향으로조ᄎᆞ 도라오ᄂᆞᆫ 날이라도 구일(舊日) 됴흔 안면과 ᄃᆞᆺ거운 경의를 온젼케 ᄒᆞ미 현부(賢婦)의 슈듕(手中)의 잇ᄂᆞ니라 ᄒᆞ며 혹 숨도 ᄂᆡ쉬지 못ᄒᆞ고 황황(遑遑)이 구송(懼悚)ᄒᆞᄂᆞᆫ ᄃᆞᆺ 혹 쇼져의 대효대셩(大孝大誠)을 힘닙어 난안디단(赧顔之端)이 쾌락ᄒᆞᆯ ᄃᆞᆺ ᄇᆡᆨ 가지 우은 거동과 쳔 가디 어린 모양이 견ᄌᆞ(見者)로 ᄒᆞ여곰 일장쥬쇼(一場做笑)ᄒᆞ믈 면치 못ᄒᆞᆯ ᄇᆡ라. 날이 느ᄌᆞᄆᆡ 니각뇌 됴당(朝堂)으로조ᄎᆞ 도라와 ᄌᆞ뎐(慈殿)의 뵈온 후 졍시(程氏) 침소의 니ᄅᆞ러 댱공의 거동을 보고 슉믁(肅默)ᄒᆞᆫ 셩졍(性情)의도 ᄒᆡ연실쇼(駭然失笑)ᄒᆞ믈 ᄭᆡ닷디 못ᄒᆞ여 기리 ᄒᆞᆫ번 우으며 다시 낫빗출 거두고 말ᄉᆞᆷ이 누누(累累)ᄒᆞ믈 피(避)치 아냐 댱공의 젼ᄉᆞᄅᆞᆯ ᄎᆡᆨ(責)ᄒᆞ며 후일을 당부ᄒᆞ여 챵닌으로 ᄒᆞ여곰 힝어됴닙어셰(行於朝立於世)의 븟그러오믈 더으디 말나 ᄒᆞ니 댱공이 슌슌(順順)이 맛당ᄒᆞ믈 일ᄏᆞ라 언언(言言)이 샤죄ᄒᆞ고 ᄋᆞ부(兒婦)ᄅᆞᆯ 다려가믈 쳥ᄒᆞᆫᄃᆡ 니공이 ᄯᅩᄒᆞᆫ 대의(大義) 37면
ᄅᆞᆯ 구지 좁으며 ᄉᆞ심(私心)을 거리쟈 견집(堅執)ᄒᆞ기ᄅᆞᆯ 아니 ᄒᆞᄂᆞᆫ디라. 챵닌을 슈양(收養)ᄒᆞ여 부ᄌᆞ디의(父子之義) 디극ᄒᆞᄂᆞ 댱공이 당당ᄒᆞᆫ 구부(舅父)로 그 며나리ᄅᆞᆯ 다려가고ᄌᆞ ᄒᆞᄂᆞᆫ 바의 므어시라 막졸나[45] 의리의 회식(晦塞)ᄒᆞ믈 쥐ᄒᆞ리오? 니상셔 등은 짐줏 견집ᄒᆞ여 댱

45 막졸나: 막ᄌᆞᄅᆞ다. 잘라 막다.

공의 초조ᄒᆞ믈 도으나 각노ᄂᆞᆫ 니연(怡然)이 허락ᄒᆞ여 여러 말이 업ᄉᆞ
니 뎡공이 만만ᄒᆡᆼ열(萬萬幸悅)ᄒᆞ여 만구칭샤(滿口稱謝)ᄒᆞ고 이 밤을
각노와 년침(連枕)ᄒᆞ여 니아의 디닌 후 명일(明日)의 졍쇼져ᄅᆞᆯ 금거
옥뉸(金車玉輪)의 ᄌᆞ긔 친히 호ᄒᆡᆼ(護行)ᄒᆞ여 바로 태운산 녯 가ᄉᆞ(家
舍)로 나아와 ᄲᆞᆯ니 졍부(程府)로 무상왕ᄂᆡ(無常往來)ᄒᆞ던 협문(夾門)
을 다시 열며 형극(荊棘)을 긴긴히 막앗던 거ᄉᆞᆯ 업시ᄒᆞ고 졍쇼져ᄅᆞᆯ
고ᄃᆡ광실(高臺廣室)의 안휴(安休)ᄒᆞᆫ 후 ᄡᅡᆼᄡᅡᆼ(雙雙)ᄒᆞᆫ 시녀와 늉늉(隆
隆)ᄒᆞᆫ 호ᄉᆞ(豪奢)로 쇼져의 거동딘퇴(擧動進退)의 붓드러 ᄒᆡᆼᄒᆞ믈 명
ᄒᆞ며 졍부ᄅᆞᆯ ᄃᆡᆨ희엿던 ᄎᆞ환부(叉鬟婦)ᄅᆞᆯ 일시의 블너 쇼져긔 알현(謁
見)ᄒᆞ라 ᄒᆞ고 친히 쥬호(酒壺)ᄅᆞᆯ 거ᄒᆞᆯ너 면면(面面)이 우ᄃᆡ(優待)ᄒᆞ
38면 며 잔을 주어 위름(危懍)ᄒᆞᆫ 시졀의 ᄇᆡᆫ 가샤ᄅᆞᆯ ᄃᆡᆨ희여 능히 각각 보명
(保命)ᄒᆞ믈 어더시미 텬우신됴(天佑神助)ᄒᆞ미라 ᄒᆞ여 쇼장쳔획(少壯
賤獲)의 니ᄅᆞ히 ᄃᆡ졉ᄒᆞ믈 심샹(尋常)이 아니 ᄒᆞᄃᆡ 복부장획(僕夫臧
獲)의 무리 오히려 본쥬(本主)의 인션고풍(仁善古風)을 우러러보앗
ᄂᆞᆫ디라. 하쳔(下賤)의 무리 만히 용쇽(庸俗)ᄒᆞ믈 버셧ᄂᆞᆫ 고로 뎡공의
졸연(猝然)이 이 ᄀᆞᆺᄐᆞ믈 심니(心裏)의 블복(不服)ᄒᆞ여 츄셰(趨勢)ᄒᆞ
ᄂᆞᆫ 픔되(稟度) 남다ᄅᆞ믈 더러이 넉이미 잇ᄉᆞ나 마디못ᄒᆞ여 고두샤례
(叩頭謝禮)ᄒᆞ니 졍쇼졔 존구(尊舅)의 실톄손위(失禮損威)ᄒᆞ미 날노
ᄉᆡ로오믈 더옥 ᄋᆡᄃᆞᆯ니 넉이나 간(諫)ᄒᆞ여 나으미 업ᄉᆞᆯ 거시므로 기리
함구(緘口)ᄒᆞᄃᆡ 박부인 다려오미 더ᄃᆡ믈 민망ᄒᆞ여 뎡공의 유모 교시
로 ᄒᆞ여곰 픔고(稟告)ᄒᆞ라 ᄒᆞᆫᄃᆡ 교시 응ᄃᆡᄒᆞ더라.

익셜. 뎡공이 이ᄣᆡᄅᆞᆯ 당ᄒᆞ여 ᄋᆞ부(兒婦)의 ᄯᅳᆺ을 맛초디 못ᄒᆞᆯ가 우민
(憂悶)ᄒᆞ므로 감히 박시 다려오믈 ᄉᆡᆼ의(生意)치 못ᄒᆞ엿더니 유뫼 고

ᄒᆞ므로조ᄎᆞ 쇼져의 황민(惶憫)ᄒᆞ믈 알고 그 효의(孝義)ᄅᆞᆯ 더옥 션탄(羨嘆)ᄒᆞ여 즉시 박부인과 희린 형뎨ᄅᆞᆯ 다려오ᄆᆡ 박시의 형상 업ᄉᆞᆫ 거동과 모양 업ᄉᆞᆫ 언ᄉᆡ(言辭) 딘짓 댱공의 뎐뎡일ᄃᆡ(天定一帶)[46]라. 졍 쇼져ᄅᆞᆯ 향ᄒᆞ여 샤죄ᄒᆞᄂᆞᆫ 말이 다 ᄌᆡ하ᄌᆞ(在下者)로 ᄒᆞ여곰 황공ᄒᆞ여 듯디 못ᄒᆞᆯ ᄇᆡ 만흘 ᄲᅳᆫ 아니라 가쇼로온 거죄 층츌(層出)ᄒᆞ여 츈·경 이파(二婆)의 니ᄅᆞ히 존경후ᄃᆡ(尊敬厚待)ᄒᆞ여 혹 노랑(老娘)이라 ᄒᆞ며 혹 경시ᄅᆞᆯ 블너 황마마라 ᄒᆞ여 감히 일홈 브ᄅᆞ기ᄅᆞᆯ 못 ᄒᆞ고 그 앙댱(仰壯)컨 쳬ᄒᆞ며 쾌단ᄌᆞ명(快斷自明)ᄒᆞ여 쓴 긔운으로 위엄을 ᄌᆞ랑ᄒᆞ던 망녕되믈 스ᄉᆞ로 뉘웃ᄎᆞ미 아니로ᄃᆡ 교랑의 변(變)이 나므로 심긔 삭연(索然)ᄒᆞ여 아ᄃᆡᆨ 요망ᄒᆞ고 허패(虛弊)ᄒᆞᆫ 픔도(稟度)ᄅᆞᆯ 주리잡으ᄆᆡ 도로혀 용녈ᄒᆞ며 망측ᄒᆞ여 소ᄅᆡ도 크게 못 ᄒᆞᆯ ᄃᆞᆺᄒᆞᄃᆡ 오히려 안졍(眼睛)의 빵동(雙瞳)이 호란(胡亂)이 뒤록이고 듕니(中裏)의 졍(定)ᄒᆞᆫ 거시 ᄀᆞᆺ디 못ᄒᆞ여 잡심ᄉᆡ(雜心事) 괴ᄉᆡ(怪事) 경ᄀᆡᆨ(頃刻)의 ᄇᆡᆨ츌(百出)ᄒᆞᆯ ᄃᆞᆺᄒᆞ니 ᄀᆞᆺᄐᆞ여 큰 변(變)과 악ᄉᆞ(惡事)ᄅᆞᆯ 디을 줄이 아니로ᄃᆡ 괴ᄒᆡ디ᄉᆞ(怪駭之事)ᄂᆞᆫ 영영 ᄀᆞᆺ치디 아닐 ᄃᆞᆺᄒᆞᆫ디라. 쇼졔(小姐) 심하(心下)의 그 위인을 개탄ᄒᆞ미 업디 아니ᄒᆞ나 ᄒᆡᆼ혀도 ᄉᆞᄉᆡᆨ(辭色)디 아니ᄒᆞ고 오ᄃᆡᆨ 효슌(孝順)ᄒᆞ믈 다ᄒᆞ여 범ᄇᆡᆨ(凡百)의 동쵹디셩(洞屬之誠)이 ᄉᆡ호(豺虎)도 감동ᄒᆞ며 ᄉᆡᆼ텰(生鐵)도 녹일 ᄃᆞᆺᄒᆞ니 이 본ᄃᆡ 효의디문(孝義之門)의 계츌(系出)ᄒᆞ여 텬셩의 ᄌᆞ연ᄒᆞ미로ᄃᆡ 젼ᄌᆞ(前者)의 긔흔궁ᄋᆡᆨ(奇釁窮厄)ᄒᆞᆫ ᄯᆡᄅᆞᆯ 당ᄒᆞ여 교랑 찰녀(刹女)ᄅᆞᆯ 만나므

46 뎐뎡일ᄃᆡ(天定一帶): 천정일대. 하늘이 정한 한 쌍. '천정배필'이라는 뜻.

로 뎡공 ᄂᆡ외(內外)를 감화(感化)치 못ᄒᆞ엿더니 당ᄎᆞ디시(當此之時)ᄒᆞ여ᄂᆞᆫ 임의 교랑이 업셧거니 본부셰엄(本府勢嚴)이 아닌들 엇디 뎡공과 박시를 감동치 못ᄒᆞ리오? ᄇᆡᆨᄒᆡᆼ셩덕(百行盛德)과 효우긔딜(孝友氣質)이 셩완쇼져의 우히 아니로ᄃᆡ 뎡공과 박시 보ᄆᆡᄂᆞᆫ 셰간(世間)의 뎡시(程氏) ᄒᆞᆫ ᄉᆞᄅᆞᆷ밧긔 다시 ᄀᆞᄐᆞᆫ ᄌᆞ(者)를 ᄉᆡᆼ각디 못ᄒᆞ니 ᄒᆞᆫ갓 ᄌᆞᄋᆡ(慈愛)ᄒᆞ고 귀듕ᄒᆞᆯ ᄲᆞᆫ 아니라 공경ᄒᆞ여 밧드ᄂᆞᆫ 도리 유문(儒門)의 부ᄌᆞ(夫子)와 셕가(釋家)의 여ᄅᆡ(如來) ᄀᆞᄐᆞ니 쇼졔(小姐) 도로혀 복(福)이 손(損)ᄒᆞᆯ가 두리ᄃᆡ 뎡공 부뷔 능히 디리ᄒᆞᆫ ᄉᆞ랑을 긋치디 못ᄒᆞ여 ᄉᆡ록ᄉᆡ록 더으니 기간(其間)의 가쇼(可笑)의 셜홰(說話)《셩호연》의 ᄌᆞ셔ᄒᆞ므로 이에ᄂᆞᆫ 대략만 긔록ᄒᆞ노라.

41면 어시(於是)의 뎡부일ᄒᆡᆼ(程府一行)이 쳔여 리(里) 원뎡(遠程)의 무ᄉᆞ득달(無事得達)ᄒᆞ여 남문 외 강두(江頭)의 니른 션셩(先聲)이 뎡공의 귀예 들닌디라. 공이 쵹도(蜀道)로조ᄎᆞ 환경(還京)ᄒᆞ미 미급칠팔일(未及七八日)의 뎡쇼져를 밧드ᄂᆞᆫ 졍셩이 심녁(心力)이 딘갈(盡渴)ᄒᆞᆯ ᄃᆞᆺ 타ᄉᆞ(他事)를 밋쳐 결을치 못ᄒᆞᆯ ᄲᆞᆫ 아니라 뎡부일ᄒᆡᆼ을 슈일뎡(數日亭)의 마ᄌᆞ 오고ᄌᆞ ᄒᆞᄃᆡ 심니(心裏) 툑쳑(躑躅)ᄒᆞ여 감히 ᄂᆡ닷디 못ᄒᆞ고 경조공 뎡의계나 몬져 보아 샤죄코ᄌᆞ ᄒᆞᄃᆡ 의계공의 긔위(氣宇) 쥰졀(俊節)ᄒᆞ며 픔되(稟度) 거오(倨傲)ᄒᆞ여 말 붓치미 어렵고 겸ᄒᆞ여 본부(本府)의 머므ᄂᆞᆫ 바와 ᄀᆞᆺ디 아냐 일슌디간(一旬之間)은 셩ᄂᆡ(城內) 그 표슉(表叔) 강시듕 ᄐᆡᆨ샤(宅舍)의 가 잇셔 낫이면 관부(官府)의 가 죵일(終日)ᄒᆞ고 밤이면 강아의셔 슉침(宿寢)ᄒᆞᆫ다 ᄒᆞ므로 궁극히 ᄎᆞᄌᆞ 나아갓다가 일단괴참디ᄉᆞ(一團愧慚之辭)와 만단즐욕디셜(萬端叱辱之設)이 이실가 외뉼(畏慄)ᄒᆞ여 현알(見謁)치 못ᄒᆞ고 ᄒᆞᆫ갓 ᄋᆞ부(兒婦)를 다

ᄅᆡ여 경조공을 쳥ᄒᆞ라 ᄒᆞ니 쇼졔(小姐) 슉부의 셩딜을 알므로 쳥ᄒᆞ나 가바야이 오디 아닐 거시오 비록 ᄌᆞ긔ᄅᆞᆯ 보라 니ᄅᆞ미 잇셔도 존구(尊舅)ᄂᆞᆫ 노예 보ᄃᆞᆺ ᄒᆞᆯ디라. 오ᄃᆡ 나ᄌᆞᆨ이 간(諫)ᄒᆞ여 강아로조ᄎᆞ 본부(本府)의 도라온 후 쳥ᄒᆞ여 셔로 보미 늣디 아니믈 일ᄏᆞᆺ더니 임의 졍부일 42면
ᄒᆡᆼ(程府一行)이 강외(江外)의 니ᄅᆞ러시믈 뎡공이 드ᄅᆞᄆᆡ 신ᄉᆡᆨ(身色)이 져상(沮喪)ᄒᆞ여 ᄲᆞᆯ니 쇼져(小姐)ᄅᆞᆯ 보아 ᄀᆞᆯ오ᄃᆡ

"존옹상국(尊翁相國)이 샹봉태부인(上奉太夫人)ᄒᆞ며 하솔일가ᄌᆞ딜(下率一家子姪)ᄒᆞ여 목금(目今) 강두(江頭)의 니ᄅᆞ럿다 ᄒᆞ니 내 현부(賢婦)ᄅᆞᆯ 호ᄒᆡᆼ(護行)ᄒᆞ여 나아가 맛고ᄌᆞ ᄒᆞᄂᆞ니 현뷔(賢婦) 능히 날노 ᄒᆞ여곰 녕문제당(令門諸黨)의 죄ᄅᆞᆯ 샤(赦)ᄒᆞ고 인의(仁義)로 ᄃᆡ졉ᄒᆞ시믈 엇게 ᄒᆞ랴?"

쇼졔 브복문파(俯伏聞罷)의 긔이ᄌᆡᄇᆡ(起而再拜) 왈

"가친(家親)이 환됴디시(還朝之時)의 대인(大人)이 셔ᄒᆡᆼ(西行)ᄒᆞ시믈 인ᄒᆞ여 상봉치 못ᄒᆞ믈 깁히 창결(悵缺)ᄒᆞ시던디라 이졔 일ᄒᆡᆼ이 강외의 무ᄉᆞ득달(無事得達)ᄒᆞ와 부듕(府中)의 들미 날이 ᄎᆡ 기우디 아니ᄒᆞ오리니 쇼쳡(小妾)의 젹은 ᄉᆞ졍이 착급ᄒᆞ므로ᄡᅧ 대인존가(大人尊駕)ᄅᆞᆯ 강외예 굴(屈)ᄒᆞ시미 황공ᄒᆞ온디라. 슉모 상부인이 고ᄉᆞ(故舍)의셔 ᄒᆞᆫ가지로 영귀(迎歸)ᄒᆞ믈 닐너시니 만일 존명(尊命)을 밧ᄌᆞ올딘ᄃᆡ 친당(親堂)의 도라가 부녀슉딜(父女叔姪)이 반기믈 펴고ᄌᆞ ᄒᆞᄋᆞᆸᄂᆞ니 쇼쳡이 부슉(父叔)을 ᄃᆡᄒᆞ여 니ᄅᆞ디 아니ᄒᆞ나 대인이 몬져 강님(江臨)ᄒᆞ샤 환연졍화(歡然情話)ᄒᆞ시미 셕일(昔日)의 나리디 아 43면
니ᄒᆞ오리니 엇디 이런 곳의 셩의(聖意)ᄅᆞᆯ 번거롭게 ᄒᆞ시리잇고? 원컨ᄃᆡ 믈우(勿憂)ᄒᆞ쇼셔."

댱공이 머리롤 흔드러 왈

"현뷔(賢婦) 빅힝만ᄉᆡ(百行萬事) 사ᄅᆞᆷ의 ᄇᆞ라디 못ᄒᆞᆯ ᄇᆡ로ᄃᆡ 나히 졈으믈 인ᄒᆞ여 오히려 일을 ᄭᆡ닷디 못ᄒᆞᄂᆞᆫ도다. 내 존문(尊門)의 허믈과 죄롤 ᄡᆞ흐믄 딘실노 범연(泛然)ᄒᆞᆫ 바의 잇디 아니[47] 존옹(尊翁) 참정공과 녕슉(令叔) 션ᄉᆡᆼ이 활냥대도(闊量大道)ᄒᆞ여 비록 샤(赦)코ᄌᆞ ᄒᆞ나 쇼ᄇᆡ(小輩)의 괴격(怪激)ᄒᆞᆫ 언논(言論)과 듕인(衆人)의 녈일(烈日)ᄒᆞᆫ 언ᄉᆞ(言辭)롤 드ᄅᆞ면 능히 구의(舊誼)예 됴흔 졍을 온젼치 못ᄒᆞ고 인호(姻好)의 ᄃᆞᆺ터오믈 발뵈디[48] 못ᄒᆞ리니 나의 궁극ᄒᆞᆫ 졍니(情理)ᄂᆞᆫ 현부롤 압셰워 나아가 현부의 말을 비러 나의 죄과(罪過)롤 열ᄒᆡ ᄒᆞ나히나 쇽(贖)ᄒᆞ며 녕존(令尊) 곤계(昆季)의게 부형청죄(負荊請罪)[49]ᄒᆞ여 젼ᄉᆞ(前事)롤 샤ᄒᆞ고 일후(日後)롤 ᄆᆡᆼ셰코ᄌᆞ ᄒᆞ엿더니 현뷔 강외(江外)예 나가기롤 원치 아니ᄒᆞᆯ딘ᄃᆡ ᄒᆞᆫ 댱샹셔롤 녕존(令尊)긔 몬져 올녀 나의 그ᄅᆞ믈 져기 샤ᄒᆞ여 듕인졔회(衆人齊會)의 날노 ᄒᆞ여곰 낫촐 ᄡᆡᆨᄂᆞᆫ 븟그러오미 업게 ᄒᆞ라."

44면

쇼졔(小姐) 존구(尊舅)의 강외(江外)로 마ᄌᆞ라 나ᄀᆞᄂᆞᆫ 바롤 딘실노 민망이 녁이나 능히 멈츌 길히 업ᄂᆞᆫ디라. 다만 가친(家親)과 졔슉(諸叔)을 ᄃᆡᄒᆞ여 칭죄(稱罪)ᄒᆞ실 일이 업ᄉᆞ믈 나ᄌᆞᆨ이 고ᄒᆞᄃᆡ 공이 고디듯디 아니ᄒᆞ고 밧비 셔장(書狀)을 일우라 ᄌᆡ쵹ᄒᆞ며 초조번뇌(焦燥煩惱)ᄒᆞ

47 범연(泛然)ᄒᆞᆫ 바의 잇디 아니: 규장각본에는 '번연ᄒᆞᆫ 바의 잇지 아니 〃'로 되어 있음.

48 발뵈디: 발보이다. 남에게 자랑하기 위해 자기가 가진 재주를 일부러 드러내 보이다. 무슨 일의 낌새를 드러내다.

49 부형청죄(負荊請罪): 부형청죄. 가시나무를 등에 지고 때려 주기를 청한다는 뜻으로, 자신의 잘못을 인정하고 사죄하는 것.

믈 마디 아니ᄒᆞ니 쇼졔 더옥 민박(憫迫)ᄒᆞ나 마디못ᄒᆞ여 공의 앏ᄒᆡ셔 복슈디필(伏首持筆)ᄒᆞ여 부슉(父叔)긔 상셔(上書)ᄅᆞᆯ 올니려 ᄒᆞᆯᄉᆡ 댱공이 ᄉᆞ어(辭語)ᄅᆞᆯ 일일히 ᄀᆞᄅᆞ쳐 쳑자반획(隻字半劃)을 ᄌᆞ긔 니ᄅᆞᄂᆞᆫ 바의 어긔오미 업게 ᄒᆞ니 만디셔ᄉᆞ(滿紙書辭)의 구구ᄋᆡ걸(區區哀乞)ᄒᆞ미 탕졍의 ᄌᆞ긔ᄅᆞᆯ 건디고 잉하의 잔쳔(殘喘)을 샤(赦)ᄒᆞᆯ ᄃᆞᆺ 길게 졍유(情由)ᄅᆞᆯ 베플며 넙이 샤죄ᄒᆞ믈 쳥ᄒᆞᄂᆞᆫ 셜홰(說話) 구ᄎᆞ막심(苟且莫甚)ᄒᆞ여 낫고 더러오미 결증 잇ᄂᆞᆫ ᄌᆞ(者)로 ᄒᆞ여곰 ᄒᆞᆫ번 볼딘ᄃᆡ 보기ᄅᆞᆯ ᄎᆡ 못 ᄒᆞ여 믯쳐 더지기ᄅᆞᆯ 면치 못ᄒᆞᆯ디라. 임의 일우기ᄅᆞᆯ 다ᄒᆞ여시ᄃᆡ 그 가온ᄃᆡ 쇼져로 ᄒᆞ여곰 구가덕의(舅家德義)ᄅᆞᆯ 일ᄏᆞ라 젼일누셜(前日陋說) 가온ᄃᆡ도 존구가 디ᄂᆞᆫ 은혜ᄅᆞᆯ 깃쳐 년무(憐撫)ᄒᆞ던 바ᄅᆞᆯ 베플과져 ᄒᆞᄃᆡ ᄌᆞ긔 일이나 진실노 낫치 ᄃᆞᆺ겁고 말이 막히이니 ᄎᆞ마 그리 45면 ᄒᆞ라 니ᄅᆞ디 못ᄒᆞ며 다만 므ᄉᆞᆷ 말을 더 ᄒᆞᆯ ᄃᆞᆺ 말 ᄃᆞᆺ 민면(憫愐)ᄒᆞ고 난연(赧然)ᄒᆞ여 안ᄉᆡᆨ이 변ᄒᆞ믈 ᄭᆡ닷디 못ᄒᆞ니 쇼졔(小姐) 더옥 졀박ᄒᆞᄃᆡ 존구(尊舅)의 평ᄉᆡᆼ병통(平生病痛)을 ᄌᆞ긔 구셜(口舌)노뼈 곳치디 못ᄒᆞᆯ디라. 다만 긔운을 낫초며 소ᄅᆡᄅᆞᆯ 온화히 ᄒᆞ여 므ᄉᆞᆷ ᄉᆞ어(私語)ᄅᆞᆯ 더ᄒᆞ실고 뭇ᄌᆞ온ᄃᆡ 공이 날연면홍(苶然面紅)의 ᄒᆞᆯ연 허슈히 우어 갈오ᄃᆡ

"우리 부뷔(夫婦) 젼ᄌᆞ(前者)의 현부(賢婦)로뼈 참누(慙累)의 함닉(陷溺)ᄒᆞ여 화고풍상(禍故風霜)을 ᄀᆞᆺ초 경녁(經歷)게 ᄒᆞ믄 블명브ᄌᆞ(不明不慈)ᄒᆞ고 무디한악(無知悍惡)ᄒᆞᆫ 연고(緣故)라. 도ᄎᆞ디시(到此之時)ᄒᆞ여 뉘웃ᄂᆞᆫ 탄(嘆)이 ᄇᆡ복(背伏)을 믈기[50]의 밋쳣ᄂᆞ니 임의 듕인

---

50 ᄇᆡ복(背伏)을 믈기: 사향노루가 사람에게 잡히면 제 배꼽의 향내 때문이라 생각하고 배꼽을 물어뜯는 것. 일이 잘못된 뒤에는 후회해도 소용없다는 말.

(衆人) 회좌(會坐)의 큰 ᄆᆡᆼ셰와 굿은 말을 두어 다시 그ᄅᆞ미 업ᄉᆞᆯ 바ᄅᆞᆯ ᄇᆞᆰ히믄 현뷔 닉이 드ᄅᆞᆫ ᄇᆡ오 근일(近日)의 젼과(前過)ᄅᆞᆯ ᄇᆞ리고 ᄉᆡ로이 어질믈 닷그믄 현부의 보ᄂᆞᆫ ᄇᆡ라. 녕존공(令尊公)과 녕슉(令叔) 션ᄉᆡᆼ긔 이 셜화(說話)ᄅᆞᆯ ᄃᆡ강 고ᄒᆞ여 이제ᄅᆞᆯ 당ᄒᆞ여ᄂᆞᆫ 현부의 일신(一身)이 안한(安閑)ᄒᆞ여시믈 고ᄒᆞ미 무방ᄒᆞᆯ가 ᄒᆞ노라."

46면 쇼졔 슌슌ᄇᆡ샤(順順拜謝)ᄒᆞ며 구고(舅姑)의 은ᄐᆡᆨ(恩澤)을 일ᄏᆞ라 젼일(前日)노브터 금ᄌᆞ(今者)의 니ᄅᆞ히 ᄉᆡᆼ형육골디은(生形肉骨之恩)이믈 갓초 베프러 ᄡᅳ기ᄅᆞᆯ 다ᄒᆞᄆᆡ 이에 공긔 나오니 공이 만심환열(滿心歡悅)ᄒᆞ여 몬져 셔함(書函)을 보ᄂᆡᆫ 후 ᄌᆞ긔 미조ᄎᆞ[51] 나아가고ᄌᆞ ᄒᆞ더라.

시시(是時)의 졍쇼졔 비아구ᄎᆞ(非雅苟且)ᄒᆞᆫ 셔ᄉᆞ(書辭)로ᄡᅧ 부슉(父叔)의 안목을 욕되게 ᄒᆞᆯ ᄲᅳᆫ 아니라 냥죵슉(兩從叔)과 졔종(諸從)의 우음을 돕고 존구(尊舅)의 괴ᄒᆡ파측(怪駭叵測)ᄒᆞᆫ 인믈을 졀졀(節節)이 드러ᄂᆡ믈 그윽이 괴치(愧恥)ᄒᆞ여 혜오ᄃᆡ '효도의 열디(悅志)와 양디(養志)[52]ᄂᆞᆫ 뎡히 슌종디되(順從之道) 최근애(最近也)니 ᄒᆞᆫ갈ᄀᆞᆺ치 위역(違逆)디 말녀니와 친의(親意) 과실(過失)ᄒᆞ여ᄂᆞᆫ 삼간이블청(三諫而不聽)이어든 호읍이슈디(號泣而受之)라[53] ᄒᆞ니 깁히 간(諫)ᄒᆞ여 드ᄅᆞ시믈 엇디 못ᄒᆞ거든 조ᄎᆞ미 곳 슌종디되로ᄃᆡ 그 간치 아니ᄒᆞ미 이 ᄀᆞᆺᄐᆞᆫ 후ᄂᆞᆫ 맛당이 낫ᄎᆞ로 슌(順)ᄒᆞ며 도로혀 조ᄎᆞ미 업시 고쳐 ᄒᆡᆼᄒᆞ고

51 미조ᄎᆞ: 미조초. 곧이어.

52 양디(養志): 양지. 효로 이름난 공자의 제자인 증자의 부모 봉양 방법으로, '부모의 뜻을 봉양한다'는 의미.

53 삼간이블청(三諫而不聽)이어든 호읍이슈디(號泣而受之)라: 세 번 간언해도 듣지 않으면 뒤따르며 호읍(號泣)을 한다는 뜻.

긔(欺)이ᄂᆞᆫ ᄇᆡ 되여도 그ᄅᆞ미 내게 잇고 존구긔 우음이 도라가디 아니 ᄒᆞ리라.' ᄒᆞ여 믄득 셔함(書函)을 밧드러 츈·경 이파(二婆)를 블너 쳔만당부(千萬當付)ᄒᆞ며 브졀업시 셕한(昔恨)을 두디 말고 근간(近間) 47면
일신(一身)이 안한(安閑)ᄒᆞ므로뼈 모든 ᄃᆡ 고ᄒᆞ라 ᄒᆞ며 각각 옥셜쥬구(玉屑珠句)를 쥬어 밧비 나아가라 ᄒᆞ니 냥패(兩婆) 고두슈명(叩頭受命)ᄒᆞ여 ᄲᆞᆯ니 힝홀ᄉᆡ 쇼졔(小姐) ᄀᆞᆺᄐᆞ여 말을 아니 ᄒᆞ나 츈패 셔함(書函)을 밧드러 나가ᄂᆞᆫ 바의 쇼졔 다만 문후(問候)[54]ᄒᆞᄂᆞᆫ 셔장(書狀)으로 곳쳐 일워 유랑(乳娘)과 경파를 주어 보ᄂᆡ니라.

ᄎᆞ시(此時) 뎡공이 심담(心膽)이 분분요요(紛紛擾擾)ᄒᆞ여 셔간(書簡)의 변역(變易)ᄒᆞ믄 아디 못ᄒᆞ고 다만 쇼져를 본부(本府)로 도라가 부모존당(父母尊堂)을 마ᄌᆞ라 ᄒᆞ며 박시를 당부ᄒᆞ여 경장딘슈(瓊漿珍羞)[55]로뼈 졍부(程府) 일힝이 본아(本衙)의 다닷기를 기다려 헌하(獻賀)ᄒᆞᄂᆞᆫ 상을 올니게 ᄒᆞ라 ᄒᆞ고 식부(息婦)의 셔장을 인ᄒᆞ여 대단ᄒᆞᆫ 욕(辱)은 면ᄒᆞ리라 ᄒᆞ며 참치슈괴(慘恥羞愧)ᄒᆞ믈 셔리담고 밧비 술위를 구을녀 강외(江外)로 나아오며 먼니 바라보건ᄃᆡ 일반친우(一般親友)와 거됴명공(擧朝名公)이 졍시(程氏) ᄂᆡ외친쳑(內外親戚)으로 더브러 강촌의 졔졔(齊齊)히 모다시니 구ᄅᆞᆷ 장막(帳幕)이 좌우를 두로고 안개 ᄎᆞ일(遮日)은 하날을 ᄀᆞ리왓ᄂᆞᆫᄃᆡ 뫼 ᄀᆞᆺᄐᆞᆫ 위의(威儀) 딘진(津津)ᄒᆞ며 믈 갓ᄐᆞᆫ 영광이 쳡쳡(疊疊)ᄒᆞ니 녈후군공(列侯群公)이 황금 48면

54 문후(問候): 윗사람의 안부를 묻는 것.

55 경장딘슈(瓊漿珍羞): 경장진수. 좋은 술과 귀한 음식.

을 횡ᄃᆡ(橫帶)ᄒᆞ고 ᄇᆡᆨ옥을 울녀 쥬륜(朱輪)[56]이 상쇽(相續)ᄒᆞ며 화게(華車) 편편(翩翩)ᄒᆞ여 사ᄅᆞᆷ이 가얌[57]이 ᄡᅮ시고 벌이 뭉긔ᄃᆞᆺ ᄒᆞ니 대뢰(大路) 좁아 ᄇᆞᆯ 드딜 틈이 업ᄉᆞᆫ 바의 졍부일ᄒᆡᆼ(程府一行)이 발셔 ᄉᆞ변(沙邊)의 다ᄃᆞᄅᆞᄆᆡ 진퇴(進退) ᄎᆞ텬(遮天)ᄒᆞ여 태양이 ᄀᆞ리ᄂᆞᆫ 곳의 마뎨(馬蹄) 양양(洋洋)ᄒᆞ여 동졍(洞庭)의 미ᄂᆞᆫ 믈이 날니ᄂᆞᆫ ᄃᆞᆺ 풍셩(風聲)이 요요(擾擾)ᄒᆞ여 학예(鶴唳) 분분(紛紛)ᄒᆞᆫ 가온ᄃᆡ 졍참졍 쳥계공이 몸의 보블(黼黻)[58]을 그린 졍홍금포ᄅᆞᆯ 착(着)ᄒᆞ고 허리의 냥디 ᄇᆡᆨ옥ᄃᆡᄅᆞᆯ 두로며 머리의 취화ᄌᆞ금관을 ᄡᅧ시니 구장면뉴(九章冕旒)[59] 홍눈(紅輪) ᄀᆞᆺᄐᆞᆫ 낫출 ᄀᆞ리와 일월의 빗치 두우(斗牛)의 ᄡᅩ이거ᄂᆞᆯ 츄텬(秋天)을 ᄡᅳ리친 긔개(氣概)와 양츈(陽春)이 화(和)ᄒᆞᆫ 풍의(風儀)로 태산(泰山)이 암암(巖巖)ᄒᆞ고 대ᄒᆡ(大海) 양양(洋洋)ᄒᆞᆫ ᄃᆞᆺ 그 디위(地位) ᄌᆡ상(宰相)의 거(居)ᄒᆞ며 식퇴(食土)[60] 열후(列侯)의 이시니 금의귀향(錦衣歸鄕)ᄒᆞ여 영친분소(迎親墳掃)ᄒᆞ고 솔귀고원(率歸故園)ᄒᆞᄆᆡ 완연이 패풍(沛豐)[61]의 미쳔(微賤)ᄒᆞᆫ 고구(故舊)ᄅᆞᆯ ᄎᆞᆺ던 한고조

56 쥬륜(朱輪): 주륜. 바퀴에 붉은 칠을 한 수레. 타는 사람이 지위가 높고 부귀함을 의미함.

57 가얌: 가얌이(개얌이, 개야미). 개미.

58 보블(黼黻): 보불. 임금이 예복으로 입던 하의(下衣)인 곤상(袞裳)의 도끼와 '아(亞)' 자 모양의 수.

59 구장면뉴(九章冕旒): 구장면류. '구장'은 중국 제후의 복식에 수놓는 무늬. '면류'는 제왕의 정복에 갖추어 쓰던 관인 면류관의 앞뒤에 늘어뜨린 구슬꿰미.

60 식퇴(食土): 식토. 고대 중국에서 왕족, 공신, 대신들에게 공로에 대한 보상으로 주던 영지(領地).

61 패풍(沛豐): 한 고조가 풍패(豐沛)에서 처음 군사를 일으켰던 고사에서 유래하여, 나라를 세운 제왕의 고향을 가리키는 말이 되었음.

(漢高祖)의 위풍(威風)이 이시며 녹녹히 ᄉᆞ마댱경(司馬長卿)[62]과 소계ᄌᆞ(蘇季子)[63]의 일시 영광되믈 비기디 못ᄒᆞ니 ᄇᆞ라ᄂᆞᆫ ᄌᆡ 측목블감앙시(觸目不敢仰視)ᄒᆞ고 나아가ᄂᆞᆫ ᄌᆡ 국궁딘궤(鞠躬進跪)ᄒᆞ여 칙칙흠션(嘖嘖欽羨)ᄒᆞ며 복복칭도(僕僕稱道)ᄒᆞ거ᄂᆞᆯ ᄎᆡ게(彩車) 아으라히 븟치고 오ᄉᆞ젹의(烏紗翟衣)ᄒᆞᆫ 쥬부하관(主府下官)이 뉵승화교(六乘華轎)ᄅᆞᆯ 좌우로 호위ᄒᆞ여 창두(蒼頭) ᄇᆡᆨ여 인이 날호여 미러 나오ᄂᆞᆫ 바의 듁도취벽디듕(竹道翠壁之中)의 복부관환(僕夫官鬟) 슈ᄇᆡᆨ여 인이 포고 홍장아치의 호ᄆᆡ(豪邁)ᄒᆞᆫ 쇼ᄋᆡ(小兒) 뉵마화구(六馬華驅)ᄅᆞᆯ 타조ᄎᆞᆫ ᄌᆡ(者) 삼십여 인이라. 슈ᄅᆡᄅᆞᆯ 나ᄌᆞᆨ이 모라 젼ᄎᆞ후옹(前遮後擁)[64]ᄒᆞᄂᆞᆫ 곳의 졍쇼부 냥계공이 쳐ᄉᆞ 운계션ᄉᆡᆼ으로 더브러 ᄒᆡᆼᄒᆞ니 냥계의 영풍션ᄎᆡ(英風仙彩)로뼈 ᄌᆡ샹의 관면(冠冕)과 명공위의(名公威儀)ᄅᆞᆯ ᄀᆞ초ᄆᆡ 진평(陳平)[65]의 부귀ᄒᆞᆫ 상격(相格)과 왕년(王衍)[66]의 탁초(卓超)ᄒᆞᆫ 긔질이 ᄉᆡ로이 사ᄅᆞᆷ의 눈을 놀ᄂᆡ거ᄂᆞᆯ 졍쳐ᄉᆞ의 파려ᄒᆞᆫ 나귀와 쇠잔ᄒᆞᆫ 쳑동(尺童)이 위의(威儀) 소조(蕭條)ᄒᆞ고 거지(擧止) 한박(寒薄)ᄒᆞᆫᄃᆡ 오ᄃᆡᆨ 고관댱포(高冠長袍)ᄂᆞᆫ 듕니(仲尼)[67]의 일되(一道)

49면

---

62 ᄉᆞ마댱경(司馬長卿): 사마장경. 사마상여. 전한 때의 이름난 문인. 과부였던 탁문군에게 반하여 함께 야반도주한 사건으로 유명함.

63 소계ᄌᆞ(蘇季子): 소계자. 소진. 중국 전국시대의 변론가로, 진(秦)나라에 맞서 동방의 6국이 연합하여 진나라를 제압하자는 합종책을 주장함.

64 젼ᄎᆞ후옹(前遮後擁): 전차후옹. 많은 사람들이 앞과 뒤에서 보호하며 따르는 것.

65 진평(陳平): 한나라의 개국공신. 서초패왕 항우의 책사였으나 후에 유방을 도와 한나라를 건국하는 데 크게 기여한 인물.

66 왕년(王衍): 왕연. 서진(西晉)의 재상. 어려서부터 뛰어난 언변과 빼어난 기상으로 명사들에게 인정받았으며 노장 학설에 밝았다고 함.

67 듕니(仲尼): 중니. 공자(孔子)의 자.

오 탁탁(卓卓)ᄒᆞᆫ 쳥풍(淸風)은 만고쌍졀(萬古雙節)이 ᄉᆡ로오니 의의(猗猗)ᄒᆞ여 긔산고의(箕山孤義)[68]ᄅᆞᆯ ᄯᆞ로며 신긔ᄒᆞ여 도잠(陶潛)의 50면 풍양(風樣)이 이실 쁜 아니라 셩문(聖門)의 바ᄅᆞᆫ 줄ᄆᆡᆨ을 니어 학니도덕(學理道德)이 쳔경파(千頃波) 갓ᄐᆞ믈 뉘 능히 알니오? 졍샤인 닌셩이 학ᄉᆞ 닌흥으로 더브러 부슉(父叔)을 뫼시며 졔뎨(諸弟)ᄅᆞᆯ 거ᄂᆞ려 뒤ᄒᆡ 나아오니 ᄇᆡᆨ마금안(白馬錦鞍)의 홍포(紅袍)ᄅᆞᆯ 가(加)ᄒᆞ고 옥ᄃᆡ(玉帶)ᄅᆞᆯ 휘(揮)ᄒᆞ여 금학(琴鶴)[69]을 ᄇᆡ(配)ᄒᆞ며 ᄇᆡᆨ학(白鶴)을 젼(前)ᄒᆞ여 신위긔상(身威氣像)을 측냥치 못ᄒᆞ니 어ᄂᆡ 거시 곱고 므스 거시 빗나믈 창졸(倉卒)의 알니오? 다만 휘휘(輝輝)ᄒᆞ여 경하(涇河)의 옥농(玉龍)이 오운(五雲)을 멍에ᄒᆞ여 운소(雲霄)의 등비(騰飛)ᄒᆞ니 옥비듥이 운간(雲間)의 관망(觀望)ᄒᆞ여 쳥소원텬(淸宵遠天)의 광풍(狂風)과 졔월(霽月)이 가히업ᄉᆞᆫ ᄃᆞᆺ 샹운셔일(祥雲瑞日)이 흐ᄅᆞ니 화란츈셩(花爛春城)의 만믈이 부휵(扶畜)ᄒᆞ여 화풍(和風)과 감위(甘雨) 시시(時時)로 나리ᄂᆞᆫ ᄃᆞᆺ 텬하의 더브러 갓ᄐᆞᆫ 거시 업고 셰간(世間)의 의논ᄒᆞ여 비ᄒᆞᆯ 거시 업ᄉᆞ니 오딕 텬디의 졍양영근(正陽永根)을 가져 발호기췌(拔乎其萃)ᄒᆞ며 탁호편편(擢乎扁扁)ᄒᆞ여 문딜(文質)과 셩덕(性德)이 빈빈(彬彬)ᄒᆞ고 슉슉(肅肅)ᄒᆞ여 안흐로 너ᄅᆞ며 밧그로 ᄇᆞᆰ으미 졍화(精華)ᄅᆞᆯ 일워 망디여운(望之如雲)ᄒᆞ고 취디여

68 긔산고의(箕山孤義): 기산고의. 요임금이 허유에게 보위를 물려주려 하자 허유는 귀가 더럽혀졌다며 영천(潁川)에서 귀를 씻고 기산으로 들어가 은거하였다고 함.

69 금학(琴鶴): 송나라 때 조변이 성도(成都)의 전운사(轉運使)로 부임하면서 거문고 하나와 학 한 마리만 가지고 갔다는 데에서 나온 것으로, 관리의 청렴함을 이르는 말.

일(就之如日)ᄒᆞ니[70] 져믄 빗과 쟝(壯)ᄒᆞᆫ 형상의 빗난 영광이 호연탈쇄(浩然脫灑)ᄒᆞ여 도로혀 부슉(父叔)의 디나니 도로인인(徒路人人)이 칙칙탄상(嘖嘖歎賞)[71]ᄒᆞ여 혜 달흐믈 ᄭᆡ닷디 못ᄒᆞᄂᆞᆫ디라. 이ᄣᆡ 경조공 의계와 경국공 상공이 앏흘 당ᄒᆞ여 마조 나아가다가 태부인 거륜(車輪)을 보고 즉시 하마(下馬)ᄒᆞ여 츄이딘알(推而進謁)ᄒᆞᆯᄉᆡ 잠시 ᄉᆞ이의 부ᄌᆞ형뎨(父子兄弟) 슉딜(叔姪)과 일가군쳑(一家群戚)이 고구친붕(故舅親朋)으로 더브러 막ᄎᆞ(幕次)[72]의 취회(聚會)ᄒᆞ니 져마다 깃븐 안ᄉᆡᆨ과 즐기ᄂᆞᆫ 셩음(聲音)이 화연쾌락(和然快樂)ᄒᆞ여 다시 거리ᄭᆡᆫ 근심이 업ᄉᆞᆫ디라. 경참정 곤계(昆季) 태부인을 밧드러 강촌 ᄂᆡ샤(內舍)의 잠간 쉬시믈 청ᄒᆞ여 오션(午饍)을 파(罷)ᄒᆞᆫ 후 비로소 몸을 두로혀 막ᄎᆞ의 나와 졔우(諸友)을 샤례코ᄌᆞ ᄒᆞ더니 상공ᄌᆞ 안국의 삼(三) 곤계 우음을 먹음고 드러와 고ᄒᆞᄃᆡ 51면

"ᄇᆡ은망혜(背恩忘惠)ᄒᆞᄂᆞᆫ 무신젹츄(無信賊酋) 댱튝(張畜)이 태모(太母)긔 현알(見謁)ᄒᆞ믈 쳥ᄒᆞ오니 쇼손(小孫) 등이 괴로오믈 니긔디 못ᄒᆞ오나 ᄉᆞ이의셔 밀막디[73] 못ᄒᆞ와 감히 픔명(稟命)ᄒᆞᄂᆞ이다."

태부인이 ᄉᆞ식(辭色)이 화연(和然)ᄒᆞ여

---

70 망디여운(望之如雲)ᄒᆞ고 취디여일(就之如日)ᄒᆞ니: 요임금의 덕을 묘사하는 말. "요임금의 이름은 방훈으로 인(仁)은 하늘과 같고 지(知)는 신과 같아, 가까이 나아가면 해와 같고 멀리서 보면 구름과 같다(帝堯者放勳 其仁如天 其知如神 就之如日 望之如雲)."라는 말이《사기》에 나옴.

71 칙칙탄상(嘖嘖歎賞): 책책탄상. 큰 소리로 감탄함.

72 막ᄎᆞ(幕次): 막차. 의식이나 거둥 때에 임시로 장막을 쳐서 왕이나 고관들이 잠깐 머무르게 하던 곳.

73 밀막디: 밀막다. 핑계 대고 거절하다.

“당헌은 유시(幼詩)로브터 ᄌᆞ딜ᄀᆞᆺ치 보던 ᄇᆡ오 제 ᄯᅩ 노모(老母)ᄅᆞᆯ
52면 슉당(叔堂)ᄀᆞᆺ치 알오미 잇ᄉᆞ니 팔구(八九) ᄌᆡ(載)ᄅᆞᆯ 경향(京鄕)의 분니(分離)ᄒᆞ여 피ᄎᆞ 존문(存問)을 통(通)치 못ᄒᆞ미 심상(心狀) 결연(缺然)[74]ᄒᆞ던 ᄇᆡ라. 이제 구의(舊誼)에 ᄃᆞᆺ터오믈 ᄉᆡᆼ각ᄒᆞ여 먼니 와 마ᄌᆞ 노모(老母)의 잔천(殘喘)을 위로코ᄌᆞ ᄒᆞ미 우연치 아닌 일이어ᄂᆞᆯ 안국등이 엇디 당유유셔(長幼有序)ᄅᆞᆯ ᄉᆡᆼ각디 아니ᄒᆞ고 괴이ᄒᆞᆫ 말노ᄡᅧ 부형(父兄)의 년ᄇᆡ(年輩) 당ᄌᆞ(長者)ᄅᆞᆯ 욕ᄒᆞᄂᆞ뇨? 모로미 당공을 인도ᄒᆞ여 드러와 셔로 보게 ᄒᆞ라.”

청계 맛당ᄒᆞ시믈 일ᄏᆞᄅᆞ며 상공ᄌᆞ 등을 도라보아 어룬을 능만(陵慢)치 말나 ᄒᆞ고 쳐ᄉᆞ로 더브러 친히 나와 당공을 볼ᄉᆡ 이ᄯᆡ 당공의 만심(滿心)이 황툭(惶蹴)ᄒᆞ고 긔운이 져상(沮喪)ᄒᆞ여 밧그로 어린 ᄃᆞᆺᄒᆞ며 안흐로 초조ᄒᆞ여 아모리 ᄒᆞᆯ 바ᄅᆞᆯ 아디 못ᄒᆞ고 흘흘(忽忽)히 넉슬 일허 경부일힝(程府一行)이 막ᄎᆞ(幕次)로 들믈 좀간 ᄇᆞ라보며 능히 조ᄎᆞ 청알(請謁)도 못 ᄒᆞ고 죽은 ᄃᆞ시 거듕(車中)의 업딘 형상이 뇌졍(牢庭)의 ᄡᅥ러딘 잠튱(蚕虫) ᄀᆞᆺᄐᆞ여 숨도 크게 못 쉬니 하리츄죵(下吏騶從)이 도로혀 민울(憫鬱)ᄒᆞᆯ 즈음의 최언션이 졍참졍을 시위(侍衛)
53면 쳔니쥰구(千里駿駒)ᄅᆞᆯ 타 뒤ᄒᆡ 좃ᄎᆞᆺ다가 당공을 보고 황망이 ᄆᆞᆯ긔 나려 당공 거젼(車前)의 니ᄅᆞ러 ᄇᆡᆨ비계슈(百拜稽首)ᄒᆞ며 샤죄ᄅᆞᆯ 청ᄒᆞ니 당공이 ᄒᆞᆫ번 보ᄆᆡ 반기믈 니긔디 못ᄒᆞ고 오날ᄂᆞᆯ을 당ᄒᆞ여 언션의 디식(智識)을 ᄉᆡᆼ각ᄒᆞᄆᆡ ᄌᆞ긔 무상(無狀)ᄒᆞ믄 더옥 ᄭᆡ칠 마ᄃᆡ라. 기듕

74 결연(缺然): 서운해하는 모습.

(其中)의도 오히려 언션을[75] 죽이디 아냐시믈 다힝ᄒᆞᄃᆡ ᄌᆞ긔ᄂᆞᆫ ᄇᆞᄃᆡ 졍
ᄌᆞ(程子)ᄅᆞᆯ 죽이려 ᄒᆞ엿거ᄂᆞᆯ 언션은 ᄇᆞᄃᆡ 언션을 ᄉᆞᆯ오기로 도모ᄒᆞ여
졔 몸의 죽을 바ᄅᆞᆯ 샤양치 아니ᄒᆞ니 그 션악의 ᄂᆡ도ᄒᆞ믄 소양(霄壤)이
블모(不侔)ᄒᆞᆫ디라. 여러 가디로 심혼이 경악ᄒᆞ여 슈히 말을 일우디 못
ᄒᆞ니[76] 언션이 나ᄌᆞᆨ이 긔강지디(綦江之地)[77]의셔 ᄉᆞ죄(死罪)ᄅᆞᆯ 샤(赦)ᄒᆞᆫ
덕음(德音)을 일ᄏᆞᄅᆞ며 당금(當今) 졍부일힝(程府一行)이 쉬ᄂᆞᆫ 곳의
나아가시믈 쳥ᄒᆞᆫᄃᆡ 댱공이 ᄀᆞ장 오ᄅᆡ게야 소ᄅᆡᄅᆞᆯ 일워 ᄀᆞᆯ오ᄃᆡ

"너의 유식통텰(有識通徹)ᄒᆞ미 범ᄇᆡᆨ(凡百)의 소연예디(昭然豫知)ᄒᆞ
니 딘실노 나의 놉흔 스ᄉᆡᆼ이오 나ᄌᆞᆫ 하리(下吏) 아니라. 도ᄎᆞ(到此)ᄒᆞ
여 너ᄂᆞᆫ 졍가(程家)의 은인으로 공이 놉고 나ᄂᆞᆫ 졍문(程門)의 죄ᄅᆞᆯ ᄡᆞ
하 악이 깁흐니 은쉬(恩讐) ᄂᆡ도ᄒᆞᆫ디라 죽기ᄅᆞᆯ 그음ᄒᆞ여 이예 나왓거 54면
니와 과연 졍공 곤계(昆季)ᄅᆞᆯ ᄃᆡ(對)ᄒᆞᆯ ᄂᆞᆺ치 업ᄉᆞ니 그 엇디ᄒᆞ여야 나
의 그ᄅᆞᆺᄒᆞ믈 샤(赦)ᄒᆞ며 구일디졍(舊日之情)을 온젼이 ᄒᆞᆯ 도리 이시
리오? 네 모로미 날을 ᄀᆞᄅᆞ치라."

언션이 블감(不堪)ᄒᆞ믈 계슈ᄇᆡ샤(稽首拜辭)ᄒᆞ고 졍참졍 노야곤계(老
爺昆季)의 디셩대덕(至誠大德)으로ᄡᅧ 셰쇄(細瑣)ᄒᆞᆫ 곳의 원을 픔을
ᄇᆡ 아니믈 고(告)ᄒᆞ여 밧비 가 셔로 보시미 맛당ᄒᆞ믈 쥬(奏)ᄒᆞᆫᄃᆡ 댱공
이 듕무소쥬(中無所主)ᄒᆞᆫ ᄃᆞᆺ 언션의 말을 조ᄎᆞ 수ᄅᆡ의 나려 바로 막
ᄎᆞ(幕次)의 나아가 알현(謁見)ᄒᆞ믈 쳥ᄒᆞᄆᆡ ᄉᆡᆼ각디 아닌 쳥계공과 운

---

75 언션을: 문맥상 '인광을'이 되어야 함. 규장각본에도 '언션을'로 되어 있음.

76 못ᄒᆞ니: 규장각본에는 '못ᄒᆞᄂᆞᆫ지라'로 되어 있음.

77 긔강지디(綦江之地): 기강지지. 기강 지역.

계션ᄉᆡᆼ이 ᄒᆞᆷ긔 나오ᄂᆞᆫ디라. 쳐음은 황황(遑遑)ᄒᆞ여 놀나오미 ᄌᆞ긔ᄅᆞᆯ
죽이라 오ᄂᆞᆫ ᄃᆞᆺ 의심 튝쳑(蹴踖)ᄒᆞ니 ᄌᆞ연 냥목(兩目)이 호란(胡亂)
ᄒᆞ고 심긔 딘뉼(震慄)ᄒᆞ여 아모리 ᄒᆞᆯ 바ᄅᆞᆯ 모로ᄂᆞᆫ 거동이 호표(虎豹)
ᄅᆞᆯ 만난 긔견 ᄀᆞᆺᄐᆞ며 녑구(獵狗)ᄅᆞᆯ 만난 호토(狐兎) ᄀᆞᆺᄐᆞ니 형상이 이
러ᄒᆞ고 ᄯᅩ ᄆᆞᄉᆞᆷ 말을 발ᄒᆞ여 ᄒᆞᆫ마ᄃᆡ 인ᄉᆡ(人事)들 펴리오? ᄒᆞᆫ갓 뉵
니우듕(忸怩尤重)ᄒᆞ여 안ᄉᆡᆨ이 여회(如灰)ᄒᆞ며 ᄇᆡ한(背汗)이 졈의(沾
55면 衣)어ᄂᆞᆯ 참졍 곤계 다ᄃᆞ라 이 거동을 보ᄃᆡ 웃ᄂᆞᆫ 빗ᄎᆞᆯ 동(動)치 아니ᄒᆞ
고 다만 흔연이 반기ᄂᆞᆫ 낫ᄎᆞ로 집슈년비(執手連臂) 왈

“상여일별(相與一別)의 남븍이 졀원(絶遠)ᄒᆞ니 됴모(朝暮)의 ᄉᆞ상
(思想)ᄒᆞᄂᆞᆫ 졍을 븟치디 못ᄒᆞ며 얼프시 팔구(八九) 츈츄(春秋)ᄅᆞᆯ 뒤
이ᄌᆞ니[78] 그 심히 오란 ᄇᆡ 아니로ᄃᆡ 오히려 쇼ᄌᆡ(少者) 쇠(衰)ᄒᆞ기의
니ᄅᆞ고 유ᄌᆡ(幼者) 댱(長)ᄒᆞ기의 밋쳣ᄂᆞᆫ디라. 후ᄇᆡᆨ은 소녀(少女)ᄅᆞᆯ
거두어 슬하ᄅᆞᆯ[79] 튱만ᄒᆞ여 구약(舊約)을 셩젼(成全)ᄒᆞ며 농손(弄孫)
의 ᄌᆞ미ᄅᆞᆯ 겸(兼)ᄒᆞ여 즐기미 완젼ᄒᆞᄃᆡ 아등(我等)은 분니이국(分離
異國)ᄒᆞ고 ᄉᆞ괴(事故) 쳡다(疊多)ᄒᆞ여 ᄇᆡᆨᄋᆞ(伯兒)[80]ᄅᆞᆯ 디금(只今) 취
실(娶室)치 못ᄒᆞ므로뼈 ᄎᆞᄋᆞ(次兒)의 가긔(佳期)ᄂᆞᆫ 더옥 느ᄌᆞ미 되니
심니(心裏)의 한울(恨鬱)ᄒᆞ나 ᄯᅩ 능히 인녁(人力)으로 못 ᄒᆞᄂᆞᆫ ᄇᆡ러
니 이제 낙경(洛京)의 모드믈 어드ᄆᆡ 쵹목디경(觸目之景)이[81] 감상(感
傷)ᄒᆞ믈 도으나 눈을 드ᄂᆞᆫ 바의 구면(舊面)이 아니미 업ᄉᆞ니 거의 ᄉᆞ

78 뒤이ᄌᆞ니: 뒤잊다. 뒤집히다. 여기서는 오랜 시간이 지났다는 의미.

79 슬하ᄅᆞᆯ: 규장각본에는 ‘슬하의’로 되어 있음.

80 ᄇᆡᆨᄋᆞ(伯兒): 백아. 맏아들.

81 쵹목디경(觸目之景)이: 규장각본에는 ‘쵹목디경을’로 되어 있음.

샹ᄒᆞ던 졍을 위로홀 ᄇᆡ오 다시 미돈(迷豚) 등의 가긔롤 일우미[82] 반장(反掌)[83] ᄀᆞᆺᄐᆞ니 힝심(幸甚)이 극의(極意)라. 아등이 형으로 더브러 관포(管鮑)의 알오미 잇ᄂᆞᆫ 고로 인아(婣婭)[84]의 됴흐믈 더으니 그 졍의(情意) ᄌᆞ별(自別)ᄒᆞ믈 슌셜(脣舌)노ᄡᅧ 다 니ᄅᆞ디 못ᄒᆞ리로다."

뎡공이 쳔만긔약(千萬期約)디 아닌 바 참졍 곤계(昆季)의 화열(和悅)ᄒᆞᆫ 셩음(聲音)과 반기ᄂᆞᆫ ᄉᆞ식(辭色)을 당(當)ᄒᆞ니 심니(心裏) 쾌흔(快欣)ᄒᆞ미 쳔인망나(千刃網羅)롤 버셔 쳥텬(靑天)의 등승(騰昇)ᄒᆞᆫ 가온ᄃᆡ 우과망(尤過望)ᄒᆞ고 다대락(多大樂)ᄒᆞ믄 ᄌᆞ긔 념치(廉恥)나 ᄎᆞ마 졍ᄌᆞ(程子)롤 구(求)ᄒᆞ여 동상(東床)을 의논홀 말이 ᄲᅥᄅᆞ디 못ᄒᆞ거ᄂᆞᆯ 참졍 곤계 ᄒᆞᆫ가디로 이ᄀᆞᆺ치 니ᄅᆞ믈 어드니 닌흥을 그ᄅᆞᆺ 닌광으로 아라 발셔 등양(騰揚)가디 ᄒᆞ여시믈 용약만희(勇躍萬喜)ᄒᆞ여 명ᄉᆞ(名士) ᄉᆞ회롤 슈고 아냐 어더시믈 양양ᄌᆞ득(揚揚自得)ᄒᆞ니 향긱(嚮刻) 초황(焦惶)ᄒᆞ고 우젼(憂煎)ᄒᆞ여 흘흘(忽忽)이 넉시 ᄉᆞ라지며 망망(忙忙)이 간폐(肝肺) 젼요(纏繞)ᄒᆞ여 죽어 븟그리믈[85] 당치 말고ᄌᆞ ᄯᅳᆺ이 일시의 환환(歡歡)ᄒᆞᆫ 호흥(豪興)으로ᄡᅧ 밧고ᄆᆡ 즐기ᄂᆞᆫ 눈셥이 ᄌᆞ연이[86] 춤추고 깃븐 엇게 으슥이믈 ᄭᆡ닷디 못ᄒᆞ여 인간 괴로옴과 셰샹 근심을 졀연(絶然)이 딘탕(盡蕩)ᄒᆞ며 환연(歡然)이 졍공 곤계의 낫출 우러러 ᄀᆞᆯ오ᄃᆡ

56면

82 일우미: 규장각본에는 '니로미'로 되어 있음.

83 반장(反掌): 손바닥을 뒤집는다는 뜻으로, 일이 매우 쉬움을 말함.

84 인아(婣婭): 사위의 아버지와 사위로, 여기서는 사돈 관계를 이름.

85 븟그리믈: 규장각본에는 '부그림을'로 되어 있음.

86 ᄌᆞ연이: 규장각본에는 생략되어 있음.

"ᄉᆡᆼ아구로(生我劬勞)의 호텬디은(昊天之恩)[87]은 부뫼오 디아ᄌᆡᄉᆡᆼ(知我再生)의 활ᄒᆡ디덕(濶海之德)은 존문(尊門) 션대인(先大人)과 이형(二兄)이라. 당헌이 엇디 디긔(知己)ᄅᆞᆯ ᄃᆡᄒᆞ여 긴 말노 본의(本意)[88]
57면 ᄅᆞᆯ ᄇᆞᆰ히ᄂᆞᆫ 어ᄌᆞ러오미 이시리오? 다만 셰샹이 요요(擾擾)ᄒᆞ고 인심이 ᄒᆞᆫ갈ᄀᆞᆺ디 못ᄒᆞ니 관듕(管仲)의 탐금(貪金)ᄒᆞ믈 포ᄌᆡ(鮑者) 허믈치 아닐디언졍[89] 타인(他人)이 그 므어시라 니ᄅᆞᆯ 줄을 알니오? 쇼뎨(小弟) 딘실노 이형(二兄)의 홍냥대도(弘量大道)ᄅᆞᆯ 깁히 알오미 잇ᄉᆞ므로 잔문(殘門)을 보젼ᄒᆞ며 일신을 평녕(平寧)코ᄌᆞ ᄒᆞ여 스ᄉᆞ로 두계량(杜季良)의 쳥탁(淸濁)의 무소실(無所失)ᄒᆞ믈[90] 흠모ᄒᆞ여 혜오ᄃᆡ 군ᄌᆞ(君子)와 쇼인(小人)이 ᄯᅩᄒᆞᆫ ᄒᆞᆫ 하날긔 밧ᄌᆞ온 사ᄅᆞᆷ이라 엇디 이 심히 쳐거ᄉᆞ려 원슈ᄅᆞᆯ ᄆᆡᄌᆞ리오?"

참졍 곤계 당공으로 상봉디초(相逢之初)의 ᄌᆞ녀ᄅᆞᆯ 혼취(婚娶) 의논ᄒᆞ미 너모 밧브믈 모로디 아니ᄒᆞ고 딘실노 착급히 녁이ᄂᆞᆫ ᄇᆡ 업ᄉᆞᄃᆡ 당헌의 인믈을 아ᄂᆞᆫ 고로 ᄌᆞ긔 형뎨 니ᄅᆞ기ᄅᆞᆯ 더ᄃᆡ ᄒᆞ여ᄂᆞᆫ 필연 망측ᄒᆞᆫ ᄒᆡ거(駭擧)와 구구(區區)ᄒᆞᆫ 변셜(辨說)노 졀박히 ᄋᆡ걸ᄒᆞ미 이실 거시

87 ᄉᆡᆼ아구로(生我劬勞)의 호텬디은(昊天之恩): 나를 낳아 기른 부모의 은혜가 하늘처럼 끝이 없다는 말로, 부모의 은혜를 나타낸 표현.

88 본의(本意): 규장각본에는 '분의'로 되어 있음.

89 관듕(管仲)의 탐금(貪金)ᄒᆞ믈 포ᄌᆡ(鮑者) 허믈치 아닐디언졍: 《사기》 〈관중열전〉에서 "포숙아가 나에게 재물을 탐한다고 하지 않았던 것은 내가 가난한 것을 알기 때문이었다(鮑叔不以我爲貪 知我貧也)."라고 한 관중의 말에서 온 것. 관중과 포숙아의 변치 않는 우정을 '관포지교(管鮑之交)'라고 함.

90 두계량(杜季良)의 쳥탁(淸濁)의 무소실(無所失)ᄒᆞ믈: 《소학》 〈가언(嘉言)〉의 "두계량이 호협하고 의를 좋아하여 남의 근심을 걱정하고 남의 즐거움을 즐거워하여 청탁에 잃는 바가 없었다(杜季良豪俠好義 憂人之憂 樂人之樂 淸濁無所失)."라는 데서 온 것.

므로 그 허믈을 드러ᄂᆡ미 블가(不可)ᄒᆞ여 몬져 니ᄅᆞ미 잇더니 샤죄ᄒᆞ며 칭은(稱恩)ᄒᆞ미 더옥 광잡(狂雜)ᄒᆞ여 쳥계와 운계의 본뜻이 아니오 듕인(衆人)의 긔쇼(譏笑)ᄒᆞ믈 민망ᄒᆞ여 ᄡᆞᆯ니 븟드러 다언(多言)ᄒᆞ믈 니ᄅᆞ고 ᄒᆞᆫ가디로 닛그러 태부인긔 알현(謁見)ᄒᆞᆯᄉᆡ 경조와 쇼부공 58면
이 영국공으로 더브러 태부인을 뫼셔 말ᄉᆞᆷᄒᆞ다가 샤인 곤계(昆季)ᄂᆞᆫ 냥대인(兩大人)을 보고 년망(連忙)이 하당영디(下堂迎之)ᄒᆞ며 경조와 쇼부ᄂᆞᆫ 당헌을 통한(痛恨)ᄒᆞ나 인ᄉᆞ(人事)의 박졀(迫切)ᄒᆞ믈 구(求)치 아니ᄒᆞ므로 마디못ᄒᆞ여 셔로 보ᄂᆞᆫ 녜(禮)ᄅᆞᆯ 일우나 싁싁ᄒᆞᆫ 안ᄉᆡᆨ과 쥰엄(峻嚴)ᄒᆞᆫ 긔상이 녁 업ᄉᆞᆫ 당헌으로 ᄒᆞ여곰 심골(心骨)이 셔늘케 ᄒᆞᄂᆞᆫ디라. 댱공이 태부인긔 ᄌᆡ비(再拜)ᄒᆞ고 도라 경조 등으로 녜필(禮畢) 후 참졍 곤계로 더브러 병항졍좌(併行定座)ᄒᆞ니 부인이 블감(不堪)ᄒᆞ믈 ᄉᆞ샤(謝辭)ᄒᆞ며 댱공이 태부인긔 말ᄉᆞᆷ을 닐위고ᄌᆞ ᄒᆞᄃᆡ 경조의 엄위(嚴威)ᄒᆞᆫ 긔상과 쇼부의 한믁(閑默)ᄒᆞᆫ 위의(威儀)ᄅᆞᆯ 도라보ᄆᆡ 디은 허믈이 듕(重)ᄒᆞ믈 인ᄒᆞ여 튝연(蹴然)이 공늠(恐懍)ᄒᆞ믈 니긔디 못ᄒᆞ여 오ᄅᆡ 말을 ᄂᆡ디 못ᄒᆞ더니 태부인이 몬져 두어 조건 인ᄉᆞᄅᆞᆯ 펴ᄆᆡ 온온슉혜(穩穩淑慧)ᄒᆞ여 비약겸공(卑弱謙恭)ᄒᆞ미 디극(至極)ᄒᆞᄃᆡ 화할인ᄌᆞ(和闊仁慈)ᄒᆞ며 유열관대(柔悅寬大)ᄒᆞ여 당헌의 심긔ᄅᆞᆯ 화평케 ᄒᆞ니 댱공이 비로소 슈치황괴(羞恥惶愧)ᄒᆞ믈 셔리담고 다시 니러 ᄌᆡ비(再拜)ᄒᆞ며 피셕공슈(避席拱手)ᄒᆞ여 별ᄂᆡ존후(別來存候)[91]와 59면
근일(近日) 원졍구치(遠程驅馳)ᄅᆞᆯ 뭇ᄌᆞ온 후 참졍공의 무ᄉᆞ환경(無事

91 별ᄂᆡ존후(別來存候): 별래존후. 헤어진 이후의 안부. 규장각본에는 '별ᄂᆡ존구'로 되어 있음.

還京)ᄒᆞᆷ과 닌셩 등의 농문디경(龍門之慶)을 하례(賀禮)ᄒᆞᄆᆡ 딘졍(眞情)으로 ᄒᆡᆼ희(幸喜)ᄒᆞ미 비ᄒᆞᆯ 곳이 업셔 쳠미(諂媚)ᄒᆞᄂᆞᆫ 언ᄉᆞ와 아당(阿黨)ᄒᆞᄂᆞᆫ 낫빗치 니욕(利慾)과 말쇽(末俗)의 무드러 완연이 쇼인(小人)의 ᄐᆡ(態)ᄅᆞᆯ 가져시니 태부인이 심하(心下)의 ᄒᆡ연(駭然)ᄒᆞᄃᆡ ᄉᆞ식(辭色)디 아니ᄒᆞ고 참졍 곤계(昆季)ᄂᆞᆫ 임의 칙망이 블가(不可)ᄒᆞᆫ 위인으로 아ᄂᆞᆫ디라 오딕 흔연화열(欣然和悅)ᄒᆞ여 반기ᄂᆞᆫ 거동ᄲᅳᆫ이로ᄃᆡ 상공과 경조 등은 아닛ᄭᅩ으믈 니긔디 못ᄒᆞ여 믁연블어(默然不語)ᄒᆞ니 이ᄣᆡ 댱공이 각각 인ᄉᆞ(人事)ᄅᆞᆯ 베플고ᄌᆞ ᄒᆞ나 경조와 쇼부의 낫ᄎᆞᆯ 쳠망(瞻望)ᄒᆞᄆᆡ 모골(毛骨)이 구숑(懼悚)ᄒᆞ여 능히 말을 펴디 못ᄒᆞ고 다만 태부인긔 젼젼(輾轉) 디난 바ᄅᆞᆯ 두로 ᄡᅳ려 고(告)ᄒᆞᆯᄉᆡ 박녀 교랑의 작악(作惡)으로ᄡᅧ 녀ᄋᆞ(女兒)와 현뷔(賢婦) 참누(慙累)ᄅᆞᆯ 시럿던 바ᄅᆞᆯ 통ᄒᆡᄒᆞ며 그 가온ᄃᆡ도 간참(姦讒)을 취신(取信)ᄒᆞᆫ ᄇᆡ 업ᄉᆞᆫ ᄃᆞ시 ᄒᆞ여 목금(目今) 녀부(女婦)의 신셜(伸雪)이 쾌(快)ᄒᆞ고 박녜 ᄑᆡ쥬(敗走)ᄒᆞ
60면 믈 흔ᄒᆡᆼ(欣幸)ᄒᆞ여 요인(妖人)의 작변(作變)으로ᄡᅧ 식부(息婦)ᄅᆞᆯ 젼ᄌᆞ(前者)의 니아로 옴기며 녀ᄋᆞ(女兒)ᄅᆞᆯ 셔쳔(西天)의 보ᄂᆡ여 가ᄂᆡ 온젼치 못ᄒᆞ고 듕간(中間)의 말을 디어ᄂᆡᄂᆞᆫ ᄌᆞ(者)ᄂᆞᆫ ᄌᆞ긔의 원녀(遠慮)ᄅᆞᆯ 아디 못ᄒᆞ여 혹 며나리ᄅᆞᆯ 죽이고ᄌᆞ ᄒᆞᆫ다 ᄒᆞ며 ᄯᆞᆯ을 죽이다 푼포(分布)ᄒᆞ여 아ᄅᆞᆷ답디 아닌 쇼문이 만턴 바ᄅᆞᆯ 스ᄉᆞ로 일ᄏᆞ라 져의 무신블의(無信不義)ᄅᆞᆯ 졸연(猝然)이 문희ᄡᅧ[92] 덥치고 졍참졍 곤계(昆季)의 조희(調戲)ᄒᆞᄂᆞᆫ 노긔(怒氣) 업ᄉᆞ믈 미더 믄득 변셜(辨說)노 식ᄉᆞ(飾詐)

92 문희ᄡᅧ: 규장각본에는 '문의ᄡᅧ'로 되어 있음.

ᄒᆞ여 신명딘총(神明盡聰)의 태부인과 쾌상명달(快爽明達)의 경조 등을 쇽여 보고ᄌᆞ ᄒᆞᄃᆡ 입을 여ᄂᆞᆫ 바의 가식(假飾)ᄒᆞᄂᆞᆫ 말이 더옥 통완(痛惋)ᄒᆞ며 국궁딘궤(鞠躬進跪)ᄒᆞ여 조심ᄒᆞ고 쳠요(諂諛)ᄒᆞᄂᆞᆫ 형상이 인심의 ᄒᆡ분(駭紛)ᄒᆞ니 경죄 ᄎᆞᆷ디 못ᄒᆞ여 믄득 ᄎᆞ게 우어 ᄀᆞᆯ오ᄃᆡ

"당후ᄇᆡᆨ으로 분악팔구ᄌᆡ(分握八九載)의 금일(今日) 상봉ᄒᆞ믈 어드니 셕샹(昔像)이 완연ᄒᆞ고 구졍(舊情)이 ᄉᆡ로와 피ᄎᆞ의 틈 나미 잇디 아닐 ᄃᆞᆺᄒᆞ거ᄂᆞᆯ 엇딘 연고로 무근ᄆᆡᆼ낭디셜(無根孟浪之設)이 분분젼파(紛紛傳播)ᄒᆞ여 혹 니ᄅᆞᄃᆡ '당후ᄇᆡᆨ이 권문셰가의 동당(同黨)이 되야 졍문(程門)을 뭇디ᄅᆞ고ᄌᆞ ᄒᆞᆫ다.' ᄒᆞ며 혹 니ᄅᆞᄃᆡ '오문(吾門)을 즐ᄆᆡ 61면 (叱罵)ᄒᆞ여 인친(姻親)이 되기ᄅᆞᆯ 더러이 넉여 죵딜(從姪)을 식부(息婦)로 보디 아니ᄒᆞ고 교옥(嬌玉)을 위ᄒᆞ여 놉히 구친(求親)ᄒᆞᄆᆡ 셕ᄆᆡᆼ(昔盟)[93]을 몽니(夢裏)의도 ᄉᆡᆼ각디 아닛ᄂᆞᆫ다.' ᄒᆞ여 험피(險詖)ᄒᆞᆫ 와젼(訛傳)이 태산심협(泰山深峽)의 니음ᄎᆞ니[94] 아등(我等)은 오히려 의아ᄒᆞᄂᆞᆫ 듕 멸문디셜(蔑門之說)의 다ᄃᆞ라ᄂᆞᆫ 튝연(蹴然)이 공구(恐懼)ᄒᆞ며 ᄇᆡ약디ᄉᆞ(背約之事)의 ᄆᆡᆺ쳐ᄂᆞᆫ 서집 듕형(仲兄)의 깃친 문ᄌᆞ(文字)ᄅᆞᆯ 다시곰 관남(觀覽)[95]ᄒᆞ고 완월ᄃᆡ(玩月臺) 샹(上)의셔 친필ᄌᆞ작(親筆自作)ᄒᆞ여 ᄒᆞᆫ갓 닙으로 듕ᄆᆡᆼ(重盟)을 둘 쁜 아니라 여ᄎᆞ이후(如此以後)의 비록 인심이 시졀노조ᄎᆞ 밧괴이며 말쇽패풍(末俗廢風)이 변ᄉᆞ(變辭)ᄒᆞ기ᄅᆞᆯ 즐기나 당공이 엇디 이 ᄆᆡᆼ세ᄅᆞᆯ 필디어셔(筆之於書)

93 셕ᄆᆡᆼ(昔盟): 석맹. 과거의 약속.

94 니음ᄎᆞ니: 니음츠다. 잇따르다.

95 관남(觀覽): 규장각본에는 '관납'으로 되어 있음.

ᄒᆞ고 변(變)ᄒᆞᆯ 니 이시리오? ᄒᆞ여 경혹(驚惑)ᄒᆞ믈 마디 아니ᄒᆞ나 그 실노 허무디셜(虛無之說)이믈 아디 못ᄒᆞᄃᆡ 다만 죵시(從氏) 냥위(兩位) ᄐᆡ연이 허무ᄒᆞ믈 니ᄅᆞ샤 디로텬황(地老天荒)[96]ᄒᆞ여도 후ᄇᆡᆨ은 ᄯᅳᆺ을 변치 아니ᄒᆞ리라 ᄒᆞ시니 아등이 그 맛당ᄒᆞ믈 모로디 아니ᄒᆞᄃᆡ 와언
62면 (訛言)이 년쇽(連續)ᄒᆞ여 일츌여구(一出於口)ᄒᆞ니 일단 의심이 업디 못ᄒᆞ던 ᄎᆞ 금일(今日) 후ᄇᆡᆨ을 ᄃᆡ(對)ᄒᆞᄆᆡ 비로소 두렵던 ᄯᅳᆺ과 의혹던 념녜(念慮) 프러디ᄂᆞᆫ디라. 셰간(世間)의 디긔(知己)ᄅᆞᆯ 귀(貴)타 ᄒᆞ미 죵시(從氏) 냥위(兩位)와 후ᄇᆡᆨ의 ᄉᆞ이ᄅᆞᆯ 닐념 ᄌᆞᆨᄒᆞ도다."

셜파(說罷)의 쇼안(素顔)이 쥰졀(峻節)ᄒᆞ고 긔위(氣宇) 슉믁(肅默)ᄒᆞ니 댱공이 바야흐로 정시제인(程氏諸人)으로뻐 이목(耳目)이 업ᄉᆞᆫ가 ᄒᆞ여 두로 ᄡᅳ려 져의 허믈을 ᄀᆞ리오며 말ᄉᆞᆷ과 정셩의 곡딘(曲盡)ᄒᆞ믈 뵈여 제정(諸程)을 다ᄅᆡ고ᄌᆞ ᄒᆞ다가 경조의 말이 이 ᄀᆞᆺᄐᆞ믈 드ᄅᆞ니[97] 허황ᄒᆞᆫ 심정의 대참경괴(大慙驚愧)ᄒᆞ믈 니긔디 못ᄒᆞ여 다시 말노뻐 ᄯᅳᆺ을 고ᄒᆞᆯ 길히 업ᄉᆞᄃᆡ 임의 낫갓출 ᄃᆞᆺ거이 ᄒᆞ고 죽기ᄅᆞᆯ 그음ᄒᆞ여 오날ᄂᆞᆯ 정문의 샤죄ᄒᆞ믈 다ᄒᆞᆫ 후 명일(明日)븟터라도 셕년구의(昔年舊誼) 갓고ᄌᆞ ᄒᆞ므로 믄득 몸을 니러 계정(階庭)의 나리다라 관(冠)을 벗고 씌ᄅᆞᆯ 그ᄅᆞ며 머리 좃고 절ᄒᆞ여 ᄀᆞᆯ오ᄃᆡ

"헌의 본의(本意)ᄂᆞᆫ 존문제형(尊門諸兄)으로 더브러 골육의 감(減)ᄒᆞᆫ ᄯᅳᆺ이 업ᄉᆞ며 션대인(先大人)[98] ᄉᆞ부(師傅)와 ᄇᆡᆨ모(伯母) 태부인을

---

96 디로텬황(地老天荒): 지로천황. 땅이 늙고 하늘이 황폐해진다는 뜻으로, 세월이 흘러가는 것을 비유하는 말.

97 드ᄅᆞ니: 규장각본에는 '듯고'로 되어 있음.

98 션대인(先大人): 선대인. 돌아가신 남의 아버지를 높여 부르는 말. 여기서는 정한.

의앙(依仰)ᄒᆞ미 친야친모(親爺親母)의 나리미 업ᄉᆞᄃᆡ 블명무식(不明無識)ᄒᆞ여 졔형(諸兄)으로 더브러 거취(去就)롤 ᄒᆞᆫ가디로 못 ᄒᆞᆫ 연고로 헌을 믜워ᄒᆞᄂᆞᆫ 지(者) 말을 디어 함ᄒᆡ(陷害)ᄒᆞ미 그 디경의 밋ᄎᆞ니 쏘 엇디 구구(區區)히 발명(發明)ᄒᆞ며 요란이 징힐(爭詰)ᄒᆞ리오? 도시 헌의 쳐ᄉᆡ(處事) 우암블인(愚暗不仁)ᄒᆞ여 ᄆᆡ명(罵名)을 스ᄉᆞ로 취(取)ᄒᆞ고 가간(家間)의 흉음요녀(凶淫妖女)롤 머므러 식부녀ᄋᆞ(息婦女兒)의 화란(禍亂)을 닐위니 비록 녀ᄋᆞ롤 소공의게 보ᄂᆡ며 식부롤 니형의게 의탁ᄒᆞ여 ᄉᆞ망디화(死亡之禍)롤 면ᄒᆞ나 근본을 니롤딘ᄃᆡ 젼혀 헌의 붉디 못ᄒᆞ고 엄(嚴)치 못ᄒᆞᆫ 탓시라. ᄌᆞ거기죄(自擧其罪)ᄒᆞᄂᆞ니 ᄒᆞᆫ갓 붕우(朋友)의 칙션(責善)쁜으로 의논치 말고 졔형(諸兄)이 쇼뎨(小弟) 보믈 동긔갓치 ᄒᆞ여 그ᄅᆞ믈 쾌히 다ᄉᆞ리며 올흔 일을 붉히 교디(敎指)ᄒᆞ여 헌으로 ᄒᆞ여곰 텬셩의 본션(本善)을 일코 셰리쇽ᄐᆡ(世利俗態)의 악착비굴(齷齪卑屈)ᄒᆞ미 잠겨 연무(煙霧) 듕(中) 어득ᄒᆞ여 ᄭᆡ닷디 못ᄒᆞᄂᆞᆫ 바롤 활연(豁然)케 ᄒᆞ시면 엇디 감골(感骨)ᄒᆞ믈 니길 ᄇᆡ리오? 헌이 명되(命途) 긔흔궁참(奇釁窮慘)ᄒᆞ여 조실이친(早失二親)ᄒᆞ며 죵션형뎨(終鮮兄第)ᄒᆞ니 고루여ᄉᆡᆼ(孤陋餘生)이 녕졍고고(零丁孤孤)ᄒᆞ여 텬디간궁민(天地間窮民)으로 ᄌᆞ쳐(自處)ᄒᆞᆫ ᄇᆡ어ᄂᆞᆯ 션부ᄌᆞ(先夫子)와 ᄇᆡᆨ모(伯母)의 활ᄒᆡ대은(闊海大恩)을 므릅쎠 일뉘(一縷) 디연(遲延)ᄒᆞ믈 어드니 비록 훤초(萱草)의 즐거오미 슷쳐져 ᄇᆡᆨ니(百里)의 부미(負米)[99]와 열초의 깃그믈 닐윌 길히 업

63면 64면

---

99 ᄇᆡᆨ니(百里)의 부미(負米): 백 리의 부미. 자로(子路)가 어버이를 봉양하기 위하여 백 리 밖에서 쌀을 짊어지고 온 것. 지극한 효성을 의미함.

ᄉᆞ나 부ᄌᆞ(夫子)와 ᄇᆡᆨ모ᄅᆞᆯ 의앙(依仰)ᄒᆞ고 졔형(諸兄)의 후의(厚意)ᄅᆞᆯ 힘닙어 댱침(長枕)의 ᄒᆞᆫ 모와 광금(廣衾)의 ᄒᆞᆫ 구셕을 의디ᄒᆞ여 쳑영(戚影)의 외로오믈 위로ᄒᆞ며 감히 안항(雁行)의 낙(樂)으로ᄡᅧ 좌와딘퇴(坐臥進退)ᄅᆞᆯ 다ᄅᆞ고ᄌᆞ 아니 ᄒᆞ더니 텬되(天道) 헌의 블인(不仁)을 벌(罰)ᄒᆞ샤 부ᄌᆡ 관ᄉᆞ(館舍)ᄅᆞᆯ ᄇᆞ리시고[100] 존문(尊門)이 향니(鄉里)로 나리시ᄆᆡ 헌이 조ᄎᆞ 나아가디 못ᄒᆞ며 부유(蜉蝣) 갓ᄐᆞᆫ 인ᄉᆡᆼ이 텬디(天地) ᄉᆞ이의 유유(悠悠)ᄒᆞ여 일ᄌᆞᆨ ᄉᆞ방(四方)의 위회(慰懷)ᄒᆞᆯ ᄇᆡ 업ᄉᆞᆫ지라 녀영공(呂榮公)[101]이 왈 'ᄂᆡ무현부형(內無賢父兄)ᄒᆞ고 외무엄ᄉᆞ우(外無嚴師友) 즉 반다시 일우리 업다.[102]' ᄒᆞ믈 더옥 감읍(感泣)ᄒᆞ여 일시 교위(交友)라도 맛당이 션ᄌᆞ(善者)ᄅᆞᆯ ᄀᆞᆯ희고ᄌᆞ ᄒᆞᆫ 거시 그ᄅᆞᆺ 블인을 ᄉᆞ괸디라. 심니(心裏)의 엇디 블힝ᄒᆞ믈 모로리오마ᄂᆞᆫ 진번(陳蕃)[103]·니웅(李膺)[104]의 명망(名望)으로도 기리 방가(邦家)ᄅᆞᆯ 굉쥬(肱
65면
柱)치 못ᄒᆞ고 쇽졀업시 환관(宦官)의 ᄒᆡ륙(害戮)을 바든디라 ᄎᆞᆯ하리 곽ᄐᆡ(郭泰)[105]의 격논(激論) 아니믈 흠모ᄒᆞ며 두계량(杜季良)의 쳥탁

---

100 관ᄉᆞ(館舍)ᄅᆞᆯ ᄇᆞ리시고: 살던 집을 버린다[捐館舍]는 뜻으로 죽음을 높여 부르는 말.

101 녀영공(呂榮公): 여영공. 중국 북송 시대의 학자로 북송의 대신이었던 여이간의 손자.

102 ᄂᆡ무현부형(內無賢父兄)ᄒᆞ고 ~ 일우리 업다: 《명심보감》 〈훈자편(訓子篇)〉 여영공의 말인 "안으로 현명한 부모님과 형이 계시지 않고 밖으로 지엄한 스승과 벗이 안 계시면, 능히 뜻을 이룰 수 있는 사람은 드물다(而能有成者 鮮矣)."에서 온 것.

103 진번(陳蕃): 후한 환제(桓帝) 때 태위로 환관의 전횡을 규탄했고, 영제(靈帝) 때에는 외척인 두무와 같이 환관 조절, 왕보 등을 몰아내려 했으나 결국 살해당함.

104 니웅(李膺): 이응. 후한 때의 관리이자 장수로, 외적의 침입을 막아내고 환관 처벌에 앞장섰으나 결국 '2차 당고의 화' 때 목숨을 잃었음.

105 곽ᄐᆡ(郭泰): 곽태. 후한 때의 사상가. 외척과 환관이 전횡하는 세상에서도 절조를 굽히지 않았으나 언행이 신중하여 '당고의 화'를 면했다고 함.

(淸濁)의 무소실(無所失)을 입닉닉여[106] 문호(門戶)와 일신(一身)을 보젼코즈 ᄒᆞ미 훼예(毁譽) 아니 밋촌 곳이 업ᄉᆞ니 그 뉘 탓솔 삼으리오? 고인(古人)이 골오ᄃᆡ '형뎨 업ᄉᆞ믈 근심치 말나. ᄉᆞ히디닉(四海之內) 개형뎨(皆兄弟).'[107]라 ᄒᆞ니 붕우(朋友)ᄂᆞᆫ 이 곳 형뎨라 형이 비록 ᄋᆞ을 더럽다 ᄇᆞ리나 ᄋᆞ이 헛도이 믈너나디 못ᄒᆞ리니 원컨ᄃᆡ 녈위군형(列位群兄)은 헌의 과실을 칙(責)ᄒᆞ고 싀로 어질믈 경계ᄒᆞ라."

언미필(言未畢)의 참정 곤계(昆季) 친히 나려[108] 븟드러 골오ᄃᆡ

"후빅아, 이 어인 거죄오? 모로미 신듕ᄒᆞ믈 힘뼈 쳑동쇼ᄋᆞ(尺童小兒)의 가바야오믈 닙닉닉디 말나."

셜파(說罷)의 흠긔 오로고즈 ᄒᆞᄃᆡ 헌이 짐즛 샤양ᄒᆞ여 ᄉᆞ죄롤 금일(今日)의 다ᄒᆞ고 다론 날은 쾌히 단녀 젼ᄉᆞ(前事)롤 문희뽀고즈 ᄒᆞᄂᆞᆫ디라. 참정 곤계(昆季) 도로혀 다ᄅᆡ며 쳥ᄒᆞ여 비로소 승당(昇堂)홀싀쳐싀 함쇼왈(含笑曰)

"셕(昔)애 관포(管鮑)ᄂᆞᆫ 디긔(知己)롤 일ᄏᆞ롤 쁜이오 이 ᄀᆞᆺ툰 거죄 이시믈 듯디 못ᄒᆞ여시ᄃᆡ 금(今)애 후빅은 스ᄉᆞ로 이오(夷吾)[109]의 탐금(貪金)ᄒᆞ믈 샤양치 아니ᄒᆞᄂᆞᆫ 가온ᄃᆡ 아등(我等)을 포ᄌᆞ(鮑者)[110]만 ᄀᆞᆺ디 못 66면
ᄒᆞ게 넉이ᄂᆞᆫ 듯 엇디 브졀업순 긴 셜화(說話)와 괴이ᄒᆞᆫ 과거(過擧)로

---

106 입닉닉여: 입닉닉다. 흉내내다.

107 ᄉᆞ히디닉(四海之內) 개형뎨(皆兄弟): 온 세상 사람들이 모두 형제라는 뜻.

108 나려: 규장각본에는 '놀혀'로 되어 있음.

109 이오(夷吾): 춘추시대 제(齊)나라 재상인 관중의 이름.

110 포ᄌᆞ(鮑者): 포숙아. 춘추시대 제나라 사람으로, 관중과의 막역한 우정을 이르는 '관포지교'로 유명한 인물.

디긔(知己)의 경의(情誼)[111]ᄅᆞᆯ 소(疏)히 ᄒᆞ고 인호(姻好)의 ᄃᆞᆺ터온 화긔(和氣)ᄅᆞᆯ 상(傷)ᄒᆡ오ᄂᆞ뇨?"

댱공이 참졍 곤계의 이 ᄀᆞᆺᄐᆞ믈 대희과망(大喜過望)ᄒᆞ여 칭은숑덕(稱恩頌德)ᄒᆞ믈 마디 아니ᄒᆞ니 태부인이 ᄯᅩᄒᆞᆫ 블가(不可)ᄒᆞ믈 일ᄏᆞᄅᆞ며 경조와 쇼부ᄅᆞᆯ 도라보아 ᄀᆞᆯ오ᄃᆡ

"노뫼(老母) 평ᄉᆡᆼ 녀ᄌᆞ의 슬긔 남ᄌᆞ의 디나고 ᄋᆞᄃᆞᆯ을 치찰(治察)ᄒᆞ여 외ᄉᆞ(外事)ᄅᆞᆯ 간예(干預)ᄒᆞ며 족하(足下)ᄅᆞᆯ 경계ᄒᆞ여 범ᄇᆡᆨ(凡百)의 남활(濫猾)코ᄌᆞ ᄒᆞᄂᆞᆫ 부인을 괴이히 넉일 ᄲᅮᆫ 아니라 딘실노 아ᄂᆞᆫ 거시 업ᄉᆞ므로 의견을 낫토미 잇디 아니ᄒᆞ더니 금일(今日) 댱상셰 과거와 실톄(失體)ᄅᆞᆯ 도라보디 아니ᄒᆞᄂᆞᆫ 바의 현딜(賢姪) 등이 ᄒᆞᆫ 말ᄉᆞᆷ 가(可)치 아니ᄒᆞ믈 니ᄅᆞ미 업ᄉᆞ니 오히려 쇼시호흥(少時豪興)을 가져 븡우간(朋友間)의 셔로 희롱ᄒᆞ고 환쇼(歡笑)ᄒᆞ믈 다ᄒᆞ고ᄌᆞ ᄒᆞ미나 일이 온당ᄒᆞ미 아니라. 셕(昔)애 '안평듕(晏平仲)이 여인교(與人交)호ᄃᆡ 구이경지(久而敬之)ᄒᆞ더라.'[112] ᄒᆞ믈 ᄉᆡᆼ각디 못ᄒᆞᄂᆞ냐?"

67면 경조와 쇼뷔 브복쳥교(俯伏聽教)의 ᄌᆡᄇᆡ궤딘(再拜脆進) 왈

"존괴(尊教) 당당합딘(堂堂合眞)ᄒᆞ샤이다. 쇼딜(小姪) 등이 과연 쇼시호흥(少時豪興)으로 븡ᄇᆡ(朋輩)ᄅᆞᆯ 긔쇼(譏笑)ᄒᆞ던 증(症)이 ᄎᆡ 업디 아냣ᄂᆞᆫ디라 후ᄇᆡᆨ의 과도ᄒᆞᆫ 거조(擧措)와 실톄(失體)ᄒᆞᄂᆞᆫ 모양이 ᄯᅩ 가히 엇디 그예셔 더 우은 거조의 니ᄅᆞᆫ들 가(可)치 아니ᄒᆞ믈 일ᄏᆞ

---

111 경의(情誼)ᄅᆞᆯ: 규장각본에는 '졍을'로 되어 있음.

112 안평듕(晏平仲)이 ~ 구이경지(久而敬之)ᄒᆞ더라: 《논어》〈공야장(公冶長)〉에서 공자가 "안평중은 다른 사람과 사귀기를 잘하여 오래되어도 사람들을 함부로 대하지 않고 존경하였다."라고 한 데서 온 것.

ᄅᆞ리잇고? 원간 디ᄉᆞ디용(志士之用)은 죽을 곳의 드러야 존(存)ᄒᆞᆫ다 ᄒᆞ오니 후ᄇᆡᆨ이 일개용부(一介庸夫)로 냥위죵시(兩位從氏) ᄀᆞᆺᄐᆞᆫ 대현(大賢)으로 인위(隣友) 되고 죵딜(從姪) ᄀᆞᆺᄐᆞᆫ 셩녀슉완(聖女淑婉)으로 식부(息婦)ᄅᆞᆯ 삼으며 광딜[113] ᄀᆞᆺᄐᆞᆫ 개셰현ᄌᆞ(蓋世賢者)로 문난(門欄)[114]의 광ᄎᆡ(光彩)ᄅᆞᆯ 돗치고ᄌᆞ ᄒᆞ니 엇디 ᄒᆞᆫ번 굴(屈)ᄒᆞ미 업시 평안이 안ᄌᆞ 텬하도곤 듕(重)ᄒᆞᆫ 거ᄉᆞᆯ 엇기ᄅᆞᆯ 용이(容易)히 ᄒᆞ리잇고? 일시(一時) 계슈ᄌᆡᄇᆡ(稽首再拜)ᄅᆞᆯ 니ᄅᆞ디 말고 평ᄉᆡᆼ의 슬ᄒᆡᆼᄇᆡ복(膝行拜伏)ᄒᆞ여 은혜ᄅᆞᆯ 고무감덕(鼓舞感德)ᄒᆞ미 올치 아니ᄒᆞ리잇가?"

태부인이 다시 말을 못 ᄒᆞ여셔 댱공이 경조와 쇼부와 화평ᄒᆞᆫ 안ᄉᆡᆨ으로ᄡᅧ 희롱의 말을 발(發)ᄒᆞᄆᆞᆯ 만분쾌열(萬分快悅)ᄒᆞ여 연망(連忙)이 몸을 굽혀 ᄀᆞᆯ오ᄃᆡ

"은ᄇᆡᆨ과 슈ᄇᆡᆨ의 말이 딘실노 맛당ᄒᆞᆫ디라. 쇼뎨(小弟) ᄒᆞᆫ갓 미ᄉᆞ디젼 68면
(未死之前)의 존부대은(尊府大恩)을 감골명심(感骨銘心)ᄒᆞᆯ ᄲᅮᆫ 아니라 구원타일(九原他日)의 함호결(含糊結)[115]ᄒᆞ여 만분디일(萬分之一)이나 갑기ᄅᆞᆯ ᄉᆡᆼ각ᄒᆞ리라."

인ᄒᆞ여 좌우ᄅᆞᆯ 도라보아 흔흔(欣欣)이 반기ᄂᆞᆫ 졍을 열며 오ᄅᆡ ᄉᆞ렴(思念)ᄒᆞ던 회포ᄅᆞᆯ 베퍼 간졀ᄒᆞᆫ 언ᄉᆞ(言辭)와 곡딘(曲盡)ᄒᆞᆫ 졍셩이 골육의 나리미 업ᄉᆞᆫ ᄃᆞᆺᄒᆞ니 좌샹(座上)이 다 ᄀᆞ 쳠미(諂媚)ᄒᆞ미 이 ᄀᆞᆺᄐᆞ믈 심니(心裏)의 통ᄒᆡ(痛駭)ᄒᆞ나 굿ᄐᆞ여 그 인믈을 ᄎᆡᆨ망치 아냐

---

113 광딜: 광질. 인광 조카.

114 문난(門欄): 문란. 한 가족이 사는 집안.

115 함호결(含糊結): 함호결초(含湖結草). '결초보은(結草報恩)'과 같은 의미로, 죽어서도 은혜를 갚는 것을 말함. 규장각본에는 '함호결초'로 되어 있음.

다시 ᄉᆞ식(辭色)을 낫토미 업ᄉᆞᄃᆡ 홀노 학ᄉᆞ 닌흥이 결증(潔症)이 남
다ᄅᆞᆫ 고로 댱공의 츄셰비루(趨勢鄙陋)ᄒᆞᆫ 위인을 능히 졍시(正視)치
못ᄒᆞ여 믄득 ᄇᆡᆨ안(白眼)으로 쳠시(瞻視)ᄒᆞ기ᄅᆞᆯ 댱구(長久)히 ᄒᆞᄆᆡ
그 안광(眼光)이 찬난ᄒᆞ여 ᄎᆞᆫ 빗치 댱공의 신샹(身上)을 ᄡᅩ아시니 댱
공은 눈츼ᄅᆞᆯ 견혀 아디 못ᄒᆞ고 우연이 눈을 드다가 ᄒᆞᆨᄉᆞ의 슉시(熟
視)ᄒᆞ믈 보ᄆᆡ ᄌᆞ가(自家)의 젼젼무상블인디ᄉᆞ(輾轉無狀不仁之事)
ᄂᆞᆫ 졍문졔인(程門諸人)의 화평ᄒᆞ믈 인ᄒᆞ여 타연이 거리ᄭᅵ미 업시 니
져ᄇᆞ리고 닌흥을 닌광으로 아ᄂᆞᆫ디라 이 반ᄃᆞ시 구ᄉᆡᆼ디의(舅甥之義)
69면 로 비록 기러기ᄅᆞᆯ 안아 부문(府門)의 다ᄃᆞᆺ디 못ᄒᆞ여시나 ᄉᆡᆼ관(甥館)[116]
의 입막(入幕)[117]ᄒᆞ미 날이 머디 아니므로뼈 ᄌᆞ가(自家)ᄅᆞᆯ 빙악(聘岳)
이라 ᄒᆞ여 유졍(有情)이 보ᄂᆞᆫ가 믄득 반가오며 귀ᄒᆞᆫ 졍이 심솟ᄃᆞᆺ[118] ᄒᆞ
니 어이 잘 금억(禁抑)ᄒᆞ여 믁연뎡좌(默然正坐)ᄒᆞ리오? 졸연(猝然)
이 닓더나 닌흥의 앏ᄒᆡ 나아가 그 낫ᄎᆞᆯ 다히고 등을 두다려 ᄀᆞᆯ오ᄃᆡ
"긔ᄌᆡ(奇才) 긔ᄌᆡ여, 아셔(我婿) 아셔로다! 셕년(昔年) 왕(往)ᄋᆡ의 완
월ᄃᆡ(玩月臺) 상(上)의셔 녕옹(令翁)으로 더브러 피ᄎᆞ ᄌᆞ녀ᄅᆞᆯ 가져
젹승(赤繩)의 가연(佳緣)을 의논ᄒᆞᆯ ᄣᆡ의ᄂᆞᆫ 네 ᄒᆞᆫ낫 치몽(稚蒙)으로
유하(乳下)ᄅᆞᆯ 계오 면(免)ᄒᆞ미나 탈쇄(脫灑)ᄒᆞᆫ 긔딜과 초쥰(超峻)ᄒᆞᆫ
위인이 범범쇽ᄌᆞ(凡凡俗子)로 비기디 못ᄒᆞ리러니 금(今)애 십칠 츈광
(春光)을 당ᄒᆞ여 팔 쳑 댱신(長身)의 엄위대인(嚴威大人)ᄒᆞ고 하일디

---

116 ᄉᆡᆼ관(甥館): 생관. 사위가 거처하는 집.

117 입막(入幕): 입막지빈(入幕之賓). 장막 뒤에서 남의 말을 엿듣는 참모라는 뜻으로, 특별히 가까운 손님이나 비밀을 서로 말할 수 있는 상대를 가리키는 말. 여기서는 사위의 뜻으로 쓰임.

118 심솟ᄃᆞᆺ: 규장각본에는 'ᄉᆡ얌 솟듯'으로 되어 있음.

위(夏日之威)[119]예 셩위귀인(成爲貴人)ᄒᆞ여 졀계등화(折桂登華)의 문
명(文名)이 일셰(一世)룰 드레며 쳥운ᄌᆞ믹(靑雲紫陌)의 은툥(恩寵)
이 됴야(朝野)룰 업누ᄅᆞ니 이 ᄒᆞᆫ갓 나의 ᄐᆡᆨ셔(擇婿)룰 긔특이 ᄒᆞ미 ᄉᆞ
힝(私幸)일 쁜 아니라 셩쥬(聖主)의 득인(得人)ᄒᆞ시미 방가(邦家)의
대경(大慶)이오 증민(烝民)의 복 되미 이에 디나미 업ᄉᆞ니 하날 쇄약 70면
(鎖鑰)[120]이 굿고 샤딕(社稷)의 들보히 놉흔디라. 우리 무리 졍히 눈을
ᄢᅵ셔 너의 보샤명뉸(保社明倫)ᄒᆞ믈 구경ᄒᆞ리니 엇디 슬하의 일시 죵
요로온[121] 셔랑(壻郞)으로 의논ᄒᆞ리오?”

셜파(說罷)의 졍학ᄉᆡ 댱공의 졉면(接面)ᄒᆞᆫ 바 슌협(脣頰)을 ᄉᆡᆼ히며 무ᄇᆡ(撫背)ᄒᆞᄂᆞᆫ 손을 믈니치고 몸을 굽혀 ᄀᆞᆯ오ᄃᆡ

“쇼ᄉᆡᆼ(小生)은 닌흥이니 ᄌᆡ보 닌광 형의 죵뎨(從弟)라. 존공(尊公)이 엇디 아ᄅᆞ시고 쇼ᄉᆡᆼ으로ᄡᅧ ᄌᆡ보 형으로 녁이시ᄂᆞ니잇가?[122] 존공의 구ᄆᆡᆼ(舊盟)을 두신 바 ᄌᆡ보 형은 스ᄉᆞ로 박셰효효(薄世嘵嘵)ᄒᆞ믈 피ᄒᆞ여 형산(衡山)의 듕 되기룰 달게 녁이므로 경샤번화(京師繁華)룰 참예치 말고져 ᄒᆞ여 ᄒᆡᆼ도(行途)의 조ᄎᆞ미 업ᄂᆞ니이다.”

ᄒᆞ더라.

(책임교주 탁원정)

119 하일디위(夏日之威): 하일지위. 여름 해 같은 두려운 위엄을 의미함.

120 쇄약(鎖鑰): 문을 잠그는 자물쇠. 변방을 지키는 단단한 요새라는 의미로도 씀.

121 죵요로온: 종요롭다. 없으면 안 될 만큼 요긴하다.

122 녁이시ᄂᆞ니잇가: 규장각본에는 ‘ᄋᆞ르시ᄂᆞ니잇가’로 되어 있음.

완월회맹연 玩月會盟宴

권디삼십ᄉᆞ 卷之三十四

1면 ᄎᆞ셜(且說)[1]. 졍학ᄉᆞ 닌흥이 ᄀᆞᆯ오ᄃᆡ

“존공(尊公)의 구ᄆᆡᆼ(舊盟)을 두신 바 ᄌᆡ보[2] 형은 스ᄉᆞ로 박셰효효(薄世嘵嘵)ᄒᆞ믈 피(避)ᄒᆞ여 형산(衡山)의 듕 되기ᄅᆞᆯ 달게 넉이므로 경샤번화(京師繁華)ᄅᆞᆯ 참예치 말고ᄌᆞ ᄒᆞ여 ᄒᆡᆼ도(行途)의 조ᄎᆞ미 업시 홀노 산듕(山中)의 은거(隱居)ᄒᆞ온디라. 놉히 니ᄅᆞᆯ딘ᄃᆡ 피셰현ᄉᆡ(避世賢士)오 낫초 니ᄅᆞᆯ딘ᄃᆡ 괴려(乖戾)ᄒᆞᆫ 궁인(窮人)이오니 존공은 쇼ᄉᆡᆼ(小生)의 말을 헛도이 아디 마ᄅᆞ쇼셔.”

이ᄯᅢ[3] 쇼부공[4]이 태부인 교어(敎語)로조ᄎᆞ 다시 댱공을 조희(調戲)치 못ᄒᆞ더니 닌흥의 쇽이미 이 ᄀᆞᆺᄐᆞ믈 크게 쾌히 넉여 미미히[5] 우어 ᄀᆞᆯ오ᄃᆡ

“닌광이 일시 ᄉᆡᆼ각기ᄅᆞᆯ 그ᄅᆞᆺᄒᆞ여 셰샹을 피ᄒᆞ고 뉸의(倫義)ᄅᆞᆯ ᄭᅳᆫ코ᄌᆞ ᄒᆞ나 졔 임의로 ᄒᆞᆯ 거시 아니어ᄂᆞᆯ 아딕 그 간졀ᄒᆞᆫ 원(願)을 조ᄎᆞ 잠간 머므ᄅᆞ고 은거ᄉᆞ(隱居事)ᄂᆞᆫ 므ᄉᆞᆷ 단졍(斷定)ᄒᆞᆫ 일이라 닌흥이 젼(傳)키ᄅᆞᆯ ᄭᅧᆯ니 ᄒᆞ여 후ᄇᆡᆨ의 바라ᄂᆞᆫ ᄯᅳᆺ을 어긔게[6] ᄒᆞᄂᆞ뇨?”

학ᄉᆡ 함쇼궤복(含笑跪伏)ᄒᆞ여 다시 댱공을 격동(激動)ᄒᆞ며 긔괴(奇
2면 怪)ᄒᆞᆫ 거동을 보고ᄌᆞ ᄒᆞᄃᆡ 부슉면젼(父叔面前)의 허언(虛言)을 길게
못 ᄒᆞ여 유유(悠悠)히 입을 다시 여디 못ᄒᆞ니 댱공이 쳔만(千萬) ᄉᆡᆼ각
디 아닌 바의 명ᄉᆞ셔랑ᄌᆡ목(名士壻郞材木)[7]이 글너져 딘짓 구약(舊

---

1 ᄎᆞ셜(且說): 차설. 고소설에서 화제를 돌리거나 새로운 권이 시작될 때 쓰는 말.

2 ᄌᆡ보: 재보. 정인광의 자(字).

3 이ᄯᅢ: 규장각본에는 ‘ᄎᆞ시’로 되어 있음.

4 쇼부공: 소부공. 정겸.

5 미미히: 규장각본에는 ‘희미이’로 되어 있음.

6 어긔게: 규장각본에는 ‘져바리게’로 되어 있음.

7 명ᄉᆞ셔랑ᄌᆡ목(名士壻郞材木): 규장각본에는 ‘명ᄉᆞᄌᆡ목’으로 되어 있음.

約)을 둔 바 닌광은 연고 업시 피셰도은(避世逃隱)ᄒᆞ여 뉸긔(倫紀)를 아조 끈코 스ᄉᆞ로 형산(衡山)의 듀 되기를 됴히 녁이믈 드ᄅᆞᆷ의 과연 니ᄅᆞᄂᆞᆫ 바와 ᄀᆞᆺ틀딘ᄃᆡ 텬하의 괴려디인(乖戾之人)이라. 본뜻이 공명 부귀(功名富貴)를 하날ᄀᆞᆺ치 놉히 녁이며 궁곤빈쳔(窮困貧賤)을 악딜(惡疾)도곤 더러이 녁여 고ᄉᆞ(高士) 셔유(徐孺)[8]의 학힝도덕(學行道德)이 안연(顏淵)·ᄌᆞ긔(子奇)[9]의 일뉴(一類)라도 헛도이 가명(佳名)을 후셰의 젼ᄒᆞ고 ᄌᆡ시(在時)의 쳥한빈궁(淸寒貧窮)ᄒᆞ여 조강(糟糠)을 블염(不厭)ᄒᆞᆷ이 니ᄅᆞᆫ즉 그 원ᄃᆡ(遠大)코ᄌᆞ ᄒᆞ미 만니(萬里)나[10] 에워갈[11] ᄃᆞᆺᄒᆞ고 비록 유취만년(遺臭萬年)[12]홀디라 ᄉᆡᆼ시(生時)의 부귀쾌락(富貴快樂)ᄒᆞᄂᆞᆫ 거ᄉᆞᆯ 그특이 녁이거ᄂᆞᆯ 닌광의 쇼집(所執)이 만만비소원(萬萬非所願)이라 향긱(嚮刻) 흔흔쾌락(欣欣快樂)ᄒᆞ던 ᄆᆞ음이 도로혀 져상블열(沮喪不悅)ᄒᆞ여 셔머히 닌흥을 노화바리고 괴로이 미우(眉宇)를 모호며 안ᄉᆡᆨ이 블쾌ᄒᆞ여 오ᄅᆡ 말이 업더니 믄득 쳐[13]를 향ᄒᆞ여 대언왈(大言曰) 3면

"형이 비록 소허(巢許)[14]의 ᄆᆡᄆᆡ쳥심(邁邁淸心)을 ᄯᆞ라 문달(聞達)을

---

8 셔유(徐孺): 서유. 후한 때 사람인 서치(徐穉)의 자. 여러 차례 천거를 받았지만 응하지 않고 살았으며 남주고사(南州高士)로 불렸음.

9 안연(顏淵)·ᄌᆞ긔(子奇): 안연·자기. 《통감절요》에 "안연과 자기는 세상에 드문 분인데 이것을 가지고 격식을 삼고자 한다면 편벽되지 않겠는가(且顏淵子奇 曠代一有 而欲以斯爲格 不亦偏乎)."라는 내용이 있음.

10 만니(萬里)나: 규장각본에는 '말이의ᄂᆞ'로 되어 있음.

11 에워갈: 에워가다. 바른길로 가지 않고 둘러 가다.

12 유취만년(遺臭萬年): 유취만년. 누추한 이름을 다음 세대에도 남김.

13 쳐: 문맥상 '처사(處士)', 곧 정삼을 가리킴. 규장각본에도 '쳐'로 되어 있음.

14 소허(巢許): 요임금 때의 지조 높은 선비인 소부(巢父)와 허유(許由).

구(求)치 아니ᄒᆞ미 본셩(本性)이나 오히려 부ᄌᆞ(夫子)와 ᄇᆡᆨ모(伯母)를 뫼셔 슬하의 일시 니측(離側)ᄒᆞ믈 졀박히 넉이므로 은거심산(隱居深山)ᄒᆞ여 피셰샤가(避世捨家)ᄒᆞᄂᆞᆫ 괴려디ᄉᆡ(乖戾之事) 업ᄉᆞᆯ ᄲᆞᆫ 아니라 일족 화부 동상(東床)이 되여 인뉸(人倫)의 대관(大關)을 폐(廢)치 아니ᄒᆞᄆᆡ ᄌᆞ경(子慶)의 브족ᄒᆞ미 잇디 아냐 현보[15] 등 삼남(三男)과 일교(一嬌)를 두어 각하(脚下)의 젹막ᄒᆞᆫ 근심이 업거ᄂᆞᆯ ᄌᆡ보의 다ᄃᆞ라ᄂᆞᆫ ᄆᆞᄉᆞᆷ 연고로 부형(父兄)이 우ᄒᆡ 잇셔 ᄌᆞ뎨(子弟)를 교훈ᄒᆞ미 그갓치 괴려(乖戾)ᄒᆞ여 쳥년쇼ᄌᆞ(青年少者)를 산듕(山中)의 ᄀᆞᆷ쵸와 셕가(釋迦)의 괴도(怪道)를 습양(襲養)ᄒᆞ고 셩문(聖門)의 대도(大道)를 먼니ᄒᆞ여 우리 션부ᄌᆞ(先夫子)의 명법대의(明法大義)[16]를 문허바리ᄂᆞ뇨? 만만블가(萬萬不可)ᄒᆞ니 ᄇᆡᆨ모 부인을 부듕(府中)의 뫼신 후 형이 ᄲᆞᆯ니 나려가 녕이랑(令二郞)[17]을 다려오라. 만일 대의(大意)로 경계ᄒᆞ며 ᄉᆞ리(事理)로 개유(開諭)ᄒᆞ여 듯디 아니미 잇거든 쇼뎨(小弟) 겻트로조ᄎᆞ 션부ᄌᆞ의 슝학대도(崇學大道)를 니ᄅᆞ고 고금(古
4면 今)을 인증(引證)ᄒᆞ여 니ᄒᆡ(利害)로 경계ᄒᆞ면 ᄋᆞᄒᆡ 회식(晦塞)ᄒᆞᆫ 고집을 두로혀리라."

인ᄒᆞ여 쳐ᄉᆞ의[18] ᄃᆡ답을 기다리디 아니ᄒᆞ고 훈ᄌᆞ(訓者)의 블엄(不嚴)ᄒᆞ믈 나모라 ᄒᆞ여 분분대언(紛紛大言)ᄒᆞ믈 마디 아니ᄒᆞ니 위풍(威風)이

15 현보: 정인성의 자.

16 명법대의(明法大義): 규장각본에는 '경법ᄃᆡ의'로 되어 있음.

17 녕이랑(令二郞): 영이랑. '영랑(令郞)'은 윗사람의 아들을 높여 이르는 말이므로 '영이랑'은 둘째 아들, 곧 정인광을 가리킴.

18 쳐ᄉᆞ의: 규장각본에는 빠져 있음.

언건(偃蹇)ᄒᆞᆫ 쳬 목을 가ᄂᆞ리[19] 다ᄃᆞᆷ으며 ᄌᆞ로 길게 기츰ᄒᆞ고 엄슉ᄒᆞᆫ 쳬ᄒᆞ여 뒤룩이ᄂᆞᆫ 안졍(眼睛)이 오히려 ᄆᆞᄋᆞᆷ을 뎡(靜)ᄒᆞᆯ 날이 머러시니 그 허황ᄒᆞ며 우어 뵈미 극(極)ᄒᆞᆫ디라. 쳥계의 태산디듕(泰山之重)으로도 잠간 우으믈 면치 못ᄒᆞ니[20] 좌듕(座中)이 일시의 개쇼(皆笑)[21]ᄒᆞ믈 엇디 니ᄅᆞ리요마ᄂᆞᆫ 경조[22]ᄂᆞᆫ 학ᄉᆞ의 언ᄉᆡ(言辭) 온당치 아니ᄒᆞ믈 미안이 넉여 조곰도 우으미 업고 쳐ᄉᆞᄂᆞᆫ 안식이 이연(怡然)ᄒᆞ여 ᄀᆞᆯ오ᄃᆡ

“당형은 브졀업ᄉᆞᆫ 곳의 심녀(心慮)ᄅᆞᆯ 동(動)치 말나. 미돈(迷豚)이 졔 표슉(表叔)의 병을 구호(救護)ᄒᆞ여 가복(可復)ᄒᆞ믈 어든 후 샹경ᄒᆞ리니 비록 쾌활ᄒᆞᆫ 웅걸(雄傑)은 아니나 오쇼(迂疏)ᄒᆞᆫ 용부(庸夫)ᄂᆞᆫ ᄀᆞᆺ디 아냐 셕가괴도(釋迦怪道)의ᄂᆞᆫ 쳔니(千里)의 멀미 잇ᄂᆞ니 내 므ᄉᆞᆷ 일노 후빅을 쇽이리오?”

댱공이 본ᄃᆡ ᄒᆞᆫ 말을 혹(酷)히 고디 드ᄅᆞᆫ즉 다ᄅᆞᆫ 말은 밍변추론(猛 5면
辯主論)이라도 이 외로 듯ᄂᆞᆫ 고로 쳐ᄉᆞ의 말을 밋디 아니ᄒᆞ고 심듕(心中)의 분분앙앙(憤憤怏怏)ᄒᆞ여 닌광의 셩졍을 통완(痛惋)이 넉이며 초(初)의 닌흥으로뼈 뎡혼밍약(定婚盟約)디 못ᄒᆞ믈 ᄋᆡ돌와 ᄒᆞ니 그 ᄠᅳᆺ이 경ᄀᆡᆨ(頃刻)의 변ᄒᆞ미 이러ᄐᆞᆺ 괴이ᄒᆞ더라. 이윽고 참졍[23]이 경조 등으로 더브러 막ᄎᆞ(幕次)의 나와 거됴공경(擧朝公卿)과 문ᄉᆡᆼ고리(門生故吏)로 담화ᄒᆞ믈 길게 ᄒᆞ여 날이 느ᄌᆞ므로 쳐ᄉᆞ와 경조공이

---

19 가ᄂᆞ리: 규장각본에는 ‘가늘게’로 되어 있음.

20 면치 못ᄒᆞ니: 규장각본에는 ‘마지 아이ᄒᆞ이’로 되어 있음.

21 개쇼(皆笑): 규장각본에는 ‘ᄃᆡ쇼’로 되어 있음.

22 경조: 정염.

23 참졍: 참정. 정잠.

문묘(門廟)와 태부인을 뫼시며 졔부인(諸夫人)을 호힝(護行)ᄒᆞ여 운산 고ᄐᆡᆨ(故宅)으로 향ᄒᆞ고 참정은 쇼부[24]로 더브러 샤인[25]과 학ᄉᆞ롤 거ᄂᆞ려 궐하(闕下)의 샤은(謝恩)ᄒᆞ온ᄃᆡ 샹이 크게 반기사 즉시 인견(引見)ᄒᆞ실ᄉᆡ 원노(遠路)의 무ᄉᆞ왕반(無事往返)ᄒᆞᆷ과 태부인 안강(安康)ᄒᆞ믈 깃그시며 쇼부롤 갓가이 나아오라 ᄒᆞ샤 졍간공[26]의 튱녈딕도(忠烈直道)롤 ᄉᆡ로이 일ᄏᆞᄅᆞ시고 튱신을 참눅(慘戮)ᄒᆞ믈 깁히 통한(痛恨)ᄒᆞ샤 셩괴(聖教) 졀졀비챵(切切悲愴)ᄒᆞ시니 쇼뷔 낙경(洛京)을 드ᄃᆡ며 옥궐(玉闕)을 님(臨)ᄒᆞ여 ᄉᆡ로온 비원(悲冤)이 층가(層加)ᄒᆞ나 셩은(聖恩)의 간졀ᄒᆞ시믈 ᄎᆞ마 ᄯᅧᆯ치디[27] 못ᄒᆞ여 딕임(職任)을 다시 샤양(辭讓)치 못ᄒᆞ고 ᄒᆞᆫ갓 계슈쳬읍(稽首涕泣)ᄒᆞᆯ ᄯᆞᄅᆞᆷ이라. 샹이 친히 옥ᄇᆡ(玉杯)롤 ᄌᆞᆸ으샤 참정과 쇼부롤 샤(賜)ᄒᆞ시며 닌셩의 셩ᄌᆞ유풍(聖者遺風)과 닌흥의 영쥰긔샹(英俊氣像)이 볼ᄉᆞ록 신신쇄락(申申灑落)ᄒᆞ여 표표츌인(表表出人)ᄒᆞ믈 더옥 툥우(寵遇)ᄒᆞ시니 참정의 부ᄌᆞ곤계(父子昆季) 텬은(天恩)을 ᄇᆡᆨᄇᆡᄉᆞ샤(百拜謝辭)ᄒᆞ고 날호여 퇴(退)ᄒᆞ여 ᄲᆞᆯ니 운산으로 도라오ᄆᆡ 쳐ᄉᆞ와 경죄 임의 일힝을 봉솔(奉率)ᄒᆞ여 발셔 고ᄐᆡᆨ(故宅)의 니ᄅᆞ러 태부인을 태운뎐의 뫼실ᄉᆡ 이ᄯᆡ 상부인[28]이 댱한님[29] 월염으로 더브러 디난 비회(悲懷)와 목금경화(目今慶華)롤 믯쳐

24 쇼부: 소부. 정겸.

25 샤인: 사인. 정인성.

26 졍간공: 정간공. 정흠.

27 ᄯᅧᆯ치디: 규장각본에는 '털치니'로 되어 있음.

28 상부인: 정태요.

29 댱한님: 장한림. 장한림은 장창린이므로 문맥상 '장한림 부인'이 되어야 함.

능히 니ᄅᆞ디 못ᄒᆞ고 다만 슉딜(叔姪)이 셔로 븟드러 반기며 황홀ᄒᆞ믈
결을치 못ᄒᆞ니 도로혀 ᄭᅮᆷ인가 의심ᄒᆞ고 상시(生時)[30]믈 ᄭᆡ닷디 못ᄒᆞ더
니 쳐ᄉᆡ ᄌᆞ부인(慈夫人)을 밧들며 졔부인(諸夫人)을 호ᄒᆡᆼ(護行)ᄒᆞ여
일문(一門)이 듕문(中門)의 다ᄃᆞᄅᆞᄆᆡ 샹부인이 댱부인으로 더브러 황
망이 하당영디(下堂迎之)ᄒᆞᆯᄉᆡ 태부인이 밋쳐 거댱(車帳) 밧긔 나디
못ᄒᆞ여셔 월염쇼져의 손을 ᄌᆞᆸ고 샹부인 팔흘 쥐며 졔부인(諸夫人)이 7면
일시의 댱부인을 어로만져 황양ᄇᆡᆨ골(黃壤白骨)이 ᄌᆡᄉᆡᆼ(再生)ᄒᆞᆷ갓치
넉이니 반기미 넘ᄯᅵ므로조ᄎᆞ 슬프미 니러나고 낙도고원(落島故園)
을 인ᄒᆞ여 져마다 감회ᄒᆞ믈 니긔디 못ᄒᆞ니 희ᄉᆞ(喜事)의 듕쳡(重疊)
ᄒᆞᆷ과 경화(慶華)의 늉늉(隆隆)ᄒᆞ믈 능히 ᄭᆡ닷디 못ᄒᆞ며 면면(面面)이
쳑희(慽噫)ᄒᆞ믈 씌여 빵광(雙眶)의 징패(澄波) 징낙(爭落)ᄒᆞ니 ᄒᆞ믈
며 태부인 비회(悲懷)와 문계[31] 부인 화시의 골슈디통(骨髓之痛)을 어
이 형언ᄒᆞ리오마ᄂᆞᆫ 쳐ᄉᆡ 통회(痛悔)ᄅᆞᆯ 셔리ᄃᆞᆷ고 화안이셩(和顔怡聲)
으로ᄡᅧ ᄌᆞ부인(慈婦人) 비회ᄒᆞ시믈 간위(懇慰)ᄒᆞ며 슈ᄆᆡ졔딜(嫂妹
諸姪)을 도라보아 무익비(無益悲)로ᄡᅧ ᄌᆞ위(慈闈) 심회ᄅᆞᆯ 돕디 말믈
일ᄏᆞᄅᆞᄆᆡ 졔부인과 월염쇼졔 ᄯᅩᄒᆞᆫ 강인(强忍)ᄒᆞ여 각각 ᄋᆡ루(哀淚)
ᄅᆞᆯ 거두고 비로소 녜ᄇᆡ(禮拜)ᄅᆞᆯ 베플며 좌ᄎᆞ(座次)ᄅᆞᆯ 뎡(定)ᄒᆞ여 말
ᄉᆞᆷ을 발(發)코자 ᄒᆞᄃᆡ 오히려 경열(哽咽)ᄒᆞ여 쇼ᄅᆡᄅᆞᆯ 일우디 못ᄒᆞ고
의희(依俙)ᄒᆞ여 몽환(夢幻)ᄒᆞ니 오날ᄂᆞᆯ 단회디경(團會之慶)이 그 진
짓 일이믈 아디 못ᄒᆞ며 각각 심신이 황홀여취(恍惚如醉)ᄒᆞᆫ 바의 구폐

30 상시(生時): 규장각본에는 'ᄉᆡᆼ시'로 되어 있음.

31 문계: 정흠의 자.

8면 (久廢)ᄒᆞ엿던 뎡당(正堂)과 쳐량(凄涼)턴 계졍(階庭)이 번화(繁華)ᄒᆞ여 인셩(人聲)이 훤괄(喧聒)ᄒᆞ고 쥬륜(朱輪)이 상쇽(相續)ᄒᆞ여 빵알(雙喝)[32]과 놉흔 벽뎨(辟除)[33]ᄂᆞᆫ 동구(洞口)를 드레고 츄쥬알명(趨走謁命)ᄒᆞ며 복복하ᄉᆞᄌᆞ(僕僕賀辭者)ᄂᆞᆫ 슈(數)를 헤기 어려오니 완연이 셕일(昔日) 번화부귀를 회복ᄒᆞ여시ᄃᆡ 태부인과 참졍 곤계(昆季)의 심ᄉᆞᄂᆞᆫ 구일안낙(久日安樂)의 일무비원(一無悲怨)을 견조지 못ᄒᆞ여 목금희ᄉᆞ(目今喜事)를 다힝ᄒᆞ미 젹으미 아니로ᄃᆡ 몬져 녯일을 늣겨 우락(憂樂)의 슬프미 더으니 비록 밧그로 강인(强忍)ᄒᆞ나 쇽으로 통할(痛割)ᄒᆞ믄 플닐 길히 업ᄂᆞᆫ디라. 태부인 이하(以下) 월염쇼져의 화고풍상(禍故風霜)을 참연(慘然)ᄒᆞ여 반ᄃᆞ시 옥보화딜(玉步華質)이 슈환(愁患)의 골몰ᄒᆞ여 변형환착(變形換着)ᄒᆞ리라 짐작ᄒᆞ엿더니[34] 금일(今日) 보건ᄃᆡ 누명(陋名)을 쾌상(快爽)ᄒᆞ여 셩효덕힝이 만셩(萬姓)을 드레ᄂᆞᆫ ᄇᆡ 되여 옥이 더옥 빗ᄂᆞ며 금이 더옥 단년(鍛鍊)ᄒᆞᄃᆡ 복식(服色)이 검냑(儉約)ᄒᆞ여 샤치ᄒᆞ믈 먼니ᄒᆞ미 신샹(身上)의 번잡ᄒᆞᆫ 보패(寶貝) 잇디 아니ᄒᆞ나 졍슉(靜肅)ᄒᆞᆫ 봉관(鳳冠)과 장장(鏘鏘)ᄒᆞᆫ 월패(月佩) 명부(命婦)[35]의 위의(威儀) 엄연ᄒᆞ니 싀싀 고듕(高重)ᄒᆞ미 츄
9면 공샹텬(秋空上天)의 금외(金烏) ᄇᆡ회(徘徊)ᄒᆞ여 팔황(八荒)의 빗출 흘니고 셜봉한텬(雪峰寒天)의 옥퇴(玉兎) 광ᄎᆡ(光彩)를 토ᄒᆞ니 야식(夜色)이 창망(蒼茫)ᄒᆞᆫ 듯 ᄂᆡ셩(內性)의 탁월ᄒᆞ미 용모의 ᄇᆞᆰ은 경화

32 빵알(雙喝): 쌍알. 높은 벼슬아치가 길을 갈 때 하인이 소리를 질러 행인을 비키게 하던 일.
33 벽뎨(辟除): 벽제. 지위 높은 사람이 지나갈 때 잡인의 통행을 통제하던 일.
34 짐작ᄒᆞ엿더니: 규장각본에는 'ᄒᆞ엿더니'로 되어 있음.
35 명부(命婦): 봉작(封爵)을 받은 관리의 부인들.

(精華)ᄅᆞᆯ 일워시니 만태구비(萬態具備)ᄒᆞ며 쳔광(天光)이 쇄연(灑然)ᄒᆞ여 풍완(豊婉)을 염ᄒᆞ미 완젼ᄒᆞᆫ 귀복(貴福)을 타나시니 엇디 일시 위화(危禍)의 골몰단명(汨沒短命)ᄒᆞᆯ 긔딜이리오? 년보(年步) 십 셰의 도듕적화(途中賊禍)ᄅᆞᆯ 인ᄒᆞ여 규리(閨裏)의 ᄌᆞ최 실산뉴락(失散遊落)ᄒᆞ여 동표셔박(東漂西泊)의 긔흔변고(奇釁變故)ᄅᆞᆯ ᄀᆞᆺ초 경녁(經歷)ᄒᆞ고 다시 댱가(張家)의 도라가 참누악명(慙累惡名)을 므릅뻐 텬일(天日)을 블견(不見)ᄒᆞᄂᆞᆫ 죄인으로 ᄌᆞ쳐(自處)ᄒᆞ던 ᄇᆡ로ᄃᆡ 다만 뎡대(正大)ᄒᆞᄆᆞᆯ 좁아 사특(邪慝)ᄒᆞᄆᆞᆯ 먼니ᄒᆞ며 현숙ᄒᆞᄆᆞᆯ 웃듬ᄒᆞ고 간악ᄒᆞᄆᆞᆯ ᄆᆞ음의 머므ᄅᆞ디 아니ᄒᆞ니 ᄌᆞ연이 덕셩현ᄒᆡᆼ(德性賢行)이 딘도텬디(振動天地)ᄒᆞ여 부운(浮雲) ᄀᆞᆺᄐᆞᆫ 누얼(陋孼)이 ᄒᆡ음업시 스러디며 흉녀(凶女) 복쥬(服誅)ᄒᆞ여 신명ᄒᆞᆫ 션악의 보응(報應)이 후ᄉᆡᆼ(後生)을 기다리지 아냐셔 금셰(今世)의 무궁ᄒᆞᆫ 영복을 누리게 ᄒᆞ니 십 년 화란(禍亂)을 ᄉᆡᆼ각ᄒᆞᄆᆡ 모골이 딘경(震驚)ᄒᆞ나 오히려 이십을
밋디 못ᄒᆞᆫ 츈광(春光)으로 젼경(前程)이 머럿고 녹발(綠髮)이 화ᄇᆡᆨ 10면
(化白)ᄒᆞ미 머러시니 그 즐기미 셰월이 오랄 바ᄅᆞᆯ 뭇디 아냐 알디라. 쳐ᄉᆡ 나호여 머리ᄅᆞᆯ 쓰다ᄃᆞᆷ아 ᄀᆞᆯ오ᄃᆡ

"디난 ᄇᆡ 경참(驚慘)ᄒᆞ나 신셜(伸雪)이 쾌ᄒᆞ며 맛ᄎᆞᆷᄂᆡ 녜(禮)ᄅᆞᆯ 잡아 형댱(兄丈)[36]과 양슈[37]의 ᄉᆡᆼ훈(生訓)을 욕(辱)디 아니ᄒᆞ니 가히 아ᄅᆞᆷ다온 ᄇᆡ오 부녀슉딜(父女叔姪)이 ᄉᆡᆼ면(生面)으로뻐 단회(團會)의 깃브ᄆᆞᆯ 어드니 셕ᄉᆡ(夕死)라도 무한(無恨)이어ᄂᆞᆯ 그 ᄉᆞ이 뇽ᄌᆞ봉츄(龍子

36 형댱(兄丈): 형장. 정잠.

37 양슈: 양수. 형수 양부인.

鳳雛)ᄅᆞᆯ ᄉᆡᆼᄒᆞ여 삼ᄋᆡ(三兒) 댱가(張家)ᄅᆞᆯ 챵대(昌大)ᄒᆞᆯ 징되(徵兆)니 녀ᄋᆞ(女兒)의 복이 ᄯᅩᄒᆞᆫ 둣텁디 아니ᄒᆞ랴?"

인ᄒᆞ여 빵ᄋᆞ(雙兒)ᄅᆞᆯ 어로만져 그 작셩(作性)의 긔특ᄒᆞ믈 태부인긔 고(告)ᄒᆞ여 두굿기믈 니긔디 못ᄒᆞ니 태부인이 비로소 비회(悲懷)ᄅᆞᆯ 두로혀 월염쇼져의 귀밋ᄎᆞᆯ 어로만져 왕ᄉᆞ(往事)와 목금(目今)을 대강 문답ᄒᆞ며 모든 부인과 졔공ᄌᆞ(諸公子) 등이 다 반기고 다ᄒᆡᆼᄒᆞ믈 니긔디 못ᄒᆞᄃᆡ 홀노 닌광공ᄌᆡ 업ᄉᆞ믈 댱부인이 괴이히 넉이며 심히 결연(缺然)ᄒᆞ여 경조공긔 그 연고ᄅᆞᆯ 므ᄅᆞ니 의계공[38]이 홀노 ᄀᆞᆯ오ᄃᆡ

11면 "나ᄂᆞᆫ 닌광 딜ᄋᆡ(姪兒) 홈긔 샹경(上京)치 못ᄒᆞᆫ 바ᄅᆞᆯ 아디 못ᄒᆞ엿더니 향ᄀᆡᆨ(嚮刻) 강외(江外) 햐쳐(下處)[39]의셔 닌흥이 댱튝(張畜)을 ᄃᆡᄒᆞ여 여ᄎᆞ여ᄎᆞᆫ 말을 드른 후 다시 형댱(兄丈) 말ᄉᆞᆷ을 드러 화공[40]의 질후(疾候)로조ᄎᆞ 광ᄋᆡ ᄒᆞᆫ가디로 샹경치 못ᄒᆞ믈 아랏거니와 현딜(賢姪)의 존귀(尊舅) 심녀(心慮)ᄅᆞᆯ 만히 허비ᄒᆞ니 일마다 가쇼로오믈 니긔디 못ᄒᆞ노라."

인ᄒᆞ여 댱공의 언ᄉᆞ거동(言辭擧動)을 옴겨 니ᄅᆞ며 믄득 탄ᄒᆞ여 ᄀᆞᆯ오ᄃᆡ

"현딜(賢姪)이 종ᄇᆡᆨ(宗伯)의 골육으로 양슈시의 어딘 태훈(胎訓)을 밧ᄌᆞ와 ᄇᆡᆨᄒᆡᆼ쳔딜(百行千質)이 츌어범뉴(出於凡類)ᄒᆞ거ᄂᆞᆯ 엇딘 연고로 종ᄇᆡᆨ이 셔랑(壻郞) ᄒᆞᆫ 사ᄅᆞᆷ만 ᄀᆞᆯ희시고 인옹(姻翁)을 념(念)치 아니ᄒᆞ샤 굿ᄐᆞ여 현딜노ᄡᅧ 댱헌 누튝(陋畜)의 며ᄂᆞ리ᄅᆞᆯ 삼으시니 아등

38 의계공: 정염. 의계는 정염의 호.

39 햐쳐(下處): 하처. 거처나 숙소.

40 화공: 화흡.

(我等)이 ᄇᆡᆨ승[41]을 볼 제ᄂᆞᆫ 만념(萬念)이 프러져 댱츅(張畜)의 무상(無
狀)ᄒᆞ믈 허믈치 아닐 ᄃᆞᆺᄒᆞ다가 ᄇᆡᆨ승이 업ᄂᆞᆫ ᄣᆡ의 금일(今日) 블인(不
人)을 ᄃᆡᄒᆞᄆᆡ ᄉᆡ로이 통ᄒᆡ에분(痛駭恚憤)ᄒᆞ믈 니긔디 못ᄒᆞᄂᆞᆫ 가온ᄃᆡ
현딜이 그 블인의 슬하ᄅᆞᆯ 튱만(充滿)ᄒᆞ믈 ᄉᆡᆼ각ᄒᆞᄆᆡ 더옥 괴이ᄒᆞ믈 니
긔디 못ᄒᆞ리로다.”

태부인이 잠쇼왈(潛笑曰) 12면

“은ᄇᆡᆨ[42] 현딜(賢姪)은 월ᄋᆞ[43]의 구부(舅父) 그ᄅᆞᆺ 만나믈 위ᄒᆞ여 한탄ᄒᆞ
미 본ᄃᆡ 병이 되엿던 거시어니와 엇디 그 ᄌᆞ식을 ᄃᆡᄒᆞ여 구부의 허믈
을 니ᄅᆞ미 올흔 되(道)리오? 모로미 긋치라. 막비텬연(莫非天緣)을
인녁(人力)으로 능히 버힐 길히 이시랴?”

셜파(言罷)의 쇼져의 옥비셤슈(玉臂纖手)ᄅᆞᆯ 어로만져 년셕ᄋᆡ통(憐惜
哀痛)ᄒᆞ미 갓초 발(發)ᄒᆞ니 심하(心下)의 가마니 그 블인(不人)의 ᄌᆞ
뷔(子婦) 되여시믈 앗기ᄂᆞᆫ[44] 바도 업디 아니ᄒᆞ더라. 이윽고 댱부로조ᄎᆞ
헌하(獻賀)ᄒᆞᄂᆞᆫ 딘찬(珍饌)이 니ᄅᆞ니 경쾨 또 ᄭᅮ디ᄌᆞᄃᆡ

“이 음식이 녜ᄉᆞ로온 ᄇᆡ 아니라 젼졍(前程)을 도모ᄒᆞᄂᆞᆫ 쥬찬(酒饌)이
라.”

ᄒᆞᆫᄃᆡ 쳐ᄉᆡ 날호여 경조의 다언(多言)ᄒᆞ믈 긋치라 ᄒᆞ고 모다 햐져(下
箸)ᄒᆞ기ᄅᆞᆯ 다ᄒᆞᄆᆡ 상을 믈닌 후 죵용이 담화ᄒᆞᆯᄉᆡ 상부인이 월염쇼져
의 ᄉᆡᆼ존ᄒᆞ믈 금일(今日) 쳐음으로 알오미 아니로ᄃᆡ 녀교의 ᄉᆞᄉᆡᆼ거쳐

41 ᄇᆡᆨ승: 백승. 장창린의 자.

42 은ᄇᆡᆨ: 은백. 정염의 자.

43 월ᄋᆞ: 월아. 정월염.

44 앗기ᄂᆞᆫ: 앗기다. 아끼다. 이 맥락에서는 ‘아까워하다’는 의미가 더 적합함.

(死生去處)를 모로는 비 골슈디한(骨髓之恨)이 되여 말이 교우의 밋
추미 누쉬(淚水) 여우(如雨)ᄒᆞ며 ᄌᆞ염쇼져의 댱셩슈미(長成秀美)ᄒᆞ
13면 믈 디ᄒᆞ여 더옥 교우의 동년(同年)이믈 늣기니 쳐식 교우의 작인(作
人)을 일ᄏᆞ라 초뉵츙년(初六冲年)의 도듕젹변(途中賊變)의 요몰(夭
沒)홀 비 아니믈 고(告)ᄒᆞ여 단회디경(團會之慶)이 머디 아닐 바롤
미져모녀(妹姐母女)의 상봉운쉬(相逢運數) 목젼(目前)의 이실 둧ᄒᆞ
믈 굿초 베퍼 위로ᄒᆞ니 태부인은 만히 밋는 밧지 잇ᄉᆞ디 상부인은 능
히 슬프믈 금(禁)치 못ᄒᆞ더라. 쵹(燭)을 누온 후 참졍과 쇼뷔 ᄌᆞ딜(子
姪)노 더브러 도라와 태부인 긔운을 뭇줍고 상부인과 월염쇼져로 반
기믈 펼식 참졍이 녀우(女兒)의 누얼(陋孼)을 쾌히 신빅(伸白)ᄒᆞ믈
깃그나 졍문포댱(旌門褒奬)ᄒᆞ시믈 외람ᄒᆞ며 블감(不堪)ᄒᆞ여 도로혀
우환을 삼으니 경죄 참졍의 겸손ᄒᆞ미 너모 과ᄒᆞ믈 일킷고 인ᄒᆞ여 박
녀 교랑의 초ᄉᆞ(招辭) 일통(一通)을 모든 디 뵈며 댱쇼져 월우[45]의 셩
효녈졀(誠孝烈節)이 고왕금닉(古往今來)의 독보(獨步)ᄒᆞ믈 만구칭션
(滿口稱善)ᄒᆞ여 골오디
"ᄌᆞ고(自古)의 졀부녈녜(節婦烈女) 엇디 ᄒᆞ나둘히리오마는[46] 댱가(張
14면 家) 녀ᄌᆡ(女子) 십셰튱년(十歲沖年)의 훼면할이(毁面割耳)[47]ᄒᆞ여 녈졀
(烈節)을 볽히디 오히려 일누(一縷)롤 디연(遲延)ᄒᆞ여 그 부모로 ᄒᆞ여
곰 ᄌᆞ식 죽인 취명(臭名)을 면케 ᄒᆞ니 효의 츌텬(出天)ᄒᆞ미 사롬의 감

45 월우: 월아. 장성완.
46 ᄒᆞ나둘히리오마는: 규장각본에는 'ᄒᆞ누둘노 헤리오만은'으로 되어 있음.
47 훼면할이(毁面割耳): 얼굴을 훼손하고 귀를 자름.

읍(感泣)ᄒᆞᆯ ᄇᆡ어ᄂᆞᆯ 댱튝(張畜)과 박시ᄂᆞᆫ 브ᄃᆡ 그 ᄯᆞᆯ을 죽인 후 긋치려 ᄒᆞ여 교랑 흉녀의 간교(奸巧)의 ᄲᆡ디고 범경화의 흉모(凶謀)ᄅᆞᆯ 맛쳐 필경 댱시(張氏) 닉슈(溺水)ᄒᆞ기의 밋게 ᄒᆞ니 일마다 댱튝의 죄라 엇디 분ᄒᆡ(憤駭)치 아니리오? 요ᄒᆡᆼ으로 효렬(孝烈)의 셩녀(聖女)ᄅᆞᆯ 신명(神明)이 보호ᄒᆞ여 소공[48]이 구(救)ᄒᆞ며 닌광이 건디므로ᄡᅧ 긔특이 ᄉᆡᆼ존ᄒᆞ믈 어덧거니와 내 념(念)컨ᄃᆡ 닌광의 고집이 타인으로 만히 다ᄅᆞᆫ디라 댱튝이 부슉(父叔)의 얼골을 그려 ᄒᆡ(害)코ᄌᆞ ᄒᆞᄂᆞᆫ 흉심이라 ᄒᆞ여 ᄆᆞᄋᆞᆷ의 치부(置簿)ᄒᆞ믈 유혐디간(有嫌之間)으로 ᄒᆞᄂᆞ니 이제 댱시 ᄉᆞ라시믈 아라 혼녜ᄅᆞᆯ 일우려 ᄒᆞᆯ딘ᄃᆡ 결단코 부명(父命)을 슌(順)치 아냐 도망ᄒᆞᄂᆞᆫ 거죄 업ᄉᆞ면 분딜(憤疾)ᄒᆞ여 누으리니 ᄎᆞᆯ하리 소공의 쳣 계교ᄅᆞᆯ 조ᄎᆞ ᄒᆞᆫ갈ᄀᆞᆺ치 연가 녀ᄌᆡ(女子)라 ᄒᆞ여 취(取)케 ᄒᆞ고 •취 15면
한 후ᄂᆞᆫ 셜ᄉᆞ 분히 넉이나 ᄒᆞᆯ일업ᄉᆞᆫ 형셰 되여 말을 아니 ᄒᆞ리니 화ᄂᆡᄉᆡ[49] 유딜(有疾)ᄒᆞ여 닌광이 구호ᄒᆞ므로 ᄣᅥ러디미 져의 친ᄉᆡ(親事) 슌(順)히 될 마ᄃᆡ라. 반ᄃᆞ시 경ᄉᆞ(京師) 소식과 박녀 교랑의 초ᄉᆞ(招辭)ᄅᆞᆯ 아직 모로리니 형댱(兄丈)은 소위공의 샹경ᄒᆞ믈 닌광이 모로게 몬져 ᄒᆡᆼ빙[50](行聘)ᄒᆞ고 광딜이 오ᄂᆞᆫ 날이라도 친ᄉᆞᄅᆞᆯ 일우게 ᄒᆞ쇼셔."

쳐ᄉᆡ 미쇼왈(微笑曰)

"현뎨(賢弟)의 념녀ᄒᆞᆷ도 맛당ᄒᆞ거니와 부ᄌᆞ간(父子間)의 인륜대ᄉᆞ(人倫大事)ᄅᆞᆯ 엇디 은닉(隱匿)ᄒᆞ여 디ᄂᆡ미 올흐리오? 죵용이 닐너 알

48 소공: 소수.

49 화ᄂᆡᄉᆡ: 화내사. 화흡. 정삼의 부인인 화부인의 셋째 오빠.

50 ᄒᆡᆼ빙(行聘): 행빙. 빙례(혼인의 예절)를 함.

게 ᄒᆞ며 만일 슌죵치 아니면 칙벌(責罰)ᄒᆞ여 다ᄉᆞ리미 잇셔도 쳐음 유ᄌᆞ(幼子)룰 쇽이ᄂᆞᆫ 그ᄅᆞ미 아비의게 잇ᄉᆞ니 나의 뜻이 아니라. 인 뉸대ᄉᆞ룰 부형(父兄)이 쥬댱(主掌)ᄒᆞᄂᆞᆫ 바의 졔 므어시라 막즐나 ᄉᆞ ᄉᆞ(私私) 별의견(別意見)을 쓰리오?”

경조와 쇼뷔 ᄒᆞᆷ긔 ᄀᆞᆯ오ᄃᆡ

“형댱이 오히려 닌광의 고집을 모로시므로 권ᄒᆞ여 드롤가 넉이시거니와 바로 댱가(張家) 녀ᄌᆞ(女子)라 ᄒᆞ여ᄂᆞᆫ 그 아비룰 년좌(緣坐)ᄒᆞ여 죽어도 슌죵치 아니ᄒᆞ리니 ᄎᆞᆯ하리 혼녜나 슌(順)히 디ᄂᆡ기룰 위ᄒᆞ여 모로게 ᄒᆞ미 올치 아니ᄒᆞ리잇가?”

16면

참졍과 태부인이 ᄯᅩᄒᆞᆫ 경조 등의 말이 맛당ᄒᆞ믈 일ᄏᆞ라 아딕 닌광으로 ᄒᆞ여곰 아디 못ᄒᆞ게 셩녜(成禮)ᄒᆞ미 가(可)ᄒᆞ니라 ᄒᆞᆫᄃᆡ 쳐ᄉᆡ ᄌᆞ의(慈意)와 형댱(兄丈)의 뜻이 이러ᄒᆞ믈 드ᄅᆞ미 ᄯᅩᄒᆞᆫ 욱이디 못ᄒᆞ여 다시 말을 아니 ᄒᆞ고 잠쇼슈명(潛笑受命)ᄒᆞ더라. 아디 못게라 ᄎᆞ혼(此婚)이 맛ᄎᆞᆷᄂᆡ 슌셩(順成)ᄒᆞ미 된가? 하회(下回)룰 분ᄒᆡᄒᆞ라.

화표(話表)[51]. 션시(先時)의 됴니부[52] 후암공이 부공(父公)을 뫼시고 쳔니댱졍(千里長程)의 무ᄉᆞ득달(無事得達)ᄒᆞ여 녀강의 니ᄅᆞᄆᆡ 혁혁(赫赫)ᄒᆞᆫ 위의(威儀)와 외외(嵬嵬)ᄒᆞᆫ 영광이 싀문(柴門)의 찬난ᄒᆞ니 비록 근신겸퇴(謹愼謙退)ᄒᆞ여 졀졀검냑(節節儉約)ᄒᆞ나 놉흔 튱졀과 빗난 일홈으로뻐 위ᄎᆞ(位次) 니부텬관(吏部天官) 홍문관 태학ᄉᆞ 겸 통도당관으로 문덕긔졀(文德氣節)이 ᄉᆞ이(四夷)룰 드레니 인인(人人)

51 화표(話表): 이야기가 전환될 때 쓰는 관용어.

52 됴니부: 조이부. 조세창.

이 목을 느ᄅᆞ혀[53] 그 쳥광(淸光)을 우럴미 농문디탁(龍門之擢)의 비기며 녈읍쥬현(列邑州縣)이 ᄒᆞᆫ번 공(公)의 고개 조으믈 만호후(萬戶侯)의 영귀(榮貴)로 비ᄒᆞ여 츄쥬알명(趨走謁命)ᄒᆞ고 복복앙ᄉᆞ(僕僕仰事)ᄒᆞ니 비록 쳥념졀개(淸廉節槪)ᄒᆞᆫ 고의(古義)ᄅᆞᆯ 믈화(物貨)로뼈 폐몰(廢沒)치 못ᄒᆞ며 쥬악(奏樂)으로뼈 영송(迎送)치 못ᄒᆞ나 먼니 영졉ᄒᆞ여 복복앙ᄉᆞ(僕僕仰事)ᄒᆞ믄 셩개(聖駕) ᄒᆡᆼ(行)ᄒᆞ시미라도 이에 더으디 못ᄒᆞᆯ디니 야촌우ᄆᆡᆼ(野村愚氓)과 심산미ᄇᆡ(深山微夫) 다 부로휴유(扶老携幼)[54]ᄒᆞ여 됴공의 영친분소(迎親墳掃)ᄒᆞ믈 관경(觀景)코ᄌᆞ ᄒᆞᄆᆡ 원근(遠近)을 혜디 아냐 개얌이 ᄲᅮ시고 벌이 엉긘 ᄃᆞᆺᄒᆞ여 몃쳔ᄇᆡᆨ이믈 모로니 공이 부공(父公)을 봉시(奉侍)ᄒᆞ여 입문승당(入門升堂)애 만좌회친(滿座會親)ᄒᆞ여 츈풍훤졍(春風萱庭)의 학발(鶴髮)[55]이 강녕(康寧)ᄒᆞ며 왕존구경(王尊九卿)의 희ᄉᆡᆨ(喜色)이 양츈(陽春)을 ᄌᆞ아시니 ᄎᆡ무(彩舞)ᄅᆞᆯ 드러 훤초(萱草)[56]ᄅᆞᆯ 하례ᄒᆞᄆᆡ 인간낙ᄉᆡ(人間樂事) 이에 더으미 업고 졀ᄒᆞ기ᄅᆞᆯ 당ᄒᆞ여 경ᄉᆞ로오미 극(極)ᄒᆞᆫ디라. 기리 궤복(跪伏)ᄒᆞ여 남산디강(南山之康)[57]과 븍ᄒᆡ디슈(北海之壽)ᄅᆞᆯ 하례ᄒᆞᆯᄉᆡ 녕농ᄒᆞᆫ 희ᄎᆡ(喜彩)ᄂᆞᆫ 슈형(秀形)ᄒᆞᆫ 미우(眉宇)ᄅᆞᆯ ᄌᆞᆷ으며 젼도(顚倒)ᄒᆞᆫ 환희ᄂᆞᆫ 문명(文明)ᄒᆞᆫ 안ᄎᆡ(眼彩)ᄅᆞᆯ ᄯᅴ여 거연(巨然)ᄒᆞ고 17면

---

53 느ᄅᆞ혀: 규장각본에는 '널로혀'로 되어 있음.

54 부로휴유(扶老携幼): 노인은 부축하고 어린아이는 이끌고 감.

55 학발(鶴髮): 학의 머리처럼 하얀 머리털이란 뜻으로, 노인의 백발을 비유적으로 일컫는 말.

56 훤초(萱草): 모친 처소 앞의 풀로, 모친이 기거하는 곳을 가리킴. 여기서는 조부모와 부모 모두를 가리킴.

57 남산디강(南山之康): 남산지강. 남산은 중국 '종남산(終南山)'을 뜻하며, 보통 장수를 축원할 때 쓰이는 '남산무강지수(南山無疆之壽)'라는 표현이 《시경》에 나옴.

18면

엄듕ᄒᆞᆫ 위의(威儀) 도로혀 온ᄌᆞ낭연(溫慈琅然)ᄒᆞ니 년유ᄋᆞ동(年幼兒童)의 어엿븐 톄(體)ᄅᆞᆯ 가져 팔구ᄌᆡ(八九載) 풍상변고(風霜變故)의 상(傷)ᄒᆞ미 업ᄉᆞᄃᆡ 구일분니디시(舊日分離之時)의 쇼년션화(少年鮮花)ᄒᆞᆫ 방용(芳容)이 염ᄐᆡ(艶態)ᄅᆞᆯ 겸ᄒᆞ여 입 우ᄒᆡ 슈염이 블희[58]ᄅᆞᆯ 동(動)ᄒᆞ엿더니 금일상봉(今日相逢)애 츄텬(秋天)의 엄쇄(嚴鎖)ᄒᆞᆷ과 하일(夏日)의 외외(嵬嵬)ᄒᆞ믈 겸ᄒᆞ여 쳥슈미염(淸鬚美髥)이 가ᄉᆞᆷ의 셔리니 언건괴위(偃蹇魁偉)ᄒᆞᆫ 긔상이 십승ᄇᆡᆨ비(十乘百倍)ᄒᆞ미 일노조ᄎᆞ 그 ᄯᅥ나미 셰월이 오라믈 알디라. 태ᄉᆞ[59]와 숑태부인이 반기며 깃브미 여취약치(如醉若癡)ᄒᆞ여 황망이 니부의 손을 ᄌᆞᆸ고 낫ᄎᆞᆯ 다혀 ᄉᆞᆷ이며 상시(生時)믈 ᄭᆡ닷디 못ᄒᆞ여 오ᄅᆡ 말을 못 ᄒᆞ고 쥬부인은 어린 다시 후암의 낫ᄎᆞᆯ 우러러 반기미 극(極)ᄒᆞ미 쥬뤼(珠淚) 빈져(頻底)ᄒᆞ니 니뷔 블효ᄅᆞᆯ 샤죄ᄒᆞ며 당금(當今)을 다ᄒᆡᆼᄒᆞ여 이셩(怡聲)이 열열(悅悅)ᄒᆞ고 화긔(和氣) 이이(怡怡)ᄒᆞ니 ᄉᆞ도[60] 부뷔 비로소 심ᄉᆞᄅᆞᆯ 딘뎡(鎭靜)ᄒᆞ여 아ᄌᆞ(兒子)의 ᄉᆡᆼ환(生還)이 쳔고희한(千古稀罕)ᄒᆞᆫ 경ᄉᆞ로 뎡츙대졀(貞忠大節)이 부조(父祖)의 디나 보사명뉸(保社明倫)의 영명(英名)이 ᄉᆞᄒᆡ(四海)ᄅᆞᆯ 닙딘(入震)ᄒᆞ니 두굿기며 ᄒᆡᆼ열(幸悅)ᄒᆞ나 고관듕작(高官重爵)이 ᄇᆞ란 바의 열 번 더으믈 도로혀 근심ᄒᆞ니 니뷔 ᄌᆞ긔의 영귀(榮貴)ᄅᆞᆯ 딘실노 즐겨 아니 ᄒᆞ나 왕부(王父)의 과려(過慮)ᄒᆞ시믈 민민(憫憫)ᄒᆞ여 다만 화복(禍福)이 관슈(關數)ᄒᆞ니 인

58 블희: 불휘. 뿌리.

59 태ᄉᆞ: 태사. 조겸.

60 ᄉᆞ도: 사도. 조정.

녁(人力)으로 못 ᄒᆞ믈 고(告)ᄒᆞ여 믈우(勿憂)ᄒᆞ쇼셔 ᄒᆞ고 회두(回頭) ᄒᆞ여 댱ᄆᆡ(長妹)를 볼시 셩요쇼져ᄂᆞᆫ 임의 그 강ᄉᆡᆼ디시(降生之時)의 초츌탈쇄(超出脫灑)ᄒᆞ믈 아랏거니와 ᄎᆞᄆᆡ(次妹) 슉요의 셩ᄌᆞ난딜(盛姿蘭質)이 교교쇄연(皎皎灑然)ᄒᆞ여 셩요의 만히 나리디 아니 아니믄 뜻ᄒᆞ디 아닌 ᄇᆡ라. ᄌᆞ긔 안항(雁行)이 블ᄒᆡᆼᄒᆞ여 ᄒᆞᆫ낫[61] 형뎨 업ᄉᆞ믄 니ᄅᆞ도 말고 남녀 간 동긔의 정을 펼 곳이 업ᄉᆞ믈 ᄆᆡ양 탄회(嘆懷)ᄒᆞ다가 모친 디망디여(志望之餘)의 ᄉᆡ로이 교옥(嬌玉)을 년ᄉᆡᆼ(連生)ᄒᆞ여 슬하의 젹막ᄒᆞ믈 위로ᄒᆞ며 ᄌᆞ긔의게 동긔 잇ᄉᆞ미 셰간(世間)의 드믄 영홰(榮華)라 밧비 냥ᄆᆡ(兩妹)를 나호여 머리를 ᄡᅳ다듬고 귀밋ᄎᆞᆯ 어로만져 쳬쳬(切切)ᄒᆞᆫ ᄉᆞ랑과 근근(勤勤)ᄒᆞᆫ 졍이 소ᄉᆞ나니 ᄒᆞᆫ갓 모부인 안화(顔華)를 우러러 ᄇᆡ하왈(拜賀曰)

"ᄌᆞ위(慈闈) 만ᄅᆡ(晩來)의 산휵(産畜)ᄒᆞ시ᄃᆡ 긔후(氣候) 안강(安康)ᄒᆞ시며 ᄎᆞᄆᆡ의 아름다오미 셩요의 나리디 아니ᄒᆞ오니 엇디 만심긔ᄒᆡᆼ(滿心奇幸)ᄒᆞ믈 니긔여 쥬(奏)ᄒᆞ리잇가?"

부인이 ᄯᅩᄒᆞᆫ 심신을 뎡(靜)ᄒᆞ여 아ᄌᆞ(兒子)의 손을 잡고 길게 숨 쉬여 ᄀᆞᆯ오ᄃᆡ

"셕일(昔日) 분니디시(分離之時)의 금일(今日) 경ᄉᆞ를 몽니(夢裏)의도 ᄉᆡᆼ각디 못ᄒᆞ며 ᄒᆞᆫ갓 심쇄담열(心衰膽裂)ᄒᆞᆯ ᄲᅮᆫ이러니 이제 국디대경(國之大慶)과 가디ᄉᆞᄒᆡᆼ(家之私幸)으로 셩쥬(聖主) 복위ᄒᆞ시고 오ᄋᆡ(吾兒) 노영호디(虜營胡地)를 버셔나 모ᄌᆡ ᄉᆡᆼ면(生面)으로 반기니

61 ᄒᆞᆫ낫: 규장각본에는 'ᄒᆞᆫ갓'으로 되어 있음.

딘실노 ᄉᆞ무여한(死無餘恨)이라. 디난 바ᄅᆞᆯ ᄉᆡᆼ각ᄒᆞ미 무익ᄒᆞ며 별후비졀(別後悲切)턴 회포ᄅᆞᆯ 다시 닐너 브졀업ᄉᆞᄃᆡ 여모(汝母)의 망망(茫茫)ᄒᆞᆫ 통회(痛悔)와 존당(尊堂)의 우우쳑회(憂憂慽懷)ᄅᆞᆯ 능히 위로ᄒᆞ여 안식의 화열(和悅)ᄒᆞ시믈 닐위고 감디(甘旨)[62]의 온ᄂᆡᆼ(溫冷)을 맛초와 엄한상셜(嚴寒霜雪)과 복셔화양(伏暑火陽)을 피(避)치 아냐 여러 일월의 동촉디회(洞屬之孝) 혹ᄌᆞ(或者) ᄯᆡᄅᆞᆯ 어긔며 증니ᄅᆞᆯ 블숙(不熟)ᄒᆞᆯ가 근심ᄒᆞ여 ᄒᆞᆫ갈ᄀᆞᆺ치 능갈기력(能竭氣力)ᄒᆞ미 진효부(陳孝婦)[63]의 더은 ᄌᆞᄂᆞᆫ 우리 현뷔(賢婦)라. 여모의 긔뷔(肌膚) 니쳑(黧瘠)기ᄅᆞᆯ 면ᄒᆞ미 효부의 디셩(至誠)을 힘닙으미니 블관(不關)ᄒᆞᆫ 녀ᄋᆡ(女兒) 니어 나믈 흔ᄒᆡᆼ(欣幸)치 말고 현쳐(賢妻)의 대효셩덕을 샤례ᄒᆞ여 죵ᄂᆡ(終乃)의 져ᄇᆞ리디 말나.”

샹셰 브복쳥교(俯伏聽教)의 밋쳐 ᄃᆡ(對)치 못ᄒᆞ여셔 태ᄉᆞ 부뷔 ᄯᅩᄒᆞᆫ
21면 졍시(程氏)의 셩효덕ᄒᆡᆼ을 칭도(稱道)ᄒᆞ여 스ᄉᆞ로 두굿기며 ᄉᆞ되 ᄯᅩᄒᆞᆫ 칭찬왈(稱讚曰)

“현뷔(賢婦) 군ᄌᆞ숙녀(君子淑女)의 ᄉᆡᆼ훈(生訓)으로 덕문(德門)의 댱어(長於)ᄒᆞ니 온온디덕(溫溫之德)과 숙뇨디ᄒᆡᆼ(淑窈之行)이 발어외모(發於外貌)ᄒᆞ고 츌어ᄒᆡᆼ동(出於行動)ᄒᆞ니 입문초일(入門初日)의 존당(尊堂)이 말ᄉᆞᆷ을 두샤 ‘오문유경(吾門有慶)이오 도시(都是) 현뷔라. ᄇᆞᆰ으ᄃᆡ 넘디 아니ᄒᆞ고 온유ᄒᆞᄃᆡ 빗나며 약ᄒᆞᆫ 듕 강ᄒᆞ다.’ ᄒᆞ시미

---

62 감디(甘旨): 감지. 달고 맛있는 음식이라는 뜻으로, 식사를 말함.

63 진효부(陳孝婦): 전한(前漢) 문제(文帝) 때의 사람으로, 변방 수비군으로 떠난 남편이 죽은 후 주위의 개가 권유를 듣지 않고 끝까지 시어머니를 잘 모신 인물. 《소학》 〈선행(善行)〉에 나옴.

디극ᄒᆞᆫ 명괴(明教)라. 왕존냥위(王尊兩位)와 우리 부부ᄅᆞᆯ 효봉(孝奉)ᄒᆞ미 딘실노 오ᄋᆡ(吾兒) 밋디 못ᄒᆞ리니 네 과연 범범(凡凡)ᄒᆞᆫ 쳐실(妻室)노 아라 져바리미 업게 ᄒᆞ라."

니뷔 ᄌᆡᄇᆡ왈(再拜曰)

"블최(不肖) 무상(無狀)ᄒᆞ와 존당친위(尊堂親闈)ᄅᆞᆯ 효봉(孝奉)치 못ᄒᆞ옵고 도로혀 환난으로뻐 이우(貽憂)ᄅᆞᆯ 증(增)ᄒᆞ올 ᄯᆞᄅᆞᆷ이러니 졍시(程氏) ᄒᆡᄋᆞ(孩兒)의 실가(室家)로 잇셔 봉시디졀(奉侍之節)의 죄과(罪過)ᄅᆞᆯ 범(犯)치 아냐 우흐로 존당친위 년무(憐撫)ᄒᆞ시ᄂᆞᆫ 홍은(洪恩)을 인ᄒᆞ여 ᄌᆞ부디도(子婦之道)ᄅᆞᆯ 폐(廢)치 아니ᄒᆞ오미 인ᄉᆞ(人事)의 당연ᄒᆞ오니 블초의 ᄉᆞ심(私心)이 ᄒᆡᆼ의(幸矣)라 엇디 무고(無故)히 져ᄇᆞ리미 잇ᄉᆞ리잇가?"

셜파(說罷)의 궤슬단좌(跪膝端坐)ᄒᆞ여 경근디녜(敬謹之禮)[64]ᄅᆞᆯ 잡으며 여러 일월의 영모(永慕)ᄒᆞ던 회포ᄅᆞᆯ 주(奏)ᄒᆞᆯᄉᆡ ᄒᆡᆼ혀도 졍부인긔 •눈을 보ᄂᆡ미 업셔 남의 부녜(婦女) 좌간(坐間)의 이심 ᄀᆞᆺᄐᆞ니 ᄒᆞ믈며 22면
졍부인의 무심무려(無心無慮)ᄒᆞ믄 우회비락(憂懷悲樂)을 ᄭᆡ닷디 못ᄒᆞᆷ ᄀᆞᆺᄐᆞᆫ디라. 송태부인이 도로혀 상셔ᄅᆞᆯ 박졍(薄情)ᄒᆞᆫ가 넉이고 태ᄉᆡ ᄯᅩᄒᆞᆫ 상셰 뎨형(弟兄)이 무타(無他)ᄒᆞᆫ 몸으로뻐 부뷔 만니이국(萬里異國)의 각니(各離)ᄒᆞ믈 인ᄒᆞ여 ᄐᆡ신디경(胎娠之慶)이 아득ᄒᆞ믈 더옥 우우(憂虞)[65]히 슬허ᄒᆞ던 ᄇᆡ라 금일(今日) 샹셔의 거동이 젼혀 무심

64 경근디녜(敬謹之禮): 경근지례. 공경하고 삼가는 예법.

65 우우(憂虞)히: 우우하다. 걱정하고 근심하다.

ᄒᆞ여 관흡(款洽)ᄒᆞᆫ 인졍이 잇셔 뵈디 아니믈 의의려(疑慮)[66]ᄒᆞᄃᆡ 아ᄅᆞᆫ
쳬ᄒᆞ미 블가(不可)ᄒᆞ여 다만 부ᄌᆞ조손(父子祖孫)이 ᄉᆡᆼ면(生面)으로
단회(團會)ᄒᆞ믈 환열ᄒᆞᆯ 쁜이라. 이에 소작(小酌)을 여러 향듕(鄕中)
고구친쳑(故舊親戚)으로 환낙(歡樂)ᄒᆞ며 제로방ᄇᆡᆨ(諸路方伯)과 녈읍
쥬현(列邑州縣)이 블원쳔니이ᄅᆡ(不遠千里而來)ᄒᆞ니 낫인ᄌᆞᆨ 연회ᄅᆞᆯ
분요(紛擾)ᄒᆞ고 밤인ᄌᆞᆨ 왕존(王尊)과 부공(父公)을 시침(侍寢)ᄒᆞ여
팔구 년 니측디회(離側之懷)ᄅᆞᆯ 펴ᄆᆡ 환가일망(還家一望)의 결을ᄒᆞ여
샤침(私寢)의 니ᄅᆞᆯ 틈이 업ᄉᆞ며 듕회(衆會)의 ᄃᆡ(對)ᄒᆞᄆᆡ 빵광(雙眶)
이 나ᄌᆞᆨᄒᆞ고 긔운이 ᄉᆡᆨᄉᆡᆨᄒᆞ여 투목시쳠(偸目視瞻)ᄒᆞ믈 부박(浮薄)히
23면 녁이니 태부인이 그 뎡대(正大)ᄒᆞ믈 두굿기나 소원(疏遠)키의 갓가오
믈 념녀ᄒᆞ여 ᄉᆞ도다려 상셔ᄅᆞᆯ ᄉᆞ실(私室)노 도라보ᄂᆡ믈 니ᄅᆞᆫᄃᆡ ᄉᆞ되
슈명(受命)ᄒᆞ여 즉시 샹셔ᄅᆞᆯ ᄂᆡ당(內堂)의 가 쉬라 ᄒᆞ고 태ᄉᆡ ᄯᅩᄒᆞᆫ 상
셔의 편히 쉬기ᄅᆞᆯ 위ᄒᆞ여 ᄂᆡ루(內樓)의 슉침(宿寢)ᄒᆞ며 ᄉᆞ도ᄅᆞᆯ 쥬부
인 침소로 가라 ᄒᆞ니 상셰 그 부공(父公)의 태산디듕(泰山之重)으로
이러ᄐᆞᆺ 셰쇄(細瑣)ᄒᆞ시믄 ᄌᆞ긔 부부ᄅᆞᆯ 소듕과ᄋᆡ(所重過愛)ᄒᆞ시미나
ᄯᅩᄒᆞᆫ 노감쇼치(老感所致)ᄒᆞ믈 감오(感悟)ᄒᆞ여 명ᄒᆞ시ᄂᆞᆫ 바의 어긔오
미 업ᄉᆞ니 상셰 가졍(家庭)의 디효(至孝)ᄅᆞᆯ 닛고 왕부(王父)의 ᄌᆞ가
(自家) 부부ᄅᆞᆯ 위ᄒᆞ여 이 ᄀᆞᆺᄐᆞ시믈 황공ᄒᆞ여 ᄇᆡ이슈명(拜而受命)ᄒᆞ
ᄆᆡ ᄎᆞ야(此夜)의 냥ᄃᆡ훤후(兩代萱候)ᄅᆞᆯ ᄉᆞᆯ펴 침쉬(寢睡) 안온(安穩)
ᄒᆞ시믈 본 후 비로[67] 졍시 침당(寢堂)의 니ᄅᆞ니 부인이 ᄆᆡ양 존당(尊堂)

66 의의려(疑慮): '의'가 중복 필사되어 있음. 규장각본에는 '의려'로 되어 있음.
67 비로: 규장각본에는 '비로소'로 되어 있음.

과 존고(尊姑)를 시침(侍寢)ᄒᆞ믹 ᄉᆞ실은 젹연(寂然)이 뷔엿더니 상셰 환가(還家)ᄒᆞᆫ 후로 존괴 ᄉᆞ침(私寢)의 안휴(安休)코ᄌᆞ ᄒᆞ여 시침케 아니 ᄒᆞ니 마디못ᄒᆞ여 ᄉᆞ실노 퇴(退)ᄒᆞ나 식봉감디(食奉甘旨)[68]의 동동촉촉(洞洞屬屬)ᄒᆞ니 ᄒᆞᆫ ᄯᅢ도 방심치 못ᄒᆞ여 바야흐로 됴션(朝饍)을 다ᄉᆞ려 신효(晨曉)의 나오고ᄌᆞ ᄒᆞ더니 상셰 입닉(入內)ᄒᆞ믹 찬(饌)과 션(饍)을 거두고 긔이영디(起而迎之)ᄒᆞ여 먼니 분좌(分坐)ᄒᆞ니 공이 비로소 거안시디(擧眼視之)컨딕 팔구년디간(八九年之間)의 무ᄉᆞ무려(無思無慮)ᄒᆞᆫ 듯 심담(心膽)을 ᄉᆞᆯ오며[69] 고초를 비상(悲傷)ᄒᆞ여 빅우(百憂)를 비블니 겻그믄 믓디 아냐 알 비로딕 텬싱화용(天生花容)이 오히려 슈고초뷔(瘦枯憔膚)ᄒᆞ믈 면(免)ᄒᆞ여시니 이 ᄯᅩ 긔딜(氣質)이 비상(非常)ᄒᆞ믈 인ᄒᆞ미라. 심하(心下)의 흔힝(欣幸)ᄒᆞ여 광미(廣眉)의 화연(和然)ᄒᆞᆫ 츈풍을 동(動)ᄒᆞ나 부인이 부ᄌᆞ(夫子)를 우봉(遇逢)ᄒᆞ미 십슈 년의 ᄒᆞ마 녯ᄉᆞ롬이 되여시딕 공의 긔상이 엄위슉믁(嚴威肅默)ᄒᆞ여 쇼시(小時)로브터 규닉(閨內)의 구ᄎᆞᄒᆞ미 업고 ᄯᅩᄒᆞᆫ 부인의 셩경이 쳘부(哲婦)의 명투(明透)ᄒᆞ믈 아쳐ᄒᆞ여 침잠간냑(沈潛幹略)ᄒᆞᆫ 듯 부부화락이 싱소ᄒᆞ여 그 회합의 슈(數)를 거의 혤디라. 금야(今夜) 상딕(相對)의 그 싱환ᄒᆞ믈 ᄉᆡ로이 환텬희디(歡天喜地)ᄒᆞ나 공경ᄒᆞᄂᆞᆫ 녜(禮)를 좁아 단일졍뎡(端一貞靜)ᄒᆞ미 도로혀 희식이 현

24면

---

68 식봉감디(食奉甘旨): 식봉감지. '식봉'은 음식을 장만해 받드는 것. '감지'는 달고 맛있는 음식이라는 뜻으로, 특히 부모님이 좋아하는 음식을 말함. 《예기》 〈내칙(內則)〉에 "해가 지면 저녁 문안을 하고 좋아하는 음식을 올린다(日入而夕 慈以旨甘)."라는 구절이 있음.

69 ᄉᆞᆯ오며: ᄉᆞᆯ오다. ᄉᆞ로다. 사르다.

져(顯著)치 아닌기라. 아황(蛾黃)[70]이 나즉ᄒᆞ여[71] 담연(淡然)이 셰ᄉᆞ(世事)를 모로ᄂᆞᆫ 듯 됴흔 긔딜과 닝담ᄒᆞᆫ ᄐᆡ되(態度) 곤옥(崑玉)이 교결

25면 (皎潔)ᄒᆞ고 셜ᄆᆡ(雪梅) 암향(暗香)을 토ᄒᆞᄂᆞᆫ 듯 홈쥐 슈호(繡戶)의 광치를 토ᄒᆞ며 소월(素月)이 옥쳠(玉檐)의 한가ᄒᆞᆫ 듯 방향(芳香)이 욱욱(郁郁)ᄒᆞ고 교용(皎容)이 가려(佳麗)ᄒᆞ여 텬디의 졀츌(絶出)ᄒᆞ며 만고(萬古)의 무빵(無雙)ᄒᆞ미 볼ᄉᆞ록 긔이ᄒᆞᆫ디라. 후암의 태산디듕(泰山之重)과 하ᄒᆡ디량(河海之量)으로도 그 셩효를 감동ᄒᆞ고 긔딜을 ᄉᆡ로이 션복(羨服)ᄒᆞ여 팔구년디간(八九年之間)의 합개(闔家) 평안홈과 태산 존부(尊府)의 무ᄉᆞᄒᆞ믈 인ᄉᆞᄒᆞ며 악댱(岳丈)[72]의 환쇄(還刷)ᄒᆞ시미 ᄌᆞ긔와 ᄀᆞᆺᄐᆞ믈 ᄒᆡᆼ열(幸悅)홀 ᄲᅳᆫ이오 구구상념(區區想念)ᄒᆞ던 회포를 니ᄅᆞ미 업ᄉᆞ니 부인이 더옥 손순(遜順)ᄒᆞ여 정금면슈이쳥(整襟面垂而聽)의 무ᄉᆞ환됴(無事還朝)ᄒᆞ믈 칭하ᄒᆞ고 냥가(兩家) 존당친위(尊堂親闈) 녕안(寧安)ᄒᆞ시믈 ᄒᆡᆼ열ᄒᆞ미 상셔와 일반이로ᄃᆡ 온온공공(溫溫恭恭)ᄒᆞ여 부부의 존경ᄒᆞ미 대빈(大賓)을 상ᄃᆡ홈 ᄀᆞᆺᄐᆞ여 위곡간도(委曲懇到)ᄒᆞ미 브죡ᄒᆞᆫ 듯ᄒᆞ더니 야심(夜深)ᄒᆞᄆᆡ 공이 침상의 안휴(安休)홀ᄉᆡ 부인이 오히려 안준 거술 곳치디 아니ᄒᆞ니 공이 비록 텬셩대효(天性大孝)로 오십의 죵부모(從父母)ᄒᆞ여 실가(室

26면 家)를 ᄋᆡ모(愛慕)ᄒᆞ미 업ᄉᆞ나 ᄇᆡ톄(配體)의 아름다오미 이신즉 그 ᄯᅳᆺ이 엇디의 이실가 ᄒᆞ여 낙이쳐로(樂爾妻帑)ᄒᆞ며 화락ᄎᆞ담(和樂且湛)

---

70 아황(蛾黃): 여성의 아름다운 이마를 가리키는 표현.

71 나즉ᄒᆞ여: ᄂᆞ즉ᄒᆞ다. 나직하다.

72 악댱(岳丈): 악장. 장인. 여기서는 정잠.

ᄒᆞ미[73] 업ᄉᆞ리오? 흔연동신(欣然動身)ᄒᆞ여 슈랑(殊朗)ᄒᆞᆫ 안화(顏華)의 이연(怡然)ᄒᆞᆫ 우음을 먹음고 숇연이 부인을 븟드러 왈

"팔구 년 ᄒᆡ도 이국(異國)의 풍상(風霜)을 ᄀᆞᆺ초 당ᄒᆞᄆᆡ 금슬디낙(琴瑟之樂)을 밋쳐 결을ᄒᆞ여 ᄉᆡᆼ각디 못ᄒᆞ나 내 ᄯᅩ 셕가블(釋迦佛)이 아니라 엇디 부〃의 금슬ᄒᆡᆼ낙(琴瑟行樂)을 폐(廢)ᄒᆞ리오?"

셜파(說罷)의 상요롤 취(取)ᄒᆞ여 동와(同臥)ᄒᆞᄆᆡ 우어 ᄀᆞᆯ오ᄃᆡ

"ᄉᆡᆼ의 나히 부인의셔 네 ᄒᆡ 더ᄒᆞ거니와 늙고 ᄉᆞᆯ뼈 소년츈광(少年春光)을 일허시ᄃᆡ 부인은 츈ᄉᆡᆨ이 변치 아냐시니 일노 보건ᄃᆡ 집의 편히 잇ᄉᆞ미 ᄒᆡ국 고상(苦狀)을 격근 ᄌᆞ로 ᄂᆡ도ᄒᆞ거니와 긔븨니쳑(肌膚羸瘠)ᄒᆞ믄 팔구 년을 긔아(饑餓)ᄒᆞᆫ 날만 못ᄒᆞ니 폐간(肺肝)의 병이 잠겨 쳑소(瘠消)ᄒᆞ미 이 갓도다."

부인이 슈괴(羞愧)ᄒᆞ여 말을 아니코 공이 구졍(舊情)을 니으ᄆᆡ 부부의 의와 금슬의 낙이 극딘(極盡)ᄒᆞ니 니론바 군ᄌᆞᄂᆞᆫ 낙이블음(樂而不淫)ᄒᆞ니 가히 관져(關雎)의 시롤 디엄 즉ᄒᆞ더라.[74]

샹셰 텬은(天恩)을 감골(感骨)ᄒᆞ여 국ᄉᆞ(國事)의 딘심(盡心)ᄒᆞ미 몸이 맛촌 후 긋치고ᄌᆞ ᄒᆞᄆᆡ 향니(鄉里)의 오ᄅᆡ 머믈 ᄯᅳᆺ이 업셔 ᄐᆡᆨ일(擇日) 27면

73 낙이쳐로(樂爾妻帑)ᄒᆞ며 화락ᄎᆞ담(和樂且湛)ᄒᆞ미: 《시경》 〈소아(小雅)〉 '상체편(常棣篇)'의 "금슬을 타는 듯 처자와 정답고 뜻이 합하며, 형제가 화합하여 화락하고 즐겁도다. 너의 집안을 좋게 하며 너의 처자를 즐겁게 한다(妻子好合 如鼓瑟琴 兄弟既翕 和樂且耽 宜爾室家 樂爾妻帑)."에서 온 것.

74 니론바 군ᄌᆞᄂᆞᆫ ~ 디엄 즉ᄒᆞ더라: '관저'는 《시경》 〈주남(周南)〉 편의 첫 번째 시로, 군자와 숙녀가 서로 어울리는 짝으로 등장하는 내용. 여기서는 공자가 이 시에 대해 "'관저'는 즐거우면서도 넘치지 않고, 슬프면서도 마음을 상하게 하지 않는다(關雎 樂而不淫 哀而不傷.)"라고 평한 것을 차용한 것으로 보임.

ᄒᆞ여 합개(闔家) 샹경ᄒᆞᆯᄉᆡ 니공ᄌᆞ 챵현이 ᄌᆞ당(慈堂)의 외왕부모(外王父母) 영모(永慕)ᄒᆞ시ᄂᆞᆫ 뜻을 ᄃᆡ(代)ᄒᆞ여 이에 와 노공[75] 부부ᄅᆞᆯ 뫼셧더니 ᄒᆞᆫ가디로 외왕부모ᄅᆞᆯ 호ᄒᆡᆼ발마(護行發馬)ᄒᆞ니 향니 고구친쳑(故舊親戚)이 됴공 삼ᄃᆡ(三代)ᄅᆞᆯ 니별ᄒᆞᄂᆞᆫ 뜻이 결울ᄎᆞ아(結鬱嗟訝)ᄒᆞ여 ᄒᆡᆼ뉘(行淚) 비비(霏霏)ᄒᆞ니 ᄉᆞ도와 상셰 ᄉᆞ시졀향(四時節享)을 인ᄒᆞ여 후회(後會) ᄌᆞᄌᆞᆯ 바ᄅᆞᆯ 위로ᄒᆞ며 부인ᄂᆡᄂᆞᆫ 협ᄉᆞ(篋笥)ᄅᆞᆯ 기우려 ᄌᆡᄇᆡᆨ(財帛)으로뼈 그 계활(計活)을 도와 니졍(離情)을 표(表)ᄒᆞ나 졔인(諸人)의 연연(戀戀)ᄒᆞᆫ 졍은 니로 형언치 못ᄒᆞᆯ너라. ᄒᆡᆼᄒᆞᆫ 디 여러 날 만의 소운산 하(下)의 니ᄅᆞ러 햐쳐(下處)ᄅᆞᆯ 뎡(定)ᄒᆞ여 부인ᄂᆡᄅᆞᆯ 안둔(安頓)ᄒᆞ고 샹셰 풍경을 가ᄋᆡ(嘉愛)ᄒᆞ여 태ᄉᆡ ᄉᆞ도 부ᄌᆞ와 니공ᄌᆞ 챵현으로 더브러 듁장망혜(竹杖芒鞋)로 쇼암(小巖)의 올나 유람ᄒᆞᆯᄉᆡ 풍경의 졀승(絶勝)ᄒᆞᆷ과 산슈의 명녀(明麗)ᄒᆞ미 그림으로 모ᄉᆞ(模寫)키 어렵고 입으로 다 니ᄅᆞ디 못ᄒᆞᆯ너라. 이ᄣᆡ 본읍 태슈 숑쳥은 태ᄉᆞ
28면 공 부인 원촌족손(遠寸族孫)이라 됴니뷔 존당친위(尊堂親闈)ᄅᆞᆯ 뫼셔 샹경ᄒᆞ믈 듯고 ᄲᆞᆯ니 나아와 반길ᄉᆡ 태ᄉᆞ의 유람ᄒᆞ믈 조ᄎᆞ 소운산 텬필봉의 니ᄅᆞ러 피ᄎᆞ 반긴 후 쥬효(酒肴)ᄅᆞᆯ 나아와 태ᄉᆞ긔 하ᄇᆡ(賀杯)ᄅᆞᆯ 헌(獻)ᄒᆞᆫᄃᆡ 노공(老公)이 흔연이 햐져(下著)ᄒᆞ며 유흥(幽興)이 늉늉(隆隆)ᄒᆞ여 시ᄅᆞᆯ 읇허 산경(山景)을 찬(贊)ᄒᆞ고 ᄉᆞ도와 졔손(諸孫)을 명ᄒᆞ여 운(韻)을 화(和)ᄒᆞᆯᄉᆡ 문당이 창ᄒᆡ(滄海)의 활낭(闊浪)ᄒᆞᆷ과 건곤의 호호(浩浩)ᄒᆞ믈 거두어 챵농(蒼龍)이 변화ᄒᆞ며 풍운(風雲)이

75 노공: 조겸.

변식ᄒᆞ니 노공이 아룸답고 두굿겨 희블ᄌᆞ승(喜不自勝)ᄒᆞ며[76] 송티싂 칭찬ᄒᆞ여 ᄉᆞ도 부ᄌᆞ와 창현 등으로 문답ᄒᆞᄆᆡ 태싂 ᄯᅩᄒᆞᆫ 문ᄎᆡ(文彩) 유여탈속(有餘脫俗)ᄒᆞ니 상셔와 니공ᄌᆞ의 웅문대ᄌᆡ(雄文大才)를 기리 답논(答論)ᄒᆞ미 무미(無味)치 아닌디라. 됴태ᄉᆡ 원근산쳔을 기리 관망(觀望)ᄒᆞ여 날이 져므ᄃᆡ 도라갈 ᄯᅳᆺ이 업ᄉᆞ니 ᄉᆞ되 민망ᄒᆞ여 회거(回去)를 쳥ᄒᆞᆫᄃᆡ 노공 왈

"풍경이 무한ᄒᆞ여 써날 ᄯᅳᆺ이 업ᄉᆞ니 금야(今夜)를 이에셔 디ᄂᆡ고 명됴(明朝)의 도라가고ᄌᆞ ᄒᆞᄂᆞ니 여등(汝等)은 말니디 말나."

ᄉᆞ되 풍노(風露)의 손상ᄒᆞ실 바를 주(奏)ᄒᆞ여 산상(山上)의셔 경야(經夜)ᄒᆞ시미 블가(不可)ᄒᆞᆷ을 간(諫)ᄒᆞᄃᆡ 태ᄉᆡ 구디 명ᄒᆞ여 도라갈 ᄌᆡ(者) 잇거든 가고 나의 유흥을 막디 말나 ᄒᆞ니 ᄉᆞ도 부ᄌᆡ 민박(憫迫)ᄒᆞ나 홀일업셔 이 밤을 산상의셔 디닐ᄉᆡ 니공ᄌᆞ 챵현이 오동슈하(梧桐樹下)의 좌(坐)ᄒᆞ엿다가 우연이 ᄉᆞᄆᆡ를 드ᄂᆞᆫ 바의 오동 상(上)으로조ᄎᆞ ᄇᆡᆨ옥반경(白玉半鏡)이 써러져 광슈(廣袖) ᄀᆞ온ᄃᆡ 들며 일빵녕죄(一雙靈鳥) 묽게 우러 징조를 보(報)ᄒᆞᄂᆞᆫ ᄃᆞᆺᄒᆞ니 좌듕(座中)이 다 괴이히 넉이ᄃᆡ 공ᄌᆡ 무심히 반경을 ᄂᆡ여 더지고ᄌᆞ ᄒᆞ거ᄂᆞᆯ 태ᄉᆡ 가져오라 ᄒᆞ여 친히 보니 그 모양이 반월(半月) ᄀᆞᆺ고 광ᄎᆡ 됴요(照耀)ᄒᆞ여 텬디를 ᄇᆞᆰ힐 ᄃᆞᆺ 됴시(趙氏)의 년셩벽(連城璧)[77]이 아니면 위국십 29면

76 두굿겨 희블ᄌᆞ승(喜不自勝)ᄒᆞ며: 규장각본에는 '두굿기믈 니긔디 못ᄒᆞ며'로 되어 있음.

77 됴시(趙氏)의 년셩벽(連城璧): 조씨의 연성벽. 진(秦) 소왕이 자기 나라의 15성(城)과 조왕이 가졌던 화씨벽(和氏璧)을 바꾸려 한 것에서 유래한 말. 화씨벽은 춘추시대 초나라 변화(卞和)라는 사람이 발견한 귀한 보옥. 《사기》 〈염파인상여열전〉에 나옴.

이승(威國十二乘)[78]을 빗최던 딘쥬(眞珠)라. 다만 ᄒᆞᆫ가온ᄃᆡ 갈나져 두렷디 못ᄒᆞ미 한(恨)홉거ᄂᆞᆯ 뒤ᄒᆡ 가ᄂᆞᆫ 글ᄌᆡ 잇셔 '우상이 완경(完鏡)이라' ᄒᆞ엿고 아ᄅᆡ 난봉(鸞鳳)[79]을 그려시ᄃᆡ 반이 업셔 날개 버린 거시 쾌치 못ᄒᆞᆫ디라. 태ᄉᆡ 긔이ᄒᆞ믈 일ᄏᆞᄅᆞ며 ᄉᆞ도와 상셰 ᄀᆞᆯ오ᄃᆡ

30면 "거울 모양이 완젼치 못ᄒᆞ미 흠이나 광ᄎᆡ 찬난ᄒᆞ여 변화시(卞和時)의 미옥(美玉)이니 밤의 독셔ᄒᆞ기ᄅᆞᆯ 당ᄒᆞ여 등쵹(燈燭)의 번폐(煩弊)ᄅᆞᆯ 들고 야명쥬(夜明珠)ᄅᆞᆯ 족히 당ᄒᆞ리니 임의 어든 바ᄅᆞᆯ 브졀업시 ᄇᆞ리디 말나."

니공ᄌᆡ 그 블관(不關)ᄒᆞ므로ᄡᅧ ᄃᆡᄒᆞ여 거두고ᄌᆞ 아니 ᄒᆞᄃᆡ 태ᄉᆡ 친히 챵현의 ᄉᆞᄆᆡ의 너허 왈

"오동(梧桐) 샹(上)으로조ᄎᆞ 보경(寶鏡)이 너의 ᄉᆞᄆᆡ의 들미 되니 비록 미믈(微物)이나 텬의(天意) 유의ᄒᆞ샤 너ᄅᆞᆯ 주시미오 ᄯᅩ 샹을 만나면 거울이 완젼ᄒᆞ리라 ᄒᆞ여시니 내 ᄉᆡᆼ각건ᄃᆡ 이 ᄀᆞ장 신경(神鏡)과 이되(異鳥)라 혹ᄌᆞ 후일의 쁠 곳이 이실 동[80] 어이 알니오?"

공ᄌᆡ 본ᄃᆡ 바ᄅᆞᆫ 거ᄉᆞᆯ 주(主)ᄒᆞ고 져ᄅᆞᆫ 거ᄉᆞᆯ 딕희여 광명녜듕(光明禮重)ᄒᆞ며 허무탄망(虛無誕妄)ᄒᆞ믈 ᄇᆡ쳑ᄒᆞᄂᆞᆫ 고로 외조(外祖)의 신이(神異)타 ᄒᆞ믈 깃거[81] 아냐 ᄃᆡ왈(對曰)

"군ᄌᆞᄂᆞᆫ 현검(賢儉)ᄒᆞ여 보화ᄅᆞᆯ 신변의 진일 거시 아니오라 됴시(趙

78 위국십이승(威國十二乘): 위(魏)나라 혜왕이 제(齊) 위왕에게 위나라는 작지만 수레 12승을 비출 수 있는 구슬이 있다고 한 내용이 《사기》 〈전경중완세가(田敬仲完世家)〉에 나옴.

79 아ᄅᆡ 난봉(鸞鳳)을: 규장각본에는 '아ᄅᆡ는 봉을'로 되어 있음.

80 이실 동: 규장각본에는 '잇슬 쥴'로 되어 있음.

81 깃거: 깃거ᄒᆞ다. 기꺼하다. 기꺼워하다.

氏)의 년셩벽(連城璧)과 변화(卞和)의 됴승디쥬(照乘之珠)[82] 다 ᄌᆡ앙
(災殃)이 되엿ᄉᆞ오니 ᄎᆞ경(此鏡)이 딘뵈(眞寶)라 니ᄅᆞᆯ디라도 쇼손(小
孫)의게 ᄌᆡ앙이 되디 아닐 줄[83] 알니잇고? 근본이 오등 샹의셔 ᄯᅧ러져 31면
시니 탄망(誕妄)ᄒᆞ고 셰젼구믈(世傳舊物)이 아니오니 거두미 블가
(不可)ᄒᆞ니이다."

ᄉᆞ되 쇼왈(笑曰)

"현딜(賢姪)이 본ᄃᆡ ᄇᆡᆨᄒᆡᆼ(百行)의 광명뎡대(光明正大)ᄒᆞ믈 주(主)ᄒᆞ
나 대인명교(大人名敎) 네 ᄒᆡᆼ신(行身)의 ᄒᆡ롭게 아니 ᄒᆞ시리니 슌슈
(順受)ᄒᆞ라."

공ᄌᆡ 미급ᄃᆡ(未及對)의 니뷔 권유왈(勸誘曰)

"존명(尊命)이 여ᄎᆞ(如此)ᄒᆞ시며 이 거울 어드믈 송형과 내 ᄒᆞᆫ가지로
보아시니 암ᄆᆡ(暗昧)타 니ᄅᆞᆯ ᄇᆡ 아니라 아딕 슈듕(手中)의 두어 등쵹
(燈燭)을 ᄃᆡ(代)ᄒᆞ라. 타일 님ᄌᆡ 이셔 너다려 도젹이라 ᄒᆞ거든 우리
발명(發明)ᄒᆞ여 주리라."

공ᄌᆡ 함쇼무언(含笑無言)이러니 홀연 쳐량ᄒᆞᆫ 곡셩(哭聲)이 ᄋᆡ원참참
(哀怨慘慘)ᄒᆞ여 태ᄉᆞ와 듕인(衆人)이 다 놀나고 숑태쉬 경동왈(驚動曰)

"이 아니 귀ᄆᆡ망냥(鬼魅魍魎)의 곡셩이냐? 이 심야의 궁협(窮峽) 산
듕의 엇디 사ᄅᆞᆷ이 잇셔 울니오?"

샹셰 왈

---

82 됴승디쥬(照乘之珠): 조승지주. 수레 여러 대의 앞을 볼 수 있을 정도로 빛나는 광채를 가진 명주(明珠).

83 되디 아닐 줄: 규장각본에는 '아니 될 쥴'로 되어 있음.

"현형(賢兄)[84]이 년댱삼십(年將三十)의 박학민달(博學敏達)ᄒᆞ시거놀 인귀(人鬼)를 분변치 못ᄒᆞ시리잇가?"

니공ᄌᆡ 참연동식(慘然動色) 왈

"이 필연 심산야곡(深山野谷)의 젼경질[85]ᄒᆞᄂᆞᆫ 젹뉴(賊類) 녀염녀ᄌᆞ(閭閻女子)를 겁탈ᄒᆞ여 오미 아니면 산촌야ᄉᆞ(山村野舍) 도장[86]의 녀ᄌᆞ를 요미(妖魅) 얼튝이 후려오미라. 그 급ᄒᆞ미 년미디홰(燃眉之火)니 모다 구활(救活)ᄒᆞ미 올흐니이다."

32면

니뷔 왈

"졍합오의(正合吾意)라."

ᄒᆞ고 죵ᄌᆞ(從者)를 명ᄒᆞ여 왕부(王父)와 대인(大人)을 뫼셔시라 ᄒᆞ며 이에 숑태슈와 니공ᄌᆞ를 다리고 ᄯᅥᆯ니 곡셩(哭聲)을 ᄎᆞᄌᆞ 나아가니 텬필봉 하(下) 웃녁 곡듕(谷中)의 슈목(樹木)이 춍울(叢鬱)ᄒᆞᆫ 듸 인가창두(人家蒼頭) 일인(一人)을 쳘삭(鐵索)으로 동혀 놉흔 남긔 거러시니 ᄒᆞᆫ 조각 싱긔 업셔 뵈ᄃᆡ 오히려 일믹(一脈)이 긋디 아냐 딜텬호원(叱天號寃) 왈

"텬되(天道) 오쥬(吾主)를 ᄉᆞᆯ오쇼셔."

ᄒᆞ니 셩음(聲音)인즉 건ᄋᆞ웅셩(健兒雄聲)이 아니라. 후암과 숑·니 등이 문왈(問曰)

"네 거동이 인가노ᄌᆡ(人家奴子)로소니 엇디ᄒᆞ여 남긔 달녀시며 네 쥬

84 현형(賢兄): 친구를 높여 부르는 말.

85 젼경질: 전경질. 강도질.

86 도장: 규방. 부녀자가 거처하는 방.

인은 ᄯᅩ 므ᄉᆞᆷ 화(禍)ᄅᆞᆯ 만나 어ᄃᆡ 잇ᄂᆞ뇨?"

기인(其人)이 통읍ᄃᆡ왈(痛泣對曰)

"쳥평셰계(淸平世界)의 홀노 참변긔화(慘變奇禍)ᄅᆞᆯ 만나 목금(目今) 우리 공ᄌᆡ 도젹의 ᄯᆞ로오ᄂᆞᆫ 화ᄅᆞᆯ 닙어 져 황ᄉᆡ(荒塞) 밀목(密木) 듕의셔 ᄌᆞ경(自剄)ᄒᆞ여 계시ᄃᆡ 쇼복(小僕)이 이리 ᄆᆡ여달녀 능히 구ᄒᆞᆯ 길히 업ᄉᆞᆸ고 도젹의 말을 듯ᄉᆞ오니 본현노얘(本縣老爺) 유람ᄒᆞ샤 산샹(山上)의 니ᄅᆞ신다 ᄒᆞ옵기로 셩덕디ᄉᆡ(盛德之士) 고촌(孤村)의 ᄆᆡᆺᄎᆞ시믈 혜아려 감히 우룸을 먼니 들니와 구활(救活)ᄒᆞ시ᄂᆞᆫ 태산늉은(泰山隆恩)을 닙ᄉᆞ올가 ᄇᆞ라오미러니 삼위노얘(三位老爺) 강님(降臨)ᄒᆞ시니 블승경ᄒᆡᆼ(不勝慶幸)ᄒᆞᄂᆞ이다." 33면

됴상셰 당션(當先)ᄒᆞ여 원비(猿臂)[87]ᄅᆞᆯ 늘혀 기인(其人)을 프러 나리오며 태슈와 니공ᄌᆞᄅᆞᆯ 지쵹ᄒᆞ여 ᄲᆞᆯ니 가 그 공ᄌᆞᄅᆞᆯ 구ᄒᆞ라 ᄒᆞᆫᄃᆡ 냥인(兩人)이 ᄒᆡᆼ뵈(行步) 나ᄂᆞᆫ ᄃᆞᆺᄒᆞ여 남녁 초목이 셩ᄒᆞᆫ 바ᄅᆞᆯ ᄉᆞ못 ᄎᆞᄌᆞ 나아갈ᄉᆡ 숑태쉬 ᄌᆞ로 젼패(顚沛)ᄒᆞ나 니공ᄌᆡ 농ᄒᆡᆼ호보(龍行虎步)로 압셔시니 눈을 드러 두로 ᄉᆞᆯ피ᄆᆡ 과연 일위셔ᄉᆡᆼ(一位書生)이 광삼혁ᄃᆡ(廣衫革帶) 남ᄋᆞ(男兒)의 의건(衣巾)이로ᄃᆡ 목 우희 단검을 빗기 질너[88] 뉴혈(流血)이 낭ᄌᆞ(狼藉)ᄒᆞ니 소견(所見)의 경ᄒᆡ참담(驚駭慘憺)ᄒᆞ고 월ᄉᆡᆨ(月色)이 여쥬(如晝)ᄒᆞ여 호발(毫髮)이 희미치 아니ᄒᆞᆫᄃᆡ 그 셔ᄉᆡᆼ의 용의골상(容儀骨相)이 교연쇄락(皎然灑落)ᄒᆞ여 경홍(驚

---

87 원비(猿臂): 원숭이처럼 팔이 길다는 뜻으로, 활을 잘 쏘는 사람을 말함. 한나라의 무장 이광이 팔이 길고 활을 잘 쏜 데서 유래함.

88 질너: 지르다. 찌르다.

鴻)[89] 갓ᄐᆞᆫ 긔딜이 만고(萬古)의 무비(無比)ᄒᆞ니 니공ᄌᆡ 쳠망일견(瞻望一見)의 경의(驚疑)ᄒᆞ여 두어 거름을 믈너셧더니 숑태쉬 나아오다가 소ᄅᆡ 급ᄒᆞ여[90] 니ᄅᆞᄃᆡ

"님듕슈ᄌᆡ(林中秀才) 명ᄌᆡ경ᄀᆡᆨ(命在傾刻)ᄒᆞᆫ가 시브거ᄂᆞᆯ 엇디 밧비

34면 구(救)치 아니코 믈너셧ᄂᆞ뇨? ᄲᆞᆯ니 구호(救護)ᄒᆞ라."

니공ᄌᆡ ᄃᆡ왈(對曰)

"니ᄅᆞ시ᄂᆞᆫ ᄇᆡ 맛당ᄒᆞᄃᆡ 이 슈ᄌᆡ(秀才) 슈미교연(秀美嬌姸)ᄒᆞ여 남ᄌᆞ(男子) ᄀᆞᆺ디 아니ᄒᆞ니 혹ᄌᆞ(或者) 녀ᄌᆡ(女子) 변복(變服)ᄒᆞ민가? 숑형이 년댱(年長)이 ᄂᆡ도ᄒᆞ시니 구호ᄒᆞ여 근본이 귀(貴)ᄒᆞ거든 양녀(養女)ᄅᆞᆯ 삼으시고 쳔(賤)ᄒᆞ거든 셔녀(庶女)로 결의(結義)ᄒᆞ쇼셔."

됴샹셰 미조ᄎᆞ 오다가 쳥필(聽畢)의 돈족왈(頓足曰)

"숑형은 각녁(脚力)이 딘(盡)ᄒᆞ여 밧비 나아가디 못ᄒᆞᄂᆞᆫ 듕 내 ᄯᅩᄒᆞᆫ 밋디 못ᄒᆞ여 네 임의 당션(當先)ᄒᆞᆫ 바로 엇디 곡(曲)ᄒᆞᆫ 의심을 픔어 사ᄅᆞᆷ 구활ᄒᆞ믈 더ᄃᆡᄒᆞᄂᆞ뇨? '쉬닉(嫂溺)이면 슉이원디(叔而援之)[91]'라 ᄒᆞᄂᆞ니 ᄲᆞᆯ니 구ᄒᆞ라."

니공ᄌᆡ 마디못ᄒᆞ여 나아갈ᄉᆡ 제 만일 녀ᄌᆡ면 결약남ᄆᆡ(結約男妹)ᄒᆞ믈 계교ᄒᆞ고 겻ᄐᆡ 님(臨)ᄒᆞ여 칼을 ᄲᅢ히며 맛ᄎᆞᆷ 낭듕(囊中)의 두어 낫 약환(藥丸)이 잇던 고로 ᄂᆡ여 ᄲᆞ밀ᄉᆡ 비록 뉴혈(流血)이 만디(滿地)

---

89 경홍(驚鴻): 놀란 기러기. 조식이 지은 〈낙신부(洛神賦)〉에서 낙수 여신의 아름다운 자태를 "마치 놀란 기러기 같고(翩若驚鴻)"라고 한 데서 온 것.

90 소ᄅᆡ 급ᄒᆞ여: 규장각본에는 '소ᄅᆡ을 급히 ᄒᆞ여'로 되어 있음.

91 쉬닉(嫂溺)이면 슉이원디(叔而援之): 《맹자》 〈이루 상(離婁上)〉의 "제수가 물에 빠지면 시숙이라도 손으로 구조한다(嫂溺援之以手)."라는 말에서 온 것.

ᄒᆞ여 보기의 경참(驚慘)ᄒᆞ나 요힝 빗딜녀 그 명이 끗디 아냐시믈 깃
거ᄒᆞ더라. 이러굴젹 숑·됴 이공(二公)이 나아와 그 ᄉᆡᆼᄉᆞ(生死)ᄅᆞᆯ 살
피고ᄌᆞ ᄒᆞ더니 쳔만긔약(千萬期約)디 아닌 바 그 셔ᄉᆡᆼ(書生)의 슈리
(袖裏)로조ᄎᆞ ᄇᆡᆨ옥반경(白玉半鏡)이 스ᄉᆞ로 쒸여나며 니공ᄌᆞ ᄉᆞᄆᆡ로 35면
셔 반경(半鏡)이 ᄯᅩᄒᆞᆫ 쒸여나니 징연(錚然)ᄒᆞᆫ 소ᄅᆡ의 두 조각 거울이
합(合)ᄒᆞ여 두려시 망뉸명월(望輪明月)을 상(像)ᄒᆞ여 경광(景光)이
ᄇᆡᄇᆡ(倍倍)ᄒᆞ고 보ᄎᆡ(寶彩) 휘황ᄒᆞ니 숑·됴 이공(二公)이 이ᄅᆞᆯ 보ᄆᆡ
놀나며 이상ᄒᆞ믈 니긔디 못ᄒᆞ고 니공ᄌᆞᄂᆞᆫ 그 망탄(妄誕)ᄒᆞ믈 블열(不
悅)ᄒᆞ여 븟든 바 시신을 죵용이 노흐며 몸을 두로혀 숑·됴 이공의 앏
흐로 오거ᄂᆞᆯ 숑공이 셔ᄉᆡᆼ(書生)의 ᄉᆡᆼᄉᆞ(生死)ᄅᆞᆯ 몬져 뭇고 됴공이 나
아가 구(救)코ᄌᆞ ᄒᆞᄃᆡ 심니(心裏)의 ᄉᆡᆼ각ᄂᆞᆫ ᄇᆡ 잇셔 침음(沈吟)ᄒᆞ더
니 남긔 달녓던 창뒤(蒼頭) 창황젼경(愴惶顚驚)ᄒᆞ여 딜텬호원(叱天
號冤)ᄒᆞ며 나아오거ᄂᆞᆯ 됴공의 쌍광(雙眶)이 유심ᄒᆞ여 문왈(問曰)
"향직(嚮刻) 너ᄅᆞᆯ 남긔셔 글너 나리올 졔 낫치 심히 닉오ᄃᆡ 여쥬(汝
主)의 ᄉᆞᄉᆡᆼ이 급ᄒᆞᄆᆡ 구ᄒᆞ노라 뭇디 못ᄒᆞ엿더니 네 아니 태운산 졍부
인[92] 시위(侍衛)로 변복뉴리(變服流離)ᄒᆞ미냐?"
기인(其人)이 고두톄읍(叩頭涕泣) 왈
"쳔비(賤婢) ᄃᆡ월은 과연 경아(程衙) 상부인 비ᄌᆞ(婢子)옵거니와 십
년 참화(慘禍)의 쳔심(賤心)이 회젼(回轉)ᄒᆞ와 노야(老爺)ᄅᆞᆯ 젼ᄌᆞ(前
者)의 뵈온 줄 능히 ᄭᆡ닷디 못ᄒᆞᄂᆞ이다." 36면

92 졍부인: 정부인. 정태요.

됴공이 답왈(答曰)

“나ᄂᆞᆫ 됴상셔 후암이어니와 너ᄅᆞᆯ 졍아(程衙)의셔 닉이 본 ᄇᆡ라. 너의 쥬군상공(主君上公)[93]이 교옥(嬌玉)을 실니(失離)ᄒᆞᆫ 후로 통도ᄋᆡ쳑(痛悼哀慽)ᄒᆞ여 목젼(目前)의 시신을 노흠만 ᄀᆞᆺ디 못ᄒᆞ믈 니ᄅᆞ시더니 아디 못게라 너의 쇼졔(小姐) 능히 보명(保命)ᄒᆞ믈 어더 계시냐?”

ᄃᆡ월이 쳬읍왈(涕泣曰)

“쥬군(主君)의 별눈ᄌᆞᄋᆡ(別倫慈愛)로 엇디 그러치 아니시리잇가? 목금(目今) ᄌᆞ경(自剄)ᄒᆞ신 공ᄌᆡ 쇼져로소이다.”

인ᄒᆞ여 십 년 화고풍상(禍故風霜)을 대강 고(告)ᄒᆞᄆᆡ 그 잔잉 참졀(慘絶)ᄒᆞᆫ ᄇᆡ 인심(人心)의 츄연창도(惆然愴悼)ᄒᆞᆯ ᄇᆡ라. 숑·됴 이공(二公)이 위ᄒᆞ여 안ᄉᆡᆨ을 변ᄒᆞ며 니공ᄌᆡ 이공을 ᄃᆡᄒᆞ여 결의남ᄆᆡ(結義男妹)ᄒᆞᆯ 바ᄅᆞᆯ 고ᄒᆞᆫᄃᆡ 됴공이 브답(不答)ᄒᆞ고 ᄃᆡ월다려 문왈(問曰)

“너의 쇼졔 ᄇᆡᆨ옥반경(白玉半鏡)을 환난 듕 신변의 진여 단니시미 엇딘 연괴(緣故)뇨?”

월이 ᄃᆡ왈(對曰)

“옥경(玉鏡)이 비록 완젼치 못ᄒᆞ오나 초(初)의 쇼졔 한부[94]의 슈양녀(收養女)로 계실 제 한공 노애(老爺) 반경을 주시며 니ᄅᆞ시ᄃᆡ ‘ᄎᆞ경(此鏡)을 이인(異人)이 날을 주어 네게 젼ᄒᆞ라.’ ᄒᆞ엿고 쏘 ‘봉니이완경(逢離
37면 而完鏡)이라 ᄡᅳᆫ 글ᄌᆡ 잇셔 타일(他日) 완(完)ᄒᆞᆫ 거울이 되여도 신변의 진여 일치 말나.’ ᄒᆞ시니 쇼졔(小姐) 쥰교(遵敎)ᄒᆞ샤 본부(本府) 상공

93 쥬군상공(主君上公): 주군상공. 상연.

94 한부: 한학사의 집.

노야(上公老爺) 옥션초(玉扇貂)[95]와 ᄀᆞᆺ치 듕(重)히 넉이시ᄂᆞ이다."

후암이 쳥필(聽畢)의 ᄃᆡ월을 ᄌᆡ촉ᄒᆞ여 쇼져ᄅᆞᆯ 구호ᄒᆞᄃᆡ 반경(半鏡)이 임의 완합(完合)ᄒᆞ여 쇼져 겻ᄐᆡ 잇ᄉᆞ니 거두어 간ᄉᆞ케 ᄒᆞ라 ᄒᆞ며 밧비 숑태슈와 니공ᄌᆞᄅᆞᆯ 산샹(山上)의 보ᄂᆡ여 태ᄉᆞ와 ᄉᆞ도긔 소유(所由)ᄅᆞᆯ 고(告)ᄒᆞ고 일변(一邊) 죵ᄌᆞ(從者)로 ᄒᆞ여곰 솔가디ᄅᆞᆯ 휘워 교ᄌᆞ(轎子)ᄅᆞᆯ ᄆᆡᆫ들며 ᄃᆡ월노 ᄒᆞ여곰 쇼져ᄅᆞᆯ 교ᄌᆞ의 올녀 호ᄒᆡᆼ(護行)ᄒᆞ라 ᄒᆞ고 읍져햐쳐(邑邸下處)의 나아가 졍부인으로 구호케 ᄒᆞ니 디친(至親)의 졍이 동포(同胞)의 감(減)치 아닌 바로 실니디탄(失離之嘆)을 창비(愴悲)ᄒᆞ다가 금일(今日) 긔특이 상봉ᄒᆞ니 그 반기며 다ᄒᆡᆼᄒᆞᆷ은 니ᄅᆞ도 말고 십 년 위화(危禍) 듕(中) 그 졍녈도ᄒᆡᆼ(貞烈道行)이 ᄇᆡᆨ옥(白玉)이 무하(無瑕)ᄒᆞ며[96] 쳥상(靑霜)을 능두(凌頭)ᄒᆞ여 ᄆᆞᆰ은 졀개와 ᄇᆞᆰ은 결단이 쇽인(俗人)의 우럴 ᄇᆡ 아니라 졍부인이 더옥 ᄒᆡᆼ열칭도(幸悅稱道)ᄒᆞ고 문견ᄌᆡ(聞見者) 긔특이 넉이디 아니리 업ᄉᆞᄃᆡ 니공ᄌᆡ 홀노 합경이ᄉᆞ(合鏡異事)ᄅᆞᆯ 블열(不悅)ᄒᆞ며 결약남ᄆᆡ(結約男妹)코ᄌᆞ ᄒᆞᆷ을 외왕부(外王父)와 ᄉᆞ도 부ᄌᆞ의 막ᄌᆞᄅᆞ므로 조ᄎᆞ 본의(本意)ᄅᆞᆯ 셰오디 못ᄒᆞ고 원치 아닛ᄂᆞᆫ 친ᄉᆞ(親事) 의논ᄒᆞᆷ을 딜병ᄀᆞᆺ치 괴로워ᄒᆞ더라. 38면

션시(先時)의 상쇼져 녀괴 태쥬 ᄒᆡᆼ도(行途)의 흉젹을 만나 뉵셰튱년(六世冲年)의 야양(爺孃)의 ᄌᆞᄋᆡ(慈愛)ᄅᆞᆯ 버히고 젹혈(賊穴)의 쎠러

---

95 옥션초(玉扇貂): 옥선초. 부채의 고리에 다는 옥 장식품. '선추(扇錘)'라고도 함.

96 ᄇᆡᆨ옥(白玉)이 무하(無瑕)ᄒᆞ며: 문맥상 '백옥도 티가 있다고 할 정도'라는 의미이므로, 'ᄇᆡᆨ옥(白玉)을 유하(有瑕)ᄒᆞᄂᆞᆫ'이 맞는 것으로 보임.

져 일 년을 탕졍 가온ᄃᆡ 촌심(寸心)을 회젼(回轉)ᄒᆞ고 다시 한부의 팔니ᄂᆞᆫ 욕(辱)을 당ᄒᆞᄃᆡ 한학ᄉᆞ의 디인명감(知人名鑑)을 힘닙어 슈양부녀(收養父女)로 칭ᄒᆞ고 한쇼져로 결의ᄌᆞᄆᆡ(結義姊妹)ᄒᆞ엿다가 한공이 ᄒᆡ외(海外)의 찬츌(竄黜)ᄒᆞᄆᆡ 교녀(狡女)의 독슈(毒手)ᄅᆞᆯ 면치 못ᄒᆞ여 한쇼져 아오로 참변대화(慘變大禍)ᄅᆞᆯ 므ᄅᆞᆸᄡᅧ 동표셔박(東漂西泊)의 난안위구(難安危懼)턴 셜화(說話)와 합경의 이ᄉᆞ와 소운산 듕(中)의 다시 젹화(賊禍)ᄅᆞᆯ 만나 ᄌᆞ경(自剄)ᄒᆞ던 셜홰며 니공ᄌᆞ의 혼인을 거졀ᄒᆞ던 셜홰《셩호연》의 ᄒᆡ비(該備)ᄒᆞ엿기로 ᄎᆞ젼(此傳)의
39면 ᄂᆞᆫ 대략만 ᄡᅳ노라.

어시(於是)의 졍부인이 상쇼져ᄅᆞᆯ 디셩구호(至誠救護)ᄒᆞᆯ ᄡᅳᆫ 아냐 ᄉᆞ도 부ᄌᆡ 약셕(藥石)[97]을 ᄀᆞᆺ초아 상쳐ᄅᆞᆯ 슈히 완합(完合)게 ᄒᆞ고 태부인과 쥬부인이 보유(補遺)ᄒᆞᆯ 미듁(米粥)과 찬션(饌饍)을 ᄀᆞᆺ초 보ᄂᆡ여 슈히 ᄎᆞ병(差病)코ᄌᆞ ᄒᆞ미 셩요 등의 유질(有疾)홈ᄀᆞᆺ치 ᄒᆞ니 대월이 감은ᄒᆞ믈 니긔디 못ᄒᆞ여 상쇼제 친젼(親前)의 졀ᄒᆞ여 십 년 ᄉᆞᆺ쳣던 텬뉸(天倫)을 니을 ᄯᅳᆺ이 시ᄀᆞᆨ(時刻)이 급ᄒᆞᆫ디라 밧비 샹경ᄒᆞ믈 원ᄒᆞ니 됴공 부ᄌᆡ ᄒᆡᆼ거(行車)ᄅᆞᆯ 발(發)ᄒᆞᆯ신 샹쇼제 졍시(程氏) 거듕(車中)의 들고 ᄉᆞ되 친히 호ᄒᆡᆼ(護行)ᄒᆞ여 녀관(旅館)의 쉬기ᄅᆞᆯ 당ᄒᆞᆫ즉 졍부인 쳐소ᄂᆞᆫ 반ᄃᆞ시 다ᄅᆞᆫ 곳의 뎡(定)ᄒᆞ여 상쇼제 좌왜(坐臥) 편케 ᄒᆞ며 녕능 머므던 ᄉᆞ이의 영니ᄒᆞᆫ 노ᄌᆞ(奴子)ᄅᆞᆯ 급모발숑(急募發送)ᄒᆞ여 상아의 희보(喜報)ᄅᆞᆯ 통케 ᄒᆞ엿더니 듕노(中路)의셔 유딜(有疾)ᄒᆞ여

97 약셕(藥石): 약석. 약과 돌침이라는 뜻으로, 온갖 약재와 치료를 일컫는 말.

역녀(逆旅)의 머믈미 되ᄆᆡ 도로혀 됴병(調病)키ᄅᆞᆯ 명ᄒᆞ고 ᄲᆞᆯ니 ᄒᆡᆼ거ᄅᆞᆯ 구을녀 경샤의 다ᄃᆞᄅᆞ니 교외에 나와 맛ᄂᆞᆫ 친위(親友) 다 고거ᄉᆞ마(高車駟馬)로 위의(威儀) 혁혁(赫赫)ᄒᆞᆫ 곳의 포딘ᄎᆞ쟝(鋪陳遮帳) 40면
의 빗난 ᄇᆡ 휘황ᄒᆞ여 왕후(王侯)와 경상(卿相)의 부귀ᄅᆞᆯ 표(表)ᄒᆞ여시니 됴공 삼ᄃᆡ(三代) 부려(富麗)ᄒᆞ믈 ᄀᆞ장 블열(不悅)ᄒᆞ나 듕인회ᄀᆡᆨ(衆人會客)이 다 구면친쳑(舊面親戚)과 인친븡위(姻親朋友)라 어이 반갑디 아니리오? ᄒᆞ믈며 니각노 챵계공[98]이 일픔작위(一品爵位)에 보블면뉴(黼黻冕旒)[99]로 노공(老公) 슬하의 절ᄒᆞ여 ᄉᆡᆼ관(甥館)의 도(道)와 댱유(長幼)의 녜경(禮敬)ᄒᆞ미 디극ᄒᆞ니 원ᄂᆡ 됴태ᄉᆡ 이 ᄉᆞ회로ᄡᅧ 국가 동냥(棟梁)으로 허ᄃᆡ(許對)ᄒᆞ여 문난(門欄)의 극경(極慶)으로 알거ᄂᆞᆯ 구별디여(久別之餘)의 단회(團會)ᄒᆞ니 반가옴과 깃브미 넘ᄡᅧ 희연이 ᄇᆡᆨ슈(白鬚)ᄅᆞᆯ ᄡᅳ다ᄃᆞᆷ으며 하어(賀語)ᄅᆞᆯ 닐위여 그 튱의대도(忠義大道)ᄅᆞᆯ 칭션(稱善)ᄒᆞᆫᄃᆡ 니공이 블감(不堪)ᄒᆞ믈 ᄉᆞ샤(謝辭)ᄒᆞ고 ᄌᆞ의[100]에 무ᄉᆞ환경(無事還京)ᄒᆞᆷ과 뎡튱녈절(貞忠烈節)이 ᄌᆞ고(自古)의 희한ᄒᆞ믈 하례ᄒᆞᆯᄉᆡ 경참졍 곤계(昆季) ᄯᅩᄒᆞᆫ 됴공을 마ᄌᆞ 반기ᄂᆞᆫ 듕 태ᄉᆞ공 년갑(年甲)이 션군(先君)[101]이 ᄒᆞᆫ가디로ᄃᆡ 긔력이 강건ᄒᆞ여 셰복(世福)을 누리미 하원(遐遠)ᄒᆞ믈 보ᄆᆡ ᄉᆞ도의 복되믈 블워ᄒᆞ

---

98 챵계공: 창계공. 이빈.

99 보블면뉴(黼黻冕旒): 보불면류. ‘보불’은 임금이 예복으로 입던 하의인 곤상(袞裳)의 도끼와 ‘아(亞)’ 자 모양의 수. ‘면류’는 제왕의 정복에 갖추어 쓰던 면류관의 앞뒤에 늘어뜨린 구슬 꿰미.

100 ᄌᆞ의: 자의. 조세창의 자.

101 션군(先君): 선군. 돌아가신 아버지. 여기서는 정한.

41면 며 태ᄉᆞ는 쳥계의 튱녈(忠烈)과 닌셩 등의 뇽문디경(龍門之慶)을 칭하ᄒᆞ고 태향으로조ᄎᆞ 도라온 날슈를 므ᄅᆞ니 블과 슈일(數日)이라 원졍구치(遠程驅馳)로 밋쳐 쉬디 못ᄒᆞ여 먼니 마ᄌᆞ믈 샤례ᄒᆞ니 졍공이 쏘ᄒᆞᆫ 칭사(稱謝)ᄒᆞ더라. 됴ᄉᆞ되 뎡국공 상공[102]을 향ᄒᆞ여 쇼왈(笑曰)

"쇼뎨(小弟) 금힝(今行)의 무슉[103]의 실산(失散)ᄒᆞᆫ 교옥(嬌玉)을 ᄎᆞᄌᆞ 무슉의 디통(至痛)을 프러시ᄃᆡ 블민(不敏)ᄒᆞᆫ 허믈이 업디 아니니 공(功)으로뼈 죄롤 속(贖)홀가 ᄒᆞ노라."

상공이 블승경희(不勝驚喜)ᄒᆞ여 급문기고(急問其故)ᄒᆞᆫᄃᆡ ᄉᆞ되 소운산의셔 여ᄎᆞ여ᄎᆞ 쇼져롤 구ᄒᆞ여 솔니(率來)ᄒᆞ믈 셜파(說破)ᄒᆞ며 쇼왈 "여ᄎᆞ여ᄎᆞ 무슉의게 션보(先報)ᄒᆞ미 잇더니 노ᄌᆡ(奴子) 듕노(中路)의셔 유병(有病)ᄒᆞ여 도로혀 우리 힝셰(行勢) 압션 고로 텬뉸(天倫)을 단회(團會)ᄒᆞ미 더ᄃᆡ게 ᄒᆞ니 쇼뎨의 블민ᄒᆞᆫ 허믈이 아니랴?"

상공이 쳥파(聽罷)의 심신이 여황여취(如恍如醉)ᄒᆞ여 ᄉᆞ도롤 드럽더 븟드러 왈

"셩방[104]아, 이 딘짓말가? 형이 아니 쇼뎨롤 농(弄)ᄒᆞ미냐? 오ᄋᆡ(吾兒)
42면 만일 ᄉᆞ라실딘ᄃᆡ 규리약딜(閨裏弱質)이 비록 말ᄆᆡ암기 어려오나 십ᄌᆡ춘츄(十載春秋)를 엇디 싱존을 보(報)ᄒᆞ미 업더뇨?"

됴공이 이에 길게 상쇼져의 젼후화익(前後禍厄)을 ᄃᆡ월의게 드른 ᄃᆡ로 젼ᄒᆞ고 ᄃᆡ월을 블너 현알(見謁)케 ᄒᆞ니 상공이 비로소 녀ᄋᆞ(女兒)

102 상공: 상연.
103 무슉: 무숙. 상연의 자.
104 셩방: 성방. 조정의 자.

의 싱환(生還)ᄒᆞ미 밋븐 줄 알ᄆᆡ 밋 ᄃᆡ월의 고두복알(叩頭伏謁)ᄒᆞ믈 당ᄒᆞ여 깃브미 도로혀 요양(擾攘)ᄒᆞ니 쳔균디듕(千鈞之重)이 셤진(纖塵) ᄀᆞᆺᄐᆞ여 ᄲᅧᆯ니 ᄉᆞ도게 졀ᄒᆞ며 부녜(父女) 셔로 보믈 쳥ᄒᆞᆫᄃᆡ ᄉᆞ되 쇼왈(笑曰)

"쇼뎨(小弟) 형으로 교졍(交情)이 동긔의 감(減)치 아니므로ᄡᅥ 녕녀(令女)를 ᄋᆞ부(兒婦)와 ᄀᆞᆺ치 쳔니(千里)의 호힝(護行)ᄒᆞᄃᆡ 그 얼골을 친히 보디 아니ᄒᆞ믄 녕녀의 병톄(病體) 블안홀가 두리미라. 이졔 ᄋᆞ부의 막ᄎᆞ(幕次)의 녕ᄋᆡ(令愛) 잇ᄉᆞ니 졍형(程兄) 등과 ᄒᆞᆫ가디로 드러가 보아 십년통회(十年痛懷)와 듕봉희ᄉᆞ(重逢喜事)를 니으미 맛당토다."

상공이 즉시 몸을 니러 졍참졍 곤계군죵(昆季群從)으로 더브러 ᄂᆡ막ᄎᆞ(內幕次)의 드러가니 상·졍 이쇼졔(二小姐) 황망이 하당영디(下堂迎之)홀ᄉᆡ 졔공(諸公)이 밧비 눈을 들ᄆᆡ 십년원니(十年遠離)ᄒᆞ엿던 녀ᄋᆞ와 실산(失散)ᄒᆞ여 영영 ᄉᆡᆼ존을 모로던 딜ᄋᆞ(姪兒)를 ᄃᆡᄒᆞᄆᆡ 그 뜻이 엇디 황홀치 아니리오? 상공은 더옥 교ᄋᆞ를 보ᄆᆡ 십ᄌᆡ(十載) 험난고상(險難苦狀)의 능히 신졀(身節)을 온젼ᄒᆞ여 텬뉸(天倫)이 단회(團會)ᄒᆞ믈 깃브고 잔잉ᄒᆞ여 그 졀을 파(罷)치 못ᄒᆞ여셔 그 향신(香身)을 안아 졉면교항(接面交項)ᄒᆞ며 실셩장통(失聲長痛) 왈 43면

"오ᄋᆡ(吾兒)야, 녀교야. 네 ᄉᆡᆼ셰초뉵(生世初六)의 창승(蒼繩)도 ᄒᆡ(害)ᄒᆞ미 업ᄉᆞ니 므솜 죄리오마ᄂᆞᆫ 여부(汝父)의 젹앙(積殃)이 듕(重)ᄒᆞ여 십년실산(十年失散)의 허다참변긔화(許多慘變奇禍)를 격고 능히 보명(保命)ᄒᆞ여 ᄉᆡᆼ면(生面)으로 어버이를 ᄃᆡᄒᆞ니 효되 극(極)ᄒᆞᆫ디라. 네 유시(幼時)의 집을 ᄯᅥ나 동표셔박(東漂西泊)의 긔궁험익(奇窮險戹)이 그 디경의 밋ᄎᆞᄃᆡ 오히려 위란(危亂) 듕(中) 보명ᄒᆞ여 녈졀

상ᄒᆡᆼ(烈節常行)이 창송(蒼松)을 압두ᄒᆞ니 아ᄅᆞᆷ다오며 빗나거니와 여ᄇᆡ 너ᄅᆞᆯ ᄌᆞᄋᆡ(慈愛)ᄒᆞ미 너의 셩효의 반블급(半不及)ᄒᆞ여 화당(華堂)의 안거(安居)ᄒᆞᄆᆡ 단연이 ᄎᆞ졸 의ᄉᆞᄅᆞᆯ 못 ᄒᆞ고 혹 ᄉᆡᆼ각이 밋ᄂᆞᆫ ᄢᅵᄂᆞᆫ 요ᄒᆡᆼ ᄉᆡᆼ존ᄒᆞ미 되여셔도 ᄆᆡᆨ상(陌上)의 써러디며 텬예(天涯)의 더디여
44면 공후ᄉᆞ부디엽(公侯士夫枝葉)으로 욕되미 이신ᄌᆞᆨ ᄎᆞᆯ하리 죽음만 ᄀᆞᆺ디 못ᄒᆞᆯ가 헛도이 심녀(心慮)만 ᄉᆞᆯ온디라[105] 이제 됴형 부ᄌᆞ의 구활(救活)ᄒᆞ미 아니면 금일(今日) 단합(團合)ᄒᆞᄂᆞᆫ 경ᄉᆡ(慶事) 엇디 잇ᄉᆞ리오?”
셜파(說罷)의 쳬ᄉᆡ(涕泗) 방타(滂沱)ᄒᆞ여 의슈(衣袖)ᄅᆞᆯ 젹시니 쇼졔(小姐) 젼후화ᄋᆡᆨ(前後禍厄)의 옥장(玉臟)이 ᄉᆞ회여 젹상(積傷)ᄒᆞ미 남은 터히 업ᄂᆞᆫ디라 금일 텬뉸(天倫)을 단합ᄒᆞ여 구경(具慶)[106]의 낙ᄉᆞ(樂事)ᄅᆞᆯ 영득(領得)ᄒᆞ미 평ᄉᆡᆼ극희(平生極喜)로ᄃᆡ 부공(父公)의 슬허ᄒᆞ시믈 당ᄒᆞ여 젹취(積聚)ᄒᆞᆫ 비회(悲懷) 일시의 발(發)ᄒᆞ니 능히 일언(一言)을 못 ᄒᆞ고 다만 야야(爺爺)의 안화(顔華)ᄅᆞᆯ 졉ᄒᆞ며 빵슈(雙手)ᄅᆞᆯ 밧드러 일셩ᄋᆡ호(一聲哀號)의 구혈혼도(嘔血昏倒)ᄒᆞ니 상공이 대경창황(大驚愴惶)ᄒᆞ여 아모리 ᄒᆞᆯ 줄 모로ᄂᆞᆫ디라. 졍공이 녀ᄋᆞ(女兒)ᄅᆞᆯ 반기ᄂᆞᆫ 말을 밋쳐 펴디 못ᄒᆞ고 ᄉᆡᆼ아(甥兒)ᄅᆞᆯ 구ᄒᆞ며 상공의 과도(過度)ᄒᆞ믈 말닌ᄃᆡ 상공이 탄읍왈(嘆泣曰)
“운ᄇᆡᆨ[107] 곤계(昆季) 발셔 여러 ᄌᆞ녀ᄅᆞᆯ 일헛다가 ᄎᆞᄌᆞ 장위(腸胃) 구덧거니와 졔ᄋᆞ(諸兒)ᄅᆞᆯ 실산(失散)ᄒᆞᆯ ᄢᅵ 나히 오히려 교ᄋᆞ의 우히오 ᄎᆞ

105 ᄉᆞᆯ온디라: 규장각본에는 ‘ᄉᆞ몬지라’로 되어 있음.
106 구경(具慶): 부모가 모두 살아 있음.
107 운ᄇᆡᆨ: 운백. 정잠의 자.

ᄌᆞ미 여러 셰월이 되디 아닌 고로 목젼(目前)의 이ᄀᆞᆺ치 잔잉홈과 디 45면
난 바의 오ᄋᆞ(吾兒)ᄀᆞᆺ치 경참(驚慘)ᄒᆞ미 업ᄉᆞᆫ 고로 날을 과도타 ᄒᆞ거니와 닌셩 형뎨와 댱딜(長姪)이 교ᄋᆞ의 거동이면 운ᄇᆡᆨ 곤계(昆季) 날 ᄀᆞᆺ치 우디 아닐 줄 엇디 알니오?”

참졍과 쳐ᄉᆡ 미쇼왈(微笑曰)

“닌셩 등의 겻근 ᄇᆡ 또 엇디 범상(凡常)ᄒᆞ리오마ᄂᆞᆫ 이왕(已往)을 닐너 ᄲᅳᆯᄃᆡ업고 져희 조험궁익(阻險窮厄)ᄒᆞ여 그러ᄒᆞᆫ 거ᄉᆞᆯ 엇디ᄒᆞ리오?[108] 텬우신됴(天佑神助)ᄒᆞ여 다 각각 보명(保命)ᄒᆞ며 금일(今日) 무쇽의 부녜(父女) 듕봉(重逢)ᄒᆞ여 다시 거리ᄭᅵᆫ 한이 업ᄉᆞᆫ디라 므ᄉᆞ 일[109] 읍읍비탄(悒悒悲嘆)ᄒᆞ여 부인녀ᄌᆞ(婦人女子)의 나약ᄒᆞ믈 효측(效則)ᄒᆞ리오?”

이리 니ᄅᆞ며 모다 구호ᄒᆞ여 이윽고 쇼졔(小姐) 회소(回蘇)ᄒᆞ니 상공이 또ᄒᆞᆫ 숨을 ᄂᆡ쉬고 참졍 곤계 쇼져ᄅᆞᆯ[110] 어로만져 상봉(相逢)의 긔ᄒᆡᆼ(奇幸)홈과 환난 듕 녈졀(烈節)이 ᄇᆡᆨ옥(白玉)을 탁마(琢磨)ᄒᆞ며 황금을 단년(鍛鍊)홈 ᄀᆞᆺᄐᆞ믈 칭ᄋᆡ(稱愛)ᄒᆞ니 쇼졔 야야(爺爺)의 업ᄃᆡ여 좌슈(左手)로 야야의 손을 밧들고 우슈(右手)로 두 위양(渭陽)[111]의 옷깃ᄉᆞᆯ 잡아 반김과 통열(痛裂)ᄒᆞ미 교집(交集)ᄒᆞ니 ᄋᆡ원(哀怨)ᄒᆞᆫ 병
뎨(病體)의 슬허ᄒᆞᄂᆞᆫ 거동이 더옥 졀승긔이(絶勝奇異)ᄒᆞᄆᆡ 상공의 46면

108 범상(凡常)ᄒᆞ리오마ᄂᆞᆫ ~ 엇디ᄒᆞ리오: 규장각본에는 ‘범상ᄒᆞ리오’로 되어 있음.

109 므ᄉᆞ 일: 규장각본에는 ‘므슨 일노’로 되어 있음.

110 쇼져ᄅᆞᆯ: 규장각본에는 ‘소져 소져을’로 되어 있음.

111 위양(渭陽): 위양장(渭陽丈). 남의 외삼촌을 높여 부르는 말. 여기서는 상여교의 외삼촌인 정잠과 정삼.

구구쳑회(區區慽懷)ᄒᆞ미 ᄯᅩᄒᆞᆫ 과도치 아니터라. 쇼져ᄅᆞᆯ 다려가 존당(尊堂)의 경ᄉᆞ(慶事)ᄅᆞᆯ 고(告)ᄒᆞ미 급ᄒᆞᆫ 고로 하리(下吏)ᄅᆞᆯ 명ᄒᆞ여 일승교ᄌᆞ(一乘轎子)ᄅᆞᆯ 가져다가 쇼져ᄅᆞᆯ 올닌 후 졍부인을 향ᄒᆞ여 슈조인ᄉᆞ(數條人事)ᄅᆞᆯ 계오 베플ᄆᆡ 즉시 밧긔 나와 됴공긔 늉은대혜(隆恩大惠)ᄅᆞᆯ 무슈칭샤(無數稱謝)ᄒᆞ니 ᄉᆞ도 부ᄌᆡ 과도히 칭은(稱恩)ᄒᆞ미 도로혀 디극ᄒᆞᆫ 졍을 소(疏)히 ᄒᆞ미라 ᄒᆞᆫᄃᆡ 상공 왈

"형과 ᄌᆞ의의 대은늉덕(大恩隆德)을 ᄉᆡᆼ세(生世)의 다 갑흘 길히 업ᄉᆞ니 딘실노 함쥬결초(含珠結草)[112]ᄒᆞ믈 긔약ᄒᆞ노라."

ᄉᆞ되 쇼왈(笑曰)

"무슉이 과연 심ᄉᆡ 상(傷)ᄒᆞ여 언ᄉᆡ(言辭) 이에 밋ᄎᆞ니 모로미 그만ᄒᆞ여 ᄀᆞᆺ치고 ᄲᆞᆯ니 환가(還家)ᄒᆞ여 녕ᄌᆞ당(令慈堂)긔 희ᄉᆞ(喜事)ᄅᆞᆯ 고(告)ᄒᆞ라."

상공이 ᄯᅩᄒᆞᆫ 우으며 몬져 하ᄃᆡᆨ(下直)고 녀ᄋᆞ(女兒)ᄅᆞᆯ 호ᄒᆡᆼ(護行)ᄒᆞ여 부듕(府中)을 향ᄒᆞ니 졍참졍 부ᄌᆞᄂᆞᆫ 됴후암 부인을 다려가고ᄌᆞ ᄒᆞᄃᆡ 부인이 구고존당(舅姑尊堂)이 고ᄐᆡᆨ(故宅)의 안녕ᄒᆞ시믈 보ᄋᆞᆸ고 도라가믈 고ᄒᆞ니 그 부도(婦道)의 딘션(盡善)ᄒᆞ믈 두ᄀᆞᆺ겨 그 말을 조ᄎᆞ나 부녀남ᄆᆡ(父女男妹)와 슉딜친디(叔姪親知)의 희환(喜歡)ᄒᆞᆫ 졍
47면
이 그음업ᄉᆞᆫ디라[113] 셕ᄉᆞ(昔事)ᄅᆞᆯ ᄂᆞᆺ기며 샤인의 언건댱슉(偃蹇壯肅)ᄒᆞ믈 긔ᄒᆡᆼ쾌열(奇幸快悅)ᄒᆞᄂᆞᆫ 듕(中) 모친의 보디 못ᄒᆞ시믈 통열(痛裂)ᄒᆞ여 쥬뤼(珠淚) 낭낭(浪浪)ᄒᆞ더라. 날이 느ᄌᆞᄆᆡ 됴부 일ᄒᆡᆼ이 명에ᄅᆞᆯ

---

112 함쥬결초(含珠結草): 함주결초. '결초보은(結草報恩)'과 같은 의미. 죽어서도 은혜를 갚음.

113 그음업ᄉᆞᆫ디라: 그음없다(그슴없다). 끝없다, 그지없다.

두로혀 태운산 고퇴(故宅)의 니ᄅᆞ니 니각노 부인이 ᄌᆞ녀롤 거ᄂᆞ려 이에 와 각듕(閣中)을 쇄소(灑掃)ᄒᆞ고 쥬반(酒飯)을 ᄃᆡ후(待候)ᄒᆞ여 일힝을 영접홀ᄉᆡ 구모디여(久慕之餘)의 친안(親顔)을 득승(得勝)ᄒᆞ여 효녀의 환힝(歡幸)ᄒᆞ믈 믓디 아냐 알디라. 학발빵친(鶴髮雙親)의 흐믓ᄒᆞᆫ 반김과 ᄉᆡ로온 듕ᄋᆡ(重愛)ᄂᆞᆫ 일필난긔(一筆難記)라. 합가(闔家)의 늉늉(融融)ᄒᆞᆫ 즐김과 영ᄌᆞ(盈滋)ᄒᆞᆫ 화긔(和氣) 셕녁비고(昔歷悲苦)롤 몽ᄆᆡ(夢寐)의 븟쳐 두고 ᄉᆡ 경ᄉᆞ영화(慶事榮華)롤 환텬희디(歡天喜地)홀ᄉᆡ 댱한님 챵닌의 부인 졍시(程氏)롤 니각노 부인이 다려와 존당(尊堂)과 ᄉᆞ도 부부긔 녜알(禮謁)케 ᄒᆞ며 태ᄉᆞ긔 고왈(告曰)

"쇼녜(小女) 임의 챵닌을 슈양(收養)ᄒᆞ와 친ᄉᆡᆼ(親生)과 간격이 업ᄉᆞ오니 졍ᄋᆞ(程兒)ᄂᆞᆫ 곳 쇼녀의 ᄌᆞ뷔(子婦)라 대인(大人)과 ᄌᆞ위(慈闈)슬하의 무ᄋᆡ(撫愛)ᄒᆞ시믈 셰창의 부인과 달니 마ᄅᆞ쇼셔." 48면

노공(老公)이 졈두(點頭)ᄒᆞ고 쇼(小) 졍시(程氏)의 셩덕문딜(性德文質)과 풍염일ᄉᆡᆨ(豐艶一色)이 만믈(萬物)의 빗츨 아이믈 복복칭긔(僕僕稱奇)ᄒᆞ며 후암이 ᄯᅩᄒᆞᆫ 쳐음으로 보ᄂᆞᆫ디라 그 작셩긔질(作性氣質)과 셩ᄌᆞ광휘(盛姿光輝) ᄌᆞ긔 부인의 우ᄒᆡ 이시믈 ᄭᆡ다라 악댱(岳丈)ᄉᆡᆼ훈(生訓)을 암탄경복(暗歎敬服)ᄒᆞ더라. 됴상셔 부인 졍시 장부인을 상봉ᄒᆞ여 무한ᄒᆞᆫ 반김과 가득ᄒᆞᆫ 회푀 비홀 곳이 업ᄉᆞ나 존젼(尊前)의 ᄉᆞ졍(私情)을 번득디 못ᄒᆞ여 ᄒᆞᆫ갓 눈으로ᄲᅧ 뜻을 보ᄂᆡ더니 야심(夜深)ᄒᆞ믈 인ᄒᆞ여 혼뎡디녜(昏定之禮)롤 맛고 댱부인을 닛그러 ᄉᆞ실(私室)의 도라와 별ᄂᆡ(別來)롤 니ᄅᆞ며 셕ᄉᆞ(昔事)롤 통상(痛傷)ᄒᆞ여 톄뤼(涕淚) 비비(霏霏)ᄒᆞ믈 ᄭᆡ닷디 못ᄒᆞ니 다만 ᄎᆡ메(彩袂)롤 년(連)ᄒᆞ고 졉슬부상(接膝付裳)ᄒᆞ여 만단졍회(萬端情懷)롤 니로 형언치 못

ᄒᆞᆯ너라. 이윽고 츈쇼(春宵) 고단ᄒᆞ여 효계창명(曉鷄唱鳴)ᄒᆞ니 즉시 관패(冠佩)ᄅᆞᆯ 슈습(收拾)ᄒᆞ여 존당(尊堂)의 신셩(晨省)ᄒᆞᄆᆡ 존당 삼ᄃᆡ(三代) ᄯᅩᄒᆞᆫ 오경(五更) 븍을 응(應)ᄒᆞ여 위궐(魏闕)[114]노 향ᄒᆞᆯᄉᆡ ᄉᆞ되 ᄌᆞ부(子婦)다려 니ᄅᆞᄃᆡ

"현뷔(賢婦) 작일(昨日) 바로 본부(本府)로 도라가 태부인과 합문(闔

49면 門)의 기다리시ᄂᆞᆫ 뜻을 밧ᄌᆞ오미 올흐ᄃᆡ ᄌᆞ위(慈闈) 강촌의셔 바로 보ᄂᆡ믈 결연(缺然)ᄒᆞ시므로 이에 ᄒᆞᆫ가디로 와시나 ᄉᆞ이 디쳑(咫尺)이니 됴왕모ᄅᆡ(朝往暮來)ᄒᆞ미 어렵디 아닐디라. 금됴(今朝)의 도라가 ᄇᆡ알(拜謁)ᄒᆞ고 ᄉᆞ오(四五) 일(日) 머므러 누년원니디회(累年遠離之懷)ᄅᆞᆯ 편 후 도라와 봉시(奉侍)ᄒᆞ라."

졍부인이 ᄇᆡ샤하ᄃᆡᆨ(拜謝下直)ᄒᆞᆫ 후 유ᄋᆞ(乳兒)로 샤셔긔 픔명(稟命)ᄒᆞᄆᆡ 상셰 ᄯᅩᄒᆞᆫ 응낙ᄒᆞ니 부인이 ᄆᆡᄆᆡ(妹妹)로 더브러 본아(本衙)로 도라오ᄆᆡ 일개(一家) 함취듕당(咸聚中堂)ᄒᆞ여 반기ᄂᆞᆫ 빗치 젼도(顚倒)ᄒᆞ며 참졍이 흔연이 두굿겨 승당(昇堂)ᄒᆞ믈 ᄌᆡ쵹ᄒᆞ니 됴·댱 이부인(二夫人)이 ᄯᅩᄒᆞᆫ 몸이 나라오ᄅᆞᄂᆞᆫ ᄃᆞᆺ 밧비 승당ᄇᆡ알(昇堂拜謁)ᄒᆞᆯᄉᆡ 됴부인이 십년디ᄂᆡ(十年之內)의 우고슈한(憂苦愁恨)으로 비상(非常)ᄒᆞ여 골육친디(骨肉親知) 타향분니(他鄕分離)의 피ᄎᆞ ᄉᆡᆼ존ᄒᆞ믈 통(通)치 못ᄒᆞ고 됴양셕월(朝陽夕月)의 쳑호망운(慽號望雲)[115]ᄒᆞ여 실솔벽샹(蟋蟀壁上)의 ᄌᆞ모(慈母)의 은ᄋᆡ(恩愛)ᄅᆞᆯ 늣겨 심골(心骨)의

114 위궐(魏闕): 궁문 밖 양쪽에 있는 누각. 여기서는 궁궐을 의미.

115 쳑호망운(慽號望雲): 척호망운. '척호'는 민둥산에 오른다는 뜻으로, 아버지를 그리워함을 이르는 말. '망운'은 객지에서 고향에 계신 어버이를 생각한다는 것으로, 당나라 때 적인걸이 타향에서 부모가 계신 쪽의 구름을 바라보고 어버이를 그리워했다는 데서 유래함.

박힌 한(恨)이러니 이졔 학발(鶴髮)을 졀ᄒᆞ여 친안(親顔)을 득승(得勝)ᄒᆞ니 ᄎᆡ무(彩舞)를 훤초(萱草)의 질드려 왕모(王母) 슬하의 웃ᄂᆞᆫ 빗ᄎᆞ로 봄빗촐 하례(賀禮)ᄒᆞ니 뉵친(六親)이 함희(咸喜)ᄒᆞ여 환셩(歡聲)이 열열(悅悅)ᄒᆞᄃᆡ 영일뎐을 도라보ᄆᆡ 션비(先妣)[116]의 음용(音容)이 아득ᄒᆞ여 알오미 업ᄉᆞ시믈 통상(痛傷)ᄒᆞ며 샤인의 비상쳑연(悲傷慽然)ᄒᆞ미 냥ᄆᆡ(兩妹)와 일톄(一體)로ᄃᆡ 왕모(王母)의 회포를 동(動)치 못ᄒᆞ여 일양(一樣) 화열(和悅)ᄒᆞ믈 ᄃᆡ을 ᄯᅳᆷ이라. 시ᄎᆞ(時此)의 상공이 녀ᄋᆞ(女兒)를 다려 몬져 본부(本府)의 가 ᄌᆞ부인(慈夫人)긔 뵈옵고 금됴(今朝)의 태운산의 나와 모녜(母女) 셔로 보게 홀ᄉᆡ 셜화(說話)의 빗나미《셩호연》의 잇ᄂᆞ니라.

상공이 ᄃᆡ월의 쥬(奏)ᄒᆞ믈 조ᄎᆞ 반경(半鏡)의 이ᄉᆞ(異事)와 니공지 녀ᄋᆞ를 구호ᄒᆞ믈 드ᄅᆞᄆᆡ 텬연(天緣)이 ᄆᆡ인 바를 ᄭᆡ다ᄅᆞᄃᆡ 챵현 공ᄌᆞᄂᆞᆫ 임의 경쳐ᄉᆞ의 뎡약(定約)ᄒᆞᆫ 신낭(新郞)이믈 아ᄂᆞᆫ 듕(中) 니시 문풍(門風)이 냥쳐(兩妻)를 두디 아니믈 ᄯᅩᄒᆞᆫ 붉히 아ᄂᆞᆫ 고로 깁히 블힝(不幸)ᄒᆞᄃᆡ 아딕 ᄉᆞ식(辭色)디 아니터라. 상부인은 녀ᄋᆞ를 안아 ᄋᆡ도각졀ᄒᆞ미 시톄(屍體)를 ᄃᆡ홈 ᄀᆞᆺ고 듕좌(衆坐) 그 모녀의 듕봉(重逢)홈과 쇼져의 긔이ᄒᆞ미 셕일(昔日)의 디나믈 칭하(稱賀)ᄒᆞ며 됴부인으로 반김과 후암공의 튱녈(忠烈)을 흔하(欣賀)ᄒᆞ여 디ᄂᆞᆫ 슬픔과 목젼경화(目前慶華)를 니로 다 일컷디 못ᄒᆞ여셔 됴공 삼ᄃᆡ(三代) 예궐슉샤(詣闕肅謝)ᄒᆞ오ᄆᆡ 텬안(天顔)의 반기시믈 우러러 튱신(忠臣)의 감

50면
51면

116 션비(先妣): 선비. 돌아가신 어머니. 양부인.

황(感惶)ᄒᆞ미 쇄분일신(碎紛一身)ᄒᆞ여 군은(君恩)을 보답기를 긔약ᄒᆞ니 샤쥬(賜酒)ᄒᆞ시ᄂᆞᆫ 은영(恩榮)을 당(當)ᄒᆞ여 됴공 삼ᄃᆡ[117] 계슈빅비샤은(稽首百拜謝恩)ᄒᆞ고 ᄂᆡ부ᄂᆞᆫ 인ᄒᆞ여 찰딕힝공(察職行公)ᄒᆞ믈 쥬(奏)ᄒᆞ며 날이 느ᄌᆞᄆᆡ 태ᄉᆡ 샤도 부ᄌᆞ로 더브러 퇴(退)ᄒᆞ여 바로 졍부(程府)의 니ᄅᆞ러 작일(昨日) 먼니 마ᄌᆞ믈 회샤(回謝)ᄒᆞ니 참졍 곤계(昆季) 댱ᄌᆞ(長者)의셔 강굴(降屈)ᄒᆞ믈 ᄇᆡ이칭샤(拜而稱謝)ᄒᆞ고 션인(先人)의 븡ᄇᆡ(朋輩)로 됴노공[118]과 소위공[119]만 이시믈 더옥 ᄌᆞ별(自別)ᄒᆞ여 의앙(依仰)ᄒᆞ믈 슉당(叔堂)ᄀᆞᆺ치 ᄒᆞ더라. ᄉᆞ되 ᄂᆡ부를 도라보아 ᄂᆡ헌(內軒)의 현알(見謁)ᄒᆞ믈 명ᄒᆞᆫᄃᆡ ᄂᆡ뷔 즉시 경조공과 샤인 등으로 더브러 입ᄂᆡ츄알(入內追謁)ᄒᆞ니 태부인 이히(以下) 긔영답샤(起迎答辭)홀ᄉᆡ ᄂᆡ뷔 피셕공슈(避席拱手)ᄒᆞ여 왈

"왕셰당년(往歲當年)의 존안(尊顔)을 ᄇᆡ별(拜別)ᄒᆞ와 ᄒᆞᆫ번 태향으로 나리시ᄆᆡ 애각(涯角)이 졀원(絶遠)ᄒᆞ니 앙모창연(仰慕愴然)ᄒᆞᆫ 비회(悲懷)를 뎡(靜)치 못ᄒᆞ오ᄃᆡ 쇼ᄉᆡᆼ이 풍딘(風塵)의 분주ᄒᆞ와 화고(禍故)의 ᄡᅡ히오니 다시 존하(尊下)의 츄(追)ᄒᆞ믈 ᄉᆡᆼ각디 못ᄒᆞ오며 호디노영(胡地虜營)의 악댱(岳丈)과 현보로 더브러 회ᄉᆞ상심(懷思傷心)ᄒᆞ여 고원(故園)을 ᄉᆞ렴(思念)ᄒᆞ올 ᄯᅳᆫ이올너니 종샤대경(宗社大慶)을 인ᄒᆞ여 셩쥐(聖主) 복위ᄒᆞ시고 악댱이 무ᄉᆞ환경(無事還京)ᄒᆞ시ᄂᆞᆫ 바의 쇼셰(小壻) ᄒᆞᆫ가디로 고국을 드ᄃᆡ와 구일디낙(舊日之樂)을 닛

52면

---

117 삼ᄃᆡ: 규장각본에는 '삼ᄃᆡ긔'로 되어 있음.

118 됴노공: 조노공. 조겸.

119 소위공: 소희량.

ᄉᆞ오며 존문(尊門)의 ᄇᆡ시(拜侍)ᄒᆞ오니 만ᄒᆡᆼ(萬幸)ᄒᆞ온 밧 일월이 누변(累變)ᄒᆞ오ᄃᆡ 태고존톄(太高尊體) 일양녕슌(一樣寧順)ᄒᆞ샤 봄빗ᄎᆞᆯ 개득(皆得)ᄒᆞ시고 현보 등이 쳥운과갑(青雲科甲)의 문명일셰(文名一世)ᄒᆞ여 공보(公輔)[120]의 대긔(大器) 이에 디난 ᄌᆡ(者) 업ᄉᆞ오니 존문늉경(尊門隆慶)이 듕첩(重疊)ᄒᆞ믈 하례ᄒᆞᆯ ᄇᆡ오나 문계 대인(大人)의 포통화몰(抱痛禍沒)ᄒᆞ시미 당ᄎᆞ시(當此時)ᄒᆞ여 더옥 비원(悲冤)ᄒᆞ믈 ᄎᆞᆷ디 못ᄒᆞᆯ ᄇᆡ오ᄃᆡ 셩쥬(聖主) 친작치졔(親酌致祭)ᄒᆞ샤 튱녈을 포댱(褒奬)ᄒᆞ시며 후회 비만(痞滿)ᄒᆞ시니 영광이 야ᄃᆡ(夜臺)[121]의 ᄉᆞᄆᆞᆺ고 영명(榮名)이 후셰의 젼ᄒᆞ올 ᄇᆡ라 이 ᄯᅩ 용인쇽ᄌᆞ(庸人俗子)의 구디브득(求之不得)ᄒᆞᆯ ᄇᆡ어ᄂᆞᆯ 명녕(螟蛉)[122]을 뎡(定)ᄒᆞ신 바 옥윤(玉允)의 긔특ᄒᆞ미 문호(門戶)ᄅᆞᆯ 챵대(昌大)ᄒᆞ믈 긔필(期必)ᄒᆞ올디니 덕문여경(德門餘慶)과 튱녈여음(忠烈餘蔭)을 ᄉᆡ다ᄅᆞ리로소이다.” 53면

태부인이 반김과 슬프믈 겸ᄒᆞ여 왕ᄉᆞ(往事)ᄅᆞᆯ ᄂᆞᆺ기며 당금(當今)을 영ᄒᆡᆼ(榮幸)ᄒᆞ니 ᄌᆞ연 쇼안(素顏)이 쳑비(慽悲)ᄒᆞ여 함누답샤(含淚答辭)ᄒᆞᆯᄉᆡ ‘그 졍튱녈절(貞忠烈節)이 앙소텬도(仰訴天道)ᄒᆞ고 하달디로(下達地路)ᄒᆞ여 호디(胡地) 팔 년의 쳔고만상(千苦萬傷)을 경녁(經歷)ᄒᆞᄃᆡ 능히 듕신(重身)을 보명(保命)ᄒᆞ여 무ᄉᆞ환귀(無事還歸)ᄒᆞ미

---

120 공보(公輔): 천자(天子)를 보좌하는 삼공(三公)과 사보(四輔). 재상과 같은 벼슬을 이름.

121 야ᄃᆡ(夜臺): 야대. 무덤.

122 명녕(螟蛉): 명령. 양자(養子)를 의미함. ‘명령’은 벌레의 유충으로 《시경》 〈소완(小宛)〉에 나나니벌이 명령을 물어다가 자신의 새끼로 기른다는 내용이 있음. 여기에서는 정흠의 양자인 정인웅을 가리킴.

소무(蘇武)의 십구 년 한결(漢節)을 좁음[123] 굿트믈' 칭하ᄒᆞ며 '미망여싱(未亡餘生)이 년근뉵십(年近六十)의 비환(悲歡)이 상반(相伴)ᄒᆞ니 디난 ᄇᆡ 너모 험희(險巇)홈과 이졔 경화(慶華)롤 당ᄒᆞᄃᆡ 깃브믈 아디 못ᄒᆞ고 쵹쳐(觸處)의 상심감회(傷心感懷)홈만 더으믈' 일ᄏᆞᄅᆞ며 '상가 손ᄋᆞ(孫兒)롤 구(救)ᄒᆞ여 녀식(女息)의 각졀비한[124]을 플게 ᄒᆞ믈' 칭샤ᄒᆞᄆᆡ 언에(言語) 간냑(簡略)ᄒᆞ고 손순(遜順)ᄒᆞ여 텰부(哲婦)의 디식(智識)을 낫토디 아니나 ᄯᅩᄒᆞᆫ 의리명투(義理明透)ᄒᆞ여 경강(敬姜)[125]의 집녜(執禮)ᄒᆞ미 완젼커놀 화·소·상 삼부인(三夫人)이 각각 말숨

54면 ᄒᆞᄆᆡ 온온(溫溫)ᄒᆞᆫ 화긔와 슉슉(肅肅)ᄒᆞᆫ 녜모(禮貌)롤 볼디라. 상셰 쥰순영샤(遵順榮事)ᄒᆞ며 소·화 이부인(二夫人)긔 경화(慶華)롤 하례ᄒᆞ고 상부인긔 옥와(玉瓦)롤 상봉ᄒᆞᆫ 희ᄉᆞ(喜事)롤 칭하ᄒᆞ여 졍의(情誼) 관슉(慣熟)홀디언졍 빵미(雙眉) 졔졔(齊齊)ᄒᆞ며 봉안(鳳眼)이 시슬(視膝)[126]ᄒᆞ여 힝혀도 좌상(座上)을 쳠망(瞻望)치 아니터라. 날호여 하딕고 니러날식 경죄 우어 왈

"죵딜(從姪)이 금됴(今朝)의 도라오ᄆᆡ ᄌᆞ의 니어 ᄂᆡ알(來謁)ᄒᆞ거놀

---

123 소무(蘇武)의 십구 년 한절(漢節)을 좁음: 전한(前漢)의 충신 소무가 흉노에 사신으로 갔다가 자신의 노복이 되라는 선우의 말에 굴복하지 않아 19년간 북해에 억류되었음에도 끝내 한나라 부절(符節)이 해질 때까지 몸에 지녔던 것.

124 각졀비한: 규장각본에는 '각골비한'으로 되어 있음.

125 경강(敬姜): 노(魯) 애공(哀公) 때의 대부(大夫)인 공보문백의 어머니. 남편의 상(喪)에는 낮에 울고 아들의 상에는 밤낮으로 곡을 하여 공자로부터 예를 안다는 평가를 들음.

126 시슬(視膝): 시선을 두는 예절과 관련된 것으로, 《소학집주》 〈명륜(明倫)〉에 "만일 말씀하시지 않거든 서 계실 때는 발을 보고 앉아 계실 때는 무릎을 본다(若不言 立則視足 坐則視膝)."라는 구절이 있음.

슉모와 존쉬(尊嫂) 엇디 동방(洞房)[127]을 여러 졉관(接款)치 아니시ᄂᆞ니잇고?"
태부인이 미쇼왈(微笑曰)
"노모(老母)의 구구(區區)ᄒᆞᆫ 졍니(情理) 됴군의 디위(地位) 고듕(高重)ᄒᆞ믈 ᄭᆡ닷디 못ᄒᆞ여 누쳐(陋處)의 뉴슉(留宿)ᄒᆞ믈 요망(要望)ᄒᆞᆫ들 됴군이 괴로와홀가 블감쳥(不敢請)이로다."
경죄 쇼이ᄃᆡ왈(笑而對曰)
"슉뫼 블찰어ᄌᆞ의 디심ᄒᆞ시고 블감쳥뉴(不敢請留)ᄒᆞ샤 일편된 공경만 위쥬(爲主)ᄒᆞ시니 져 ᄌᆡ상의 ᄋᆡᄂᆡ심(愛內心)이 슈유블니(須臾不離)코ᄌᆞ ᄒᆞ거늘 구별디여(久別之餘)의 단취(團聚)ᄒᆞ여 각거(各居)ᄒᆞ믈 졀박히 넉이ᄂᆞᆫ 줄을 이 졍은빅 밧긔 뉘 알니오?"
상셰 함쇼ᄃᆡ왈(含笑對曰)
"존공(尊公)은 오히려 쇼시희ᄒᆡ(少時戲諧)롤 바리디 아냐 계시ᄃᆡ 쇼ᄉᆡᆼ은 호디풍상(胡地風霜)을 비상(備嘗)ᄒᆞ와 심담(心膽)이 ᄌᆡ 되연 디오ᄅᆡ온 고로 호흥(豪興)이 돈무(頓無)ᄒᆞ오니 합하(閤下)의 긔쇼(譏笑)코ᄌᆞ ᄒᆞ시ᄂᆞᆫ 뜻을 능히 밧드디 못ᄒᆞ리로소이다." 55면
셜파(說罷)의 하당(下堂)ᄒᆞᆯ시 죡확여야(足躩如也)[128]ᄒᆞ며 츄입여야ᄒᆞ니 슉연(肅然)ᄒᆞᆫ 동작이 의의(猗猗)히 ᄒᆡᆼ의군ᄌᆞ(行義君子)[129]믈 볼디

127 동방(洞房): 잠자는 방.
128 죡확여야(足躩如也): 족확여야. 공경하는 자세를 나타냄. "임금의 자리를 지나갈 적에는 낯빛을 바꾸고, 발걸음을 조심하며, 말을 부족한 듯이 하였다(過位 色勃如也 足躩如也 其言似不足者)."라는 구절이《논어》〈향당(鄕黨)〉에 나옴.
129 ᄒᆡᆼ의군ᄌᆞ(行義君子): 행의군자. 의리를 실천한 군자.

라. 언건(偃蹇)ᄒᆞᆫ 댱신(長身)의 괴위(魁偉)ᄒᆞᆫ 긔상이 겸개 응듕ᄒᆞ믈 겸ᄒᆞ여 표표(表表)히 츄텬상일(秋天霜日) ᄀᆞᆺᄐᆞ니 태부인이 ᄉᆡ로이 칭션ᄋᆡ복(稱善愛服)ᄒᆞ여 아ᄅᆞᆷ다오믈 일ᄏᆞᆺ더라. 됴샹셰 셔헌의 ᄂᆞ와 부조(父祖)룰 뫼셔 도라가고ᄌᆞ ᄒᆞ더니 니각뇌 니ᄅᆞ러 참정 곤계(昆季)로 더브러 ᄌᆞ녀의 길긔(吉期)룰 의논ᄒᆞ여[130] 돗 우ᄒᆡ셔 ᄐᆡᆨ일(擇日)ᄒᆞ믈 보건ᄃᆡ 닌셩의 길긔ᄂᆞᆫ ᄉᆞ월디망(四月之望)이니 가장 쵹박ᄒᆞ엿고 창현의 가긔(佳期)ᄂᆞᆫ 칠월디망(七月之望)이니 삼ᄉᆞ(三四) 삭(朔)이 ᄀᆞ렷ᄂᆞᆫ디라. 상셰 우으며 쳐ᄉᆞ긔 고왈(告曰)

“ᄌᆡ뵈 ᄯᅩᄒᆞᆫ 현보로 동년(同年)이오 쇼져의 우히니 반ᄃᆞ시 도혼(早婚)을 아니실디라 그 ᄉᆞ이의 셩친(成親)코ᄌᆞ ᄒᆞ시ᄂᆞ니잇가?”

쳐ᄉᆡ 답왈(答曰)

56면 “일이 그러ᄒᆞᆫ 고로 광ᄋᆞ룰 오월디간(五月之間)의 셩혼(成婚)코ᄌᆞ ᄒᆞ거니와 ᄌᆞ딜졔ᄋᆡ(子姪諸兒) 다 나히 ᄎᆞ시ᄃᆡ ᄒᆞᄂᆞ토 가취(嫁娶)ᄒᆞᆫ ᄌᆡ(者) 업ᄉᆞᆫ디라. 창명공[131]이 죵딜(從姪)의 혼녜룰 ᄌᆡ쵹ᄒᆞ므로 ᄐᆡᆨ뎡(擇定)ᄒᆞᆫ즉 공교히 ᄇᆡᆨᄋᆞ[132](伯兒)의 입댱디일(入丈之日)과 ᄒᆞᆫ날이오 은ᄇᆡᆨ이 닌흥으로ᄡᅧ 상가의 뎡혼(定婚)ᄒᆞ여 금됴(今朝)의 ᄐᆡᆨ일(擇日)을 보(報)ᄒᆞ니 이 ᄯᅩ 오월디최(五月之初)라 여러 ᄋᆞᄒᆡ룰 ᄉᆞ오삭디ᄂᆡ(四五朔之內)의 셩혼ᄒᆞ믈 능히 밋디 못ᄒᆞᆯ가 근심ᄒᆞ노라.”

샹셰 쇼이ᄃᆡ왈(笑而對曰)

130 의논ᄒᆞ여: 규장각본에는 ‘말ᄉᆞᆷᄒᆞ여’로 되어 있음.

131 창명공: 양선.

132 ᄇᆡᆨᄋᆞ(伯兒): 백아. 맏아들. 여기서는 정인성을 가리킴.

"비록 쳥빈(淸貧)ᄒᆞ시나 경상(卿相)의 긔구(器具)[133]로 현마 혼구(婚具)를 근심ᄒᆞ시리잇가?"

쳐ᄉᆡ 미급답(未及答)의 경죄 쇼왈(笑曰)

"아등(我等)은 구폐(舊弊)ᄒᆞᆫ ᄌᆞ최로 냥홍(梁鴻)[134]의 검소ᄒᆞ믈 흠모ᄒᆞ니 ᄌᆞ녀 셩혼의 가연(佳宴)을 ᄡᆞ라 호샤(豪奢)히 셩비(盛備)코ᄌᆞ 아닛ᄂᆞ니 니부[135]텬관(天官)[136]의 긔구를 비디 아니리라."

샹셰 쇼이ᄃᆡ왈

"이리 니ᄅᆞ디 아니셔도 쇼ᄉᆡᆼ의 퇴창ᄒᆞᆫ 가ᄉᆞ(家事)와 쳥한ᄒᆞᆫ 형셰의 므ᄉᆞᆷ 도올 ᄇᆡ 잇ᄉᆞ리잇고? 합ᄒᆡ(閤下) 냥홍의 빈한(貧寒)을 흠모ᄒᆞ시나 당(當)ᄒᆞ신 부귀와 공명이 ᄇᆡᆨ난(伯鸞)[137]과 ᄂᆡ도ᄒᆞ시니 ᄆᆡᆼ덕요(孟德曜)[138]의 현검(賢儉)을 본밧디 못ᄒᆞ시고 공손홍(公孫弘)[139]의 표리(表裏) 다ᄅᆞ므로 흡ᄉᆞ홀가 두리ᄂᆞ이다." 57면

경죄 쥰믁쇼디(遵默笑之) 왈

"ᄌᆞ의 무고히 날을 탄박(彈迫)ᄒᆞ거니와 공손홍의 쇼인졍ᄐᆡ(小人情

---

133 긔구(器具): 기구. 예법이나 격식에 맞는 것들이 갖추어짐.

134 냥홍(梁鴻): 양홍. 후한 때의 은사(隱士). 가난하지만 절의 있는 인물로, 현숙한 아내 맹광과 함께 패릉 산골에서 농사짓고 살다가 나라의 정사를 비방한 일로 오(吳) 땅으로 도망가 남의 집에서 고용살이를 했음.

135 니부: 이부. 조세창.

136 텬관(天官): 천관. 중국 주나라 때에 둔 여섯 개의 중앙 행정기관 가운데 하나로, 국정을 총괄하고 궁중 사무를 맡아보던 관아.

137 ᄇᆡᆨ난(伯鸞): 백란. 양홍의 자.

138 ᄆᆡᆼ덕요(孟德曜): 남편을 지극히 존경했던 양홍의 아내 맹광(孟光). 덕요(德耀)로도 표기함.

139 공손홍(公孫弘): 전한 때의 재상으로 무제의 신임을 받아 최초로 작위 없이 승상이 되었음. 남을 시기하고 의심하는 성격이면서도 겉으로는 관대한 척하여, 자신과 틈이 있는 자들에게 남몰래 보복을 했다고 함.

態) 엇디 날과 굿트리오? 아모커나 ᄌᆞ의 임의로 날을 ᄒᆡ(害)ᄒᆞ나 내 쏘 궁극히 도모ᄒᆞ여 군(君)으로 ᄒᆞ여곰 회양태슈(淮陽太守)[140]의 굿치게 ᄒᆞ리라."

니뷔 흠신샤왈(欠身謝曰)

"쇼싱이 우연이 쇼견(所見)을 은휘(隱諱)치 못ᄒᆞ엿삽거니와 년슉(緣叔)을 엇디 공손홍의게 비기리잇고? 일시 희언(戲言)이옵거니와 연이나 쇼싱이 급암(汲黯)의 회양태슈롤 나히 넉이며 공손홍의 상위(相位)롤 귀ᄒᆞ여 아닛ᄂᆞ이다."

경죄 년(連)ᄒᆞ여 ᄉᆞ디져 일좨(一坐) 환쇼(歡笑)ᄒᆞ다가 날이 져믈ᄆᆡ 흣터디니라. 참졍 곤계(昆季) 드러와 ᄌᆞ뎐(慈殿)의 ᄇᆡ시(陪侍)ᄒᆞᆯ시 닌셩과 ᄌᆞ염의 길긔(吉期) ᄐᆡᆨ뎡(擇定)ᄒᆞᆷ을 고ᄒᆞ니 태부인이 ᄒᆡᆼ열(幸悅)ᄒᆞᄃᆡ 댱쇼졔[141] 셔쳔(西天)의셔 디금(只今) 샹경ᄒᆞᆫ 소식이 업고 닌광이 태쥐 잇셔 ᄒᆞᆫ가디로 모히미 되디 못ᄒᆞ여시니 혹ᄌᆞ(或者) 가긔(佳期)롤 ᄎᆞ타(蹉跎)ᄒᆞᆯ가 근심ᄒᆞ니 참졍이 그러치 아니믈 쥬(奏)ᄒᆞ여 소위공[142]이 댱ᄋᆞ(張兒)롤 다려 경져(京邸)의 니ᄅᆞᆫ 날 ᄐᆡᆨ일ᄒᆡᆼ빙(擇日行聘)ᄒᆞ엿다가 광이 오거든 즉시 ᄒᆡᆼ네(行禮)ᄒᆞ여 닌광으로 ᄒᆞ여곰 댱시(張氏)의 ᄉᆞ라시믈 아디 모로게 ᄒᆞᆷ을 일ᄏᆞᆮ더라. 태부인이 상부인 모녀와 됴부인 형뎨로 한업시 회포롤 니ᄅᆞ며 쇼작(小酌)을 여러 샹ᄒᆡ(上下) 흔연이 날을 보니더니 됴부의셔 식부(息婦)의 도라오기롤 ᄌᆡ

58면

---

140 회양태슈(淮陽太守): 회양태수. 전한의 간관인 급암은 한 무제 앞에서 거침없이 바른말을 하다 결국 외직으로 쫓겨나 회양태수로 있다가 죽었음.

141 댱쇼졔: 장소저. 장성완.

142 소위공: 소수.

쵹ᄒᆞᄆᆡ 됴부인이 마디못ᄒᆞ여 도라가고 댱부인은 댱뷔 격댱(隔墻)인 고로 협문(夾門)의 왕ᄂᆡᄒᆞ미 일ᄐᆡᆨ(一宅)과 다ᄅᆞ미 업ᄉᆞ니 태부인이 더옥 ᄒᆡᆼ심(幸甚)ᄒᆞ더라.

각셜. 븍호왕(北胡王)이 ᄇᆡᆨ안쳠목ᄋᆡ로 표문(表文)과 됴공(朝貢)을 밧드러 니ᄅᆞᄆᆡ 텬ᄌᆡ(天子) 마션의 년좌(緣坐)ᄅᆞᆯ 건간왕의게 ᄡᅳ디 아니샤 왕위(王位)ᄅᆞᆯ 됴히 누리게 ᄒᆞ시며 ᄇᆡᆨ안의 됴회(朝會)ᄒᆞ믈 당ᄒᆞ샤 각별툥우(各別寵遇)ᄒᆞ샤미 ᄒᆡ외(海外) 번신(藩臣)[143]의 엇디 못ᄒᆞᆯ 영광이라. ᄇᆡᆨ안이 황공감은(惶恐感恩)ᄒᆞᆫ 바의 대국(大國) 의관문믈(衣冠文物)을 구경ᄒᆞᄆᆡ 스ᄉᆞ로 흠복블승(欽服不勝)ᄒᆞ니 니·양·됴·졍·화·소 등 졔공(諸公)이 그 튱의[144]ᄅᆞᆯ 아ᄅᆞᆷ다이 넉이고 공(功)이 듕(重)ᄒᆞ믈 ᄉᆡᆼ각ᄒᆞ여 빗난 말ᄉᆞᆷ으로 우ᄃᆡ(優待)ᄒᆞ미 호디(胡地)의 이실 ᄊᆡ와 ᄀᆞᆺᄐᆞ니 ᄇᆡᆨ안이 디 59면
극감열(至極感悅)ᄒᆞ나 본국(本國)을 ᄇᆡ오고 텬됴(天朝)의 오ᄅᆡ 잇디 못ᄒᆞ여 셩쥬(聖主)의 샤연(賜宴)과 상샤(賞賜)ᄅᆞᆯ 밧ᄌᆞ오ᄆᆡ 옥궐(玉闕)의 ᄇᆡ샤(拜謝)ᄒᆞᆫ 후 븍(北)으로 향ᄒᆞ니 ᄆᆡᆼ탁·뉵ᄌᆡ·운학·경농과 최언션으로 더브러 먼니 나와 숑별(送別)ᄒᆞ더라. 시시(是時)의 곽챵셕이 보가댱군으로 오위도춍관을 겸ᄒᆞ며 딘가슉은 무과(武科) 츌신으로 금포댱군 오위부춍관이 되여 졍부(程府)의 ᄌᆞ로 왕ᄂᆡ(往來)ᄒᆞᄃᆡ 닌광공ᄌᆡ 샹경(上京)치 아냐시믈 심히 결연(缺然)ᄒᆞ더라.

이러구러 졍샤인 닌셩과 양ᄃᆡᆨᄉᆞ 필광의 길긔(吉期) 다ᄃᆞᄅᆞ니 졍·니·양 삼부(三府)의셔 범구(凡具)ᄅᆞᆯ 뎡졔(整齊)ᄒᆞ여 군ᄌᆡ 슉녀ᄅᆞᆯ 우귀(于

---

143 번신(藩臣): 국경지대를 방위하는 신하.

144 튱의: 규장각본에는 '츙의'로 되어 있음.

歸)[145]ᄒᆞᄂᆞᆫ 절ᄎᆞᄅᆞᆯ 다ᄒᆞᆯᄉᆡ 존당친위(尊堂親闈) 샤인의 입장(入丈)[146]ᄒᆞᄆᆞᆯ
두굿기나 션태부(先太傅)의 보디 못ᄒᆞ심과 양부인의 알오미 업ᄉᆞᄆᆞᆯ 쳑
감(慽感)ᄒᆞ니 됴·댱 이부인(二夫人)과 샤인의 심회 더옥 통열(痛裂)ᄒᆞ
고 문계 부인 화시 녀ᄋᆞ(女兒)의 길ᄉᆞ(吉事)ᄅᆞᆯ 당ᄒᆞ여 쳔비ᄇᆡᆨ감(千悲
60면 百憾)이 ᄉᆡ로이 구회(九廻)[147] 욕녈(欲裂)ᄒᆞ니 닌웅공ᄌᆡ 일야(日夜) 븟드
러 관위(款慰)ᄒᆞ며 일개(一家) 위로ᄒᆞ여 임의 길셕(吉席)을 열ᄆᆡ ᄂᆡ외
빈ᄀᆡᆨ(內外賓客)이 운집(雲集)ᄒᆞ니 광실(廣室)이 오히려 좁은디라. 양
ᄃᆡᆨ시 뉵녜(六禮)[148]ᄅᆞᆯ 구ᄒᆡᆼ(具行)ᄒᆞ여 경쇼져 ᄀᆡ염을 ᄇᆡᆨ냥우귀(百兩于
歸)[149]ᄒᆞ니 이 범범(凡凡)ᄒᆞᆫ 신낭신뷔 아니라. 군ᄌᆞ의 문덕ᄀᆡ질(文德氣
質)과 슉녀의 대효셩녈(大孝聖烈)이 《양시본긔》의 ᄒᆡ비(該備)ᄒᆞᆫ 고
로 ᄎᆞ젼(此傳)의ᄂᆞᆫ 대략만 올니노라. 경샤인이 위의(威儀)ᄅᆞᆯ 휘동(揮
動)ᄒᆞ여 니아의 니ᄅᆞ러 홍안(鴻雁)을 젼ᄒᆞ고 당일(當日) 친영(親迎)[150]ᄒᆞ
여 본부(本府)로 도라올ᄉᆡ 텬낭일쳥(天凉日淸)ᄒᆞ여 혜풍(惠風)이 한
가ᄒᆞᆫᄃᆡ 분ᄇᆡᆨ녹빈(粉白綠鬢)의 쳥군황샹(靑裙黃裳)이 빵빵ᄒᆞ여 금거
옥뉸(金車玉輪)을 호위ᄒᆞ며 만됴공경(滿朝公卿)이 위요(圍繞)ᄒᆞ니 딘

145 우귀(于歸): 신부 집에서 혼례를 마치고 3일 후 신부가 시집에 들어가는 것.

146 입장(入丈): 장가를 드는 것.

147 구회(九廻): '구회장(九廻腸)'이라고도 함. 시름 깊은 마음속을 비유하는 구곡간장(九曲肝腸)과 같은 뜻.

148 뉵녜(六禮): 육례. 전통 혼례의 여섯 가지 절차인 납채(納采), 문명(問名), 납길(納吉), 납폐(納幣), 청기(請期), 친영(親迎)을 이름.

149 ᄇᆡᆨ냥우귀(百兩于歸): 백량우귀. 남편의 집으로 성대하게 시집가는 것. "아가씨가 시집가니, 많은 수레 맞이하네(之子于歸 百兩御之)."라는 구절이 《시경》〈소남(召南)〉 '작소(鵲巢)'에 나옴.

150 친영(親迎): 육례의 한 절차로 신랑이 친히 신부 집에 가서 신부를 직접 맞이하는 것.

퇴(進退) ᄎᆞ텬(遮天)ᄒᆞ고 알되(喝道) 동곡(動谷)ᄒᆞ여 신낭의 태양경일지풍(太陽傾日之風)과 태산암암디상(泰山巖巖之狀)이 만인(萬人) 듕(中) 츌연독닙(出然獨立)ᄒᆞ니 노샹인(路上人)이 칙칙칭션(嘖嘖稱善)ᄒᆞ더라. 부듕(府中)의 다ᄃᆞ라 합환교ᄇᆡ(合歡交拜)[151]ᄒᆞᆯᄉᆡ 경슈운님의 위의(威儀) 졔졔(濟濟)ᄒᆞ여 녜(禮)ᄅᆞᆯ 필(畢)ᄒᆞᄆᆡ 작션(雀扇)[152]을 기우리니 61면
남풍녀뫼(男風女貌) 참치ᄇᆡ합(參差配合)이라. 텬디의 슈츌(秀出)과 냥의의 ᄲᅧ혀난 졍ᄆᆡᆨ(正脈)이 화벽(和璧)의 샹운(祥雲)이 어ᄅᆡ고 혜쥬(蕙珠)의 셔애(瑞靄) 보욱(保煜)ᄒᆞ니 부부의 긔딜이 과연 텬ᄉᆡᆼ일ᄃᆡ(天生一對)라. 홍심(紅心)이 난화(爛華)ᄒᆞ여 향방(香房)의 나가니 ᄇᆡᆨ옥노(白玉爐)의 취연(翠煙)이 ᄋᆡᄋᆡ(靄靄)ᄒᆞ며 취화(翠華) 금요(金褥)의 난향(蘭香)이 욱욱(煜煜)ᄒᆞᆫᄃᆡ 냥신인(兩新人)이 샹ᄃᆡᄒᆞ니 풍모명광(風貌明光)이 셔로 바ᄋᆡ여[153] ᄉᆞ창(紗窓)의 빗쵠 ᄃᆞᆯ은 광ᄎᆡᄅᆞᆯ 아이고 금ᄃᆡ(金臺)의 쵹광(燭光)은 졍긔ᄅᆞᆯ 변ᄒᆞ더라. 익일(翌日)의 대연(大宴)을 딘셜(陳設)ᄒᆞ여 신뷔 현구고ᄇᆡ샤당(見舅姑拜祀堂)ᄒᆞᆯᄉᆡ 친쳑향당(親戚鄕黨)이 대희ᄒᆞ여 고문슉완(高門淑婉)을 구경ᄒᆞᄆᆡ 유덕유경(有德有敬)ᄒᆞ여 조두(俎豆)[154]의 공경이 낫타나며 근신졍녜(謹愼正禮)ᄒᆞ여 노실의 쑥숨을 밧드던 쵹ᄇᆡᆨ의 부인과 흡샤ᄒᆞ니 디개(志槪)의 엄슉ᄒᆞᆷ이 구츄상텬(九秋霜天) ᄀᆞᆺ고 긔딜의 졀미(絶美)ᄒᆞ미 아아(峨峨)히 츈공샹운(春空祥雲) ᄀᆞᆺᄐᆞ니 군ᄌᆞᄉᆡᆼ훈(君子生訓)과 슉녀교휵(淑女敎畜)으

151 합환교ᄇᆡ(合歡交拜): 합환교배. 전통 혼례에서 신랑과 신부가 합환주를 마시던 의식.
152 작션(雀扇): 작선. 공작선(孔雀扇). 의례에서 드는 공작 모양의 부채.
153 바ᄋᆡ여: 바ᄋᆡ다. 부서지다, 부시다, 빛나다.
154 조두(俎豆): 제기(祭器)의 이름.

62면 로 댱어녜법(長於禮法)ᄒᆞ믈 가히 알너라. 녜파(禮罷)의 존당(尊堂) 태부인이 신부롤 나호여 슬하의 년무(憐撫)ᄒᆞ며 희ᄋᆡ귀듕(喜愛貴中)ᄒᆞᄂᆞᆫ 셕ᄉᆞ(昔事)롤 감상(感傷)ᄒᆞ여 쳑연하루(慽然下淚) 왈

"블혜박덕(不慧薄德)ᄒᆞᆫ 노모(老母)ᄂᆞᆫ 금일(今日) 신부의 탁이초츌(卓異超出)ᄒᆞ믈 보니 셕ᄉᆡ(夕死)라도 여감(餘感)이 업ᄉᆞᆯ 쓴 아냐 션군(先君)이 종손부(宗孫婦)의 여ᄎᆞ(如此) 비범ᄒᆞ믈 보디 못ᄒᆞ시고 양현뷔 ᄒᆞᆫ가디로 두굿기디 못ᄒᆞ니 일노 보건ᄃᆡ 안연(顏淵)[155]의 단명(短命)ᄒᆞ미 ᄃᆡ(代)마다 잇도다."

참졍과 쳑ᄉᆞ[156] 부뷔 신부의 긔딜이 ᄋᆞᄌᆞ(兒子)로 텬뎡일ᄃᆡ(天定一對)라 비록 남녀 긔격(氣格)이 다ᄅᆞ나 풍모덕딜(風貌德質)의 비상ᄒᆞᆫ은 일목디화(一木之花) ᄀᆞᆺᄐᆞ니 환연대열(煥然大悅)ᄒᆞᄃᆡ 션군(先君)과 양부인의 알오미 업ᄉᆞ믈 쳑쳑감챵(慽慽感愴)ᄒᆞ여 비회교집(悲懷交集)ᄒᆞ더니 태부인 말ᄉᆞᆷ으로 조ᄎᆞ 안식을 곳치며 함문늉복(咸門隆福)이믈 일ᄏᆞ라 위로ᄒᆞ고 모ᄌᆞ형뎨(母子兄弟) 상하(相賀)ᄒᆞ니 듕빈(衆賓)이 졔셩(齊聲)ᄒᆞ여 존문늉경(尊門隆慶)이믈 닷토아[157] 하례ᄒᆞᆫᄃᆡ 태부인과 참졍 곤계(昆季) 좌슈우응(左隨右應)의 흔열(欣悅)ᄒᆞ미 ᄆᆞᄅᆞ녹으며

63면 소부인이 교연(皎然)ᄒᆞᆫ 안화(顏華)의 알연(戛然)ᄒᆞᆫ 희긔(喜氣)롤 동ᄒᆞ여 ᄉᆞ월(斜月) 아황(蛾黃)의 긔식이 춍농(聰瓏)ᄒᆞ고 ᄋᆡ랑ᄒᆞᆫ 단슌(丹脣)의 호치(皓齒) ᄂᆡ션(乃宣)ᄒᆞ여 두굿기며 아롬다오미 ᄌᆞ모(慈母)의

155 안연(顏淵): 안회. 공자가 가장 아낀 제자로 서른 살에 요절함.

156 쳑ᄉᆞ: 규장각본에는 '쳐ᄉᆞ'로 되어 있음.

157 닷토아: 규장각본에는 '갓초아'로 되어 있음.

도리와 인졍의 디극ᄒᆞ니 오히려 화부인[158]긔 더으미 잇ᄂᆞᆫ디라 뉘 도로혀 져의 구밀복검(口密腹劍)을 알니오? 져마다 소부인의 인ᄌᆞ슉덕(仁慈淑德)을 복복흠숑(僕僕欽頌)ᄒᆞ더라. 일식(日色)이 반경(半傾)ᄒᆞ여 모연(暮煙)이 취산(翠山)의 농빅(濃白)ᄒᆞ니 ᄂᆡ외빈ᄀᆡᆨ(內外賓客)이 각산기가(各散其家)ᄒᆞ고 신부를 졔운각 슉소의 안헐(安歇)홀ᄉᆡ 참졍 곤계(昆季) ᄌᆞ위(慈闈)를 뫼셔 쵹(燭)을 니어 담화ᄒᆞ다가 태부인이 취침ᄒᆞ미 ᄌᆞ딜(子姪)을 퇴츌(退出)ᄒᆞ며 상부인이 됴·댱 이부인(二夫人)으로 더브러 이의 시침(侍寢)ᄒᆞ니라. 니쇼져 셩강[159]이 인ᄒᆞ여 구가(舅家)의 머므러 효봉구고(孝奉舅姑)ᄒᆞ미 집옥심님(執玉深臨)[160]ᄒᆞ여 동동쵹(洞洞屬)[161]ᄒᆞ고 이슌군ᄌᆞ(怡順君子)ᄒᆞ미 덕요(德耀)의 거안(擧案)과 딘회의 손슌(遜順)ᄒᆞ미 가ᄌᆞᆨᄒᆞ니 태부인과 참졍 곤계며 화부인이 볼ᄉᆞ록 흠ᄋᆡ귀듕(欽愛貴中)ᄒᆞ며 칭탄블이(稱歎不已)ᄒᆞᄃᆡ 소부인은 오히려 신부의 ᄂᆡ졍(內情)의 탁월홈과 심디(心地)의 신명ᄒᆞ미 블언이긔디(不 64면
言而旣知)ᄒᆞᄂᆞᆫ ᄉᆡᆼ이디셩(生而知性)이믈 아디 못ᄒᆞ며 ᄒᆞᆫ갓 그 용광ᄉᆡᆨ틔(容光色態)와 쥬션ᄒᆡᆼ동(周旋行動)[162]의 긔이ᄒᆞ믈 놀나고 근심ᄒᆞ여 깁

158 화부인: 정삼의 부인. 정인성의 친어머니.

159 셩강: 성강. 이자염의 자.

160 집옥심님(執玉深臨): 집옥심림. 옥그릇을 잡은 것처럼 조심스럽고, 깊은 골짜기 절벽에 있는 것처럼 두려워하는 마음. 집옥은 《예기(禮記)》 〈제의(祭義)〉의 “효자는 옥그릇을 손에 쥔 것처럼, 물이 가득 찬 그릇을 받드는 것처럼 조심스러워야 한다(孝子如執玉如奉盈 洞洞屬屬然如弗勝 如將失之).”라는 말에 나옴.

161 동동쵹(洞洞屬): 동동촉촉(洞洞屬屬). 규장각본에는 ‘동동쵹〃’으로 되어 있음.

162 쥬션ᄒᆡᆼ동(周旋行動): 주선행동. ‘주선’은 ‘일이 잘되도록 하는 솜씨’라는 의미. 맹자가 성인(聖人)의 일을 서술하면서 언급한 말인 “행동거지와 주선하는 것이 예에 맞다(動容周旋中禮).”라는 구절에서 나옴. 《맹자집주》 〈진심 하(盡心下)〉.

히 통한ᄒᆞ더니 일월이 오ᄅᆡ믈 인ᄒᆞ여 그 ᄇᆡᆨᄒᆡᆼ쳐신(百行處身)을 유의ᄒᆞ여 ᄉᆞᆯ피며 그 구셕과 가[163]을 온가디로 엿보나 ᄃᆡᆫ실노 그 텬디규량(天地窺量)을 예탁(豫度)기 어려오니 다만 표리병쳘(表裏併徹)ᄒᆞ여 단졍ᄒᆞ고 침단(沈端)ᄒᆞ며 온화ᄒᆞ고 공근(恭謹)ᄒᆞ미 《녀교(女教)》·《ᄂᆡ훈(內訓)[164]》의 어긔미 업ᄉᆞ며 놉고 됴흐미 《삼강(三綱)[165]》·《녈녀젼(列女傳)[166]》의 몬져 올남 ᄌᆞᆨᄒᆞ니 닌셩의 슝학대되(崇學大道) 아니면 엇디 그 ᄇᆡ필이 되리오? 일개(一家) 복복칭긔(僕僕稱奇)ᄒᆞ여 문호(門戶)의 의장(儀仗)과 종샤긔탁(宗社寄託)이 온젼ᄒᆞ믈 혜건ᄃᆡ 고요히 사ᄅᆞᆷ 업ᄉᆞᆫ ᄯᆡᄅᆞᆯ 당ᄒᆞᆫᄌᆞᆨ ᄉᆡᆨ위(色威) 분분(忿憤)ᄒᆞ여 ᄡᅡᆼ안(雙眼)의 노홰(怒火) 녈녈(烈烈)ᄒᆞ며 안흐로 녕원의 슈셩(愁城)이 침침(浸沈)ᄒᆞ여 분한딜텬(忿恨叱天)ᄒᆞ미 상셩위광(喪性爲狂)ᄒᆞᆯ ᄃᆞᆺᄒᆞ니 ᄃᆡ져(大抵) 사ᄅᆞᆷ의 작심(作心)이 삼 일노 닐넛거ᄂᆞᆯ 소부인은 왕망(王莽)의 겸공(儉恭)이 발
65면 셔 십 년이 디낫고 초(初)의 대계(大計)ᄅᆞᆯ 운동(運動)ᄒᆞ여 긔모(奇謨)ᄅᆞᆯ 발(發)ᄒᆞᆫ ᄇᆡ 헛곳의 도라가며 당금(當今)의 군ᄌᆞ[167]의 의심ᄒᆞᄂᆞᆫ 긔운이 심폐(心肺)ᄅᆞᆯ ᄉᆞᄆᆞᆺᄎᆞ니 일노조ᄎᆞ 쇼텬(所天)[168]의 젹오(寂寥)홈만 더

---

163 구셕과 가: 규장각본에는 '구셕과 기'로 되어 있음.

164 《ᄂᆡ훈(內訓)》: 《내훈》. 부녀자를 가르치기 위한 책.

165 《삼강(三綱)》: 《삼강행실도(三綱行實圖)》. 군신, 부자, 부부간에 모범이 될 충신, 효자, 열녀들을 뽑아 그 행적을 그림과 글로 칭송한 책.

166 《녈녀젼(列女傳)》: 《열녀전》. 전한 때 유향이 편찬한 것으로, 다양한 여성의 행적을 모아서 엮은 책.

167 군ᄌᆞ: 군자. 여기서는 정잠을 가리킴.

168 쇼텬(所天): 소천. 아내가 남편을 이르는 말. 여기에서는 맥락상 정잠과 소교완의 부부관계를 의미함.

어 비록 듕궤(中饋)로뼈 칙(責)ᄒᆞ고 실가(室家)로 ᄃᆡᄒᆞ나 ᄉᆞᄉᆞ밀은(私私密隱)은 약쉬(弱水)[169] ᄀᆞ려시니 스ᄉᆞ로 부명(浮命)의 밋ᄂᆞᆫ 밧ᄌᆡ 냥ᄌᆞ(兩子) ᄯᆞ롬이오 구구(區區)히 츄야오동(秋夜梧桐)의 원탄우한(怨嘆憂恨)ᄒᆞ미 업ᄉᆞ나 츈광(春光)이 방셩(方盛)ᄒᆞᆫᄃᆡ 여러 가디 남다ᄅᆞᆫ 회퀴 심듕의 얽혀 태악(泰嶽)과 댱셩(長城)도곤 구든 형셰의 닌셩 부부ᄅᆞᆯ 브ᄃᆡ 업시코ᄌᆞ 쥬의(主意)ᄅᆞᆯ 뎡(定)ᄒᆞᄃᆡ 아ᄃᆡᆨ 니힌(利害)ᄅᆞᆯ 상냥(商量)ᄒᆞ여 함분인통(含憤忍痛)ᄒᆞ나 교모간계(巧謀奸計)ᄅᆞᆯ 일시 반ᄀᆞᆨ(半刻)이나 엇디 니ᄌᆞ리오? 금회(襟懷) 요요(擾擾)ᄒᆞ며 분홰(憤火) 치셩(熾盛)ᄒᆞ여 혹 번조(煩燥)ᄒᆞ고 초갈(焦渴)ᄒᆞ여 닙이 ᄐᆞ며 후셜(喉舌)이 마ᄅᆞ고 쇼변이 젹홍(赤紅)ᄒᆞ여 화통(火痛)의 근졔(根底) 비경(非輕)ᄒᆞᄆᆞᆯ 아ᄂᆞᆫ 밧ᄌᆡ 눅난 모녀 삼인(三人) ᄯᆞ롬이오 동포동긔와 모녀 텬셩으로도 ᄌᆞ가디심(自家之心)을 영영블토(永永不吐)ᄒᆞ며 소부쥬부인[170]긔도 은휘(隱諱)ᄒᆞᄆᆞᆯ 못 밋ᄎᆞᆯ ᄃᆞᆺᄒᆞ니 소공[171]과 쥬부인의 디인명식(知人明識)으로 계녀(季女)의 위인이 ᄌᆡᄅᆞᆼ다예(才能多藝)ᄒᆞ여 마등(馬騰)[172]의 의현검과 이람의 풍(風)이 현격ᄒᆞᄆᆞᆯ 아라 ᄆᆡ양 숙녀의 텬연(天然)ᄒᆞᄆᆞᆯ 당부ᄒᆞ고 젼츌(前出)[173]을 친ᄉᆡᆼ(親生)ᄀᆞᆺ치 년무(憐撫)ᄒᆞᄆᆞᆯ 경계ᄒᆞᆯᄃᆡ언졍 그 간활(奸猾)ᄒᆞᆫ 용심(用心)이 싀호ᄉᆞ갈(豺狐蛇蝎) 66면

169 약쉬(弱水): 약수. 중국 서해(西海)의 이칭(異稱)으로, 삼신산의 하나인 봉래산과는 거리가 3만 리나 떨어져 있어 서로의 거리가 매우 멀어 만날 수 없는 경우를 '약수지격(弱水之隔)'이라 함.

170 쥬부인: 주부인. 소희량의 부인이자 소교완의 어머니.

171 소공: 소희량.

172 마등(馬騰): 후한 말의 무장.

173 젼츌(前出): 전출. 전처가 낳은 자식. 여기서는 정인성.

도곤 ᄉᆞ오나오며 모디러 대슌(大舜)[174] ᄀᆞᆺᄐᆞᆫ ᄋᆞ돌과 아황(娥皇)[175] ᄀᆞᆺᄐᆞᆫ 며ᄂᆞ리ᄅᆞᆯ 흠긔 너흐러 골슈도 남기디 말고ᄌᆞ ᄒᆞᄂᆞᆫ 쥬의(主意)ᄅᆞᆯ 몽ᄆᆡ(夢寐)읜들 어이 알니오? 텬뉸(天倫)의 졍과 부ᄌᆞ의 ᄌᆞᄋᆡ로 구별디여(久別之餘)의 단취(團聚)ᄅᆞᆯ 다ᄒᆡᆼᄒᆞ나 그 질셰비경(疾勢非輕)ᄒᆞ여 음식을 슌강(順降)치 못ᄒᆞ고 일신을 허번(虛煩)[176]ᄒᆞ여 면모안ᄎᆡ(面貌眼彩)의 열홰(熱火) ᄌᆞ로 오로며 닙이 ᄐᆞ고 목이 갈ᄒᆞ믈 니긔디 못ᄒᆞ여 빙슈(氷水)ᄅᆞᆯ ᄌᆞ로 ᄂᆞ오믈 근심ᄒᆞ여 소공이 ᄌᆞ로 니ᄅᆞ러 증셰ᄅᆞᆯ 므ᄅᆞ므ᄅᆞ[177]며 쥬부인이 슈셔(手書)로 가감(加減)을 므ᄅᆞ니 소시 냥친(兩親)의 우려ᄅᆞᆯ 민망ᄒᆞᄃᆡ 분화(憤火)ᄅᆞᆯ 일시의 소셕(消釋)디 못ᄒᆞᆯ 쁜 아냐 샤인
67면 부부의 무우화락(無憂和樂)ᄒᆞᆯ 바ᄅᆞᆯ 더옥 통한ᄒᆞ여 신봉초혼시(新逢初婚時)로브터 우환을 더으고 근심을 깃쳐 그 몸이 괴로오며 졍녁(精力)이 진갈(盡竭)토록 보ᄎᆡ려 ᄒᆞᄂᆞᆫ 듕(中) 오히려 듕구(衆口)의 시비(是非)ᄅᆞᆯ ᄶᅢ려 것ᄎᆞ로 샤인 부부ᄅᆞᆯ 혈심딘졍(血心眞情)으로 귀듕년ᄋᆡ(貴中憐愛)ᄒᆞᄂᆞᆫ ᄃᆞᆺᄒᆞ나 신부의 좌셕이 믯쳐 덥디 아냐셔 침딜상셕(沈疾床席)ᄒᆞ니 샤인의 우우초박(憂憂焦迫)ᄒᆞ믈 돕거ᄂᆞᆯ 신뷔 ᄯᅩ 엇디 ᄉᆞ실(私室)의 안휴(安休)ᄒᆞ리오? 태뎐(太殿)[178]과 봉누(鳳樓)[179]의 신혼셩졍

---

174 대슌(大舜): 대순. 순임금. 아버지가 새장가를 든 후 새어머니와 이복동생과 공모하여 순임금을 죽이려 했으나 순임금은 이때마다 효성을 발휘하고 부모 탓을 하지 않았음.

175 아황(娥皇): 요(堯)임금의 큰딸로, 동생 여영(女英)과 함께 순(舜)임금의 아내가 되었는데 순임금이 남쪽을 순시하던 중 창오에서 죽자 강물에 투신해 죽었음.

176 허번(虛煩): 기력이 쇠약하고 속에 열이 있어 답답하고 불안한 증상.

177 므ᄅᆞ므ᄅᆞ며: '므ᄅᆞ'가 중복 필사됨.

178 태뎐(太殿): 태전. 서태부인의 처소.

179 봉누(鳳樓): 봉루. 정삼의 부인인 화부인의 처소.

(晨昏省定)을 일운 밧 총총이 취루[180](翠樓)의 도라와 쥬야시탕(晝夜侍湯)ᄒᆞᄆᆡ 일시도 믈너나디 아냐 낫으로뼈 밤을 니으니 반ᄀᆡᆨ(半刻)도 편ᄒᆞ믈 엇디 못ᄒᆞ고 소시 딤ᄌᆞᆺ 혼미ᄒᆞ여 인ᄉᆞᄅᆞᆯ 모로ᄂᆞᆫ 톄ᄒᆞ며 간간이 식반(食飯)을 주디 아냐 남 모로ᄂᆞᆫ 긔아(饑餓)로 장위(腸胃)ᄅᆞᆯ 니을고자 ᄒᆞ니 쇼졔 ᄉᆡᆼ어부귀(生於富貴)ᄒᆞ고 댱어호치(長於豪侈)ᄒᆞ여 과연 셰고(世苦)와 긔아ᄅᆞᆯ 모로던 ᄇᆡ로ᄃᆡ 텬픔(天稟)의 긔이ᄒᆞ미 셰속범뉴(世俗凡類)로 ᄀᆞᆺ디 아닌 고로 됴셕(朝夕) 식반을 ᄌᆞ로 구궐(久闕)ᄒᆞ나 졸연(猝然)이 병나디 아니코 몸을 닛비ᄒᆞ나[181] 혼곤(昏困)ᄒᆞ여 눕고ᄌᆞ ᄒᆞ미 업ᄉᆞ며 봉영집옥[182](奉盈執玉)ᄒᆞᆫ 조심과 쵹쵹승슌(屬屬承順)ᄒᆞᄂᆞᆫ 졍셩이 쳘장셕심(鐵腸石心)이나 어엿브고 감동ᄒᆞ믈 ᄎᆞᆷ디 못ᄒᆞᆯ ᄇᆡ로ᄃᆡ 소부인은 이 ᄀᆞᆺᄐᆞ믈 더옥 딜오(疾惡)ᄒᆞ여 볼ᄉᆞ록 믜음과 통한ᄒᆞ믈 니긔디 못ᄒᆞ니 엇디 샤인과 니쇼져의 긔흔험ᄋᆡᆨ(奇釁險厄)이 아니리오? 소부인이 ᄌᆞ긔 오ᄅᆡ 침딜(沈疾)ᄒᆞ여 ᄌᆞ부(子婦)의 우황(憂惶)ᄒᆞ믈 더어 ᄉᆞ실(私室)의 안휴(安休)케 못 ᄒᆞ믈 참졍이 블열(不悅)ᄒᆞ며 존당(尊堂)과 쳐ᄉᆞ 부뷔 빈연블쾌(頻然不快)ᄒᆞᆯ가 닛다감 니러나 존당의 뵈고 셩졍디녜(省定之禮)ᄅᆞᆯ 폐(廢)치 아냐 가ᄉᆞ(家事)ᄅᆞᆯ 다ᄉᆞ리며 ᄌᆞ부ᄅᆞᆯ 년휼(憐恤)ᄒᆞ고 비복(婢僕)을 은위(恩威)로 거ᄂᆞ려 범ᄇᆡᆨ(凡百)의 츌인션능(出人善能)ᄒᆞ므로뼈 효봉존고(孝奉尊姑)와 션봉제ᄉᆞ

68면

180 취루(翠樓): 취루. 소교완의 처소.

181 닛비ᄒᆞ나: 규장각본에는 '낫비ᄒᆞᄂᆞ'로 되어 있음.

182 봉영집옥(奉盈執玉): '집옥봉영'은《예기》에서 나오는 표현으로, "효자는 옥을 잡은 듯이 하고 물이 찬 그릇을 받들 듯이 하여 조심조심 공경하여 마치 감당하지 못하는 듯이 하고 장차 잃어버리면 어쩌나 하는 듯이 해야 한다."라는 구절에서 차용.

(先奉祭祀)며 돈목친쳑(敦睦親戚)과 ᄃᆡ인졉화(對人接話)ᄂᆞᆫ 본딜쇼당(本質所掌)이라. 졍문(程門)의 입승초일(入承初日)브터 디우금일(至於今日)의 셩힝이 찬연뎡슉(燦然貞淑)ᄒᆞ여 미과(未過)ᄅᆞᆯ 낫타ᄂᆡ미 업시 초츌탁월(超出卓越)ᄒᆞ미 듕목(衆目)의 소공디(所共知)라 어ᄂᆡ 슷ᄐᆡ ᄆᆞᄉᆞᆷ 일노뼈 허믈을 ᄌᆞᆸ아 블인교활(不仁狡猾)ᄒᆞ믈 ᄭᆡ치리오? 태부
69면 인의 통연(洞然)ᄒᆞᆫ 혜식(慧識)으로도 소시(蘇氏)의 간험극악(奸險極惡)ᄒᆞ미 샤인 부부ᄅᆞᆯ 일시의 삼키디 못ᄒᆞᄂᆞᆫ 분홰(憤火) 그 몸을 딜통(疾痛)ᄒᆞ고 신뷔 니ᄅᆞᆫ 디 미급슌망(未及旬望)의 음식을 아니 주며 일야(日夜)의 괴롭고 못 견ᄃᆡ여 ᄌᆞ딘(自盡)키ᄅᆞᆯ 죄오ᄂᆞᆫ 줄이야 엇디 ᄉᆡᆼ각ᄒᆞ리오? ᄒᆞ믈며 화부인은 평ᄉᆡᆼ의 온침단믁(穩沈端默)ᄒᆞ여 사ᄅᆞᆷ의 과실을 언두(言頭)의 올니미 업ᄂᆞᆫ 바의 ᄀᆞ만ᄒᆞᆫ 악ᄉᆞ(惡事)ᄅᆞᆯ 들추며 상부인은 녀ᄋᆞᄅᆞᆯ 상봉ᄒᆞ믈 흐믓져 듕심(中心)의 얽힌 한이 플녀시나[183] 그 젼졍(前程)이 크게 ᄣᅳᆺ ᄀᆞᆺ디 못ᄒᆞᆫ 바ᄅᆞᆯ 환우(患憂)ᄒᆞᄆᆡ 타ᄉᆞ(他事)ᄅᆞᆯ 결을치 못ᄒᆞ고 본ᄃᆡ 사ᄅᆞᆷ의 힝ᄉᆞᄅᆞᆯ 여허[184] 흔단(釁端)을 니ᄅᆞᄂᆞᆫ ᄌᆞ(者)ᄅᆞᆯ 브졍(不正)히 넉이ᄂᆞᆫ 고로 소시로뼈 슉녀현완(淑女賢婉)으로ᄂᆞᆫ 아디 아니ᄒᆞ나 그ᄃᆡ도록 ᄇᆡᆨ흉(百凶)이 구비(具備)ᄒᆞ믈 알니오? 샤인 부부의 괴로오며 위란(危亂)ᄒᆞᆫ 경계ᄅᆞᆯ 가듕(家中)이 아득히 모로ᄂᆞᆫ 바의 ᄀᆞ마니 보ᄎᆡ미 샹칙(上策)이라 ᄒᆞ여 무인심야(無人深夜)의 ᄉᆞ고젹뇨(四顧寂寥)ᄒᆞᆫ ᄣᆡ의 반ᄃᆞ시 병휘(病候) 위듕ᄒᆞᆫ 톄로 혹 ᄉᆞ지(四肢)

183 얽힌 한이 플녀시나: 규장각본에는 '얼킨 한을 풀엇시ᄂᆞ'로 되어 있음.

184 여허: 엿다. 엿보다.

ᄅᆞᆯ 뒤틀고 몸을 브ᄃᆡ이져[185] ᄇᆡᆨ 가디로 괴거간험(怪擧奸險)이 일익층가 70면
(日益層加)ᄒᆞᆫ 듕(中)의도 가장 인ᄌᆞ온유(仁慈溫柔)ᄒᆞ여 ᄒᆞᆫ 조각 블인(不仁)의 거죄 업ᄉᆞᆫ ᄃᆞᆺ ᄌᆞ부(子婦)ᄅᆞᆯ 의장(倚仗)ᄒᆞ며 귀듕ᄒᆞ미 친ᄉᆡᆼ냥ᄌᆞ(親生兩子)의 더은 ᄃᆞᆺᄒᆞ여 ᄌᆞ긔의 간교요악(奸巧妖惡)을 샤인 부부로 아디 못ᄒᆞ게 ᄌᆞ긔 질셰(疾勢) 졈졈 위듕ᄒᆞᆫ ᄃᆞ시 ᄒᆞ여 샤인 부부의 황황민박(惶惶憫迫)ᄒᆞ믈 도올시 닌웅을 앗기미 디극ᄒᆞᆫ 고로 슌슌(巡巡)이 샤인을 ᄃᆡᄒᆞ여 ᄌᆞ긔 통셰(痛勢) 밤이면 더으믈 힝혀도 웅ᄋᆡ 알게 말나 ᄒᆞ며 닌웅이 문후(問候)ᄒᆞᄂᆞᆫ ᄣᅵᄅᆞᆯ 당ᄒᆞᆫ즉 괴로이 알ᄂᆞᆫ 빗ᄎᆞᆯ 아니니 부인이 비록 남모로ᄂᆞᆫ 심우(心憂)와 화통(火痛)이 잇ᄉᆞ나 년방졍셩(年方鼎盛)의 본질이 견강고슈(堅强固守)ᄒᆞ여 일시 젹은 병이 간ᄃᆡ로 신긔(身氣) 손상(損傷)치 아닌 고로 닌웅공ᄌᆞᄂᆞᆫ 오히려 모부인(母夫人)을 아디 못ᄒᆞ더라.

(책임교주 탁원정)

185 브ᄃᆡ이져: 브드잇다. 부딪다.

완월회맹연
玩月會盟宴

권디삼십오
卷之三十五

1면 화셜. 닌웅공지 오히려 모부인(母夫人) 교활블인(狡猾不仁)을 아디 못ᄒᆞ고 양모(養母)의 쳐황비고(悽惶悲苦)ᄒᆞᆫ 심회롤 쥬야 뫼셔 관위(寬慰)ᄒᆞᄂᆞᆫ 결을의 학니(學理)롤 슈련ᄒᆞ니 혈믹(血脈)이 관통ᄒᆞ며 문니(文理) 밀찰(密察)ᄒᆞ여 혁연(赫然)이 셩니(性理)롤 ᄉᆞᄆᆞᆺᄎᆞ 년긔(年紀) 미댱(未長)의 승당입실(升堂入室)을 샤양치 아니코 유유도지(悠悠道者) 되여시니 존당 태부인과 싱부 참졍공의 쳔만 긔ᄋᆡ귀듕(貴愛貴重)ᄒᆞ미 샤인의게 나리디 아니ᄒᆞ며 일가문듕(一家門中)의 긔ᄃᆡ츄앙(貴待推仰)ᄒᆞ미 또 샤인으로 병칭(併稱)ᄒᆞᄃᆡ 샤인은 ᄌᆞ유시(自幼時)로 언에(言語)[1] 드믈고 긔위(氣宇) 슉상(肅霜)ᄒᆞ여 망디여태산(望之如泰山)이오 쳠디여츄텬(瞻之如秋天)ᄒᆞ여 일족 위좌이독셔(危坐而讀書)의 엄댱침위(嚴壯沈威)ᄒᆞ며 압이블친(壓而不親)ᄒᆞ여 시위(侍衛) 블감앙시(不敢仰視)ᄒᆞ고 엄듕과믁(嚴重寡黙)ᄒᆞ여 ᄉᆞ믈(事物)노뼈 거리씨미 업ᄉᆞ니 비복(婢僕)이 그 말숨ᄒᆞ믈 듯디 못ᄒᆞ며 셥셰쳐변(涉世處變)[2]의 일월이 광화(光華)ᄒᆞᆫ ᄃᆞᆺ 즐타디셩(叱他之聲)이 미급견마(未及犬馬)ᄒᆞᄃᆡ 복뷔(僕夫) 딘경복ᄉᆞ(眞敬服事)ᄒᆞ니 그 엄위(嚴

2면 威)ᄒᆞᆫ 듕 호호(浩浩)ᄒᆞᆫ 덕이 양츈(陽春) ᄀᆞᆺ고 닌웅공ᄌᆞᄂᆞᆫ 빅힝(百行)이 독실(篤實)ᄒᆞ여 샤빅(舍伯)의게 나리미 업ᄉᆞᄃᆡ 탈연담박(脫然淡泊)ᄒᆞ여 진셰(塵世)의 므드디 아니나 잠간 쳐초비약(悽憔卑弱)ᄒᆞ니 ᄎᆞ(此)ᄂᆞᆫ 그 양부의 원앙화몰(寃怏禍沒)ᄒᆞ믈 평싱 디통(至痛)을 삼은 연괴(緣故)러라. 일족 모부인 힝악(行惡)을 젼연 브디(不知) 고로 샤

1 언에(言語): 규장각본에는 '어에'로 되어 있음.

2 셥셰쳐변(涉世處變): 섭세처변. 세상을 살아가면서 일을 처리하는 것.

ᄇᆡᆨ 부부의 고경(苦境)을 ᄯᅩᄒᆞᆫ 모로더라.

화셜. 소·연 냥부(兩府)의셔 당한님 챵닌이 ᄌᆞ위(慈闈)ᄅᆞᆯ 밧드러 ᄋᆡ각(涯角) 삼쳔니ᄅᆞᆯ 무ᄉᆞ 득달ᄒᆞ여 각각 경샤(京師) 고ᄐᆡᆨ으로 향ᄒᆞᆯᄉᆡ 소공은 동화문 밧[3] 금쳔교의 일ᄒᆡᆼ을 안둔(安屯)ᄒᆞ고 연부 일ᄒᆡᆼ은 태부인을 뫼셔 셩ᄂᆡ(城內) 구져(舊邸)의 머믈며 당한님은 모친을 밧드러 태운산으로 향ᄒᆞᆯᄉᆡ 연부인이 계림부의셔 태슈 연공이 경샤(京師)로조ᄎᆞ 갓 나려와 도임(到任)ᄒᆞ믈 ᄎᆞᄌᆞ보앗ᄂᆞᆫ 고로 박녀 교랑의 악ᄉᆡ(惡事) 발각ᄒᆞ믈 아랏ᄂᆞᆫ디라. 부인이 텬도(天道)의 공번되믈 희열ᄒᆞ나 댱공과 박시의 측냥업ᄉᆞᆫ 블인을 아ᄂᆞᆫ 고로 셩완쇼져ᄅᆞᆯ 바로 다려가디 못ᄒᆞ여 소공을 맛져 쳔금교로 보ᄂᆡ고 ᄋᆞᄌᆞ로 더브러 운산의 다 3면
ᄃᆞᄅᆞ니 가듕비복(家中婢僕)이 환희용약(歡喜踊躍)ᄒᆞ여 고두복알(叩頭伏謁)ᄒᆞ며 댱공이 ᄯᅩᄒᆞᆫ 희·셰 냥ᄌᆞ로 더브러 신을 벗고 부인 ᄒᆡᆼ거(行車)ᄅᆞᆯ 마ᄌᆞᆯᄉᆡ 션문(先文)[4]이 업ᄉᆞᆫ 고로 강교(江橋)의 맛디 못ᄒᆞ믈 한ᄒᆞ니 희린 등의 거조(擧措)ᄂᆞᆫ ᄌᆞ뎨디도(子弟之道)의 당연ᄒᆞ나 댱공의 황황영졉(惶惶迎接)ᄒᆞ미 가쇼로온디라. 부인이 ᄉᆡ로이 블ᄒᆡᆼ이 녁이나 ᄉᆞ식(辭色)디 아니코 현윤과 한님을 압셰워 듕문(中門)의 들ᄉᆡ 경쇼졔 잠간 쇼장(素粧)을 일워 교젼(轎前)의 ᄇᆡ알(拜謁)ᄒᆞ니 연부인이 비록 안고태악(眼高泰嶽)ᄒᆞ나 경시의 셩화ᄅᆞᆯ 녁이 드럿던 바로 ᄯᅩ 셕일(昔日) 경부의셔 유시(幼詩)의 보아 면목(面目)을 긔억ᄒᆞ니 그 츌범긔이(出凡奇異)ᄒᆞ믈 혜아린 ᄇᆡ나 고부대륜(姑婦大倫)을

3 문 밧: 규장각본에는 없는 내용임.

4 션문(先文): 선문. 중앙의 관리가 지방에 출장할 때 도착 날짜를 미리 알리는 공문.

ᄆᆡᄌᆞᆫ 칠팔 년의 금일 보미 쳐음이라. 흔ᄒᆡᆼ쾌열(欣幸快悅)ᄒᆞᆯ 쁜 아냐 그 ᄇᆡᆨᄒᆡᆼᄉᆞ덕(百行四德)과 빗난 긔딜이 상시 바란 바의 열 번 더으고 유시의셔 ᄇᆡ승(倍勝)ᄒᆞ믈 긔ᄒᆡᆼ과람(奇幸過濫)ᄒᆞ여 반ᄉᆡᆼ슈한(半生愁恨)을 금일 쳑탕(斥蕩)ᄒᆞ며 쌜니 식부(息婦)의 셤슈(纖手)ᄅᆞᆯ 잡고 반
4면 기며 깃브믈 뎡치 못ᄒᆞ여셔 현윤이 밧비 모친긔 졀ᄒᆞ고 나상(羅裳)[5]을 붓드러 반기ᄂᆞᆫ 거동이 더옥 보암 즉ᄒᆞ니 그 모ᄌᆞ의 풍모신ᄎᆡ(風貌身彩) 과연 고금(古今)의 무쌍(無雙)ᄒᆞᆫ디라. 연부인이 더옥 두굿기며 아ᄅᆞᆷ다와 이에 뎡당(正堂)의 올나 부부모ᄌᆞ(夫婦母子)와 고식슈슉(姑息嫂叔)이 좌뎡(坐定)ᄒᆞᄆᆡ 다시 쌍손(雙孫)을 나호여 그 작셩긔딜(作性氣質)이 현윤의게 나리디 아니믈 ᄒᆡᆼ열(幸悅)ᄒᆞ여 듕쳡(重疊)ᄒᆞᆫ 깃브미 안ᄉᆡᆨ(顔色)의 넘ᄠᅵᄃᆡ 박시의 형영(形影)이 업ᄉᆞ믈 의아(疑訝)ᄒᆞ여 연고(緣故)ᄅᆞᆯ 므ᄅᆞ니 슈일 젼 박부의 갓다 ᄒᆞ거ᄂᆞᆯ 한님을 도라보아 슈히 가 ᄇᆡ현(拜見)ᄒᆞ고 즉시 뫼셔 도라오라 ᄒᆞᆫᄃᆡ 한님이 슈명(受命)ᄒᆞᆯᄉᆡ 댱공 왈

"박시 녀ᄋᆞ의 ᄉᆡᆼ존ᄒᆞᆫ 소식을 드ᄅᆞᆫ 후 일야의 그 도라오믈 기다리더니 엇디 이리 다려오미 업ᄂᆞ뇨?"

부인이 ᄃᆡ왈

"모녀 상봉이 어이 밧브디 아니리잇고마ᄂᆞᆫ 소형이 임의 결의부녀(結義父女)ᄒᆞ여 혼ᄉᆞ(婚事)ᄅᆞᆯ 담당ᄒᆞ니 이리 다려오미 비편(非便)[6]ᄒᆞ고 소형은 녀ᄋᆞ로ᄡᅧ 아딕 연가 녀진 ᄃᆞ시 ᄒᆞ여 신낭이 모로과져 ᄒᆞ니 그

---

5 나상(羅裳): 비단치마.

6 비편(非便): 규장각본에는 '피편'으로 되어 있음.

당연ᄒᆞᆫ 일이 아니로ᄃᆡ 친ᄉᆡ(親事)[7] 슌히 일믈[8] 위ᄒᆞ여 녀ᄋᆞᄅᆞᆯ 소부로 5면
보ᄂᆡ엿ᄂᆞ니 박ᄆᆡ 져곳의 가 보미 무방ᄒᆞᆫ디라. 상공은 졍지 듯ᄂᆞᆫᄃᆡ ᄎᆞ
혼(此婚) 아ᄅᆞᆫ 쳬 마ᄅᆞ샤 우리 녀인(女兒) 줄 모로게 ᄒᆞ쇼셔."

댱공이 졍학ᄉᆞ 닌흥의 말을 곳이 드러 닌광으로뻐 이상ᄒᆞᆫ 괴믈인가 넉이며 근일 졍부의 됴왕모ᄅᆡ(朝往暮來)ᄒᆞ여 제졍[9]을 아니 보ᄂᆞᆫ 날이 업ᄉᆞᄃᆡ 참졍 곤계 흔연졉화(欣然接話)ᄒᆞ미 일졀(一切) 셕일(昔日)노 다ᄅᆞ미 업ᄉᆞ니 일노조ᄎᆞ 근심ᄒᆞ고 두리던 ᄆᆞ음이 ᄒᆞ나토 업ᄉᆞ며 도로혀 방약무인(傍若無人)키의 미쳐 믄득 빈미탄왈(顰眉嘆曰)

"셰샹의 어ᄂᆡ 사ᄅᆞᆷ이 ᄯᆞᆯ을 두디 아냐시리오마ᄂᆞᆫ 녀ᄋᆞᄂᆞᆫ 작인(作人)이 탈이비범(脫異非凡)ᄒᆞᆫ 고로 년미십셰(年未十歲)의 흉젹(凶賊)의 참참(慘慘)ᄒᆞᆫ 함ᄒᆡ(陷害)ᄅᆞᆯ 당ᄒᆞᄃᆡ 초녀(楚女) 디난 졀개 훼면할이(毁面割耳)[10]ᄒᆞ여 ᄋᆞ시젼밍(兒時前盟)을 직희니 통고금긍만셰(通古今亘萬世)ᄒᆞ여 녀ᄋᆞ ᄀᆞᄐᆞᆫ ᄌᆡ 다시 잇ᄉᆞ리오마ᄂᆞᆫ 나의 블명ᄒᆞ미 ᄌᆞ식을 그ᄅᆞᆺ ᄆᆡᆫ들고 디인(知人)을 그ᄅᆞᆺᄒᆞ여 닌광으로뻐 쳔츄영걸(千秋英傑)노
아라 유시의 졍밍(定盟)ᄒᆞ미 잇더니 당금(當今)ᄒᆞ여 닌광이 ᄒᆞᆫ낫 괴 6면
믈박복디인(怪物薄福之人)으로 제친위존당(諸親衛尊堂)과 군죵형뎨(群從兄弟)의 샹경(上京)ᄒᆞᄂᆞᆫ 힝거(行車)ᄅᆞᆯ[11] ᄯᆞ로디 아니ᄒᆞ며 심산졀협(深山絶峽)의 피셰도은(避世圖隱)ᄒᆞ여 일홈 업시 슈양산(首陽山)

---

7 친ᄉᆡ(親事): 친사. 혼담.

8 일믈: 규장각본에는 '일우믈'로 되어 있음.

9 제졍: 규장각본에는 '제결'로 되어 있음.

10 훼면할이(毁面割耳): 규장각본에는 '회면할이'로 되어 있음.

11 힝거(行車)ᄅᆞᆯ: 규장각본에는 '힝지을'로 되어 있음.

ᄎᆡ미(採薇)ᄅᆞᆯ 달게 넉여 산금야슈(山禽野獸)로 벗ᄒᆞ여 인뉸(人倫)을 ᄭᅳᆫ코 ᄒᆡ외(海外)의 유발승(有髮僧)이 되기ᄅᆞᆯ 원ᄒᆞᆫ다 ᄒᆞ니 녀ᄋᆡ 져ᄅᆞᆯ 위ᄒᆞ여 닙졀(立節)ᄒᆞᆫ들 므ᄉᆞᆷ 유익ᄒᆞ미 잇ᄉᆞ리오? 녀ᄇᆡᆨ은 기ᄌᆞ(其子)의 괴거(怪擧)ᄅᆞᆯ 븟그려 거ᄌᆞᆺ 화ᄂᆡ ᄉᆞ의구병(簑衣久病)을 핑계ᄒᆞ여 여ᄎᆞ여ᄎᆞ 니ᄅᆞᆫ들 그 말이 실ᄒᆞᆫ 줄 어이 미드리오? 졍닌흥이 닌광의 괴려(乖戾)ᄒᆞ믈 실진무은(悉陳無隱)[12]ᄒᆞ니 내 드ᄅᆞᆫ 후로 분앙(忿怏)ᄒᆞ여 화통(火痛)이 터딜 ᄃᆞᆺᄒᆞ고 박시 ᄯᅩ 울고 비분(悲憤)ᄒᆞ여 심병(心病)이 되엿ᄂᆞ니 졍부 태부인과 졔부인(諸夫人)ᄂᆡ 샹경 후ᄂᆞᆫ 아니 가보디 못ᄒᆞᆯ ᄇᆡ어니와 닌셩의 길셕(吉席)의ᄂᆞᆫ 간쳥ᄒᆞᄃᆡ 칭병블거(稱病不去)ᄒᆞ엿ᄂᆞ니 ᄂᆡᄌᆞ(內子) 심졍이 다 편익(偏隘)[13]ᄒᆞᆫ디라. 박시ᄅᆞᆯ 니
7면
ᄅᆞ디 말고 내 ᄯᅩᄒᆞᆫ 닌셩을 좁디 못ᄒᆞ며 닌흥 등 ᄀᆞᆺᄐᆞᆫ 호걸(豪傑)을 다 노화ᄇᆞ리고 닌광으로 약혼ᄒᆞᆫ 줄 츄회막급(追悔莫及)이라. 져 괴믈이 아모 졔 올 줄 모로ᄂᆞᆫ 거ᄉᆞᆯ 녀ᄋᆞᄅᆞᆯ[14] 소부로 보ᄂᆡ믈 브졀업시 ᄒᆞ도다."

부인과 한님이 쳥미파(聽未罷)의 공이 발셔 닌흥의 휼듕(譎中)[15]의 ᄲᆞ져 운계의 신실ᄒᆞᆫ 말ᄉᆞᆷ을 고지듯디 아니코 헛된 심긔(心氣) 분분(忿憤)ᄒᆞ여 인인(人人)의 취쇼(取笑)ᄒᆞ믈 가히 업셔 이에 졍학ᄉᆞ의 쇼년 호흥(豪興)으로 일시 쇽이미오 쳐ᄉᆞ의 말ᄉᆞᆷ이 진실ᄒᆞ믈 일ᄏᆞᄅᆞ며 한님이 니어 믓ᄌᆞ오ᄃᆡ

---

12 실진무은(悉陳無隱): 가감 없이 실토함.

13 편익(偏隘): 편액. 성격이 치우침이 있고 좁은 것.

14 모로ᄂᆞᆫ 거ᄉᆞᆯ 녀ᄋᆞᄅᆞᆯ: 규장각본에는 '모로ᄂᆞᆫ지라 내의을'로 되어 있음.

15 휼듕(譎中): 휼중. 속임수 속.

"대인이 므ᄉᆞᆷ 말ᄉᆞᆷ으로 닌흥다려 므ᄅᆞ시니 닌광으로 피셰(避世)[16] 폐륜의 괴믈노 ᄃᆡᄒᆞ더니잇가?"

공이 답왈(答曰)

"내 촉도의셔 방목(榜目)을 보ᄆᆡ 너의 일홈이 뎨이(第二)의 고등(高等)ᄒᆞ니 블승환ᄒᆡᆼ(不勝歡幸)이나 오히려 ᄀᆡ특ᄒᆞ믄 운ᄇᆡᆨ의 무ᄉᆞ환경(無事還京)ᄒᆞᆷ만 못ᄒᆞᆫ디라. 너의 계디청삼(桂枝靑衫)으로 슬하의 훤영(喧迎)ᄒᆞ믈 밋쳐 기다리디 못ᄒᆞ고 ᄲᆞᆯ니 샹경ᄒᆞ여 현부ᄅᆞᆯ 다려오며 정부 ᄒᆡᆼ거(行車)ᄅᆞᆯ 굴디계일(屈指計日)ᄒᆞ믄 청계 곤계(昆季)ᄅᆞᆯ ᄉᆡᆼ면으로 반기고 셔랑(壻郞) ᄌᆡ목(材木)이 영취봉각(瀛州鳳閣)[17]의 올나 문명일셰(文名一世)ᄒᆞ믈 쳔만환희(千萬歡喜)ᄒᆞ여 일야영ᄃᆡ(日夜迎待)ᄒᆞ다가 임의 도강(徒江)ᄒᆞᆫ 션셩(先聲)[18]을 드ᄅᆞᄆᆡ 즉시 나아가 마ᄌᆞ 피ᄎᆞ 반기며 깃브믄 니ᄅᆞ도 말고 내 방목(榜目)을 그ᄅᆞᆺ 살핀 탓ᄉᆞ로 닌흥을 닌광으로 아라 여ᄎᆞ여ᄎᆞ 칭셔ᄒᆞᄆᆡ[19] 그 쇼답이 여ᄎᆞ여ᄎᆞᄒᆞᆫ디라. 만일 닌광이 그러치 아닐딘ᄃᆡ ᄒᆡᆼ도(行道)의 ᄡᅥ질 니 업ᄉᆞ며 닌흥이 ᄯᅩ 공연이 쇽이지 아니리니 엇디 헛되리오? 녀ᄋᆞ의 전졍(前程)이 무광(無光)ᄒᆞᆯ 바ᄅᆞᆯ ᄉᆡᆼ각ᄒᆞ니 그 신셜(新設)의 즐거오믈 아지 못ᄒᆞ고 ᄐᆡᆨ셔(擇婿)ᄅᆞᆯ 잘못ᄒᆞᆫ 분한(忿恨)이 심ᄂᆡ(心內)의 얽힌 병이 되여 너의 조괘농방(早掛龍榜)[20]ᄒᆞᆫ 경ᄉᆞ(慶事)도 ᄭᆡ닷디 못ᄒᆞ며 부ᄌᆡ 원니(遠離)ᄒᆞ엿다가 금일 단취

8면

16 피셰(避世): 피세. 세상을 등지고 은둔함.

17 영취봉각(瀛州鳳閣): 영주봉각. 신선이 사는 영주의 봉새 누각. 조정의 내각을 가리킴.

18 션셩(先聲): 선성. 미리 전달하는 기별.

19 칭셔ᄒᆞᄆᆡ: 규장각본에는 '칭션ᄒᆞᄆᆡ'로 되어 있음.

20 조괘농방(早掛龍榜): 조괘용방. 젊은 나이에 과거에 합격함.

(團聚)ᄒᆞ여 ᄇᆡᆨ면셔ᄉᆡᆼ(白面書生)이 밧괴여 옥당(玉堂)[21] 명ᄉᆡ(名士) 되고[22] 슬하의 영요(榮耀)ᄒᆞ미 인인(人人)의 엇디 못ᄒᆞᆯ 영홰(榮華)로ᄃᆡ 일녀(一女)의 평ᄉᆡᆼ이 블쾌ᄒᆞᆯ 바ᄅᆞᆯ ᄉᆡᆼ각ᄒᆞ니 환낙(歡樂)을 다 못 ᄒᆞᄆᆡ ᄂᆡᆫ광의 괴[23]게 원슈롭디 아니랴?"

9면 한님이 부친의 일마다 듕인(衆人)의 즐쇼(叱笑)ᄅᆞᆯ 취ᄒᆞ믈 졀민우박(切憫憂迫)ᄒᆞ나 업친 믈 ᄀᆞᆺᄐᆞ니 ᄒᆞᆯ일업ᄉᆞ며 ᄂᆡᆫ흥의 풍늉호일(豐隆豪逸)ᄒᆞ미 댱유유셔(長幼有序)ᄅᆞᆯ ᄉᆡᆼ각디 아냐 능휼(能譎)노 쇽이믈 셰셰히 고ᄒᆞᆫᄃᆡ 공이 일편 기혹(欺惑)[24]ᄒᆞ여 오히려 ᄭᆡ닷디 못ᄒᆞ거ᄂᆞᆯ 부인과 한님이 ᄌᆡ삼 ᄒᆡ유(解諭)ᄒᆞᄆᆡ 비로소 신연(信然)ᄒᆞ여 잠간 심우(心憂)ᄅᆞᆯ 덜고 ᄀᆡᆺ븐 안ᄉᆡᆨ으로 ᄋᆞᄌᆞ의 ᄌᆞ포(紫袍)ᄅᆞᆯ 어로만져 희ᄋᆡ귀듕(喜愛貴重)ᄒᆞ며 부인은 식부(息婦)의 옥슈(玉手)ᄅᆞᆯ 년ᄒᆞ여 그 풍상변ᄋᆡᆨ(風霜變厄)을 ᄎᆞ셕(嗟惜)ᄒᆞ고 당금(當今) 누얼(陋孼)을 신ᄇᆡᆨ(伸白)[25]ᄒᆞ여 셩효덕ᄒᆡᆼ(誠孝德行)이 셩쥬(聖主)의 졍문(旌門) 포장(褒奬)ᄒᆞ시ᄂᆞᆫ ᄀᆡᆺ브미 ᄇᆡᆨ우(百憂)ᄅᆞᆯ 딘탕(盡蕩)ᄒᆞ며 만영(萬榮)을 ᄂᆡᆺ그러시니 졍부인 디효(至孝)로뼈 존고(尊姑)의 년무(憐撫)ᄒᆞ시ᄂᆞᆫ 혜ᄐᆡᆨ을 감은(感恩)ᄒᆞ고 댱문의 쇽현(續絃)ᄒᆞᆫ 지 칠팔 ᄌᆡ의 존고 슬하의 금일 쳐음으로 봉시(奉侍)ᄒᆞ니 인간디락(人間至樂)이 이밧긔 나디 아니ᄒᆞ며 ᄌᆡ하ᄌᆡ(在下者) 슈샹(手上)의 위인(爲人)을 시비(是非)ᄒᆞᆯ ᄇᆡ 아니

---

21 옥당(玉堂): 궁궐을 비유적으로 이르는 말.

22 되고: 규장각본에는 '되엿고'로 되어 있음.

23 괴: 규장각본에는 없는 내용.

24 기혹(欺惑): 속여서 미혹하게 함.

25 신빅(伸白): 신백. 말로써 억울함을 밝히는 것.

나 부인의 셩덕규뫼(聖德規模)[26] ᄌᆞ긔의 존고 되오미 겸연(慊然)치 아
니므로 더옥 습복흔열(慴服欣悅)ᄒᆞ더라. ᄎᆞ시(此時) 댱한님이 박부의
나아가 부인긔 ᄇᆡ알ᄒᆞ고 ᄌᆞ위 밧비 반기고ᄌᆞ ᄒᆞ시믈 고ᄒᆞ여 환가(還 10면
家)ᄒᆞ시믈 쳥ᄒᆞᆫᄃᆡ 원ᄂᆡ 박시 연부인의 유법단일(有法端一)ᄒᆞ믈 ᄭᅥ려
후(後)로ᄡᅥ 션(先)을 누ᄅᆞ며 쇼방(小邦)으로ᄡᅥ 대국(大國)을 침범ᄒᆞᆯ
외월(畏越)ᄒᆞᆫ 의ᄉᆡ 잇ᄉᆞᄃᆡ 요악교밀(妖惡巧密)치 못ᄒᆞᆫ 고로 간계(奸
計)로 함ᄒᆡ(陷害)치 못ᄒᆞ나 쇽어(俗語)의 젹국(敵國)이 업ᄉᆞᆷ만 ᄀᆞᆺ디
못ᄒᆞ다 ᄒᆞ믈 올히 넉여 브ᄃᆡ 연부인을 ᄒᆞᆫ집의 머므지 말기ᄅᆞᆯ 위쥬(爲
主)ᄒᆞ다가 도금(到今)ᄒᆞ여ᄂᆞᆫ 형셰와 일이 그러치 못ᄒᆞᆯ 바ᄅᆞᆯ 측냥업시
못 삼긴 쇽의도 ᄭᆡ닷고 흉교악딜(凶狡惡質)이 임의 쥬륙(誅戮)ᄒᆞ믈
바다 조걸위학(助桀爲虐)[27]ᄒᆞᆯ ᄌᆡ 업ᄉᆞ며 ᄌᆞ긔 부모와 졔형뎨(諸兄弟)
슌슌이 댱한님 부부의 셩효덕ᄒᆡᆼ(誠孝德行)을 일ᄏᆞᆺ고 연부인이 도라
오ᄂᆞᆫ 날이라도 화우(和友)ᄒᆞ여 다시 망녕된 허믈을 엇디 말나 당부ᄒᆞ
니 박시 ᄆᆞᄋᆞᆷ을 디향(指向)치 못ᄒᆞᄂᆞᆫ ᄃᆞᆼ 한님의 셩효ᄅᆞᆯ 감동ᄒᆞ여 즉
시 위의(威儀)ᄅᆞᆯ ᄎᆞᆯ히고 본부(本府)의 도라와 연부인으로 상견(相見)
ᄒᆞᆯᄉᆡ 망녕(妄靈)되며 호란(胡亂)ᄒᆞ믄 죽기 젼 긋칠 길히 업ᄉᆞᄃᆡ 교랑
의 변괴(變故) 후로 예긔 최찰ᄒᆞ여 도로혀 ᄋᆡ잔ᄒᆞᆫ 거시 되여 연부인 11면
이 반기믈 ᄃᆡᄒᆞᄆᆡ 잡셜(雜說)을 간ᄃᆡ로 못 ᄒᆞ고 어린 ᄃᆞ시 안ᄌᆞ시나[28]

---

26 셩덕규뫼(聖德規模): 규장각본에는 '션덕규뫼'로 되어 있음.

27 조걸위학(助桀爲虐): 폭군 걸(桀)을 도와 백성을 못살게 군다는 뜻으로, 못된 사람을 부추기어 악한 짓을 더 하게 함을 이르는 말. 《사기》 〈유후세가(留侯世家)〉에 나옴.

28 안ᄌᆞ시나: 규장각본에는 '안졋시ᄂᆞ'로 되어 있음.

가권(家權)이 원군(原君)[29]긔 도라가믈 그윽이 블평(不平)ᄒᆞ여 ᄉᆞ식(辭色)의 현져(顯著)ᄒᆞ니 연부인이 ᄡᅳ리쳐 아ᄅᆞᆫ 쳬 아니코 다만 별ᄂᆡᄅᆞᆯ 닐너 죵용이 담화(談話)ᄒᆞᆯᄉᆡ 희 셰 냥ᄋᆞ의 무양(無恙)이 ᄌᆞ람과 빵손(雙孫)의 비상(非常)ᄒᆞ믈 일ᄏᆞ라[30] 공번된 ᄌᆞᄋᆡ(慈愛) 친ᄉᆡᆼ(親生)의 간격(間隔)이 업ᄉᆞ니 박시 ᄯᅩᄒᆞᆫ 블평ᄒᆞᆫ 심ᄉᆞᄅᆞᆯ 발뵈디 못ᄒᆞ여 말이 녀ᄋᆞ의 밋쳐ᄂᆞᆫ 뉘웃고 잔인ᄒᆞ믈 겸ᄒᆞ여 모녀 텬셩(天性)이 블각ᄌᆞ츌(不覺自出)ᄒᆞᄆᆡ 읍하여우(泣下如雨)ᄒᆞ여 비블ᄌᆞ승(悲不自勝)ᄒᆞ니 졍ᄌᆞ의 괴려(乖戾)ᄒᆞ믈 더옥 골돌ᄒᆞ여 니각노의 졍샤인 ᄀᆞᆺᄐᆞᆫ 긔셔(奇壻)로 문난의 광ᄎᆡ(光彩) 비상(非常)ᄒᆞ믈 블워ᄒᆞ며 졍부 연셕(宴席)의 블참(不參)ᄒᆞᆫ 바ᄅᆞᆯ 누누히 셜파ᄒᆞ니 연부인과 한님이 졍ᄌᆞ의 그러ᄒᆞᆯ 니 만무(萬無)ᄒᆞ믈 일ᄏᆞ라 무익디녀(無益之慮)ᄅᆞᆯ 두디 말고 소아의 나아가 모녜 셔로 보미 밧브믈 니ᄅᆞᆫᄃᆡ 박시 본ᄃᆡ 츌입을 즐기ᄂᆞᆫ 고로 슈히
12면 가 보려 ᄒᆞ더라. 댱한님이 양부모와 됴태ᄉᆞ 부부긔 ᄇᆡ알(拜謁)ᄒᆞᆫ 후 비로소 졍부의 나아가 악댱(岳丈)과 쳐ᄉᆞ긔 ᄇᆡ견(拜見)ᄒᆞ여 고ᄐᆡᆨ(故宅)의 단회(團回)ᄒᆞ믈 인ᄉᆞᄒᆞ며 ᄂᆡ헌(內軒)의 현알(見謁)ᄒᆞᆯᄉᆡ 태부인이 ᄌᆞ부 녀ᄋᆞᄅᆞᆯ 거ᄂᆞ려 돗글 뎡히 ᄒᆞ고 댱한님을 마ᄌᆞᄆᆡ 이 진실노 뇽호(龍虎)의 긔습(氣習)이오 닌봉(麟鳳)의 긔습이라. 호활(浩濶)ᄒᆞᆫ 풍취(風趣)[31] 딘평(陳平)의 부귀디면(富貴之面)과 숑홍(宋弘)[32]의 덕된 긔상을 겸ᄒᆞ여 탈이비범(脫異非凡)ᄒᆞ믈 의논컨ᄃᆡ 샤인의 신셩대질(信

---

29 원군(原君): 정실부인.

30 일ᄏᆞ라: 규장각본에는 '일ᄏᆡ러'로 되어 있음.

31 풍취(風趣): 규장각본에는 '풍치'로 되어 있음.

32 숑홍(宋弘): 송홍. 후한의 정치가. 받은 봉록을 친척들에게 나눠주어 청렴으로 명성을 떨침.

誠大質)의 잠간 나리나 쟝원(長遠)ᄒᆞᆫ 격조(格調)ᄂᆞᆫ 슈어승이오 학ᄉᆞ 닌흥의셔 만히 나으니 이ᄀᆞᆺ치 완젼 츌뉴(出類)ᄒᆞ믈 태부인이 만분긔힝(萬分奇幸)ᄒᆞ여[33] 죵용이 말솜ᄒᆞ시 블초미암(不肖迷暗)ᄒᆞᆫ 손이 군ᄌᆞ의 ᄇᆡ항(配行)이 블감당(不堪當)이어ᄂᆞᆯ 존문(尊門)의 쇽탁(續託)ᄒᆞᆫ 칠팔 ᄌᆡ의 ᄉᆞ괴(事故) 쳡다(疊多)ᄒᆞ여 현셔(賢婿)의 고풍대딜(高風大質)을 상ᄃᆡᄒᆞ미 느ᄌᆞ믈 ᄎᆞ탄(嗟歎)ᄒᆞ며 뇽방(龍榜)의 고등(高等)ᄒᆞᆷ과 ᄌᆞ부인을 봉시(奉侍)ᄒᆞ여 애각험노(涯角險路)의 무ᄉᆞ득달(無事得達)ᄒᆞ믈 깃거ᄒᆞ고 구의(舊誼)예 디극(至極)ᄒᆞ므로뼈 겹겹 인아디졍(姻婭之情)[34]을 ᄆᆡᄌᆞ 군ᄌᆞ의 빗난 위의 미문(微門)의 영광되믈 일ᄏᆞ라 깁히 ᄉᆞ랑ᄒᆞ며 가열(可悅)ᄒᆞ미 친ᄌᆞ손의 무간(無間)ᄒᆞᄃᆡ 언단의 공경ᄒᆞ믄 됴후암갓치 ᄒᆞ니 한님이 피셕ᄉᆞ샤(避席謝謝)ᄒᆞ고 공경담화(恭敬談話)ᄒᆞ여 말솜이 활냑(濶略)ᄒᆞᄃᆡ 존문 늉복(隆福)을 하례ᄒᆞ여 관곡(款曲)ᄒᆞ믈[35] 다ᄒᆞ며 소·상·화 삼부인 말솜을 ᄯᅩᄒᆞᆫ 답샤(答謝)ᄒᆞ시 언어동용(言語動容)이 볼ᄉᆞ록 탁월긔이(卓越奇異)ᄒᆞ여 당헌디ᄌᆡ믈 사롬이 아디 못ᄒᆞᆯ ᄇᆡ니 일노조ᄎᆞ 고쉬(瞽叟) 대슌(大舜)을 ᄉᆡᆼᄒᆞᆫ 줄 ᄭᆡ칠디라.[36] 엇디 기부(其父)의 츄셰비루(趨勢鄙陋)ᄒᆞ믈 분호(分毫) 달므미 이시리오? 긔상이 고고청화(高高淸和)ᄒᆞ고 침원활대(沈遠闊大)ᄒᆞ미 13면

33 만분긔힝(萬分奇幸)ᄒᆞ여: 규장각본에는 '만분긔힝ᄒᆞᄒᆞ여'로 되어 있음.

34 인아디졍(姻婭之情): 인아지정. '인(姻)'은 사위의 아버지를 말하고 '아(婭)'는 사위를 말함. 즉 사위와 그의 아버지 사이의 정을 이름.

35 관곡(款曲)ᄒᆞ믈: 관곡하다. 정답고 친절하다.

36 고쉬(瞽叟) 대슌(大舜)을 ᄉᆡᆼᄒᆞᆫ 줄 ᄭᆡ칠디라: 순임금은 아버지 고수에게 누차 살해당할 뻔함. 이 대목은 악독한 아버지에게서 어진 아들이 나왔다는 것을 순임금의 고사를 인용하며 표현함.

니문 졔인(諸人)과 방블(彷彿)ᄒᆞ니 ᄎᆞᄂᆞᆫ 강보(襁褓)의 의탁ᄒᆞ여 군ᄌᆞ 셩덕과 학ᄒᆡᆼ(學行)을 습(習)ᄒᆞᆫ 연괴(緣故)러라. 이윽고 하ᄃᆡᆨ(下直)을 고ᄒᆞᄆᆡ 참졍이 쇼왈(笑曰)

"시쇽(時俗)의 잣싼 버ᄅᆞᄉᆞᆯ 말고 ᄌᆞ로 ᄂᆡ알(來謁)ᄒᆞ여 ᄌᆞ졍(慈庭)의 ᄋᆡ모(愛慕)ᄒᆞ시ᄂᆞᆫ 졍을 위로ᄒᆞ라."

한님이 공경ᄃᆡ왈(恭敬對曰)

"교명(教命)이 아니시라도 여개(餘暇) 잇ᄉᆞ온ᄌᆞᆨ 존당의 쳥알(請謁)ᄒᆞ오며 누의ᄅᆞᆯ ᄎᆞᄌᆞ보리로소이다."

경죄 쇼왈

"ᄇᆡᆨ승이 년댱이십(年將二十)의 삼ᄌᆞᄅᆞᆯ 두고 몸이 딘신(縉紳) 명ᄉᆞ(名
14면 士)로 어린 신낭이 아니어니와 빙가(聘家)[37]의 ᄂᆡ알(來謁)ᄒᆞ여 냥대구고모(兩大舅姑母)긔 뵈오미 금일 쳐음이라. 슉모(叔母)의 간졀ᄒᆞ신 졍으로ᄡᅧ 향방(香房)을 여러 교ᄀᆡᆨ(嬌客)[38]을 졉코ᄌᆞ ᄒᆞ시리니 잇다감 딜녀(姪女)로 더브러 이에 와 깃드려 빵유(雙遊)ᄒᆞᄂᆞᆫ ᄌᆞ미ᄅᆞᆯ 보시게 ᄒᆞ라."

한님이 쇼이ᄃᆡ왈(笑而對曰)

"고인(故人)이 이십의[39] 가취(嫁娶)ᄅᆞᆯ 명ᄒᆞ시니 쇼ᄉᆡᆼ의 년긔(年紀) 고인의 입장디년(入丈之年)이니 취실(娶室) 칠팔 ᄌᆡ의 ᄌᆞ식 두믈 의논치 말고 고인으로ᄡᅧ 신봉을 ᄃᆡᄒᆞ여 존교(尊教)ᄅᆞᆯ 봉ᄒᆡᆼ(奉行)킨들 어려오리잇가마ᄂᆞᆫ 쇼ᄉᆡᆼ이 본ᄃᆡ ᄌᆡ긔(才氣)롭디 못ᄒᆞ며 녕딜녜(令姪女)

37 빙가(聘家): 아내의 본집.

38 교ᄀᆡᆨ(嬌客): 교객. 사위.

39 이십의: 규장각본에는 없는 내용임.

또ᄒᆞᆫ 죵요로온 녀ᄌᆞ 아니라. 셕면(昔面) 구의(舊義)로뼈 신신(申申)ᄒᆞ고 아담치 못ᄒᆞᆯ ᄃᆞᆺᄒᆞ며 부녀의 념치(廉恥)로 댱부를 다려 본가의 머믈기를 즐겨 아니리이다. 쇼싱인ᄌᆞ 역녀(逆旅)의도 머므ᄂᆞ니 귀부(貴府) 화각(畫閣)[40]의 두어 밤 디ᄂᆡ미 조곰도 념치 아니리이다."

쇼뷔 박쇼왈(搏笑曰)

"ᄇᆡᆨ승의 이의 오미 원간 향방 교ᄀᆡᆨ(嬌客)의 쇼임을 위ᄒᆞ미랏다. 맛당이 딜녀를 다려오고 ᄇᆡᆨ승을 머므ᄅᆞ리로다."

경죄 쇼왈(笑曰)

"슈ᄇᆡᆨ은 ᄇᆡᆨ승의 말을 아라듯디 못ᄒᆞᄂᆞ냐? 딘실노 향방의 깃드리믈 원ᄒᆞ나 말단디언(末端之言)이 공연이 딜녀(姪女)를 욕ᄒᆞ여 아등(我等)의 말을 막으니 그 흉휼(凶譎)ᄒᆞ미 통분(痛憤)ᄒᆞᆫ디라. 져의 가며 이시미 므ᄉᆞᆷ 대ᄉᆡ(大事)라 아딜(我姪)의게 므ᄅᆞ리오? 연이나 초귤(楚橘)이 화 졔감(齊柑)이 되ᄂᆞ니[41] 오문(吾門) 법도(法度)ᄂᆞᆫ 댱부(丈夫) 거취(去就)를 녀ᄌᆞ(女子) 총단(總斷)치 아니ᄒᆞᄃᆡ ᄇᆡᆨ승의 가법(家法)은 남ᄌᆞ 츌입의 반ᄃᆞ시 부인긔 픔명(稟命)ᄒᆞᄂᆞᆫ가? 연ᄌᆞ 딜ᄋᆡ 오가 규법(閨法)을 ᄇᆞ리고 입향순쇽(入鄕循俗)[42]으로 구가(舅家)를 ᄇᆡ홧도다." 15면

참졍이 함쇼왈(含笑曰)

"은ᄇᆡᆨ은 ᄆᆡ양 회ᄒᆡ(詼諧)를 챵슈(唱酬)ᄒᆞ니 가히 졈디 아니토다. 다만

---

40 화각(畫閣): 채색을 하여 화려한 누각.

41 초귤(楚橘)이 화 졔감(齊柑)이 되ᄂᆞ니: 귤화위지(橘化爲枳). 강남(江南)의 귤을 강북(江北)에 심으면 탱자가 된다는 뜻으로, 사람도 주변 환경에 따라 그 기질이 변한다는 말.

42 입향순쇽(入鄕循俗): 입향순속. 다른 지방에 가면 그 지방의 풍속을 따르는 것.

녀ᄋᆞ의 셩혼시(成婚時)의[43] ᄌᆞ위(慈闈) 보디[44] 못ᄒᆞ시며 내 ᄯᅩ 황ᄉᆞ막븍(皇師幕北)의 잇셔 무모ᄒᆞᆫ 녀ᄋᆞ의 군ᄌᆞ 마ᄌᆞ믈 보디 못ᄒᆞ고 일가디친(一家至親)이 다 아디 못ᄒᆞᆫ ᄇᆡ 심히 츄연(惆然)ᄒᆞᆫ디라.[45] ᄯᅩ 둔 ᄌᆞ의 구구(區區)ᄒᆞ미 문난(門欄)의 광ᄎᆡ와 향방의 ᄌᆞ미 보믈 영구(永求)ᄒᆞᄂᆞ니 녀셔(女壻)의게 뭇디 말고 쾌히 인옹의 허락을 어더 녀셔ᄅᆞᆯ 다려오
16면 리니 은ᄇᆡᆨ은 웃디 말며 ᄇᆡᆨ승은 샤양치 말나."

한님이 년ᄒᆞ여 웃ᄂᆞᆫ 용화(容華)[46]로 층층ᄒᆞᆫ 삼ᄋᆞᄅᆞᆯ 거ᄂᆞ려 신낭 쇼임이 졈즉ᄒᆞ믈 일ᄏᆞᆺ더라. 당ᄉᆡᆼ이 도라간 후 참졍 곤계 댱부의 나아가 댱공으로 더브러 소부의 가 셩암션ᄉᆡᆼ【소공 별호】을 비견ᄒᆞᆯᄉᆡ 소공이 흔연(欣然)이 마ᄌᆞ 참졍공의 튱녈(忠烈)을 칭하(稱賀)ᄒᆞ고 늉늉(隆隆)ᄒᆞᆫ 복경(福慶)을 하례(賀禮)ᄒᆞ니 참졍이 블감(不堪)ᄒᆞ믈 샤ᄒᆞ며 쳐ᄉᆡ 죵용이 혼긔(婚期)ᄅᆞᆯ 의논ᄒᆞᆫᄃᆡ 소공 왈

"녕윤(令允)이 태향의셔 아ᄃᆡᆨ 못 왓다 ᄒᆞ거니와 젼일 결단ᄒᆞᆫ 바ᄅᆞᆯ 곳치디 말미 가ᄒᆞ니라."

ᄒᆞ고 스ᄉᆞ로 길월냥신(吉月良辰)을 ᄐᆡᆨᄒᆞ니 ᄒᆡᆼ빙(行聘)은 명일이오 길녜(吉禮)ᄂᆞᆫ 단양일(端陽日)[47]이니 슈삼일(數三日)이 격ᄒᆞᆫ디라. 공ᄌᆡ 밋쳐 오디 아냐시믈 민망ᄒᆞ여 잠간 믈니고ᄌᆞ ᄒᆞᄆᆡ 길삭(吉朔)[48]이 갓

43 녀ᄋᆞ의 셩혼시(成婚時)의: 규장각본에는 '녀ᄋᆞ의 군ᄌᆞ 마ᄌᆞ믈 보짐 못ᄒᆞ고 셩혼시의'로 되어 있음.

44 보디: 규장각본에는 '듯지'로 되어 있음.

45 ᄒᆞᆫ디라: 규장각본에는 'ᄒᆞ거니와'로 되어 있음.

46 용화(容華): 예쁜 얼굴.

47 단양일(端陽日): 단옷날.

48 길삭(吉朔): 길한 달.

가이 업셔 셰말(歲末)이야 비로[49] 길ᄒᆞᆫ지라. 쳐ᄉᆡ ᄌᆞ당(慈堂)의 밧비 넉시믈[50] 인ᄒᆞ여 믈닐 ᄯᅳᆺ이 업ᄂᆞᆫ 고로 소댱 이공과 상의ᄒᆞ여 명일노 몬져 ᄒᆡᆼ빙(行聘)ᄒᆞ고 ᄋᆞᄌᆡ 길일 젼 못 밋쳐 오거든 다시 ᄐᆡᆨ일(擇日) 셩친(成親)ᄒᆞ량으로 혹ᄌᆞ ᄋᆞᄌᆡ 근일 샹ᄂᆡ ᄒᆞᆫᄌᆞᆨ 범ᄉᆡ(凡事) 쵹박(促迫) 17면
ᄒᆞ여 피ᄎᆞ 구간(苟艱)[51]ᄒᆞ미 업디 아니나 슈히 셩녜(成禮)[52]ᄒᆞ믈 쳥ᄒᆞ니 소공은 졈두응낙(點頭應諾)ᄒᆞᄃᆡ 댱공은 혼구(婚具)ᄅᆞᆯ 밋쳐 셩비(盛備)치 못ᄒᆞᆯ가 근심ᄒᆞ더라. 참졍 곤계 소공으로 의논을 뎡ᄒᆞ고 도라와 태부인긔 고ᄒᆞ며 명일의 일개(一家) 듕당(中堂)의 취회(聚會)ᄒᆞ여 혼셔(婚書)[53]ᄅᆞᆯ ᄡᅳᆯᄉᆡ 비록 소공이 결의(結義) 부녀(父女)ᄒᆞ여 졍의 듕ᄒᆞ나 댱공이 잇ᄂᆞᆫ 바의 소가로 문명(問名)[54]을 ᄒᆞ미 블가타 ᄒᆞ여 댱공의게로 쥬(主)ᄒᆞ여 빙폐(聘幣)[55]ᄅᆞᆯ ᄒᆡᆼᄒᆞ고 경죄 ᄯᅩ 닌흥을 단양일(端陽日)의 입장(入丈)ᄒᆞ므로 빙믈(聘物)을 상부로 보ᄂᆡ니 합개(闔家) 환열(歡悅)ᄒᆞ나 닌광 공ᄌᆡ 길일 젼 상ᄂᆡ(上來)치 못ᄒᆞᆯ가 우려ᄒᆞ더니 ᄎᆞ일 셕(夕)의 공ᄌᆡ 화ᄂᆡᄉᆞ로 더브러 드러오니 존당 부모와 졔형뎨(諸兄弟) 군죵(群從)이 반기며 깃브미 십 년 원별(遠別)을 단취(團聚)ᄒᆞᆷᄀᆞᆺ고 냥위 죵슉(從叔)과 일가 졔인(諸人)이 다 연태우 녀ᄌᆞᄅᆞᆯ 소위공이 양녀(養女)ᄒᆞ여 목금 금쳔교의 잇ᄉᆞᆷ과 길긔 디격(至隔)ᄒᆞ믈 니ᄅᆞᆯ

---

49 비로: 규장각본에는 '비로소'로 되어 있음.

50 넉시믈: 규장각본에는 '넉이시믈'로 되어 있음.

51 구간(苟艱): 구차하고 가난함.

52 셩녜(成禮): 성례. 혼인 의식을 치름.

53 혼셔(婚書): 혼서. 결혼식 때 신랑집에서 신부집에 보내는 편지.

54 문명(問名): 육례(六禮) 중 하나로 신부 어머니의 성씨를 묻는 혼례 의식.

55 빙폐(聘幣): 공경의 뜻으로 주는 예물.

쁜이오 댱쇼져ᄂᆞᆫ 언두의 일ᄏᆞᆺ디 아니ᄒᆞ며 댱공이 솔가(率家)ᄒᆞ여 소
18면 부로 갓ᄂᆞᆫ 고로 이의 어른 기미 업ᄉᆞ니 공ᄌᆡ 본ᄃᆡ 소활(疏濶)ᄒᆞ여 호
의(狐疑)[56] 업고 됴졍(朝庭) 소식과 박녀의 초ᄉᆞ(招辭)ᄅᆞᆯ 듯디 못ᄒᆞ여
시니 댱쇼져 효졀(孝節) 녈ᄒᆡᆼ(烈行)을 셩쥬(聖主) 졍문포댱(旌門褒
獎)ᄒᆞ신 바ᄅᆞᆯ 더옥 엇디 알니오? 다만 효ᄌᆞ(孝子)의 슈월(數月) 니친
디회(離親之懷)로 반기믈 펴고 샤슈(舍嫂)의 슉미뇨됴(淑美窈窕)ᄒᆞ
미 ᄇᆡᆨ시의 호귀(好逑)[57]믈 힝열ᄒᆞ여 종샤(宗社)의 대경(大慶)과 샤ᄇᆡᆨ
의 쳐ᄌᆞᆼ[58]을 쾌열(快悅)ᄒᆞ미 일호(一毫) 괴로온 념녀 업시 훌훌히 슈일
을 디ᄂᆡ치니 임의 길일이라. 쳐ᄉᆞ와 경죄 친쳑 닌니(隣里)ᄅᆞᆯ 취회(取
回)ᄒᆞ여 신낭을 보ᄂᆡ며 신부ᄅᆞᆯ 마ᄌᆞ 환낙(歡樂)ᄒᆞ믈 다ᄒᆞ더라.

셜화. 소위공이 댱쇼져 셩완의 길긔(吉期)ᄅᆞᆯ 턱뎡(擇定)ᄒᆞᄆᆡ 일ᄌᆡ(日
字) 촉박ᄒᆞ나 범ᄉᆡ(凡事) 졍쳐ᄉᆞ 혜아림 밧긔 나디 아닐 줄 아ᄂᆞᆫ 고로
닌광의 샹경(上京)ᄒᆞ미 슈일의 넘디 아니리라 ᄒᆞ여 댱공을 머므ᄅᆞ고
챵닌으로 ᄒᆞ여곰 연·박 이부인과 졍쇼져ᄅᆞᆯ 쏄니 금쳔교로 뭇게 ᄒᆞ니
태운산 댱부의셔 거개(車駕) 다 소아로 향홀ᄉᆡ ᄎᆞ시 댱쇼졔 참누흉얼
19면 (慙累凶孼)을 신ᄇᆡᆨ(伸白)ᄒᆞ믈 계림부의셔 드러시나 텬ᄌᆞ(天子)의 졍
문(旌門) 포댱(褒獎)ᄒᆞ시믈 쳔만(千萬) 블안황공(不安惶恐)ᄒᆞ며 규
녀(閨女)의 일홈이 만셩(滿城)의 젼파ᄒᆞ믈 ᄉᆡ로이 참황슈괴(慘況羞
愧)ᄒᆞ여 박녀의 초ᄉᆞ(招辭)[59] 듕 부모의 블명패덕(不明悖德)이 현져(顯

---

56 호의(狐疑): 여우의 의심이라는 뜻으로, 매사에 심하게 의심하는 것.

57 호귀(好逑): 《시경》 〈관저〉에서 현명한 여자를 군자의 좋은 짝이라고 말하는 것을 원용.

58 쳐ᄌᆞᆼ: 규장각본에는 '쳐ᄉᆞ'로 되어 있음.

59 초ᄉᆞ(招辭): 규장각본에는 '소ᄉᆞ'로 되어 있음.

著)ᄒᆞ여 능히 ᄀᆞ리오디 못ᄒᆞᆯ 바를 더옥 슬프고 ᄋᆡ달와 억슈쳔혜(億愁千慧) 금심옥장(金心玉臟)을 ᄉᆞᆯ오니 소공 부부와 연부인이 힝노(行路)의 년무(憐撫)ᄒᆞ며 경계(警戒)ᄒᆞ여 무익(無益)히 심ᄉᆞ(心事)ᄅᆞᆯ 상손(傷損)치 말나 ᄒᆞ고 보호ᄒᆞᆷ을 디극히 ᄒᆞ니 쇼졔 소공 부부와 연모친 ᄌᆞᄋᆡ(慈愛)ᄅᆞᆯ ᄎᆞ마 져바리디 못ᄒᆞ며 부모긔 블효ᄅᆞᆯ 더으디 못ᄒᆞ여 스ᄉᆞ로 결치 못ᄒᆞ나 딘실노 인셰(人世)ᄅᆞᆯ 뉴련(留連)ᄒᆞ미 업더니 뜻 아닌 길긔(吉期)ᄅᆞᆯ 틱뎡(擇定)ᄒᆞ고 부모 동긔 소부로 모드니 텬셩(天性)의 친과 모녀의 졍으로 칠팔 년 원니(遠離)의 쥬야(晝夜) 쳑호망운(陟岵望雲)ᄒᆞ던 심ᄉᆞ로뼈 금일 단츄디경(團聚之慶)이 엇디 인ᄉᆡᆼ(人生) 디낙(至樂)이 아니리오마ᄂᆞᆫ 박시 여러[60] 일월의 슬픔과 뉘웃ᄎᆞᆷ을 겸ᄒᆞ여 모녀 남ᄆᆡ 금일(今日) 상봉(相逢)ᄒᆞᄆᆡ 젹튝(積蓄)ᄒᆞᆫ 비원(悲願)을[61] ᄎᆞᆷ디 못ᄒᆞ여 쇼졔 오열뉴톄(嗚咽流涕)의[62] 긔운이 ᄭᅳᆺ쳐디며 박시 실셩비통(失聲悲痛)ᄒᆞ여 인ᄉᆞ(人事)ᄅᆞᆯ ᄎᆞᆯ히디 못ᄒᆞ니 희·셰 냥ᄋᆡ ᄯᅩᄒᆞᆫ ᄆᆡ져(妹姐)ᄅᆞᆯ 븟들고 슬피 우러 경ᄉᆡᆨ(景色)이 비졀(悲絶)ᄒᆞᆫ지라. 한님이 왕ᄉᆞ(往事)ᄅᆞᆯ ᄉᆡᆼ각ᄒᆞᄆᆡ 가란(家亂)을 딘뎡(鎭靜)ᄒᆞᆫ 깃브믈 ᄉᆡᆼ각디 못ᄒᆞ며 부공(父公)의 참덕(慙德)을 슬허ᄒᆞ나 박부인과 ᄆᆡ뎨(妹弟)의 통도(痛悼)ᄒᆞᆷ을 돕디 아니려 화평(和平)이 위로ᄒᆞ여 십분 이열(怡悅)ᄒᆞ니 박시와 이공ᄌᆞ(二公子)ᄂᆞᆫ 한님의 말노조ᄎᆞ 슬프믈 딘뎡ᄒᆞ되 쇼져ᄂᆞᆫ 읍읍비상(悒悒悲傷)ᄒᆞ여 쥬뤼(珠淚) 년낙(連落)ᄒᆞ 20면

60 아니리오마ᄂᆞᆫ 박시 여러: 규장각본에는 '아니리오마ᄂᆞᆫ 박시 여러 박시 여러'로 되어 있음.

61 비원(悲願)을: 규장각본에는 '비회'로 되어 있음.

62 오열뉴톄(嗚咽流涕)의: 규장각본에는 '오열유체ᄒᆞᄆᆡ'로 되어 있음.

니 연·니 이부인이 십분 ᄒᆡ유(解諭)ᄒᆞ고 박시ᄂᆞᆫ 도로혀 위로ᄒᆞ여 소
공과 니부인의 구활ᄌᆡ싱디은(救活再生之恩)을 일ᄏᆞᄅᆞ며 ᄌᆞ긔의 뉘
웃고 슬픈 졍을 닐너 환난(患亂)의 남은 심장을 다시 ᄉᆞᆯ오디 말나 ᄒᆞ
니 쇼졔 ᄋᆡ루(哀淚)ᄅᆞᆯ 거두고 모친 안화(顔華)ᄅᆞᆯ 우러러 니친디회(離
親之懷)ᄅᆞᆯ 펴고ᄌᆞ ᄒᆞ나 비회(悲懷) 엄억(嚴抑)ᄒᆞ여 능히 말을 일우
디 못ᄒᆞ니 유랑 모녀와 츈흥이 계오 소ᄅᆡᄅᆞᆯ 일워 쇼져의 병잔(病殘)
ᄒᆞᆫ 면목(面目)으로 복상(復常)ᄒᆞᆷ과 흉젹을 만나 노쥬(奴主) ᄉᆞ인(四
21면 人)이 ᄒᆞᆫ가지로 ᄂᆡᆨ슈(溺水)ᄒᆞᆫ 바ᄅᆞᆯ 고ᄒᆞ여 그 참담ᄒᆞᆫ 경상(景狀)이 목
젼의 버러시니 박시 더옥 통읍(慟泣)ᄒᆞ믈 마디 아니ᄒᆞ고 연·니 이부
인이 ᄉᆡ로이 ᄋᆡ졀(哀切)ᄒᆞ더라. 댱쇼졔 ᄒᆞᆫ번 ᄂᆡ려 부모ᄅᆞᆯ 반긴 후 폐
목잠와(閉目涔臥)ᄒᆞ여시니 소공은 그 ᄯᅳᆺ을 알ᄆᆡ 과려(過慮)치 아니
ᄒᆞ나 댱공 ᄂᆡ외ᄂᆞᆫ 초조우젼(焦燥憂煎)ᄒᆞ미 극ᄒᆞ니 연부인이 소려(疎
戾)ᄒᆞ믈 일ᄏᆞᄅᆞ며 신낭의 샹경(上京)ᄒᆞ믈 드ᄅᆞᄆᆡ 혼ᄉᆞᄅᆞᆯ 믈니디 못ᄒᆞᆯ
바ᄅᆞᆯ 쇼졔 더옥 민민(憫憫)ᄒᆞ니 소공이 역시 방하(放下)치 못ᄒᆞ여 친
히 ᄉᆞ리(事理)로 경계ᄒᆞ고 인뉸대례(人倫大禮)ᄅᆞᆯ 뎡ᄒᆞᆫ 날의 디ᄂᆡ게
ᄒᆞ라 ᄒᆞ여 간졀ᄒᆞᆫ 말ᄉᆞᆷ과 년무(憐撫)ᄒᆞᄂᆞᆫ 졍이 셕목(石木)을 감동ᄒᆞᆯ
ᄃᆞᆺᄒᆞ나 남강의셔 경ᄌᆞ의 건져심[63]과 즉금 연시녀로 일ᄏᆞ라 셩혼(成婚)
ᄒᆞ믈 힝혀도 니ᄅᆞ디 아니ᄒᆞ며 경ᄌᆡ 댱공의 쇼희(小姬) 되엿던 바ᄅᆞᆯ
ᄯᅩᄒᆞᆫ 영영 일ᄏᆞᄅᆞ미 업ᄉᆞ니 쇼졔 비록 춍혜(聰慧)ᄒᆞ나 졍싱이 ᄌᆞ가의
집 ᄒᆡ거(駭擧)ᄅᆞᆯ 셰셰히 찰디(察知)ᄒᆞ고 ᄉᆞ갈(蛇蝎)ᄀᆞᆺ치 ᄇᆡ쳑(排斥)

63 남강의셔 경ᄌᆞ의 건져심: 규장각본에는 '담강에서 젼ᄌᆞ의 건지심'으로 되어 있음.

ᄒᆞ믈 어이 알니오? 다만 부모의 허믈과 ᄌᆞ긔의 일홈이 분분 젼파(傳 22면
播)ᄒᆞ믈 붓그려 인뉸세ᄉᆞ(人倫細事)ᄅᆞᆯ 참예(參預)치 말고ᄌᆞ ᄒᆞ여 슈작을 끈흐며 유ᄉᆞ디심(有死之心)ᄒᆞ여 폐목좀왜(閉目涔臥)러니 부뫼 크게 초우(焦憂)ᄒᆞ여 역시 폐식(廢食)ᄒᆞ고 양부의 계훈(戒訓)이 ᄌᆞ긔 심폐(心肺)ᄅᆞᆯ ᄉᆞᄆᆞᆺᄎᆞ 명ᄆᆡᆨ(命脈)이 아조 긋디 아닌ᄌᆞᆨ 길긔(吉期)ᄅᆞᆯ 허숑치 못ᄒᆞᆯ 바ᄅᆞᆯ 누누히 ᄒᆡ유(解諭)ᄒᆞ니 ᄉᆞᄉᆞ의 슬프며 붓그리나 셕년(昔年) 위화디시(危禍之時)의 일식(一食)을 니으미 부모긔 ᄆᆡ명(罵名)을 더으디 말녀 ᄒᆞ미어ᄂᆞᆯ 이졔 ᄉᆡ로이 ᄌᆞ분이ᄉᆞ(自刎而死)ᄒᆞᄆᆞᆫ 블효블통(不孝不通)이 극ᄒᆞ고 ᄉᆞ셰 난안민황(赧顏憫惶)ᄒᆞᆫ 바의 졍부인이 겻ᄐᆡ 잇ᄉᆞ니 그 셩덕긔딜(盛德氣質)을 경복(敬服)[64]ᄒᆞ나 ᄌᆞ긔 혼인을 샤양코ᄌᆞ 칭병(稱病)ᄒᆞ믈 알진ᄃᆡ 규슈의 별의견(別意見)을 괴이히 넉일가 ᄉᆞᄉᆞ(事事)의 소죄(所遭) 남다ᄅᆞ믈 황연치괴(荒然恥愧)ᄒᆞ여 운환션빈(雲鬟仙鬢)을 낫초와 난안이열(赧顏怡悅)ᄒᆞᆫ ᄉᆡᆨᄐᆡ(色態) 더옥 긔이초셰(奇異超勢)ᄒᆞ니 냥대인이 더옥 년ᄋᆡ(憐愛)ᄒᆞ며 니부인이 친히 붓드러 미듁(米粥)을 권ᄒᆞ고 연부인이 조ᄇᆞ야오믈 ᄎᆡᆨᄒᆞ여 만단(萬端) ᄒᆡ유ᄒᆞ니 좌우젼후(左右前後)의 친당ᄌᆞ뫼(親堂慈母) 아니
면 동긔골육(同氣骨肉)으로 친소(親疎)ᄅᆞᆯ 두미 업시 ᄒᆞᆫ가지로 쇼져 23면
의 고집이 당치 아니ᄒᆞ믈 닐너 개유(開諭)ᄒᆞᄆᆡ 쇼졔 가지록 욕ᄉᆞ무디(欲死無地)ᄒᆞ여 일언(一言)도 ᄃᆡ치 못ᄒᆞ니 소공이[65] 다시곰 경계ᄒᆞ며 다ᄅᆡ여 식음(食飮)을 권ᄒᆞ고 댱공과 박시ᄂᆞᆫ 어딘 녀ᄋᆞ(女兒)로 ᄒᆞ

64 경복(敬服): 존경하며 탄복함.

65 소공이: 규장각본에는 '소공아'로 되어 있음.

여곰 여ᄎᆞ(如此) 난안디단(難安之端)을 닐위미 ᄌᆞ긔 부부의 허믈이라 ᄒᆞ여 각골통회(刻骨痛悔)ᄒᆞ미 셰졔막급(噬臍莫及)[66]이라. 쇼졔 감히 샤양ᄒᆞᆯ 말을 ᄂᆡ디 못ᄒᆞ며 우우(憂虞)히[67] ᄎᆞ야(此夜)ᄅᆞᆯ 디ᄂᆡᄆᆡ 명됴(明朝)의 삼위(三位) 모친(母親)과 경쇼졔 쇼져ᄅᆞᆯ 니ᄅᆞ혀 초초(草草)히 소장(梳粧)을 일우나 그 텬ᄉᆡᆼ특용(天生特容)이 찬연슈려(燦然秀麗)ᄒᆞ여 교교염ᄐᆡ(皎皎艷態) 일ᄉᆡᆨ(日色)을 가리오니 소공이 만면(滿面)의 화연(華然)ᄒᆞᆫ 빗치 동황(東皇)을 ᄂᆡᆺ그럿더라. 믄득 부문(府門)이 드레며 신낭의 위의 다ᄃᆞᄅᆞ니 소·당 이공이 빈ᄀᆡᆨ(賓客)을 졉ᄃᆡᄒᆞᆯᄉᆡ 집금오 소문ᄋᆔ[68] ᄌᆞ포오ᄉᆞ(紫袍烏紗)로 팔흘 미러 젼안(奠雁)[69]을 인도ᄒᆞ니 경공ᄌᆡ 옥상의 홍안(鴻雁)을 젼ᄒᆞ고 텬디(天地)긔 ᄇᆡ례(拜禮)ᄒᆞᄆᆡ 좌셕의 오로니 당한님 챵닌이 근이좌(近而坐)ᄒᆞ여 흠ᄋᆡ경복

24면 (欽愛敬服)ᄒᆞ미 발어외모(發於外貌)ᄒᆞ며 소위공이 신낭의 손을 ᄌᆞᆸ아 반기ᄂᆞᆫ 졍이 황홀ᄒᆞ니 경공ᄌᆡ 금일 취(娶)ᄒᆞᄂᆞᆫ ᄇᆡ 연가 녀ᄌᆡ오 소공의 양녀(養女)로 알 ᄯᆞᄅᆞᆷ이오 평ᄉᆡᆼ(平生)의 졀치통한(切齒痛恨)ᄒᆞᄂᆞᆫ 당가 블인디네(不人之女)믄 몽ᄆᆡ(夢寐)의도 ᄉᆡᆼ각디 아닌 ᄇᆡ나 당공이 소공으로 엇게ᄅᆞᆯ ᄀᆞᆯ와시믈 십분블열(十分不悅)ᄒᆞ니 딘짓 빙악(聘岳)이 되여시믄 ᄉᆡᆼ각 밧기오 당한님의 흔연(欣然)ᄒᆞ믄 블과 교도

---

66 셰졔막급(噬臍莫及): 서제막급. 사향노루가 붙잡힌 후에 자신의 배꼽에서 사향이 나서 붙잡혔다고 생각해서 배꼽을 물어뜯는 것. 후회해도 늦었음을 뜻함.

67 우우(憂虞)히: 우우하다. 걱정하고 근심하다.

68 소문ᄋᆔ: 소문유. 소수의 아들.

69 젼안(奠雁): 전안. 혼례 때, 신랑이 기러기를 가지고 신부 집에 가서 상 위에 놓고 절함. 또는 그런 예(禮).

(交道)ᄅᆞᆯ 열고ᄌᆞ ᄒᆞ민 줄노 알고 그 신듕(信重)ᄒᆞᆫ 긔상(氣像)을 흠경(欽敬)ᄒᆞ여 죵져(從姐)의 평ᄉᆡᆼ이[70] 쾌ᄒᆞ믈 깃거ᄒᆞᄆᆡ 댱공의 식뷔(息婦)된 분한(忿恨)이 져기 프러디며 댱쇼져의 대효녈졀(大孝烈節)을 그윽이 ᄉᆡᆼ각ᄒᆞ여 졔 임의 죽고 ᄌᆞ긔 취치 아니믈 알ᄆᆡ 그 녕ᄇᆡᆨ(靈魄)이 쾌ᄒᆞ믈 아니 위ᄒᆞ여 댱시의 효졀녈ᄒᆡᆼ(孝節烈行)을 텬문(天門)[71]의 고ᄒᆞ여 ᄲᅧ 쳔ᄃᆡ(千代)의 민멸(泯滅)치 말과져 ᄒᆞ더라. 소위공은 본ᄃᆡ 은인의 댱ᄌᆞ(長子)로 공경ᄒᆞᄂᆞᆫ ᄇᆡ라 금일 구ᄉᆡᆼ(舅甥)[72]의 의로 이러ᄐᆞᆺ 흠ᄋᆡ(欽愛)ᄒᆞ믈 져바릴 ᄯᅳᆺ이 업거ᄂᆞᆯ 최언션은 ᄌᆞ긔ᄅᆞᆯ 죵시(從侍)ᄒᆞᆫ ᄇᆡ오
손최인은 쥬군의 양녀(養女)ᄅᆞᆯ 셩혼(成婚)ᄒᆞᆫ다 ᄒᆞ여 ᄯᅩᄒᆞᆫ 당하(堂下) 25면
의셔 ᄉᆞ령(使令)ᄒᆞ니 무비ᄌᆞ가은인(無比自家恩人)이라. 쥬셕(主席)의 소공과 당하의 언션·최인 등이 잇ᄂᆞᆫ 바의 도쳑(盜跖) ᄀᆞᆺ튼 댱튝은 언연(偃然)이 ᄒᆞᆫ 모흘 당ᄒᆞ여 ᄌᆞ가ᄅᆞᆯ 보고 웃ᄂᆞᆫ ᄃᆞᆺ ᄧᅵᆼ긔ᄂᆞᆫ ᄃᆞᆺ ᄆᆞᄉᆞᆷ 말을 닙더 ᄒᆞᆯ ᄃᆞᆺ ᄆᆞ어ᄉᆞᆯ ᄉᆡᆼ각ᄂᆞᆫ ᄃᆞᆺ ᄆᆞᆨ시ᄇᆡᆨ예(黙視白睨)ᄒᆞ며 심긔요요(心氣擾擾)ᄒᆞ여 즐거온 ᄃᆞᆺ 근심ᄒᆞᄂᆞᆫ ᄃᆞᆺ 디향(指向) 업ᄉᆞᆫ 거동이 부슉(父叔)의 화상(畫像)을 일워 경태(景泰)긔 밧치고ᄌᆞ ᄒᆞᆯ ᄶᅵ와 발검(發劍)ᄒᆞ여 ᄌᆞ가의게 다라드던 녯 낫치라. 어위ᄎᆞᆫ[73] 도량과 화홍(和弘)ᄒᆞᆫ 픔긔(品氣)로ᄡᅧ 져의 인면슈심(人面獸心)을 죡가(足枷)[74]ᄒᆞᆯ ᄇᆡ 아니로ᄃᆡ 일단 고집이 ᄒᆞᆫ번 뎡(定)ᄒᆞᆫ 바ᄅᆞᆯ 곳치디 아니ᄒᆞ미 병통(病痛)이라.

---

70 평ᄉᆡᆼ이: 규장각본에는 '평ᄉᆡᆼ을'로 되어 있음.

71 텬문(天門): 천문. 대궐 문. 조정을 이름.

72 구ᄉᆡᆼ(舅甥): 구생. 장인과 사위를 아울러 이름.

73 어위ᄎᆞᆫ: 어위차다. 크고 넓다.

74 죡가(足枷): 족가. 죄수를 포박하는 형구.

져 블인(不人)의게 ᄋᆡᄌᆞ(睚眥)ᄅᆞᆯ 갑흘 뜻은 업ᄉᆞᄃᆡ 부슉(父叔)을 ᄒᆡ(害)코ᄌᆞ ᄒᆞ던 통한(痛恨)은 죵신(終身)의 플닐 길히 업셔 도금(到今)ᄒᆞ여ᄂᆞᆫ 져의 ᄯᆞᆯ노 인연(因緣)이 긋쳐디고 샤인(舍人)의 대효대셩(大孝大聖)으로도 댱공을 존당(尊堂)으로 ᄃᆡᄒᆞ여 졔 므ᄅᆞ미 잇ᄉᆞ면 몸을 굽혀 ᄃᆡᄒᆞ여 능만(凌慢)ᄒᆞ미 업ᄉᆞ니 샤빅의 활냥대도(闊量大道)
26면 ᄅᆞᆯ 밋디 못ᄒᆞ나 져의 녯날 그ᄅᆞ믈 들추미 개ᄅᆞᆯ ᄀᆞᆯ옴[75] ᄀᆞᆺ다 ᄒᆞ여 눈을 낫초와 그 흉모(凶貌)ᄅᆞᆯ 보디 아니나 언션·최인으로뼈 댱공의 비기ᄆᆡ 셩인(聖人)과 도쳑(盜跖) ᄀᆞᆺᄐᆞ믈 보건ᄃᆡ 인픔(人品)의 션악(善惡)이 귀쳔(貴賤)의 잇디 아니믈 ᄭᆡ닷더라. 이ᄯᆡ 니부인과 연·박 냥부인이 졔부(諸婦)ᄅᆞᆯ 다리고 고루(高樓)의 올나 신낭을 쳠망(瞻望)ᄒᆞ니 만좌빈ᄀᆡᆨ(滿座賓客)이 다 당셰명ᄉᆞ(當世名士)와 녈녈(列列)ᄒᆞᆫ ᄌᆡ샹(宰相)이라. 일인(一人)도 용이(容易)치 아닌 듕 신낭의 휘휘(輝輝)ᄒᆞᆫ 광명과 셩신(誠信)ᄒᆞᆫ 긔질이 표표(表表)ᄒᆞ여[76] 구소(九霄)[77]의 학 ᄀᆞᆺᄐᆞ며 창ᄒᆡ(滄海)의 농 ᄀᆞᆺᄐᆞ니 긔상이 탕탕(蕩蕩)ᄒᆞ여 광텬(廣天)을 삼키고 창ᄒᆡ(滄海)ᄅᆞᆯ 넘쮤 ᄃᆞᆺ 셰ᄃᆡ(世代) 무빵(無雙)ᄒᆞ미 셩완쇼졔 아니면 그 ᄇᆡ위(配位) 업ᄉᆞᆯ디라. 연·박 이부인은 신낭의 유시(幼詩) 면목(面目)을 긔억ᄒᆞ여 굿ᄐᆞ여 놀나디 아니ᄒᆞᄃᆡ 니부인은 흔흔경복(欣欣敬服)ᄒᆞ며 박시의 환희(歡喜)ᄒᆞ미 톄면을 일키의 밋쳣더라. 신뷔 샹교(上轎)ᄒᆞᆯ시 연부인으로 더브러 니부인이 씌ᄅᆞᆯ 두로고 나믓ᄎᆞᆯ ᄎᆡ와

75 개ᄅᆞᆯ ᄀᆞᆯ옴: 규장각본에는 'ᄀᆡ을 가롬'으로 되어 있음.

76 표표(表表)ᄒᆞ여: 표표하다. 두드러지다.

77 구소(九霄): 높은 하늘.

녀ᄒᆡᆼ(女行)과 부덕(婦德)을 경계ᄒᆞ며 소공이 드러와 집슈무ᄋᆡ(執手 27면
撫愛)ᄒᆞ고 효봉구고(孝奉舅姑)와 이슌군ᄌᆞ(怡順君子)의 봉영집옥(奉
盈執玉)ᄒᆞ믈 경계ᄒᆞ나 댱공과 박시ᄂᆞᆫ 깃븐 ᄃᆞᆺ 황홀ᄒᆞ여 디향치 못ᄒᆞ
며 스ᄉᆞ로 허믈을 붓그리고 왕ᄉᆞ(往事)ᄅᆞᆯ 탄돌(嘆突)ᄒᆞ더라. 소공이
ᄉᆡ로 시녀(侍女)ᄅᆞᆯ 뎡ᄒᆞ여 보ᄂᆡ며 쇼져·유모·시아 등은 날호여 쇼져
ᄅᆞᆯ 죵ᄉᆞ(從事)케 ᄒᆞ니 이 ᄯᅩᄒᆞᆫ 졍공ᄌᆞ의 안춍(眼聰)을 두려 ᄌᆞ긔 부듕
(府中) 시ᄋᆞ만 보ᄂᆡ미러라. 신낭이 봉교(封轎)[78]ᄒᆞ기ᄅᆞᆯ 맛고 위의ᄅᆞᆯ 도
로혀 운산으로 도라올ᄉᆡ ᄉᆡᆼ쇼고악(笙簫鼓樂)이 훤텬(喧天)ᄒᆞ여 부듕
(府中)의 니ᄅᆞᆫ 후 냥신인이 합환교ᄇᆡ(合歡交拜)ᄅᆞᆯ 파ᄒᆞᄆᆡ 쥬션(酒饍)
을 기우려 동방화쵹(洞房華燭)을 인도ᄒᆞ니 남풍녀뫼(男風女貌) 발월
특이(發越特異)ᄒᆞ여 일월이 징광(爭光)ᄒᆞ며 난(鸞)과 봉(鳳)을 겻디
은 ᄃᆞᆺ 금병화셕(錦屛華席)의 ᄌᆞ하상(紫霞觴)[79]을 난호고 동방의 남좌
녀우(男左女右)ᄅᆞᆯ 분(分)ᄒᆞ여 상ᄃᆡ(相對)키의 니ᄅᆞ나 무심히도 신부
ᄅᆞᆯ 살피미 업ᄉᆞ며 긔ᄉᆡᆨ이 흔연ᄒᆞ미 업더라. 공ᄌᆡ 츌외(出外)ᄒᆞ고 학
ᄉᆞ 닌흥이 ᄯᅩᄒᆞᆫ 뉵녜(六禮)ᄅᆞᆯ 구ᄒᆡᆼ(具行)ᄒᆞ여 ᄇᆡᆨ냥(百兩)으로 상쇼져 28면
ᄅᆞᆯ 친영우귀(親迎于歸)ᄒᆞᄆᆡ 만복(萬福)의 근원이며 이셩(二姓)의 합
을 일울ᄉᆡ 신낭은 옥경(玉京) 텬션(天仙) ᄀᆞᆺ고 신부ᄂᆞᆫ 흡흡(洽洽)히
하쥬여풍(河洲餘風)[80]으로 년금보벽(鍊金寶璧) ᄀᆞᆺᄐᆞ니 ᄇᆡᆨ셰긔봉(百世

---

78 봉교(封轎): 조선시대 혼례에서 신랑이 신부가 탄 가마를 잠그는 것을 말함.

79 ᄌᆞ하상(紫霞觴): 자하상. 국화로 담근 술. 서왕모의 신선주를 의미하기도 함.

80 하쥬여풍(河洲餘風): 하주여풍. '하'는 황하를 뜻하고 '주'는 물가를 뜻함. 부부 사이의 화락을 노래한 《시경》 〈관저〉의 분위기가 있다는 뜻.

奇逢)이며 텬뎡가위(天定佳偶)라. 이에 합환(合歡)[81] 동방(洞房)을 파ᄒᆞᄆᆡ 학ᄉᆡ ᄇᆡ톄(配體)의 아ᄅᆞᆷ다오미 평ᄉᆡᆼ소원의 어긔미 업ᄉᆞ믈 흔희ᄒᆞ니 ᄎᆞ일 합문샹ᄒᆡ(闔門上下) 댱상 냥신부의 긔려(奇麗)ᄒᆞ믈 ᄒᆡᆼ열ᄒᆞ여 희ᄉᆡᆨ이 녕녕(盈盈)ᄒᆞ더라.

ᄌᆡ셜. 댱한님 부인 졍시 소아로조ᄎᆞ 신부로 더브러 이에 왓ᄂᆞᆫ디라. 쇼고(小姑)의 츌범ᄒᆞ미 ᄒᆞᆫ갓 용모 긔질ᄲᅳᆫ 아니믈 고ᄒᆞ더니 공ᄌᆞ와 학ᄉᆡ ᄒᆞᆫ가지로 존당 부모긔 ᄇᆡ시(拜侍)ᄒᆞᄆᆡ 닌흥은 희긔(喜氣) 현져ᄒᆞᄃᆡ 닌광은 오ᄃᆡᆨ 승안경슌(承顔敬順)[82]ᄒᆞᄂᆞᆫ 화긔ᄲᅳᆫ이오 각별(各別) 흔희(欣喜)ᄒᆞ미 업시 거동이 한믁(閑黙)ᄒᆞ니 댱부인이 환난(患亂) 후 상봉(相逢)이 쳐음이라. 반기고 다ᄒᆡᆼᄒᆞ여 믄득 좌(座)ᄅᆞᆯ 나호여 ᄀᆞᆯ오ᄃᆡ

"셰간의 뉘 죵남ᄆᆡ(從男妹) 업ᄉᆞ리오마ᄂᆞᆫ ᄌᆡ보와 우져ᄂᆞᆫ 화란을 동고
29면 (同苦)ᄒᆞ여 동포(同胞)의 디ᄂᆞᆫ 졍으로 금일 즐거이 상봉ᄒᆞ니 아등(我等)이 과연 명이 길며 복이 둣거오믈 알디라. ᄌᆡ뵈 이졔 남교(藍橋)의 슉녀ᄅᆞᆯ 우귀(于歸)ᄒᆞ니 가되(家道) 챵셩(昌盛)ᄒᆞ믈 보디 아냐 알니로다. 엇디 문호의 유경(有慶)이 아니리오?"

공ᄌᆡ 본ᄃᆡ 이 누의ᄅᆞᆯ 친ᄆᆡ(親妹)의 디난 졍으로ᄡᅧ 화ᄋᆡᆨ(禍厄)의 셔로 조ᄎᆞ 더옥 각별ᄒᆞᆫ 졍이 잇ᄂᆞᆫ디라. ᄌᆞ긔 샹경 후 즉시 보디 못ᄒᆞ믈 챵연(悵然)ᄒᆞ다가 금일 상ᄃᆡ(相對)ᄒᆞᄆᆡ 반기고 깃브미 안ᄉᆡᆨ의 넘찌ᄃᆡ[83] 여ᄎᆞ 셩덕문광(盛德文光)으로ᄡᅧ 댱가 블인(不人)의 며ᄂᆞ리 되믈 한

---

81 합환(合歡): 부부가 결혼식에서 서로 잔을 바꾸어 마시는 의식.

82 승안경순(承顔敬順): 승안경순. '승안'은 어버이를 만나 뵙는 것. '경순'은 공경하고 순종한다는 말.

83 넘찌ᄃᆡ: 규장각본에는 '넘치되'로 되어 있음.

ᄒᆞ여 믄득 안식을 곳치며 ᄃᆡ왈(對曰)

“셕년(昔年) 위화(危禍) 듕의 외로온 남ᄆᆡ 보명(保命)ᄒᆞ믈 어드믄 존당 부모의 젹션여경(積善餘慶)[84]과 져져의 인현슉ᄒᆡᆼ(仁賢淑行)을 말ᄆᆡ암으미라. ᄉᆡᆼ각ᄒᆞᄆᆡ ᄉᆡ로이 심골(心骨)이 경한(驚寒)ᄒᆞ고 오ᄂᆡ(五內) 여졀(如切)ᄒᆞ믈 니긔디 못ᄒᆞᄃᆡ 필경이 무ᄉᆞᄒᆞ여 금일 단취디경(團聚之慶)과 셩혼디ᄉᆡ(成婚之事) 희한ᄒᆞᆫ 경화(慶華)로 니ᄅᆞ리로소이다. 연이나 쇼뎨(小弟) 평ᄉᆡᆼ 증분통한(憎憤痛恨)ᄒᆞᄂᆞᆫ 곳의 믄득 져졔(姐姐) 젹가(適嫁)ᄒᆞ여 계시니 딘실노 인연을 알기 어려온디라. 쇼뎨의 우딕ᄒᆞᆫ 뜻이 져져ᄅᆞᆯ 위ᄒᆞ여 앗기고 한ᄒᆞ더니 셕샹(席上)의 빅승 30면
형을 보건ᄃᆡ 오져(吾姐)의 평ᄉᆡᆼ을 욕디 아닐디라. 노튝(老畜)의 무상(無狀)ᄒᆞ미야 현마 엇디ᄒᆞ리잇고?”

댱부인이 어히업셔 즉시 말을 긋치고 경죄 믄득 흔연(欣然)이 우어 왈

“광덜이 진실노 일편(一遍)된 고집을 프디 아닛ᄂᆞᆫ도다. 일시(一時) 블ᄒᆡᆼ(不幸)ᄒᆞ여 댱가 쇼녜 홍옥초츈(紅玉初春)을 ᄇᆞ려 널노뼈 구ᄆᆡᆼ(舊盟)을 일우디 못ᄒᆞ엿거니와 만일 ᄌᆡ셰(在世)ᄒᆞ여시면 그 부형의 쇼쇼미과(小小微過)ᄅᆞᆯ 인ᄒᆞ여 영영 믈니쳐 피ᄎᆞ 폐륜ᄇᆡ약(廢倫背約)을 감심(甘心)ᄒᆞᆯ디언졍 부뷔(夫婦) 되디 못ᄒᆞ랴? 연가 녀ᄌᆞᄅᆞᆯ 취ᄒᆞ여시므로 말이 쾌ᄒᆞ여 죵ᄆᆡ(從妹)의 구부(舅父)ᄅᆞᆯ ᄇᆡ쳑(排斥)ᄒᆞ미 이 ᄀᆞᆺ도다.”

쇼뷔 니어 쇼왈(笑曰)

“댱가의 며나리 되믄 가히 괴롭다 ᄒᆞ려니와 ᄉᆞ회 되미야 므솜 욕되미

84 젹션여경(積善餘慶): 적선여경. 《주역》에 나오는 말로, ‘덕행을 쌓은 집은 경사가 자손에까지 미친다’는 뜻.

이셔 당가 쇼녜(小女) ᄉᆞ랏셔도 취치 아닐 괴게(怪擧) 이시리오? 아등이 먼니 이셔[85] 후ᄇᆡᆨ을 ᄌᆞ로 보디 아닐 젹은 그 ᄇᆡ혜망은(背惠忘恩)ᄒᆞ믈 ᄡᅳ딧더니 목젼의 그 말을 드ᄅᆞ미 졍ᄉᆡ(情思) 잔인궁극(殘忍窮

31면 極)ᄒᆞᆫ디라. 군ᄌᆞ현심(君子賢心)의 측은ᄒᆞᆯ디언졍 ᄎᆡᆨ망(責望)이 나디 아니ᄒᆞ니 너ᄂᆞᆫ 당후ᄇᆡᆨ의 샤죄(謝罪)ᄒᆞᄂᆞᆫ 말 곳 드ᄅᆞ면 ᄌᆞ연 온심(慍心)이 프러져 가련(可憐)이 넉이리라."

당부인이 말ᄉᆞᆷ을 니어 당쇼져의 죽으믈 ᄎᆞ셕(嗟惜)ᄒᆞ며 참졍이 닌광의 ᄯᅳᆺ을 므러 당시의 죽으미 일분(一分) 츄연(惆然)ᄒᆞ미 업ᄂᆞ냐 ᄒᆞᆫᄃᆡ 공ᄌᆡ 본ᄃᆡ 말ᄉᆞᆷ이 명ᄇᆡᆨ(明白)기ᄅᆞᆯ 취(取)ᄒᆞ고 회포(懷抱)ᄅᆞᆯ 은닉(隱匿)디 아닛ᄂᆞᆫ 고로 ᄇᆡᆨ부(伯父)의 므ᄅᆞ시므로조ᄎᆞ ᄇᆡ이ᄃᆡ왈(拜而對曰)

"당시 ᄉᆞ라신죽 쇼ᄌᆡ 과연 취치 못ᄒᆞᆯ 혐의(嫌疑) 잇습거니와 그 죽으미 기부(其父)의 블명브ᄌᆞ(不明不慈)ᄒᆞ미로ᄃᆡ 근본인죽 녈졀(烈節)을 듕(重)히 넉여 목숨을 ᄇᆞ리오미니 쳥츈요졀(靑春夭折)ᄒᆞ미 인심(人心)의 츄연(惆然)ᄒᆞ며 셰샹이 그 녈졀을 모로게 ᄒᆞ미 한(恨) 된디라. 당튝이 무상(無狀)ᄒᆞ여 졔 허믈을 은닉고ᄌᆞ ᄒᆞ미 망녀(亡女)의 고졀(孤節)을 낫토디 아니나 쇼ᄌᆞ의 ᄯᅳᆺ인죽 녈녀의 졀ᄒᆡᆼ(節行)을 묘젼(墓前)의 졍문(旌門)코ᄌᆞ ᄒᆞᄂᆞ이다."

참졍이 우문왈(又問曰)

"망녕(亡靈)을 위ᄒᆞ여 졍문코ᄌᆞ ᄒᆞᄂᆞᆫ ᄆᆞ음으로뼈 ᄉᆞ라신죽 취치 못

32면 ᄒᆞᆯ 쥬의(主意)ᄂᆞᆫ 엇던 일고?"

---

85 당가 쇼녜(小女) ~ 먼니 이셔: 규장각본에는 없는 내용임.

ᄉᆡᆼ이 복슈ᄃᆡ왈(伏首對曰)

“셩블셩간(成不成間)의 부슉(父叔)의 화상(畫像)을 그려 경태(景泰)긔 드려 구쥬(九州)의 죵젹(蹤迹)을 심방(尋訪)코ᄌᆞ ᄒᆞ니 부슉을 ᄒᆡᄒᆞᄂᆞᆫ 원슈디녀(怨讎之女)롤 취치 아니미 인ᄉᆞ의 당연ᄒᆞ옵고 그 사ᄅᆞᆷ을 나모라오미 아니니이다.”

참졍이 우왈(又曰)

“연ᄌᆞᆨ 네 ᄇᆡᆨ승으로 인아디졍(姻婭之情)이 업ᄉᆞ랴?”

ᄉᆡᆼ이 ᄃᆡ왈(對曰)

“블연(不然)ᄒᆞ이다. 슌(舜)이 곤(鯀)을 죽이시며 우(禹)롤 ᄃᆡᄒᆞ여 치슈(治水)케 ᄒᆞ시니 붕우연인디의(朋友緣姻之義)로 셜ᄉᆞ 부형이 유과(有過)나 어질미 ᄇᆡᆨ승 ᄀᆞᆺᄐᆞᆫᄌᆞᆨ 셰상이 바리디 아닐 바의 쇼ᄌᆡ 홀노 교도(交道)의 흡연(洽然)ᄒᆞ믈 두디 아니리잇가?”

참졍 왈

“연ᄌᆞᆨ 부부ᄂᆞᆫ ᄯᅩᄒᆞᆫ 붕위(朋友)라. ᄇᆡᆨ승으로 교되(交道) 흡연ᄒᆞ여 그 부형디과(父兄之過)롤 거리ᄭᅵ디 아니ᄒᆞ고 홀노 댱공디녀롤 ᄉᆞ랏셔도 취치 아닐 혐의 엇디 일편 기혹(欺惑)디 아니랴? 그 아비의 그ᄅᆞ믈 그 아ᄃᆞᆯ의게 ᄡᅳ디 아니ᄒᆞ며 ᄯᆞᆯ의게 년좌(緣坐)ᄒᆞ여[86] 죄 삼으미 이시믄 ᄃᆞᆺ디 못ᄒᆞᆫ 일이로다.”

ᄉᆡᆼ이 ᄀᆡ이ᄌᆡᄇᆡ(起而再拜) 왈

“명괴(明敎) 맛당ᄒᆞ시ᄃᆡ 부부ᄂᆞᆫ 평ᄉᆡᆼ(平生)을 동ᄉᆞ(同事)ᄒᆞ오니[87] 붕 33면

86 ᄯᆞᆯ의게 년좌(緣坐)ᄒᆞ여: 규장각본에는 없는 내용임.

87 동ᄉᆞ(同事)ᄒᆞ오니: 동사하다. 같은 (종류의) 일을 하다.

우(朋友)와 잠간 다ᄅᆞ고 붕위라도 취ᄉᆡ(取捨) 다ᄅᆞᄆᆡ 쇼ᄌᆡ ᄇᆡᆨ승으로 졍의 관슉(慣熟)기의 니ᄅᆞ러도 당튝이 잇ᄂᆞᆫ 바의 그 집의 왕ᄂᆡ(往來) 튼 못 ᄒᆞ오리니 뜻이 여ᄎᆞ애 엇디 그 블인디녀(不人之女)ᄅᆞᆯ 실가(室家)ᄅᆞᆯ 의ᄒᆞ리잇가?"

참졍과 경죄 홈긔 니ᄅᆞᄃᆡ

"네 뜻이 여ᄎᆞ(如此)ᄒᆞ나 당시 만일 ᄉᆞ라시면 존당과 너의 부뫼(父母) 네 말을 듯디 아냐 브ᄃᆡ 취(娶)케 ᄒᆞ시리니 네 당시의 녈졀(烈節)을 알며 부뫼 명ᄒᆞᄂᆞᆫ 바ᄅᆞᆯ ᄇᆞ리랴?"

ᄉᆡᆼ이 ᄃᆡ왈(對曰)

"임의 당시 죽어시니 의논 밧기오나 부뫼 동혀 시러보ᄂᆡ디 아니신 젼은 쇼ᄌᆡ 디ᄉᆞ위한(至死爲限)ᄒᆞ와 기러기ᄅᆞᆯ 당가의 젼치 아니리이다. 다만 당금(當今)의 당녀의 무죄(無罪)히 요졀(夭折)ᄒᆞ미 측은(惻隱)ᄒᆞ옵고 쇼ᄌᆞ의 취ᄒᆞ온 ᄇᆡ 또ᄒᆞᆫ 비쇼원(非所願)이라. 소[88]대인이 일시 ᄉᆡᆼ각기ᄅᆞᆯ 그ᄅᆞᆺᄒᆞ샤 결의남ᄆᆡ(結義男妹)ᄅᆞᆯ 허치 아니시며 취실(娶室)케 ᄒᆞ시니 그윽이 깃거 아니 ᄒᆞᄂᆞ이다."

셜파(說罷)의 안ᄉᆡᆨ(顏色)이 슈연무심(愁然無心)ᄒᆞ여 일호(一毫) 작위(作爲)ᄒᆞ미 업ᄉᆞ니 일가제인(一家諸人)이 다 그 고집을 보ᄆᆡ 당시
34면 로뼈 연시로 속여 필경(畢竟)이 엇더ᄒᆞᆯ고 위ᄒᆞ여 념녀(念慮)ᄒᆞ고 쳐ᄉᆞᄂᆞᆫ 믁연(默然)이러니 ᄉᆡᆼ이 언언(言言)이 블인(不人) 당튝이라 ᄒᆞᄆᆡ 다ᄃᆞ라ᄂᆞᆫ 미위(眉宇) 엄슉(嚴肅)ᄒᆞ여 ᄀᆞᆯ오ᄃᆡ

88 소: 규장각본에는 없는 내용임.

"네 ᄒᆡᆼ어셰(行於世)ᄒᆞ믈 빙ᄌᆞ(憑藉)ᄒᆞ여 븡위(朋友)라도 취ᄉᆡ(取捨) 다ᄅᆞ다 ᄒᆞ며 아비의 친우(親友)ᄅᆞᆯ 찰찰(察察)이 시비(是非)ᄒᆞ고 언언이 욕ᄆᆡ(辱罵)ᄒᆞ니 나ᄂᆞᆫ 디극히 용녈(庸劣)ᄒᆞ여 인디션악(人之善惡)을 모로ᄂᆞ니 댱공이 엇더ᄒᆞ여 튝ᄉᆡᆼ블인(畜生不人)이뇨? 댱ᄋᆞᄂᆞᆫ 션군(先君) ᄌᆡ시(在時)의 후ᄇᆡᆨ을 ᄃᆡᄒᆞ샤 허ᄒᆞ신 ᄇᆡ오 내 ᄯᅩᄒᆞᆫ 금셕 ᄀᆞᆺᄐᆞᆫ 졍ᄆᆡᆼ(定盟)으로뻐 엇디 ᄇᆡᆨ냥(百兩)으로 영친(迎親)케 못 ᄒᆞ고 너ᄅᆞᆯ 동혀 시러 보ᄂᆡ리오? 말마다 아비 이시믈 아디 못ᄒᆞ며 혼미협쳔(昏迷狹淺)ᄒᆞ여 댱공을 ᄇᆡ쳑(排斥)ᄒᆞ고 어린 고집을 셰워 댱아ᄅᆞᆯ 거졀코ᄌᆞ ᄒᆞ니 엇디 한심치 아니리오?"

언필(言畢)의 위의(威儀) 한믁ᄒᆞ니 ᄉᆡᆼ이 ᄇᆡᆨ부(伯父)의 므ᄅᆞ시므로조ᄎᆞ 뜻을 고ᄒᆞ미러니 엄교(嚴教)ᄅᆞᆯ 듯ᄌᆞ오ᄆᆡ 황공딘뉼(惶恐震慄)ᄒᆞ여 피셕청죄(避席請罪) ᄯᆞ롬이오 일언(一言)을 다시 못 ᄒᆞ더니 이윽고 금외(金烏) 셕녁ᄒᆡ ᄯᅥ러디며 져믄 빗치 창창ᄒᆞᆫ디라. 쵹(燭)을 니어 담화(談話)ᄒᆞ다가 태부인이 취침(就寢)ᄒᆞ시ᄆᆡ 참졍 곤계(昆季) ᄌᆞ딜(子姪)을 거ᄂᆞ려 퇴(退)ᄒᆞ고 학ᄉᆞ와 공ᄌᆞᄅᆞᆯ 각각 신방(新房)으로 가기ᄅᆞᆯ 명ᄒᆞᆫᄃᆡ 냥인(兩人)이 부슉(父叔)의 안침(安寢)ᄒᆞ시믈 본 후 학ᄉᆞᄂᆞᆫ 벽운당으로 향ᄒᆞ며 ᄉᆡᆼ은 경운당으로 드러가니 댱쇼졔 시ᄋᆞ(侍兒)의 븟드러 니ᄅᆞ혀믈조ᄎᆞ 쳔연 ᄀᆡ영(起迎)ᄒᆞ여 동셔로 분좌(分坐)ᄒᆞ니 난쵹(蘭燭)[89]이 명휘(明輝)ᄒᆞ고 명향(名香)이 농ᄇᆡᆨ(濃白)ᄒᆞ여 밀실(密室)의 옹비(擁霏)ᄒᆞ니 신부의 의장(儀狀)이 정결(淨潔)ᄒᆞ여 한소(閑

35면

89 난쵹(蘭燭): 난촉. 아름다운 촛불.

素)ᄒᆞ믈 보ᄐᆡ며 긔질(器質)이 쇄연(灑然)ᄒᆞ여 탈쇽(脫俗)ᄒᆞ고 고슈(高秀)ᄒᆞᆫ 격조(格調)와 안상(安常)ᄒᆞᆫ 덕되(德道) 남화녀풍으로 규귀명숙(閨矩明淑)ᄒᆞ며 거지(擧止) 응연(凝然)ᄒᆞ니 ᄉᆡᆼ이 젼혀 눈을 들미 업다가 비로소 잠간 살피ᄆᆡ 딘실(眞實)노 긔이(奇異)코 비상(非常)ᄒᆞᆫ 디라. ᄌᆞ가의 쳐궁(妻宮)[90]이 샤ᄇᆡᆨ(舍伯)의 아ᄅᆡ 아니믈 ᄭᆡ닷ᄂᆞᆫ ᄃᆞᆼ 크게 놀나며 측냥치 못ᄒᆞᄂᆞᆫ 밧ᄌᆡ 신부의 용의골상(容儀骨相)이 비록 대쇠(大小) 다ᄅᆞ나 댱쇼져 월ᄋᆞ의 유시(幼詩) 면모(面貌)로 다ᄅᆞ미 업ᄉᆞ니 쳐음은 혹 ᄀᆞᆺᄐᆞ미 잇ᄂᆞᆫ가 ᄒᆞ여 다시 ᄉᆞᆯ피고 곳쳐 ᄉᆡᆼ각ᄒᆞᄆᆡ 신긔
36면 ᄌᆞ동(神氣自動)ᄒᆞ여 ᄎᆞᆼ명(聰明)이 열니이니 부모와 태뫼(太母) 댱시의 죽으믈 젼후(前後)의 니ᄅᆞ디 아니코 일개(一家) 다 연시ᄅᆞᆯ 소공의 양녀(養女)ᄒᆞ미라 ᄒᆞᄃᆡ 왕모(王母)와 부뫼(父母) ᄒᆞᆫ 말ᄉᆞᆷ 댱시며 연시믈 일ᄏᆞᆺ디 아니시고 향ᄀᆡᆨ(嚮刻) 부친이 ᄌᆞ긔로ᄡᅧ 혼미협쳔(昏迷狹淺)타 ᄒᆞ심과 엇디 ᄇᆡᆨ냥으로 친영(親迎)치 못ᄒᆞ고 동혀 보ᄂᆡ리오 ᄒᆞ신 말ᄉᆞᆷ이 다 아라듯게 ᄒᆞ시미어ᄂᆞᆯ ᄌᆞ개 젼혀 무심(無心)ᄒᆞ여 잔곡졀을 아니키로 쳘셕(鐵石)ᄀᆞᆺ치 뎡ᄒᆞ엿던 쥬의(主意) 헛되믈 그윽이 악연통한(愕然痛恨)ᄒᆞ며 져 댱공의 ᄌᆞ긔ᄅᆞᆯ 쇽여 ᄉᆞ회 삼고 징그라오미 ᄀᆞ려온 ᄃᆡᄅᆞᆯ ᄀᆞᆰᄂᆞᆫ ᄃᆞᆺᄒᆞ믈 ᄉᆡᆼ각ᄒᆞᄆᆡ 분뇌(憤怒) 더옥 쳘골(徹骨)ᄒᆞ니 이 본ᄃᆡ 온유인약(溫柔仁弱)ᄒᆞᆫ 쇼년이 아니오 녈일격상(熱日激上)ᄒᆞᆫ 셩되(性度) 곤계 ᄃᆞᆼ 과도(過度)ᄒᆞ여 샤인의 홍냥대도(弘量大度)의 블급(不及)이라. 댱쇼져의 훼면복상(毁面復常)ᄒᆞ여 긔특(奇特)이 보명

90 쳐궁(妻宮): 처궁. 십이궁의 하나로, 처첩에 대한 운수를 점치는 별자리. 아내 복.

(保命)ᄒᆞᆷ과 츌뉴(出類)ᄒᆞᆫ 셩효녈졀(誠孝烈節)을 경탄(敬歎)ᄒᆞ미 범연(泛然)ᄒᆞᆫ 밧ᄌᆡ 아니로ᄃᆡ 댱공을 증분(憎憤)ᄒᆞᆷ과 ᄌᆞ긔의 뎡심(定心)이 귀허(歸虛)ᄒᆞ믈 증한(憎恨)ᄒᆞ여 고ᄃᆡ 문을 박ᄎᆞ고 ᄂᆡ다ᄅᆞᆯ ᄃᆞᆺᄒᆞ나 ᄒᆡᆼᄉᆞ(行事)의 발연경도(勃然傾倒)ᄒᆞ믈 취치 아닛ᄂᆞᆫ 고로 분노ᄅᆞᆯ 셔 37면
리담아 ᄉᆡᆼ각ᄒᆞᄃᆡ 이곳이 댱툑의 집이 아니오 내 집이니 어ᄂᆡ 곳의셔 일야(一夜)ᄅᆞᆯ 슉침(宿寢)치 못ᄒᆞ리오 ᄒᆞ여 이에 상요의 나아가 괴로이 계명(鷄鳴)을 기다리며 다시 눈 들미 업더니 하애(夏夜) 심단(甚短)ᄒᆞ여 경ᄀᆡᆨ(頃刻)의 금계(禽鷄) 창효(唱曉)ᄒᆞᄆᆡ ᄉᆡᆼ이 즉시 몸을 니러 ᄂᆞ올ᄉᆡ 쇼져의 잇ᄉᆞ믈 업ᄉᆞ니만 ᄀᆞᆺ디 못ᄒᆞ게 넉이니 엇디 긔거(起居)ᄅᆞᆯ ᄉᆞᆯ피리오? 쎌니 듁셔루의 나와 관소(盥梳)ᄒᆞᆯᄉᆡ 닌명 공ᄌᆡ 미쇼왈(微笑曰)

"경운당의셔 관소ᄒᆞ시미 ᄒᆡ롭디 아니커놀 하고(何故)로 금일조ᄎᆞ 쇼뎨 등과 ᄀᆞᆺ치 ᄒᆞᆫ 그ᄅᆞᆺᄉᆡ 믈을 우희여 ᄊᆡᄅᆞᆯ 빗ᄂᆞ니잇고?"

ᄉᆡᆼ이 미급답(未及答)의 경조공 ᄎᆞᄌᆞ(次子) 닌위 쇼왈(笑曰)

"슈싊(嫂嫂) 연태우 ᄉᆡᆼ녀로 소위공 양녜 되시니 번화부귀(繁華富貴) 미딘(未盡)치 아니ᄒᆞᄃᆡ 길긔(吉期) 쵹박(促迫)ᄒᆞ여 혼구(婚具)ᄅᆞᆯ 셩양(成樣)[91]치 못ᄒᆞᄆᆡᆫ가 형댱긔 관소ᄅᆞᆯ 나오디 못ᄒᆞᆯ 거동일ᄉᆡ 이리 더온 ᄃᆡ 와 ᄊᆡ이시지 그러치 아닌ᄌᆞᆨ 엇디 급급히 ᄂᆞ오시리오?"

경조공 삼ᄌᆞ 닌필이 쇼왈(笑曰)

"혼귀(婚具) 미비(未備)ᄒᆞ나 ᄒᆞᆫ낫 쇼졉(小楪)[92]과 슈쳑(數尺) 슈건(手 38면

---

91 셩양(成樣): 성양. 모양이나 형식을 갖춤.

92 쇼졉(小楪): 소접. 작은 대접.

巾)이 업ᄉᆞᆯ ᄇᆡ 아니로ᄃᆡ 슈시(嫂氏)ᄅᆞᆯ ᄃᆡᄒᆞ여 관소(盥梳)ᄒᆞ믈 붓그리샤 만만ᄒᆞᆫ 우리ᄅᆞᆯ 우기누ᄅᆞ시미라.[93]"

ᄒᆞᆫᄃᆡ 졔공ᄌᆡ(諸公子) 올타 ᄒᆞ며 닌위 우쇼왈(又笑曰)

"형댱(兄丈)의 부옹(婦翁)[94] 복(福)이 거륵ᄒᆞ샤 ᄒᆞᆫ 안ᄒᆡ의 부옹은 두셰히니 ᄎᆞᄎᆞ 현알(現謁)ᄒᆞ려 ᄒᆞᄆᆡ 퍽 다ᄉᆞ(多事)ᄒᆞᆯ디라. 셩ᄂᆡ(城內)의[95] 잇ᄂᆞᆫ 연공을 몬져 ᄇᆡ현(拜見)ᄒᆞ미 올흘넌가?"

ᄒᆞ고 모다 대쇼(大笑)ᄒᆞ니 ᄉᆡᆼ이 바야흐로 노긔(怒氣) 가득ᄒᆞ나 참으며 쇼왈

"내 소셰(梳洗)[96]ᄅᆞᆯ 아모 ᄃᆡ셔 ᄒᆞ여도 너의 시비(是非)ᄒᆞᆯ ᄇᆡ 아니오. 연가나 소가나 아모ᄅᆞᆯ ᄎᆞᄌᆞ보아도 내 당ᄒᆞ리니 여등이 형을 디휘(指揮)ᄒᆞᆯ ᄇᆡ 아니니라."

셜파(說罷)의 셔로 ᄂᆡᆺ그러 신셩(晨省)의 드러가니 학ᄉᆞ 닌흥이 ᄯᅩ 벽운당으로조ᄎᆞ 나오ᄂᆞᆫ디라. 상시듕이 댱샹셔의 허믈이 업거니 졀염숙녀(絶艶淑女)ᄅᆞᆯ ᄇᆡ합(配合)ᄒᆞ여 어이 흔흡(欣洽)디 아니리오? 금슬(琴瑟)의 경과 종고(鍾鼓)의 낙[97]이 ᄇᆡᆨ년 블쇠(不衰)ᄒᆞᆯ ᄠᅳᆺ이 잇ᄉᆞ니 ᄉᆡᆼ의 댱쇼져ᄅᆞᆯ ᄃᆡᄒᆞ여 ᄆᆡᆨᄆᆡᆨ 블열(不悅)ᄒᆞᆷ과 ᄂᆡ도ᄒᆞᄆᆡ 화긔(和氣) 이
39면 연(怡然)ᄒᆞ니 졔공ᄌᆡ(諸公子) 셔로 눈 주어 웃더라. 이에 존당 부모

93 우기누ᄅᆞ시미라: 우기누르다. '억누르다'의 옛말.

94 부옹(婦翁): 장인이 사위에게 자신을 일컫는 말.

95 셩ᄂᆡ(城內)의: 규장각본에는 '션ᄂᆡ'로 되어 있음.

96 소셰(梳洗): 소세. 머리를 빗고 얼굴을 씻음.

97 금슬(琴瑟)의 경과 종고(鍾鼓)의 낙: 《시경》 〈관저〉에 나오는 표현으로, 부부 사이의 화목한 정을 뜻함.

긔 신셩(晨省)ᄒᆞᆯᄉᆡ 태부인이 냥공ᄌᆞ(兩公子)의 ᄇᆡ톄(配體)[98] 아ᄅᆞᆷ다오믈 두굿기고 닌광의 위인이 셰ᄎᆞ며 고집이 극ᄒᆞ니 신뷔 당시 녜믈 알고 블열염박(不悅厭薄)ᄒᆞᄂᆞᆫ가 념녀(念慮)ᄒᆞ더라. ᄎᆞ일(此日) 대연(大宴)을 딘셜(陳設)ᄒᆞ여 친쳑(親戚) 향당(鄕黨)을 취회(聚會)ᄒᆞ며 냥신부(兩新婦)의 현구고(現舅姑)ᄒᆞᄂᆞᆫ 졀ᄎᆞ(節次)ᄅᆞᆯ 일우니 셔일(瑞日)이 ᄌᆞ양(自陽)ᄒᆞ고 온풍(溫風)이 습습(習習)ᄒᆞᆫᄃᆡ 슈쟝(繡帳)[99]이 동ᄒᆞ며 보쵹(寶燭)이 인ᄒᆞ여 향취(香臭) 애ᄋᆡ(靄靄)ᄒᆞᆫ[100] 곳의 냥쇼졔(兩小姐)[101] 폐ᄇᆡᆨ(幣帛)을 나오고 팔ᄇᆡ(八拜) 대례(大禮)ᄅᆞᆯ 일울ᄉᆡ 그 탁월ᄒᆞᆫ 슈ᄎᆡ(秀彩)와 별츌(別出)ᄒᆞᆫ 경긔(精氣)며 광명(光明)한 문광(文光)이 호연(浩然)ᄒᆞ니 댱강이 위루(危樓)의 오ᄅᆞᆷ ᄀᆞᆺ고 금회 초연독쳥(超然獨淸)ᄒᆞ며 텬연한가(天然閑暇)ᄒᆞᆫ 위와 쳥고간냑(淸苦簡約)ᄒᆞᆫ 덕을 볼디라. 태부인이 ᄲᆞᆯ니 겻ᄐᆡ 나호여 니쇼져와 ᄒᆞᆫ가지로 슬하의 샤좌(賜坐)ᄒᆞ며 귀듕ᄒᆞᆫ ᄌᆞᄋᆡ(慈愛) 블가형언(不可形言)이라. 니쇼졔 신부로 병좌(倂坐)ᄒᆞᄆᆡ 슈미(秀美)ᄒᆞᆫ 긔질(氣質)이 젼일(前日)의 ᄇᆡ승(倍勝)ᄒᆞ여 문명팔ᄎᆡ(文明八彩)[102] ᄌᆞ양(自揚)ᄒᆞ니 졔빈(諸賓)의 눈이

---

98 ᄇᆡ톄(配體): 배체. 배우자. 규장각본에는 'ᄇᆡ위'로 되어 있음

99 슈쟝(繡帳): 수장. 수놓은 휘장.

100 애ᄋᆡ(靄靄)ᄒᆞᆫ: 애애하다. 안개나 구름, 아지랑이 따위가 짙게 끼어 자욱하다. 분위기가 부드럽고 포근하여 평화롭다.

101 냥쇼졔(兩小姐): 규장각본에는 '댱쇼졔'로 되어 있음.

102 문명팔ᄎᆡ(文明八彩): 《서경》 〈요전(堯典)〉에서 요임금의 덕을 "공경하고 밝고 문채 나고 사려 깊어 편안하고 편안하다(欽明文思安安)."라고 했는데, 여기서 '문'은 문채 나는 것을 의미하고 '명'은 밝은 것을 말하는 것으로 보임. 팔채는 임금의 위용을 이르는 말로, 고대 요임금의 눈썹에 여덟 가지 채색이 있었다는 전설에서 유래됨.

40면 암암(暗暗)ᄒᆞ고 심긔(心氣) 황홀(恍惚)ᄒᆞ여 위의 실도(失度)ᄒᆞ며 좌
ᄎᆡ(坐次) 상난(相亂)ᄒᆞ여 도로혀 칭하(稱賀)ᄒᆞ믈 니져시니 ᄇᆞᆰ히 의논
ᄒᆞᆯ딘ᄃᆡ ᄑᆞᆷ격(品格)이 각각이니 니쇼져ᄂᆞᆫ 온슌화열(溫順和悅)ᄒᆞ여 요
(堯) 텬ᄌᆞ(天子)의 어디로심과 슌(舜) 황뎨의 덕되믈 겸ᄒᆞ엿고 신부ᄂᆞᆫ
강개격녈(慷慨激烈)ᄒᆞ여 녈ᄉᆞ(烈士) 졀부(節婦)의 긔상이니 공부ᄌᆞ
(孔夫子)의 도덕이 시졀을 만나디 못ᄒᆞ며 ᄆᆡᆼᄌᆞ(孟子)의 셩션(性善)[103]
이 비시(非時)[104]ᄅᆞᆯ 탄ᄒᆞ미라. 블명무디(不明無智)ᄒᆞᆫ 부모의 ᄉᆡᆼ휵(生
慉)으로 허다 험난(險亂)과 참누(慙累)ᄅᆞᆯ 몸의 시러 십셰튱년(十歲冲
年)의 훼면할이(毁面割耳)ᄒᆞᄂᆞᆫ 엄ᄒᆞᆫ 집졀(執節)노 다시 위화(危禍)ᄅᆞᆯ
당ᄒᆞ여 닉슈투강(溺水投江)ᄒᆞᄃᆡ 텬디신명(天地神明)이 ᄒᆞᆫ가디로 보
호ᄒᆞ여 ᄇᆡᆨ년군ᄌᆞ(百年君子)의 건지믈 닙고 의긔대현(意氣大賢)의 소
공의 양휵(養畜)ᄒᆞ믈 바다 금일 구약(舊約)을 셩젼(成全)ᄒᆞ여 졍문의
도라오니 그 고졀명ᄒᆡᆼ(孤節明行)이 ᄇᆡᆨ옥(白玉)이 무하(無瑕)ᄒᆞ며 쳥
상(靑霜)[105]을 능두(凌頭)ᄒᆞᆯ디라. 쳐ᄉᆞ의 침단(沈端)ᄒᆞᆷ과 화부인의 슉졍
(淑貞)ᄒᆞ므로도 신부ᄅᆞᆯ 보ᄆᆡ 안ᄉᆡᆨ(顔色)이 화연(和然)ᄒᆞ여 도라 니시
ᄅᆞᆯ 보고 그 아ᄅᆞᆷ다오미 신부로 일ᄡᅡᆼ명염(一雙明艶)이믈 흠ᄋᆡ열지(欽
41면 愛悅之)ᄒᆞ여 귀듕(貴重)ᄒᆞ미 샹하(上下)치 아니ᄒᆞ니 참졍과 상부인
이 ᄯᅩᄒᆞᆫ 환열ᄒᆞ미 일톄(一體)라. 이의 태부인긔 ᄇᆡ하왈(拜賀曰)

103 ᄆᆡᆼᄌᆞ(孟子)의 셩션(性善): 맹자의 성선. 맹자가 성선설을 주장했다는 뜻. “맹자가 성선설을 이야기했는데 그때마다 반드시 요순을 칭했다(孟子道性善 言必稱堯舜).”라는 《맹자》의 구절에서 유래.

104 비시(非時): 시대를 잘못 타고남.

105 청상(靑霜): 규장각본에는 ‘쳐상’으로 되어 있음.

“신부ᄂᆞᆫ 광ᄋᆞ의 ᄋᆞ시(兒時) 정밍(定盟)이라. 그 초범긔이(超凡奇異)ᄒᆞ믈 임의 유시(幼時)의 아랏ᄉᆞ오며 조봉화흔(早逢禍痕)으로 인ᄒᆞ여 효졀명힝(孝節明行)이 통텬하(通天下)ᄒᆞ믈 아랏ᄉᆞᆸ거니와 금일 보오ᄆᆡ 빗나고 긔이ᄒᆞ미 ᄇᆡᆨ승어유시(百勝於幼時)라. 션군(先君)의 젹덕여경(積德餘慶)과 태ᄐᆡ(太太)의 누인디덕(累仁之德)을 인ᄒᆞ오며 샤뎨부부(舍弟夫婦)의 효덕셩힝(孝德聖行)을 신명(神明)이 믁우(默祐)[106]ᄒᆞ샤 냥ᄌᆡ(兩子) 특ᄇᆡ현필(特配賢匹)ᄒᆞ오니 냥신부(兩新婦)의 아ᄅᆞᆷ다오미 가되(家道) 창셩(昌盛)ᄒᆞ올디라 힝희블승(幸喜不勝)이로소이다.”

도라 쳐ᄉᆞ와 화부인을 향ᄒᆞ여 칭하(稱賀)ᄒᆞ니 태부인이 셕ᄉᆞ(昔事)ᄅᆞᆯ 감상(感想)ᄒᆞᄂᆞᆫ 듕 흔희만열(欣喜滿悅)ᄒᆞ여 스ᄉᆞ로 만좌(滿座)의 신부ᄅᆞᆯ ᄌᆞ랑ᄒᆞ고 쳐ᄉᆞ 부부ᄂᆞᆫ 피셕ᄇᆡ샤(避席拜謝)ᄒᆞ여 부모의 젹덕여경(積德餘慶)과 형댱(兄丈)과 져져(姐姐)의 셩념(聖念)을 힘닙어 소망의 과ᄒᆞ믈 샤례(謝禮)ᄒᆞ니ᄒᆞ니[107] ᄉᆞ좨(四坐) 년셩대하(連聲大賀)ᄒᆞ며 경조 부뷔 ᄯᅩᄒᆞᆫ 신부의 대례(大禮)ᄅᆞᆯ 바들ᄉᆡ 이 믄득 범범(凡凡)ᄒᆞᆫ 미ᄉᆡᆨ(美色)과 ~~용용~~(庸庸)ᄒᆞᆫ ᄌᆞ질(資質)이 아니라. 의논컨ᄃᆡ 벽텬 42면 (碧天)의 ᄇᆡᆨ일(白日)이오 빙정(氷淨)ᄒᆞᆫ ᄐᆡ되(態度) 창ᄒᆡ(滄海)의 명쥐(明珠)라. 옥부(玉膚) 츄영과 셩젼운빈(星纏雲鬢)의 신ᄎᆡ상광(神彩祥光)이 일신(一身)을 둘녓고 덕문법가(德門法家)의 ᄉᆡᆼ댱(生長)ᄒᆞ여 위의녜절(威儀禮節)을 좃ᄎᆞ시니 딘퇴쥬션(進退周旋)이 응목(應目)ᄒᆞ

106 믁우(默祐)ᄒᆞ샤: 묵우하다. 말없이 돕다.

107 ᄒᆞ니: 규장각본에는 없는 내용임. 중복 필사로 보임.

여 존고(尊姑)의 뇨됴현검(窈窕賢儉)ᄒᆞ믈 계젹(繼蹟)홀[108] 슉완(淑婉)[109]이오 닌흥의 쥰호영걸디샹(俊豪英傑之相)으로도 밋디 못홀 위인이니 구괴(舅姑) 대희과망(大喜過望)ᄒᆞ며 듕빈(衆賓)이 분분칭하(紛紛稱賀)ᄒᆞ니 경조와 쇼화부인이 좌슈우응(左酬右應)의 화연(和然) 답샤(答謝)ᄒᆞ여 희긔(喜氣) 미우(眉宇)를 둘너시니 샹부인이 쇼왈(笑曰)

"의계 거거(哥哥)의 식부(息婦)ᄂᆞᆫ 나의 구딜(舅姪)이오 소져의 ᄉᆡᆼ딜(甥姪)이라. 그 의용긔질(儀容器質)은 일좨(一座) 소공지(所共知)니 다시 니ᄅᆞ디 말고 셩힝ᄉᆞ덕(聖行四德)이 딘실노 남교(藍橋) 슉완(淑婉)[110]이라. 닌흥의 츌뉴탁월(出類卓越)ᄒᆞ므로도 신부를 밋디 못홀 곳이 만흐니 거게(哥哥) 엇디 일ᄇᆡ쥬(一杯酒)로뼈 소형과 나의게 치하(致賀)치 아니시ᄂᆞ뇨?"

경죄 쇼이답왈(笑而答曰)

"져제(姐姐) 금일 냥신부(兩新婦)의 녜알(禮謁)ᄒᆞᄂᆞᆫ 연셕(宴席)의 쥬찬(酒饌)이 브죡(不足)ᄒᆞ여 각별(各別)이 ᄉᆡᆼ각ᄒᆞ시ᄂᆞ니잇가? 신부의 츌뉴(出類)ᄒᆞ믄 인웅 부부의 덕이오 져져의 공이 아니라. ᄒᆞ믈며 져제(姐姐) 목젼(目前)의 여ᄎᆞ(如此) 슉완(淑婉)을 보ᄃᆡ 일죽 듕ᄆᆡ(中媒)치 아니샤 인웅이 스ᄉᆞ로 구ᄒᆞ므로조ᄎᆞ 쇼졔 현부(賢婦)를 어드니 져져 긔 므솜 샤ᄇᆡ(謝杯)를 나오리오? 소슈긔ᄂᆞᆫ 각별이 하쥬(賀酒)[111]를 밧드

43면

---

108 계젹(繼蹟)홀: 계적하다. 조상의 덕행을 잇다.

109 슉완(淑婉): 숙완. 아름답고 상냥한 여자.

110 남교(藍橋) 슉완(淑婉): 당나라 전기(傳奇)《배항(裵航)》에 나오는 남녀의 사랑 이야기를 인용한 것으로, 배항은 남교에서 운영을 만나 사랑을 이루었다고 함.

111 하쥬(賀酒): 규장각본에는 '하직'으로 되어 있음.

러 피ᄎᆞ(彼此)의 깃브믈 표(表)ᄒᆞ미 맛당ᄒᆞᄃᆡ 존쉬 일작 블음(不飮)ᄒᆞ시니 희ᄉᆞ(喜事)롤 당ᄒᆞ여 슬히 넉이시ᄂᆞᆫ 바롤 쳥(請)치 못ᄒᆞᄂᆞ이다.”

상부인이 낭쇼왈(朗笑曰)

“내 또 즐기디 아닛ᄂᆞᆫ 술을 구ᄒᆞ다가 견패(見敗)ᄒᆞ엿거니와 그ᄃᆡ 딘실노 사롬의 공을 모로ᄂᆞᆫ도다. 슉슉(叔叔)이 원보롤 ᄉᆞ랑ᄒᆞ샤 졸연(猝然)이 면약(面約)ᄒᆞ시나 내 ᄉᆞ이의셔 은빅의 용치 아님과 화뎨의 업ᄂᆞᆫ 흔단(釁端)을 챵셜(創設)ᄒᆞ면 ᄎᆞ혼(此婚)을 이에 셩젼(成全)치 못홀 거ᄉᆞᆯ ᄎᆞ마 디친(至親)의 무궁(無窮)ᄒᆞᆫ 흔단을 니ᄅᆞ디 못ᄒᆞ여 됴히 현부(賢婦)롤 잇게 ᄒᆞ엿더니 금일 ᄒᆞᆫ 잔 술을 앗기믈 보니 그 비린(鄙吝)ᄒᆞ믈[112] 통히(痛駭)ᄒᆞ노라.”

경죄 년쇼왈(連笑曰)

“져제 우리 부부의 흔단을 일ᄏᆞᄅᆞ시나 듯ᄂᆞᆫ ᄌᆡ 댱챵(藏倉)의 밍ᄌᆞ(孟子)롤 훼훔[113]ᄀᆞᆺ치 넉이리니 엇ᄃᆡ 현부(賢婦)롤 어드미 더ᄃᆡ리잇가? 원간 져제(姐姐) 블음(不飮)ᄒᆞ시ᄂᆞᆫ 바로 금일 구ᄒᆞ기롤 간졀이 ᄒᆞ시니 이ᄂᆞᆫ 상형이 외헌(外軒)의셔 구복(口腹)을 ᄎᆡ오디 못홀가 념녀ᄒᆞ시미라. 상형이 아롬다온 딜녀(姪女)로뻐 미돈(迷豚)의 ᄇᆡ위(配偶) 되믈 져희치 아닌 덕이 이시니 쳥ᄒᆞ여 ᄇᆡ쥬(杯酒)롤 나오샤이다.” 44면

셜파(說罷)의 뎡국공과 됴상셔 당한님을 다 ᄂᆡ루(內樓)의 쳥(請)ᄒᆞ여 경죄 상공긔 잔을 나오며 참졍 곤계(昆季)ᄂᆞᆫ 됴·당 냥셔(兩壻)로 하ᄇᆡ

---

112 비린(鄙吝)ᄒᆞ믈: 비린하다. 역겨울 정도로 인색하다.

113 댱챵(藏倉)의 밍ᄌᆞ(孟子)롤 훼훔: 노나라 평공이 맹자를 만나러 가려 하자 장창이 맹자를 헐뜯으며 말렸다는 고사에서 유래. 장창은 소인배를 뜻함. 규장각본에는 ‘훼훔’이 아니라 ‘희훔’으로 표기되어 있음.

(賀杯)로 난화 신부의 현미(賢美)ᄒᆞ믈 힝열ᄒᆞ니 댱한님은 양ᄆᆡ(養妹)니시와 친ᄆᆡ(親妹)의 ᄀᆡ이ᄒᆞ미 구가(舅家)의 듕뵈(重寶) 되여시믈 힝희(幸喜)ᄒᆞ고 됴샹셔ᄂᆞᆫ 죵ᄆᆡ(從妹) 니쇼져의 예셩(譽聲)이 구문(舅門)의 딘동(振動)ᄒᆞ믈 깃거ᄒᆞ며 뎡국공은 딜녀의 아롬다오미 졍경조의 과망쾌열(過望快悅)ᄒᆞ믈 크게 두굿겨 날호여 셔헌의 나오니 상부인이 경조의 닌셕(吝嗇)ᄒᆞ미 ᄌᆞ가의게ᄂᆞᆫ 일ᄇᆡ쥬(一杯酒)를 앗기믈 닐너 좌샹(座上)의 희쇼(戲笑)를 돕더라. 이윽고 낙일(落日)이 몰셔(沒西)ᄒᆞᄆᆡ 빈ᄀᆡᆨ이 각귀기가(各歸其家)ᄒᆞ니 듕당(中堂)의 쵹(燭)을 밝히
45면 고 여흥(餘興)을 니어 야심(夜深) 후 태부인이 취침(就寢)홀ᄉᆡ 참졍곤계(昆季) ᄌᆞ딜(子姪)을 거ᄂᆞ려 나오며 쳐ᄉᆡ 닌광을 도라보아 왈
“야심ᄒᆞ고 ᄌᆞ위(慈闈) 안침(安寢)ᄒᆞ시니 너도 믈너가 몸을 쉬라.”
ᄒᆞ며 봉누로 향ᄒᆞ니 ᄉᆡᆼ이 ᄇᆡ이슈명(拜而受命)ᄒᆞ고 야야(爺爺)를 뫼셔 입실(入室)ᄒᆞ시믈 본 후 퇴ᄒᆞ여 듁셔루로 나오니 ᄎᆞ일(此日)의 샤인이 졔공ᄌᆞ로 더브러 문윤각의셔 참졍과 쇼부를 시침(侍寢)ᄒᆞ며 학ᄉᆞᄂᆞᆫ 신방(新房)의 갓ᄂᆞᆫ 고로 이의 업ᄂᆞᆫ디라. ᄇᆡᆨ부(伯父)를 시침(侍寢)코ᄌᆞ ᄒᆞᄃᆡ 신방(新房)으로 가라 ᄒᆞ실가 난연(赧然)ᄒᆞ여 이에 두어 셔동(書童)올 다리고 셔당(書堂)의 나와 밤을 디ᄂᆡᄆᆡ 명됴(明朝) 신셩(晨星)의 드러가 부젼(父前)의 쥬왈(奏曰)
“ᄂᆡ귀(內舅)[114] 신양(身恙)이 밋쳐 쾌소(快蘇)치 못ᄒᆞ신ᄃᆡ 힝노(行路)의 구치(驅馳)ᄒᆞ샤 블평(不平)ᄒᆞ시미 더으다 ᄒᆞ오니 잠간 나아가 문후

114 ᄂᆡ귀(內舅): 내구. 외숙.

(問候)코ᄌᆞ ᄒᆞᄂᆞ이다."

쳐ᄉᆡ ᄋᆞᄌᆞ(兒子)의 뜻이 댱공을 피ᄒᆞ여 화부로 가고ᄌᆞ ᄒᆞ믈 지긔ᄒᆞ고 믁연냥구(默然良久)의 왈

"경ᄋᆔ 비록 유질(有疾)ᄒᆞ나 젼ᄌᆞ 태향의 왓실 적과 다ᄅᆞᆫ디라. 제형ᄌᆞ딜(諸兄子姪)이 슈플 ᄀᆞᆺᄐᆞ니 네 금일 가디 아니나 무졍(無情)타 아니리니 쳔쳔이 가도 무방ᄒᆞ니라." 46면

싱이 다시 욱이디 못ᄒᆞ여 유유시좌(唯唯侍坐)러니 경죄 쇼왈(笑曰)

"네 금일 연태우를 아니 ᄎᆞᄌᆞ보려 ᄒᆞᄂᆞ냐?"

싱이 짐ᄌᆞᆺ ᄃᆡ왈(對曰)

"존명(尊命)이 계실딘ᄃᆡ ᄀᆞᆺᄐᆞ여 샤양ᄒᆞ리잇가?"

쇼ᄇᆔ 함쇼왈(含笑曰)

"연태우도 보려니와 격닌(隔隣)의 잇ᄂᆞᆫ 빙악(聘岳)도 ᄇᆡ현(拜見)ᄒᆞ미 올흐니라."

싱이 미급ᄃᆡ(未及對)의 태부인이 니쇼져와 신부의 입실(入室)ᄒᆞ믈 명ᄒᆞᆫᄃᆡ 샤인 등은 안셔(安舒)히[115] 니러 마ᄌᆞ나 싱은 댱시의 드러오믈 분연(憤然)ᄒᆞ여 즉시 몸을 니러 밧그로 나가니 두 죵슉(從叔)과 졔슉뫼(諸叔母)[116] 그 발셔 아라시믈 ᄊᆡ다라 금슬(琴瑟)이 블화(不和)ᄒᆞᆯ가 념녀(念慮)ᄒᆞ더라. 싱이 듁셔루의 나와 분한(憤恨)과 노긔(怒氣) 흉복(胸腹)의 얽혀시ᄃᆡ 능히 플 길히 업ᄉᆞ며 다만 댱공을 흔연(欣然) 상ᄃᆡ(相對)치 말고 댱시로 면목(面目)을 블견(不見)ᄒᆞ여 부부디뉸(夫婦之

---

115 안셔(安舒)히: 안서하다. 편안하고 조용하다.

116 졔슉뫼(諸叔母): 규장각본에는 '셰슉뫼'로 되어 있음.

倫)을 폐코ᄌᆞ ᄒᆞ나 당시의 셩효녈졀(誠孝烈節)을 깁히 션복(善服)[117]ᄒᆞ던 바로 임의 취(娶)ᄒᆞ여 그 부모디과(父母之過)로뼈 박ᄃᆡ(薄待)ᄒᆞ믄 인ᄌᆞ(仁者)의 덕이 아니오 의 아닌 줄 아나 아딕 화연듕ᄃᆡ(和然重待)
47면 ᄒᆞ믄 몽ᄆᆡ(夢寐)의도 ᄉᆡᆼ각이 업ᄉᆞ며 스ᄉᆞ로 블인(不人)의 ᄉᆞ회 되믈 탄돌히분(嘆突駭憤)ᄒᆞ여 심화(心火)를 춤디 못ᄒᆞ더니 이윽고 존당(尊堂) 쇼명(召命)이 니ᄅᆞᄆᆡ 즉시 의ᄃᆡ(衣帶)를 슈렴ᄒᆞ여 응명(應命)ᄒᆞ니 친위슉당(親位叔堂)이 좌를 파치 아냣고 신부 등은 믈너갓더라.

태부인이 ᄉᆡᆼ을 나아오라 ᄒᆞ여 문왈(問曰)

"향긱(嚮刻)의 네 므솜 일노 좌ᄎᆞ(座次)를 븨워 몬져 나가뇨?"

ᄉᆡᆼ이 ᄃᆡ왈(對曰)

"쇼손(小孫)이 비위(脾胃) 결증[118]이 병통인 줄 아오ᄃᆡ 난뉸역셩(亂倫易姓)[119]ᄒᆞᄂᆞᆫ 블인(不人)을 ᄎᆞ마 ᄃᆡ치 못ᄒᆞ미로소이다."

태부인이 블열뎡싁(不悅正色) 왈

"노뫼(老母) 혼우(昏愚)ᄒᆞ고 여뷔(汝父) 비록 블명(不明)[120]ᄒᆞ나 난뉸역셩ᄒᆞᄂᆞᆫ 블인을 가ᄂᆡ(家內)의 용납(容納)디 아니리니 네 그 누를 니ᄅᆞ미뇨?"

ᄉᆡᆼ이 하셕브복(下席俯伏) 왈

"쇼손(小孫)이 우연이 심니 분울(憤鬱)ᄒᆞ믈[121] 춤디 못ᄒᆞ와 하문(下問)

117 션복(善服): 규장각본에는 '셩복'으로 되어 있음.

118 결증: 급한 성격 때문에 생기는 화병의 일종.

119 난뉸역셩(亂倫易姓): 규장각본에는 '난뉸역경'으로 되어 있음.

120 블명(不明): 규장각본에는 '불면'으로 되어 있음.

121 분울(憤鬱)ᄒᆞ믈: 규장각본에는 '분울ᄒᆞ여'로 되어 있음.

ᄒᆞ시므로조ᄎᆞ 딘달(進達)[122]ᄒᆞ오미러니 미안디괴(未安之敎) 여ᄎᆞ(如此)ᄒᆞ시니 황공숑뉼(惶恐悚慄)ᄒᆞ와 감쳥ᄉᆞ죄(敢請死罪)로소이다. 그러ᄒᆞ오나 인디부ᄌᆞ(人知父子)ᄂᆞᆫ 텬셩(天性)이라 오륜(五倫)의 ᄋᆞᆺ듬이옵거ᄂᆞᆯ 블초ᄋᆡ(不肖兒) 취ᄒᆞᆫ 바ᄂᆞᆫ 소ᄉᆡᆼ디친(所生至親)을 블분(不分)ᄒᆞ여 혹 연시녀ᄅᆞᆯ 소공이 슈양(收養)타 ᄒᆞ오며 혹 댱가 블인디녀(不人之女)ᄅᆞᆯ 소공이 거두다 ᄒᆞ여 그 근본 셩시(姓氏)ᄅᆞᆯ 알 길히 업ᄉᆞ오니 혼인은 인뉸대관(人倫大關)이라. 셩친대ᄉᆞ(成親大事)의 소ᄉᆡᆼ지디(所生之地)ᄅᆞᆯ ᄀᆡ(欺)이미 ᄯᅩ 엇디 젹은 변괴(變故)리잇고? 이ᄂᆞᆫ 과연 난뉸역셩(亂倫易姓)이라. 졔 만일 연공의 ᄉᆡᆼ츌(生出)노 소공의 슈양(收養)일딘ᄃᆡ 댱가ᄅᆞᆯ 다히미 도로혀 괴이ᄒᆞ오니 쇼손(小孫)이 기간ᄉᆞ(其間事)ᄅᆞᆯ 능히 ᄭᆡ닷디 못ᄒᆞᄂᆞ이다.”

태부인이 빵미(雙眉)ᄅᆞᆯ 튝합(縮合)ᄒᆞ여 쳐ᄉᆞᄅᆞᆯ 도라보아 왈

“ᄋᆞᄒᆡ(兒孩) 소견(所見)이 일편(一遍)된디라 노뫼 능히 졔 ᄆᆞᄋᆞᆷ을 화활(和闊)케 못 ᄒᆞᄂᆞ니 네 모로미 ᄒᆞᆫ번 셜파(說破)ᄒᆞ여 광ᄋᆞ의 의심을 플게 ᄒᆞ라.”

쳐ᄉᆡ 계슈응ᄃᆡ(稽首應對)ᄒᆞ고 다시 고왈(告曰)

“닌광의 거동이 광망블경(狂妄不敬)ᄒᆞ와 존젼(尊前)의 발연(勃然)ᄒᆞᆫ 노ᄉᆡᆨ(怒色)이 삼셰교동(三歲狡童)도 아닐 ᄒᆡᆼᄉᆡ(行事)오니 이ᄂᆞᆫ 쇼ᄌᆞ(小子)의 교ᄌᆞ어하(敎子御下)의 무상(無狀)ᄒᆞᆫ 연괴(緣故)로소이다.”

부인이 믄득 츄연탄식(惆然嘆息) 왈

48면

122 딘달(進達): 진달. 소식을 받아서 윗사람에게 올림.

"션군(先君)이 범ᄇᆡᆨ(凡百)의 집녜(執禮)ᄒᆞ시ᄃᆡ 슬하ᄅᆞᆯ 년무(憐撫)ᄒᆞ
시ᄆᆡᄂᆞᆫ 의문을 활활냑ᄒᆞ시며 ᄌᆞᄋᆡ(慈愛)ᄅᆞᆯ 두터이 ᄒᆞ샤 부ᄌᆞᄂᆞᆫ 죵용
49면 ᄒᆞ믈 귀히 넉이시니 여등(汝等)이 ᄯᅩᄒᆞᆫ 요란이 ᄎᆡᆨ벌(責罰)ᄒᆞ시믈 밧
디 아냐시ᄃᆡ ᄒᆡᆼᄉᆡ(行事) 패려(悖戾)ᄒᆞ믈 면ᄒᆞᆫ디라. 노뫼(老母) 감히
태임(太姙)의 ᄐᆡ교(胎敎)ᄅᆞᆯ 우럿디 못ᄒᆞ나 ᄯᅩᄒᆞᆫ 블효ᄌᆞᄅᆞᆯ ᄉᆡᆼᄒᆞᆫ 븟그
리믄 업ᄂᆞ니[123] 가법은 죵션죄(從先祖)오 국법은 의젼녜(依前禮)라. ᄌᆞ
식의게 굿ᄐᆞ여 위엄으로 친의(親誼)ᄅᆞᆯ 믈니쳐 노즐ᄎᆡᆨ벌(怒叱責罰)이
가ᄒᆞ리오? 모로미 디의(智義)[124]로 교훈ᄒᆞ여 ᄌᆞᄋᆡ(慈愛)로 합ᄒᆞ리니 여
ᄎᆞ지교(如此之敎)의 ᄌᆞ식 된 ᄌᆡ 듯디 아니면 이ᄂᆞᆫ 난ᄌᆡ(亂子)라. 고인
의 열친디효(悅親之孝)ᄅᆞᆯ ᄉᆡᆼ각ᄒᆞᄆᆡ 븟그럽디 아니랴? 너의 부ᄌᆡ 모
로미 션군의 ᄌᆞᄋᆡᄒᆞ시던 바와 가ᄒᆡᆼ(家行)을 니어 ᄌᆞᄋᆡᄅᆞᆯ 몬져[125] ᄒᆞ고
요란이 상은(喪恩)ᄒᆞᄂᆞᆫ 블ᄒᆡᆼ이 잇게 말나."
쳐ᄉᆡ 복슈문교(伏首聞敎)[126]의 츄연동ᄉᆡᆨ(惆然動色)ᄒᆞ여 ᄇᆡ이슈명(拜而
受命)ᄒᆞ며 도라 닌광[127]을 보니 만심(滿心)이 숑황(悚惶)ᄒᆞ여 감히 머리
ᄅᆞᆯ 드디 못ᄒᆞ거ᄂᆞᆯ 쳐ᄉᆡ 명ᄒᆞ여 좌ᄅᆞᆯ 갓가이 주고 안ᄉᆡᆨ(顔色)이 유열
(愉悅)ᄒᆞ여 ᄀᆞᆯ오ᄃᆡ
"ᄌᆞ교(慈敎)의 디극(至極)ᄒᆞ시미 부ᄌᆡ ᄒᆞᆫ가지로 듯ᄌᆞ온 ᄇᆡ니 여뷔(汝
50면 父) 블초무상(不肖無狀)ᄒᆞ며 오ᄋᆡ(吾兒) 광망무식(狂妄無識)ᄒᆞᆫ들 엇

123 붓그리믄 업ᄂᆞ니: 규장각본에는 '붓그리믈 ᄭᆡ닷지 못ᄒᆞᄂᆞ니'로 되어 있음.
124 디의(智義): 규장각본에는 '기의'로 되어 있음.
125 몬져: 규장각본에는 '못져'로 되어 있음.
126 복슈문교(伏首聞敎)의: 규장각본에는 '부슈문교ᄒᆞ고'로 되어 있음.
127 닌광: 규장각본에는 '이광'으로 되어 있음.

디 감오(感悟)ᄒᆞ여 폐부(肺腑)의 삭이디 아니리오? 아디 못게라 뉘 너다려[128] 신부를 연태우 녀지라 젹실(適實)이 닐넛관ᄃᆡ 난뉸역셩(亂倫易姓)ᄒᆞᆫ다 욕ᄒᆞᄂᆞ뇨?"

ᄉᆡᆼ이 부친의 화열(和悅)ᄒᆞ미 디극(至極)ᄒᆞ시ᄃᆡ 심니(心裡) 튝황젼뉼(蹙惶戰慄)[129]ᄒᆞ믄 고셩즐칙(高聲叱責)ᄒᆞᄂᆞᆫ 바의 더은디라. 다만 브복ᄃᆡ왈(俯伏對曰)

"블쵸(不肖) 무상(無狀)ᄒᆞ와 스ᄉᆞ로 엄교(嚴敎)의 명셩(明聖)ᄒᆞ시믈 져바리옵고 존젼(尊前)의 경근디녜(敬謹之禮)[130]를 일허 언ᄒᆡᆼ(言行)의 무식ᄒᆞᆫ 죄를 범ᄒᆞ오ᄃᆡ 태모(太母) 교훈과 대인(大人) 셩덕(盛德)이 이에 밋ᄎᆞ시니 황감블승(惶感不勝)이로소이다. 소대인 양녜 연시 녀ᄌᆡ(女子)를 냥슉부와 일가졔인(一家諸人)이 ᄒᆞᆫ가디로 니ᄅᆞ믈 듯ᄌᆞ오ᄃᆡ 다시 ᄉᆡᆼ각건ᄃᆡ 댱시녀의 나디 아니니 그 과연 역셩(易姓)이오니 분명이 아디 못한 젼은 ᄃᆡ치 말고ᄌᆞ ᄒᆞ미러니이다."

쳐ᄉᆡ 츄연왈(惆然曰)

"왕셰(往歲) 당년의 완월ᄃᆡ(玩月臺) 샹(上)의셔 군을 뵈옵고 우리 군죵형뎨(群從兄弟) 함취(咸聚)ᄒᆞ여 됴·니·댱 삼인으로 더브러 셔로 ᄌᆞ녀를 가져 쥬딘(周秦)의 호연(好緣)을 금셕ᄀᆞᆺ치 상약(相約)ᄒᆞ니 네 51면
유튱(幼冲)ᄒᆞᆯ ᄯᅵ나 거의 긔억ᄒᆞᆯ디라. ᄆᆞ음의 혜오ᄃᆡ 졍ᄋᆞᄂᆞᆫ 니가 동상(東床)이오 너ᄂᆞᆫ 후빅의 셰(壻)라 ᄒᆞ여 디로텬황(地老天荒)ᄒᆞ나 내

128 뉘 너다려: 규장각본에는 '뉘이다려'로 되어 있음
129 튝황젼뉼(蹙惶戰慄): 규장각본에는 '축광젼뉼'로 되어 있음.
130 경근디녜(敬謹之禮): 경근지례. 공경하고 삼가는 예법.

뜻이 변치 아닐 바의 당ᄋᆡ 십셰튱년(十歲沖年)의 희셰(稀世)ᄒᆞᆫ 험난(險難)을 당ᄒᆞ여 그 졍졍결개(淨淨潔介)ᄒᆞᆫ 녈졀(烈節)이 훼면할이(毁面割耳)ᄒᆞ기의 밋ᄎᆞ믄 네 몬져 알오미 ᄇᆞᆰ은디라. 왕고부의 단굉과 고힝(高行)의 할비(割鼻)[131]ᄒᆞ미 다 유미(幼迷)ᄒᆞᆫ 년긔 아니오 졀의(節義)예 마디못ᄒᆞ미로ᄃᆡ 쳔츄(千秋)의 뉴젼(流傳)ᄒᆞ니 ᄒᆞ믈며 ᄋᆞ부(我婦)의 젹앙(積殃)이 되믄 니ᄅᆞ디 말고 네 ᄇᆡ쳑(排斥)기를 ᄉᆞ갈(蛇蝎)ᄀᆞᆺ치 ᄒᆞ여 취치 말기를 심듕(心中)의 ᄆᆡᆼ셰(盟誓)ᄒᆞᄃᆡ 텬연(天緣)의 듕ᄒᆞ미 블각디듕(不覺之中)의 남강의셔 네 손으로 ᄋᆞ부를 건져 소션ᄉᆡᆼ긔 맛디미 되니 그 엇디 텬되(天道) 유의(有意)ᄒᆞ시미 아니리오? 네 향ᄌᆞ(向者)의 댱공이 유과(有過)나 ᄇᆡᆨ승의 어딜미 슌(舜)·우(禹)[132]의 남은 풍이니 가히 교도(交道)의 흡연(洽然)ᄒᆞ리라 ᄒᆞ니 ᄋᆞ부의 셩덕픔질(盛德稟質)은 ᄇᆡᆨ승의 셰 번 더은디라. 댱공이 듕도(中途)의 본셩

52면 (本性)을 일허 너 ᄃᆡ졉ᄒᆞᆫ ᄇᆡ 박익(薄隘)ᄒᆞ나 네 임의 죽으믈 면ᄒᆞ여시며 형댱과 내 그 ᄒᆡᄒᆞ믈 밧디 아냐신즉 원슈로 디목ᄒᆞ여 언언(言言)이 유혐디가(有嫌之家)로 니ᄅᆞ미 괴이코 개과쳔션(改過遷善)은 셩교(聖敎)의 허ᄒᆞ신 ᄇᆡ어놀 댱공이 유모의 간ᄒᆞ므로조ᄎᆞ 즉시 화상(畫像)을 소화(消火)ᄒᆞ여 그ᄅᆞ믈 황연(晃然)이 ᄭᆡ쳐시며 본심이 오문(吾門)을 함살(咸殺)코ᄌᆞ 홈과 달나 간곡ᄒᆞᆫ 졍과 츄연(惆然)ᄒᆞᆫ 의ᄉᆡ 그 가온ᄃᆡ 업디 아니니 이 ᄯᅩ ᄇᆡ은망혜(背恩忘惠)ᄒᆞ미 아니라. 다만 그

131 고힝(高行)의 할비(割鼻): 고행할비. 양나라의 과부 고행이 수절을 위해 스스로 코를 벤 일. 젊은 나이에 과부가 된 그를 첩으로 삼고자 했던 양나라 임금은 이러한 행실을 높이 사 '고행(高行)'이라는 이름을 내렸다고 함. 《삼강행실도》에 나옴.

132 우(禹): 규장각본에는 '유'로 되어 있음.

문회(門戶) 녕체(零替)[133]ᄒᆞ믈 근심ᄒᆞ고 기션(其先)의 혈식(血息)이 ᄌᆞ긔 일인ᄲᅮᆫ이믈 슬허 권가(權家)의 믜오믈 업과ᄌᆞ ᄒᆞᄆᆡ 의논이 격상(激上)ᄒᆞᆫ ᄌᆞ와 칙망(責望)이 과도ᄒᆞᆫ 뉴(類)ᄂᆞᆫ 혹 니ᄅᆞᄃᆡ 시졀(時節)을 조ᄎᆞ 뜻을 변ᄒᆞᄂᆞᆫ 쇼인(小人)이라 ᄒᆞ며 혹 츄셰비린(趨勢鄙吝)ᄒᆞᆫ 무디젹ᄌᆡ(無知赤子)라 욕ᄆᆡ(辱罵)ᄒᆞ나 여뷔(汝父) 포ᄌᆞ(鮑者)의 관듕(管仲) 알오믈[134] 샤양치 아니ᄒᆞᄂᆞ니 댱공이 왕딘(王振)[135]의 일뉴(一類)로 오국(誤國)ᄒᆞᆫ 쇼인(小人)이라도 빅승의 어지롬과 ᄋᆞ부(我婦)의 츌인(出人)ᄒᆞ미 이 갓튼ᄌᆞᆨ 나ᄂᆞᆫ 뼈 구회(咎悔)[136]ᄒᆞ여 왕실의 유익ᄒᆞ믈 닐위리니 텬ᄉᆡᆼ만민(天生萬民)애[137] 오군디신(吾君之臣)이 아니미 업ᄉᆞ니 그 덕을 ᄀᆞᆯ희미[138] 엇디 역가셰손(逆家世孫)인들 피ᄒᆞ리오 ᄒᆞ믈 션군(先君)이 맛당타 ᄒᆞ시던디라. ᄒᆞ믈며 댱공은 국가의 호말(毫末)도 작죄(作罪)ᄒᆞ미 업시 닙됴(入朝) 슈십 년의 국ᄉᆞ(國事)ᄅᆞᆯ 딘심(盡心)ᄒᆞ여 공딕슌근(公直純謹)ᄒᆞ고 튱심(忠心)이 과인(過人)ᄒᆞ여 ᄇᆡᆨᄒᆡᆼ대졀(百行大節)의 일호(一毫) 죄괘(罪科) 업ᄉᆞ니 일시 실언실조(失言失措)ᄅᆞᆯ 칙망(責望)ᄒᆞᆯ ᄇᆡ 아니오 긔강셔 너ᄅᆞᆯ 박ᄃᆡ(薄待)ᄒᆞ믈 통한ᄒᆞ나 53면

133 녕체(零替): 영체. 권세나 살림이 보잘것없이 줄어듦.

134 포ᄌᆞ(鮑者)의 관듕(管仲) 알오믈: 포숙아와 관중은 춘추시대 제나라 사람이며, 죽마고우로 유명함. 포숙아는 왕자 소백을 지지하고 관중은 왕자 규를 지지했는데, 왕위 계승 다툼에서 규가 밀려 관중이 죽을 위기에 처하자 포숙아가 왕자 소백에게 관중을 죽이지 말 것을 설득했다고 함.

135 왕딘(王振): 명나라 때의 환관 왕진. 명나라의 영종이 왕진의 주장을 썼다가 북쪽 오랑캐들에게 성이 함락되었다고 함.

136 구회(咎悔): 뉘우침.

137 애: 규장각본에는 '의'로 되어 있음.

138 ᄀᆞᆯ희미: 규장각본에는 '놀히미'로 되어 있음

본심이 너롤 죽일 뜻이면 언셰이[139] ᄌᆞ긔 뜻을 어긔워 구ᄒᆞ믈 엇디 분히치 아니며 또 므어솔 거리쪄 언션을 죽이디 아니리오마ᄂᆞᆫ 위셰(威勢)의 닛글니고 군흉(群凶)의 탄박(彈迫)ᄒᆞ믈 만날가 두려 거즛 너롤 히홀 둣ᄒᆞ다가 언션의 구ᄒᆞ믈 역시 깃거 ᄀᆞ마니 언션을 샤ᄒᆞ니 이 일이 광명뎡대(光明正大)치 못ᄒᆞ며 위인이 강밍녈일(强猛烈日)튼 못 ᄒᆞ나 인셩이 각각이오 뜻 잡으미 이 ᄀᆞᆺ톨 비 아니니 녹녹(碌碌)ᄒᆞᆫ ᄉᆞ혐(私嫌)으로뼈 졀치부심(切齒腐心)ᄒᆞ고 함원욕미(含怨辱罵)ᄒᆞ미 강협(剛狹)디 아니랴? 션군이 후빅의 셩경이 견확(堅確)디 못홈과 또 ᄌᆞ손의 너 갓튼 지 이셔 이ᄌᆞ(睚眥)롤 필보(必報)홀가 기피 념녀ᄒᆞ샤 님
54면 위디시(臨危之時)의 여ᄎᆞ여ᄎᆞ 교어(教語)롤 주시니 여뷔(汝父) 블초(不肖)ᄒᆞ여 션인의 홍냥대도(弘量大道)롤 우러옵디 못ᄒᆞ나 명셩관쳘(明聖觀徹)ᄒᆞ신 유훈(遺訓)을 져바리옵디 말고ᄌᆞ ᄒᆞᄂᆞ니 네 이졔 션조(先祖) 유교(遺教)와 부훈(父訓)을 봉힝(奉行)치 아니며 과격ᄒᆞᆫ 고집과 증화(憎火)롤 춤디 못ᄒᆞ여 댱공을 즐미(叱罵)ᄒᆞ고 ᄋᆞ부(我婦)롤 박멸(撲滅)ᄒᆞ여 항녀(伉儷)[140]의 도롤 폐홀딘ᄃᆡ 내 다시 너롤 ᄌᆞ식이라 ᄒᆞ여 경계치 아니ᄒᆞ며 션훈(先訓)을 거역ᄒᆞᄂᆞᆫ ᄌᆞ식을 결단코 됴히 ᄃᆡ(對)치 아니리라. 네 쾌히 ᄌᆞ상ᄌᆞ결ᄒᆞ여 댱공을 예ᄉᆞ로이 보디 아니ᄒᆞ고 댱ᄋᆞ롤 맛춤ᄂᆡ 염박(厭薄)홀 뜻이 잇거든 일즉이 결단ᄒᆞ며 히혹(解惑)ᄒᆞ미 잇거든 금일 교훈을 슌ᄒᆞ믈 닐너 부ᄌᆞ디간(父子之間) 은휘(隱諱)치 말나. 사롬이 범연(泛然)ᄒᆞᆫ 남과 말ᄒᆞ여도 실신(失信)치

139 언셰이: 규장각본에는 '언션의'로 되어 있음.
140 항녀(伉儷): 항려. 부부.

못ᄒᆞᆯ 바의 ᄌᆞ식이 아비의게 허언(虛言)을 쑤며 언실(言實)을 달니ᄒᆞ미 이시랴? 은ᄇᆡᆨ 등과 졔딜이 댱ᄋᆞ로ᄡᅧ 연시라 ᄒᆞ여 속이믄 일시 희롱이니 죡히 신듕(信重)ᄒᆞᆯ ᄇᆡ 아니오 혼셔(婚書) 문명(問名)의 댱ᄋᆡ믈 ᄇᆞᆰ혀시니 네 연가로 밀위여 욕ᄒᆞ미 블가ᄒᆞ니 ᄎᆞ후(此後) 다시 괴 55면
이ᄒᆞᆫ 말을 아니미 올흐니라."

셜파(說罷)의 ᄉᆞ긔(辭氣) 화평(和平)ᄒᆞ고 위의(威儀) 경슉(靜肅)ᄒᆞ니 셕ᄉᆞ(昔事)ᄅᆞᆯ 일ᄏᆞᄅᆞᄆᆡ 츄연감쳑(惆然感慽)ᄒᆞ여 일언반ᄉᆡ(一言半辭) 교졍(巧情)이 아니오 딘심소발(眞心所發)일ᄉᆞ록 ᄉᆡᆼ이 경황숑뉼(驚惶悚慄)ᄒᆞ며 쳐ᄉᆡ 본ᄃᆡ 말ᄉᆞᆷ이 헛도이 발치 아니ᄒᆞ고 금일 쾌히 결단ᄒᆞ여 ᄌᆞ긔 고집을 두로혀미 업ᄉᆞᆫ죽 다시 ᄌᆞ항(子行)의 용납디 아니실디라.[141] 이 마ᄃᆡ의 다ᄃᆞ라ᄂᆞᆫ 죽을 일도 ᄉᆞ양ᄒᆞᆯ ᄠᅳᆺ이 업ᄉᆞ니 ᄌᆞ긔의 쳘셕(鐵石)ᄀᆞᆺ치 뎡(定)ᄒᆞᆫ ᄠᅳᆺ이 신풍(迅風)의 셰(勢)ᄅᆞᆯ 인ᄒᆞ여 비양(飛揚)ᄒᆞᆷ ᄀᆞᆺᄐᆞ니 엇디 ᄃᆡᄒᆞ믈 더ᄃᆡ며 ᄯᅩ 엇디 심ᄉᆞ(心思)ᄅᆞᆯ 은닉(隱匿)ᄒᆞ리오? 년망(連忙)이 계슈ᄌᆡᄇᆡ(稽首再拜)ᄒᆞ고 쳑연하루(惕然下淚) 왈

"셩괴(聖敎) 여ᄎᆞ(如此)ᄒᆞ시니 블최(不肖) 감히 므ᄉᆞᆷ 말ᄉᆞᆷ을 주(奏)ᄒᆞ리잇고? 댱공의 쇼ᄌᆞ(小子)ᄅᆞᆯ 죽이려 ᄒᆞ던 바ᄂᆞᆫ ᄒᆡᄋᆡ(孩兒) 비록 강협(剛狹)ᄒᆞ오나 회한(悔恨)치 아니ᄒᆞ오ᄃᆡ 냥대인 화상(畫像)을 일워 경태긔 드리려 ᄒᆞ던 ᄇᆡ 통완(痛惋)코 분ᄒᆡ(憤駭)ᄒᆞ오니 ᄠᅳᆺ을 결단ᄒᆞ여 댱시ᄅᆞᆯ 취치 말고ᄌᆞ ᄒᆞ엿ᄉᆞᆸ다가 금번 샹경ᄒᆞ와 졔죵(諸從)의 말ᄉᆞᆷ을 듯ᄉᆞ온죽 가형(家兄)의 디셩대효(至性大孝)로도 댱공을 댱유유 56면

[141] ᄌᆞ항(子行)의 용납디 아니실디라: 자식 사이에 끼워주지 않고 부자의 연을 끊는다는 뜻.

셔(長幼有序)ᄅᆞᆯ ᄎᆞᆯ혀 구의(舊誼)ᄅᆞᆯ 변ᄒᆞ미 업다 ᄒᆞ오니 쇼ᄌᆡ 오ᄃᆡᆨ 형의 쳐ᄉᆞᄅᆞᆯ ᄯᆞ라 다ᄅᆞ미 업고ᄌᆞ ᄒᆞᆯ ᄲᅮᆫ이언졍 그 동상(東床)이 되믄 아득히 ᄭᆡ닷디 못ᄒᆞ엿ᄉᆞᆸ더니 임의 취실(娶室)ᄒᆞ와 당시의 유시 면목이 완연ᄒᆞ온디라. 비로소 그 블인(不人)의 획계(畫計)ᄅᆞᆯ ᄭᆡ치오ᄆᆡ 분ᄒᆡ통증(憤駭痛症)ᄒᆞ미 층가(層加)ᄒᆞ오니 기녀(其女)의 무죄(無罪)ᄒᆞ믈 모로디 아니ᄒᆞ오ᄃᆡ 쇼ᄌᆞ(小子)ᄅᆞᆯ 눈 업시 넉이와 쇽여 도라보ᄂᆡ고 흔흔ᄌᆞ득(欣欣自得)ᄒᆞ오믈 더옥 통증(痛憎)ᄒᆞ오니 어ᄃᆡ로조ᄎᆞ 구ᄉᆡᆼ(舅甥)의 의(義)와 인뉸대관(人倫大關)을 ᄉᆡᆼ각ᄒᆞ리잇고? 당시 더옥 그 부형의 죄과(罪過)ᄅᆞᆯ 모로며 안연(晏然)이 탁셩(託姓) 졍문 ᄒᆡ연(駭然) 분개(憤慨)ᄒᆞ옵더니 엄괴(嚴敎) 셕일(昔日) 뎡ᄆᆡᆼ(定盟)을 니ᄅᆞ샤 일이 듕ᄃᆡ(重大)ᄒᆞᆷ과 블초의 ᄯᅳᆺ을 므ᄅᆞ시니 쇼ᄌᆡ 엇디 감히 ᄉᆞᄉᆞ분노(私事忿怒)ᄅᆞᆯ 발뵈와 쳔ᄒᆞᆫ 고집으로ᄡᅥ 친위의 바리시ᄂᆞᆫ 망극(罔極)ᄒᆞ믈 감심(甘心)ᄒᆞ리잇가? ᄎᆞᆯ하리 일신(一身) ᄆᆡ명(罵名)을 취ᄒᆞ올디언졍 엄명(嚴命)을 거역디 아니ᄒᆞ리이다. 다만 념치(廉恥) 상딘(喪
57면 盡)ᄒᆞ온 당시 부녜(父女) 대인(大人) 셩덕(盛德)의 디극(至極)ᄒᆞ심과 쇼ᄌᆞ(小子)의 만만브득이(萬萬不得已) 화평(和平)ᄒᆞ믈 모로고 쇼ᄌᆞᄅᆞᆯ 그 집의 ᄌᆞ로 현알(見謁)ᄒᆞ여 슬하디도(膝下之道)ᄅᆞᆯ ᄎᆞᆯ히과져 ᄒᆞ오리니 여ᄎᆞ즉 ᄋᆞᄒᆡ 조급ᄒᆞ온 셩졍(性情)의 더옥 ᄎᆞᆷ기 어려오리로소이다."

쳐ᄉᆡ 잠간 우으며 슉시냥구(熟視良久)의 왈

"ᄋᆞᄒᆡ(兒孩) 과연 일편(一遍) 기혹(欺惑)ᄒᆞ도다. 당부의 단니디 아냐든 뉘 녈노ᄡᅧ 후ᄇᆡᆨ의 ᄉᆞ회 아니라 ᄒᆞ랴? 내 비록 우암(愚暗)ᄒᆞ나 ᄌᆞ식으로 ᄒᆞ여곰 닙셰쳐신(立世處身)의 미명(罵名)과 누덕(累德)[142]이 업과져 ᄒᆞ리니 댱ᄋᆞ로 화락ᄒᆞ믈 사ᄅᆞᆷ이 ᄭᅮ짓거든 내 당ᄒᆞ고 ᄋᆞ뷔 너의 듕ᄃᆡ(重對)ᄅᆞᆯ 인ᄒᆞ여 방ᄌᆞ(放資)ᄒᆞ미 잇거든 내 눈을 곰아 너의게 디인(知人) 못 ᄒᆞ믈 샤ᄒᆞ리라."

ᄉᆡᆼ이 슌슌ᄇᆡ샤(順順拜謝)ᄒᆞᄃᆡ 흉복(胸腹)의 가득ᄒᆞᆫ 분뇌 엇디 잘 플니리오? 금ᄌᆞ 형셰 댱공 부녀ᄅᆞᆯ 녜ᄉᆞ로이 ᄃᆡ홀 ᄇᆡ 졀졀분개(節節憤慨)ᄒᆞ나 감히 ᄉᆞ싀(辭色)디 못ᄒᆞ니 참졍이 ᄯᅩᄒᆞᆫ 말ᄉᆞᆷ을 누누히 ᄒᆞ여 흉교(凶狡) 박녀의 초ᄉᆞ(招辭)ᄅᆞᆯ 젼ᄒᆞ며 슉녀의 명ᄒᆡᆼ고졀(明行孤節)을 공경(恭敬)치 아니ᄒᆞ미 군ᄌᆞ디덕(君子之德)과 댱부(丈夫) 홍냥(弘量)[143]이 아니믈 니ᄅᆞ고 경조와 쇼뷔 ᄒᆞᆫ가디로 화열ᄒᆞ믈 권ᄒᆡ(勸解)ᄒᆞ 58면
니 ᄉᆡᆼ이 당시 신누(身累)ᄅᆞᆯ 쾌셕(快釋)ᄒᆞ믄 초문(初聞)이로ᄃᆡ 제 임의 죽디 아냣고 ᄌᆞ긔의 취ᄒᆞᆫ 바로 졍문 포장이 요란ᄒᆞ여 녀ᄌᆞ의 일홈이 만셩(滿城)의 드레믈 블열(不悅)ᄒᆞ여 고왈(告曰)

"녀ᄌᆞ의 일홈이 요란ᄒᆞ여 먼니 들네미 블ᄒᆡᆼ(不幸)ᄒᆞ오니 ᄇᆡᆨ부 대인과 ᄇᆡᆨ승이 탑젼(榻前)[144]의 쥬달(奏達)ᄒᆞ여 졍문디ᄉᆞ(旌門之事)[145]ᄅᆞᆯ 환슈(還收)ᄒᆞ시게 ᄒᆞ오미 올흐니이다."

참졍 왈

"텬의(天意) 견고ᄒᆞ시며 여러 대신이 맛당ᄒᆞ믈 쥬ᄒᆞ여 다시 변통(變

---

142 누덕(累德): 덕을 욕되게 하는 것.

143 홍냥(弘量): 홍량. 넓은 도량.

144 탑젼(榻前): 탑전. 임금 앞.

145 졍문디ᄉᆞ(旌門之事): 규장각본에는 '져문지ᄉᆞ'로 되어 있음.

通)이 업게 되여시니 녀ᄋᆞ와 ᄀᆡ염[146]이 다 ᄒᆞᆫ가디로 문녀(門閭)[147]의 표댱디ᄉᆡ 디극 블안 황공ᄒᆞ여라.”

졍언간(正言間)의 시ᄌᆡ(侍者) 댱샹셔 노야(老爺)의 ᄂᆡ림(來臨)ᄒᆞ믈 고ᄒᆞ거ᄂᆞᆯ 경ᄌᆈ 쇼왈(笑曰)

“후ᄇᆡᆨ이 광딜을 쾌히 동상(東床)을 삼아시나 그 ᄇᆡ현(拜見)치 아니믈 답답ᄒᆞ여 니ᄅᆞ거니와 광ᄋᆡ 빙악(聘岳)을 ᄃᆡᄒᆞ여 녜블가폐치(禮不可廢置)니 공경ᄒᆞ믈 아니치 못ᄒᆞ려니와 모로미 젼습(前習)을 ᄇᆞ리고 구ᄉᆡᆼ디의(舅甥之義)ᄅᆞᆯ 극딘(極盡)히 ᄒᆞ여 댱공의 가ᄋᆡ(嘉愛)ᄒᆞ믈 일치 말나.”

59면 쇼부와 졔공ᄌᆡ 함쇼(含笑)ᄒᆞ며 참졍과 쳐ᄉᆡ 함긔 문윤각의 나와 댱공을 마ᄌᆞᆯᄉᆡ 이곳은 ᄂᆡ당(內堂)과 디근(至近)ᄒᆞ더라. 댱공이 승당녜파(昇堂禮罷)의 ᄂᆡᆫ광이 만만브득이(萬萬不得已) 엶ᄒᆡ 나아가 ᄌᆡᄇᆡ(再拜)ᄒᆞᆫᄃᆡ 댱공이 희블ᄌᆞ승(喜不自勝)ᄒᆞ여 눈으로 경ᄉᆡᆼ의 옥모(玉貌)ᄅᆞᆯ 쑤러지게 보며 웃ᄂᆞᆫ 닙을 주리디[148] 못ᄒᆞ여 어린 ᄃᆞᆺ시 안ᄌᆞᆺ다가[149] 쳐ᄉᆞᄅᆞᆯ 향ᄒᆞ여 녀ᄋᆞᄅᆞᆯ 블너 빵으로 안쳐 보믈 쳥ᄒᆞᆫᄃᆡ 쳐ᄉᆡ 웃고 마디못ᄒᆞ여 시ᄋᆞ(侍兒)로 댱쇼져ᄅᆞᆯ 브ᄅᆞ니 이윽고 댱쇼졔 응명(應命)ᄒᆞ며 다시 부젼의 ᄇᆡ알(拜謁)ᄒᆞ니 그 아릿답고 빗나미 볼ᄉᆞ록 ᄀᆡ이ᄒᆞ여 과연 댱공지녜믈 ᄊᆡ닷디 못ᄒᆞᆯ디라. 댱공이 녀ᄋᆞ(女兒)ᄅᆞᆯ 나호여 손을 ᄌᆞᆸ으며 머리ᄅᆞᆯ 쓰다ᄃᆞᆷ아 형용 업ᄉᆞᆫ ᄉᆞ랑이 측냥(測量)업ᄉᆞᄃᆡ 경ᄉᆡᆼ을

146 녀ᄋᆞ와 ᄀᆡ염: 규장각본에는 ‘녀ᄋᆞᄀᆡ염’으로 되어 있음.
147 문녀(門閭): 규장각본에는 ‘문ᄂᆡ’로 되어 있음.
148 주리디: 규장각본에는 ‘쥴이지’로 되어 있음.
149 안ᄌᆞᆺ다가: 규장각본에는 ‘안졋다가’로 되어 있음.

되ᄒᆞ여는 흔연이 탐혹과ᄋᆡ(耽惑過愛)ᄒᆞᆯ디언졍 ᄒᆞᆫ마ᄃᆡ 두굿기는 말이 업ᄉᆞ니 이는 ᄀᆡ강지디의셔 졍싱을 만나 죽이려 ᄒᆞ던 일과 싱이 ᄌᆞ긔 쇼희(小姬) 되엿던 ᄇᆡ 일월(日月)이 오ᄅᆡᄆᆡ ᄌᆞ연이 이셔 언션의게 드룬 고로 싱이 ᄌᆞ긔롤 타비(唾鄙)ᄒᆞ는가 ᄒᆞ여 슈치(羞恥)ᄒᆞ미 압셔 ᄆᆡ 일언을 개구(開口)치 못ᄒᆞ더라. 믄득 츄연탄왈(惆然歎曰) 60면

"쇼뎨(小弟) 블명무디(不明無知)ᄒᆞ여 일녀ᄌᆞ(一女子)로 ᄒᆞ여곰 여ᄎᆞ(如此) 참변누얼(慘變陋孼)을 일신(一身)의 시러 쳔만고상(千萬苦狀)을 디ᄂᆡ고 신명(神明)이 보우(保佑)ᄒᆞ샤 소공의 거두믈 힘닙어 디우금일(至于今日)ᄒᆞ여 셕일 졍밍(定盟)을[150] 완젼(完全)ᄒᆞ나 기간(其間) ᄉᆞ고의 쳡다(疊多)ᄒᆞ믄 도시 쇼뎨의 허믈이라 뉘웃ᄎᆞ미 ᄇᆡ복을 믈기의 니ᄅᆞ나 어이 밋ᄎᆞ랴?[151]"

인ᄒᆞ여 젼젼ᄉᆞ(前前事)와 디금(至今)의 제도롤 샤ᄒᆞᆯ시 닌광이 쇼희(小姬) 되엿던 바는 ᄌᆞ긔 짐즛 알고 모로는 쳬ᄒᆞ므로 일ᄏᆞ라 쳠미(諂媚)ᄒᆞ는 모양과 비루(鄙陋)ᄒᆞᆫ 언ᄉᆡ(言辭) 가히 닌광의 증통(憎痛)ᄒᆞ미 괴이치 아닌디라. 쳐ᄉᆡ 블승민연(不勝悶然)ᄒᆞ여 시ᄌᆞ(侍者)롤 명ᄒᆞ여 쥬찬(酒饌)을 나오며 댱공을 향ᄒᆞ여 화연이 실조(失措)ᄒᆞ믈 일ᄏᆞ라 어린 ᄀᆡ운 잡된 말숨을 딘뎡(鎭靜)케 ᄒᆞ니 댱공이 비로소 덤벙이믈 긋쳐 쥬ᄇᆡ(酒杯)롤 통음(痛飮)ᄒᆞ며 녀셔(女壻)롤 도라보아 두굿기믈 측냥(測量)치 못ᄒᆞ더라. 이ᄯᅢ 댱쇼져의 만심(滿心)이 참황(慘況)

150 졍밍(定盟)을: 규장각본에는 '젼밍을'로 되어 있음.

151 ᄇᆡ복을 믈기의 니ᄅᆞ나 어이 밋ᄎᆞ랴: 서제막급(噬臍莫及). 잘못한 것을 후회해도 이미 늦었다는 뜻.

ᄒᆞᆷ과 ᄒᆞᆫᄇᆡᆨ이 경월(驚越)ᄒᆞ믈 어ᄃᆡ 비ᄒᆞ리오? ᄌᆞ가ᄂᆞᆫ 몽ᄆᆡ(夢寐)의
61면 도 아디 못ᄒᆞᆫ 일이 부친 닙으로조ᄎᆞ 발ᄒᆞᄃᆡ 존구(尊舅)의 완완(緩緩)
이 ᄃᆡᄒᆞᆷ과 샹하(上下)의 졔인(諸人)의 웃ᄂᆞᆫ 거동이 발셔 아란 디 오ᄅᆡᆫ
형샹이어ᄂᆞᆯ ᄇᆡᆨ년군ᄌᆞ(百年君子)의 동좌(同坐)ᄒᆞ믈 보건ᄃᆡ 과연 ᄌᆞ
긔 죽디 못ᄒᆞ미 큰 블ᄒᆡᆼ(不幸)이라 고ᄃᆡ 안ᄌᆞ셔 스러업디 못ᄒᆞ미 한
되니 엇디 호발(毫髮)이나 ᄉᆞᆯ 의ᄉᆡ 이시며 ᄯᅩ 감히 ᄂᆞᆺᄎᆞᆯ 드러 존구(尊
舅) 면젼(面前)의셔 구가(舅家) 졔인(諸人)을 ᄃᆡ(對)ᄒᆞ여 안ᄌᆞᆺ고 시브
리오? 황황튝쳑(惶惶踧踖)ᄒᆞ미 욕ᄉᆞ무디(欲死無地)ᄒᆞ니 그 븟그리
고 놀나며 슬프고 ᄋᆡ달와ᄒᆞᄂᆞᆫ 거동이 사ᄅᆞᆷ으로 ᄒᆞ여곰 황홀년ᄋᆡ(恍
惚憐愛)ᄒᆞ믈 참디 못ᄒᆞᆯ ᄇᆡ라. 쳐ᄉᆡ 쳐음브터 이런 일을 념녀ᄒᆞ던 바
로 심하(心下)의 그 인ᄉᆞᄅᆞᆯ 개탄(慨嘆)ᄒᆞ며 신부의 심ᄉᆞ(心思)ᄅᆞᆯ 년
ᄋᆡ(憐愛)ᄒᆞ여 댱공을 향ᄒᆞ여 왈

"ᄋᆞ뷔(我婦) ᄌᆡ작일(再昨日) 대례(大禮)ᄅᆞᆯ 디ᄂᆡ고 년일(連日) 몸을
쉬디 못ᄒᆞ여시니 그만ᄒᆞ여 드려보ᄂᆡ여 ᄉᆞ실(私室)의 안휴(安休)케
ᄒᆞ미 엇더ᄒᆞ뇨? 형이 보고 시블딘ᄃᆡ 날마다 제 쳐소(處所)로 가 보미
무방(無妨)ᄒᆞ고 슬하(膝下)의 두고ᄌᆞ ᄒᆞ거든 죵용이 다려가 졍을 펴
고 도라보ᄂᆡ미 가ᄒᆞ니라."

댱공이 모든 눈치ᄅᆞᆯ 젼연브디(全然不知)ᄒᆞ며 다만 흔흔쇼디(欣欣笑
之) 왈

62면 "쇼뎨(小弟) 일녀ᄅᆞᆯ 셩혼(成婚)ᄒᆞᄆᆡ 동방(洞房)[152]의 ᄡᆞᆼ유(雙遊)ᄒᆞᄂᆞᆫ

152 동방(洞房): 신혼부부가 첫날밤을 치르도록 차린 방.

ᄌᆞ미롤 보고ᄌᆞ[153] 뜻이 대한(大旱)의 운예(雲霓) ᄀᆞᆺ튼디라. 녀ᄋᆞ(女兒)를 도라보닐 적 ᄌᆡ보롤 홈긔 보ᄂᆡ라."

쳐ᄉᆡ 왈

"이도 어렵디 아니ᄒᆞ딕 돈ᄋᆡ(豚兒) 심히 미거(未擧)[154]ᄒᆞᆫ 듕 셕보도 녀셔(女婿)의 일실(一室) 동거(同居)롤 밧바ᄒᆞ미 업셔 일즉 빅ᄋᆞ 부쳐롤 쳥ᄒᆞ미 업ᄂᆞ니 져의 젼졍(前程)이 만니라 므어시 밧브리오? 죵용이 형의 쳥을 조ᄎᆞ리라."

댱공이 블열왈(不悅曰)

"ᄌᆡ보 형뎨(兄弟) 이팔디셰(二八之歲) 넘엇거놀 유미(幼迷)타 ᄒᆞ여 부부 각거(各居)케 ᄒᆞ미 만만 블가ᄒᆞ도다."

참졍이 쇼왈(笑曰)

"샤뎨(舍弟)의 말이 우연이 그러ᄒᆞ나 ᄀᆞᆺ투여 각거ᄒᆞ믈 명치 아녀시니 후빅은 념녀 말나."

언파(言罷)의 쇼져롤 드려보ᄂᆡ며[155] 모다 밧그로 나갈ᄉᆡ 닌광이 하당숑디(下堂送之)ᄒᆞ고 죵시(從侍)치 아니ᄒᆞ니 이ᄂᆞᆫ 댱공 ᄃᆡᄒᆞ믈 ᄉᆡ트시[156] 넉이미러라. 댱공이 외헌(外軒)의 나와 ᄉᆡᆼ의 업ᄉᆞ믈 보고 믄득 호호(浩浩)히 쇼왈

"ᄌᆡ보ᄂᆞᆫ 신졍(新情)이 미흡ᄒᆞ여 부쳬(夫妻) ᄒᆞᆫ가디로 드러가며 이에

153 보고ᄌᆞ: 규장각본에는 '보고'로 되어 있음.

154 미거(未擧): 사리에 어둡고 철이 없음.

155 드려보ᄂᆡ며: 규장각본에는 '들여보ᄂᆡ며'로 되어 있음.

156 ᄉᆡ트시: 싫듯이. 싫증이 나게. 규장각본에는 'ᄉᆡ틋시'로 되어 있음.

와[157] 날을 보니디 아닛ᄂᆞᆫ도다. 나ᄂᆞᆫ 져를 극이(極愛)ᄒᆞᆫ들 졔 ᄯᅳᆺ이야 현미
63면 (賢美)ᄒᆞᆫ 안히를 슈유블니(須臾不離)코ᄌᆞ ᄒᆞ니 날을 ᄯᅡ라 ᄂᆞ올소냐?"
경조 등이 실쇼(失笑)ᄒᆞ고 닌흥이 ᄎᆞᆷ디 못ᄒᆞ여 몬져 니러 ᄂᆡ루(內樓)의 드러오니 닌광이 잇거ᄂᆞᆯ 크게 우으며 댱공의 녀셔(女婿)를 겻ᄐᆡ 안쳐 밋치게 구던 거동과 ᄋᆞᄌᆞ의 ᄒᆞ던 말을 넙니ᄂᆡ니 태부인과 제숙뫼 ᄯᅩᄒᆞᆫ 우음을 ᄎᆞᆷ디 못ᄒᆞᄃᆡ 닌광은 더옥 증분ᄒᆞ여 빈미왈(嚬眉曰)
"그 ᄭᅩᆯ을 ᄒᆞᆫ번 보기도 두골(頭骨)이 ᄯᅡ리ᄂᆞᆫ ᄃᆞᆺᄒᆞᄃᆡ 원보ᄂᆞᆫ ᄆᆞᄉᆞᆷ 긔특ᄒᆞᆫ 말이라 그 모양을 숙습(熟習)ᄒᆞ여 나의 비위를 도도ᄂᆞ뇨?"
혹ᄉᆡ 긔쇼왈(譏笑曰)
"과연 형댱의 빙악(聘岳) 공경ᄒᆞ믈 알니로소이다. ᄋᆞᆲ히셔 두통이 나도록 조심ᄒᆞ며 그 입니ᄂᆡ여든 ᄆᆞ어시 아쳐로와 말니시ᄂᆞ니잇가? 쇼뎨ᄂᆞᆫ 녀ᄌᆞ로셔 친영대례(親迎大禮)ᄒᆞᄂᆞᆫ 날이라도 형댱의 눈 곱고 디녜ᄒᆞ믈 ᄎᆞ마 답답ᄒᆞ여 못 견딀가 시브거ᄂᆞᆯ 형댱은 원간 댱공의 잉희(媵姬) 되여 경근(敬謹)ᄒᆞ던 버ᄅᆞ시[158] ᄊᆞ디 아냐시믈 보리로소이다."
ᄉᆡᆼ이 도로혀 잠쇼왈(潛笑曰)
"군ᄌᆡ 비례믈시(非禮勿視)ᄒᆞ며 비례믈쳥(非禮勿聽)[159]이라. 내 엇디 눈
64면 을 드러 그 패광(悖狂)ᄒᆞ믈 보리오? 금일 녯 슈단을 다시 ᄒᆞ고시븐 거ᄉᆞᆯ 엄훈(嚴訓)을 두려 참으려 ᄒᆞ니 흉격(胸膈)이 터질 ᄃᆞᆺᄒᆞᆫ디라. 내 아마 긴 셰월의 그 거동을 ᄃᆡᄒᆞ미 결단코 셩졍(性情)이 상ᄒᆞ고 슈(壽)

157 와: 규장각본에는 '왈'로 되어 있음.
158 버ᄅᆞ시: 규장각본에는 '버릇시'로 되어 있음.
159 비례믈시(非禮勿視)ᄒᆞ며 비례믈쳥(非禮勿聽): 예가 아닌 것은 보지도 말고 듣지도 말아야 한다는 말. 《소학》에 나오는 구절.

ᄅᆞᆯ 감ᄒᆞᆯ가 ᄒᆞ노라.”

태부인과 화부인이 그 블통과도(不通過度)ᄒᆞ믈 니ᄅᆞ며 졔슉뫼 댱쇼져 효졀셩ᄒᆡᆼ(孝節聖行)을 칭찬ᄒᆞ여 그 부형의 미과(微過)로ᄡᅧ 경멸치 못ᄒᆞ리라 ᄒᆞ더니 이윽고 참졍 곤계 댱공을 보ᄂᆡᆫ 후 드러와 태부인긔 시좌(侍坐)ᄒᆞ며 죵용이 말ᄉᆞᆷᄒᆞᆯᄉᆡ 경조와 쇼뷔 댱공의 ᄒᆞ던 말을 잠간 고ᄒᆞ여 닌광을 잉희(媵姬)로 거둘 ᄊᆡ의 짐ᄌᆞᆺ 알오ᄃᆡ 시셰(時勢) 위란(危亂)키로 아ᄂᆞᆫ ᄉᆞ식을 못 ᄒᆞ다가 농가셩딘(弄假成眞)[160]ᄒᆞ여 일헛노라 ᄒᆞ믈 젼ᄒᆞ니 태부인이 미쇼왈(微笑曰)

“닌흥의게 몬져 드럿거니와 현딜(賢姪) 등이 젼ᄌᆞ(前者)의 아니턴 버ᄅᆞᄉᆞᆯ 쇠년(衰年)의 시작ᄒᆞ여 남의 흔단(釁端) 니ᄅᆞ기ᄅᆞᆯ 소일(消日)ᄒᆞᄂᆞ뇨? 월염도 구부(舅父)의 허믈 듯기ᄅᆞᆯ 블안ᄒᆞᆯ ᄇᆡ오 신뷔 드ᄅᆞᆫ죽 더옥 참황슈괴(慘惶羞愧)ᄒᆞ리니 모로미 긋치라.”

경죄 쇼이ᄃᆡ왈(笑而對曰)

“하괴(下敎) 디당(至當)ᄒᆞ시니 ᄎᆞ후ᄂᆞᆫ 말니로소이다. 다만 그 언ᄉᆞ 65면
(言辭) 거동이 우읍기ᄂᆞᆫ 날노 더으니 딘실노 참디 못ᄒᆞ리로소이다.”

쳐ᄉᆡ 쇼왈(笑曰)

“그만 쉬온 거ᄉᆞᆯ 못 ᄎᆞᆷ으량이면 셰샹 우고환난(憂苦患難)의 요동ᄒᆞ여 엇디 견ᄃᆡ리오? 딘짓 도을(檮杌)[161] 광ᄃᆡ오 용심 ᄉᆞ오나온 위인이로다.”

경죄 대쇼(大笑)ᄒᆞ며 닷토와 ᄀᆞᆯ오ᄃᆡ

---

160 농가셩딘(弄假成眞): 농가성진. 농담으로 한 말이 진짜가 됨. 규장각본에는 ‘농가셩’으로 되어 있음.

161 도을(檮杌): 도올. 신화 속의 사나운 짐승. 가르쳐도 알아듣지 못하고 말도 잘 못하는 사람을 이르기도 함.

"쇼뎨 임의 므솜 일의 댱후빅을 그룻 민드랏관듸 이런 말솜을 ᄒᆞ시ᄂᆞ니잇가? 인혼(姻婚)을 다시 ᄒᆞ시는 ᄆᆞ옴이 도로혀 합족(闔族)을 돈목(敦睦)ᄒᆞ시던 뜻이 변ᄒᆞ시니 댱개 다시 형댱조ᄎᆞ 오입게 ᄒᆞ도소이다."

쳐ᄉᆡ 쇼왈

"날을 외압다[162] ᄒᆞ는 지 스ᄉᆞ로 그룻되엿디 내 어이 달니 되미 이시리오? 금일 후빅의 취틱(醜態)롤 드러닋믄 은빅의 심슐을 맛쳐시니 다시 발명(發明)치 말나."

경죄 졀졀박쇼(節節拍笑)ᄒᆞ며 다시 말을 아니 ᄒᆞ더라. 임의 혼뎡디녜(昏定之禮)롤 파ᄒᆞᄆᆡ 쳐ᄉᆡ 다시 ᄉᆡᆼ을 명ᄒᆞ여 신방으로 가라 ᄒᆞ니 ᄉᆡᆼ이 블감역명(不敢逆命)ᄒᆞ여 쳔만브득이(千萬不得已) 야심(夜深) 후 경운당의 드러가 좌우롤 솔피미 업시 옷솔 닙은 ᄎᆡ[163] 상요[164]의 ᄡᅳ러졋다가 계명(雞鳴)의 니러나 셔지(書齋)로 나아가니 댱쇼져의 유무(有無)롤 거리ᄭᅵ디 아닛는 바의 엇디 그 좌와(坐臥)의 평부(平否)롤 ᄉᆡᆼ각ᄒᆞ리오? 일긔(日氣) 오월 복셔(伏暑)[165]롤 당ᄒᆞ여 훈녈(薰熱)ᄒᆞ미 극ᄒᆞ니 댱쇼졔 대례 후 삼ᄉᆞ 일의 ᄭᅴ롤 그ᄅᆞ미 업시 안ᄌᆞ ᄉᆡ오미 일망(一望)[166]의 밋ᄎᆞᄃᆡ 오히려 병들미 업셔 동용(動容)이 안상(安常)ᄒᆞ더라. 화부인이 그윽이 ᄋᆞᄌᆞ(我子)의 셩픔(性品)이 어려옴과 ᄋᆞ부(我婦)의 견고(堅固)

66면

162 외압다: 외다. 그르다, 잘못되다.

163 ᄎᆡ: 규장각본에는 'ᄌᆡ'로 되어 있음.

164 상요: 침상에 편 요라는 뜻으로, '잠자리'를 이르는 말.

165 복셔(伏暑): 복서. 복날의 더위.

166 일망(一望): 보름.

ᄒᆞ미 유경유일(惟精惟一)[167]ᄒᆞ믈 ᄋᆡ련(哀憐)ᄒᆞ고 두굿기나 ᄋᆞᄌᆡ 경운당의 머믈미 ᄋᆞ부의게 유ᄒᆡ무익(有害無益)ᄒᆞ믈 념녀ᄒᆞ여 샤인을 명ᄒᆞ여 아ᄋᆞ[168]로 더브러 셔ᄌᆡ의 머믈나 ᄒᆞ니 샤인이 함쇼ᄃᆡ왈(含笑對曰)

"엄괴(嚴敎) 경운당의 쳐ᄒᆞ믈 명ᄒᆞ시니 졔 감히 나오디 못ᄒᆞ오미니 굿ᄐᆞ여 셰쇄(細細)ᄒᆞᆫ 곡졀을 아른 쳬ᄒᆞ샤 므솜 ᄒᆞ리잇가?"

부인 왈

"그 심디(心地) 녜ᄉᆞ롭디 못ᄒᆞ여 싀험궤집(猜險詭執)ᄒᆞ미 포회(抱懷)ᄒᆞᆫ 증분(憎憤)을 ᄋᆞ부의게 다 플고 긋치리니 댱ᄋᆞ의 션연약딜(嬋姸弱質)노뼈 능히 견ᄃᆡ디 못ᄒᆞᆯ디라. 출하리 각소(各所)의 잇셔 ᄋᆞ부로 ᄒᆞ여곰 좌와(坐臥)의 임의롭과져 ᄒᆞ되 셰미디ᄉᆞ(細微之事)로뼈 부ᄌᆞᄀᆡ 고치 못ᄒᆞ여 너다려 니ᄅᆞ미러니 네 또 그 ᄋᆞ의 형이라 뎨슈(弟嫂)의 난안(赧顔)ᄒᆞ믈 ᄉᆞᆯ피디 아니ᄒᆞ고 험피ᄀᆡᆨ(險詖客)의 뜻을 맛쳐 ᄒᆞᄂᆞᆫ ᄃᆡ로 바려두과져 ᄒᆞ니 의로 ᄆᆡ즌 동긔 골육과 다ᄅᆞ믈 알니로다." 67면

샤인이 관옥면모(冠玉面貌)의 화ᄒᆞᆫ 우음이 가득ᄒᆞ여 이셩ᄃᆡ왈(怡聲對曰)

"험피궤집(險詖詭執)ᄒᆞ오나 슈슈ᄀᆡᄂᆞᆫ ᄌᆡ보의 더을 사ᄅᆞᆷ이 업ᄉᆞ오리니 ᄌᆞ위 구구계렴(區區繫念)ᄒᆞ시미 닌광의 무심박ᄃᆡ(無心薄待)ᄒᆞᆷ만 곳디 못ᄒᆞ리이다. 그러ᄒᆞ오나 닌광이 슈시의 효졀덕ᄒᆡᆼ(孝節德行)을 쳔고무빵(千古無雙)ᄒᆞᆫ 줄 아ᄋᆸᄂᆞᆫ디라 포회(抱懷)ᄒᆞᆫ 노분(怒憤) 등의도 염박(厭薄)ᄒᆞᆯ 뜻은 업ᄉᆞ온디라. 그 고집이 언마 오ᄅᆡ리잇고? 반ᄃᆞ

167 유경유일(惟精惟一): 유정유일. 정밀하고 일관됨.《서경》〈대우모(大禹謨)〉에 나오는 표현임.
168 아ᄋᆞ: 아우. 동생.

시 화락ᄒᆞ미 여러 일월을 트집디 아니ᄒᆞ리이다."
부인이 날호여 함쇼왈(含笑曰)
"니각노ᄂᆞᆫ 댱공의 허믈이 업거놀 너ᄂᆞᆫ 쏘 엇디 ᄋᆞ부룰 타문(他門) 부녀ᄀᆞᆺ치 초혼(初婚) 슈일(數日)의 다시 ᄉᆞ실(私室)의 모드미 업시 존슉(尊叔)과 부ᄌᆡ 명치 아니신즉 졔운각의 죡젹(足跡)이 밋디 아니ᄒᆞ며 밤마다 취일누의셔 황황슌난(遑遑巡亂)ᄒᆞ미 므ᄉᆞᆷ 연괴(緣故)뇨?"
샤인이 복슈ᄃᆡ왈(伏首對曰)
68면 "ᄌᆞ위(慈闈) 임의[169] 아ᄅᆞ실딘ᄃᆡ 블초(不肖)의게 므ᄅᆞ실 ᄇᆡ 아니로소이다. 니시 입문(入門) 슈삭(數朔)의 그 현블초(賢不肖)롤 아디 못ᄒᆞᄋᆸ거니와 그 허믈을 아딕 보오미 업ᄉᆞᆸ고 부부대륜(夫婦大倫)의 무고히 박(薄)디 아니ᄒᆞ오리니 셩녀(聖慮)롤 이런 곳의 허비치 마ᄅᆞ소셔. 혹 당야(當夜)ᄒᆞ와 취뎐의 소요(騷擾)ᄒᆞ믄 ᄌᆞ휘(慈候) 간간이 더으시ᄂᆞᆫ 고로 ᄌᆞ연 황황(遑遑)ᄒᆞ오나 밤마다 슌난(巡亂)타 ᄒᆞ시믄 과히 아ᄅᆞ시미로소이다."
부인이 침음믁연(沈吟默然)ᄒᆞ여 다시 말이 업ᄉᆞᄃᆡ ᄋᆞᄌᆞ와 식부의 안한(安閑)ᄒᆞᆫ ᄢᅴ 업ᄉᆞ믈 붉히 디긔(知機)ᄒᆞ여 목젼(目前)의 근심은 오히려 경(輕)ᄒᆞ고 타일 념녜(念慮) 멀믈 그ᄋᆞᆨ이 슬허ᄒᆞ나 아딕 형식(形色)과 언어(言語)의 발현(發現)ᄒᆞ미 업더라.
화셜. 만셰황애(萬歲皇爺)[170] 졍참졍과 됴니부의 졍츙대졀(精忠大節)

---

169 임의: 규장각본에는 '임디'로 되어 있음.
170 만셰황애(萬歲皇爺): 만셰황야. 천자를 가리킴.

을 포장(褒獎)ᄒᆞ샤 각각 그 문녀(門閭)[171]의 금ᄌᆞ어필(金字御筆)노 튱녈(忠烈)을 놉히시며 힝의(行義)ᄅᆞᆯ 찬숑ᄒᆞ시ᄂᆞᆫ 글을 디어 쳔츄(千秋)의 민멸(泯滅)ᄒᆞ미 업과져 ᄒᆞ실ᄉᆡ 됴후암 튱녈문과 졍쳥계 튱졍문의 다 각각 튱의ᄅᆞᆯ 빗ᄂᆡ여 찬숑디ᄉᆡ ᄒᆞᆫ가디로ᄃᆡ 후암은 후[172]디(胡地)의 가 만승농톄(萬乘龍體)ᄅᆞᆯ 븟드와 위급ᄒᆞᆫ 바ᄅᆞᆯ 막ᄌᆞᄅᆞ미 졍쳥계의 더 69면
은디라. 졍참졍과 됴니뷔 황공블안(惶恐不安)ᄒᆞ믈 니긔디 못ᄒᆞ여 죽기로뼈 고샤(固辭)ᄒᆞᄃᆡ 텬의(天意) ᄒᆞᆫ갈ᄀᆞᆺ치 블윤(不允)ᄒᆞ시므로 능히 말을 엇디 못ᄒᆞ고 위친샤연(爲親賜宴)ᄒᆞ시ᄂᆞᆫ[173] 은우(恩遇)ᄅᆞᆯ 더옥 블안(不安)ᄒᆞᄃᆡ 만셰 황태후 ᄌᆞ뎐(紫殿)의 경연(慶筵)을 여러 만복녁강(萬福力强)을 흔하(欣賀)ᄒᆞ신 후 모든 공신을 ᄎᆞ례로 샤연(賜宴)ᄒᆞ시믈 결단ᄒᆞ여 계신 고로 감히 샤양치 못ᄒᆞ더라. 황태휘 경태의 훙(薨)ᄒᆞ믈[174] ᄋᆡ상(哀喪)ᄒᆞ샤 그 쟝젼(葬前)의 연악(宴樂)을 믈니치시고 츄말(秋末)의 경연(慶筵)을 열나 ᄒᆞ시니 됴애(朝野) 태후의 셩덕을 함숑(咸頌)ᄒᆞ더라. 이ᄣᆡ 댱한님 부인과 양딕ᄉᆞ 부인이며 졍싱 쳐 댱시의 졍문 포장이 다 각각 문녀(門閭)ᄅᆞᆯ 빗ᄂᆡ니 놉흔 절효(節孝)와 ᄇᆞᆰ은 ᄉᆞ젹(事跡)이 텬ᄌᆞ의 금ᄌᆞ어필(金字御筆) ᄀᆞ온ᄃᆡ 포장(褒獎)ᄒᆞ미 되여시니 이·졍 부인과 장쇼졔 블안황숑(不安惶悚)ᄒᆞ미 ᄒᆞᆫ 병이 되엿

171 문녀(門閭): 문려. 동네 어귀에 세운 문.

172 장서각본 67면 '업ᄉᆞ오리니 ᄌᆞ위 구구계렴ᄒᆞ시미'부터 68면 'ᄒᆞᆫ가디로ᄃᆡ 후암은 후'까지는 규장각본에 없는 내용임.

173 ᄒᆞ시ᄂᆞᆫ: 규장각본에는 'ᄒᆞ신'으로 되어 있음.

174 훙(薨)ᄒᆞ믈: '훙(薨)'은 제후의 죽음을 칭하는 말.

더라. 광음(光陰)이 숙홀(倏忽)ᄒᆞ여 삼하(三夏)[175]를 다 보ᄂᆡ고 ᄆᆡᆼ츄(孟秋)를 당ᄒᆞ여 경쇼져 ᄌᆞ염의 길일(吉日)이 다ᄃᆞᄅᆞ니 존당 부모와 슉

70면 당 친쳑이 다 ᄒᆞᆫ가디로 흔열상하(欣悅相賀)ᄒᆞ여 두굿기믈 니긔디 못ᄒᆞ더라.

(책임교주 남혜경)

175 삼하(三夏): 여름의 석 달.

완월회맹연 玩月會盟宴

권디삼십뉵 卷之三十六

1면 셜표(說表). 광음(光陰)이 슉홀(倏忽)ᄒᆞ여 삼하(三夏)ᄅᆞᆯ 다 보ᄂᆡ고 ᄆᆡᆼ츄(孟秋)ᄅᆞᆯ 당ᄒᆞ여 졍쇼져 ᄌᆞ염의 길일이 다ᄃᆞᄅᆞᄆᆡ 존당부모(尊堂父母)와 슉당친쳑(叔堂親戚)이 ᄒᆞᆫ가디로 흔열샹하(欣悅相賀)ᄒᆞ여 두굿기믈 니긔디 못ᄒᆞ니 텬뉸ᄌᆞᄋᆡ(天倫慈愛)와 친디(親知)의 졍이 엇디 위인(爲人) 현블초(賢不肖)의 간격이 잇ᄉᆞ리오마ᄂᆞᆫ 대져 ᄌᆞ염쇼져의 셩덕긔딜(性德氣質)과 풍모ᄉᆡᆨ광(風貌色光)은 인뉴의 초월ᄒᆞ여 니쇼져의 슉뇨단일(淑窈端一)ᄒᆞᆷ과 댱쇼져의 졍뎡결개(貞靜潔介)ᄒᆞᄆᆞᆯ 아올나 ᄇᆡᆨᄒᆡᆼᄉᆞ덕(百行四德)[1]이 호리(毫釐)도 니·댱으로 블급(不及)ᄒᆞ미 업ᄉᆞ니 쳐ᄉᆞ 부부의 듕ᄋᆡ(重愛)와 조모의 ᄉᆞ랑이 텬뉸 밧긔 쒸여나고 슉당의 칭ᄋᆡᄒᆞ미 친녀의 감(減)치 아니니 합문(闔門)의 위와드미[2] ᄒᆞᆫ 몸의 온젼ᄒᆞᄃᆡ 쇼졔 ᄌᆞ셩(資性)이 춍명긔이(聰明奇異)ᄒᆞ며 온온겸공(穩穩謙恭)ᄒᆞ여 년보삼셰(年甫三歲)의 문ᄌᆞᄅᆞᆯ ᄒᆡ득(解得)ᄒᆞ고 당ᄎᆞ시(當此時)ᄒᆞ여ᄂᆞᆫ 셩학대ᄌᆡ(聖學大才) 만고ᄅᆞᆯ 기우리ᄃᆡ 아ᄂᆞᆫ 바ᄅᆞᆯ 낫토디 아니ᄒᆞ며 규구(規矩)와 셩ᄒᆡᆼ(性行)이 ᄌᆞ연신쇽
2면 (自然迅速)ᄒᆞ여 부덕을 닷그니 그 탄ᄉᆡᆼ(誕生)ᄒᆞ므로브터 ᄇᆞᆯ이 계졍(階庭)을 님ᄒᆞ미 업고 비례믈ᄒᆡᆼ(非禮勿行)[3]ᄒᆞ여 고요히 녜ᄅᆞᆯ 잡고 디극히 효ᄅᆞᆯ 닥가 밤을 ᄌᆞᄆᆡ 계초명(鷄初鳴)[4]을 응(應)ᄒᆞ여 니러나며 신셩디녜(晨省之禮)[5]ᄅᆞᆯ 필(畢)ᄒᆞᆫ 후ᄂᆞᆫ 어룬을 조ᄎᆞ 태모(太母)와 부모

---

1 ᄉᆞ덕(四德): 사덕. 여자가 갖추어야 하는 네 가지 덕. 마음씨, 말씨, 맵씨, 솜씨를 가리킴.

2 위와드미: 위왇다. 떠받들다.

3 비례믈ᄒᆡᆼ(非禮勿行): 비례물행. 예가 아닌 것은 행하지 않음.

4 계초명(鷄初鳴): 닭이 처음 우는 때.

5 신셩디녜(晨省之禮): 신성지례. 아침에 일어나 부모에게 문안하는 일.

의 니블을 앗고 돗글 거두며 감디(甘旨)ᄅᆞᆯ 고(告)ᄒᆞᄆᆡ 믈너 침션방젹(針線紡績)을 다ᄉᆞ리고 ᄣᆡ로 문안ᄒᆞ여 져므러 침소(寢所)의 도라오ᄆᆡ《ᄂᆡ훈(內訓)》과《녀계(女戒)》ᄅᆞᆯ 보며《녈녀젼(列女傳)》을 강ᄒᆞᆨ(講學)ᄒᆞ여 촌음(寸陰)을 앗기고 비록 혼ᄌᆞ 잇ᄂᆞᆫ ᄣᆡ라도 만홀(漫忽)ᄒᆞ며 긔긍(己肯)ᄒᆞ미 잇디 아니코 희뢰(喜怒) 요동(搖動)치 아냐 가듕인(家中人)과 부모존당이라도 발연(勃然)ᄒᆞᆫ 안ᄉᆡᆨ(顏色)과 젼도(顚倒)[6]ᄒᆞᆫ 소ᄅᆡᄅᆞᆯ 듯디 못ᄒᆞ고 일양(一樣) 츈양(春陽)이 온ᄌᆞ(溫慈)ᄒᆞᆫᄃᆡ 향긔 ᄋᆡ애ᄒᆞ여 츄져(秋渚)[7] ᄀᆞᄐᆞᆫ 면뫼(面貌) 안뎡(安靜)ᄒᆞ며 단슌(丹脣)이 미개(未開)의 보험(寶臉)[8]이 젹뇨(寂寥)ᄒᆞ니 참정공이 ᄆᆡ양 일ᄏᆞ라 ᄀᆞᆯ오ᄃᆡ

"ᄎᆞᄋᆞ(此兒)ᄂᆞᆫ 명염의 온온슉혜(穩穩淑慧)ᄒᆞᆷ과 월염의 간간화열(侃侃和悅)[9]ᄒᆞ여 신셩예덕(神性睿德)ᄒᆞ믈 겸ᄒᆞ여시니 나의 냥녀(兩女) 계오 이 ᄋᆞᄒᆡ(兒孩)ᄅᆞᆯ 당ᄒᆞ리라."

ᄒᆞ고 태부인이 본 젹마다 어로만져 녀듕셩인(女中聖人)이라 ᄒᆞ더라. 3면
길일냥신(吉日良晨)의 ᄂᆡ공ᄌᆞ 챵현이 뉵녜(六禮)ᄅᆞᆯ 구ᄒᆡᆼ(具行)ᄒᆞ여 ᄇᆡᆨ냥우귀(百兩于歸)ᄒᆞ니 부모존당의 아름다이 넉이믈 어ᄃᆡ 비ᄒᆞ리오? 신낭(新郞)의 문명대도(文名大道)와 션풍옥골(仙風玉骨)이 쇼져로 일빵명쥬(一雙明珠)라 더옥 흔ᄒᆡᆼ쾌열(欣幸快悅)ᄒᆞ더라. ᄂᆡ가 ᄉᆞ

---

6 젼도(顚倒): 전도. 급히 서둘러 엎어지는 모습.

7 츄져(秋渚): 추저. 가을 물가.

8 보험(寶臉): 보검. 경극 등에서 사용하는 분장법인 검보(臉譜)의 형식 중 하나인 원보검(元寶臉)에서 나온 표현. 여기서는 인물의 얼굴을 나타내는 것으로 보임.

9 간간화열(侃侃和悅): 강인하고 온화하며 기쁨이 넘치는 모습.

젹(事蹟)이 《셩호연》의 잇ᄉᆞ므로 ᄌᆞ염쇼져의 셩혼긔ᄉᆞ(成婚奇事)와 ᄇᆡᆨ년화락은 이에 ᄲᅢ히노라.[10] 니부 태부인 쥬시 손녀 셩강[11]쇼져의 슉힝덕질(淑行德質)을 편ᄋᆡ ᄒᆞ던 바로 경닌셩 ᄀᆞᆺᄐᆞᆫ 긔군ᄌᆞ(奇君子)ᄅᆞᆯ ᄇᆡ(配)ᄒᆞ여 부부의 긔이ᄒᆞ미 화옥금슈(華玉錦繡)의 더으믈 두ᄀᆞᆺ기나 작소(鵲巢)[12]의 빵유(雙遊)ᄒᆞᄂᆞᆫ ᄌᆞ미ᄅᆞᆯ 보디 못ᄒᆞ믈 울울ᄒᆞ므로 니각뇌 경참정과 쳐ᄉᆞ긔 청ᄒᆞ여 ᄋᆞᄌᆞ의 길셕(吉席)의 셔랑과 녀ᄋᆞᄅᆞᆯ 흠긔 도라보ᄂᆡ라 ᄒᆞ니 참졍 곤계(昆季) ᄌᆞ염쇼져 길일의 ᄌᆞ부(子婦)ᄅᆞᆯ 도라보ᄂᆡᆯ시 샤인(舍人)[13]은 소부인의 ᄌᆞ로[14] 블평ᄒᆞ믈 우황(憂惶)[15]ᄒᆞ여 슈일(數日)이라도 남의 집의 가 ᄌᆞ기ᄅᆞᆯ 원치 아니ᄃᆡ 냥대인(兩大人)의 권

4면 ᄒᆞ시믈 감히 역(逆)디 못ᄒᆞ여 니아(李衙)[16]로 향ᄒᆞ니 뎡공이 연셕(宴席)의 참예(參預)ᄒᆞ엿다가 니각노의 녀셔(女婿)ᄅᆞᆯ ᄒᆞᆫ가지로 다려가믈 ᄀᆞ장 블워ᄒᆞ며 챵닌의 부ᄇᆡ 니아의 가 여러 날 머므니 가ᄃᆞᆼ이 젹뇨(寂廖)ᄒᆞ믈 인ᄒᆞ여 녀셔(女壻)ᄅᆞᆯ 다려갈 의ᄉᆡ(意思) 니러나ᄂᆞᆫ디라. 좌샹빈ᄀᆡᆨ(座上賓客)이 흣터디믈 인ᄒᆞ여 쳐ᄉᆞ긔 ᄯᆞᆯ과 ᄉᆞ회ᄅᆞᆯ 다려갈 ᄠᅳᆺ을 빗최니 쳐ᄉᆡ ᄋᆞᄌᆞ의 셩픔을 모로미 아니로ᄃᆡ 뎡공의 낫ᄎᆞ로[17] 청ᄒᆞᄂᆞᆫ 바ᄅᆞᆯ ᄎᆞ마 박졀이 믈니치디 못ᄒᆞ여 좌우로 ᄉᆡᆼ을 브ᄅᆞ라 한ᄃᆡ ᄉᆡᆼ

---

10 ᄲᅢ히노라: ᄲᅢ히다. 빠뜨리다, 생략하다.

11 셩강: 성강. 이빈의 큰딸 이자염의 자(字).

12 작소(鵲巢): 까치집. 신랑의 집을 말함. 《시경》 〈소남(召南)〉 '작소(鵲巢)'에 나오는 표현.

13 샤인(舍人): 사인. 중서사인. 정인성의 첫 번째 벼슬.

14 ᄌᆞ로: 자로. 자주.

15 우황(憂惶): 걱정하고 두려워함.

16 니아(李衙): 이아. 이씨 집.

17 낫ᄎᆞ로: 낯으로. '면목을 보아'라는 뜻.

이 발셔 댱공의 념치상진(廉恥喪盡)ᄒᆞ미 샤ᄇᆡᆨ(舍伯)[18]의 ᄂᆡ외(內外) 니아로 나아가믈 보고 믄득 이와 ᄀᆞᆺ과져[19] ᄒᆞ여 부친긔 쳥ᄒᆞᆯ 줄을 각연(覺然) 예디(豫知)ᄒᆞᄂᆞᆫ디라. 시동의 말을 드ᄅᆞᄆᆡ 댱공이 잇더라 ᄒᆞ믈 더옥 증한(憎恨)ᄒᆞ여 샤뎨(舍弟)[20] ᄂᆡ경을 도라보아 왈

"내 근간(近間) 셔증(暑症)이 비경(非輕)ᄒᆞ여 흉복(胸腹)이 포란(暴亂)ᄒᆞ니 ᄉᆞ디(四肢) 움ᄌᆞᆨ이기 슬흔디라. 소명(召命)을 ᄃᆡᄒᆞ여 여ᄎᆞ여ᄎᆞ 쥬(奏)ᄒᆞ라."

ᄒᆞ며 셔안(書案)을 ᄃᆡᄒᆞ여 눕거ᄂᆞᆯ ᄂᆡ경이 마디못ᄒᆞ여 셔헌의 나아[21]와 듕형(仲兄)의 셔증이 급ᄒᆞ여 ᄌᆞ긔(自己)로 ᄂᆡ여보ᄂᆡ믈 고ᄒᆞᆫᄃᆡ 쳐ᄉᆞ 5면 ᄂᆞᆫ 믁연이오 참졍이 댱공을 도라보아 왈

"듕ᄋᆡ(仲兒) 알치 아닛ᄂᆞᆫ 형셰라도 ᄇᆡᆨᄋᆞ(伯兒)의 부쳬(夫妻) 나아의 가고 녀ᄋᆡ 군ᄌᆞᄅᆞᆯ 마ᄌᆞ 도라가ᄆᆡ 편친(偏親)[22]이 홀연(欻然)ᄒᆞ시ᄂᆞᆫ[23] 바의 ᄂᆡ광의 부부조ᄎᆞ ᄯᅥ나믈 허(許)치 아니실 ᄃᆞᆺᄒᆞᆫᄃᆡ 듕ᄋᆡ 셔증이 급ᄒᆞ니 형이 다려가도 향방(香房)의 깃드리ᄂᆞᆫ ᄌᆞ미ᄂᆞᆫ 보디 못ᄒᆞ고 도로혀 우환(憂患)을 더으미 되리니 ᄇᆡᆨᄋᆡ 도라온 후 져의 통셰(痛勢) 낫기ᄅᆞᆯ 기다려 죵용이 다려가미 올흘가 ᄒᆞ노라."

댱공이 크게 셔운ᄒᆞ며 ᄋᆡ돌와ᄒᆞ나 ᄯᅩᄒᆞᆫ ᄒᆞᆯ일업셔 다만 ᄂᆡ경을 도라

18 샤ᄇᆡᆨ(舍伯): 사백. 집안의 형.
19 ᄀᆞᆺ과져: ᄀᆞᆺ과다. 같이 하고자 하다.
20 샤뎨(舍弟): 사제. 집안의 동생.
21 나아: 규장각본에는 '니아'로 되어 있음.
22 편친(偏親): 홀로 계신 부 또는 모. 여기서는 서태부인을 가리킴.
23 홀연(欻然)ᄒᆞ시ᄂᆞᆫ: 홀연하다. 갑작스럽다, 허전하다.

보아 왈

"녕형(令兄)의 증셰 엇던혼고? 닉 잠간 보고ᄌ ᄒᆞᄂᆞ니 그 누은 곳이 어딕뇨?"

공지 그 형의 댱공 보기를 슬히 넉이믈 아는고로 짐ᄌᆺ 딕왈(對曰)

"닉헌(內軒)[24] 뒤 쳥ᄉᆞ의 누어시니 드러가지 못ᄒᆞ시리이다."

댱공이 다시 쳥치 못ᄒᆞ고 만분(萬分) 익돌와ᄒᆞ더라. 이날 혼졍(昏定)의 닌광이 드러오딕 쳐싀 일마다 칙디 못ᄒᆞ여 셔증의 경듕(輕重)을 뭇디 6면 아니코 그 가탁(假託)이던 바롤 아른 쳬ᄒᆞ미 업ᄉᆞ니 싱이 그윽이 깃거 ᄒᆞ더라. 이후 오일(五日) 만의 닌쇼졔 도라오며 샤인(舍人)의 딕ᄉᆞ여가(職事餘暇)의는 존당부모 면젼의 써나미 업ᄉᆞ니 댱공이 다시 녀셔(女壻)를 쳥코ᄌ ᄒᆞ딕 연부인이 힘뼈 말니므로 능히 임의치 못ᄒᆞ더라. 이러구러 시졀이 듕츄(仲秋)의 밋쳣더니 텬진(天子) 셩묘(聖廟)[25]의 빅알(拜謁)ᄒᆞ시고 셜장인진(設場人材)[26]ᄒᆞ실ᄉᆡ 졍부(程府)의셔 닌광·닌명·닌위 장옥(場屋)[27]의 나아가 평싱 대진(大才)를 이날 썰치니 이 엇디 혼갓 빗난 문치쁜이리오? 《츈츄(春秋)》의 고광(高廣)혼 문의(文意)와 운몽(雲夢)[28]의 박남(博覽)혼 쟝션이라. ᄒᆞ믈며 닌광의 문법은 졔군죵뉴

---

24 닉헌(內軒): 내헌. 주로 여성들이 묵는 집의 안채를 말함.

25 셩묘(聖廟): 성묘. 문묘를 가리킴.

26 셜장인진(設場人材): 설장인재. 과거 시험을 열어 인재를 뽑음.

27 장옥(場屋): 과거 시험장.

28 운몽(雲夢): 초나라의 크고 넓은 연못인 운몽택(雲夢澤). 한 고조 유방이 '운몽'에서 노닐었다는 내용이 전하며, 웅장한 포부를 나타내는 말로 쓰임. "가슴속에 몇 개의 운몽택이 있느뇨? 그러고도 남은 곳이 많이도 넓어라.(胸中幾雲夢 餘地多恢宏)"라는 구절이 소동파 〈차운정정보유벽락동(次韻程正輔游碧落洞)〉에 나옴.

(諸群種類)의 뛰여나 활낭(濶朗)ᄒᆞ미 창히(滄海)·동파(東坡)의 문쟝이오 격녈ᄒᆞ여 졔월(霽月)이 광풍(狂風)의 ᄡᅳ리친[29] ᄃᆞᆺ 군ᄌᆞ의 톄격(體格)이 조희 우희 머므러시며 왕왕(汪汪)ᄒᆞᆫ 덕틱이 글 가온ᄃᆡ ᄇᆞ혀시니 닌명 등이 쇄연역식(灑然易色)ᄒᆞ여 훌훌경복(欻欻敬服)ᄒᆞ더라. 임의 글을 밧치ᄆᆡ 두로 유완(遊玩)ᄒᆞ더니 및 댱원(壯元)을 호명(呼名)ᄒᆞᄆᆡ 뎨일(第一)은 니챵현이니 부(父)ᄂᆞᆫ 각노 빈이오 뎨이(第二)ᄂᆞᆫ 졍닌광의 년(年)이 십칠이니 부(父)ᄂᆞᆫ 쳐ᄉᆞ 삼이오 뎨삼(第三)의ᄂᆞᆫ 엄경뉸의 년이 십칠이오 뎨ᄉᆞ(第四)의ᄂᆞᆫ 엄희뉸의 년이 십뉵이오 뎨오(第五)의ᄂᆞᆫ 졍닌명의 년이 십오오 부(父)ᄂᆞᆫ 태ᄌᆞ쇼부 혐[30]이오 뎨뉵(第六)의ᄂᆞᆫ 졍닌위 년이 십ᄉᆞ오 부(父)ᄂᆞᆫ 경조윤 염이라. 기외(其外) 셩명은 니로 긔록디 못ᄒᆞ노라. 이에 ᄎᆞ례로 신ᄂᆡ(新來)[31]ᄅᆞᆯ 호명ᄒᆞᄆᆡ 어젼(御前)의셔 쳥삼화ᄃᆡ(靑衫華帶)[32]ᄅᆞᆯ 주시고 진짓 인ᄌᆡ(人才) 어드믈 흔열(欣悅)ᄒᆞ샤 댱원(壯元) 이하ᄅᆞᆯ 닐위여 갓가이 보실ᄉᆡ 댱원의 옥골영풍(玉骨英風)과 빈빈(彬彬)ᄒᆞᆫ 도학(道學)은 니ᄅᆞ디 말고 닌광의 경일디풍(頃日之風)과 대히양양(大海洋洋)ᄒᆞ여 요디블탁(搖之不濁)[33]이오 취디여일(就之如日)이라. 옥골셜뷔(玉骨雪膚)[34] 교교발월(皎皎發越)[35]ᄒᆞ여 7면

---

29 ᄡᅳ리친: ᄡᅳ리치다. 쓸어버리다.

30 혐: 정겸을 가리킴. '정겸'을 '정혐'으로도 표기함. 정인명은 정겸의 아들.

31 신ᄂᆡ(新來): 신래. 새로 급제한 사람을 일컬음.

32 쳥삼화ᄃᆡ(靑衫華帶): 청삼화대. 푸른 적삼과 화려한 띠. 급제자의 의복을 가리킴.

33 요디블탁(搖之不濁): 요지불탁. 흔들어도 흐려지지 않음.

34 옥골셜뷔(玉骨雪膚): 옥골설부. 옥같이 맑고 단단한 골격과 눈같이 하얗고 고운 피부.

35 교교발월(皎皎發越): '교교(皎皎)'는 밝은 빛이 뿜어나오는 모습, '발월(發越)'은 훤칠하고 깨끗한 모습.

반ᄎᆡ청산(斑彩青山)의 태양이 승됴(昇朝)ᄒᆞ여 츈원(春園)의 일만화신(一萬花神)이 작작(灼灼)ᄒᆞ며 긔되(氣度) 슉연(肅然)ᄒᆞ여 셩문(聖門)의 여풍(餘風)이오 톄되(體度) 언건(偃蹇)ᄒᆞ여[36] 팔쳑댱부(八尺丈夫)의 늠연(凜然)ᄒᆞᆫ 위풍이어ᄂᆞᆯ 봉안(鳳眼)이 징징(澄澄)ᄒᆞ여 광ᄎᆡ 뎐샹뎐하(殿上殿下)의 빗최고 덕긔(德氣) 슌일(純一)ᄒᆞ여 쳔츄긔남(千秋奇男)이오 일셰영걸(一世英傑)이라. 긔특ᄒᆞᆫ 녜도(禮度)와 온냥(溫良)ᄒᆞᆫ 쥬

8면 션(周旋)[37]이 죡확여야(足躩如也)ᄒᆞ며 호흡여야(呼吸如也)ᄒᆞ여 군ᄌᆞ의 ᄒᆡᆼ의(行儀)와 유ᄌᆞ(儒子)의 도학(道學)이 흡흡ᄒᆞ거ᄂᆞᆯ 닌명의 풍영슉아(豐盈淑雅)ᄒᆞᆫ 긔딜이 쳔고군ᄌᆡ(千古君子)오 남듕미ᄉᆡᆨ(男中美色)이라. 옥을 관 ᄡᅳ이고 딘평(陳平)의 부귀디상(富貴之相)이 소소(昭昭)ᄒᆞ니 안연(顔淵)·ᄌᆞ긔의 어디ᄅᆞᆷ과 민ᄌᆞ(閔子)·듕유(仲由)[38]의 착ᄒᆞᆫ 덕이 가ᄌᆞᆨᄒᆞ여 개ᄀᆡ히 특이ᄒᆞᆫ 듕 닌유의 영풍호딜(英風豪質)이 신ᄂᆡ(新來) 듕 년긔(年紀) 최쇼(最少)ᄒᆞ므로 교교미려(姣姣美麗)ᄒᆞ기 더으ᄃᆡ 몬져 영발(英發)ᄒᆞ미 디극ᄒᆞ니 텬ᄌᆡ 칭션블이(稱善不已)ᄒᆞ샤 왈

"경시 문풍(門風)을 조ᄎᆞ 션태부의 여ᄐᆡᆨ(餘澤)과 운계 션ᄉᆡᆼ의 ᄉᆡᆼ훈(生訓)이 그러치 아니리오? 닌셩 ᄒᆞ나히 이심도 국디대경(國之大慶)이오 만민의 복이어ᄂᆞᆯ 다시 닌광 등이 이시믈 ᄉᆡᆼ각디 아닐와[39]!"

ᄒᆞ시며 경조와 쇼부ᄅᆞᆯ 샤쥬(賜酒)ᄒᆞ샤 긔ᄌᆞ 두믈 일ᄏᆞᄅᆞ시니 냥공이 ᄇᆡᆨᄇᆡ고두(百拜叩頭)ᄒᆞ여 블감(不堪)ᄒᆞ믈 샤ᄒᆞ고 진실노 심블ᄌᆞ안(心

---

36 언건(偃蹇)ᄒᆞ여: 언건하다. 거만하거나 도도하다.

37 쥬션(周旋): 주선. 동용주선(動容周旋)의 준말로, 행동거지와 같은 뜻.

38 듕유(仲由): 중유. 공자의 제자 자로(子路)를 말함.

39 아닐와: '아니다'의 감탄형.

不自安)ᄒᆞ믈 마디 아니ᄒᆞᄃᆡ 뎐상뎐하(殿上殿下)의 닌광 등을 보ᄂᆞᆫ ᄌᆡ 다 눈을 기우려 칙칙탄상(嘖嘖歎賞)ᄒᆞ여 반녈(班列)을 일흐며 홀(笏)을 것구로 쥐믈 ᄭᆡ닷디 못ᄒᆞ더라. 이에 어젼(御前)의셔 신ᄅᆡ(新來)롤 ᄇᆡᆨ단유희(百端遊戲)ᄒᆞ여 날이 ᄂᆞᄌᆞᄆᆡ 댱원이 방하(榜下)[40]롤 거ᄂᆞ려 옥계의 ᄇᆡ사이퇴(拜謝而退)ᄒᆞ여 궐문(闕門)을 날ᄉᆡ 니각노 부ᄌᆡ 겸퇴(謙退)ᄒᆞ미 셩만(盛滿)을 두리고 ᄌᆞ딜(子姪)의 조달영귀(早達榮貴)[41]롤 근심ᄒᆞ나 창현의 풍ᄎᆡ문한(風采文翰)이 농방(龍榜)[42] 쳔 인의 승장(勝長)ᄒᆞ여 의의히 댱원낭(壯元郎)이 되ᄆᆡ 쳥망ᄌᆡ예(淸望才藝) 일시의 혁연(赫然)ᄒᆞ믈 두굿기며 텬위(天位)예 희망ᄒᆞ시ᄂᆞᆫ ᄯᅳᆺ을 무류케 아니ᄒᆞ믈 더옥 깃거 곤계(昆季) 삼 인이 댱원을 압셰우고 슈릐롤 ᄌᆡ촉ᄒᆞ여 본부로 향ᄒᆞ니 졍참졍이 ᄯᅩᄒᆞᆫ 경조와 쇼부로 더브러 ᄌᆞ딜(子姪) 졔신ᄅᆡ(諸新來)롤 거ᄂᆞ려 운산으로 나올ᄉᆡ 혁혁ᄒᆞᆫ 영광이 일노(一路)의 됴요(照耀)ᄒᆞ여 니원풍악(梨園風樂)과 챵부희ᄌᆞ(倡夫戲者)의 환쇼셩(歡笑聲)이 훤괄(喧聒)ᄒᆞ여 십 니의 긋디 아닛ᄂᆞᆫᄃᆡ 셰 신ᄅᆡ의 풍광표치(風光標致) 노샹의 휘황ᄒᆞ니 도로 관광ᄌᆡ(觀光者) 손등을 ᄑᆞ며[43] 발굴너 기리고 비상ᄒᆞ믈 일ᄏᆞᆺ더라. 어시의 태운산 졍부의셔 ᄌᆞ딜과 셔랑이 일시의 농갑(龍甲)을 더위잡아 구텬(九天)의 어향(御香)을 ᄡᅬ히며 셤궁(蟾宮)의 월계(月桂)롤 ᄭᅥᆨ거 쇼년아망(少年雅望)이 됴야(朝野)롤 경동(驚動)ᄒᆞ믈 드ᄅᆞᄆᆡ 합문(闔門)의 쾌흔(快欣)홈과 영ᄒᆡᆼ(榮幸)ᄒᆞ믈

9면

10면

40 방하(榜下): 장원 아래의 급제자들을 말함.

41 조달영귀(早達榮貴): 어린 나이에 일찍 영화롭고 귀한 자리에 이름.

42 농방(龍榜): 용방. 문과 급제를 가리킴.

43 ᄑᆞ며: ᄑᆞ다. 파다. 거듭하다, 포개다. 문맥상 '치다'로 추정됨.

엇디 비ᄒᆞᆯ 곳이 이시리오마ᄂᆞᆫ 운계 션ᄉᆡᆼ의 익익겸퇴(益益謙退)ᄒᆞᆷ과 낙낙쳥고(落落淸高)ᄒᆞ므로뼈 문호(門戶)의 셩만(盛滿)ᄒᆞᆷ과 ᄌᆞ딜(子姪)의 현달(顯達)ᄒᆞ미 반년디ᄂᆡ(半年之內)의 혁혁영요(赫赫榮耀)ᄒᆞ믈 도로혀 두리고 근심ᄒᆞ여 안ᄉᆡᆨ의 희환(喜歡)ᄒᆞ믈 낫타ᄂᆡ디 아니ᄒᆞ더라. 이윽고 일낙함디(日落咸池)[44]ᄒᆞ며 월ᄉᆡᆼ동녕(月生東嶺)ᄒᆞᄆᆡ 어두온 빗치 도로혀 챵창ᄒᆞ고 숙되(宿鳥) 투림(投林)ᄒᆞᄆᆡ 졔ᄀᆡᆨ(諸客)이 각산(各散)ᄒᆞ니 쳐ᄉᆡ 고요히 좌(坐)ᄒᆞ여 월만즉휴(月滿卽虧)ᄅᆞᆯ 근심ᄒᆞ며 화부인은 이런 경화(慶華)ᄅᆞᆯ 당ᄒᆞᄆᆡ 어심(於心)의 힝희(幸喜)ᄒᆞ믈 니긔디 못ᄒᆞ여 문을 비겨 닌광 등의 도라오믈 졍히 기다리더니 먼니로조ᄎᆞ 풍악이 동구(洞口)ᄅᆞᆯ 드레고 창부희ᄌᆞ(倡夫戲者)의 니원풍뉴(梨園風流)ᄅᆞᆯ 띄여 즐기ᄂᆞᆫ 소ᄅᆡ 문젼(門前)의 다ᄃᆞᄅᆞ며 참졍공이 경조 등으로 더브러 늉늉(隆隆)ᄒᆞᆫ 화긔로 셰 신ᄂᆡᄅᆞᆯ 압셰워 딕입ᄂᆡ샤(直入內舍)ᄒᆞ여 승당젼셕(升堂前席)[45]의 ᄌᆡᄇᆡ현셩(再拜見省)ᄒᆞ고 화긔이셩(和氣怡聲)[46]으로 ᄌᆞ후(慈候)ᄅᆞᆯ 뭇ᄌᆞ온 후 공슈시좌(拱手侍坐)[47]ᄒᆞ니 태부인이 밧비 눈을 들ᄆᆡ 닌광 등이 엇게ᄅᆞᆯ ᄀᆞᆯ와[48] 슬하의 ᄇᆡ시(拜侍)ᄒᆞ니 일일디ᄂᆡ(一日之內)의 의건(衣巾)이 변작(變作)ᄒᆞ여 ᄉᆡ로이 쳥운(青

11면

44 일낙함디(日落咸池): 일락함지. 해가 서쪽으로 진다는 뜻. '함지'는 서쪽에 있다는 큰 연못.

45 젼셕(前席): 전석. 원래는 임금이 신하의 이야기를 잘 듣기 위해 앞쪽으로 다가앉는 것을 말하나, 여기서는 부모의 자리를 이름. 진(秦) 효공(孝公)이 상앙(商鞅)과 이야기하다 무심결에 앞으로 나와 앉았던 고사와, 한(漢) 문제(文帝)가 가의(賈誼)와 귀신에 대해 이야기하며 다가앉아 경청했다는 고사가《사기》〈상군열전(商君列傳)〉과《한서》〈가의전(賈誼傳)〉에 나옴.

46 화긔이셩(和氣怡聲): 화기이성. 온화한 기운과 기쁜 빛을 띤 목소리.

47 공슈시좌(拱手侍坐): 공수시좌. 손을 모으고 곁에 앉음.

48 ᄀᆞᆯ와: ᄀᆞᆯ다. '걸다, 나란히 하다'의 뜻으로 추정.

雲)을 더위잡은 영광이 톄톄일신(棣棣一新)[49]ᄒᆞᆫ디라. 텬일디표(天日之表)[50]의 웅쥰(雄俊)ᄒᆞ미 평일의 더어시며 뇽호디습(龍虎之襲)[51]이 탁낙(卓犖)ᄒᆞ여 산ᄒᆡ(山海)의셔 빗나니 이 니ᄅᆞᆫ바 뇽댱녀룡(勇將如龍)이오 호장약회(豪將若虎)라. ᄇᆡᆨ년빈샹(白蓮鬢上)의 계화일디(桂花一枝) 휘드ᄅᆞ니[52] 화영(花影)이 듕듕(重重)ᄒᆞ여 구름 텬창(天倉)[53]의 그림ᄌᆞ 지고 ᄌᆞ산(子産)의 엇게의ᄂᆞᆫ[54] 녹금단녕(綠錦團嶺)이 표표(飄飄)ᄒᆞᆫᄃᆡ[55] 일희 허리의 황금 쌍난ᄃᆡ(雙鸞帶)[56] 됴요(照耀)ᄒᆞ니 옥 갓ᄐᆞᆫ 용모의 팔광(八光)이 녕농(玲瓏)ᄒᆞ며 ᄇᆡᆨ셜 갓ᄐᆞᆫ 귀밋ᄐᆡ 쇼년(素蓮)[57]이 무셩(茂盛)ᄒᆞ니 텬디긔ᄆᆡᆨ(天地氣脈)과 오악슈긔(五嶽秀氣)ᄅᆞᆯ 오로디 거두어 져믄[58] 빗[59]과 댱(長)치[60] 못ᄒᆞᆫ 형상의 빗난 의화(儀華) 호연탈쇄(浩然脫灑)[61]

49 톄톄일신(棣棣一新): 체체일신. '갖추어 새롭다'는 뜻으로 추정함. 《동국이상국집》에 "이미 당했을 때는 꼭 강경히 해명하며, 위의는 일체가 구비되었고(逢時必壯傾 威儀誠棣棣)"라는 구절이 나옴.

50 텬일디표(天日之表): 천일지표. 제왕이 될 관상 혹은 사해(四海)에 군림할 상(相)을 말함.

51 뇽호디습(龍虎之襲): 용호지습. 용과 호랑이 같은 자질과 기상.

52 휘드ᄅᆞ니: 휘두르다.

53 텬창(天倉): 천창. 이마를 가리킴.

54 ᄌᆞ산(子産)의 엇게: 자산의 어깨. '자산'은 정(鄭)나라의 어진 재상. "요임금 이마에 고요의 정수리, 우임금 허리에 자산의 어깨라(堯顙皐陶頂 禹腰子産肩)."라는 구절이 《동계집》 〈동문(東門)〉에 나옴.

55 표표(飄飄)ᄒᆞᆫᄃᆡ: 표표하다. 가볍게 나부끼거나 날아오르는 모양.

56 쌍난ᄃᆡ(雙鸞帶): 쌍난대. 한 쌍의 난새가 수놓인 허리띠.

57 쇼년(素蓮): 소련. 흰 연꽃. 여기서는 귀밑의 흰 살쩍을 말함.

58 져믄: 졈다. 젊다.

59 빗: 빛. 낯빛이나 모습을 말함.

60 댱(長)치: 장하다. 여기서는 '장성하다'라는 뜻.

61 호연탈쇄(浩然脫灑): 드넓고 속세에서 벗어나 말쑥하고 깨끗함.

ᄒᆞ여 각각 부형의 디나미 이시니 태산의 무긔[62]와 쳘옥(鐵獄)의 견고ᄒᆞ미라도 이 거동과 이 영화ᄅᆞᆯ 희환젼도(喜歡顚倒)치 아니리 업ᄉᆞᆯ디라. 태부인의 두굿기미 츌어외모(出於外貌)ᄒᆞ고 발어ᄉᆞ식(發於辭色)ᄒᆞ여

12면 삼손(三孫)의 손을 닛그러 귀밋ᄎᆞᆯ 어로만디며 웃ᄂᆞᆫ 빗치 찬연ᄒᆞ여 도라 쇼부다려 닐너 왈

"닌광과 닌유ᄂᆞᆫ 안항(雁行)[63]이 젹막기ᄅᆞᆯ 면ᄒᆞ여시ᄃᆡ 닌명은 외로온 독신이라. 현딜의 좌ᄒᆡ(座下) 소조(蕭條)ᄒᆞ믈 일개(一家) ᄎᆞ탄ᄒᆞ더니 이졔 졀계등화(折桂登華)[64]의 만인(萬人)을 경동(驚動)ᄒᆞᄂᆞᆫ 영광(榮光)이 타인의 용미(庸微)ᄒᆞᆫ 십ᄌᆞ(十子)의 디날디라. 노모(老母)의 깃븐 경이 닌광의 등양(騰揚)ᄒᆞ미 더으도다."

쇼뷔 피셕ᄇᆡ샤(避席拜謝) 왈

"이ᄂᆞᆫ 션조덕음(先祖德陰)과 ᄇᆡᆨ부모 여경(餘慶)을 의디ᄒᆞ와 어린 ᄋᆞᄒᆡ 미셰ᄒᆞᆫ 일흠이 농방의 참예ᄒᆞ와 목젼 슬하ᄅᆞᆯ 훤영(喧營)ᄒᆞ오니 ᄉᆞ심만ᄒᆡᆼ(私心萬幸)이오ᄃᆡ 일 년이 ᄎᆡ 못 가셔 ᄌᆞ딜 다ᄉᆞᆺ 아ᄒᆡ 쳥운ᄌᆞᄆᆡᆨ(青雲紫陌)[65]의 영툥(榮寵)을 계승(繼承)ᄒᆞ미 되오니 가히 셩만(盛滿)치 아니타 못 ᄒᆞ올디라. ᄀᆞ득ᄒᆞᄆᆡ 삐이ᄂᆞᆫ[66] 념녜 업디 아니ᄒᆞ오니 일노뼈 방하(放下)치 못ᄒᆞ리로소이다."

경좌 쇼왈(笑曰)

---

62 무긔: 무게.

63 안항(雁行): 형제.

64 졀계등화(折桂登華): 절계등화. 과거에 급제하여 높은 벼슬에 오름.

65 쳥운ᄌᆞᄆᆡᆨ(青雲紫陌): 청운자맥. 벼슬에 오른다는 뜻.

66 삐이ᄂᆞᆫ: 삐이다. '찌그러지다'의 뜻으로 추정.

"셩현이 군ᄌᆞ로 탄탕(坦蕩)ᄒᆞ다[67] ᄒᆞ시고 부인은 션회(善懷)[68]라 ᄒᆞ시니 슈ᄇᆡᆨ[69]은 모로미 목젼 영화ᄅᆞᆯ 환열ᄒᆞ며 브졀업시 다ᄃᆞᆺ디[70] 아닌 근심으로뻐 댱부 긔상을 최찰(摧撮)[71]● 치 말나." 13면

쳐ᄉᆡ 함쇼(含笑)ᄒᆞ고 경조ᄅᆞᆯ 슉시왈(熟視曰)

"탐욕(貪慾)이 무염(無厭)ᄒᆞ여 긋칠 바ᄅᆞᆯ 모로ᄂᆞᆫ ᄌᆞᄂᆞᆫ 딘짓 은ᄇᆡᆨ[72]이라. 츈츄(春秋) 경과(慶科)[73]의 두 ᄋᆞ돌이 쳥운(靑雲)의 올나 문ᄎᆡ아망(文彩雅望)이 됴야(朝野)의 딘동ᄒᆞ믈 흔심쾌열(欣心快悅)ᄒᆞ거니 셩만ᄒᆞ믈 어이 두릴 사ᄅᆞᆷ이리오? 져 ᄆᆞ음으로뻐 졀협심산(絶峽深山)의 칠팔 ᄌᆡ(載)ᄅᆞᆯ 곤궁ᄒᆞ여 울홰(鬱火) 아니 낫던 줄이 괴이ᄒᆞ도다."

경죄 답쇼왈(答笑曰)

"궁곤ᄒᆞᆫ ᄊᆡᄅᆞᆯ 당ᄒᆞ되 쳑쳑(慽慽)디 아니ᄒᆞ고 구ᄎᆞ치 아니ᄒᆞ며 부귀ᄒᆞᆫ ᄊᆡᄅᆞᆯ 당ᄒᆞ나 교만치 아니ᄒᆞ여 ᄌᆞ연이 복을 길우고 덕을 널니ᄂᆞ니 엇더ᄒᆞ여 탐욕이 ᄉᆞ오납다 ᄒᆞ시ᄂᆞ뇨?"

셜파의 일좨(一座) 가쇼왈(可笑曰)

"스ᄉᆞ로 힝장(行藏)[74]의 조건을 니ᄅᆞ니 가위 우ᄌᆡ(優者)로다."

---

67 탄탕(坦蕩)ᄒᆞ다: 탄탕하다. 평탄하게 트이다.

68 션회(善懷): 선회. 생각에 잠기기를 잘함.

69 슈ᄇᆡᆨ: 수백. 정겸의 자.

70 다ᄃᆞᆺ디: 다ᄃᆞᆺ다. 다다르다, 이르다.

71 최찰(摧撮): 규장각본에는 '최촬'로 되어 있음. 규장각본에 의거하여 한자를 넣었음.

72 은ᄇᆡᆨ: 은백. 정염의 자.

73 경과(慶科): 국가에 경사가 있을 때 치르는 과거.

74 힝장(行藏): 행장. 용행사장(用行舍藏)의 준말. 나아가 도를 행하고 물러나 숨는다는 뜻. "써 주면 나의 도를 행하고 써 주지 않으면 숨는다(用之則行 舍之則藏)."라는 말이 《논어》 〈술이(述而)〉에 나옴.

경좌 흔연이 웃고 야심(夜深)도록 희담(戲談)이 긋디 아니터니 이윽고 참경 곤계 모부인 취침ᄒᆞ시믈 쳥ᄒᆞᄆᆡ 태부인이 드ᄃᆡ여 상요의 나아갈ᄉᆡ 화·상 이 부인이 시침(侍寢)ᄒᆞ니 참경 형뎨ᄂᆞᆫ ᄌᆞ딜을 거나려 셔루의 나아와 밤을 디ᄂᆡ고 명됴(明朝)의 문묘(門廟)의 ᄇᆡ알(拜謁)ᄒᆞ

14면 고 인ᄒᆞ여 돗글 여러 하킥(賀客)을 졉을[75] 졉관(接款)ᄒᆞ고 작(酌)을 날녀 즐기믈 다ᄒᆞᆯᄉᆡ 니당원 빅달[76]이 ᄯᅩᄒᆞᆫ 니ᄅᆞ러 냥대구모(兩代舅母)를 알현ᄒᆞ고 밧긔 나아와 닌광 등을 진퇴유희(進退遊戲)ᄒᆞ여 ᄉᆞ관의 명을 거역디 못ᄒᆞ니 당샹(堂上)의 명공거경(名公巨卿)이 만좌(滿座)ᄒᆞ여 화락(和樂)과 희담(戲談)이 니엇고 이 가온ᄃᆡ 풍악이 훤요(喧擾)ᄒᆞ여 농관(龍管)[77]은 응응이 〈어양삼가(漁陽參撾)[78]〉를 맛치며 누텬(樓天)을 요디ᄒᆞ고 진나라 악공은 〈삼죵(三鐘)[79]〉을 맛치며 초나라 셩(笙)은 봉소(鳳簫)[80]를 화(和)ᄒᆞ니 월녀(越女)의 흰 낫ᄎᆞᆫ 니화빅셜(梨花白雪)이 향긔롭고 초희(楚姬)의 가ᄂᆞᆫ 허리ᄂᆞᆫ 츈풍의 버들개야지 흔들니거ᄂᆞᆯ 오녀(吳女)의 ᄑᆞ른 눈섭은 초환이 져믄 ᄂᆡ를 ᄊᆡ엿ᄂᆞᆫ ᄃᆞᆺ 미(美)ᄒᆞᆫ 목(目)이 변(盼) ᄐᆞᆺᄒᆞ며 교(巧)ᄒᆞᆫ 쇼(笑) 쳔(倩) ᄐᆞᆺᄒᆞᄃᆡ[81] ᄎᆡ의(彩衣)를

75 졉을: 오기로 추정. 규장각본에는 삭제되어 있음.
76 빅달: 백달. 이창현의 자.
77 농관(龍管): 용관. 피리.
78 〈어양삼가(漁陽參撾)〉: 어양삼과. 북치는 곡조[鼓曲]의 하나. 〈어양곡〉이라고도 함. 규장각본에는 '어양의 삼가'로 되어 있음.
79 〈삼죵(三鐘)〉: 삼종. 음률의 명칭. 임종(林鍾)·응종(應鍾)·협종(夾鍾)의 세 가지 종(鍾).
80 봉소(鳳簫): 퉁소.
81 미(美)ᄒᆞᆫ 목(目)이 ~ 쳔(倩) ᄐᆞᆺᄒᆞᄃᆡ: 《시경》에 "예쁘게 웃어 보조개 나오고, 아름다운 눈은 흑백이 분명함이여, 흰 바탕으로 채색을 한다(巧笑倩兮 美目盼兮 素以爲絢兮)."라는 구절이 나옴.

날날이 떨쳐 〈예상우의(霓裳羽衣)〉를 춤추고 양츈ᄇᆡᆨ셜(陽春白雪)이 교양(驕揚)ᄒᆞᆫ 닷 교셩황잉(嬌聲黃鶯)은 년니(連理)의 결명(潔鳴)ᄒᆞ니 시위 찬ᄒᆞ여 황곡(黃鵠)[82]이 날개를 떨쳣ᄂᆞᆫ ᄃᆞᆺ 향풍이 요요ᄒᆞᆫᄃᆡ 고은 빗치 눈의 가득ᄒᆞ니 졔공이 각각 명ᄒᆞ야 니장원과 경ᄒᆡ원의 삼 곤 15면
계(昆季)로 ᄃᆡ무(對舞)ᄒᆞᆯᄉᆡ 십여 명 창기(倡妓) 초요월안(楚腰越顔)으로 졔졔(齊齊)히 나아오니 셩장을 흔듦이며 경긔(驚奇)[83]를 구(求)ᄒᆞ여 ᄎᆞ례로 버러셔 잉슌(櫻脣)을 ᄉᆞ개(乍開)ᄒᆞ고 호치(皓齒)를 교현(皎現)ᄒᆞ여 아협(娥頰)의 함ᄐᆡ(含態)ᄒᆞ며 교소(巧笑)를 띄여 〈ᄇᆡᆨ셜곡(白雪曲)[84]〉을 주(奏)ᄒᆞ고 〈옥ᄆᆡ츈(玉梅春)〉을 브ᄅᆞᄆᆡ ᄒᆡᆼ운(行雲)이 끗쳐디며 냥진(楊塵)을 날니이니 비연황후(飛燕皇后)의 〈셔신무〉와 ᄌᆞ궁부인(紫宮夫人)[85]의 〈졀셰가(絶世歌)〉라도 이에 더으디 못ᄒᆞᆯ디라. 가히 댱부의 됴흔 뜻을 농낙ᄒᆞ고 공ᄌᆞ왕손(公子王孫)의 교일(驕逸)ᄒᆞᆫ 흥을 도을 쁜 아니라 셕가(釋迦)의 참션ᄒᆞᄂᆞᆫ ᄆᆞᄋᆞᆷ을 동(動)ᄒᆞ며 동빈(洞賓)의 쳥허(淸虛)ᄒᆞᆫ 뜻을 기우리미 잇거놀 다졍ᄒᆞᆫ 눈과 공교ᄒᆞᆫ 우음이 ᄒᆡ원 등 삼 졍을 농낙ᄒᆞᆯ ᄃᆞᆺᄒᆞᄃᆡ 니·경 등의 긔개(氣槪) 츄텬(秋天) ᄀᆞᆺ고 위풍(威風)이 하일(夏日) ᄀᆞᆺᄐᆞ여 져뉴(低流)의 음탕난일(淫蕩亂逸)ᄒᆞ므로 졍시(正視)키를 어려이 넉이니 일쇼(一笑)의 경

82 황곡(黃鵠): 고니.

83 경긔(驚奇): 경기. 놀랍고 기이하게 여길 만한 볼거리.

84 〈ᄇᆡᆨ셜곡(白雪曲)〉: 백설곡. 〈양춘곡(陽春曲)〉과 함께 따라 부르기 어렵기로 유명한 초나라 가곡 이름. 어떤 나그네가 두 곡을 부르니 따라 부르는 자가 적었다는 고사가 《문선(文選)》 〈송옥대초왕문(宋玉對楚王問)〉에 나옴.

85 ᄌᆞ궁부인(紫宮夫人): 자궁부인. 한 무제 때의 이부인을 말함. 이연년의 동생.

인국(傾人國)과 ᄌᆡ가(再加)의 경인셩(傾人城)[86]을 어이 유의ᄒᆞ리오? 니쳥년(李靑蓮)·소동파(蘇東坡)의 경인(驚人)ᄒᆞᆯ 문댱과 두목디(杜牧
16면 之)·샤승샹(謝丞相)[87]의 풍ᄎᆡᄅᆞᆯ 아오ᄅᆞᄃᆡ 홀노 네 사ᄅᆞᆷ의 호긔뉴랑(豪氣流宕)[88]ᄒᆞ믄 ᄇᆡ호디 아니ᄒᆞ며 셩문(聖門)의 승당입실(升堂入室)ᄒᆞ미 이시니 ᄌᆞ고의 죡블니영(足不履影)[89]ᄒᆞ고 계칩블발(啓蟄不殺)[90]ᄒᆞ미 잇셔 위란(危亂)을 님ᄒᆞ여 블경블난(不驚不亂)ᄒᆞ며 평ᄉᆡᆼ의 긍긍업업(兢兢業業)ᄒᆞ여 블욕기톄(不辱其體)ᄒᆞ고 블훼기신(不毁其身)을 삼가니 엇디 샤두(邪蠹)[91]의 풍악을 ᄉᆞ랑ᄒᆞ여 뉴랑ᄒᆞᆷ과 군유(群幼)의 쥬ᄇᆡ(酒杯)ᄅᆞᆯ 깃거ᄒᆞ여 ᄒᆡᆼ실의 관계히 아니 녁이믈 ᄯᆞ로리오? 비록 댱ᄌᆞ디명(長者之名)을 츄경디교(追敬之敎)ᄒᆞ여 ᄎᆡ무(彩舞)의 희ᄒᆡ(戲諧)와 〈남산(南山)〉[92]의 곡됴(曲調)ᄅᆞᆯ 브ᄅᆞ나 녀악(女樂)의 눈을 보ᄂᆡ디 아니코 ᄉᆡᆨ을 보ᄃᆡ 동(動)치 아냐 졔창(諸倡)이 비록 념치ᄅᆞᆯ 바려 나아가도 니·졍의 봉졍(鳳睛)이 졔졔(齊齊)ᄒᆞ여 드디 아니ᄒᆞ며 슈미(秀眉) 슉연(肅然)ᄒᆞ여 츄상(秋霜)이 어ᄅᆡᄆᆡ 다ᄃᆞ라ᄂᆞᆫ 실셩낙담(失性落膽)ᄒᆞ여 악연이 검을 믈니고 참연이 눈믈이 ᄶᅧ러디믈 ᄭᆡ닷디 못ᄒᆞᄃᆡ

86 일쇼(一笑)의 경인국(傾人國)과 ᄌᆡ가(再加)의 경인셩(傾人城): 한 번 웃으면 나라를 기울이고 두 번 더하면 성을 기울일 정도의 미인. "一顧傾人城 再顧傾人國"이라는 말이 《한서》 〈이부인(李夫人)〉에 나옴.

87 샤승샹(謝丞相): 사승상. 동진(東晉)의 재상이자 문장가인 사안(謝安).

88 호긔뉴랑(豪氣流宕): 규장각본에는 '호긔뉴탕'으로 되어 있음.

89 죡블니영(足不履影): 족불이영. 스승의 그림자도 밟지 않음.

90 계칩블발(啓蟄不殺): '계칩불살'의 오기로 추정. 겨울잠에서 깬 벌레를 죽이지 않는다는 뜻. '계칩'은 '경칩(驚蟄)'을 말함.

91 샤두(邪蠹): 사두. 사악한 좀벌레. 나라를 좀먹는 간신을 비유하는 말.

92 〈남산(南山)〉: 《시경》 〈제풍(齊風)〉에 나오는 노래. 제 양공과 노 환공을 풍자한 작품.

다만 닌유의 년긔(年紀) 최쇼(最少)ᄒᆞ며 위풍이 한엄정슉(寒嚴靜肅)ᄒᆞ미 니당원과 정ᄒᆡ원을 밋디 못ᄒᆞ므로 창녀(倡女)의 난음(亂淫)ᄒᆞ미 죽기ᄅᆞᆯ 그음ᄒᆞ고[93] 앏흐로 나아오며 뒤흐로 히아쳐[94] 교활ᄒᆞᆫ 정의ᄅᆞᆯ 17면 억제치 못ᄒᆞ니 닌ᄋᆔ 비루ᄒᆞ믈 실노 니긔지 못ᄒᆞᄃᆡ 니당원과 닌광·닌명의 말 업ᄉᆞᆫ 가온ᄃᆡ 쥰졀(峻截) 싁싁ᄒᆞ미 사ᄅᆞᆷ으로 ᄒᆞ여곰 블감앙시(不敢仰視)ᄒᆞᆯ 위의ᄅᆞᆯ 당치 못ᄒᆞ므로 졔녀(諸女)의 압일(狎昵)ᄒᆞ미 긔탄이 업거ᄂᆞᆯ 샤인(舍人)이 츄이딘(推而進)ᄒᆞ여 궤이쥬왈(跪而奏曰)

“녀악(女樂)은 셩ᄉᆡᆨ연희(聲色演戲)라. 졧(齊)나라 난ᄒᆞᆫ 풍ᄂᆔ(風流)오 뎡(鄭)나라 음(淫)ᄒᆞᆫ 국되(國調)오니 군ᄌᆞ의 녜악(禮樂)이 아닌디라. 원컨ᄃᆡ 믈니치고 ᄉᆞ듁(絲竹)[95]을 교방(敎坊) 아긔(兒妓)로 가음알게[96] ᄒᆞ여디이다.”

참졍 왈

“이ᄂᆞᆫ 님군의 샤(賜)ᄒᆞ신 ᄇᆡ라. 너모 ᄆᆡᄆᆡ(罵罵)치[97] 못ᄒᆞ려니와 아ᄃᆡᆨ 믈니엿다가 명일(明日) 대령(待令)케 ᄒᆞ라.”

샤인이 슈명이퇴(受命而退)ᄒᆞ여 낭연(朗然)ᄒᆞᆫ 봉음(鳳音)으로 제챵(諸倡)을 믈니치니 졔녜(諸女) 악연상담(愕然傷膽)ᄒᆞ여 블감앙시(不敢仰視)러라. 임의 녀악을 믈니치ᄆᆡ 샤듁이 인ᄒᆞ여 고요ᄒᆞ니 제ᄀᆡᆨ이 ᄒᆞᆫ갓 니·졍 등을 유희(遊戲)ᄒᆞ여 노ᄅᆡ 블니며 춤추이니 졍·니 ᄉᆞ

---

93 그음ᄒᆞ고: 그음ᄒᆞ다. 한계로 정하다.

94 히아쳐: 히아치다. 희싯다, 희롱하다.

95 ᄉᆞ듁(絲竹): 사죽. 현악기와 관악기.

96 가음알게: 가음알다. 주관하다, 관장하다, 다스리다.

97 ᄆᆡᄆᆡ(罵罵)치: 매매하다. 쌀쌀하고 엄숙하다. 매매준열(罵罵峻烈).

인이 일죵응슌(一從應順)ᄒᆞ여 딘진(津津)히 광슈(廣袖)ᄅᆞᆯ ᄯᅥᆯ쳐 쳥삼
18면 (靑杉)을 뒤이ᄌᆞ니 프ᄅᆞᆫ 구ᄅᆞᆷ이 편텬(遍天)이 니러 운소(雲韶)[98]의 화(和)ᄒᆞ여 혜풍(惠風)을 닐위혀고 궁(宮)과 상(商)은 곡됴(曲調)ᄅᆞᆯ 맛초며 치(徵)와 각(角)은 풍뉴ᄅᆞᆯ 인ᄒᆞ여 동(動)ᄒᆞ니 뉵예(六藝)의 닉은 풍(風)이오 〈악긔(樂記)〉예 ᄇᆡᄒᆞᆫ ᄑᆞᆷ(稟)이라. 굽으며 펴ᄆᆡ 우취뉴디(雨驟柳枝)의 풍신(風神)이 더옥 쇄락ᄒᆞ여 빙쳥(氷淸)을 묘시(藐視)ᄒᆞ고 두보ᄅᆞᆯ 겻것거ᄂᆞᆯ[99] 므ᄅᆞ며 나오ᄆᆡ 〈ᄎᆡ졔(采齊)[100]〉 숙숙(肅肅)의 옥셩(玉聲)이 낭낭ᄒᆞ니 졍·니 ᄉᆞ인(四人)이 셧도라 ᄃᆡ무(對舞)ᄒᆞᄆᆡ 쳥난(靑鸞)이 구공(九空)의 날고 단봉(丹鳳)이 만니(萬里)의 빗겻ᄂᆞᆫ ᄃᆞᆺ 쥰앙(俊昻)ᄒᆞᆫ 의표(儀表)ᄂᆞᆫ 쳔니(千里)의 닷ᄂᆞᆫ[101] ᄆᆡ야디[102]오 표표(表表)ᄒᆞᆫ 거동은 ᄒᆡ안(海岸)의 ᄯᅥ러졋ᄂᆞᆫ 운학(雲鶴)이라. 광텬(廣天)을 삼킬 위의(威儀)ᄂᆞᆫ 늠늠ᄒᆞ여 풍운(風雲)을 어(御)ᄒᆞᄂᆞᆫ 뇽(龍)이오 댱홍(長虹)을 토ᄒᆞᄂᆞᆫ 긔상(氣像)은 의의(依依)히 븍ᄒᆡ(北海)ᄅᆞᆯ 뒤치ᄂᆞᆫ[103] 대에(大魚)라. 쳥운ᄇᆡᆨ운(靑雲白雲)이 능의ᄒᆞᆫ 션빈(蟬鬢)의 계화(桂花) 그림ᄌᆡ 어ᄅᆞᆫ기고 츈빙(春氷)의 ᄆᆞᆰ은 냥협(兩頰)의ᄂᆞᆫ 봄 ᄭᅩᆺ치 빗나시

---

98 운소(雲韶): 황제의 음악인 〈운문(雲門)〉과 우순(虞舜)의 음악인 〈대소(大韶)〉를 합칭한 말.

99 겻것거ᄂᆞᆯ: 겻거다, 겻구다. 겨루다.

100 ᄎᆡ졔(采齊): 채제. 노문(路門) 밖에서 부르던 악곡. "빨리 갈 때는 〈채제〉 박자에 맞추고, 천천히 걸을 때는 〈사하(肆夏)〉 박자에 맞춘다. 몸을 돌릴 때는 둥근 원을 그리듯 하고, 좌우로 꺾을 때는 직각을 그리듯 한다.(趨以采齊 行以肆夏 周還中規 折還中矩)"라는 말이 《예기》 〈옥조(玉藻)〉에 나옴. 〈사하〉는 당(堂)에 오를 때 부르던 악곡.

101 닷ᄂᆞᆫ: 닷다. 달리다.

102 ᄆᆡ야디: 규장각본에는 'ᄆᆡ야다'로 되어 있음.

103 뒤치ᄂᆞᆫ: 뒤치다. 뒤집다.

며 여화(如花)ᄒᆞᆫ 가월미(佳月眉)ᄂᆞᆫ 텬창(天窓)을 ᄯᅥᆯ쳣ᄂᆞᆫᄃᆡ 두샹어화(頭上御花)ᄂᆞᆫ 곤옥(崑玉)을 다듬은 니마의 졔급(齊及)ᄒᆞ거ᄂᆞᆯ 븕은 ᄭᅩᆺ 가지ᄂᆞᆫ ᄇᆡᆨ운 하날의 요개(擾開)ᄒᆞ여 빗난 광ᄎᆡᄅᆞᆯ 도왓ᄂᆞᆫᄃᆡ 뎡졔(整 19면
齊)ᄒᆞᆫ 금복(錦服)은 휘쳠여야 ᄒᆞ고 의의ᄒᆞᆫ 보ᄃᆡ(寶帶)ᄂᆞᆫ 헌앙(軒昻)ᄒᆞᆫ 허리ᄅᆞᆯ 둘너시니 귀인의 골상이 은은ᄒᆞᆫ 듕 효셩(曉星) ᄀᆞᆺᄐᆞᆫ 봉안(鳳眼)은 샤일(射日)의 졍광(精光)이 강산의 탈슈ᄒᆞ며 함쥬(含朱)ᄒᆞᆫ 단슌(丹脣)은 호셔(瓠犀) ᄀᆞᆺᄐᆞᆫ 호치(皓齒) ᄌᆞ로 빗최니 승안화긔(承顔和氣)[104]ᄂᆞᆫ 만홰(萬華) 츈셩(春城)의 므ᄅᆞ녹고 유흥은 낙셩혜풍(樂聲惠風)이 츈양(春陽)의 요동ᄒᆞᄂᆞᆫ ᄃᆞᆺ 만고졀염(萬古絶艶)이오 쳔츄긔식(千秋奇色)일 ᄲᅮᆫ 아니라 일ᄃᆡ무젹(一代無敵)ᄒᆞᆫ 긔남(奇男)이며 고금의 개졔(愷悌)ᄒᆞᆫ 군ᄌᆡ라 경조공의 침위(沈威)ᄒᆞᆷ과 쇼부의 공검ᄒᆞ므ᄅᆞ도 두굿기ᄂᆞᆫ 빗치 외모의 현져ᄒᆞ고 니각뇌 ᄯᅩᄒᆞᆫ 좌샹의 잇ᄂᆞᆫ디라. 흔연이 미염(美髥)을 어로만져 우음을 먹음으며 됴태ᄉᆞᄂᆞᆫ 거디실조(擧止失措)ᄒᆞ믈 ᄭᆡ닷디 못ᄒᆞ여 창현을 당의 올녀 만좌의 ᄌᆞ랑ᄒᆞᄂᆞᆫ디라. 이ᄣᆡ 댱공이 니댱원이 빙가(聘家)의 졔졍(諸程)으로 ᄒᆞᆷ긔 즐기믈 보ᄆᆡ 블온 ᄯᅳᆺ이 가득ᄒᆞ고 ᄌᆞ긔 셔랑(婿郎)의 풍모긔딜(風貌氣質)이 니댱원의 나리미 업ᄉᆞ되 다만 ᄌᆞ긔의게 ᄆᆡ몰ᄒᆞ미 일월노조ᄎᆞ 더으
믈 각골(刻骨) ᄋᆡ돌와ᄒᆞ여 좌간(座間)의 이시ᄃᆡ 깃븐 ᄃᆞᆺ 노호은 ᄃᆞᆺ 능 20면
히 심ᄉᆞᄅᆞᆯ 잡디 못ᄒᆞ거ᄂᆞᆯ 소위공이 민망ᄒᆞ여 스ᄉᆞ로 댱공으로 담쇼ᄒᆞ여 그 취ᄐᆡ(醉態)ᄅᆞᆯ ᄀᆞ리오며 닌광을 당의 올녀 집슈흠의(執手欽

104 승안화긔(承顔和氣): 승안화기. 어른의 얼굴빛을 살피며 즐겁게 해드림.

愛)ᄒᆞ미 쳐음으로 ᄃᆡᄒᆞᆫ ᄃᆞᆺ 아름다오믈 니긔디 못ᄒᆞ여 반졈(半點) 블
평디ᄉᆡ(不平之事) 업ᄉᆞᆫ ᄃᆞᆺᄒᆞ니 ᄉᆡᆼ이 댱시ᄅᆞᆯ 취ᄒᆞᆫ 후 소공긔 ᄇᆡ알ᄒᆞ여
공경ᄒᆞᄂᆞᆫ 녜ᄅᆞᆯ 다ᄒᆞ고 흔연화열(欣然和悅)ᄒᆞ여 심듕의 반호 거리ᄭᅵ
미 업ᄉᆞᆫ ᄃᆞᆺ ᄒᆞ다가 도공의 말이 댱시의게 밋ᄎᆞᆫ즉 미우(眉宇) 싁싁ᄒᆞ
며 봉안(鳳眼)이 미미(微微)ᄒᆞ여[105] ᄀᆞᆯ오ᄃᆡ

"노대인이 년쇼미ᄋᆞ(年少迷兒)ᄅᆞᆯ 속여 블ᄒᆡᆼ(不幸)ᄒᆞᆫ 친ᄉᆞ(親事)[106]ᄅᆞᆯ
일우도록 ᄒᆞ시니 쇼ᄉᆡᆼ의 우암ᄒᆞ믈 붓그리ᄂᆞᆫ ᄀᆞ온ᄃᆡ 노대인 쳐ᄉᆞᄅᆞᆯ
그윽이 블복(不服)ᄒᆞᄂᆞ이다."

ᄒᆞ면 소공이 흔연이 웃고 ᄉᆡᆼ의 고집이 과ᄒᆞ믈 니ᄅᆞᆯ ᄲᅳᆫ이오 녀ᄋᆞᄅᆞᆯ ᄉᆡᆼ
의게 도라보ᄂᆡ기로 뎡ᄆᆡᆼ상의(定盟相議)ᄒᆞ연 디 오ᄅᆡᄃᆡ ᄉᆡᆼ이 아ᄃᆡᆨ 양
녀(養女)로 금슬(琴瑟)이 화합(和合)디 못ᄒᆞ믈 아ᄂᆞᆫ 고로 ᄇᆞᆺ비 쳥치
못ᄒᆞ더니 오날ᄂᆞᆯ 그 과경(科慶)을 당ᄒᆞ여 쾌흔ᄒᆡᆼ열(快欣幸悅)ᄒᆞ미
ᄌᆞ별(自別)ᄒᆞ여 만ᄂᆡ(晩來)의 쳐음으로 친ᄌᆞ손(親子孫)의 영광을 봄
21면 ᄀᆞᆺᄐᆞ니 ᄉᆡᆼ이 소공의 의긔덕화(義氣德化)ᄂᆞᆫ 몸이 맛도록 닛디 말고ᄌᆞ
ᄒᆞ므로 ᄯᅩᄒᆞᆫ 흔연공슌(欣然恭順)ᄒᆞ여 션조(先祖)의 친우(親友)로 공
경ᄒᆞᄂᆞᆫ 밧긔 디극ᄒᆞᆫ 졍이 업디 아니ᄒᆞ더라. 죵일(終日) 연낙(宴樂)ᄒᆞ
여 빈쥬(賓主) 즐기믈 다ᄒᆞ고 야ᄉᆡᆨ이 창망(愴忙)ᄒᆞ믈 인ᄒᆞ여 졔ᄀᆡᆨ이
각산(各散)ᄒᆞᄆᆡ 참졍 곤계 ᄌᆞ딜을 거ᄂᆞ려 ᄂᆡ헌(內軒)의 드러가 여흥
을 니을ᄉᆡ 태부인이 댱원의 츌뉴탁월(出類卓越)ᄒᆞ믈 칭션쾌희(稱善
快喜)ᄒᆞ여 친ᄌᆞ손으로 다로미 업ᄉᆞ니 쳐ᄉᆡ ᄯᅩᄒᆞᆫ 셔랑(壻郞)의 말의

105 미미(微微)ᄒᆞ여: '미미하다'는 '보잘것없다'의 뜻인데, 여기서는 '미동이 없다'는 뜻으로 쓰임.
106 친ᄉᆞ(親事): 친사. 혼사. 여기서는 소수가 정인광을 속여 장성완과 혼인하게 한 일.

다ᄃᆞ라ᄂᆞᆫ 미위(眉宇) 화연(和然)ᄒᆞ여 쥬(奏)ᄒᆞᄃᆡ

"닌광 등의 외모신칀(外貌神彩)들 엇디 니ᄌᆞ의 ᄲᅥ러질 ᄇᆡ 이시리잇고마ᄂᆞᆫ 군ᄌᆞ의 덕이 빈빈(彬彬)ᄒᆞ며 학ᄌᆞ의 ᄒᆡᆼ(行)이 찬연(燦然)ᄒᆞ여 ᄒᆞᆫ갓 문인ᄌᆡᄉᆞ(文人才士)의 경발(驚拔)[107]ᄒᆞᆫ 신치 ᄯᆞ롬이 아니라 ᄌᆞ염의 뇨됴(窈窕)ᄒᆞ므로 평ᄉᆡᆼ 일ᄃᆡ(一對)라. 금일 여러 쇼년 가온ᄃᆡ 웃듬이 되고 닌광의 무리 스ᄉᆡᆼ으로 셤길 바롤 보오니 ᄌᆞ염의 복이 ᄃᆞᆺ터오믈 알니러이다."

상부인이 쇼왈(笑曰)

"현뎨 평ᄉᆡᆼ 언어롤 두 가디로 아니 ᄒᆞ더니 금일의 니ᄌᆞ롤 칭션ᄒᆞᄆᆡ 다ᄃᆞ라ᄂᆞᆫ 잠간 과ᄒᆞ미 잇ᄂᆞᆫ디라. 외모신치(外貌神彩)로브터 동용쳐ᄉᆞ(動容處事)롤 유의ᄒᆞ여 보아도 닌셩의게 오로ᄂᆞᆫ ᄌᆞᄂᆞᆫ 잇디 아니ᄒᆞ리니 니ᄌᆡ 비록 긔특ᄒᆞ나 엇디 웃듬이 되며 닌광은 ᄯᅩ 므어시 브죡ᄒᆞ여 니ᄌᆞ롤 스ᄉᆡᆼ으로 셤기리오? 내 보건ᄃᆡ 니ᄌᆡ 닌셩의 무리오 닌광이 만히 나리믄 업슬가 ᄒᆞ노라." 22면

쳐ᄉᆡ 쇼이ᄃᆡ왈(笑而對曰)

"니ᄅᆞ시ᄂᆞᆫ ᄇᆡ 맛당ᄒᆞᄃᆡ 오히려 ᄇᆞᆰ히 ᄉᆞᆯ피디 못ᄒᆞ여 계시이다. 셩ᄋᆞ의 학ᄒᆡᆼ 긔질은 굿ᄐᆞ여 니ᄌᆞ롤 블급ᄒᆞᆯ ᄇᆡ 업ᄉᆞᄃᆡ ᄇᆡᆨ달은 양츈(陽春)의 화ᄒᆞ미 잇고 셩ᄋᆞᄂᆞᆫ 츄텬(秋天)의 호원(浩遠)ᄒᆞ미 잇ᄉᆞ니 ᄇᆡᆨ복(百福)이 완졍(完整)ᄒᆞ며 슈한(壽限)이 댱원(長遠)ᄒᆞ믄 셩이 ᄇᆡᆨ달을 밋디 못ᄒᆞᆯ 거시오 닌광은 슈복을 의논ᄒᆞᄆᆡᄂᆞᆫ ᄇᆡᆨ달의 나리미 업ᄉᆞᄃᆡ 위

107 경발(驚拔): 경발조려(驚拔藻麗). 놀랍고 빼어나며 문장의 수사가 아름답다는 뜻.

인의 편협블통(偏狹不通)ᄒᆞᆷ과 힝ᄉᆞ(行事)의 허믈 만흐미 ᄇᆡᆨ달이 뉵힝(六行)이 찬연(燦然)ᄒᆞ고 구덕(九德)이 풍셩(豊盛)ᄒᆞ믈 ᄇᆞ라디 못ᄒᆞ리니 ᄒᆞᆫ갓 쇼뎨 셰 ᄋᆞ희ᄅᆞᆯ 니ᄅᆞ디 말고 졔딜(諸姪)과 됴ᄌᆞ와 댱ᄇᆡᆨ승을 다 ᄒᆞᆫ가디로 비겨 의논ᄒᆞ여도 니ᄌᆞᄅᆞᆯ 밋ᄎᆞ리 업ᄉᆞᆸ니이다.”

23면 상부인이 우으며 다시 말을 아니 ᄒᆞ나 녀교의 젼졍(前程)이 뜻 갓ᄐᆞᆯ 길히 업ᄉᆞ니 심위(甚憂) 되엿더라. 이 밤을 각각 안휴(安休)ᄒᆞ고 명일의 참졍과 쳐ᄉᆡ 댱공의 밋ᄎᆞᆯ ᄃᆞᆺ 측냥(測量)치 못ᄒᆞᄂᆞᆫ 심회(心懷)ᄅᆞᆯ 혜아려 친히 댱ᄋᆞ로 향ᄒᆞ여 닌광을 브ᄅᆞᆫᄃᆡ ᄉᆡᆼ이 밋쳐 샤양(辭讓)ᄒᆞᄂᆞᆫ 말을 ᄂᆡ디 못ᄒᆞ고 부슉(父叔)을 조ᄎᆞ 협문(夾門)으로 댱부의 가기ᄅᆞᆯ 당ᄒᆞᄆᆡ 딘실노 몸이 하날의 오로며 ᄯᅡᄒᆞᆯ 긔여 들고 시브나 샤인과 학ᄉᆞ며 닌명·닌위 엇게ᄅᆞᆯ ᄀᆞᆯ와 부슉을 밧드러 힝ᄒᆞᄂᆞᆫ 바의 ᄌᆞ긔 홀노 ᄣᅥ러디도 못ᄒᆞ고 의법(依法) 댱가 블인(不人)의 ᄉᆞ회로 힝셰ᄒᆞ여 계화쳥삼(桂花靑衫)으로 슬젼(膝前)의 졀ᄒᆞᆯ 일이 더옥 통분(痛憤)코 ᄋᆡᄃᆞᆯ은디라. 블효ᄅᆞᆯ 비록 두리며 니ᄅᆞ시ᄂᆞᆫ 바의 블감역명(不敢逆命)이나 댱부로 즈레 드ᄃᆡᄆᆡ 노분(怒憤)이 ᄐᆡᆼ듕(撐中)ᄒᆞ여 화긔(和氣)ᄅᆞᆯ 작위(作爲)치 못ᄒᆞ니 쳐ᄉᆡ 빵광(雙眶)을 흘녀 그 거동을 십분 미흡ᄒᆞᆫᄃᆡ ᄉᆡᆼ이 더옥 황공튝쳑(惶恐蹴踖)ᄒᆞ여 심하의 혜오ᄃᆡ

‘야(爺)의 년ᄌᆞ(戀子)ᄒᆞ시ᄂᆞᆫ 셩튁(聖澤)이 타인의 ᄋᆡᄌᆞ디심(愛子之心)
24면 과 ᄂᆡ도ᄒᆞ샤 비록 그로미 잇셔도 요란이 ᄎᆡᆨ죄(責罪)ᄒᆞ시믈 두디 아니시고 안ᄉᆡᆨ(顔色)이 미안(未安)ᄒᆞ믈 ᄌᆞ로 낫토시미 업더니 괴이ᄒᆞᆫ 댱가 블인(不人)으로ᄡᅧ 날노 슈ᄎᆡᆨ(受責)ᄒᆞ시며 쏘 흔연(欣然)ᄒᆞ시믈 보옵디 못ᄒᆞ니 ᄉᆞᄉᆞ졀졀(事事節節)이 댱개 나의 원개(怨家) 아니리오?’

ᄒᆞ여 증한(憎恨)ᄒᆞ미 익익층가(益益層加)ᄒᆞᄃᆡ 아니 가디 못ᄒᆞ여 임의

셔헌의 다ᄃᆞᄅᆞ니 당공이 졍쳐ᄉᆞ 곤계(昆季) 니ᄅᆞ믄 영화(榮華)로이
아디 아니ᄒᆞᄃᆡ 셔랑(壻郞)의 죡젹(足跡)이 이의 님ᄒᆞ믈 만분영ᄒᆡᆼ(萬
分榮幸)ᄒᆞ고 ᄇᆡᆨ분희환(百分喜歡)ᄒᆞ여 년망(連忙)이 니러 마ᄌᆞᄆᆡ 분분
(紛紛)이 한님을 도라보며 ᄂᆡ당(內堂)의 통(通)ᄒᆞ여 쥬찬(酒饌)을 ᄂᆡ
여오라 ᄒᆞ고 쳐ᄉᆞᄅᆞᆯ 향ᄒᆞ여 다시 니러 졀ᄒᆞ며 눈믈을 먹음어 ᄀᆞᆯ오ᄃᆡ
"집이 담을 년(連)ᄒᆞ여 ᄉᆞ이의 협문(夾門)을 두ᄆᆡ 샹ᄒᆡ(上下) 됴왕모
ᄅᆡ(朝往暮來)ᄒᆞ여 ᄊᆞᆫ 집이믈 아디 못ᄒᆞᄃᆡ 셔랑이 쇼녀로 결발대륜(結
髮大倫)을 뎡ᄒᆞᆫ ᄉᆞ월의 일ᄌᆞᆨ 폐샤(弊舍)ᄅᆞᆯ 도라보미 업ᄉᆞ니 폐합(弊
閤)[108] 박시ᄂᆞᆫ 션풍(仙風)을 ᄃᆡ치 못ᄒᆞ미 병(病)이 되엿고 쇼뎨 ᄯᅩᄒᆞᆫ 허
믈을 뉘웃ᄎᆞ며 디난 바ᄅᆞᆯ 한ᄒᆞ나 능히 밋출 길히 업ᄉᆞ니 심곡(心曲)
의 박힌 한(恨)과 녕원의 밋친 탄(嘆)이 미ᄉᆞ디젼(未死之前)의 플니 25면
믈 엇디 못ᄒᆞ리러니 금일 텬ᄒᆡᆼ(天幸)으로 현형(賢兄)[109]의 관인대덕(寬
仁大德)을 힘닙어 ᄌᆡ보의 ᄌᆞ최 이에 님ᄒᆞ니 딘실노 만금으로ᄡᅧ 구ᄒᆞ
여 득(得)디 못ᄒᆞᆯ 경ᄉᆡ라. 이ᄂᆞᆫ 현형의 주미니 쇼뎨(小弟) 어이 졀ᄒᆞ
여 칭샤치 아니리오?"
쳐ᄉᆡ 급히 븟들고 ᄯᅩᄒᆞᆫ 답ᄇᆡ(答拜) 왈
"형이 이 엇딘 거죄(擧措)뇨? 미돈(迷豚)이 블미블튱(不美不忠)ᄒᆞ여
귀ᄐᆡᆨ(貴宅)의 ᄇᆡ알(拜謁)ᄒᆞ미 디금(至今)의 쳔연(遷延)ᄒᆞ미 되여시나
이 ᄯᅩ 집이 너모 갓가오며 형이 됴모(朝暮)의 왕ᄂᆡ(往來)ᄒᆞ믈 인ᄒᆞ여
ᄇᆡ견(拜見) ᄌᆞ준 연괴(緣故)라. 굿ᄐᆞ여 별단쥬의(別段主意) 업ᄉᆞᆫ 바의

---

108 폐합(弊閤): 자신의 아내를 낮추어 가리키는 말.

109 현형(賢兄): 친구를 높여 부르는 말.

엇디 싱관의 도를 아조 폐ᄒᆞ리오? 금일 농방(龍榜)의 참예(參預)ᄒᆞ믈 겸ᄒᆞ여 영광으로뼈 존슈(尊嫂)의게 뵈와 현알(見謁)의 느ᄌᆞ믈 샤죄(謝罪)ᄒᆞ랴 홀 ᄲᅳᆫ이어ᄂᆞᆯ 형이 과ᄒᆞᆫ 말과 괴이ᄒᆞᆫ 거조로뼈 쇼뎨의 참안슈괴(慙顔羞愧)ᄒᆞ믈 더으니 도로혀 평일(平日)의 밋던 ᄇᆡ 아니로다.”

댱공이 깃브미 극ᄒᆞ여 숨이 막힐 ᄃᆞᆺ ᄒᆞ고 황홀약광(恍惚若狂)ᄒᆞ여 스ᄉᆞ로 아모라타 못ᄒᆞ며 고ᄃᆡ 다라드러 셔랑의 손이나 만져 보고ᄌᆞ ᄒᆞ
26면 나 연부인과 ᄋᆞ지 샹히[110] 공을 권ᄒᆞ여 졍ᄌᆞ의 심화(心火)를 도도디 말나 ᄒᆞ니 쥬ᄒᆞᆫ 의견이 업ᄉᆞᆫ 바로도 그 말이 올흐믈 ᄭᆡ다로며 셔랑의 샹텬하일(霜天夏日) ᄀᆞᆺᄐᆞᆫ 긔상(氣像)이 ᄌᆞ긔를 ᄃᆡᄒᆞ여 본 젹마다 녈일쥰엄(烈日峻嚴)ᄒᆞ미 더으믈 근일(近日)의 비로소 아라보므로 의ᄉᆡ(意思) 공구(恐懼)ᄒᆞ여 ᄉᆞ랑홈도 낫토디 못ᄒᆞ고 역시 원한(怨恨)ᄒᆞ며 심쇄 되여 혼ᄌᆞ 안ᄌᆞ면 ‘졍닌광 괴믈이 엇디 그ᄃᆡ도록 한악(悍惡)ᄒᆞᆫ고’ ᄒᆞ여 ᄭᅮ짓기를 마디 아니ᄒᆞ다가 ᄃᆡᄒᆞ면 긔탄(忌憚)ᄒᆞ여 욕ᄒᆞ지 못ᄒᆞᄃᆡ 심쇄 발(發)ᄒᆞᄂᆞᆫ 바의 삼가지 못홀 ᄃᆞᆺᄒᆞ더니 오날 빗ᄂᆡ 님ᄒᆞ믈 대희과망(大喜過望)ᄒᆞ나 능히 졍을 나ᄂᆞᆫ ᄃᆡ로 못ᄒᆞ고 져 ᄀᆞᆺᄐᆞᆫ ᄉᆞ회를 향방의 두어 죵요로이 봉황(鳳凰)의 빵유(雙遊)ᄒᆞᄂᆞᆫ ᄌᆞ미를 보디 못ᄒᆞ믈 더옥 우우히 한ᄒᆞ여 여러 가디로 심신을 뎡치 못ᄒᆞ더니 이윽고 쥬찬(酒饌)이 오로ᄆᆡ 참졍 곤계로 더브러 잔을 날니며 졔쇼년(諸少年)을 권(勸)ᄒᆞ여 셔랑의 햐져(下著)ᄒᆞ믈 갈망ᄒᆞᄂᆞᆫ디라. 참졍 곤계 그 거동을 도로혀 궁측(窮惻)히 넉여 샤인(舍人)을 도라보아 골오ᄃᆡ

---

110 상히: 상해. 항상. 여기서는 문맥상 ‘계속’의 의미.

"당형이 디셩(至誠)으로 여등(汝等)을 먹과져 ᄒᆞ니 모로미 댱ᄌᆞ(長者)의 후의를 밧드러 각각 일ᄇᆡ쥬(一杯酒)를 마시라." 27면

샤인이 슈명이퇴(受命而退)ᄒᆞ여 즉시 당한님으로 더브러 일ᄇᆡ를 거후ᄅᆞ고 다시 ᄒᆞᆫ 잔을 브어 ᄂᆡ광을 주니 ᄉᆡᆼ이 댱가의 음식을 믈니쳐 몸이 잉희(媵姬)로 가신 젹도 먹디 아냐시ᄃᆡ 부슉(父叔)이 명ᄒᆞ시며 샤ᄇᆡᆨ이 친히 잡아 주ᄂᆞᆫ 바의 당한님이 ᄌᆡ좌(在座)ᄒᆞ여시니 ᄎᆞ마 박졀블공(迫切不恭)치 못ᄒᆞ여 브득이 바다 마시ᄆᆡ 댱공의 환희(歡喜)ᄒᆞ미 비홀 ᄃᆡ 업더라. 쳐ᄉᆡ 당한님을 도라보아 왈

"쥬반(酒飯)을 믈녓거든 ᄂᆡ광을 다리고 냥위(兩位) 존슈(尊嫂)긔 현알(見謁)케 ᄒᆞ라."

한님이 블감쳥(不敢請)이언졍 고소원애(固所願也)라 흔연ᄇᆡ샤(欣然拜謝)ᄒᆞ며 이에 쥬찬을 믈니치ᄆᆡ ᄉᆡᆼ을 니로혀 ᄀᆞᆯ오ᄃᆡ

"존명(尊命)이 계시고 이에셔 그져 가믄 인졍(人情)의 갓갑디 아니ᄒᆞ니 모로미 날노 더브러 ᄂᆡ루(內樓)의 단녀가라."

ᄉᆡᆼ이 홀일업셔 브득이 니러나 ᄂᆡ당의 ᄇᆡ알ᄒᆞᄆᆡ 연·박 냥부인이 ᄒᆞᆫ가디로 마ᄌᆞ 뇽방승연(龍榜承榮)을 칭하ᄒᆞ며 누샤(陋舍)의 ᄂᆡ림ᄒᆞ믈 샤례(謝禮)홀ᄉᆡ 연부인의 단슉(端淑)ᄒᆞᆫ 위의(威儀)와 유한(幽閒)ᄒᆞᆫ 덕도(德道)ᄂᆞᆫ 본ᄃᆡ ᄉᆡᆼ의 션복(羨服)ᄒᆞᄂᆞᆫ ᄇᆡ어니와 박시의 젼도(顚倒)ᄒᆞ고 망녕된 거동과 황황(遑遑)ᄒᆞ며 열열(劣劣)ᄒᆞ여 측냥업ᄉᆞᆫ 언ᄉᆞ(言辭)ᄂᆞᆫ 딘짓 댱공의 ᄂᆡ상(內相)이라. 깃븐 우음과 ᄋᆡ돌은 눈믈이 홈긔 발ᄒᆞ여 혹 울고 혹 우어 모양을 졉디 못ᄒᆞᄂᆞᆫ 바의 셔랑의 운듕뇽호(雲中龍虎) ᄀᆞᆺᄐᆞᆫ 긔상으로 계디쳥삼(桂枝靑衫)의 쇼년 영광이 극ᄒᆞ믈 흔흔열열(欣欣悅悅)ᄒᆞ여 ᄇᆞ라보ᄂᆞᆫ 눈이 ᄯᅮ러질 ᄃᆞᆺᄒᆞᆫ디라. ᄉᆡᆼ이 비록 눈 28면

드러 ᄉᆞᆯ피미 업ᄉᆞ나 신긔ᄒᆞᆫ 안광(眼光)으로ᄡᅧ 어이 모로리오? 믁믁 블열(默默不悅)ᄒᆞ여 심화(心火) 동(動)ᄒᆞᄃᆡ 져져(姐姐)의 안면(顏面)과 댱한님의 무류홈 바ᄅᆞᆯ 아니 도라보디 못ᄒᆞ여 블연ᄒᆞᆫ 노긔ᄅᆞᆯ ᄀᆞᆷ초고 져져로 두어 말ᄉᆞᆷ을 슈작ᄒᆞᄆᆡ 인ᄒᆞ여 하딕을 고ᄒᆞᆫ 후 즉시 츌외(出外)ᄒᆞ니 원간 연부인은 녀ᄋᆞ의 대례 후 졍부 셔태부인긔 두어 번 현알ᄒᆞ미 잇ᄉᆞᄃᆡ 졍ᄉᆡᆼ이 맛초아 업ᄂᆞᆫ ᄣᆡ오 태부인과 화·샹 등 졔부인이 연부인으로 별ᄂᆡ 비환우고(悲患憂苦)ᄅᆞᆯ 닐너 슌슌이 날이 어둡고 회
29면 픠 허다ᄒᆞ므로 셔랑 보믈 쳥치 못ᄒᆞ엿다가 금일 상ᄃᆡᄒᆞ미 쳐음이라 그 영풍긔질(英風氣質)을 흠탄블이(欽嘆不已)ᄒᆞ더라. ᄉᆡᆼ이 외루의 나오ᄆᆡ 참졍 곤계 인ᄒᆞ여 ᄌᆞ뎔을 거ᄂᆞ려 도라올ᄉᆡ 댱공이 셔랑의 슈히 도라가믈 결연(缺然)ᄒᆞ여 ᄯᆞᆯ와 졍부의 니ᄅᆞ니 졍ᄉᆡᆼ이 그 조ᄎᆞ오믈 더옥 증염(憎厭)ᄒᆞ여 닌유·닌명으로 더브러 유과(遊過)ᄒᆞ믈 일ᄏᆞ라 금안ᄇᆡᆨᄆᆞ(錦鞍白馬)의 허다(許多) 위의(威儀)로 문을 나니 댱공이 그 먼니 가도록 어린 ᄃᆞ시 바라보아 ᄀᆞ득이 두굿기ᄂᆞᆫ 졍이 심신을 빗기 흔득이니 쳐ᄉᆡ 그 홀노 이ᄃᆡ도록 ᄒᆞᄃᆡ 닌광의 노분(怒憤)이 슈히 프디 못ᄒᆞ믈 츄연(惆然)ᄒᆞ더라. 임의 삼일유과(三日遊過)ᄅᆞᆯ 맛ᄎᆞᄆᆡ 궐하의 샤은(謝恩)ᄒᆞ온ᄃᆡ 샹이 특별이 닌광으로 한님학ᄉᆞᄅᆞᆯ ᄒᆞ이시고 닌유로 금문딕ᄉᆞᄅᆞᆯ ᄒᆞ이시며 닌명으로 한님 셔길ᄉᆞᄅᆞᆯ ᄒᆞ이시니 삼인이 년쇼미렬(年少迷劣)ᄒᆞ미 ᄉᆞ군찰임(事君察任)ᄒᆞᆯ ᄌᆡ죄 업ᄉᆞ믈 일ᄏᆞ라 다시 고셔(古書)ᄅᆞᆯ 닑어 소견을 널닌 후 됴항(朝行)[111]의 튱슈(充數)ᄒᆞ믈

111 됴항(朝行): 조항. 조정 대신의 항렬.

고ᄒᆞ여 고샤ᄒᆞ믈 마디 아니ᄒᆞᄃᆡ 셩의(聖意) 죵블윤(終不允)ᄒᆞ시니 삼인이 계슈 ᄇᆡᆨᄇᆡᄒᆞ여 텬은(天恩)을 샤례ᄒᆞ고 인ᄒᆞ여 션산(先山)의 분소(墳掃)[112]ᄒᆞ믈 주ᄒᆞ여 일삭(一朔) 말ᄆᆡ롤 어드ᄆᆡ 춍춍(悤悤)이 부듕(府中)의 도라와 ᄒᆡᆼ니(行李)롤 다ᄉᆞ려 발졍(發程)홀ᄉᆡ 츄셕졀향(秋夕節享)이 디격일슌(只隔一旬)ᄒᆞᄆᆞ로 경조공이 ᄯᅩᄒᆞᆫ 말ᄆᆡ롤 쳥ᄒᆞ여 ᄌᆞ딜(子姪)노 더브러 태향으로 나려가고ᄌᆞ ᄒᆞ니 쳐ᄉᆡ 쇼임이 업ᄉᆞᆫ 몸이믈 일ᄏᆞ라 잠간 ᄌᆞ졍(慈庭)의 ᄇᆡ별(拜別)ᄒᆞ고 경조와 셰 신ᄂᆡ(新來)로 더브러 ᄒᆡᆼ(行)홀ᄉᆡ 일ᄌᆡ(日字) 쵹박(促迫)ᄒᆞ여 뉵노(陸路)로ᄂᆞᆫ 몬져 졀ᄉᆞ(節祀)롤 밋촐 길히 업ᄉᆞᆫ 고로 강두(江頭)의 니ᄅᆞ러 댱연을 ᄌᆡ쵹ᄒᆞ여 일쳑쇼션(一隻小船)의 풍범(風帆)을 놉히 날녀 ᄯᅥᆺ니 ᄒᆡᆼᄒᆞ니 각노 니공이 ᄯᅩᄒᆞᆫ ᄋᆞᄌᆞ로 더브러 슈로(水路)로 동ᄒᆡᆼ(同行)ᄒᆞ니라.

화셜. 졍쇼부 냥계공의 댱녀(長女) 슉염의 방년(芳年)이 이팔(二八)의 '도요(桃夭)'의 시(詩)[113]롤 노ᄅᆡᄒᆞ니 이 니론바 '하리농의'오 '화열리의'어놀 명문셩가(名門聖家)의 ᄉᆡᆼ훈(生訓)이라 안ᄉᆡᆨ은 봄곳치 아당ᄒᆞ믈 나모라며 돌의 무ᄉᆡᆨᄒᆞ믈 우이 넉여 침어낙안디용(沈魚落雁之容)의 셩딜(性質)이 온유경셩(溫柔敬誠)ᄒᆞ고 ᄌᆡ문(才文)이 초월특이(超越特異)ᄒᆞ여 녜(禮)롤 외오며 시(詩)롤 ᄇᆡ호ᄆᆡ 디긔(志氣) 쇄락(灑落)ᄒᆞ니 부친의 온냥공검(溫良恭儉)홈과 모친의 뇨됴슉아(窈窕叔雅)ᄒᆞ믈 ᄀᆞᆺ초 픔습(稟襲)ᄒᆞᆫ 밧긔 만ᄉᆡ(萬事) 춍혜민달(聰慧敏達)ᄒᆞ여 유시(幼

112 분소(墳掃): 경사가 있을 때 조상의 산소에 가 제사를 지내는 것.

113 '도요(桃夭)'의 시(詩): 《시경》 〈주남(周南)〉의 편명. 원만하게 이루어지는 혼례와 수신제가(修身齊家)의 교화를 노래함.

時)로브터 디인(知人)의 신긔(神奇)ᄒᆞ미 일안(一眼)의 능식현우(能識賢愚)ᄒᆞᄂᆞᆫ디라. 소부인이 입승경문(入承程門)[114]ᄒᆞᄆᆡ 그ᄣᅴ 슉염 쇼져의 나히 뉵 셰로ᄃᆡ 소부인의 브졔(不悌)ᄒᆞᆯ 바ᄅᆞᆯ 일안의 디긔(知機)ᄒᆞ고 태부인 앏ᄒᆡ셔 당단을 픔졔(禀提)ᄒᆞᆯᄉᆡ '션슉모(先叔母)의 셩덕(性德)이 승어신슉뫼(勝於新叔母)오 신슉모의 ᄌᆡ릉이 ᄇᆡᆨ승어션슉뫼(百勝於先叔母)라'니 일좌(一座) 놀나며 신긔히 넉이ᄃᆡ 쇼부ᄂᆞᆫ 민망ᄒᆞ여 ᄋᆞᄒᆡ 망녕되믈 경계ᄒᆞ더니 쇼졔 팔구 셰 니ᄅᆞ므로브터 춍명디식(聰明知識)이 신명(神明)ᄒᆞᄃᆡ 스ᄉᆞ로 곰초와 말ᄉᆞᆷ이 민쳡(敏捷)ᄒᆞ믈 구(求)치 아니ᄒᆞ고 ᄒᆡᆼᄉᆞ(行事)의 영오(穎悟)ᄒᆞ믈 낫타ᄂᆡ디 아냐 쳔연안졍(天然安靜)ᄒᆞ미 긔염 등의 나리미 업ᄉᆞ니 쇼뷔 비록 녀ᄋᆡ(女兒)나 쳐음으로 어더 그 긔질작셩(氣質作性)이 초군탁월(超群卓越)ᄒᆞ믈 ᄋᆡ듕(愛重)ᄒᆞ미 범연(凡然)치 아닌 바의 디금 결승디연(結繩之緣)을 뎡약(定約)ᄒᆞᆫ 곳이 업ᄉᆞ믄 녀ᄋᆞ의 춍혜명식(聰慧明識)으로ᄡᅧ 블힝이
32면 방탕 경박ᄌᆞᄅᆞᆯ 우(偶)ᄒᆞᆯ딘ᄃᆡ 비록 인뉸을 쳔ᄌᆞ(擅恣)ᄒᆞ여 스ᄉᆞ로 덕을 상ᄒᆡ오디 아니ᄒᆞ나 굴원(屈原)이 멱나(汨羅)의 포셕ᄒᆞ믈 효측(效則)ᄒᆞ며 ᄌᆞ방(子房)의 ᄉᆞ병벽곡(謝病辟穀)[115]ᄒᆞ믈 ᄇᆡᄒᆞᆯ ᄃᆞᆺᄒᆞᆫ 고로 ᄐᆡᆨ셔(擇壻)의 근심이 쳔니의 ᄆᆡᆺ쳣더니 금방등뎨(今榜登第) 엄경뉸의 ᄌᆞᆼ형뎨ᄅᆞᆯ 보ᄆᆡ 쇼부의 ᄠᅳᆺ의 죡(足)ᄒᆞᆫ디라. 그 누ᄃᆡ유학(累代儒學)을 조곰도 거리ᄭᅵ디 아니코 경뉸·희뉸이 닌광으로 구일결교(舊日結交)ᄒᆞᆫ 졍이 동긔 갓ᄐᆞ믈 인ᄒᆞ여 그 실가(室家)의 유무(有無)ᄅᆞᆯ 므ᄅᆞᄆᆡ 엄학ᄉᆞ

---

114 입승경문(入承程門): 입승정문. 정실부인 자리를 승계하여 정씨 집안에 들어옴.

115 ᄉᆞ병벽곡(謝病辟穀): 사병벽곡. 병을 핑계로 사직하고 벽곡 수련하여 신선이 됨.

경뉸은 임의 취실(娶室)ᄒᆞ엿고 엄한님 희뉸은 금년(今年) 십뉵(十六)의 오히려 실가롤 업다 ᄒᆞ거놀 쇼뷔 대희(大喜)ᄒᆞ여 엄쳐ᄉᆞ 신이 경샤(京師)의 왓ᄂᆞᆫ 고로 친(親)히 가보아 낫ᄎᆞ로 쳥혼(請婚)ᄒᆞᆫᄃᆡ 엄쳐ᄉᆡ 굿ᄐᆞ여 샤양치 아니ᄒᆞ여 흔연이 샤례ᄒᆞ여 이연(怡然)이 허락ᄒᆞ니 쇼뷔 더옥 깃거 즉시 길일을 틱ᄒᆞᄆᆡ 구월지쵸(九月之初)라. 엄쳐ᄉᆡ 져부(姐夫) 진가슉의 집의 머므러 희륜의 친ᄉᆞ(親事)롤 디ᄂᆡ고 도라가려 ᄒᆞ더라. 이ᄣᆡ 졍쳐ᄉᆞ 운계 션싱과 졍경조 의계공이 니각노 챵계공으로 더브러 션노(船路)의 동힝(同行)ᄒᆞ여 ᄡᅥᆯ니 나아가ᄆᆡ 슌풍(順風)을 인ᄒᆞ여 션쳑(船隻)이 살 가ᄃᆞᆺ ᄒᆞᄂᆞᆫ디라. 뉵노로ᄂᆞᆫ 일삭(一朔) 졍도롤 슈로(水路)로 일슌(一旬)의 득달(得達)ᄒᆞ여 계오 츄셕졀향(秋夕節享)을 밋쳐 션산의 분소홀ᄉᆡ 셰 신금화계지(新錦華桂枝)로 누ᄃᆡ션능(累代先陵)의 ᄇᆡ알(拜謁)ᄒᆞᄂᆞᆫ 영광(榮光)과 본쥬ᄌᆞᄉᆞ(本州刺史)의 영ᄃᆡ(迎待)ᄒᆞᄂᆞᆫ 위의(威儀) 공후(公侯)의 묘와 ᄌᆡ샹(宰相)의 문이 ᄉᆡ로이 흥늉(興隆)ᄒᆞ믈 볼디라. 쳐ᄉᆡ 딘실노 영요(榮耀)ᄒᆞ믈 깃거 아냐 향듕고리(鄕中故吏)와 쳥당븡우(淸堂朋友)로 더브러 별ᄂᆡ(別來)[116]롤 니ᄅᆞ며 경조와 셰 신ᄂᆡ(新來)로 ᄒᆞ여곰 녈읍현관(列邑縣官)을 관졉(款接)게 ᄒᆞ더니 각노 니공이 환경(還京)ᄒᆞ믈 니ᄅᆞᄂᆞᆫ 고로 즉시 도라올ᄉᆡ 건녀(蹇驢)롤 ᄎᆡ쳐 태산의 드러가 학운ᄌᆞ롤 보ᄆᆡ 피ᄎᆞ의 반기ᄂᆞᆫ 경과 깃븐 ᄯᅳᆺ이 안식의 현츌(顯出)ᄒᆞ나 길히 밧브므로 춍춍(悤悤)이 일야(一夜)롤 머므러 후회(後會)롤 명츈(明春)으로 일ᄏᆞᆺ고 ᄇᆞ득이

33면

116 별ᄂᆡ(別來): 별래. 별래무양(別來無恙)의 준말. 지난번 이별 이후의 안부를 물음.

분슈(分手)ᄒᆞᄆᆡ 거류(去留) 회픠(懷抱) 다 우우(憂憂)ᄒᆞ여 일흔 거시
34면 잇ᄂᆞᆫ ᄃᆞᆺ ᄒᆞ더라. 텬태산을 ᄯᅥ나 다시 듕뉴(中流)ᄒᆞ여 구월디초(九月
之初)의 환가(還家)ᄒᆞᄆᆡ 합문(闔門)의 반김과 ᄌᆞ녀(子女)의 황황영졉
(遑遑迎接)ᄒᆞ믄 십년디별(十年之別)을 단취(團聚)ᄒᆞᆷ ᄀᆞᆺᄐᆞᆯ 쁜 아니라
슉염 쇼져의 길일(吉日)이 디격슈일(只隔數日)이라 길셕(吉夕)을 밋
쳐 환가ᄒᆞ믈 쇼뷔 더옥 흔힝(欣倖)ᄒᆞ니 경죄 쇼왈(笑曰)
"슈ᄇᆡᆨ의 환혁(煥赫)ᄒᆞᆫ 부귀와 슉염의 초츌ᄒᆞᆫ 위인(爲人)으로 어ᄃᆡ 가
옥인군ᄌᆞ(玉人君子)ᄅᆞᆯ 만나디 못ᄒᆞ여 조쥐 팔쳔니 외(外)의 한문궁
유(寒門窮儒)로 결혼(結婚)ᄒᆞ며 므어시 보암즉 ᄒᆞ다 ᄒᆞ고 우리 모드
믈 이ᄃᆡ도록 깃거ᄒᆞᄂᆞᆫ뇨? ᄂᆞᄂᆞᆫ 깁히 누어 네 ᄯᆞᆯ의 길셕(吉昔)을 보디
아니ᄒᆞ리라."
쇼뷔 쇼왈(笑曰)
"형당(兄丈)이 쳐음브터 엄ᄌᆞᄅᆞᆯ 구ᄒᆞ여 쇼뎨 동상(東床)을 삼고ᄌᆞ ᄒᆞ
믈 그윽이 복통ᄒᆞ여 심히 져희코ᄌᆞ ᄒᆞ시더니 임의 뎡약(定約) 힝빙
(行聘)ᄒᆞᄆᆡ 길ᄉᆡ 슈일이 격ᄒᆞ니 믈니칠 계괴 업ᄉᆞ므로 깁히 잇셔 내
셔랑을 아니 보렷노라 ᄒᆞ시니 형당이 연셕(宴席)의 블참ᄒᆞ다 혼인의
광ᄎᆡ 업ᄉᆞᆯ가 넉이시ᄂᆞ니잇가? 원간 형이 어린 ᄯᆞᆯ을 두고 남의 ᄌᆞ란
35면 ᄯᆞᆯ 셩혼홈과 셔랑(壻郞) ᄌᆡ목(材木)이 이러ᄐᆞᆺ 특이(特異)ᄒᆞ믈 ᄉᆡᄋᆡᄒᆞ
시니 본셩(本性)이 남다ᄅᆞᆫ ᄇᆡ로소이다."
경죄 문파(聞罷)의 쇼이즐디(笑而叱之) 왈
"내 금일 슈ᄇᆡᆨ의게 대욕(大辱)을 봉지(逢之)ᄒᆞ니 통완(痛惋)ᄒᆞ미 극
(極)ᄒᆞᄃᆡ 달니 셜분(雪憤)ᄒᆞᆯ 길이 업ᄂᆞᆫ디라 ᄎᆞᆷ고 잇다가 텬션(天仙)
ᄀᆞᆺᄐᆞᆫ 옥낭(玉郞)을 상부후문(相府候門)의 구ᄒᆞ여 ᄋᆞ녀(兒女)의 일ᄉᆡᆼ

(一生)을 쾌(快)히 ᄒᆞ며 슈ᄇᆡᆨ의 ᄋᆡ롤 ᄐᆡ와 블워ᄒᆞ믈 보리라.”
쇼뷔 쇼이ᄃᆡ왈(笑而對曰)
“ᄆᆞ옴ᄃᆡ로 ᄒᆞ쇼셔. 쇼뎨(小弟)의 ᄯᆞᆯ은 용녈(庸劣)ᄒᆞ여 상부후문의 텬
션옥낭을 빵(雙)디을 위인이 못되ᄂᆞᆫ 고로 조ᄎᆔ 팔쳔니의 향족궁ᄉᆞ(鄕
族窮士)롤 만나니 형댱의 ᄐᆡᆨ셔(擇婿)야 얼현ᄒᆞ리잇가? 쇼뎨 눈을 ᄡᅳ
셔 관경(觀景)ᄒᆞ고 형댱쳐로 남의 ᄯᆞᆯ 길셕의 복통(腹痛)ᄒᆞ여 드러눕
디 아니리이다. ᄏᆞ니와 셰ᄉᆞ(世事)ᄂᆞᆫ 난측(難測)이오 젼졍을 미리 알
기 어려오니 형댱의 ᄉᆞ회 쇼뎨의 셔랑을 우러러 보도 못ᄒᆞᆯ 좀거시 삼
길동 어이 알니잇가?”
경죄 호호 박쇼(拍笑)ᄒᆞ며 타일(他日)의 엄ᄌᆞ의 스싱 될 옥인군ᄌᆞ롤
ᄀᆞᆯᄒᆡ여 동상(東床)을 빗ᄂᆡ렷노라 ᄒᆞ여 희담(戲談)이 긋디 아니ᄒᆞ더라. 36면
원ᄂᆡ 경조의 언어긔상(言語氣像)이 풍늉화려(豐隆華麗)ᄒᆞ나 텬셩(天
性)인즉 쳥상검소(淸爽儉素)ᄒᆞ여 문풍(門風)의 겸퇴졀ᄎᆞ(謙退切磋)
ᄒᆞ믈 니엇ᄂᆞᆫ디라. ᄆᆡ양 영웅(英雄)과 군ᄌᆞ(君子)ᄂᆞᆫ 초려(草廬)의 미쳔
(微賤)ᄒᆞᆫ 가온ᄃᆡ 잇ᄉᆞ믈 닐너 궁향(窮鄕)의 한유(寒儒)와 심산(深山)
의 초뷔(樵夫)라도 ᄂᆡᆼ연박멸(冷然薄蔑)키롤 아니 ᄒᆞ여 일양(一樣) 춘
풍화긔(春風和氣)로 관졉ᄒᆞ니 《ᄌᆞ긔》의 니른바 ‘부귀ᄒᆞ나 교우(交友)
롤 두디 아니ᄒᆞ고 궁곤(窮困)ᄒᆞ나 구ᄎᆞᄒᆞ미 업셰라’ ᄒᆞ미 텬픔(天稟)
의 과연 그러ᄒᆞᆫ디라. 초(初)의 엄경뉸 등을 보ᄆᆡ 황홀긔ᄋᆡ(恍惚奇愛)
ᄒᆞ여 동상(東床)을 유의(有意)ᄒᆞ나 쇼녀(少女) 셩염이 방년(芳年) 십
일 셰오 그 우ᄒᆡ 닌유·닌필이 잇ᄉᆞ니 도혼(倒婚)ᄒᆞᆯ ᄇᆡ 아니오 져 엄ᄌᆞ
ᄂᆞᆫ 댱셩노대(長成老大)ᄒᆞ여 비록 취실(娶室)치 못ᄒᆞ엿셔도 가긔(佳
期)의 밧브미 여러 일월(日月)을 쳔연(遷延)치 못ᄒᆞᆯ 형셴(形勢) 고로

희륜을 쇼부의게 도라보ᄂᆡ여 동상을 뎡(定)케 ᄒᆞ고 짐즛 희ᄒᆡ(戲諧)
로뼈 궁향한ᄉᆡ(窮鄕寒士)를 빈쳑(排斥)ᄒᆞᄂᆞᆫ ᄃᆞ시 니ᄅᆞ나 ᄯᅳᆺ을 결(決)
ᄒᆞ여 ᄌᆞ긔도 브ᄃᆡ 엄ᄌᆞ ᄀᆞᆺᄐᆞᆫ 셔랑(壻郎)을 ᄀᆞᆯ희며 부귀셩만(富貴盛
37면 滿)을 취(取)치 아니려 ᄒᆞ니 일이 ᄆᆞᄋᆞᆷ을 조ᄎᆞ 졍경조의 만금교옥(萬
金嬌玉)이 그 엇던 미랑(美郎)을 우봉(偶逢)ᄒᆞᆫ고? 하회(下回)ᄅᆞᆯ 분ᄒᆡ
(分解)ᄒᆞ라. 임의 슉염 쇼져의 길일(吉日)이 다ᄃᆞᄅᆞ니 쇼뷔 대연(大宴)
을 딘셜(陳設)ᄒᆞ여 빈ᄀᆡᆨ(賓客)을 취회(聚會)ᄒᆞ고 신낭을 마ᄌᆞᆯᄉᆡ 엄한
님 희륜이 허다위의(許多威儀)로 졍부(程府)의 니ᄅᆞ러 옥상(玉床)의
홍신(鴻信)을 젼(傳)ᄒᆞ며 그 도라갈 집이 경샤(京師)의 잇디 아닌 고로
졍부의셔 인ᄒᆞ여 합환대례(合歡大禮)ᄅᆞᆯ 일울ᄉᆡ 셔부인이 녀ᄋᆞ의 장쇽
(粧束)을 다ᄉᆞ려 만복(萬福)의 근원(根源)을 구(求)ᄒᆞ고 이셩(二姓)의
합(合)을 일우니 남풍녀뫼(男風女貌) 발월슈이(發越殊異)ᄒᆞ여 금옥
(金玉)이 징휘(爭輝)ᄒᆞ며 일월(日月)이 병명(倂明)ᄒᆞ여 옥경소ᄋᆡ(玉
京素娥) 태을션군(太乙仙君)을 ᄃᆡ(對)ᄒᆞᆷ ᄀᆞᆺᄐᆞ니 군ᄌᆞ(君子)의 놉흔 긔
상(氣像)과 빗난 풍의(風儀)ᄂᆞᆫ 경운(景雲)[117]이 화(化)ᄒᆞ고 태산이 암암
(巖巖)ᄒᆞᆫ ᄃᆞᆺ 됴둔(趙盾)의 하일디위(夏日之威)와 당뎨(唐帝)의 텬일디
표(天日之表)로 흡ᄉᆞᄒᆞ거ᄂᆞᆯ 슉녀의 단일셩댱(端一誠莊)ᄒᆞᆷ과 뇨됴현
셩(窈窕賢性)ᄒᆞ므로 ᄂᆡᄌᆡ탁월(內才卓越)ᄒᆞ믈조ᄎᆞ 외모의 팔ᄎᆡ졍화
(八彩精華)와 오ᄉᆡᆨ상운(五色祥運)을 ᄯᅴ여 부부의 긔딜이 텬뎡일ᄃᆡ(天
定一對)라. 듕ᄀᆡᆨ(衆客)이 분분칭하(紛紛稱賀)ᄒᆞ며 합문(闔門) 샹ᄒᆡ

117 경운(景雲): 태평시대에 나타난다고 하는 상서로운 구름으로, 오색의 채운(彩雲)이라고 함.

(上下) 두굿기믈 마디 아니ᄒᆞ니 참정 곤계와 경조공이 다 친녀(親女)의 길ᄉᆞ로 ᄒᆞᆫ가지라. ᄎᆞ야의 엄한님이 신방의 니ᄅᆞ미 포진긔완(鋪陳器玩)이 뎡졔(整齊)ᄒᆞ여 녜(禮)다올디언졍 보화(寶貨)의 빗난 것과 금슈(錦繡)의 휘황(輝煌)ᄒᆞᆫ 거ᄉᆞᆯ 보디 못ᄒᆞ리러니 밋 쇼뎨 ᄂᆞ오미 ᄒᆞᆫ벌 의상이 녜롤 조ᄎᆞ 규구(規矩)롤 폐치 아닐 ᄯᅳᆫ이오 어ᄌᆞ러이 금슈로 ᄭᆞ미고 쥬연(朱臙)을 칠ᄒᆞ미 잇디 아니ᄒᆞ디 ᄆᆞᆰ은 ᄐᆡ도ᄂᆞᆫ 구ᄉᆞᆯ ᄭᆞᆺ치 상낭ᄒᆞ며 텬연(天然)ᄒᆞᆫ 용ᄌᆞ(容姿)ᄂᆞᆫ 찬난(燦爛)ᄒᆞᆫ 광엽을 ᄯᅴ여시며 휘요(輝耀)ᄒᆞᆫ 팔ᄎᆡ(八彩)ᄂᆞᆫ 미우롤 둘너시니 텬ᄐᆡᆨ(天澤)의 어룸이 교교(皎皎)ᄒᆞ고 형산(荊山)의 ᄇᆡᆨ벽(白璧)이 ᄯᅳᆺ글을 ᄡᅥ셧ᄂᆞᆫ ᄃᆞᆺ 명환(明煥)ᄒᆞᆫ 덕셩(德性)의 겸순(謙順)ᄒᆞᆫ ᄉᆞᄒᆡᆼ(辭行)이 동지(動止)의 낫타나니 대가ᄉᆡᆼ훈(大家生訓)과 공후지엽(公侯之葉)이 ᄌᆞ연 용인슉녀(庸人淑女)로 다ᄅᆞ믈 볼디라. 엄ᄉᆡᆼ이 심하(心下)의 ᄒᆡᆼ열(幸悅)ᄒᆞ여 스ᄉᆞ로 쳐복(妻福)이 ᄃᆞᆺ거옴과 빙가(聘嫁)롤 그ᄅᆞᆺ 만나디 아니ᄒᆞ믈 ᄭᆡ다라 현부형(賢父兄)의 쇼괴(小嬌)[118]믈 도라보미 더옥 공경ᄒᆞ믈 두ᄂᆞᆫ디라. 금슬(琴瑟)의 낙과 죵고(鍾鼓)의 노롬이 디극히 화(和)ᄒᆞᆫ 가온ᄃᆡ 부박(浮薄)ᄒᆞᆫ ᄎᆡ(體)와 경도(傾倒)ᄒᆞᆫ 언에(言語) 잇디 아니ᄒᆞ더라. 명됴(明朝)의 엄한님이 ᄂᆡ당(內堂)의 ᄇᆡ알(拜謁)ᄒᆞ고 믈너 외헌(外軒)의 나오미 참졍과 쳐ᄉᆡ 경조로 더브러 희ᄋᆡ(喜愛)ᄒᆞ여 친셰(親婿) 아니믈 ᄭᆡ닷디 못ᄒᆞ며 닌광은 구일결교(舊日結交)로ᄲᅧ ᄉᆡ로이 일가디의(一家之義)롤 ᄆᆡᄌᆞ 각별(各別)ᄒᆞ믄 니ᄅᆞ디 말고 샤인(舍人) 등이 ᄒᆞᆫ가지로 친ᄋᆡᄒᆞ며 그ᄃᆡ

118 쇼괴(小嬌): 소교. 사랑하는 어린 딸.

(貴待)ᄒᆞ여 교계(交契) 깁흐미 갓 만나시믈 아디 못ᄒᆞ니 쇼뷔 더옥 쾌흔(快欣)ᄒᆞ고 다ᄒᆡᆼ(多幸)ᄒᆞ여 웃ᄂᆞᆫ 닙을 주리디 못ᄒᆞ더니 이윽고 엄한님이 진부로 향ᄒᆞ며 엄쳐ᄉᆡ 스ᄉᆞ로 니ᄅᆞ러 신부의 녜알(禮謁)을 밧고 그 텬향아질(天香雅質)이 특이교연(特異嬌姸)ᄒᆞ여 미목변혜(美目盼兮)와 교쇼쳔혜(巧笑倩兮)[119]로 편약경홍(翩若驚鴻)이오 완약유룡(婉若游龍)[120]이라. 면모ᄉᆡᆨ광(面貌色光)의 문딜(文質)이 탁연(卓然)ᄒᆞ며 셩덕(性德)이 슉연(肅然)ᄒᆞ여 법문여풍(法門餘風)과 덕가여ᄐᆡ(德家餘態)믈 만분(萬分) 과망흔희(過望欣喜)ᄒᆞ여 귀듕(貴重)ᄒᆞ믈 니긔디 못ᄒᆞᄃᆡ 슈히 써날 바ᄅᆞᆯ 결연(缺然)ᄒᆞ더라. 엄학ᄉᆞ 경뉸은 죵뎨(從弟)의 길ᄉᆞᄅᆞᆯ 보고 즉시 환향(還鄕)ᄒᆞᆯᄉᆡ 경샤인이 노쳐ᄉᆞ(老處士) 엄공긔 글
40면 을 븟쳐 만분 호디(胡地)의 긔아(饑餓)ᄅᆞᆯ 구ᄒᆞᆫ 덕을 칭샤(稱謝)ᄒᆞ며 참졍공과 됴후암이 ᄯᅩᄒᆞᆫ 칭샤ᄒᆞᄂᆞᆫ 셔간(書簡)을 븟치고 한님 닌광은 엄쳐ᄉᆞ와 두ᄉᆡᆼ의게 다 글을 븟칠ᄉᆡ ᄉᆞ모(思慕)ᄒᆞᄂᆞᆫ 졍과 감은(感恩)ᄒᆞᄂᆞᆫ 셜화(說話) 만디(滿紙)의 가득ᄒᆞ니 엄학ᄉᆡ 도로혀 블열(不悅)ᄒᆞᄃᆡ 졔졍(諸程)을 깁히 감격ᄒᆞ며 분슈(分手)ᄒᆞ믈 결연(缺然)ᄒᆞ여 셔로 글을 깃쳐 ᄆᆞ음을 빗최고 잔을 날녀 졍(情)을 표(表)ᄒᆞ더라. 이ᄢᆡ 쳐ᄉᆞ 운계 션ᄉᆡᆼ의 뎡ᄒᆞᆫ 뜻이 만ᄂᆡ필와(晩來畢瓦)[121]로뼈 닌광의 빈희(嬪姬)ᄅᆞᆯ 감심(感心)ᄒᆞ여 공후ᄇᆡᆨᄌᆞ람(公侯伯子男)의 긔ᄌᆞ옥윤(貴子玉允)을

119 미목변혜(美目盼兮)와 교쇼쳔혜(巧笑倩兮): 두 눈은 선명하여 아름답고 웃는 모습이 예쁘다는 뜻. 《논어》 〈팔일〉에 나옴.

120 편약경홍(翩若驚鴻)이오 완약유룡(婉若游龍): 모습이 나는 기러기와 노는 용과 같다는 뜻. 조식의 〈낙신부〉에 나옴.

121 만ᄂᆡ필와(晩來畢瓦): 만래필와. 늦게 얻은 귀한 딸.

다 믈니치고 괴로이 닌광이 댱시로 금슬(琴瑟)이 화합홈만 등ᄃᆡ(等待)ᄒᆞ여 즈레 쳥혼(請婚)홈도 업ᄉᆞ믈 보ᄆᆡ 도로혀 그 뜻이 닌광의게 과혹(過惑)ᄒᆞ믈 괴이히 넉이며 ᄌᆞ긔 당당ᄒᆞᆫ 화벌명예(華閥名裔)로 부귀 환혁(煥赫)ᄒᆞ고 문회(門戶) 셩만(盛滿)ᄒᆞ거ᄂᆞᆯ 스ᄉᆞ로 겸퇴근신(謙退謹愼)ᄒᆞ여 고관듕작(高官重爵)을 부운(浮雲)의 더디며 ᄌᆞ최롤 심산(深山)의 깃드려 말셰(末世)의 효효(囂囂)홈과 풍쇽의 패리(悖理)ᄒᆞ믈 춤예치 말고ᄌᆞ ᄒᆞ니 고고쳥심(孤高淸心)이 이졔(夷齊)[122]의 녜 풍치롤 닛ᄂᆞᆫ 가온ᄃᆡ 닌광을 과우(過遇)ᄒᆞ믄 능히 두로혀디 못ᄒᆞ여 계녀(季女)로 41면 ᄒᆞ여곰 쇼셩위(小星位)[123]예 굴(屈)키롤 혐의치 아니믈 더옥 감샤ᄒᆞ여 임의 샤양(辭讓)치ᄒᆞ나 면치 못ᄒᆞ고 믈니쳐 파혼(破婚)홀 형셰(形勢) 아닌 바의 여러 셰월(歲月)을 쳔연(遷延)ᄒᆞ미 블가(不可)ᄒᆞ여 태부인긔 고(告)ᄒᆞᆫ 후 쳐ᄉᆡ 소공을 친히 가 ᄇᆡ견(拜見)ᄒᆞ며 길일(吉日)을 ᄌᆡ쵹ᄒᆞᆫᄃᆡ 소공이 비록 희망(希望)ᄒᆞ미나 양녀(養女)로ᄡᅧ 뎡문(程門)의 쇽현(續絃)ᄒᆞ미 반년(半年)이 못ᄒᆞ여 친녀(親女)롤 마ᄌᆞ 뎡ᄌᆞ(程子)의게 도라보ᄂᆡ여 닌광의 댱시 염박(厭薄)ᄒᆞᄂᆞᆫ 뜻을 더을가 두려 침음쥬ᄉᆞ(沈吟注思)ᄒᆞ여 즉시 답(答)디 못ᄒᆞ거ᄂᆞᆯ 쳐ᄉᆡ 쇼이고왈(笑而告曰)

“미돈(迷豚)이 무식블통(無識不通)ᄒᆞ여 댱후ᄇᆡᆨ을 한(恨)ᄒᆞ미 디금(至今)의 플니디 못ᄒᆞᆫ 거동(擧動)이로ᄃᆡ 그 가온ᄃᆡ도 ᄋᆞ부(我婦)의 효졀녈ᄒᆡᆼ(孝節烈行)은 깁히 션복(羨服)ᄒᆞ여 맛ᄎᆞᄂᆡ 져ᄇᆞ리미 업ᄉᆞᆯ디라. 쇼ᄌᆡ 혼우블명(昏愚不明)ᄒᆞ오나 오히려 닌광의 위인(爲人)은 아

122 이졔(夷齊): 이제. 백이와 숙제.

123 쇼셩위(小星位): 소성위. 첩의 자리.

읍ᄂᆞ니 션싱(先生)은 브졀업손 일의 셩녀(聖慮)를 머믈디 마ᄅᆞ시고 슈히 길녜(吉禮)를 일우게 ᄒᆞ쇼셔."

소공이 역쇼왈(亦笑曰)

"녀빅의 니ᄅᆞ믈 모로디 아니ᄒᆞᄃᆡ 녕윤(令允)의 위인이 엄위격상(嚴

42면 威激上)ᄒᆞᆫ 고집이 과ᄒᆞ여 뜻의 정ᄒᆞᆫ 바를 슈히 두로혀디 아니ᄒᆞ며 후빅을 통한(痛恨)ᄒᆞᆫ 바를 댱ᄋᆞ(張兒)의게 옴겨 금슬(琴瑟)의 화연ᄒᆞ믈 두디 못ᄒᆞᄂᆞᆫ 바의 ᄯᅩ 신취디ᄉᆡ(新娶之事) 이신즉 댱셩(長成)ᄒᆞᆫ 남ᄌᆡ 흔연호합(欣然好合)ᄒᆞ여 조강(糟糠)과 구밍(舊盟)을 가ᄇᆡ야이 녁이미 될가 두리노라."

쳐ᄉᆡ 순순(順順)히 그러치 아니믈 고(告)ᄒᆞ여 길일을 ᄌᆡ촉ᄒᆞᆫᄃᆡ 소공의 디감(知鑑)으로 운계의 그 ᄋᆞ돌 알미 붉으믈 모로리오? 돗 우희셔 길일냥신(吉日良晨)을 튁ᄒᆞ니 금월(今月) 순삼일(旬三日)이 대길(大吉)홀 쁜이오 다른 날이 금년(今年)으로셔ᄂᆞᆫ 업ᄉᆞ니 이곳 우명일(又明日)이라. 소공이 쇼왈(笑曰)

"길일이 촉박(促迫)ᄒᆞ나 임의 빙(聘)ᄒᆞ미 법녜(法禮)를 더으미 이시리니 냥개(兩家) 다 군쇽(窘束)ᄒᆞ믄 업ᄉᆞ려니와 빙신(聘信)의 유무(有無)를 ᄯᅩᄒᆞᆫ 뎡치 못ᄒᆞᄂᆞ니 이에 엇더ᄒᆞ여야 가ᄒᆞ뇨?"

쳐ᄉᆡ 쥰순ᄃᆡ왈(逡巡對曰)

"녀영(女英)이 순(舜)을 좃ᄎᆞ시나 이 곳 분(奔)[124]ᄒᆞ미 아니신디라. 당당ᄒᆞᆫ 고벌(高閥)과 교목디엽(喬木之葉)으로 블경(不敬)치 못ᄒᆞ오리니

124 분(奔): 예를 갖추지 않고 혼인함.

도라가 납폐문명(納幣問名)[125]을 힝ᄒᆞ리이다.”

소공이 흔연(欣然) 왈

“노뷔(老父) 임의 녕윤(令允) ᄒᆞᆫ 사ᄅᆞᆷ을 듕ᄋᆡ(重愛)ᄒᆞ여 쇽ᄌᆞ(俗子)의 원비(原妃) 되ᄂᆞ니의셔 녕윤의 쇼셩(小星) 되미 쾌타 ᄒᆞ여 빙희(聘姬)[126]를 조곰도 거리ᄭᅵ디 아니ᄒᆞᄂᆞᆫ 바의 슈칙빙믈(受采聘物)을 굿ᄐᆞ여 ᄇᆞ라리오? 바로 문회(門戶) 일톄(一體)ᄌᆞ 문호의 피연(疲軟)ᄒᆞ미 업디 아닐가 ᄒᆞ엿더니 현계(賢季) 힝빙(行聘)ᄒᆞ믈 니ᄅᆞ니 비록 구ᄎᆞᄒᆞ나 쇼녜 녕윤의 쇼톄(小妻) 되ᄂᆞᆫ 비로ᄃᆡ 이 ᄯᅩ 셩교의 녜졍이 아니니 엇디 셔파의 나ᄌᆞ미 업다 ᄒᆞ리오?”

쳐ᄉᆡ 지ᄇᆡ왈(再拜曰)

“여ᄎᆞ(如此) 고로 블안황공(不安惶恐)ᄒᆞ여 초(初)의 감당치 못ᄒᆞᆯ 바를 낫토미니이다.”

소공이 쇼왈(笑曰)

“노뷔 스ᄉᆞ로 뎡(定)ᄒᆞ고 스ᄉᆞ로 구(求)ᄒᆞ미니 녀ᄇᆡᆨ의 블안(不安)ᄒᆞᆯ ᄇᆡ 아니라. 모로미 뎡일(定日)의 길ᄉᆞ(吉事)를 일우게 ᄒᆞ라.”

쳐ᄉᆡ ᄇᆡ샤(拜謝)ᄒᆞ며 이윽이 말솜ᄒᆞ다가 날회여 하딕고 도라와 뎡당(正堂)의셔 곤계 의논ᄒᆞ여 혼셔(婚書)를 ᄡᅳᆯᄉᆡ 그 대개 ‘녕공디녀(令公之女)로 복디뎨이ᄌᆞ(僕之第二子) 한님학ᄉᆞ(翰林學士) 닌광디위빈실(인광之爲嬪室)이라’ ᄒᆞ여 쓰기를 맛ᄎᆞᄆᆡ 참졍이 우으며 빙믈이 므어

43면

125 납폐문명(納幣問名): 혼례의 여섯 가지 절차인 납채(納采)·문명(問名)·납길(納吉)·납징(納徵)·청기(請期)·친영(親迎)을 아울러 이르는 말. 납징을 납폐라고도 함.

126 빙희(聘姬): 첩을 가리킴.

신고 므른듸 쳐ᄉᆡ 댱쇼져롤 도라보아 골오듸

"셕일 우리 빙신이 곤눈옥농ᄎᆞ(崑崙玉龍叉)[127] ᄌᆞ금무화쳔(紫金舞花釧)[128]이러니 젼(傳)ᄒᆞ여 ᄋᆞ부(我婦)의게 이시리니 농ᄎᆞ(龍叉)란 ᄋᆞ부의게 머므ᄅᆞ고 금쳔(金釧)을 가져오라."

44면 쇼제 공슈(拱手) 슈명이퇴(受命而退)ᄒᆞ여 일빵(一雙) 무회쳔(無繪釧)을【삭이디 아닌 거시라】 옥갑(玉匣)의 너허 존구(尊舅) 면젼(面前)의 공슌히 밧드러 드리니 쳐ᄉᆡ 바다 형댱(兄丈)긔 뵈온 후 문명(問名)과 ᄒᆞᆫ듸 봉(封)ᄒᆞ여 소부로 보ᄂᆡ고 길일(吉日)의 일개(一家) 모다 신낭(新郎)을 보ᄂᆡ려 ᄒᆞᆯᄉᆡ 향당닌니(鄕黨鄰里)롤 다 모호듸 댱샹셰 맛촘 샹명(上命)으로 봉ᄉᆞ(奉使)ᄒᆞ여 효릉【태조 고황뎨 능침(陵寢)이라】의 간 디 냥삼(兩三) 일이 되엿ᄂᆞᆫ 고로 ᄎᆞ혼(此婚)을 아득히 모로며 박시 또 박댱군의 유질(有疾)ᄒᆞ믈 인ᄒᆞ여 본부(本府)의 갓ᄂᆞᆫ디라. 연부인이 그 인믈을 알므로 아딕 굿ᄐᆞ여 니ᄅᆞ디 아니ᄒᆞ고 ᄌᆞ긔 만금쳔교(萬金千嬌)로 ᄒᆡᆼ(行)ᄒᆞ여 소부 연셕(宴席)을 참예(參預)ᄒᆞ니 한님이 ᄯᅩᄒᆞᆫ 박부인이 아라 유익(有益)디 아니코 ᄒᆡ(害) 이실가 ᄒᆞ여 흰[129] 등을 당부ᄒᆞ여 모친긔 아딕 고치 말나 ᄒᆞ며 ᄌᆞ긔ᄂᆞᆫ 경한님을 위요(圍繞)ᄒᆞ여 소부로 가랴 ᄒᆞ더라. 일식(日色)이 반오(半午)의 참[130] 곤계 ᄌᆞ셔뎨딜(子婿諸姪)을 다리고 태젼(太殿)의 드러와 모부인(母夫人)긔 뵈온 후 한님을 소아로 보ᄂᆡ려 ᄒᆞᆯᄉᆡ 경죄 딤즛 우으며 댱시롤 향ᄒᆞ여 왈

127 곤눈옥농ᄎᆞ(崑崙玉龍叉): 곤륜옥룡차. 곤륜산에서 나는 옥으로 만든 용 문양의 비녀.

128 ᄌᆞ금무화쳔(紫金舞花釧): 자금무화천. 자주빛 금으로 만든 꽃 문양의 머리 장신구.

129 흰: 문맥상 '희린'의 오기로 추정됨.

130 참: 문맥상 '참정'의 오기로 추정됨.

“현뎔(賢姪)의 슉뇨인혜(淑窈仁慧)ᄒᆞ므로 투졍(妬情)의 멀믄 죡(足) 45면
히 일개(一家) ᄒᆞᆫ가디로 니ᄅᆞᄂᆞᆫ ᄇᆡ 되엿거니와 가부(家夫)의 길복디
뉴(吉服之類)ᄂᆞᆫ 이 구슉(舅叔)이 니ᄅᆞ디 아냐도 필연(必然) ᄃᆡ후(待
候)ᄒᆞ미 이시리니 모로미 ᄂᆡ여 닙혀 보ᄂᆡ라.”

댱쇼계 피셕문파(避席聞罷)의 밋쳐 ᄃᆡ(對)치 못ᄒᆞ여셔 화부인이 함쇼(含笑)ᄒᆞ고 나ᄌᆞᆨ이 ᄃᆡ왈(對曰)

“길긔(吉期) 너모 쵹박(促迫)ᄒᆞ여 밋쳐 관복(官服)을 일우디 못ᄒᆞᆯ 쁜 아니라 ᄋᆞ부(我婦)를 취(娶)ᄒᆞᆯ 젹 길복(吉服)이 오히려 ᄉᆡ로 잇ᄉᆞ오니 브졀업시 ᄉᆡ거ᄉᆞᆯ 일우미 슈고로온 고로 쳡이 식이디 아녓ᄂᆞ이다.”

언필(言畢)의 한님의 유모 난취로 ᄒᆞ여곰 쇼져 침실의 잇ᄂᆞᆫ 길의(吉衣)를 ᄂᆡ여오라 ᄒᆞ니 경조와 쇼뷔 댱시의 거동을 ᄎᆡ 보랴 ᄒᆞ므로 다함 ᄀᆞᆯ오ᄃᆡ

“실가(室家)를 둔 ᄌᆞ식의 의복을 슈쉬(嫂嫂) 다 ᄉᆞᆯ피시믄 도로혀 가치 아니ᄒᆞ온디라. 댱시 ᄇᆡᆨᄒᆡᆼ(百行)이 초군(超群)ᄒᆞᆫ 바로 디아비의 길의를 ᄃᆡ후치 아니믄 ᄯᅩᄒᆞᆫ 흠ᄉᆡ(欠事)라. ᄇᆡᆨ옥(白玉)의 하뎜(瑕點)이로소이다.”

화부인이 나ᄌᆞᆨ이 그러치 아니믈 ᄃᆡᄒᆞ니 참졍이 화연이쇼(和然而笑) 왈

“댱ᄋᆞ의 긔특ᄒᆞ믄 ᄉᆡ로이 니를 ᄇᆡ 아니어니와 슈슈의 댱ᄋᆞ를 위ᄒᆞ여 46면
변ᄇᆡᆨ(辨白)ᄒᆞ시믈 보옵건ᄃᆡ 딘실노 며ᄂᆞ리 귀ᄒᆞ믈 알니로소이다.”

부인이 피셕손샤(避席遜辭)ᄒᆞᆫᄃᆡ 참졍이 답샤(答謝)ᄒᆞ며 경조 등을 도라보아 ᄀᆞᆯ오ᄃᆡ

“졈디 아닌 것들이 엇디 년쇼뎔ᄇᆡ(年少姪輩) 보ᄎᆡ기를 심히 ᄒᆞᄂᆞ뇨? 댱ᄋᆡ 비록 황공ᄒᆞ여 말을 못ᄒᆞ나 속으로 엇디 은ᄇᆡᆨ 등을 밋치게 넉이

디 아니리오?"

경조 등이 대쇼왈(大笑曰)

"가부의 의복을 ᄊᆡ의 못밋게 ᄒᆞᄂᆞᆫ ᄇᆡ 부인의 도리ᄅᆞᆯ 일허시니 참괴(慙愧)ᄒᆞ디 쇼뎨 등의 바ᄅᆞᆫ말 ᄒᆞ여든 밋쳣다 ᄒᆞ리잇가? 금번은 존쉬(尊嫂) 가로막으실 쁜 아니라 듕하(仲夏)와 계츄디간(季秋之間)이 반년(半年)이 ᄎᆡ 못ᄒᆞᆫ 고로 길복의 빗나미 ᄉᆡ로와실 ᄃᆞᆺᄒᆞᆫ디라. 칙망ᄒᆞ믈 깃거 아니ᄒᆞ거니와 닌광이 등양(騰揚)ᄒᆞᆫ 디 슈월(數月)의 신취(新娶)키ᄅᆞᆯ 시작ᄒᆞ니 그 풍되(風度) 칠부인(七夫人)과 십이금ᄎᆞ(十二金叉)[131]ᄅᆞᆯ ᄀᆞᆺ초고 긋칠디라. 훗번(後番)이나 길복을 영영이 밧드러 듕구(衆口)의 시비(是非)ᄅᆞᆯ 브ᄅᆞ디 말미 올흐니라."

상부인이 낭연쇼왈(朗然笑曰)

"당현딜이 그리 아녀도 심ᄉᆡ(心思) 온젼치 못ᄒᆞ거ᄂᆞᆯ 엇디 괴이ᄒᆞᆫ 언
47면 참(言讖)을 ᄯᅩ ᄉᆞ의(邪意)[132]로이 ᄒᆞᄂᆞ뇨?"

경죄 쇼왈(笑曰)

"말ᄃᆡ로 가리잇가마ᄂᆞᆫ 그리면 슈(數)ᄅᆞᆯ 주려 ᄌᆡ보로 ᄒᆞ여곰 삼궁(三宮)을 ᄇᆡ판ᄒᆞ고 칠미희(七美姬)ᄅᆞᆯ 두라 ᄒᆞ샤이다."

쇼뷔 함쇼왈(含笑曰)

"그러ᄒᆞ나 금일(今日) 길의(吉衣)ᄅᆞᆯ ᄃᆡ후(待候)치 못ᄒᆞ믈 쇽죄(贖罪)ᄒᆞ여 댱ᄋᆞ로ᄡᅥ ᄌᆡ보의 길복(吉服)과 씌ᄅᆞᆯ 셤겨 만목(萬目)이 동시(同視)ᄒᆞᄂᆞᆫ 바의 투졍(妬情)이 업ᄉᆞ믈 알게 ᄒᆞ미 올흐니이다."

---

131 십이금ᄎᆞ(十二金叉): 십이금차. 열두 명의 미인을 말함.

132 ᄉᆞ의(邪意): 사의. 못된 생각.

쳐시 날호여 쇼왈(笑曰)

"냥뎨와 져졔 너모 남의 며나리를 못 견듸도록 보치고 말녀 ᄒᆞ니 쇼뎨 딘실노 졀박ᄒᆞᆫ디라. 쳥컨듸 희담(戲談)을 그만 긋치미 됴흘가 ᄒᆞᄂᆞ이다."

상부인과 경조 등이 대쇼왈(大笑曰)

"엄구(嚴舅)와 존괴(尊姑) ᄒᆞᆫ가지로 편들며 빅뷔(伯父) 올흔 말 ᄒᆞᄂᆞᆫ ᄌᆞ를 밋쳣다 ᄒᆞ시니 댱딜이 비록 온유공슌(溫柔恭順)ᄒᆞ나 ᄌᆞ연 태악(泰嶽)과 댱셩(長城)의 구든 형셰(形勢)를 미더 졈졈 방ᄌᆞ(放恣)ᄒᆞ미 만흘 시졀의 진보의 무텩으로 ᄉᆡ 사ᄅᆞᆷ을 모호믈 통한ᄒᆞ여 별단 셜분(雪憤)ᄒᆞᄂᆞᆫ 거죄(擧措) 업디 아니리이다."

태부인이 흔연쇼왈(欣然笑曰)

"부담잡셜(浮談雜說)노 날을 맛디 말고 광ᄋᆡ 그만ᄒᆞ여 소부로 가게 ᄒᆞ라." 48면

모다 졀ᄒᆞ여 슈명(受命)ᄒᆞᆯᄉᆡ 참졍이 댱시의 위인(爲人)을 ᄉᆡ로 알고ᄌᆞ ᄒᆞ미 아니라 한님의 긔식(氣色)을 보려 ᄒᆞ여 상부인과 경조 등이 댱시로 ᄒᆞ여곰 한님의 옷ᄉᆞᆯ 닙혀 보ᄂᆡ미 올흐믈 녈ᄒᆞ여 일ᄏᆞᄅᆞ니 태부인이 쇼왈(笑曰)

"노뫼(老母) 져의 부뷔(夫婦) 갓가이 듸ᄒᆞ믈 딘실노 보고ᄌᆞ ᄒᆞᄂᆞ니 이딜(二姪)과 녀ᄋᆞ(女兒)의 ᄯᅳᆺ을 맛쳐 댱ᄋᆞ로 ᄒᆞ여곰 닌광의 관듸(冠帶)를 셤기게 ᄒᆞ라."

쳐시 빅이슈명(拜而受命) 왈

"고인(古人)이 칠십(七十)의 아롱옷ᄉᆞᆯ 닙어 친의(親意)를 위열(爲悅)ᄒᆞ듸 쇼ᄌᆡ(小子) 블쵸(不肖)ᄒᆞ와 ᄒᆞᆫ 일도 ᄌᆞ위(慈闈)예 희열(喜悅)ᄒᆞ

실 바ᄅᆞᆯ 닐위미 업ᄉᆞᆸᄂᆞᆫ디라. 맛당이 닌광으로 ᄒᆞ여곰 명ᄒᆞ시믈 밧드러 ᄒᆞᆫ번 우으시믈 돕ᄉᆞ오리이다."

ᄒᆞ고 도라 한님다려 왈

"존젼(尊前)의셔 쳐실(妻室)노 ᄒᆞ여곰 옷ᄉᆞᆯ 닙히미 황공(惶恐)ᄒᆞ며 ᄋᆞ뷔 ᄯᅩᄒᆞᆫ 너의 젹거부뷔(嫡居夫婦)라 가바야이 옷과 ᄯᅴᄅᆞᆯ 밧들미 샹경디되(相敬之道) 아니로ᄃᆡ 존당(尊堂)이 ᄒᆞᆫ번 보고ᄌᆞ ᄒᆞ시ᄂᆞᆫ 바의 그 외의 더은 거죄라도 샤양치 못ᄒᆞ리니 모로미 응슌(應順)ᄒᆞ여 ᄌᆞ위예 우으시믈 돕ᄉᆞ오라."

49면 한님이 만만 소원이 아니로ᄃᆡ ᄉᆞ양ᄒᆞ여 면치 못ᄒᆞᆯ ᄇᆡ오 이 곳 왕모(王母)의 보고ᄌᆞ ᄒᆞ시미라 부친이 명ᄒᆞ시ᄂᆞᆫ 바의 감히 거역디 못ᄒᆞ여 ᄇᆡ이슈명(拜而受命)ᄒᆞᆯᄉᆡ 유랑(乳娘)이 길의(吉衣)ᄅᆞᆯ 가져와시믈 보ᄃᆡ ᄌᆞ긔 상ᄒᆡ 닙ᄂᆞᆫ 관복(官服)을 ᄎᆞᄌᆞ니 쇼뷔 쇼왈(笑曰)

"길복이 ᄉᆡ로 디은 ᄇᆡ 아니믈 통한(痛恨)ᄒᆞ여 바리고 상시(常時) 관복으로ᄡᅧ 길의ᄅᆞᆯ ᄃᆡ(代)코ᄌᆞ ᄒᆞᄂᆞ냐?"

경죄 쇼왈(笑曰)

"비록 ᄉᆡ로 디은 거시 아니나 댱딜을 취(娶)ᄒᆞᆯ 젹 ᄒᆞᆫ번 닙은 거시니 ᄉᆞ오삭디ᄂᆡ(四五朔之內)의 과히 투ᄉᆡᆨ(渝色)디 아냐실디라. 모로미 믈니치디 말고 닙을디여다."

한님이 궤이ᄃᆡ왈(跪而對曰)

"쇼딜(小姪)이 작ᄎᆞ(爵次)로조ᄎᆞ 관복으로 가미 맛당ᄒᆞ고 신낭의 길복으로 가미 블가ᄒᆞ니이다."

경조 등이 거ᄌᆞᆺ 의혹왈(疑惑曰)

"그리면 네 오날 소가 신낭이 되디 아니ᄒᆞ고 한님원의 입딕(入直)ᄒᆞ

ᄂᆞ냐?”

한님이 쇼이ᄃᆡ왈(笑而對曰)

“작일(昨日) 츌번(出番)ᄒᆞ믈 아라 계시니 쏘 므ᄉᆞᆷ 입번(入番)ᄒᆞ미 이시리잇가?”

언필(言畢)의 상ᄒᆡ 닙던 관복을 나아와 닙으려 ᄒᆞᆯᄉᆡ 태부인이 당시를
도라보아 닙혀 보ᄂᆡ라 명ᄒᆞ며 졔슉당(諸叔堂)이 일시의 ᄌᆡ쵹ᄒᆞ니 졔 50면
한님긔 나아가믈 딘실노 치신무디(置身無地)ᄒᆞ고 민민졀박(憫憫切迫)ᄒᆞ나 어ᄃᆡ 가 말믈 어드리오? 쳔만브득(千萬不得)이 니러나ᄆᆡ 듕목(衆目)이 ᄒᆞᆷ긔 바라볼ᄉᆡ 금년(金蓮)[133]이 졔졔완완(齊齊緩緩)ᄒᆞ여 유룡(幼龍)이 운니(雲裡)의 ᄇᆡ회(徘徊)ᄒᆞ며 명월(明月)이 쳥산(青山)의 걸녓ᄂᆞᆫ ᄃᆞᆺ 션메(仙袂) 표표(表表)ᄒᆞ고 화관(華冠)이 졍뎡(正正)ᄒᆞᆫᄃᆡ[134] 옥결(玉玦)[135]이 장장(鏘鏘)[136]ᄒᆞ며 월패(月佩) 낭낭(琅琅)ᄒᆞ여[137] ᄎᆡ졔(采齊)[138]의 소ᄅᆡᄅᆞᆯ 맛초니 그 졀조(絶調)의 신긔ᄒᆞᆷ과 금회의 낭명(朗明)ᄒᆞ미 이 소ᄅᆡᄅᆞᆯ 조ᄎᆞ 더옥 ᄊᆡ칠디라. 셤셤(纖纖)ᄒᆞᆫ 허리와 아아(峨峨)ᄒᆞᆫ 봉익(鳳翼)으로뼈 션삼(仙衫)이 표표히 니러나 븟치이ᄂᆞᆫ 바의 관복

---

133 금년(金蓮): 금련. 금으로 만든 연꽃이라는 뜻으로, 미인의 예쁜 걸음걸이를 비유적으로 이르는 말.

134 졍뎡(正正)ᄒᆞᆫᄃᆡ: 정정하다. 바르고 가지런하다.

135 옥결(玉玦): 허리에 차는 옥 고리.

136 장장(鏘鏘): 옥이나 쇠붙이 따위가 맑게 울리는 소리. 또는 그 모양.

137 낭낭(琅琅)ᄒᆞ여: 낭랑하다. 옥이 부딪혀 울리는 소리가 매우 맑다.

138 ᄎᆡ졔(采齊): 채제. 종묘제례 등 행사에 연주되는 음악의 하나. 《주례(周禮)》 〈악사교악의(樂師教樂儀)〉에 ‘총총걸음〔趨(추)〕일 때 채제를 연주한다’는 내용이 나옴.

을 나오며 씌를 두ᄅᆞ니 신댱이 참치브졔(參差不齊)[139]ᄒᆞ여 아라히 치와다 보일 ᄇᆡ로ᄃᆡ ᄒᆞᆫ번 ᄲᅡᆼ광(雙眶)을 구을니미 업ᄉᆞ니 한님이 ᄯᅩᄒᆞᆫ 열친(悅親)을 위쥬(爲主)ᄒᆞ여 화긔(和氣)를 변ᄒᆞ미 업시 착의휘ᄃᆡ(着衣揮帶)ᄒᆞᆯᄉᆡ 부부의 신ᄎᆡ긔딜(神彩氣質)이 사ᄅᆞᆷ으로 ᄒᆞ여곰 졍신이 어ᄅᆡ고 숨이 가ᄌᆞᆨᄒᆞ여 ᄀᆞ마니 혀를 두로며 칙칙이 소ᄅᆡ를 먹음을 ᄲᅮᆫ이라. 임의 셤기믈 다ᄒᆞᄆᆡ 믈너 좌의 들ᄉᆡ 한님의 거동(擧動)은 단봉(丹
51면 鳳)이 기산(岐山)의 향ᄒᆞ고 홍곡(鴻鵠)이 만니댱공(萬里長空)의 아으라히 날개를 븟쳣ᄂᆞᆫ ᄃᆞᆺ 호상영발(豪爽映發)[140]ᄒᆞᆫ 가온ᄃᆡ 웅심굉걸(雄心宏傑)ᄒᆞ며 슉믁뎡대(熟默正大)ᄒᆞ믈 아오랏거놀 댱쇼져의 표연이 딘셰를 버ᄉᆞ믄 우화이(羽化而) ᄇᆡᆨ운(白雲)을 ᄉᆞ못ᄎᆞ 뎨향(帝鄕)을 향ᄒᆞᆯ ᄃᆞᆺ 왕뫼(王母) ᄌᆞ개봉(紫蓋峰)[141]의 구름을 ᄐᆞ고 텬손(天孫)[142]이 닌거(麟車)로 작교(鵲橋)를 건너ᄂᆞᆫ ᄃᆞᆺ 신녜(神女) 무산(巫山)의 나리며 복비(宓妃) 낙쳔(洛川)의셔 딘쥬(珍珠)를 ᄏᆡ미 므어시 빗나리오? 쳐ᄉᆞ의 단엄침믁(端嚴沈默)ᄒᆞ므로도 흠ᄋᆡ(欽愛)ᄒᆞ고 귀듕(貴重)ᄒᆞ며 칭찬(稱讚)ᄒᆞ고 경복(敬服)ᄒᆞ여 쇼져의 거동을 이윽이 슉시(熟視)ᄒᆞᄆᆡ 능히 참디 못ᄒᆞ여 ᄇᆡᆨ포광삼(白布廣衫)으로 조ᄎᆞ 소슈(素手)를 ᄂᆡ여 좌슈(左手)로 한님을 집슈(執手)ᄒᆞ며 우슈(右手)로 쇼져의 옥슈(玉手)를 쥐ᄆᆡ 셤셤(纖纖)ᄒᆞ고 광윤(光潤)ᄒᆞ여 흰 빗치 오ᄉᆡᆨ션메(五色仙袂)의 도요(照耀)ᄒᆞᆫᄃᆡ 쳐ᄉᆡ 보기를 명상(明爽)이 ᄒᆞᄆᆡ 그 비샹(臂上)의

---

139 참치브졔(參差不齊): 참치부제. 풀들이 들쭉날쭉한 것 같은 모양.

140 호상영발(豪爽映發): 호방한 광채를 드러냄.

141 ᄌᆞ개봉(紫蓋峰): 자개봉. 남악 형산의 봉우리 중 하나.

142 텬손(天孫): 천손. 여기에서는 직녀를 가리킴.

잉홍(鶯紅)이 찬연(燦然)ᄒᆞ여 도화(桃花) 일ᄆᆡ(一枚) ᄯᅥ러딘 ᄃᆞᆺ 심하의 ᄋᆞᄌᆞ의 고집을 통한ᄒᆞᄃᆡ ᄉᆞᄉᆡᆨ디 아니ᄒᆞ고 두굿거운 안ᄉᆡᆨ이 화연ᄒᆞ여 한님다려 ᄀᆞᆯ오ᄃᆡ

"ᄋᆞ부(我婦))의 ᄇᆡᆨᄒᆡᆼᄉᆞ덕(百行四德)이 초츌(超出)ᄒᆞ므로ᄡᅧ ᄉᆡᆨ광(色光)은 말기여ᄉᆡ(末技餘事)니 니ᄅᆞᆯ ᄇᆡ 아니어니와 네 오히려 안ᄒᆡᄅᆞᆯ 52면 ᄌᆞ셰히 보디 못ᄒᆞ여시리니 ᄒᆞᆫ번 보아 셔로 면목(面目)을 알오미 무방(無妨)ᄒᆞ니라."

한님이 비록 야야(爺爺)의 ᄃᆞᆺ터온 ᄌᆞᄋᆡ(慈愛)ᄅᆞᆯ 밧ᄌᆞ오나 이 ᄀᆞᆺᄐᆞᆫ 은ᄋᆡ(恩愛)ᄂᆞᆫ 평ᄉᆡᆼ(平生) 쳐음이라 황공(惶恐)ᄒᆞᆷ과 감은(感恩)ᄒᆞ미 병츌(倂出)ᄒᆞ여 능히 ᄃᆡᄒᆞᆯ 바ᄅᆞᆯ 아디 못ᄒᆞ며 쇼져ᄂᆞᆫ 관복(官服)을 셤길 ᄊᆡ의 참치슈괴(慙恥羞愧)ᄒᆞ미 남 모로ᄂᆞᆫ 누덕(陋德)이 드러난 ᄃᆞᆺᄒᆞᆫ 바로ᄡᅧ 존구(尊舅)의 년무(憐撫)ᄒᆞ시ᄂᆞᆫ 은혜(恩惠)ᄅᆞᆯ 인ᄒᆞ여 ᄉᆡᆼ(生)으로 더브러 좌ᄎᆡ(坐次) 슈쳑(數尺) 동안도 못 되니 만심(滿心)이 괴황(愧慌)ᄒᆞ고 일신(一身)이 구숑(懼悚)ᄒᆞ여 침상(寢牀)과 박빙(薄氷)을 님ᄒᆞᄆᆡ 더으니 두리며 븟그리ᄂᆞᆫ 모양이 더옥 ᄋᆡ련(愛憐)ᄒᆞᄂᆞᆫ 졍을 동(動)ᄒᆞᄂᆞᆫ디라. 쳐ᄉᆡ 그 블안황공(不安惶恐)ᄒᆞ믈 더으지 못ᄒᆞ여 날호여 손을 노흐니 쇼졔 비로소 ᄌᆡᄇᆡ퇴좌(再拜退坐)ᄒᆞᄆᆡ 듕ᄀᆡᆨ(衆客)이 어린 ᄃᆞᆺ 관경(觀境)을 삼고 슉당(叔堂)이 다시곰 암암칭긔(暗暗稱奇)[143] ᄒᆞ여 일시(一時) 션탄(羨嘆)ᄒᆞ믈 ᄭᆡ닷디 못ᄒᆞ며 태부인이 더옥 희ᄋᆡ귀듕(喜愛貴重)ᄒᆞ미 면모(面貌)의 넘ᄢᅵ더라. 한님이 이의 존당의 하

143 암암칭긔(暗暗稱奇): 규장각본에는 '암암칭디'로 되어 있음.

직(下直)ᄒᆞ고 위의(威儀)를 두로혀 소아로 향ᄒᆞᆯᄉᆡ 명공거경(名公巨
53면 卿)이 뒤흘 조ᄎᆞ며 하리츄죵(下吏追從)이 젼ᄎᆞ후응(前遮後應)ᄒᆞ여 댱녀(壯麗)ᄒᆞᆫ 위의(威儀) 십니(十里)의 버러시니 딘퇴ᄎᆞ텬(進退遮天)ᄒᆞ고 ᄒᆞᆨ예호호(學藝皞皞)[144]ᄒᆞᆫᄃᆡ 한님이 슈형(秀形)한 의화(儀華)와 탁윤(卓倫)ᄒᆞᆫ 긔질(氣質)이 일광(日光)을 ᄀᆞ리와 풍뉴신ᄎᆡ(風流神彩) 도상(道上)의 됴요(照耀)ᄒᆞ니 관시ᄌᆡ(觀是者) ᄎᆡᆨᄎᆡᆨ고슈(嘖嘖敲手)[145] 왈 "ᄌᆞ고급금(自古及今)의 ᄎᆞ인(此人) ᄀᆞᄐᆞᆫ ᄌᆡ(者) 또 잇ᄂᆞ냐? 인ᄉᆡᆼ유ᄌᆞ(人生有子)의 당여(當與) 경닌광 ᄒᆞ면 ᄇᆡᆨ골이 어이 뼈으리오? 일홈이 만ᄃᆡ(萬代)의 오롤 ᄯᆞ롬이 아니라."

ᄒᆞ더라. ᄒᆡᆼᄒᆞ여 소부의 니ᄅᆞ러ᄂᆞᆫ 소금오 오곤계(五昆季) 부공(父公)을 좌샹(座上)의 밧드러 늉늉(融融)ᄒᆞᆫ 즐기믈 니어 환환(歡歡)ᄒᆞᆫ 깃브믈 ᄠᅴ엿더니 일시(一時)의 젼도(顚倒)히 마ᄌᆞ 소공이 듕빈(衆賓)을 졉ᄃᆡᄒᆞ며 소금외 팔 미러 젼안(奠雁)을 인도(引導)ᄒᆞᆯᄉᆡ 한님이 나아가 옥상(玉床)의 홍신(鴻信)을 젼ᄒᆞ고 텬디(天地)긔 ᄇᆡ례(拜禮)를 필(畢)ᄒᆞᄆᆡ 허다(許多) 시ᄋᆞ(侍兒) 쌍쌍(雙雙)이 분ᄇᆡᆨ녹빈(粉白綠鬢)으로 현군황상(玄裙黃裳)을 ᄡᅥ어 향쵹(香燭)을 분분(紛紛)이 인도ᄒᆞ며 경함옥난(瓊檻玉欄)을 말ᄆᆡ암아 합환교ᄇᆡ셕(合歡交拜席)의 나아가ᄆᆡ 신뷔 공작션(孔雀扇)[146]을 님ᄒᆞ여 한님긔 ᄉᆞᄇᆡᄒᆞ니 한님이 보블(黼
54면 黻)을 숙이고 난금(鸞襟)을 붓쳐 ᄒᆞᆫ 번 졀ᄒᆞ며 두 번 읍ᄒᆞ여 녜되(禮

144 ᄒᆞᆨ예호호(學藝皞皞): 학예호호. 학식과 기예가 여유 있는 모습.

145 ᄎᆡᆨᄎᆡᆨ고슈(嘖嘖敲手): 책책고수. 시끄럽게 떠들며 손뼉을 침.

146 공작션(孔雀扇): 공작선. 의례에서 드는 공작 모양의 부채.

道) 흡흡(翕翕)ᄒᆞ더라. 이의 작션(雀扇)을 기우려 홍슈(紅袖)를 낫초고 옥셕의 올마 ᄌᆞ하상(紫霞觴)을 난홀ᄉᆡ 남풍녀ᄎᆡ(男風女彩) 슈이탁월(殊異卓越)ᄒᆞ여 화벽혜쥐(和璧蕙珠) 무광(無光)ᄒᆞ며 광ᄎᆡ휘요(光彩輝耀)ᄒᆞ여 삼츈경일(三春頃日)이오 형뫼(形貌) 쇄락(灑落)ᄒᆞ여 동졍호월(洞庭皓月)이라. 향풍(香風)이 던울(震鬱)ᄒᆞ고 홍심(紅心)이 난화(爛華)ᄒᆞ여 향방(香房)의 냥신인(兩新人)이 상ᄃᆡ(相對)ᄒᆞ니 명모광염(明貌光艶)이 바ᄋᆡ여 거실(居室)이 쇄연이 ᄇᆰ은더라. 과연 남교(南郊)의 아름다온 ᄇᆡ필(配匹)[147]이오 옥뎨(玉帝) 명(命)ᄒᆞ신 가연(佳緣)이믈 알너라. 날호여 쇼져를 븟드러 졍당(正堂)으로 향ᄒᆞ니 한님이 ᄯᅩᄒᆞᆫ 소금오 등으로 더브러 외루(外樓)의 나와 좌(座)의 들ᄉᆡ 소공이 흔연집슈(欣然執手) 왈

"반년디ᄂᆡ(半年之內)의 두 번 기러기를 안아 폐샤(幣舍)의 광ᄎᆡ(光彩)를 빗ᄂᆡ고 양ᄋᆞ(養兒)와 ᄉᆡᆼᄋᆞ(生兒)를 거두어 평ᄉᆡᆼ(平生)을 흔흡(欣翕)게 ᄒᆞ니 일홈이 신봉(新逢)이나 유시(幼時)의 뎡혼(定婚)ᄒᆞᆫ 구ᄆᆡᆼ(舊盟)이라. 너를 ᄉᆞ회로 아란 지 오ᄅᆡᄃᆡ 녜(禮)를 일우믄 듕하(中夏)와 오날의 이시니 내 졍의흔열(情意欣悅)ᄒᆞ믈 엇디 니ᄅᆞ리오마는 미녀(迷女)와 양ᄋᆡ(養兒) 다 황영(皇英)의 고ᄉᆞ(故事)를 흠모(欽慕)ᄒᆞ나 군ᄌᆞ(君子)의 밧들기의 허믈이 업기를 ᄇᆞ라디 못ᄒᆞᄂᆞ니 너는 55면 관인홍대(寬忍弘對)ᄒᆞ여 노부의 구구(區區)ᄒᆞᆫ ᄠᅳᆺ을 져바리디 말며 ᄋᆞ녀(我女)의 미셰(微細)ᄒᆞᆫ 허믈을 관셔(寬恕)ᄒᆞ여 ᄇᆡᆨ년동낙(百年同

147 남교(南郊)의 아름다온 ᄇᆡ필(配匹): 당나라 전기 〈배항(裵航)〉에 나오는 배항과 운영. 배항은 남교에서 운영을 만나 사랑을 이루었다고 함.

樂)의 화평이열(和平怡悅)ᄒᆞ믈 바라노라."

한님이 순순샤례(順順謝禮)ᄒᆞ고 맛ᄎᆞᆷᄂᆡ 블감(不堪)ᄒᆞ믈 일ᄏᆞ라 교목(喬木)의 존귀(尊貴)로 빈위(嬪位)에 굴욕(屈辱)ᄒᆞ미 피ᄎᆞ(彼此) 블ᄒᆡᆼ(不幸)ᄒᆞᆷ과 심니(心裏)의 블안(不安)ᄒᆞ믈 고(告)ᄒᆞ니 소공이 흔연(欣然)이 쇼왈(笑曰)

"너ᄅᆞᆯ 만나던 날 셔랑(壻郞)으로 뎡(定)ᄒᆞ며 댱ᄋᆞ(張兒)ᄅᆞᆯ 구(救)ᄒᆞ여 부녀(父女)로 뎡ᄒᆞ고 널노 더브러 졍약(定約)이 이시믈 듯던 날 아녀(我女)ᄂᆞᆫ 위굴(位屈)ᄒᆞ여 너의 쇼셩(小星)으로 도라보ᄂᆡ믈 혐의(嫌疑)치 아녓ᄂᆞ니 ᄇᆞ졀업ᄉᆞᆫ 인ᄉᆞᄅᆞᆯ 날회라.[148] ᄒᆞᆫ가디 텬ᄌᆡ(天子)라도 ᄂᆡ통팔황(乃統八荒)[149]의 텬하일존(天下一尊)ᄒᆞ며 먼니 번신(藩臣)도 되ᄂᆞ니 잇ᄂᆞ니 ᄉᆞ문일ᄆᆡᆨ(士門一脈)이라 ᄒᆞ여 션후(先后)의 명ᄇᆡᆨᄒᆞᆷ과 위ᄎᆞ(位次)의 현격ᄒᆞ믈 낫토디 아니리오? ᄋᆞ녀ᄂᆞᆫ 사ᄅᆞᆷ의 디나미 업ᄉᆞᄃᆡ 거의 번월(樊越)[150]의 어지ᄅᆞ믈[151] ᄯᆞᆯ올 만ᄒᆞ고 댱ᄋᆞᄂᆞᆫ 과연 ᄋᆞ녀의 만히 디나미 잇ᄂᆞ니 너의 쳐궁(妻宮)이 복되믈 하례ᄒᆞ노라."

56면 한님이 소공의 디우지은(知遇之恩)과 명식관통(明識貫通)ᄒᆞ믈 기리 감복(感服)ᄒᆞ여 져ᄇᆞ리미 업과ᄌᆞ ᄒᆞ며 듕ᄀᆡᆨ(衆客)은 공의 즐기믈 조ᄎᆞ 칭하분분(稱賀紛紛)ᄒᆞ고 양ᄋᆞ(養兒)와 친녀(親女)ᄅᆞᆯ 다 졍ᄌᆡ보의

---

148 날회라: 날회다. 느리게 하다. 여기서는 '미루다', '그만두다'의 뜻.

149 ᄂᆡ통팔황(乃統八荒): 내통팔황. 온세상을 총괄하다는 뜻. 《주역》 〈건괘〉 '단(彖)'의 "乃統天"을 변형한 표현.

150 번월(樊越): 춘추시대 초나라의 번희(樊姬)와 월희(越姬). 번희는 장왕(莊王)의 부인으로 내조를 잘하여 국가 번영에 큰 기여를 했으며, 월희는 소왕(昭王)의 첩으로 전쟁에서 병이 난 왕을 위해 목숨을 바쳐 왕을 구호하고자 했던 열녀임.

151 어지ᄅᆞ믈: 어짊을.

게 허(許)ᄒᆞ여 반년디ᄂᆡ(半年之內)의 두 번 기러기ᄅᆞᆯ 안ᄂᆞᆫ 영광풍되(榮光風度) 쾌셔(快婿)의 족(足)ᄒᆞ믈 일ᄏᆞᄅᆞ니 소공이 희연(喜然) 답샤왈(答謝曰)

"사ᄅᆞᆷ이 날노뼈 어리게 넉일 ᄌᆞ도 이시며 혹 쳐ᄉᆞᄅᆞᆯ 그ᄅᆞᆺᄒᆞᆫ가 개연우탄(慨然憂嘆)ᄒᆞ리도 잇ᄉᆞ려니와 문디가셰(門之家勢)와 풍ᄎᆡ긔질(風采氣質)과 ᄌᆡ화덕ᄒᆡᆼ(才華德行)이 ᄀᆞᆺ초 ᄡᆞ혀나고 쏘 하원(遐遠)ᄒᆞᆫ 슈(壽)와 호호(浩浩)한 영녹(榮祿)이 낫타난 ᄌᆞᄂᆞᆫ 아셔일인(我婿一人)일가 ᄒᆞᄂᆞ니 쇼녀ᄌᆞ(小女子)로뼈 긔군ᄌᆞ(奇君子)ᄅᆞᆯ 마ᄌᆞ 빈실(嬪室)노 도라보ᄂᆡ미 소망(所望)의 나리디 아니ᄒᆞ니 졔빈(諸賓)의 하언(賀言)을 ᄉᆞ양(辭讓)치 아닛노라."

ᄒᆞ더라. 이러틋 환낙(歡樂)ᄒᆞ여 홍일(紅日)이 몰셔(沒西)ᄒᆞ고 ᄇᆡᆨ월(白月)이 부명(復明)ᄒᆞᄆᆡ 소공이 졔ᄌᆞ졔손(諸子諸孫)과 졍한님으로 더브러 쵹을 니어 담화(談話)ᄒᆞ다가 야심ᄒᆞ믈 인ᄒᆞ여 공이 금오 등으로 ᄒᆞ여곰 한님을 신방(新房)으로 인도ᄒᆞ라 ᄒᆞ며 편히 쉬믈 당부(當付)ᄒᆞᆫᄃᆡ 한님이 이에 금오 등을 조ᄎᆞ 니러날ᄉᆡ 금외 쇼왈(笑曰) 57면

"ᄌᆡ뵈 우리 젹은 ᄌᆞ식의 년ᄇᆡ(年輩)로ᄃᆡ ᄆᆡ부(妹夫) ᄃᆡ졉(待接)이 만홀(漫忽)치 못ᄒᆞ여 향방(香房) 츌입(出入)의 아등(我等)이 시위(侍衛)되야 쵹(燭)을 잡고 향 쏫기ᄅᆞᆯ 사양치 못ᄒᆞ니 가히 어린 누의ᄅᆞᆯ 둔 ᄌᆡ 구구(區區)ᄒᆞ믈 알니로다."

한님이 미쇼ᄃᆡ왈(微笑對曰)

"쇼ᄉᆡᆼ(小生)을 인도(引導)ᄒᆞ미 ᄒᆞᆫ낫 쇼ᄋᆡ(小兒) 족ᄒᆞ니 오위명공(五位名公)의 존톄(尊體)ᄅᆞᆯ 슈고로이 ᄒᆞ실 ᄇᆡ 아니어ᄂᆞᆯ 노대인(老大人) 존교(尊敎)로 ᄂᆡ루(內樓)의 님ᄒᆞ시니 구구ᄒᆞ믈 스ᄉᆞ로 탄ᄒᆞ미 긋치기 쉬

오며 말미 어렵디 아닌 바롤 므어시 난연(赧然)ᄒᆞ여 탄ᄒᆞ시ᄂᆞ니잇가?"

소시듕이 쇼왈(笑曰)

"그ᄃᆡ 말이 올흔디라. 우리 탄ᄒᆞ믄 잘못 ᄒᆞ엿거니와 또 ᄒᆞᆫ 일을 뭇ᄂᆞ니 대인이 댱ᄆᆡ(張妹)롤 거두어 부녀로 명ᄒᆞ시ᄆᆡ 졍의(情意) 듕ᄒᆞ미 텬셩의 감(減)치 아니시고 ᄌᆡ뵈 댱ᄆᆡ롤 맛던 날브터 구싱디의(舅甥之義)롤 붉혀 칭셔칭악(稱婿稱岳)ᄒᆞ미 올커놀 ᄒᆞᆫ갈ᄀᆞᆺ치 왕존댱(王尊長)으로 일ᄀᆞ롤 ᄡᅳᆫ이러니 또 금일 쇼ᄆᆡ(小妹)롤 마ᄌᆞ 취ᄒᆞ여 반ᄌᆞ디

58면 의(半子之義) 되엿거놀 이제조ᄎᆞ 칭악(稱岳)을 아니믄 엇진 뜻이뇨?"

한님이 쳥파의 슈용면관(收容免冠)ᄒᆞ며 부좌ᄉᆞ슬(復坐視膝)ᄒᆞ여 공경ᄃᆡ왈(恭敬對曰)

"명공이 의혹(疑惑)ᄒᆞ여 므ᄅᆞ시ᄂᆞᆫ ᄇᆡ 이 ᄀᆞᆺᄐᆞ니 쇼싱(小生)이 또ᄒᆞᆫ 어린 쇼견(所見)을 고달(告達)ᄒᆞ리이다. 존대인(尊大人)[152]이 댱시롤 거두어 부녀의 의(義)롤 ᄆᆡᄌᆞ시니 쇼싱이 임의 쇼견을 셰오디 못ᄒᆞ고 암ᄆᆡ(暗昧)ᄒᆞᆫ 가온ᄃᆡ 잇셔 댱시롤 취ᄒᆞᄆᆡ 존대인으로 칭악(稱岳)디 아니믄 의롤 ᄊᆞᆺᄎᆞ미로ᄃᆡ 연이나 댱시 쇼싱디친(所生之親)이 잇ᄂᆞᆫ 바의 쇼싱이 아ᄃᆡᆨ 구싱(舅甥)으로 칭ᄒᆞ미 업ᄉᆞᆫ지라 그 쇼싱디친을 여ᄎᆞᄒᆞᆫ 후의 존대인긔만 구싱디의롤 붉히미 일이 온당치 아닐 ᄡᅳᆫ 아니라 존대인이 만ᄂᆡ(晩來) 교ᄋᆞ(嬌兒)롤 가져 쇼싱의 당셕(當席)을 비굴(卑屈)코ᄌᆞ ᄒᆞ시니 블승외월(不勝猥越)ᄒᆞ며 디우(知遇)롤 감은(感恩)ᄒᆞ여 다시 존문(尊門)의 기러기 안기롤 긔약ᄒᆞ오ᄆᆡ 빙이취디

152 존대인(尊大人): 손윗사람의 아버지를 이르는 말. 여기서는 소수를 가리킴.

(聘而娶之)ᄒᆞ고 녜이영디(禮而迎之)ᄒᆞ여 존문 명족(名族)을 공경ᄒᆞ오나 이 과연 녜졀이 아니오 녕ᄆᆡ(令妹) 블ᄒᆡᆼᄒᆞ여 쇼ᄉᆡᆼ의 젹거인(嫡居人)[153]이 되디 못ᄒᆞᄆᆡ 이로셔 좌(座)의 나ᄌᆞ미라. 존대인이 션조(先祖)로 년갑(年甲)이 ᄀᆞᆺᄐᆞ시며 교계(交契) 심후(甚厚)ᄒᆞ샤므로 가친(家親)과 샤슉(舍叔)도 슉당(叔堂)ᄀᆞᆺ치 앙모(仰慕)ᄒᆞ시ᄂᆞᆫ 바의 쇼ᄉᆡᆼ이 홀노 존대인을 낫초와 칭분디옹(稱分之翁)ᄒᆞ믄 대인긔 욕이 비경(非輕)ᄒᆞ고 쇼ᄉᆡᆼ의 도리 아니라. 사ᄅᆞᆷ이 댱시의 양부(養父)로ᄲᅧ 칭악(稱岳)ᄒᆞ믄 아디 못ᄒᆞ며 녕ᄆᆡ(令妹)로 인ᄒᆞ여 그러ᄒᆞᄆᆡᆫ가 넉인족 비록 ᄆᆞ음이 그러치 아니ᄒᆞ나 일이 블가ᄒᆞ니 ᄎᆞᆯ하리 쳐음브터 왕존댱ᄌᆞ(王尊長子)로 일ᄏᆞᄅᆞᆷ만 ᄀᆞᆺ디 못ᄒᆞ여 칭악칭셔(稱岳稱婿)ᄅᆞᆯ 아니ᄒᆞ니이다."

금오 등이 ᄆᆡᆺ쳐 ᄃᆡ(對)치 못ᄒᆞ여셔 소공이 칭션왈(稱善曰)

"너의 ᄒᆡᆼᄒᆞᄂᆞᆫ ᄇᆡ 군ᄌᆞ의 대도의 어긔미 업ᄉᆞ니 노뷔 딘실노 흠복가디(欽服可知) ᄒᆞᄂᆞ니 오ᄋᆞ 등은 쁠ᄃᆡ업ᄉᆞᆫ 나히 ᄌᆡ보의셔 이십 년댱(年長)이 남으니도 잇고 못ᄒᆞ니도 이시ᄃᆡ ᄒᆞ나토 너의 혜아림과 ᄀᆞᆺ디 못ᄒᆞ니 노뷔 위ᄒᆞ여 붓그리노라."

ᄉᆡᆼ이 블감당(不堪當)이믈 칭샤(稱謝)ᄒᆞᆫᄃᆡ 금오 등이 우으며 왈

"임의 소회(所懷)ᄅᆞᆯ 다 드러시니 그만ᄒᆞ여 ᄌᆡ보ᄅᆞᆯ 인도ᄒᆞ여 드러가리라."

ᄒᆞ고 다시 닛그러 신방(新房)의 니ᄅᆞᄆᆡ 쵹광(燭光)이 명휘(明輝)ᄒᆞ며

---

153 젹거인(嫡居人): 적거인. 정실부인.

향연(香煙)이 애이(靄靄)흔딕 병장침귀(屛帳寢具) 다 녜(禮)로오미
60면 이실 쌱롬이오 각별(各別) 공교(工巧)ᄒᆞ고 치미(侈美)ᄒᆞ믈 보디 못ᄒᆞ
여 쳔연(天然)이 검소(儉素)ᄒᆞ미 ᄌᆞ긔 가풍(家風)의 다ᄅᆞ미 업ᄉᆞ니
심하(心下)의 소공의 쳥덕(淸德)을 앙복ᄒᆞ더라. 금오 등을 딕ᄒᆞ여 담
화(談話)홀 ᄉᆞ이의 쥬찬(酒饌)을 올니믹 빈쥬(賓主) 딘음(盡飮)홀식
이 또 경결(淨潔)ᄒᆞ며 청상(淸爽)ᄒᆞ고 간냑(簡略)ᄒᆞ며 향긔로울 쑨이
오 금반옥긔(金盤玉器) 어ᄌᆞ러이 버린 거시 잇디 아니ᄒᆞ여 조두(俎
豆) 그룻식 두어 가지 안쥬와 과실이오 뉴리종(琉璃鍾)[154]의 각각 두어
번 거후롤 술이라. 한님이 뜻의 흡연(洽然)ᄒᆞ고 ᄆᆞ음이 화연(和然)ᄒᆞ
여 향온(香醞)의 쳥열(淸熱)[155]ᄒᆞ미 후셜(喉舌)이 샹쾌ᄒᆞ믈 일우며 안쥬
의 젹구(適口)ᄒᆞ미 식셩(食性)의 됴히 넉이던 빈 고로 햐져(下箸)ᄒᆞ
미 빈빈(頻頻)ᄒᆞ여 딘식(進食)ᄒᆞ믹 날호여 상을 믈니고 금오 등이 니
러나 가니 싱이 긔이숑지(起而送之)러라. 아이오 월패(月佩) 장장(鏘
鏘)ᄒᆞ며 향풍(香風)이 습습(習習)ᄒᆞ여 옥셩(玉聲)이 낭낭이러니 두어
빵 시이 쇼져롤 옹위ᄒᆞ여 나오ᄂᆞᆫ디라. 임의 금오 등을 보닉노라 긔동
61면 ᄒᆞ엿고 오날 공경은 폐치 못ᄒᆞ리라 ᄒᆞ여 긔영(起迎)ᄒᆞᄂᆞᆫ 녜(禮)롤 다
홀식 비록 눈을 드러 젼도(顚倒)히 술피미 업ᄉᆞ나 안광이 빗최기롤
신긔히 ᄒᆞᄂᆞᆫ디라. 쇼졔 션삼닌딕(仙衫麟帶)[156]로 금년(金蓮)을 옮겨 예
예히 나아오니 쳔틱만염(千態萬艶)이 찬난긔이(燦爛奇異)ᄒᆞ여 쇄실

154 뉴리종(琉璃鍾): 유리종. 유리 술잔.
155 쳥열(淸熱): 청열. 시원한 기운으로 열기를 다스리는 것.
156 션삼닌딕(仙衫麟帶): 선삼인대. 좋고 화려한 옷과 띠.

명광(灑室明光)이 쵹영(燭影)이 빗츨 아이니 의의(猗猗)ᄒᆞ여 신녜(神女) 무산(巫山)의 나리며 표표(表表)ᄒᆞ여 그림ᄌᆡ 영영(盈盈)ᄒᆞ고 표표ᄒᆞ여 계ᄌᆡ(桂姿) 월듕(月中)의 ᄯᅧ러디니 비컨ᄃᆡ 됴일(朝日)이 운ᄃᆡ(雲臺)의 ᄇᆞᆰ아시며 슈월(水月)이 동호(洞湖)의 ᄂᆡ왓ᄂᆞᆫ ᄃᆞᆺ 구롬 귀밋ᄎᆞᆫ 무산의 져믄 빗치 셩ᄒᆞ고 안개 머리ᄂᆞᆫ 초ᄃᆡ(楚臺)의 봄빗치 므ᄅᆞ녹아시니 농슈ᄉᆞ져(龍髓麝臍)[157]ᄂᆞᆫ 모영(暮影)의 공교ᄒᆞ믈 믈니치며 옥부촉영(玉膚燭影)은 괵국(虢國)[158]의 디분(脂粉)을 념(厭)히 넉이ᄂᆞᆫ디라. 츄쉬(秋水) 어린 골격(骨格)과 빙쳥(氷淸)이 소쇄ᄒᆞᆫ 긔질이 상낭쇄려(爽郞灑麗)[159]ᄒᆞ고 교교쳥슈(皎皎淸秀)ᄒᆞ여 셤셤(纖纖)ᄒᆞᆫ 허리와 아아ᄒᆞᆫ 봉익(鳳翼)의 뇨뇨(姚姚)ᄒᆞᆫ 향긔 연화(煙火)[160]ᄅᆞᆯ 버셔시니 그 ᄉᆡᆨ염(色艶)을 경동(輕動)ᄒᆞ미 아니로ᄃᆡ 셩덕문광(盛德文光)이 발어면모(發於面貌)ᄒᆞ믈 기리 ᄭᆡᄃᆞᄅᆞ며 녜의슉ᄒᆡᆼ(禮儀淑行)이 ᄌᆞ유법도(自由法度)ᄒᆞ믈 ᄇᆞᆰ히 혜아리ᄆᆡ ᄌᆞ긔(自己)만 나디[161] 아니믈 ᄒᆡᆼ심(幸甚)ᄒᆞ여 좌(座)의 나아갈ᄉᆡ 시ᄋᆞ(侍兒) 등이 운병(雲屛)을 념의오고 62면
ᄎᆡ장(彩帳)을 디우며 믈너나도록 쇼제 좌ᄅᆞᆯ 일우디 못ᄒᆞ니 한님이 날호여 좌ᄅᆞᆯ 쳥ᄒᆞ여 왈

“손이 임의 좌셕(坐席)을 뎡ᄒᆞ엿거ᄂᆞᆯ 쥬인이 고집히 셧시미 쥬ᄀᆡᆨ디되

157 농슈ᄉᆞ져(龍髓麝臍): 용수사제. ‘용수’는 용뇌향, ‘사저’는 사향으로, 여인의 아름다운 향을 나타냄.

158 괵국(虢國): 양귀비의 언니 괵국부인. 아름다운 외모로 당현종이 총애함.

159 상낭쇄려(爽郞灑麗): 상랑쇄려. 트이고 깨끗함.

160 연화(煙火): 밥 짓는 연기 나는 세속을 말함.

161 나디: 규장각본에는 ‘ᄂᆞ리지’로 되어 있음. 문맥상 번역은 규장각본에 따름.

(主客之道) 블가(不可)ᄒᆞᆫ디라. 모로미 좌ᄅᆞᆯ 뎡ᄒᆞᆯ딘져."

쇼제 슈괴(羞愧)ᄒᆞ믈 마디 아니ᄒᆞᄃᆡ 댱야(長夜)ᄅᆞᆯ 셧디 못ᄒᆞᆯ 거시므로 먼니 계슈단좌(稽首端坐)ᄒᆞ니 한님이 ᄯᅩᄒᆞᆫ 믁연뎡좌(默然正坐)라가 ᄀᆞ장 오린 후 다시 므릅흘 ᄡᅳ러 곳치며 슈용뎡금(收容整襟) 왈

"복(僕)이 존부(尊府) 노대인 과우(過遇)ᄒᆞ시믈 닙ᄉᆞ와 오날날 존문의 기러기ᄅᆞᆯ 안으미 이시ᄃᆡ 진실노 과람(過濫)ᄒᆞ고 외월(畏越)ᄒᆞ여 당치 못ᄒᆞᆯ디라. 텬유일존(天有一尊)ᄒᆞ며 디유일쳥(地有一淸)ᄒᆞ니 ᄒᆞᆫ 하날의 두 짜히 ᄀᆞᆯ오미 업고 텬디유샹(天地有常)ᄒᆞ며 일월(日月)이 각단(各端)ᄒᆞ여 뼈곰 일양(一陽)이 잇고 일음(一陰)이 잇ᄂᆞᆫ디라 건곤(乾坤)의 도합(度合)이 여ᄎᆞᄒᆞ며 텬디슌환(天地循環)이 ᄌᆞ연ᄒᆞᆫ디라. ᄒᆞᆫ 하날의 두 ᄃᆞᆯ이 셤기미 업ᄂᆞᆫ 고로 교목(喬木)의 디엽(枝葉)과 상문(相門)의 쇼교(小嬌)ᄅᆞᆯ 굴욕디 못ᄒᆞᆯ 바ᄅᆞᆯ 여러 번 닷토ᄃᆡ 존대인(尊大人)의 고의(高意)ᄅᆞᆯ 두로혀디 못ᄒᆞ여 녜ᄅᆞᆯ 일우미 잇ᄉᆞ나 촌심(寸心)이 블안뉵니(不安忸怩)[162]ᄒᆞ여 스ᄉᆞ로 남활(濫猾)ᄒᆞ믈 ᄉᆡ다ᄅᆞᆯ ᄡᅳᆫ 아니라 ᄌᆞ(子)[163]의 평싱이 무광(無光)ᄒᆞ고 디위(地位) 경쳔(輕賤)ᄒᆞ믈 위ᄒᆞ여 ᄎᆞ셕(嗟惜)ᄒᆞᄃᆡ 셩교녜절(聖敎禮節)을 감히 어그ᄅᆞᆺ디 못ᄒᆞᄆᆡ 맛ᄎᆞᆷᄂᆡ 고문화벌(高門華閥)을 비굴ᄒᆞ미 되니 ᄒᆞᆫ번 낫ᄎᆞ로 샤ᄒᆞ여 나의 본심이 외월ᄒᆞ여 비로ᄉᆞᆫ ᄇᆡ 아니믈 ᄇᆞᆰ히며 군(君)[164]으로 ᄒᆞ여곰 비로소 분의(分義)ᄅᆞᆯ ᄎᆞᆯ히과져 ᄒᆞᄂᆞ니 군은 나의 고체(固滯)ᄒᆞ믈 웃디 말

63면

162 블안뉵니(不安忸怩): 불안육니. 불안하고 부끄러운 모양.

163 ᄌᆞ(子): 자. 그대. 이인칭 대명사.

164 군(君): 그대. 이인칭 대명사.

고 번월(樊越)의 어디롬과 진희[165](晉姬)의 겸공(謙恭)훈 덕을 니을딘딕 스ᄉᆞ로 복이 되리라.”

쇼졔 운환(雲鬟)을 숙이며 션빈[166](蟬鬢)을 낫초와 명(命)을 바들 ᄯᆞ롬이오 딕답을 일우디 못ᄒᆞ니 옥안(玉顔)이 담담(淡淡)ᄒᆞ여 셜부(雪膚)의 난싁(赧色)이 가득ᄒᆞ미 부게(芙蕖) 뉴슈(流水)의 분홍을 ᄯᅴ여 광풍(狂風)의 흔득이고 홍일(紅日)이 셔월(西月)의 잠겨 상운(祥雲)을 짓는 듯 묘묘(杳杳)훈 틱도와 가려훈 거동이 비길 딕 업ᄉᆞ니 한님이 비록 긔위(氣宇) 굉원(宏遠)ᄒᆞ며 셩되(性度) 쥰위(俊威)ᄒᆞ여 가바야이 기우러디고 소소히 경동(輕動)ᄒᆞ미 업ᄉᆞ나 츈광(春光)이 졍셩(正盛)의 만시(萬事) 조셩(早成)ᄒᆞ믄 타인으로 더브러 닉도ᄒᆞ거놀 가긔(佳期)롤 완만(緩慢)ᄒᆞ며 금년(今年)의 비로소 댱시롤 취ᄒᆞ나 큰 고집(固執)을 발ᄒᆞ미 능히 슈히 ᄯᅳᆺ을 두로혀디 못ᄒᆞ여 금슬(琴瑟)의 낙(樂)이 곡조(曲調)의 화(和)ᄒᆞ믈 엇디 못ᄒᆞ니 믄득 환부(鰥夫)의 우고(憂苦)훈 회푀(懷抱) 잇느 바로뼈 쳔고희한(千古稀罕)훈 미염(美艶)과 셰딕무빵(世代無雙)훈 슉완(淑婉)을 일실디닉(一室之內)의 딕ᄒᆞ미 엇디 셰쇽 졍(情)이 스ᄉᆞ로 도라디믈 면ᄒᆞ리오마느 댱시롤 몬져 알고 기외(其外)롤 등한(等閑)이 아느디라 조강뎡실(糟糠正室)을 무죄(無罪)히 념박(厭薄)ᄒᆞ며 부빈쇼실(副嬪小室)을 몬져 딘듕(鎭重)ᄒᆞ믈 두미 도리(道理)의 착난(錯亂)ᄒᆞ미라. 다만 야심(夜深)ᄒᆞ믈 일캇고 상요의 안 64면

165 진희(晉姬): 진문공(晉文公)의 딸. 조최와 혼인해 조희라고도 함. 조최가 적(狄) 땅에서 숙외와 혼인하자 그녀에게 정실 자리를 양보하고 자신의 세 아들 대신 숙외의 아들 조둔을 적장자로 삼음.

166 션빈(蟬鬢): 선빈. 여인의 고운 머리.

휴(安休)ᄒᆞ믈 권(勸)ᄒᆞ며 ᄉᆞᄉᆞ로 의ᄃᆡ(衣帶)롤 ᄒᆡ탈(解脫)ᄒᆞ고 침금(寢衾)의 나아가ᄃᆡ 다시 쇼져롤 도라보미 업ᄉᆞ니 쇼제 고요히 안존 거술 곳치지 아냐 임의 계명(鷄鳴)의 니ᄅᆞᄆᆡ 안셔히 니러 뎡당으로 드러가ᄃᆡ 한님이 굿ᄐᆞ여 머므ᄅᆞ미 업시 ᄯᅩᄒᆞᆫ 함슈졔미(含羞齊眉)[167]ᄒᆞ며 의ᄃᆡ롤 바로 ᄒᆞ더니 금오 등이 드러와 됴반(早飯)을 ᄒᆞᆫ가지로 파(罷)ᄒᆞ고 존당의 현알(見謁)ᄒᆞ믈 니론ᄃᆡ ᄉᆡᆼ이 미쇼왈(微笑曰) 65면

"ᄂᆡ당(內堂)의 현알ᄒᆞ미 여러 번이니 오날 도라가미 밧븐디라 후일(後日) 뵈오미 무방(無妨)ᄒᆞ니이다."

금외 왈

"그ᄃᆡ 말이 박(薄)ᄒᆞ도다. 젼일(前日) 뵈오믄 뎡ᄆᆡ로 말ᄆᆡ암으미오 금일 뵈오믄 고ᄉᆡᆼ디의(姑甥之義)롤 더으미어놀 엇디 그ᄃᆡ도록 ᄆᆡᄆᆡ히 도라가믈 니로ᄂᆞ뇨? 잠간 붉기롤 기다려 가라."

한님이 불연이 ᄯᅥᆯ치디 못ᄒᆞ여 금오 등으로 더브러 ᄂᆡ당의 드러가 니부인긔 알현ᄒᆞᆯᄉᆡ 부인의 명슉(明淑)ᄒᆞᆫ 위의(威儀)와 온화ᄒᆞᆫ 셩딜(性質)은 ᄉᆡᆼ이 초알일쳠(初謁一瞻)의 아랏ᄂᆞᆫ디라 션복(羨服)ᄒᆞ믈 마디 아니ᄒᆞ며 니부인은 한님의 특눈비쇽(特綸非俗)ᄒᆞ믈 복복칭도(僕僕稱道)ᄒᆞᄂᆞᆫ 고로 ᄉᆡ로이 경앙(敬仰)ᄒᆞ믈 더을 ᄲᅮᆫ 아니라 안면(顔面)의 셔의(齟意)ᄒᆞ미 업ᄉᆞᆫ 고로 흔연화열(欣然和悅)ᄒᆞ여 양ᄋᆞ(養兒)와 필ᄋᆞ(疋兒)의 평ᄉᆡᆼ을 쵹탁(囑託)ᄒᆞᆯ ᄲᅮᆫ이라. 한님이 쥰슌샤례(浚巡謝禮)ᄒᆞ고 날호여 하딕(下直)을 고ᄒᆞᆯᄉᆡ 공이 쇼왈(笑曰)

---

167 함슈졔미(含羞齊眉): 규장각본에는 '함슈져미'로 되어 있음.

“네 반ᄃᆞ시 괴로이 넉이려니와 금셕(今夕)의 도라와 밤을 디ᄂᆡ라.”
한님이 ᄃᆡ왈(對曰)
“친젼(親前)의 픔고(稟告)ᄒᆞ와 허ᄒᆞ시믈 엇ᄌᆞ오면 존명을 밧들니이다.”
ᄒᆞ고 즉시 니러 본부(本府)로 도라오니 임의 됴반(早飯)을 파(罷)ᄒᆞ여 66면
시며 일개(一家) 태원뎐의 함취(咸聚)ᄒᆞ엿ᄂᆞᆫ디라. 왕모(王母)와 부모
슉당(父母叔堂)의 알현ᄒᆞᄆᆡ 복슈(伏首)ᄒᆞ여 야ᄅᆡ존후(夜來尊候)ᄅᆞᆯ
뭇ᄌᆞ온ᄃᆡ 모다 무ᄉᆞ(無事)ᄒᆞ믈 니ᄅᆞ고 상부인이 우음을 ᄯᅴ여 ᄀᆞᆯ오ᄃᆡ
“신부(新婦)의 혜명미화(慧名美華)[168]ᄅᆞᆯ 우리도 미리 드럿거니와 연이
나 ᄒᆞᆫ 번 보미 열 번 드ᄅᆞᄆᆡ셔 낫다 ᄒᆞ니 그 엇더ᄒᆞ더뇨?”
한님이 ᄃᆡ왈(對曰)
“작일(昨日) 소부 연셕(宴席)의 ᄇᆡᆨ슈(伯嫂)와 댱뎨(長姐) 참예ᄒᆞ여시
니 쇼딜(小姪)도곤 ᄌᆞ셔히 보니 다려 므ᄅᆞ쇼셔.”
원ᄂᆡ 소공 부인이 니각노 고뫼(姑母) 고로 니부 제인(諸人)과 니쇼졔
다 참연(參宴)ᄒᆞ엿더라. 상부인이 쇼왈(笑曰)
“니현딜과 월염이 얼현이 보고 와시리오마ᄂᆞᆫ ᄇᆡᆨ인(百人)이 칭찬ᄒᆞ며
만인(萬人)이 ᄌᆞ셔히 보아셔도 너의 별안간명(別眼看明)이 식디(識
之)ᄒᆞᆷ만 ᄀᆞᆺ디 못ᄒᆞᆯ 고로 너다려 므ᄅᆞ미로다.”
한님이 ᄃᆡ왈(對曰)
“쇼딜이 됴심경안광(照心鏡眼光)이 아니오라 얼프시 본 바ᄅᆞᆯ 엇디 알
니잇고? 다만 평상(平常)ᄒᆞᆷ만 아ᄅᆞᆺᄂᆞ이다.”

168 혜명미화(慧名美華): 지혜로운 이름과 아름다운 명성.

태부인이 쇼왈(笑曰)

“슈히 보면 알녀니와 월ᄋᆞ와 ᄌᆞᄋᆡ 니ᄅᆞᄃᆡ 당금(當今)의 희한(稀罕)타
67면 ᄒᆞ고 니ᄋᆞ의 단믁(端默)ᄒᆞ므로도도[169] 노뫼(老母) ᄆᆞᄅᆞᄆᆡ 진실노 아ᄅᆞᆷ답다 ᄒᆞ거ᄂᆞᆯ 엇디 평상ᄒᆞᆯ니 이시리오? 이ᄂᆞᆫ 너의 말이 그ᄅᆞ미로다.”

경조와 쇼뷔 우으며 쥬왈(奏曰)

“그놈이 소시의 긔이(奇異)ᄒᆞ미 비길 곳이 업ᄉᆞᄆᆡ 도로혀 평상키로 ᄃᆡᄒᆞ니 그 말이 엇디 졔 ᄆᆞᄋᆞᆷ의 잇ᄂᆞᆫ 바와 ᄀᆞᆺᄐᆞ리잇가?”

됴부인이 함쇼왈(含笑曰)

“당금의 니뎨와 댱시 ᄀᆞᆺᄐᆞ니ᄂᆞᆫ 업ᄉᆞᆫ 바의 신뷔 아모리 긔특ᄒᆞᆫ들 비ᄒᆞᆯ 곳이야 업ᄉᆞ리잇가?”

도라 한님다려 문왈(問曰)

“댱뎨와 엇더ᄒᆞ더뇨?”

한님이 ᄃᆡ왈(對曰)

“쇼뎨 평ᄉᆡᆼ의 디인(知人)ᄒᆞᄂᆞᆫ 명감(明鑑)이 업ᄉᆞ오니 쳐음으로 보ᄂᆞᆫ ᄌᆞᄅᆞᆯ 엇디 알니잇고? 분의(分義) 업ᄂᆞᆫ 부빈(副嬪)을 취ᄒᆞ여 교목디엽(喬木枝葉)을 굴욕ᄒᆞ미 심히 블평ᄒᆞᆫ디라 어나 결을의 이ᄀᆞᆺᄐᆞ며 져ᄀᆞᆺᄐᆞ믈 ᄉᆞ피리잇가? 다만 쇼뎨의 부빈이 오ᄌᆞᆨᄒᆞ리오? 그만 아ᄅᆞ쇼셔.”

상·됴 이부인과 경조 등이 쇼왈

“너ᄂᆞᆫ ᄆᆞᄉᆞᆷ 병인이완ᄃᆡ 취ᄒᆞᆫ ᄇᆡ 엇디 오ᄌᆞᆨ디 못ᄒᆞ리라 니ᄅᆞᄂᆞ뇨?”

한님이 부친이 ᄌᆡ좌(在坐)ᄒᆞ여시므로 말을 ᄎᆡ 못ᄒᆞ고 다만 ᄃᆡ왈

169 단믁(端默)ᄒᆞ므로도도: ‘도’가 중복됨.

"쇼뎔이 디극히 우암(愚暗)ᄒᆞ며 블미(不美)[170]ᄒᆞ오니 병인(病人)이나 68면
다ᄅᆞ리잇가?"
셜파(說罷)의 쳐ᄉᆡ 믄득 상부인을 향(向)ᄒᆞ여 희미(稀微)히 우어 왈
"ᄋᆞ히 혼우협쳔(昏愚狹淺)ᄒᆞ여 져의 병인이 되오믈 모로ᄂᆞᆫ가 ᄒᆞ엿더니 오히려 아ᄂᆞᆫ 줄이 괴이ᄒᆞ니이다."
상부인과 좌듕(座中)이 다 우어 왈
"아모리 보아도 ᄌᆡ보의게ᄂᆞᆫ 병이 이시믈 아디 못ᄒᆞ리러니 금일의 졔 스ᄉᆞ로 병인이로라 ᄒᆞ고 그 아비 ᄯᅩ ᄋᆞ돌을 병인으로 츼우니 그 어인 연괴(緣故)뇨?"
쳐ᄉᆞᄂᆞᆫ 함쇼무언(含笑無言)이오 한님은 발셔 부친의 말ᄉᆞᆷ을 아라 드ᄅᆞᄆᆡ ᄌᆞ긔 고집을 셰오디 못ᄒᆞᆯ 바를 ᄋᆡ돌와 감히 ᄉᆞ식디 못ᄒᆞ며 ᄌᆞ긔ᄂᆞᆫ 병인 ᄀᆞᆺᄐᆞ롸 ᄒᆞ미 댱공의 동상되믈 니ᄅᆞ미어ᄂᆞᆯ 부친이 ᄌᆞ긔 말을 아라 드ᄅᆞᄃᆡ ᄯᅩᄒᆞᆫ ᄂᆡ도히 다히니 황민(慌悶)ᄒᆞ고 졀박(切迫)ᄒᆞᆫ ᄀᆞ온ᄃᆡ 그ᅀᅳᆨ이 함쇼ᄒᆞ더라. ᄎᆞ일(此日) 승셕(乘夕)ᄒᆞ여 소아의 가 밤을 디ᄂᆡᄃᆡ 쇼져로 봉디(鳳池)[171]의 낙을 두디 아니ᄒᆞ믄 긔야(其夜)로 ᄒᆞᆫ가디라. 명됴의 한님이 몬져 도라온 후 일ᄉᆡᆨ(日色)이 댱반(將半)의 소쇼져의 현구고(現舅姑)ᄒᆞᄂᆞᆫ 위의(威儀) 문(門)의 다ᄃᆞᄅᆞ니 이날 쳐ᄉᆡ 일가 군쳑(群戚)과 연인결친(緣姻結親)[172]을 다 쳥ᄒᆞ고 ᄯᅩᄒᆞᆫ 쇼작(小酌) 69면
을 베플ᄆᆡ 빈ᄀᆡᆨ(賓客)이 작별운집(作閥雲集)ᄒᆞ여 연회(宴會)의 셩

170 블미(不美): 불미. 아름답지 않음. 규장각본에는 '불민'으로 되어 있음.
171 봉디(鳳池): 봉지. 궁궐에 있는 봉황(鳳凰)의 연못(池)으로, 사람들이 함부로 들어올 수 없는 금중(禁中)을 가리킴. 여기서는 깊은 방을 말함.
172 연인결친(緣姻結親): 혼사를 맺어 친척이 된 사람. 사돈.

(盛)ᄒᆞ미 니·당 냥쇼져 맛던 날의 나리지 아니ᄒᆞ더라. 신뷔 화교(華轎)의 나려 막ᄎᆞ(幕次)의 쉴시 댱쇼져의 반기며 다힝(多幸)ᄒᆞ미 듕니(中裏)의 가득ᄒᆞᄃᆡ 존귀 명(明)ᄒᆞ여 비록 ᄌᆞᄆᆡ(姉妹)의 졍이 깁흐나 금일 쳐음으로 문의 들ᄆᆡ 그 녜알(禮謁)을 바드리니 ᄉᆞᄉᆞ로이 몬져 보디 못ᄒᆞ리라 ᄒᆞ므로 감히 막ᄎᆞ의 나아가 보디 못ᄒᆞ나 깃븐 졍을 니긔디 못ᄒᆞ더니 이에 댱부인을 향ᄒᆞ여 신부의 단장을 돕고ᄌᆞ ᄒᆞᄂᆞᆫ 뜻을 빗최ᄃᆡ 댱부인이 우으며 계부(季父)긔 뭇ᄌᆞ와 ᄀᆞᆯ오ᄃᆡ

"ᄌᆞ뵈 임의 등뎨(登第)ᄒᆞ여 한원(翰苑) 명ᄉᆡ(名士) 되엿ᄉᆞ오니 그 쳐실(妻室)이 명부(命婦)의 복ᄉᆡᆨ(服色)을 ᄀᆞᆺ초올디라. 당뎨ᄂᆞᆫ 봉관화리(鳳冠華履)의 녜복을 다ᄒᆞ엿솝거니와 신부ᄂᆞᆫ 복ᄉᆡᆨ이 엇더ᄒᆞ여야 가ᄒᆞ니잇고?"

쳐시 침음 냥구의 왈

"임의 빙ᄒᆞ미 이시니 ᄌᆞ군(紫裙)과 옥ᄎᆞ(玉叉)ᄅᆞᆯ 나오고 명부디명(命婦之名)이 잇ᄉᆞ니 또 관(冠)이 잇셤 즉ᄒᆞᆫ디라. 셰군(細君)[173]이 ᄋᆞ부로

70면 더브러 신부의 복ᄉᆡᆨ을 ᄀᆞᆺ초미 잇ᄂᆞᆫ가 므ᄅᆞ라."

한님이 이어 부젼(父前)의 고왈(告曰)

"임의 위ᄎᆡ(位次) 굴(屈)ᄒᆞ오며 명분(名分)이 뎡ᄒᆞ오ᄆᆡ 복ᄉᆡᆨ이 당당(堂堂)이 쇼셩(小星)이라 쳥의금ᄎᆡ(靑衣金叉)의 법ᄒᆞ오ᄃᆡ 빙녜(聘禮)ᄅᆞᆯ 붉혀 교목(喬木)을 블뇩(不辱)ᄒᆞ올딘ᄃᆡ 명ᄒᆞ신 바 ᄌᆞ군과 옥ᄎᆞᄅᆞᆯ 주옵고 명부로 칭ᄒᆞ여 관을 나오려니와 딕쳡(職牒)이 업ᄉᆞ오니 봉관

173 셰군(細君): 세군. 제후의 부인을 뜻하던 말로, 동방삭이 자신의 처를 세군이라고 부른 뒤 아내를 가리키는 말이 됨.

이 되디 못ᄒᆞ리이다."

쳐ᄉᆡ 졈두왈(點頭曰)

"오ᄋᆞ의 말이 올커니와 가ᄇᆡ야이 쇼셩으로 니ᄅᆞᄂᆞ뇨?"

댱부인이 쇼왈(笑曰)

"것ᄎᆞ로 볍다온 톄ᄒᆞ여 말이 그러ᄒᆞ오나 쇽으로 과듕(過重)ᄒᆞ미야 젹의봉관(翟衣鳳冠)[174]인들 더으고ᄌᆞ 아니 ᄒᆞ리잇가?"

쳐ᄉᆡ 미쇼왈(微笑曰)

"ᄉᆞ랑ᄒᆞ여도 주디 못ᄒᆞ며 믜워도 아니치 못홀 ᄇᆡ니 ᄋᆡ이거악(愛而知惡)[175]ᄒᆞ면 능디기션(能知其善)ᄒᆞ여 가도(家道)의 난(亂)ᄒᆞ미 잇ᄂᆞ니라.[176]"

ᄒᆞ더라.

(책임교주 김수연)

---

174 젹의봉관(翟衣鳳冠): 적의봉관. 붉은 바탕에 꿩을 수놓은 옷과 봉새 무늬로 꾸민 관. 중요한 의식에 입는 예복.

175 ᄋᆡ이거악(愛而知惡): 규장각본에는 'ᄋᆡ이지악'으로 되어 있음.

176 잇ᄂᆞ니라: 잇다. 있다. 문맥과 다음 권의 앞부분 내용으로 보아 '없다'의 의미로 추정함.

완월회맹연
玩月會盟宴

권디삼십칠
卷之三十七

1면 화셜. 쳐ᄉᆡ 미쇼왈(微笑曰)

"ᄉᆞ랑ᄒᆞ여도 주디 못ᄒᆞ며 믜워도 아니치 못ᄒᆞᆯ ᄇᆡ니 ᄋᆡ이거악[1](愛而知惡)ᄒᆞ면 능디기션(能知其善)ᄒᆞ여 가도(家道)의 난(亂)ᄒᆞ미 업ᄂᆞ니라."

댱부인이 낭연쇼디(朗然笑之)ᄒᆞ고 회슈앙문(回首仰問) 화부인디젼 왈

"신부의 복식을 장만ᄒᆞ미 잇ᄂᆞ니잇가?"

부인이 답왈(答曰)

"댱ᄋᆞ의 각듕(閣中)의 이실 ᄲᅮᆫ 아니라 ᄋᆞ뷔(我婦) 그룻ᄒᆞ미 업ᄉᆞᆯ 거시므로 관잠(冠簪)만 장인(匠人)의게 식이고 기외(其外)ᄂᆞᆫ ᄋᆞ부의게 맛졋ᄂᆞ니 이졔 가져오라 ᄒᆞ여 보리라."

셜파(說罷)의 츄연 등을 명ᄒᆞ여 가져오ᄆᆡ 임의 관잠을 장인의게 ᄎᆞᄌᆞ 홈긔 두엇ᄂᆞᆫ디라 모다 보건ᄃᆡ 도봉부용관(도봉芙蓉冠) 일졍(一釘)이로ᄃᆡ 굿ᄐᆞ여 졀보(絶寶)를 더으미 업ᄉᆞ며 ᄇᆡᆨ옥원앙ᄎᆞ(白玉鴛鴦叉) 일ᄆᆡ(一枚)의 명쥐(明珠) 잇디 아니ᄒᆞ고 녹나ᄌᆞ라군[2](綠羅紫羅裙)의 두 줄 명월패(明月佩)로ᄃᆡ 관의 봉을 그린 거시 업ᄉᆞ며 귀밋ᄐᆡ ᄒᆞᆫ 줄 면뉴식(冕旒飾)이로ᄃᆡ 딘쥐(珍珠) 보ᄇᆡ로오미 업ᄂᆞᆫ디라. 복식(服色)

2면 이 빗나다 니ᄅᆞ디 못ᄒᆞᆯ 거시로ᄃᆡ 다만 침션슈픔(針線手品)이 긔이(奇異)ᄒᆞ여 야란[3]의 공교(工巧)로오믈 낫게 넉일더라. 쳐ᄉᆞ와 참졍공은 화부인 고식(姑息)의 장만ᄒᆞᆫ 바 관잠 복식이 디극히 맛당ᄒᆞ믈 심하의 션탄(羨嘆)ᄒᆞᄃᆡ 경조공과 쇼뷔며 상부인은 댱시의 투졍(妬情)이 젹인

---

1 ᄋᆡ이거악: 규장각본에는 'ᄋᆡ이디악'으로 되어 있음.

2 녹나ᄌᆞ라군(綠羅紫羅裙): 녹라자라군. 초록 비단과 자주 비단으로 된 치마.

3 야란: 소약란(蘇若蘭). 중국 진나라의 열녀로 남편을 그리며 지은 회문시(回文詩)로 유명함.

(敵人)의게 빗난 거술 나오믈 아쳐ᄒᆞ여 관잠면뉴(冠簪冕旒)와 패옥(佩玉)이 다 보ᄇᆡ롭디 아니타 ᄒᆞ여 일장(一場)을 보ᄎᆡ고 웃기롤 마디 아니ᄒᆞ니 쳐ᄉᆡ 쇼왈(笑曰)

"ᄋᆞ부의 혜아림과 ᄒᆞᄂᆞᆫ 일은 비록 달ᄒᆞᆫ 군ᄌᆡ라도 밋디 못ᄒᆞ리니 블언이디지(不言而知之)ᄒᆞ고 무교이셩취(無敎而成就)ᄒᆞ여 텬셩디셩(天性之性)을 뉘 밋출ᄌᆡ 잇ᄂᆞ니잇가? 쇼쇼미용(疏疏迷庸)[4]ᄒᆞᆫ 녀질딘ᄃᆡ 반ᄃᆞ시 구법규(舅法規)[5]와 가부(家夫)의 ᄯᅳᆺ을 모로고 길의(吉衣)롤 ᄃᆡ후(待候)ᄒᆞ여 투긔(妬忌) 아니믈 ᄌᆞ랑ᄒᆞᆯ ᄃᆞᆺᄒᆞ며 신부의 복식도 치미(致美)ᄒᆞ믈 쥬(主)ᄒᆞ여 금슈(錦繡)로 ᄡᅳ리고 보화로 더을 ᄲᅮᆫ 아니라 화관(華冠)의 봉(鳳)을 그려 오날놀 못ᄡᅳᄂᆞᆫ 거술 믿ᄃᆞ라시리니 져져(姐姐)와 이뎨(二弟)ᄂᆞᆫ 남의 현부(賢婦)롤 므슴 일노 브족(不足)다 ᄒᆞᄂᆞ뇨?"

상부인이 쇼왈

"블미(不美)ᄒᆞᆫ 거술 ᄀᆞᆺ초 ᄌᆞ랑ᄒᆞ며 비린싀투(鄙吝猜妬)ᄒᆞ믈 덕ᄒᆡᆼ(德行)으로 일ᄏᆞᄅᆞ니 우져(愚姐)ᄂᆞᆫ 블민(不敏)ᄒᆞ여 그 어진 곳을 아디 못ᄒᆞ노라." 3면

댱부인이 웃고 신부의 복식을 도로 함(函)의 너허 시ᄋᆞ(侍兒)롤 들녀 막ᄎᆞ(幕次)로 향ᄒᆞ며 ᄀᆞ로ᄃᆡ

"오날놀 션의군이 졔후(諸侯)롤 봉ᄒᆞ여 보블(黼黻)을 복(服)ᄒᆞ미 샤신이 내 몸의 도라왓ᄂᆞᆫ디라. 번왕(藩王)이 대국샤신(大國使臣)을 엇

4 쇼쇼미용(疏疏迷庸): 소소미용. 우활하고 어리석음.

5 구법규(舅法規): 시댁의 법규.

ᄃᆡ ᄃᆡ졉(待接)ᄒᆞᄂᆞᆫ고 보리라."

언필(言畢)의 막ᄎᆞ의 나아가 소쇼져의 규슈복ᄉᆡᆨ(閨秀服色)을 밧고와
관패(冠佩)ᄅᆞᆯ 뎡히 ᄒᆞ며 운환(雲鬟)을 다시 ᄡᅳ러 슈렴ᄒᆞ기ᄅᆞᆯ 다ᄒᆞᄆᆡ
존당구고(尊堂舅姑)긔 현셩(見省)ᄒᆞᄂᆞᆫ 녜(禮)ᄅᆞᆯ 일울ᄉᆡ 풍쳥일낭(風
清一浪)ᄒᆞ여 츄양(秋陽)이 긔긔(奇奇)ᄒᆞ고[6] 경운(慶雲)이 비비(霏霏)
ᄒᆞᆫᄃᆡ 한뮈(寒霧) 뇨뇨(夭夭)ᄒᆞ며[7] 월패(月佩) 장장(鏘鏘)ᄒᆞ여 딘퇴ᄇᆡ
례(進退拜禮)ᄒᆞᄆᆡ 규구(規矩)의 바름과 쥰승(準繩)의 곳으미 흡흡(洽
洽)히 슉녀현부(淑女賢婦)의 하ᄌᆞ(瑕疵)ᄒᆞ미 업거ᄂᆞᆯ 소상ᄒᆞᆫ 골격과
삽쳥(揷淸)ᄒᆞᆫ 졍신이 학가난참(鶴駕鸞驂)[8]으로 빙허어풍(憑虛御風)[9]
ᄒᆞᄂᆞᆫ 농옥공쥐(弄玉公主)[10] 취미궁 옥난(玉欄)을 님ᄒᆞ고 남악(南嶽)
위부인(魏夫人)이 옥경(玉京)의 도라온 ᄃᆞᆺ 아라ᄒᆞ여[11] ᄎᆡ붕(彩鳳)이 날
4면 개ᄅᆞᆯ 구소(九霄)의 편편(翩翩)ᄒᆞ여 경홍(景鴻)[12]이 ᄒᆡ학의 놉히 ᄯᅳᆫ ᄃᆞᆺ
온ᄌᆞ(蘊藉)[13]ᄒᆞ여 년홰(蓮花) 츄슈(秋水)의 웃고 보쥐(寶珠) 창ᄒᆡ(滄
海)의 소ᄉᆞᆫ ᄃᆞᆺ 팔ᄌᆞ아황(八字蛾黃)은 츈산(春山)의 흔젹을 옴기며 ᄡᅡᆼ
셩봉안(雙星鳳眼)은 츄슈(秋水)의 졍신을 ᄭᅢᆺ쳣ᄂᆞᆫ ᄃᆞᆺ 셜부옥안(雪膚

---

6 긔긔(奇奇)ᄒᆞ고: 기기하다. 이상야릇하다.

7 뇨뇨(夭夭)ᄒᆞ며: 요요하다. 생기가 있고 얼굴빛이 환하고 부드럽다.

8 학가난참(鶴駕鸞驂): 학과 난새가 끄는 수레. 신선의 수레를 말함.

9 빙허어풍(憑虛御風): 허공에 떠 바람을 부린다는 뜻.

10 농옥공쥐(弄玉公主): 농옥공주. 진나라 목공(穆公)의 딸. 농옥이 피리를 불면 진나라 서울인 함양에 단봉이 내려왔다고 함.

11 아라ᄒᆞ여: 아라하다. 아득하다.

12 경홍(景鴻): 큰 기러기.

13 온ᄌᆞ(蘊藉): 온자. 관후하고 의젓한 모습.

玉顔)이 교교쇄락(皎皎灑落)ᄒᆞ여 우믈[14] 진 보압(寶鴨)[15]과 잉슌(櫻脣)이 찬연(燦然)의 흡연(恰然)이 위후(衛后) 댱강(莊姜)[16]의 식덕(色德)이 겸비(兼備)ᄒᆞ미오 태진(太眞)의 음난홈과 비연(飛燕)의 아당ᄒᆞᄂᆞᆫ ᄐᆡ도롤 비겨 욕(辱)디 못홀디라. 존당 태부인과 구고슉당(舅姑叔堂)이 ᄒᆞᆫ번 보ᄆᆡ 희긔(喜氣) 안면(顔面)을 잠가 아름다오믈 니긔디 못ᄒᆞ여 졔ᄉᆞ슉ᄆᆡ(諸舍叔妹)[17] 셔로 보ᄂᆞᆫ 녜(禮)롤 필(畢)ᄒᆞᄆᆡ 다시 원군(原君)[18]긔 ᄇᆡ알(拜謁)홀ᄉᆡ 댱쇼졔 ᄎᆡ셕(彩席)의 고좌(高坐)ᄒᆞ여 소시의 딘젼ᄇᆡ(進前拜)[19]롤 바드미 과연 졀박(切迫)ᄒᆞ고 블안(不安)ᄒᆞ나 뉴가(儒家) 법규와 엄구(嚴舅) 명녕을 그 엇디 ᄒᆞ리오? 임의 소시 ᄇᆡ례(拜禮)롤 다ᄒᆞᄆᆡ 댱쇼졔 손샤(遜辭)ᄒᆞ여 기리 답읍(長揖)ᄒᆞ며 낭셩츄파(朗星秋波)[20]롤 잠간 흘녀 보ᄆᆡ 안홰(顔花) 더옥 광윤(光潤)ᄒᆞ고 긔질이 션연(嬋姸)ᄒᆞ니 신부의 긔려특이(奇麗特異)ᄒᆞ미 녀군(女君)[21]의 무궁(無窮)ᄒᆞᆫ 광휘(光輝)와 현효(賢孝)ᄒᆞᆫ ᄐᆡ도의 ᄒᆞᆫ 층 나리미 업ᄂᆞᆫ디라. 태부인이 신부롤 년무(憐撫)ᄒᆞ며 상문(相門)의 놉흐므로뼈 위굴(委屈)ᄒᆞ믈 ᄎᆞ탄(嗟歎)ᄒᆞ고 어딘 ᄐᆡ교(胎敎)의 덕된 계훈(戒訓)을 인 5면

14 우믈: 볼우물. 보조개.

15 보압(寶鴨): 오리 모양을 본떠 만든 향로에 대한 미칭(美稱). 향로 모양으로 흘러내린 귀밑머리를 비유하는데, 여기서는 귀밑머리 아래의 볼을 말하는 것으로 추정.

16 댱강(莊姜): 장강. 위후(衛侯) 장공의 아내로, 아름다운 모습에 남편을 공경하는 태도로 유명함.

17 졔ᄉᆞ슉ᄆᆡ(諸舍叔妹): 제사숙매. 여러 친자매와 사촌 자매.

18 원군(原君): 정실부인.

19 딘젼ᄇᆡ(進前拜): 진전배. 앞으로 나와 올리는 절.

20 낭셩츄파(朗星秋波): 낭성추파. 별처럼 반짝이는 눈으로 보내는 눈길.

21 녀군(女君): 여군. 정실부인.

ᄒᆞ여 아ᄅᆞᆷ다오미 년금보벽(鍊金寶璧) ᄀᆞᆺᄐᆞ믈 일ᄏᆞ라 댱시로 더브러 황영(皇英)의 고ᄉᆞ(故事)ᄅᆞᆯ 니으며 진희(晉姬)의 어질믈 효측(效則)ᄒᆞ여 손ᄋᆞ(孫兒)의 가되(家道) 창셩(昌盛)ᄒᆞ믈 니ᄅᆞᆫᄃᆡ 소쇼제 브복쳥교(俯伏聽敎)의 ᄌᆡᄇᆡ이샤(再拜而謝)ᄒᆞᆯᄉᆡ 규구(規矩)[22]ᄅᆞᆯ 움ᄌᆞᆨ이ᄆᆡ 옥농(玉龍)이 텬변(天邊)의 ᄇᆡ회(徘徊)ᄒᆞ며 셤요(纖腰)ᄅᆞᆯ 동(動)ᄒᆞᄆᆡ 경홍(景鴻)이 운니(雲裡)의 방황ᄒᆞᄂᆞᆫ ᄃᆞᆺ 휜앙ᄒᆞ고 졀셰(絶世)ᄒᆞᆯ[23] ᄲᅳᆫ 아니라 유슌(柔順)ᄒᆞᆫ 덕과 화열(和悅)ᄒᆞᆫ 풍되 말ᄉᆞᆷ 밧긔 낫타나니 쳐ᄉᆡ 또ᄒᆞᆫ ᄋᆡ련(愛憐)ᄒᆞ믈 니긔디 못ᄒᆞ여 모친의 말ᄉᆞᆷ을 니어 ᄀᆞᆯ오ᄃᆡ

"신부ᄂᆞᆫ 놉흔 가문의 명됴셰신(明朝世臣)[24]으로 어딘 션ᄉᆡᆼ의 교훈을 밧ᄌᆞ와 뇨됴(窈窕)ᄒᆞᆫ 덕이 ᄲᅢ혀나믈 닉이 드ᄅᆞᆫ ᄇᆡ러니 오날ᄂᆞᆯ 슬하(膝下)의 님ᄒᆞᄆᆡ 혜명미홰(慧名美華) 딘실노 헛되디 아니ᄒᆞ믈 볼디라. 심하(深河)의 ᄒᆡᆼ열(幸悅)ᄒᆞ믈 엇디 다 니ᄅᆞ리오마ᄂᆞᆫ 블ᄒᆡᆼ(不幸)ᄒᆞ여 돈ᄋᆞ(豚兒)의 젹거인(嫡居人)이 되디 못ᄒᆞ므로 명문화벌을 비굴
6면 ᄒᆞ미 잇ᄉᆞ니 이거시 다 우리 부ᄌᆞ의 ᄒᆞᆫ가디로 블안뉵니(不安忸怩)ᄒᆞᆫ 밧ᄌᆡ라. 비록 존대인(尊大人)의 결단(決斷)ᄒᆞ신 ᄇᆡ나 신부(新婦)의 녀군(女君) 댱시 신부로 더브러 졍(情)은 ᄌᆞᄆᆡ(姉妹)의 디극(至極)ᄒᆞ미오 의ᄂᆞᆫ 영고우락(榮苦憂樂)[25]을 일톄(一體)로 ᄒᆞ여 골육동긔(骨肉同氣)의 더은 ᄌᆞ별(自別)ᄒᆞ미 이시니 일ᄉᆡᆼ(一生)의 흔흡(欣洽)디 못ᄒᆞᆫ 탄(歎)을 거의 위로(慰勞)ᄒᆞ리로다."

---

22 규구(規矩): 규구준승(規矩準繩)의 준말. 일상에서 지켜야 할 법도.

23 졀셰(絶世)ᄒᆞᆯ: 절세하다. 세상에 비길 데 없을 만큼 뛰어나다.

24 명됴셰신(明朝世臣): 명조세신. 명나라 조정을 대대로 섬긴 신하.

25 영고우락(榮苦憂樂): 영화와 고통과 걱정과 즐거움.

소쇼졔 슌슌ᄇᆡ샤(順順拜謝)ᄒᆞᆯ ᄯᆞᄅᆞᆷ이어ᄂᆞᆯ 만좨(滿坐) 소ᄅᆡᄅᆞᆯ 니어 하례(賀禮)ᄒᆞ며 듕ᄀᆡᆨ(衆客)이 쥬인(主人)의 즐기믈 조ᄎᆞ 관경(觀慶)ᄒᆞᄂᆞᆫ 안목(眼目)이 쾌흔(快欣)ᄒᆞ믈 니긔디 못ᄒᆞ더니 일모파연(日暮罷宴)[26]ᄒᆞ여 빈ᄀᆡᆨ(賓客)이 흣터디고 신부 슉소ᄅᆞᆯ 경운당 우편(右便) 희운당의 뎡ᄒᆞ여 도라보ᄂᆡ니 한님이 존당 부모긔 혼뎡(昏定)을 파ᄒᆞᄆᆡ 이 밤을 희운당의셔 디ᄂᆡᄃᆡ ᄒᆞᆫ갈ᄀᆞᆺ치 친ᄒᆞ믈 두디 아니니 소쇼져의 유랑(乳娘)·시ᄋᆡ(侍兒) 의려(疑慮)ᄒᆞ여 근심ᄒᆞᄂᆞᆫ ᄯᅳᆺ을 노치 못ᄒᆞ더라.

ᄎᆞ셜. 만셰황애(萬歲皇爺)[27] 친영경연(親迎慶宴)을 여ᄅᆞ샤 국디만복
(國之萬福)이 무강ᄒᆞ믈 군신(群臣) 샹ᄒᆡ(上下) 흔하ᄒᆞ며 샹이 노영
(虜營)[28]의 조ᄎᆞᆺ던 졔신(諸臣)을 갓가이 브ᄅᆞ샤 향온(香醞)을 친히 권
ᄒᆞ시고 팔진경찬(八珍瓊饌)을 더으샤 가인부ᄌᆞ(家人父子) ᄀᆞᆺ치 각
별(各別) 은젼(恩典)을 뵈시며 태황·태휘 니·졍·됴·소·화 등을 샤쥬 7면
(賜酒)ᄒᆞ샤 농톄(龍體)[29]ᄅᆞᆯ 안보(安保)ᄒᆞ여 도라와 방가(邦家)의 극경
(極慶)을 닐위고 종샤(宗社)의 대복(大福)을 더어 튱녈(忠烈)과 공덕
(功德)이 관일졔텬(貫日齊天)[30]ᄒᆞ믈 칭표(稱表)ᄒᆞ시니 이 딘실노 인신
의 구ᄒᆞ여 엇기 어려온디라. 졔공(諸公)이 황공딘뉼(惶恐震慄)ᄒᆞ여
감은각골(感恩刻骨)ᄒᆞᄂᆞᆫ 바의 됴후암의 다ᄃᆞ라ᄂᆞᆫ 태후와 셩샹이 일

---

26 일모파연(日暮罷宴): 해가 져서 잔치를 마침.

27 만셰황애(萬歲皇爺): 만세황야. 천자를 가리킴.

28 노영(虜營): 마선의 군영.

29 농톄(龍體): 용체. 천자의 몸.

30 관일졔텬(貫日齊天): 관일제천. 해를 꿰뚫고 하늘과 나란할 정도의 충성.

등공신(一等功臣)으로 포댱(褒奬)ᄒᆞ샤 은우(恩佑)의 늉늉(隆隆)ᄒᆞ시미 졔신(諸臣)의 더으미 이시니 후암이 크게 블안ᄒᆞ여 ᄇᆡ한(背汗)이 쳠의(沾衣)ᄒᆞ믈 ᄊᆡ닷디 못ᄒᆞ더라. 임의 친경연(親慶宴)을 디ᄂᆡ신 후 공녈튱신(功烈忠臣)을 ᄎᆞ례로 샤연(賜宴)·샤악(賜樂)ᄒᆞ실ᄉᆡ 됴통ᄌᆡ의 위친슈셕(爲親壽席)을 몬져 열게 ᄒᆞ샤 특별이 상방어쥬(尚房御酒)ᄅᆞᆯ 나리와 연악(宴樂)을 명ᄒᆞ시며 버거 후암 부인 졍시로뼈 위국부인을 봉ᄒᆞ여 부영쳐귀(夫榮妻貴)[31]의 당연(當然)ᄒᆞᆫ 니(理)ᄅᆞᆯ ᄇᆞᆰ히시고 니어 경·니·소·화·양 등을 일톄(一體)로 샤연ᄒᆞ시니 ᄎᆞ시ᄂᆞᆫ 텬슌(天順) 원년(元年) 츄구월(秋九月) 념간(念間)이러라. 션시(先時)의 졍한님 닌광이 희운당의 가 일야(一夜)ᄅᆞᆯ 디ᄂᆡᆫ 후 듁셔루의 나오ᄆᆡ 일삭
8면 (一朔)이 거의로ᄃᆡ 죡젹(足跡)이 다시 ᄂᆡ당(內堂)의 님(臨)치 아니ᄒᆞ니 쳐ᄉᆡ 비록 셰쇄(細瑣)히 알녀 아니ᄒᆞ나 엇디 젼혀 모로미 이시리오? 일야ᄂᆞᆫ 삼ᄌᆞ(三子)와 닌유 등이 상하(上下)의 시립(侍立)ᄒᆞ시믈 보고 닌웅을 도라보아 ᄀᆞᆯ오ᄃᆡ

"흥ᄋᆡ 어ᄃᆡ 갓ᄂᆞ뇨?"

공ᄌᆡ ᄃᆡ왈

"형이 존명(尊命)을 밧드러 ᄂᆡ각의셔 슉쳐(宿處)ᄒᆞᄂᆞ이다."

쳐ᄉᆡ 졈두(點頭)ᄒᆞ며 닌광을 도라보아 ᄀᆞᆯ오ᄃᆡ

"너ᄅᆞᆯ ᄃᆡᄒᆞ여 젼후(前後)의 말을 허비(虛費)ᄒᆞ미 가히 슈고(受苦)롭기ᄅᆞᆯ 면(免)치 못ᄒᆞᆯ 거시로ᄃᆡ 네 임의 아뷔 니ᄅᆞ믈 젼혀 헛곳의 더디

31 부영쳐귀(夫榮妻貴): 부영처귀. 지아비가 영화롭게 되면 아내가 부귀하게 됨.

고ᄌᆞ 아니ᄒᆞᆫ즉 낫ᄎᆞ로 응순(應順)ᄒᆞ고 쇽으로 궤집(詭執)ᄒᆞ여 ᄉᆞ심(私心)의 ᄋᆡ톄(礙滯)ᄒᆞᆫ 거ᄉᆞᆯ 프디 못ᄒᆞ미 쳔ᄒᆞᆫ 죵뉴(種類)의 ᄒᆞᆯ ᄇᆡ오 군ᄌᆞ(君子)의 ᄒᆡᆼᄉᆞ(行事) 아니라. 셰간(世間)의 그 군ᄌᆞ 되오미 그 므어ᄉᆞᆯ 인ᄒᆞᄂᆞ뇨? 부부(夫婦)ᄂᆞᆫ 인뉸(人倫)의 대관(大關)이오 만복(萬福)의 근원(根源)이니 상화(相和) 이후의 상ᄉᆡᆼ(相生)ᄒᆞ며 상ᄉᆡᆼ 이후의 상친(相親)ᄒᆞᄂᆞ니 만일 화(和)치 못ᄒᆞ여 ᄉᆡᆼ(生)치 아니ᄒᆞᆫ즉 엇지 친(親)키ᄅᆞᆯ 어드리오? 건곤(乾坤)이 블친(不親)애 만믈이 시ᄉᆡᆼ(始生)ᄒᆞ여 소시 ᄉᆡᆼ존(生存)ᄒᆞ믈 닐위지 못ᄒᆞ고 강약(强弱)이 블난(不亂)ᄒᆞ며 폐풍(弊風)이 이퇴(已堆)ᄒᆞ여 ᄇᆡᆨᄉᆞ(百事)의 훼궤(毁潰)ᄒᆞ미 일가 9면
의 시비ᄅᆞᆯ 닐위고 닌니(隣里)의 쳥문(聽聞)이 블미ᄒᆞᆫ즉 임의 슈신졔개(修身齊家) 글너시니 이졍기신(以正其身) 연후의 이국티텬하(以國治天下)라. 므ᄉᆞᆷ 도(道)로 님군을 보좌(輔佐)ᄒᆞ며 므ᄉᆞᆷ 덕(德)으로 ᄇᆡᆨ셩을 츄이앙디(推而仰之)케 ᄒᆞ리오? 네 오 셰로브터 시(詩)ᄅᆞᆯ 학(學)ᄒᆞ고 녜(禮)ᄅᆞᆯ 외와 거의 큰 허믈을 면ᄒᆞᆯ가 ᄒᆞ엿더니 근간의 궤고(詭固)ᄒᆞ며 블통(不通)ᄒᆞ믈 보니 셩학(聖學)을 미딘ᄒᆞ믈 알디라. 모로미 화열관통(和悅寬通)ᄒᆞ여 ᄋᆡ톄(礙滯)ᄒᆞ믈 두디 말고 유실(有室)ᄒᆞᆫ ᄌᆡ 무고히 ᄂᆡ당을 ᄉᆞᆺ쳐 사ᄅᆞᆷ의 괴이히 넉이믈 취치 말나.”

한님이 브복문교(俯伏聞敎)의 ᄇᆡ슈계슈(拜首稽首)ᄒᆞ여 블초(不肖)ᄒᆞ믈 일ᄏᆞᆮ고 엄교(嚴敎)ᄅᆞᆯ 봉승(奉承)ᄒᆞ여 다시 블초ᄒᆞ믈 두디 아니리이다 ᄒᆞ니 황공(惶恐)ᄒᆞᆫ ᄉᆞᄉᆡᆨ(辭色)과 감은(感恩)ᄒᆞᄂᆞᆫ 거동(擧動)이 말ᄉᆞᆷ 밧긔 낫타나ᄂᆞᆫ디라. 쳐ᄉᆡ 굿ᄐᆞ여 온ᄉᆡᆨ(慍色)과 ᄆᆡᆼ셩(猛聲)을 낫토디 아니ᄒᆞ여 죵용이 경계ᄒᆞ며 임의 밤이 깁허시ᄆᆡ ᄂᆡ루(內樓)의 드러가 헐슉(歇宿)ᄒᆞ라 ᄒᆞᆫᄃᆡ 한님이 댱시ᄅᆞᆯ 취ᄒᆞᆫ 후 부훈(父訓)의 순순

10면 간졀(諄諄懇切)ᄒᆞ미 이에 밋ᄎᆞ시니 감은ᄒᆞ고 황튝(惶蹴)ᄒᆞ여 댱공을
졀치통한(切齒痛恨)ᄒᆞᄆᆡ 댱시로 부부의 낙(樂)을 슈히 두디 말고ᄌᆞ
ᄯᅳᆺ이 ᄌᆞ연 플니미 되다가도 화상디ᄉᆞ(畫像之事) 곳 ᄉᆡᆼ각ᄒᆞ면 분완(憤
惋)ᄒᆞ미 ᄉᆡᆼ젼(生前)의 닛디 못ᄒᆞᆯ 빈 고로 ᄆᆞᄋᆞᆷ이 ᄎᆞ고 의ᄉᆡ ᄆᆡᆨᄆᆡᆨ[32]ᄒᆞ되
ᄯᅩ 감히 거역디 못ᄒᆞ며 긴 셜화(說話)로 고집을 쥬(奏)치 못ᄒᆞ여 슌슌
(順順) ᄇᆡ샤슈명(拜謝受命)ᄒᆞ고 부친의 취침ᄒᆞ시믈 기다려 믈너 경
운당으로 향ᄒᆞᆯᄉᆡ ᄆᆞᄋᆞᆷ이 깃브디 아니ᄒᆞ며 ᄇᆞᆯ이 날ᄂᆡ디 아니ᄒᆞᄃᆡ ᄯᅩ
다시 ᄉᆡᆼ각건ᄃᆡ 댱시 임의 취ᄒᆞ여 대륜(大倫)을 버힐 길히 업ᄉᆞᆫ 후ᄂᆞᆫ
ᄌᆞ긔 댱가 녀셩디명이 잇고 부모와 존당이 ᄯᅩ 과듕편ᄋᆡ(過重偏愛)ᄒᆞ
시미 친ᄉᆡᆼ(親生)의 더으시거ᄂᆞᆯ ᄌᆞ긔 홀노 져ᄅᆞᆯ 박(薄)히 ᄒᆞ미 슉녀(淑
女)의 고졀명ᄒᆡᆼ(孤節明行)만 져바리미 되며 댱공을 셜분(雪憤)ᄒᆞᆷ도
쾌(快)치 못ᄒᆞ니 화상디ᄉᆞ로 금슬의 낙을 두디 아니ᄒᆞ미 효의(孝義)
도 완젼치 못ᄒᆞ고 인의(仁義)도 당치 아니ᄒᆞ여 ᄒᆞᆫ갓 블통궤집(不通詭
執)ᄒᆞᆯ ᄯᆞᄅᆞᆷ이라. 비록 만만비쇼원(萬萬非所願)이오 닙디(立地)ᄅᆞᆯ 헐
우미 증한(憎恨)ᄒᆞ나 부명(父命)을 슌ᄒᆞ여 디극ᄒᆞ신 계쵹(戒促)을 져
11면 바리디 아니ᄒᆞ미 인ᄌᆞ(人子)의 되(道)라 ᄒᆞ여 이러틋 ᄉᆞ량(思量)ᄒᆞ며
브득이 경운당을 님ᄒᆞ여 개호입실(開戶入室)ᄒᆞ니 난쵹(爛燭)이 명휘
(明輝)ᄒᆞ여 ᄉᆞ벽(四壁)의 됴요(照耀)ᄒᆞ고 명ᄒᆡᆼ(明行)이 소ᄇᆡᆨ(素白)ᄒᆞ
여 밀실의 옹비ᄒᆞᆫᄃᆡ 쇼졔 안상(案床)을 ᄃᆡᄒᆞ여 뇨연단좌(窈然端坐)
의《녜긔(禮記)》ᄅᆞᆯ 잠심찰디(潛心察之)ᄒᆞ다가 디게 열니ᄂᆞᆫ 소ᄅᆡ로

32 ᄆᆡᆨᄆᆡᆨ: 맥맥. 기운이 막히고 답답한 상태.

조추 옥부취영(玉膚翠影)을 잠간 두로혀니 딘슈아미(螓首蛾眉)[33]의 미목변혜(美目盼兮)라. 슈연동디(粹然動止)ᄒᆞ여 긔이영디(起而迎之)ᄒᆞ니 우ᄉᆞ나군(羽紗羅裙)의 션메(仙袂) 표표(表表)ᄒᆞ며 셤셤초요(纖纖楚腰)의 긔린딕(麒麟帶) 완젼(完全)ᄒᆞ여 옥셩(玉聲)이 경긔(競起)ᄒᆞ니 향믜(香霧) 요요(夭夭)ᄒᆞᆫ디라. 한님이 젼일은 방듕의 눈을 두로미 업시 바로 안졸 곳을 보아 좌(座)롤 일운 후ᄂᆞᆫ 무심(無心)히도 쇼져롤 솔펴 그 좌와(坐臥)롤 알녀 ᄒᆞ미 업고 그 유무(有無)롤 관념ᄒᆞ미 업솜 ᄀᆞᆺ더니 금야(今夜)의 다ᄃᆞ라ᄂᆞᆫ 부훈(父訓)을 명심ᄒᆞ여 만균(萬鈞) ᄀᆞᆺ튼 뜻을 두로혀며 구정(九鼎) ᄀᆞᆺ튼 ᄆᆞ음을 동(動)ᄒᆞ여 은근 슉시(熟視)ᄒᆞ믹 쇼져ᄂᆞᆫ 한님을 딕홀ᄉᆞ록 치신무디(置身無地)ᄒᆞ고 황연슈괴(惶然羞愧)ᄒᆞ여 유ᄉᆞ디심(有死之心)ᄒᆞ며 무싱지긔(無生之氣)ᄒᆞ여 빵셩(雙星)이 미미(微微)ᄒᆞ고 셜뷔(雪膚) 홍예(紅霓)ᄒᆞ여 취미(翠眉)의 슈운(愁雲)을 곰초디 못ᄒᆞᄂᆞᆫ 듯 ᄌᆞ연ᄒᆞᆫ 위의(威儀)와 신긔ᄒᆞᆫ 형상이 비범ᄒᆞ여 니론바 건되(乾道) 변화ᄒᆞ믹 졍명(正明)을 뎡(定)ᄒᆞ고 대화(大和)롤 보합(保合)ᄒᆞ여 슈츌셔믈의 만국이 합녕(合寧)ᄒᆞ므로 흡흡(洽洽)ᄒᆞ며 시슈눙동(時數隆動)ᄒᆞ여 어텬(御天)ᄒᆞᄂᆞᆫ 긔상이 보믹 습습경탄(習習驚嘆)ᄒᆞ미 더어 가마니 혜오딕 12면

'빅승은 연부인 탄휵(誕畜)이니 긔질이 어질고 긔특ᄒᆞ미 모풍(母風)이나 잇다 ᄒᆞ려니와 ᄎᆞ인(此人)은 박시의 호란망측(胡亂罔測)홈과 댱공의 무디블식(無知不識)ᄒᆞ므로 싱훈(生訓)이 블미(不美)홀 거시

33 딘슈아미(螓首蛾眉): 진수아미. '매미의 이마에 나방의 눈썹'이라는 뜻으로, 미인을 가리킴.

어ᄂᆞᆯ 이 어인 작셩긔질(作性氣質)이 볼ᄉᆞ록 인뉴(人類)의 초월ᄒᆞ뇨?
ᄇᆡᆨ슈(伯嫂)의 덕긔현셩(德氣賢性)ᄒᆞ심과 냥ᄆᆡ(兩妹)의 뇨됴셩텰(窈
窕聖哲)ᄒᆞ므로 ᄎᆞ인이 ᄒᆞᆯ노 습(襲)ᄒᆞ여 어위ᄎᆞᆫ[34] 규모와 한업ᄉᆞᆫ 도량
이 텬하(天下)도 광거(匡擧)ᄒᆞ고 팔황(八荒)도 딘복(鎭服)ᄒᆞᆯ ᄃᆞᆺᄒᆞ니
이 과연 요디인슌디덕(堯之仁舜之德)이오, 우디셩탕지겸(禹之聖湯
之謙)이라. 일노 보건ᄃᆡ 고쉬(瞽叟) ᄉᆡᆼ슌(生舜)ᄒᆞ며 곤(鯤)이 ᄉᆡᆼ우(生
禹)ᄒᆞ미 텬디 됴화ᄅᆞᆯ 응ᄒᆞ미오 소ᄉᆡᆼ디친(所生之親)을 픔습(稟襲)디
13면 아니미 괴이치 아니ᄒᆞ도다. 내 일실의 ᄃᆡᄒᆞ믈 ᄌᆞ로 ᄒᆞ나 눈 들기ᄅᆞᆯ 난
연(爛然)이 아니ᄒᆞ믄 증분(憎憤)이 플니고 심신이 환흡(歡洽)ᄒᆞᆯ가 두
리미러니 금일 다시 보기ᄅᆞᆯ 당ᄒᆞ여 이 ᄀᆞᆺᄐᆞ믈 면치 못ᄒᆞ니 댱툭이 딘
실노 ᄌᆞ식가지[35]ᄂᆞᆫ 이상(異常)이 나핫도다. 연(然)이나 임의 취(娶)ᄒᆞ
여 부부의 의ᄅᆞᆯ 내 임의로 ᄭᅳᆫ치 못ᄒᆞᆯ 바의 비록 블초(不肖)ᄒᆞ여도 화
히 인도ᄒᆞ여 화목(和睦)ᄒᆞᆯ ᄇᆡ오 엄훈(嚴訓)이 슌슌간졀(諄諄懇切)ᄒᆞ
샤믈 당ᄒᆞ여 인ᄌᆡ(人子) ᄉᆞ지(死地)라도 블감역명(不敢逆命)이라 엇
디 뉸긔일듕(倫紀일重)ᄒᆞ므로뼈 맛ᄎᆞᆷᄂᆡ 박(薄)ᄒᆞᆯ딘ᄃᆡ 나의 허믈이 아
니리오? 내 초(初)의 훼면할이(毁面割耳)ᄒᆞ믈 드ᄅᆞ미 심골(心骨)이
경한(驚汗)ᄒᆞ여 위ᄒᆞ여 ᄎᆞ악(嗟愕)ᄒᆞ믈 뎡(定)치 못ᄒᆞ고 ᄯᅩ다시 죽으
미 젹실(的實)ᄒᆞᆯ딘ᄃᆡ 목젼(目前)의 녈졀(烈節)을 표졍(表旌)ᄒᆞᆯ 의ᄉᆞ
도 잇던 ᄇᆡ니 블힝ᄒᆞ여 인연이 긔구(崎嶇)ᄒᆞᆫ 가온ᄃᆡ ᄉᆞ갈(蛇蝎)ᄀᆞᆺ치
ᄇᆡ쳑ᄒᆞ여도 굿ᄐᆞ여 만나며 무심히 구(救)ᄒᆞ여도 졔 믄득 내 손의 구ᄒᆞ

34 어위ᄎᆞᆫ: 어위차다. 넓다.
35 ᄌᆞ식가지: 자식가지. 자식들.

미 되여 ᄀᆞᆺᄀᆞᆺ이 텬의(天意) 유의(有意)ᄒᆞ신 ᄃᆞᆺᄒᆞ니 블슈텬명(不受天命)이면 반슈기앙(反受其殃)이라 댱튝의 블인무식(不仁無識)ᄒᆞ믈 ᄎᆞ인의게 죄(罪)ᄒᆞ여 부부의 의ᄅᆞᆯ 폐(廢)ᄒᆞ미 군ᄌᆞ의 덕이 아니니라.’ 14면
ᄒᆞ여 비로소 안ᄉᆡᆨ(顏色)이 믁믁준엄(默默峻嚴)ᄒᆞ믈 덜고 ᄀᆞᆺ쳐 화평ᄒᆞ믈 닐위여 ᄀᆞᆯ오ᄃᆡ

“ᄉᆡᆼ이 현ᄌᆞ(賢子)[36]로 더브러 화쵹(華燭)의 녜ᄅᆞᆯ 일우미 반년이라. 그 비록 오라디 아니나 신봉초일(新逢初日)노 다ᄅᆞ미 이실 ᄃᆞᆺᄒᆞ거ᄂᆞᆯ 부인이 엇디 슈습(收拾)ᄒᆞ믈 과(過)히 ᄒᆞ여 듕구(衆口)의 의아(疑訝)ᄒᆞ믈 닐위고 이친(二親)의 우려ᄒᆞ시믈 씻치시ᄂᆞ니잇가?”

쇼졔 오ᄃᆡᆨ 공경ᄒᆞ여 드ᄅᆞᆯ ᄯᆞᄅᆞᆷ이오 단슌(丹脣)이 함믁(緘默)ᄒᆞ여 일언(一言)도 ᄃᆡ(對)ᄒᆞ미 업ᄉᆞ니 한님이 너모 잠잠(潛潛)ᄒᆞ미 무미(無味)ᄒᆞ여 시험(試驗)으로 말을 ᄂᆡ미나 져의 ᄃᆡ치 아니미 괴이치 아니므로 ᄀᆞᆺᄐᆞ여 ᄃᆡ답을 ᄌᆡ쵹디 아니ᄒᆞ며 셔안(書案)의 고셔(古書)ᄅᆞᆯ 뒤젹여 이윽ᄒᆞᄆᆡ 시ᄋᆞ(侍兒)ᄅᆞᆯ 명(命)ᄒᆞ여 침금(寢衾)을 포셜(鋪設)ᄒᆞ고 취병(翠屛)을 기우리ᄆᆡ 웃옷과 ᄯᅴᄅᆞᆯ 그ᄅᆞ며 쇼져ᄅᆞᆯ 도라보니 홍슈(紅袖)ᄅᆞᆯ 뎡히 ᄶᅩᆺ고 좌셕이 단공(端恭)ᄒᆞ여 뇨연이 침슈(寢睡)의 ᄯᅳᆺ이 업ᄂᆞᆫ디라. 딤ᄌᆞᆺ 금션(錦扇)을 더져 ᄀᆞᆯ오ᄃᆡ

“복(僕)이 근일(近日)의 안병(眼病)이 이셔 쵹홰(燭火) 심히 괴로온디라. 모로미 셔ᄌᆞ의 바ᄅᆞᆷ을 닐위여 쵹(燭)을 멸(滅)ᄒᆞ쇼셔.”

쇼졔 면슈이쳥(面垂而聽)의 안셔(安徐)히 니러나 쵹을 협실(夾室)노 15면

---

36 현ᄌᆞ(賢子): 현자. 어진 당신. 여기서는 아내를 가리킴.

옴기며 ᄯᅩᄒᆞᆫ 침션(針線)을 다ᄉᆞ리고ᄌᆞ ᄒᆞ여 바날과 실을 협실노 드리ᄂᆞᆫ디라. 한님이 그 듕규(重閨)의 합도(合道)ᄒᆞ믈 과션흠복(過羨欽服)ᄒᆞ미 ᄉᆡ롭고 궤집ᄒᆞᆫ ᄆᆞ음이 일시(一時)의 파(破)ᄒᆞ여 돈연이 심위(心憂) 화열(和悅)ᄒᆞᄆᆡ 이 본ᄃᆡ 덕(德)을 흠모(欽慕)ᄒᆞ며 ᄉᆡᆨ(色)을 호(好)ᄒᆞ여 녀관의 무심ᄒᆞᆫ ᄌᆡ 아니라 엇디 쇼져로 ᄒᆞ여곰 협실의셔 밤을 디ᄂᆡ게 ᄒᆞ리오? 이연이 몸을 두로혀 촉을 멸ᄒᆞᄆᆡ 쇼져ᄅᆞᆯ 닛그러 봉디(鳳池)의 낙(樂)과 금슬의 노ᄅᆞᆷ이 쳔츄미홰(千秋美話)라. 이 니ᄅᆞᆫ바 군ᄌᆞ의 ᄉᆞ복(思服)[37]ᄒᆞ던 ᄇᆡ오 슉녀의 긔봉(奇逢)이니 텬뎡가연(天定佳緣)이며 ᄇᆡᆨ셰냥필(百歲良匹)이로ᄃᆡ 쇼져ᄂᆞᆫ 스ᄉᆞ로 셰간의 머므ᄂᆞᆫ 바ᄅᆞᆯ 슬허ᄒᆞ고 한님은 슉녀의 대효셩녈(大孝聖烈)을 탄복ᄒᆞᄂᆞᆫ 듕 댱공을 통한ᄒᆞ믄 능히 프디 못ᄒᆞ니 부부의 ᄠᅳᆺ이 여ᄎᆞ고(如此故)로 화열치 못ᄒᆞ미 흠ᄉᆡ(欠事)러라. 이후 한님이 희운당의 슉쳐(宿處)ᄒᆞ여 소시로 운우(雲雨)의 낙(樂)을 폐치 아니ᄒᆞ니 금슬디낙(琴瑟之樂)이 ᄯᅩ
16면 ᄒᆞᆫ 여산약ᄒᆡ(如山若海)ᄒᆞᄃᆡ 맛ᄎᆞᆷᄂᆡ 댱쇼져ᄅᆞᆯ 공경듕ᄃᆡ(恭敬重大)ᄒᆞ여 피ᄎᆞ(彼此) 상경여빈(相敬如賓)ᄒᆞ며 소시의 ᄇᆡᆨᄒᆡᆼ(百行)이 초군(超群)ᄒᆞ고 덕셩(德性)이 ᄌᆞ인(慈仁)ᄒᆞ믈 ᄯᅩᄒᆞᆫ 션(善)히 넉이나 말ᄉᆞᆷ과 ᄃᆡ졉의 경듕이 판이ᄒᆞ니 댱쇼졔 비록 인간 셰ᄉᆞᄅᆞᆯ 참예ᄒᆞ여 사ᄅᆞᆷ의 픔딜(品質)을 시비(是非)ᄒᆞ미 업ᄉᆞ나 한님의 소쇼져 ᄃᆡ졉이 그 위인과 덕을 져바리미 이시믈 그ᄋᆞ이 탄ᄒᆞ여 셩딜의 엄ᄒᆞᆷ과 픔도의 거만ᄒᆞ미 곤계(昆季) 듕의 더ᄒᆞ믈 ᄭᆡ닷더라. ᄎᆞ시 만셰 황애 신진명환(新

37 ᄉᆞ복(思服): 사복. 항상 잊지 않고 그리워함.

進名宦)의 시ᄌᆡ진문(詩才眞文)을 ᄐᆡᆨ고ᄌᆞ ᄒᆞ샤 문화뎐의 칠각노(七閣
老)와 뉵경(六卿)을 모호시고 쇼년명ᄉᆞ(少年名士)의 시ᄌᆡ필법(詩才
筆法)을 보실ᄉᆡ 졍부(程府)의셔도 샤인(舍人) 등이 됴명(朝命)을 니
어 듕시(重試)를 보ᄆᆡ 닌명은 맛참 유질(有疾)ᄒᆞ여 ᄎᆞᆷ예치 못ᄒᆞ고 기
여(其餘)ᄂᆞᆫ 다 입궐ᄒᆞ엿더니 샹이 친히 졔(題)를 ᄂᆡ시며 ᄯᅩ 시ᄀᆡᆨ을 ᄲᅧᆯ
니 뎡ᄒᆞ샤 칠보(七步)의 신쇽ᄒᆞ미 아니면 능히 붓술 ᄯᅥᆯ치지 못ᄒᆞᆯ 거
시로ᄃᆡ 졍닌셩·니창현·양필광의 글이 몬져 오ᄅᆞ고 기ᄎᆞ(其次)의 졍
닌광·졍닌흥·당챵닌·엄희륜·졍닌유의 글이 오로ᄃᆡ 타인은 밋쳐 붓 17면
술 ᄌᆞᆸ디 못ᄒᆞᆫ ᄌᆞ도 잇ᄂᆞᆫ디라. 샹이 친히 닌ᄌᆡ(人才)를 ᄀᆞᆯ희실ᄉᆡ 샤인
졍닌셩의 문장이 발양(發揚)ᄒᆞ여 산쳔슈긔(山川秀氣)를 탈취ᄒᆞ며 의
ᄉᆡ(意思) 호연(浩然)ᄒᆞ여 됴화(造化)의 졍긔(精氣)를 아ᄉᆞᆺ고 조격(調
格)이 쳥고(淸高)ᄒᆞ미 츄텬ᄇᆡᆨ일(秋天白日) ᄀᆞᆺᄐᆞ니 신신(申申)[38]ᄒᆞ여
교야(郊野)의 부ᄌᆞ(夫子)를 위ᄒᆞᆫ 닌(麟)이 나리며 표표(表表)ᄒᆞ여 기
산(岐山)의 봉황이 문왕(文王)을 위ᄒᆞ여 샹셔(祥瑞)를 드리ᄂᆞᆫ ᄃᆞᆺᄒᆞ거
ᄂᆞᆯ 한님 졍닌광의 문ᄎᆡ 샤인의게 나리디 아니ᄒᆞᄃᆡ 굉녈(轟烈)ᄒᆞ여 은
은ᄒᆞᆫ 톄 잠간 밋디 못ᄒᆞ고 니챵현은 디략이 관대ᄒᆞ며 격죠(格調) 은
용함튝(隱용含蓄)ᄒᆞ여 군ᄌᆞ의 톄격이 디샹(紙上)의 머므러 왕왕(汪
汪)ᄒᆞᆫ 덕ᄐᆡᆨ이 글 가온ᄃᆡ ᄇᆞᆺ혀시니 비컨ᄃᆡ 양츈(陽春)이 ᄌᆞ양(自養)ᄒᆞ
ᄆᆡ 만믈(萬物)이 ᄉᆡᆼ화(生和)ᄒᆞ고 오악(五嶽)이 슈츌(秀出)ᄒᆞ니 일월
(日月)의 졍긔(精氣)를 ᄡᅴ엿거ᄂᆞᆯ 당창닌의 문법(文法)은 활낭(濶朗)

---

38 신신(申申): 마음에 개의하는 바가 없는 모양. “공자는 한가히 거처할 때 마음이 활짝 풀어진 듯하고 즐거운 듯했다(子之燕居 申申如也 夭夭如也).”라는 말에서 나옴. 《논어》 〈술이(述而)〉.

ᄒᆞ여 졔월(霽月)이 광풍(狂風)의 ᄡᅳ리친 ᄃᆞᆺ 의견이 고확(高確)ᄒᆞ여 태산이 고고(孤高)ᄒᆞᆫᄃᆡ 풍운(風雲)이 ᄉᆞᄉᆡᆨ(四塞)ᄒᆞ여 노회(老虎) ᄀᆡ
18면 운을 주리현 ᄃᆞᆺ 신긔(神氣) 발동(發動)ᄒᆞ여 교룡(蛟龍)이 운우(雲雨)ᄅᆞᆯ 작화(作化)ᄒᆞᄂᆞᆫ ᄃᆞᆺ 변홰(變化) 블측(不測)ᄒᆞ며 졍닌흥·양필광·엄희륜·졍닌유 등이 다 문체(文體) 졀등(絶等)ᄒᆞ여 편편금슈(篇篇錦繡)와 ᄌᆞᄌᆞ쥬옥(字字珠玉)일 ᄲᅳᆫ 아니라 앙댱발화(앙장發華)ᄒᆞ여 개개히 웅문대ᄌᆡ(雄文大才)라. 샹이 대열쾌흔(大悅快欣)ᄒᆞ샤 즉시 어필(御筆)노 ᄎᆞ례ᄅᆞᆯ ᄡᅳ실ᄉᆡ 졍닌셩으로 댱원을 ᄒᆞ이시고 니챵현이 둘ᄌᆡ 되며 댱챵닌이 뎨삼이오 졍닌광이 뎨ᄉᆞ오 양필광이 뎨오요 엄희륜이 뎨뉵이오 졍닌흥이 뎨칠이오 졍닌유ᄂᆞᆫ 뎨십의 거ᄒᆞ나 기외(其外) 셩명은 니로 긔록디 못ᄒᆞ노라. 샹이 각별이 샤쥬(賜酒)ᄒᆞ시고 ᄉᆡ로이 화ᄃᆡ(花代)ᄅᆞᆯ 쥬샤 툥우(寵遇)ᄒᆞ시미 됴야(朝野)ᄅᆞᆯ 기우리며 댱원으로ᄇᆞ터 뎨삼 가지 작딕(爵職)을 도도샤 왈

"경등은 ᄒᆞᆫ갓 문댱ᄲᅳᆫ 아니라 슈츌ᄒᆞᆫ 긔상이 타인과 다ᄅᆞ고 빈빈(彬彬)ᄒᆞᆫ 도덕과 슉슉(肅肅)한 셩힝(性行)이 외모풍신(外貌風神)의 ᄇᆡ승(倍勝)ᄒᆞ니 방가(邦家)의 동냥이오 셰ᄃᆡ의 명현(名賢)이라. 엇디 작녹을 더으미 업ᄉᆞ리오?"

ᄒᆞ샤 댱원으로 텬관아역(天官衙役)[39]을 ᄒᆞ이시며 댱챵닌으로 어ᄉᆞ듕
19면 승을 ᄒᆞ이시고 니챵현으로 듕셔샤인을 ᄒᆞ이시니 삼인이 고샤블감(固辭不敢)ᄒᆞ여 나히 졈으며 ᄌᆡ죄 쇼우(疎愚)ᄒᆞ믈 일ᄏᆞ라 작딕(爵職)을

39 텬관아역(天官衙役): 천관아역. 이부시랑을 말함.

환슈(還收)ᄒᆞ시믈 쳥ᄒᆞᄃᆡ 맛ᄎᆞᆷᄂᆡ 블윤(不允)ᄒᆞ시니 ᄒᆞᆯ일업셔 계슈샤은(稽首謝恩)ᄒᆞ고 날이 느ᄌᆞ므로 파됴(罷朝)ᄒᆞ시믈 인ᄒᆞ여 각각 부듕으로 도라와 친젼(親前)의 졀ᄒᆞᄆᆡ 일년디ᄂᆡ(一年之內)의 두 번 문댱을 탁영(擢榮)ᄒᆞ여 금화계디(錦華桂枝)로 슬하롤 훤영ᄒᆞ니 엇디 아름다옴과 두굿기미 범연ᄒᆞ리오마ᄂᆞᆫ 문명ᄌᆡ홰(文名才華) 너모 낫타나며 부귀영녹(富貴榮祿)이 일시의 과듕ᄒᆞ믈 그윽이 두리고 근심ᄒᆞ여 부모 슉당이 어로만져 근신겸퇴(謹愼謙退)ᄒᆞ며 찰심공근(察心恭勤)ᄒᆞ믈 경계ᄒᆞᄃᆡ 댱부의셔 댱공은 ᄋᆞᄌᆞ의 듕시(重試) 참방(參榜)을 환텬희디(歡天喜地)ᄒᆞ여 마조 ᄂᆡ다라 등을 두다리고 슌협(脣頰)을 졉ᄒᆞ여 황홀대락(恍惚大樂)ᄒᆞ미 인ᄉᆞ롤 일허시니 어ᄉᆡ 민면졀박(憫悃切迫)ᄒᆞ며 부인이 기리 졀탄(竊嘆)ᄒᆞ여 즐거오믈 도로혀 아디 못ᄒᆞ더라. 유시의 소부인이 샤인과 니쇼져롤 함긔 삼켜 젼츌(前出)을 일인(一人)도 남기디 말고ᄌᆞ ᄒᆞᄂᆞᆫ 바로뼈 됴부인의 부귀영광(富貴榮光)이 셰ᄃᆡ(世代)의 무빵(無雙)ᄒᆞ고 댱부인의 안한쾌락(安閑快樂)ᄒᆞ미 셕년(昔年) 긔화[40](奇禍)롤 일장츈몽(一場春夢)으로 니ᄅᆞ미 되여시니 댱녀의 형셰ᄂᆞᆫ ᄌᆞ긔의 교모간계(巧謀奸計)로 움ᄌᆞᆨ이디 못ᄒᆞᆯ 바롤 혜아리ᄆᆡ 분ᄒᆞ며 믜오미 디극ᄒᆞ나 오히려 그 유무의 관긴(關緊)ᄒᆞ미 샤인으로 의논치 못ᄒᆞᆯ ᄇᆡ니 돌돌ᄒᆞᆫ 분홈과 각골(刻骨)이 믜오미 샤인 부부의 디난 ᄌᆡ 업ᄉᆞᄃᆡ 능히 경이히 히ᄒᆞᆯ ᄌᆞ각이 업ᄉᆞᆫ 고로 ᄒᆞᆫ갓 밤마다 병이 더으므로뼈 솔난(率難)ᄒᆞ고 날마다 니쇼져롤 쉬디 못ᄒᆞ게 보ᄎᆡ 20면

40 긔화(奇禍): 기화. 뜻밖의 재난.

ᄂᆞᆫ 듕도 아딕 브ᄌᆞ(不慈)ᄒᆞ며 간험ᄒᆞ믈 뵈디 아냐 일양(一樣) 화평(和
平)ᄒᆞ믈 쥬(主)ᄒᆞᄂᆞᆫ ᄃᆞᆺᄒᆞ니 녹빙·계월 등 밧긔 뉘 져 부인의 ᄆᆞ음을
알니오? 명일은 황은(皇恩)을 개쟝ᄒᆞᄂᆞᆫ 날이어ᄂᆞᆯ 쏘 금일의 닌셩 형
뎨 듕시(重試)ᄅᆞᆯ 참방ᄒᆞ여 금화계디(錦華桂枝)로 도라와 참졍의 무한
ᄒᆞᆫ 귀듕은 블가형언(不可形言)이니 닌듕 ᄀᆞᄐᆞᆫ 쇼ᄋᆡ야 어ᄃᆡ가 ᄎᆡᄅᆞᆯ 잡
으리오? ᄎᆞ일 참졍이 제딜(諸姪)과 닌듕 형뎨의 글을 보아 우렬(優劣)
21면 을 뎡ᄒᆞ더니 닌웅의 글의 다ᄃᆞ라ᄂᆞᆫ ᄒᆡ음업시 미위(眉宇) 화연(和然)
ᄒᆞ고 쥬슌(朱脣)이 찬연이 열니여 아ᄅᆞᆷ다오며 두굿기믈 니긔디 못ᄒᆞ
ᄃᆡ 닌듕의 글의 밋쳐ᄂᆞᆫ 믄득 안ᄉᆡᆨ을 거두고 쳐ᄉᆞᄅᆞᆯ 도라보아 ᄀᆞᆯ오ᄃᆡ
"원간 시문(詩文)은 듕심(中心)으로 발(發)ᄒᆞ며 필톄(筆體)ᄂᆞᆫ 화복
(禍福)의 만히 달녓거ᄂᆞᆯ ᄎᆞᄋᆞ의 시문이 우리 졍시 셔얼(庶孼)도 이 ᄀᆞ
ᄐᆞ믈 보디 아녓ᄂᆞ니 엇디 문호의 블힝이 아니리오?"
쳐ᄉᆡ 화평이 ᄃᆡ왈
"ᄌᆡ죄 영발(英發)ᄒᆞ고 시ᄌᆡ(詩才) 춍오(聰悟)ᄒᆞ미 졀인(絶人)ᄒᆞ나 아
딕 딘션(盡善)치 못ᄒᆞ여 웅건함튝(雄健含蓄)ᄒᆞᆫ 거시 업ᄉᆞ며 발췌(拔
悴)ᄒᆞ여 굉원(宏遠)ᄒᆞ미 브족ᄒᆞ나 타일 공븨 일ᄆᆡ 제ᄋᆞ(諸兒)의 디나
미 이시리니 엇디 블길ᄒᆞᆫ 말ᄉᆞᆷ의 밋ᄎᆞ시ᄂᆞ니잇가?"
참졍이 개연쇼디(慨然笑之) 왈
"현뎨 엇디 말의 표리(表裏) 교간(巧奸)ᄒᆞ믈 두어 평ᄉᆡᆼ 졀딕뎡대(節
直正大)홈과 다ᄅᆞ뇨? 우형이 듕ᄋᆞ의 ᄌᆡ조ᄅᆞᆯ 나모라미 아니오 문필을
브족ᄒᆞᆫ가 넉이미 아니라. 다만 시ᄂᆞᆫ 듕심으로 발ᄒᆞᄂᆞ니 이러므로 셩
현군ᄌᆡ(聖賢君子) 디으ᄆᆡ 발췌현냥(拔萃賢良)ᄒᆞ고 간악쇼인(奸惡小
22면 人)이 디으ᄆᆡ 암험교샤(暗憸巧邪)ᄒᆞ며 귀복디인(貴福之人)이 디으ᄆᆡ

길션화샹(吉善和爽)ᄒᆞ고 단쳔디인(短淺之人)이 디으ᄆᆡ 쳔박단누(淺薄短陋)ᄒᆞ며 포원디인(抱怨之人)이 디으ᄆᆡ 강개격녈(慷慨激烈)ᄒᆞ니 이 니른바 현호시귀(見乎蓍龜)ᄒᆞ고 동호ᄉᆞ톄(動乎四體)[41]ᄒᆞ미라. 듕ᄋᆞ의 글을 보아ᄂᆞᆫ 그 지죄 죡(足)ᄒᆞ며 춍민이 과인ᄒᆞᆫ 거시 더옥 놀나온디라. 엇디 우리 좌우의 ᄉᆞ후(伺候)ᄒᆞᄂᆞᆫ 셔동(庶從)인들 이러ᄒᆞᆯ 니이시리오? 우형이 그 유시로브터 문호ᄅᆞᆯ 츄락ᄒᆞᆯ 거시믈 아랏거니와 금일 시ᄌᆡᄅᆞᆯ 보ᄆᆡ 한심ᄒᆞ미 더으거ᄂᆞᆯ 현뎨 도로혀 당치 아닌 말노 두로ᄊᆞ려 니ᄅᆞ니 우형의 혼우(昏愚)ᄒᆞ미 칠야(漆夜)의 더은 줄노 아ᄂᆞ냐? 엇디 표리교간ᄒᆞ믈 두어 형을 어둡게 넉이ᄂᆞ뇨?"

쳐ᄉᆡ 년망이샤(連忙而謝) 왈

"쇼뎨 블초무식(不肖無識)ᄒᆞ오나 엇디 표리교간ᄒᆞ믈 두어 형댱을 어둡게 넉이미 이시리잇고? 다만 듕ᄋᆞ의 문톄ᄅᆞᆯ 나디 넉이시니 타일 딘취(進就)ᄒᆞᄆᆡ 그러치 아닐 바ᄅᆞᆯ 알외미로소이다. 연이나 ᄋᆞ히 춍민ᄒᆞ고 영ᄆᆡ(英邁)ᄒᆞ오니 이졔 텬디 두 ᄌᆞᄅᆞᆯ ᄇᆡ호디 아냐셔도 ᄉᆞ림(士林)의 튱슈(充數)ᄒᆞ믈 근심치 아닐 ᄇᆡ어ᄂᆞᆯ ᄒᆞ믈며 ᄇᆡ호미 이시미니잇가? 문호(門戶)ᄅᆞᆯ 경이(輕易)히 일ᄏᆞ라 블힝타 ᄒᆞ시믈 맛ᄎᆞᆷᄂᆡ 그ᄅᆞᆺ 발ᄒᆞ시미로소이다." 23면

참졍이 미우(眉宇)ᄅᆞᆯ 찡긔고 말을 다시 ᄒᆞ고ᄌᆞ ᄒᆞ더니 샤인이 다시 댱원이 되야 니부시랑을 더어 혁혁영요(赫赫榮耀)ᄒᆞᆫ 위의(威儀)로 금화(錦華)ᄅᆞᆯ 기우리고 문의 다ᄃᆞᄅᆞ니 공의 슈집(愁集)ᄒᆞᆫ 미위 ᄌᆞ연 화

41 현호시귀(見乎蓍龜)ᄒᆞ고 동호ᄉᆞ톄(動乎四體): 나라가 망하려 할 때는 이상한 조짐이 있으므로, 그것이 시초점과 거북점에 나타나고 사체의 움직임에서 드러난다는 뜻. 《중용》에 나옴.

열ᄒᆞ여 졔ᄋᆞ의 글을 믈니치며 쏄니 시랑과 한님 등을 집슈무ᄇᆡ(執手撫背)ᄒᆞ여 년ᄋᆡ귀듕(戀愛貴重)ᄒᆞ미 비길 곳이 업ᄉᆞ니 닌듕이 ᄒᆞᆫ 모ᄒᆡ[42] 셔셔 보ᄆᆡ ᄉᆡ오(猜惡)ᄒᆞᄂᆞᆫ ᄆᆞᄋᆞᆷ과 복통(腹痛)ᄒᆞᄂᆞᆫ 의ᄉᆡ(意思) 좌우(左右)로 병츌(竝出)ᄒᆞ여 형을 경ᄀᆡᆨ(頃刻)의 므러 삼킬 ᄃᆞᆺ ᄒᆞᄃᆡ ᄯᅩ 능히 외면(外面)을 작위(作爲)ᄒᆞ여 됴흔 ᄃᆞ시 시좌(侍坐)ᄒᆞ엿다가 취일누의 드러가니 니쇼졔 맛춤 태부인 쇼명(召命)을 니어 존당의 나아가고 타인의 형영(形影)이 업ᄉᆞᆫ디라. 믄득 안ᄉᆡᆨ이 쳑쳑(慽慽)ᄒᆞ여 기리 탄식ᄒᆞ며 향ᄀᆡᆨ(嚮刻) 야야의 말ᄉᆞᆷ을 옴겨 젼ᄒᆞ고 계부(季父)의 ᄒᆞ
24면 던 말을 젼ᄒᆞᄃᆡ 허언(虛言)을 쥬츌(做出)ᄒᆞ여 참졍이 부인을 즐욕ᄒᆞ여 간부요녀(奸婦妖女)의 ᄉᆡᆼ휵(生畜)이 엇디 이러치 아니리오 ᄒᆞ더라 ᄒᆞ며 좌우 졔슉이 ᄒᆞᆫ 말ᄉᆞᆷ식 도도와 ᄌᆞ식은 어미의 십삭ᄐᆡ교(十朔胎教)로 비롯ᄂᆞ니라 ᄒᆞ여 부친의 분을 도도고 노ᄅᆞᆯ 더으더라 ᄒᆞ며 인ᄒᆞ여 쳬읍ᄒᆞ여 왈

"야야ᄅᆞᆯ 삼ᄉᆞ 셰의 ᄯᅥ나 십 셰 된 후 단회ᄒᆞᄃᆡ ᄒᆞᆫ 번도 무ᄋᆡ흔연(撫愛欣然)ᄒᆞ미 업시 형만 ᄌᆞ식으로 아더라."

ᄒᆞ여 슬허ᄒᆞᄆᆞᆯ 마디 아니니 부인의 ᄎᆞᆼ민ᄒᆞ므로 엇디 ᄋᆞᄌᆞ의 말이 만히 보ᄐᆡ미 잇ᄂᆞᆫ 줄이야 모로리오마ᄂᆞᆫ 원ᄂᆡ 공의 닌듕을 ᄉᆞ랑치 아니ᄒᆞᄆᆞᆯ 한ᄒᆞ미 깁고 시랑 부부ᄅᆞᆯ 업시치 못ᄒᆞ므로ᄡᅧ 격간(格間)의 녈홰(熱火) 셩ᄒᆞᆫ디라. 손으로 금병(錦屛)을 치며 돌돌분한(咄咄憤恨)ᄒᆞ여 고셩(高聲) 왈

---

42 모ᄒᆡ: 모해. 모서리에.

“네 다시 니ᄅᆞ디 말나. 인듕승텬(人衆勝天)[43]이니 아모리면 간부요녀(姦夫妖女)ᄅᆞᆯ 어디다 ᄒᆞ랴? 명일 연ᄎᆞ(宴次)[44]의 즐기믈 다ᄒᆞᆫ 후 간부요녀도 ᄌᆞᆼ용이 베플 일이 이시리라.”

ᄒᆞ니 닌듕이 모친의 젼ᄌᆞ(前者)의 디극히 ᄀᆞᆷ초던 바ᄅᆞᆯ 금일 분셕(憤惜)ᄒᆞ여 발ᄒᆞ믈 보고 심하(心下)의 암희(暗喜)ᄒᆞ여 모ᄌᆡ 동심합녁(同心合力)ᄒᆞ여 형을 업시ᄒᆞᆫ 후 졔 당당이 졍문 종통(宗統)을 니어 봉ᄉᆞ 25면
(奉祀)ᄅᆞᆯ 녕ᄒᆞᆯ가 희망ᄒᆞ더라. ᄎᆞ야ᄅᆞᆯ 디ᄂᆡ고 명됴의 대연(大宴)을 열ᄉᆡ 만셰황은(萬世皇恩)이 딘쳡(震疊)ᄒᆞ샤 특별이 샹방어쥬(尙房御酒)ᄅᆞᆯ 나리와 연악(宴樂)을 ᄀᆞᆺ초 베플게 ᄒᆞ시며 태ᄌᆞ(太子)·졔왕(諸王)을 명초(命招)ᄒᆞ샤 금화어쥬ᄅᆞᆯ 가져 텬위ᄅᆞᆯ ᄃᆡ(代)ᄒᆞ여 졍참졍으로 헌슈(獻壽)케 ᄒᆞ시고 셔태부인을 칭하(稱賀)ᄒᆞ여 쳥계의 광튱고졀(匡忠孤節)을 포장ᄒᆞ시며 소부인으로뼈 참졍공의 가상(佳嫦)이라 ᄒᆞ샤 됴국부인을 봉ᄒᆞ시고 션부인 양시로 한국부인을 츄증(追贈)ᄒᆞ샤 은영(恩榮)이 야ᄃᆡ(野臺)의 ᄆᆡᆺ게 ᄒᆞ시니 참졍이 감격 텬은의 블승외월(不勝猥越)ᄒᆞ며 합족일문(闔族一門)이 황공튝쳑(惶恐蹴踖)ᄒᆞ나 시러곰 샤양ᄒᆞ여 엇디 못ᄒᆞ고 므ᄅᆞᆺ 위의ᄅᆞᆯ 뎡졔ᄒᆞ여 빈ᄀᆡᆨ을 졉ᄃᆡᄒᆞ며 샹은(上恩)을 경슈(敬受)ᄒᆞᆯᄉᆡ 십니쥬원(十里周圓)의 구ᄅᆞᆷ 장막(帳幕)이 뫼흘 둘넛고 고ᄃᆡ광누(高臺廣樓)의 안개 ᄎᆞ일(遮日)이 하날을 덥허시니 뫼 ᄀᆞᆺᄐᆞᆫ 위의 진딘(振振)ᄒᆞ며 믈 ᄀᆞᆺᄐᆞᆫ 영광이 쳡쳡(疊疊)ᄒᆞ니 권친국쳑(權親國戚)과 만됴공경(滿朝公卿)이 황금을 횡ᄃᆡ(橫待)ᄒᆞ고 ᄇᆡᆨ 26면

43 인듕승텬(人衆勝天): 인중승천. 사람이 많으면 하늘도 이긴다는 뜻. 《사기》에 나옴.

44 연ᄎᆞ(宴次): 연차. 잔치 자리.

옥을 울녀 쥬륜(朱輪)이 샹쇽(相續)ᄒᆞ며 화게(華車) 닌닌(轔轔)ᄒᆞ여
별 ᄀᆞᄐᆞᆫ 술위 구을ᄆᆡ 안개 ᄀᆞᄐᆞᆫ 손이 구름ᄀᆞᆺ치 모혀시니 졍부 협익(狹
隘)ᄒᆞᆫ 졔루(第樓)와 칙박(窄迫)ᄒᆞᆫ 각듕(閣中)이 문허지고 터질 ᄃᆞᆺ 개
얌이 ᄲᅮ시며 벌이 뭉킨 ᄃᆞᆺ 능히 졉족(接足)ᄒᆞᆯ 틈이 업ᄂᆞᆫ디라. 셩관(星
冠)[45]은 ᄀᆞᆯ와 ᄡᆞ화 빈혀 블허디고 월패(月佩)ᄂᆞᆫ 다이져 스ᄉᆞ로 우ᄂᆞᆫ디
라. 졍신이 잇치여 머리 알프며 눈이 현황(眩惶)ᄒᆞ여 도로혀 긔운이 블
평ᄒᆞ니 이에 ᄂᆡ외(內外) 당호(堂戶)ᄅᆞᆯ 트고 대쇼(大小) 각듕(閣中)을
통ᄒᆞ여 셕년(昔年) 당시의 션태부 슈셕(壽席)[46]을 인ᄒᆞ여 시랑 닌셩으
로ᄡᅧ 참졍공의 명녕(螟蛉)을 뎡ᄒᆞ던 날과 ᄀᆞᄐᆞ니 빈ᄀᆡᆨ(賓客)의 취(聚)
ᄒᆞᆷ과 연셕(宴席)의 녜(禮)로오미 ᄯᅩᄒᆞᆫ 왕일(往日)노 다ᄅᆞ미 업ᄉᆞ며 영
광은 오히려 ᄇᆡ승(倍勝)ᄒᆞᄃᆡ 셔태부인과 참졍 등의 감상(感傷)ᄒᆞᆫ 회
푀(懷抱) 셕년(昔年) 무흠(無欠)이 즐길 ᄯᅢ와 ᄂᆡ도ᄒᆞ여 쵹목(觸目)의
감창(感愴)ᄒᆞᆷ을 니긔디 못ᄒᆞ더라. 일ᄉᆡᆨ이 쳐음으로 묘곡[47]의 소ᄉᆞ며브
터 ᄂᆡ외 빈ᄀᆡᆨ이 모다 화거쥬륜이 곡듕(谷中)의 메엿더니 진시말(辰時
27면 末)의 거되 함집(咸集)ᄒᆞ고 졔휘(諸侯) 취셕(取席)ᄒᆞ니 금옥(金玉)이
휘황(輝煌)ᄒᆞ며 쥬홰(朱華) 녕녕(玲玲)ᄒᆞ니 빗난 거시 요요단단(曜曜
丹丹)ᄒᆞ여 쳠목(瞻目)이 현황ᄒᆞ고 쟝(壯)ᄒᆞᆫ 거시 의의울울(猗猗鬱鬱)
ᄒᆞ여 쳥문(廳門)이 요란ᄒᆞᆫ디라. 졍참졍 쳥계공이 사뎨(舍弟) 운계와
ᄌᆞᆼ뎨(從弟) 쇼부 냥계공과 ᄌᆡᄌᆞᆼ뎨(再從弟) 경조윤 의계공으로 더브러

45 셩관(星冠): 성관. 머리에 쓰는 별 문양의 관.
46 슈셕(壽席): 수석. 생일잔치 자리.
47 묘곡: 묘시. 오전 5시에서 7시 사이.

쥬벽(主壁)의 좌(座)ᄅᆞᆯ 일워 졔빈을 츄양(推讓)ᄒᆞᆯ시 곤계 ᄉᆞ인(四人)의 의의ᄒᆞᆫ 화긔 녈(列)희 듕듕(衆中)의 더옥 슈츌(秀出)ᄒᆞ여 츈양(春陽) ᄀᆞᆺᄐᆞᆫ 풍모와 츄텬(秋天) ᄀᆞᆺᄐᆞᆫ 위의 앙앙표표(仰仰表表)ᄒᆞ여 이 니ᄅᆞᆫ 작녹(爵祿)도 가샤(可辭)ᄒᆞ며 ᄇᆡᆨ인(白刃)도 가되(可蹈)라.[48] 힝텬하디대도(行天下之大道)ᄒᆞ고 닙텬하디광거(立天下之廣居)[49]ᄒᆞᆯ ᄇᆡ니 비룡(飛龍)이 위텬(緯天)ᄒᆞ며 건곤(乾坤)이 함흥만믈(咸興萬物)ᄒᆞᄂᆞᆫ 긔상이라. 쥬공디셩(周公之聖)이 님(臨)ᄒᆞ고 ᄉᆞ악디냥(四岳之揚)이 어(御)ᄒᆞ니 고요(皐陶)[50]와 ᄃᆡᆨ셜(稷契)[51]이 도라오믈 알디라. 소허디졀(巢許之節)[52]과 ᄇᆡᆨ이디쳥(伯夷之淸)[53]이 당당ᄒᆞᄃᆡ 쳐ᄉᆞ 운계션ᄉᆡᆼ이 갈포야의(葛布野衣)로 ᄎᆡ건댱복(絺巾章服)[54]의 셩인이 디어ᄂᆡ신 치격(絺綌)으로 고현군ᄌᆞ(高賢君子)의 고관(高冠)이 심의ᄒᆞᆫ 듕 니부시랑 듕셔샤인 동궁ᄃᆡᆨ학ᄉᆞ 닌셩이 몸의 연홍츅금포의 엇개의 일월을 븟치며 등의 빵난(雙鸞)을 슈(繡) 노화 잇고 허리의 취화빵금ᄃᆡᄅᆞᆯ 둘너 냥디보옥궁을 ᄎᆞ시며 ᄌᆞ금면뉴관(紫金冕旒冠)을 벼시니 의젼(儀典)이 뎡졔 28면

48 작녹(爵祿)도 가샤(可辭)ᄒᆞ며 ᄇᆡᆨ인(白刃)도 가되(可蹈)라: 작록도 사양할 수 있고 날 선 칼날도 밟을 수 있다는 말. 《중용》에 나옴.

49 힝텬하디대도(行天下之大道)ᄒᆞ고 닙텬하디광거(立天下之廣居): 천하의 큰 도를 행하고 천하의 넓은 집에 선다는 뜻. "立天下之廣居"는 "居天下之廣居 立天下之正位"를 결합하거나 혼동한 것인 듯함. 《맹자》에 "천하라는 넓은 집에 거하고, 천하의 올바른 자리에 서고, 천하의 대도를 실천하다(居天下之廣居 立天下之正位 行天下之大道)."라는 말이 나옴.

50 고요(皐陶): 순임금 때의 어진 신하. 법에 통달하여 법을 만들어 형벌을 제정함.

51 ᄃᆡᆨ셜(稷契): 직설. 후직(后稷)과 설(契). 순임금 때의 어진 신하.

52 소허디졀(巢許之節): 소허지절. 소부와 허유의 절개.

53 ᄇᆡᆨ이디쳥(伯夷之淸): 백이지청. 백이의 청절.

54 ᄎᆡ건댱복(絺巾章服): 치건장복. 치포로 만든 예복.

ᄒᆞ고 ᄎᆡ졔 낭낭ᄒᆞ여 ᄉᆞ됴(四祖)의 광대ᄒᆞᆫ 덕힝과 ᄉᆞᄒᆡ(四海)의 딘귀ᄒᆞᆫ 영명이 조쉬(潮水) ᄇᆡᆨ쳔(百川)을 삼킬 ᄃᆞᆺᄒᆞᆫ 긔상이 창ᄒᆡ만강(滄海萬江)을 기우릴 도량의 우쥬(宇宙)ᄅᆞᆯ 굉쥬(肱柱)ᄒᆞᆯ 교악(嶠嶽)이며 텬문(天門)을 ᄀᆞᆺ칠 쇄약(鎖鑰)이라. 옥 ᄀᆞᆺᄐᆞᆫ 빈하(鬢下)의 상운(祥雲)이 니럿ᄂᆞᆫᄃᆡ 두 번 문당을 탁영ᄒᆞᆫ 어ᄉᆞ화(御賜花)ᄂᆞᆫ 효도ᄅᆞᆯ 하례ᄒᆞᄂᆞᆫ 금화(金華)로 셧긔여시니 쇼년 션화ᄒᆞᆫ 방용(芳容)이 오히려 가졍의 디나거ᄂᆞᆯ 한님 닌광이 ᄃᆡᆨᄉᆞ 닌유 등으로 더브러 엇개ᄅᆞᆯ ᄀᆞᆯ와시니 졍홍을 상(象)ᄒᆞᆫ 비단 관ᄃᆡ(冠帶)ᄂᆞᆫ ᄉᆡ로 농각(龍閣)을 밧든 영홰(榮華)오 우각(牛角)을 화(化)ᄒᆞᆫ 월패ᄂᆞᆫ ᄌᆞ팔의 문명을 낫타ᄂᆡᄂᆞᆫ 위의라. 두샹(頭上)의 오모(烏帽)ᄂᆞᆫ 두 번 어향(御香)[55]을 뽀인 셤계(蟾桂)로 어버이ᄅᆞᆯ ᄃᆡᄒᆞ여 하례ᄒᆞᄂᆞᆫ 영화ᄅᆞᆯ 셧거 ᄭᅩᄌᆞ시니 구롬 귀밋ᄐᆡ 쳥춘이 무셩ᄒᆞ고 관옥디면(冠玉之面)[56]의ᄂᆞᆫ 쇼년의 광ᄎᆡ(光彩) ᄌᆞᆨᄒᆞᆫ디라. 산쳔슈긔
29면 (山川秀氣)ᄅᆞᆯ ᄲᅢ혀나ᄆᆡ 벽오(碧梧)의난 봉(鳳)이 춤추며 일월(日月)의 녕긔(英氣)ᄅᆞᆯ 픔슈(稟受)ᄒᆞᄆᆡ 농닌(龍麟)의 톄격이 완완(婉婉)ᄒᆞ고 미우(眉宇)의 문명이 ᄌᆞ휘(自輝)ᄒᆞ니 ᄉᆞᄒᆡ의 가음열며 규구(規矩)의 응믁(應默)ᄒᆞᆫ디라. 관시ᄌᆡ(觀視者) 이 부ᄌᆞ슉딜(父子叔姪)의 탁연디딜(卓然之質)과 간셰디상(間世之相)[57]을 우럴ᄆᆡ 긔운이 져ᄅᆞ고 숨이 나ᄌᆞᆨᄒᆞ더라. 참졍공이 좌(座)의 나아가 녈후공경(列侯公卿)을 ᄃᆡᄒᆞ여 텬은(天恩)의 망극ᄒᆞ믈 펼ᄉᆡ 눈믈을 흘녀 갑ᄉᆞ올 바ᄅᆞᆯ 아디 못ᄒᆞ니 일

---

55 어향(御香): 궁중에서 쓰는 향.

56 관옥디면(冠玉之面): 관옥지면. 옥같이 아름다운 얼굴.

57 간셰디상(間世之相): 간세지상. 특별한 시대에 한 번 나올 법한 상.

언일ᄒᆡᆼ(一言一行)이 튱효덕ᄒᆡᆼ(忠孝德行)의 비롯디 아닌 거시 업ᄉᆞᆫ디라. 듯ᄂᆞᆫ ᄌᆡ 감동경복(感動敬服)ᄒᆞ여 셩쥬(聖主)의 갑흐시미 다만 그 ᄇᆡᆨ의 ᄒᆞ나히믈 일ᄏᆞᆺ더니 이윽고 대궐 풍뉴(風流) 은은(殷殷)ᄒᆞ며 하날 곡되(曲調) 양양(揚揚)ᄒᆞ더라. 믄득 보ᄒᆞᄃᆡ '만셰 특명(特命) 복칙(伏勅)ᄒᆞ샤 텬ᄉᆡ(天使) 동구(洞口)의 니ᄅᆞᄂᆞ이다' ᄒᆞ거ᄂᆞᆯ 참졍이 ᄌᆞ딜노 더브러 밧비 영졉ᄒᆞ여 향안(香案)을 ᄇᆡ셜ᄒᆞ고 위궐(魏闕)을 바라 만셰ᄅᆞᆯ 브ᄅᆞᄆᆡ 텬ᄉᆡ 옥상(玉床)의 틱셔(勅書)ᄅᆞᆯ 봉안ᄒᆞ며 앏ᄒᆡ 나아가 소ᄅᆡᄅᆞᆯ 놉히 ᄒᆞ여 됴셔(詔書)ᄅᆞᆯ 닑으니 삼편문고(三篇文稿)의 십ᄒᆡᆼ윤음(十行綸音)이 일일히 공덕을 포댱(褒奬)ᄒᆞ시니 그 가히 졍•쳥계 30면
의 튱녈대되(忠烈大道) 기셜(夔契)의 후(後)ᄅᆞᆯ 니으믈 볼디라. 션태부의 ᄉᆡᆼ훈(生訓)으로 셔태부인 태교ᄒᆞ미 임샤(姙姒)의 후ᄅᆞᆯ ᄯᆞᆯ와 방실(邦室)을 ᄀᆞᆼ쥬(肱柱)ᄒᆞ고 왕가(王家)ᄅᆞᆯ 근노(勤勞)ᄒᆞ미 쥬소(周召)와 이부(伊傅)의 공덕과 ᄀᆞᆺᄐᆞᆫ 튱의대ᄌᆡ(忠義大才)믈 칭찬ᄒᆞ신 셩명(聖明)이 간간(懇懇)ᄒᆞ시며 포댱ᄒᆞ시ᄂᆞᆫ 은쉬(恩數) 도도(滔滔)ᄒᆞ시니 녑녑(曄曄)ᄒᆞᆫ 튱의와 외외(巍巍)ᄒᆞᆫ 공덕이 의텬샹(擬天上)ᄒᆞ고 달텬하(達天下)[58]ᄒᆞ여 만ᄃᆡ의 영귀ᄒᆞ며 쳔츄의 효댱(效奬)ᄒᆞ여 듁ᄇᆡᆨ(竹帛)의 실니고 금셕(金石)의 빗나믈 가히 알디라. 밧ᄌᆞᆸᄂᆞᆫ 신ᄌᆞ로 ᄒᆞ여곰 황공감격(惶恐感激)ᄒᆞ여 튱뉘(忠淚) 흐ᄅᆞ믈 면치 못ᄒᆞᆯ디라. 참졍공이 업ᄃᆡ여 듯ᄌᆞ오ᄆᆡ 튱담(忠膽)이 격감(激感)ᄒᆞ여 감뉘(感淚) 죵횡(縱橫)ᄒᆞ며 황공ᄒᆞᆫ ᄯᆞᆷ이 쳠의(沾衣)ᄒᆞᄂᆞᆫ디라. 텬ᄉᆡ(天使) 닑기ᄅᆞᆯ 다ᄒᆞᄆᆡ 비

58 달텬하(達天下): 달천하. 천하에 두루 알려짐.

로소 향안(香案)을 거두고 됴셔(詔書)ᄅᆞᆯ 놉히 옥상의 봉안(奉安)ᄒᆞ니 참졍이 이의 녯 좌의 나아가 텬샤ᄅᆞᆯ 관졉(款接)ᄒᆞ며 말ᄉᆞᆷ을 여러 텬은을 샤례ᄒᆞᆯᄉᆡ 딘실노 블감(不堪)ᄒᆞ여 만고의 듯디 못ᄒᆞ던 셩슈ᄅᆞᆯ 갑디
31면 못ᄒᆞᆯ 바ᄅᆞᆯ 슬허ᄒᆞ니 격감ᄒᆞᆫ 튱의 일월의 빗출 아ᄉᆞᆯ너라. 텬ᄉᆡ 믈너 다시 ᄂᆡ당의 봉됴(奉詔)ᄒᆞᆯᄉᆡ 참졍이 졔뎨군딜(諸弟群姪)과 일가족친(一家族親)을 거ᄂᆞ려 ᄂᆡ당의 드러오니 이ᄣᆡ 셔태부인이 녀부(女婦)와 손부(孫婦)로 더브러 합족친권(閤族親眷)으로 녈좌(列坐)ᄒᆞ여 왕희(王姬)·후비(後妃)와 거됴명부(擧朝命婦)[59]ᄅᆞᆯ 관졉ᄒᆞᄆᆡ 위의 응믁(應默)ᄒᆞ고 녜되(禮度) 슉슉(肅肅)ᄒᆞ니 이 진실노 군ᄌᆞ(君子)의 가상[60]을 빗ᄂᆡ여 의가(宜家)ᄒᆞᆫ 덕이 규곤(閨閫)의 법측(法則)ᄒᆞᄂᆞᆫ 슉녜오 셩명디ᄌᆞ(盛名之子)ᄅᆞᆯ ᄐᆡ교ᄒᆞ여 셩쥬(聖主)의 포댱(褒獎)ᄒᆞ시ᄂᆞᆫ 은권(恩眷)을 닙ᄉᆞ온 인션 부인이믈 알디라. 쳥고(淸高)ᄒᆞᆫ 격조ᄂᆞᆫ 츄상(秋霜)이 담텬(淡天)의 니럿ᄂᆞᆫ ᄃᆞᆺ 놉흔 픔슈(稟受)ᄂᆞᆫ 슈국(水菊)이 옥노(玉露)ᄅᆞᆯ 쎨친 ᄃᆞᆺ 화(和)ᄒᆞᆫ 빗ᄎᆞᆫ 양츈(陽春)이 동황(東皇)을 마ᄌᆞᆺᄂᆞᆫ ᄃᆞᆺ 귀밋ᄎᆞᆫ 옥셜(玉雪)이 화(化)ᄒᆞ니 무셩ᄒᆞᆫ 봄을 하딕(下直)ᄒᆞ엿고 담장쇼복(淡粧素服)은 임의 붕셩디통(崩城之痛)으로ᄡᅧ 미망ᄌᆞ폐(未亡自閉)ᄒᆞ여 슈렴키ᄅᆞᆯ 폐ᄒᆞ연 디 여러 셰월이로ᄃᆡ 냥협(兩頰)의 도ᄉᆡᆨ(桃色)이 은연(隱然)ᄒᆞ니 삼츈(三春)이 오히려 머므럿ᄂᆞᆫ ᄃᆞᆺ 쳥빙(淸氷)이 소쇄ᄒᆞ니 츄쉬(秋水) 어ᄅᆡ엿ᄂᆞᆫ ᄃᆞᆺ 뉴셩(柳星)[61] ᄀᆞᆺᄐᆞᆫ 봉안(鳳眼)은 운남 짜

---

59 거됴명부(擧朝命婦): 거조명부. 온 조정 관리의 부인들.

60 가상: 아내라는 뜻.

61 뉴셩(柳星): 유성. 이십팔수(二十八宿)의 스물넷째 별자리에 있는 별들.

거울이 붉디 못ᄒᆞ며 샤월빵미(斜月雙眉)ᄂᆞᆫ 딘싂(珍秀) 머므러시나 슈 32면
려ᄒᆞᆫ 빗치 강산슈긔(江山秀氣)ᄅᆞᆯ 픔슈(稟受)ᄒᆞ엿ᄂᆞᆫ디라. 스ᄉᆞ로 텰부(哲婦)의 디식(知識)을 ᄌᆞ랑치 아냐 은은공공(殷殷恭恭)ᄒᆞ미 디극ᄒᆞ나 ᄆᆡᆼ모(孟母)의 법도와 경강(敬姜)[62]의 집녜(執禮)ᄒᆞ미 명텰은합(明哲恩合)ᄒᆞ여 학니군ᄌᆞ(學理君子)[63]의 디나미 잇거ᄂᆞᆯ 소부인이 졔ᄉᆞ슉ᄆᆡ(諸舍叔妹)의 머리 디어 태부인을 밧들고 빈직을 졉화(接話)ᄒᆞᆯ시 장장ᄒᆞᆫ 의결과 고고(孤高)ᄒᆞᆫ 녜모(禮貌)ᄂᆞᆫ 대군ᄌᆞᄅᆞᆯ ᄇᆡᄒᆞ여 됴국부인 픔명을 밧ᄌᆞ오미 일호(一毫) 외람(猥濫)치 아닌디라. 딘실노 귀ᄒᆞᆫ 골상(骨相)과 초군(超群)ᄒᆞᆫ 긔딜이 셔로 맛가ᄌᆞ미 잇거ᄂᆞᆯ 상부인과 화부인 등이 엇게ᄅᆞᆯ 년(連)ᄒᆞ여 좌셕(座席)을 ᄀᆞ오ᄆᆡ 혜셩(慧性)이 단슉(端肅)ᄒᆞ며 ᄉᆞᄒᆡᆼ(辭行)이 겸슌ᄒᆞ여 안상(安詳)ᄒᆞᆫ 덕도(德道)와 텬연ᄒᆞᆫ 규귀(規矩) 스ᄉᆞ로 낫타나미 업시 통연슉달(洞然熟達)ᄒᆞᆫ디라. 좌하(座下)의 됴통ᄌᆡ 후암공 가상 위국부인 명염과 댱어ᄉᆞ 가상 현덕의 뎡 효렬부인 월염과 경시랑 부인 니쇼져 셩강과 경한님 가상 장녈결효 셩의부인 댱시와 엄한님 부인 슉염쇼져와 경학ᄉᆞ 부인 상시와 양딕ᄉᆞ 가상 디효댱녈 인션 ᄒᆡᆼ의부인 긔염과 경길ᄉᆞ 부인 화시【길ᄉᆞ 닌명 33면
이 화시듕의 녀(女)ᄅᆞᆯ 취ᄒᆞ니라】 니샤인 부인 ᄌᆞ염과 경한님 빈희(嬪姬) 소시 등 십인(十人)이 션삼닌ᄃᆡ(仙衫麟帶)[64]로 존당을 뫼셔시니 탁아(卓雅)ᄒᆞᆫ 긔딜과 슉연(肅然)ᄒᆞᆫ ᄒᆡᆼ실이 디란(芝蘭)은 곱디 못ᄒᆞ고 츄

62 경강(敬姜): 노(魯) 애공(哀公) 때의 대부(大夫) 공보문백(公父文伯)의 어머니.

63 학니군ᄌᆞ(學理君子): 학리군자. 성리학을 배운 군자.

64 션삼닌ᄃᆡ(仙衫麟帶): 선삼인대. 신선이 입는 장삼과 기린 가죽으로 만든 허리띠. 곱고 귀한 옷차림.

상(秋霜)은 엄(奄)치 못ᄒᆞ거ᄂᆞᆯ 쥬슌화협(朱脣花頰)과 명모호치(明眸皓齒)의ᄂᆞᆫ 덕셩이 가득ᄒᆞ며 월미셩안(月眉星眼)의 슈려상낭(秀麗爽浪)ᄒᆞ여 아ᄅᆞᆷ다오미 개ᄀᆡ(箇箇)히 특이비상(特異非常)ᄒᆞ니 샹셔(祥瑞)의 날이 광화(光華)ᄒᆞ고 오운(五雲)이 흥흥(興興)ᄒᆞᆫ디라. 듕인(衆人)의 눈이 암암(暗暗)ᄒᆞ며 심신(心神)이 황황(遑遑)ᄒᆞ여 고하(高下)ᄅᆞᆯ 분변(分辨)치 못ᄒᆞᆯ디라. 셤요(纖腰)ᄅᆞᆯ 움즉이ᄆᆡ 녜의 경녜ᄒᆞ여 ᄌᆞ유법도(自有法度)ᄒᆞ니 금일 연셕(宴席)의 그 뉘 방블ᄒᆞᆫ ᄌᆡ 잇ᄉᆞ리오? 텬문디엽(天門枝葉)[65]으로브터 거됴명부(擧朝命婦)와 ᄉᆞ가부녜(仕家婦女) 현우(賢愚) 믈논(勿論)ᄒᆞ고 써진 ᄌᆡ 업ᄉᆞ니 금슈나릉(錦繡羅綾)이 일광(日光)의 휘황(輝煌)ᄒᆞ거ᄂᆞᆯ 샹운셔뮈(祥雲瑞霧) 닷토와 니러나며 쥬취닌뵈(珠翠印寶) 눈의 현황(眩煌)ᄒᆞ니 쥬옥(珠玉)이 ᄉᆞ셕(砂石) ᄀᆞᆺ고 홍분(紅粉)이 딘토(塵土) ᄀᆞᆺᄐᆞ여 혹 경셩(傾城)·경국디식(傾國之色)[66]도 잇ᄉᆞ며 혹 위운위우(爲雲爲雨)[67]도 잇고 당가태딘(唐家太眞)[68]도 잇ᄉᆞ며 한희비연(漢姬飛燕)[69]도 잇고 샹고녀와(上古女媧)[70]
34면 도 잇ᄉᆞ며 위후댱강(衛后莊姜)[71]도 잇고 월녀초희(越女楚姬)[72]와 왕모항

---

65 텬문디엽(天門枝葉): 천문지엽. 황실 사람들.

66 경셩(傾城)·경국디식(傾國之色): 경성지색과 경국지색. 한 무제 때의 이부인을 말함.

67 위운위우(爲雲爲雨): 구름이 되고 비가 됨. 무산신녀를 말함.

68 당가태딘(唐家太眞): 당가태진. 당나라 양태진. 양귀비를 말함.

69 한희비연(漢姬飛燕): 전한 성제 때의 조비연을 말함.

70 샹고녀와(上古女媧): 상고시대의 여와.

71 위후댱강(衛后莊姜): 위후장강. 위나라 장공의 아내 장강.

72 월녀초희(越女楚姬): 월나라 여자와 초나라 여인. 미인을 말함.

ᄋᆞ(王母嫦娥)[73]와 텬손농옥(天孫弄玉)[74] ᄀᆞᆺᄐᆞ니 가득ᄒᆞ여 혹 하쥐슉녀(河州淑女)[75]ᄅᆞᆯ 쳔ᄌᆞᄒᆞᄆᆡ 이람을 법바다 풍아(風雅)[76]의 노ᄅᆡ 젼ᄒᆞᄂᆞᆫ 니도 잇ᄉᆞ며 혹 마등(馬騰)[77]의 현검도 잇고 슉뇨(淑窈)의 현ᄒᆡᆼ(賢行)도 잇ᄉᆞ며 혹 녀ᄉᆞ(女士)[78]의 디식(智識)도 잇고 혹 나부(羅敷)[79]의 졀(節)도 잇ᄉᆞ며 념시의 고음도 잇고 반소(班昭)[80]·녀종(女宗)[81] 갓ᄐᆞ니도 잇ᄉᆞ며 혹 경강·공강(共姜)[82] ᄀᆞᆺ고 혹 ᄆᆡᆼ모(孟母)·증모(曾母) ᄀᆞᆺᄐᆞ니도 잇셔 ᄉᆞ군ᄌᆞ(士君子) 녈댱뷔(烈丈夫) 정정졔졔(整整齊齊)히 모혀시ᄃᆡ 딘실노 셔태부인과 쳐ᄉᆞ 부인이며 니·댱 등을 앙망블급(仰望不及)ᄒᆞᄃᆡ 각각 그 친쳑이 그 놉흔 격조와 의푀(儀表) 방블ᄒᆞ니 골격혈ᄆᆡᆨ

---

73 왕모항ᄋᆞ(王母嫦娥): 왕모항아. 서왕모와 항아.

74 텬손농옥(天孫弄玉): 천손농옥. 천손이 된 농옥. 진(秦) 목공(穆公)의 딸 농옥은 옥으로 만든 생황을 잘 불었는데 퉁소를 잘 부는 소사와 혼인을 했고, 어느 날 둘이 연주를 하다가 농옥은 봉황을 타고 소사는 용을 타고 하늘로 올라갔다고 함. 유향의《열선전(列仙傳)》에 나옴.

75 하쥐슉녀(河洲淑女): 하주숙녀. 요조숙녀, 즉 태사(太姒)를 말함.《시경》'관저(關雎)' 편의 "끼룩끼룩 징경이는 하수의 섬에 있네, 요조스런 숙녀는 군자의 좋은 배필이네(關關雎鳩 在河之洲 窈窕淑女 君子好逑)."라는 구절에서 성덕(成德)을 갖춘 태사가 문왕(文王)의 후비(后妃)가 된 것을 찬탄한 데서 비롯함.

76 풍아(風雅):《시경》을 말함.

77 마등(馬騰): 후한 말의 무장.

78 녀ᄉᆞ(女士): 여사. 학덕이 높고 어진 여자.

79 나부(羅敷): 한단 사람 진씨(秦氏)의 딸로, 말단 관리 왕인의 처. 왕인의 상관인 조왕이 뽕잎을 따던 나부의 미모에 반하여 유혹하려 했으나 나부는 단호히 거절하여 정절을 지킴.

80 반소(班昭): 반고의 여동생. 조세숙이라는 남자에게 시집갔다가 남편이 일찍 죽자 황후의 눈에 들어 황후를 비롯해 외명부 부인들에게 정숙한 부녀상에 대해 가르쳤음.

81 녀종(女宗): 여종. 춘추시대 송나라 포소의 부인. 포소가 다른 부인을 얻었음에도 투기하지 않고 부덕(婦德)을 다한 것으로 유명함.

82 공강(共姜): 위나라 태자 공백의 아내. 태자가 요절한 후 부모가 개가를 권유하자 〈백주시〉를 읊으며 수절을 맹세함.

(骨格血脈)이 난호여 셔로 젼ᄒᆞᄂᆞᆫ 긔상(氣像)이 슈츌(秀出)ᄒᆞ믈 볼디라. 안개 ᄀᆞᆺᄐᆞᆫ 의상의 픔셜이 장장ᄒᆞ고 구름 ᄀᆞᆺᄐᆞᆫ 풍ᄎᆡ의 녜뫼(禮貌) 슉믁(肅默)ᄒᆞ니 규귀(規矩) 뎡졔(整齊)ᄒᆞ며 위의(威儀) 삼엄(森嚴)ᄒᆞᆫ디라. 셔태부인이 말ᄉᆞᆷ을 여러 텬은(天恩)의 과듕(過重)ᄒᆞ믈 일ᄏᆞᆺ고 미망노신(未亡老身)이 명완블ᄉᆞ(命頑不死)[83]ᄒᆞ여 비환영고(悲歡榮枯)의 쵹ᄉᆞ(觸事) 감회(感懷)ᄒᆞᆷ만 더음과 녈위존빈(列位尊賓)의 강굴(降屈)ᄒᆞ믈 샤(謝)ᄒᆞᄆᆡ 말ᄉᆞᆷ이 겸손간냑(謙遜簡略)ᄒᆞ며 튱의(忠義) 격발
35면 (激發)ᄒᆞ니 ᄒᆞ믈며 셕사(昔事)ᄅᆞᆯ 일ᄏᆞᆺᄂᆞᆫ 바의 다ᄃᆞ라ᄂᆞᆫ 소안(素顏)이 쳑쳑(慽慽)ᄒᆞ여 비운(悲雲)이 ᄡᅡᆼ아(雙蛾)[84]ᄅᆞᆯ 침노ᄒᆞ고 징쳔(澄泉)[85]이 봉안(鳳眼)으로 조ᄎᆞ ᄯᅥ러디믈 ᄭᆡ닷디 못ᄒᆞᄃᆡ 셰교(世交)의 후의(厚意)ᄅᆞᆯ 베퍼 교도(交道)의 환흡(歡洽)ᄒᆞ믈 니ᄅᆞᄆᆡ 유화(柔和)ᄒᆞ미 츈풍이 화(和)ᄒᆞᆷ ᄀᆞᄐᆞ니 뉘 감히 망녕(妄靈)된 언어와 무례ᄒᆞᆫ 거동으로 이 삼ᄃᆡ고식(三代姑息)을 범ᄒᆞ리오? 왕희(王姬)·후비(后妃)로브터 명부(命婦)·ᄉᆞ예(士女) 져마다 옷깃ᄉᆞᆯ 념의고 소ᄅᆡᄅᆞᆯ 화히 ᄒᆞ여 존문늉경(尊門隆慶)을 하례ᄒᆞ며 참정공의 뎡튱대도(貞忠大道)ᄅᆞᆯ 일ᄏᆞ라 셩쥬(聖主)의 갑흐시미 그 만분디일(萬分之一)이믈 베퍼 은근(慇懃) 치관ᄒᆞᄃᆡ 홀노 댱상셔 계비(繼妃) 박시 이에 니ᄅᆞ러 태부인긔 알현ᄒᆞ며 화·상·소·셔 ᄉᆞ부인(四夫人)으로 더브러 셔로 반길ᄉᆡ 쇼년 부인 듕의 소쇼져 ᄎᆡ강이 잇ᄉᆞ믈 보고 오히려 규슈로 이셔 젹인치 아녓ᄂᆞᆫ가 넉엿

---

83 명완블ᄉᆞ(命頑不死): 명완불사. 목숨이 질겨 죽지 못함.

84 ᄡᅡᆼ아(雙蛾): 쌍아. 두 눈썹.

85 징쳔(澄泉): 징천. 눈물.

다가 믄득 관패(冠珮)를 곳초아 쥬가(主家) 년쇼(年少)의 셧기믈 의아ᄒᆞ여 빵동(雙瞳)을 호란이 뒤릑이며 골오ᄃᆡ

“그ᄃᆡ 엇디 예 왓ᄂᆞ뇨? 거동을 보아ᄒᆞ니 빈긱이 아니로다. 어ᄂᆡ 상공 부인이 된다?”

소쇼졔 싸흘 집허드롤 ᄯᆞ롬이오 슈히 ᄃᆡ(對)치 못ᄒᆞ니 박시 소위공 부인 니시긔 뭇고ᄌᆞ ᄒᆞᄃᆡ 니부인 좌ᄎᆡ(座次) 먼 고로 ᄌᆞ부(子婦) 경시 다려 므ᄅᆞᆫᄃᆡ 경시 존고(尊姑)의 위인(爲人)을 아ᄂᆞᆫ디라 바로 고ᄒᆞ여ᄂᆞᆫ 듕인회좌(衆人會坐)의 일장히게(一場駭擧) 업디 아닐가 두려 년ᄌᆞ시 ᄃᆡ왈 36면

“종뎨(從弟) 한님의 가인(家人)이 되엿ᄂᆞ이다.”

원ᄂᆡ 박시 아모란 줄 모로고 닌명도 한님 셔길ᄉᆞ오 닌유 등이 다 등뎨(登第)ᄒᆞ여시믄 아ᄂᆞᆫ 고로 그듕 한님이 잇고 ᄌᆞ긔 셔랑(壻郞)의 빙희(娉姬)믄 ᄭᆡ닷디 못ᄒᆞ여 다시 뭇디 아니ᄒᆞ엿더니 옷솔 곳치려 쇼져 침소 경운당의 드러가 셜난다려 니ᄅᆞᄃᆡ

“소시 졍문의 쇽현(續絃)ᄒᆞ믈 아디 못ᄒᆞ엿더니 금일이야 비로소 알ᄆᆡ ᄆᆞ옴의 ᄌᆞ별ᄒᆞᆫ디라. 녀ᄋᆡ 져로 더브러 골육이 아니믈 아디 못ᄒᆞᄂᆞᆫ 졍으로ᄡᅧ 일틱디샹(一宅之上)의 모히미 되니 딘실노 긔특ᄒᆞᆫ 연분(緣分)이런가 시브도다.”

ᄒᆞᆫᄃᆡ 셔파ᄂᆞᆫ 부인이 소시로ᄡᅧ 한님의 부인이 되믈 알고도 이러ᄐᆞᆺ 화평ᄒᆞ여 깃거ᄒᆞᄂᆞᆫ가 그윽이 다힝ᄒᆞ며 아득히 긔(欺)이던 일을 도로혀 우이 넉여 ᄃᆡ왈

“소쇼졔 초의 우리 쇼져를 혈심딘졍(血心眞情)으로 ᄉᆞ랑ᄒᆞ고 공경ᄒᆞ여 동포ᄌᆞᄆᆡ(同胞姊妹)의 더은 쯧이 잇더니 이졔 샹공의 부빈(副嬪) 37면

이 되샤 졍문(程門)의 드러오시미 진희(晉姬)의 겸손홈과 번월(樊越)의 어딘 덕을 니어 쇼져를 밧드시미 젹쳡(嫡妾)의 도를 다ᄒᆞ시니 쇼졔 그 슈츌(秀出)ᄒᆞᆫ ᄌᆞ딜과 놉흔 문미(門楣)[86]로뻐 하위(下位)예 비굴(卑屈)ᄒᆞ믈 위(爲)ᄒᆞ여 앗기며 탄ᄒᆞ시ᄃᆡ 쏘 능히 그러치 아닐 길히 업ᄉᆞ므로 ᄒᆞᆫ갓 화우(和友)ᄒᆞ고 돈목(敦睦)ᄒᆞ실 ᄲᅳᆫ이니이다.”

박시 쳥필(聽畢)의 놀나오며 통분(痛憤)ᄒᆞ미 구회(九廻)의 일쳔녕원(一千獰猿)[87]이 뛰놀고 쳥텬ᄇᆡᆨ일(靑天白日)의 벽녁(霹靂)이 일신(一身)을 분쇄(粉碎)ᄒᆞᄂᆞᆫ ᄃᆞᆺ 안ᄉᆡᆨ(顔色)이 분분(忿憤)ᄒᆞ며 어음(語音)이 ᄆᆡᆼ녈(猛烈)ᄒᆞ여 골오ᄃᆡ

“소녜 어ᄂᆡ ᄃᆞᆯ의 한님 빈희(嬪姬) 되엿ᄂᆞ뇨?”

셔패 쳠망일견(瞻望一見)의 블ᄒᆡᆼ츄회(不幸追悔)[88]ᄒᆞ믈 니긔디 못ᄒᆞ나 홀일업셔 다만 ᄃᆡ왈

“모월일(某月日)의 소쇼졔 셩녜(成禮)ᄒᆞ엿ᄉᆞᆸ거니와 상공의 조강(糟糠)을 경듕(輕重)ᄒᆞ시믄 신봉을 인ᄒᆞ여 ᄒᆞᆫ층이 더으며 합문(闔門)이 소쇼져를 ᄉᆞ랑ᄒᆞ시나 우리 쇼져를 ᄋᆡ듕ᄒᆞ시미 등한치 아니ᄒᆞ오니 쇼져의 안한존귀(安閑尊貴)ᄒᆞ시믄 소쇼져 입현(入絃)ᄒᆞ시므로 더으미

38면 만ᄒᆞ니이다.”

박시 발셔 노분(怒憤)이 하날 ᄀᆞᆺ고 형상 업ᄉᆞᆫ 화증(火症)이 녈화(熱火)ᄀᆞᆺ치 니러나니 엇디 셔파의 말을 ᄎᆞᆷ혀 듯기나 ᄒᆞ리오? 발연이 ᄯᅥᆯ

86 문미(門楣): 문 위에 대는 나무. 여기서는 가문을 말함.
87 일쳔녕원(一千獰猿): 일천영원. 천 마리 원숭이. 여기서는 영원은 마음을 말함.
88 블ᄒᆡᆼ츄회(不幸追悔): 불행추회. 불행히 여기고 후회함.

치며 니러나 바로 뎡당으로 향ᄒᆞᆯᄉᆡ 시시(是時)의 댱쇼졔 그 모친의 소시ᄅᆞᆯ 보고 의아(疑訝)ᄒᆞ여 이의 잇ᄂᆞᆫ 곡졀을 므러 졍부인의 년ᄌᆞ시 ᄃᆡᄒᆞ믈 ᄇᆞᆰ히 ᄭᆡ닷디 못ᄒᆞ여시나 임의 ᄒᆞᆫ ᄉᆞᆺᄎᆞᆯ 들녀시니 ᄌᆞ연 한님의 빙희(娉姬) 되미 낫타나기 쉬올디라. 만일 소시 ᄌᆞ긔의 젹인(敵人)이믈 알딘ᄃᆡ 황영(皇英)[89]의 ᄌᆞᄆᆡ(姉妹) ᄀᆞᄐᆞᆫ 졍의(情誼)ᄅᆞᆯ 아디 못ᄒᆞ고 일댱히거(一場駭擧)로ᄡᅧ 쳔만인(千萬人)의 시비(是非)ᄅᆞᆯ 닐위며 듕좌(衆坐)의 우으믈 취ᄒᆞᆯ ᄲᆞᆫ 아니라 ᄌᆞ긔 난안괴치(赧顔愧恥)[90]ᄒᆞᆫ 경계ᄅᆞᆯ 당ᄒᆞ여 ᄉᆞ싱(死生)의 포한(抱恨)ᄒᆞ미 더을가 심신(心神)이 ᄎᆞ악(嗟愕)ᄒᆞ니 엇디 듕빈(衆賓)을 ᄃᆡᄒᆞ여 화연담소(和然談笑)ᄒᆞᆯ ᄯᅳᆺ이 이시리오? 존당을 뫼셔 졔ᄉᆞ(諸舍)[91]로 항녈(行列)을 일웟다가 무고(無故)히 좌ᄎᆞ(座次)ᄅᆞᆯ 븨오미 블가(不可)ᄒᆞ믈 모로디 아니ᄒᆞᄃᆡ 의ᄉᆡ(意思) 착급(着急)ᄒᆞ여 졍부인을 잠간 주ᄆᆡ 졍부인이 ᄯᅩᄒᆞᆫ 디긔(知機)ᄒᆞ고 스ᄉᆞ로 니러 ᄀᆞᆯ오ᄃᆡ

“존괴(尊姑) 잠간 쉬고ᄌᆞ 경운당으로 가 계시니 현ᄆᆡ(賢妹)와 내 ᄒᆞᆫ 39면
가디로 운각의 가 존고ᄅᆞᆯ 뫼셔 오리라.”

ᄒᆞ며 쇼져ᄅᆞᆯ 니로혀니 쇼졔 암희(暗喜)ᄒᆞ여 금년(金蓮)[92]을 가바야이 옴겨 운각으로 향ᄒᆞ더니 박시 믄득 등등(騰騰)ᄒᆞᆫ 노긔(怒氣)와 발발(勃勃)ᄒᆞᆫ 분ᄉᆡᆨ(憤色)으로 ᄒᆡᆼ뵈(行步) 요양(擾攘)[93]ᄒᆞ여 아모란 상이 업

---

89 황영(皇英): 아황과 여영.

90 난안괴치(赧顔愧恥): 얼굴을 붉힐 만큼 부끄러움.

91 졔ᄉᆞ(諸舍): 제사. 여러 부인 혹은 여러 첩. 집안의 부인들을 말함.

92 금년(金蓮): 금련. 여인의 발.

93 요양(擾攘): 요란한 모양.

시 나아오ᄂᆞᆫ디라. 임의 각듕(閣中)을 널니 통ᄒᆞ여 태젼과 봉각 취루와 양각 운당으로브터 경조 부인 고부(姑婦)의 쳐소와 쇼부 부인 고부의 침당(寢堂)으로브터 아오로 통ᄒᆞ여 ᄉᆞ면팔모히 다 청ᄉᆡ 되여시니 비록 ᄀᆞ만ᄒᆞᆫ 소ᄅᆡ와 희미ᄒᆞᆫ 일은 모로나 톄용(體容)은 몰나볼 ᄇᆡ 아니라. 댱쇼졔 모친의 이ᄀᆞᆺᄐᆞᆫ ᄒᆡ거ᄅᆞᆯ 만목(萬目)이 쳠시(瞻視)ᄒᆞ믈 더옥 착급괴황(着急怪惶)ᄒᆞ고 졍부인이 역시 민망(憫惘)ᄒᆞ여 마조 나아가 븟드러 ᄀᆞᆯ오ᄃᆡ

"잠간 고ᄒᆞᆯ 말ᄉᆞᆷ이 잇ᄉᆞ오니 도로 입실ᄒᆞ시믈 ᄇᆞ라ᄂᆞ이다."

박시 졍시ᄅᆞᆯ 보ᄆᆡ 노분이 익익층가(益益層加)ᄒᆞ여 눈섭을 거ᄉᆞ리며 소ᄅᆡ 젼도히 놉ᄂᆞᆫ 줄 ᄭᆡ닷디 못ᄒᆞ여 발연이 ᄭᅮ디져 왈

40면 "나ᄂᆞᆫ 댱가의 쇼희(小姬)오 내 ᄯᆞᆯ은 댱가의 셔네(庶女)라 ᄒᆞ여도 그ᄃᆡ로셔ᄂᆞᆫ 그ᄃᆡ도록 업슈히 넉이며 그러ᄐᆞᆺ 쇽이기ᄅᆞᆯ 못ᄒᆞ리니 내 금일 결단ᄒᆞ여 셔태부인과 화부인을 ᄃᆡᄒᆞ여 아녀(我女)ᄅᆞᆯ 요믈(妖物) 춍듕의 두디 못ᄒᆞ여 다려갈 바ᄅᆞᆯ 니ᄅᆞ리니 그ᄃᆡᄂᆞᆫ 챵닌을 조ᄎᆞ오디 말고 이에 이시라. 나ᄂᆞᆫ 소가 요믈을 닌광 젹ᄌᆞ로 더브러 됴히 살게 ᄒᆞ면 박댱군의 ᄯᆞᆯ이 아니로라."

셜파(說罷)의 ᄡᅳ리치고 바로 뎡당(正堂)으로 나아가려 ᄒᆞ거ᄂᆞᆯ 댱쇼졔 듕목소시(衆目所視)의 괴ᄒᆡ히 넉이믈 ᄃᆡ치 못ᄒᆞ여 나ᄂᆞᆫ ᄃᆞ시 모친의 허리ᄅᆞᆯ 안아 방듕의 들ᄉᆡ 졍시 ᄯᅩᄒᆞᆫ 존고ᄅᆞᆯ 븟들며 ᄀᆞᆯ오ᄃᆡ

"쇼쳡의 블초블민(不肖不敏)ᄒᆞᆫ 죄ᄂᆞᆫ 도라가 다ᄉᆞ리시미 늣디 아니ᄒᆞ고 목금(目今)은 빈ᄀᆡᆨ(賓客)이 대회(大會)ᄒᆞ며 쥬개(主家) 즐기ᄂᆞᆫ 날의 존괴 ᄯᅩᄒᆞᆫ 손으로 니ᄅᆞ샤 화긔(和氣)ᄅᆞᆯ 상ᄒᆡ오시미 가치 아니신디라. 딘실노 ᄎᆞᆷ디 못ᄒᆞ시량이면 쇼쳡으로 더브러 몬져 도라가샤 쳡의

죄를 다ᄉᆞ리시미 올흐니이다."

박시 녀ᄋᆞ의 안흐믈 인ᄒᆞ여 능히 썰쳐 몸을 ᄲᅢ히디 못ᄒᆞ고 어린 ᄋᆞ히 버릇 져기돗 괴이(怪異)ᄒᆞᆫ 소릐로 악을 쓰며 닛글녀 드러가니 듕인(衆人)이 ᄒᆡ연(駭然)ᄒᆞ믈 니긔디 못ᄒᆞ고 연부인이 블힝ᄒᆞ믈 니긔디 못ᄒᆞ더라. 댱쇼졔 입실(入室)ᄒᆞ여 비로소 모친을 나리와 노흐ᄃᆡ 오히려 그 손과 몸을 붓들며 ᄒᆞᆫ 쌍 셩광(星光)의 징픠(證波) 징동ᄒᆞ여 의연이 탄식고 ᄀᆞᆯ오ᄃᆡ 41면

"쇼녜 발셔 ᄇᆡᆨ골(白骨)도 업술 거술 블힝이 ᄉᆞ라 모친의 이우(貽憂)홈과 블효를 깃치오미 이에 밋쳐 금일 듕좌만목(衆坐萬目)의 취ᄐᆡ를 곰초디 못ᄒᆞ시니 이 젼혀 ᄒᆡᄋᆞ(孩兒)로 비로ᄉᆞ미라. 쇼녀의 블초ᄒᆞᆫ 죄 그 어ᄃᆡ 밋쳐시며 ᄌᆞ위(慈闈)예 실덕실톄(失德失體)ᄒᆞ시미 쏘 어나 디경의 니ᄅᆞ럿ᄂᆞ니잇고? 다ᄅᆞᆫ 일은 의논치 말고 소대인과 양ᄌᆞ경이 쇼녀를 거두어 ᄋᆡ디휼디(愛之恤之)ᄒᆞ심과 년디셕디(憐之惜之)ᄒᆞ시미 만금필와(萬金畢瓦)로 ᄆᆡᄆᆡ(妹妹)의 세 번 더으시니 의듕ᄒᆞ미 텬셩의 감(減)치 아니ᄒᆞ며 은혜를 니를딘ᄃᆡ 산고ᄒᆡ활(山高海濶)ᄒᆞ거ᄂᆞᆯ 모친은 그 덕퇴을 ᄉᆡᆼ각디 아니시고 도로혀 소ᄆᆡ를 ᄎᆞ마 못 ᄒᆞᆯ 말노 42면 ᄲᅧ 욕ᄒᆞ시미 가ᄒᆞ니잇가? 쇼녜 ᄌᆞ위예 이 ᄀᆞᆺᄐᆞ시믈 즉긱의 합연(溘然)ᄒᆞ여 모로고ᄌᆞ ᄒᆞᄃᆡ ᄉᆡᆼ아구로(生我劬勞)의 호텬막대디은(昊天莫大之恩)[94]을 호발(毫髮)도 갑숩디 못ᄒᆞ고 목젼(目前)의 경참(驚慘)ᄒᆞ믈 닐위여 죄상가죄(罪上加罪)를 ᄎᆞ마 못ᄒᆞ옵ᄂᆞ니 원컨ᄃᆡ ᄌᆞ위는 ᄉᆞ

---

94 ᄉᆡᆼ아구로(生我劬勞)의 호텬막대디은(昊天莫大之恩): 부모의 은혜를 나타낸 표현으로, 《시경》〈소아(小雅)〉 '육아(蓼莪)'에 나옴.

리(事理) 그러치 아니믈 ᄉᆡᆼ각ᄒᆞ쇼셔."

졍시 ᄯᅩ 말ᄉᆞᆷ을 니어 고왈(告曰)

"쇼쳡이 셩노(聖怒)ᄅᆞᆯ 쵹범(觸犯)ᄒᆞ오미 황공ᄒᆞ올 쁜 아니라 미안디ᄀᆈ(未安之敎) 디ᄎᆞ(至此)ᄒᆞ신 바의 우의(愚意)ᄅᆞᆯ 딘달(進達)ᄒᆞ와 다시 번득ᄒᆞᆫ 죄ᄅᆞᆯ 더으미 존하(尊下)의 용납디 못ᄒᆞᆯ ᄇᆡ오나 쇼고(小姑)의 황민ᄒᆞᆫ 졍ᄉᆞ(情事)와 위란(危亂)ᄒᆞᆫ 젼졍(前程)을 아니 념(念)치 못ᄒᆞ올디라. 감히 니ᄒᆡ(利害)로ᄡᅧ 쥬(奏)ᄒᆞᄂᆞ이다."

인ᄒᆞ여 소공이 닌광을 역녀(逆旅)의셔 만나 위질(危疾)을 구ᄒᆞ고 ᄯᆞᆯ을 가져 혼인을 뎡약(定約)ᄒᆞ엿다가 쇼괴(小姑) 한님의 구ᄆᆡᆼ(舊盟)이믈 듯고 가연이 쳔금쇼교(千金小嬌)로ᄡᅧ 빈실(嬪室)의 낫초와 쳘셕 ᄀᆞᆺᄐᆞᆫ 졍ᄆᆡᆼ(定盟)을 두ᄆᆡ 임의 믈니치 못ᄒᆞᆯ ᄇᆡ 되엿ᄂᆞᆫ 고로 브득이 취
43면 ᄒᆞ여 도라오ᄆᆡ 소시 인ᄌᆞ온슌(仁慈溫順)ᄒᆞᆷ과 공근겸손(恭謹謙遜)ᄒᆞ미 쇼고ᄅᆞᆯ 녀군(女君)으로 셤겨 젹쳡분의(嫡妾分義)ᄅᆞᆯ ᄇᆞᆰ히며 ᄌᆞᄆᆡ(姉妹)의 디졍(至情)을 아오라 죵뎨의 ᄂᆡᄉᆞ(內事)ᄅᆞᆯ 도으ᄆᆡ 규문(閨門)이 츄슈(秋水) ᄀᆞᆺ고 화(和)ᄒᆞ미 츈풍(春風) ᄀᆞᆺᄐᆞᆫ 듕 한님의 듕ᄃᆡ(重待)와 존당의 ᄉᆞ랑이 쇼고의 디난 ᄌᆡ 업ᄉᆞ믈 ᄀᆞᆺ초 고ᄒᆞ여 오날ᄂᆞᆯ 화긔ᄅᆞᆯ 일코 블평디셜(不平之說)을 ᄂᆡ여ᄂᆞᆫ 비록 다ᄅᆞ니ᄂᆞᆫ 허믈치 아니ᄒᆞ나 한님은 깁히 블열(不悅)ᄒᆞ여 쇼고의게 괴로오미 업디 아닐 바ᄅᆞᆯ 고ᄒᆞ여 활의인디ᄒᆞ여 괴이ᄒᆞᆫ 거조ᄅᆞᆯ 마ᄅᆞ시믈 ᄋᆡ걸ᄒᆞ니 박시 교랑의 죄쥬(罪誅) 후로 실혼낙담(失魂落膽)ᄒᆞ여 숨도 크게 못 쉬고 연부인이 도라와 가ᄉᆞ(家事)ᄅᆞᆯ 춍찰(總察)ᄒᆞᄆᆡ 규구(規矩)와 법도(法度)의 착난(錯亂)ᄒᆞ미 업ᄉᆞ니 감히 망녕되며 포악ᄒᆞ믈 발뵈디 못ᄒᆞ더니 일월이 표되고 한님 부부의 효봉(孝奉)ᄒᆞᄂᆞᆫ 졍셩이 친모(親母)·의

모(義母)를 간격(間隔)ᄒᆞ미 업시 동동쵹쵹(洞洞屬屬)ᄒᆞᄆᆡ 못 삼긴 심통(心統)과 요망(妖妄)ᄒᆞᆫ 인ᄉᆡ 홀연 교긔 니러나며 방ᄌᆞ존대ᄒᆞᆫ 의ᄉᆡ 잇셔 어ᄉᆞ와 졍부인을 졔 친ᄉᆡᆼ(親生)도곤 더으게 넉이고 블여의즉(不 44면
如意則) 호령ᄒᆞ여 위엄을 낫타ᄂᆡ고ᄌᆞ ᄒᆞᄃᆡ 어ᄉᆞ 부뷔 갈ᄉᆞ록 인효화슌(仁孝和順)ᄒᆞ여 호발도 ᄌᆞ긔 뜻의 어긔오미 잇디 아니니 무단(無斷)이 즐ᄆᆡ(叱罵)치 못ᄒᆞ여 다만 귀듕홀 ᄯᆞ롬이러니 금일 소시를 보ᄆᆡ 젼ᄌᆞ(前者)의 고치 아닌 일이 통ᄒᆡ(痛駭)ᄒᆞ여 요란이 호령코ᄌᆞ ᄒᆞ더니 졍시의 니ᄒᆡ(利害)로 고ᄒᆞᄂᆞᆫ 말이 딘실노 그른 곳이 업고 녀ᄋᆞ의 죽어 므로고ᄌᆞ ᄒᆞ믈 보ᄆᆡ ᄆᆞ음이 앏흐며 골졀이 져리ᄂᆞᆫ 디라. 졀졀이 디난 바를 뉘웃고 녀ᄋᆡ 졍문(程門)의 도라온 디 반년이 못ᄒᆞ여셔 셔랑(壻郎)이 신취(新娶)ᄒᆞ믄 비록 구ᄆᆡᆼ(舊盟)이나 ᄌᆞ긔 부부를 업슈히 넉인 연괴(緣故)가 ᄒᆞ여 ᄋᆡ돌오며 한(恨) 되오미 미ᄉᆞ디젼(未死之前) 플닐 길히 업ᄉᆞᆫ디라. 쳐음의 태부인 이하를 욕ᄆᆡ(辱罵)ᄒᆞ고 녀ᄋᆞ를 ᄲᅢ혀 다려 가고ᄌᆞ ᄒᆞ던 뜻은 긋치나 ᄎᆞ마 연셕(宴席)의 흔연(欣然)이 참예(參預)ᄒᆞ여 소시를 됴흔 안식으로 ᄃᆡ홀 ᄆᆞ음은 업ᄉᆞᆫ디라. ᄯᅩᄒᆞᆫ 녀ᄋᆞ를 븟들고 실셩댱통(失性長慟) 왈

"슈원슈한(誰怨誰恨)이리오? 젼혀 네 부친의 죄며 네 부친의 탓시라. 45면
텬하의 독보ᄒᆞ고 셰ᄃᆡ(世代)의 무빵(無雙)ᄒᆞᆫ 옥녀졀염(玉女絶艶)을 두고 어ᄃᆡ가 ᄉᆞ회를 못 어들 거시라 완한블측(頑漢不測)ᄒᆞ며 흉험싀포(凶險猜暴)ᄒᆞᆫ 졍닌광의 풍ᄎᆡ를 과혹(過惑)ᄒᆞ여 유시(幼時)의 졍ᄆᆡᆼ(定盟)을 두고 듕도(中途)의 뜻을 변ᄒᆞ여 ᄯᆞᆯ을 귀히 ᄆᆡᆫ돌녀 ᄒᆞ다가 도로혀 참변긔화(慘變奇禍)를 닐위혀 녀ᄋᆡ ᄒᆞ마 ᄉᆞ디(死地)의 ᄲᅥ러질 번ᄒᆞ여 만ᄉᆞ일ᄉᆡᆼ디인(萬死一生之人)이 구ᄎᆞ히 셕ᄆᆡᆼ(昔盟)[95]을 일우나

상공이 그릇ᄒᆞ여 범의 나롯ᄉᆞᆯ 디워 블인(不人)의 궤휼(詭譎)을 모로고 념치 업시 호ᄉᆡᆨ(好色)ᄒᆞᄂᆞᆫ 연고로 남녀ᄅᆞᆯ 블분(不分)ᄒᆞ여 졍ᄌᆞ(程子)로뼈 쳡을 삼아 다려온 탓ᄉᆞ로 허다과실(許多過失)을 드러ᄂᆡ며 ᄀᆡ강지디(綦江之地)[96]의셔 죽이랴 셔도다가 죽이도 못ᄒᆞ고 결원(結怨)만 쳡쳡이 ᄒᆞ여 싀포ᄒᆞᆫ 셩졍(性情)의 치부ᄒᆞᆫ 믜오미 잇다가 이제 소가 요녀ᄅᆞᆯ 젼툥(專寵)ᄒᆞ며 ᄋᆞ녀ᄅᆞᆯ 박ᄃᆡᄒᆞ여 구한(舊恨)을 셜(雪)ᄒᆞ미 되여시니 ᄎᆞ홉고 ᄋᆡ돏다 나의 쇼교여. 너의 몸이 당당ᄒᆞᆫ ᄌᆡ샹의 만금일
46면 교(萬金一嬌)로 부귀 금달공쥬(禁闥公主)[97]ᄅᆞᆯ 블워 아닐 ᄇᆡ어ᄂᆞᆯ 어이ᄒᆞ여 그릇 졍ᄌᆞ ᄀᆞᆺ튼 블인(不人)을 만난 연고로 일ᄉᆡᆼ이 볼 거시 업시 되여시니 용모풍ᄎᆡ(容貌風采)도 앗갑거니와 셩효녈졀(誠孝烈節)도 포장(褒奬)ᄒᆞ신 영광이 업시 도되 건디고 소녀 요믈은 므슴 복과 므슴 덕으로 ᄋᆞ녀의 ᄌᆞ리ᄅᆞᆯ 웅거ᄒᆞ여 닌광 흉인으로 금슬의 낙이 교칠(膠漆)의 더어 ᄌᆡ텬원작비익됴(在天願作比翼鳥)와 ᄌᆡ디원위년니디(在地願爲連二枝)[98]ᄅᆞᆯ ᄀᆡ약ᄒᆞᄂᆞ뇨? 졍ᄌᆞ와 소녀ᄂᆞᆫ 드ᄅᆞ라. 네 아녀의 고졀 명ᄒᆡᆼ과 디인셩덕(至仁聖德)을 져바려 ᄉᆞᆨ녀의 박명을 깃치거니와 쳥쳥ᄒᆞᆫ 양부호텬(陽府昊天)과 침침(沈沈)ᄒᆞᆫ 음ᄉᆞ후퇴(淫祀后土) ᄒᆞᆫ가디로 벌ᄒᆞ여 즐기믈 ᄎᆡ 못ᄒᆞ여셔 병쥬(病誅)ᄒᆞᄂᆞᆫ 홰(禍) 잇ᄉᆞ리라." 이러틋 울며 즐욕디셩(叱辱之聲)이 놉흐믈 ᄊᆡ닷디 못ᄒᆞ니 댱쇼졔 머

95 셕ᄆᆡᆼ(昔盟): 석맹. 과거의 약속.

96 ᄀᆡ강지디(綦江之地): 기강지지. 기강 지역.

97 금달공쥬(禁闥公主): 금달공주. '금달'은 임금 처소의 앞문을 가리킴.

98 ᄌᆡ텬원작비익됴(在天願作比翼鳥)와 ᄌᆡ디원위년니디(在地願爲連二枝): 하늘에서는 비익조가 되길 원하고 땅에서는 연리지가 되기를 원함.

리ᄅᆞᆯ 두다려 거조(擧措)의 ᄒᆡ연(駭然)ᄒᆞᆷ과 문견(聞見)의 참괴(慚愧)
ᄒᆞ믈 고간(苦懇)[99]ᄒᆞ고 졍시 ᄯᅩᄒᆞᆫ 졀박민황(切迫憫惶)ᄒᆞ믈 니긔디 못
ᄒᆞ여 붓드러 간ᄒᆞᆯᄉᆡ ᄎᆞ시(此時) 졍참졍 곤계 ᄌᆞ셔제딜(子婿諸姪)과
일가군쳑(一家群戚)으로 더브러 텬샤(天使)ᄅᆞᆯ 인도ᄒᆞ여 ᄂᆡ졍(內庭) 47면
으로 드러오므로 태부인이 ᄌᆞ부(子婦)와 손부(孫婦)로 더브러 망궐샤
은(望闕謝恩)ᄒᆞᄂᆞᆫ 졀조(絶調)ᄅᆞᆯ 출혀 텬샤ᄅᆞᆯ 마ᄌᆞᆯᄉᆡ 졍부인이 스ᄉᆞ
로 박시ᄅᆞᆯ 붓들고 댱쇼져ᄅᆞᆯ 도라보아 ᄀᆞᆯ오ᄃᆡ

“쳡은 나아가디 못ᄒᆞ여도 현ᄆᆡ(賢妹)ᄂᆞᆫ 아니 참예치 못ᄒᆞ리니 존당이 쳡을 ᄎᆞᄌᆞ시거든 여ᄎᆞ여ᄎᆞ 고ᄒᆞ쇼셔.”

댱쇼졔 딘실노 죽어 나가지 말고ᄌᆞ ᄒᆞ나 ᄯᅩᄒᆞᆫ 태부인 소명(召命)이 급ᄒᆞ므로 시러곰 마디못ᄒᆞ여 나아와 존당을 뫼실ᄉᆡ 태부인이 텬샤ᄅᆞᆯ 마ᄌᆞ 칭표고명(稱表誥命)[100]을 밧ᄌᆞ오며 옥궐을 ᄇᆞ라 팔ᄇᆡ샤은(八拜謝恩)ᄒᆞ기ᄅᆞᆯ 다ᄒᆞᄆᆡ 텬샤ᄅᆞᆯ【원ᄂᆡ 텬샤ᄂᆞᆫ 영쥐각 태학ᄉᆞ니 좌각노 창계공 니빈의 뎨(弟)러라】 ᄃᆡᄒᆞ여 셩슈의 과듕ᄒᆞ시미 미망노신(未亡老身)의 묘복(眇福)[101]이 손ᄒᆞᆯ 바와 존개봉교(尊駕奉敎)ᄒᆞ여 욕(辱)도이 님(臨)ᄒᆞ믈 사례ᄒᆞᆯᄉᆡ 언에(言語) 곡딘(曲盡)ᄒᆞ고 튱셩(衷誠)이 격발(激發)ᄒᆞ여 함연톄루(涵然涕淚)ᄒᆞ니 텬ᄉᆡ 비록 눈을 낫초와 투쳠(偸瞻)ᄒᆞ미 업ᄉᆞ나 태부인이 담담ᄒᆞᆫ 소의(素衣)예 고고(孤高)ᄒᆞᆫ 풍의(風儀)로조ᄎᆞ 은은(殷殷)ᄒᆞᆫ 화긔(和氣)의 슉슉(肅肅)ᄒᆞᆫ 녜도(禮道)ᄅᆞᆯ 인

99 고간(苦懇): 간절히 청함.

100 칭표고명(稱表誥命): 임금이 신하에게 치하하며 전하는 말이나 글.

101 묘복(眇福): 요행으로 얻은 복.

ᄒᆞ여 경강(敬姜)의 디식(智識)과 ᄆᆡᆼ모(孟母)의 대도(大道)ᄅᆞᆯ 능히 알
48면 디라. 더옥 공경ᄒᆞ믈 닐위여 슌슌이 ᄌᆡᄇᆡ(再拜)ᄒᆞ며 념슬위좌(斂膝危坐)ᄒᆞ여 두어 말ᄉᆞᆷ 하어(賀語)ᄅᆞᆯ 파(罷)ᄒᆞ고 만셰봉됴(萬世捧詔)ᄒᆞ믈 인ᄒᆞ여 승당ᄇᆡ무(升堂拜母)[102]ᄒᆞ미 ᄯᅩᄒᆞᆫ 하셩(賀聲)을 펴ᄂᆞᆫ ᄇᆡ믈 일ᄏᆞ라 ᄌᆞ딜(子姪)의 녜ᄅᆞᆯ 다ᄒᆞᄆᆡ 날호여 하딕을 고ᄒᆞᆫ 후 외당으로 나아갈ᄉᆡ 참졍 곤계 인도(引導)ᄒᆞᄆᆡ 쇼년 ᄌᆞ딜ᄇᆡ(子姪輩)와 상·됴·니·댱 등 졔셰 ᄯᅥ러디니 업ᄉᆞ니 ᄎᆞ일의 여러 당호ᄅᆞᆯ 년ᄒᆞ여 일실(一室)을 삼으ᄆᆡ 젼일 외루(外樓)로 조ᄎᆞ ᄂᆡ졍(內庭)으로 드러오던 길히 심히 협ᄋᆡᆨ(狹阨)ᄒᆞ여 발 드될 틈이 업ᄉᆞ므로 달니 길흘 ᄂᆡᄆᆡ 졔운당·경운당 앏흐로 조ᄎᆞ 왕ᄂᆡ 되니 박시의 무슈히 발악ᄒᆞ며 한님과 소시ᄅᆞᆯ 무한 참욕ᄒᆞᄂᆞᆫ 소ᄅᆡ 셰셰히 들니ᄂᆞᆫ디라. 졔공(諸公)과 졔쇼년(諸少年)이 그 아ᄆᆡᆫ 줄은 밋쳐 아지 못ᄒᆞ나 임의 드러올 젹의 욕ᄆᆡ디셩(辱罵之聲)을 듯고 나갈 ᄡᆡ의ᄂᆞᆫ 분명이 경운당 듕의셔 나ᄃᆡ 한님과 소시ᄅᆞᆯ ᄭᅮ디ᄌᆞ미오 굿ᄐᆞ여 다ᄅᆞ니ᄂᆞᆫ 거드디 아니ᄒᆞᄂᆞᆫ디라. 한님은 쳐음브터 디긔(知機)ᄒᆞᄃᆡ 요ᄒᆡᆼ ᄂᆡ광 젹ᄌᆡ(賊子)라 ᄒᆞ믈 못 드럿고 기외 잡셜(雜
49면 說)만 드ᄅᆞ니 이 곳 소시와 ᄌᆞ긔 ᄡᆞᆫ 욕ᄒᆞ미나 박시의 인믈을 망측히 넉일 ᄡᆞᆫ이오 굿ᄐᆞ여 본ᄉᆡᆨ(本色)을 낫토미 업더니 나가기ᄅᆞᆯ 당ᄒᆞ여 학ᄉᆞ ᄂᆡ흥이 ᄒᆡ망(駭妄)ᄒᆞ믈 ᄎᆞᆷ디 못ᄒᆞ여 미미ᄒᆞᆫ 우음을 ᄯᅴ여 목숑시한

102 승당ᄇᆡ무(升堂拜母): 승당배무. '승당배모'의 오기인 듯. 한나라 범식(范式)과 장소(張劭)가 친하게 지내다가 각자 향리로 돌아가면서, 2년 뒤에 범식이 장소의 모친을 찾아가 뵙겠다고 약속을 하였는데, 마침 그날이 돌아오자 과연 범식이 찾아와서 마루에 올라 모친에게 절을 한 일. 《태평어람(太平御覽)》에 나옴.

님(目送視翰林)[103]ᄒᆞᆫᄃᆡ 한님이 ᄯᅩᄒᆞᆫ ᄒᆡ연코 가쇼(可笑)로와 츄월빵미(秋月雙眉)의 완완(婉婉)이 웃ᄂᆞᆫ 빗ᄎᆞᆯ 동(動)ᄒᆞ더라. 이에 셔루의 나와 다시 좌(座)ᄅᆞᆯ 뎡ᄒᆞ고 교방풍악(敎坊風樂)을 드리며 경장딘슈(瓊漿珍羞)[104]ᄅᆞᆯ 나오ᄆᆡ 풍뉴(風流) 편편(翩翩)ᄒᆞ여 텬디(天地)ᄅᆞᆯ 요동(搖動)ᄒᆞ고 ᄉᆡᆼ가(笙笳)ᄂᆞᆫ 아아(峨峨)ᄒᆞ여 구텬(九天)의 ᄉᆞᄆᆞᆺᄎᆞ며 무슈(舞袖)ᄂᆞᆫ 표표(飄飄)ᄒᆞ여 향풍(香風)의 나붓기니 빵봉(雙鳳)이 노ᄅᆡᄒᆞ고 ᄎᆡ봉(彩鳳)이 춤추ᄂᆞᆫ 듯 팔딘경찬(八珍瓊饌)은 션장옥익(仙漿玉腋)의 맛시 머므러시니 연회의 셩홈과 ᄂᆡ외의 즐기미 늉늉이이(隆隆怡怡)ᄒᆞ여 ᄒᆞᆫ갈ᄀᆞᆺ치 화열ᄒᆞᄃᆡ 홀노 박시의 망측ᄒᆞᆫ 심ᄉᆞ와 분노ᄒᆞᄂᆞᆫ 거동이 크게 실셩ᄒᆞᆫ ᄌᆞ로 다로미 업ᄉᆞ니 연부인이 운당의 니ᄅᆞ러 이ᄅᆞᆯ 보ᄆᆡ 블승한심(不勝寒心)ᄒᆞ여 도로혀 어린 ᄋᆞᄒᆡ 다ᄅᆡᄃᆞᆺ ᄒᆡ거ᄅᆞᆯ ᄀᆞᆺ치라 ᄒᆞ고 이에셔 분ᄒᆞ믈 ᄎᆞᆷ디 못ᄒᆞ량이면 몬져 도라가라 ᄒᆞ니 박 50면
시 괴이ᄒᆞᆫ 소ᄅᆡᄅᆞᆯ ᄀᆞᆺ치며 믄득 화교(華轎)ᄅᆞᆯ 드리라 ᄒᆞ여 경운당으로셔 바로 협문으로 조ᄎᆞ 도라갈ᄉᆡ 졍시 뫼셔 가믈 쳥ᄒᆞᆫᄃᆡ 박시 노분(怒憤)이 ᄐᆡᆼ듕(撑中)ᄒᆞ여 답언(答言)이 업다가 ᄀᆞᆯ오ᄃᆡ

"내 졸연 딜박(疾迫)ᄒᆞ여 도라가ᄂᆞᆫ 바와 다ᄅᆞ니 잠간 머므러 슈작(壽酌)을 헌(獻)ᄒᆞ고 일ᄌᆞᆨ 도라올디어다."

졍시 ᄯᅩ한 욱이디 못ᄒᆞ여 다만 이공ᄌᆞ긔 젼어(傳語)ᄒᆞᄃᆡ 부인을 뫼셔 우회(憂懷)ᄅᆞᆯ 소견(消遣)ᄒᆞ라 ᄒᆞ더라. 연부인이 박시의 도라가믈 보고 다시 좌(座)의 나아가ᄆᆡ 셔태부인이 박시의 다시 좌의 나디 아니믈

---

103 목숑시한님(目送視翰林): 목송시한림. 눈으로 한림을 보다.

104 경장딘슈(瓊漿珍羞): 경장진수. 좋은 술과 귀한 음식.

뭇ᄂᆞᆫ디라. 연부인이 샤왈(辭曰)

"박시 우연이 곽긔(癨氣) 잇셔 비록 대단치 아니ᄒᆞ오나 연ᄎᆞ(宴次)의 나디 못ᄒᆞ게 되여시며 녀ᄋᆞ의 쳐쇠(處所) 죵용치 못ᄒᆞ오므로 존젼(尊前)의 하딕을 고치 못ᄒᆞ오미 미안ᄒᆞ오나 ᄎᆞ경(次更)[105]을 기다려 다시 와 샤례ᄒᆞ량으로 몬져 도라갓ᄂᆞ이다."

태부인이 쳥흘(聽訖)의 필유ᄉᆞ고(必有事故)ᄒᆞ믈 짐작ᄒᆞ고 화부인이
51면 ᄯᅩᄒᆞᆫ 소시의 연괴(緣故)믈 디긔(知機)ᄒᆞᄃᆡ ᄉᆞ식(辭色)디 아니ᄒᆞ며 다만 유질(有疾)ᄒᆞ여 몬져 도라가믈 결연(缺然)ᄒᆞ여 일ᄏᆞᆺ더라. 시시(是時)의 경참경 쳥계공이 텬샤(天使)ᄅᆞᆯ 관ᄃᆡ(寬待)ᄒᆞ여 도라보닌 후 다시 즐기믈 펼ᄉᆡ 이에 좌ᄅᆞᆯ ᄡᅧ나 녈후군공(列侯群公)을 향ᄒᆞ여 고왈(告曰)

"잠은 ᄒᆞᆫ낫 미렬디ᄌᆡ(微劣之才)라 ᄇᆡᆨᄒᆡᆼ(百行)이 무일가ᄎᆔ(無一可取)로ᄃᆡ ᄒᆡᆼ혀 션인(先人)의 남은 ᄯᅳᆺ을 니어 셩쥬(聖主)ᄅᆞᆯ 돕ᄉᆞ오나 ᄒᆞᆫ갓 작녹을 허비ᄒᆞᆯ ᄯᆞᄅᆞᆷ이오 보필디공(輔弼之功)이 업시셔 망녕도이 늉듕(隆重)ᄒᆞᆫ 은우(恩遇)ᄅᆞᆯ 닙ᄉᆞ오니 사ᄅᆞᆷ이 미(微)ᄒᆞ고 몸의 위극(位極)ᄒᆞ미 샹셰(祥瑞) 아니오 실(實)이 업시셔 위엄(威嚴)이 듕(重)ᄒᆞ미 길되(吉兆) 아니라. 복과ᄌᆡᄉᆡᆼ(福過災生)[106]의 됴흔 거시 ᄒᆞᆫ갈ᄀᆞᆺ지 못ᄒᆞᆯ가 슬허ᄒᆞ며 근심ᄒᆞᄆᆡ 일호일발(一毫一髮)도 국은(國恩)을 갑ᄉᆞᆸ디 못ᄒᆞ고 도로혀 셩쥬의 디우(知遇)ᄅᆞᆯ 져ᄇᆞ릴가 ᄉᆡᆼ각이 이에 밋쳐ᄂᆞᆫ 슉야(宿夜)의 눈믈이 횡침(橫枕)[107]ᄒᆞ믈 ᄭᆡ닷디 못ᄒᆞᄂᆞ니 녈후제공은 ᄒᆡᆼ

105 ᄎᆞ경(次更): 차경. 다음번.

106 복과ᄌᆡᄉᆡᆼ(福過災生): 복과재생. 복이 지나치면 화가 생긴다는 뜻.

107 횡침(橫枕): 베개에 비낌.

혀 잠의 쾌활치 못ᄒᆞ믈 의아치 마ᄅᆞ쇼셔.”

졔공이 소ᄅᆡ롤 니어 슈연경복ᄒᆞ며 말솜을 닐위여 ᄀᆞᆯ오ᄃᆡ

“명공(明公)이 션태부(先太傅)의 일월관튱(日月貫忠)[108]과 왕좌디ᄌᆡ(王佐之才)롤 니어 셩니디도(性理之道)로ᄡᅧ 셩쥬롤 돕ᄉᆞ오ᄆᆡ 이 곳 뎨실(帝室)의 늉경(隆慶)이오 방가(邦家)의 경상이라. 국디대복(國之大福)을 인ᄒᆞ여 셩쥐 다시 위(位)롤 님ᄒᆞ시고 명공이 호디(胡地)로 조ᄎᆞ 무ᄉᆞ환귀(無事還歸)ᄒᆞ샤 군신이 요텬슌일(堯天舜日)의 태평을 노ᄅᆡᄒᆞ미 군신의 니라. 셩쥬의 갑흐시미 그 만(萬)의 ᄒᆞ나히어ᄂᆞᆯ 명공이 엇디 황감딘뉼(惶感震慄)ᄒᆞ여 도로혀 심긔롤 편히 못ᄒᆞ시ᄂᆞ니잇가? 쳥컨ᄃᆡ 화열쾌락(和悅快樂)ᄒᆞ샤 튝연공늠(蹴然恐凜)[109]ᄒᆞ믈 더ᄅᆞ쇼셔.” 52면

참졍이 흠신샤례(欠身謝禮)[110]ᄒᆞ며 옥ᄇᆡ(玉杯)롤 드러 됴태ᄉᆞ와 소위공 앏ᄒᆡ 나아가 ᄌᆡᄇᆡ헌슈(再拜獻酬)ᄒᆞᆯᄉᆡ 일월안광(日月眼光)의 함연톄루(涵然涕淚)ᄒᆞ여 고왈

“냥대인(兩大人)은 션인의 관포디의(管鮑之義)와 종유(鍾兪)[111]의 디음(知音)이시라. 쇼ᄌᆞ 등의 의앙(依仰)ᄒᆞᄋᆞᆸᄂᆞᆫ 하셩이 엇디 슉당(叔堂)의 감ᄒᆞ미 이시리잇고? 셕년(昔年) 연회의 쇼딜(小姪) 등이 가군(家君)을 밧들며 됴연슉을 뫼셧ᄉᆞᆸ더니 디우금일(至于今日)의 인ᄉᆡ(人事) 변역(變易)ᄒᆞ여 쳔츄고ᄉᆡ(千秋古事) 아으라 ᄒᆞ고 션인의 의합슈젹(意合手適)ᄒᆞ신 졔위년슉(諸位緣叔)도 다 관샤(官仕)롤 ᄇᆞ리시

108 일월관튱(日月貫忠): 일월관충. 해와 달을 꿰뚫는 충심.

109 튝연공늠(蹴然恐凜): 축연공름. 두려워 움츠리는 모습.

110 흠신샤례(欠身謝禮): 흠신사례. 몸을 굽혀 사례함.

111 종유(鍾兪): 종자기와 유백아.

53면 ᄃᆡ 오딕 냥년슉이 무강디슈(無彊之壽)ᄅᆞᆯ 누리시니 쇼ᄌᆡ 셩방과 즁달[112] 【소금오의 ᄌᆞ회(自號)라】 등의 구경디낙(俱慶之樂)을 블워ᄒᆞ여 능히 밋ᄎᆞᆯ 길히 업ᄉᆞ오며 쵹쳐(觸處)의 상감(傷感)ᄒᆞ믈 니긔디 못ᄒᆞ와 금일 일ᄇᆡ(一杯)ᄅᆞᆯ 밧드러 미셩(微誠)을 표ᄒᆞᄋᆞᆸᄂᆞ니 냥위 년슉은 쇼ᄌᆞ 등을 일가딜ᄇᆡ(一家姪輩)ᄀᆞ치 녁이샤 블녈(不悅)ᄒᆞ믈 계훈(戒訓)ᄒᆞ시고 우암(愚暗)ᄒᆞ믈 ᄎᆡᆨ교(責敎)ᄒᆞ샤 고ᄌᆞ(孤子)[113]의 무ᄒᆡᆼ(無行)ᄒᆞ믈 면케 ᄒᆞ시면 쇼ᄌᆞ등이 더옥 감은골슈(感恩骨髓)ᄒᆞᆯ가 ᄒᆞᄂᆞ이다.”

냥공(兩公)이 즉시 잔을 바다 각각 마신 후 다시 술을 브어 참졍을 권ᄒᆞ여 ᄀᆞᆯ오ᄃᆡ

“쳥계ᄂᆞᆫ 션태부의 튱딕대도(忠直大道)ᄅᆞᆯ 니어 왕실을 보좌 딕셜(稷契)이 광보(匡輔)[114]ᄒᆞᆷ과 고요(皐陶)의 튱졍(忠貞)ᄒᆞ믈 효측(效則)ᄒᆞ며 호디(胡地) 뉵칠 년의 명졀이댱녈(命絶而壯烈)이 소무(蘇武)의 븍ᄒᆡ샹(北海上)[115] 십구 년과 닌상여(藺相如)의 회벽환됴(懷璧還趙)[116]ᄒᆞᄆᆡ 더으미 이시니 션태뷔 ᄉᆞ이블ᄉᆡ(死而不死)라. 노부의 무용 등이 셰간의 머므러 놉흔 벗을 다 여희고 큰 도ᄅᆞᆯ 다시 보디 못ᄒᆞ믈 토셕(吐惜)

112 즁달: 중달. 소금오. 소수(소위공)의 아들 소문유.

113 고ᄌᆞ(孤子): 고자. 아버지가 없는 아들.

114 광보(匡輔): 잘못을 바로잡으며 도움.

115 븍ᄒᆡ샹(北海上): 북해상. 북해는 한(漢)나라 소무가 잡혀 있었던 흉노의 땅. 《한서》 〈소무전〉에 “흉노가 소무를 북해의 사람 없는 곳에 옮겨두고 숫양을 기르게 하면서 숫양이 새끼를 낳게 되면 돌려보내 주겠다고 했다.”라는 내용이 나옴.

116 회벽환됴(懷璧還趙): 회벽환조. 벽옥을 품고 조나라로 돌아오다. 전국시대 조(趙)나라 혜문왕(惠文王)의 신하 인상여가, 진왕(秦王)이 화씨벽(和氏璧)을 진나라의 성 15개와 바꾸자고 요구해 오자 왕명을 받들고 사신으로 가서 기지를 발휘해 구슬과 함께 무사히 돌아온 것.

ᄒᆞ더니 이졔 문쳥의 ᄌᆞ손이 현달ᄒᆞ여 후ᄉᆡ(後嗣) 더옥 빗나믈 보건ᄃᆡ 젹덕여경(積德餘慶)과 복션명응(福善明應)이 소연(昭然)ᄒᆞ믈 가히 54면 ᄭᆡ칠디라. 운ᄇᆡᆨ이 오날ᄂᆞᆯ을 당ᄒᆞ여 셕ᄉᆞ(昔事)ᄅᆞᆯ 감상ᄒᆞ미 엇디 괴이타 ᄒᆞ리오마ᄂᆞᆫ 당(堂)의 태부인을 뫼셧고 문쳥의 도라가미 비록 슈(壽)ᄅᆞᆯ 누리디 못ᄒᆞ미나 튱녈대되(忠烈大道) 텬하의 덥히며 복녹(福祿)이 무량(無量)ᄒᆞ니 여감(餘感)이 업ᄉᆞᆫ 바의 디통(至痛)을 거의 위로(慰勞)ᄒᆞᆯ디라. 모로미 무익(無益)히 심ᄉᆞ(心思)ᄅᆞᆯ 상(傷)ᄒᆡ오디 말고 님군의 은영(恩榮)을 경슈(敬受)ᄒᆞ여 즐거오믈 다ᄒᆞ라. 노부(老夫) 등이 운ᄇᆡᆨ의 잔을 바드며 이ᄀᆞᆺ치 ᄃᆡ졉ᄒᆞ믈 보니 스ᄉᆞ로 감당치 못ᄒᆞ믈 붓그리ᄂᆞᆫ 즁 삼ᄉᆡᆼ(三生)의 희복(喜福)과 죵신(終身)의 극경(極慶)을 삼ᄂᆞ니 운ᄇᆡᆨ은 님군도 공경ᄒᆞ시ᄂᆞᆫ ᄇᆡ라. 노부(老夫) 등이 엇디 무용ᄒᆞᆫ 나흘 의디ᄒᆞ여 운ᄇᆡᆨ을 만홀(漫忽)ᄒᆞ리오마ᄂᆞᆫ 운ᄇᆡᆨ의 디극히 셤김과 ᄒᆡᆼ혀 션태부의 븡ᄇᆡ(朋輩)로 허(許)ᄒᆞ믈 어더 그ᄃᆡᄅᆞᆯ 유시(幼詩)로브터 ᄉᆞ랑ᄒᆞᄂᆞᆫ 졍이 넘ᄡᅵᄆᆡ 공경ᄒᆞᄂᆞᆫ 녜ᄅᆞᆯ 일ᄂᆞᆫ디라. 도로혀 연셕(宴席)의 ᄒᆞᆫ잔 술을 비러 군의 튱효덕ᄒᆡᆼ(忠孝德行)을 칭하ᄒᆞᄂᆞ니 운ᄇᆡᆨ은 이 잔을 샤양치 말나."

참졍이 ᄭᅮ러 잔을 바드ᄆᆡ 다시 블감(不堪)ᄒᆞ믈 ᄇᆡ샤(拜謝)ᄒᆞ고 날호여 잔을 거후로ᄆᆡ 셕ᄉᆞ(昔事)ᄅᆞᆯ 감상(感傷)ᄒᆞ여 츄연함쳑(惆然含慼)ᄒᆞ믈 마디 아니ᄒᆞ더라. 이윽고 참졍이 졔뎨(諸弟)와 ᄌᆞ셔군딜(子婿群姪)노 더브러 ᄂᆡ루(內樓)의 드러가 태부인긔 헌슈(獻酬)ᄒᆞᆯ ᄉᆡ 부인이 55면 츄연이 안ᄉᆡᆨ을 곳쳐 ᄌᆞ부졔손(子婦諸孫)의 슈ᄇᆡ(酬杯)ᄅᆞᆯ 밧디 아니코ᄌᆞ ᄒᆞ거ᄂᆞᆯ 쳥계와 운계 감쳥(敢請)ᄒᆞ믈 니긔디 못ᄒᆞ나 쳔만강인(千萬强忍)ᄒᆞ여 안ᄉᆡᆨ을 화(和)히 ᄒᆞ며 소ᄅᆡᄅᆞᆯ 유(柔)히 ᄒᆞ여 쥬왈(奏曰)

"쇼ᄌᆞ(小子) 등이 비록 블초무상(不肖無狀)ᄒᆞ오나 오날놀을 당ᄒᆞ와 엇디 회감(懷感)ᄒᆞ미 업ᄉᆞ리잇고마ᄂᆞᆫ 텬은(天恩)을 만홀(漫忽)치 못ᄒᆞ옵고 ᄌᆞ위(慈闈)의 ᄒᆞᆫ번 희열(喜悅)ᄒᆞ시믈 닐위고ᄌᆞ ᄒᆞ오미러니 도로혀 심ᄉᆞ(心思)룰 샹손(傷損)ᄒᆞ샤 블초 등의 미셩(微誠)을 펴디 못ᄒᆞ게 ᄒᆞ시니 히ᄋᆞ(孩兒) 등이 졍니(情理)의 참디 못ᄒᆞ올 ᄇᆡ라. 원컨ᄃᆡ 히ᄋᆞ 등의 ᄉᆞ졍을 솔피시고 연ᄎᆞ(宴次)의 화긔(和氣)룰 위ᄒᆞ샤 셩명은디(聖明恩旨)룰 니어 헌슈연힝(獻壽연행)ᄒᆞ시며 요년슌슈(堯年舜壽)룰 브ᄅᆞ게 ᄒᆞ쇼셔."

뎡국공과 경조 등이 말솜을 니어 간(諫)ᄒᆞ여 ᄀᆞᆯ오ᄃᆡ

56면 "ᄌᆞ딜졔손(子姪諸孫)의 졍셩을 막디 마ᄅᆞ쇼셔."

ᄒᆞᆫᄃᆡ 태부인이 쳑연하루(惕然下淚) 왈

"노모의 명완무디(命頑無知)ᄒᆞ미 스ᄉᆞ로 댱원(長遠)ᄒᆞ믈 깃거 셩쥬(聖主)의 칭표(稱表)룰 밧ᄌᆞᆸ고 여등(汝等)의 영효(永孝)룰 당ᄒᆞ니 디난 우고(憂苦)와 셕ᄉᆞ(昔事) 회감(懷感)ᄒᆞ믈 ᄭᆡ닷디 못ᄒᆞ미 딘실노 남이 븟그러온 ᄇᆡ로ᄃᆡ 여등이 ᄒᆞᆫ 잔 술을 주디 못ᄒᆞ믈 크게 울결(鬱缺)ᄒᆞ믈 삼고 현셔(賢壻)와 현딜(賢姪)이 녁권(力勸)ᄒᆞ니 혹 아니 바듬만 못ᄒᆞᆫ딘들 쏘 엇디 블관(不關)한 일의 고집ᄒᆞ리오? 아디 못게라. 그 어인 텬되(天道) 노모의 박덕(薄德)만 댱원(長遠)ᄒᆞᆫ 슈(壽)룰 빌니신고?"

참경과 쳐시 모부인의 이러ᄐᆞᆺ 쳑비(慽悲)ᄒᆞ시믈 졀민(切悶)ᄒᆞ여 ᄌᆡ삼간위(再三懇慰)ᄒᆞ며 드ᄃᆡ여 쳥계공이 옥ᄇᆡ(玉杯)룰 밧드러 헌하(獻賀)ᄒᆞ믜 믈너 ᄌᆡᄇᆡ(再拜)ᄒᆞ고 븍히(北海)의 슈(壽)룰 빌며 남산(南山)의 가(歌)룰 브ᄅᆞ믜 봉음(鳳音)을 느리혀니 기셩(其聲)이 호호ᄒᆞ여 구소(九霄)의 ᄉᆞᄆᆞᆺᄎᆞ니 음운(音韻)이 깅장(更張)ᄒᆞ고 늌녕(律令)이 화창(和唱)ᄒᆞ여 신신이이(神神異異)ᄒᆞ며 탕탕양양(蕩蕩揚揚)ᄒᆞ고 격녈발화(激烈發花)ᄒᆞ니 만믈(萬物)이 실쇼ᄒᆞ며 ᄇᆡᆨ싊(百獸) 슈무(綏撫)ᄒᆞ니 신인(神人)이 화락(和樂)ᄒᆞ여 일만블평(一萬不平)ᄒᆞᆫ ᄯᅳᆺ이 활연소삭(豁然蕭索)ᄒᆞ여 여음(餘音)이 의의(猗猗)ᄒᆞ고 의ᄉᆡ(意思) 탁탁(卓 57면
卓)ᄒᆞᆫ디라. 그 긔특(奇特)ᄒᆞᆫ 풍치(風采)로ᄡᅧ 신긔ᄒᆞᆫ 가음(歌音)이 발(發)ᄒᆞ거놀 쳐ᄉᆞ 운계 뒤흘 니어 복이ᄇᆡ헌(伏而拜獻)ᄒᆞ며 남산유슈(南山流水)롤 브ᄅᆞ고 만슈무강(萬壽無疆)을 튝(祝)ᄒᆞ니 가셩(歌聲)이 유양(悠揚)ᄒᆞ며 활낭(活朗)ᄒᆞ여 동니의 잠기ᄆᆡ ᄇᆞᆨ텬(北天)의 가ᄂᆞᆫ 기러기 ᄯᅥ러지고 셔악(西嶽)의 가ᄂᆞᆫ 구롬을 ᄊᆞᆺ쳐 ᄇᆞ리니 엇디 풍진(風塵) 더러온 소릐의 비ᄒᆞ리오? 희희낙낙(喜喜樂樂)ᄒᆞ며 환환열(歡歡悅)ᄒᆞ니 가히 창창(蒼蒼)ᄒᆞᆫ 셰샹과 은은(殷殷)ᄒᆞᆫ 건곤(乾坤)을 졔 금ᄒᆞᆫ 줄 ᄭᆡ다롤너라. 이에 뎡국공과 경조 쇼부 등이 일시(一時)의 쥬ᄇᆡ(酒杯)롤 올닐ᄉᆡ 관옥(冠玉) ᄀᆞᆺᄐᆞᆫ 용모ᄂᆞᆫ 진평(陳平)이 ᄌᆡ싱(再生)ᄒᆞ고 양뉴(楊柳) ᄀᆞᆺᄐᆞᆫ 풍치는 두랑(杜郞)을 묘시(藐視)ᄒᆞ니 경샹(卿相)의 너그러온 ᄌᆡ목(材木)이오 봉각(鳳閣)의 아롬다온 학ᄉᆡ(學士)러라. 소·화·샹 삼부인이 ᄎᆞ례로 헌작(獻酌)ᄒᆞᆫ 후 경조 부인과 쇼부 부인이 니어 헌슈(獻壽)ᄒᆞᄃᆡ 홀노 대화부인이 쟝ᄂᆡ(帳內)의 벽좌(僻坐)ᄒᆞ여 나오디 아니니 태부인이 더옥 슬피 녁이ᄂᆞᆫ디라. 참졍이 쳥ᄒᆞ여 골오ᄃᆡ "존슈(尊嫂)의 집녜(執禮)ᄒᆞ시미 디극ᄒᆞ시나 ᄌᆞ위(慈闈)의 통박(痛迫)ᄒᆞ시미 더으시고 학싱(學生) 등의 비회(悲懷) ᄉᆡ로온디라. 원컨ᄃᆡ 쟝(場)을 잠간 허혀 ᄌᆞ위롤 뫼셔 헌슈ᄒᆞ시믈 참예ᄒᆞ시며 망뎨(亡弟) 58면
의 ᄎᆞ례롤 븨오디 마ᄅᆞ쇼셔."

대화부인이 양부인 긔염으로 ᄒᆞ여곰 샤왈(辭曰)

"죄쳡(罪妾)이 명완무디(命頑無知)ᄒᆞ오나 면목(面目)을 드러 듕회(衆會)의 나디 못ᄒᆞ오리니 빈ᄀᆡᆨ(賓客)이 흣터디믈 기다려 ᄇᆡᆨ모(伯母)ᄅᆞᆯ 봉시(奉侍)ᄒᆞ와 미셩(微誠)을 다ᄒᆞ리이다."

양부인이 말ᄉᆞᆷ을 젼ᄒᆞᄆᆡ 엄연비통(奄然悲痛)ᄒᆞ고 닌웅 공ᄌᆞ 함누쳑비(含淚慽悲)ᄒᆞ니 태부인이 비졔슈셩(悲嚌數聲)의 톄ᄒᆡᆼ오열(涕行嗚咽)ᄒᆞ믈 ᄭᆡ닷디 못ᄒᆞ니 좌상(座上) 환낙(歡樂)이 돈연소삭(頓然蕭索)ᄒᆞᄂᆞᆫ디라. 참졍 곤계 이셩화긔(怡聲和氣)로 ᄒᆞ믈 극딘히 ᄒᆞᆯᄉᆡ 쇼부의 심ᄉᆡ 엇디 비ᄒᆞᆯ 곳이 이시리오마ᄂᆞᆫ 태부인 비회ᄅᆞᆯ 돕디 못ᄒᆞ여 안ᄉᆡᆨ을 디어 화열ᄒᆞ니 태부인이 비ᄉᆡᆨ(悲色)을 거두며 양부인 남ᄆᆡ ᄯᅩᄒᆞᆫ 낫빗ᄎᆞᆯ 곳치더라. 비로소 졔쇼년(諸少年)이 샹슈(相隨)ᄒᆞ여 왕모(王母)와 부모슉당(父母叔堂)의 헌작(獻酌)ᄒᆞᆯᄉᆡ 시랑이 머리 디어 군종졔뎨(群從諸弟)로 더브러 잔을 밧들ᄆᆡ 옥장명(玉鏘鳴)[117]ᄒᆞ고 의뎡졔(衣整齊)ᄒᆞᆫ디 건곤(乾坤)을 기우릴 풍뉴(風流)와 텬디(天地)의 슈츌(秀出)ᄒᆞᆫ

59면 긔딜(氣質)의 요(堯)의 나흘 원(願)ᄒᆞ며 슌(舜)의 슈(壽)ᄅᆞᆯ 빌ᄆᆡ 늠늠의합(凜凜意合)ᄒᆞᆫ 소ᄅᆡ의 군황(群凰)이 나리고 봉되(鳳鳥) ᄂᆡ의(來矣)ᄒᆞ며 황뇽(黃龍)이 샹셔(祥瑞)ᄅᆞᆯ 딧ᄂᆞᆫ ᄃᆞᆺ 좌샹(座上)이 잔을 더져 갈ᄎᆡᄒᆞ믈 결을치 못ᄒᆞ더라. 기ᄎᆞ(其次)의 상ᄉᆡᆼ 삼인(三人)이 작(爵)을 밧드니 헌앙(軒昂)ᄒᆞᆫ 풍의(風儀)예 쇄락(灑落)ᄒᆞᆫ 긔상이 개개(箇箇)히 늠쥰탁월(凜俊卓越)ᄒᆞ여 엄연(奄然)이 노셩댱ᄌᆞ(老成長者)의 톄(體)ᄅᆞᆯ 일워

117 옥장명(玉鏘鳴): 옥소리 쟁쟁 울리듯 함. 몸가짐이 법도에 맞는 것을 말함. 《예기》 〈옥조(玉藻)〉에, 군자는 항상 옥을 차서 자신의 행동거지를 단속했고 행동이 법도에 맞는지 옥소리를 통해서 알게 된다는 내용이 나옴.

더라. 됴통ᄌᆡ 후암공과 댱어ᄉᆞ ᄇᆡᆨ승과 니샤인 ᄇᆡᆨ달이 쏘ᄒᆞᆫ 헌슈(獻壽)ᄒᆞ니 통ᄌᆡ공의 태산암암디위(泰山岩岩之威)와 댱어ᄉᆞ의 광풍졔월디상(狂風霽月之狀)과 니샤인의 경운화풍(慶雲和風)[118]이 쳔고긔남(千古奇男)일 ᄲᅳᆫ 아니라 군ᄌᆞ대도(君子大道)와 녈댱부(列丈夫) 위의(威儀) 가ᄌᆞᆨᄒᆞ니 시랑의 군종형뎨(群從兄弟) 아니면 쏘 엇디 ᄃᆡ젹(對敵)ᄒᆞ리 잇ᄉᆞ리오? 태부인의 두굿기ᄂᆞᆫ 졍이 시랑 등과 일반(一般)이러라. 니·댱 이쇼져(二小姐)와 됴·댱 냥부인(兩夫人)이며 니부인 ᄌᆞ염이 상부인 댱녀 뉴부인 옥교와 엄한님 부인 슉염이 졍한님 빈희 소시로 더브러 션삼닌ᄃᆡ(仙衫麟帶)[119]ᄅᆞᆯ 븟쳐 노ᄌᆞ작(鸕鶿爵)·잉무ᄇᆡ(鸚鵡杯)ᄅᆞᆯ 밧들ᄆᆡ 만목(滿目)이 현황(眩慌)ᄒᆞ고 일좌(一座) 개용치경(改容致慶) 왈

"인ᄉᆡᆼ지셰(人生在世)의 오날ᄂᆞᆯ 긔경(奇景)을 관광(觀光)ᄒᆞᄂᆞ냐? 금셕(今夕)이 하셕(何夕)고? 참정공의 뎡튱(貞忠)을 일위며 대효(大孝)ᄅᆞᆯ 60면
빗ᄂᆡ미라. 텬ᄌᆡ 잔치ᄅᆞᆯ 주시니 만되(滿朝) 경하(慶賀)ᄅᆞᆯ 밧드ᄂᆞᆫ디라. 션태부의 튱딕대도(忠直大道)와 셔태부인 젹션여음(積善餘音)으로 ᄌᆞ고디금(自古至今)의 시랑 곤계(昆季) 남ᄆᆡ(男妹) 잇기도 신긔(神奇)커든 엇디 니부인 졔ᄉᆞ(娣姒)와 됴·댱·니 삼공이 잇셔 그 ᄇᆡ필이 된고? 믁믁샹텬(默默上天)이 딘실노 조홰(造化) 측냥(測量)치 못ᄒᆞ리로다."

ᄒᆞ여 좌샹(座上)의 고흥(高興)이 딘진(津津)ᄒᆞ더니 이윽고 홍일(紅日)이 믈셔(沒西)ᄒᆞ며 소월(素月)이 브명(復明)ᄒᆞᄆᆡ 졔ᄀᆡᆨ(諸客)이 취(醉)ᄒᆞᆫ 거ᄉᆞᆯ 븟들녀 각귀기가(各歸其家)ᄒᆞ니 귀ᄀᆡᆨ존빈(貴客尊賓)

118 경운화풍(慶雲和風): 상서롭고 온화함.

119 션삼닌ᄃᆡ(仙衫麟帶): 선삼인대. 좋고 화려한 옷과 띠.

이 일시(一時)의 흣터디고 좌샹(座上)이 황연(荒然)이 븨여시ᄆᆡ 비로소 종유(鍾兪)의 지음(知音)을 ᄌᆞ허(自許)ᄒᆞᄂᆞᆫ ᄌᆞ와 관포(管鮑)의 디긔(知己)ᄅᆞᆯ 닛ᄂᆞᆫ 슈쇼(數少) 군ᄌᆡ 남아시니 ᄂᆡᄀᆡᆨ(來客)이 ᄯᅩᄒᆞᆫ 금거옥뉸(金車玉輪)을 모라 분분이 도라가ᄂᆞᆫ디라. 태부인이 ᄌᆞ부딜부(子婦姪婦)와 녀손졔부인(女孫諸夫人)을 거ᄂᆞ려 쵹(燭)을 니어 담화(談話)ᄒᆞ며 참졍 곤계 졔븡(諸朋)으로 더브러 야화(夜話)ᄒᆞ여 맛ᄎᆞᆷᄂᆡ 오고(五鼓)[120]의 다ᄃᆞᄅᆞᄆᆡ 관패(冠佩)ᄅᆞᆯ ᄀᆞᆺ초고 위궐(魏闕)의 됴회(朝會)ᄒᆞᆯᄉᆡ 참졍이 옥계(玉階)의 머리ᄅᆞᆯ 두다려 망극ᄒᆞᆫ 텬은을 슉샤(肅謝)[121]ᄒᆞᄆᆡ 튱언(忠言)이 졀졀ᄒᆞ여 눈믈이 낫치 흐ᄅᆞ니 샹(上)이 븟드러 뎐
61면 (殿)의 올니신 다시곰 위유(慰諭)ᄒᆞ샤 늉공대덕(隆功大德)을 만(萬)의 일(一)을 갑흐미로라 ᄒᆞ시더라. 션시(先時)의 박시 몬져 부듕(府中)의 도라가 가ᄉᆞᆷ을 두다리며 일신(一身)을 브ᄃᆡ이져 녀ᄋᆞ(女兒)의 젼졍(前程)이 볼 거시 업ᄉᆞᆷ과 소시의 ᄉᆞ식(辭色) 요매(妖魅)[122] 쟝부ᄅᆞᆯ 현혹ᄒᆞᆯ ᄇᆡ라 ᄒᆞ여 무한ᄒᆞᆫ 즐욕(叱辱)이 다 졍한님과 소시 일문(一門)이라. 댱어시 졍부인으로 더브러 도라와 이 경상(景狀)을 ᄃᆡᄒᆞᄆᆡ ᄒᆡ이민연(駭異憫然)[123]ᄒᆞ믈 니긔니 못ᄒᆞ여 됴흔 말ᄉᆞᆷ으로 그 블가(不可)ᄒᆞ믈 간ᄒᆞᆯᄉᆡ 졍ᄉᆡᆼ(程生)이 소시ᄅᆞᆯ 취ᄒᆞᆯᄉᆞ록 ᄆᆡ뎨(妹弟)ᄅᆞᆯ 공경듕ᄃᆡ(恭敬重待)ᄒᆞ여 신봉(新逢)으로ᄡᅧ 구의(舊誼)ᄅᆞᆯ 져바리미 업ᄉᆞ믈 ᄀᆞᆺ초 고ᄒᆞᄃᆡ 박시 고디 드ᄅᆞ미 업셔 악악(諤諤)ᄒᆞᆫ 즐욕(叱辱)이 긋칠 ᄉᆞ

---

120 오고(五鼓): 오경(五更). 새벽 3시에서 5시 사이를 말함.

121 슉샤(肅謝): 숙사. 숙배와 사은.

122 ᄉᆞ식(辭色) 요매(妖魅): 사색요매. 규장각본에는 ‘ᄌᆞ식요물’로 되어 있음.

123 ᄒᆡ이민연(駭異憫然): 해이민연. 이상하게 여겨 놀라고 민망해함.

이 업더니라. 연후[124] 댱공이 도라와 이 말을 듯고 비로소 한님이 소시 취ᄒᆞ믈 알믜 ᄯᅩᄒᆞᆫ 블열(不悅)ᄒᆞ여 ᄀᆞᆯ오ᄃᆡ

“소형이 녀ᄋᆞ롤 거두어 다려다가 친녀(親女)ᄀᆞᆺ치 ᄌᆞᄋᆡ(慈愛)ᄒᆞ며 인ᄒᆞ여 그 죵신대ᄉᆞ(終身大事)롤 스ᄉᆞ로 맛타 쥬관(主管)ᄒᆞ미 되여시니 내 깁히 감샤ᄒᆞ미 잇거놀 엇디 도로혀 궐녀로ᄡᅧ 지보의게 도라보ᄂᆡ여 아녀로 ᄒᆞ여곰 젹인(敵人)의 ᄒᆡ롤 보게 ᄒᆞᄂᆞ뇨? 디은 경이[125] 텬셩(天性)의 친(親)과 다ᄅᆞᆷ을 알니로다.”

62면

어싀 그러치 아니믈 간(諫)ᄒᆞ더니 연부인이 ᄯᅩᄒᆞᆫ 도라와 박시의 괴이ᄒᆞᆫ 거동을 ᄉᆞ리(事理)로 개유(開諭)ᄒᆞ고 댱공의 블열ᄒᆞ미 더옥 블가ᄒᆞ믈 일ᄏᆞ라 녀ᄋᆞ로 ᄒᆞ여곰 군ᄌᆞ의 박멸(薄蔑)[126]ᄒᆞ미 되디 말게 ᄒᆞ믈 간졀이 쳥ᄒᆞ믜 댱공은 비록 블쾌(不快)ᄒᆞ며 분울(憤鬱)ᄒᆞ나 부인과 ᄋᆞᄌᆞ의 말을 조ᄎᆞ 대단이 요란ᄒᆞ미 업ᄉᆞᄃᆡ 박시ᄂᆞᆫ 능히 ᄒᆡ혹(解惑)치 못ᄒᆞ여 돌돌ᄒᆞᆫ 분원(忿怨)과 악악ᄒᆞᆫ 욕셜이 ᄒᆡ괴망측(駭怪罔測)ᄒᆞᆯ ᄲᅳᆫ 아니라 녀ᄋᆞ롤 엇디 요믈(妖物)과 동거(同居)케 ᄒᆞ리오 ᄒᆞ여 졍가(程家) 원슈(怨讎)의 집의 두디 말고 다려오라 보ᄎᆡ기롤 마디 아니니 어싀 민민(憫憫)ᄒᆞ믈 니긔디 못ᄒᆞ여 친히 졍쳐ᄉᆞ롤 뵈와 믜뎨(妹弟)의 귀령(歸寧)을 쳥ᄒᆞ여 쳐ᄉᆞ의 흔연(欣然)이 허(許)ᄒᆞ믈 어든 후 듁셔루의 니ᄅᆞ러 한님을 보고 ᄀᆞᆯ오ᄃᆡ

“ᄌᆞ휘(慈候)[127] 맛춤 블평ᄒᆞ시믈 인ᄒᆞ여 쇼믜(小妹)롤 졀박(切迫)히 보

124 업더니라. 연후: 규장각본에는 ‘업ᄂᆞᆫ 듕’으로 되어 있음.
125 ᄒᆞᄂᆞ뇨? 디은 경이: 규장각본에는 ‘ᄒᆞ니’로 되어 있음.
126 박멸(薄蔑): 박대와 멸시.
127 ᄌᆞ휘(慈候): 자후. 모친의 기체후.

고ᄌᆞ ᄒᆞ시므로 금일 녕당(令堂)의 허ᄒᆞ시믈 어더 다려가ᄂᆞ니 ᄌᆡ뵈 막디 아니ᄒᆞ랴.”

한님이 쇼이ᄃᆡ왈(笑而對曰)

“인간의 듕ᄒᆞᆫ 거시 텬셩디친(天性之親)이오 ᄭᅳᆫ치 못ᄒᆞᆯ 거ᄉᆞᆫ 모녀디

63면 졍(母女之情)이라. 엇지 발셔[128] 다려가지 아니ᄒᆞ고 굿ᄐᆞ여 ᄉᆡᆼ각이 간졀이 난 후의야 귀근(歸覲)을 쳥(請)ᄒᆞ시ᄂᆞ뇨? 임의 가엄(家嚴)이 허(許)ᄒᆞ신 바의 쇼뎨(小弟) 별 의견이 업ᄉᆞ니 굿ᄐᆞ여 막으미 잇ᄉᆞ리잇고? 과연 일거(一去)의 무소식(無消息)을 원ᄒᆞ노라.”

댱어ᄉᆡ 뎡ᄉᆡᆨ왈(正色曰)

“ᄌᆡ뵈 엇디 언담(言談)이 뎡대(正大)치 못ᄒᆞ뇨? 쇼ᄆᆡ(小妹) 금번(今番) 가ᄆᆡ 블과(不過) 일슌디간(一旬之間)이라. 다시 도라오지 아니미 업ᄉᆞ려든 ᄌᆡ보의 오디 말과져 홈과 ᄀᆞᆺᄐᆞ랴?”

한님이 함쇼왈(含笑曰)

“형이 날을 뎡대치 못ᄒᆞ다 ᄒᆞᄂᆞ냐? 딘실노 뎡대치 못ᄒᆞᆯ진ᄃᆡ 그 ᄉᆞ이 괴치지ᄉᆡ[129] 업디 아니리니 날을 브족히 넉이ᄂᆞᆫ ᄌᆞᄂᆞᆫ 기심(其心)이 무한ᄒᆞᆫ 탐욕(貪慾)이니 가위(可謂) 젹(敵)이니라.”

댱어ᄉᆡ 도로혀 우으며 왈

“ᄌᆡ뵈 무고히 날을 욕ᄒᆞ랴 쥬의(主意)ᄅᆞᆯ 뎡(定)ᄒᆞ여시니 내 어이 네 말을 ᄎᆞᆨ과ᄒᆞ리오?”

셜파(說罷)의 셔로 웃고 어ᄉᆡ 경운당의 드러가믈 쳥ᄒᆞᆫᄃᆡ 한님이 댱공

---

128 발셔: 규장각본에는 ‘바로’로 되어 있음.

129 괴치지ᄉᆡ: 규장각본에는 ‘긔괴지ᄉᆡ’로 되어 있음.

을 통히ᄒᆞ미 플닐 날이 업ᄉᆞ나 댱어ᄉᆞ의 특이ᄒᆞᆫ 위인(爲人)을 경복(敬服)ᄒᆞ므로 ᄎᆞ마 져의 웃ᄂᆞᆫ 낫출 박(薄)히 못ᄒᆞ야 브득이 운당으로 드러오ᄆᆡ ᄎᆞ시 댱쇼제 임의 존당구고(尊堂舅姑)긔 하딕(下直)ᄒᆞ고 이에 믈너와 교듕(轎中)의 들고ᄌᆞ ᄒᆞ나 한님의 쥬의(主意)ᄅᆞᆯ 몰나 뎡(正)히 디지(遲遲)ᄒᆞᆯ[130] ᄌᆞ음의 한님이 어ᄉᆞ로 더브러 드러오ᄆᆡ 쳔연긔영(天然起迎)[131]ᄒᆞ여 좌뎡(坐定)ᄒᆞᆫ 후 어ᄉᆡ 쇼왈(笑曰)

"임의 존당의 하딕을 고ᄒᆞ여실딘ᄃᆡ 이에셔 디톄(遲滯)ᄒᆞᆯ 거시 아니니 그만 ᄒᆞ여 승교(乘轎)ᄒᆞ미 올치치[132] 아니랴?"

쇼제 날호여 몸을 니ᄅᆞ시 어ᄉᆡ 다시 우어 왈

"현ᄆᆡ ᄌᆡ보의게ᄂᆞᆫ 졀ᄒᆞ여 하딕디 아니ᄒᆞᄂᆞ냐?"

소제 옥면(玉面)이 취홍(醉紅)[133]ᄒᆞ여 믁연브답(默然不答)ᄒᆞᄃᆡ 또ᄒᆞᆫ 녜(禮)ᄅᆞᆯ 폐(廢)치 못ᄒᆞ여 션메(仙袂)ᄅᆞᆯ 동(動)ᄒᆞ며 향신(香身)을 굽혀 먼니셔 녜ᄒᆞᄆᆡ 한님이 또ᄒᆞᆫ 답네이숑디(答禮而送之)ᄒᆞᆯᄉᆡ 비록 유의(有意)ᄒᆞ여 ᄉᆞᆯ피디 아니ᄒᆞ나 그 ᄇᆡᆨ톄만상(百體萬象)의 졀츌특이(絶出特異)ᄒᆞ여 쳠디여신(瞻之如神)[134]ᄒᆞ고 견디여화(見之如花)ᄒᆞ여 오날은 어제셔 더 빗나며 어제ᄂᆞᆫ 그제의셔 더 긔려(奇麗)ᄒᆞᆫ ᄃᆞᆺ 소상(昭詳)ᄒᆞᆫ 골격과 삽청(揷靑)[135]ᄒᆞᆫ 정신이 완연이 연화(煙火)ᄅᆞᆯ 버셧ᄂᆞᆫ디라. 심

64면

130 디지(遲遲)ᄒᆞᆯ: 지지하다. 지체하다. 규장각본에는 '쥬져할'로 되어 있음.

131 쳔연긔영(天然起迎): 규장각본에는 '쳔연긔'로 끝나고 이후 내용이 탈락되어 있으며 권38로 이어짐.

132 올치치: '올치'의 오기로 보임.

133 취홍(醉紅): 취홍. 취한 듯 얼굴이 붉어짐.

134 쳠디여신(瞻之如神): 첨지여신. 바라보면 신선과 같다는 뜻.

135 삽청(揷靑): 삽청. 푸른 하늘에 닿을 듯함.

하(心下)의 이상히 넉여 헤오ᄃᆡ

'셰간의 우리 슈슈(嫂嫂)의 이심도 괴이ᄒᆞ고 댱져져와 아ᄆᆡ(兒妹)의 이심도 희한ᄒᆞᆫ 일이어ᄂᆞᆯ ᄯᅩ 엇디 슈슈와 냥ᄆᆡ(兩妹)로 병칭(倂稱)ᄒᆞᆯ
65면 긔딜ᄉᆡᆨ광(氣質色光)이 잇ᄂᆞ뇨? 져의 녈졀셩ᄒᆡᆼ(烈節性行)이 그 갓ᄐᆞᆯ 딘ᄃᆡ 용뫼 평상(平常)ᄒᆞ면 나의 져ᄅᆞᆯ 듕ᄃᆡ(重待)ᄒᆞ미 덕이 되고 날노ᄡᅧ ᄉᆡᆨ(色)을 취(取)ᄒᆞ여 블인(不人)의 ᄯᆞᆯ을 침혹(沈惑)ᄒᆞ다 니ᄅᆞ디 아닐 ᄃᆞᆺᄒᆞᄃᆡ 어인 괴로온 용ᄉᆡᆨ(容色)이 츌인(出人)ᄒᆞ여 사ᄅᆞᆷ이 내 ᄠᅳᆺ을 모로게 ᄒᆞᄂᆞ뇨?'

ᄒᆞ여 도로혀 희심(喜心)이 업ᄉᆞᄃᆡ 블변안ᄉᆡᆨ(不變顏色)ᄒᆞ고 쇼제 거듕(車中)의 들믈 인ᄒᆞ여 댱어ᄉᆡ 도라가믈 니ᄅᆞᄂᆞᆫ 고로 이연(怡然)이 응답ᄒᆞ여 보ᄂᆡ고 날호여 듁누의 나올ᄉᆡ 소시 ᄯᅩᄒᆞᆫ 금쳔교로 도라간 디 슈일이라 희운당이 븨여시며 경운당 님ᄌᆡ 마ᄌᆞ 도라가니 심니(心裏)의 훌연(欻然)ᄒᆞ미 이셔 게얼니 셔칙을 뒤젹이더니 시랑이 ᄂᆡ헌(內軒)으로조ᄎᆞ 나아와 좌뎡ᄒᆞᆫ 후 한님의 잠심(潛心)ᄒᆞ여 보ᄂᆞᆫ ᄎᆡᆨ을 도라보며 미미히 우음을 ᄯᅴ여 한님을 슉시(熟視)ᄒᆞᄂᆞᆫ디라. 한님이 ᄯᅩᄒᆞᆫ 웃고 므러 ᄀᆞᆯ오ᄃᆡ

“쇼뎨(小弟)의 얼골이 엇디 그ᄅᆞᆺ되엿관ᄃᆡ 형댱(兄長)이 우이 넉여 보시ᄂᆞ니잇가?”

시랑이 함쇼왈(含笑曰)

“얼골이 므ᄉᆞᆷ 일 그ᄅᆞᆺ되여시리오? 다만 우형(愚兄)은 네 ᄆᆞᄋᆞᆷ을 웃
66면 노라.”

한님이 쇼왈(笑曰)

“쇼뎨 비록 심듕(心中)이 굿디 못ᄒᆞ나 오히려 쳔균(千鈞)으로ᄡᅧ 무긔

롤 삼고 ᄆᆞ옴이 깁디 못ᄒᆞ나 졸연이 변심상셩(變心喪性)ᄒᆞ미 업시 우어 뵈ᄂᆞᆫ 곡졀을 니ᄅᆞ쇼셔.”

시랑이 미쇼왈(微笑曰)

“군ᄌᆞᄂᆞᆫ 궤고(詭固)홈과 휼ᄉᆞ(譎詐)ᄒᆞ믈 두디 아니ᄒᆞ거놀 현뎨ᄂᆞᆫ 난디업ᄉᆞᆫ 궤휼(詭譎)이 만코 ᄉᆡᆼ각디 못홀 억견(憶見)이 잇셔 의ᄉᆡ 슌담(純淡)치 아닌디라. 네 다ᄅᆞ니ᄂᆞᆫ 쇽이나 우형은 능히 쇽이디 못ᄒᆞ리니 년긔(年紀) 오히려 이구(二九)롤 밋디 못ᄒᆞᆫ 바로 츈광(春光)이 쇠홀 날이 머러시니 부부동거(夫婦同居)와 일실환낙(一室歡樂)이 만니(萬里) ᄀᆞᆺ거놀 일시 샹니(相離)의 므어시 결연(缺然)ᄒᆞ여 훌훌이 디향(指向)치 못ᄒᆞᄂᆞᆫ ᄯᅳᆺ을 두고 것ᄎᆞ로 작위ᄒᆞ여 단연(斷然)이 박졀(迫切)ᄒᆞ믈 뵈야 사ᄅᆞᆷ으로 ᄒᆞ여곰 의아ᄒᆞ믈 픔게 ᄒᆞ니 엇디 ᄂᆡ외(內外) 다ᄅᆞ미 아니리오?”

한님이 쳥필(聽畢)의 시랑의 낫출 우러러 긔긔히 우어 ᄀᆞᆯ오ᄃᆡ

“쇼뎨 금일 운싊 ᄉᆞ오납던가? 댱ᄇᆡᆨ승의게 뎡대치 아니타 말을 드럿더니 형댱이 ᄯᅩ 이리 니ᄅᆞ시며 몽니(夢裏)의도 잇디 아닌 말솜을 ᄒᆞ시니 67면
쇼뎨 범남(氾濫)[136]ᄒᆞ오나 타인유심(他人有心)을 여촌탁디(予忖度之)라[137]. 상니(相離)롤 결연(缺然)ᄒᆞ여 단연 박졀ᄒᆞ믈 뵈여 사ᄅᆞᆷ으로 ᄒᆞ여곰 의아(疑訝)롤 픔게 ᄒᆞᆫ다 ᄒᆞ시미 쇼뎨롤 니ᄅᆞ시민 줄 모롤소이다.”

시랑이 화연쇼지(譁然笑之)[138] 왈

---

136 범남(氾濫): 범람. 바람직하지 못한 것이 크게 나도는 것을 말함.

137 타인유심(他人有心)을 여촌탁디(予忖度之)라: 다른 사람의 마음을 내가 헤아린다는 뜻. 《시경》에 나옴.

138 화연쇼지(譁然笑之): 화연소지. 시끄럽게 웃다.

“타인유심을 여촌탁지라 ᄒᆞ거니와 나ᄂᆞᆫ 본ᄃᆡ 능활(能猾)[139]치 못ᄒᆞ여 표리(表裏)ᄅᆞᆯ 달니 ᄒᆞ믈 아디 못ᄒᆞ고 또 셕가(釋迦)의 괴도(怪道)와 두ᄌᆞ츈(杜子春)[140]의 욕심을 ᄉᆞᆺ쳐 ᄇᆞ리ᄂᆞᆫ 공부ᄅᆞᆯ ᄇᆡ호지 아냐시니 범ᄉᆞ(凡事)의 슈양(修養)ᄒᆞ믈 두지 아니ᄒᆞᄃᆡ 니합(離合)으로ᄡᅧ 거리ᄶᅵ믈 삼디 아니ᄒᆞ거니와 이졔 너의 거동은 것ᄎᆞ로 심히 박ᄒᆞ믈 뵈고 쇽으로 과듕(過重)ᄒᆞ믈 더어 삼 년만 상니ᄒᆞ면 반ᄃᆞ시 슈울(愁鬱)ᄒᆞᆫ 질(疾)[141]이 닐니ᄅᆞ다.”

한님이 답쇼왈(答笑曰)

“형댱(兄丈)이 ᄇᆞᆰ으시ᄃᆡ 쇼뎨의 ᄯᅳᆺ을 모로시고 이런 말ᄉᆞᆷ을 ᄒᆞ시니 쇼뎨 그러치 아니믈 닷토아 브졀업셔이다. 쇼뎨 져의 잇ᄉᆞ믈 우환(憂患)이 되여 그 이시미 업ᄂᆞ니와 ᄀᆞᆺ디 못ᄒᆞ게 넉이거ᄂᆞᆯ ᄒᆞ믈며 일시 귀

68면 근(歸覲)ᄒᆞ믈 훌연ᄒᆞ여 ᄒᆞ리잇가?”

시랑이 쇼이답왈(笑而答曰)

“ᄇᆡᆨ승이 너ᄅᆞᆯ 모로고 뎡대치 아니ᄒᆞ다 닐너시랴? 우환(憂患)을 삼을 일도 업ᄉᆞ며 다시 블평ᄒᆞ믈 픔을 일이 아니라 댱공의 허다과실(許多過失)은 임의 부형이 쾌히 믈시ᄒᆞ샤 거리ᄶᅵ믈 두디 아니실 ᄲᅳᆫ 아니라 왕부(王父) ᄌᆡ시(在時)의 교훈ᄒᆞ시미 계시니 아등(我等)이 여러 가디로 져ᄅᆞᆯ 경만(輕漫)치 못ᄒᆞᆯ ᄇᆡ오 슈슈(嫂嫂)의 셩ᄒᆡᆼ녈졀(性行烈節)은 너의게 외람(猥濫)ᄒᆞᆫ 부인이라 ᄇᆡ톄(配體)의 흔흡(欣洽)ᄒᆞᆯ 거시오 또

---

139 능활(能猾): 능력이 있으면서도 교활함.

140 두ᄌᆞ츈(杜子春): 두자춘. 《속현괴록》에 나오는 도교 인물.

141 슈울(愁鬱)ᄒᆞᆫ 질(疾): 마음이 울적해지는 병. 우울증.

엇디 경ᄃᆡ(敬待)ᄒᆞᄂᆞᆫ 뎨ᄅᆞᆯ 두디 아담ᄌᆞᆨ ᄒᆞ리오?"
한님이 가가대쇼(呵呵大笑) 왈
"형댱이 원간 쇼뎨ᄅᆞᆯ 가업시 어린 거ᄉᆞ로 아라 계시도소이다. 쇼뎨 현마 져 댱시의 가부 쇼임을 못 ᄒᆞᆯ 거시라 댱시로뻐 외람ᄒᆞᆫ ᄇᆡ우(配偶)로 알미 잇ᄉᆞ리잇가? 져 댱튝블인(張畜不人)의 말은 다시 니ᄅᆞ디 마ᄅᆞ쇼셔. 션왕부(先王父) 유훈(遺訓)을 밧들고 대인(大人)의 슌슌간졀(諄諄懇切)ᄒᆞ신 명교(明敎)ᄅᆞᆯ 위월(違越)치 못ᄒᆞ여 져ᄅᆞᆯ 됴흔 ᄃᆞ시 ᄃᆡᄒᆞᆫ들 그 무지흉ᄑᆡ(無知凶悖)ᄒᆞ믈 ᄉᆡᆼ각ᄒᆞᄆᆡ 분(憤)치 아니리잇가? 쇼뎨 명되(命途) 긔구(崎嶇)ᄒᆞ여 져 블인(不人)의 ᄉᆞ회 되니 미ᄉᆞ디 69면
젼(未死之前)의 통한(痛恨)ᄒᆞ미 플니디 아니리로소이다."
시랑이 과도ᄒᆞ믈 니ᄅᆞ고 형뎨 각각 담쇼(談笑)ᄒᆞ며 희학(戲謔)으로뻐 한님의 이러틋 댱공을 통ᄒᆡ(痛駭)ᄒᆞ믈 플게 ᄒᆞ더라. 시시(是時)의 댱어ᄉᆡ ᄆᆡ뎨ᄅᆞᆯ 다려 본부(本府)의 도라오ᄆᆡ 쇼제 집을 써나 슬하ᄅᆞᆯ 하딕ᄒᆞ연 디 칠팔ᄌᆡ(七八載)의 비로소 고ᄐᆡᆨ(故宅)을 드ᄃᆡᄆᆡ 임의 연부인이 ᄂᆡᄉᆞ(內事)ᄅᆞᆯ 춍찰(總察)ᄒᆞ고 졍부인이 효봉구고(孝奉舅姑)와 승슌군ᄌᆞ(承順君子)며 화우슉ᄆᆡ(和友叔妹)의 디극ᄒᆞᆫ 법되(法度) 니러시니 범ᄇᆡᆨ(凡百)의 규귀(規矩) 뎡뎨(整齊)ᄒᆞ여 호란망ᄑᆡ(胡亂妄悖)ᄒᆞ던 가ᄉᆡ(家事) 완연이 다ᄅᆞᆫ 집 모양이 되여 이젹(夷狄)의 패풍악쇽(悖風惡俗)을 ᄇᆞ리고 듕화(中華)의 교화(敎化)ᄅᆞᆯ 밧든 ᄃᆞᆺ 양낭복쳡(養娘僕妾)[142]의 니ᄅᆞ히 녯 얼골을 변(變)치 아냐시나 ᄉᆡ ᄆᆞ음을 가져시

142 양낭복쳡(養娘僕妾): 양랑복첩. 양랑은 유모, 복첩은 종을 말함.

니 쇼졔 심하(心下)의 흔ᄒᆡᆼ(欣幸)ᄒᆞ여 비로소 가법(家法)이 셔며 녜되(禮道) 니러시믈 ᄭᆡ다라 무궁(無窮)ᄒᆞᆫ 근심을 노흐나 모친의 거동을 보건ᄃᆡ 졀박ᄒᆞ미 이에 밧ᄭᆡ업ᄉᆞᆫ디라. 드리다라 쇼져ᄅᆞᆯ 븟들고 쳔
70면 항비뤼(千行悲流) ᄯᅳᆺ드러 분ᄒᆞᆫ 소ᄅᆡ와 악악ᄒᆞᆫ 말노 소공 부부·부녀와 졍한님을 무한즐욕(無限叱辱)ᄒᆞ며 경쳐ᄉᆞ와 화부인을 들먹여 입의 담디 못ᄒᆞᆯ 말이 만흐니 쇼졔 어ᄉᆞᄅᆞᆯ 도라보아 역읍뉴톄(亦泣流涕)ᄒᆞ더라.

(책임교주 김수연)

완월회맹연
玩月會盟宴

권디삼십팔
卷之三十八

1면 ᄌᆡ셜(再說). 댱쇼졔 어ᄉᆞᄅᆞᆯ 도라보아 역읍뉴톄(亦泣流涕) 왈

"쇼ᄆᆡ(小妹) 부명(賦命)[1]이 본ᄃᆡ 박(薄)ᄒᆞ여 ᄌᆡ앙(災怏)과 궁험(窮險)이 쳡다(疊多)ᄒᆞᆫ 몸으로 모친이 이러ᄐᆞᆺ ᄒᆞ시미 젼혀 쇼ᄆᆡᄅᆞᆯ 과ᄋᆡ(過愛)ᄒᆞ샤 평ᄉᆡᆼ이 온젼콰져 ᄒᆞ시미나 기실은 쇼ᄆᆡ의 죄ᄅᆞᆯ 더으시고 난안(赧顔)ᄒᆞ믈 도으시미라. 쇼ᄆᆡ 참ᄋᆡᆨ변고(慘厄變故)의 만ᄉᆞ일ᄉᆡᆼ(萬死一生)ᄒᆞ여 냥가(兩家) 친위(親闈)예 효도ᄂᆞᆫ 닐위디 못ᄒᆞ고 도로혀 모친의 이우(貽憂)ᄅᆞᆯ 증(增)ᄒᆞ여 그 당치 아닌 일의 심녀(心慮)ᄅᆞᆯ 허비ᄒᆞ시미 이에 밋ᄎᆞ시며 구고(舅姑)긔 참욕(慘辱)이 밋ᄉᆞᆸ고 ᄯᅩ 양부모긔 즐ᄆᆡ디셩(叱罵之聲)으로ᄡᅧ 더어 늉산대은(隆山大恩)과 활디덕(濶之德)을 호발(毫髮)의 갑ᄉᆞ오미 업시 ᄎᆞ마 니ᄅᆞ디 못ᄒᆞᆯ 욕셜만 더으니 이 ᄯᅩ 쇼ᄆᆡ의 죽디 못ᄒᆞᆫ 연괴라. 쳔ᄉᆞ만상(千思萬想)ᄒᆞ여도 ᄉᆞ라 난안ᄒᆞ며 죽어 무우(無憂)ᄒᆞ니 쇼ᄆᆡ 금일(今日)노브터 음식을 ᄭᅳᆺ쳐 스ᄉᆞ로 아ᄉᆞ(餓死)ᄅᆞᆯ 구(求)ᄒᆞ리니 거거(哥哥)ᄂᆞᆫ ᄯᅩᄒᆞᆫ 쇼ᄆᆡ의 심ᄉᆞᄅᆞᆯ ᄉᆡᆼ각ᄒᆞ샤 먹으라 권(勸)치 마ᄅᆞ쇼셔."

어ᄉᆡ 텬셩디우(天性至友)로 쇼ᄆᆡ의 심ᄉᆡ(心思) 디금 온젼안화(穩全
2면 安和)ᄒᆞ믈 엇디 못ᄒᆞ고 박부인의 이상망측(異常罔測)ᄒᆞ미 다시 쇼ᄆᆡ의 몸의 화(禍)ᄅᆞᆯ 깃치며 긋칠 바ᄅᆞᆯ 아디 못ᄒᆞ믈 혜아리ᄆᆡ 츄연블낙(惆然不樂)ᄒᆞ여 화우(華宇)ᄅᆞᆯ ᄡᅵᆼ긔고 탄왈(嘆曰)

"우형(愚兄)이 블초(不肖)ᄒᆞ나 일즉 ᄌᆞ위(慈闈)ᄅᆞᆯ 허언으로ᄡᅧ 속이오미 업ᄉᆞᄃᆡ 맛ᄎᆞᆷᄂᆡ 노한(怒恨)을 도로혀디 못ᄒᆞ시며 현ᄆᆡ(賢妹)ᄅᆞᆯ 다

1 부명(賦命): 타고난 운명.

려와 져 집의 다시 보ᄂᆡ디 아니키로 뎡(定)ᄒᆞ시나 긘(欺)들 엇디 되ᄂᆞᆫ 일이리오? 현ᄆᆡ 셕년감구(昔年感舊)와 화ᄋᆡᆨ(禍厄) ᄀᆞ온ᄃᆡ 보명(保命)ᄒᆞ여 이졔 죽기ᄅᆞᆯ 니ᄅᆞ믄 호두ᄉᆞ미(虎頭蛇尾)[2]의 ᄯᅳᆺ 업ᄉᆞ미라. ᄒᆞᆫ갓 디셩(至誠)으로 간(諫)ᄒᆞ여 ᄌᆞ위(慈闈) 회쳥(回聽)ᄒᆞ시믈 기다릴 ᄊᆞᆫ이니라."

쇼졔 모친의 측낭 업ᄉᆞᆫ 셩졍(性情)을 아ᄂᆞᆫ디라. 간ᄒᆞᄂᆞᆫ 말이 혜 쑤러지기의 밋쳐도 고지 듯지 아닐 바ᄅᆞᆯ 디긔ᄒᆞ여 비록 온당치 아니ᄒᆞ나 ᄌᆞ긔 죽을 말노뼈 간ᄒᆞ여 잠간 놀나믈 두어 구고(舅姑)와 소공 부부긔 즐욕이 밋디 아니콰져 ᄒᆞ여 죵일(終日) 오열뉴쳬(嗚咽流涕)ᄒᆞ믈 마디 아니ᄒᆞ다가 셕반(夕飯)이 니ᄅᆞᄆᆡ 햐져(下著)ᄒᆞ미 업셔 믈니쳐 ᄀᆞᆯ오ᄃᆡ

"블관(不關)ᄒᆞᆫ 인ᄉᆡᆼ이 ᄀᆞᆺᄐᆞ여 셰샹의 머믈ᄆᆡ 친위(親闈)의 블효ᄅᆞᆯ 깃 3면
쳐 우환(憂患)을 닐위고 구고(舅姑)와 양부모긔 참욕(慘辱)을 닐위며 소ᄆᆡ(蘇妹)[3] 날 ᄉᆞ랑ᄒᆞ던 은혜ᄅᆞᆯ 갑디 못ᄒᆞ고 하위(下位)예 굴(屈)ᄒᆞᆷ도 디금탄돌(至今嘆咄)ᄒᆞ거ᄂᆞᆯ 다시 셰샹의 닛디 아닌 욕ᄆᆡ(辱罵)ᄅᆞᆯ 닐위여 쳔금긔질(千金氣質)의 ᄎᆞ마 듯디 못ᄒᆞᆯ ᄇᆡ 만흐니 모친이 회셩(回醒)치 아니신 후ᄂᆞᆫ 내 죽어 블효ᄅᆞᆯ 쇽(贖)ᄒᆞ고 양부모와 소ᄆᆡ 져바리믈 샤례ᄒᆞ리라."

ᄒᆞ며 스ᄉᆞ로 아ᄉᆞ(餓死)ᄅᆞᆯ 긔약(期約)ᄒᆞ니 박시 졍부로 도라온 디 십여 일의 날이 ᄉᆡ면 어둡기ᄅᆞᆯ 그음ᄒᆞ여 한님과 소공 부녀ᄅᆞᆯ 욕ᄆᆡᄒᆞ믈 큰 구실노 아라 일시(一時)ᄅᆞᆯ 긋치미 업고 간간(間間) 졍부 졔인(諸

---

2 호두ᄉᆞ미(虎頭蛇尾): 호두사미. 처음은 좋으나 끝이 좋지 않음.

3 소ᄆᆡ(蘇妹): 소매. 소채강을 말함.

人)을 다 들먹여 한님의 소시 취ᄒᆞ믈 금(禁)치 아니타 ᄒᆞ며 욕셜이 분분ᄒᆞ더니 금일 녀ᄋᆞ(女兒)의 밥을 믈니치고 아ᄉᆞ(餓死)ᄒᆞ믈 결ᄒᆞ여 비만통호(悲滿痛號)ᄒᆞ믈 보ᄆᆡ 본ᄃᆡ 녀ᄋᆞ의 강녈(强烈)ᄒᆞ미 훼면할이(毁面割耳)[4]ᄒᆞ기의 니ᄅᆞ며 다시 쳔장슈심(千丈水深)의 뛰여드러 죽기를 도라감ᄀᆞᆺ치 ᄒᆞ믈 그윽이 어려이 넉이ᄂᆞᆫ디라. 혹ᄌᆞ 영영(永永)이
4면 식음을 폐ᄒᆞ여 큰 병을 닐위ᄆᆡ 능히 ᄉᆞ디 못ᄒᆞᆯ가 근심이 업디 아냐 잠간 즐욕ᄒᆞ믈 긋치니 연부인이 역시 박시를 달니 져혀 ᄒᆡ혹(解惑)ᄒᆞᆯ 길히 업ᄉᆞ므로 쇼져 ᄒᆞᄂᆞᆫ ᄃᆡ로 ᄇᆞ려 두나 댱공은 진실노 박시의 가군(家君)이라 녀ᄋᆞ의 경ᄌᆞ난딜(瓊姿蘭質)이 긔이(奇異)ᄒᆞ믈 ᄃᆡᄒᆞᄆᆡ 졍ᄉᆡᆼ의 소시 취ᄒᆞ믈 더옥 한ᄒᆞ여 ᄀᆞᆯ오ᄃᆡ

“ᄇᆡᆨ틔쳔광(百態千光)과 셩ᄒᆡᆼᄉᆞ덕(性行四德)의 ᄒᆞᆫ 조각 흠이나 잇ᄂᆞᆫ 거ᄉᆞᆯ 미딘ᄒᆞ여 신인을 취ᄒᆞ여시면 우리 ᄀᆞᆺ투여 한치 아닐디라. 져를 위ᄒᆞ여 훼면할이(毁面割耳)ᄒᆞ엿던 바를 ᄉᆡᆼ각ᄒᆞᆫ들 감동ᄒᆞᆯ 뜻이 업던가? 딘실노 셕장쳘심(石臟鐵心)[5]은 ᄌᆡ보오 사ᄅᆞᆷ의 딘션딘미(眞善眞美)ᄒᆞ믈 ᄉᆞ랑치 아닛ᄂᆞᆫ ᄌᆞᄂᆞᆫ 운계로다.”

ᄒᆞ니 쇼져ᄂᆞᆫ 믁믁무언(默默無言)이오 삼공ᄌᆞ 셰린이 앏ᄒᆡ 나아와 ᄃᆡ왈(對曰)

“우리 집 젼젼ᄉᆞ(前前事)의 허다ᄒᆞ믄 니ᄅᆞ디 말고 당금(當今)의 가형(家兄)이 신취(新娶)케 되여시니 졍참졍이 대인 ᄆᆞ음 ᄀᆞᆺ톨딘ᄃᆡ 슈슈(嫂嫂)를 ᄃᆡᄒᆞ여 이러ᄐᆞᆺ ᄒᆞ리로소이다.”

---

4 훼면할이(毁面割耳): 얼굴을 훼손하고 귀를 자름.

5 셕장쳘심(石臟鐵心): 석장철심. 돌로 된 심장과 철로 된 마음.

댱공 왈

"창닌의 신취와 ᄌᆡ보의 소시 취ᄒᆞ미 길히 다ᄅᆞ고[6] 져 양시ᄂᆞᆫ 현부(賢 5면
婦)의 표뎨(表弟)오 운ᄇᆡᆨ의 쳐딜(妻姪)이라. 양참졍이 구ᄆᆡᆼ(舊盟)을 둔 바의 운ᄇᆡᆨ과 셕뵈 힘뼈 창닌을 신취케 ᄒᆞ니 엇디 우리 부ᄌᆞ(父子)ᄅᆞᆯ 한(恨)ᄒᆞᆯ 조각이 이시리오?"

셰린이 우ᄃᆡ왈(又對曰)

"소ᄆᆡ(蘇妹)ᄂᆞᆫ 져져(姐姐)의 친쳑이 아니며 소대인은 져져긔 ᄇᆡᆨ슉(伯叔)이시니 양참졍만 못ᄒᆞ리잇가? 졍형이 소ᄆᆡ 아니라 ᄇᆡᆨ미인(百美人)을 모호고 져져ᄅᆞᆯ ᄒᆞᆫ구셕의 드리쳐 두엇다 ᄒᆞ여도 우리 집은 감히 져ᄅᆞᆯ 한치 못ᄒᆞᆯ 거시오 져제(姐姐) 구가(舅家)의 가 아모리 괴롭다 ᄒᆞ여도 우리 ᄇᆡᆨ슈(伯嫂)의 흉교와 등시(鄧氏)의 ᄒᆡᄅᆞᆯ 만남 ᄀᆞᆺ디 못ᄒᆞᆯ 거시오 졍션싱과 화부인이 며ᄂᆞ리ᄅᆞᆯ ᄉᆞ랑치 아닛ᄂᆞᆫ다 ᄒᆞ여도 대인(大人)과 ᄌᆞ위(慈闈)예 실덕(失德)이 업ᄉᆞ리이다."

언미파(言未罷)의 쇼제 빵셩(雙星)을 흘녀 셰린을 보아 ᄀᆞᆯ오ᄃᆡ

"딕ᄌᆡ(直子) 션언(善言)애 무소군부디젼(無所君父之前)이라 ᄒᆞ엿거니와 현뎨 나히 미거(未擧)ᄒᆞᆷ과 다ᄅᆞ고 ᄇᆡᆨ시(伯氏)의 디효디셩(至孝至誠)을 보아 열ᄒᆡ ᄒᆞ나히나 우러오미 잇ᄉᆞ려든 엇디 텬셩(天性)의
ᄌᆞ별ᄒᆞ신 ᄌᆞᄋᆡ(慈愛)ᄅᆞᆯ 밋ᄌᆞ와 말ᄉᆞᆷ의 ᄒᆞᆫ 조각 삼가믈 두디 아니ᄒᆞ며 6면
녜모(禮貌)의 공경ᄒᆞ믈 두디 아니ᄒᆞᄂᆞ뇨? 만히 나흐미 잇ᄂᆞᆫ가 넉엿더니 오히려 구습(舊習)을 ᄇᆞ리디 아니ᄒᆞ엿도다."

6 다ᄅᆞ고: 규장각본에는 '달고'로 되어 있음.

공ᄌᆡ 부모의 언ᄉᆡ 듯고 보기의 타ᄂᆞᆫ ᄃᆞᆺ 졀박ᄒᆞ믈 니긔디 못ᄒᆞ여 ᄇᆡᆨ시(伯氏) ᄃᆡᄀᆡᆨ(待客)ᄒᆞ라 나간 ᄉᆞ이의 녯일을 들추어 부친으로 ᄒᆞ여곰 경가ᄅᆞᆯ 한(恨)치 못ᄒᆞ게 ᄒᆞ미러니 져져(姐姐)의 나ᄌᆞᆨᄒᆞᆫ 셩음(聲音)과 안졍ᄒᆞᆫ 위의(威儀) 초독ᄒᆞ기의 멀며 ᄇᆞᆯ연(勃然)ᄒᆞᄆᆡ 갓갑디 아니ᄒᆞ나 슉슉단엄(肅肅端嚴)ᄒᆞ여 가을 하날이 의의(毅毅)ᄒᆞᆫ 바의 ᄎᆞᆫ 셔리 녈풍을 조ᄎᆞ 나리믈 보ᄆᆡ 츅연(蹙然)이 브ᄌᆞ안(不自安)[7]ᄒᆞ고 황연(晃然)이 그ᄅᆞ믈 ᄭᆡ다라 블초ᄒᆞ믈 일ᄏᆞᄅᆞ며 다시 말을 못ᄒᆞ니 댱공이 ᄋᆞᄌᆞ(兒子)의 구쇽(拘束)ᄒᆞ믈 인ᄒᆞ여 더옥 긔운을 가다ᄃᆞᆷ아 ᄌᆞ긔의 젼젼ᄉᆞ(前前事)ᄂᆞᆫ 츈몽(春夢)의 븟치며 졍쳐ᄉᆞ와 소위공을 다함다함 그ᄅᆞ다 ᄒᆞ고 졍ᄉᆡᆼ의 소시 취ᄒᆞ미 녀ᄋᆞ의게 박졀ᄒᆞᆫ 연괴(緣故)라 ᄒᆞ여 ᄉᆞ디ᄌᆞ믈 마디 아니ᄒᆞ니 쇼졔 더옥 졀민(切憫)ᄒᆞ믈 니긔디 못ᄒᆞ
7면 여 돗 앏ᄒᆡ셔 비읍고간(悲泣苦諫)ᄒᆞᆯᄉᆡ 몬져 소위공 부부의 막대디은(莫大之恩)과 소시의 ᄋᆡ우디졍(愛友之情)이 의(義)로ᄡᆡ ᄆᆡᄌᆞᄆᆡ 텬셩(天性)[8]의 감(減)치 아님과 구고(舅姑)의 후은(厚恩)이 협골흡체(浹骨洽體)[9]ᄒᆞ믈 ᄀᆞᆺ초 쥬(奏)ᄒᆞ여 곳곳이 은혜와 덕을 져ᄇᆞ리고 도로혀 즐욕을 깃치며 원(怨)으로ᄡᆡ 더으미 사ᄅᆞᆷ의 ᄎᆞ마 못 ᄒᆞᆯ ᄇᆡ믈 일ᄏᆞ라 간졀ᄒᆞᆫ 말ᄉᆞᆷ이 의리명달(義理明達)ᄒᆞ고 뎡대(正大)ᄒᆞᆫ 논난(論難)이 혜신춍니(慧神聰理)ᄒᆞ여 졀졀강개(節節慷慨)ᄒᆞᆯ ᄲᆞᆫ 아니라 그 슬허ᄒᆞᄂᆞᆫ ᄀᆞ온ᄃᆡ도 은은(殷殷)ᄒᆞᆫ 화긔(和氣)와 슉연(肅然)ᄒᆞᆫ 긔딜(氣質)이 혜

7 브ᄌᆞ안(不自安): 부자안. 불안해하는 모습.

8 텬셩(天性): 천성. 천성지은(天性之恩)의 준말로 낳아준 부모를 말함.

9 협골흡체(浹骨洽體): 협골흡체. 뼈를 흠뻑 채우고 몸에 두루 미침.

연(慧然)이 어딘 거시 모도여 일만 가디 광잡(狂雜)ᄒᆞᆷ과 일쳔 가디 잡된 거ᄉᆞᆯ ᄉᆞᆯ와 ᄇᆞ리ᄂᆞᆫ디라. 댱공의 광망(狂妄)ᄒᆞᆷ과 박시의 호란(胡亂)ᄒᆞ므로도 녀ᄋᆞᄅᆞᆯ ᄃᆡᄒᆞ여 이러ᄐᆞᆺ 간언(諫言)을 드ᄅᆞᄆᆡ ᄒᆞᆫ 조각 신연ᄒᆞ미 잇셔 ᄯᅩᄒᆞᆫ 눈믈을 나리와 희허탄식(唏噓嘆息) 왈

"네 어이 남ᄌᆡ 되디 못ᄒᆞ고 녀ᄌᆡ 되야 도로혀 졍ᄌᆞ의 굴ᄒᆞ여 박멸ᄒᆞᄆᆞᆯ 감심ᄒᆞᄂᆞᆫ다? 우리 소위공과 졍쳐ᄉᆞᄅᆞᆯ 원(怨)ᄒᆞᄆᆞᆫ 블가(不可)타 ᄒᆞ려
니와 이졔 졍ᄌᆞᄅᆞᆯ 원ᄒᆞᄆᆞᆫ 당연ᄒᆞ니 너ᄂᆞᆫ 아딕 셰졍(世情)을 아디 못ᄒᆞ 8면
므로 가부(家夫)의 졍의후박(情誼厚薄)과 젹인(敵人)의 ᄒᆡ(害)ᄅᆞᆯ 거리씨디 아니ᄒᆞ거니와 부모의 디졍(至情)으로ᄡᅧ 어딘 ᄌᆞ식의 신셰안한(身世安閑)ᄒᆞᄆᆞᆯ 엇디 못ᄒᆞᄂᆞᆫ 밧ᄌᆡ 각골통박(刻骨痛迫)디 아니랴?"

쇼졔 부모의 무익디셜(無益之說)과 부망디ᄉᆞ(浮妄之辭)ᄅᆞᆯ 더옥 민연(憫然)ᄒᆞ여 다시 관위(寬慰)ᄒᆞ며 소시의 이시미 ᄌᆞ긔의 ᄒᆡ(害) 되디 아니ᄒᆞᄆᆞᆯ 여러 가지로 베퍼 간(諫)ᄒᆞ니 공은 다시 말을 아니 ᄒᆞ고 박시ᄂᆞᆫ 것ᄎᆞ로 즐욕을 긋치나 쇽으로 소쇼져 죽일 ᄆᆞ옴은 업디 아니ᄒᆞ니 쇼졔 그윽이 슬허ᄒᆞ며 탄(歎)ᄒᆞ여 모친의 ᄌᆞ긔ᄅᆞᆯ ᄉᆞ랑ᄒᆞ여 과도히 신셰ᄅᆞᆯ 념녜ᄒᆞᄂᆞᆫ 밧ᄌᆡ 도로혀 화(禍)ᄅᆞᆯ 취ᄒᆞᆯ가 두리더라. 이ᄣᆡ 댱어ᄉᆡ 구약(舊約)을 셩젼(成全)ᄒᆞ여 양쇼져ᄅᆞᆯ 친영(親迎)ᄒᆞ여 도라오니 신부의 ᄇᆡᆨ미쳔광(百美千光)과 셩심슉ᄒᆡᆼ(誠心淑行)이 졍부인긔 만히 나리디 아니니 ᄉᆡᆼ양구괴(生養舅姑) 과ᄋᆡ귀듕(過愛貴重)ᄒᆞ며 어ᄉᆡ ᄯᅩ ᄇᆡ쳬(配體)의 졍이 흡연(洽然)ᄒᆞ더라. 이듕의 졍부인의 양시ᄅᆞᆯ 친ᄋᆡ(親愛)ᄒᆞᆷ과 우ᄋᆡ
(友愛)ᄒᆞᄆᆞᆫ 표죵(表從)을 닛고 황영(皇英)의 ᄌᆞᄆᆡ(姊妹)ᄅᆞᆯ ᄯᆞ로니 규문 9면
(閨門)의 화(和)ᄒᆞ미 츈풍(春風) ᄀᆞᆺᄐᆞᆫ디라. 이 셜홰《셩호연》의 잇기로 대강을 긔록ᄒᆞ노라. 댱쇼졔 귀령(歸寧)ᄒᆞᆫ 디 슌망(旬望)의 밋쳐ᄂᆞᆫ 쳐음

ᄉᆞ오 일을 블식댱와(不食長臥)ᄒᆞ여 아ᄉᆞ(餓死)ᄅᆞᆯ ᄇᆞ야미 되여시니 박시ᄂᆞᆫ 권(勸)타가 못ᄒᆞ여 역시 음식을 긋치고ᄌᆞ ᄒᆞ나 본ᄃᆡ 집심(執心)이 업고 화미딘찬(華味珍饌)[10]의 호쥬다과(好酒茶果)ᄅᆞᆯ 죵일 브졀(不絶)이 먹어 션구고(先舅姑)의 별셰긔일(別世之日)의도 육션(肉饍)을 능히 먼니 못ᄒᆞ는 입버ᄅᆞ시므로 쇼져ᄅᆞᆯ 위ᄒᆞ여 여일(如日)이 굼든 못ᄒᆞ고 도로혀 소공 부부와 졍문 졔인(諸人)을 즐욕(叱辱)디 아니렷노라 ᄒᆞ여 그 ᄯᆞᆯ의도 ᄂᆡ외ᄅᆞᆯ 달니ᄒᆞ여 쇼져 다ᄅᆡ기ᄅᆞᆯ 마디 아니ᄒᆞ니 쇼졔 그 모친의 회셩(回省)치 아니ᄒᆞ믈 모로리오마ᄂᆞᆫ 폐식(廢食)ᄒᆞ미 여러 날의 밋ᄎᆞᄆᆡ 연부인이 먹기ᄅᆞᆯ 권ᄒᆞ며 어ᄉᆡ 또ᄒᆞᆫ 침식이 블평ᄒᆞ여 민민(憫憫)ᄒᆞᆫ 근심을 노치 못ᄒᆞ니 두로 경식(景色)이 됴치 못ᄒᆞᆫ 고로 또ᄒᆞᆫ 방하(放下)치 못ᄒᆞ고 모친의 것ᄎᆞ로 큰 실톄(失體)ᄅᆞᆯ 면ᄒᆞ여 녜ᄉᆞ로이 구ᄂᆞᆫ
10면 ᄇᆡ 쳐음 형상 업던 거동보다가ᄂᆞᆫ 오히려 다ᄒᆡᆼᄒᆞ여 브득이 식음(食飮)을 나오미 되엿더니 슌망(旬望)이 디난 후 구가(舅家)의셔 도라오믈 ᄌᆡ쵹ᄒᆞᄂᆞᆫ디라. 쇼졔 모친을 ᄃᆡᄒᆞ여 이셩화긔(怡聲和氣)로 우으며 고왈

“존귀(尊舅) 쇼녀의 도라오믈 명ᄒᆞ신다 ᄒᆞ오니 ᄌᆞ위(慈闈)긔 뭇ᄌᆞᆸᄂᆞ이다. 쇼녜 ᄌᆞ위ᄅᆞᆯ 뫼셔 일시도 슬하의 니측(離側)ᄒᆞ미 업시 ᄉᆡᆼ아구로(生我劬勞)의 호텬막대디은(昊天莫大之恩)만 갑ᄉᆞᆸ고 부ᄒᆡᆼ(婦行)과 녜도(禮道)ᄅᆞᆯ 폐(廢)ᄒᆞ여 사ᄅᆞᆷ의 며나리와 쳐실(妻室) 소임은 영영히 말미 올흐니잇가? 삼강대법(三綱大法)과 오상대의(五常大義)ᄅᆞᆯ 인ᄒᆞ여 텬니(天理)ᄅᆞᆯ 슌(順)ᄒᆞ며 인ᄉᆞ(人事)ᄅᆞᆯ 병드리디 아니미 가ᄒᆞ

---

10 화미딘찬(華味珍饌): 화미진찬. 화려하고 맛있는 음식. 진수성찬.

니잇가? 쇼녜 혼녈미암(昏劣迷暗)ᄒᆞ와 아디 못ᄒᆞᄋᆞᆸᄂᆞ니 ᄌᆞ위ᄂᆞᆫ ᄇᆞᆰ히 ᄀᆞᄅᆞ치쇼셔.”

박시 본ᄃᆡ 쇽이 아득ᄒᆞ여 칠야(漆夜)의 더으ᄃᆡ 망녕되고 호란(胡亂)ᄒᆞ여 ᄡᅳᆫ 긔운을 낣쮤 ᄡᅳᆫ이오 슉녀(淑女)의 방향(芳香)이 엇더ᄒᆞ믈 아디 못ᄒᆞ며 녀ᄋᆞ의 위인(爲人)을 능히 아디 못ᄒᆞᄂᆞᆫ디라. 구가의 쳐음으로 드러가 안ᄌᆞᆫ 돗기 ᄎᆡ 덥디 못ᄒᆞ여셔 젹인(敵人)이 니ᄅᆞᄃᆡ 그 ᄋᆡ돌옴과 노호오믈 아디 못ᄒᆞ고 가고ᄌᆞ ᄒᆞ민가 도로혀 잔인ᄒᆞ여 기리 11면
탄식왈(嘆息曰)

“초(初)의 내 너ᄅᆞᆯ 다려올 적 ᄆᆞ음은 녹발(綠髮)이 화ᄇᆡᆨ(化白)기의 니ᄅᆞ러도 내 앏ᄒᆡ 두고 훌훌ᄒᆞᆫ 셰간의 심ᄉᆡ(心思)나 안한(安閑)이 잇다가 텬년(天年)을 다ᄒᆞ고ᄌᆞ ᄒᆞ엿더니 챵닌이 힘뼈 블가ᄒᆞ믈 닷토며 네 ᄯᅩ 졍ᄌᆞ블인(程子不人)을 크게 아라 그 박멸ᄒᆞ믈 감심(甘心)ᄒᆞᆯ디언졍 ᄉᆡᆼ휵(生畜)ᄒᆞᆫ 은ᄋᆡ(恩愛)ᄅᆞᆯ 버금ᄒᆞ니 내 어이 고집히 머믈리오? 가려 ᄒᆞ거든 슈히 ᄒᆡᆼᄒᆞ려니와 졍ᄌᆞ와 소녀로 ᄒᆞ여곰 방죵(放縱)히 화락(和樂)ᄒᆞ믈 졔어(制御)ᄒᆞ여 졍ᄌᆞ로 안ᄒᆡ 이시믈 알게 ᄒᆞ고 소녀로 원군(原君)이 졔 우ᄒᆡ 이시믈 알게 ᄒᆞ여 간ᄃᆡ로 업슈히 넉이믈 밧디 말나. 소녜 근간(近間)은 졔 집의 갓다 ᄒᆞ거니와 네 도라가며 소녜 ᄯᅩ 도라온 후 통악(痛愕)ᄒᆞᆫ 말이 내 귀에 들닐딘ᄃᆡ 엇디 ᄆᆡ양 삼가믈 두리오? 너ᄂᆞᆫ 졍ᄌᆞᄅᆞᆯ 두려ᄒᆞ거니와 나ᄂᆞᆫ 두립디 아니ᄒᆞ니 혹ᄌᆞ 네 방을 디나 소녀ᄅᆞᆯ ᄎᆞᆺ거나 너ᄅᆞᆯ 경멸ᄒᆞ고 소녀ᄅᆞᆯ 듕ᄃᆡ(重待)ᄒᆞᆫ다 ᄒᆞ면 내 친히 가 졍가젹ᄌᆞ(程家賊子)와 소가요녀(蘇家妖女)ᄅᆞᆯ 쳐치ᄒᆞ리라.”

쇼졔 듯기ᄅᆞᆯ 다ᄒᆞᄆᆡ 도로혀 어히업셔 오ᄅᆡ 말을 아니 ᄒᆞ더니 날호여 12면
ᄃᆡ왈(對曰)

"쇼녜(小女) 본ᄃᆡ 녯일과 금셰(今世)ᄅᆞᆯ 알오미 업ᄉᆞᆸ거니와 ᄯᆞᆯ의 투긔(妬忌)ᄅᆞᆯ 도와 그 어버이 되ᄂᆞᆫ ᄌᆡ 셔랑(壻郞)을 즐욕ᄒᆞ라 친히 단니다 말은 과연 듯디 못ᄒᆞᆫ 일이로소이다. 그러ᄒᆞ오나 소시 방ᄌᆞ교일(放恣驕逸)ᄒᆞ다 쇼문이 잇거든 ᄌᆞ위(慈闈) 아모리나 쳐치ᄒᆞ쇼셔."

박시 분연왈(憤然曰)

"어이 쇼녀만 욕ᄒᆞ리오? 나ᄂᆞᆫ 하날이라도 두려 아니 ᄒᆞᄂᆞ니 졍ᄌᆞ블인(程子不人)을 므엇만 넉이리오? 모로미 삼가고 근심ᄒᆞ라 니ᄅᆞ라."

쇼졔(小姐) 쇼왈(笑曰)

"태태(太太) 비록 말ᄉᆞᆷ을 삼가디 아니ᄒᆞ시나 엇디 이러ᄐᆞᆺ 괴이 놀나온 말ᄉᆞᆷ을 ᄒᆞ시ᄂᆞ니잇가?"

박시 도로혀 쇼왈

"텬신(天神)은 욕ᄒᆞ여 무섭디 아니니 별학[11]을 마ᄌᆞᆯ 근심이 잇디 아닌 바의 더옥 졍ᄌᆞ·소녀(程子蘇女) ᄀᆞᄐᆞᆫ 거시야 두릴 줄이 이시랴?"

쇼졔 슌셜(脣舌)이 무익ᄒᆞ여 봉관(鳳冠)을 바로ᄒᆞ며 옷깃ᄉᆞᆯ 념의오ᄆᆡ 인ᄒᆞ여 하딕(下直)을 고ᄒᆞᆯᄉᆡ 연부인이 쇼져ᄅᆞᆯ 어로만져 ᄀᆞᆯ오ᄃᆡ

"여모(汝母)의 ᄒᆞᄂᆞᆫ 일이 너의 심ᄉᆞᄅᆞᆯ 헛틀고 필경(畢竟) 크게 괴란

13면 (乖亂)ᄒᆞ미 이실 ᄃᆞᆺᄒᆞ니 이 과연 깁흔 념녀어니와 현마 어이ᄒᆞ리오? 녀ᄋᆡ(女兒) 다만 부공부덕(婦功婦德)을 디극히 ᄒᆞ여 부모의 실덕(失德)을 가리오며 맛ᄎᆞᆷᄂᆡ 허믈 되ᄆᆡ 나아가지 아닐딘ᄃᆡ 모젼(母前)의 쥬야(晝夜) 밧드러 효(孝)ᄒᆞᄂᆞ니의셔 낫디 아니ᄒᆞ랴?"

---

11 별학: 벼락, 번개.

쇼졔 쳑연ᄃᆡ왈(惕然對曰)

"쇼녜 셩회(誠孝) 쳔박(淺薄)ᄒᆞ고 말ᄉᆞᆷ이 실(實)이 업셔 ᄌᆞ모(慈母)의 회셩(回醒)ᄒᆞ시믈 보ᄋᆞᆸ디 못 이에 도라가오니 심ᄉᆡ 더옥 한가(閑暇)치 못ᄒᆞ올디라. 오딕 밋ᄌᆞᆸᄂᆞᆫ 바ᄂᆞᆫ ᄌᆞ위(慈闈)예 셩덕(聖德)과 거거(哥哥)의 대효(大孝)로써 ᄌᆞ모의 ᄒᆡ거ᄑᆡᄉᆞ(駭擧悖辭)ᄅᆞᆯ 남의게 밋디 아닐가 ᄇᆞ라ᄂᆞ이다."

연부인이 위연탄식(喟然嘆息) 왈

"나와 여형(汝兄)이야 엇디 여모(汝母)의 실덕ᄒᆞ믈 ᄀᆞ리오고ᄌᆞ 아니ᄒᆞ리오마ᄂᆞᆫ ᄆᆡ양 ᄉᆡᆼ각디 못ᄒᆞᆯ ᄒᆡ거ᄅᆞᆯ ᄒᆡᆼᄒᆞ여 스ᄉᆞ로 낫토미 되니 내 더옥 절박ᄒᆞ믈 니긔디 못ᄒᆞ노라."

쇼졔 기리 탄식고 야야(爺爺)와 두 모친긔 ᄇᆡ샤(拜謝)ᄒᆞ며 거거 부부와 희·셰 냥뎨(兩弟)로 분슈(分手)ᄒᆞ여 후회(後會)ᄅᆞᆯ 긔약ᄒᆞ고 구가(舅家)로 도라오ᄆᆡ 존당(尊堂) 대부인(大夫人)과 구고숙당(舅姑叔堂)의 흔연이 반기ᄂᆞᆫ 빗과 돈연(敦然)ᄒᆞᆫ ᄉᆞ랑이 원별(遠別)을 단회(團 14면
會)ᄒᆞᆷ ᄀᆞᆺ더라. 시시(是時)의 소부인이 시랑 부부ᄅᆞᆯ 업시치 못ᄒᆞ믈 일단 심홰(心火) 각골(刻骨)ᄒᆞᆫ 분(憤)이 되여시나 능히 댱셩(長城)을 헐우디 못ᄒᆞ고 교악(嶠岳)을 움ᄌᆞᆨ이디 못ᄒᆞ여 ᄒᆞᆫ갓 심니(心裏)의 울울통완(鬱鬱痛惋)ᄒᆞ미 더을 ᄲᅳᆫ이러니 일일(一日)은 닌듕이 드러와 좌우(左右)ᄅᆞᆯ ᄉᆞᆯ피며 소ᄅᆡᄅᆞᆯ 나ᄌᆞᆨ이 ᄒᆞ여 고왈(告曰)

"쇼ᄌᆡ(小子) 져즈음긔 홍화방의 가 왕모부인(王母夫人)[12]긔 알현ᄒᆞ고

12 왕모부인(王母夫人): 할머니.

도라오옵더니 길ᄒᆡ ᄒᆞᆫ 듕ᄉᆡᆼ이 셕장운납(錫杖雲衲)[13]의 상뫼(相貌) 긔괴ᄒᆞ고 풍의(風儀) 비상ᄒᆞ여 쇽ᄐᆡ(俗態)ᄅᆞᆯ 버셔시며 미간(眉間)의 ᄉᆞ긔(邪氣) 버렷거ᄂᆞᆯ 쇼ᄌᆡ 부형(父兄)의 산승(山僧)을 ᄇᆡ쳑(排斥)ᄒᆞ시믈 알오ᄃᆡ 심하(心下)의 긔이(奇異)ᄒᆞ믈 니긔디 못ᄒᆞ와 ᄆᆞᆯ긔 나려 그 앏ᄒᆡ 나아가온ᄌᆞᆨ 그 듕이 믄득 졀ᄒᆞ고 ᄀᆞᆯ오ᄃᆡ '픔딜(稟質)이 비구(備具)ᄒᆞ며 긔셩(氣性)이 탁월(卓越)ᄒᆞ여 가히 무ᄉᆞ 거시 딘(盡)치 못ᄒᆞ리오마ᄂᆞᆫ 잠간 가린 거시 이시니 대도군ᄌᆞ(大道君子)의 나아가디 못ᄒᆞ나 가다ᄃᆞᆷ으면 왕형공【숑됴(宋朝) 왕셕(王石)이니라[14]】이오 블녕ᄒᆞ면 당상(唐相) 님뵈(林甫)[15] 되리라.' ᄒᆞ고 ᄒᆞᆫ 권 ᄎᆡᆨ을 주며 경ᄀᆡᆨ(頃刻)
15면 의 간 ᄃᆡ 업시 ᄌᆞ최ᄅᆞᆯ ᄀᆞᆷ초오니 그 ᄎᆡᆨ의 ᄉᆞ셜(辭說)이 긔긔묘묘(奇奇妙妙)ᄒᆞ여 군듕(軍中)의도 ᄡᅧᆷ ᄌᆞᆨᄒᆞ고 상시(常時)의도 보암 ᄌᆞᆨᄒᆞ니 ᄌᆞ위(慈闈) ᄒᆞᆫ 번 관남(觀覽)ᄒᆞ시리잇가?"

부인이 침음냥구(沈吟良久)의 ᄎᆡᆨ을 가져오라 ᄒᆞ여 본ᄌᆞᆨ 이 ᄒᆞᆫ 권 방셰(方書)라. 약간 방셔도 드러시되 젼혀 요악(妖惡) 잡담(雜談)이오 또 방년 젼과 칠 년 젼후ᄅᆞᆯ ᄌᆞᆺ모라 ᄡᅳᆫ 거시니 군ᄌᆞ와 슉녀의 눈 드러 볼 거시 아니라. 부인은 젼츌(前出)[16]을 새려 죽이디 못ᄒᆞ믈 ᄒᆞᆫ 병이 되여실디언졍 ᄒᆡᆼ실은 젼혀 됴코 ᄯᅳᆺ은 이샹이 놉흔디라. ᄒᆞ믈며 ᄌᆞ식을 교훈ᄒᆞᄆᆡ 다ᄃᆞ라ᄂᆞᆫ 튱효션의(忠孝善意)ᄒᆞ여 유학대도(儒學大道)ᄅᆞᆯ 읏듬ᄒᆞ며 침ᄉᆞ블인(沈邪不仁)ᄒᆞ믈 크게 ᄇᆡ쳑(排斥)ᄒᆞᄂᆞᆫ 고로 이 글

13 셕장운납(錫杖雲衲): 석장운납. 석장과 운납. 승려가 들고 입는 지팡이와 옷.
14 왕셕(王石)이니라: 규장각본에는 '숑죠 왕안셕'으로 되어 있음.
15 님뵈(林甫): 임보. 당나라 현종 때의 재상 이임보. 규장각본에는 '리림보'로 되어 있음.
16 젼츌(前出): 전출. 전실 부인이 낳은 자식.

이 군ᄌᆞ의 볼 ᄇᆡ 아니믈 일견(一見)의 ᄭᆡ다라 좌우로 ᄒᆞ여곰 블을 가져오라 ᄒᆞ여 그 ᄎᆡᆨ을 소화(燒火)ᄒᆞᆯᄉᆡ 안ᄉᆡᆨ이 ᄉᆡᆨᄉᆡᆨᄒᆞ고 ᄉᆞ긔(辭氣) 츄상(秋霜) ᄀᆞᆺᄐᆞ여 ᄀᆞᆯ오ᄃᆡ

"아지 못게라. 녜 이 글을 보아 므어ᄉᆡ 쓰며 므어시 요긴타 ᄒᆞᄂᆞ뇨? ᄒᆞᄆᆞᆯ며 녜 부형이 셕가(釋迦)의 괴도(怪道)ᄅᆞᆯ 원슈ᄀᆞᆺ치 ᄇᆡ쳑ᄒᆞ여 산승(山僧)을 ᄃᆡ치 아니시믈 ᇼ히 알녀든 길가의 듕을 보고 하마(下馬) ᄒᆞ여 그 요괴로온 잡셔(雜書)ᄅᆞᆯ 엇딘 ᄠᅳᆺ으로 어더 온다?" 16면

닌듕이 임의 그 ᄎᆡᆨ을 ᄒᆞᆫ 벌을 ᄉᆡ로이 벗겨 곰초고 모친을 뵈야 므어시라 ᄒᆞᄂᆞᆫ고 보고ᄌᆞ ᄒᆞ엿더니 이러ᄐᆞᆺ 블예(不豫)ᄒᆞ믈 당ᄒᆞ여 ᄯᅩ 거ᄌᆞᆺ 황연(晃然)이 ᄭᆡ닷ᄂᆞᆫ 빗ᄎᆞ로 년망(連忙)이 샤죄ᄒᆞ며 후일 다시 그러치 아닐 바ᄅᆞᆯ 일ᄏᆞᄅᆞ니 부인이 오히려 ᄋᆞᄌᆡ(兒子) ᄒᆞᆫ 벌을 몬져 벗겨 감초아시믄 아디 못ᄒᆞ고 ᄌᆞ긔 ᄒᆞᄂᆞᆫ 일을 ᄯᅩᄒᆞᆫ ᄋᆞᄌᆞᄅᆞᆯ 긔(欺)이디 못ᄒᆞᆯ 거시믈 믄득 희허쟝탄(噫嘘長歎) 왈

"ᄋᆡ(哀)라 텬호(天乎)여. 내 오딕 ᄌᆞ식을 잘못 나하시니 셰간의 착ᄒᆞᆫ ᄌᆡ 비특(非特) 닌셩이라 내 근일의 니챵현 엄희륜 등을 보아ᄂᆞᆫ ᄉᆡᆼᄌᆞ(生子)ᄅᆞᆯ 긔특이 ᄒᆞᄂᆞᆫ ᄌᆡ ᄒᆞ나 둘히 아닌가 ᄒᆞᄂᆞ니 내 심녁을 허비ᄒᆞ미 ᄒᆡ오미 업ᄉᆞ리로다."

셜파(說罷)의 안상(案床)의 몸을 비겨 츄연이 됴흔 빗치 업ᄉᆞ니 닌듕이 ᄋᆞᆲᄒᆡ 나아안ᄌᆞ ᄌᆡ삼 그ᄅᆞᆺᄒᆞ믈 샤(謝)ᄒᆞ며 죵용이 모친의 깃거ᄒᆞ시믈 요구ᄒᆞ니 ᄋᆞᆲᄒᆡ셔 인효(仁孝)ᄒᆞ믄 디극ᄒᆞᆫ디라. 부인이 그 위인의 광명뎡딕(光明正直)ᄒᆞᆷ과 완젼슌녜(完全順禮)ᄒᆞ미 닌셩 등 ᄀᆞᆺ디 아니믈 ᄋᆡᄃᆞᆯ와 ᄒᆞ나 ᄯᅩᄒᆞᆫ 텬셩의 ᄌᆞᄋᆡ(慈愛)로 이 ᄋᆞᄃᆞᆯ이 ᄌᆞ긔ᄅᆞᆯ 젼습 17면
(傳襲)ᄒᆞᆫ 바로 ᄉᆞ랑이 특별ᄒᆞᆫ디라. 닌셩 곳 아니면 닌듕이 당당ᄒᆞᆫ 종

장(宗長)의 듕(重)ᄒᆞ믈 독당(獨當)ᄒᆞ여 일가(一家)의 츄앙(推仰)ᄒᆞᆷ과 참졍의 ᄌᆞᄋᆡ 범연(泛然)ᄒᆞᆯ ᄇᆡ 아니어ᄂᆞᆯ ᄂᆡ도ᄒᆞᆫ 닌셩이 잇ᄂᆞᆫ 고로 듕ᄋᆞᄂᆞᆫ 무용디인(無用之人)이 되고 참졍의 텬뉸ᄌᆞᄋᆡ(天倫慈愛)도 흡연치 아니믈 더옥 졀졀 통악ᄒᆞ믈 니긔디 못ᄒᆞ여 원언(怨言)이 츌어듕심(出於中心)ᄒᆞ며 발어면모(發於面貌)ᄒᆞ니 엇디 오ᄅᆡ 참을 길히 잇ᄉᆞ리오? 듕ᄋᆞ의 손을 쥐고 기리 탄식ᄒᆞ여 ᄀᆞᆯ오ᄃᆡ

"너의 위인이 닌셩의 ᄇᆡᆨ분디일(百分之一)을 밋디 못ᄒᆞᆯ디라. 부뫼라도 ᄌᆞ식의 츌뉴(出類)ᄒᆞ믈 보아 더 ᄉᆞ랑ᄒᆞ미 괴이치 아니ᄒᆞ거니와 너의 엄군(嚴君)은 너모 일편되여 너ᄅᆞᆯ 도쳑(盜跖)[17]ᄀᆞᆺ치 녁이며 닌셩은 하혜(下惠)[18]ᄀᆞᆺ치 니ᄅᆞ고 너ᄅᆞᆯ ᄒᆞᆫ갓 미말쳔츌(微末賤出)ᄀᆞᆺ치 블관(不關)이 알며 닌셩은 딘짓 뎍댱종ᄌᆞ(嫡長宗子)로 밀위여 한업시 귀듕ᄒᆞ믈 보면 내 ᄆᆞ음이 더옥 슬ᄂᆞᆫ ᄃᆞᆺᄒᆞ니 너ᄅᆞᆯ ᄌᆞ연 년셕(憐惜)ᄒᆞᄂᆞᆫ 뜻을 촘디 못ᄒᆞ여 범ᄇᆡᆨ(凡百)의 ᄌᆞᄋᆡ(慈愛)ᄒᆞᆷ만 두고 교훈(教訓)ᄒᆞ미 업ᄉᆞ니
18면 너의 ᄒᆡᆼ실이 더옥 그ᄅᆞᆺ된디라. 모로미 부형(父兄)의 광명뎡딕(光明正直)ᄒᆞᆷ과 튱효션의(忠孝善意)ᄒᆞ믈 효측(效則)ᄒᆞ여 먼니 셩현(聖賢)의 ᄌᆞ최ᄅᆞᆯ ᄯᆞᄅᆞ디 아냐도 갓가이 부형슉당(父兄叔堂)을 ᄯᆞᆯ와 열의 ᄒᆞ나만 ᄇᆡ화도 ᄑᆡ리(悖理)ᄒᆞᄆᆡ 나아가디 아니리라."

닌듕이 ᄌᆡᄇᆡ이샤(再拜而謝)ᄒᆞ며 인ᄒᆞ여 쳬루비상(涕淚悲傷)ᄒᆞ여 ᄀᆞᆯ오ᄃᆡ

"ᄒᆡᄋᆡ(孩兒) 명되(命途) 긔구(崎嶇)ᄒᆞ와 야야(爺爺)의 ᄌᆞᄋᆡᄅᆞᆯ 아디 못

---

17 도쳑(盜跖): 도척. 춘추시대의 큰 도적.

18 하혜(下惠): 유하혜. 춘추시대의 현인. 도척의 형.

ᄒᆞ고 슌슌이 미안디교(未安之教) 칼노 버히ᄂᆞᆫ ᄃᆞᆺᄒᆞ샤 고지블인(古之不人)과 금디쇼인(今之小人)은 다 블초(不肖)의게 비기시니 이 또 히ᄋᆞ의 블민(不敏)ᄒᆞ믈 탄(歎)ᄒᆞ여 닐너 ᄭᆡ닷과져 ᄒᆞ시ᄂᆞᆫ 뜻이나 일가군종(一家群種)이 다 야야의 쇼ᄌᆞ 칙(責)ᄒᆞ시믈 인ᄒᆞ여 그윽이 디쇼(指笑)ᄒᆞ며 ᄀᆞ마니 몹ᄲᅳᆯ 거ᄉᆞ로 밀워ᄃᆞ시 ᄒᆞ여 쇼ᄌᆞ의 힝젹이 셔의ᄒᆞ미 심ᄒᆞ온디라. 만일 ᄌᆞ위마ᄌᆞ 쇼ᄌᆞ롤 엄칙(嚴責)ᄒᆞ시고 노즐(怒叱)ᄒᆞ샤 용납(容納)ᄒᆞᆯ ᄯᅡ히 업게 ᄒᆞ시면 누롤 우러러 의디ᄒᆞ여 견ᄃᆡ리잇가?"

셜파의 슬허ᄒᆞ믈 마디 아니ᄒᆞ니 부인이 더옥 심ᄉᆡ(心思) 블호(不好)ᄒᆞ여 ᄋᆞᄌᆞ(兒子)롤 위로ᄒᆞ며 슬프믈 긋치라 ᄒᆞ고 그윽이 니롤 갈며 혀롤 므러 시랑을 너흘[19] 뜻이 시각(時刻)의 급ᄒᆞ니 이 ᄆᆞ음을 가진 후의야 엇디 ᄆᆡ양 온유화열(溫柔和悅)ᄒᆞ여 ᄌᆞ모의 졍을 다ᄒᆞ리오? 졈졈 사롬 업순 곳의 시랑과 니시롤 ᄃᆡᄒᆞ면 온식(慍色)이 표표(表表)ᄒᆞ여 ᄎᆞᄎᆞ ᄆᆡ오미 경긱(傾刻)의 삼킬 ᄃᆞᆺᄒᆞᄃᆡ ᄒᆞᆫ 조각 그ᄅᆞ믈 니롤 거시 업ᄂᆞᆫ 고로 요란이 즐칙(叱責)ᄒᆞᄆᆞᆫ 업ᄂᆞᆫ디라. 시랑과 니쇼졔 부인의 온식을 우러러 경황(驚惶)ᄒᆞ미 큰 죄롤 범ᄒᆞᆫ ᄃᆞᆺ 일시(一時)도 ᄆᆞ음을 방하(放下)치 못ᄒᆞ더니 일일은 닌웅 공ᄌᆡ 촉한(觸寒)ᄒᆞ여 감긔(感氣) 발(發)ᄒᆞᄆᆡ 한젼(寒顫)[20]이 급ᄒᆞᆫ디라. 시랑이 놀나고 근심ᄒᆞ여 모구(毛具)롤 가져 덥흐며 온ᄎᆞ(溫茶)롤 어더 오라 ᄒᆞ니 닌듕이 쏘ᄒᆞᆫ 밧비 드러와 모친긔 ᄉᆞ연을 고ᄒᆞ고 온미(溫糜)롤 구ᄒᆞᆫᄃᆡ 부인이 일긔(日氣) 엄한(嚴寒)ᄒᆞ믈 조ᄎᆞ 니러나기 괴로온 고로 거ᄌᆞᆺ 알프며 니쇼져로 ᄒᆞ여곰 뒷 쳥샤 19면

19 너흘: 너흘다. 이로 물어 뜯다.

20 한젼(寒顫): 한전. 오한이 들어 떠는 모양.

(廳舍)의 가 미듁(米粥)을 가음알게[21] ᄒᆞ더니 닌옹의 한젼ᄒᆞ믈 듯고 경동ᄒᆞ여 밧비 니쇼져ᄅᆞᆯ 블너 온미ᄅᆞᆯ ᄂᆡ여 더히라 ᄒᆞ니 쇼졔 슈명(受命)ᄒᆞ여 즉시 온미 일합(一盒)을 밧드러 시녀 초아로 ᄒᆞ여곰 ᄂᆡ여가라 ᄒᆞ
20면 니 초ᄋᆡ 바다 듕문(中門)가디 나오더니 닌듕이 우으며 ᄀᆞᆯ오ᄃᆡ

"네 가득ᄒᆞᆫ 거ᄉᆞᆯ 밧드러 거롬이 심히 느리니 보기의 갑갑ᄒᆞᆯ 쁜 아니라 그리 거러ᄂᆞᆫ 오날 ᄂᆡ로 외헌(外軒)을 밋디 못ᄒᆞ리니 어이 시방 한젼(寒顫)이 급ᄒᆞᆫᄃᆡ 이거ᄉᆞᆯ 언졔 먹어 딘뎡ᄒᆞ리오? 내 가져가리라."

ᄒᆞ고 아ᄉᆞ 나ᄂᆞᆫ ᄃᆞ시 셔루로 향ᄒᆞ니 초ᄋᆡ 굿ᄐᆞ여 ᄊᆞ로디 아니코 도로 드러가니라. 닌듕이 온미ᄅᆞᆯ 밧드러 나오며 혜오ᄃᆡ

'내 ᄋᆞ이 심히 견강ᄒᆞ고[22] 쏘 완듕(完重)ᄒᆞᆫ디라. 이 가온ᄃᆡ 잠간 독약(毒藥)을 너허 아이 놀날 만ᄒᆞ게 ᄒᆞ면 글노셔 죽든 아닐 거시오 죄ᄂᆞᆫ 니슈(李嫂)의게 도라갈 거시니 이러ᄐᆞᆺ ᄒᆞ여 형당(兄丈)으로 ᄒᆞ여곰 금슬(琴瑟)을 희(戲) 디으며 ᄎᆞᄎᆞ(次次) 계교(計巧)ᄅᆞᆯ 힝ᄒᆞ리라.'

의ᄉᆡ(意思) 이에 밋ᄎᆞᄆᆡ 슷치 누ᄅᆞ디 못ᄒᆞ여 본ᄃᆡ 뎨일독약디뉴(第一毒藥之類)ᄅᆞᆯ 낭듕(囊中)의 ᄀᆞᆷ초앗ᄂᆞᆫ 고로 작말(作末)ᄒᆞᆫ 것 ᄒᆞᆫ 술을 온미의 화(和)ᄒᆞ여[23] 들고 급급히 셔루의 드러가니 시랑이 바야흐로 기다리던 ᄇᆡ오 비록 디춍디명(至聰至明)이나 평ᄉᆡᆼ 의ᄉᆡ 슉연평담(淑然
21면 平淡)ᄒᆞ여 샤곡교악(邪曲狡惡)ᄒᆞᆫ 곳의 밋디 아니ᄒᆞ므로 ᄂᆡ헌으로조ᄎᆞ 닌듕이 친히 들고 나온 바ᄅᆞᆯ 엇디 몽니(夢裏)의나 의심ᄒᆞ리오? 다

---

21 가음알게: 가음알다. 만들다.

22 견강ᄒᆞ고: 규장각본에는 '건강ᄒᆞ고'로 되어 있음.

23 화(和)ᄒᆞ여: 화하다. 무엇에 타거나 섞다.

만 온닝(溫冷)을 맛초고ᄌᆞ ᄒᆞ여 그릇ᄉᆞᆯ 달나 ᄒᆞᆫ ᄌᆞᆨ 닌듕이 ᄃᆡ왈(對曰) "쳐음 대단이 덥더니 쇼뎨(小弟) 나오며 져어 식엿ᄉᆞ오니 바야흐로 마시기ᄂᆞᆫ 됴홧ᄂᆞ이다. 형댱이 아을 니ᄅᆞ혀 안으셔든 쇼뎨 ᄡᅥ 너흐리이다."

시랑이 그 말을 조ᄎᆞ 친히 공ᄌᆞ를 니ᄅᆞ혀니 공ᄌᆡ 스ᄉᆞ로 그릇ᄉᆞᆯ 드러 ᄒᆞᆫ 먹음을 크게 마시다가 독긔(毒氣) 코흘 거ᄉᆞ릴 ᄲᅮᆫ 아니라 임의 후셜(喉舌)을 넘으미 되엿고 디흉디독(至凶至毒)ᄒᆞᆫ 약인 고로 사ᄅᆞᆷ이 죽디 아니려 ᄒᆞᄆᆡ 댱부(腸腑)ᄅᆞᆯ ᄯᅮᆲ기ᄅᆞᆯ 면ᄒᆞ여 도로 나오미 되니 이 ᄯᅩᄒᆞᆫ 공ᄌᆡ 힘힘히 독약의 딘(盡)ᄒᆞᆯ ᄇᆡ 아니로ᄃᆡ 그 회구(廻嘔)ᄒᆞᄂᆞᆫ[24] 바의 거동이 크게 놀나와 면ᄉᆡᆨ(面色)이 ᄎᆞᆫ 옥 ᄀᆞᆺᄐᆞ며 독ᄒᆞᆫ 믈과 젹혈(赤血)을 ᄌᆞ리의 넘게 토ᄒᆞ니 시랑이 대경창황(大驚蒼黃)[25]ᄒᆞ여 급히 ᄒᆡ독(解毒)ᄒᆞᆯ 약환(藥丸)을 어더 공ᄌᆞ를 구ᄒᆞᆯᄉᆡ 닌듕이 ᄯᅩᄒᆞᆫ 경황(驚惶)ᄒᆞ고 망극(罔極)ᄒᆞ여 아모리 ᄒᆞᆯ 줄을 모로ᄂᆞᆫ ᄃᆞ시 셔도다가 온미 그릇ᄉᆞᆯ 22면
업쳐 바리니 프ᄅᆞᆫ 블ᄭᅩᆺ치 니러나ᄂᆞᆫ디라. 시랑은 닌웅을 구ᄒᆞ노라 밋쳐 온미(溫糜) 업쳐진 것과 토ᄒᆞᆫ 거ᄉᆞᆯ 거두어 업시치 못ᄒᆞ고 닌듕은 텬연(天然)치 못ᄒᆞ게 셔도라 울며 요망이 굴 ᄲᅮᆫ이니 이날 맛초와 닌광·닌흥·닌유ᄂᆞᆫ 입번(入番)ᄒᆞ엿고 닌명은 화부의셔 쳥ᄒᆞ여 녀셔(女壻)의 동방ᄡᅡᆼ유(洞房雙遊)ᄒᆞ믈 보려 ᄒᆞ므로 이의 잇디 아니ᄒᆞ며 닌경은 표죵(表從) 화공ᄌᆞ 등이 ᄒᆞᆫ곳의 모도여 독셔ᄒᆞ믈 니ᄅᆞᄂᆞᆫ 고로 화부의 간디 ᄯᅩᄒᆞᆫ 일슌(一旬)이라. 뉘 이셔 요괴로온 ᄋᆞ희 작악(作惡)을 보와시

24 회구(廻嘔)ᄒᆞᄂᆞᆫ: 회구하다. 토하다.

25 대경창황(大驚蒼黃): 크게 놀라 어찌할 겨를이 없음.

리오? 닌웅이 피ᄅᆞᆯ 만히 토ᄒᆞ고 긔운이 아득ᄒᆞ니 시랑이 더옥 초황(焦慌)ᄒᆞᆯ 즈음의 참졍이 맛춤 후원(後園) 명광헌으로조ᄎᆞ 듁셔루ᄅᆞᆯ 디나더니 듕ᄋᆞ의 우ᄂᆞᆫ 소ᄅᆡᄅᆞᆯ 괴이히 넉여 개호입실(開戶入室)ᄒᆞᄆᆡ 몬져 악착(齷齪)히 모딘 ᄂᆡ음ᄉᆡ 코흘 거ᄉᆞ리며 ᄌᆞ리의 토혈(吐血)ᄒᆞᆫ 것과 듁(粥) 업친 거시 편만(遍滿)ᄒᆞ엿ᄂᆞᆫᄃᆡ 닌웅은 아조 죽엄이 되여 시랑
23면 의게 안겻ᄂᆞᆫ디라. 공의 드러오믈 보고 놀나 일시(一時)의 니러 마ᄌᆞᄃᆡ 닌웅의 형ᄉᆡᆨ(形色)은 심히 위ᄐᆡ(危殆)ᄒᆞ며 시랑의 경황(驚惶)ᄒᆞᆫ 안ᄉᆡᆨ(顔色)은 오히려 딘뎡(鎭靜)치 못ᄒᆞ니 공이 ᄯᅩᄒᆞᆫ 경ᄒᆡ(驚駭)ᄒᆞ믈 니긔디 못ᄒᆞ여 일일디ᄂᆡ(一日之內)의 이 ᄀᆞᆺᄐᆞᆫ 곡졀을 므ᄅᆞ니 시랑이 아을 븟드러 ᄌᆞ리의 누이고 이에 젼후ᄉᆞ(前後事)ᄅᆞᆯ 셰셰(細細)히 고(告)ᄒᆞ며 비로소 업친 듁과 토ᄒᆞᆫ 피ᄅᆞᆯ 셔ᄅᆞ져 업시ᄒᆞᆯᄉᆡ 공이 다시 므러 왈

"미듁(糜粥)이 ᄂᆡ당으로조ᄎᆞ 나와시면 뉘 주며 어ᄂᆡ 시녜(侍女) 가져오고 이에 업치기ᄂᆞᆫ 어인 일이뇨? 바로 니ᄅᆞ라."

닌듕이 ᄭᅮ러 ᄃᆡ왈(對曰)

"온미(溫糜)ᄂᆞᆫ 슈슈(嫂嫂)의 친집(親執)ᄒᆞ온 바로 일합(一盒)을 가져 시녀 초ᄋᆡ ᄂᆡ여 오거ᄂᆞᆯ 쇼ᄌᆡ 듁을 ᄌᆡ촉ᄒᆞ여 들니고 나오다가 초아의 거ᄅᆞᆷ이 더ᄃᆡ믈 민망ᄒᆞ여 쇼ᄌᆡ 아ᄉᆞ 가져와 ᄋᆞ을 먹이려 ᄒᆞ옵다가 독이 잇ᄉᆞ믈 보오ᄆᆡ 블승흉ᄒᆡ(不勝凶駭)ᄒᆞ와 창황(蒼黃)이 ᄒᆡ독약을 어더 ᄋᆞ을 구호ᄒᆞᆯ 즈음의 듁이 다이쳐 업쳐딘가 ᄒᆞᄂᆞ이다."

24면 공이 쳥파의 가월봉경(佳月鳳睛)[26]을 빗기 쎠 닌듕을 이윽이 보다가 뎡

26 가월봉경(佳月鳳睛): 가월봉정. 달 같은 눈썹과 봉의 눈 같은 눈동자.

ᄉᆡᆨ브문(正色復問) 왈

"네 아ᄌᆞ미[27] ᄎᆞ환복쳡(叉鬟僕妾)[28]이 아닌 바로 이런 늉동한셜(隆冬寒雪)의 듁음(粥飮)을 가음알기도 이상ᄒᆞᆫ 일이어니와 원ᄂᆡ 어ᄃᆡ셔 엇디 ᄒᆞ여 시죵(侍從)이 친집(親執)ᄒᆞ다가 일합(一盒)을 쳐 주더뇨? 본 바ᄅᆞᆯ ᄌᆞ시 니ᄅᆞ라."

닌듕이 부공(父公)의 엄위녈슉(嚴威烈肅)ᄒᆞᆫ ᄉᆞ식(辭色)을 우러오ᄆᆡ 심담(心膽)이 써러디며 뉴한(油汗)이 졈의(沾衣)ᄒᆞ니 엇디 다시 니쇼져ᄅᆞᆯ ᄒᆡᄒᆞᆯ 말이 나리오? 황망이 졀ᄒᆞ고 ᄭᅮ러 ᄃᆡ왈

"ᄋᆞ이 한젼(寒顫)ᄒᆞ믈 인ᄒᆞ여 형이 급히 듁음(粥飮)을 어더 오라 ᄒᆞ옵거ᄂᆞᆯ 쇼ᄌᆡ ᄌᆞ모긔 고ᄒᆞ니 ᄌᆞ뫼 ᄯᅩ 슉딜(宿疾)의 감긔ᄅᆞᆯ 겸ᄒᆞ여 긔신(起身)ᄒᆞ기 어려온 고로 슈슈(嫂嫂)ᄅᆞᆯ 명ᄒᆞ샤 온미ᄅᆞᆯ 쳐 ᄂᆡ여 보ᄂᆡ라 ᄒᆞ시니 슈쉬 친히 밧드러 초ᄋᆞᄅᆞᆯ 주오므로 ᄋᆞᄒᆡ 인ᄉᆡ(人事) 민쳡디 못ᄒᆞ와 말ᄉᆞᆷ을 쥬(奏)ᄒᆞ오ᄆᆡ 마ᄃᆡᄅᆞᆯ ᄭᆡ치디 못ᄒᆞ오며 창황(蒼黃) 결의 슈쉬 친집ᄒᆞ다 쥬ᄒᆞ오미니 그 미듁을 슈쉬 시죵(始終)의 친집ᄒᆞ고 아니 ᄒᆞ믈 쇼ᄌᆡ 엇디 ᄌᆞ셔히 보아시리잇고? 이 밧근 더 알욀 말ᄉᆞᆷ이 업셔이다."

공이 닌듕의 어지디 못ᄒᆞ믈 알오미 ᄇᆞᆰ으나 십 셰 어린 아ᄒᆡ 독약을 어 25면
더 낭듕(囊中)의 너허 두고 간흉(奸凶)ᄒᆞᆫ ᄭᅬ로 형(兄)과 슈(嫂)ᄅᆞᆯ ᄒᆡ코ᄌᆞ 몬져 플흘 쳐 ᄇᆡ얌을 놀ᄂᆡᄂᆞᆫ 바ᄅᆞᆯ 다ᄒᆞ여 ᄋᆞ을 위ᄐᆡ케 ᄒᆞ며 죄ᄅᆞᆯ 형슈의게 밀위려 ᄒᆞᄂᆞᆫ 요괴로오미야 ᄯᅩ 엇디 ᄉᆡᆼ각ᄒᆞ리오마ᄂᆞᆫ ᄒᆞᆫ 일의 의심을 동(動)ᄒᆞ여 발각(發覺)ᄒᆞ미 업ᄉᆞ나 닌셩의 실니디환(失離之患)이

27 아ᄌᆞ미: 아자미. 형수를 말함.

28 ᄎᆞ환복쳡(叉鬟僕妾): 차환복첩. 시중 드는 종.

다ᄅᆞᆫ ᄌᆞ의 ᄭᅬ 아니라 소시의 계괴(計巧)가 ᄒᆞᄆᆡ ᄇᆡᆨᄉᆡ(百事) 션(善)히 넉이디 아닛ᄂᆞᆫ디라. 닌웅을 과ᄋᆡ(過愛)ᄒᆞ믈 알오ᄃᆡ 딘짓 죽이려 ᄒᆞ미 아니오 죄명을 니시긔 도라보ᄂᆡ고ᄌᆞ ᄒᆞᄆᆡᆫ가 블ᄒᆡᆼ(不幸)코 분(憤)ᄒᆞ믈 니긔디 못ᄒᆞ여 침음뎡좌(沈吟正坐)러니 시랑이 믄득 피셕(避席)ᄒᆞ여 니시의 좌우ᄅᆞᆯ 다ᄉᆞ려 듁음의 치독(置毒)ᄒᆞᆫ 곡절을 ᄇᆞᆰ혀 간졍(奸正)을 ᄉᆞᄒᆡᆨ(査覈)ᄒᆞ믈 쳥ᄒᆞᆫᄃᆡ 공이 듯기ᄅᆞᆯ ᄎᆡ 못ᄒᆞ여 분연이 니ᄅᆞᄃᆡ

"네 간졍을 ᄒᆡᆨ실(覈實)코ᄌᆞ 아니 ᄒᆞ나 ᄆᆡ양 요악ᄒᆞ믈 무더 두디 못ᄒᆞ리니 하고로 무죄ᄌᆞ(無罪者)ᄅᆞᆯ 의심ᄒᆞ리오? 내 죵용이 취일누 ᄉᆞ디
26면 시녀 등을 엄형궁ᄒᆡᆨ(嚴刑窮覈)ᄒᆞ리니 비록 혼우(昏愚)ᄒᆞ나 내 이신 후ᄂᆞᆫ 네 간ᄃᆡ로 안ᄒᆡ 슈ᄒᆡ(手下)라 ᄒᆞ여 ᄇᆡᆨ쥬(白晝)의 무근ᄆᆡᆼ낭(無根孟浪)ᄒᆞᆫ 죄ᄅᆞᆯ 삐오디 못ᄒᆞ리니 괴이ᄒᆞᆫ 말을 다시 일ᄏᆞᆺ디 말나."

셜파의 도라 닌듕다려 니ᄅᆞᄃᆡ

"네 맛당이 드러가 여모(汝母)의게 젼ᄒᆞ라. 집이 고요ᄒᆞ여야 샹ᄒᆡ(上下) 화열(和悅)ᄒᆞ고 노유(老幼) 다ᄀᆞᆺ치 평안ᄒᆞᄂᆞ니 므어시 괴롭관ᄃᆡ 스ᄉᆞ로 복을 덜며 ᄌᆡ화(災禍)ᄅᆞᆯ 취ᄒᆞ믄 므ᄉᆞᆷ 쥬의(主意)고 ᄒᆞ라."

ᄒᆞᆫᄃᆡ 이ᄯᆡ 듕ᄋᆞᄂᆞᆫ ᄂᆡ두(來頭)ᄅᆞᆯ 혜아리ᄆᆡ 오히려 구송(懼悚)ᄒᆞ여 능히 ᄃᆡ답을 일우디 못ᄒᆞ고 시랑은 이에 면관ᄒᆡᄃᆡ(免冠解帶)[29]ᄒᆞ며 복이톄읍(伏而涕泣) 왈

"쇼ᄌᆡ 오날ᄂᆞᆯ의 ᄌᆞ모(慈母)ᄅᆞᆯ 함ᄒᆡ(陷害)ᄒᆞᄂᆞᆫ 블초죄인(不肖罪人)이 되온디라. 스ᄉᆞ로 ᄉᆞ죄(死罪)ᄅᆞᆯ 밧ᄌᆞ올디언졍 여ᄎᆞ디교(如此之敎)ᄅᆞᆯ

29 면관ᄒᆡᄃᆡ(免冠解帶): 면관해대. 죄를 청하기 위해 관을 벗고 의대를 푸는 것.

거두시믈 ᄇᆞ라ᄋᆞᆸᄂᆞ니 니시의 좌우(左右)ᄂᆞᆫ 유죄무죄간(有罪無罪間)
졔 주인이 ᄂᆡ여 준 바 듁음(粥飮)의 독이 이시믈 ᄒᆞᆫ번 츄문(推問)ᄒᆞ여
간졍을 ᄒᆡᆨ실(覈實)ᄒᆞ미 맛당ᄒᆞᄋᆞᆸ거니와 닌옹이 그ᄅᆞᆺ 독을 만나오ᄆᆡ
ᄌᆞ모의 시녀 등을 츄문(推問)ᄒᆞ오시미 엇디 일의 맛당ᄒᆞ오며 블쵀 니
시의 좌우ᄅᆞᆯ 츄문ᄒᆞᄋᆞᆸ기ᄅᆞᆯ 픔명(禀命)ᄒᆞ오ᄆᆡ 엄괴(嚴敎) 도로혀 ᄌᆞ 27면
모의 시위(侍衛)ᄒᆞᄂᆞᆫ 바ᄅᆞᆯ 다ᄉᆞ리고ᄌᆞ ᄒᆞ샤 블초의 죄ᄅᆞᆯ 더으시고 셩
덕(盛德)의 빗ᄎᆞᆯ 감(減)ᄒᆞ시니 이 엇디 ᄌᆞ모의 은은디덕(殷殷之德)을
아ᄅᆞ시미리잇가? 블쵀 죽ᄉᆞ와 여ᄎᆞ 망극디교(罔極之敎)ᄅᆞᆯ 당치 말믈
원ᄒᆞᄂᆞ이다."

셜파의 머리ᄅᆞᆯ 두다려 피 나기의 밋ᄎᆞᄃᆡ 그 알흐믈 아디 못ᄒᆞ며 심ᄉᆡ
황황망극(遑遑罔極)ᄒᆞ믈 니긔디 못ᄒᆞᄂᆞᆫ 바의 닌옹이 ᄯᅩᄒᆞᆫ 몸을 ᄭᅳ으
러 하당읍고(下堂泣告)ᄒᆞᆯ시 ᄎᆞᄉᆡ ᄌᆞ긔ᄅᆞᆯ 인ᄒᆞ여 비로ᄉᆞᆫ 바의 ᄌᆞ모와
슈슈의 시ᄋᆞ(侍兒)ᄅᆞᆯ 츄문ᄒᆞ실 의논이 크게 블가ᄒᆞ믈 일ᄏᆞ라 믈시(勿
施)ᄒᆞ시믈 ᄋᆡ걸(哀乞)ᄒᆞ니 공이 엇디 발셔 큰 결단을 ᄂᆡ디 아냐시리
오마ᄂᆞᆫ 과연 ᄎᆞᆷ디 못ᄒᆞᆯ 바ᄂᆞᆫ 닌옹이라 ᄒᆞᆯᄒᆞᆯᄒᆞᆫ 셰간의 몬져 죽고ᄌᆞ ᄒᆞ
믈 보디 못ᄒᆞᆯ 거시오 ᄯᅩ 크게 난연(赧然)ᄒᆞᄂᆞᆫ 바ᄂᆞᆫ 시랑이 ᄉᆞ디 아니
려 ᄒᆞᆯ가 념녜(念慮) 호번(浩繁)ᄒᆞ여 활 그림ᄌᆞᄅᆞᆯ 보고 살흘 몬져 ᄉᆡᆼ히
디 못ᄒᆞ여 됴흔 ᄃᆞ시 쳔연(遷延)ᄒᆞᄂᆞᆫ ᄇᆡ러니 오날늘 이 변(變)이 비록
크기의 잇디 아니ᄒᆞ나 ᄯᅩ 손제[30]ᄅᆞᆯ 심으며 영(影)을 빗최믄 등한(等閑) 28면
ᄒᆞᆫ ᄇᆡ 아니믈 통ᄒᆡ분완(痛駭忿惋)ᄒᆞ여 취일젼 시녀ᄅᆞᆯ 잡아 져주고ᄌᆞ[31]

---

30 손제: 규장각본에는 '쇼계'로 되어 있음.

31 져주고ᄌᆞ: 져주다. 고문하다, 심문하다, 따지다.

ᄒᆞ더니 이ᄌᆞ(二子)의 이 갓ᄐᆞ믈 ᄃᆡᄒᆞ여 시랑의 몸이 상(傷)ᄒᆞᄂᆞᆫ 바ᄅᆞᆯ ᄌᆞ긔 골졀(骨節)이 져리고 뽈힌디라. 머리의 뉴혈(流血)이 돌관(突灌)ᄒᆞ믈 대경(大驚)ᄒᆞ여 닌듕으로 ᄒᆞ여곰 시랑과 닌웅을 븟드러 올니라 ᄒᆞᄃᆡ 이ᄌᆡ 고두청죄(叩頭請罪)ᄒᆞ여 ᄌᆞ젼(慈殿) 시녀(侍女)ᄅᆞᆯ 츄문ᄒᆞ시미 이실가 의ᄉᆡ(意思) 황황(遑遑)ᄒᆞ니 공이 ᄒᆞᆫ번 츄문ᄒᆞ기ᄅᆞᆯ 마디 못ᄒᆞᆯ 바ᄅᆞᆯ 알오ᄃᆡ 오딕 이ᄌᆞ의 거동을 졀박히 넉여 죵용이 ᄉᆡᆼ각ᄒᆞ여 션쳐(善處)ᄒᆞ고 취뎐과 운당 시녀ᄅᆞᆯ 굿ᄐᆞ여 뭇디 아니ᄒᆞ기로 일ᄏᆞᄅᆞ며 듁의 독이 드럿던 바른 쳬[32] 말나 ᄒᆞ니 시랑은 니시의 좌우ᄅᆞᆯ 츄문치 못ᄒᆞ믈 블쾌ᄒᆞ나 부명(父命)을 거역(拒逆)디 못ᄒᆞ여 ᄇᆡ샤승당(拜謝升堂)ᄒᆞ고 공ᄌᆞᄂᆞᆫ ᄒᆡᆼ열(幸悅)ᄒᆞ믈 니긔디 못ᄒᆞ나 통셰(痛勢) 비경(非輕)ᄒᆞᄆᆡ 신ᄉᆡᆨ(神色)과 거동이 위ᄐᆡᄒᆞ니 공이 친히 븟드러 더운 곳
29면 의 누이며 됴리(調理)ᄒᆞ믈 당부ᄒᆞ며 인ᄒᆞ여 •니러나니 시랑이 다시 대화부인긔 듁음을 구ᄒᆞ여 공ᄌᆞᄅᆞᆯ 먹이며 구호(救護)ᄒᆞ믈 디극히 ᄒᆞᄃᆡ 닌듕은 부친의 ᄎᆡᆨ(責)을 한(恨)ᄒᆞ고 형(兄)과 슈(嫂)ᄅᆞᆯ ᄒᆡᄒᆞ려 ᄒᆞ다가 일이 그ᄅᆞᆺ되ᄆᆡ 다시 궁모간계(窮謀奸計)로뼈 슈슈(嫂嫂)ᄅᆞᆯ 잠간 벗기ᄃᆡ 형의게 다시 누얼(累孼)을 보ᄂᆡ고ᄌᆞ ᄒᆞ여 ᄀᆞ마니 형의 궤듕(櫃中)의 옥션초(玉扇貂)[33]와 금문ᄑᆡ(金紋佩)[34]ᄅᆞᆯ 도젹ᄒᆞ여 유모 계월노 더브러 밀밀ᄒᆡᆼ계(密密行計)ᄒᆞ니 ᄎᆞᄉᆡ(此事) 엇디 된고? 어시(於是)의 소부인이 닌웅의 촉풍(觸風)ᄒᆞ여 한젼(寒顫)이 급ᄒᆞ믈 듯고 경동우려

---

32 바른 쳬: 규장각본에는 '바인 쳬'로 되어 있음.

33 옥션초(玉扇貂): 옥선초. 부채의 고리나 자루에 다는 옥으로 된 장신구.

34 금문ᄑᆡ(金紋佩): 금문패. 황금에 문양 새긴 노리개.

(驚動憂慮)ᄒᆞ여 온미를 ᄂᆡ여 보ᄂᆡᆫ 후 녹빙으로 ᄒᆞ여곰 듁누 셔동(書童)을 블너 기간(其間) 증셰(症勢)를 아라 오라 ᄒᆞᆫᄃᆡ 녹빙이 즉시 나와 셔동을 ᄎᆞᄌᆞ 공ᄌᆞ의 병셰를 므론즉 셔동이 ᄃᆡ답ᄒᆞᄃᆡ

"그ᄉᆞ이 나은 동졍(動靜)은 업고 온미도 딘(進)치 못ᄒᆞ다."

ᄒᆞᄂᆞᆫ디라. 빙이 역시 경녀(驚慮)ᄒᆞ여 온미를 딘치 못ᄒᆞᆫ 연고를 므론ᄃᆡ 셔동이 머뭇겨 ᄃᆡ(對)키를 어려이 넉이거ᄂᆞᆯ 빙이 ᄌᆡ삼(再三) 므러 ᄀᆞᆯ오ᄃᆡ

"내 ᄉᆞᄉᆞ로이 므ᄅᆞ미 아니라 부인이 ᄌᆞ셔히 아라 오라 ᄒᆞ신 ᄇᆡ니 아모 일이 이시나 엇디 녀군(女君)긔 쥬(奏)ᄒᆞ믈 더ᄃᆡ리오?" 30면

셔동이 마디못ᄒᆞ여 넌ᄌᆞ시 니ᄅᆞᄃᆡ

"온미의 므ᄉᆞᆷ 독이 잇ᄂᆞᆫ가 시브ᄃᆡ ᄌᆞ셔히 아든 못ᄒᆞᄂᆞ니 희미ᄒᆞᆫ 바로ᄡᅧ 녀군긔 알외미 블가ᄒᆞ므로 즉시 ᄃᆡ치 못ᄒᆞ니이다."

빙이 대경(大驚)ᄒᆞ여 '독긔(毒氣) 엇더ᄒᆞ더뇨?' 므ᄅᆞ니 셔동이 답ᄒᆞᄃᆡ

"다만 업칠 제 프ᄅᆞᆫ 블빗만 보앗노라."

ᄒᆞ여ᄂᆞᆯ 빙이 듯기를 다ᄒᆞᄆᆡ 보보급급(步步急急)히 취루의 드러가 셰셰히 고ᄒᆞᆫᄃᆡ 부인이 쳥미파(聽未罷)의 ᄒᆡ연(駭然)코 경악(驚愕)ᄒᆞ여 면ᄉᆡᆨ(面色)이 변(變)ᄒᆞ믈 ᄭᆡ돗디 못ᄒᆞ나 이 본ᄃᆡ 춍오민달(聰悟敏達)ᄒᆞ여 디인명식(知人明識)이 쇽ᄌᆞ(俗子)의 용용범범(庸庸凡凡)ᄒᆞ므로 ᄂᆡ도ᄒᆞᆫ디라. ᄂᆡ쇼져의 고요 나즉ᄒᆞ여 슈구(守口)를 여병(如甁)의[35] 믁믁무심(默默無心)ᄒᆞ며 덕셩이 호연(浩然)ᄒᆞ고 효위(孝友) 츌텬(出天)

35 슈구(守口)를 여병(如甁)의: 수구여병. 입을 닫고 말을 삼감.

ᄒᆞ여 흡연(恰然)이 목민(牧民)을 항복(降服) 밧ᄂᆞᆫ 덕화(德化)와 ᄉᆞ흉
(邪凶)을 강쳑(强斥)ᄒᆞᄂᆞᆫ 법녕(法令)이 잇ᄉᆞ믈 ᄇᆞᆰ히 아ᄂᆞᆫ디라. 이ᄀᆞᆺ치
악악(惡惡)ᄒᆞᆫ 흉독(凶毒)으로ᄡᅧ 온미의 셧그믄 니시의 말ᄌᆡ비ᄌᆡ(末在
婢子)라도 아닐 일일 ᄲᅳᆫ 아니라 셜ᄉᆞ 간흉요인(奸凶妖人)으로 의논ᄒᆞ
31면 여도 ᄒᆞ나흘 알고 둘흘 혜ᄂᆞᆫ ᄌᆞᄂᆞᆫ 목젼(目前)의 발각ᄒᆞᆯ 흉ᄉᆞ(凶事)로
ᄡᅧ 화(禍)ᄅᆞᆯ 취치 아닐 바 쾌히 ᄭᆡ치ᄆᆡ 이 필연 듕ᄋᆞ의 단쳔간교(短淺
奸巧)ᄒᆞᆫ 슈단이믈 디긔(知機)ᄒᆞ여 그 심슐을 놀날 ᄯᆞᄅᆞᆷ이 아니오 일
노 조ᄎᆞ 참졍이 젹튝(積蓄)ᄒᆞᆫ 분노ᄅᆞᆯ 니ᄅᆞ혀 젼젼블미디ᄉᆞ(前前不美
之事)ᄅᆞᆯ 들츄어 ᄂᆡ고ᄌᆞ ᄒᆞᆯ 바ᄅᆞᆯ ᄯᅩᄒᆞᆫ 보ᄂᆞᆫ ᄃᆞ시 헤아리ᄆᆡ 블힝ᄒᆞ며
경황ᄒᆞ미 비ᄒᆞᆯ 곳이 업ᄂᆞᆫ디라. ᄲᅧᆯ니 손을 져어 녹빙으로 ᄒᆞ여곰 다시
말을 말나 ᄒᆞ고 침음쥬져(沈吟躊躇)ᄒᆞ여 됴흔 계교(計巧)ᄅᆞᆯ ᄉᆡᆼ각ᄒᆞ
ᄃᆡ 능히 션칙(善策)을 엇디 못ᄒᆞ니 심하(心下)의 ᄌᆞ탄왈(自嘆曰)
“사ᄅᆞᆷ의 총명ᄒᆞ며 달식(達識)ᄒᆞ미 일가디ᄂᆡ(一家之內)의 ᄒᆞ나만 잇
셔도 가히 쇽이기 어렵고 엿튼 슐(術)노ᄡᅧ 긔(欺)이디 못ᄒᆞᆯ ᄇᆡ어ᄂᆞᆯ 이
집 사ᄅᆞᆷ들을 의논ᄒᆞᆯ딘ᄃᆡ 남녀노유(男女老幼) 블논(不論)ᄒᆞ여 ᄒᆞ나히
미암블명(迷暗不明)ᄒᆞᆫ ᄌᆡ 업ᄉᆞ며 노복(奴僕)의 니ᄅᆞ히 이상ᄒᆞ여 운
학 등이 쥬인의 달식(達識)을 니어시니 좀ᄭᅬ와 ᄌᆞ근 계교로ᄡᅧ 거우디
못ᄒᆞᆯ ᄇᆡ오 다ᄅᆡ지 못ᄒᆞᆯ 거시어ᄂᆞᆯ ᄋᆞᄒᆡ 혬이 져ᄅᆞ고[36] ᄉᆡᆼ각이 머디 못ᄒᆞ
32면 여 이변(異變)을 디어 아ᄌᆞ미ᄅᆞᆯ ᄒᆡᄒᆞ며 형을 ᄭᅬᄒᆞ고ᄌᆞ ᄒᆞᄂᆞᆫ 홰(禍) 도
로혀 어미의게 도라질 바ᄅᆞᆯ ᄭᆡ닷디 못ᄒᆞ니 이ᄂᆞᆫ 딘실노 블븟ᄂᆞᆫ 집 우

36 져ᄅᆞ고: 져ᄅᆞ다. 짧다.

ᄒᆡ 깃드리ᄂᆞᆫ 져비[37]라. 내 어이 졔 쇠만 못ᄒᆞ여 닌셩과 니녀ᄅᆞᆯ 괴이 두어시리오마ᄂᆞᆫ 모든 눈의 됴마경(照魔鏡) ᄀᆞᆺ톰과 군ᄌᆞ의 의심이 익익층가(益益層加)ᄒᆞᆫ 바의 블미디ᄉᆞ(不美之事)와 셔어(齟齬)ᄒᆞᆫ 계교ᄅᆞᆯ 베프디 못ᄒᆞ여 도로혀 손을 ᄭᅩᆽ고 머리ᄅᆞᆯ 숙여 ᄯᆡᄅᆞᆯ 기다리ᄆᆡ 심니(心裏)의 분울(憤鬱)ᄒᆞᆷ만 더을 쎈이러니 이제 ᄋᆞᄒᆡ 평디풍파(平地風波)ᄅᆞᆯ 니ᄅᆞ현디라. 나의 몸이 무ᄉᆞ코ᄌᆞ ᄒᆞ면 무죄ᄒᆞᆫ 시녀 ᄒᆞ나흘 죽일 거시로ᄃᆡ 인졍(人情)은 일쳬(一體)라 귀쳔(貴賤)의 다ᄅᆞ미 업ᄂᆞ니 각각 졔 몸의 니(利)ᄅᆞᆯ 구ᄒᆞ며 동긔ᄌᆞ녀(同氣子女)ᄅᆞᆯ 귀듕ᄒᆞ니 황ᄀᆡ(黃蓋)의 고육(苦肉)[38]과 긔신(紀信)의 ᄃᆡᄉᆞ(代事)[39]ᄅᆞᆯ 뉘 달게 넉이리오?"

ᄒᆞ여 딘슈아미(螓首蛾眉)ᄅᆞᆯ 기리 빈축(嚬蹙)ᄒᆞ고 낭모명셩(朗眸明星)의 아연이 경홀ᄒᆞ믈 인ᄒᆞ여 의ᄉᆡ 막히믈 타인은 아디 못ᄒᆞ나 폐부(肺腑)의 신(信)을 두어 심담(心膽)이 상됴(相照)ᄒᆞᄂᆞᆫ 요비(妖婢) 녹빙이 어이 모로리오? 기리 우민황황(憂悶遑遑)ᄒᆞᄃᆡ 부인이 말ᄉᆞᆷᄒᆞ미 33면
업ᄉᆞ니 감히 몬져 의논을 ᄂᆡ디 못ᄒᆞ더라. 이윽고 셕반(夕飯)이 오로며 니쇼졔 시립(侍立)ᄒᆞ니 빙이 잠간 퇴(退)ᄒᆞ여 계월을 닛글고 그윽ᄒᆞᆫ 곳의 니ᄅᆞ러 ᄎᆞᄉᆞ(此事)ᄅᆞᆯ 니ᄅᆞ며 부인의 환우(患憂)ᄒᆞᄂᆞᆫ 긔ᄉᆡᆨ(氣色)을 젼(傳)ᄒᆞ니 계월이 임의 닌듕의 니ᄅᆞ믈 조ᄎᆞ 반일디ᄂᆡ(半日之內)의 ᄒᆡᆼ계(行計)ᄒᆞ믈 교밀(巧密)이 ᄒᆞ엿ᄂᆞᆫ디라. 져의 ᄒᆡᆼᄉᆞ(行事)ᄅᆞᆯ 니ᄅᆞ디 아니ᄒᆞ고 다만 우어 ᄀᆞᆯ오ᄃᆡ

37 져비: 제비.

38 황ᄀᆡ(黃蓋)의 고육(苦肉): 오나라 장수 황개가 조조를 속이기 위해 쓴 고육지책.

39 긔신(紀信)의 ᄃᆡᄉᆞ(代事): 한나라 장수 기신이 유방의 모습으로 꾸며 그를 대신해 항우의 군사를 유인한 일.

“션ᄆᆡ와 초ᄋᆞᄅᆞᆯ 죽이면 ᄎᆞᄉᆡ(此事) 무탈ᄒᆞ리니 우리 ᄌᆞ식을 앗겨 부인의 환우ᄒᆞ시믈 더으랴?”

녹빙이 이의 다ᄃᆞ라ᄂᆞᆫ 낫빗ᄎᆞᆯ 변ᄒᆞ여 ᄀᆞᆯ오ᄃᆡ

“일이 비록 그러ᄒᆞ나 어미의 졍니(情理)로 무죄ᄒᆞᆫ 어린 ᄌᆞ식을 ᄎᆞ마 죽이디 못ᄒᆞᆯ ᄇᆡ라. ᄎᆞᆯ하리 그ᄃᆡ와 내 죽으미 엇더ᄒᆞ뇨?”

계월이 탄왈

“내 본ᄃᆡ 녀군(女君)을 위ᄒᆞ여 죽기ᄅᆞᆯ 결(決)ᄒᆞ여시ᄃᆡ 이ᄣᆡ의 아등(我等)이 잇디 아니ᄒᆞᆫ즉 부인이 좌우고굉(左右股肱)을 일흠 갓ᄐᆞ시리니 ᄆᆡᆼ군(孟君)을 비명(非命)의 죽여 원억(怨抑)을 픔고 ᄉᆞᄂᆞᆫ 바ᄂᆞᆫ 부인의 대ᄉᆞ(大事)ᄅᆞᆯ 셩단ᄒᆞ여 우리 공ᄌᆞ로 ᄒᆞ여곰 종댱(宗長)의 듕
34면 (重)ᄒᆞ믈 당ᄒᆞᄂᆞᆫ 날은 ᄇᆡᆨ만 근심을 쓰리쳐 죽으려 뎡ᄒᆞ엿ᄂᆞ니 이제 엇디 헛도이 죽으리오?”

빙이 쳥파(聽罷)의 격절감탄(擊節感歎) 왈

“그ᄃᆡ의 디극ᄒᆞᆫ 튱의(忠義)ᄂᆞᆫ 빙의 비길 ᄇᆡ 아니로다. 그ᄃᆡ 임의 션ᄆᆡᄅᆞᆯ 앗기디 아니ᄒᆞ면 내 엇디 홀노 초ᄋᆞᄅᆞᆯ 앗기리오? 다만 져것들이 십 셰와 십일 셰 어린 ᄋᆞᄒᆡ라. 엄문디하(嚴問之下)의 말ᄉᆞᆷ을 잘ᄒᆞᆯ 줄 아디 못ᄒᆞ노라.”

계월이 ᄀᆞᆯ오ᄃᆡ

“굿ᄐᆞ여 말을 ᄌᆞᆯᄒᆞ며 못ᄒᆞᆯ 거시 업ᄂᆞ니 그ᄃᆡᄂᆞᆫ 다만 초ᄋᆞᄅᆞᆯ ᄀᆞᄅᆞ쳐 아ᄅᆞᆯ 가ᄅᆞ쳐[40] 아디 못ᄒᆞᄂᆞᆫ 바ᄅᆞᆯ 올흔 ᄃᆡ로 고ᄒᆞ고 누누히 엄문(嚴問)

40 아ᄅᆞᆯ 가ᄅᆞ쳐: 앞의 구절을 반복 필사한 것으로 보임. 규장각본에도 ‘초아을 갈아쳐 ᄋᆞᄅᆞᆯ 가리쳐’라고 되어 있다.

ᄒᆞ미 계시거든 션ᄆᆡ게로 다혀 여ᄎᆞ여ᄎᆞ 고ᄒᆞ라 니ᄅᆞᆯ디어다."

빙 왈

"연즉 초ᄋᆞᄂᆞᆫ ᄉᆞᆯ미 이시나 션ᄆᆡᄂᆞᆫ 죽기의 니ᄅᆞ리로다."

월 왈

"내 엇디 무부ᄒᆞᆫ ᄌᆞ식을 죽이믈 달게 넉이리오마ᄂᆞᆫ 형셰 여ᄎᆞ디도(如此之度)의 그 엇디 ᄒᆞ리오? 션ᄆᆡᄂᆞᆫ 밀월 곳이 이시니 간ᄃᆡ로 죽든 아니 ᄒᆞ리라."

빙이 졈두(點頭)ᄒᆞ고 다시 드러가 거ᄌᆞᆺ 소부(蘇府)의셔 와시믈 고ᄒᆞᆫ 장셔함(藏書緘)을 드리니 부인이 바다 잠간 ᄉᆞᆯ피ᄆᆡ 굿ᄐᆞ여 소부 셔간이 아니라 녹빙이 션ᄆᆡ와 초ᄋᆞᄅᆞᆯ 츄문(推問)ᄒᆞ쇼셔 ᄒᆞᆫ 셜홰(說話)어ᄂᆞᆯ 부인이 냥비ᄌᆞ(兩婢子)의 듕의ᄅᆞᆯ 긔특이 넉이나 어린 시녀ᄅᆞᆯ 츄문ᄒᆞ미 일이 블가ᄒᆞ여 침음(沈吟)ᄒᆞ다가 션발(先發) 졔인(諸人)으로 듕목(衆目)의 공번되믈[41] 뵈고 참졍의 의심을 덜고ᄌᆞ ᄒᆞᄆᆡ 이의 쳥ᄉᆞ(廳舍)의 나와 냥시ᄋᆞ(兩侍兒)ᄅᆞᆯ 블너 ᄀᆞ마니 닐너 왈

"내 여등(汝等)을 져바려 ᄉᆞ디(死地)의 너코ᄌᆞ ᄒᆞᄂᆞ니 여등이 죽기의 니ᄅᆞ히 ᄃᆡ답을 ᄒᆞᆫ갈ᄀᆞᆺ치 ᄒᆞ라. 굿ᄐᆞ여 죽도록 아닐 도리 잇ᄂᆞ니라."

ᄒᆞ며 다시 거ᄅᆞᆷ을 두로혀 태원뎐의 드러가니 참졍 곤계 다 이에 뫼셧더라. 태부인이 소시의 유질(有疾)ᄒᆞ여 니러나디 못ᄒᆞ믈 념녀ᄒᆞ던 고로 풍한(風寒)이 극엄(極嚴)ᄒᆞᆫᄃᆡ 강질(强疾)[42]ᄒᆞ여 츌입디 말믈 일ᄏᆞᄅᆞ니 소시 셩은을 샤례ᄒᆞ고 이에 피셕ᄇᆡ쥬(避席拜奏) 왈

35면

41 공번되믈: 공번되다. '공변되다'의 옛말. 일 처리가 공평하다는 뜻.

42 강질(强疾): 병을 무릅씀.

“쳡이 혼우블민(昏愚不敏)ᄒᆞ오므로뼈 군ᄌᆞ(君子)의 ᄂᆡᄉᆞ(內事)ᄅᆞᆯ 춍
졔(總制)ᄒᆞ와 듕궤(中饋)ᄅᆞᆯ 쥬(主)ᄒᆞ오며 녀공(女工)을 폐(廢)치 아니
ᄒᆞ오나 그 ᄒᆞᆫ ᄀᆞᆺ 슉딘ᄒᆞ믈 엇디 못ᄒᆞ엿ᄉᆞᆸᄂᆞᆫ디라. 스ᄉᆞ로 슉야우구(夙
夜憂懼)[43]ᄒᆞ와 감디봉공(甘旨奉恭)의 온ᄂᆡᆼ(溫冷)을 맛초디 못ᄒᆞ고 션
봉졔ᄉᆞ(先奉祭祀)의 졍결(淨潔)ᄒᆞ믈 엇디 못ᄒᆞ올가 긍긍업업(兢兢業
36면 業)ᄒᆞᄋᆞᆸᄂᆞᆫ ᄇᆡ오ᄃᆡ 존고(尊姑)의 활은늉튁(濶恩隆澤)을 므릅ᄡᅳ와 범
ᄇᆡᆨ(凡百)의 큰 죄ᄅᆞᆯ 면ᄒᆞ오미 되엿ᄉᆞᆸ더니 쳡의 블인박덕(不仁薄德)
이 몬져 춍비어하(總婢御下)[44]의 위의(威儀)ᄅᆞᆯ 일흐며 원망이 다못겨
음식 가온ᄃᆡ 독을 두어 쳡을 맛치고져 ᄒᆞ오미 유ᄌᆞ(幼子)의게 밋쳐
ᄂᆡ웅의 명(命)이 ᄒᆞ마 독약(毒藥)의 ᄒᆡᄅᆞᆯ 면치 못ᄒᆞᆯ 번ᄒᆞ온디라 듯ᄉᆞ
오ᄆᆡ 심한골경(心寒骨驚)ᄒᆞ오니 일이 비록 크기의 밋디 아니ᄒᆞ고 다
ᄒᆡᆼ이 ᄉᆞ망디화(死亡之禍)ᄅᆞᆯ 면ᄒᆞ오나 미듁(糜粥)을 가음아던 시녀ᄅᆞᆯ
그만ᄒᆞ여 두어 살듀악심(殺主惡心)을 길우디 못ᄒᆞᆯ 거시오ᄃᆡ 미듁을
가음안 ᄇᆡ 십일 셰 초아·션ᄆᆡ라. 어린 거ᄉᆞᆯ 츄문ᄒᆞ오미 너모 실업ᄉᆞ
ᄆᆡ 갓갑ᄉᆞ오니 제 어미ᄅᆞᆯ 각각 엄형츄문(嚴刑推問)ᄒᆞ여 간졍(姦情)
을 ᄒᆡᆨ실(覈實)ᄒᆞ오미 올흘가 ᄒᆞᄋᆞᆸᄂᆞ니 쳡이 감히 ᄌᆞ젼(自全)치 못ᄒᆞ
와 픔명(稟命)ᄒᆞᄂᆞ이다.”

태부인이 쳥파(聽罷)의 가장 경ᄒᆡ(驚駭)ᄒᆞ며 블힝ᄒᆞ여 젼후곡딕(前後曲直)을 다시 므ᄅᆞᆫᄃᆡ 소부인이 온미ᄅᆞᆯ 니시 친히 가음안 바ᄂᆞᆫ ᄒᆡᆼ혀도 ᄉᆞᄉᆡᆨ(辭色)디 아니ᄒᆞ고 다만 초ᄋᆞ·션ᄆᆡᄅᆞᆯ 식인 바와 ᄂᆡ듕이 드러

---

43 슉야우구(夙夜憂懼): 숙야우구. 아침저녁으로 근심하고 걱정함.

44 춍비어하(總婢御下): 총비어하. 시종을 총괄하고 아랫사람을 다스림.

와 온미ᄅᆞᆯ 구ᄒᆞ므로조ᄎᆞ[45] 니시로 ᄒᆞ여곰 일합을 쳐 ᄂᆡ여 보ᄂᆡᆫ 바ᄅᆞᆯ 고 37면 ᄒᆞᆯᄉᆡ 나ᄌᆞᆨ이 쥬왈(奏曰)

“식뷔(息婦) 쳡의 앏ᄒᆡ셔 온미ᄅᆞᆯ 쳐 둔 ᄇᆡ오나 그 셩졍이 사ᄅᆞᆷ을 과도히 두리며 조심이 남다ᄅᆞ오니 혹ᄌᆞ 이 말을 드ᄅᆞ면 일분(一憤)ᄒᆞ여 ᄒᆞ미 이실가 ᄒᆞ와 니ᄅᆞ디 아냣ᄂᆞ이다.”

태부인이 ᄀᆞᆯ오ᄃᆡ

“니ᄋᆡ(李兒) 고모(姑母)[46]의 앏ᄒᆡ셔 온미(溫糜)ᄅᆞᆯ 쳐 주미 므ᄉᆞᆷ 블안ᄒᆞᆫ ᄇᆡ 이시리오마ᄂᆞᆫ 져의 셩졍이 그 갓ᄐᆞ니 니ᄅᆞ디 아니ᄒᆞ미 잘 ᄒᆞ도다. 원간 녹빙·계월이 현부(賢婦)의게 딘튱(盡忠)ᄒᆞᄂᆞᆫ ᄇᆡ니 살쥬(殺主)ᄒᆞᄂᆞᆫ 흉역디의(凶逆之義)ᄅᆞᆯ 두디 아닐 거시오 션ᄆᆡ·초ᄋᆞᄂᆞᆫ 더옥 어린 ᄋᆞᄒᆡ라 그런 독슈(毒手)ᄅᆞᆯ 힝ᄒᆞᆯ 니 이시리오?”

소부인이 ᄃᆡ왈(對曰)

“일이 그러ᄒᆞ오나 인심(人心)을 난측(難測)이오니 녹빙·계월을 츄문ᄒᆞ와 딘실노 아디 못ᄒᆞ미 이시면 쳡의 앏ᄒᆡ셔 ᄉᆞ후(伺候)ᄒᆞᄂᆞᆫ 시녀ᄇᆡ(侍女輩)ᄅᆞᆯ 다 므러도 그만ᄒᆞ여 믈시(勿施)튼 못 ᄒᆞᆯ가 ᄒᆞ나이다.”

태부인이 도라 참졍다려 문왈(問曰)

“그 과연 괴흉(怪凶)ᄒᆞᆫ 변이라. 엇디 쳐치ᄒᆞ미 가(可)ᄒᆞ뇨?”

참졍이 궤이ᄃᆡ왈(跪而對曰)

“쇼ᄌᆡ(小子) 우암(愚暗)ᄒᆞ와 그 쳐치의 가부(可否)ᄅᆞᆯ 아디 못ᄒᆞ리로소이다. 다만 가ᄂᆡ(家內)의 교활간특(狡猾奸慝)ᄒᆞᆫ ᄌᆡ(者) 잇셔 이런 38면

---

45 구ᄒᆞ므로조ᄎᆞ: 규장각본에는 ‘ᄎᆞᄌᆞ’로 되어 있음.

46 고모(姑母): 일반적으로 부친의 여자 형제를 말하나, 여기서는 시어머니를 가리킴.

변이 잇ᄉᆞ오니 졈졈ᄒᆞ여 그 어ᄂᆡ 디경(地境)의 밋ᄎᆞᆯ 줄 알니잇고? 이졔 간비(姦婢) 등을 츄문ᄒᆞᄆᆡ 그 초ᄉᆞ(招辭)ᄅᆞᆯ 보디 아냐 아올디라. 므러 므ᄉᆞᆷᄒᆞ리잇가? 이ᄂᆞᆫ 젼혀 쇼ᄌᆞ의 혼약용녈(昏弱庸劣)ᄒᆞ오미라. 이졍기신(以正其身) 연후(然後)의 이졔기국(以齊其國)이어ᄂᆞᆯ 쇼ᄌᆞᄂᆞᆫ 임의 슈신졔개(修身齊家) 글넛ᄉᆞ오니 므ᄉᆞᆷ 도(道)로뼈 셩쥬(聖主)ᄅᆞᆯ 뫼와 태평을 일위리잇가? 집이 망ᄒᆞ며 ᄌᆞ뎨 탕졍(蕩情)의 잠기인 금에 될 바ᄅᆞᆯ 아오ᄃᆡ ᄯᅩᄒᆞᆫ 거리씨미 잇ᄉᆞ와 ᄒᆞᆫ번 결단을 두디 못ᄒᆞ오니 한무(漢武)의 구익(鉤弋)[47]의 ᄉᆞᆯ믈 주디 아니미 쾌ᄒᆞ믈 알니로소이다.”

태부인이 블열왈(不悅曰)

“듁음(粥飮)의 독이 이시믈 인ᄒᆞ여 식뷔(息婦) 간졍(奸正)을 힉실(覈實)ᄒᆞ믈 쳥ᄒᆞ니 녜 그 가댱(家長)의 쳐ᄒᆞ여 일의 가부(可否)ᄅᆞᆯ 혜아려 작악(作惡)ᄒᆞᆫ 간비(奸婢)ᄅᆞᆯ 다ᄉᆞ리미 올커ᄂᆞᆯ 엇디 말이 괴이ᄒᆞ여 노모의 니ᄅᆞᄂᆞᆫ 바ᄅᆞᆯ 무주리고 스ᄉᆞ로 가되(家道) 블평ᄒᆞᆯ 바ᄅᆞᆯ 구ᄒᆞ여 뉸긔일듕(倫紀一重)[48]ᄒᆞ믈 ᄊᆡ닷디 못ᄒᆞ니 진실노 노모의 평일 ᄇᆞ라던 ᄇᆡ 아
39면 니라. 사ᄅᆞᆷ이 비상변고(非常變故)ᄒᆞ여 셩졍(性情)이 그ᄅᆞᆺ되ᄂᆞᆫ ᄌᆡ 업디 아니ᄒᆞ거니와 디어여등곤계(至於汝等昆季)ᄒᆞ여ᄂᆞᆫ ᄋᆞ시(兒時)로브터 늙기의 밋ᄎᆞᄃᆡ 힝실의 ᄑᆡ려(悖戾)ᄒᆞᆷ과 언단(言端)의 무식ᄒᆞ믈 두디 아니ᄒᆞ니 나의 블ᄉᆞ(不似)ᄒᆞ므로도 여등을 두어 구고(舅姑)의 셩덕(盛德)을 갑ᄉᆞ오며 션군(先君)의 대도(大道)ᄅᆞᆯ 기리 힝ᄒᆞ고 뼈 곰 좃ᄎᆞ며

---

47 한무(漢武)의 구익(鉤弋): 한 무제의 후궁인 구익부인 조첩여. 한 무제는 태자를 폐하고 뒤늦게 낳은 조첩여의 아들을 태자로 삼은 후 조첩여가 권력을 휘두를까 걱정해 자결을 명하였음.

48 뉸긔일듕(倫紀一重): 규장각본에는 ‘뉸긔일총’으로 되어 있음.

스ᄉᆞ로 힝ᄒᆞ미 업더니 이제 너의 셩졍이 상ᄒᆞ고 언ᄉᆡ(言辭) 괴이(怪異)ᄒᆞ믈 보건ᄃᆡ 심히 블평ᄒᆞ믈 니긔디 못ᄒᆞᆯ 쁜 아니라 홍혜관대(弘惠寬大)ᄒᆞ므로 집을 안(安)ᄒᆞ며 슉덕대도(淑德大道)로뼈 샹하ᄅᆞᆯ 슌(順)ᄒᆞ믈 ᄇᆞ라디 못ᄒᆞ게 되여시니 블힝ᄒᆞ미 장ᄎᆞᆺ 어나 디경의 밋쳣ᄂᆞ뇨?" 셜파의 츄연블낙(惆然不樂)ᄒᆞ니 참졍이 소시ᄅᆞᆯ 통ᄒᆡᄒᆞ미 아니 밋ᄎᆞᆫ 곳이 업ᄉᆞ므로 분ᄒᆞᆫ 언단이 츌어듕심(出於中心)ᄒᆞ여 화열(和悅)ᄒᆞ믈 닐위디 못ᄒᆞ엿더니 ᄌᆞ위예 블열미쾌(不悅未快)ᄒᆞ시믈 당ᄒᆞᄆᆡ 도로혀 뉘웃ᄎᆞ며 황민(惶憫)ᄒᆞ믈 니긔디 못ᄒᆞ여 년망이 하셕ᄇᆡ샤(下席拜辭) 왈

"블최(不肖) 무상(無狀)ᄒᆞ와 ᄒᆞᆫ 일도 ᄌᆞ의(慈意)ᄅᆞᆯ 위열(慰悅)치 못ᄒᆞ옵고 가도(家道)ᄅᆞᆯ 난상(亂常)ᄒᆞ와 음식의 독이 유ᄌᆞ(幼子)ᄅᆞᆯ 범ᄒᆞ여시ᄆᆡ 플흘 쳐 ᄇᆡ얌을 놀ᄂᆡᄂᆞᆫ 간계(奸計)의 현혹ᄒᆞ와 그 요악(妖惡) 40면
을 쾌히 젹발(摘發)치 못ᄒᆞ오니 듕회(中懷) 블안ᄒᆞ와 말ᄉᆞᆷ을 쥬(奏)ᄒᆞ오ᄆᆡ ᄌᆞ의(慈意) 이ᄀᆞᆺ치 블열ᄒᆞ실 바ᄅᆞᆯ ᄉᆡᆼ각디 못ᄒᆞ오니 블초ᄒᆞ믈 쳥죄ᄒᆞᄂᆞ이다. 연(然)ᄒᆞ오나 ᄋᆞᄒᆡ 뉸긔(倫紀) 듕(重)ᄒᆞ믈[49] 도라보디 아니ᄒᆞ면 ᄯᅩ 져ᄅᆞᆯ 오날ᄂᆞᆯ가디 집의 머므ᄅᆞ미 업ᄉᆞ오리니 ᄌᆞ위ᄂᆞᆫ 블초의 무상ᄒᆞ믈 다ᄉᆞ리시고 ᄯᅩ 져ᄅᆞᆯ 계칙(戒飭)[50]ᄒᆞ샤 죵죵 긔변괴ᄉᆡ(寄變怪事)나 업게 ᄒᆞ시믈 ᄇᆞ라옵ᄂᆞ니 져 비ᄌᆡ(婢子) 셜영 작변(作變)ᄒᆞ여 쥬인이 간셥ᄒᆞᆫ ᄇᆡ 아니라 ᄒᆞ여도 샹탁하브졍(上濁下不淨)으로 맛ᄎᆞᆷᄂᆡ 블힝ᄒᆞ미 극ᄒᆞ온디라. 쇼ᄌᆡ ᄉᆡᆼ어ᄉᆞ(生於斯) 댱어ᄉᆞ(長於斯)ᄒᆞ와 규듕디덕(閨中之德)은 은은공공(殷殷恭恭)ᄒᆞ며 어셩(語聲)

49 ᄋᆞᄒᆡ 뉸긔(倫紀) 듕(重)ᄒᆞ믈: 규장각본에는 'ᄋᆞ희놈 거동ᄒᆞᆷ을'로 되어 있음.

50 계칙(戒飭): 경계하여 타이름.

이 창외(窓外)의 젼(傳)치 아니ᄒᆞ고 호령(號令)이 듕문(中門)의 나디 아니ᄒᆞ며 범ᄇᆡᆨ(凡百)을 가댱(家長)의 긔약(期約)의 어긔디 아니ᄒᆞ믈 웃듬으로 아옵ᄂᆞ니 춍명다ᄌᆡ(聰明多才)ᄒᆞ여 의견이 남ᄌᆞ의 디나믈 미더 빈계샤신(牝鷄司晨)[51]의 외월(猥越)ᄒᆞ믈 ᄭᆡ닷디 못ᄒᆞᄂᆞᆫ 부인녀ᄌᆞ(婦女女子)ᄅᆞᆯ 실노 괴이히 넉이ᄂᆞ이다.”

태부인이 다시 ᄃᆡ(對)치 못ᄒᆞ여셔 소시 이에 돗긔 나려 관잠(冠簪)을

41면 ᄲᆡ히고 기리 쳥죄왈(請罪曰)

“쳡이 ᄉᆡᆼ어취가(生於娶嫁)ᄒᆞ와 비박(菲薄)ᄒᆞᆫ 긔딜(氣質)과 용누(庸陋)ᄒᆞᆫ 픔셩(稟性)이 본ᄃᆡ ᄇᆡ호미 업ᄉᆞ온디라. 셩문(聖門)을 우러러 의탁ᄒᆞ온 디 십여 년의 슉야우구(夙夜憂懼)ᄒᆞ옵고 황황(遑遑)ᄒᆞ믈 므롭ᄡᅳ와 범ᄇᆡᆨ(凡百)의 가여블가(可與不可)와 당여브당(當與不當)을 아디 못ᄒᆞ오ᄃᆡ 븍두디망(北斗之望)을 섀 양츈(陽春)을 기리 목욕ᄒᆞ오ᄆᆡ 오날놀 화당(華堂)[52]의 부귀 극ᄒᆞ오니 사ᄅᆞᆷ이 미(微)ᄒᆞ고[53] 명위(名位) 듕(重)ᄒᆞ오미 ᄯᅩᄒᆞᆫ 샹셰(祥瑞) 아니라. 군ᄌᆞ의 의심이 이에 ᄆᆡᆺ쳐ᄂᆞᆫ 쳡이 창ᄒᆡ연파(滄海煙波)ᄅᆞᆯ 거훌너도 다 ᄲᅵᆺ디 못ᄒᆞ올 ᄇᆡ라. 하면목(何面目)으로 군ᄌᆞ의 가상[54]의 쳐ᄒᆞ여 듕궤(中饋)ᄅᆞᆯ 님ᄒᆞ리잇고? 금일노브터 존문(尊門)의 용무지디(用無之地)오니 믈너가와 어버의[55] 노

51 빈계샤신(牝鷄司晨): 빈계사신. 암탉이 새벽을 알리느라 먼저 운다는 뜻으로, 부인이 남편을 젖혀놓고 집안일을 마음대로 처리함을 이르는 말.

52 화당(華堂): 화려한 저택.

53 사ᄅᆞᆷ이 미(微)ᄒᆞ고: 규장각본에는 ‘샤로미 이미ᄒᆞ고’로 되어 있음.

54 가상: 아내.

55 어버의: 규장각본에는 ‘어버이’로 되어 있음.

년을 위로ᄒᆞ믈 ᄇᆞ라ᄂᆞᆫ 밧긔 쳡의 좌우롤 일일히 츄문ᄒᆞ샤 딘실노 쳡의 죄범(罪犯)이 잇ᄉᆞᆸ던ᄃᆡ 관형(官刑)의 복(伏)ᄒᆞ여 엄하(嚴下)의 쥬륙(誅戮)을 원(怨)치 아니ᄒᆞ리이다.”

셜파의 ᄉᆞ러 명을 기다리니 무빈(橅鬢)[56] 아ᄅᆞᆷ다온 옥협(玉頰)이 아연ᄒᆞᆫᄃᆡ 낭셩(朗星)의 츌모영치(出貌英彩) 춍민(聰敏)ᄒᆞ여 경황(驚惶)ᄒᆞᆫ 우ᄉᆡᆨ(憂色)을 동(動)치 아니 타연이 ᄂᆞᆺ빗ᄎᆞᆯ 관슈(管守)ᄒᆞ며 본ᄯᅳᆺ을 곰초와 것ᄎᆞ로 온순ᄒᆞ고 인약(仁弱)ᄒᆞ여 디극히 화(和)ᄒᆞ며 어딘 ᄃᆞᆺᄒᆞ나 그 ᄆᆞ음이 강쳘 ᄀᆞᆺ고 싀랑(豺狼) ᄀᆞᆺᄐᆞ여 부월(斧越)을 두리디 아니ᄒᆞ며 정확(鼎鑊)을 겁(怯)ᄒᆞ디 아니ᄒᆞ니 타인은 져 소시의 간활(奸猾)ᄒᆞ믈 아디 못ᄒᆞ고 이ᄀᆞᆺ치 순일안정(純一安靜)ᄒᆞ믈 칭복(稱服)ᄒᆞ여 참졍의 말ᄉᆞᆷ을 괴이히 넉일 ᄲᅮᆫ이어니와 셔태부인과 참졍 곤계의 ᄉᆞ광디춍(師曠之聰)과 이루디명(離婁之明)[57]이야 어이 잘 ᄀᆞ리오리오? 태부인인이[58] 그윽이 근심되며 블힝ᄒᆞ믈 니긔디 못ᄒᆞ나 가변(家變)의 층츌(層出)ᄒᆞᆯ 바ᄂᆞᆫ 소시 츌거(黜去)ᄒᆞ여도 낫디 아니ᄒᆞ고 닌셩 부부와 웅ᄋᆞ 등의 망극홈만 더을 ᄲᅳᆫ이오 맛ᄎᆞᆷ니 디효(至孝)의 ᄌᆞ식들이 어미로 ᄒᆞ여곰 오ᄅᆡ 츌부(黜婦)의 쳐ᄒᆞ디 아닐디라. 다시 도라오ᄂᆞᆫ 날은 간흉극악(奸凶極惡)이 일층(一層)이 더어 긔탄(忌憚)이 업ᄉᆞᆯ 바롤 혜아리ᄆᆡ 안연화평(安然和平)ᄒᆞ미 올흘디라. 이에 참졍과 소시롤 ᄃᆡᄒᆞ여 니ᄅᆞᄃᆡ 42면

“고ᄌᆞ(古者)의 어딘 부인은 그 ᄌᆞ(子)롤 계훈(戒訓)ᄒᆞᄆᆡ 일죽 엄부(嚴

---

56 무빈(橅鬢): 풍성한 귀밑머리.

57 ᄉᆞ광디춍(師曠之聰)과 이루디명(離婁之明): 사광의 귀밝음과 이루의 눈밝음.

58 태부인인이: ‘인’은 오기로 추가된 듯함.

43면 父)의 디나다 ᄒᆞᄃᆡ 노모ᄂᆞᆫ 션군(先君)긔 도라오므로브터 위엄이 군ᄌᆞ긔 범(犯)치 아니ᄒᆞ고 그 어미 약ᄒᆞ므로 ᄋᆞᄃᆞᆯ을 챵쥰(唱準)[59]치 못ᄒᆞ며 녀ᄌᆞ의 슬긔로 남ᄌᆞᄅᆞᆯ 일ᄭᆡ오디 못ᄒᆞ믈 아ᄂᆞᆫ디라. 이졔 잔미(殘微)ᄒᆞ고 노혼(老昏)ᄒᆞ믈 겸ᄒᆞ여 미망여ᄉᆡᆼ(未亡餘生)이 너의 부부ᄅᆞᆯ 댱셩(長城)과 교악(嶠嶽)의 의탁을 두어시믄 다만 오ᄋᆡ(吾兒) 알디라. 네 임의 늙어 사ᄅᆞᆷ의 아비와 한아비 되여시니 ᄒᆡᆼ실의 ᄉᆡ로이 돈독ᄒᆞᆫ 절목(節目)을 니ᄅᆞᆯ 거시 업ᄉᆞ며 식뷔(息婦) 쏘 노모의 슬하ᄅᆞᆯ 님ᄒᆞ연 디 셰월이 이구(已久)ᄒᆞ고 비록 친ᄉᆡᆼ(親生)이 아니나 ᄉᆞ회ᄅᆞᆯ 보며 손아ᄅᆞᆯ 두어시니 족히 신인(新人)으로 니ᄅᆞᆯ ᄇᆡ 아니오 명위(名位) 존듕(尊重)ᄒᆞ여 일픔경상(一品卿相)의 ᄂᆡ조로 국부인(國夫人) 봉작(封爵)이 이시니 일시 블평ᄒᆞ므로ᄡᅧ 가ᄇᆞ야이 죄ᄅᆞᆯ 니ᄅᆞ며 도라가믈 니ᄅᆞᆯ ᄇᆡ 아니니 ᄇᆡᆨᄋᆞ(伯兒)ᄂᆞᆫ 스ᄉᆞ로 ᄉᆡᆼ각ᄒᆞ여 홍원관대(弘遠寬大)ᄒᆞ믈 주(主)ᄒᆞ며 가옹(家翁)[60]의 눈 어둡고 귀먹으믈 힘쓰며 현부(賢婦)ᄂᆞᆫ 가지록 현일졍슉(賢一貞淑)ᄒᆞ여 졍문법도(程門法度)ᄅᆞᆯ 착난(錯亂)ᄒᆞ미 업게 ᄒᆞ믈 ᄇᆞ라ᄂᆞ니 모로미 당치 아닌 쳥죄(請罪)ᄅᆞᆯ 긋쳐 노모로 ᄒᆞ여곰 ᄆᆞ음이 블평케 말나."

44면 참졍이 슈명(受命)ᄒᆞ여 블초(不肖)ᄒᆞ믈 일ᄏᆞᆺ고 날호여 좌(座)의 드ᄃᆡ 소시ᄂᆞᆫ 오ᄃᆡᆨ 계슈쳥죄(稽首請罪)러니 시랑이 ᄂᆡᆫ듕으로 더브러 드러와 경ᄉᆡᆨ(景色)이 됴치 아니ᄒᆞ믈 보ᄆᆡ 감히 좌의 드디 못ᄒᆞ며 황황(遑遑)

59 챵쥰(唱準): 창준. '소리를 내어 읽어 가면서 교정을 봄. 또는 그렇게 보는 교정.'의 뜻. 여기서는 '가르침'을 의미함.

60 가옹(家翁): 남편.

ᄒᆞ믈 마디 아닛ᄂᆞᆫ디라. 태부인이 ᄌᆡ삼 소시의 평신(平身)ᄒᆞ믈 니ᄅᆞ고 공이 ᄯᅩ ᄌᆞ교(慈教)ᄅᆞᆯ 거ᄉᆞ리미 업과져 ᄒᆞ니 소시 마디못ᄒᆞ여 비로소 관잠(冠簪)을 ᄀᆞᆺ초와 녯 좌의 나아가ᄆᆡ 쳐ᄉᆡ 날호여 형댱(兄長)긔 고왈(告曰)

"미듁을 가음아던 ᄌᆡ 어린 시녀의 ᄒᆞᆫ ᄇᆡ라 ᄒᆞ오니 그 므러 형상 업ᄉᆞᆫ 말을 쪽히 미들 거시 아니로ᄃᆡ 존쉬(尊嫂) 일후(日後)ᄅᆞᆯ 근심ᄒᆞ샤 ᄆᆞᆺ고ᄌᆞ ᄒᆞ시니 형댱은 일이 ᄯᅩᄒᆞᆫ 바ᄅᆞᆯ ᄉᆡᆼ각ᄒᆞ샤 ᄒᆞᆫ번 츄문키ᄅᆞᆯ 폐치 마ᄅᆞ쇼셔."

참졍이 미우(眉宇)ᄅᆞᆯ 찡긔여 왈

"긔 므ᄉᆞᆷ 어려오리오마ᄂᆞᆫ 군ᄌᆞᄂᆞᆫ 맛ᄎᆞᆷᄂᆡ 소탈(疏脫)ᄒᆞ고 쇼인은 디극히 교밀(巧密)ᄒᆞ니 내 져 간비요녀(奸婢妖女)의 입 가온ᄃᆡ 므ᄉᆞᆷ 말이 드러시믈 아디 못ᄒᆞ노라."

쳐ᄉᆡ 미쇼왈(微笑曰)

"졔 입의 아모 말이나 다 형댱이 그 딘가(眞假)ᄅᆞᆯ 분변치 못ᄒᆞ시리잇가?"

참졍이 믁연냥구(默然良久)의 시랑을 도라보아 닌웅의 통쳐(痛處)ᄅᆞᆯ 45면
ᄆᆞᄅᆞ니 시랑이 그ᄉᆞ이 나으미 업ᄉᆞ믈 ᄃᆡᄒᆞ며 슉뫼(叔母) 친히 나오샤 안흐로 다려 드려가시믈 고ᄒᆞᆫᄃᆡ 참졍이 졈두(點頭)ᄒᆞ고 다시 말이 업더니 홀연 밧긔 녯날 셔긔(書記) 홍윤이 ᄉᆞ라 도라와시믈 고ᄒᆞ거ᄂᆞᆯ 이 곳 왕셕(往昔)의 태향 하거디시(下去之時)의 듕노젹변(中路賊變)을 인ᄒᆞ여 ᄉᆞᄉᆡᆼ(死生)을 모로며 월쳥강의 ᄲᆡ졋던 ᄂᆔ(類) 죽기ᄅᆞᆯ 면ᄒᆞ여시므로 홍윤도 힝혀 ᄉᆞᆯ기ᄅᆞᆯ 어댓ᄂᆞᆫ가 ᄒᆞᄃᆡ 십년디ᄂᆡ(十年之內)의 ᄉᆡᆼ존(生存)ᄒᆞ믈 듯디 못ᄒᆞ니 그윽이 츄연(惆然)ᄒᆞ여 시시(時時)의 탄

(嘆)ᄒᆞᄂᆞᆫ ᄇᆡ러니 금일 그 ᄉᆞ라 도라오믈 드ᄅᆞᄆᆡ 깃브고 반기믈 니긔디 못ᄒᆞ여 즉시 나와 셔로 볼ᄉᆡ 홍윤이 고두ᄇᆡ알(叩頭拜謁)의 만만(萬萬) 흔ᄒᆡᆼ쾌열(欣幸快悅)ᄒᆞ여 문하(門下)ᄅᆞᆯ ᄯᅥ난 디 십 년의 늉경업녹(隆慶業祿)이 호호(浩浩)ᄒᆞ시믈 듯고 다시 촌딘ᄒᆞ여 도라오믈 고ᄒᆞ니 참졍 곤계 다시곰 기시(其時) 젹변(賊變)의 ᄉᆞ라난 곡졀(曲折)을 므ᄅᆞᄃᆡ 홍윤이 눈믈을 흘니며 그ᄯᆡ의 월쳥 강슈(江水)의 ᄯᅥ러지ᄃᆡ 즉시 가라안디 아니ᄒᆞ고 파션(破船)ᄒᆞᆫ 널조각의 올나 한업시 밀니여
46면 가다가 상고션(商賈船)을 만나 모든 상괴(商賈) 구(救)ᄒᆞ믈 힘닙어 인ᄒᆞ여 교디(交趾)[61]의 니ᄅᆞ럿다가 긔구(崎嶇)ᄒᆞᆫ 일노 살인디명(殺人之名)을 므릅뼈 구년츈츄(九年春秋)ᄅᆞᆯ 옥듕(獄中)의셔 디ᄂᆡ고 금년(今年)이야 비로소 원억(怨抑)ᄒᆞ믈 폭ᄇᆡᆨ(暴白)ᄒᆞ여 노히믈 어더 고원(故園)의 도라오오믈[62] 고ᄒᆞ며 이공ᄌᆡ(二公子) 긔특(奇特)이 ᄉᆡᆼ환(生還)ᄒᆞ여 농방(龍榜)의 오로믈 더옥 경ᄒᆡᆼ(慶幸)ᄒᆞ니 시랑이 ᄯᅩ 그 ᄉᆞ라시믈 칭하(稱賀)ᄒᆞ여 반기미 범연(泛然)치 아니ᄒᆞᄃᆡ ᄉᆞ뎨(舍弟)의 병이 듕ᄒᆞ믈 인ᄒᆞ여 즉시 몸을 두로혀 ᄂᆡ헌으로 향ᄒᆞ더라. ᄎᆞ시 홍윤이 시랑긔 고ᄒᆞᆯ 말이 이시ᄃᆡ 이목(耳目)이 번거ᄒᆞ여 발셜(發說)치 못ᄒᆞ고 다만 참졍과 쳐ᄉᆞᄅᆞᆯ 뫼셔 안ᄌᆞ ᄯᅥ낫던 바ᄅᆞᆯ 슬허ᄒᆞ고 목금(目今)을 경환(慶歡)ᄒᆞ여 ᄒᆞ더니 믄득 셔동이 급보왈(急報曰)

"ᄎᆞ공ᄌᆡ(次公子) 홀연 혼도(昏倒)ᄒᆞ여 계시니이다."

참졍이 비록 듕ᄋᆞ의 군ᄌᆞ디풍(君子之風)이 아니믈 낫비 넉여 귀듕

61 교디(交趾): 교지. 지금의 베트남 북부 지방에 두었던 한나라 때의 행정 구역.

62 도라오오믈: '오'는 중첩 필사된 것으로 보임.

(貴重)ᄒᆞᄂᆞᆫ 뜻이 셩·웅 냥ᄌᆞ(兩子)만 ᄀᆞᆺ디 못ᄒᆞ나 이 ᄯᅩ ᄌᆞ긔 ᄋᆞ돌이
라 텬뉸(天倫)의 졍이 이시니 엇디 놀나미 업ᄉᆞ리오? ᄌᆞ연 ᄆᆞ음이 동
(動)ᄒᆞᄂᆞᆫ 바ᄅᆞᆯ ᄭᆡ닷디 못ᄒᆞ여 쳐ᄉᆞ로 더브러 듁셔루의 와보ᄆᆡ 그ᄉᆞ이 47면
혼도ᄒᆞᆫ 바ᄅᆞᆯ ᄭᆡ여시ᄃᆡ 토혈(吐血)ᄒᆞ기ᄅᆞᆯ ᄀᆞ장 놀나이 ᄒᆞ여 젹혈(赤
血)이 벼개의 넘ᄡᅵ고 ᄌᆞ리의 괴여시니 쳐ᄉᆡ 몬져 ᄆᆞ러 왈

"엇디 두어 시ᄀᆡᆨ이 넘디 못ᄒᆞ여셔 이ᄃᆡ도록 괴이ᄒᆞᆫ 병을 어덧ᄂᆞ뇨?"

닌듕 요인(妖人)이 괴이ᄒᆞᆫ 소ᄅᆡ로 ᄃᆡ왈(對曰)

"굿ᄐᆞ여 병이 발ᄒᆞ미 아니라 우연이 목이 갈(渴)ᄒᆞ므로 ᄎᆞ(茶)ᄅᆞᆯ 구(求)ᄒᆞ여 ᄒᆞᆫ번 마시믈 조ᄎᆞ 졍신이 아득ᄒᆞ여 아모란 줄을 모로고 이에 나와 계오 누엇습더니 인ᄒᆞ여 혼도ᄒᆞ엿던가 시브이다."

쇼뷔 왈

"네 ᄎᆞᄅᆞᆯ 어ᄃᆡ셔 먹으며 뉘 주더뇨?"

듕ᄋᆡ ᄃᆡ왈

"쉬일젼 쳥ᄉᆞ(廳舍)의셔 션ᄆᆡ 주거ᄂᆞᆯ ᄎᆡ 바다 마시디 못ᄒᆞ여셔 졍신이 아득ᄒᆞ여 소ᄅᆡᄅᆞᆯ 못ᄒᆞ고 혼도ᄒᆞ엿다가 토혈ᄒᆞᄆᆡ 더옥 현혼(眩昏)ᄒᆞᆫ ᄃᆞᆺ시브ᄃᆡ 잠간 나아이다."

쇼뷔 참졍을 향ᄒᆞ여 ᄀᆞᆯ오ᄃᆡ

"ᄎᆞ역(此亦) 젹은 변(變)이 아니라. 형댱이 간비(姦婢)의 입의셔 므ᄉᆞᆫ 말이 날 줄을 알니오 ᄒᆞ시나 일이 ᄒᆞᆫ번 뭇디 아니치 못ᄒᆞ리이다."

참졍이 믁연블열(默然不悅)ᄒᆞ나 ᄉᆞ셰(事勢) ᄒᆞᆫ번 뭇기ᄅᆞᆯ 아니치 못
ᄒᆞᆯ디라. 시랑을 블너 듕ᄋᆞᄅᆞᆯ 구호(救護)ᄒᆞ라 ᄒᆞ고 곤계(昆季) ᄂᆡ루 48면
(內樓)의 드러가 태부인 안휴(安休)ᄒᆞ시믈 쳥ᄒᆞ여 취침(就寢)ᄒᆞ시믈
보고 믈너 셔헌(書軒)의 나오ᄆᆡ ᄉᆞ예(司隸)ᄅᆞᆯ 명ᄒᆞ여 형벌긔구(刑罰

器具)롤 드리라 ᄒᆞ고 쳥하(廳下)의 거쵹(炬燭)을 쇄연(灑然)이 ᄇᆞᆰ히미 참졍이 ᄒᆞᆫ 소ᄅᆡ 녕(令)을 나리와 녹빙·계월과 션ᄆᆡ·초아 등을 일시(一時)의 잡아ᄂᆡ라 ᄒᆞ니 공이 본ᄃᆡ 긔위(氣宇) 엄졍슉연(嚴正肅然)ᄒᆞ여 츄텬(秋天)의 놉흠과 하일(夏日)의 두리오미 이시니 좌위(左右) 블감앙시(不敢仰視)ᄒᆞ고 시위(侍衛) 국궁딘췌(鞠躬盡瘁)[63]로ᄃᆡ 평ᄉᆡᆼ 놉흔 소ᄅᆡ와 엄ᄒᆞᆫ 호령으로 노복(奴僕)이 혹ᄌᆞ(或者) 죄롤 범ᄒᆞ미 잇셔도 다ᄉᆞ리ᄂᆞᆫ 도리 각박(刻薄)ᄒᆞ믈 두디 아니ᄒᆞ나 ᄌᆞ연이 법이 셔고 녕(令)이 ᄒᆡᆼᄒᆞ여 녀로남복(女奴男僕)이 은혜롤 감골ᄒᆞ고[64] 덕ᄐᆡᆨ(德澤)을 함숑(咸頌)ᄒᆞ여 혹ᄌᆞ 법을 범ᄒᆞ고 녕을 어긔올가 져마다 삼가고 조심ᄒᆞ미 가득ᄒᆞᆫ 거술 밧들고 여룬 어룸을 드됨 ᄀᆞᆺᄐᆞ니 ᄀᆞᆺᄐᆞ여 형벌과 ᄐᆡ장(笞杖)을 바든 ᄌᆡ 업던디라. 졸연이 형위(刑衛)롤 년셜(延設)ᄒᆞ고 녹빙·계월의 모녀롤 잡아ᄂᆡ미 합문(闔門)이 혼블부톄(魂不
49면 附體)ᄒᆞ고 족블니디(足不離地)ᄒᆞ여 져마다 아모리 홀 바롤 아디 못ᄒᆞ니 녹빙·계월이 ᄯᅩᄒᆞᆫ 사ᄅᆞᆷ이라 소부인을 위ᄒᆞ여 목숨을 ᄇᆞ리기롤 긔약(期約)ᄒᆞ나 ᄯᅩ 금번 치독ᄉᆞ(置毒事)ᄂᆞᆫ 범ᄒᆞ미 업ᄉᆞ므로 더옥 ᄯᅳᆺ 잡기롤 쳘셕(鐵石)ᄀᆞᆺ치 ᄒᆞ여 잡담(雜談)과 무복(誣服)을 아니려 ᄒᆞᄂᆞᆫ디라. 임의 형위디하(刑衛之下)의 님ᄒᆞᄆᆡ 참졍이 본ᄃᆡ 이 비ᄌᆞ(婢子)롤 간교(奸巧)히 넉이나 죄목(罪目)이 낫타나디 아니ᄒᆞ므로 무고(無故)히 뭇디 못ᄒᆞ엿더니 금일을 당ᄒᆞ여 졍셩 엄문왈(嚴問曰)

---

63 국궁딘췌(鞠躬盡瘁): 국궁진췌. 국궁진력(鞠躬盡力)과 같은 말. 마음과 몸을 다 바쳐 나라에 이바지하는 것을 뜻함.

64 감골ᄒᆞ고: 규장각본에는 '감ᄒᆞᆫ고로'로 되어 있음.

“너 쳔비(賤婢) 녹빙·계월이 요악간흉(妖惡奸凶)ᄒᆞ여 쥬인(主人)을 돕ᄂᆞᆫ 도리 ᄒᆞᆫ 일도 슌근딕ᄇᆡᆨ(順勤直白)디 아니ᄒᆞ믈 내 임의 아ᄂᆞᆫ ᄇᆡ로ᄃᆡ 죄ᄂᆞᆫ 므ᄅᆞ미 금일의 이시니 젼젼(前前) 간교악ᄉᆞ(奸巧惡事)ᄅᆞᆯ 딕고(直告)ᄒᆞ고 금일 온미의 독이 이시믈 ᄯᅩ 모로디 아니리니 몬져 삼공ᄌᆞ(三公子)ᄅᆞᆯ 먹여 합문이 경동(驚動)ᄒᆞ고 다시 이공ᄌᆞ(二公子)ᄅᆞᆯ 먹여 두 번 놀나게 ᄒᆞᄂᆞᆫ 거죄(擧措) 잇게 ᄒᆞ믄 ᄯᅩ 므ᄉᆞᆫ 계교뇨? 여등(汝等)이 낫타나ᄂᆞᆫ 바ᄅᆞᆯ 모로디 아니며 술연이 범(犯)ᄒᆞ믄 반ᄃᆞ시 두로 미루려ᄂᆞᆫ ᄡᅬᄅᆞᆯ 두미어니와 내 ᄯᅩᄒᆞᆫ 호란(胡亂)ᄒᆞᆫ 요언(妖言)을 50면 ᄭᆡ닷디 못ᄒᆞ미 업ᄉᆞ리니 바ᄅᆞᆫ ᄃᆡ로 알외라.”

셜파(說罷)의 위풍(威風)이 규규(赳赳)ᄒᆞ여[65] 청상(青霜)이 날니고 호령(號令)이 녈녈(烈烈)ᄒᆞᆫ디라. 녹빙·계월이 기리 하날을 블너 쳔쳔만만(千千萬萬) 몽ᄆᆡ(夢寐) 밧도 아디 못ᄒᆞ므로뼈 ᄃᆡ(對)ᄒᆞ여 니언교셜(利言巧說)이 딘실노 소시의 비ᄌᆡ(婢子)니 그 군ᄉᆞ(軍士)ᄅᆞᆯ 보ᄆᆡ 댱슈(將帥)의 ᄌᆡ략(才略)을 알디라. 공이 분완(憤惋)ᄒᆞ믈 픔언 디 오란디라. ᄌᆡ쵹ᄒᆞ여 올녀 ᄆᆡ라 ᄒᆞ고 치기ᄅᆞᆯ 엄히 ᄒᆞᄃᆡ ᄆᆞᆺᄂᆞᆫ ᄇᆡ 금일 온미의 독을 셧그믄 버금이오 젼젼(前前) 간흉악ᄉᆞ(奸凶惡事)ᄅᆞᆯ 알외라 ᄒᆞ여 딘노(震怒)ᄒᆞ믈 마디 아니ᄒᆞ니 두 간비(奸婢) 다만 죽기ᄅᆞᆯ 그음ᄒᆞ여 젼일 죄ᄅᆞᆯ 범ᄒᆞ미 업고 금일 독을 셧그믈 아디 못ᄒᆞ므로 ᄃᆡᄒᆞ여 피육(皮肉)이 후란(朽爛)ᄒᆞ고 셩혈(腥血)이 낭ᄌᆞ(狼藉)ᄒᆞᄃᆡ 복초(服招)ᄒᆞ미 업더니 초ᄋᆡ 믄득 셤미ᄅᆞᆯ 쥐여딜너 왈

65 규규(赳赳)ᄒᆞ여: 규규하다. 씩씩하고 헌걸차다.

"삼공ᄌᆞ 딘(進)ᄒᆞ신 온미와 ᄎᆞ공ᄌᆞ 딘ᄒᆞ시ᄂᆞᆫ ᄎᆞ의 쳐음 네 므ᄉᆞᆫ 조희 예 ᄡᆞᆫ 거ᄉᆞᆯ 쪄ᄂᆞᆫ ᄃᆞᆺᄒᆞᆯ ᄡᅳᆫ이오 그 후 아모도 맛보미 업시 삼공ᄌᆞ긔 몬
51면 져 ᄂᆡ여가고 ᄎᆞ공ᄌᆡ ᄎᆞᄅᆞᆯ ᄎᆞᄌᆞ시므로 그 ᄎᆞᄅᆞᆯ 몬져 나와 이 일이 나시니 우리 모녀와 네 모친도 아디 못ᄒᆞᄃᆡ 다만 네 혼ᄌᆞ 알 ᄃᆞᆺᄒᆞ거ᄂᆞᆯ 너의 손을 놀닌 연고로 아모(我母)와 여뫼(汝母) 이런 듕형(重刑)을 당ᄒᆞ여 ᄉᆞᄉᆡᆼ(死生)이 급ᄒᆞ니 네 엇디 나의 원쉬(怨讎) 아니며 여모의게 몹쁠 ᄌᆞ식이 아니리오?"

션ᄆᆡ 눈믈이 비 ᄀᆞᆺᄐᆞ여 왈

"온미와 ᄎᆞᄅᆞᆯ 나와 네 ᄒᆞᆫ가지로 달혓거ᄂᆞᆯ 네 엇디 이런 괴이ᄒᆞᆫ 말을 ᄒᆞᄂᆞ뇨? 다만 그 미듁(米粥)과 온ᄎᆡ(溫茶) 오히려 남은 거시 이시니 그거ᄉᆞᆯ ᄂᆡ여다가 만일 독이 이시면 나도 ᄒᆞᆫ 의심된 일이 이시니 ᄒᆞᆯ 말이 잇도다."

이ᄯᆡ 시랑이 부명(父命)을 니어 듁누(竹樓)의 와 ᄂᆡ듕을 보ᄆᆡ 놀나온 거동이 향ᄌᆞ(向者) ᄂᆡ웅의 나리디 아니ᄒᆞᄃᆡ 좌우슈(左右手)ᄅᆞᆯ 간ᄆᆡᆨ(看脈)ᄒᆞᄆᆡ 심ᄉᆡ(心思) 번난(煩亂)ᄒᆞ여 ᄆᆡᆨ되(脈道) 안안(安安)치 못ᄒᆞᆯ디언졍 긔운(氣運)인즉 방강(方强)ᄒᆞ여 호홀(毫忽)만 ᄒᆞᆫ 독긔(毒氣)도 후셜(喉舌)을 넘은가 시브디 아니ᄒᆞᄃᆡ 못 견ᄃᆡ여 요요(擾擾)히 닓쒸고 현난(眩亂)이 죽어가ᄂᆞᆫ 모양이 보기의 위ᄐᆡᄒᆞ니 ᄎᆞ마 엇지 십셰유뎨(十歲幼弟)ᄅᆞᆯ 공교ᄒᆞᆫ 일노 의심ᄒᆞ리오? 그 가득이 토ᄒᆞ여 놀
52면 나이 흐ᄅᆞᄂᆞᆫ 젹혈(赤血)이 젼혀 입으로조ᄎᆞ 토ᄒᆞ믈 알고 ᄉᆞᄆᆡ 가온ᄃᆡ 가족 쥬머니ᄅᆞᆯ ᄂᆡ여 양혈(羊血)을 너헛다가 입의 바ᄅᆞ며 변긔예 ᄡᅩ드며 ᄌᆞ리의 부엇ᄂᆞᆫ 바와 미듁과 ᄎᆞ의 친히 독을 두고 나왓ᄂᆞᆫ 심슐을 ᄭᆡ닷디 못ᄒᆞ고 다만 황황(遑遑)이 낭듕(囊中)의 약을 어더 ᄒᆡ독(解毒)

ᄒᆞᆯ 약을 ᄲᆞ시 닌듕이 시랑의 낭듕을 버려 약 어더ᄂᆡ기ᄅᆞᆯ ᄌᆡ쵹ᄒᆞ니 시랑이 ᄀᆞᆯ오ᄃᆡ

"향각(嚮刻) 삼뎨(三弟)ᄅᆞᆯ 먹이고 남은 거ᄉᆞᆯ 예 너헛더니 오히려 브죡ᄒᆞ니 대인(大人)긔 고ᄒᆞ고 어더 ᄡᅳ리라."

ᄒᆞ니 닌듕이 형의 손이 낭듕의 드디 못ᄒᆞ게 스ᄉᆞ로 어더ᄂᆡᄂᆞᆫ 톄ᄒᆞ고 인ᄒᆞ여 형상이 심난(心亂)토록 덤벙여 알ᄂᆞᆫ 듯 위틔ᄒᆞᆫ ᄃᆞ시 쳔틔만상(千態萬象)으로 요괴(妖怪)로이 구더니 셔동(書童)이 녹빙·계월 등이 듕장(重杖)ᄒᆞᆷ믈 쥬(奏)ᄒᆞ니 닌듕이 믄득 넓더나 눈믈을 흘녀 왈

"내 유모와 보모의 은양(恩養)ᄒᆞᆫ 은혜ᄅᆞᆯ 갑디 못ᄒᆞ고 도로혀 원억(怨抑)ᄒᆞᆫ 형벌을 밧게 ᄒᆞ니 참통(慘痛)ᄒᆞᆷ믈 비ᄒᆞᆯ 곳이 이시리오? 슈쉬(嫂嫂) 친집(親執)ᄒᆞ신 온미의 독이 드러든 내 유뫼 므ᄉᆞᆷ 죄ᄅᆞᆯ 범ᄒᆞ엿다 ᄒᆞ고 당치 아닌 참형을 더으시ᄂᆞ뇨? 대인 쳐ᄉᆞ(處事)도 일편(一偏)되시도다. 계운각 시녀ᄂᆞᆫ 부인이라 ᄒᆞ고 감히 뭇도 못ᄒᆞ시ᄂᆞᆫ가?" 53면

언파(言罷)의 원분(怨憤)과 노식(怒色)이 돌돌ᄒᆞ니 시랑이 그 인믈을 크게 근심ᄒᆞ여 손을 잡고 경계 왈

"인ᄌᆞ빅ᄒᆡᆼ디강(人子百行之綱)은 시위효애(是謂孝也)[66]니 열의(悅意)와 양지(養志)ᄂᆞᆫ 일졍(一定)[67] 슌죵(順從)이 최ᄌᆡ(最者)로ᄃᆡ 과실(過失)의 다ᄃᆞ라ᄂᆞᆫ 삼간(三諫)이 블쳥즉슈이호디(不聽則隨而號之)[68]라.

---

66 인ᄌᆞ빅ᄒᆡᆼ디강(人子百行之綱)은 시위효애(是謂孝也): '자식으로서 백행의 핵심은 이른바 효이다.'라는 뜻.

67 일졍(一定): 일정. 반드시.

68 삼간(三諫)이 블쳥즉슈이호디(不聽則隨而號之): 어버이에게 잘못이 있으면 자식이 세 번 간언을 했다가 듣지 않으시면 뒤따르며 호읍(號泣)을 한다는 뜻. 《사기》 〈미자세가〉에 나옴.

셜ᄉᆞ 대인(大人)이 형벌(刑罰)의 과도(過度)ᄒᆞ시믈 ᄉᆡᆼ각디 못ᄒᆞ실디라도 깁히 간(諫)ᄒᆞ여 엄의(嚴意)ᄅᆞᆯ 도로혀시믈 기다릴디니 엇디 못 드ᄅᆞ시ᄂᆞᆫ 바의셔 원언(怨言)과 분ᄉᆡᆨ(憤色)이 발(發)ᄒᆞ미 올흐리오? 내 이졔 나아가 간(諫)ᄒᆞ리니 네 ᄯᅩ 긔거(起去)ᄒᆞ량이어든 날노 더브러 ᄒᆞᆫ가디로 가 녜 유모의 무죄(無罪)ᄒᆞ믈 ᄇᆞᆰ히미 올흔디라. 모로미 삼가고 효슌(孝順)ᄒᆞ므로ᄡᅧ 다시 그ᄅᆞ믈 범치 말나."

닌듕이 형의 대셩대효(大聖大孝)ᄅᆞᆯ 더옥 질오(疾惡)ᄒᆞ여 햐슈(下手)ᄒᆞᆯ ᄃᆞᆺ 경ᄀᆡᆨ의 삼킬 ᄃᆞᆺᄒᆞ여 그 ᄆᆡ오미 구쳑의 나리디 아니ᄒᆞ나 임의 유모의 간계(奸計)로 형의 난일(亂逸)ᄒᆞ며 음탕(淫蕩)ᄒᆞ므로 모라너코
54면 ᄌᆞ ᄒᆞ여 십분(十分) 교ᄉᆡᆨ(巧色)을 디어 그ᄅᆞ믈 샤죄(謝罪)ᄒᆞ고 거ᄅᆞᆷ을 옴기ᄂᆞᆫ 쳬ᄒᆞ여 시랑으로 더브러 부젼(父前)의 국궁ᄇᆡ시(鞠躬拜侍)ᄒᆞᆯᄉᆡ 계월 등이 다 일ᄎᆞ듕형(一次重刑)을 바다 거의 죽게 된 바의 션ᄆᆡ·초ᄋᆡ 이러ᄐᆞᆺ 닷토ᄂᆞᆫ디라. 시랑이 발셔 그 별이(別異)ᄒᆞᆫ 간계(奸計) 이시믈 모로ᄂᆞᆫ ᄇᆡ 아니로ᄃᆡ 그 다힐 곳이 잇셔 요란ᄒᆞ믈 긋치미 ᄯᅩᄒᆞᆫ 다ᄒᆡᆼᄒᆞᆫ디라. 부젼의 쥬왈(奏曰)

"냥시ᄋᆞ(兩侍兒)의 말이 이 ᄀᆞᆺᄌᆞ오니 그 ᄎᆞ와 온미 남은 거ᄉᆞᆯ ᄂᆡ여다가 보고 션ᄆᆡᄅᆞᆯ 므ᄅᆞᆯ ᄇᆡ오니 녹빙·계월은 형벌을 긋치미 가(可)ᄒᆞ니이다."

공이 졍ᄉᆡᆨ왈(正色曰)

"녹빙 등은 금일 ᄎᆞ탕(茶湯)의 약을 므ᄅᆞᆷ만 아니라 다ᄅᆞᆫ 일을 뭇거든 엇디 그만ᄒᆞ여 긋칠 니 이시리오?"

쳐ᄉᆞ와 경죄 간왈(諫曰)

"블가(不可)ᄒᆞ이다. 다ᄅᆞᆫ 일을 므ᄅᆞ시ᄂᆞᆫ ᄇᆡ 죄목이 므어시니잇고? 비

록 미말쳔비(微末賤婢)나 암ᄆᆡ(暗昧)ᄒᆞᆫ 바로 다ᄉᆞ리디 못ᄒᆞ리니 아
ᄃᆡᆨ 날회시고 ᄎᆞ탕(茶湯)을 ᄂᆡ여오라 ᄒᆞ샤 알게 ᄒᆞ쇼셔."

공이 만만블쾌(萬萬不快)ᄒᆞ나 아ᄃᆡᆨ 계월 등 치기ᄅᆞᆯ 긋치고 ᄎᆞ탕을 ᄂᆡ
여다가 갓가이 노코 ᄉᆞᆯ피ᄆᆡ 독긔(毒氣) 가득ᄒᆞ엿ᄂᆞᆫ디라. 즉시 ᄡᅡᄒᆡ 55면
업치니 프ᄅᆞᆫ 블이 니러나고 독ᄒᆞᆫ ᄂᆡ 코흘 거ᄉᆞ리더라. 드ᄃᆡ여 션미ᄅᆞᆯ
졍하(庭下)의 ᄊᆞᆯ니고 식이던 ᄌᆞᄅᆞᆯ 므ᄅᆞ니 션ᄆᆡ 쩔며 ᄉᆞᄆᆡ 안흐로 조
ᄎᆞ 옷ᄉᆞᆯ을 ᄐᆞ고 ᄒᆞᆫ 봉ᄒᆞᆫ 거ᄉᆞᆯ ᄂᆡ니 크디 아냐 ᄌᆞ근 약봉만 ᄒᆞ더라.

"이거ᄉᆞᆯ 미황당 셔낭ᄌᆞ의 어더 기ᄅᆞᆫ 난쇠 주며 왈 '이ᄂᆞᆫ 딘실노 션가
(仙家)의 녕디(靈芝)와 신초(神草)ᄅᆞᆯ 작말(作末)[69]ᄒᆞ여시니 사ᄅᆞᆷ이 ᄒᆞᆫ
번 먹으ᄆᆡ ᄇᆡᆨ병(百病)이 것치고 ᄉᆞ디(四肢) 경쾌(輕快)ᄒᆞ여 음식을
오ᄅᆡ 딘(進)치 아냐도 허핍(虛乏)ᄒᆞ믈 모로ᄂᆞ니 내 드ᄅᆞ니 소부인이
ᄆᆡ양 질환(疾患)이 계시다 ᄒᆞ니 네 이ᄅᆞᆯ 가져 ᄎᆞ탕의 나 온갓 곳의 ᄐᆞ
ᄃᆡ 만히 ᄐᆞ디 말고 ᄯᅩ 사ᄅᆞᆷ이 이ᄅᆞᆯ ᄐᆞᄂᆞᆫ 줄 곳 알면 먹어도 효험이 업
ᄂᆞᆫ디라. 브ᄃᆡ 비밀이 ᄒᆞ여 이목(耳目)이 아디 못ᄒᆞ게 셧그라.' ᄒᆞ고
ᄯᅩ 닐오ᄃᆡ '니부인 셩ᄒᆈ(誠孝) 츌텬(出天)ᄒᆞ샤 소부인 딘(進)ᄒᆞ시ᄂᆞᆫ
바ᄅᆞᆯ 친집(親執)ᄒᆞ미 계시다 ᄒᆞ니 약음(藥飮)으로브터 미듁(糜粥)가
지 니부인 친집ᄒᆞ실 ᄣᆡᄅᆞᆯ 타 이거ᄉᆞᆯ 아모ᄃᆡ나 화(和)ᄒᆞ라.' ᄒᆞ니 쇼비
딘실노 긔특ᄒᆞᆫ 션약(仙藥)인가 ᄒᆞ여 혹ᄌᆞ 이ᄅᆞᆯ 딘ᄒᆞ시면 녀군(女君) 56면
의 딜환이 쾌소(快蘇)ᄒᆞ실가 흔ᄒᆡᆼ(欣幸)ᄒᆞᄃᆡ 져의 당부ᄒᆞ믈 조ᄎᆞ 니
부인 친집ᄒᆞ믈 타 셧그려 ᄒᆞᄃᆡ 근일 풍한(風寒)이 극엄(極嚴)ᄒᆞ믈 인

69 작말(作末): 가루로 만듦.

ᄒᆞ여 니부인이 부인의 딘(進)ᄒᆞ시ᄂᆞᆫ 바ᄅᆞᆯ ᄉᆞᆯ피디 아니시니 능히 ᄐᆞ디 못ᄒᆞ엿더니 오날ᄂᆞᆯ의 다ᄃᆞ라ᄂᆞᆫ 난쇠 다시 블너 밧비 ᄐᆞ라 ᄒᆞ니 마디 못ᄒᆞ여 미듁의 ᄐᆞ고 그윽이 부인의 딘ᄒᆞ시믈 희망ᄒᆞ여 일노조ᄎᆞ 환휘(患候) 가복(可復)ᄒᆞ실 약이 될가 ᄒᆞᄆᆡ 이공ᄌᆞ(二公子)ᄂᆞᆫ 쇼비의 어미 졋ᄉᆞᆯ 난호신 ᄇᆡ라 유뫼라 ᄒᆞ샤 시녀 뉴(類)의 각별이 은혜ᄅᆞᆯ 깃치시니 쇼비 ᄯᅩ 이공ᄌᆞ 우러오믈 다ᄅᆞᆫ 공ᄌᆞ와 ᄂᆡ도ᄒᆞ온디라. 병든 몸도 셩케 ᄒᆞᄂᆞᆫ 약이 ᄯᅩᄒᆞᆫ 몸의 보익(補益)ᄒᆞ미 더옥 긔특ᄒᆞ리로다 혜아려 공ᄌᆡ ᄎᆞᄅᆞᆯ 구(求)ᄒᆞ시ᄂᆞᆫ 바의 ᄀᆞ마니 ᄐᆞ 나왓ᄉᆞᆸᄂᆞ니 이ᄅᆞᆯ 감찰(鑑察)ᄒᆞ시면 독(篤)ᄒᆞ며 아니믈 분변(分辨)ᄒᆞ시려니와 쇼비ᄂᆞᆫ 다만 난쇼의 니ᄅᆞ믈 조ᄎᆞ 힝(行)ᄒᆞ고 어린 튱셩(忠誠)으로 이공ᄌᆞᄅᆞᆯ 익긔댱셩(益氣壯盛)ᄒᆞ시과져 ᄐᆞ 드리미오 다ᄅᆞᆫ 뜻이 업셔이다.”

57면 참졍 곤계 본ᄃᆡ 난쇼ᄌᆞ의 유무ᄅᆞᆯ 알오미 업고 이 말을 드ᄅᆞᄆᆡ 괴이(怪異)ᄒᆞ믈 니긔디 못ᄒᆞ여 그 봉(封)ᄒᆞᆫ 거ᄉᆞᆯ 올녀보니 ᄒᆞᆫ 줌 흰 갈니[70]로ᄃᆡ 괴이코 모진 ᄂᆡ음ᄉᆡ 잇ᄂᆞᆫ디라. 다ᄅᆞᆫ ᄎᆞ의 ᄯᅩ 잠간 ᄐᆞᄆᆡ 프ᄅᆞᆫ 블이 니ᄂᆞᆫ디라. 드ᄃᆡ여 ᄎᆞ의 화(和)ᄒᆞᆫ 거ᄉᆞᆯ 업시 ᄒᆞ고 좌우ᄅᆞᆯ 도라보아 왈

“원간 셔ᄆᆡ의게 난쇼란 비ᄌᆡ(婢子) 이시믈 뉘 알 ᄌᆡ 잇ᄂᆞ냐?”

닌듕이 믄득 ᄃᆡᄒᆞ여 ᄀᆞᆯ오ᄃᆡ

“난쇼ᄂᆞᆫ 셔슉ᄌᆞ의 시녜 아니라 어더 길너 ᄯᆞᆯᄀᆞᆺ치 ᄒᆞ믈 보아실 ᄲᅳᆫ 아니라 형댱이 쇼의게 유심(有心)ᄒᆞ미 계신 고로 쇼의 션악(善惡)을 아ᄅᆞ시리이다.”

70 갈니: 가루. 규장각본에는 ‘가리’로 되어 있음.

참경과 션싱이 쳥파(聽罷)의 괴이ᄒᆞ여 닌듕과 시랑을 냥구슉시(良久熟視)ᄒᆞ니 시랑은 닌듕의 말을 듯고 어히업ᄉᆞᄃᆡ 대인(大人)의 셩졍(性情)을 알 ᄲᅳᆫ 아니라 ᄌᆞ긔ᄂᆞᆫ 탕일난음디인(蕩佚亂淫之人)이 될디언졍 ᄎᆞ마 닌듕으로 ᄒᆞ여곰 형을 함(陷)ᄒᆞ고 무거밍낭디언(無據孟浪之言)ᄒᆞᄂᆞᆫ 간인(奸人)을 민ᄃᆞ지 못ᄒᆞ여 스ᄉᆞ로 져ᄌᆞᆫ 일이 잇ᄂᆞᆫ ᄃᆞ시 관(冠)을 숙이고 낫ᄎᆞᆯ ᄀᆞ리와 오ᄅᆡ도록 말을 못ᄒᆞ니 쳐ᄉᆡ 날호여 ᄀᆞᆯ오ᄃᆡ

"셔ᄆᆡ 난쇼란 ᄋᆞ히ᄅᆞᆯ 어더 길너심도 쳐음으로 듯거니와 듕ᄋᆡ ᄲᅧ ᄇᆡᆨᄋᆞ(伯兒)의 유심(有心)ᄒᆞᆫ ᄇᆡ라 ᄒᆞ믈 내 능히 ᄭᆡ닷디 못ᄒᆞᄂᆞ니 너의 형뎨 ᄒᆞᆫ번 ᄇᆞᆰ히 닐너 좌듕(座中)의 괴이ᄒᆞ믈 덜나." 58면

시랑이 쏘 밋쳐 ᄃᆡ치 못ᄒᆞ여셔 닌듕이 피셕브복(避席俯伏) 왈

"쇼ᄌᆞᄂᆞᆫ 형댱이 난쇼의게 유심ᄒᆞ시믈 달니 알오미 아니라 옥션초(玉扇貂)와 금션ᄑᆡ(金線佩)[71]ᄅᆞᆯ 밧고와 낭듕(囊中)의 너흐시믈 보고 쳔ᄒᆞᆫ 곳의 듕ᄒᆞᆫ 신믈(信物)을 우셧던 거시라. 일노ᄲᅧ 아온 ᄇᆡ오ᄃᆡ 쇼의 현우(賢愚)ᄂᆞᆫ 아디 못ᄒᆞᄂᆞ이다."

말이 맛디 못ᄒᆞ여셔 참졍이 냥목(兩目)이 두렷ᄒᆞ고 빵미(雙眉)ᄅᆞᆯ 거ᄉᆞ려 녀셩대즐(厲聲大叱) 왈

"블초ᄌᆡ(不肖子) 신싱디초(新生之初)의 상(象)[72]의 후신(後身)이 아니면 위삭의 넉시런 줄을 아랏거니와 내 죽디 아냣고 아이 잇ᄂᆞᆫ 바의 엇디 ᄎᆞ마 졔 형을 당면(當面)ᄒᆞ여 무근밍낭디셜(無根孟浪之說)노 함ᄒᆡ(陷害)ᄒᆞᆯ 줄 ᄯᅳᆺᄒᆞ여시리오? 내 우암블명(愚暗不明)ᄒᆞ여 ᄎᆞ탕(茶

71 금션ᄑᆡ(金線佩): 금선패. 황금에 선으로 문양을 새긴 노리개. 금문패(金紋佩).

72 상(象): 순임금의 동생.

湯)의 독이 아모의 슈단이믈 ᄊᆡ닷디 못ᄒᆞ엿더니 블초ᄌᆞ의 거동을 보
고 말을 드러오ᄆᆡ 반ᄃᆞ시 져의 소술(所術)이라. 나의 밋쳐 십 셰도 넘
디 못ᄒᆞᆫ 거시 공교(工巧)ᄒᆞᆫ 쐬로 아비ᄅᆞᆯ 쇽이고 독ᄉᆞ(毒蛇)의 ᄆᆞᄋᆞᆷ으
59면 로 형을 삼키고져 ᄒᆞ니 내 ᄉᆞ라셔 블초욕ᄌᆞ(不肖辱子)ᄅᆞᆯ 업시치 못ᄒᆞᆫ
ᄌᆞᆨ 이 모ᄌᆡ(母子) 내 집을 업치고 샤(嗣)[73]ᄅᆞᆯ 멸ᄒᆞᆯ디라. 내 또 셜셜ᄒᆞᆫ ᄉᆞ
졍(私情)을 인ᄒᆞ여 대체(大體)ᄅᆞᆯ 일허 ᄇᆞ리고 어진 ᄌᆞ식을 보젼치 못
ᄒᆞ리로다.”

셜파의 좌우ᄅᆞᆯ 호령ᄒᆞ여 닌듕을 ᄌᆞᆸ아나오라 ᄒᆞ니 위엄이 ᄉᆡᆼ풍(生風)
ᄒᆞ고 호령이 규규(赳赳)ᄒᆞ니 상텬(霜天)이 녈일(烈日)ᄒᆞ여 음ᄋᆡ(陰
崖)ᄅᆞᆯ 디으ᄆᆡ 하일(夏日)이 육음(六陰)[74]ᄒᆞ여 우셜(雨雪)을 날니ᄂᆞᆫ ᄃᆞᆺ
창ᄒᆡ(滄海) 호탕(浩蕩)ᄒᆞ여 노룡(老龍)이 풍동(風動)ᄒᆞ고 태산(泰山)
이 응뉴ᄒᆞ여 노회(老虎) 음즐(陰騭)ᄒᆞᄂᆞᆫ ᄃᆞᆺ 질풍뇌위(疾風雷雨) 딘진
쳡쳡(震震疊疊)ᄒᆞ니 공이 쳐음으로 졍금ᄒᆞ여 오날ᄂᆞᆯᄀᆞᆺ치 딘노(震怒)
ᄒᆞ미 업ᄂᆞᆫ디라. 셔동ᄉᆞ예(書童司隸) 황황구숑(惶惶懼悚)ᄒᆞ여 각각 머
리ᄅᆞᆯ 버혀 올니라 ᄒᆞ여도 감히 ᄒᆞᆫ 말 ᄉᆞ졍(事情)을 빗최디 못ᄒᆞᆯ디라.
일신(一時)들 디완(遲緩)ᄒᆞ리오? ᄊᆞᆯ니 공ᄌᆞᄅᆞᆯ 븟드러 나리오ᄆᆡ 공이
ᄌᆡ쵹ᄒᆞ여 산장(散杖) 열ᄒᆞᆯ ᄌᆞᆸ고 ‘밧비 결장(決杖)ᄒᆞ라’ ᄒᆞ니 시랑이
오날ᄂᆞᆯ의 대변(大變)이 나믈 망극황황(罔極遑遑)ᄒᆞ여 면관ᄒᆡᄃᆡ(免冠
解帶)ᄒᆞ고 고두복계(叩頭伏階)의 체읍쳥죄(涕泣請罪) 왈
“블초ᄋᆡ(不肖兒) 무상탕일(無狀蕩佚)ᄒᆞ믈 아이 ᄒᆞᆫ번 주(奏)ᄒᆞᄆᆡ 죄

73 샤(嗣): 사. 후사(後嗣). 종사(宗嗣)

74 육음(六陰): 규장각본에는 ‘녹음’으로 되어 있음.

칙(罪責)이 도로혀 졔 몸의 밋ᄌᆞ오니 블초ᄋᆞ의 죄과ᄂᆞᆫ 더옥 ᄡᅡᆨ흘 곳이 업셔이다. 어린 ᄋᆞᄒᆡ 혹 ᄉᆞᆯ피디 못ᄒᆞ고 망녕도이 그ᄅᆞᆺ 쥬(奏)ᄒᆞ미 잇셔도 그 유튱(幼冲)ᄒᆞ믈 도라보샤 과칙(過責)디 아니시미 텬셩(天性)의 친(親)이옵거놀 ᄒᆞ믈며 알외온 ᄇᆡ 망녕되디 아니미니잇가? 복원(伏願) 대인은 쇼ᄌᆞ의 무ᄒᆡᆼ난일(無行亂逸)ᄒᆞ믈 다ᄉᆞ리시고 닌듀의 무죄(無罪)ᄒᆞ믈 구버 ᄉᆞᆯ피쇼셔." 60면

인ᄒᆞ여 뉴혈간징(流血諫爭)ᄒᆞ믈 긋치디 아니ᄒᆞ니 참졍이 ᄇᆞ야흐로 놉흔 셩을 니긔디 못ᄒᆞᄂᆞᆫ디라. ᄒᆞᆫ ᄆᆡ의 듀ᄋᆞ롤 맛ᄎᆞ 부ᄌᆞ의 졍으로 ᄒᆞᆫ 번 울고 드러가 ᄌᆞ부인(慈夫人)긔 ᄌᆞ젼(自專)ᄒᆞᆫ 죄롤 쳥ᄒᆞ여 ᄉᆞᄉᆞ로 골육(骨肉)을 상잔(相殘)ᄒᆞᆫ 죄와 블인(不仁)을 겸흘디언졍 간ᄌᆞ(奸子)롤 ᄉᆞᆯ와 두어 이후 문호(門戶)의 블ᄒᆡᆼ(不幸)을 더으디 아니려 ᄒᆞᄆᆡ 엇디 시랑의 말을 귀가의 머므ᄅᆞ리오? 다만 시랑의 뉴혈ᄒᆞ믈 보ᄆᆡ 쇼부와 경조롤 도라보아 왈

"셩이 향ᄌᆞ(向者)의 여ᄎᆞ여ᄎᆞ 머리롤 브듸이져 져ᄀᆞᆺ치 상ᄒᆞᆫ 바의 다시 상ᄒᆞ니 현뎨(賢弟) 등은 날을 위ᄒᆞ여 셩ᄋᆞ의 머리와 손을 잡아 그 상(傷)ᄒᆞ믈 방비(防備)ᄒᆞ라." 61면

경조와 쇼뷔 닌듀의 허무ᄒᆞᆫ 말을 ᄒᆞ여 형을 함ᄒᆡ(陷害)ᄒᆞ믈 통한(痛恨)ᄒᆞ여 비로소 참졍의 ᄆᆡ양 낫비 녁이던 바롤 ᄭᆡ치ᄆᆡ 문듕(門中)의 져런 거시 삼긴 줄과 그 간교흉활(奸巧凶猾)ᄒᆞ믈 ᄒᆞᆫ가디로 블ᄒᆡᆼ이 녁이므로 굿ᄐᆞ여 말을 아니코 즉시 나려 시랑의 손을 잡으며 머리롤 븟드러 골오ᄃᆡ

"너의 디효(至孝)와 화순(和順)키로뼈 비록 간(諫)ᄒᆞᄂᆞᆫ 일이 이신들 엇디 머리롤 바아 피롤 흘녀 친의(親意)롤 경동(驚動)ᄒᆞ리오? 이 거

조(擧措)ᄅᆞᆯ 잠간 ᄀᆞᆺ치라."

시랑이 닌듕을 ᄆᆡ이[75] 결박(結縛)ᄒᆞ여 계하(階下)의 쑬녀시믈 보ᄆᆡ 그 어린 나흘 참연(慘然)ᄒᆞ여 녕원(獰猿)이 쒸놀고 구회(九廻) 젼요(纏繞)ᄒᆞᄆᆡ 출하리 스ᄉᆞ로 당ᄒᆞ여도 아이 위ᄐᆡᄒᆞ믈 면홀딘ᄃᆡ 힝희(幸喜)홀디라. ᄒᆞ믈며 남ᄋᆞ의 쇼년호신(少年豪身)으로ᄡᅥ ᄒᆞᆫ 희쳡(姬妾)을 두고져 ᄒᆞ미 므ᄉᆞᆷ 누덕(累德)과 허믈이 되리오? 다만 져 난쇼ᄌᆞ의 귀쳔근본(貴賤根本)을 아디 못ᄒᆞ고 인지션악(人之善惡)을 모로미나 ᄋᆞ시비(兒侍婢)ᄅᆞᆯ 가ᄅᆞ쳐 약봉(藥封)을 주며 일이 두로 것츌게 ᄒᆞ미 다
62면 듕뎨(仲弟)의 쇼슐(所述)이믈 한심가ᄒᆡ(寒心可駭)ᄒᆞ나[76] 그 몸이 쟝하(杖下)의 위ᄐᆡ(危殆)ᄒᆞ믈 보ᄆᆡ 밋쳐 타ᄉᆞ(他事)ᄅᆞᆯ ᄉᆡᆼ각디 못ᄒᆞ고 부명(父命)을 밧드디 못ᄒᆞᄂᆞᆫ 바의 냥슉부(兩叔父) 공경ᄒᆞ민들 어이 평일과 ᄀᆞᆺᄐᆞ리오? 봉안빵광(鳳眼雙眶)의 일쳔(一千) 줄 ᄆᆞᆰ은 누쉬(淚水) ᄇᆡᆨ년용화(白蓮容華)[77]ᄅᆞᆯ 젹셔 ᄃᆡ왈(對曰)

"쇼딜(小姪)이 비록 블초무상(不肖無狀)ᄒᆞ오나 작죄(作罪)ᄒᆞ미 스ᄉᆞ로 듕(重)ᄒᆞ옵거ᄂᆞᆯ 쇼딜은 도로혀 안상(安常)ᄒᆞ고 쇽죄(贖罪)ᄒᆞ믄 ᄋᆞ의게 도라지니 엇디 ᄎᆞ마 견딜 ᄇᆡ오며 그 나흘 ᄉᆡᆼ각ᄒᆞ시고 져 ᄆᆡᄅᆞᆯ 도라보쇼셔. 이 가히 참을 ᄇᆡ니잇가? 졔 딘실노 죄ᄅᆞᆯ 범ᄒᆞ미 잇ᄂᆞᆫ 바로 의논ᄒᆞ여도 져ᄂᆞᆫ 어리고 쇼딜은 댱셩ᄒᆞ오니 죵뎨의 ᄲᅡᆨ노화 ᄋᆞᆲ흐믈 난호던 셩우(誠友)ᄅᆞᆯ ᄯᆞ로오디 못ᄒᆞ나 쟝벌(杖罰)을 난화 밧ᄌᆞ오미 원

75 ᄆᆡ이: 매이. 매우, 단단히.

76 ᄋᆞ시비(兒侍婢)ᄅᆞᆯ 가ᄅᆞ쳐 ~ 한심 가ᄒᆡᄒᆞ나: 규장각본에는 빠져 있음.

77 ᄇᆡᆨ년용화(白蓮容華): 백련용화. 흰 연꽃 같은 아름다운 얼굴.

(願)이오니 감히 냥슉부(兩叔父)긔 붓들녀 놉히 안ᄌᆞ 존귀(尊貴)ᄒᆞ믈 엇고ᄌᆞ 아니 ᄒᆞᄂᆞ이다."

셜파의 몸을 ᄲᅢ혀 나ᄂᆞᆫ ᄃᆞ시 닌듕의 결장(決杖)ᄒᆞᄂᆞᆫ 곳의 나아가 ᄒᆞᆫ 가디로 업ᄃᆡ여 머리ᄅᆞᆯ 두다려 옷ᄉᆞᆯ 메와 다 ᄌᆞ긔 죄의 닌듕이 슈장(受杖)ᄒᆞ미 원통ᄒᆞᆷ과 딘실노 ᄋᆞ의 작죄(作罪)ᄒᆞ미 잇셔도 ᄌᆞ긔 방셩(方 63면
盛)ᄒᆞᆫ 근녁(筋力)으로ᄡᅧ 유튱(幼沖)ᄒᆞᆫ 몸을 ᄃᆡ(代)ᄒᆞ여 슈장ᄒᆞ믈 혈읍ᄋᆡ고(血泣哀告)ᄒᆞᆯᄉᆡ 그 완슌(完順)ᄒᆞᆫ 낫빗과 효뎨(孝悌)ᄒᆞᆫ 거동의 망극ᄒᆞᆫ 심ᄉᆞᄅᆞᆯ 니긔디 못ᄒᆞ니 슬프고 어엿브미 보ᄂᆞᆫ ᄌᆞ로 ᄒᆞ여곰 칼히 결닌 ᄃᆞᆺᄒᆞᆫ디라. ᄉᆞ예(司隸) 다시 닌듕의게 ᄆᆡᄅᆞᆯ 더으지 못ᄒᆞ며 냥슉뷔(兩叔父) 시랑을 위ᄒᆞ여 눈믈이 ᄯᅥ러디믈 ᄭᆡ닷디 못ᄒᆞ더라. 쳐ᄉᆡ(處士) 듕ᄋᆞ의 위인을 근심ᄒᆞ미 임의 셰월이 오ᄅᆡᄃᆡ 오날ᄂᆞᆯ 시랑의 거동을 보ᄆᆡ 심회(心懷) 블평ᄒᆞ믈 니긔디 못ᄒᆞ여 이에 참졍을 우러러 피셕궤고(避席跪告) 왈

"듕ᄋᆡ 텬딜(天質)이 영명(英明)ᄒᆞ고 위인이 춍오(聰悟)ᄒᆞ므로ᄡᅧ 희미ᄒᆞᆫ 일을 가져 고치 아니ᄒᆞ오리니 닌셩의 난쇼ᄅᆞᆯ 유심(有心)ᄒᆞ며 아니ᄒᆞ미 듕ᄋᆞ의 니ᄅᆞᆫ 바 신믈(信物)을 ᄎᆞᄌᆞ 난쇼의게 옥션초와 금문ᄑᆡ 잇ᄉᆞ며 셩ᄋᆞ의게 옥환(玉環)과 탄월이 이실딘ᄃᆡ 듕ᄋᆞ의 말이 올흐믈 닙긱(立刻)[78]의 알 거시오 셩ᄋᆡ ᄯᅩ 쇼범(所犯)이 잇ᄉᆞ므로ᄡᅧ 죄ᄅᆞᆯ 쳥ᄒᆞ고 감히 발명(發明)ᄒᆞᆯ 말을 ᄂᆡ디 못ᄒᆞ오니 일노 보아ᄂᆞᆫ 듕ᄋᆞ의 허언 64면
(虛言)이 아님과 셩ᄋᆞ의 작죄(作罪)ᄒᆞ믈 짐작ᄒᆞ올디라. 원컨ᄃᆡ 형댱

78 닙긱(立刻): 입객, 입각(당장에, 즉시).

(兄長)은 셩노(盛怒)ᄅᆞᆯ 도로혀샤 일의 당여브당(當與不當)과 가여블가(可與不可)ᄅᆞᆯ ᄉᆡᆼ각ᄒᆞ샤 쳐치ᄒᆞ소셔."

참졍이 바야흐로 시랑의 과도ᄒᆞᆫ 거동을 ᄃᆡᄒᆞ여 심니(心裏)의 창도(愴悼)ᄒᆞ믈 니긔디 못ᄒᆞᄂᆞᆫ 밧ᄌᆞᄂᆞᆫ 다만 시랑의 괴로온 명도(命途)ᄅᆞᆯ 위ᄒᆞ미오 닌듕의 ᄉᆞᄉᆡᆼ(死生)은 몽니(夢裏)의도 거리ᄭᅵ미 업더니 쳐ᄉᆞ의 말을 드ᄅᆞᄆᆡ 기리 개연분ᄀᆡ(慨然憤慨)ᄒᆞ여 왈

"디ᄌᆞ(知子)ᄂᆞᆫ 막여뷔(莫如父)라. 현뎨(賢弟)의 ᄇᆞᆰ으미 아니라도 고ᄉᆔ(瞽叟)아닌 후ᄂᆞᆫ 닌셩을 모로디 아니리니 현뎨ᄂᆞᆫ 엇디 닌듕 역ᄌᆞ(逆子)의 말의 다ᄃᆞ라ᄂᆞᆫ 슌슌이 우형(愚兄)을 ᄃᆡᄒᆞ여 심ᄉᆞᄅᆞᆯ 은휘(隱諱)ᄒᆞ미 되ᄂᆞ뇨? 블쵸난ᄌᆡ(不肖亂子) 졔 형을 삼킬 흉심(凶心)으로ᄡᅧ 임의 함(陷)ᄒᆞ난 말이 그 디경(地境)의 ᄆᆡᆺ촐 졔 ᄯᅩ 엇디 간모요슐(奸謀妖術)을 베플미 업ᄉᆞ리오? 내 ᄋᆞᄒᆡ 심히 감연(欿然)ᄒᆞ고 무심ᄒᆞ여 의ᄉᆡ(意思) ᄉᆞ곡(邪曲)ᄒᆞᆫ 바의 ᄆᆡᆺ디 아냐셔 발셔 너흔 ᄇᆡ 되리니 그 마ᄃᆡᄂᆞᆫ 믓디 아냐 나의 아ᄂᆞᆫ ᄇᆡ라. 엇디 괴로이 허비ᄒᆞ리오? 셩ᄋᆡ 셜ᄉᆞ 쇼년호탕(少年浩蕩)과 방일(放逸)ᄒᆞ믈 겸ᄒᆞ여 술을 즐기며 ᄉᆡᆨ을 탐ᄒᆞ미 잇다 니ᄅᆞᆯ디라도 금문ᄑᆡᄂᆞᆫ 영낙황뎨(永樂皇帝)긔 상샤(賞賜)ᄅᆞᆯ 밧ᄌᆞ온 거시믈 졔 알고 옥션초ᄂᆞᆫ 누ᄃᆡ(累代) 젼(傳)ᄒᆞ여 나리ᄂᆞᆫ ᄇᆡ믈 졔 ᄯᅩ 모로디 아닛ᄂᆞᆫ 바로 ᄀᆞᆺᄐᆞ여 그ᄅᆞᆯ 가져 음황(淫荒)ᄒᆞᆫ 곳의 신믈을 ᄉᆞᆷ디 아닐 거시오 셜영(設令) 미인을 ᄉᆞ랑ᄒᆞ여도 그 장염디믈(粧匳之物)을 낭듕(囊中)의 ᄀᆞᆷ초고 단닐 어린 인ᄉᆡ(人事) 아니리니 내 ᄋᆞᄒᆡ 만일 이ᄀᆞᆺ톨딘ᄃᆡ 내 엇디 누ᄃᆡ봉ᄉᆞ(累代奉祀)ᄅᆞᆯ 욕홀 니 잇ᄉᆞ리오? 그윽이 슬픈 밧ᄌᆞᄂᆞᆫ 졔 명되(命途) 긔구(崎嶇)ᄒᆞ며 졔 안ᄒᆡ ᄋᆡᆨ(厄)이 듕(重)ᄒᆞ여 호구낭담(虎口狼膽)의 드러시니 과연 보젼키 어려온디라. 맛ᄎᆞᆷᄂᆡ

65면

고집(固執)이 고요ᄒᆞ고 부부·부ᄌᆡ 남 ᄀᆞᆺ기ᄅᆞᆯ ᄇᆞ라디 못ᄒᆞ리니 오날ᄂᆞᆯ
의 듕ᄋᆞᄅᆞᆯ 쾌히 죽여 문호의 블힝ᄒᆞ믈 덜며 간비요믈(奸婢妖物)을 촌
참(寸斬)ᄒᆞ여 극악ᄒᆞᆫ 죄ᄅᆞᆯ 다ᄉᆞ리고ᄌᆞ ᄒᆞᄂᆞ니 현뎨ᄂᆞᆫ 브졀업ᄉᆞᆫ 말을
말고 나의 니ᄅᆞ믈 밋디 아니ᄒᆞ거든 시험ᄒᆞ여 셩ᄋᆞ의 금낭(金囊)을 올
니라 ᄒᆞ여 그 쇽을 보라. 반ᄃᆞ시 옥환(玉環)과 탄월이 이시리라." 66면
셜파의 분뇌(憤怒) 익익대발(益益大發)ᄒᆞ여 ᄉᆞ예(司隸)ᄅᆞᆯ ᄭᅮ지져 시
랑을 결박ᄒᆞ고 닌듕을 ᄆᆡᄆᆡ이[79] 고찰(考察)ᄒᆞ여 치기ᄅᆞᆯ ᄌᆡ쵹ᄒᆞ니 ᄉᆞ예
ᄎᆞ마 시랑을 ᄆᆡ지 못ᄒᆞ여 ᄒᆞ나 공의 명을 조ᄎᆞ 결박고ᄌᆞ ᄒᆞ니 시랑이
죽기ᄅᆞᆯ 그음ᄒᆞ여 닌듕의 몸을 ᄀᆞ리와 형뎨 ᄒᆞᆫ가디로 ᄆᆡ이여 죄ᄅᆞᆯ 바
드믈 ᄋᆡ걸ᄒᆞ니 것치 화(和)ᄒᆞ나 쇽이 강(强)ᄒᆞ며 긔딜이 약(弱)ᄒᆞ나
녀력(膂力)이 과인(過人)ᄒᆞ므로 녕한(怜漢)ᄒᆞᆫ ᄉᆞ예 좌우로 븟드러 니
ᄅᆞ혀고ᄌᆞ ᄒᆞ나 능히 움즉이디 못ᄒᆞᄂᆞᆫ디라. 참졍이 통ᄒᆡ(痛駭)ᄒᆞ여 졍
히 시랑의 역명(逆命)ᄒᆞ믈 다ᄉᆞ리고 듕ᄋᆞᄅᆞᆯ 듕치(重治)ᄒᆞ려 ᄒᆞ더니
홀연 ᄂᆡ당(內堂) 시녜(侍女) 듕문(中門)을 열며 금녕(金鈴)을 흔드러
셔동을 블너 태부인 명으로 참졍노야ᄅᆞᆯ 브ᄅᆞ신다 ᄒᆞᄆᆡ 셔동이 즉시
와 고ᄒᆞ거ᄂᆞᆯ 공이 비록 분뇌(忿怒) 놉하시나 태부인 소명(召命)을 드
ᄅᆞᄆᆡ 즉시 긔운을 낫초고 의ᄃᆡ(衣帶)ᄅᆞᆯ 어로만져 쳐ᄉᆞ로 더브러 갈ᄉᆡ
ᄉᆞ예ᄅᆞᆯ 분부ᄒᆞ여 계월 등과 닌듕을 결박ᄒᆞᆫ ᄎᆡ 두라 ᄒᆞ며 이에 거롬을 67면
신쇽히 ᄒᆞ여 태뎐(太殿)의 다ᄃᆞ라ᄂᆞᆫ 시녀ᄅᆞᆯ 블너 몬져 슉딕(宿直)ᄒᆞ
ᄂᆞᆫ 부인을 므ᄅᆞ니 시녜 ᄃᆡ왈(對曰)

79 ᄆᆡᄆᆡ이: 매매이. 단단히, 샅샅이.

"샹부인과 댱쇼졔 시침(侍寢)ᄒᆞ시ᄃᆡ 아ᄃᆡᆨ 침구ᄅᆞᆯ 포셜(鋪設)치 아니 ᄒᆞ고 태부인이 도로 긔침(起寢)ᄒᆞ시니이다."

참졍 곤계 모친의 침슈(寢睡)치 못ᄒᆞ시믈 우민(憂憫)ᄒᆞ여 즉시 승당응명(升堂應命)ᄒᆞ니 이날 상부인이 ᄃᆡ월 등의 고ᄒᆞ므로조ᄎᆞ 계월 등을 츄문ᄒᆞ믈 드ᄅᆞᄃᆡ 소부인이 스ᄉᆞ로 쳥ᄒᆞ여 이러ᄒᆞ민 고로 굿ᄐᆞ여 경동(驚動)ᄒᆞ미 잇디 아니ᄒᆞ더니 ᄃᆡ월이 다시 이공ᄌᆞ의 슈장(受杖)ᄒᆞ믈 고ᄒᆞ며 ᄀᆞᆯ오ᄃᆡ

"소·양 각(各) 누ᄃᆡ(樓臺)의셔 여어 보ᄋᆞᆸ건ᄃᆡ 시랑 상공의 초황우민(焦惶憂悶)ᄒᆞ시미 슈장(受杖)ᄒᆞᄂᆞ 공ᄌᆞ의셔 더으더이다."

ᄒᆞ여ᄂᆞᆯ 상부인이 이에 다ᄃᆞ라ᄂᆞᆫ 경아(驚訝)ᄒᆞ여 태부인긔 거거(哥哥)ᄅᆞᆯ 블너 곡ᄃᆡᆨ(曲直)을 ᄆᆞᄅᆞ시믈 쳥ᄒᆞ니 태부인이 역시 경의(驚疑)ᄒᆞ미 잇셔 참졍 곤계ᄅᆞᆯ 블너 면젼(面前)의 다ᄃᆞᄅᆞᄆᆡ 겻ᄐᆡ 좌(座)ᄅᆞᆯ 주고 닌듕을 듕장(重杖)ᄒᆞᄂᆞᆫ 연고(緣故)ᄅᆞᆯ ᄆᆞᄅᆞᆫᄃᆡ 참졍이 브복ᄃᆡ왈(俯伏對曰)

68면 "쇼ᄌᆡ 블초간ᄌᆞ(不肖奸子)의 죄상(罪狀)을 몬져 픔달(稟達)ᄒᆞ고 다ᄉᆞ릴 거시오ᄃᆡ 임의 야심(夜深)ᄒᆞ오ᄆᆡ 아ᄅᆞᆷ답디 아닌 바ᄅᆞᆯ 어ᄌᆞ러이 드레디 못ᄒᆞ와 몬져 다ᄉᆞ리고 명됴(明朝)의 알외려 ᄒᆞ엿ᄉᆞᆸ더니 ᄌᆞ위(慈闈) 발셔 아ᄅᆞ샤 하문(下問)ᄒᆞᄋᆞᆸ시니 젼후(前後)ᄅᆞᆯ 쥬(奏)ᄒᆞ리이다."

인ᄒᆞ여 듕ᄋᆞ의 셜계(設計)ᄒᆞ여 형을 함ᄒᆡ(陷害)ᄒᆞ려 무근ᄆᆡᆼ낭디셜(無根孟浪之說)이 ᄒᆞᆫ갓 듯기의 통ᄒᆡ(痛駭)ᄒᆞᆯ ᄲᅳᆫ 아니라 궁모곡계(窮謀曲計)로ᄡᅧ 형을 ᄒᆡ코ᄌᆞ ᄒᆞᄆᆡ 간흉교활(奸凶狡猾)ᄒᆞ미 십셰쇼ᄋᆞ(十歲小兒)로 혜아리디 못ᄒᆞᆯ ᄇᆡ믈 쥬ᄒᆞ여 딘실노 ᄉᆞᆯ와 두미 블힝ᄒᆞ고 죽여 업시ᄒᆞ미 ᄒᆞᆺ근심을 ᄊᆞᆺᄂᆞᆫ 마ᄃᆡ믈 고ᄒᆞᆫᄃᆡ 태부인이 츄파(秋波)ᄅᆞᆯ 안졍(安靜)이 ᄒᆞ여 고요히 슈미(首尾)ᄅᆞᆯ 드러오ᄆᆡ 향ᄌᆞ 닌웅의 듕독(中毒)ᄒᆞᆷ도 듕ᄋᆞ의 소슐(所術)이오 이 손ᄋᆞ(孫兒)의 위인을 강보(襁褓)의 아라 본 ᄇᆡ 잇ᄂᆞᆫ디라 임의 ᄌᆞ라ᄆᆡ 이러ᄒᆞ믈 녜ᄉᆞ로이 아라 굿ᄐᆞ여 경동(驚動)치 아니ᄒᆞ며 깁히 블힝ᄒᆞᆷ만 더은디라. 이에 문왈(問曰)

"아디 못게라. 듕ᄋᆡ 원간(原間) 십세튱년(十歲沖年)의 조요박복(早夭薄福)ᄒᆞᆯ ᄋᆞᄒᆡ냐?"

참졍이 ᄌᆞ졍(慈庭)의 놀나디 아니시믈 보오ᄆᆡ 발셔 듕ᄋᆞᄅᆞᆯ 아ᄅᆞ시미 69면
ᄌᆞ긔의 더으시믈 ᄭᆡ쳐 다시 ᄃᆡ왈(對曰)

"듕ᄋᆡ 핑조(彭祖)의 슈격(壽格)을 타 낫다 ᄒᆞ와도 그 ᄉᆞᆯ미 만만(萬萬) 힝치 아니ᄒᆞ오니 ᄎᆞᆯ하리 이ᄯᆡ의 죽여 업시ᄒᆞ미 나을가 ᄒᆞᄂᆞ이다."

태부인이 빵ᄋᆞ(雙蛾)ᄅᆞᆯ 빈튝(嚬蹙)ᄒᆞ여 왈

"노뫼(老母) 디식(知識)이 잇디 아니ᄒᆞ니 가듕ᄉᆞ(家中事)의 가부(可否)ᄅᆞᆯ 의논ᄒᆞ미 업고 ᄋᆞᄃᆞᆯ을 창쥰(唱準)ᄒᆞ미 업ᄉᆞ며 손ᄌᆞᄅᆞᆯ 치찰(治察)ᄒᆞ미 업더니 이제 부ᄌᆡ(夫子) 계심과 다ᄅᆞ고 너의 쳐ᄉᆡ(處事) 슌슌(順順)히 온당ᄒᆞ믈 일흐니 노뫼 민울(悶鬱)ᄒᆞ믈 인ᄒᆞ여 말을 두엇거니와 부인의 혜아리믄 단쳔암약(短淺暗弱)ᄒᆞ며 남ᄌᆞ의 식견(識見)은 홍대민달(弘大敏達)ᄒᆞᄂᆞ니 내 비록 너ᄅᆞᆯ 나하시나 너의 원녀달식(遠慮達識)이 반ᄃᆞ시 노모의 우ᄒᆡ 이실디라. 이ᄯᆡ 텬뉸(天倫)의 졍을 단연이 ᄭᅳᆺ쳐 아조 업시코ᄌᆞ ᄒᆞᄂᆞᆫ 거시 타일 가란(家亂)을 졔방(除防)ᄒᆞ미어니와 오히려 일편 기혹ᄒᆞ여 ᄭᆡ닷디 못ᄒᆞ미 잇도다. 쥬문(周文)[80]의

80 쥬문(周文): 주문. 주나라 문왕.

셩(聖)으로도 관ᄎᆡ(管蔡)[81]ᄅᆞᆯ 두시니 문왕(文王)이 엇디 그 블녕(不佞)ᄒᆞ믈 아디 못ᄒᆞ시리오마ᄂᆞᆫ 즈레 죽여 유시(幼時)의 업시치 아니시믄 그 죽으미 ᄡᅵ 잇고 골육(骨肉)을 잔ᄒᆡ(殘害)ᄒᆞ믈 ᄎᆞ마 못 ᄒᆞ시미라. 듕ᄋᆡ 셜ᄉᆞ 블힝ᄒᆞ여 문호(門戶)ᄅᆞᆯ 더러이며 가변(家變)을 디어ᄂᆡ미 잇ᄉᆞ리라 ᄒᆞ여도 뎡ᄒᆞᆫ 쉬(壽) 잇ᄉᆞ니 인녁(人力)으로 막ᄌᆞᄅᆞ고ᄌᆞ ᄒᆞ나 부ᄌᆞ의 졍을 버히고 골육을 잔ᄒᆡᄒᆞ미 당금(當今)의 듯디 못ᄒᆞᆫ 대변이라. 스ᄉᆞ로 ᄌᆡ앙(災殃)을 취ᄒᆞ며 화(禍)ᄅᆞᆯ 니ᄅᆞ혀미니 깁히 혜아리고 다시 ᄉᆡᆼ각ᄒᆞ여 범ᄇᆡᆨ(凡百)을 과격(過激)ᄒᆞᄆᆡ 잇디 말나."

ᄒᆞ더라.

(책임교주 김수연)

81 관ᄎᆡ(管蔡): 관채. 관숙(管叔)과 채숙(蔡叔). 주 문왕의 아들이자 주 무왕의 형제로 무왕에 대항하여 반란을 일으킴.

완월회맹연 玩月會盟宴

권디삼십구 卷之三十九

1면 익화. 셔태부인 왈
"골육을 잔ᄒᆡ(殘害)ᄒᆞ미 당금의 듯디 못ᄒᆞᆫ 대변(大變)이라. 스ᄉᆞ로 ᄌᆡ
앙(災殃)을 취ᄒᆞ며 화(禍)ᄅᆞᆯ 니ᄅᆞ혀미니 깁히 혜아리고 다시 ᄉᆡᆼ각ᄒᆞ
여 범ᄇᆡᆨ(凡百)을 과격(過激)ᄒᆞᄆᆡ 잇디 말나. 녹빙 등을 츄문(推問)ᄒᆞ
ᄃᆡ 금일 변(變)을 버금ᄒᆞ며 젼ᄌᆞ(前者)의 디은 죄ᄅᆞᆯ 고ᄒᆞ라 ᄒᆞ여 암ᄆᆡ
(暗昧)ᄒᆞ고 샤곡(邪曲)ᄒᆞᆫ 의심을 두미 군ᄌᆞ의 대톄(大體) 아니라. 져
비ᄌᆞ(婢子)의 무리 듕장(重杖)을 견ᄃᆡ디 못ᄒᆞ여 무복(誣服)ᄒᆞ미 이신
들 그 므어시 쾌ᄒᆞ미 이시리오? 노모의 뜻인ᄌᆞᆨ 계월 등을 그만ᄒᆞ여
샤(赦)ᄒᆞ며 션ᄆᆡ·초아ᄂᆞᆫ 약간 태벌(笞罰)ᄒᆞ여 후일(後日)의 다시 간
샤ᄒᆞᆫ 거ᄌᆞᆺ말을 ᄭᆞ미디 말나 ᄒᆞ고 듕ᄋᆞᄂᆞᆫ 슈십 ᄐᆡ(笞)ᄅᆞᆯ 더어 엄부(嚴
父)의 위엄을 알게 ᄒᆞ며 근신(謹愼)ᄒᆞᆫ 셔동의 무리ᄅᆞᆯ 맛져 심당(深堂)
의 두어 듕회(衆會)의 단니디 말고 고요히 셩학(聖學)을 닷그며 ᄆᆞᄋᆞᆷ
을 곳치라 ᄒᆞ여 그 ᄉᆞ괴고 듯ᄂᆞᆫ 바의 블인블의(不仁不義)ᄅᆞᆯ 막ᄌᆞᄅᆞ려
2면 니와 ᄋᆞ히 셩졍(性情)이 발셔 그ᄅᆞᆺ되여 현인디졍(賢人之情)을 일허
시니 본셩(本性)을 회복(回復)ᄒᆞ미 그날이 머럿ᄂᆞᆫ디라. 노뫼(老母) 너
의 가란(家亂)을 근심ᄒᆞ며 듕아의 위인을 념녀ᄒᆞᄆᆡ 다ᄃᆞ라ᄂᆞᆫ 과연 슉
식(宿食)이 편ᄒᆞ믈 엇디 못ᄒᆞᄂᆞ니 고어(故語)의 운(云)ᄒᆞᄃᆡ '기쳬(其
妻) 비록 블합(不合)ᄒᆞ나 부뫼 왈 여쳬(汝妻) 날을 잘 션(善) 다ᄒᆞ면
기ᄌᆡ(其子) 몰신경디(沒身敬之)ᄒᆞ여 쇠(衰)치 아니ᄒᆞᆫ다' ᄒᆞ니 소식뷔
양현부의 ᄌᆞ최ᄅᆞᆯ 니어 문(門)의 들ᄆᆡ 명셩(明聖)이 크게 낫타나고 션
군(先君)의 삼년증상(三年蒸嘗)[1]과 노모의 됴셕식봉(朝夕食奉)의 효
셩이 츌뉴(出類)ᄒᆞ니 ᄒᆞᆫ갓 유ᄌᆞ식블거(有子息不去) ᄯᆞᄅᆞᆷ이 아니라.
네 뜻은 듕ᄋᆞᄅᆞᆯ 업시ᄒᆞ며 소식부ᄅᆞᆯ 아오로 박튝(迫逐)고져 ᄒᆞ나 이리

ᄒᆞ여ᄂᆞᆫ 셰 ᄋᆞ돌을 일시(一時)의 죽이ᄂᆞᆫ 마ᄃᆡ오 노모의 블평ᄒᆞᆫ 뜻을 더으ᄂᆞᆫ 작시니 모로미 화열(和悅)ᄒᆞ믈 위쥬(爲主)ᄒᆞ여 우흐로 어미의 뜻을 편케 ᄒᆞ고 아ᄅᆡ로 ᄌᆞ식의 졍을 ᄉᆞᆯ피며 ᄀᆞ온ᄃᆡ로 부녀(婦女)의 원망을 닐위디 아니ᄒᆞ미 올치 아니랴?"

셜파(說罷)의 기리 탄식(歎息)ᄒᆞ니 참졍이 국궁문교(鞠躬聞敎)의 ᄌᆞ위(慈闈)의 이러ᄐᆞᆺ 블열(不悅)ᄒᆞ시믈 깁히 민황(憫惶)ᄒᆞᆯ ᄲᅮᆫ 아니라 ᄌᆞ긔 쳐여ᄌᆡ(妻與子) 블초(不肖)ᄒᆞ믈 인ᄒᆞ여 그윽이 우려ᄅᆞᆯ 삼으시 3면 미 ᄌᆞ긔 큰 죄ᄅᆞᆯ 디으ᄆᆡ 더ᄒᆞ니 엇디 평ᄉᆡᆼ(平生) 셩효(誠孝)ᄅᆞᆯ 힘ᄡᅧ 열의(悅意)ᄅᆞᆯ 구ᄒᆞ던 ᄇᆡ 헛곳의 도라디미 아니리오? 스ᄉᆞ로 이우(貽憂)[2]ᄅᆞᆯ 졀박(切迫)ᄒᆞ고 블효ᄅᆞᆯ 슬허ᄒᆞ여 죽을 일이라도 ᄌᆞ교(慈敎)ᄅᆞᆯ 위역(違逆)ᄒᆞᆯ 뜻이 업ᄉᆞ니 엇디 ᄌᆞ긔의 고집을 셰오리오? 다만 안ᄉᆡᆨ이 ᄉᆡᆨᄉᆡᆨᄒᆞ며 소ᄅᆡᄅᆞᆯ 화(和)히 ᄒᆞ여 향ᄀᆡᆨ(嚮刻) ᄇᆡᆨ장(百丈)이나 놉핫던 노긔(怒氣)ᄅᆞᆯ 힝혀도 낫토디 아니ᄒᆞ고 계슈ᄌᆡᄇᆡ(稽首再拜) 왈

"ᄌᆞ괴(慈敎) 이에 밋ᄎᆞ시니 쇼ᄌᆞ의 블효ᄅᆞᆯ ᄡᆞ흘 곳이 업ᄂᆞ이다. 닌듕의 모ᄌᆡ(母子) 집을 어ᄌᆞ러이며 변(變)을 디을 념네(念慮) 깁ᄉᆞ오니 다만 밋ᄂᆞᆫ 바ᄂᆞᆫ 닌셩이라. 이 ᄋᆞᄒᆡ 완부은모(頑父嚚母)[3]ᄅᆞᆯ 증증(蒸蒸)이 셤기샤 맛ᄎᆞᆷᄂᆡ 간(諫)치 아니시던 대효ᄅᆞᆯ ᄯᆞᆯ오리니 져 모ᄌᆡ 효감션졍(孝感善情)ᄒᆞ여 개과(改過)ᄒᆞ미 이실디라. 복원(伏願) ᄌᆞ위ᄂᆞᆫ 이런 일을 위ᄒᆞ샤 셩녀(聖慮)ᄅᆞᆯ 번거롭게 마ᄅᆞ쇼셔. 원간 셔ᄆᆡ의게 난

1 삼년증상(三年蒸嘗): 3년 동안의 겨울 제사와 가을 제사.

2 이우(貽憂): 근심을 끼침.

3 완부은모(頑父嚚母): 완악하고 어리석은 부모.

쇼란 ᄋᆞ히 잇ᄉᆞ믈 금일 쳐음으로 듯ᄉᆞᆸ거니와 듕ᄋᆡ 교특(巧慝)ᄒᆞᆫ ᄭᅬ로
4면 ᄋᆞ시녀(兒侍女)ᄅᆞᆯ 결위심복(結爲心腹)ᄒᆞ여 졔 형으로ᄡᅧ 난일(亂逸)
ᄒᆞᆫ 곳의 모라너코ᄌᆞ ᄒᆞ미 ᄉᆡᆼ각ᄒᆞᆯᄉᆞ록 통히(痛駭)ᄒᆞ고 비록 미셰(微
細)ᄒᆞ나 난쇼ᄂᆞᆫ 녀ᄌᆞ라 공연이 음비(淫鄙)ᄒᆞᆫ 누얼(陋孼)을 므릅ᄡᅧ 측
연(惻然)ᄒᆞ미 업디 아니ᄒᆞ오니 션ᄆᆡᄅᆞᆯ 다ᄉᆞ러 그 허무(虛無)ᄒᆞ믈 발
각(發覺)ᄒᆞ여 닌셩의 쳐신(處身)의도 괴로오며 측ᄒᆞ미 업고 난쇼의
몸의도 누얼이 업게 ᄒᆞ미 올흘가 ᄒᆞᄂᆞ이다.”
태부인이 ᄀᆞᆯ오ᄃᆡ
“션ᄆᆡᄅᆞᆯ 다ᄉᆞ려 발각ᄒᆞ미 올컷마ᄂᆞᆫ 복초(服招)ᄅᆞᆯ 듯디 아니ᄒᆞ여 닌
셩의 그러치 아닐 바ᄅᆞᆯ 하쳔노복(下賤奴僕)이라도 알 거시오 겸의 쳬
(妻) 비록 셔픠의 일홈을 가져시나 위인이 명달(明達)ᄒᆞ여 아ᄉᆞ(雅士)
의 풍(風)과 군자(君子)의 디식(知識)이니 그 어더 기론 바ᄅᆞᆯ 내 보디
못ᄒᆞ엿거니와 교음(狡淫)ᄒᆞ여 남ᄌᆞᄅᆞᆯ ᄉᆞᄉᆞ로이 친ᄒᆞ여 신믈(信物)을
깃치미 이시리오? 다만 ᄌᆞ식을 위ᄒᆞ여 버금 ᄌᆞ식을 마ᄌᆞ 맛디 못ᄒᆞ리
니 션ᄆᆡᄅᆞᆯ 장벌(杖罰)ᄒᆞᆯ 졔 그 말을 다시 뭇디 말고 독약을 난쇼의 주
5면 미 업시 허언으로ᄡᅧ 고(告)ᄒᆞ다 ᄒᆞ여 죄ᄅᆞᆯ 다ᄉᆞ리며 굿ᄐᆞ여 현현(顯
顯)이 발각ᄒᆞ려 마라 티디(治之)ᄒᆞ고 닌듕을 가도와 부ᄂᆡ(府內)의 다
시 그런 말이 업ᄉᆞᆯ딘ᄃᆡ 뉘 난쇼로ᄡᅧ 곳 음(淫)타 ᄒᆞ리오?”
참졍이 ᄌᆞ부인(慈夫人) 뜻이 닌듕을 위ᄒᆞ여 션ᄆᆡ의 무리ᄅᆞᆯ 츄문(推
問)치 말고ᄌᆞ ᄒᆞ시믈 보ᄆᆡ 다시 욱이디 못ᄒᆞ여 다만 안침(安枕)ᄒᆞ시
믈 쥬(奏)ᄒᆞ여 왈
“쇼ᄌᆡ(小子) 블초(不肖)ᄒᆞ와 가도(家道)ᄅᆞᆯ 평뎡(平定)치 못ᄒᆞ오미 ᄌᆞ
졍(慈庭)의 이우(貽憂)ᄅᆞᆯ 깃치와 이졔 침슈(寢睡)ᄅᆞᆯ 폐ᄒᆞ시ᄆᆡ 니ᄅᆞ오

니 ᄋᆞᄒᆡ 죄ᄅᆞᆯ 혜기 어렵도소이다. 그러ᄒᆞ오나 닌셩은 대셩디회(大聖大孝)라 소시의 모ᄌᆞᄅᆞᆯ ᄌᆞ연 감화(感化)ᄒᆞ오리니 ᄌᆞ위(慈闈)ᄂᆞᆫ 믈우(勿憂)ᄒᆞ시고 상요의 안침(安寢)ᄒᆞ쇼셔. 소시ᄅᆞᆯ 어디리 넉이디 아니ᄒᆞ오나 ᄌᆞ괴(慈教) 여ᄎᆞ(如此)ᄒᆞ시니 금슬(琴瑟)의 화긔(和氣)ᄅᆞᆯ 상(喪)ᄒᆡ오디 아니ᄒᆞ리이다."

부인이 크게 깃거 다시 블평ᄒᆞ믈 닐위디 말나 ᄒᆞ며 비로소 상요의 나아갈ᄉᆡ 상부인이 참졍을 향ᄒᆞ여 ᄀᆞᆯ오ᄃᆡ

"ᄌᆞ괴 임의 듕ᄋᆞᄅᆞᆯ 이십 ᄐᆡ(笞)ᄅᆞᆯ 더으라 ᄒᆞ시니 거거(哥哥)ᄂᆞᆫ 쳥컨ᄃᆡ 어린 나흘 년디(憐之)ᄒᆞ샤 그 밧긔 넘기디 마ᄅᆞ쇼셔."

참졍이 화평이 답왈(答曰) 6면

"우형(愚兄)이 블초ᄒᆞ나 ᄌᆞ괴 졍녕(丁寧)ᄒᆞ시믈 듯ᄌᆞᆸ고 믈너가 곳칠니 잇ᄉᆞ리오? 현ᄆᆡ(賢妹)ᄂᆞᆫ 모로미 념네(念慮) 말나."

ᄒᆞ며 다시 ᄌᆞ위의 안휴(安休)ᄒᆞ시믈 쳥ᄒᆞ여 좀드ᄅᆞ시믈 보고 비로소 셔헌(書軒)의 나오니 시랑이 오히려 굴슬브복(屈膝俯伏)ᄒᆞ여 죄ᄅᆞᆯ 기다리ᄂᆞᆫ디라. 공이 듕ᄋᆞᄅᆞᆯ 다시 보ᄆᆡ 노긔(怒氣) 도로 튱만(充滿)ᄒᆞᄃᆡ 시랑의 초황우젼(焦惶憂煎)ᄒᆞ미 쾌히 장벌(杖罰)을 당홈만 ᄀᆞᆺ디 못ᄒᆞ여 ᄒᆞ믈 보ᄆᆡ 잔인ᄒᆞ여 이에 ᄌᆞ교ᄅᆞᆯ 밧ᄌᆞ와 듕ᄋᆞ의 간흉교특(奸凶狡慝)ᄒᆞᆫ 죄ᄅᆞᆯ 만분디일(萬分之一)도 다ᄉᆞ리디 아니ᄒᆞ며 슈십 ᄐᆡ(笞)ᄅᆞᆯ 더으ᄂᆞᆫ 바ᄅᆞᆯ 니ᄅᆞ고 시랑을 오로라 ᄒᆞ여 ᄀᆞᆯ오ᄃᆡ

"내 ᄯᅩ 심홰(心火) 바야흐로 셩(盛)ᄒᆞᆫ디라. 네 모로미 내 말을 너모 욱이디 마라 이에 당의 올나 너의 낭듕(囊中)을 뒤여 블미(不美)ᄒᆞᆫ 거시 드럿거든 즉시 ᄂᆡ여 간비(奸婢)ᄅᆞᆯ 주고 옥션초와 금문피ᄅᆞᆯ ᄎᆞᄌᆞ 드리게 ᄒᆞ라."

쳐ᄉᆡ(處士) 니어 뎡ᄉᆡᆨ왈(正色曰)

"비록 동긔(同氣)ᄅᆞᆯ 앗기나 어이 형댱의 셩노(盛怒)ᄅᆞᆯ 쵹범(觸犯)ᄒᆞ
여 ᄌᆞᄋᆡ(慈愛) 디극(至極)ᄒᆞ시믈 밋ᄌᆞ오며 인ᄌᆞ디도(人子之道)의 경
7면 슌(敬順)ᄒᆞ믈 니ᄌᆞ미 가히 한심치 아니랴?"

시랑이 냥대인 말ᄉᆞᆷ이 이 ᄀᆞᆺ고 두 ᄉᆞᆨ뷔 붓드러 니ᄅᆞ혀니 감히 다시 거
역디 못ᄒᆞ여 듕계(中階)의 오ᄅᆞᆯᄉᆡ 쇼뷔(少傅) 참졍의 짐작ᄒᆞᆫ ᄇᆡ 마ᄌᆞᆫ
가 보려 ᄒᆞ여 시랑의 금낭(錦囊)을 글너 상고(詳考)ᄒᆞ니 과연 낭듕(囊
中)의 옥환(玉環) ᄒᆞᆫ ᄡᅡᆨ과 탄월 ᄒᆞᆫ ᄡᅡᆨ이 드러시ᄃᆡ 비단보의 ᄡᆞ시며 프
ᄅᆞᆫ 머리털노 동심결(同心結)ᄒᆞ여 잇ᄉᆞ니 시랑은 ᄌᆞ긔예 아득히 모로
ᄂᆞᆫ ᄇᆡ 드러시믈 볼ᄉᆞ록 ᄋᆞ의 인믈을 경ᄒᆡ(驚駭)ᄒᆞ여 근심ᄒᆞ미 가득ᄒᆞ
니 담담이 쥬슌(朱脣)을 ᄌᆞᆷ으고 면ᄉᆡᆨ(面色)이 참담(慘憺)ᄒᆞ여 은연이
죄ᄅᆞᆯ 범ᄒᆞᆷ ᄀᆞᆺᄐᆞ며 참졍은 이ᄅᆞᆯ 보ᄆᆡ 분뇌(忿怒) 어이 비ᄒᆞᆯ ᄃᆡ 이시리
오? 이에 개ᄀᆡ(箇箇)히 고찰(考察)ᄒᆞ여 슈십(數十) ᄐᆡ(笞)ᄅᆞᆯ ᄆᆡᆼ파(猛
打)ᄒᆞᄆᆡ ᄂᆡ듕이 비록 간심대담(奸心大膽)이나 나힌ᄌᆞᆨ 십셰튱년(十歲
沖年)이오 긔딜인ᄌᆞᆨ 연연쳥슈(軟軟淸秀)ᄒᆞᆫ디라. 겸ᄒᆞ여 부귀일신(不
貴一身)ᄒᆞ여 ᄉᆡᆼ어ᄉᆞ(生於斯) 댱어ᄉᆞ(長於斯)의 호화(豪華)ᄒᆞ믈 알고
괴로오믈 모로던 바로 쳐음의 슈장(受杖)ᄒᆞ여 피육(皮肉)이 ᄯᅥ러디
8면 며 뉴혈(流血)이 낭ᄌᆞ(狼藉)ᄒᆞ니 알픔과 놀나오미 ᄉᆞᆯ기ᄅᆞᆯ ᄇᆞ라디 못
ᄒᆞᆯ 거시로ᄃᆡ 부공(父公)의 위엄을 두려 감히 ᄒᆞᆫ 소ᄅᆡᄅᆞᆯ 못 ᄒᆞᄂᆞᆫ ᄀᆞ온
ᄃᆡ도 형을 업시치 못ᄒᆞᄂᆞᆫ 분ᄒᆞᆷ과 믜오미 골돌ᄒᆞ여 뉘웃ᄂᆞᆫ 뜻은 업고
원한(怨恨)이 무궁(無窮)ᄒᆞᄆᆡ 긔운이 막딜녀 딘실노 혼졀(昏絶)ᄒᆞ니
향ᄌᆞ(向者)의 거ᄌᆞᆺ 혼도(昏倒)ᄒᆞ엿노라 ᄒᆞ미 언참(言讖)을 인ᄒᆞ여 반
야디ᄂᆡ(半夜之內)의 ᄒᆡ로오믈 스ᄉᆞ로 니ᄅᆞ혀니 요괴(妖怪)로온 ᄋᆞᄒᆡ

도로혀 졔 몸을 죽이미 아니리오? 공(公)이 명ᄒᆞ여 닌듕을 ᄡᅥ어 후졍(後庭) 명광헌 뒤집 벽셔졍의 가도ᄃᆡ 브ᄅᆞ미 업셔든 일졀(一切) 나단니디 못ᄒᆞ게 ᄒᆞ라 ᄒᆞ여 셔동 일인(一人)과 경놓을 맛져 보ᄂᆡ여 구호(救護)케 ᄒᆞ니 시랑이 비러 그 혼도ᄒᆞᆫ 바롤 잠간 구호ᄒᆞ여 회소디경(回蘇之境)을 보아 도라오믈 고(告)ᄒᆞᆫᄃᆡ 공이 브득이 허락ᄒᆞᄆᆡ 시랑이 비로소 관(冠)과 ᄯᅴ롤 거두어 퇴(退)코져 ᄒᆞ더니 계월의 무리 쳐치ᄒᆞ시믈 보고져 ᄒᆞ여 잠간 유유(悠悠)ᄒᆞ더니 공이 ᄌᆞ교롤 밧ᄌᆞ오ᄆᆡ ᄒᆞᆫ 터럭 한(恨)ᄒᆞ미 업ᄉᆞᆫ디라. 계월의 무리롤 다 샤(赦)ᄒᆞᆯᄉᆡ 후일을 엄칙(嚴則)ᄒᆞ여 9면

"다시 공ᄌᆞ의 그ᄅᆞ믈 돕고 간모악ᄉᆞ(奸謀惡事)롤 힝ᄒᆞ미 이시면 두 번 목숨을 샤(赦)치 아니ᄒᆞ리라."

ᄒᆞ며 다시 션미롤 삼십 틔롤 밍타(猛打)ᄒᆞᄃᆡ 굿ᄐᆞ여 다른 곡딕(曲直)을 뭇디 아니코 치기롤 다ᄒᆞᄆᆡ 옥골희[4]와 월긔탄[5]을 나리와 션미·계월을 주고 엄히 분부왈(分付曰)

"금션픠와 옥션초ᄂᆞᆫ 션조(先祖)로브터 나리ᄂᆞᆫ ᄇᆡ니 너 쳔비 등의 간모요술(奸謀妖術) ᄀᆞ온ᄃᆡ ᄇᆞ려두디 못ᄒᆞ리니 명일 조됴(早朝)의 도로 ᄎᆞᄌᆞ 뎡당(正堂)으로 올니ᄃᆡ 만일 디완(遲緩)ᄒᆞ면 여러 죄롤 홈긔 발ᄒᆞ여 죽기롤 면치 못ᄒᆞ리라."

ᄒᆞᆫᄃᆡ 계월의 모녜 간흉극악(奸凶極惡)이 당금의 ᄃᆡ(對)ᄒᆞᆯ ᄌᆞ(者) 잇디 아니ᄒᆞ나 엇디 태양이 바로 ᄡᅩ이ᄂᆞᆫ 곳의 귀ᄆᆡ(鬼魅)의 술(術)과 요

4 옥골희: 옥고리. 옥반지.

5 월긔탄: 월기탄. 귀걸이의 방언.

ᄆᆡ(妖魅)의 ᄌᆞ최ᄅᆞᆯ 빗최리오? 공이 ᄀᆞᆺᄐᆞ여 달니 ᄆᆞᆺᄂᆞᆫ ᄇᆡ 업시 월긔탄과 옥디환(玉指環)을 주어 초ᄑᆡ(貂佩)[6]ᄅᆞᆯ ᄎᆞᄌᆞ 드리라 ᄒᆞ미 닌듕으로 더브러 모의ᄒᆞ던 바ᄅᆞᆯ 드ᄅᆞᆫ ᄃᆞᆺᄒᆞ니 어ᄃᆡ 가 므ᄉᆞᆷ 말을 디어 아디 못ᄒᆞ믈 ᄃᆡ(對)ᄒᆞ리오? ᄒᆞ믈며 듕형(重刑)을 바다 목 우ᄒᆡ 일뉘(一縷)[7]

10면

이실 ᄲᅳᆫ이언졍 형상은 다 죽엄이 되엿ᄂᆞᆫ디라. ᄒᆞᆫ 소ᄅᆡᄅᆞᆯ 못 ᄒᆞ고 월환(月環)[8]과 옥환(玉環)[9]을 거두며 ᄉᆞ예(司隷)의 ᄡᅳ을믈 인ᄒᆞ여 ᄒᆡᆼ각(行閣)으로 향ᄒᆞ고 초아ᄂᆞᆫ 션ᄆᆡ의 간모(奸謀)ᄅᆞᆯ 맛초다 ᄒᆞ여 십여 장을 더어 농빙과 ᄒᆞᆷ긔 ᄡᅥ어 ᄂᆡ치니 요비(妖婢)의 모녜 반ᄉᆡᆼ반ᄉᆞ(半生半死)ᄒᆞ여 아모란 줄을 모로더라. 시랑이 비로소 황황(惶惶)ᄒᆞᆫ ᄆᆞᄋᆞᆷ을 잠간 낫초와 벽셔졍의 니ᄅᆞ러 약을 쳐 닌듕을 구호(救護)ᄒᆞ며 일변 그 장쳐(杖處)ᄅᆞᆯ 어로만져 앗기ᄂᆞᆫ 눈믈과 참연(慘然)ᄒᆞᆫ 졍을 니긔디 못ᄒᆞ니 ᄌᆞ연 실셩읍하(失聲泣下)ᄒᆞ믈 면치 못ᄒᆞ다가 이윽고 닌듕이 회소(回蘇)ᄒᆞ여 만일 사ᄅᆞᆷ의 ᄆᆞᄋᆞᆷ이 잇ᄉᆞ면 졔 일이 황괴(惶愧)ᄒᆞ고 시랑의 이 갓ᄐᆞ미 감동(感動)ᄒᆞ미 될 거시로ᄃᆡ 칼 ᄀᆞᆺᄐᆞᆫ 심디(心地)와 ᄉᆞ갈(蛇蝎) ᄀᆞᆺᄐᆞᆫ 분한(憤恨)이 샤ᄇᆡᆨ(舍伯)의 대효(大孝)와 ᄃᆞᆺ타온 우ᄌᆞ(友慈)[10]ᄅᆞᆯ 더옥 졀치(切齒)ᄒᆞᄂᆞᆫ디라. 므득 시랑의 좁은 손을 ᄲᅳ리치며 기리 분한쳘텬(憤恨徹天)ᄒᆞᄂᆞᆫ 소ᄅᆡ 부친을 원망ᄒᆞ고 샤ᄇᆡᆨ을 너흘고ᄌᆞ ᄒᆞ믈 보ᄆᆡ 시랑의 심ᄉᆡ(心思) 딘실노 슬프며 근심되믈 니긔디

6 초ᄑᆡ(貂佩): 초패. 옥선초와 금문패.
7 일뉘(一縷): 일누. 한 가닥 실 같은 목숨.
8 월환(月環): 귀걸이.
9 옥환(玉環): 옥가락지. 옥반지
10 우ᄌᆞ(友慈): 우자. 우애와 자애.

못ᄒᆞ여 다시 나아 안ᄌᆞ 그 편협괴이(偏狹怪異)ᄒᆞ믈 ᄎᆡᆨ(責)ᄒᆞ고 죵용 11면
이 경계(警戒)ᄒᆞ여 다릐며 고요히 누어 상쳐ᄅᆞᆯ 됴리(調理)ᄒᆞ고 ᄆᆞᄋᆞᆷ
을 닷가 뎡대(正大)ᄒᆞ며 슌일(純一)ᄒᆞ믈 웃듬ᄒᆞ여 엄훈(嚴訓)의 광명
(光明)ᄒᆞ시믈 헛도이 져바리디 말나 ᄒᆞ여 간졀ᄒᆞᆫ 말ᄉᆞᆷ과 디극ᄒᆞᆫ 졍이
금셕(金石)도 녹일 거시로ᄃᆡ 닌듕의 ᄯᅳᆺ이 ᄒᆞᆫ 조각 감열(感悅)ᄒᆞ미 업
셔 만일 타인(他人) 문견(聞見)을 두리디 아니ᄒᆞ고 형의 강위(强威)
ᄅᆞᆯ 어려이 넉이디 아니ᄒᆞᆯ진ᄃᆡ 즉ᄀᆡᆨ(卽刻)의 칼흘 드러 하슈(下手)ᄒᆞᆯ
의ᄉᆡ(意思) 블 니ᄃᆺ ᄒᆞ니 어ᄃᆡ로조ᄎᆞ 동긔(同氣)의 졍과 골육의 귀ᄒᆞ
믈 ᄉᆡᆼ각ᄒᆞ리오? 그 셩학ᄃᆡ도(聖學大道)의 말ᄉᆞᆷ이 ᄃᆞᆺ기의 원슈(怨讎)
ᄀᆞᆺᄐᆞ며 그 셩ᄌᆞ유풍(聖者遺風)의 긔상(氣像)이 보기의 안듕졍(眼中
釘)[11] ᄀᆞᆺᄐᆞ여 ‘제 업ᄉᆞ면 내 부친의 ᄌᆞᄋᆡ(慈愛)ᄅᆞᆯ 밧ᄌᆞᆸ고 일가(一家)의
귀듕(貴重)ᄒᆞ미 되여 일신(一身)이 존듕(尊重)ᄒᆞ미 야야(爺爺)의 아
ᄅᆡ ᄒᆞᆫ 사ᄅᆞᆷ이 될 거ᄉᆞᆯ 제 잇ᄂᆞᆫ 고로 가졍(家庭)의 ᄉᆞ랑을 일코 내 몸
이 쁠ᄃᆡ업ᄉᆞᆫ 거시 되여시니 엇디 나의 원싊 아니리오?’ ᄒᆞ여 믜음과
분(憤)ᄒᆞ믈 니긔디 못ᄒᆞ여 경계(警戒)ᄒᆞᄂᆞᆫ 바ᄅᆞᆯ 귀 가의 머므ᄅᆞ미 업
ᄉᆞ니 시랑이 ᄯᅩ 엇디 그 심ᄉᆞᄅᆞᆯ 모로리오마ᄂᆞᆫ 이 본ᄃᆡ ᄌᆞ긔 셩회(誠 12면
孝) 브죡ᄒᆞ여 어린 ᄋᆞ을 감화(感化)치 못ᄒᆞ민가 스ᄉᆞ로 허믈을 삼으
며 죄ᄅᆞᆯ 혜니 십 년 ᄒᆡ외풍상(海外風霜)의 초상(梢傷)ᄒᆞᆫ 간격이 환가
(還家) 일 년이 못 ᄒᆞ여 우젼ᄒᆞ고 초박(焦迫)ᄒᆞ믈 더으니 그 어이 감
슈(減壽)ᄒᆞᆯ 징죄(徵兆) 아니리오? 시랑이 이의 죵야(終夜)토록 구호

---

11 안듕졍(眼中釘): 안중정. 눈 안의 가시.

ᄒᆞ여 긴 밤의 ᄒᆞᆫ 잠을 일우디 못ᄒᆞ며 계명(鷄鳴)을 응ᄒᆞ여 니러날ᄉᆡ 셔동과 경농을 당부ᄒᆞ여 구호ᄒᆞ믈 범연이 말나 ᄒᆞ고 닌듕을 어로만져 다시곰 위로왈(慰勞曰)

“친위(親闈)예 ᄎᆡᆨ교(責敎)ᄅᆞᆯ 밧ᄌᆞ오며 쟝벌(杖罰)을 닙ᄉᆞ오미 네 혼ᄌᆞ쁜이 아니라 모로미 앏흐므로뼈 ᄆᆞ옴을 곳치고 ᄒᆡᆼ실을 닷가 엄훈(嚴訓)을 져ᄇᆞ리디 말나.”

닌듕이 믁믁(默默)ᄒᆞ여 ᄃᆡᄒᆞ미 업ᄉᆞᄃᆡ 시랑이 ᄌᆡ년셕ᄒᆞ다가 마디못ᄒᆞ여 셔헌(書軒)의 나와 냥대인을 뫼셔 태뎐(太殿)의 드러가 문후(問候)홀ᄉᆡ 남녀졔인(男女諸人)이 일일히 모히ᄃᆡ 태부인이 다시 작야ᄉᆞ(昨夜事)ᄅᆞᆯ 믓디 아닛ᄂᆞᆫ 고로 삼(三) 화부인과 셔부인은 아디 못ᄒᆞ더
13면 니 계월이 임의 들쳐난 바ᄅᆞᆯ 가무이역ᄒᆞ여 머리 업ᄉᆞᆫ 귀신 되미 부인과 공ᄌᆞ긔 유익(有益)디 아니믈 헤아려 옥션초와 금문ᄑᆡᄅᆞᆯ 가져 쇼녀션힝으로 ᄒᆞ여곰 뎡당(正堂)의 올니니 참졍이 바다 안상(案上)의 언ᄌᆞᆫ 후 소부인을 향ᄒᆞ여 ᄀᆞᆯ오ᄃᆡ

“셰군(細君)이 듕ᄋᆞ의 교특간모(狡慝奸謀)ᄅᆞᆯ 드러 계시냐?”

소부인이 임의 거야ᄉᆞ(去夜事)ᄅᆞᆯ ᄌᆞ셔히 알고 듕ᄋᆞ의 엿튼 ᄭᅬ로 엄부(嚴父)ᄅᆞᆯ 쇽이며 형을 ᄒᆡ코져 ᄒᆞ다가 ᄯᅩ 일이 그ᄅᆞᆺ되믈 드ᄅᆞᄆᆡ 졀졀이 ᄋᆡ돏고 분(憤)ᄒᆞ믈 니긔디 못ᄒᆞ나 이 본ᄃᆡ ᄆᆡᆼ덕(孟德)의 간웅(奸雄)과 님보(林甫)의 심장(心臟)이라. ᄣᆡᄅᆞᆯ 타 긔운을 토ᄒᆞ며 손을 놀니리라 ᄒᆞ여 도로혀 닌듕의 일을 ᄡᅳ리쳐 모로ᄂᆞᆫ 쳬ᄒᆞ고 신셩(晨省)의 참예(參預)ᄒᆞ엿더니 참졍의 말을 드ᄅᆞᄆᆡ 임임 ᄃᆡ왈(對曰)

“듕ᄋᆡ 작셕(昨夕)의 드러온 후 다시 드러오미 업ᄉᆞ니 니ᄅᆞ신 바 교특간모(狡慝奸謨)ᄅᆞᆯ 아디 못ᄒᆞ엿ᄂᆞ이다.”

공이 침음냥구(沈吟良久)의 ᄀᆞᆯ오ᄃᆡ

"작일 웅ᄋᆞ의 먹은 바 독약도 다ᄅᆞᆫ 사ᄅᆞᆷ의 소ᄉᆞᆯ(所術)이 아니ᄆᆞᆯ ᄭᆡ닷
거니와 실노 ᄉᆡᆼ각디 못ᄒᆞᆯ 바의 교모간계(巧謀奸計)로ᄡᅧ 요비(妖婢)
계월 등과 심복(心腹)이 되여 닌셩을 난일음패(亂溢淫悖)ᄒᆞᆫ 곳의 밀 14면
위고ᄌᆞ ᄒᆞ니 이 계괴(計圖) 졈졈 길고 ᄯᅳᆺ이 ᄎᆞᄎᆞ ᄌᆞ라ᄆᆡ 그 ᄆᆞ어ᄉᆡ 밋
ᄎᆞ리오? 비록 부ᄌᆞ의 졍이 난연ᄒᆞ나 이ᄊᆡ의 죽여 업시ᄒᆞ난 거시 문호
의 화ᄅᆞᆯ 더ᄂᆞᆫ 거시므로 아조 죽여 업시코ᄌᆞ ᄒᆞ엿더니 ᄌᆞ괴(慈教) 여
ᄎᆞᄒᆞ신 고로 위역(違逆)디 못ᄒᆞ여 벽셔졍의 두엇거니와 슈히 개과슈
ᄒᆡᆼ(改過修行)ᄒᆞᆯ ᄋᆞᄒᆡ 아니라. 셰군(細君)이 ᄌᆞ모의 ᄯᅳᆺ을 기리 년셕
(憐惜)ᄒᆞ미 잇셔도 아딕 단연(斷然)이 용납ᄒᆞ믈 두디 마라. 그 ᄇᆞ라ᄂᆞᆫ
거ᄉᆞᆯ 씃ᄎᆞ며 밋ᄂᆞᆫ 거ᄉᆞᆯ 업시 ᄒᆞ여 조걸위학(助桀爲虐)[12]이 업게 ᄒᆞ미
올치 아니랴?"

공의 안ᄉᆡᆨ(顔色)과 셩음(聲音)이 ᄒᆞᆫ갈ᄀᆞᆺ치 유화(柔和)ᄒᆞ여 ᄆᆡᆼ녈(猛烈)
ᄒᆞᆫ 노긔(怒氣)ᄅᆞᆯ 낫토미 업ᄉᆞᄃᆡ 츄텬(秋天) ᄀᆞᆺᄐᆞᆫ 긔상과 하일디위(夏
日之威) 사ᄅᆞᆷ으로 ᄒᆞ여곰 감히 우러러보디 못ᄒᆞᆯ디라. 부인이 무빈(楙
鬢)[13]을 숙여 듯기ᄅᆞᆯ 다ᄒᆞᄆᆡ ᄌᆞ운(紫雲)이 화압(華匎)으로 조ᄎᆞ 옥셜(玉
雪)을 침노ᄒᆞ니[14] 딘슈아미(螓首蛾眉)의 그림ᄌᆡ 산영ᄒᆞ여 츄텬의 안개
모히고 무협의 져ᄌᆞᆫ 빗치 가득ᄒᆞ더라. 이에 막연이 아디 못ᄒᆞ다가 쳐음
으로 드ᄅᆞᄆᆡ 실연이 ᄎᆞ악(嗟愕)ᄒᆞᆫ ᄃᆞᆺ 년망이 ᄌᆞ리ᄅᆞᆯ ᄯᅥ나 ᄃᆡ왈(對曰) 15면

---

12 조걸위학(助桀爲虐): 걸왕을 도와 잔악한 일을 한다는 뜻.

13 무빈(楙鬢): 풍성한 귀밑머리. 여기서는 '머리'를 뜻함.

14 ᄌᆞ운(紫雲)이 ~ 침노ᄒᆞ니: 붉은 기운이 머리 쪽부터 하얀 얼굴 쪽으로 퍼지는 모양.

“듕ᄋᆞ의 간흉교악(奸凶狡惡)ᄒᆞᆫ 죄ᄅᆞᆯ 듯ᄌᆞ오ᄆᆡ 이 젼혀 태휵(胎畜)이 무상(無狀)ᄒᆞᆫ 연괴(緣故)라. 져ᄅᆞᆯ 몬져 죽여 문호의 죄ᄅᆞᆯ 덜며 버거 쳡을 다ᄉᆞ리샤 존문(尊門)의 용납디 아니실 ᄇᆡ어ᄂᆞᆯ 존괴(尊姑) 슬하의 년무(憐撫)ᄒᆞ시ᄂᆞᆫ 은혜ᄅᆞᆯ 둣터이 ᄒᆞ샤 죄ᄌᆞ(罪子)의 죽으믈 주디 아니시고 경(輕)ᄒᆞᆫ 벌을 쓰시니 져 ᄑᆡᄌᆡ(悖子) 엇디 황숑(惶悚)ᄒᆞ며 감골ᄒᆞ믈 ᄭᆡ쳐 회과ᄌᆞ칙(悔過自責)ᄒᆞᄆᆡ 니ᄅᆞ리잇가? 가디록 블초ᄒᆞ고 간포(奸暴)ᄒᆞ여 부모ᄅᆞᆯ 원망ᄒᆞ오리니 닌듕을 죽이디 아니시거든 쳡을 ᄂᆡ치샤 져의 ᄆᆡᆺᄂᆞᆫ 거ᄉᆞᆯ 업게 ᄒᆞ시며 ᄯᅩ 조걸위학(助桀爲虐)ᄒᆞᆯ 념녀ᄅᆞᆯ 더ᄅᆞ시미 맛당ᄒᆞ니이다.”

셜파의 블힝참치(不幸慙恥)ᄒᆞ믈 니긔디 못ᄒᆞ니 참경이 ᄆᆡᆺ쳐 말을 못ᄒᆞ여셔 태부인이 소시의 위인이 이만 일을 참황ᄒᆞ여 ᄒᆞᆯ ᄇᆡ 아니로ᄃᆡ 그 다 작위(作爲)ᄒᆞ미믈 더옥 블쾌ᄒᆞ나 가ᄉᆡ(家事) 화평(和平)ᄒᆞ믈 주(主)ᄒᆞ여 이에 탄식왈(嘆息曰)

“듕ᄋᆡ 탁초(卓超)ᄒᆞᆫ 긔딜(氣質)노뼈 ᄆᆞ음이 그ᄅᆞᆺ되ᄆᆡ 과연 한심ᄒᆞᆯ
16면 ᄉᆡ 아딕 깁히 두라 ᄒᆞ엿거니와 이 ᄋᆞᄒᆡ 문풍(門風)과 다ᄅᆞ미 만흔디라 졔 스ᄉᆞ로 가다ᄃᆞᆷ으면 사ᄅᆞᆷ의 우히 되려니와 그러치 아니ᄒᆞᆫ즉 가위 딜승덕(質勝德)이니 군ᄌᆞ의 디개(志槪)ᄅᆞᆯ 엿보디 못ᄒᆞᆯ디라. ᄌᆞ식이 그ᄅᆞᄆᆡ 그 아비 된 ᄌᆞ와 ᄌᆞ모디심(慈母之心)이 다 ᄒᆞᆫ가디로 쾌치 못ᄒᆞ고 근심되미 잇거니와 엇디 굿ᄐᆞ여 아비 나흔 바ᄅᆞᆯ ᄉᆡᆼ각디 아니ᄒᆞ며 어미의 ᄐᆡ휵 잘못홈만 ᄉᆡᆼ각ᄒᆞᆯ 거시라 말의 과격ᄒᆞ믈 두ᄂᆞ뇨? 다만 계월·션ᄆᆡ 등이 요악간힐(妖惡奸黠)ᄒᆞ여 ᄋᆞᄒᆡ 그ᄅᆞ믈 돕고 간모(奸謀)ᄅᆞᆯ 동심(同心)ᄒᆞ여 쥬모(主母)와 댱ᄌᆞ(長者)ᄅᆞᆯ ᄒᆡ코ᄌᆞ ᄒᆞ미 블승통ᄒᆡ(不勝痛駭)ᄒᆞ니 형벌이 그 죄ᄅᆞᆯ 다 쇽(贖)디 못ᄒᆞ엿ᄂᆞᆫ디라. 현부(賢婦)ᄂᆞᆫ ᄎᆞ후 치찰(置察)ᄒᆞ믈 각별이 ᄒᆞ여 다시 교특ᄒᆞ믈 낫타ᄂᆡ디 못ᄒᆞ게 ᄒᆞ라."

소시 옥슈(玉手)로 ᄶᅡ흘 집허 듯기ᄅᆞᆯ 다ᄒᆞᄆᆡ 니러 ᄌᆡᄇᆡ샤죄(再拜謝罪) 왈

"쳡의 혼암블민(昏暗不敏)ᄒᆞ오미 듕ᄋᆞ와 계월 등의 간흉교악(奸凶狡惡)ᄒᆞ믈 능히 ᄭᆡ닷디 못ᄒᆞ와 일이 어ᄌᆞ럽기의 니ᄅᆞ오니 스ᄉᆞ로 죄ᄅᆞᆯ 니긔여 ᄡᆞ흘 곳이 업도소이다."

언파(言罷)의 공경ᄒᆞᄂᆞᆫ 안ᄉᆡᆨ과 온순ᄒᆞᆫ 언ᄉᆡ(言辭) 듯ᄂᆞᆫ ᄌᆞ로 ᄒᆞ여곰 17면
감동케 ᄒᆞ니 태부인이 다시 말을 두어 위로ᄒᆞ며 무ᄋᆡ(撫愛)ᄒᆞᆯ 쁜이오 졔부인(諸夫人)은 비로소 드러 알고 경ᄒᆡ(驚駭)ᄒᆞ믈 니긔디 못ᄒᆞ나 ᄉᆡᆨ어(色語)의 낫토미 업ᄉᆞ니 소시 홀노 괴치(愧恥)ᄒᆞ믈 씌여 거ᄌᆞᆺ 치신무디(置身無地)ᄒᆞᆫ ᄃᆞᆺᄒᆞ더라. ᄡᅵ의 셔쇼랑【졍겸의 쳬(妻)라】이 ᄒᆞ라비 집의 가 션모(先母)의 긔일(忌日)을 참예ᄒᆞ고 도라와 태부인긔 뵈오ᄃᆡ 남ᄌᆞ녀인이 난쇼의 유무ᄅᆞᆯ 뭇디 아니ᄒᆞ니 쇼랑이 ᄯᅩᄒᆞᆫ 그ᄉᆞ이 난쇼의 몸의 참뉘(慘累) 밋쳣ᄂᆞᆫ 줄 아디 못ᄒᆞ고 날호여 퇴(退)ᄒᆞ더니 오라디 아냐 도로 태뎐(太殿)의 드러와 모든 ᄃᆡ ᄉᆞ러 고ᄒᆞᄃᆡ

"쳔쳡(賤妾)이 여러 ᄌᆞ식이 업ᄉᆞ오며 닌ᄋᆡ 기부(其父)ᄅᆞᆯ 조ᄎᆞ 태향의 가 반 남아 잇ᄉᆞ오니 혈연(血緣)이 의탁(依託)이 업ᄉᆞᆫ ᄃᆞᆺᄒᆞ믈 인ᄒᆞ와 어더 기ᄅᆞᆫ ᄋᆞᄒᆡᄅᆞᆯ ᄯᆞᆯᄀᆞᆺ치 ᄉᆞ랑ᄒᆞ미 잇ᄉᆞᆸ더니 쳔쳡이 슈일을 ᄠᅥ난 ᄉᆞ이의 간비(姦婢) 쇼옥이 계월·션ᄆᆡ의 ᄭᅬ오믈 조ᄎᆞ 변(變)을 디으미 잇다 ᄒᆞ오ᄃᆡ 가뷔(家夫) 업ᄉᆞᆫ ᄡᅵ의 창두(蒼頭)ᄅᆞᆯ ᄂᆡ졍(內庭)의 블너 간비ᄅᆞᆯ 치죄(治罪)ᄒᆞ미 블가(不可)ᄒᆞ온디라. 일이 비록 허무ᄆᆡᆼ낭(虛 18면
無孟浪)ᄒᆞ오나 시랑 상공긔 간셥ᄒᆞ시미 잇다 ᄒᆞ오니 참졍 노애(老爺)

쇼옥을 다ᄉᆞ려 주시미 엇더ᄒᆞ니잇고?”

참졍이 그 발셔 아라시믈 보고 날호여 문왈(問曰)

“원간 쇼랑의 어더 기ᄅᆞᆫ ᄋᆞᄒᆡ 뉘 ᄌᆞ식이뇨? 근본을 니ᄅᆞ면 쇼옥은 내 엄치(嚴治)ᄒᆞ여 주리라.”

쇼랑이 ᄃᆡ왈(對曰)

“강보의 잇ᄂᆞᆫ 거ᄉᆞᆯ 쳔쳡(賤妾)이 닌ᄋᆞᄅᆞᆯ 졋 먹이디 아냐시ᄆᆡ 다ᄅᆞᆫ ᄋᆞᄒᆡᄅᆞᆯ 죡히 기ᄅᆞᆯ 만ᄒᆞᆯᄉᆡ 브졀업ᄉᆞᆫ 약간 은냥(銀兩)을 주고 산 ᄇᆡ오니 일노조ᄎᆞ 근본의 쳔ᄒᆞ미 잇ᄉᆞ나 ᄉᆞ오 셰로브터 됴히 길너 쳡이 져ᄅᆞᆯ 쳔(賤)히 ᄇᆞ림도 업ᄉᆞᆸ거니와 져의 인믈이 낫갑고 쳔ᄒᆞ올딘ᄃᆡ 엇디 이목(耳目)이 만흔 부듕(府中)의 아모도 보디 아니케 댱신(藏身)ᄒᆞᆯ 니 잇ᄉᆞ리잇고? 픔질긔셩(稟質氣性)이 ᄉᆞ문규슈(士門閨秀)ᄅᆞᆯ 압두ᄒᆞᆯ ᄇᆡ라. 연ᄎᆞ로[15] 쳡이 ᄉᆞ랑ᄒᆞ며 놉히 녁이믈 디극히 ᄒᆞ거ᄂᆞᆯ 요괴로온 죵년이 쳡의 난쇼ᄅᆞᆯ ᄉᆞ랑ᄒᆞᄆᆞᆯ 싀ᄋᆡ(猜礙)ᄒᆞ여 십이 셰 어린 ᄋᆞᄒᆡᄅᆞᆯ 흉(凶)ᄒᆞᆫ 누얼(累孼)을 쓰이고ᄌᆞ ᄒᆞ오니 엇디 통분(痛憤)치 아니ᄒᆞ리잇고?”

19면 좌듕(座中)이 밋쳐 말을 못 ᄒᆞ여셔 경조의 필ᄌᆞ(畢子) 닌영이 낭이낭연(朗而朗然) 쇼디왈(笑之曰)

“죵ᄇᆡᆨ시(從伯氏) 단엄침위(端嚴沈威)ᄒᆞ샤 잡ᄉᆡᆨ입녀(雜色入女)의 ᄆᆞᄋᆞᆷ을 기우리디 아니ᄒᆞ시니 난쇼 아니라 월궁항ᄋᆡ(月宮姮娥)라도 유심(有心)튼 아니시려니와 일쳐일쳡(一妻一妾)은 한유군ᄉᆡ(閑遊君子)[16]라도 외람ᄒᆞ미 아니니 죵ᄇᆡᆨ시 난쇼ᄅᆞᆯ 유심타 ᄒᆞ미 져의 극ᄒᆞᆫ 영홰

---

15 연ᄎᆞ로: 규장각본에는 ‘연고로’로 되어 있음.

16 한유군ᄉᆡ(閑遊君子): 규장각본에는 ‘한유군ᄌᆞ’로 되어 있음.

(榮華)라. 긔 므ᄉᆞᆷ 누얼이 되리라 ᄒᆞ여 쇼옥을 대ᄉᆞ로이 치죄ᄒᆞ려 ᄒᆞ시ᄂᆞ뇨? 딜(姪)이 난쇼ᄅᆞᆯ 보디 아냣거니와 슉뫼 내 말을 옴겨 니ᄅᆞ쇼셔. 죵빅시의 ᄒᆞᆫ번 져ᄅᆞᆯ 도라보시다 일홈ᄒᆞ미 만금(萬金)으로뼈 밧고디 못ᄒᆞᆯ 희귀(稀貴)ᄒᆞ미니 져ᄂᆞᆫ 튝슈ᄒᆞ고 안ᄌᆞ 기다리리이다.”

좌위(左右) 어히업셔 쏘ᄒᆞᆫ 크게 우으며 쇼랑이 그 등을 어로만져 쇼왈(笑曰)

“어린 나ᄒᆡ 므ᄉᆞᆷ 셰졍(世情)을 아노라 ᄒᆞ고 이런 말을 ᄒᆞᄂᆞ뇨? 난쇠 드ᄅᆞ면 반ᄃᆞ시 죽으리로다.”

시랑이 그 ᄋᆞ의 교특(狡慝)ᄒᆞ미 두로 낫타나믈 딘실노 졀박ᄒᆞ여 짐ᄌᆞᆺ 쇼랑의 분ᄒᆞ믈 덜고ᄌᆞ 쥬슌옥치(朱脣玉齒)의 화(和)ᄒᆞᆫ 우음을 먹음고 쳥빈소무의 유열(愉悅)ᄒᆞᆫ 거동을 더어 ᄀᆞᆯ오ᄃᆡ 20면

“아ᄅᆞᆷ답디 아닌 바ᄅᆞᆯ 슌슌이 들추미 되ᄆᆡ 딜은 남ᄌᆡ라 괴연ᄒᆞ미 덜ᄒᆞ거니와 슉모의 놉히 기ᄅᆞ려 ᄒᆞ신 ᄇᆡ 졈졈 붓그러오니 그만ᄒᆞ여 믈시(勿施)ᄒᆞ미 가(可)ᄒᆞ니이다.”

쇼랑이 시랑의 풍의긔골(風儀奇骨)을 쳐음 보미 아니로ᄃᆡ ᄉᆡ로이 흠앙경탄(欽仰敬歎)ᄒᆞ여 우으며 ᄃᆡ왈(對曰)

“상공은 붓그럽디 아니믈 됴화ᄒᆞ시거니와 져 ᄋᆞᄒᆡ 비분(悲憤)ᄒᆞᄂᆞᆫ 거동이 아니 참잔(慘殘)ᄒᆞ니잇가?”

쇼뷔(少傅) 미쇼왈(微笑曰)

“그럴딘ᄃᆡ 닌영의 말이 올흐니 궁ᄉᆡ(窮士)라도 일쳐일쳡(一妻一妾)이 외람치 아닌디라. 닌셩이 어이 ᄒᆞᆫ 쳡을 못 두리오? ᄎᆞᆯ하리 난쇼ᄅᆞᆯ 구ᄒᆞ여 의건(衣巾)을 밧들게 ᄒᆞ미 됴토다.”

참졍이 날호여 ᄀᆞᆯ오ᄃᆡ

“비록 미쳔ᄒᆞ나 난쇠 졔 ᄆᆞᄋᆞᆷ을 됴히 가지고 닌셩이 ᄯᅩ 잡식입녀ᄅᆞᆯ 딘인의 월쳑ᄀᆞᆺ치 알오미 이시니 어이 희죵(姬從)을 더으리오?”

쇼랑이 것ᄎᆞ로 우으나 심니(心裏)의 우환(憂患)을 삼아 ᄃᆡ왈(對曰)

“난쇼의 경ᄃᆡ(鏡臺) ᄉᆞ이의 머리털노 동심결(同心結)을 ᄒᆞ여 ᄢᅦ워시
21면 ᄃᆡ 일상공(一上公)과 난쇠 결발(結髮)이라 ᄡᅳᆫ 거시 이시니 일노ᄡᅧ 더옥 원울(怨鬱)ᄒᆞ며 분ᄒᆡ(憤駭)ᄒᆞ여 죽기로ᄡᅧ 쳐음 ᄯᅳᆺ으로 괴이ᄒᆞᆫ 일을 만나 죽게 되여시니 이 과연 젹블션(積不善)이라. 참연(慘然)ᄒᆞ믈 니긔디 못ᄒᆞ리로소이다.”

졍언간(正言間)의 쇼랑의 비ᄌᆞ(婢子) ᄒᆡ영이 급보왈(急報曰)

“난쇼 낭ᄌᆡ 향박을 가져 ᄌᆞ항(自頏)코ᄌᆞ ᄒᆞ다가 비ᄌᆞ 등이 일시의 아ᄉᆞᄆᆡ 나ᄂᆞᆫ ᄃᆞ시 뒤문으로 ᄂᆡ다라 우믈의 ᄡᅥ러디더이다.”

쇼랑이 듯기ᄅᆞᆯ 다 못ᄒᆞ여 ᄲᆞᆯ니 몸을 니러 ᄂᆡ닷고 참졍의 태산디듕(泰山之重)으로도 사ᄅᆞᆷ이 이 ᄀᆞᄐᆞᆫ 늉한셜풍(隆寒雪風)의 믈의 들믈 드ᄅᆞᄆᆡ ᄎᆞ악경ᄒᆡ(嗟愕驚駭)ᄒᆞ믈 니긔디 못ᄒᆞ여 쳐ᄉᆞᄅᆞᆯ 도라보아 왈

“쇼랑의 ᄒᆞᆫ갓 황황초조(惶惶焦燥)ᄒᆞᆯ ᄲᅮᆫ 아니라 능히 슈히 건디지 못ᄒᆞ리니 우리 친히 가 보미 엇더ᄒᆞ뇨?”

쳐ᄉᆡ ᄯᅩᄒᆞᆫ 경동(驚動)ᄒᆞ여 즉시 니러나 후졍(後庭) 연디(蓮池)의 니ᄅᆞ러 쇼견(所見)의 ᄎᆞ악ᄒᆞ믈 비ᄒᆞᆯ 곳이 업더니 홀연 연듕(蓮中)으로 조ᄎᆞ ᄌᆞ뮈(紫霧) 녕녕(盈盈)ᄒᆞ며 셔광(瑞光)이 휘휘(輝輝)ᄒᆞᆫ 바의 것구로 박혓던 사ᄅᆞᆷ이 아ᄅᆡ로셔 므어시 ᄡᅥ밧치ᄂᆞᆫ ᄃᆞᆺ 몸을 소소ᄯᅳᄂᆞᆫ디
22면 라. 쳐ᄉᆡ 그 쳐음 소소ᄯᅳᆯ 졔 건지디 못ᄒᆞ믈 한ᄒᆞ여 두 번 소소ᄯᅳᄂᆞᆫ 바의 원비(猿臂)ᄅᆞᆯ 느리혀 친히 븟드러 ᄂᆡ니 참졍이 도와 ᄒᆞᆫ가지로 건디미 되ᄂᆞᆫ디라. 이에 믈 밧긔 노흐ᄆᆡ ᄲᆡ딜 졔 것구로 박혀 두면(頭面)

이 ᄡᆡ여져 젹혈(赤血)이 낭ᄌᆞ(狼藉)ᄒᆞ고 발셔 명ᄆᆡᆨ(命脈)이 ᄭᅳᆺ쳐져 ᄒᆞᆫ낫 죽엄이라. 셔쇼랑이 참졍과 쳐ᄉᆞ의 친히 건져ᄂᆡ믈 황공감골(惶恐感骨)ᄒᆞ나 난쇠 발셔 죽엄이 되여시ᄆᆡ 구ᄒᆞᆯ 거시 업ᄉᆞ믈 참인ᄋᆡ절(慘忍哀絶)ᄒᆞ여 목젼(目前)의 친녀(親女)의 시신(屍身)을 ᄃᆡᄒᆞᆫ ᄃᆞᆺᄒᆞᄂᆞᆫ디라. 쳐ᄉᆡ 말뉴[17] 왈

“무익(無益)ᄒᆞᆫ 슬프믈 날회고 아모커나 온실(溫室)의 드러가 구호ᄒᆞ라.”

ᄒᆞ니 쇼랑이 울며 ᄃᆡ왈(對曰)

“져의 긔질(氣質)이 ᄆᆞᆰ은 어ᄅᆞᆷ과 틔 업ᄉᆞᆫ 옥 ᄀᆞᆺᄐᆞᆫ 고로 연연미약(軟軟微弱)ᄒᆞ미 디란(芝蘭)과 혜초(蕙草) ᄀᆞᆺᄐᆞᆫ디라. 낙슈투정(落水投井)ᄒᆞ미 아니라도 소ᄉᆡᆼ지디(所生之地)ᄅᆞᆯ 모로미 간혈(肝血)의 슉식(宿食)을 남 ᄀᆞᆺ디 못ᄒᆞᄆᆡ 임의 젹상(積傷)ᄒᆞ미 되여 보기의 위ᄐᆡᄒᆞ던 바로 다시 이변(異變)을 만나 원억(怨抑)ᄒᆞᆫ 참뉘(慘累) 일신(一身)의 졉ᄒᆞ믈 비분(悲憤)ᄒᆞᄂᆞᆫ 밧긔 고약(孤弱)ᄒᆞᆫ 형셰로ᄡᅧ ᄂᆡ두(來頭) 화란(禍亂)을 두리오ᄆᆡ 죽기ᄅᆞᆯ 도라감ᄀᆞᆺ치 ᄒᆞ니 임의 ᄉᆡᆼ젼 디 오ᄅᆡ므로ᄡᅧ 아모리 구 23면
호(救護)ᄒᆞ온들 ᄭᅳᆺᄎᆞᆫ 명ᄆᆡᆨ(命脈)이 엇디 다시 닛기ᄅᆞᆯ 바리잇고?”

참졍 왈

“슈연(雖然)이나 칼로 ᄭᅳᆫ흐며 노흐로 ᄌᆞᄅᆞ나 아조 졀명(絕命)홈과 다ᄅᆞ니 혹ᄌᆞ 요ᄒᆡᆼ을 ᄇᆞ라고 드러가 구호ᄒᆞ여 보라.”

쇼랑이 드ᄃᆡ여 난쇼ᄅᆞᆯ 안아 방듕(房中)의 드러와 져ᄌᆞᆫ 옷ᄉᆞᆯ 벗기며 더

17 말뉴: 말류다. 말리다.

온 곳의 누일ᄉᆡ ᄊᆡ여진 머리ᄅᆞᆯ 동히고 낫ᄎᆡ 피ᄅᆞᆯ ᄈᆡᄉᆞ며 감히 참졍과 쳐ᄉᆞ의 간ᄆᆡᆨ(看脈)ᄒᆞ여 주믈 쳥(請)치 못ᄒᆞ고 ᄒᆞᆫ갓 ᄋᆡ호통졀(哀呼痛切)ᄒᆞ믈 마디 아니ᄒᆞ니 참졍 곤계 날호여 쇼랑을 믈너 안ᄌᆞ라 ᄒᆞ며 친히 드러가 간ᄆᆡᆨᄒᆞᆯᄉᆡ 임의 ᄆᆡᆨ이 긋쳐지고ᄌᆞ ᄒᆞ고 형용(形容)이 여디(餘地)업ᄉᆞᆫ 죽엄이로ᄃᆡ 텬ᄉᆡᆼᄀᆡ셩(天生性氣性)인ᄌᆞᆨ 탁이비범(卓異非凡)ᄒᆞ여 요졀박명(夭折薄命)ᄒᆞᆯ 위인이 아니라. 운빈옥안(雲鬢玉顔)의 셔뮈(瑞霧) 춍농(叢濃)ᄒᆞ며 오ᄉᆡᆨ(五色)이 현요(眩耀)ᄒᆞᆫᄃᆡ 쳥슈아미(淸秀蛾眉)의 빙ᄌᆞ호딜(氷姿皓質)이 애ᄋᆡ(靄靄)ᄒᆞᆫ 향ᄀᆡᄅᆞᆯ ᄊᆡ여 문광(紋光)이 탁연(卓然)ᄒᆞ고 셩덕(盛德)이 발현(發顯)ᄒᆞ니 놉흔 픔슈(稟受)와 ᄆᆞᆰ은 골격이 딘누(塵累)의 ᄉᆞ라디며 쇽ᄀᆡ(俗氣)와 ᄂᆡ도ᄒᆞ여 당
24면 ᄃᆡ(當代)의 잇디 아닌 묘염(妙艶)일 ᄲᅳᆫ 아니라 고고결결(高高潔潔)ᄒᆞ고 담담졍졍(淡淡淨淨)ᄒᆞ여 결부(潔婦)의 쳥결ᄒᆞᆷ과 녀종(女宗)[18]의 ᄆᆡᆼ녈(猛烈)ᄒᆞ믈 겸ᄒᆞ여 현녀슉완(賢女淑婉)의 미딘(未盡)ᄒᆞ미 업ᄉᆞ니 ᄒᆞᆫ갓 쳔츌(賤出)의 누엽(陋葉)이 아니믄 니ᄅᆞ도 말고 명문화벌(名門華閥)의 현유녀(賢儒女) 곳 아니면 결단ᄒᆞ여 이ᄀᆞᆺ디 못ᄒᆞᆯ디라. 팔흘 잡아 간ᄆᆡᆨᄒᆞᆯ 즈음의 잠간 ᄉᆞᆯ피ᄆᆡ 쥬필(朱筆) 두 쥴이 이시니 ᄀᆞᆯ와시ᄃᆡ "쇼녀 난쇠 ᄉᆡᆼ지삼칠(生之三七)의 내 만니(萬里)ᄅᆞᆯ ᄒᆡᆼᄒᆞ니 니별의 괴로오믄 ᄒᆡᆼ도(行途)의 호화(豪華)ᄒᆞ믈 아디 못ᄒᆞ여 슬픈 회포ᄅᆞᆯ 짓ᄂᆞ니 신ᄉᆡᆼ유녀(新生幼女) 능히 디각(知覺)이 업ᄉᆞᆫ디라. 아비의 졍을 아디 못ᄒᆞᆯ 거시므로 비샹(臂上)의 문ᄌᆞ(文字)ᄅᆞᆯ 머므러 오날ᄂᆞᆯ 니별의

18 녀종(女宗): 여종. 춘추시대 송(宋)나라 포소의 부인. 포소가 다른 부인을 얻었음에도 투기하지 않고 부덕(婦德)을 다한 것으로 유명함.

년년(戀戀)ᄒᆞ던 바ᄅᆞᆯ 후일(後日)의 알게 ᄒᆞ노라."
ᄒᆞ엿거ᄂᆞᆯ 참졍과 쳐ᄉᆡ 셔로 도라보아 크게 놀나며 의아ᄒᆞ믈 마디 아냐 그 듀필을 다시 볼ᄉᆞ록 눈의 닉은 필톄(筆體)라. 난쇼의 의형미목(儀形眉目)이 녕능도위 한졔션으로 ᄒᆞᆫ 판의 박은 ᄃᆞᆺᄒᆞ니 비록 남녀톄격(男女體格)과 노유쇼댱(老幼少壯)이 ᄀᆞᆺ디 아니ᄒᆞ나 작셩픔쉰(作性
稟受)ᄌᆞᆨ 치마 ᄆᆡᆫ 한부매(駙馬)오 낫 가리온 한학ᄉᆡ(學士)라. 원ᄂᆡ 한 25면
학ᄉᆞᄂᆞᆫ 한부마의 일뎨(一弟) 졔필이니 부마와 ᄒᆞᆫ가지로 션태부 문쳥션ᄉᆡᆼ긔 슈학(受學)ᄒᆞᆫ ᄇᆡ러라. 그 증조(曾祖) 튱문공 한경은 국초(國初)의 태조 고황뎨ᄅᆞᆯ 돕ᄉᆞ와 밋쳐 텬ᄒᆡ일통(天下一統)ᄒᆞ믈 엇디 못ᄒᆞ여셔 긔신(紀信)의 고ᄉᆞ(故事)ᄅᆞᆯ 니어 농안(龍顔)을 ᄃᆡ(代)ᄒᆞ여 ᄆᆞᆯ의 ᄯᅧ러진 ᄇᆡ 되니 태죄 창업(創業)ᄒᆞ신 후 그 ᄌᆞ손을 동평후ᄅᆞᆯ 승습(承襲)게 ᄒᆞ샤 단셔텰권(丹書鐵券)을 주시고 튱문공의 화상(畫像)을 일워 긔린각(麒麟閣)의 뎨일좌(第一座)의 안쳐 공신의 머리ᄅᆞᆯ 덧게 ᄒᆞ시며 녕능공쥬ᄂᆞᆫ 금황(今皇) 댱녜(長女)니 튱문공 적댱손뷔(嫡長孫婦)러라. 쳐ᄉᆡ 슉시냥구(熟視良久)의 ᄌᆞ졔명약(自製名藥)ᄒᆞ여 셔쇼랑을 주어 밧비 달혀 ᄡᅳ라 ᄒᆞ고 참졍은 환약(丸藥)을 가져 급히 프러너흐며 ᄌᆞ로 쳐ᄉᆞᄅᆞᆯ 도라보아 ᄀᆞᆯ오ᄃᆡ
"이 ᄋᆞᄒᆡ 비샹쥬필(臂上朱筆)이 한경ᄇᆡᆨ【한부마의 자회(自號)라】의 필톄(筆體)로 다ᄅᆞ미 업ᄉᆞ니 괴이(怪異)커ᄂᆞᆯ 형뫼(形貌) ᄯᅩ 엇디 졔한으로 방블(彷彿)ᄒᆞ뇨?"
쳐ᄉᆡ ᄃᆡ왈(對曰)
"비록 그러ᄒᆞ오나 이 가장 듕난(重難)ᄒᆞᆫ디라. 사ᄅᆞᆷ의 텬뉸단합(天倫團合)을 범홀(泛忽)이 못ᄒᆞ오리니 한경ᄇᆡᆨ을 만나시거든 죵용이 므ᄅᆞ

26면 시고 쥬필과 형용(形容)을 젼ᄒᆞ여 그런 일이 잇ᄂᆞᆫ가 므ᄅᆞ실디니이다."
공이 졈두(點頭)ᄒᆞ며 년ᄒᆞ여 약믈을 드리워 구호ᄒᆞ믈 이윽이 ᄒᆞᄆᆡ 참
졍과 쳐ᄉᆞ의 의리ᄅᆞᆯ 통ᄒᆞ미 ᄯᅩᄒᆞᆫ 기ᄇᆡᆨ(岐伯)[19]의 신긔(神奇)와 헌원(軒
轅)의 여ᄆᆡᆨ(餘脈)이라. 과연 여디업시 죽엇던 단쇠 ᄆᆞᆫ득 회운(回運)ᄒᆞ
여 뉵ᄆᆡᆨ(六脈)이 니이고 흣터딘 넉시 도라오니 능히 눈을 ᄯᅳ며 고개ᄅᆞᆯ
드러 입으로조ᄎᆞ 한업ᄉᆞᆫ ᄆᆞᆯ을 토ᄒᆞ니 이 니ᄅᆞᆫ바 ᄇᆡᆨ골(白骨)의 ᄉᆡᆼ육(生
肉)ᄒᆞ고 고목(枯木)의 ᄉᆡᆼ엽(生葉)ᄒᆞ미라. 쇼랑이 환텬희디(歡天喜地)
ᄒᆞ여 년망이 참졍과 쳐ᄉᆞ긔 활명디은(活命之恩)을 샤례ᄒᆞ며 일변 난
쇼ᄅᆞᆯ 븟드러 경황(驚惶)ᄒᆞᆷ과 비열(悲咽)ᄒᆞ믈 니긔디 못ᄒᆞ니 난쇠 방듕
(房中)의 여러 남ᄌᆞ 이시믈 더옥 경ᄒᆡ(驚駭)ᄒᆞ고 낙슈투졍(落水投井)
ᄒᆞᆫ ᄇᆡ 도로 ᄉᆞ라나믈 슬허 쇼랑을 븟들며 역시 ᄋᆡ읍통만(哀泣慟懣)ᄒᆞ
믈 니긔디 못ᄒᆞ니 참졍 곤계 난쇼의 작픔긔셩(作稟氣性)이 이ᄀᆞᆺ디 아
니면 비록 녜(禮)ᄅᆞᆯ 잡으나 셔쇼랑 ᄒᆞᆫ낫 어더 기ᄅᆞᆫ ᄋᆞ회ᄅᆞᆯ 그ᄃᆡ도록 경
27면 ᄃᆡ(敬待)ᄒᆞ여 보기ᄅᆞᆯ 혐의로이 넉일 ᄇᆡ 아니로ᄃᆡ ᄯᅩ 인명(人命)이 디듕
(至重)ᄒᆞ믈 ᄉᆡᆼ각ᄒᆞ여 친히 건져 약믈노ᄡᅧ 구급ᄒᆞᆯ디언졍 겻ᄐᆡ 오ᄅᆡ도록
잇셔 구호ᄒᆞ믄 잇디 아닐 거시나 그 작인(作人)을 비상(非常)이 넉이고
원억(怨抑)ᄒᆞᆫ 누얼(陋孽)노ᄡᅧ 죽으려 ᄒᆞ던 바ᄅᆞᆯ 측연(惻然)ᄒᆞ여 브ᄃᆡ
ᄉᆞ로고ᄌᆞ 탁의(托意)ᄒᆞᄆᆡ 임의 회운디경(回運之境)의 니ᄅᆞ러ᄂᆞᆫ 즉시
니러 나가고ᄌᆞ ᄒᆞ다가 그 손을 ᄌᆞᆸ은 ᄇᆡ 되여시니 쇼쇼 거리ᄭᅵ미 잇디
아니ᄒᆞ며 년치다쇠(年齒多少) ᄂᆡ도ᄒᆞ믈 인ᄒᆞ여 참졍이 말을 펴 ᄀᆞᆯ오ᄃᆡ

19 기ᄇᆡᆨ(岐伯): 기백. 황제(黃帝) 시대의 명의. 의학의 시조.

"아등(我等)은 임의 나히 늙기의 니ᄅᆞ럿고 우믈의 든 바ᄅᆞᆯ 건디ᄆᆡ 져근 혐의 업ᄉᆞᆯ ᄃᆞᆺᄒᆞᆫ 고로 이에 셔로 보ᄂᆞ니 모로미 블평이 넉이디 말며 ᄉᆞᄉᆞ로 ᄉᆡᆼ각ᄒᆞ라. 사ᄅᆞᆷ의 영복(榮福)이 ᄒᆞᆫ갈ᄀᆞᆺ디 못ᄒᆞ여 조험궁ᄋᆡᆨ(阻險窮厄)ᄒᆞᆫ ᄌᆡ ᄒᆞ나 둘히 아니라 혹 비얼(卑孽)의 잠기고 비죄로온 ᄌᆡ 업디 아니 사ᄅᆞᆷ의 죽으미 그 ᄡᆡ 잇ᄂᆞᆫ디라. ᄒᆞᆫ갓 쳘부(哲婦)의 견고ᄒᆞ믈 흠모(欽慕)ᄒᆞ여 헤아리디 아니코 죽으며 통만(痛懣)ᄒᆞ여 명(命)을 슷ᄂᆞᆫ ᄌᆞᄂᆞᆫ ᄯᅩᄒᆞᆫ 댱유(長幼)의 다 협쳔(狹淺)ᄒᆞᆫ 디식(智識)이라. 죡히 녈녀(烈 28면
女)로 니ᄅᆞ디 못ᄒᆞᆯ ᄇᆡ오 졀개(節概)로 의논치 못ᄒᆞ리니 녯 왕응(王凝)의 안ᄒᆡ 녁녀(逆旅)의 팔흘 닛글닌 ᄇᆡ 되ᄆᆡ 팔흘 버히ᄃᆡ[20] 일ᄌᆞᆨ 죽은 일이 업고 고ᄒᆡᆼ(高行)이 코흘 버힐 ᄡᅳᆫ[21]이니 이졔 너의 누얼을 싯다 ᄒᆞᄂᆞᆫ ᄇᆡ 다만 일시허언(一時虛言)이라. 임의 간비(姦婢)의 요악(妖惡)ᄒᆞ믈 알ᄆᆡ 얼골을 보아ᄂᆞᆫ 소연명각(昭然明覺)ᄒᆞ고 초패ᄅᆞᆯ ᄎᆞᄌᆞ며 월환(月環)을 도로 주어 다시 거리ᄭᅵ미 업거ᄂᆞᆯ 엇디 일노ᄲᅧ 참누(慙累)ᄅᆞᆯ 삼아 태산(泰山)을 가져 홍모(鴻毛)의 븟치미 되리오? 심히 가(可)치 아니ᄒᆞ고 탄솔(坦率)ᄒᆞᆫ ᄇᆡ니 ᄌᆡ삼 ᄉᆡᆼ각ᄒᆞ여 다시 놀나온 거조ᄅᆞᆯ ᄒᆡᆼ치 말나."

ᄒᆞ며 쳐ᄉᆡ 말을 니어 사ᄅᆞᆷ의 목ᄉᆞᆷ을 그러ᄐᆞᆺ 소리히 ᄒᆞᆯ ᄇᆡ 아니믈 니ᄅᆞ고 그 쇼ᄉᆡᆼ디지(所生之地)ᄅᆞᆯ 모로믈 위ᄒᆞ여 츄연ᄒᆞ믈 낫토니 난쇠 오ᄃᆡᆨ 브복(俯伏)ᄒᆞ여 듯ᄌᆞ오ᄆᆡ 활명디은(活命之恩)을 감골ᄒᆞᆯ디언졍 감히 닙을 여러 말ᄉᆞᆷ을 ᄃᆡ(對)치 못ᄒᆞᄂᆞᆫ디라. 셔쇼랑이 안샹(案上)의 ᄒᆞᆫ

20 왕응(王凝)의 안ᄒᆡ ~ 팔흘 버히ᄃᆡ: 왕응의 아내는 남편의 유해를 지고 고향으로 돌아가던 중 여관 주인에게 손목을 잡히자 도끼로 그 손목을 자름.

21 고ᄒᆡᆼ(高行)이 코흘 버힐 ᄡᅳᆫ: 전국시대 위(魏)나라의 과부 고행이 수절을 위해 코를 벰.

장 셔봉(書封)을 가져 이공(二公)긔 드려 ᄀᆞᆯ오ᄃᆡ

29면 "난쇠 닉슈(溺水)키ᄅᆞᆯ 당ᄒᆞ여 이 글을 깃쳐 쳡의게 회포(懷抱)ᄅᆞᆯ 고(告)ᄒᆞ여시니 누누ᄒᆞᆫ ᄉᆞ어(辭語)ᄅᆞᆯ 친남(親覽)ᄒᆞ실 ᄇᆡ 아니오나 져의 ᄯᅳᆺ을 ᄇᆞᆰ힐 ᄇᆡ라. 고로 당돌(唐突)ᄒᆞ믈 닛고 상공의 하람(下覽)ᄒᆞ시믈 쳥ᄒᆞᄂᆞ이다."

참졍이 미쇼왈(微笑曰)

"ᄒᆞᆫ번 보미 어렵디 아니ᄒᆞ거니와 모로미 쳐음 거두어 기ᄅᆞᆫ 공이 잇게 구호ᄒᆞ여 다시 위ᄐᆡᄒᆞ미 업게 ᄒᆞ라."

ᄒᆞ며 이에 몸을 니러 쳐ᄉᆞ와 경조 등으로 더브러 태뎐(太殿)의 드러 가ᄆᆡ 태부인이 난쇼의 회소(回蘇)ᄒᆞ믈 뭇ᄂᆞᆫ디라. 참졍이 이에 그 살게 되여 인ᄉᆞ(人事) ᄎᆞᆯ히믈 주(奏)ᄒᆞ고 비로소 쇼랑의게 깃친 바 고결셔(告訣書)ᄅᆞᆯ 개탁(開坼)ᄒᆞ여 보ᄆᆡ 몬져 그 필법(筆法)이 신이찬난(神異燦爛)ᄒᆞ여 ᄒᆞᆫ 조각 깁 우희 쥬각이 년낙ᄒᆞ며 봉난(鳳鸞)이 닷토와 춤추ᄂᆞᆫ ᄃᆞᆺ 문ᄉᆡ(文辭) 완곡간졀(婉曲懇切)ᄒᆞ여 쳐창(悽悵)ᄒᆞ고 비원(悲怨)ᄒᆞᄃᆡ 근원(根源)이 강하(江河)의 드리워 태ᄉᆞ공(太史公)의 박남(博覽)ᄒᆞᆫ 웅문(雄文)이며 한창녀(韓昌黎)의 궁구(窮究)ᄒᆞᆫ ᄒᆡᆼ문(行文)의 디나니 오딕 뎡대(正大)ᄒᆞ믈 좃고 궤비(詭秘)ᄒᆞ믈 ᄇᆡ쳑(排斥)ᄒᆞᆯ ᄲᅮᆫ 아니라 닌듕의 허무(虛無)ᄒᆞ믈 현져이 일ᄏᆞᆺ디 아니ᄒᆞ나 그 간셥
30면 (干涉)ᄒᆞᆫ 바ᄅᆞᆯ 더옥 흉(凶)히 넉이ᄆᆡ ᄒᆞᆫ번 ᄋᆡᄆᆡ(曖昧)ᄒᆞ믈 신ᄇᆡᆨ(伸白)ᄒᆞᆯᄉᆡ 텬디(天地)의 특앙(特殃)을 바든 인ᄉᆡᆼ이 부모와 셩시(姓氏)ᄅᆞᆯ 아디 못ᄒᆞ니 친쳑을 의논ᄒᆞᆯ ᄇᆡ 업ᄉᆞᆫ 바의 몸을 도라 의디ᄒᆞᆯ ᄃᆡ 잇디 아니ᄒᆞ니 이에 머므러 참누(慙累)의 니ᄅᆞᄆᆡ 시호(猜虎)도 경의(驚疑)ᄒᆞ며 증모(曾母)도 투져(投杼)ᄒᆞ니 져의 미세(微細)ᄒᆞ여 궁쳔(窮賤)ᄒᆞ

기로 다시 신셜(伸雪)이 어려오ᄆᆡ ᄎᆞᆯ하리 이ᄡᅵ의 죽어 후환(後患)을 ᄭᅳᆺᄎᆞ미 맛당ᄒᆞ믈 베퍼 말ᄉᆞᆷ을 ᄭᅮ미고 곡졀을 ᄀᆞᆷ초디 아냐 졔 잠간 협실(夾室)의 잇ᄂᆞᆫ ᄡᅵ의 쇼옥이 초ᄑᆡ(貂佩)ᄅᆞᆯ 경ᄃᆡ(鏡臺)의 너흐며 월환(月環)을 ᄒᆞᆫ ᄲᅩᆨ식 ᄂᆡ여 갓ᄂᆞᆫ 바ᄅᆞᆯ 닐너니 번치 아니ᄒᆞᄃᆡ 곡ᄃᆡᆨ(曲直)이 명ᄇᆡᆨᄒᆞ고 쳐음의 쇼옥이 드러와 경ᄃᆡ 여ᄂᆞᆫ 소ᄅᆡᄅᆞᆯ 드ᄅᆞ나 무심ᄒᆞ여 ᄯᆞ라좁디 못ᄒᆞ미 져의 암ᄆᆡ(暗昧)ᄒᆞᆫ 허믈이믈 일ᄏᆞ라 쳔ᄉᆞ만상(千思萬想)의 ᄉᆞᆯ미 욕될 거시오 죽으미 후화(後禍)ᄅᆞᆯ 막ᄂᆞᆫ 마ᄃᆡ므로 브ᄃᆡ 셩명(性命)을 ᄇᆞ리랴 ᄒᆞᄆᆡ 은모(恩母)의 늉산대은(隆山大恩)을 져ᄇᆞ릴 ᄲᅳᆫ 아니라 친ᄉᆡᆼ부모(親生父母)ᄅᆞᆯ 맛ᄎᆞᆷᄂᆡ ᄎᆞᆺ디 못ᄒᆞ여 쳔ᄃᆡ(泉臺)[22]의 디통(至痛)이 플니디 아닐 바ᄅᆞᆯ 대강 베퍼시니 졀졀이 ᄋᆡ원챵 31면
도(哀怨悵悼)ᄒᆞᆫ디라. 참졍 곤계 보기ᄅᆞᆯ 맛ᄎᆞᄆᆡ 하류쳔픔(下流賤稟)이 아니믈 ᄭᆡ다ᄅᆞᆯ너라. 태부인이 댱어ᄉᆞ 부인 월염으로 ᄒᆞ여곰 닑으라 ᄒᆞ여 듯기ᄅᆞᆯ 다ᄒᆞᄆᆡ 쇄연이 낫빗ᄎᆞᆯ 곳치며 졔인(諸人)이 다 ᄒᆞᆷ긔 칭탄(稱嘆)ᄒᆞ여 쇼랑의 어더 기ᄅᆞᆫ ᄋᆞ희 이 ᄀᆞᆺᄐᆞᆫ 명식(明識)과 ᄌᆡ문(才文)이 이시믈 도로혀 괴이히 넉이거ᄂᆞᆯ 참졍이 위연 쟝탄왈(長歎曰)

“난쇼의 투졍닙ᄉᆞ(投井入死)코져 ᄒᆞ믈 보ᄆᆡ 나의 ᄠᅳᆺ이 더옥 괴연(愧然)ᄒᆞ여 익익참치(益益慘恥)ᄒᆞᆫ디라. 쇼랑이 비록 녜의(禮儀)ᄅᆞᆯ 아ᄂᆞᆫ 녀ᄌᆡ나 난쇼ᄅᆞᆯ 태휵(胎畜)ᄒᆞᆫ ᄇᆡ 아니오 블과 시녀 일톄(一體)로 ᄉᆞ 기ᄅᆞᆫ ᄇᆡ어ᄂᆞᆯ 교화(敎化)ᄅᆞᆯ 밧드러 녜의ᄅᆞᆯ 죵ᄉᆞ(從事)ᄒᆞ미 결부(潔婦)[23]

22 쳔ᄃᆡ(泉臺): 천대. 저승.

23 결부(潔婦): 추결부(秋潔婦). 노(魯)나라 추호자(秋胡子)의 아내. 추호자가 혼인한 지 닷새 만에 관직 때문에 떠났다가 5년이 지난 후 돌아오는 길에 자신을 못 알아보고 수작을 부리자 이를 부끄러워하여 강에 투신해 자살했다고 함.

의 쳥고ᄒᆞᆷ과 염시의 고드믈 겸ᄒᆞ여 녜의념치(禮義廉恥)와 졀조녈힝
(節操烈行)이 고ᄌᆞ(古者) 녈부(烈婦)의 나리미 업거ᄂᆞᆯ 나의 ᄉᆡᆼᄒᆞᆫ 바
닌듕은 간흉교악(奸凶狡惡)ᄒᆞ여 요모곡계(妖謀曲計)로 가란(家亂)을
니ᄅᆞ혀 형(兄)과 슈(嫂)ᄅᆞᆯ ᄒᆡ(害)코ᄌᆞ ᄒᆞ미 난쇼의게가디 홰(禍) 밋ᄎᆞ
32면 니 ᄌᆞ식을 그ᄅᆞᆺ 나흠과 ᄀᆞᄅᆞ치디 못ᄒᆞ미 엇디 통ᄒᆡ(痛駭)치 아니며
ᄃᆡ인(對人)ᄒᆞᆯ 면뫼(面貌) 이시리오?"

경조와 쇼뷔 쇼왈(笑曰)

"형댱(兄長)의 ᄯᅳᆺ이 엇디 이ᄀᆞᆺ디 아니시리잇고마ᄂᆞᆫ 요디ᄌᆞ(堯之子)
블초(不肖)ᄒᆞ고 슌디ᄌᆞ(舜之子) 역블초(亦不肖)ᄒᆞ오니 ᄌᆞ고녁ᄃᆡ(自
古歷代)의 현부형디ᄌᆞ(賢父兄之子) 블인(不仁)ᄒᆞ미 ᄒᆞ나 둘히 아니
라. 탄ᄒᆞ며 슬허ᄒᆞ여 유익ᄒᆞ미 업ᄉᆞ오니 다만 져의 개심슈힝(改心修
行)ᄒᆞ믈 ᄇᆞ랄 ᄲᅳᆫ이로소이다."

참졍이 머리ᄅᆞᆯ 흔드러 그러치 아니믈 일ᄏᆞ라 왈

"이졔 ᄌᆞ교(慈敎)의 디극ᄒᆞ시믈 인ᄒᆞ여 벽셔졍의 두엇거니와 십 년을
디ᄂᆡ나 회션기악(回善其惡)ᄒᆞᆯ 인믈이 아니라 우리 졍시 문즁을 블초
ᄌᆞ로ᄡᅧ 추락(墜落)ᄒᆞ미 만흘 바ᄅᆞᆯ 통한(痛恨)ᄒᆞ노라."

ᄒᆞ니 소부인이 참졍의 말ᄉᆞᆷ마다 ᄋᆡ회(哀懷)ᄒᆞ미 더으며 닌듕이 그 부
형의 셩명지식(誠明知識)을 아디 못ᄒᆞ여 셔의ᄒᆞᆫ ᄭᅬ로 일을 비ᄌᆞ니 쥬
밀(周密)치 못ᄒᆞ고 당치 아닌 난쇼가디 결쳐 요란ᄒᆞᆷ만 더으게 ᄒᆞ믈
분한(憤恨)ᄒᆞ여 심장이 터질 ᄃᆞᆺᄒᆞᄃᆡ 강인(强忍)ᄒᆞ여 온화(溫和)ᄒᆞᆫ 빗
33면 ᄎᆞ로 시측(侍側)ᄒᆞ엿다가 날호여 믈너 취루의 도라와 기리 탄한(歎
恨)ᄒᆞ믈 마디 아니ᄒᆞ더라. 시시(是時)의 닌웅이 양모(養母)의 침뎐(寢
殿)의셔 됴병(調病)ᄒᆞ다가 최후의 그 형의 허다간교(許多奸巧)ᄅᆞᆯ 드

ᄅᆞᄆᆡ 골경신ᄒᆡ(骨驚身駭)ᄒᆞ여 눈믈을 흘니며 망극ᄒᆞ믈 니긔디 못ᄒᆞ니 화부인이 믄득 탄식고 ᄀᆞᆯ오ᄃᆡ

"형의 ᄒᆞᆫ갓 그ᄅᆞ믈 알거니와 그 밧 허다ᄒᆞᆫ 의심이 너의 ᄉᆡᆼᄌᆞ모(生慈母)긔 도라가믈 모로ᄂᆞ냐?"

공ᄌᆡ 더옥 경ᄒᆡ(驚駭)ᄒᆞ여ᄒᆞ여[24] 뭇ᄌᆞ와 ᄀᆞᆯ오ᄃᆡ

"쇼ᄌᆡ 나히 어려 세ᄉᆞ(世事)ᄅᆞᆯ 아디 못ᄒᆞ며 취뎐 ᄌᆞ위(慈闈)긔ᄂᆞᆫ 형등이 잇ᄉᆞᆸ고 심ᄉᆞ(心思)의 비황(悲惶)ᄒᆞ시미 업ᄉᆞ믈 인ᄒᆞ와 신혼셩졍(晨昏省定) ᄡᅳᆫ이오니 죵용이 뫼실 젹이 업ᄉᆞ므로 가듕ᄉᆞ(家中事)ᄅᆞᆯ 아득히 ᄭᆡ닷디 못ᄒᆞᄋᆞᆸᄂᆞᆫ디라. 원컨ᄃᆡ ᄌᆞ위ᄂᆞᆫ 의심이 취뎐 ᄌᆞ위긔 도라간 바ᄅᆞᆯ ᄇᆞᆰ히 ᄀᆞᄅᆞ치쇼셔."

부인이 본ᄃᆡ 공ᄌᆞᄅᆞᆯ 귀듕(貴重)ᄒᆞ며 ᄉᆞ랑ᄒᆞᆯ ᄡᅳᆫ 아니라 딘실노 친ᄉᆡᆼ(親生)이 아니믈 ᄭᆡ닷디 못ᄒᆞᄂᆞᆫ 뜻이 이시므로 ᄌᆞ모의 죵요로온 졍이 졀졀간간(切切懇懇)ᄒᆞᆫ디라. 이에 희허탄식(唏噓嘆息) 왈

"나ᄂᆞᆫ 너ᄅᆞᆯ 나치 아니ᄒᆞ고 소형은 너ᄅᆞᆯ 나흐신 ᄇᆡ로ᄃᆡ 임의 명ᄒᆞ여 텬셩(天性)과 의예(義禮) 다 ᄒᆞᆫ가디라 소부인 허믈을 내 너다려 니ᄅᆞ디 못ᄒᆞᆯ 거시오 나의 그ᄅᆞ믈 소부인이 너다려 쾌히 ᄭᆞ닷디 못ᄒᆞᆯ ᄇᆡ니 엇디 ᄌᆞ모 ᄉᆞ이의 말을 잇게 ᄒᆞ리오마ᄂᆞᆫ 부인의 ᄇᆡᆨᄉᆞ쳔딜이 초셰탁아(超世卓雅)ᄒᆞ신 바로 범ᄉᆞ쳐신이 디극ᄒᆞ샤 규구(規矩)의 어긤과 법도의 그ᄅᆞ미 잇디 아니ᄒᆞ시ᄃᆡ 다만 딜승덕(質勝德)ᄒᆞ시며 긔승냥(氣勝量)ᄒᆞ샤 그윽이 보ᄋᆞᆸ건ᄃᆡ 표리병쳘(表裏併撤)ᄒᆞ시믈 아디 못 34면

24 경ᄒᆡ(傾駭)ᄒᆞ여ᄒᆞ여: 'ᄒᆞ여'가 중복 필사됨.

ᄒᆞᆯ ᄲᅳᆫ 아니라 슉슉(叔叔)이 닌셩 등을 실산(失散) 후로 여ᄎᆞ여ᄎᆞ 의
심을 두시ᄃᆡ ᄇᆡᆨ모(伯母)의 셩덕이 활연(豁然)ᄒᆞ샤 맛ᄎᆞᆷᄂᆡ 발각ᄒᆞ시
미 업더니 근일의 잠간 드ᄅᆞᄆᆡ 대월이 녀교ᄅᆞᆯ 보호ᄒᆞ여 적혈(賊穴)의
일 년을 머므럿던 고로 블미ᄒᆞᆫ 쇼문을 거의 알고 모년 월일의 닌광이
태산의셔 흉적(凶賊)을 즛친 후 도라와 여ᄎᆞ여ᄎᆞᄒᆞ니 ᄇᆡᆨ뫼 ᄯᅩ 여ᄎᆞ여
35면 ᄎᆞ 답ᄒᆞ시ᄃᆡ 광딜[25]이 유심ᄒᆞ여 ᄒᆞᆫ ᄇᆡ오 ᄯᅩ 엇디 아득히 모로미 이시리
오마ᄂᆞᆫ 가듕(家中)이 함인(含忍)ᄒᆞ믈 위쥬(爲主)ᄒᆞ여 디금의 말 ᄒᆞ리
잇디 아니ᄒᆞᄃᆡ 거야(去夜)의 슉슉(叔叔)이 계월 등을 므ᄅᆞ시ᄆᆡ 여ᄎᆞ
여ᄎᆞᄒᆞ시더니 ᄇᆡᆨ모의 명ᄒᆞ시믈 밧ᄌᆞ와 듕딜을 샤(赦)ᄒᆞ시며 시녀 등
을 다시 뭇디 아니시다 ᄒᆞ거니와 내 그윽이 념(念)컨ᄃᆡ 닌셩의 부부
ᄂᆞᆫ 맛ᄎᆞᆷᄂᆡ 무우(無憂)ᄒᆞᆫ 사ᄅᆞᆷ이 되기ᄅᆞᆯ 긔필(期必)치 못ᄒᆞᄂᆞ니 일노
조차 네 모로미 부인의 ᄒᆞ시ᄂᆞᆫ 바ᄅᆞᆯ ᄉᆞᆯ펴 ᄭᆡ닷디 못ᄒᆞᄂᆞᆫ 바의 다ᄃᆞ라
ᄂᆞᆫ 네 닌듕의 형과 슈(嫂)ᄅᆞᆯ ᄒᆡ코ᄌᆞ ᄒᆞᄂᆞᆫ 바ᄅᆞᆯ 이로 현현(顯現)이 들
추디 못ᄒᆞ나 다만 셩덕(誠德)으로ᄡᅧ 간(諫)ᄒᆞ고 인의(仁義)로ᄡᅧ 들니
와 형과 슈의 괴로온 회포ᄅᆞᆯ 난호라. 네 날을 딕희디 아니ᄒᆞ면 닌셩
의 그림ᄌᆡ 되여 네 ᄎᆞ마 ᄯᅥ나믈 앗겨 동쳡의 좃ᄎᆞᄃᆡ 오히려 밤을 당ᄒᆞ
여 내 곳의셔 ᄌᆞ디 아닌즉 슉슉을 시침(侍寢)ᄒᆞ므로 여형(汝兄)의 우
황(憂惶)ᄒᆞ믈 아디 못ᄒᆞ며 도로혀 졔운각 듕(中)의셔 편히 쉬ᄂᆞᆫ가 넉
36면 이거니와 이 과연 소탈ᄒᆞ미 업디 아닌 연괴라. 여뫼(汝母) 너의 남ᄆᆡ
(男妹)ᄅᆞᆯ 의디ᄒᆞ여 궁텬의통(窮天之痛)을 니져 여러 셰월을 보ᄂᆡ나

25 광딜: 광질. 질(姪)은 조카로, 조카 인광을 말함.

므어시 호황이 잇셔 딜ᄋ 등의 ᄂᆡ당 왕ᄂᆡ와 종고디락(鐘鼓之樂)을 솔피리오마ᄂᆞᆫ 셩딜의 유모ᄂᆞᆫ 션부인(先夫人) 양져의 유뎨(乳弟)[26]오 양부 비ᄌᆡ(婢子)라. 녀ᄋᆡ(女兒) 양싱의 부인이 되믈 더옥 ᄌᆞ별ᄒᆞ여 녀ᄋᆞ의 유모 등과 우연이 말ᄒᆞ믈 드ᄅᆞᆫ즉 춰루 부인 환휘(患候) 밤마다 더으실 젹이 ᄌᆞ즈므로 슉슉은 셩딜을 명ᄒᆞ샤 졔운각의 슉쳐ᄒᆞ라 ᄒᆞᄂᆞᆫ ᄯᅵ도 춰루의셔 죵야(終夜)ᄒᆞ여 시탕(侍湯)의 황황(遑遑)ᄒᆞ고 니시 ᄯᅩ 쳥샤(廳舍)의셔 밤을 ᄉᆡ와 늉한셜풍(隆寒雪風)을 므릅뼈 허다 괴로온 쳔역(賤役) 밧긔 슈션방젹디임(繡繕紡績之任)의 편ᄒᆞ믈 엇디 못ᄒᆞᆫ다 ᄒᆞ니 닌셩이 과연 니시롤 마ᄌᆞ 도라온 후로 졔운각의 깃드리미 ᄉᆞ오일(四五日)이 넘디 못ᄒᆞᄃᆡ 슉슉은 오히려 아디 못ᄒᆞ시고 달마다 오뉵일(五六日)식 구실 삼아 드려보ᄂᆡ시미 엇디 우웁디 아니리오? 나의 근심ᄒᆞᄂᆞᆫ 밧ᄌᆞ는 졈졈(漸漸)ᄒᆞ여 부인의 셩덕(性德)이 목강(穆姜)[27]의 인ᄌᆞ홈과 다ᄅᆞ믈 시비(是非)ᄒᆞ리 업디 아닐가 두리ᄂᆞ니 봉누 현뎨【쳐샤의 부인이라】ᄂᆞᆫ 이 ᄒᆞᆫ낫 현셩(賢聖)이라 그 사ᄅᆞᆷ 되오미 블민(不敏)ᄒᆞ고 암약(暗弱)ᄒᆞ여 춰루 부인의 ᄒᆞ시ᄂᆞᆫ 바롤 모로미 아니로ᄃᆡ 현보의 대효(大孝)로뼈 감화ᄒᆞ믈 기다리며 맛ᄎᆞᆷᄂᆡ ᄉᆡᆨ어(色語)의 낫타ᄂᆡ미 업ᄉᆞ니 네 쓧이 아ᄌᆞ미 알오믈 어미와 달니 마롤디어다.” 37면

공ᄌᆡ 고요히 슈미(首尾)롤 일쳥(一聽)ᄒᆞ미 본ᄃᆡ 모친의 픔되(品度) ᄌᆡ긔(才氣)롤 즐긔고 완슌(婉順)ᄒᆞ믈 흠숑(欽頌)치 아닛ᄂᆞᆫ 바롤 디긔

26 유뎨(乳弟): 유제. 젖동생.

27 목강(穆姜): 진나라 정문구(程文矩)의 후처. 전처가 낳은 네 아들에게 미움을 받았으나 더욱 자상히 하여 옷과 밥을 자신의 아들보다 배로 하며 감복시켰다는 '목강무자(穆姜撫子)'라는 말이 《삼강행실도》에 나옴.

(知機)ᄒᆞ여시ᄃᆡ 샤ᄇᆡᆨ(舍伯) ᄀᆞᆺᄐᆞᆫ 대효대셩(大孝大聖)과 샤슈(舍嫂) ᄀᆞᆺᄐᆞᆫ 셩녀현부(聖女賢婦)ᄅᆞᆯ 그러ᄐᆞᆺ 괴롭게 ᄒᆞᄂᆞᆫ 줄이야 ᄯᅩ 엇디 몽니(夢裏)의 ᄭᆡ다ᄅᆞ리오? 더옥 흉젹(凶賊)을 디휘(指揮)ᄒᆞ여 녯날 힝도(行途)의 허다변고(許多變故)ᄅᆞᆯ 디으믄 ᄯᅩᄒᆞᆫ 쳔쳔만만(千千萬萬) 몽ᄆᆡ디외(夢寐之外)니 스ᄉᆞ로 낫치 달호이며 듕니(中裏) 열열ᄒᆞ여 깁흔 허믈과 큰 죄ᄅᆞᆯ 디어 인뉴(人類)의 튱슈(充數)치 못ᄒᆞᆯ ᄃᆞᆺ 모형(母兄)의 과악(過惡)이 ᄌᆞ긔로 ᄒᆞ여곰 텬디(天地) ᄉᆞ이의 용납ᄒᆞᆯ ᄯᆞ히 업
38면 고 능히 ᄃᆡ인(對人)ᄒᆞᆯ 안면(顏面)이 업ᄉᆞ니 경ᄀᆡᆨ(頃刻)의 합연(溘然)ᄒᆞ여 모로고져 시븐디라. 가월슈미(佳月秀眉)의 슈운(愁雲)이 취집(聚集)ᄒᆞ며 ᄲᅡᆼ봉냥안(雙鳳兩眼)의 츄쉬(秋水) 징동(爭動)ᄒᆞ여 오ᄅᆡ 말을 못 ᄒᆞ더니 날호여 읍고왈(泣告曰)

"쇼ᄌᆡ 블초ᄒᆞ고 암ᄆᆡ(暗昧)ᄒᆞ와 ᄌᆞ모(慈母)의 허믈과 샤ᄇᆡᆨ(舍伯)의 고경(苦境)을 아디 못ᄒᆞ엿ᄉᆞᆸ더니 ᄌᆞ위(慈闈) ᄇᆞᆰ히 니ᄅᆞ시믈 조ᄎᆞ ᄭᆡ다ᄅᆞ리로소이다. 듕형(仲兄)의 쳐ᄉᆡ 괴이(怪異)ᄒᆞ믈 인ᄒᆞ여 ᄌᆞ모의 허믈이 낫타나며 가되(家道) 화열(和悅)ᄒᆞ믈 ᄇᆞ라디 못ᄒᆞ오나 ᄇᆡᆨ형(伯兄)의 셩회(誠孝) 민ᄌᆞ(閔子)[28]의 디나고 ᄌᆞ뫼 춍명ᄒᆞ시니 혹ᄌᆞ 샤ᄇᆡᆨ의 대효(大孝)ᄅᆞᆯ 감동ᄒᆞ샤 회션(回善)ᄒᆞ시미 계실가 ᄇᆞ라ᄂᆞ이다."

셜파의 강질ᄒᆞ여 니러 부젼(父前)의 뵐ᄉᆡ 듕형이 죄(罪)예 잇ᄉᆞ므로 감히 당(堂)의 오로디 못ᄒᆞ고 튝연이 큰 죄ᄅᆞᆯ 므ᄅᆞᆸᄡᅳ며 황연(惶然)이 디은 허믈이 잇ᄂᆞᆫ ᄃᆞᆺ 뉼뉼췌췌(慄慄揣揣)ᄒᆞ여 듕계(中階)의셔 명을 기다

28 민ᄌᆞ(閔子): 민자. 민자건(閔子騫).

리니 완슌ᄒᆞᆫ 낫빗과 그 조심ᄒᆞ미 모양의 어질고 ᄆᆞᆰ은 거동(擧動)이 표리병쳘(表裏併撤)ᄒᆞ며 ᄂᆡ외(內外) 징청(澄淸)ᄒᆞ여 탄연(坦然)이 딘셰(塵世)ᄅᆞᆯ 버셔시니 싀호(豹虎) ᄀᆞᆺᄐᆞᆫ ᄆᆞᄋᆞᆷ과 강쳘ᄀᆞᆺ치 견고(堅固)ᄒᆞ미라도 이 거동을 보아ᄂᆞᆫ 아니 어엿비 넉이리 업ᄉᆞᆯ디라. 참졍이 즉시 오 39면
로믈 명ᄒᆞᄆᆡ 공ᄌᆡ 마디못ᄒᆞ여 승당(升堂)ᄒᆞ나 감히 ᄌᆞ리의 나아가디 못ᄒᆞ니 공이 나호여 겻ᄐᆡ 안치고 ᄌᆞ연이 구룸머리ᄅᆞᆯ 쓰다ᄃᆞᆷ아 ᄀᆞᆯ오ᄃᆡ

"듕ᄋᆞ의 무상(無狀)ᄒᆞ믄 내 니ᄅᆞ디 아니ᄒᆞ나 네 발셔 드러실디라. 동긔(同氣)의 ᄆᆞᄋᆞᆷ이 엇디 편ᄒᆞ리오마ᄂᆞᆫ 내 ᄋᆞᄒᆡᄂᆞᆫ 일노뻐 더옥 효우(孝友)ᄅᆞᆯ 돗타이 ᄒᆞ여 듕형의 블인(不仁)을 ᄢᅵᄉᆞ며 ᄇᆡᆨ형의 어딜믈 니으라."

공ᄌᆡ ᄌᆡᄇᆡ계슈(再拜稽首)ᄒᆞᄆᆡ 눈믈이 소ᄉᆞᆯ 쓴이오 감히 말ᄉᆞᆷ을 ᄃᆡ(對)치 못ᄒᆞ니 공이 그 손을 ᄌᆞᆸ아 ᄆᆡᆨ(脈)을 ᄉᆞᆯ피고 오히려 통셰(痛勢) 비경(非輕)ᄒᆞ믈 념녀ᄒᆞ여 믈너가 됴리(調理)ᄒᆞ라 ᄒᆞᆫᄃᆡ 공ᄌᆡ ᄌᆡᄇᆡ이퇴(再拜而退)ᄒᆞ여 비로소 취루의 니ᄅᆞᄆᆡ 소부인이 바야흐로 쳔슈만한(千愁萬恨)이 구곡(九曲)의 블이 니러 어린 ᄃᆞ시 병풍을 의디ᄒᆞ여 안ᄌᆞᆺ다가 ᄋᆞᄌᆞ(兒子)ᄅᆞᆯ 보고

"통셰 비경커ᄂᆞᆯ 어이 니러 단니ᄂᆞ뇨?"

공ᄌᆡ 모부인 므ᄅᆞᆸ 꿇ᄒᆡ 나아 안ᄌᆞ 기리 한숨디ᄆᆡ ᄒᆡ음업시 가바야이 누쉬(淚水) ᄯᅥ러져 ᄀᆞᆯ오ᄃᆡ 40면

"ᄌᆞ위 반ᄃᆞ시 듕형의 일을 다 드러 계시리니 그 엇던 일이니잇가?"

부인이 아미(蛾眉)ᄅᆞᆯ ᄶᅵᆼ긔며 ᄯᅩ 분ᄉᆡᆨ(憤色)과 노긔(怒氣) 잇셔 소ᄅᆡ 강녈(强烈)ᄒᆞ여 ᄀᆞᆯ오ᄃᆡ

"ᄌᆞ식을 그ᄅᆞᆺ 나흐ᄆᆡ 어미의 한업ᄉᆞᆫ 욕이 도라오ᄂᆞᆫ디라. 목젼(目前)

의 죽여도 이 분홈과 ᄋᆡ돌오믄 플니기 어려오니 셰간의 머믈미 위험코 명되(命途) 괴로온디라. 내 아마 이ᄅᆞᆯ 견ᄃᆡ고 ᄎᆞᆷ디 못ᄒᆞᆯ ᄃᆞᆺ시브니 ᄎᆞᆯ하리 네 부친의 ᄯᅳᆺ을 맛치며 닌셩 부부의 ᄯᅳᆺ을 맛ᄎᆞ ᄒᆞᆫ번 칼과 노흘 가져 목숨을 ᄭᅳᆫ코ᄌᆞ ᄒᆞᄂᆞ니 내 죽은 후의야 듕ᄋᆞ의 블인(不仁)인들 내 엇디 알며 귀ᄒᆞᆫ ᄌᆞ뎨(子弟)와 놉흔 쇼져의 셩부ᄅᆞᆯ 내 엇디 알니오?”

언필(言畢)의 손을 드러 셔안(書案)을 치ᄆᆡ 흉듕(胸中)의 녈홰(熱火) 치셩(熾盛)ᄒᆞ여 밧그로 억제치 못ᄒᆞᄂᆞᆫ 거동이라. 공ᄌᆡ 모친의 이 ᄀᆞᆺᄐᆞ믈 쳐음 보ᄃᆡ 발셔 블의(不義)와 패덕(悖德)을 ᄒᆡᆼᄒᆞ여 계교와 ᄀᆞᆺᄐᆞ미 업ᄉᆞ믈 통한(痛恨)ᄒᆞ여 증홰(症火) 되여시믈 혜아리ᄆᆡ 블ᄒᆡᆼ한심

41면 (不幸寒心)ᄒᆞ믈 니긔디 못ᄒᆞ여 이에 호읍이간(號泣而諫) 왈

“듕형(仲兄)이 엄훈(嚴訓)의 명셩(明聖)ᄒᆞ심과 ᄇᆡᆨ형(伯兄)의 디셩대도(至誠大道)ᄅᆞᆯ 밧드디 못ᄒᆞ고 그ᄅᆞᆺ 죄ᄅᆞᆯ 범ᄒᆞ며 블인을 ᄒᆡᆼ홈도 젹디 아닌 근심과 깁흔 념녜어ᄂᆞᆯ ᄌᆞ위(慈闈)조ᄎᆞ 엇디 언어의 실덕(失德)ᄒᆞ시믈 삼가디 아니ᄒᆞ시ᄂᆞ니잇가? 사ᄅᆞᆷ이 아득ᄒᆞ여 모로고 ᄒᆡᆼᄒᆞᄂᆞᆫ 바ᄂᆞᆫ 그 허믈 되미 젹거니와 통달의리(通達義理)ᄒᆞ여 모로디 아닐 바ᄅᆞᆯ 짐ᄌᆞᆺ 알며 ᄒᆡᆼᄒᆞ여 어진 거ᄉᆞᆯ 틧글ᄀᆞᆺ치 넉이고 ᄉᆞ오나오믈 됴히 넉이ᄂᆞᆫ 바ᄂᆞᆫ 과연 블상(不祥)ᄒᆞᆫ디라. ᄌᆞ위 엇디 목강(穆姜)의 인ᄌᆞᄒᆞᆫ 덕과 고ᄌᆞ(古者) 현녀(賢女)의 현심슉ᄒᆡᆼ(賢心淑行)을 본밧디 아니시며 도로혀 일시 명예(名譽)ᄅᆞᆯ 요구(要求)ᄒᆞ고 본셩을 거간ᄒᆞ여 사ᄅᆞᆷ의 이목(耳目)을 어둡게 넉이시나니잇고? 쇼ᄌᆡ 유튱블민(幼沖不敏)ᄒᆞ와 ᄌᆞ위예 셩덕규모(盛德規模)로ᄡᅧ 범ᄇᆡᆨ(凡百)의 현혹ᄒᆞ미 아니 계신가 ᄒᆞ엿ᄉᆞᆸ더니 근간의 ᄇᆡᆨ형과 슈시(嫂氏)ᄅᆞᆯ 괴롭게 ᄒᆞ시믈 보오ᄆᆡ 크게 혜아린 바와 ᄀᆞᆺ디 아니ᄒᆞ온디라. 엇디 발셔 머리ᄅᆞᆯ 두다려 간치 아념

ᄌᆞᆨᄒᆞ리잇고? ᄇᆡᆨ형과 슈시ᄂᆞᆫ 슌증(舜曾)[29]의 남은 회라. 반ᄃᆞ시 ᄌᆞ위롤 42면
밧드러 동동쵹쵹(洞洞屬屬)ᄒᆞ오미 ᄒᆞᆫ번 회션(回善)ᄒᆞ시믈 닐월 ᄃᆞᆺᄒᆞ
온 고로 죵시(終是)롤 ᄎᆡ 보고ᄌᆞ ᄒᆞ엿ᄉᆞᆸ더니 이제 수시(嫂氏) 문의 드
러오시미 팔구삭(八九朔)의 디극ᄒᆞᆫ 치위와 모딘 바ᄅᆞᆷ을 당ᄒᆞ오ᄃᆡ ᄉᆞ
실(私室)의 편히 쉬믈 명(命)치 아니시며 가디록 괴롭게 ᄒᆞ샤 그 몸이
상ᄒᆞ믈 도라보디 아니ᄒᆞ시니 이 ᄯᅩ 인졍(人情)의 가(可)치 아니ᄒᆞ신
ᄇᆡ라. 오ᄅᆡ ᄎᆞᆷ디 못ᄒᆞ와 금일(今日)은 뭇ᄌᆞᆸ나니 ᄇᆡᆨ형과 슈시롤 므ᄉᆞᆷ
연고로 흡연(洽然)이 ᄌᆞᄋᆡ(慈愛)ᄒᆞ믈 두디 아니ᄒᆞ시ᄂᆞ니잇가?”
소부인이 ᄇᆞ야흐로 분긔팅듕(憤氣撑中)ᄒᆞ여 죽을 일도 혜디 못ᄒᆞ게 되
엿ᄂᆞᆫ디라 엇디 ᄋᆞᄌᆞ의 슬허ᄒᆞ믈 도라보며 좌이목이 번거치 아니ᄒᆞᆫ ᄇᆡ
의 말을 삼가ᄒᆞ리오? ᄡᅡᆼ아(雙娥)롤 거ᄉᆞ리고 낭셩이 분분ᄒᆞ여 ᄀᆞᆯ오ᄃᆡ
“내 비록 문후의 일ᄇᆡᆨ ᄋᆞ돌을 긔츌(己出)ᄀᆞᆺ치 ᄉᆞ랑ᄒᆞᄂᆞᆫ 셩덕과 목강
(穆姜)의 ᄉᆞ오나온 ᄋᆞ돌을 감화ᄒᆞᄂᆞᆫ 어지ᄅᆞ미 잇셔도 너의 엄군(嚴
君)이 날을 어디다 아니 ᄒᆞ리니 내 므ᄉᆞ 거ᄉᆞ로 쵹히 어진 쳬ᄒᆞ리오? 43면
셜ᄉᆞ 내 ᄉᆞ오나와도 닌셩은 날을 ᄃᆡ졉ᄒᆞ미 그리 못 ᄒᆞᆯ 거시어놀 양부
(養父)롤 쵹ᄒᆞ여 내 시녀롤 무죄히 죄롤 더으고 젼젼(前前) 악ᄉᆞ(惡
事)롤 고ᄒᆞ라 핍박(逼迫)ᄒᆞ여 위엄으로 무복(誣服)을 밧고ᄌᆞ ᄒᆞ니 그
ᄎᆞ마 ᄉᆞᄅᆞᆷ의 ᄒᆞᆯ ᄇᆡ며 내 므ᄉᆞᆷ 악(惡)을 디으미 잇관ᄃᆡ 죄의 함닉(陷
溺)고ᄌᆞ ᄒᆞ미 삼ᄃᆡ원슈(三代怨讐)와 ᄇᆡᆨ년ᄃᆡ쳑(百年大隻) ᄀᆞᆺᄐᆞ리오?
네 이제 닌셩의 요괴로온 ᄭᅬ오 듯디 아냐시면 경일누 상부(孀婦)【문

29 슌증(舜曾): 순증. 순임금과 증자.

계공 부인이라】의 날을 함(陷)ᄒᆞᄂᆞᆫ 악언(惡言)을 듯고 이에 와 날로 뼈 어딜믈 ᄇᆞ리며 ᄉᆞ오나오믈 취ᄒᆞᆫ다 ᄒᆞ거니와 ᄂᆡ 본ᄃᆡ 녹ᄉᆞᆫ(祿山)[30]을 졔어(制御)ᄒᆞ던 니림보(李林甫)요 관공(關公)을 위샤ᄒᆞ던 조ᄆᆡᆼ덕(曹孟德)이라. 하날이라도 날을 감히 니긔디 못ᄒᆞᆯ 거시오 만승(萬乘)이라도 능히 날호디 못ᄒᆞ리니 내 스ᄉᆞ로 아라 ᄒᆡᆼᄒᆞ고 내 스ᄉᆞ로 아라 곳치리니 너의 좀말을 내 어이 두리리오? 져 경일누 상부ᄂᆞᆫ 더옥 화가의 삐로 닌셩의 당(黨)이라. 머리ᄅᆞᆯ 맛초며 ᄉᆞ리ᄅᆞᆯ 니어 날을 함ᄒᆞ
44면 미 못ᄒᆞᆯ ᄃᆞᆺᄒᆞ니 엇디 너ᄅᆞᆯ 거리씨미 잇ᄉᆞ리오? 다만 ᄉᆞ쳬(事體)로 니ᄅᆞᆯ딘ᄃᆡ ᄇᆡᆨ인(百人)이 날을 ᄭᅮ짓고 쳔인(千人)이 죽이ᄌᆞ ᄒᆞ여도 ᄌᆞ긔의게 ᄒᆞᆫ 터럭 ᄉᆞ오나오미 잇디 아니ᄒᆞ리니 비록 쳥츈조과(青春早寡)ᄒᆞ여 다ᄅᆞᆫ 일이 업시 사ᄅᆞᆷ의 허믈을 여으며 공교로온 언논(言論)을 힘ᄡᅳ디라도 너ᄅᆞᆯ ᄃᆡᄒᆞ여 내 말을 죡히 아냠 ᄌᆞᆨᄒᆞ믈 모로리오? 개 창ᄌᆞ의 쥐 장식이로다."

셜파(說罷)의 분긔(憤氣)와 노ᄉᆡᆨ(怒色)이 돌돌ᄒᆞ니 공ᄌᆡ 듯기ᄅᆞᆯ ᄎᆡ못 ᄒᆞ여 모골(毛骨)이 딘경(震驚)ᄒᆞᆯ 쁜 아니라 말단(末端)의 양모(養母)ᄅᆞᆯ 참욕(慘辱)ᄒᆞᄆᆡ 밋쳐ᄂᆞᆫ 면ᄉᆡᆨ(面色)이 여토(如土)ᄒᆞ여 슬픈 눈믈이 옥면(玉面)을 젹셔 오ᄅᆡ 말을 일우디 못ᄒᆞ더니 믄득 오열뉴쳬(嗚咽流涕) 왈

"블최(不肖) 셔의ᄒᆞᆫ 말ᄉᆞᆷ으로ᄡᅧ ᄌᆞ위예 실덕(失德)을 간ᄒᆞᄆᆡ 일호(一毫)도 ᄎᆡ랍(採納)ᄒᆞ시믄 업고 도로혀 양ᄌᆞ위(養慈闈)긔 참욕을 더으

30 녹ᄉᆞᆫ(祿山): 안녹산.

며 태태(泰泰)의 무궁ᄒᆞ신 실언만 듯ᄌᆞ오니 블초의 졍셩이 쳔박ᄒᆞ고 소활ᄒᆞ온디라. 뼈곰 셩의(聖意)ᄅᆞᆯ 두로혀디 못ᄒᆞ오니 ᄒᆞᆫ갓 한혜의 눈멀믈 효측(效則)ᄒᆞᆯ디라. 무익ᄒᆞᆫ 언어로 ᄌᆞ도(子道)ᄅᆞᆯ 일허 슌효(順孝)의 득죄ᄒᆞᆯ ᄇᆡ 아니로소이다마ᄂᆞᆫ 혜아리옵건ᄃᆡ ᄌᆞ위 ᄯᅳᆺ 좁기ᄅᆞᆯ 이 45면
러ᄐᆞ시 ᄒᆞ샤 사ᄇᆡᆨ(舍伯)의 부부로 ᄒᆞ여곰 민텬(旻天)의 우름이 잇게 ᄒᆞ시나 샤ᄇᆡᆨ과 슈시ᄂᆞᆫ 일ᄃᆡ빵셩(一代雙聖)이라. 하날과 사ᄅᆞᆷ이 ᄒᆞᆫ가디로 보호ᄒᆞ리니 결연이 신ᄉᆡᆼ(申生)[31]의 힘힘히 죽으믈 본밧디 아니ᄒᆞ고 대슌(大舜)이 우믈의 겻 굼글 두시며 집 우ᄒᆡ 블을 피ᄒᆞ시믈 효측ᄒᆞ여 ᄌᆞ위ᄅᆞᆯ 효감졍셩(孝感精誠)ᄒᆞ오리니 그ᄣᅵ의 니ᄅᆞ러ᄂᆞᆫ 븟그리고 뉘웃ᄎᆞ믈 어ᄂᆡ 짜ᄒᆡ ᄇᆞᆺ흐려ᄒᆞ시ᄂᆞ니잇고? 원간 ᄌᆞ위 덕을 일흐시미 깁흐시므로 야얘(爺爺) 계월 등을 츄문(推問)ᄒᆞ시ᄂᆞᆫ 바의 젼ᄉᆞ(前事)로뼈 므ᄅᆞ시미어ᄂᆞᆯ 스ᄉᆞ로 구연뉵니(懼然忸怩)ᄒᆞ믈 ᄉᆡᆼ각디 아니ᄒᆞ시며 도로혀 엄위(嚴闈)예 ᄇᆞᆰ으시믈 원망ᄒᆞ시고 ᄇᆡᆨ형의 대효ᄅᆞᆯ 아디 못ᄒᆞ샤 쇼ᄌᆞᄅᆞᆯ 쇠오리라 ᄒᆞ시며 양ᄌᆞ위(養慈闈)예 비황통열(悲惶痛烈)ᄒᆞ신 회푀 여러 셰월의 ᄒᆞᆫ갈ᄀᆞᆺ치 만ᄉᆞ(萬事)ᄅᆞᆯ 유의ᄒᆞ시미 업셔 블초의 남ᄆᆡ로 위명(委命)ᄒᆞ시믈 ᄭᆡ닷디 못ᄒᆞ샤 ᄎᆞ마 못ᄒᆞᆯ 말ᄉᆞᆷ으
로 욕ᄒᆞ시믈 타연이 ᄒᆞ시니 이ᄂᆞᆫ 쇼ᄌᆞ의 셩회 쳔박ᄒᆞ믈 인ᄒᆞ여 그 나 46면
치 아닌 어미ᄅᆞᆯ 욕ᄒᆞ여든 졔 어이 놀나리오 ᄒᆞ시미라. 모ᄌᆞ(母子) 텬셩간(天性間)의 엇디 나흐며 아니 나흐믈 ᄉᆡᆼ각ᄒᆞ여 간격(間隔)ᄒᆞ미 이시리잇고? ᄌᆞ위 다ᄅᆞᆫ 일을 ᄉᆡᆼ각디 못ᄒᆞ시나 인졍(人情)을 췌탁(揣

---

31 신ᄉᆡᆼ(申生): 신생. 진(晉)나라 헌공의 태자. 여희가 헌공에게 자신을 모함하자 사실을 밝히지 않은 채 자살함.

度)ᄒᆞ여 보쇼셔. 경일누 ᄌᆞ위 쇼ᄌᆞᄅᆞᆯ 이심(二心)히 업과ᄌᆞ ᄒᆞ시며 쵹
ᄉᆞ(觸事)의 못 견ᄃᆡ도록 ᄒᆞ시면 ᄌᆞ위 ᄯᅳᆺ이 엇이 엇더ᄒᆞ실가 시브니
잇가? 반ᄃᆞ시 봉누 계모의 화열ᄌᆞ약(和悅自若)ᄒᆞ시믈 ᄯᅡ로디 못ᄒᆞ샤
ᄉᆡᆨ어(色語)의 됴치 아니미 ᄌᆞ로 현져(顯著)ᄒᆞ실 거시로ᄃᆡ 봉누 계모
ᄂᆞᆫ 이졔 인졍의 ᄎᆞᆷ디 못ᄒᆞᆯ 바ᄅᆞᆯ 능히 견ᄃᆡ샤 우공(友恭)ᄒᆞᄂᆞᆫ 졍의ᄅᆞᆯ
상ᄒᆡ오미 업ᄉᆞ시니 엇디 셩덕의 호연(浩然)ᄒᆞ시미 아니리잇가마ᄂᆞᆫ
ᄌᆞ위ᄂᆞᆫ 도로혀 그 덕힝을 깃거 아니 ᄒᆞ시고 경누 모친으로ᄲᅧ 봉누 계
모의 종형(從兄)이시믈 마ᄌᆞ ᄭᅢ리시니 이 어인 ᄯᅳᆺ이시니잇고?”

말을 맛ᄎᆞᄆᆡ 더옥 머리ᄅᆞᆯ 두다려 쳬뤼(涕淚) 죵횡(縱橫)ᄒᆞ며 ᄋᆡ돏고
슬픔과 놀납고 한심ᄒᆞ믈 스ᄉᆞ로 니긔디 못ᄒᆞ니 소시 비록 이 ᄋᆞᄃᆞᆯ을
47면 문계공의게 도라보ᄂᆡ여시나 ᄆᆞᄋᆞᆷ의 깁히 미드며 듕히 넉이ᄂᆞᆫ 밧ᄌᆞᄂᆞᆫ
닌듕의 셰 번 더은디라. ᄌᆞ긔 일죽 ᄋᆞ쇼(兒少)의 이목(耳目)의도 언
어의 무식홈과 거동의 포려(暴戾)ᄒᆞ믈 두디 아니ᄒᆞ고 더옥 닌옹의 니
ᄅᆞ러ᄂᆞᆫ ᄌᆞ긔 심ᄉᆞᄅᆞᆯ 각별 은휘(隱諱)ᄒᆞ여 ᄒᆞᆫ갈ᄀᆞᆺ치 녜도(禮道)로옴
과 인ᄌᆞ(仁慈)ᄒᆞ믈 위쥬(爲主)ᄒᆞ다가 금일 증분(憎憤)ᄒᆞ믈 니긔디 못
ᄒᆞ여 본셩(本性)을 잠간 빗최ᄆᆡ 공ᄌᆡ 이러ᄐᆞᆺ 경ᄒᆡ상심(驚駭傷心)ᄒᆞ
여 스ᄉᆞ로 죽고ᄌᆞ ᄒᆞᄆᆡ 그 통쳐(痛處)ᄅᆞᆯ 념녀ᄒᆞᄂᆞᆫ 바의 병회(病懷)ᄅᆞᆯ
더어 가복(可復)ᄒᆞ믈 엇디 못ᄒᆞᆯ가 두려 스ᄉᆞ로 노한(怒恨)을 장튝(藏
蓄)ᄒᆞ여 작위화ᄉᆡᆨ(作爲和色)ᄒᆞ며 어로만져 위로왈(慰勞曰)

“네 거동을 보ᄆᆡ 네 어미 토목심장(土木心臟)이 아니라 어이 감동치
아니리오? ᄒᆞ믈며 여형(汝兄)의 디셩대효(至誠大孝)ᄅᆞᆯ 내 모로미 아
니니 호발(毫髮)이나 브ᄌᆞ(不慈)ᄒᆞ미 잇ᄉᆞ리요마ᄂᆞᆫ 너의 엄군의 ᄒᆞ
ᄂᆞᆫ 말과 계월 등을 믓ᄂᆞᆫ 거죄 분ᄒᆞᆯᄉᆡ 내 ᄯᅩ 덕을 닥고 인을 슝상ᄒᆞ미

무익ᄒᆞ여 져의 날을 ᄉᆞ오나이 녁이믈 맛치고ᄌᆞ ᄒᆞ엿더니 네 이러틋
슬허ᄒᆞ며 경ᄒᆡ(驚駭)ᄒᆞ니 내 엇디 악(惡)을 힘ᄡᅳ고 인(仁)을 믈니쳐 48면
어딘 ᄌᆞ식의 경간(正諫)을 좃디 아니리오? 모로미 ᄆᆞᄋᆞᆷ을 노흐며 념녀를 긋쳐 병톄(病體)를 됴리(調理)ᄒᆞ라.”

ᄒᆞ니 공ᄌᆡ 임의 모친의 심정을 ᄌᆞ못 알ᄆᆡ 이 말이 ᄯᅩ 것ᄎᆞ로 가다듬아 딘졍쇼발(眞情所發)이 아니믈 ᄭᆡᄃᆞᄅᆞᄃᆡ 일시의 말노뼈 모의(母意)를 두로혀디 못ᄒᆞᆯ디라. 스ᄉᆞ로 ᄆᆞᄋᆞᆷ의 ᄆᆡᆼ셰ᄒᆞ여 ᄇᆡᆨ형으로 더브러 우락(憂樂)을 일톄로 ᄒᆞ여 좌와(坐臥)의 그림ᄌᆡ 되기를 결단ᄒᆞ고 홀노 편키를 구치 아니ᄒᆞᄆᆡ 다시 읍혈고간(泣血苦諫)ᄒᆞ여 모친의 ᄒᆡᆼ션ᄒᆡᆼ의(行善行義)[32]ᄒᆞ믈 빌ᄆᆡ 간졀ᄒᆞᆫ 말ᄉᆞᆷ이 셕목(石木)을 요동(搖動)ᄒᆞᆯ ᄃᆞᆺᄒᆞᄃᆡ 소시 것ᄎᆞ로 흔연(欣然)ᄒᆞ여 그 말을 좃ᄎᆞᆯ ᄃᆞᆺᄒᆞ나 ᄉᆞᆨ으로ᄂᆞᆫ ᄂᆡ도ᄒᆞ여 시랑 부부를 업시코ᄌᆞ ᄒᆞ믄 일ᄀᆡᆨ(一刻)을 밧바 ᄒᆞᄂᆞᆫ디라. 졈졈 심화(心火)를 억졔치 못ᄒᆞᄂᆞᆫ 바의 닌웅조ᄎᆞ 형과 슈(嫂)를 위ᄒᆞ여 이 갓ᄐᆞ믈 한(恨)ᄒᆞ나 그 현효(賢孝)ᄒᆞᆫ 셩의(誠意)를 그ᄋᆞᆨ이 두긋기ᄂᆞᆫ 고로 다시 블평디ᄉᆡᆨ(不平之色)을 낫토디 아니ᄒᆞ며 그 손을 잡아
방심(放心)ᄒᆞ믈 니ᄅᆞ더니 경누 시녜(侍女) 니ᄅᆞ러 부인 쇼명(召命)을 49면
젼ᄒᆞᄆᆡ 닌웅이 즉시 니러 경일누로 향ᄒᆞᄂᆞᆫ디라. 소시 다시곰 노분(怒憤)이 븍밧쳐 심듕(心中)의 시랑 부부를 흠긔 너흐러 삼키디 못ᄒᆞ믈 통한졀치(痛恨切齒)ᄒᆞ더니 ᄎᆞ시(此時) 시랑이 부슉(父叔)의 난쇼를 건디라 가신 ᄉᆞ이의 벽셔졍의 니ᄅᆞ러 닌듕을 보고 됴반(早飯)을 먹은

32 ᄒᆡᆼ션ᄒᆡᆼ의(行善行義): 규장각본에는 ‘ᄒᆡ션ᄒᆡᆼ의’로 되어 있음.

가 므ᄅᆞ며 장쳐(杖處)의 고통ᄒᆞᄂᆞᆫ 바ᄅᆞᆯ 난화 알치 못ᄒᆞ믈 한(恨)ᄒᆞ여 스ᄉᆞ로 ᄆᆞ음이 왊흐믈 ᄭᆡ닷디 못ᄒᆞᄃᆡ 닌듕이 그 형의 셩우(誠友)ᄅᆞᆯ 조곰도 감격ᄒᆞᄂᆞᆫ 뜻이 업셔 그ᄃᆡ도록 어질믈 더옥 깃거 아니 ᄒᆞ니 셔동(書童) 쇼학과 창두(蒼頭) 경농이 그윽이 흉(凶)히 녁이고 ᄯᅩᄒᆞᆫ ᄆᆡ이 녁여 비록 구호ᄒᆞ믈 ᄐᆡ만치 못ᄒᆞ나 그 던짓 경셩(精誠)은 브족ᄒᆞ더라. 시랑이 이에 와 ᄒᆞᆷ긔 잇디 못ᄒᆞ믈 슬허ᄒᆞ나 ᄯᅩᄒᆞᆫ 부명(父命)을 두려 오ᄅᆡ 안ᄌᆞᆺ디 못ᄒᆞ여 슌슌(諄諄)이 경농 등을 당부(當付)ᄒᆞ여 공ᄌᆞ의 겻흘 ᄯᅧ나디 말나 ᄒᆞ며 날호여 몸을 니러 취일누의 드러가 소부인긔 뵈온ᄃᆡ 소시 노ᄉᆡᆨ(怒色)이 표동(表動)ᄒᆞ고 분긔(憤氣) 월아(月
50면 蛾)[33]ᄅᆞᆯ 둘너 일ᄡᅡᆼ명목(一雙明目)을 노호려 시랑을 ᄯᅮ러디게 보니 시랑이 칠 셰의 소부인이 입승(入承)ᄒᆞᄆᆡ ᄌᆞ당(慈堂)을 밧드러 디효(至孝)의 동쵹(洞屬)ᄒᆞ미 증ᄌᆞ(曾子)의 양디(養志)와 민ᄌᆞ(閔子)의 공슌(恭順)ᄒᆞ믈 다ᄒᆞ며 소시 ᄯᅩᄒᆞᆫ 작위(作爲)ᄒᆞᄂᆞᆫ 인션(仁善)으로ᄡᅧ 능히 ᄌᆞ모(慈母)의 도(道)ᄅᆞᆯ 폐(廢)ᄒᆞ미 업다가 팔 셰의 실산(失散)ᄒᆞ여 십년 만의 도라오ᄆᆡ ᄆᆡ양 딜환(疾患)으로ᄡᅧ 우황(憂惶)ᄒᆞᆯ디언졍 부인의 안ᄉᆡᆨ(顔色)이 블호(不好)ᄒᆞ고 거동(擧動)이 포려(暴戾)ᄒᆞ믄 쳐음이라. 효ᄌᆞ(孝子)의 ᄋᆡ친(愛親)ᄒᆞᄂᆞᆫ 뜻이 ᄆᆡ양 ᄃᆞᆺ터오믈 몬져 ᄉᆡᆼ각ᄒᆞ심만 ᄀᆞᆺ디 못ᄒᆞ믈 한(恨)ᄒᆞᄂᆞᆫ ᄀᆞ온ᄃᆡ 부인 이ᄣᆡ 질통(疾痛)ᄒᆞ여 니ᄅᆞᆯ 응믈며 슈족(手足)을 허번(虛煩)ᄒᆞ여 브ᄃᆡ 잇ᄂᆞᆫ ᄇᆡ ᄎᆞ마 엇디 ᄌᆞ긔 부부ᄅᆞᆯ 삼키디 못ᄒᆞᄂᆞᆫ 화증(火症)이믈 의심ᄒᆞ리오? ᄒᆞᆫ갓 슈히 거근(去根)

33 월아(月蛾): 달 같은 아미. 눈썹.

ᄒᆞ여 쾌히 ᄎᆞ복(差復)ᄒᆞᆷ만 튝원(祝願)ᄒᆞᆯ ᄲᅳᆫ이러니 오날ᄂᆞᆯ ᄉᆞ식(辭色)이 크게 됴치 아니믈 당ᄒᆞᄆᆡ 경황츅쳑(驚惶蹴踖)ᄒᆞ여 스ᄉᆞ로 몸을 가져 용납(容納)ᄒᆞᆯ ᄯᆞ히 업ᄉᆞᆯ ᄃᆞᆺ 감히 슘소ᄅᆡ도 놉히디 못ᄒᆞ여 공슈시
립(拱手侍立)이로ᄃᆡ 부인이 오ᄅᆡ도록 말이 업고 본 쳬ᄒᆞ미 업더니 날 51면
호여 노목(怒目)을 ᄎᆞ게 ᄯᅧ보며 소ᄅᆡᄅᆞᆯ 모디리 ᄒᆞ여 왈

"귀ᄒᆞᆫ ᄌᆞ뎨 임의 누디(陋地)의 드러와 계실딘ᄃᆡ 엇디 안디 아니ᄒᆞ고 괴로이 셔시뇨?"

시랑이 더옥 황황송구(惶惶悚懼)ᄒᆞ여 아모리 ᄒᆞᆯ 바ᄅᆞᆯ 아디 못ᄒᆞ며 상하(床下)의 브복(俯伏)ᄒᆞ여 죄ᄅᆞᆯ 기다릴 ᄲᅳᆫ이러니 부인이 믄득 손을 드러 상을 치고 고셩대ᄆᆡ(高聲大罵) 왈

"닌셩아. 내 이제 감히 너ᄅᆞᆯ 우러러 말을 므ᄅᆞ미 두리오나 너의 신이(神異)ᄒᆞᆫ 조화ᄅᆞᆯ 측냥(測量)치 못ᄒᆞ여 ᄒᆞᆫ번 ᄌᆡ긔로오믈 듯고ᄌᆞ ᄒᆞᄆᆡ 정참정의 익익분노(益益忿怒)ᄒᆞᆯ 바ᄅᆞᆯ 모로미 아니로ᄃᆡ 이제 잠간 뭇ᄂᆞ니 네 ᄯᅩ ᄒᆞᆫ번 니ᄅᆞ믈 앗기지 말나. 너의 난쇼ᄅᆞᆯ 유의(留意)ᄒᆞ믄 엇디ᄒᆞ여 죄목이 듕ᄋᆞ의게 도라디며 니시의 친집(親執)ᄒᆞᆫ 바 미듁(糜粥)은 엇디ᄒᆞ여 허믈이 녹빙·계월의게 도라 져 무죄ᄒᆞᆫ 비ᄌᆞ(婢子)ᄅᆞᆯ 나의 시녀오 듕ᄋᆞ의 유뫼(乳母)라 ᄒᆞ여 참형을 더으고 슌슌이 젼젼악
ᄉᆞ(前前惡事)ᄅᆞᆯ 뭇더라 ᄒᆞ니 그 뭇ᄂᆞᆫ 바 젼젼악ᄉᆡ 므ᄉᆞᆷ 일고? 죄목을 52면
조건조건 ᄇᆞᆰ히디 아냐시니 내 우미(愚迷)ᄒᆞ여 아디 못ᄒᆞ며 다만 오날ᄂᆞᆯ 너의 한(恨)ᄒᆞ던 바ᄅᆞᆯ 니ᄅᆞ면 내 ᄂᆡ일 앗ᄎᆞᆷ 죽기ᄅᆞᆯ 마련ᄒᆞ고 ᄉᆞ라실 제 나의 죄명(罪名)을 알며 너의 신이(神異)ᄒᆞ믈 듯고ᄌᆞ ᄒᆞ노라."

언필(言畢)의 노긔(怒氣) 븍밧쳐 년(連)ᄒᆞ여 안ᄌᆞᆫ 상(床)과 셔안(書案)을 두다리ᄆᆡ 손의 피 ᄆᆡᆺ치고 가족이 ᄯᅮ러디믈 ᄭᆡ닷디 못ᄒᆞ니 시랑

이 업ᄃᆡ여 듯기ᄅᆞᆯ 다ᄒᆞᄆᆡ ᄌᆞ긔 블효ᄅᆞᆯ ᄡᆞ흘 곳이 업ᄂᆞᆫ디라. 이의 면관 계슈(免冠稽首) 쳥죄왈(請罪曰)

"블초의 무상(無狀)ᄒᆞ오미 만ᄉᆞ무셕(萬死無惜)이라. 오딕 ᄌᆞ졍(慈庭)의 ᄇᆰ히 다ᄉᆞ리샤믈 ᄇᆞ라올 ᄲᆞᆫ이오니 므ᄉᆞᆷ 말ᄉᆞᆷ을 가져 호란(胡亂)ᄒᆞ믈 더으리잇고? 다만 계월 등을 츄문(推問)ᄒᆞ시믄 ᄌᆞ위(慈闈) 왕모(王母)긔 픔쳥(稟請)ᄒᆞ샤 엄위(嚴闈)긔 의논ᄒᆞ신 ᄇᆡ오 듕뎨의 슈쟝(受杖)ᄒᆞ오믄 대인이 그 후일을 징계(懲戒)코ᄌᆞ ᄒᆞ시미니 블초으게 므ᄅᆞ실 ᄇᆡ 아닌가 ᄒᆞᄂᆞ이다."

온화ᄒᆞᆫ 셩음(聲音)과 젼뉼(戰慄)ᄒᆞᄂᆞᆫ 거동이 싀호(豺虎)도 감동ᄒᆞᆯ ᄃᆞᆺ ᄒᆞᄃᆡ 소시 다만 션칙(善策)을 엇디 못ᄒᆞᄆᆡ 여러 이목(耳目)이 업ᄉᆞᆫ 곳
53면 의ᄂᆞᆫ 이 부부ᄅᆞᆯ 낭ᄌᆞ(狼藉)히 보ᄎᆡ며 조ᄅᆞ려 결단ᄒᆞ엿ᄂᆞᆫ디라. 그 관(冠)을 집어 더디고 악셩(惡聲)으로 ᄭᆞ디져 왈

"내 너다려 ᄒᆡ로온 말을 니ᄅᆞ미 업거ᄂᆞᆯ 네 짐ᄌᆞᆺ 관을 버셔 괴이ᄒᆞᆫ 거조ᄅᆞᆯ 뵈야 졍공(程公)으로 ᄒᆞ여곰 나의게 죄과(罪過)ᄅᆞᆯ 더으려 ᄒᆞ거니와 내 실노 졍공의 무고(無故)ᄒᆞᆫ 의심과 악착(齷齪)히 보ᄎᆡ믈 ᄎᆞ마 듯디 못ᄒᆞᄂᆞ니 네 ᄎᆞᆯ하리 너의 아비의게 참소(讒訴)ᄒᆞᆯ 제 날을 밧비 도라보ᄂᆡ기ᄅᆞᆯ 계교(計巧)ᄒᆞ라. 녹빙·계월을 내 인ᄉᆞ의 치죄(治罪)ᄒᆞ믈 쳥ᄒᆞ여신들 네 삼촌셜(三寸舌)을 가바야이 놀니미 아니면 므ᄉᆞᆷ 일 졍공이 나의 업ᄉᆞᆫ 죄ᄅᆞᆯ 일워 젼젼악ᄉᆞ(前前惡事)ᄅᆞᆯ 므ᄅᆞ리오? 이 다 너의 간악(奸惡)ᄒᆞ미라. 닌듕이 십셰유ᄌᆞ(十歲幼子)로 션악(善惡)이 미딘(未盡)타 ᄒᆞ여 너의 부ᄌᆡ(父子) 평ᄉᆡᆼ 눈을 바로 ᄯᅥ보미 업다가 공연ᄒᆞᆫ 죄ᄅᆞᆯ 얽어 죽이기ᄅᆞᆯ 마련ᄒᆞ믄 이 엇딘 심슐이뇨?"

시랑이 부인의 노긔 하날ᄀᆞᆺ치 놉하시믈 황황(惶惶)ᄒᆞ나 말ᄉᆞᆷ이 심히

녜(禮)답디 아니믈 ᄒᆡ연(駭然)ᄒᆞ여 머리ᄅᆞᆯ 두다려 ᄌᆡᄇᆡ왈(再拜曰)
"텬디간(天地間)의 어미ᄅᆞᆯ 참소(讒訴)ᄒᆞᆯ ᄌᆞ식이 잇디 아니ᄒᆞ며 아을 54면
죽이고ᄌᆞ ᄒᆞᆯ 형이 잇디 아닐 거시로ᄃᆡ ᄒᆡᄋᆞ(孩兒)의 블초무상(不肖無
狀)ᄒᆞ오믈 인ᄒᆞ여 ᄌᆞ위(慈闈)예 의심(疑心)이 이에 밋ᄎᆞ시니 스ᄉᆞ로
죄ᄅᆞᆯ 혜고 죽기ᄅᆞᆯ 기다리ᄋᆞᆸ거니와 ᄌᆞ위의 셩덕이 호연(浩然)ᄒᆞ심과
녜뫼(禮貌) 슉균ᄒᆞ시므로ᄡᅧ 엇디 오날ᄂᆞᆯ 하교(下敎)ᄅᆞᆯ 이ᄀᆞᆺ치 발(發)
ᄒᆞ시ᄂᆞ니잇가? 셜ᄉᆞ 블초의 무상ᄒᆞ믈 ᄎᆡᆨ교(責敎)ᄒᆞ시나 엄위(嚴闈)
ᄅᆞᆯ 가바야이 드노흐시믄 심히 가치 아닌가 ᄒᆞᄋᆞᆸᄂᆞ니 다만 쇼ᄌᆞᄅᆞᆯ 다
ᄉᆞ리시고 셩노(盛怒)ᄅᆞᆯ 낫ᄎᆞ샤 언어의 실도(失道)ᄒᆞ믈 ᄉᆞᆯ피시미 ᄒᆡᆼ
심(幸甚)이로소이다."

부인이 ᄂᆡᆼ쇼왈(冷笑曰)

"젼젼악ᄉᆡ 뫼ᄀᆞᆺ치 ᄡᆞ혀시니 언어ᄅᆞᆯ 삼가미 므어시리오? 네 거ᄌᆞᆺ 날
을 ᄃᆡᄒᆞ여 간(諫)ᄒᆞᄂᆞᆫ 체 말며 졍공의게 고(告)ᄒᆞ여 나의 간포블인(奸
暴不仁)ᄒᆞ미 쇼텬(所天)[34]의 듕(重)ᄒᆞ믈 모로고 나치 아닌 ᄌᆞ식을 호령
(號令)ᄒᆞ여 셩도(聖道)의 패악(悖惡)ᄒᆞ미 ᄒᆞ로도 부ᄂᆡ(府內)의 머므
러 두엄ᄌᆞᆨ디 아니ᄒᆞ믈 일ᄏᆞᄅᆞ면 시ᄀᆡᆨ(時刻)의 날을 ᄂᆡ치미 되리라."

시랑이 슉연(肅然)이 안ᄉᆡᆨ(顔色)을 곳치며 ᄃᆡᄒᆞ여 ᄀᆞᆯ오ᄃᆡ

"고ᄌᆞ(古者)의 현부인(賢夫人)이 ᄀᆞᆯ오ᄃᆡ 'ᄋᆞᄒᆡ 바야흐로 알오미 잇 55면
거든 긔(欺)이디 못ᄒᆞ리라' ᄒᆞ고 ᄯᅩ '언어의 규구(規矩)ᄅᆞᆯ ᄌᆞᆸ으며 일
ᄌᆞᆨ 호란(胡亂)ᄒᆞ미 업더라' ᄒᆞ오니 ᄌᆞ위 엇디 블초ᄅᆞᆯ ᄃᆡᄒᆞ샤 외방디

34 쇼텬(所天): 소천. 남편.

언(外邦之言)이 아니믈 베프시ᄂᆞ니잇가? 친위(親闈) 그ᄅᆞ시ᄆᆡ 그 ᄌᆞ식 된 ᄌᆡ 위엄을 져허ᄒᆞ고 혐의(嫌疑)ᄅᆞᆯ 새려 간(諫)치 아니ᄒᆞ면 이ᄂᆞᆫ 뉸긔(倫紀)로뼈 상긔ᄒᆞ미라. 은ᄋᆡ(恩愛) 쇼(少)ᄒᆞ며 ᄀᆞ리오미니 블최 엇디 ᄌᆞ졍의 실언을 간치 아니ᄒᆞ리잇고? 모ᄌᆞ(母子)ᄂᆞᆫ 텬셩(天性)이라. 오딕 은은(誾誾)ᄒᆞ고 인인(仁仁)ᄒᆞᆯ 쓴이니 기리 ᄇᆞ라옵건ᄃᆡ 여ᄎᆞ디교(如此之教)ᄅᆞᆯ 블후ᄌᆡ디ᄒᆞ샤 블초의 죄ᄅᆞᆯ 더으디 마ᄅᆞ시며 ᄌᆞ위의 실덕을 낫타ᄂᆡ디 마ᄅᆞ시믈 원(願)ᄒᆞᄂᆞ이다."

셜파의 온화ᄒᆞᆫ 긔운은 츈양(春陽)이 무로녹으며 효슌ᄒᆞᆫ 안ᄉᆡᆨ이 더옥 신신이이(申申怡怡)[35]ᄒᆞᄃᆡ ᄌᆞ연ᄒᆞᆫ 위의(威儀) 쥰슉(俊熟)ᄒᆞ여 츄텬(秋天)의 외외(巍巍)ᄒᆞ고 하일(夏日)이 가외(可畏)ᄒᆞᆷ ᄀᆞᆺᄐᆞ니 니ᄅᆞᆫ바 요블승덕(妖不勝德)이오 샤블범졍(邪不犯正)이라. 소부인이 간포극악(奸暴極惡)을 스ᄉᆞ로 니긔디 못ᄒᆞ여 이날노브터 시랑을 조로며 보ᄎᆡ
56면 여 못 견ᄃᆡ도록 ᄒᆞ고ᄌᆞ ᄒᆞᄂᆞᆫ 쥬의(主意)오 ᄯᅩ 악악(諤諤)히 ᄭᅮ디ᄌᆞᄆᆡ 시랑이 몬져 죽은 ᄃᆞᆺᄒᆞ여 감히 일언(一言)을 ᄃᆡ(對)치 못ᄒᆞᆯ가 넉엿더니 도로혀 ᄌᆞ긔의 실언을 간ᄒᆞ고 난쇼 두 ᄌᆞ(字)의ᄂᆞᆫ 존당으로브터 이에 니ᄅᆞ히 무심히도 거들미 업ᄉᆞ며 쇼랑다려 믈시(勿施)ᄒᆞ믈 니ᄅᆞᆫ 후 다시 일ᄏᆞᆺ디 아니ᄒᆞ고 그 믈의 ᄲᅧᆫ디믈 드ᄅᆞᄃᆡ 그 부슉(父叔)을 조ᄎᆞ가디 아니ᄒᆞ믄 맛ᄎᆞᆷᄂᆡ 일시 허명(虛名)이라도 난일음픠(亂逸淫悖)ᄒᆞᄆᆡ 갓가오믈 쳔누(賤陋)히 넉이미라. 그 졀듕뎡대(絶重正大)ᄒᆞ며 광명딘슉(光明眞肅)ᄒᆞ미 일만간ᄉᆞ(一萬奸邪)ᄅᆞᆯ ᄉᆞᆯ와 ᄇᆞ리고 일쳔블평

35 신신이이(申申怡怡): 온화한 모습. 규장각본에는 '신신히'로 되어 있음.

(一千不平)ᄒᆞ믈 믈니쳐 암일교특(暗逸狡慝)ᄒᆞᆫ 바ᄅᆞᆯ 타연이 먼니ᄒᆞ니
소시 그윽이 구연뉵니(懼然忸怩)ᄒᆞ여 다시 악언(惡言)이 나디 아니ᄒᆞ
ᄃᆡ 그 위인의 이러ᄐᆞᆺ 강약(强弱)이 득듕(得中)ᄒᆞ믈 더옥 싀오(猜惡)ᄒᆞ
여 밧비 업시치 못ᄒᆞ미 한 된디라. 온가디로 즐ᄆᆡ견집(叱罵堅執)ᄒᆞ여
그 ᄆᆞ옴이 블안토록 ᄒᆞ더니 이윽고 오션(午饍)이 오로ᄃᆡ 딘(進)치 아
니ᄒᆞ며 믈니쳐 신긔(身氣) 블평ᄒᆞ믈 일ᄏᆞᆺ고 벼개의 누으ᄆᆡ 시랑을 믈
너가라 ᄒᆞ여 거동(擧動)이 면젼(面前)의 용납(容納)디 아닐 ᄃᆞᆺᄒᆞ니 시 57면
랑이 감히 역(逆)디 못ᄒᆞ여 쳥샤(廳舍)의 나와 창외(窓外)의셔 부인
긔운을 ᄉᆞᆯ피며 늉한셜풍(隆寒雪風)이 골부(骨膚)ᄅᆞᆯ 쳘(徹)ᄒᆞᄃᆡ 치위
ᄅᆞᆯ ᄉᆡᆼ각디 못ᄒᆞᄂᆞᆫ디라. 소시 유모 노유랑이 ᄀᆞ마니 부인긔 고왈(告曰)
"부인이 맛ᄎᆞᆷᄂᆡ 이러ᄐᆞᆺ ᄒᆞ셔ᄂᆞᆫ 부ᄌᆞᄒᆞᆫ 허믈만 낫토미 되고 시랑과 니
쇼져긔ᄂᆞᆫ 현효(賢孝)ᄒᆞᆫ 기림만 더으미니 이 므ᄉᆞᆷ 유익ᄒᆞ미리잇고?
ᄎᆞᆯ하리 시랑과 니쇼져ᄅᆞᆯ 다 ᄉᆞ실(私室)노 도라보ᄂᆡ신 후 여ᄎᆞ여ᄎᆞ 져
쥬(咀呪)ᄅᆞᆯ ᄒᆡᆼᄒᆞ샤 졔운각 듕(中)의셔 부뷔 괴질(怪疾)을 어더 ᄌᆞ딘
(自盡)케 ᄒᆞ미 묘(妙)치 아니 ᄒᆞ니잇가?"

부인이 쳥흘(聽訖)의 잠간 우으며 손을 져어 말을 긋치라 ᄒᆞ고 뉵난의
귀예 다혀 ᄀᆞᆯ오ᄃᆡ

"어미의 나히 ᄒᆞ마 오십(五十)이 디낫거ᄂᆞᆯ 심디(心志) 단쳔(短淺)ᄒᆞ
미 닌듕의 더으니 어이 우읍디 아니리오? 닌셩과 니시 만일 요괴(妖
怪)로온 ᄆᆡ골(埋骨)과 잡져온 목상(木像)으로뼈 벽간(壁間)의 ᄀᆞᆷ초와
그 ᄒᆡᄅᆞᆯ 닙어 몰몰(沒沒)이 스러질 위인(爲人)이면 내 비록 목강(穆
姜)의 어진 덕이 업ᄉᆞ나 족히 ᄉᆞ랑ᄒᆞ여 거ᄂᆞ리고 조곰도 ᄒᆡᄒᆞᆯ ᄆᆞ옴을
두디 아닐디라. 엇디 괴로이 심녁(心力)을 허비(虛費)ᄒᆞ리오? 이런 용 58면

상(庸常) 우은 쇠ᄂᆞᆫ 다시 니ᄅᆞ디 말나. 다만 ᄆᆡ양 어진 톄ᄅᆞᆯ 못ᄒᆞ여 간간(間間)이 보ᄎᆡ기나 내 ᄆᆞ옴ᄃᆡ로 ᄒᆞ리니 어미ᄂᆞᆫ 슌슌이 이목(耳目)을 ᄉᆞᆯ펴 뉘 오ᄂᆞᆫ가 내게 몬져 고ᄒᆞ라. 작셕(昨夕)의 닌듕도 독을 마신디 내 아든 못ᄒᆞ거니와 웅ᄋᆞᄂᆞᆫ 후셜(喉舌)을 넘은 ᄇᆡ 되다 ᄒᆞ나 글노셔ᄂᆞᆫ 죽디 아니리니 금일은 내 닌셩을 시험ᄒᆞ리라."

ᄒᆞ고 벼개 밋ᄐᆡ 져근 궤(匭)ᄅᆞᆯ 더듬어 일개(一介) 뎨일독약(第一毒藥)을 ᄂᆡ여 일죵청밀(一鍾淸蜜)[36]의 화(和)ᄒᆞ여 안샹(案上)의 노흐며 즉시 소ᄅᆡᄅᆞᆯ 놉혀 시랑을 브ᄅᆞ니 시랑이 창외(窓外)의 튝연이 셧시미 가장 이윽ᄒᆞᄃᆡ 블을 옴기미 업다가 브ᄅᆞᄂᆞᆫ 명을 니어 입실ᄒᆞᆫᄃᆡ 부인이 갓가이 좌(座)ᄅᆞᆯ 주고 안ᄉᆡᆨ이 ᄂᆡᆼ엄(冷嚴)ᄒᆞ여 ᄀᆞᆯ오ᄃᆡ

"내 감히 네 어미로라 아니 ᄒᆞ거ᄂᆞᆯ 므ᄉᆞᆷ 연고로 브졀업시 창외의 잇셔 경공으로 ᄒᆞ여곰 날을 통한(痛恨)이 넉이믈 더으게 ᄒᆞᄂᆞ뇨? 한풍(寒風)을 당ᄒᆞ여 셧시ᄆᆡ 만일 쵹상(觸傷)ᄒᆞᆯ딘ᄃᆡ 내 죄ᄅᆞᆯ 무겁게 ᄒᆞ미니 내 엇디 방심(放心)ᄒᆞ리오?"

59면

언필(言畢)의 ᄒᆞᆫ 그ᄅᆞᆺ 더온 듁을 가져오라 ᄒᆞ여 몬져 두어 번 마신 후 다시 안샹(案上)의 쳥밀을 화ᄒᆞ여 시랑을 주며 먹기ᄅᆞᆯ 권ᄒᆞ니 시랑이 황공블안(惶恐不安)ᄒᆞ믈 겸ᄒᆞ여 빵슈(雙手)로 밧ᄌᆞ오ᄆᆡ 즉시 드러 ᄒᆞᆫ번 마시기ᄅᆞᆯ 당ᄒᆞ여ᄂᆞᆫ 가히 치독(置毒)ᄒᆞ여시믈 알디니 엇디 먹디 못ᄒᆞ믈 아디 못ᄒᆞ리오마ᄂᆞᆫ 이 듁의 독이 드러시믈 ᄯᅩ 들추어 일이 죵용ᄒᆞᄆᆡ 잇디 아닐 ᄃᆞᆺᄒᆞ고 ᄌᆞ긔 명이 독약의 잇디 아닐 바ᄅᆞᆯ ᄇᆞᆰ히 알

36 일죵청밀(一鍾淸蜜): 일종청밀. 한 종지의 꿀.

므로 쾌(快)히 마셔 그ᄅᆞᆺ시 븨오며 남기미 업ᄉᆞᆫ디라. 부인이 심니(心
裏)의 암희(暗喜)ᄒᆞ여 블구(不久)의 복장(腹藏)이 ᄡᅧ흘니라 ᄒᆞ고 즉
시 믈너가라 ᄒᆞᆫᄃᆡ 시랑이 역시 ᄒᆡ독(解毒)ᄒᆞᆯ ᄇᆡ 밧븐 고로 이에 몸을
니러 나갈ᄉᆡ 계졍(階庭)의 나릴 제 잠간 현혼(眩昏)ᄒᆞᆫ ᄃᆞᆺᄒᆞ여 ᄇᆞᆯ 옴기
미 어려올 ᄲᅳᆫ 아니라 후간(喉間)의 블이 나ᄂᆞᆫ ᄃᆞᆺᄒᆞ여 좌우(左右)ᄅᆞᆯ 도
라보며 ᄎᆞ(茶)ᄅᆞᆯ 구(求)ᄒᆞ니 니쇼져의 시녀 월난이 응ᄃᆡᄒᆞ고 후졍(後
庭)으로 드러가거ᄂᆞᆯ 굿ᄐᆞ여 기다리지 아니코 밧그로 나가더니 듕헌 60면
(中軒)의 다ᄃᆞ라 현혼(眩昏)ᄒᆞᄆᆞᆯ 잠간 딘뎡(鎭靜)ᄒᆞᆫ 후 다시 쳥샤(廳
舍)의 오로며 도라보니 월난이 ᄎᆞᄅᆞᆯ 가져 니ᄅᆞ럿ᄂᆞᆫ디라. 이에 바다 일
완(一盌)을 다 마실ᄉᆡ 쳥상(淸爽)ᄒᆞ고 감열(減熱)ᄒᆞ여 블이 니럿던
후셜이 개연쇄락(介然灑落)ᄒᆞ나 ᄯᅩᄒᆞᆫ 그 ᄎᆞᆯ쳐ᄅᆞᆯ 뭇디 아니코 다시 듁
누로 향ᄒᆞ니 그 엇디 ᄒᆡ독약이 아니라 ᄒᆞ리오? 잠간 누어 딘뎡(鎭靜)
ᄒᆞᄆᆡ 먹은 거ᄉᆞᆯ 다 회구(廻嘔)ᄒᆞ고 다시 ᄒᆡ독약을 먹디 아니ᄒᆞ나 긔
운이 평상(平常)ᄒᆞᆫ디라. 이에 셕반(夕飯)을 녜ᄉᆞ로이 딘(進)ᄒᆞᆫ 후 태
뎐과 봉누의 혼뎡(昏定)을 일우ᄆᆡ 두 대인이 취침ᄒᆞ시믈 보고 믈너
취루의 드러오니 부인이 쳐음은 분ᄉᆡᆨ(憤色)과 노긔(怒氣)로 악(惡)히
굴미 일양(一樣)이러니 반애(半夜) 된 후 잠간 낫빗ᄎᆞᆯ 허(許)ᄒᆞ여 두
어 말을 베프다가 날이 엄한(嚴寒)ᄒᆞᄆᆞᆯ 일ᄏᆞᄅᆞ며 두어 잔 술을 주ᄂᆞᆫ
디라. 시랑이 ᄯᅩ 타연이 바다 거후ᄅᆞᄆᆡ 다시 시좌(侍坐)ᄒᆞ엿더니 부
인이 믄득 믈너가 안헐(安歇)ᄒᆞᄆᆞᆯ 명ᄒᆞᄂᆞᆫ디라. 시랑이 굿ᄐᆞ여 역(逆)
디 아니ᄒᆞ고 셔ᄌᆡ(書齋)의 나와 ᄒᆡ독약(解毒藥)을 먹으며 술을 마ᄌᆞ 61면
회구(廻嘔)ᄒᆞᄆᆡ 긔운이 무방ᄒᆞ나 일노브터 ᄒᆡ독약이 낭듕(囊中)의 ᄯᅥ
나디 아니ᄒᆞ고 소시의 악악간포(惡惡奸暴)ᄒᆞ미 날노 더으니 과연 셕

목(石木)이라도 보젼(保全)키 어렵더라. 시시(是時)의 니쇼졔 존고(尊姑)의 딜디이심(叱之已甚)히 부림과 악악가찰(惡惡苛察)히 보ᄎᆡ믈 바다 태뎐과 봉누의 신혼셩졍(晨昏省定)을 일운 밧긔ᄂᆞᆫ 밤으로 낫을 니어 일시(一時)도 안헐(安歇)ᄒᆞ믈 엇디 못ᄒᆞ며 쳔금약딜(千金弱質)이 풍노상셜(風露霜雪)을 므릅뼈 쳥샤(廳舍) 난함(欄檻) 앏ᄒᆡ ᄌᆞ리ᄅᆞᆯ ᄇᆡ셜(排設)ᄒᆞ고 감디(甘旨)ᄅᆞᆯ 밧드러 쥬야(晝夜)의 동동(洞洞)ᄒᆞ며 쵹쵹(屬屬)ᄒᆞ여 여린 옥을 잡고 가득ᄒᆞᆫ 거ᄉᆞᆯ 밧든 ᄃᆞᆺ 셩효(誠孝)의 츌텬(出天)ᄒᆞ미 감탕(甘湯)의 젹구(適口)[37]ᄒᆞᆷ과 봉승(奉承)의 젹의(適意)[38]ᄒᆞ믈 ᄇᆞ랄 쁜이오 ᄉᆞ심(私心)을 밋쳐 결을치 못ᄒᆞ니 범ᄇᆡᆨ(凡百)의 신긔(神奇)ᄒᆞ며 이상(異常)ᄒᆞ여 유졍유일(唯精唯一)히 잠심이거(潛心以居)[39]ᄒᆞᄆᆡ 슈구여병(守口如甁)[40]의 믁믁무셩(默默無聲)ᄒᆞ여 셰상ᄉᆞᄅᆞᆯ 아ᄂᆞᆫ ᄃᆞᆺ 모로ᄂᆞᆫ ᄃᆞᆺᄒᆞᆫ 가온ᄃᆡ ᄉᆞ시(四時) ᄒᆡᆼ도(行道)ᄒᆞᄂᆞᆫ 조회(造化)[41] 호호(皓皓)히 텬디(天地)의 변화ᄅᆞᆯ 거두어시니 소시의 총
62면 명다ᄌᆡ(聰明多才)ᄒᆞ므로도 식이ᄂᆞᆫ 바의 응슌(應順)ᄒᆞ믄 능히 ᄉᆡᆼ각디 못ᄒᆞᆯ ᄇᆡ 만트니 싀호(豺虎)의 ᄉᆞ오나옴과 독ᄉᆞ(毒蛇)의 모질미나 쇼져의 은은(殷殷)ᄒᆞᆫ 거동과 완슌(婉順)ᄒᆞᆫ 위인을 ᄃᆡᄒᆞ여ᄂᆞᆫ 감동치 아닐 ᄇᆡ 업ᄉᆞᄃᆡ 소시의 간험디악(奸險至惡)히 보ᄎᆡᄂᆞᆫ 바의 친히 어롬믈을 더혀 음식을 닉이며 쥬야로 뫼ᄀᆞᆺ치 밀니고 ᄲᆞ힌 침션방젹(針線紡

37 젹구(適口): 적구. 입에 맞음.

38 젹의(適意): 적의. 뜻에 맞음.

39 잠심이거(潛心以居): 마음을 가라앉히고 지냄.

40 슈구여병(守口如甁): 수구여병. 입을 닫고 말을 삼감.

41 조회(造化): 규장각본에는 '조홰'로 되어 있음.

積)을 다ᄉᆞ리ᄂᆞᆫ 결을의ᄂᆞᆫ 감탕(甘湯)을 가음알미 되나 타인(他人) 소시(所視)의ᄂᆞᆫ 무ᄉᆞ한가(無事閑暇)ᄒᆞᆫ ᄃᆞᆺ 호발도 근노(勤勞)ᄒᆞ믈 낫토미 업ᄉᆞ니 과연 죄ᄅᆞᆯ 얽으며 허믈을 잡을 결을이 업ᄉᆞᆯ ᄡᅳᆫ 아니라 ᄃᆡᄒᆞᄆᆡ 그 것ᄎᆞ로 어질고 쇽으로 ᄇᆞᆰ으며 덕(德)되고 슌(順)ᄒᆞ며 화(和)ᄒᆞ고 유(柔)ᄒᆞ여 ᄒᆞᆫ 조각 흐린 ᄯᅳᆺ과 간ᄉᆞᄒᆞ미 업셔 요슌(堯舜)의 인효(仁孝)ᄒᆞ심과 부ᄌᆞ(夫子)[42] 대도(大道)의 갓가오믈 보건ᄃᆡ ᄎᆞ마 ᄆᆞᆸᄡᅳᆯ 말과 악착(齷齪)ᄒᆞᆫ 일노ᄡᅧ ᄉᆞ딧디 못ᄒᆞ여 오딕 ᄌᆞ딘(自盡)ᄒᆞ여 죽기ᄅᆞᆯ 죄오며 간ᄃᆡ로 즐칙(叱責)ᄒᆞ믄 잇디 아니ᄒᆞ더니 닌듕의 간뫼(奸謀) 발각(發覺)ᄒᆞ므로브터 소부인이 ᄋᆡ돏고 분(憤)ᄒᆞ믈 니긔디 못ᄒᆞ여 젹튝(積蓄)ᄒᆞᆫ 노한(怒恨)을 시랑 부부의게 플고ᄌᆞ ᄒᆞᄆᆡ 독ᄒᆞᆫ 낫빗과 모딘 소ᄅᆡ로 쇼져ᄅᆞᆯ 무슈 즐칙ᄒᆞᄃᆡ 이목(耳目)을 ᄉᆞᆯ펴 번거ᄒᆞᆫ 곳의ᄂᆞᆫ 가장 인ᄌᆞ(仁慈)ᄒᆞᆫ 톄ᄒᆞ나 쇼졔 엇디 존고(尊姑)의 심졍(心情)을 ᄭᆡ닷디 못ᄒᆞ리오? 크게 두려며 조심ᄒᆞ여 삼가ᄂᆞᆫ 듕 즐칙ᄒᆞᄂᆞᆫ 바의 튝쳑(蹴踖)ᄒᆞ믈 ᄯᅴ여 나ᄌᆞᆨ이 죄ᄅᆞᆯ 쳥ᄒᆞᆯ ᄡᅳᆫ이오 관패(冠佩)ᄅᆞᆯ 업시ᄒᆞ여 디리히 ᄃᆡ죄(待罪)ᄒᆞ믄 업ᄉᆞ니 역시 타인(他人) 문견(聞見)을 두려 존고의 실덕(失德)이 낫타날가 져허ᄒᆞ미라. 소부인이 ᄯᅩ 엇디 니시의 위인을 모로리오? 그 너모 이러ᄒᆞ믈 더옥 싀오(猜惡)ᄒᆞ여 업시ᄒᆞᆯ 의ᄉᆡ 일일(一日) 착급(着急)ᄒᆞ니 독약(毒藥)의 뉴(類)ᄅᆞᆯ 만히 모화 두엇ᄂᆞᆫ디라. 몬져 시랑을 듁음(粥飮)의 화ᄒᆞ여 먹일ᄉᆡ 쇼졔 뒷 쳥샤의셔 온미(溫糜)ᄅᆞᆯ 밧비 ᄎᆞᆺᄂᆞᆫ 바의 즉시 밧드러 뉵난을 주고 다시 블

63면

42 부ᄌᆞ(夫子): 부자. 공자.

을 더어 찬 깅(羹)을 다ᄉᆞ리더니 시랑이 밧그로 나가기ᄅᆞᆯ 당(當)ᄒᆞ여
ᄎᆞ(茶)ᄅᆞᆯ 구ᄒᆞᄂᆞᆫ 소ᄅᆡ 화열 나ᄌᆞᆨᄒᆞ미 범인(凡人)은 상시(常時)로 다
64면 ᄅᆞ믈 아디 못ᄒᆞ나 소져ᄂᆞᆫ 어제날 •온미로 인ᄒᆞ여 방심(放心)치 못ᄒᆞ던
바의 시랑의 음셩(音聲)이 평일 심안긔화(心安氣和)ᄒᆞᆷ과 다ᄅᆞᆫ디라.
본딜(本質)의 셩명예디(誠明叡智)ᄒᆞᆷ과 신셩특달(神性特達)ᄒᆞ미 츌어
범뉴(出於凡類)ᄒᆞ여 담담(淡淡)이 낫타ᄂᆡ디 아니ᄒᆞ나 만믈(萬物)의
신긔(神氣)ᄅᆞᆯ 통(通)ᄒᆞ니 녕인(伶人)[43]의 곡됴(曲調)ᄅᆞᆯ ᄊᆡᄃᆞᄅᆞ미 샤광
(師曠)의 뉼(律)을 통ᄒᆞᆷ과[44] 공야장(公冶長)의[45] 조셩(調聲)을 디음(知
音)ᄒᆞᄂᆞᆫ 신긔ᄒᆞ미 잇ᄂᆞᆫ디라. 비록 부뷔 ᄉᆞ실(私室)이 흔연담화(欣然
談話)ᄒᆞ미 업고 셔로 셩음(聲音)이 귀예 닉디 못ᄒᆞ나 그 안여블안(安
與不安)을 일쳥(一聽)의 쾌히 ᄊᆡ닷ᄂᆞᆫ 바의 월난이 급히 드러 와 온ᄎᆞ
(溫茶)ᄅᆞᆯ 치며 ᄀᆞᆯ오ᄃᆡ

“쥬군(主君)의 안광(眼光)을 쳠망(瞻望)컨ᄃᆡ 현혼증(眩昏症)이 계신
ᄃᆞᆺ 상시(常時)와 다ᄅᆞ시니 놀납더이다.”

ᄒᆞ여ᄂᆞᆯ 쇼졔 즉시 ᄎᆞ긔(茶器)ᄅᆞᆯ 나와 ᄉᆞᄆᆡ 쇽의 ᄒᆞᆫ낫 환약(丸藥)을 타
ᄂᆡ여 보ᄂᆡᄃᆡ 맛ᄎᆞᆷᄂᆡ 말이 업ᄉᆞ니 월난은 쳥의(靑衣) 듕 ᄒᆞᆫ낫 녕믈(靈
物)노 총민특달(聰敏特達)ᄒᆞ미 디극ᄒᆞ나 오히려 쇼져의 ᄉᆞ매의 ᄒᆡ
독약을 너헛던 바ᄂᆞᆫ 아디 못ᄒᆞ여 이 므ᄉᆞᆷ 약인고 ᄒᆞ나 ᄯᅩ 감히 뭇디
65면 못ᄒᆞ더라. 이후 소부인이 슌슌이 음식•의 독약을 프러 시랑과 니쇼져

43 녕인(伶人): 영인. 예인. ‘우륵’을 지칭하는 말.
44 뉼(律)을 통ᄒᆞᆷ과: 규장각본에는 ‘총ᄒᆞᆷ과’로 되어 있음.
45 공야장(公冶長)의: 규장각본에는 ‘ᄌᆞ중의’로 되어 있음.

ᄅᆞᆯ 앏히셔 먹이니 시랑 부뷔 ᄯᅩᄒᆞᆫ 슌슌이 먹기ᄅᆞᆯ 다ᄒᆞ여 슈샹(殊常)
ᄒᆞᆫ 음식을 남기디 아니ᄒᆞᄃᆡ ᄀᆞ마니 히독약 먹기ᄅᆞᆯ 게얼니 아니 ᄒᆞᄆᆞ
로 부뷔 다 무ᄉᆞ안상(無事安常)ᄒᆞ여 낫 우히 병ᄉᆡᆨ(病色)도 잇디 아니
ᄒᆞ니 소부인이 더옥 이상ᄒᆞ며 측냥(測量)치 못ᄒᆞ여 이러구러 셰월만
쳔연(遷延)ᄒᆞ고 ᄌᆞ긔 소원을 일우디 못ᄒᆞᆯ가 초조착급(焦燥着急)ᄒᆞ여
뮙고 분ᄒᆞ미 날노 더으며 실로 층가(層加)ᄒᆞ여 타인(他人) 문견(聞見)
을 능히 춤디 못ᄒᆞᆯ ᄃᆞᆺ 시랑과 니소져ᄅᆞᆯ ᄃᆡᄒᆞ면 맛치 쥐 여으ᄂᆞᆫ 괴양
이[46] 상(像)으로 ᄒᆞᆫ번 평감ᄒᆞ미 업ᄉᆞ니 시랑이 크게 황황(惶惶)ᄒᆞ고 니
소졔 깁히 툭쳑(踧踖)ᄒᆞ여 아모리 ᄒᆞᆯ 바ᄅᆞᆯ 아디 못ᄒᆞ며 스ᄉᆞ로 셩회
(誠孝) 쳔박(淺薄)ᄒᆞ여 부인의 그ᄅᆞᆺ 넉이시믈 어든가 그ᄅᆞᆷ과 죄ᄅᆞᆯ 혜
고 츄호(秋毫) 원한(怨恨)을 픔디 아니ᄒᆞ니 쇽ᄆᆞ옴의 졍셩이 디극ᄒᆞᆫ
고로 밧 얼골이 더옥 효순(孝順)ᄒᆞ여 셕목(石木)도 감동ᄒᆞ며 ᄉᆡᆼ쳘(生
鐵)도 녹일 ᄃᆞᆺᄒᆞᄃᆡ 소부인의 간포극악(奸暴極惡)ᄒᆞ믄 그 어진 거ᄉᆞᆯ 66면
더옥 믜이 넉이고 그 견고(堅固)ᄒᆞ믈 가바야이 죽이디 못ᄒᆞ믈 통한
(痛恨)ᄒᆞ니 엇디 ᄆᆞ옴을 두로혈 니 이시리오?

ᄎᆞ셜(且說). 닌웅공지 ᄒᆞᆫ번 그 형(兄)과 슈(嫂)의 고경(苦境)을 드ᄅᆞᆫ
후 모친의 블인(不仁)ᄒᆞᆫ 언ᄉᆞᄅᆞᆯ 인ᄒᆞ여 흉의(凶意)ᄅᆞᆯ ᄉᆞᆺ치ᄆᆡ 심골(心
骨)이 경한(驚汗)ᄒᆞ여 통쳬(痛處) 쾌소(快蘇)치 못ᄒᆞᄃᆡ 슈삼 일 됴리
(調理)ᄒᆞ다가 이의 벽셔졍의 드러가 닌듕을 보고 일장(一場)을 쳬루
간징(涕淚諫爭)ᄒᆞ니 ᄌᆞ금(自今) 이후로 허믈을 ᄇᆞ리며 힝실을 닷가

46 쥐 여으ᄂᆞᆫ 괴양이: 쥐 잡는 고양이. 규장각본에는 '쥐 여으ᄂᆞᆫ 괴랑이'로 되어 있음.

부형의 훈칙(訓責)이 헛곳의 도라가디 아니ᄒᆞ고 조션청덕(祖先淸德)을 츄락(墜落)디 말믈 간졀이 비로ᄃᆡ 닌듕의 ᄯᅳᆺ이 이런 말을 드ᄅᆞ면 더옥 신연치 아냐 회과ᄌᆞ칙(悔過自責)ᄒᆞ믄 만니(萬里) ᄀᆞᆺᄐᆞ며 샤ᄇᆡᆨ(舍伯)과 슈시(嫂氏)ᄅᆞᆯ 므러 너흐디 못ᄒᆞᆷ만 극히 한분(恨憤)ᄒᆞᄂᆞᆫ 고로 손을 드러 ᄋᆞ을 밀치고 도라누으며 한(恨)ᄒᆞ여 ᄀᆞᆯ오ᄃᆡ

"어질고 착ᄒᆞᆫ ᄌᆞᄂᆞᆫ 부모의 ᄉᆞ랑도 온젼이 밧치며 일가(一家)의 취듕
67면 (取重)도 극딘ᄒᆞ거니와 ᄉᆞ오납고 간교(奸巧)ᄒᆞᆫ ᄌᆞᄂᆞᆫ 부모도 블ᄋᆡ(不愛)ᄒᆞ며 친쳑도 ᄇᆞ리ᄂᆞ니 내 아모리면 뎡도(正道)의 나아가랴? 쳥컨ᄃᆡ 긴 말과 잔 ᄉᆞ셜(辭說)을 긋치라."

공ᄌᆡ 그 형의 거동이 발셔 도쳑(盜跖) ᄀᆞᆺᄐᆞ여 홀일 업ᄉᆞ믈 보ᄆᆡ 쏘ᄒᆞᆫ 슌셜(脣舌)이 무익(無益)ᄒᆞ여 눈믈을 흘녀 블힝ᄒᆞ믈 니긔디 못ᄒᆞᆯ ᄲᅳᆫ 아니라 스ᄉᆞ로 밍셰ᄒᆞ여 ᄆᆞ음의 뎡(定)ᄒᆞᄃᆡ ᄇᆡᆨ형으로 더브러 ᄋᆡ락비회(哀樂悲懷)의 다ᄅᆞ미 업고ᄌᆞ ᄒᆞᄆᆡ 시랑의 그림ᄌᆡ 되여 ᄆᆞᄅᆞ며 나옴과 쉬고 잠ᄌᆞ기의 ᄒᆞᆫ ᄣᅵᄅᆞᆯ 써나미 업셔 혹ᄌᆞ 인졍 밧 즐칙(叱責)이 형과 슈의게 밋ᄎᆞ면 머리ᄅᆞᆯ 두다려 간(諫)ᄒᆞ믈 마디 아니ᄒᆞ며 밤마다 ᄉᆞ헐(乍歇)ᄒᆞ믈 허(許)치 아냐 늉한셜풍(隆寒雪風)을 혜디 아니ᄒᆞ고 부모의 깃치신 바 듕신을 가바야이 상토록 ᄒᆞ시믈 셩덕의 ᄎᆞ마 못ᄒᆞᆯ 바ᄅᆞᆯ 일ᄏᆞ라 두어 밤을 ᄒᆞᆷ긔 쳥샤(廳舍)의셔 ᄉᆡ와 풍한(風寒)을 피(避)치 아니ᄒᆞ니 부인이 쳐음은 ᄀᆞ장 노(怒)ᄒᆞ여 ᄌᆞ긔 브ᄃᆡ 범ᄇᆡᆨ의 ᄯᅳᆺ을 셰워 니긘 후 말녀 ᄒᆞ므로 ᄋᆞ직 니시ᄅᆞᆯ 위ᄒᆞ며 형을 조ᄎᆞ 쳥샤의셔
68면 ᄉᆡᄂᆞᆫ 바ᄅᆞᆯ 앗기고 근심치 아니미 아니로ᄃᆡ 반ᄃᆞ시 치위ᄅᆞᆯ 견ᄃᆡ디 못ᄒᆞ여 방듕(房中)의 들니라 ᄒᆞ여 짐즛 그 ᄒᆞᄂᆞᆫ ᄃᆡ로 ᄇᆞ려두엇더니 믄득 두어 밤을 ᄒᆞᆫ갈ᄀᆞᆺ치 쳥샤의셔 디ᄂᆡ며 날이 ᄉᆡ족 고두혈간(叩頭血

諫)ᄒᆞ믈 마디 아니ᄒᆞ고 ᄯᅩᄒᆞᆫ 범ᄉᆞ의 무심치 아냐 ᄉᆞᆯ피기ᄅᆞᆯ 상심(詳審)히 ᄒᆞ니 젼일은 모친의 ᄒᆡᆼᄉᆞ(行事)와 ᄂᆡᄉᆞ부치ᄅᆞᆯ 아이의 알녀 아니므로 영영(永永)이 모로미 되여 ᄊᆡ닷디 못ᄒᆞ미 되엿거니와 당시(當時)ᄒᆞ여ᄂᆞᆫ 미셰(微細)ᄒᆞᆫ 일이라도 유심상찰(留心詳察)ᄒᆞ니 그 신명특달(神明特達)ᄒᆞ믈 ᄯᅩ 엇디 모ᄅᆞᆯ 일이 이시리오? 모친이 잇다감 형과 슈ᄅᆞᆯ 주ᄂᆞᆫ 음식이 결단(決斷)ᄒᆞ여 슈상ᄒᆞ믈 디긔ᄒᆞᄆᆡ 그으이 쳬ᄉᆞ모골(涕泗毛骨)[47]ᄒᆞ여 딘실노 살 ᄆᆞᄋᆞᆷ이 업더니 일일은 곤계 ᄒᆞᆫ가지로 쳥샤의셔 밤을 디ᄂᆡ고 모친의 명을 인ᄒᆞ여 입실(入室)ᄒᆞᄆᆡ 부인이 두 그ᄅᆞᆺ 온탕(溫湯)을 가져 이ᄌᆞ(二子)ᄅᆞᆯ 친히 주ᄃᆡ 큰 그ᄅᆞᆺᄉᆞᆯ 시랑의 앏ᄒᆡ 노흐며 져근 그ᄅᆞᆺᄉᆞᆯ 공ᄌᆞ의 앏ᄒᆡ 노흐니 공ᄌᆡ 형의 무심ᄒᆞᆫ 바ᄅᆞᆯ 인ᄒᆞ여 밧비 그ᄅᆞᆺᄉᆞᆯ 밧고와 모친 앏ᄒᆡ셔 쾌히 마시니 부인이 맛ᄎᆞᆷ 고개 69면
ᄅᆞᆯ 도로혀 보ᄂᆞᆫ 거시 잇셔 닌웅의 그ᄅᆞᆺ 밧고믈 아디 못ᄒᆞ엿다가 마시ᄂᆞᆫ 소ᄅᆡ 쾌ᄒᆞ믈 인ᄒᆞ여 쳥샤의셔 ᄌᆞ고 한츅(寒縮)ᄒᆞ믈 니긔디 못ᄒᆞᄆᆡ 더온 거ᄉᆞᆯ 급히 마시ᄂᆞᆫ가 년측(憐惻)ᄒᆞ여 눈을 드러 ᄉᆞᆯ핀즉 뜻 아닌 시랑을 준 바 온탕을 닌웅이 먹ᄂᆞᆫ디라. 만심경ᄒᆡ(滿心驚駭)ᄒᆞ여 몸이 스ᄉᆞ로 니ᄂᆞᆫ 줄 ᄊᆡ닷디 못ᄒᆞ며 그 그ᄅᆞᆺᄉᆞᆯ 아ᄉᆞᄃᆡ 임의 마시기ᄅᆞᆯ 만히 ᄒᆞ여 반 남아 업ᄂᆞᆫ디라. 심신(心神)이 ᄎᆞ악(嗟愕)ᄒᆞ믈 조ᄎᆞ 안ᄉᆡᆨ이 변ᄒᆞ고 단슌(丹脣)이 흑ᄉᆡᆨ(黑色)ᄒᆞ여 ᄀᆞᆯ오ᄃᆡ

"블관(不關)ᄒᆞᆫ 곳의라도 ᄎᆞ례ᄅᆞᆯ 일흘 ᄇᆡ 아니어ᄂᆞᆯ 엇디 형이 먹디 아냐셔 몬져 마시며 ᄯᅩᄒᆞᆫ 형을 큰 그ᄅᆞ시 주엇거ᄂᆞᆯ 밧고와 먹으믄 엇디

47 쳬ᄉᆞ모골(涕泗毛骨): 규장각본에는 '쳬ᄉᆞ난골'로 되어 있음.

ᄒᆞᆫ 일이뇨? 져만치 칩고 더운 거시 ᄉᆡᆼ각ᄒᆞ이량이면 온실의셔 편히 잘 거시디 뉘 굿ᄐᆞ여 말나 ᄒᆞ엿관ᄃᆡ 쳥샤의셔 밤을 ᄃᆞᆫ니며 이ᄀᆞᆺ치 못 견ᄃᆡ여 ᄒᆞᄂᆞ냐?"

70면 ᄂᆡ옹 공ᄌᆞ 온탕을 마실 졔 임의 독이 이시믈 붉히 디긔(知機)ᄒᆞ엿더니 모부인 거동을 보ᄆᆡ 더옥 한심(寒心)ᄒᆞ여 쳬ᄉᆡ(涕泗) 방타(滂沱)ᄒᆞ더라.

(책임교주 김수연)

완월회맹연 玩月會盟宴

권디ᄉᆞ십 卷之四十

1면 ᄎᆞ셜(且說). 닌웅공ᄌᆡ 온탕(溫湯)을 마실 졔 임의 독이 이시믈 붉히 디긔(知機)ᄒᆞ엿더니 모부인 거동을 보ᄆᆡ 더옥 한심ᄒᆞ여 쳬ᄉᆡ(涕泗) 방타(滂沱)ᄒᆞ여 왈

"ᄌᆞ위(慈闈) 쇼ᄌᆞ(小子)ᄅᆞᆯ 앗기시ᄂᆞᆫ ᄆᆞ음으로뼈 ᄇᆡᆨ형(伯兄)과 슈슈(嫂嫂)긔 옴기디 아니ᄒᆞ시니 ᄒᆡᄋᆡ(孤兒) ᄂᆡᆼ디(冷地)의셔 듕풍(中風)ᄒᆞ여 죽ᄉᆞ와도 ᄇᆡᆨ형과 슈싀 ᄉᆞ실(私室)의 안휴(安休)치 아닌 젼(前)의ᄂᆞᆫ 결단ᄒᆞ여 온실의셔 벼개ᄅᆞᆯ 놉히디 아닐 거시오 시ᄀᆡᆨ(時刻)의 ᄎᆞ례와 그ᄅᆞᆺᄉᆡ ᄎᆞ례ᄂᆞᆫ 밧고와 소견(所見)의 온당치 아닐디언졍 ᄇᆡᆨ형으로 ᄒᆞ여곰 의심되고 위ᄐᆡᄒᆞᆫ 바ᄅᆞᆯ 순순히 딘(進)케 못 ᄒᆞ오리니 ᄌᆞ위의 셩덕규구(盛德規矩)로뼈 엇디 ᄎᆞ마 이런 거조(擧措)ᄅᆞᆯ ᄒᆞ샤 ᄌᆞ식을 죄 업시 딤살(鴆殺)코ᄌᆞ ᄒᆞ시ᄂᆞ니잇고? 쇼ᄌᆡ 여ᄎᆞ 망극디ᄉᆞ(罔極之事)ᄅᆞᆯ 당ᄒᆞ여 알오미 업시 이의 합연(溘然)ᄒᆞ여[1] ᄌᆞ위의 실덕을 모로미 원이로소이다마ᄂᆞᆫ 경일누 ᄌᆞ경의 쇼ᄌᆞᄅᆞᆯ 위명(委命)ᄒᆞ심과 양가

2면 (兩家) 종샤(宗嗣)ᄅᆞᆯ ᄎᆞ마 일시(一時)의 ᄭᅳᆺ치디 못ᄒᆞ여 디연(遲延)ᄒᆞ오나 쇼ᄌᆡ ᄯᅩᄒᆞᆫ 혈육디신(血肉之身)으로 셰ᄉᆞ(世事)ᄅᆞᆯ 거의 ᄭᆡ치므로브터 텬디(天地)의 극민(極憫)ᄒᆞᆫ 통(痛)을 픔어 평ᄉᆡᆼ 즐거오믈 아디 못ᄒᆞᄋᆞᆸᄂᆞᆫ 바의 근간(近間) ᄌᆞ위의 실덕실언(失德失言)ᄒᆞ시믈 인ᄒᆞ와 ᄇᆡᆨ형과 슈시의 위란(危亂)ᄒᆞᆫ 경계(境界)ᄅᆞᆯ 당ᄒᆞ여 ᄉᆡᆼ각건ᄃᆡ 심혼(心魂)이 ᄎᆞ악(嗟愕)ᄒᆞ며 초삭(焦鑠)ᄒᆞᄂᆞᆫ 간위(肝胃) 안흐로 블 다ᄐᆞᆺ ᄒᆞ고 밧그로 ᄇᆡᆨ위(百憂) 층ᄉᆡᆼ(層生)ᄒᆞ오니 그 엇디 슈(壽)ᄅᆞᆯ 감(減)ᄒᆞ여

1 합연(溘然)ᄒᆞ여: 합연하다. 죽음이 갑작스러움을 말함.

병을 일월 징되(徵兆) 아니리잇가? 복망(伏望) ᄌᆞ위ᄂᆞᆫ 쇼ᄌᆞ를 살오과져 ᄒᆞ시거든 이런 놀나온 변괴(變怪)를 다시 잇게 마ᄅᆞ쇼셔."

언필(言畢)의 고두읍혈(叩頭泣血)ᄒᆞ믈 마디 아니ᄒᆞ니 씨의 소부인이 ᄋᆞᄌᆞ(兒子)의 간언(諫言)이 졀졀(切切)ᄒᆞ믈 드ᄅᆞ미 닌웅이 ᄌᆞ긔 친ᄉᆡᆼ(親生)으로 말솜의 딕ᄇᆡᆨ(直白)ᄒᆞ미 이 ᄀᆞᆺᄐᆞ믈 참괴뉵(慘愧忸)ᄒᆞ여 한(恨)이 길며 분(憤)이 깁흐므로ᄡᅥ 역시 노(怒)ᄒᆞ미 급(急)ᄒᆞ여 믄득 닌웅을 박ᄎᆞ 밀치고 고셩대ᄆᆡ(高聲大罵) 왈

"내 녀희(驪姬)[2]의 신ᄉᆡᆼ(申生) 죽이믈 셔ᄉᆞ고젹(書史古籍) ᄉᆞ이의도 3면
흉참(凶慘)이 넉이ᄂᆞᆫ ᄇᆡ어ᄂᆞᆯ 내 ᄌᆞ식이 엇디 말을 디어 모함(謀陷)ᄒᆞ믈 이에 밋출 줄 몽니(夢裏)의나 ᄉᆡᆼ각ᄒᆞ여시리오? 내 우연이 녜모(禮貌)로ᄡᅧ 범ᄇᆡᆨ의 ᄎᆞ례를 현난(眩亂)치 말과져 니ᄅᆞ미어ᄂᆞᆯ ᄎᆞ마 악착ᄒᆞᆫ 의심(疑心)을 동(動)ᄒᆞ여 이 말을 디어ᄂᆡ니 타인(他人)은 더옥 니ᄅᆞᆯ ᄇᆡ 아니라. 온탕(溫湯)의 독이 잇ᄉᆞ면 니시 너헛ᄂᆞᆫ가 모로거니와 나ᄂᆞᆫ 두 그ᄅᆞ솔 드려오라 ᄒᆞ여 바로 너희를 주어시니 귀신의 희롱인들 어나 ᄉᆞ이의 독을 너흐리오?"

셜파(說罷)의 그ᄅᆞ솔 드러 마시고ᄌᆞ ᄒᆞ니 시랑이 무심히 안ᄌᆞᆺ다가 웅뎨의 그ᄅᆞᆺ 밧고믈 몰낫더니 모부인과 웅뎨의 ᄒᆞᄂᆞᆫ 말노 조ᄎᆞ 알고 뎡히 ᄋᆞ을 ᄎᆡᆨ(責)고ᄌᆞ ᄒᆞ더니 부인이 발연(勃然)이 노(怒)ᄒᆞ여 독ᄒᆞᆫ 거솔 마시려 ᄒᆞ믈 보ᄆᆡ 대경(大驚)ᄒᆞ여 황망(慌忙)이 그ᄅᆞᆺ솔 븟들며 나족이 고왈(告曰)

2 녀희(驪姬): 여희. 진헌공의 총첩으로 태자 신생을 모함하여 죽게 함.

"웅뎨 나히 ᄒᆞ마 인ᄉᆞᄅᆞᆯ 삼가 ᄌᆞ도(子道)ᄅᆞᆯ 일치 아닐 ᄣᆡ오ᄃᆡ 이ᄀᆞᆺ치 미거(未擧)ᄒᆞ고 괴이ᄒᆞ오니 이 ᄯᅩᄒᆞᆫ ᄌᆞᄋᆡ(慈愛)ᄅᆞᆯ 밋ᄌᆞ오미로소이
4면 다. 음식이 슈상(殊常)ᄒᆞ올딘ᄃᆡ 졔라도 아니 먹으미 올ᄉᆞ오며 의심된 바ᄅᆞᆯ ᄎᆞᄌᆞᄂᆡ고ᄌᆞ ᄒᆞ올딘ᄃᆡ 음식을 올닌 사ᄅᆞᆷ이 잇ᄉᆞᆸ거ᄂᆞᆯ ᄌᆞ위(慈闈)긔 아닐 말ᄉᆞᆷ을 닐위오니 쇼ᄌᆡ 한심ᄒᆞ믈 니긔디 못ᄒᆞᆯ소이다. 원간(原間) 이 그ᄅᆞᆺᄉᆡ 온탕은 쇼ᄌᆞᄅᆞᆯ 주어 계시거ᄂᆞᆯ 졔 어이 밧고와 먹언고? 일마다 온당치 아닌디라. 쳐음 무심히 그ᄅᆞᆺᄉᆞᆯ 일헛ᄉᆞ오나 이졔 알고야 쇼ᄌᆡ 엇디 먹디 아니ᄒᆞ리잇고?"

셜파의 고개ᄅᆞᆯ 두로혀 그ᄅᆞᆺᄉᆞᆯ 드러 ᄒᆞᆫ번 길게 마시ᄆᆡ 남ᄂᆞᆫ 거시 업ᄂᆞᆫ디라. 공ᄌᆡ 밋쳐 그ᄅᆞᆺᄉᆞᆯ 앗디 못ᄒᆞᄆᆡ 독ᄒᆞᆫ 거시 발셔 형의 후셜(喉舌)을 넘으믈 경ᄒᆡ(驚駭)ᄒᆞ며 모친의 ᄒᆞᄂᆞᆫ 바ᄅᆞᆯ 한심망극(寒心罔極)ᄒᆞ여 오열읍하(嗚咽泣下) 왈

"ᄌᆞ위 실덕(失德)이 남은 ᄯᅡ히 업시 ᄒᆞ시고 도로혀 쇼ᄌᆞᄅᆞᆯ ᄂᆡ외(內外)ᄒᆞ샤 위엄으로 협졔(脅制)[3]ᄒᆞ시며 말ᄉᆞᆷ으로 즐ᄆᆡ(叱罵)ᄒᆞ샤 이러ᄐᆞᆺ ᄒᆞ시나 쇼ᄌᆡ 맛ᄎᆞᆷᄂᆡ 열복(悅服)디 아니ᄒᆞᆸᄂᆞ니 ᄌᆞ위예 명상(明爽)ᄒᆞ심과 신감(神鑑)이 남다ᄅᆞ시므로ᄡᅧ 이ᄅᆞᆯ ᄯᅩᄒᆞᆫ ᄉᆡᆼ각디 못ᄒᆞ시미 업ᄉᆞ오리니 ᄇᆡᆨ형의 길션화복(吉善禍福)이 져근 약뉴(藥類)의 힘힘히
5면 맛ᄎᆞᆯ ᄇᆡ 아니오 ᄇᆡᆨ형의 딘ᄒᆞᆫ 바의 슈쉬 독을 셧그리라 ᄒᆞ시믄 ᄯᅩ 어이 근ᄉᆞ(近似)ᄒᆞ니잇가? 모ᄌᆞ형뎨(母子兄弟)ᄂᆞᆫ 텬셩디친(天性之親)이라. 쇼ᄌᆡ 아ᄂᆞᆫ 바로ᄡᅧ ᄎᆞ마 태ᄐᆡ(太太)와 ᄇᆡᆨ형을 긔(欺)이디 아니리니

3 협졔(脅制): 규장각본에는 '혐계'로 되어 있음.

원(願) 틱틱는 힝덕힝션(行德行善)ᄒᆞ샤 빅형과 슈슈의 대효를 감동ᄒᆞ쇼셔."

뎡언간(正言間)의 참졍의 명이 잇셔 시랑을 브ᄅᆞ니 시랑이 즉시 밧그로 나가고 공ᄌᆞ만 이에 잇ᄂᆞᆫ디라. 부인이 그 언언단단(言言段段)이 시랑 부부를 일ᄏᆞᄅᆞ며 ᄌᆞ긔 실덕을 ᄀᆞ리오디 아니믈 분노ᄒᆞ여 다함[4] 노즐대미(怒叱大罵)ᄒᆞ여 요괴로온 형의게 밋친 거시라 ᄒᆞ더니 공ᄌᆡ 나ᄂᆞᆫ ᄃᆞ시 모친 겻틱 나아가 침협(寢篋)을 열고 ᄒᆞᆫ 봉 환약(丸藥)을 닉여 드니 부인이 도로 앗고ᄌᆞ ᄒᆞ다가 밋디 못ᄒᆞᆫ디라. 스ᄉᆞ로 ᄒᆞᆺ트러두 낫출 몬져 닙의 드리친딕 부인이 대경(大驚)ᄒᆞ여 급히 니러나 약봉을 아ᄉᆞ며 손을 닌웅의 닙의 너허 약을 비와트라 ᄒᆞ거놀 공ᄌᆡ 이에 토ᄒᆞ여 손의 들고 ᄀᆞᆯ오딕

"이 약이 므슴 약이완딕 ᄌᆞ위 쇼ᄌᆞ의 먹으려 ᄒᆞᄂᆞᆫ 바를 이딕도록 놀나시ᄂᆞ니잇고?"

부인이 ᄋᆞᄌᆞ(兒子)의 몬져 먹은 독을 크게 근심ᄒᆞ므로 밧비 히독단(解毒丹)을 주며 ᄀᆞᆯ오딕

"이를 먹고 죵용이 말ᄒᆞ미 늣디 아니리라."

공ᄌᆡ 즉시 바다 마시믹 향킥(嚮刻) 먹은 바 온탕을 회구(廻嘔)ᄒᆞ니 독ᄒᆞᆫ 닉음싀 마실 젹의셔 빅번 더ᄒᆞ더라. 공ᄌᆡ 구토ᄒᆞ믈 다ᄒᆞᆫ 후 긔운을 슈습ᄒᆞ고 다시 고왈(告曰)

"이 약의 죵뉘 열 봉이 잇셔도 빅형과 슈슈를 업시치 못ᄒᆞ오리니 마

6면

4 다함: 다만, 오직, 또한.

ᄅᆞ쇼셔. 텬ᄉᆡᆼ오형(天生吾兄)ᄒᆞ시니 필유ᄉᆞ문(必有斯文)이라. 텬ᄉᆡᆼᄉᆞ문(天生斯文)인ᄃᆡ 가히 밋촐 ᄇᆡ 업ᄉᆞᆸ거니와 미상ᄉᆞ문(未喪斯文)[5]인즉 ᄇᆡᆨ형의 셩명이 엇디 ᄒᆡ로오리잇고? 졍간이 무익(無益)도소이다. 연(然)ᄒᆞ오나 동긔디졍(同氣之情)이 비록 듕타 ᄒᆞᄃᆡ 오히려 모ᄌᆞ텬셩(母子天性)의 ᄀᆞᆺ디 못ᄒᆞ며 쏘 어미롤 고변(告變)ᄒᆞᄂᆞᆫ ᄌᆞ식이 잇디 아니ᄒᆞ오리니 ᄌᆞ졍(慈庭)의 실덕이 형의 부부롤 죽이기의 밋ᄎᆞ셔도 쇼ᄌᆡ ᄒᆞᆫ갓 븟그리고 슬허 형으로 더브러브러[6] ᄀᆞᆺ치 죽으리니 ᄌᆞ위예
7면 과실(過失)을 가져 엄졍(嚴庭)의 고치 못ᄒᆞ오리니 엇디 놀나온 바롤 언두(言頭)의 올니시ᄂᆞ니잇가?”

인ᄒᆞ여 혈읍고간(血泣苦諫)ᄒᆞ믈 마디 아니ᄒᆞ니 셩우(誠友)의 특별ᄒᆞᆷ과 효심(孝心)의 동동(洞洞)ᄒᆞ미 딘실노 져근 닌셩이라. 엇디 호발(毫髮)이나 블급(不及)ᄒᆞ미 잇ᄉᆞ리오마ᄂᆞᆫ 양부(養父)의 원앙(冤殃)ᄒᆞ믈 인ᄒᆞ여 디통(至痛)을 픔으ᄆᆡ 쳐초비약(凄楚悲弱)ᄒᆞ미 시랑의 풍뉴발화(風流發花)ᄒᆞᆷ과 잠간 다ᄅᆞᆫ디라. 부인이 엇디 이 ᄋᆞ돌의 어린 말ᄉᆞᆷ을 몰나 드ᄅᆞ리오마ᄂᆞᆫ 임의 시랑 부부롤 듕목소시(衆目所視)의 쾌히 조ᄅᆞ고 보치든 못ᄒᆞᆯ 형세니 남의 ᄌᆞ식은 ᄀᆞ마니 보ᄎᆡ고져 ᄒᆞᄆᆡ ᄌᆞ긔 ᄋᆞ돌은 상(傷)ᄒᆞ믈 혜아려 심니의 ᄉᆡᆼ각ᄒᆞᄃᆡ

‘니시롤 졔 침소의 두다 ᄆᆞ옴을 엇디 편케 ᄒᆞᆯ 니 잇ᄉᆞ며 식일 일을 못 식이리오?’

---

5 미상ᄉᆞ문(未喪斯文): 미상사문. 《논어》 〈자한(子罕)〉에 나오는 말로, “하늘이 사문을 없애지 않을 것이니, 광 사람들이 우리를 어찌할 수 있겠는가(天之未喪斯文也 匡人其如予何)?”라는 말에서 온 표현.

6 더브러브러: ‘브러’가 중복 필사됨.

ᄒᆞ여 날호여 교연(巧然)이 웃고 ᄀᆞᆯ오ᄃᆡ

“내 셩졍(性情)이 본ᄃᆡ 쇼쇼(小小) 거리낌과 사ᄅᆞᆷ의 시비(是非)ᄅᆞᆯ 두리디 아니커ᄂᆞᆯ 닌셩을 젼츌(前出)이라 ᄒᆞ여 내 혹ᄌᆞ 브ᄌᆞ(不慈)ᄒᆞ미 잇ᄂᆞᆫ가 ᄒᆞ여 너의 엄군(嚴君)이 의심을 두며 일개(一家) 다 내 뜻을 아디 못ᄒᆞ니 내 ᄯᅩ 분ᄒᆞ고 역졍(逆情)이 나ᄆᆞᆯ 인ᄒᆞ여 닌셩 부부ᄅᆞᆯ 젼일과 달니 ᄒᆞ나 본심(本心)의 믜온 바ᄂᆞᆫ 아니라. 엇디 너의 셩우(誠 8면
友)ᄅᆞᆯ 도라보디 아니리오? 금일노브터 니시ᄅᆞᆯ 졔운각으로 도라보ᄂᆡ고 다시 블평ᄒᆞ미 업ᄉᆞ리니 네 ᄯᅩ 형을 조ᄎᆞ 셔ᄌᆡ의 가 잇셔 괴로온 잔말노뼈 나의 심화(心火)ᄅᆞᆯ 돕디 말나.”

공ᄌᆡ 모친의 환연쾌셕(歡然快釋)ᄒᆞ시미 아닌 줄을 모로디 아니ᄒᆞ나 슈슈(嫂嫂)ᄅᆞᆯ 샤실(私室)노 도라보ᄂᆡ며 잠간 인졍(人情) 밧긔 일이나 긋치실가 ᄒᆡᆼ심(幸甚)ᄒᆞ여 년망(連忙)이 ᄇᆡ샤(拜謝)ᄒᆞ고 다시 실덕의 니ᄅᆞ디 마ᄅᆞ시믈 쳥ᄒᆞ며 이윽이 뫼셧다가 날호여 퇴ᄒᆞ여 듕형(仲兄)을 가 보고 그 외로이 잇ᄉᆞ믈 슬허ᄒᆞ며 엄명(嚴命)[7]이 군죵형뎨(群從兄弟)ᄅᆞᆯ ᄌᆞ로 보믈 막으시므로 쥬야의 와 잇디 못ᄒᆞ믈 일ᄏᆞᆺ고 ᄇᆡᆨ시(伯氏)의 디셩대도(至誠大道)ᄅᆞᆯ 닐너 그 만(萬)의 ᄒᆞ나히나 ᄯᅩᆯ와 ᄇᆡ호믈 쳥ᄒᆞᄆᆡ 밋쳐ᄂᆞᆫ 닌듕의 ᄉᆞᄉᆡᆨ(辭色)이 더옥 블열(不悅)ᄒᆞ여 노분(怒憤)ᄒᆞᄂᆞᆫ 거동이 향ᄀᆡᆨ(嚮刻)으로 일반이라. 공ᄌᆡ 깁히 슬허ᄒᆞ며 근심ᄒᆞ여 가변(家變)을 우려ᄒᆞᄆᆡ 능히 슉식(宿食)이 평상(平常)치 못ᄒᆞ더라. ᄎᆞ일의 소부인이 니쇼져ᄅᆞᆯ 샤실노 믈너가라 ᄒᆞᄃᆡ 침션방젹(針 9면

7 엄명(嚴命): 부친의 명령.

線紡績)을 뫼ᄀᆞᆺ치 미러 맛디고 낫인ᄌᆞᆨ 감탕(甘湯)을 밧들며 밤인ᄌᆞᆨ 침션을 힘쓰게 ᄒᆞ니 쇼졔 졉목(接目)디 못ᄒᆞ연 디 여러 일월(日月)이로ᄃᆡ ᄯᅩ 능히 어려이 넉이ᄂᆞᆫ ᄇᆡ 업셔 무ᄉᆞ무려(無思無慮)히 ᄇᆡ샤슈명(拜謝受命)ᄒᆞᄆᆡ 밤을 당ᄒᆞ여 졔운각의 도라와 침션을 다ᄉᆞ리고 방젹을 힘쓰ᄆᆡ 일시(一時)도 안휴(安休)치 못ᄒᆞ미 엇디 쉬일누 뒤 쳥샤의셔 ᄉᆡ오ᄂᆞᆫ 바로 다ᄅᆞ리오마ᄂᆞᆫ 실듕(室中)이 훈온(薰溫)ᄒᆞ여 ᄂᆡᆼ디풍한(冷地風寒)으로 ᄂᆡ도ᄒᆞ니 유모 시녜 이ᄅᆞᆯ 다ᄒᆡᆼ이 넉이며 맛ᄎᆞᆷᄂᆡ 위란ᄒᆞ믈 본부(本府)의도 젼치 못ᄒᆞ니 니아(李衙)의셔도 아득히 모로미 되여시나 됴부인 디인특감(知人特鑑)으로 피ᄎᆞ연셕(彼此連席)의 셔로 왕ᄂᆡᄒᆞ여 소부인을 보ᄆᆡ 녀ᄋᆞ와 셔랑을 위ᄒᆞ여 그윽이 근심ᄒᆞᄃᆡ ᄉᆡᆨ어(色語)의 낫토미 업ᄉᆞ니 소부인의 ᄂᆡ외 다ᄅᆞ믈 일문(一門)이 젼연(全然) 브디(不知)러라. 일일은 한님 등이 츌번(出番)ᄒᆞ여 집의 도라오며 ᄂᆡᆫ경이 화부로조ᄎᆞ 도라오ᄆᆡ 셔실이 터질 ᄃᆞᆺᄒᆞ고 누으려 ᄒᆞ
10면 ᄆᆡ 고기 엿근 ᄃᆞᆺᄒᆞ니 경조공이 쇼왈(笑曰)

"쇼뎨와 슈ᄇᆡᆨ은 ᄂᆡ당(內堂)의셔 슉침(宿寢)ᄒᆞ다가 나온 디 슈일이 못 ᄒᆞ여 ᄯᅩ 드러가미 괴이(怪異)ᄒᆞ며 근일(近日)의ᄂᆞᆫ 여러 당(堂)을 다 폐(閉)ᄒᆞ여 심히 소ᄅᆡᆼ(蕭冷)ᄒᆞ니 졔ᄋᆞ(諸兒)ᄅᆞᆯ 졸연이 ᄌᆞ라 못ᄒᆞ올디라. 형댱(兄長)과 ᄂᆡᆫ셩이 ᄂᆡ당의 슉쳐(宿處)ᄒᆞ오면 오날 밤을 편히 잘소이다마ᄂᆞᆫ 움ᄌᆞᆨ이기 쉬오리잇가?"

참졍이 미쇼왈(微笑曰)

"셩·광·흥·명 ᄉᆞᄋᆞ(四兒)ᄅᆞᆯ 다 안흐로 드려보ᄂᆡ면 기여(其餘)ᄂᆞᆫ 좁아도 ᄌᆞᆯ 만ᄒᆞ고 그려도 협ᄋᆡᆨ(狹隘)ᄒᆞ면 은ᄇᆡᆨ이 마ᄌᆞ 드러갈 거시어ᄂᆞᆯ 어이 우형(愚兄)을 권ᄒᆞᄂᆞ뇨?"

경죄 미급답(未及答)의 쳐시 쇼왈

"방이 좁으믈 인ᄒᆞ여 피홀딘ᄃᆡ 쇼뎨 등이 드러가오리니 형댱을 감히 칙오쇼셔 ᄒᆞ리잇가마ᄂᆞᆫ 은빅이 금일 태뎐(太展)의셔 듯ᄌᆞ온 말솜이 잇ᄉᆞ므로 짐즛 그러툿 고ᄒᆞ미니 형댱의 ᄂᆡ당 슉침을 이졔 엇디 ᄌᆞ뎨(子弟) 의논홀 ᄇᆡ리잇고마ᄂᆞᆫ 슈싊 딜환(疾患)이 ᄌᆞ즈시ᄃᆡ 형댱이 ᄒᆞᆫ번도 문병(問病)치 아니시니 닌셩 등이 그윽이 민연(憫然)ᄒᆞ며 호디(胡地)로조ᄎᆞ 환경(還京)ᄒᆞ신 후 ᄂᆡ각(內閣)을 ᄎᆞᄌᆞ시미 업ᄉᆞ시ᄆᆡ ᄌᆞ위 쏘 열(悅)치 아니시니 이 디극히 어렵디 아닌 일이라. 우흐로 ᄌᆞ의(慈意)롤 밧드옵고 아릐로 ᄌᆞ녀의 ᄇᆞ라믈 조ᄎᆞ시미 효의(孝義)예 합당(合當)홀가 ᄒᆞᄂᆞ이다." 11면

참졍이 쳥파의 빈미왈(嚬眉曰)

"ᄌᆞ위 날노뼈 취각의 잇과져 ᄒᆞ실딘ᄃᆡ 엇디 나의 쇠모(衰耗)ᄒᆞ믈 일ᄏᆞ롤 ᄇᆡ리오? 가히 이졔라도 드러가려니와 닌셩 등은 아비롤 모로고 어미만 아ᄂᆞᆫ 인ᄉᆡ(人士)라. 나의 디극히 고렴(顧念)ᄒᆞᄂᆞᆫ 바롤 알며 대단치 아닌 병의 문병 단니디 아니ᄒᆞ믈 ᄆᆡ야히 넉이미 잇ᄉᆞ니 늙바탕의 집의 드러 쳐신ᄒᆞ미 어려온 줄을 알괘라."

경조와 쇼뷔 대쇼왈(大笑曰)

"그 쳐신이 므어시 어려오리잇가? 원간(原間) 형댱(兄長)이 인졍(人情)의 최다(最多)ᄒᆞ샤 평싱 박졀(迫切)ᄒᆞ신 위인이 아니시로ᄃᆡ 존슈(尊嫂)긔ᄂᆞᆫ 말솜과 긔식이 박졀ᄒᆞᄆᆡ 갓가오시니 쇼뎨 등이 의아(疑訝)ᄒᆞᄂᆞ이다. 일노뼈 빅뫼(伯母) 열(悅)치 아니시니 쳥컨ᄃᆡ 거가(擧家)의 화열(和悅)ᄒᆞ믈 힘쓰쇼셔."

쳐ᄉᆡ 쏘ᄒᆞᆫ 경조 등의 말솜이 맛당ᄒᆞ믈 일ᄏᆞᆺ고 거가디되(居家之道) 화

평ᄒᆞ믈 간ᄒᆞ니 참졍이 쇼왈(笑曰)

"만일 화열ᄒᆞ믈 취치 아닐딘ᄃᆡ 엇디 스ᄉᆞ로 벽ᄌᆞ(壁者)[8]와 듕쳥(重聽)[9]이 되기ᄅᆞᆯ 달게 넉이리오마ᄂᆞᆫ ᄌᆞ교(慈教)의 디극ᄒᆞ시믈 밧ᄌᆞᆸ고 셩·웅 냥ᄋᆡ(兩兒) 초민(焦憫)ᄒᆞᄂᆞᆫ 졍니(情理)ᄅᆞᆯ 아니 도라보디 못ᄒᆞ여 ᄒᆞᆫ갈ᄀᆞᆺ치 됴흔 안면이니 이ᄅᆞᆯ 브죡히 넉이랴? 슈연(雖然)이나 현뎨(賢弟) 등이 이러ᄐᆞ시 니ᄅᆞ며 ᄌᆞ의(慈闈) ᄯᅩ 그러ᄒᆞ실딘ᄃᆡ 취각이 ᄯᅩᄒᆞᆫ 내 집이니 어ᄃᆡ셔 못 ᄌᆞ리오? 쇼ᄇᆡ(少輩)로 더브러 안흐로 드러가리라."

셜파의 한가히 웃기ᄅᆞᆯ 마디 아니니 원ᄂᆡ 참졍이 소부인긔 ᄒᆞᆫ 조각 후(厚)ᄒᆞᆫ ᄯᅳᆺ이 업ᄉᆞ믈 신봉초혼(新逢初婚)의 모교(母教)ᄅᆞᆯ 인ᄒᆞ여 취각의 두어 번 왕ᄂᆡᄒᆞ미 되여 무산초협(巫山楚峽)의 은ᄋᆡ협흡(恩愛協洽)ᄒᆞ미 잇디 아니ᄒᆞ나 일분건곤(一分乾坤)이 상친(相親)의 음양(陰陽)이 됴화(造化)ᄒᆞ믈 인ᄒᆞ여 웅비(熊羆)의 ᄭᅮᆷ[10]을 어더 농장(弄璋)의 경ᄉᆡ(慶事) 잇ᄉᆞ나 엄상삼긔(嚴喪三忌)ᄅᆞᆯ 맛ᄎᆞᄆᆡ 즉시 노영(虜營)의 나아가 칠팔 년 츈츄(春秋)ᄅᆞᆯ 디ᄂᆞᆫ 후 도라오ᄆᆡ 태산으로브터 고ᄐᆡᆨ(古宅)의 안둔(安屯)ᄒᆞᆫ 지 여러 일월(日月)이 되여시ᄃᆡ 존당(尊堂) 듕회(衆會)의 소부인을 녜ᄉᆞ로이 ᄃᆡᄒᆞᆯ ᄲᅳᆫ이오 죡젹(足跡)이 취각의 밋디 아니니 태부인이 그 너모 박졀(迫切)ᄒᆞ믈 깃거 아닐 ᄲᅳᆫ 아니라 시랑이

12면

8 벽ᄌᆞ(壁者): 벽자. 귀머거리.

9 듕쳥(重聽): 중청. 귀가 어두워 소리를 잘 듣지 못하는 증세.

10 웅비(熊羆)의 ᄭᅮᆷ: 웅비의 꿈. 웅비지몽(熊羆之夢). 아들을 낳을 태몽. 웅비는 곰과 큰 곰으로, 아들을 말함. 《시경》 〈사간〉의 "곰과 큰 곰은 아들을 낳을 상서로움이로다(維熊維羆 男子之祥)"에서 옴.

깁히 민민(憫憫)ᄒᆞ믈 니긔디 못ᄒᆞ니 쇼부 등과 쳐ᄉᆡ 승간(乘間)ᄒᆞ여 13면
이러틋 고간(固諫)ᄒᆞᄆᆡ 공이 본ᄃᆡ 고집을 두디 아니ᄒᆞᄂᆞᆫ디라 심하(心下)의 고렴(顧念)ᄒᆞ미 아니로ᄃᆡ 소시롤 임의 츌거(黜去)치 아닌 후ᄂᆞᆫ 규ᄂᆡ(閨內)의 원(怨)을 니ᄅᆞ혀믈 강협히 넉이며 ᄌᆞ긔 너모 ᄂᆡᄉᆞ(內事)롤 아디 못ᄒᆞ므로 ᄋᆞ돌과 며ᄂᆞ리의 쇼쇼고상(小小苦狀)을 ᄉᆡ닷디 못ᄒᆞ미 되여시니 ᄂᆡ듕이 쳐음 온미로뼈 니시의 친집(親執)ᄒᆞ미라 니ᄅᆞ던 바로조ᄎᆞ 소시 혹ᄌᆞ 니시롤 괴로이 브리미 되엿ᄂᆞᆫ가 그ᄋᆞᆨ이 통히ᄒᆞᄃᆡ 아른 쳬ᄒᆞ미 셰쇄(細碎)ᄒᆞᄆᆡ 갓가온 고로 말을 아니 ᄒᆞ고 ᄌᆞ긔 ᄎᆞᆯ하리 취각을 왕ᄂᆡᄒᆞ여 ᄌᆞ부의 우고(憂苦)롤 ᄉᆞᆯ펴 잠시라도 평안ᄒᆞ믈 닐위ᄂᆞᆫ 거시 홍혜관쳘(弘惠寬徹)ᄒᆞᆫ 도리라 ᄒᆞ여 시랑과 ᄂᆡ옹을 도라보며 ᄌᆞ긔 침셕졔구(寢席諸具)롤 취각으로 옴기라 ᄒᆞᆫᄃᆡ 시랑과 공ᄌᆡ 야야(爺爺)의 말ᄉᆞᆷ을 듯ᄌᆞ오ᄆᆡ 그ᄋᆞᆨ이 참황뉵니(慘況忸怩)ᄒᆞ여 깁흔 근심이 젹디 아니ᄒᆞᄃᆡ ᄂᆡ당의 ᄉᆔᆨ침코져 ᄒᆞ시미 희한(稀罕)ᄒᆞᆫ 경화(慶華) ᄀᆞᆺᄐᆞᆫ 고로 년망이 슈명(受命)ᄒᆞ고 시랑이 니블과 벼개롤 안흐며 공ᄌᆡ 뇨와 돗글 밧드러 몬져 취일누의 드러가니 발셔 모친의 침구 14면
(寢具)롤 포셜(鋪設)ᄒᆞ고 장복(章服)을 탈(脫)ᄒᆞ여 단의(單衣)로 와상(臥床)의 비겻다가 일즉 ᄉᆡᆼ각디 아닌 바의 공의 침구롤 가져오믈 보고 일단 경의(驚疑)ᄒᆞ여 기의(其意)롤 깁히 ᄌᆞ긔ᄒᆞᄆᆡ 굿ᄐᆞ여 ᄉᆞ식(辭色)이 블열(不悅)홈도 업ᄉᆞ며 원한(怨恨)홈도 업셔 일분무심(一分無心)ᄒᆞ여 동(動)ᄒᆞ미 업ᄉᆞᆯ ᄲᅮᆫ 아니라 이ᄌᆡ(二子) 야야의 ᄂᆡ침(內寢)ᄒᆞ실 바롤 주(奏)ᄒᆞ며 드ᄃᆡ여 ᄲᅡᆯ금 요셕을 베플고 나가 부공(父公)을 ᄯᅩᆯ와 뫼셔 입실(入室)ᄒᆞᄆᆡ 부인이 쳔연(天然) 긔영(起迎)ᄒᆞ여 이에 좌(座)롤 일울ᄉᆡ 공이 강인ᄒᆞ여 화평(和平)ᄒᆞᆫ ᄉᆞ식으로 우어 ᄀᆞᆯ오ᄃᆡ

“일 업ᄉᆞᆫ 삼뎨(三弟)와 혬 업ᄉᆞᆫ ᄋᆞᄒᆡ들은 내 늙고 ᄉᆞᆯ 뼈시믈 아디 못ᄒᆞ며 ᄂᆡ루(內樓)의 죡젹(足跡)이 님(臨)치 아닌ᄂᆞᆫ가 혹 박졀타 ᄒᆞ고 혹 무졍타 ᄒᆞ여 시비(是非)ᄒᆞ미 엇디 우읍디 아니리오? 두 ᄋᆞᄒᆡ 날을 ᄂᆡᆺ그러 이에 닐위ᄆᆡ 므어시 피ᄎᆞ의 유익ᄒᆞ미 잇ᄂᆞ뇨?”

언필의 웃기ᄅᆞᆯ 긋치디 아니니 부인이 온침단좌(穩沈端坐)ᄒᆞ여 ᄉᆞᄀᆡ
15면 (辭氣) 안뎡(安靜)ᄒᆞ고 위의(威儀) 졍슉(貞淑)ᄒᆞᆯ ᄲᆞᆫ이오 공의 말ᄉᆞᆷ을 ᄃᆡ(對)ᄒᆞ미 업ᄉᆞᄃᆡ ᄯᅩ 슈치(羞恥)ᄒᆞᆫ 거동이 업디 아니니 견고ᄌᆞ약(堅固自若)ᄒᆞ미 엇디 젹은 일을 븟그리며 ᄡᆞ흔 과악(過惡)을 구겁(懼怯)ᄒᆞᆯ ᄌᆡ리오? 시랑과 공ᄌᆡ 야야(爺爺) ᄀᆡᄉᆡᆨ(氣色)이 화평ᄒᆞ심과 이에 모친으로 셔로 ᄃᆡᄒᆞ시미 심하(心下)의 환열(歡悅)ᄒᆞ여 인ᄉᆡᆼ의 디락(至樂) 되오미 금일의 디난 밧ᄌᆡ 업ᄉᆞᄃᆡ 벽셔졍 가온ᄃᆡ ᄂᆡ듕의 외로오믈 ᄉᆡᆼ각ᄒᆞ여 년측(憐惻)ᄒᆞ믈 니ᄀᆡ디 못ᄒᆞ니 공이 그 셩우(誠友)의 디극ᄒᆞ믈 더옥 아ᄅᆞᆷ다이 넉이나 ᄂᆡ듕을 슈히 샤(赦)ᄒᆞᆯ 뜻은 맛ᄎᆞᆷᄂᆡ 업ᄂᆞᆫ디라. 날호여 상요의 나아갈ᄉᆡ 공ᄌᆞᄅᆞᆯ 명ᄒᆞ여 셔실(書室)의셔 ᄌᆞ라 ᄒᆞ고 시랑을 도라보와 졔운각으로 가라 ᄒᆞ니 시랑이 듕뎨(仲弟)의 고초ᄅᆞᆯ 슬허 ᄌᆞᄀᆡ 홀노 옥누고당(玉樓高堂)의 즐기고져 아니므로 졔운각의 슉소(宿所)ᄒᆞ믈 더옥 원치 아닛ᄂᆞᆫ디라. 유유(唯唯)히 명을 알ᄯᆞᄅᆞᆷ이니 공이 다시 ᄂᆡ웅다려 니ᄅᆞ되

“네 이졔 형을 ᄂᆡᆺ그러 졔운각의 두고 나가라. 인ᄌᆞ의 되 엇디 쉬온 일의 난연(赧然)ᄒᆞᆫ 빗ᄎᆞᆯ 뵈오미 올흐리오?”

16면 공ᄌᆡ 슈명(受命)이어ᄂᆞᆯ 시랑이 야야의 열(悅)치 아니심과 비록 뜻이 아니시라도 왕뫼(王母) 명ᄒᆞ시면 위월(違越)치 아니시믈 앙탁(仰度)ᄒᆞᄆᆡ ᄌᆞᄀᆡ 졔운각의 슉침(宿寢)ᄒᆞ믈 감히 사양치 못ᄒᆞ여 이에 믈너

나올ᄉᆡ 병풍을 두로며 장(帳)을 디우ᄆᆡ ᄋᆞ의 손을 닛그러 태뎐의 드러가 왕모 침쉬 안온(安穩)ᄒᆞ시믈 보고 다시 봉일누의 니ᄅᆞ니 모친이 이에 계시디 아닌디라. 고개ᄅᆞᆯ 두로혀 닌웅다려 니ᄅᆞᄃᆡ

“현데(賢弟) 날을 닛그디 아냐도 졔운각 길흘 내 모로디 아니니 그만ᄒᆞ여 나아가라.”

공ᄌᆡ ᄃᆡ왈(對曰)

“형댱(兄長)이 길흘 모로실 거시 아니로ᄃᆡ 엄명(嚴命)을 즉시 밧드디 아니실가 두리ᄂᆞ이다.”

시랑이 화연이쇼(和然而笑) 왈

“우형(愚兄)이 비록 블초ᄒᆞ나 엄젼(嚴前)의 명을 밧ᄌᆞᆸ고 믈너와 쇽이디 아니리니 너ᄂᆞᆫ 브졀업ᄉᆞᆫ 말을 당부치 말나.”

공ᄌᆡ 역쇼왈(亦笑曰)

“쇼데ᄂᆞᆫ 경일누의 가 ᄌᆞ위 침슈(寢睡)ᄅᆞᆯ ᄉᆞᆯ피온 후 나가오리니 형댱은 이리로셔 운각으로 가쇼셔.”

시랑이 고개 조으며 이의 손을 난호ᄆᆡ 공ᄌᆞᄂᆞᆫ 경일누로 향ᄒᆞ고 시랑은 거ᄅᆞᆷ을 두로혀 졔운각으로 나아가니 ᄉᆞ창(紗窓)의 쵹영(燭影)이 휘황(輝煌)ᄒᆞᆫᄃᆡ 화담쇼에(話談笑語) 낭낭(朗朗)ᄒᆞ며 ᄯᅩᄒᆞᆫ 깁 ᄧᆞᄂᆞᆫ 소 17면
ᄅᆡ 나ᄂᆞᆫ디라. 니시 혼ᄌᆞ 잇디 아니믈 알고 날호여 쳥샤(廳舍)의 올나 기ᄎᆞᆷᄒᆞᄆᆡ 이모(姨母) 경조공 부인과 슉모 상부인이 죵ᄆᆡ(從妹) 등을 거ᄂᆞ리고 모친으로 더브러 이에 와 계신디라. 디게ᄅᆞᆯ 열며 경조 부인이 쇼왈(笑曰)

“우리ᄂᆞᆫ 관경(觀景)ᄒᆞᆯ 일이 잇셔 잠을 폐(廢)ᄒᆞ고 이에 왓던 거시어니와 현딜(賢姪)은 므ᄉᆞᆷ ᄇᆞ람을 인ᄒᆞ여 이에 니ᄅᆞ뇨?”

시랑이 공슈ᄃᆡ왈(拱手對曰)

"쇼딜(小姪)은 엄교(嚴敎)를 밧ᄌᆞ와 이에 왓ᄉᆞᆸ거니와 슉모와 ᄌᆞ위ᄂᆞᆫ 태뎐의셔 시침(侍寢)ᄒᆞ시ᄂᆞᆫ가 ᄒᆞ엿ᄉᆞᆸ더니 엇디 ᄎᆞ쳐(此處)의 님ᄒᆞ샤 침슈를 폐ᄒᆞ시며 이위(姨闈)[11]ᄂᆞᆫ 쏘 엇디 이곳의 하림(下臨)ᄒᆞ시니잇고?"

상부인이 쇼왈(笑曰)

"태뎐의ᄂᆞᆫ 셔뎨와 녀긔 시침ᄒᆞ거ᄂᆞᆯ 아등(我等)은 ᄒᆞ로밤 좀을 폐ᄒᆞ고 텬디간 별이ᄒᆞᆫ 신긔를 구경ᄒᆞᄂᆞᆫ ᄇᆡ러니 현딜이 니ᄅᆞᄆᆡ ᄑᆡ흥(悖興)ᄒᆞ여 긋치게 되니 ᄋᆡ닯도다."

뉴학ᄉᆞ 부인 옥긔 낭쇼왈(朗笑曰)

"태ᄐᆡ(太太)ᄂᆞᆫ 이제 현보의 드러오믈 블긴(不緊)히 넉이시나 현보ᄂᆞᆫ ᄐᆡᄐᆡ와 냥슉모의 이에 계시믈 열(悅)치 아니ᄒᆞ리이다."

쳐ᄉᆞ 부인이 잠쇼왈(潛笑曰)

18면 "내 ᄋᆞᄒᆡ 셕식(夕食) 후 어미를 보디 아냐시니 이에 와 보믈 므ᄉᆞ 일 녈(悅)치 아니ᄒᆞ리라 현딜(賢姪)이 험피(險詖)ᄒᆞᆫ 말을 ᄒᆞᄂᆞ뇨? 원간 풍한(風寒)이 심ᄒᆞᆫ디라. 쳥샤의 오ᄅᆡ 셧디 말고 입실ᄒᆞ라."

쇼화부인과 상부인이 ᄒᆞᆷ긔 들기를 ᄌᆡ쵹ᄒᆞ며 일변(一邊) 니시의 ᄃᆡ져(織紵)를 긋치디 말나 ᄒᆞ여 연한님 부인 슉긔 니쇼져를 븟ᄌᆞᆸ아 ᄃᆡ긔(織機)의 나리디 못ᄒᆞ게 ᄒᆞ니 쇼졔 크게 민민(憫憫)ᄒᆞ나 능히 나리디 못ᄒᆞ고 옥면(玉面)의 난ᄉᆡᆨ(赧色)이 ᄀᆞ득ᄒᆞ여 어린 ᄃᆞ시 뵈틀의 셔시

11 이위(姨闈): 이모.

ᄃᆡ 표연탈이 거동이 실노 눈 옴기기 앗가온디라. 화부인이 흔연이 두굿기ᄂᆞᆫ 우음을 먹음어 ᄀᆞᆯ오ᄃᆡ

“이제 식경(食頃)이 못 ᄒᆞ여 ᄡᆞ기ᄅᆞᆯ 맛치리니 져져(姐姐)와 ᄆᆡᄆᆡ(妹妹) 현부(賢婦)의 필역(畢役)ᄒᆞ믈 보고ᄌᆞ ᄒᆞ시니 모로미 ᄡᆞ던 거ᄉᆞᆯ 긋치디 말고 맛ᄎᆞᆫ 후 나리라.”

쇼화부인이 ᄯᅩᄒᆞᆫ 쳑ᄉᆞ(擲梭)[12]ᄒᆞ기ᄅᆞᆯ 니ᄅᆞ며 상부인이 니러나 시랑의 옷ᄉᆞᆯ 닛그러 ᄀᆞᆯ오ᄃᆡ

“실듕(室中)의 남의 집 못 볼 녀ᄌᆡ 업ᄂᆞ니 므ᄉᆞ 일 드러오기ᄅᆞᆯ 어려이 넉이ᄂᆞ뇨?”

시랑이 ᄃᆡ왈(對曰)

“쇼딜은 굿ᄐᆞ여 칩디 아니ᄒᆞ오니 쳥샤의셔 ᄇᆡ회(徘徊)ᄒᆞ다가 들니이다.[13]”

상부인이 ᄭᅮ지져 왈 19면

“안ᄒᆡᄅᆞᆯ 보라 왓다가 어미와 아ᄌᆞ미 이시믈 혐의(嫌疑)ᄒᆞ여 드러오디 아닐 도리 잇ᄉᆞ리오? 네 옷시 믜여져도 내 노치 아니리니 브졀업ᄉᆞᆫ 잔말 말고 어셔 드러오라.”

ᄒᆞ니 시랑이 마디못ᄒᆞ여 다시 ᄯᅥᆯ치지 아니ᄒᆞ고 입실ᄒᆞ여 모친 좌하(座下)의 뫼실ᄉᆡ 야긔(夜氣) 깁흐며 일한(日寒)이 극엄(極嚴)ᄒᆞᆫᄃᆡ 침슈ᄅᆞᆯ ᄡᅴ의 아니시믈 념녀ᄒᆞ니 부인이 믄득 츄연왈(惆然曰)

“엄한셜야(嚴寒雪夜) ᄂᆡᆼ디(冷地)의셔 경야(經夜)ᄒᆞᄂᆞ니도 잇ᄉᆞ니 온

12 쳑ᄉᆞ(擲梭): 척사. 베북을 던진다는 말로 일을 마친다는 뜻.

13 들니이다: 규장각본에는 ‘들어오리이다’로 되어 있음.

실(溫室)의 모혀 잠간 담화(談話)ᄒᆞ미 그 므솜 긔운의 유히ᄒᆞ리오?"
도라 니시롤 보며 골오디
"ᄧᆞ던 거시 젹게 남아시니 어셔 필역(絶役)ᄒᆞ라. 우리 현부의 하거(下去)ᄒᆞ믈 보고 도라가리라."
쇼제 딘실노 민망ᄒᆞ나 감히 말믈 엇디 못ᄒᆞ고 냥쇼고(兩小姑)와 슉뫼 녀ᄒᆞ여 ᄌᆡ촉ᄒᆞ니 쳔만브득(千萬不得)이 딕긔(織機)예 다시 오롤ᄉᆡ ᄌᆞ슈션메(紫袖仙袂)롤 날호여 거두치ᄆᆡ 옥슈(玉手)롤 움즉여 운빈무환(雲鬢楙鬟)의 부용관(芙蓉冠)을 뎡히 ᄒᆞ여 구술 관ᄭᅵᆫ을 거두쳐 ᄆᆡ고 셤슈옥져(纖手玉楮)롤 가바야이 놀녀 쳑ᄉᆞ(擲梭)홀ᄉᆡ 빅옥집과 황
20면 금븍이 셔로 다이ᄌᆞ니 낭낭(朗朗)ᄒᆞ여 녀왜(女媧) 쳥녀롤 브ᄅᆞ며 요요(嫋嫋)ᄒᆞ여 상연이 쇼(簫)롤 동(動)ᄒᆞᄂᆞᆫ 둧 화봉(華鳳)이 아라ᄒᆞ여 굽고 닐ᄆᆡ 뇽슈ᄉᆞ져(龍髓麝臍)의 면뉴(冕旒) 어른겨 옥부츄영을 침노ᄒᆞ거날 셤외(纖腰) 움즉이며 굽히ᄂᆞᆫ ᄉᆞ이의 환패(環珮) 장장(璋璋)ᄒᆞ니 일빅화셩(一百和聲)이 쇼쇼졀졀ᄒᆞ여 신되(神鳥) 쇼호(少昊)롤 하례ᄒᆞ고 듕화롤 위상ᄒᆞᄂᆞᆫ 둧 동디(動止) 유한(幽閑)홈과 손 ᄡᅳᄂᆞᆫ ᄌᆡ조의 요졀(要絶)ᄒᆞ미 규구(規矩)와 쥰승(準繩)의 당당ᄒᆞ거ᄂᆞᆯ 향긔(香氣) 함함ᄒᆞᄆᆡ 유란(幽蘭)이 긔운을 비왓트며 계쉬(桂樹) 빗나믈 ᄌᆞ랑ᄒᆞ니 빵셩(雙星)의 졍긔(精氣)롤 잠간 흘니ᄆᆡ 옥안(玉眼)의 광ᄎᆡ 윤틱(潤澤)ᄒᆞ니 쳔미슈츌(千美秀出)ᄒᆞ고 빅티쇄락(百態灑落)ᄒᆞ여 만상긔화(萬狀奇化)와 쳔틱별츌(千態別出)의 신이찬난(神異燦爛)ᄒᆞ여 ᄌᆞ건(子建)으로ᄡᅧ 브ᄅᆞ며 동파(東坡)로ᄡᅧ 형용ᄒᆞ나 오딕 다 ᄡᅳ디 못ᄒᆞᆯ디라. 듕목(衆目)이 일사(一射)ᄒᆞᄆᆡ 긔상(機上)의 ᄒᆞᆫ 줄 무디개 니러나 은하(銀河)의 근원(根源)을 거후ᄅᆞ니 빵쵹(雙燭)이 휘황(輝煌)ᄒᆞᆫ

ᄃᆡ 영ᄎᆡ(映彩) 발양(發揚)ᄒᆞ더니 홀연 쳑ᄉᆞᄅᆞᆯ 긋치고 븍을 나ᄌᆞᆨ이 노흐ᄆᆡ 금쳑(金尺)을 가져 깁을 ᄭᅳᆺ쳐 긔하(機下)의 나리니 좌위 년망실ᄉᆡᆨ(連忙失色)이라. 화부인이 희연과듕(喜然過重)ᄒᆞ여 친히 니러나 좌 21면 슈(左手)로 쇼져의 손을 잡으며 우슈(右手)로 깁을 드러 좌듕(座中)의 ᄌᆞ랑 왈

“ᄋᆞ부(我婦)의 신긔민쇽(神奇敏速)ᄒᆞᆫ ᄌᆡ조ᄂᆞᆫ 직녀(織女) 동영(董永)【진나라 젹 착ᄒᆞᆫ 사ᄅᆞᆷ이라】을 조ᄎᆞ 삼ᄇᆡᆨ 필(匹) 깁을 일월지ᄂᆡ(一月之內)의 ᄧᆞᄂᆡ미나 ᄋᆞ부의게 비ᄒᆞᄆᆡᄂᆞᆫ 일두(一頭)ᄅᆞᆯ 샤양ᄒᆞᆯ디라. 우리 부듕(府中)의 방젹(紡積)을 힘쓰미 져마다 소여치 아니ᄒᆞᄃᆡ 이ᄀᆞᆺ치 긔이ᄒᆞᆫ 바ᄅᆞᆯ 보디 못ᄒᆞᆫ ᄇᆡ니 딘실노 쳐음 보ᄂᆞᆫ디라. 져져와 ᄆᆡᄆᆡᄂᆞᆫ 엇더타 ᄒᆞᄂᆞ뇨?”

상부인이 답쇼왈(答笑曰)

“현뎨의 덕긔셩인(德器成仁)ᄒᆞ므로ᄡᅧ ᄉᆡ로이 일ᄏᆞᆯ ᄇᆡ 아니나 그 신긔능슉(神奇能熟)ᄒᆞ미 사ᄅᆞᆷ의 ᄉᆡᆼ각디 못ᄒᆞᆯ ᄇᆡ니 ᄌᆞ연 칭찬ᄒᆞ믈 니긔디 못ᄒᆞ리로다.”

ᄒᆞ며 경조 부인으로 더브러 깁을 가져 ᄎᆡᆨᄎᆡᆨ탄칭(嘖嘖嘆稱)ᄒᆞ니 화부인이 못ᄂᆡ 두굿겨 쇼져의 옥슈ᄅᆞᆯ 어로만져 탐혹(耽惑)ᄒᆞᆫ 졍이 면모(面貌)의 넘ᄡᅵᄂᆞᆫ디라. 상부인이 쇼져ᄅᆞᆯ 향ᄒᆞ여 문왈(問曰)

“동애(冬夜) 디리(支離)ᄒᆞ니 효셩(曉星)이 아딕 머럿ᄂᆞᆫ디라. 현뎨이 므ᄉᆞᆷ 일을 다시 시작고ᄌᆞ ᄒᆞᄂᆞ냐?”

쇼졔 나ᄌᆞᆨ이 다른 일이 업ᄉᆞ믈 ᄃᆡᄒᆞ니 화부인이 그 ᄌᆡ조ᄅᆞᆯ 긔이히 녀이고 위인을 듕ᄋᆡ(重愛)ᄒᆞ나 너모 근노(勤勞)ᄒᆞ여 약질(弱質)이 상ᄒᆞᆯ 22면 가 슬허 안식이 ᄌᆞ상ᄒᆞ여 ᄀᆞᆯ오ᄃᆡ

"침션방젹(針線紡績)이 부인 녀ᄌᆞ의 쇼임이나 현부ᄂᆞᆫ 너모 여러 가디ᄅᆞᆯ 겸ᄒᆞ여 분음(分陰)[14]의 한가(閑暇)ᄒᆞ믈 엇지 못ᄒᆞ니 일노 드ᄃᆡ여 약질이 상ᄒᆞᆯ가 근심ᄒᆞᄂᆞ니 모로미 ᄌᆞ보디도(自保之道)[15]ᄅᆞᆯ 등한이 말나."

쇼졔 ᄌᆡᄇᆡ(再拜)ᄒᆞ여 명을 알 ᄯᆞᄅᆞᆷ이오 감히 ᄃᆡ답을 일우디 못ᄒᆞ더라. 시랑이 모친과 슉모의 안휴(安休)ᄒᆞ시믈 쳥ᄒᆞᆫᄃᆡ 뉴·연 냥쇼졔 낭연쇼디(朗然笑之) 왈

"현뵈 별너 드러왓다가 모친과 슉모의 계시믈 심히 착급ᄒᆞ여 거ᄌᆞᆺ 귀소안휴(歸所安休)ᄒᆞ시믈 쳥ᄒᆞ오니 ᄌᆞ위와 냥슉모ᄂᆞᆫ 현보의 뜻을 조ᄎᆞ샤 침젼으로 도라가시미 맛당ᄒᆞ실가 ᄒᆞᄂᆞ이다."

시랑이 옥면(玉面)의 화(和)ᄒᆞᆫ 우음을 씌여 냥ᄆᆡ(兩妹)ᄅᆞᆯ 완시왈(緩視曰)

"뉴져와 연ᄆᆡᄂᆞᆫ 본셩이 침단(沈端)ᄒᆞ믈 일허 언쇠(言笑) 심히 활발ᄒᆞ니 아니 초(楚) 귤(橘)이 화(化)ᄒᆞ여 졔(齊) 감이 되믈[16] 효측(效則)ᄒᆞ여 각각 가부(家夫)의 셩졍(性情)을 입ᄂᆡᄂᆡ미니잇가? 슈연(雖然)이나 뉴형과 연낭은 온듕(穩重)ᄒᆞᆫ 군ᄌᆡ라. 닙됴(入朝) ᄒᆡᆼ셰(行勢)의 부창되
23면 미 업ᄉᆞᄃᆡ 집의 드러ᄂᆞᆫ 반ᄃᆞ시 져져와 현ᄆᆡᄅᆞᆯ 슈유블니(須臾不離)ᄒᆞ여 일시상니(一時相離)ᄅᆞᆯ 삼츄(三秋)의 비기미 잇ᄂᆞᆫ가 ᄒᆞᄂᆞ이다."

뉴연 냥부인이 양노즐디(佯怒叱之) 왈

"타인유심(他人有心)을 여촌탁디(予忖度之)라. 현뎨의 뜻이 그런가

---

14 분음(分陰): 촌음보다 짧은 시간을 말함.

15 ᄌᆞ보디도(自保之道): 규장각본에는 '자부지도'로 되어 있음.

16 초(楚) 귤(橘)이 화(化)ᄒᆞ여 졔(齊) 감이 되믈: 초나라 귤이 변하여 제나라 감이 됨.

모로거니와 뉴학ᄉᆞ와 연한님이 밋치지 아냣고 우리 그럿틋 비루ᄒᆞ믈 ᄎᆞ마 듯디 못ᄒᆞᄂᆞ니 현뎨 엇디 히괴ᄒᆞᆫ 말노 욕ᄒᆞᄂᆞ뇨?"

시랑이 미미히 우으며 뉴·연 냥싱(羊生)의 ᄋᆡᄂᆡ(愛內) 구구(區區)ᄒᆞ믈 니ᄅᆞᄆᆡ 냥싱(兩生)의 거동이 보ᄂᆞᆫ ᄃᆞᆺ 우은디라. 냥쇼졔 ᄯᅩᄒᆞᆫ 웃고 시랑의 말이 심히 허망타 ᄒᆞ니 시랑이 함쇼왈(含笑曰)

"내 본ᄃᆡ 사ᄅᆞᆷ의게 디나디 못ᄒᆞ나 다만 거즛말 ᄭᅮ미기를 못ᄒᆞᄂᆞ니 뉴형과 연낭이 그 갓디 아닌 거ᄉᆞᆯ 무ᄉᆞ 일 부언증익(浮言增益)ᄒᆞ리오?"

언파의 좌듕이 개쇼(皆笑)ᄒᆞ며 인ᄒᆞ여 삼부인(三夫人)이 쵹을 잡히고 니러나니 시랑이 이에 모친을 뫼셔 침뎐(寢殿)의 드ᄅᆞ시믈 볼ᄉᆡ 니쇼졔 존고(尊姑)를 뫼셔 봉누로 향코ᄌᆞ ᄒᆞ거ᄂᆞᆯ 부인이 드러가 편히 쉬믈 니ᄅᆞᆫᄃᆡ 쇼졔 욱이디 못ᄒᆞ여 듕계(中階)의셔 도로 입실ᄒᆞᄆᆡ 시랑은 모친의 침구를 베퍼 취침ᄒᆞ시믈 쳥ᄒᆞ며 슈히 믈러나지 아니니 부인이 즉시 와상(臥床)의 오ᄅᆞᄆᆡ 두어 번 지촉ᄒᆞ여 운각으로 가라 ᄒᆞ니 시랑이 마디못ᄒᆞ여 믈너 졔운각으로 도라오ᄆᆡ 니쇼졔 쳔연이 니러 마ᄌᆞ 좌(座)를 일우니 아황(蛾黃)[17]이 샤월(斜月)ᄒᆞ여 텬디의 탈슈(脫秀)ᄒᆞ고 옥안(玉顔)이 소쇄(瀟灑)ᄒᆞ여 연진(煙塵)이 블교ᄒᆞ니 ᄋᆡᄋᆡ(靄靄)ᄒᆞᆫ 광휘(光輝)예 온윤(溫潤)ᄒᆞᆫ 화긔(和氣)를 아오라시며 츈죄(春鳥)[18] 아아ᄒᆞᆫᄃᆡ 뵉일이 ᄉᆞ회ᄒᆞᆫ ᄃᆞᆺᄒᆞᆫ ᄃᆞᆺ 졔연(齊然)이 어진 거시 모도이고 은은이 복된 거시 합ᄒᆞ여 일만 가디 ᄌᆡ앙(災殃)을 ᄉᆞᆯ와 ᄇᆞ릴 ᄃᆞᆺᄒᆞ 24면

17 아황(蛾黃): 옛날 여성들이 쓰던 화장품으로 주로 이마에 발랐다고 함. 여기에서는 분 바른 아름다운 이마를 지칭하는 것으로 추정.

18 츈죄(春鳥): 규장각본에는 '츈괴'로 되어 있음.

ᄃᆡ 명도(命途)의 괴로옴과 신셰의 위란(危亂)ᄒᆞ미 그날이 머럿ᄂᆞᆫ디라. 시랑이 비록 튱효슈인(忠孝守仁)ᄒᆞ여 ᄒᆡᆼ실이 두렷ᄒᆞ며 덕이 돗타오나 ᄇᆡ톄(配體)의 긔이(奇異)ᄒᆞ미 이의 이신ᄌᆞᆨ 그 ᄠᅳᆺ이 엇디의 이실가 ᄒᆞ여 낙이쳐됴(樂而悽凋)ᄒᆞ며 화락ᄎᆞ담(和樂且淡)ᄒᆞ미 업ᄉᆞ리오마ᄂᆞᆫ ᄌᆞ긔 셩회 쳔박ᄒᆞ여 모뎨(母弟)ᄅᆞᆯ 감화치 못ᄒᆞᄂᆞᆫ가 남모로ᄂᆞᆫ 근심이 ᄇᆡ 브ᄅᆞ니 ᄆᆡᆺ쳐 실가의 호합(好合)을 결을ᄒᆞᆯ 념(念)이 업ᄂᆞᆫ디라. 피ᄎᆡ(彼此) 우봉(寓逢) 팔구삭(八九朔)의 ᄒᆡᄅᆞᆯ 밧고게 되여시ᄃᆡ 샤
25면 실(私室)의 ᄃᆡᄒᆞ미 드믈기로뼈 일ᄌᆞᆨ 언어ᄅᆞᆯ 슈작(酬酌)ᄒᆞ미 업더니 이날 부명(父命)을 인ᄒᆞ여 임의 드러왓ᄂᆞᆫ디라. 시ᄋᆞ(侍兒) 등이 침구ᄅᆞᆯ 베플믈조ᄎᆞ 상요의 쉴ᄉᆡ 쇼져ᄅᆞᆯ 향ᄒᆞ여 안침(安枕)ᄒᆞ믈 쳥ᄒᆞᄆᆡ 쇼졔 오딕 념임손샤(斂衽遜謝)ᄒᆞᆯ ᄲᅳᆫ이라. 시랑이 날호여 쵹(燭)을 믈니고 부뷔 상요의 나아가ᄆᆡ 종괴(鐘鼓) 화(和)ᄒᆞ며 녜뫼(禮貌) 챵ᄒᆞᆯ ᄲᅳᆫ이라. 일호(一毫) 경박(輕薄)ᄒᆞ고 부챵되미 잇디 아니ᄒᆞ니 군ᄌᆞ와 슉녀의 동용쳐신(動容處身)이 슉뇨현쳘(淑窈賢哲)ᄒᆞᆫ디라. 일노 드ᄃᆡ여 웅비(熊羆)의 샹셔(祥瑞)ᄅᆞᆯ 응(應)ᄒᆞ여 이십팔슈(二十八宿)의 위(位)ᄒᆞᄂᆞᆫ 강목(綱目)[19] 괴화(敎化)ᄒᆞ여 쳔ᄇᆡᆨ 쟝(千百丈)이나 ᄒᆞᆫ 황뇽(黃龍)이 되여 금니(襟裏)의 픔기믈 ᄭᅮᆷᄭᅮᆫ디라. 몽ᄉᆡ(夢事) 크게 신이(神異)ᄒᆞᄃᆡ 시랑과 쇼졔 평ᄉᆡᆼ 침듕단목(沈重端睦)ᄒᆞ여 구외(口外)의 니ᄅᆞ미 업ᄉᆞ나 혹이[20] 농장(弄璋)의 경ᄉᆡ(慶事) 이실 바ᄅᆞᆯ 디긔(知機)ᄒᆞ더라. 명됴(明朝)의 남ᄌᆞ녀인(男子女人)의 태뎐의 함취(咸聚)ᄒᆞ여 문후

---

19 강목(綱目): 규장각본에는 '각목'으로 되어 있음.

20 혹이: 혹여. 혹시. 때때로.

(問候)ᄒᆞ니 태부인이 참졍의 ᄂᆡ당 슉침ᄒᆞ믈 알고 혹이 흔열(欣悅)ᄒᆞ
니 참졍이 일노조ᄎᆞ 존의(尊意)ᄅᆞᆯ 밧들며 ᄌᆞ부(子婦)의 고경(苦境)을
ᄉᆞᆯ피려 ᄒᆞᄆᆡ 짐ᄌᆞᆺ 취루 왕ᄂᆡ(往來)ᄅᆞᆯ 무상(無常)히 ᄒᆞ여 ᄉᆞᄉᆡᆨ(辭色)
의 블호(不好)ᄒᆞ믈 두디 아니ᄒᆞ나 명찰(明察)ᄒᆞᆫ 안광(眼光)이 이루 26면
(離婁)의 후신(後身)이오 신긔(神奇)ᄒᆞᆫ 총심(聰心)이 샤광(師曠)의 졍
혼(情魂)이라. ᄒᆞᆫ번 봉안(鳳眼)을 흘니ᄂᆞᆫ 바의 사ᄅᆞᆷ의 심통(心統)을
ᄉᆞᄆᆞᆺᄎᆞ니 소부인이 도로혀 평안(平安)치 못ᄒᆞ여 좌와(坐臥)의 임타
(任他)ᄒᆞ미 공이 님(臨)치 아닐 젹만 ᄀᆞᆺ디 못ᄒᆞ고 시랑 부부ᄅᆞᆯ 조ᄅᆞ며
보칠 틈이 업ᄉᆞ니 심하(心下)의 앙앙(怏怏)ᄒᆞ믈 니긔디 못ᄒᆞᄆᆡ ᄯᅩ 능
히 흉간(胸肝)을 표쟝(表裝)ᄒᆞ여 ᄠᆡᄅᆞᆯ 기다리고 그윽이 니ᄅᆞᆯ 가라 도
모(圖謀)ᄒᆞ여 시랑과 니시ᄅᆞᆯ 아오로 업시코ᄌᆞ ᄒᆞ더라. 일일(一日)은
뉵난이 틈을 타 고왈(告曰)
"왕술위 밧긔 왓더니 우연이 녹빙과 말ᄒᆞ믈 듯ᄉᆞ온ᄌᆞᆨ 셰간(世間)의
긔이ᄒᆞᆫ 약이 잇셔 혹 얼골을 밧고며 혹 셩졍(性情)을 변ᄒᆞ여 상시(常
時) 소ᄋᆡᄌᆞ(所愛者)ᄅᆞᆯ 증디(憎之)ᄒᆞ고 증염ᄌᆞ(憎厭者)ᄅᆞᆯ ᄋᆡ듕(愛重)
ᄒᆞ여 변홰(變化) 괴이(怪異)ᄒᆞ므로 투긔(妬忌)ᄒᆞᄂᆞᆫ 부인ᄂᆡ 일노뼈 젹
인(敵人)을 소졔(掃除)ᄒᆞ며 가부(家夫)ᄅᆞᆯ 농낙ᄒᆞ여 통(寵)을 낫곤다
ᄒᆞ니 부인이 ᄇᆡᆨ금(百金)을 허비ᄒᆞ여 쥬군(主君)을 몬져 변심(變心)ᄒᆞ
시게 ᄒᆞᆫᄌᆞᆨ 시랑 부부 ᄉᆞ랑ᄒᆞ시ᄂᆞᆫ ᄯᅳᆺ을 두로혀 증염(憎厭)ᄒᆞ믈 밧고고
ᄎᆞ공ᄌᆞ(次公子)ᄅᆞᆯ 블ᄋᆡ(不愛)ᄒᆞ시ᄂᆞᆫ 바로뼈 년ᄋᆡ(戀愛)ᄒᆞ시믈 닐윈 27면
ᄌᆞᆨ 부인의 원(願)ᄒᆞ시ᄂᆞᆫ 바ᄅᆞᆯ 근심 아녀 일울가 ᄒᆞᄋᆞᆸᄂᆞ니 부인은 이
계교(計巧) 엇더ᄒᆞ니잇고?"
부인이 ᄒᆞᆫ번 우으며 기리 탄식왈(嘆息曰)

“요블승덕(妖不勝德)이오 샤블범졍(邪不犯正)이니 심산요도(深山妖徒)의 음화디초(淫花之草)로 작환(作丸)ᄒᆞᆫ 거시 엇디 졍인군ᄌᆞ(正人君子)ᄅᆞᆯ 범ᄒᆞ여 ᄆᆞ음을 밧글 니 이시리오? 츄호(秋毫)도 유익ᄒᆞ믄 업고 나의 어디지 못ᄒᆞᆫ 허믈이 낫타날 ᄯᆞᆫ이라. 어미ᄂᆞᆫ 이러ᄒᆞᆫ 용샹디계(庸常之計)ᄅᆞᆯ 다시 니ᄅᆞ디 말나. 내 ᄯᅩ 소견이 고루ᄒᆞ나 개용(改容)의 약과 회심단(回心丹)을 드런 디 오ᄅᆡᄃᆡ ᄒᆞᆫ번 시험ᄒᆞᆯ 의ᄉᆞᄅᆞᆯ 두디 아녓노라.”

뉵난 왈

“그러치 아니ᄒᆞ니이다. 그 약의 변심(變心)ᄒᆞ여 속은 ᄌᆡ 굿ᄐᆞ여 우리 쥬군의 못ᄒᆞ미 업ᄉᆞᄃᆡ 인인(人人)이 쥬찬(酒饌) ᄀᆞ온ᄃᆡ 화(和)ᄒᆞ여 딘(進)ᄒᆞᄆᆡ 밧괴이디 아닐 ᄆᆞ음이 업다 ᄒᆞ더이다.”

부인이 미쇼왈(微笑曰)

“내 알고 어미 알니니 무익ᄒᆞᆫ 한셜(閑說)노 사ᄅᆞᆷ의 슈샹히 넉이믈 더으디 말나. 다시 그런 요약디뉴(妖藥之類)ᄅᆞᆯ ᄉᆞ라 ᄒᆞ여도 먼니 좃ᄎᆞ ᄇᆞ리라.”

ᄒᆞᆫᄃᆡ 뉵난이 ᄀᆞ장 ᄋᆡᄃᆞᆯ와 ᄀᆞᆯ오ᄃᆡ

28면 “부인이 원간 고집(固執)ᄒᆞ샤 이리 니ᄅᆞ시나 셩인도 광부디언(狂夫之言)을 틱용(擢用)ᄒᆞ시ᄂᆞ니 노신(老臣)이 디혜(智慧) 단쳔(短淺)ᄒᆞ오나 범연이 드ᄅᆞᆫ 바ᄂᆞᆫ 이러ᄐᆞᆺ 고치 아니ᄒᆞ오리니 쥬군(主君)ᄀᆡ 시험치 못ᄒᆞ시나니 쇼져 얼골을 비러 음힝악ᄉᆞ(淫行惡事)ᄅᆞᆯ 모든 눈이 보ᄂᆞᆫ ᄃᆡ 쾌히 힝ᄒᆞᆯ딘ᄃᆡ 존당 태부인과 일문(一門) 졔상공(諸相公)이며 시랑이신들 의심치 아니실가 시브니잇가? 일을 이갓치 민ᄃᆞ라 니쇼져ᄅᆞᆯ 몬져 업시 ᄒᆞ여 시랑의 현필(賢匹)을 희짓고 버거 시랑을 ᄒᆡ(害)ᄒᆞ

미 긔블묘ᄌᆡ(豈不妙哉)니잇가?"

부인이 쇼왈(笑曰)

"셔어(齟齬)ᄒᆞᆫ 계교ᄅᆞᆯ 듯기 슬흐니 쳥컨ᄃᆡ 긋치고 어미 아모커나 후삭(朽索)을 가져 뉵마(六馬)ᄅᆞᆯ 어(御)ᄒᆞ며 촌검(寸劍)을 가져 악호(惡虎)ᄅᆞᆯ 딜너 보라."

뉵난이 ᄯᅩᄒᆞᆫ 웃고 다시 개용단(改容丹)의 신긔ᄒᆞᆷ과 회심단(回心丹)의 긔이ᄒᆞ믈 일ᄏᆞᆺ디 못ᄒᆞ니 희(噫)라. 소시의 사ᄅᆞᆷ되오미 ᄎᆞᆼ명영달(聰明英達)ᄒᆞ여 범인(凡人)의 ᄇᆡ비 승(勝)ᄒᆞᄃᆡ 간악(奸惡)을 위임(委任)ᄒᆞ며 션ᄒᆡᆼ(善行)을 블관(不關)이 넉여 취치 아닛ᄂᆞᆫ 듕이나 뎡도(正道)ᄅᆞᆯ ᄌᆞᆸ고 요샤(妖邪)ᄅᆞᆯ 먼니ᄒᆞ여 군ᄌᆞ의 곳의 브졍요황(不正妖慌)ᄒᆞᆫ ᄌᆞ최ᄅᆞᆯ 뵈디 못ᄒᆞᆯ 바ᄅᆞᆯ ᄇᆞᆰ히 혜아려 바로 독약으로ᄡᅧ 시랑을 29면 먹일디언졍 요약(妖藥)으로ᄡᅧ 그 졍신을 흐리오디 못ᄒᆞᆯ ᄇᆡ라 ᄒᆞ여 개용단·회심단을 쓰디 아니코 ᄒᆡᆼ혀도 허탄(虛誕)ᄒᆞ며 요샤(妖邪)ᄒᆞᆫ 무복(巫卜)을 가ᄂᆡ(家內)의 모화 드릴 의ᄉᆞ(意思)ᄅᆞᆯ 아니 ᄒᆞ니 이 뎡대(正大)ᄒᆞ믈 가져 다시 냥션(養善)키ᄅᆞᆯ 힘쓰ᄆᆡ 엇디 쳔고(千古)의 어딘 부인 되기ᄅᆞᆯ 샤양ᄒᆞ리오마ᄂᆞᆫ 일단 심긔(心機)ᄅᆞᆯ 온냥(溫良)이 가디지 못ᄒᆞ여 투현딜능(妒賢嫉能)ᄒᆞ미 이상ᄒᆞᆫ 고로 강포블인(强暴不仁)ᄒᆞ믈 술연이[21] ᄒᆡᆼᄒᆞ니 이 ᄯᅩ 일편 기혹(欺惑)ᄒᆞ여 ᄇᆞᆰ으롸 ᄒᆞᄃᆡ 어두옴만 못ᄒᆞ고 시랑을 보ᄎᆡ미 닌웅을 조로ᄂᆞᆫ 마ᄃᆡ믈 ᄭᆡ닷디 못ᄒᆞ니 이 엇디 ᄌᆞ긔의 몸을 ᄒᆡᄒᆞ미 아니리오? 우(愚)ᄂᆞᆫ ᄡᅧ ᄒᆞᄃᆡ 소부인의 영명

---

21 술연이: 손쉽게.

(英明)ᄒᆞ므로 본인디셩(本人之性)을 일허 시랑 부부를 삼킬 ᄃᆞᆺ 믜워
ᄒᆞ미 고항(膏肓)의 든 병이 되여시니 이 반ᄃᆞ시 텬되(天道) 소시를 식
여 시랑과 니시를 험흔궁익(險釁窮厄)을 닐위미어니와 기실은 닌웅
의 초초ᄒᆞᆫ ᄉᆡᆼ계(生計)의 심니화열(心裏和悅)ᄒᆞᆷ도 엇디 못ᄒᆞ여 모과
(母過)를 우젼ᄒᆞ며 초박(焦迫)ᄒᆞ여 간위(肝胃)를 ᄉᆞᆯ오게 ᄒᆞ미니 도학
30면 문장(道學文章)이 탈속ᄒᆞ므로 그 슈(壽)를 다 못 ᄒᆞ니 ᄎᆞ셕통도(嗟惜
痛悼)ᄒᆞ염 ᄌᆞᆨᄒᆞ더라.
각셜. 녕능도위 한졔션 졍부(程府)의 니ᄅᆞ러 쳥계공과 쳐ᄉᆞ 운계션ᄉᆡᆼ
으로 더브러 죵용이 담화ᄒᆞᆯᄉᆡ 참졍이 그 ᄌᆞ녀를 므ᄅᆞᄆᆡ 공쥐 삼ᄌᆞ이
녀(三子二女)를 ᄉᆡᆼ(生)ᄒᆞ여 아ᄃᆡᆨ 녕낙(榮樂)ᄒᆞᆫ 일이 업셰라 ᄒᆞ여ᄂᆞᆯ
참졍이 난쇼로뼈 의심ᄒᆞ미 블가ᄒᆞᄃᆡ 도위의 미뇽션ᄎᆡ(美容善采)를
ᄃᆡᄒᆞ여 난쇼를 ᄉᆡᆼ각ᄒᆞ니 더옥 ᄒᆞᆫ 판의 박은 ᄃᆞᆺᄒᆞᆫ디라. 참졍이 의괴(疑
怪)ᄒᆞ믈 니긔디 못ᄒᆞ여 그 ᄌᆞ녀의 년치(年齒)를 므ᄅᆞᆫᄃᆡ 댱ᄌᆡ(長子)
십오 셰니 발셔 취실(娶室)ᄒᆞ엿고 ᄎᆞᄌᆞ(次子)의 년(年)이 십삼·십일
셰오 또 댱녀(長女)ᄂᆞᆫ 십이 셰오 ᄎᆞ녀(次女)ᄂᆞᆫ 십 셰라 ᄒᆞᄂᆞᆫ디라. 참
졍이 우어 ᄀᆞᆯ오ᄃᆡ
"형이 녕녀(令女) ᄎᆞ쇼져(次小姐)의 신ᄉᆡᆼ시(新生時)의 ᄋᆞ돌의셔 더
나으미 잇더냐?"
도위 답쇼왈(答笑曰)
"샤슉(舍叔) 남명공이 남월(南越)의 츌샤(出師)ᄒᆞ여 승젼ᄒᆞ시ᄆᆡ 황샹
(皇上)이 특별이 남명공을 봉(封)ᄒᆞ샤 남월을 딘무(鎭撫)케 ᄒᆞ시며 쇼
뎨(小弟)로뼈 봉칙교명(奉勅教命)을 인ᄒᆞ여 남월의 가 슉딜(叔姪)이
반기게 ᄒᆞ실ᄉᆡ 쇼뎨 신ᄉᆡᆼ유녀(新生幼女)를 ᄯᅥ나믈 결연(缺然)ᄒᆞ여

여ᄎᆞ여ᄎᆞ 팔 우희 ᄡᅳᆫ 거시 잇더니 형이 이 쇼문을 듯고 므ᄅᆞ미냐?"

참졍 곤계 더옥 경의(驚疑)ᄒᆞ여 급문왈(急問曰) 31면

"경ᄇᆡᆨ[22]이 도라오ᄆᆡ 녕ᄋᆞ쇼져(嬰兒小姐)의 비상필젹(臂上筆蹟)이 딘짓 경ᄇᆡᆨ의 ᄡᅳᆫ ᄇᆡ더냐?"

도위 참졍공의 이ᄀᆞᆺ치 므ᄅᆞ믈 슈상히 녁여 필유묘ᄆᆡᆨ(必有苗脈)이믈 알고 답왈(答曰)

"비샹쥬필(臂上朱筆)은 쇼뎨 ᄲᅧ시니 그 ᄉᆞ이의 어이 다ᄅᆞ미 이실 거시라 유의(留意)ᄒᆞ여 보미 잇ᄉᆞ리오? 원간 형의 므ᄅᆞ미 므ᄉᆞᆷ ᄠᅳᆺ이뇨?"

참졍 왈

"우리의 므ᄅᆞᆷ은 ᄇᆞ되 알고ᄌᆞ ᄒᆞᄂᆞᆫ 일이 잇ᄉᆞ므로 말이 괴이ᄒᆞ믈 면치 못ᄒᆞᄂᆞ니 녕ᄋᆞ쇼졔 작셩(作性)이 눌을 만히 픔슈(禀受)ᄒᆞ엿더뇨?"

도위 왈

"녀ᄋᆡ(女兒) 초(初)의 ᄉᆡᆼ(生)ᄒᆞᄆᆡ 합문제인(閤門諸人)과 보ᄂᆞ니 다 쇼뎨(小弟)와 희ᄇᆡᆨ【도위의 일뎨(一弟) 학ᄉᆞ 한제필의 ᄌᆞ호(自號)라】을 달맛다 ᄒᆞ더니 남월(南越)노브터 도라온 후 보ᄆᆡ 신ᄉᆡᆼ형모(新生形貌)와 다ᄅᆞ더니 졈졈 ᄌᆞ라ᄆᆡ 용쇽(庸俗)기롤 면타 홀 거시로ᄃᆡ 제형뎨(諸兄弟)와 ᄂᆡ도ᄒᆞ며 ᄯᅩ 부모를 달믄 곳이 업ᄉᆞ니 아모라타 못 홀디라. 다만 형의 뭇ᄂᆞᆫ ᄠᅳᆺ을 닐너 의괴(疑怪)ᄒᆞ믈 플게 ᄒᆞ라."

참졍이 침음냥구(沈吟良久)의 왈

"쇼뎨 이 말을 ᄂᆡ미 심히 블가ᄒᆞ나 쇼뎨 의심된 일을 보면 참디 못ᄒᆞ

---

22 경ᄇᆡᆨ: 경백. 한제선의 자(字).

ᄂᆞᆫ 셩졍(性情)인 고로 이제 경ᄇᆡᆨ을 ᄃᆡᄒᆞ여 므ᄅᆞ미로다. 쇼뎨의 셔표
32면 ᄆᆡ(庶表妹) 셔시라 ᄒᆞᄂᆞ니ᄂᆞᆫ ᄌᆡ죵셔뎨(再從庶弟) 겸의 쳬(妻)러니 그
여ᄎᆞ여ᄎᆞ 어더 기ᄅᆞᆫ ᄋᆞᄒᆡ 이시니 일홈이 난쇠라. 그 비샹의 쥬필(朱
筆)이 잇거ᄂᆞᆯ 우리 ᄌᆞ셔히 ᄌᆞ셔히[23] 보ᄆᆡ 심히 경ᄇᆡᆨ의 필체(筆體)와 방
블ᄒᆞ니 의아ᄒᆞ믈 니긔디 못ᄒᆞ여 즉시 경ᄇᆡᆨ을 ᄎᆞᄌᆞ보와 ᄒᆞᆫ번 뭇고ᄌᆞ
ᄒᆞ엿더니 샤ᄆᆡ(舍妹) 상무슉의 부인은 희ᄇᆡᆨ의 ᄂᆡ상[24]으로【한학ᄉᆞ의
부인은 뎡국공 상공의 ᄆᆡ뎨(妹弟)라】 인ᄒᆞ여 귀궁(貴宮) 소식을 아ᄂᆞᆫ
고로 귀쥬(貴主) 여러 ᄌᆞ녀ᄅᆞᆯ 탄ᄉᆡᆼᄒᆞ사 개ᄀᆡ(箇箇)히 질 기ᄅᆞ신다 ᄒᆞ
기로 당치 아닌 일을 므ᄅᆞ라 단니기 괴이ᄒᆞ여 디지(遲遲)ᄒᆞ미러니 금
일 형을 ᄃᆡᄒᆞ여 므ᄅᆞ믈 경ᄇᆡᆨ은 괴이히 넉이디 말나."

도위 쳥미필(聽未畢)의 안ᄉᆡᆨ(顏色)이 변(變)ᄒᆞ이믈 ᄭᆡ닷디 못ᄒᆞ여 왈
"쇼뎨 비샹의 쥬필을 쁜 후 다시 유의ᄒᆞ여 보디 아냣고 기시(其時)의
공쥐 산후현증(産後眩症)이 괴이ᄒᆞ여 인ᄉᆞ(人事)ᄅᆞᆯ 슈습(收拾)디 못
ᄒᆞ던디라. 형의 말을 드ᄅᆞᄆᆡ 의심이 동(動)ᄒᆞ믄 니ᄅᆞ도 말고 형의 명
상(明爽)ᄒᆞ므로ᄡᅧ 쇼뎨의 필톄ᄅᆞᆯ 몰나보디 아닐디라. 이 가온ᄃᆡ 반ᄃᆞ
시 괴이ᄒᆞᆫ 흉ᄉᆡ(凶事) 잇셔 사ᄅᆞᆷ의 텬뉸(天倫)이 난상(亂常)ᄒᆞ여 딘
33면 짓 ᄋᆞᄒᆡᄅᆞᆯ 홀연이 일코 ᄂᆡ도ᄒᆞᆫ 타ᄋᆞ(他兒)ᄅᆞᆯ 기ᄅᆞᄂᆞᆫ가 ᄒᆞᄂᆞ니 졍유
인의 어더 기ᄅᆞᆫ ᄋᆞᄒᆡ 비샹쥬필을 보면 쇼뎨 ᄭᆡ다ᄅᆞᆯ 일이 잇ᄉᆞᄃᆡ 임의
ᄌᆞ라시니 ᄎᆞ환시ᄋᆞ(叉鬟侍兒)의 튱슈(充數)ᄒᆞ미 아닌즉 낫 가리오ᄂᆞᆫ
도리 이실디라. 무단(無斷)이 나오라 ᄒᆞ여 보디 못ᄒᆞ리니 쇼뎨 다만

23 ᄌᆞ셔히: 중복되어 필사된 부분임.
24 ᄂᆡ상: 내상. 아내.

급히 도라가 의심되믈 붉힐 조각이 이시니 졍유인의 기ᄅᆞᆫ ᄋᆞᄒᆡ 쇼뎨의 ᄌᆞ식일시 과연(果然)ᄒᆞᆯ딘ᄃᆡ 명됴(明朝)의 ᄎᆞᄌᆞ라 올 거시오 그러치 아니ᄒᆞ면 후일 죵용이 오리라."

ᄒᆞ며 밧비 니러나니 긔ᄉᆡᆨ(氣色)이 착급(着急)ᄒᆞᆫ디라. 참졍 곤계 구ᄐᆞ여 머므ᄅᆞ디 아니코 이 가온ᄃᆡ 측냥치 못ᄒᆞᆯ 변이 이시믈 디긔(知機)ᄒᆞ더라. 원ᄂᆡ 녕능도위 한부마ᄂᆞᆫ 동평후 한휴의 댱ᄌᆡ(長子)라. 유시(幼時)의 친모 탕부인을 여희고 계모 쥬시 입승ᄒᆞᄆᆡ 목강(穆姜)의 인ᄌᆞᄒᆞᆫ 덕이 업ᄉᆞ며 상모(象母)[25]와 민모(閔母)[26]의 브ᄌᆞ(不慈)ᄒᆞ미 가ᄌᆞᆯ ᄲᆞᆫ 아니라 텬디간(天地間) 일악대특(一惡大特)이로ᄃᆡ 한공이 고슈(瞽叟)[27]의 완(頑)ᄒᆞ미 업고 민응[28]의 ᄉᆞᆯ피미 잇ᄂᆞᆫ 고로 위란(危亂)의 무모(無謀)ᄒᆞᆫ 냥ᄌᆞ(兩子)ᄅᆞᆯ 계오 셩댱(成長)ᄒᆞ여 졔션이 금뎐(今殿)[29] ᄋᆡ셰(愛婿) 되고 졔필이 상가 동상(東床)이 되여 형셰(形勢) 구드니 능히 셔ᄅᆞᄌᆞᆯ[30] 의ᄉᆞᄅᆞᆯ 못 ᄒᆞ여 쥬시 도로혀 공쥬와 졔션을 ᄉᆞ랑ᄒᆞᄂᆞᆫ 쳬 34면
ᄒᆞ니 부마와 공쥬ᄂᆞᆫ 디효디덕(至孝至德)의 군ᄌᆞ슉완(君子淑婉)이라. 쥬부인 밧드ᄂᆞᆫ 효셩이 동쵹(洞燭)ᄒᆞ여 민ᄌᆞ(閔子)와 왕상(王祥)의 나리미 업ᄉᆞ니 쥬시 그 어질믈 더옥 싀오(猜惡)ᄒᆞ고 ᄌᆞ긔 친ᄉᆡᆼ(親生) ᄋᆞᄃᆞᆯ은 업고 다만 ᄒᆞᆫ ᄯᆞᆯ을 두어 태학ᄉᆞ 양의의 쳬(妻) 되엿더니 일녀(一

---

25 상모(象母): 상의 모친. 순임금의 계모.

26 민모(閔母): 민자건의 계모.

27 고슈(瞽叟): 고수. 순임금의 부친.

28 민응: 민자건의 부친.

29 금뎐(今殿): 금전. 지금의 왕.

30 셔ᄅᆞᄌᆞᆯ: 규장각본에는 '셔조ᄌᆞᆯ'로 되어 있음.

女)ᄅᆞᆯ ᄉᆡᆼᄒᆞ고 블ᄒᆡᆼ조ᄉᆞ(不幸早死)ᄒᆞᄃᆡ 일이 공교ᄒᆞ여 양학ᄉᆞ 부인
의 ᄉᆡᆼ녀(生女)ᄒᆞ고 죽던 ᄒᆡ와 녕능공쥬 잉ᄐᆡ만월(孕胎滿月)ᄒᆞ미 ᄉᆞ
이 쓰디 아닌디라. 이ᄯᆡ의ᄂᆞᆫ 동평휘 기셰(棄世)ᄒᆞ여 삼긔(三忌)ᄅᆞᆯ 디
ᄂᆡ여시니 쥬시 것칠 거시 업셔 양학ᄉᆞ 부인이 산후(産後) 즉시 죽으
니 믄득 말을 디어 신ᄉᆡᆼᄋᆡ(新生兒) 어미로 더브러 죽다 ᄒᆞ여 양학ᄉᆞ
ᄅᆞᆯ 긔(欺)이고 양ᄋᆞᄅᆞᆯ 곰초와 부마 형뎨ᄅᆞᆯ 뵈디 아니믄 공쥐 몬져 두
ᄋᆞ돌을 나하시니 금번도 ᄯᅩ ᄋᆞ돌을 나흐리라 ᄒᆞ여 그 분산(分産)ᄒᆞᄂᆞᆫ
ᄯᆡ ᄋᆞᄒᆡᄅᆞᆯ 밧고와 남ᄌᆞ로ᄡᅧ 양학ᄉᆞᄅᆞᆯ 뵈여 쳐음 죽엇다 말을 ᄂᆡ믄 쇽
셜(俗說)의 유복ᄌᆞ(遺腹子)ᄅᆞᆯ 단명(短命)ᄒᆞ다 ᄒᆞᄂᆞᆫ 고로 거ᄌᆞᆺ 악착
35면 (齷齪)ᄒᆞᆫ 소문을 펴디워 흉악을 ᄭᆡ게 ᄒᆞ미라 ᄒᆞ려[31] ᄒᆞ엿더니 공쥐 믄
득 ᄉᆡᆼ녀ᄒᆞ고 굿ᄐᆞ여 병이 업ᄉᆞ나 현혼증(眩昏症)이 비경(非輕)ᄒᆞ고
겸ᄒᆞ여 안암(眼暗)ᄒᆞ며 보ᄂᆞᆫ 거시 분명치 못ᄒᆞ니 쥬시 비록 공쥬의
ᄉᆡᆼ남(生男)치 못ᄒᆞᄆᆞᆯ ᄋᆡ돌와ᄒᆞ나 심술의 궁흉(窮凶)ᄒᆞ미 부마의 ᄌᆞ
녀ᄅᆞᆯ 다 업시과져 ᄒᆞᄂᆞᆫ 고로 거ᄌᆞᆺ 신ᄉᆡᆼ 녀ᄋᆞᄅᆞᆯ 귀듕(貴重)ᄒᆞ여 ᄒᆞᄂᆞᆫ
쳬ᄒᆞ여 스ᄉᆞ로 다려다가 기ᄅᆞ렷노라 ᄒᆞ고 심복 시녀 초하로 유모ᄅᆞᆯ
뎡(定)ᄒᆞ여 즉시 신ᄋᆞ(新兒)ᄅᆞᆯ 옴겨 ᄌᆞ긔 침실의 두니 부ᄆᆡ 모친긔 의
심을 두디 아니나 공쥬 산후병(産後病)이 괴이ᄒᆞ여 인ᄉᆞᄅᆞᆯ 슈습디 못
ᄒᆞᄂᆞᆫ디라. ᄌᆞ긔 만니(萬里)의 나가기ᄅᆞᆯ 당ᄒᆞ니 ᄌᆞ연 심ᄉᆡ(心思) 쳑감
(慽感)ᄒᆞ여 쥬필(朱筆)노 그 비샹(臂上)의 쁜 ᄯᅳᆺ이 심상치 아니터니
임의 부매(駙馬) 나가믈 타 즉시 손녀ᄅᆞᆯ 가져 시녀 교란을 주어 연졍

31 ᄒᆞ려: 규장각본에는 빠져 있음.

(蓮井)의 드리치라 ᄒᆞ니 교란이 ᄎᆞ마 죽이디 못ᄒᆞ여 졔 아ᄌᆞ미 심파를 주고 거즛 죽이롸 ᄒᆞ니 쥬시 깃거 스ᄉᆞ로 부마의 필톄를 모ᄲᅧ ᄉᆞ오일(四五日)을 공부ᄒᆞ여 평싱 지조를 다ᄒᆞ여 완연이 부마로 방블ᄒᆞ니 드ᄃᆡ여 양ᄋᆞ의 팔 우희 쥬필노 ᄡᅳ기를 던짓 난쇼의 비상(臂上)의 뿜 36면
곳치 ᄒᆞ고 양ᄋᆞ로ᄡᅧ 난쇠라 ᄒᆞ여 무양(撫養)ᄒᆞ믈 각별이 ᄒᆞ니 사ᄅᆞᆷ의 부ᄌᆞ(父子)를 밧고와 텬뉸(天倫)이 어ᄌᆞ럽고 망녀(亡女)의게 유익(有益)디 아니믈 모로디 아니ᄃᆡ 양개 비록 고벌명족(高閥名族)이나 심히 쳥빈(淸貧)ᄒᆞ여 부요(富饒)치 못ᄒᆞ믈 ᄭᅥ려 여ᄎᆞ 인눈대변(人倫大變)을 술연이 힝ᄒᆞᆫ디라. 양학ᄉᆡ 강명쥰졀(剛明俊節)ᄒᆞ나 집의 들미 심히 소활(疎濶)ᄒᆞ여 ᄉᆞᆯ피ᄂᆞᆫ 일이 업ᄂᆞᆫ디라. 만일 후취(後娶)ᄒᆞ여 블인(不仁)ᄒᆞᆫ 녀ᄌᆞ를 어들딘ᄃᆡ 무모ᄋᆞ(無母兒)의 잔잉ᄒᆞᆫ 졍ᄉᆞ를 아디 못ᄒᆞ리라 ᄒᆞ여 셩시(姓氏)를 밧고와 무ᄉᆞ히 댱셩(長成)ᄒᆞ미 부마와 공쥬의 쇼교(小嬌)오 금황(今皇)의 외손(外孫)으로 군쥬위호(郡主位號)를 밧ᄌᆞ와 셩인취가(聖人娶嫁)의 혁혁존귀(赫赫尊貴)ᄒᆞ미 쳔인(千人)이 츄앙(推仰)ᄒᆞ고 만인(萬人)이 경탄(敬歎)ᄒᆞ므로 부귀(富貴)를 취ᄒᆞ고 젼졍(前程)이 즐겁기를 위ᄒᆞ여 술연이 ᄋᆞ희를 밧고와 초하 교란밧 알 니 업더라. 슈삼월(數三月) 후(後) 공쥐 나으ᄃᆡ 양ᄋᆞ를 쳐음으로 보고 ᄌᆞ긔 신ᄉᆡᆼᄋᆞ(新生兒)를 보디 아녀시므로 ᄋᆞ희 얼골이 밧괴여시믈 ᄉᆡᆼ각디 못ᄒᆞ니 칠삭(七朔) ᄋᆞ희를 가져 삼삭(三朔) 신ᄉᆡᆼ녀라 ᄒᆞ
여 쇽이ᄂᆞᆫ 줄이야 몽니(夢裏)의나 ᄉᆡᆼ각ᄒᆞ여시리오? 다만 녀ᄋᆡ 부모를 37면
심히 담디 아냐 ᄂᆡ도히 쥬부인으로 이상(異常)이 픔슈(稟受)ᄒᆞ여시믈 괴이히 넉이ᄃᆡ ᄉᆞᄉᆡᆨ(辭色)디 아니터니 부ᄆᆡ 일 년(年) 후 도라와 녀ᄋᆞ를 보고 형용(形容)이 밧괴여시믈 의아ᄒᆞ나 망ᄆᆡ(亡妹)의 ᄯᆞᆯ을 가져

거즛 죽다 ᄒᆞ고 ᄌᆞ긔 부부를 쇽여 텬뉸(天倫)을 어ᄌᆞ러이ᄂᆞᆫ 줄 아득히 ᄭᆡ닷디 못ᄒᆞ고 훌훌ᄒᆞᆫ 뉴광(流光)이 흐ᄅᆞᄂᆞᆫ 듯ᄒᆞ여 가난쇄[32] 십이 셰의 밋ᄎᆞᄃᆡ 쥬부인이 공쥬 침뎐의 보ᄂᆡ디 아니코 ᄆᆡ양 부마와 공쥬를 ᄃᆡᄒᆞ여 눈믈을 흘녀 '망녀(亡女)의 쳥춘요졀(靑春夭折)을 일ᄏᆞ라 모녀의 졍을 늣거이 쓧ᄎᆞ믈 슬허ᄒᆞ니 병이 심골(心骨)의 박힌 바의 공쥐 난쇼를 싱ᄒᆞ여 아름다오미 망녀의 디나고 신싱시로 ᄌᆞ긔 쳐소의 두어 졍이 모녀의 더으니 귀쥬(貴主)와 ᄋᆞᄌᆞ(兒子)ᄂᆞᆫ 난쇼를 허(許)ᄒᆞ여 셩혼(成婚) 젼의 다른 쳐소의 옴기디 말고 ᄌᆞ긔 곳의 두라.' ᄒᆞ여 말솜이 비창(悲愴)ᄒᆞ니 부마와 공쥐 츄연감상(惆然感傷)ᄒᆞ여 가난쇼를 쥬부
38면 인 쳐소의 두고 ᄉᆞ랑ᄒᆞ믈 디극히 ᄒᆞ나 양이 기부(其父)와 망모(亡母)도 담디 아냐 ᄌᆞ라 갈ᄉᆞ록 쥬부인으로 ᄒᆞᆫ 판의 박은 듯ᄒᆞ니 부마와 공쥐 그 작인(作人)을 깃거ᄒᆞᄂᆞᆫ 뜻이 업고 심니의 혜오ᄃᆡ

'우리 ᄌᆞ위(慈闈)를 우러오ᄆᆡ 친소(親疎)의 간격이 업ᄉᆞ나 혈ᄆᆡᆨ(血脈)을 의논ᄒᆞᄆᆡ 요원(遼遠)ᄒᆞ거놀 난쇄 홀노 ᄌᆞ위를 젼습(傳襲)ᄒᆞ고 기여졔ᄋᆞ(其餘諸兒)로 방블ᄒᆞᆫ 곳도 업ᄉᆞ니 엇디 괴이치 아니리오?'

ᄒᆞ여 의아ᄒᆞ나 언두(言頭)의 니ᄅᆞ미 업더니 금년의 부마와 공쥐 ᄒᆞᆯ음업시 몽혼(夢魂)이 경경(耿耿)ᄒᆞ여 ᄒᆞᆫ곳의 니ᄅᆞ니 믈식가형(物色家形)이 태운산 졍부로 다ᄅᆞ디 아닌ᄃᆡ 일개 쇼녜 비봉(飛鳳) ᄀᆞᆺ튼 엇게의 투식(渝色)ᄒᆞᆫ 녹나삼을 착(着)ᄒᆞ고 버들 ᄀᆞᆺ튼 셰요(細腰)의 빗 업ᄉᆞᆫ 홍초상(紅硝裳)을 둘너 진슈아미(螓首蛾眉)의 일만(一萬) 가디 슈

32 가난쇄: 가난소. 가짜 난소.

한(愁恨)을 씌이고 효셩빵광(曉星雙眶)의 진이(塵埃) 어릭여 옥안미모(玉顔美貌)의 비운(悲運)이 쳐쳐(悽悽)ᄒᆞ여 부마와 공쥬를 븟들고 야양(爺孃)이라 칭ᄒᆞ여 십이년(十二年) 타문(他門)의 길니여 텬눈(天倫)을 실(失)히오고 셩시(姓氏)를 브득(不得)ᄒᆞ여 슬프고 통원(痛怨)ᄒᆞ미 이에 디나미 업ᄉᆞᆫ 바를 고ᄒᆞ여 참연익졀(慘然哀切)ᄒᆞᆫ 졍ᄉᆞ(情事)를 베프믹 부마와 공쥐 쎄져리고 그 ᄆᆞ음이 쁠히믈 ᄭᆡ닷디 못ᄒᆞ거놀 겻틱 한션공 동평휘 광의대딕(廣衣大帶)로 엄연뎡좌(嚴然正坐)ᄒᆞ여 기리 탄식고 골오딕 39면

“쥬시의 작난(作亂)이 내 ᄋᆞ히 부녀 텬눈을 어ᄌᆞ러이거니와 이 또 난쇼의 명되(命途)오 텬셩긔연(天性奇緣)이 졍ᄌᆞ 닌셩의게 쇽ᄒᆞᆫ 괴(故)니 현마 엇디리오? 오ᄋᆞ(吾兒)와 공쥬ᄂᆞᆫ 난쇼의 구구(區區)ᄒᆞ믈 거리ᄭᅵ디 말고 텬의(天意)며 긔연(奇緣)이믈 ᄉᆡᆼ각ᄒᆞ여 손녀를 졍ᄌᆞ의 빈희(嬪姬)로 도라보닉라. 다만 양ᄋᆞ의 작난이 비상(非常)ᄒᆞᆫ 빅오 쥬시의 극악(極惡)ᄒᆞ미 졍문빅 부인을 도와 슉딜고손(叔姪姑孫)의 ᄒᆞᄂᆞᆫ 일이 ᄀᆞ장 아름답디 아니리라.”

ᄒᆞ니【원간 도위 계모 쥬시ᄂᆞᆫ 소원의 부인 쥬시의 뎨(弟)니 션악의 닉도ᄒᆞ미 하혜와 도쳑 ᄀᆞᆺᄐᆞ니 이 곳 소부인이 뫼(母)니라】 부마와 공쥐 황망(慌忙)이 션공의 말숨과 기ᄋᆞ(其兒)의 잔인ᄒᆞᆫ 거동이 안져(眼底)의 머므러시나 그림ᄌᆞ를 쑴쑤고 ᄆᆞ옴의 비련(悲戀)ᄒᆞ믈 먹음어 이 ᄀᆞᆺᄐᆞᆫ 몽되(夢兆) ᄌᆞᆺ더니 거야(去夜)의ᄂᆞᆫ 난쇼와 션공이 또 니ᄅᆞ딕

“한무(漢武)ᄂᆞᆫ 만승(萬乘)의 존(尊)이로딕 ᄒᆞᆫ 쑴을 인ᄒᆞ여 감동ᄒᆞ미 되엿거놀 오ᄋᆞ와 공쥬ᄂᆞᆫ 엇디 일흔 ᄌᆞ식과 죽은 아비 여러 번 쑴을 인ᄒᆞ여 니ᄅᆞᄂᆞᆫ 바를 허탄(虛誕)이 넉여 밋디 아니미 되엿ᄂᆞ뇨? 붉ᄂᆞᆫ 날

40면 태운산 졍부의 가 운ᄇᆡᆨ 곤계ᄅᆞᆯ 보라. 이 ᄀᆞ온ᄃᆡ 반ᄃᆞ시 일흔 ᄋᆞᄒᆡ 소식을 드ᄅᆞᆯ 거시오 의괴(疑怪)ᄒᆞ여 결(決)치 못ᄒᆞ거든 교란과 초하 등을 져쥬라. 십이 년 ᄉᆞᆺ쳣던 텬뉸이 단합(團合)ᄒᆞ여 일흔 ᄌᆞ녀의 참연ᄒᆞᆫ 졍니ᄅᆞᆯ 거의 위로ᄒᆞ리라.”

부마와 공쥐 쳬읍(涕泣) ᄇᆡ샤슈명(拜謝受命)이러니 흠신경ᄀᆡᆨ(欠身傾刻)ᄒᆞᄆᆡ ᄒᆞᆫ ᄭᆞᆷ이라. 심하(心下)의 경의(驚疑)ᄒᆞ믈 니긔디 못ᄒᆞ여 공쥐 부마ᄅᆞᆯ ᄃᆡᄒᆞ여 왈

“쳡이 감히 몽ᄉᆞ(夢事)ᄅᆞᆯ 가져 군ᄌᆞ긔 번득ᄒᆞ미 아니로ᄃᆡ 군ᄌᆞ의 몽되(夢兆) 슌슌히 일흔 ᄋᆞᄒᆡᄅᆞᆯ ᄎᆞᄌᆞ리라 ᄒᆞ니 비록 아득ᄒᆞ여 ᄭᆡᄃᆞᆺ디 못ᄒᆞ나 딘짓 ᄋᆞᄒᆡ 타문(他門)의 잇ᄂᆞᆫ 동 어이 알니잇고? 금일 잠간 졍참졍을 보아 알미 엇더ᄒᆞ니잇고?”

부매 탄왈(嘆曰)

“몽ᄉᆡ 비록 그러나 ᄌᆞ식을 일흔 일이 업시 어이 ᄎᆞᄌᆞ리잇고? 졍운ᄇᆡᆨ을 보완 디 오ᄅᆡ니 귀쥐(貴主) 권(勸)치 아니시나 가보려 ᄒᆞᄂᆞ이다.”

ᄒᆞ고 운산의 나와 참졍 곤계로 말ᄉᆞᆷᄒᆞ다가 난쇼의 말을 듯고 몽ᄉᆞ의 괴이ᄒᆞ믈 ᄭᆡ다라 ᄌᆞ부인의 휵양(畜養)ᄒᆞᄂᆞᆫ ᄋᆞᄒᆡ 결단ᄒᆞ여 딘짓 난쇠 아니믈 금일이야 쾌히 혜아리ᄆᆡ 심신이 착급ᄒᆞ여 밧비 도라와 그윽ᄒᆞᆫ
41면 ᄃᆡ 좌ᄒᆞ고 댱ᄌᆞ(長子) 슈흥으로 ᄒᆞ여곰 교란·초하ᄅᆞᆯ 브ᄅᆞ라 ᄒᆞ여 앏ᄒᆡ 니ᄅᆞᄆᆡ 도위 소ᄅᆡᄅᆞᆯ 나ᄌᆞᆨ이 ᄒᆞ여 므ᄅᆞᄃᆡ

“여등(汝等)이 녀ᄋᆞ의 유뫼(乳母) 되여 신ᄉᆡᆼ시(新生時)로브터 이제 니ᄅᆞ히 모ᄅᆞᆯ 일이 업ᄉᆞᆫ디라. 난쇠 딘짓 내 ᄌᆞ식이며 아니믈 여등이 알니니 내 임의 난쇼 ᄒᆞ나히 이시믈 알고 뭇ᄂᆞ니 너ᄒᆡ 만일 긔망(欺罔)ᄒᆞ미 이신죽 즉ᄀᆡᆨ의 오형(五刑)을 더으리라.”

셩음(聲音)이 놉디 아니딕 미우(眉宇)의 한상(寒霜)이 어릭여 안식이 참엄ᄒᆞ니 냥비(兩婢) 본딕 죄를 무거이 시러시니 금일 ᄆᆞᄅᆞ믈 당ᄒᆞ여 무싱디긔(無生之氣)ᄒᆞ고 유ᄉᆞ디심(有死之心)ᄒᆞ니 엇디 괴로온 형벌을 바다 피육(皮肉)이 후란(朽爛)ᄒᆞᆫ 후 복초(服招)ᄒᆞ미 이시리오? 출하리 죽기나 슈히 ᄒᆞ고져 ᄒᆞ여 초ᄒᆡ 몬져 딕왈(對曰)

"쇼비(小婢)ᄂᆞᆫ 양부인 일녀(一女) 양쇼져를 졋 먹여 기른 빅오 군쥬(君主) 난소 쇼져의 거쳐ᄂᆞᆫ 아디 못ᄒᆞᄋᆞᆸᄂᆞ니 초(初)의 양부인 싱녀를 급히 곰초시고 죽엇다 쇼문을 퍼디오샤믄 쇼비 모로ᄂᆞᆫ 빅오 모년 모월일의 옥쥐(玉主) 군쥬(君主)를 탄싱ᄒᆞ시고 현혼증이 계샤 이목의 감찰(鑑察)이 업시 혼혼(昏昏)ᄒᆞ시니 태부인이 즉시 군쥬를 침뎐(寢殿)의 옴기시고 쥬군이 남힝(南行)ᄒᆞ시믹 양쇼져로뼈 군쥬라 ᄒᆞ시고 진짓 군쥬ᄂᆞᆫ 쇼비 등을 쥬샤 연졍(蓮井)의 드리치라 ᄒᆞ시니 쇼비 ᄎᆞ마 믈의 너치 못ᄒᆞ여 아ᄌᆞ미 심파를 주엇더니 그 후 ᄆᆞ른죽 유모를 능히 엇디 못ᄒᆞ여 슈월(數月)을 동셔로 졋술 어더 먹이다가 힘이 밋디 못ᄒᆞ여 파랏노라 ᄒᆞ니 어히업ᄉᆞ딕 연디의 드리치므로 칙워ᄂᆞ이다. 셰월이 여러 번 디나딕 감히 곡딕(曲直)을 알외디 못ᄒᆞ엿ᄂᆞ이다." 42면

부믹 듯기를 다 못 ᄒᆞ여 ᄎᆞ악경히(嗟愕驚駭)ᄒᆞ믄 니ᄅᆞ도 말고 냥비(兩婢)의 닙이 움즉이ᄂᆞᆫ 바의 태부인을 드노흐믈 대로(大怒)ᄒᆞ여 경긱의 죽이고ᄌᆞ ᄒᆞ거늘 한공지 간왈(諫曰)

"냥비의 간흉(奸凶)ᄒᆞᆫ 죄역(罪逆)이 만ᄉᆞ무셕(萬死無惜)이오나 왕뫼(王母) 통이(寵愛)ᄒᆞ시ᄂᆞᆫ 시녜오 누의를 ᄎᆞᄌᆞ 도라오디 못ᄒᆞ여 냥비를 죽인즉 오히려 쾌ᄒᆞᆫ 명증(明證)이 업ᄂᆞᆫ디라. 밧비 심파를 잡히샤 누의 판 곳을 ᄆᆞᄅᆞ샤 텬눈을 단원(團圓)ᄒᆞ미 복망유원(伏望惟願)이로

소이다."

부ᄆᆡ 녀셩왈(厲聲曰)

"내 임의 ᄯᆞᆯ이 ᄉᆡᆼ존ᄒᆞ믈 잠간 아ᄂᆞ니 냥비의 궁흉교특(窮凶狡慝)ᄒᆞᆫ 죄 듕ᄒᆞ나 만일 ᄌᆞ위ᄅᆞᆯ 느늦ᄌᆞ오미[33] 업ᄉᆞ면 목숨을 빌니디 아니리오마ᄂᆞᆫ ᄌᆞ위 져ᄒᆡᄅᆞᆯ 통우(寵遇)ᄒᆞ샤므로ᄡᅧ ᄉᆞ죄(死罪)ᄅᆞᆯ 면코ᄌᆞ ᄒᆞ야
43면 감히 흉ᄉᆞ(凶事)ᄅᆞᆯ ᄌᆞ당(慈堂)의 밀위고ᄌᆞ ᄒᆞ니 이 죄ᄅᆞᆯ 어이 샤(赦)ᄒᆞ리오?"

셜파의 냥비ᄅᆞᆯ 일시의 셩ᄌᆞ 깁으로 쳐교(處絞)코ᄌᆞ ᄒᆞ거ᄂᆞᆯ 한공ᄌᆡ 인명(人命)의 듕ᄒᆞ믈 측은(惻隱)ᄒᆞᆯ ᄲᅳᆫ 아냐 난쇼ᄅᆞᆯ 밧고ᄆᆡ 져ᄒᆡ 슈창(首唱)ᄒᆞᆫ 일이 아니믈 헤아리ᄆᆡ 교란은 오히려 쇼ᄆᆡᄅᆞᆯ 믈의 너치 아냐시니 공이 잇ᄂᆞᆫ디라. 다시 고왈 '냥비(兩婢)의 잔쳔(殘喘)을 ᄉᆞᆺ디 마ᄅᆞ샤미 셩덕의 홍유(泓宥)홈과 효의(孝義)예 온당ᄒᆞ믈' 일ᄏᆞᄅᆞ니 도위(都尉) 본ᄃᆡ 이 ᄋᆞᄃᆞᆯ의 말을 션디(善知)ᄒᆞ고 부인의 냥비 알믈 듕히ᄒᆞ니 ᄌᆞ긔ᄂᆞᆫ 딘실노 그 닙으로조ᄎᆞ 쥬부인 허믈이 드러나믈 경ᄒᆡᄒᆞ여 급히 죽이나 부인은 ᄌᆞ긔 ᄠᅳᆺ을 모로고 놀나온 말과 요란ᄒᆞᆫ 거조의 니ᄅᆞᆯ가 ᄒᆞ여 잠간 노ᄅᆞᆯ 프러 냥비ᄅᆞᆯ 엄문왈(嚴問曰)

"여등(汝等)의 죄악이 ᄒᆞᆫ번 죽어 쇽(贖)디 못ᄒᆞᆯ ᄇᆡ로ᄃᆡ ᄌᆞ위(慈闈)긔 신임(信任)ᄒᆞ믈 인ᄒᆞ여 샤ᄒᆞᄂᆞ니 다시 망녕된 허언(虛言)으로 ᄌᆞ당(慈堂)을 걸치올딘ᄃᆡ 결단ᄒᆞ여 두 번 샤치 아니리라."

냥비 임의 긔약ᄒᆞ여 슬프믈 니긔디 못ᄒᆞ더니 쳔만 ᄉᆡᆼ각디 아닌 바의

---

33 느늦ᄌᆞ오미: 규장각본에는 '느옺ᄌᆞ오미'로 되어 있음.

ᄉᆞᆯ믈 넙으니 다ᄒᆡᆼ코 즐거오믈 형상ᄒᆞᆯ ᄇᆡ 업ᄉᆞᆫ디라. 황망이 고두샤은(叩頭謝恩)ᄒᆞ여 스ᄉᆞ로 각각 죄ᄅᆞᆯ 디음 ᄀᆞᆺ고 감히 다시 쥬부인을 드 44면
노치 못ᄒᆞ더라. 부ᄆᆡ 교란으로 ᄒᆞ여곰 심파ᄅᆞᆯ 브ᄅᆞ라 ᄒᆞ여 판 곳을 므로라 ᄒᆞ니 심패 황공실식(惶恐失色)ᄒᆞ여 감히 ᄃᆡ답디 못ᄒᆞ고 ᄯᅥᆯ기ᄅᆞᆯ 마디 아니니 녕능휘[34] 십분(十分) 화평(和平)ᄒᆞᆫ 안ᄉᆡᆨ으로 ᄌᆡ삼(再三) ᄌᆞᆼ용이 므ᄅᆞ니 심패 계오 ᄃᆡ왈(對曰)

"태운산 정각노 ᄃᆡᆨ 구ᄉᆡᆼ누의 사ᄅᆞᆷ이 만히 모히믈 듯ᄌᆞᆸ고 흑ᄌᆞ 유되(乳道) 풍죡ᄒᆞ니 잇ᄂᆞᆫ가 ᄒᆞ여 ᄋᆞ쇼져(兒小姐)ᄅᆞᆯ 다려가온ᄌᆞᆨ ᄒᆞᆫ 양낭(養娘)이 나왓다가 쇼져의 작셩(作性)을 보고 놀나 니ᄅᆞᄃᆡ '이ᄂᆞᆫ 결단 ᄒᆞ여 하류쳔인(下流賤人)이 아니니 잉잉(媵媵)[35]의 친ᄉᆡᆼ(親生)이 아니믈 뭇디 아냐 알니로다. 우리 쥬인이 ᄒᆞᆫ ᄋᆞᄃᆞᆯ을 나하 슈년 젼 향니(鄕里) 존고(尊姑)의 보ᄂᆡ고 심ᄉᆡ(心思) 울억(鬱抑)ᄒᆞᆫ 바의 유즙(乳汁)을 쥬쳐치 못ᄒᆞ여 우환을 삼아 계시니 ᄎᆞᄋᆞ(此兒)ᄅᆞᆯ 우리 쥬인긔 드리면 깃거ᄒᆞ실 ᄇᆡ니 잉잉이 갑ᄉᆞᆯ 바다 가라.' ᄒᆞᄆᆡ 쳔쳡이 과연 쇼져ᄅᆞᆯ 보호ᄒᆞ여 기ᄅᆞᆯ 길히 업ᄂᆞᆫ 고로 ᄎᆞᆯ하리 존귀ᄒᆞᆫ 곳의셔 양휵(養慉)ᄒᆞ미 되고져 ᄒᆞ여 일언(一言)의 쾌허(快許)ᄒᆞ여 슈십 냥 은ᄌᆞᄅᆞᆯ 밧고 팔미 되여시ᄃᆡ 이졔 십여 년이니 쇼져의 ᄉᆡᆼᄉᆞ유무(生死有無)ᄅᆞᆯ 알 길히 업ᄉᆞ오니 죽기ᄅᆞᆯ 바라ᄂᆞ이다." 45면

뎡언간(正言間)의 한학ᄉᆡ 부마ᄅᆞᆯ ᄇᆡ알(拜謁)코져 니ᄅᆞ러 ᄎᆞᄉᆞ(此事)ᄅᆞᆯ 듯고 실ᄉᆡᆨ대경(失色大驚)ᄒᆞ여 쳐치ᄒᆞᆯ 도리ᄅᆞᆯ 뭇ᄌᆞ오니 부ᄆᆡ 탄왈

34 녕능휘: 영능후가. 영능후는 한제선을 말함.

35 잉잉(媵媵): 귀인이 시집갈 때 데려가는 여자 혹은 몸종.

(嘆曰)

"일흔 녀ᄋᆡ 여ᄎᆞ여ᄎᆞ 졍가의 가 보명(保命)ᄒᆞ믈 어덧고 업던 딜녜 됴히 ᄌᆞ라 십슈 년이 되여시니 망ᄆᆡ(亡妹)의 낫던 ᄌᆞ최 멸(滅)치 아냣ᄂᆞᆫ디라. 도로혀 ᄒᆡᆼ심(幸甚)이로ᄃᆡ ᄌᆞ식이 강보(襁褓)의 혹 화(禍)ᄅᆞᆯ 바다 남의 문하(門下)의 팔니여 누쳔(陋賤)이 ᄌᆞ라믈 그 부뫼 아디 못ᄒᆞ고 화당(華堂)의 부귀예 ᄌᆞ라ᄂᆞᆫ ᄋᆞ히들만 년ᄋᆡ가ᄎᆞ(戀愛假惜)ᄒᆞ던 일이 더옥 한심ᄒᆞ니 ᄎᆞ뉴(此類)의 죄상을 니ᄅᆞᆯ던ᄃᆡ 초아시(初兒時)로브터 블용쥬(不容誅)로ᄃᆡ 내 임의 믈시(勿施)ᄒᆞ여시니 심파ᄅᆞᆯ 다려 졍부의 가 녀ᄋᆞ의 판 곳을 ᄎᆞᄌᆞ 나려올 ᄲᅳᆫ이라."

ᄒᆞ니 학ᄉᆡ ᄎᆞ언을 듯고 블ᄒᆡᆼᄒᆞᆫ 듕 딜녀의 요ᄒᆡᆼ(僥倖) ᄉᆡᆼ존(生存)ᄒᆞᆫ 거취(去就)ᄅᆞᆯ 알미 되여시믈 ᄒᆡᆼ열(幸悅)ᄒᆞ여 부마의 쳐치 합듕관인(合中寬仁)ᄒᆞ믈 칭희(稱喜)ᄒᆞ고 이제 ᄲᆞᆯ니 달녀가 난쇼ᄅᆞᆯ ᄎᆞᄌᆞ 효신(曉晨)의 도라올 바ᄅᆞᆯ 니ᄅᆞ니 부ᄆᆡ 왈

"우형의 ᄯᅳᆺ이 이러ᄒᆞ나 임의 날이 어두어 남문을 나미 오히려 바ᄅᆞᆫ디라. 효신을 기다려 ᄒᆡᆼᄒᆞ리니 이 소유(所由)ᄅᆞᆯ 몬져 ᄌᆞ졍의 고ᄒᆞ리라."

46면 ᄒᆞ고 심파ᄅᆞᆯ ᄒᆡᆼ각(行閣)의 두어 효명(曉鳴)의 ᄃᆡ령ᄒᆞ라 니ᄅᆞ고 곤계 일시의 훤당(萱堂)의 혼뎡(昏定)ᄒᆞᆯᄉᆡ 부ᄆᆡ 몬져 가난쇼ᄅᆞᆯ 나호여 머리ᄅᆞᆯ ᄡᅳ다ᄃᆞᆷ아 안ᄉᆡᆨ이 쳑의ᄒᆞ여 왈

"내 블명(不明)ᄒᆞ여 망ᄆᆡ(亡妹)의 일교(一嬌)ᄅᆞᆯ 아ᄉᆞ 나의 ᄌᆞ식 슈(數)ᄅᆞᆯ 보ᄐᆡ고 양닌겸[36]의 텬눈을 ᄉᆞᆺ쳐 디금의 부녜(父女) 셔로 아지 못ᄒᆞ미

36 양닌겸: 양인겸. 양순을 말함. 인겸은 양순의 자호.

젼혀 나의 허믈이라. 십이 년을 부모로 칭ᄒᆞ다가 졸연이 슉연(叔緣)이 되믄 네 뜻의 셔운ᄒᆞ고 내 ᄆᆞ옴이 역(亦) 그러ᄒᆞ것마ᄂᆞᆫ 사ᄅᆞᆷ이 세샹의 나미 근본 셩시(姓氏)를 아디 못ᄒᆞ미 망극ᄒᆞᆫ 변이라. 이졔 나의 일흔 ᄌᆞ식의 거쳐를 비로소 알미 너를 ᄃᆡᄒᆞ여 ᄒᆞᆫ번 니ᄅᆞ디 아니치 못ᄒᆞ여 베프ᄂᆞ니 너ᄂᆞᆫ 망미의 일교로 당금 형쥐ᄌᆞᄉᆞ 양슌의 댱녜니 나의 싱딜이라. 망미 쳥년요졀(靑年夭折)ᄒᆞ여 남녀간 골육을 깃치디 못ᄒᆞᆫ가 더옥 비상통심(悲傷痛心)이러니 뉘 도로혀 간샤ᄒᆞᆫ 비ᄇᆡ(婢輩)의 작변이 망미의 ᄒᆞᆫ ᄋᆞ히를 아ᄉᆞ 내 ᄌᆞ식의 쇽(屬)ᄒᆞᆯ 줄 아라시리오?"

언필의 몸을 니러 쥬부인긔 졀ᄒᆞ고 ᄌᆞ긔 딘짓 녀ᄋᆞᄂᆞᆫ 졍가의 팔녀 계오 보젼ᄒᆞ믈 어더시믈 쥬(奏)ᄒᆞᆯ시 죄를 초하·교란 심파의게 도라보ᄂᆡ여 부인긔 간셥ᄒᆞᆫ 거술 명빅히 ᄒᆞ디 아니니 쥬부인이 본ᄃᆡ 간포대 47면 악(奸暴大惡)으로뼈 오날ᄂᆞᆯ 쳔쳔만만(千千萬萬) 몽상디외(夢想之外)의 부미 스ᄉᆞ로 양이 ᄌᆞ긔 ᄯᆞᆯ이 아니믈 소연명각(昭然明覺)ᄒᆞ여 임의 난쇠 싱존한 거쳐쳐[37]를 알고 명일 다려오려 ᄒᆞ믈 드ᄅᆞ미 계교를 냥평[38](良平)의게 빌고 말ᄉᆞᆷ을 의딘[39](儀秦)의게 비러 그 부녀텬뉸(父女天倫)을 다시 어ᄌᆞ러여 그러치 아니믈 닐너 일흔 ᄋᆞ히 ᄎᆞᆺ기를 작희(作戱)ᄒᆞᆯ 도리 업ᄂᆞᆫ디라. ᄒᆞᆫ갓 흉격(胸膈)이 뛰놀고 심신(心神)이 ᄎᆞ악(嗟愕)ᄒᆞ여 면식(面色)이 여토(如土)ᄒᆞ믈 ᄭᆡ닷디 못ᄒᆞ니 학ᄉᆡ 모친의 심경(心境) 낙담(落膽)ᄒᆞ믈 ᄉᆞᆺ치고 좌(座)를 ᄯᅥ나 딘짓 난쇼 ᄎᆞ좀

37 거쳐쳐: 거처. '쳐'가 중복 필사됨.

38 냥평(良平): 양평. 장량과 진평. 한나라 때의 책사.

39 의딘(儀秦): 의진. 장의와 소진. 전국시대의 유세가.

과 가난쇠 화(化)ᄒᆞ여 양ᄋᆡ 되ᄆᆡ 망ᄆᆡ의 녕ᄇᆡᆨ(靈魄)을 위로ᄒᆞ고 요졀ᄒᆞᆫ ᄌᆞ최ᄅᆞᆯ 니어 일분참통(一分慘痛)을 덜 곳이믈 일ᄏᆞ라 블ᄒᆡᆼ듕(不幸中) 일다ᄒᆡᆼ(一大幸)이믈 ᄒᆞ례(賀禮)ᄒᆞ고 형이 경샤ᄅᆞᆯ 드ᄃᆡ여 살벌(殺罰)을 ᄡᅳ미 인덕(仁德)의 흠신(欠事) 고로 형이 초하·교란 등과 심파ᄅᆞᆯ 샤ᄒᆞ여 죄ᄅᆞᆯ 다ᄉᆞ리미 업ᄉᆞ믈 고ᄒᆞ니 쥬시 ᄃᆞᆺᄂᆞᆫ 말마다 구연뉵니(懼然忸怩)ᄒᆞ미 더을 ᄲᅳᆫ이오 발악ᄒᆞᆯ 조각이 업ᄉᆞᄃᆡ 교란이 난ᄋᆞᄅᆞᆯ 연
48면 정(蓮井)의 너흐라 ᄒᆞ고 ᄀᆞ마니 심파ᄅᆞᆯ 주어 일이 발각게 ᄒᆞ믈 대로(大怒)ᄒᆞ여 본ᄃᆡ 념치(廉恥)ᄅᆞᆯ 도라보디 아닛ᄂᆞᆫ디라. 믄득[40] 상(床)을 쳐 고셩왈(高聲曰)

"교란 등의 죄상은 ᄒᆞᆫ번 버힐 ᄇᆡ니 ᄇᆡᆨᄋᆡ(伯兒) 인약(仁弱)ᄒᆞ여 ᄉᆞ죄(死罪)ᄅᆞᆯ 괄연(恝然)이 셕(釋)ᄒᆞ니 일노조ᄎᆞ 간비(奸婢)ᄅᆞᆯ 징계치 못ᄒᆞᆯ노라. 내 역시 십여 년을 연무듕(煙霧中)의 잇셔 ᄋᆞᄃᆞᆯ의 ᄌᆞ식과 ᄯᆞᆯ의 나흔 바ᄅᆞᆯ 분변치 못ᄒᆞᄂᆞᆫ 바의 잇ᄂᆞ니 아디 못게라. 망ᄋᆡ(亡兒) 셕년(昔年) 분산(分産) 후 모녜(母女) 아오로 졀명(絶命)타 ᄒᆞ고 유녀(幼女)ᄅᆞᆯ 곰초왓다가 공쥬와 ᄉᆡᆼ녀(生女)와 밧고와 이 변을 뎟다 ᄒᆞᄂᆞ냐?"

한공ᄌᆞ 슈흥이 조모의 모로노라 말을 더옥 ᄒᆡ연(駭然)ᄒᆞ여 ᄀᆞᆯ오ᄃᆡ

"셕년(昔年)의 슉뫼 왕모 침뎐의셔 분만ᄒᆞ시고 인ᄒᆞ여 기셰(棄世)ᄒᆞ시니 양ᄆᆡ의 거쳐ᄉᆡᆼᄉᆞ(去處生死)ᄅᆞᆯ 왕뫼 어이 모로셤 즉ᄒᆞ리잇고마ᄂᆞᆫ 슉뫼 별셰ᄒᆞ시믈 인ᄒᆞ여 왕뫼 과ᄋᆡ상(過哀傷)ᄒᆞ시ᄆᆡ 범ᄇᆡᆨ(凡百)을 치찰(治察)치 못ᄒᆞ샤 비ᄌᆞ(婢子) 등이 간계(奸計)로 변을 디으니

40 믄득: 규장각본에는 여기서부터 50면 마지막 행 'ᄃᆡᄒᆞ여'까지 누락되어 있음.

능히 ᄭᆡ닷디 못ᄒᆞ신 ᄇᆡ 되여 양ᄆᆡ 십이 년 셩시(姓氏)ᄅᆞᆯ 아디 못ᄒᆞ고 텬뉸을 ᄇᆞᆰ히디 못ᄒᆞ여 졍ᄉᆡ(情事) ᄎᆞ악ᄒᆞᄃᆡ 엄위ᄅᆞᆯ 호(怙)ᄒᆞ고 ᄌᆞ당을 시(恃)ᄒᆞ니 디통(至痛)을 모로미 도로혀 즐거온 밧ᄌᆡ 업거니와 누의 졍경이 보디 아냐 구곡(九曲)이 바아디ᄋᆞᆸᄂᆞᆫ디라. 초하·교란 등을 49면 쳔참만뉵(千斬萬戮)ᄒᆞ온들 다 쇽(贖)ᄒᆞ리잇가마ᄂᆞᆫ 간악ᄒᆞᆫ 비ᄌᆡ(婢輩) 죽기ᄅᆞᆯ 님ᄒᆞ여 므ᄉᆞᆷ 말을 ᄒᆞᆯ 줄 알니잇고? 만일 우(愚)흘 범ᄒᆞ고 ᄋᆡᄆᆡ한 ᄌᆞ의게 도라보ᄂᆡ올딘ᄃᆡ 그 요란이 심히 아ᄅᆞᆷ답디 아니코 이 말이 구듕(九重)의 ᄉᆞᄆᆞᆺᄎᆞ면 텬위(天威) 딘쳡ᄒᆞ시리니 ᄒᆞᆫ갓 교란만 아니라 여러 비ᄌᆞ 등이 년뉴(連累)ᄒᆞ여 살육(殺戮)이 젹디 아니올디라. ᄎᆞ고로 참분(慘憤)ᄒᆞ믈 니긔디 못ᄒᆞ오나 믈시(勿施)ᄒᆞ엿ᄂᆞ이다.”

쥬시 손ᄋᆞ의 말을 드르ᄆᆡ 더옥 분ᄒᆞ믈 니긔디 못ᄒᆞ여 한이 ᄲᆞ히ᄆᆡ ᄎᆞᆷ을 길히 업ᄉᆞᄃᆡ 탓 삼을 곳이 업셔 ᄒᆞᆫ갓 양ᄋᆞᄅᆞᆯ 븟들고 우레ᄀᆞᆺ치 통곡ᄒᆞ니 양ᄋᆡ ᄯᅩᄒᆞᆫ 셩시ᄅᆞᆯ 밧고고 텬뉸을 어ᄌᆞ러일 바ᄂᆞᆫ 슬허 아니코 졔 몸이 태산의 의디ᄅᆞᆯ 일허 텬가디엽(天家之葉)의 존귀ᄅᆞᆯ 일코 군쥬(君主) 위호(位號)ᄅᆞᆯ 헛도이 일허 양가 무모ᄋᆡ(無母兒) 되믈 셜워 역시 조모ᄅᆞᆯ 븟들고 울기ᄅᆞᆯ 마디 아니ᄒᆞ니 부마와 공쥬 어로만져 위로 왈

“십슈 년을 슉딜을 모녀로 칭ᄒᆞ여 졍이 톄톄(棣棣)ᄒᆞ니 이졔 아녀(兒 50면 女)ᄅᆞᆯ ᄎᆞᄌᆞ나 너의 날 의앙(依仰)ᄒᆞᆷ과 나의 너 ᄉᆞ랑ᄒᆞᄂᆞᆫ ᄯᅳᆺ이 밧괴일 ᄇᆡ 아니라. 너ᄂᆞᆫ 맛ᄎᆞᆷᄂᆡ 우리 슈양녜(收養女) 되여 양ᄌᆞᄉᆡ 도라올디라도 우리 슬하ᄅᆞᆯ ᄯᅥ나디 말나. 내 엇디 션쇼고(先小姑)의 일골육(一骨肉)을 헐우히 ᄉᆡᆼ각ᄒᆞ리오?”

양ᄋᆡ 옥 ᄀᆞᆺᄐᆞᆫ 낫ᄎᆡ 눈믈이 비 ᄀᆞᆺᄐᆞ여 늣겨 왈

“모친이 비록 이리 니ᄅᆞ디 아니시나 쇼녀의 모친과 야야 우러ᄋᆞᆸᄂᆞᆫ ᄯᅳᆺ

이 텬뉸 밧긔 ᄌᆞ별ᄒᆞ온디라. 죵신(終身)의 엇디 슬하ᄅᆞᆯ ᄯᅥ나미 이시리잇가?"

부ᄆᆡ 그 졍을 년셕(憐惜)ᄒᆞ고 ᄯᅩ 우어 왈

"네 셩인젼(成人前)은 슬하의 두믈 임의로 ᄒᆞ려니와 나히 ᄎᆞᆫ 후 군ᄌᆞᄅᆞᆯ 우봉(寓逢)ᄒᆞᄆᆡ 거취ᄅᆞᆯ ᄆᆞ음ᄃᆡ로 못 ᄒᆞ리니 죵신의 엇디 ᄯᅥ나디 아니리오?"

학ᄉᆡ ᄯᅩ 희학(戲謔)으로ᄡᅥ 쥬부인의 분을 플게 ᄒᆞ고 양ᄋᆞ의 슬허ᄒᆞ믈 딘뎡케 ᄒᆞᆯᄉᆡ 쥬부인긔 고왈(告曰)

"인겸이 도라와 녀ᄋᆞ의 일홈 주미 오히려 머러시니 쇼ᄌᆡ 양ᄋᆞ의 슈양뷔(收養父)라 인겸을 ᄃᆡᄒᆞ여 ᄋᆞᄒᆡ 일홈을 딧ᄂᆞ이다."

드ᄃᆡ여 일ᄋᆡ라 ᄒᆞ니 쥬부인이 부마와 공쥬의 만분화평(萬分和平)ᄒᆞᆷ
51면 과 표회ᄒᆞᆫ 노분(怒憤)이 업ᄉᆞ믈 ᄃᆡᄒᆞ여 므ᄉᆞ 일노 흉악을 발ᄒᆞ리오? 심니의 난쇼의 죽디 아녓던 바ᄅᆞᆯ 통한ᄒᆞ나 능히 ᄉᆞ식(辭色)디 못ᄒᆞ여 ᄒᆞᆫ갓 망녀(亡女)의 ᄯᆞᆯ이믈 모로던 바로 갓치 슬허ᄒᆞ나 노분(怒憤)을 셔리담아 난쇼ᄅᆞᆯ 보디 아냐 삼킬 ᄃᆞᆺᄒᆞ니 공쥐 존고(尊姑)의 심디ᄅᆞᆯ 혜아려 깁흔 념녜 가득ᄒᆞ더라. 이 밤을 안ᄌᆞ ᄉᆡ와 오경(五更) 븍이 초동(初動)ᄒᆞᄆᆡ 술위ᄅᆞᆯ 구을녀 졍아(程衙)의 니ᄅᆞ러 참졍 곤계로 녜필(禮畢)의 참졍이 몬져 ᄀᆞᆯ오ᄃᆡ

"경ᄇᆡᆨ의 의심되믈 ᄇᆞᆰ혀 귀궁옥윤(貴宮玉允)이면 금됴(今朝)의 ᄎᆞᄌᆞ마 ᄒᆞ더니 일ᄌᆞᆨ 니ᄅᆞ미 텬뉸을 단원(團圓)코ᄌᆞ ᄒᆞ미냐?"

부ᄆᆡ 과연(果然)ᄒᆞ믈 ᄃᆡ(對)ᄒᆞ고 셔쇼랑의 비ᄌᆞᄅᆞᆯ 다 블너 심파로 ᄃᆡ면(對面)케 ᄒᆞ믈 쳥ᄒᆞ니 다만 간흉(奸凶)ᄒᆞᆫ 궁인과 요악ᄒᆞᆫ 복쳡의 작얼(作孼)노ᄡᅥ 녀ᄋᆞᄅᆞᆯ 일허 아득히 ᄭᆡ닷디 못ᄒᆞ엿던 바ᄅᆞᆯ 통박(痛迫)

ᄒᆞᆯ 쁜이오 혹ᄌᆞ 계모의 허믈이 드러날가 ᄀᆞᆷ초믈 못 ᄆᆡᆺ출 ᄃᆞᆺᄒᆞ니 참졍과 쳐ᄉᆡ ᄯᅩᄒᆞᆫ 별단(別段) 숨기ᄂᆞᆫ 바ᄅᆞᆯ 알녀 아니코 다만 셔쇼랑의 네낫 비ᄌᆞᄅᆞᆯ 다 블너 심파로 보게 ᄒᆞᆯᄉᆡ 그듕의 일 인(人)이 나히 ᄉᆞ십은 ᄒᆞ고 눈이 ᄆᆞᆰ으며 눈섭이 그린 ᄃᆞᆺᄒᆞ고 입이 ᄇᆞᆰ으며 낫치 결ᄇᆡᆨ(潔白) 52면 ᄒᆞ여 샹네롭디 아닌 거동이 녯날 난쇼ᄅᆞᆯ 팔나 ᄒᆞ여 이십여 량 은ᄌᆞᄅᆞᆯ ᄂᆡ여다가 주던 양낭(養娘)이라. 심패 드립더 ᄇᆞᆺ들고 왈

"마ᄆᆡ 아니 모월일의 여ᄎᆞ여ᄎᆞ ᄋᆞ쇼져ᄅᆞᆯ ᄉᆞ던 사ᄅᆞᆷ이 아니냐?"

기인(其人)이 ᄃᆡ왈(對曰)

"그러커니와 ᄋᆞᄒᆡᄅᆞᆯ 팔고 간 디 십여 년의 형영(形影)이 업ᄉᆞ니 반ᄃᆞ시 죽엇ᄂᆞᆫ가 넉엿더니 능히 ᄉᆞ라 금일 ᄎᆞᄌᆞ 니ᄅᆞ럿ᄂᆞᆫ다? 우리 쥬인이 그 낭ᄋᆞ(娘兒)ᄅᆞᆯ ᄉᆞ 기ᄅᆞ시ᄆᆡ 졍이 모녀(母女)의 감(減)치 아니ᄃᆡ[41] 낭ᄌᆡ ᄆᆡ양 근본 셩시(姓氏)ᄅᆞᆯ 모로믈 ᄒᆞᆫ 디통(至痛)을 삼앗더니 그ᄃᆡ 이제 ᄎᆞᄌᆞ 니ᄅᆞ미 아니 근본을 니ᄅᆞ고ᄌᆞ ᄒᆞ미냐?"

심패 쳥파의 환힝만열(歡幸滿悅)ᄒᆞ니 녕능휘 냥녀(兩女)의 말을 드ᄅᆞᄆᆡ 신졍(神精)이 요요(繞繞)ᄒᆞ며 안ᄉᆡᆨ이 ᄌᆞ로 변ᄒᆞ여 참졍을 도라보아 왈

"졍유인의 휵양(畜養)ᄒᆞᆫ ᄇᆡ 벅벅이 쇼뎨 ᄌᆞ식이니 형이 드러가 통ᄒᆞ고 ᄒᆞᆫ곳 별당을 빌녀 쇼뎨의 부녜 얼골을 보게 ᄒᆞ라."

참졍과 쳐ᄉᆡ 부녀 상봉을 치하ᄒᆞ고 ᄀᆞᆯ오ᄃᆡ

"쇼뎨 등이 셔ᄆᆡ의 어더 기ᄅᆞᆫ ᄋᆞᄒᆡ 유무ᄅᆞᆯ 아디 못ᄒᆞ더니 모일의 요

41 마ᄆᆡ 아니 ~ 감(減)치 아니ᄃᆡ: 규장각본에는 누락되어 있음.

53면 악ᄒᆞᆫ 시녀의 여ᄎᆞ여ᄎᆞᄒᆞᆫ 작얼(作孼)을 인ᄒᆞ여 녕녀(令女) 우믈의 ᄲᅧ러디니 근본귀쳔(根本貴賤)은 밋쳐 아디 못ᄒᆞ고 인명(人命)의 듕(重)ᄒᆞ믈 측은ᄒᆞ여 쇼뎨 등이 친히 건져 구ᄒᆞᄆᆡ[42] 비샹쥬필(臂上朱筆)을 본 ᄇᆡ라. 임의 미돈(迷豚)의 옥 ᄀᆞᆺᄐᆞ며 녕ᄋᆞ(令兒)의 옥 ᄀᆞᆺᄐᆞ믈 ᄇᆰ현디 오ᄅᆡ디 녕ᄋᆡ 오히려 누얼(陋孼)노 니ᄅᆞ미 잇다 ᄒᆞ니 미돈이 입번(入番)치 아닌 ᄯᅵ ᄀᆞᆺᄐᆞ면 비록 외람ᄒᆞ나 녕녀로 ᄆᆡᄌᆞ 남ᄆᆡ 되여 피ᄎᆞ의 혐의로오믈 두디 아닐 거시로ᄃᆡ 돈ᄋᆡ 집의 잇디 아닌 ᄯᅵ니 츌번 후 결의남ᄆᆡ(結義男妹)ᄒᆞ량으로 우리 임의 녕ᄋᆞᄅᆞᆯ ᄒᆞᆫ번 보아시니 이졔 다시 낫출 ᄃᆡᄒᆞ여 ᄇᆡᆨᄋᆞ로 남ᄆᆡ 될 바ᄅᆞᆯ 고ᄒᆞ여 ᄆᆞ옴의 신누ᄅᆞᆯ 삼ᄂᆞᆫ 바ᄅᆞᆯ 플고ᄌᆞ ᄒᆞᄂᆞ니 형의 ᄯᅳᆺ이 하여오?”

녕능휘[43] 쳥파(聽罷)의 몽ᄆᆡ(夢寐) 암합(暗合)ᄒᆞ믈 혜아리ᄆᆡ 이 ᄯᅩᄒᆞᆫ 텬의(天意)와 긔봉(寄逢)이 아닌ᄌᆞᆨ ᄌᆞ긔 녀ᄋᆡ 졍가의 셔파의게 팔닐 일이 업ᄉᆞᆯ 거시오 이런 ᄉᆞ괴(事故) 아닌ᄌᆞᆨ 졍ᄌᆞ의 빈희(嬪姬)ᄅᆞᆯ 의논ᄒᆞᆯ ᄇᆡ 아니라. 블힝ᄒᆞ미 극ᄒᆞᆫ 가온ᄃᆡ나 구ᄒᆞ여 엇기 어려온 희한ᄒᆞᆫ ᄌᆞ는 졍ᄌᆞ의 화풍(和風)과 대회(大孝) 금텬하뎨일(今天下第一)이라. 션견학식(先
54면 見學識)이 공안(孔顔)[44]의 후(後)ᄅᆞᆯ 니을디라. ᄯᅳᆺ을 결(決)ᄒᆞ여 녀ᄋᆞ의 가긔(佳期)ᄅᆞᆯ 뎡코ᄌᆞ ᄒᆞᄆᆡ 참졍의 말을 답(答)디 아니코 도로혀 므러 왈

“냥형(兩兄)아 쇼데 션부ᄌᆞ(先夫子)의 학훈(學訓)ᄒᆞ샤믈 밧ᄌᆞ와시ᄃᆡ 블민용우(不敏庸愚)ᄒᆞ여 동문ᄌᆞ의 하말(下末)이 되엿거니와 그러나

---

42 구ᄒᆞᄆᆡ: 규장각본에는 52면의 ‘경유인의 휵양(畜養)ᄒᆞᆫ’부터 여기까지 누락되어 있음.

43 녕능휘: 규장각본에는 여기서부터 61면의 ‘셤신(纖身)을 붓들고’까지 누락되어 있음.

44 공안(孔顔): 공자와 안자.

부ᄌᆞ ᄌᆡ시(在時)의 쇼뎨ᄅᆞᆯ 엇디 녁이시더뇨?"

참졍 곤계 ᄃᆡ왈(對曰)

"형이 튱문공 후예(後裔)로 학ᄒᆡᆼ문딜(學行文質)이 숙연ᄒᆞ고 효우덕ᄒᆡᆼ(孝友德行)이 됴야간(朝野間)의 밀위미 되여시니 션군(先君) ᄌᆡ시(在時)의 ᄯᅩᄒᆞᆫ 칭션ᄋᆡ모(稱善愛慕)ᄒᆞ실 ᄯᆞᄅᆞᆷ이라. 오날ᄂᆞᆯ ᄉᆡ로이 므ᄅᆞ믄 엇디오?"

부ᄆᆡ 쇼왈(笑曰)

"냥형의 위ᄌᆞ(慰藉)ᄒᆞ시미 과ᄒᆞ니 쇼뎨 붓그려 죽으리로다. 슈연이나 쇼뎨 다ᄅᆞᆫ 사ᄅᆞᆷ의 디나지 못ᄒᆞᄃᆡ 당후ᄇᆡᆨ으로 못ᄒᆞ디 아닐 ᄃᆞᆺᄒᆞ니 이형(二兄)이 댱형으로 겹겹 년친(連親)ᄒᆞ미 잇ᄂᆞᆫ디라. 쇼뎨ᄅᆞᆯ 만일 더럽다 아닐진ᄃᆡ 소션ᄉᆡᆼ의 ᄌᆡ보 ᄒᆞᆫ 사ᄅᆞᆷ을 취ᄒᆞ며 쇼쇼디ᄉᆞ(小小之事)ᄅᆞᆯ 거리ᄭᅵ디 아니ᄒᆞᆫ 바ᄅᆞᆯ 입ᄂᆡᄂᆡ여 ᄯᆞᆯ을 ᄎᆞᄌᆞ 종용이 현보의 쇼셩(小星)[45]으로 녜ᄅᆞᆯ 일우고ᄌᆞ ᄒᆞᄂᆞ니 므ᄉᆞ 일 남ᄆᆡ로 ᄆᆡᄌᆞ 브졀업ᄉᆞᆫ 의(義)ᄅᆞᆯ 디으리오? 쳥컨ᄃᆡ 이형은 고집지 말고 일어(一語)의 쾌허(快許)ᄒᆞ믈 두라. 쇼뎨 현보로ᄡᅧ 입막디빈(入幕之賓)을 삼고져 ᄒᆞ미 외람ᄒᆞ믈 모로디 아니나 임의 니부인을 취ᄒᆞ믈 알고 쇼녀ᄂᆞᆫ 쳔비(賤鄙)히 ᄌᆞ란 ᄇᆡ라 ᄒᆞ여 위굴(位屈)ᄒᆞ믈 스ᄉᆞ로 ᄇᆞ야니 셰샹 사ᄅᆞᆷ이 쳡을 구ᄒᆞᄆᆡ 냥인디녀(養人之女)와 셔파의 디나디 못ᄒᆞᄂᆞ니 쇼뎨 비록 나ᄌᆞ나 ᄒᆞᆫ ᄯᆞᆯ을 현보의 빈희ᄅᆞᆯ ᄉᆞᆷ디 못ᄒᆞ도록은 아닐 거시오 쇼녜 셜ᄉᆞ 쳔비히 ᄌᆞ라시나 사ᄅᆞᆷ의 쇼셩 쇼임은 못 ᄒᆞ디 아닐 ᄃᆞᆺᄒᆞ니 쇼녀의 현블초(賢不肖)ᄂᆞᆫ 존부의셔 55면

45 쇼셩(小星): 소성. 소실.

날도곤 ᄇᆞᆰ히 알디라. 녀식이 누얼을 므릅ᄡᅧ 원억(怨抑)다 ᄒᆞ거든 ᄎᆞ혼을 허ᄒᆞ고 거즛 신ᄇᆡᆨ(伸白)ᄒᆞ다 니ᄅᆞ나 교음(狡陰)ᄒᆞᆫ 위인으로 사ᄅᆞᆷ의 집을 어ᄌᆞ러일 ᄌᆡ어든 일시(一時) 안면(顔面)을 거리ᄭᅧ 허치 말나."

참졍이 ᄀᆞᆯ오ᄃᆡ

"경ᄇᆡᆨ이 오날 일헛던 ᄋᆞᄒᆡᄅᆞᆯ 상봉ᄒᆞ여 십슈 년 막혓던 텬뉸ᄌᆞᄋᆡ(天倫慈愛)ᄅᆞᆯ 펼 바로ᄲᅧ 엇디 당치 아닌 한만(閑漫)ᄒᆞᆫ 셜화ᄅᆞᆯ ᄒᆞ여 착급ᄒᆞᆫ 뜻을 머츄ᄂᆞ뇨? 우리 몬져 그 말을 발ᄒᆞ믄 녕ᄋᆡ(佘兒) 반ᄃᆞ시 블안디졀(不安之節)이 이실 거시므로 혐의 업ᄉᆞ믈 ᄇᆞᆰ히고ᄌᆞ ᄒᆞᆯ 쁜 아니라 미돈(迷豚)이 녕ᄋᆞ의 근본을 알던ᄃᆡ 결단ᄒᆞ여 형의 앏히셔 남ᄆᆡ로 ᄆᆡ
56면 ᄌᆞ믈 쳥ᄒᆞᆯ 거시오 제 비록 집의 아니나 쇼뎨 돈ᄋᆞ(豚兒)의 셩졍을 알므로 녕ᄋᆞ 쇼져ᄅᆞᆯ 잠간 보아 미돈으로 남ᄆᆡ 되믈 젼ᄒᆞ고ᄌᆞ ᄒᆞ미러니 형이 뜻밧긔 혼인을 의논ᄒᆞ니 이ᄂᆞᆫ 딘실노 외람ᄒᆞ여 밧드디 못ᄒᆞᆯ디라. 인졍이 엇디 뇨됴현부(窈窕賢婦)ᄅᆞᆯ 샤양ᄒᆞ며 부귀ᄅᆞᆯ 깃거 아니리오마ᄂᆞᆫ 무염(無厭)ᄒᆞᆫ 욕심을 인ᄒᆞ여 죡ᄒᆞᆫ 줄을 모로고 미거(未擧)ᄒᆞᆫ ᄌᆞ식으로 ᄒᆞ여곰 여러 쳐쳡(妻妾)을 ᄀᆞᆺ초와 부ᄂᆡ(府內)ᄅᆞᆯ 번화(繁華)코져 ᄒᆞ다가 됴흔 거시 ᄒᆞᆫ갈ᄀᆞᆺ기 쉽디 아냐 조믈(造物)의 ᄭᅢ림과 텬신(天神)의 외오 넉이믈 만난즉 화얼(禍孼)이 ᄌᆞ손의게 밋ᄎᆞ리니 이 가히 두렵디 아니랴? ᄒᆞ믈며 녕녀ᄂᆞᆫ 명문화엽(名門華葉)으로 텬가디엽(天家枝葉)의 부귀ᄅᆞᆯ 겸ᄒᆞ여시니 미돈이 취쳐(娶妻)ᄅᆞᆯ 아닌 공믈(空物)[46]이라도 형의 동상(東床)을 일우미 외람ᄒᆞ거ᄂᆞᆯ 더옥 실가(室家)

46 공믈(空物): 공물. 주인 없는 빈 사물. 여기서는 미혼을 말함.

롤 두미냐? 녕녀롤 낫초와 미돈의 쇼셩을 쳥ᄒᆞ믄 일시 희언(戲言)이라도 크게 가(可)치 아니코 형이 오히려 녕녀롤 모로고 누얼을 드ᄃᆡ여 브득이 친ᄉᆞ(親事)롤 일우고져 ᄒᆞ시니 엇디 개연치 아니리오?"

쳐ᄉᆡ 말솜을 니어 구혼디셜(求婚之說)이 가치 아니믈 일ᄏᆞ라 허락훌 뜻이 업ᄉᆞ니 녕능휘 믄득 탄(嘆)ᄒᆞ여 골오ᄃᆡ 57면

"쇼뎨 디극히 용누(庸陋)ᄒᆞ고 겸ᄒᆞ여 부운(浮雲) ᄀᆞᄐᆞᆫ 후딕(侯職)이 잇셔 권쳑(權戚)의 일홈이 잇ᄉᆞ니 이형(二兄)이 반ᄃᆞ시 결친(結親)을 깃거 아니믈 모로디 아니ᄃᆡ 스ᄉᆞ로 션부ᄌᆞ(先夫子)의 교뎨롤 의디ᄒᆞ여 서어(齟齬)ᄒᆞᆫ 말을 ᄂᆡ엿더니 이형(二兄)의 믈니치믈 닙으니 엇디 다시 븟그러온 낫ᄎᆞᆯ 드러 혼인을 쳥ᄒᆞ리오? 다만 쇼녜 누얼을 삐ᄉᆞ나 심듕의 괴치(怪恥)ᄒᆞ믈 씻기 어려오니 오딕 인눈을 폐졀(廢絶)ᄒᆞ여 심규(深閨)의 유발승(有髮僧)이 될 ᄯᆞ롬이라. 므솜 말을 ᄒᆞ리오?"

경조와 쇼뷔 웃고 참졍과 쳐ᄉᆞᄀᆡ 고왈(告曰)

"비록 번화롤 취ᄒᆞ미 올치 아니나 경빅이 이러ᄐᆞᆺ 노ᄒᆞ오니 죵용이 빅모ᄭᅴ 고ᄒᆞ시고 허혼(許婚)ᄒᆞ샤 구교(舊交)의 졍분으로 인아(姻婭)의 됴흐믈 더으면 ᄌᆞ별치 아니리잇가? 원간 경빅이 쇼교(小嬌)롤 위굴ᄒᆞ믈 거리ᄭᅵ디 아니니 블슈텬명(不受天命)이면 반슈기앙(反受其殃)이라. 다닷디 아닌 일을 근심ᄒᆞ여 됴흔 일을 미ᄆᆡ히 거졀ᄒᆞ리오? 현뵈 반ᄃᆞ시 깃거 아니려니와 이 형댱이 허ᄒᆞ시면 제 ᄀᆞᆺᄐᆞ여 샤양ᄒᆞ미 업ᄉᆞ리이다."

참졍 곤계 한시롤 미딘(未盡)ᄒᆞ미 아니로ᄃᆡ 그 너모 혁혁존귀(赫赫尊貴)ᄒᆞ므로 번화롤 취ᄒᆞ미 맛촘ᄂᆡ ᄆᆞ옴이 편치 아니ᄒᆞ고 남의 녀ᄌᆞ롤 공연이 폐륜(廢倫)케ᄂᆞᆫ 못훌디라. 다론 날의 상의ᄒᆞ여 일이 슌편(順 58면

便)케 ᄒᆞ고ᄌᆞ ᄒᆞ므로 참졍이 웃고 니러나며 왈
"부녀 상견(相見)은 늦추고 혼인 의논을 몬져 ᄒᆞ니 목젼ᄉᆞ(目前事)를 버금ᄒᆞ여 원녀(遠慮)를 두미어니와 ᄯᆞᆯ을 스ᄉᆞ로 낫초와 사ᄅᆞᆷ의 빈희로 쳥ᄒᆞ고 후의 반ᄃᆞ시 뉘웃ᄎᆞ미 업디 아니리라."
한휘 쇼왈(笑曰)
"원ᄂᆡ 날을 녹녹용녈(碌碌庸劣)이 넉이ᄂᆞᆫ도다. 대댱뷔 죽을 일인들 ᄒᆞᆫ번 ᄯᅳᆺ을 뎡ᄒᆞ고 다시 뉘웃ᄎᆞ미 이시랴?"
언필의 쥬ᄀᆡᆨ(主客)이 셔로 웃고 참졍이 ᄂᆡ헌(內軒)의 드러와 태부인긔 ᄎᆞᄉᆞ를 고ᄒᆞ고 셔쇼랑을 블너 한쇼져를 별당으로 ᄂᆡ여 보ᄂᆡ여 그 부녜 셔로 보게 ᄒᆞ니 쇼랑이 난쇼의 투졍낙슈(投井落水)ᄒᆞ믈 인ᄒᆞ여 만ᄉᆞ(萬事)를 폐ᄒᆞ고 쥬야 븟드러 위로ᄒᆞ여 ᄒᆞᆫ때를 게어ᄅᆞ미 업더니 오날놀 그 근본이 혁혁존귀홈과 한부ᄆᆡ ᄎᆞᄌᆞ 니ᄅᆞ러시믈 듯고 환심만열(歡甚萬悅)ᄒᆞ여 흔흔(欣欣)이 믈너나 쇼교를 가져 난쇼를 보고
59면 믄득 졀ᄒᆞ고 칭하ᄒᆞᄃᆡ
"비인(鄙人)이 눈이 이시ᄃᆡ 태산을 아디 못ᄒᆞ니 딘실노 사ᄅᆞᆷ 보ᄂᆞᆫ 구술이 브희미라. 쇼져를 강보(襁褓)의 양휵ᄒᆞᄃᆡ 녕능도위 만교옥(萬嬌玉)이시믈 몽니(夢裏)의도 ᄭᆡ닷디 못ᄒᆞ엿더니 텬되(天道) 쇼져의 만만비원(萬萬悲怨)을 슬피 넉이샤 비로소 텬눈을 단합ᄒᆞ여 즐거이 도라가시미 잇게 ᄒᆞ시니 비인의 ᄯᅥ나ᄂᆞᆫ 졍이 ᄎᆞ아ᄒᆞ나 위ᄒᆞ여 깃븐 ᄯᅳᆺ을 어이 다 ᄒᆞ리잇고?"
말이 맛디 못ᄒᆞ여셔 심파와 츈연이 ᄒᆞᆫ가디로 드러와 녕능휘 밧비 보기를 ᄌᆡ촉ᄒᆞ니 ᄲᆞᆯ니 별당으로 향ᄒᆞ믈 쳥ᄒᆞ니 어시의 난쇠 쇼랑의 말을 드ᄅᆞᄆᆡ 심신이 요요(搖搖)ᄒᆞ여 여취여치(如醉如癡)ᄒᆞ니 능히 아

모라타ᄅᆞᆯ 못 ᄒᆞ여 쇼랑을 븟드러 역ᄇᆡ읍왈(亦拜泣曰)
"쳡의 근본이 셜ᄉᆞ 은모(恩母)의 나ᄅᆞ신 바 ᄀᆞᆺᄐᆞᆯ디라도 은모의 활혜
대덕(濶惠大德)은 쳡의 일신의 져져시니 ᄉᆡᆼ디지은(生地之恩)과 구로
디혜(劬勞之惠)의 다ᄅᆞ미 업ᄉᆞ니 엇디 졸연이 이런 거조ᄅᆞᆯ ᄒᆞ여 쳡으
로 ᄒᆞ여곰 만심(滿心)이 블안케 ᄒᆞ시ᄂᆞ니잇가?"
드ᄃᆡ여 팔흘 딜너 피ᄅᆞᆯ 그ᄅᆞᆺᄉᆡ 담아 심파ᄅᆞᆯ 주어 왈
"의심치 못ᄒᆞᆯ 바ᄂᆞᆫ 텬뉸이오 어ᄌᆞ러이디 못ᄒᆞᆯ 바ᄂᆞᆫ 부ᄌᆡ(父子)라. 미 60면
연이 뎝허 의심된 거ᄉᆞᆯ 곰츌 거시 아니니 그ᄃᆡ 나가 이 소유(所由)ᄅᆞᆯ
녕능후긔 알외라. 내 팔 우ᄒᆡ 쥬필(朱筆)이 이시나 또ᄒᆞᆫ 궁(宮)의 잇
ᄂᆞᆫ 녀ᄌᆞ도 비샹(臂上)의 쥬필이 잇다 ᄒᆞ니 여ᄎᆞ즉 필적(筆跡)이 또 밋
브디 아닌디라. 감히 귀톄(貴體)ᄅᆞᆯ 헐우쇼셔 ᄒᆞ미 당돌블안(唐突不
安)ᄒᆞᆫ 죄ᄅᆞᆯ 더으나 임의 쳔ᄋᆞ(賤兒)ᄅᆞᆯ ᄎᆞᄌᆞ 강님(降臨)ᄒᆞ시니 이 졍
유ᄅᆞᆯ 민디측디(憫之惻之)ᄒᆞ샤 날노ᄡᅧ 텬하의 망뉸(亡倫)ᄒᆞᆫ 거시 되
디 아니며 뜻을 혁연(赫然)이 명화(明火)ᄒᆞ여 교목화엽(喬木華葉)과
텬가지딜(天家之質)을 그ᄅᆞᆺᄒᆞ미 업게 ᄒᆞ샤 미쳡(微妾)의 ᄉᆞ심(私心)
의 ᄒᆡᆼ(幸)이오 귀궁(貴宮)의 욕되디 아니미니이다."
심파·츈영이 슈명(受命)ᄒᆞ여 즉시 나와 녕능후긔 쇼져 말ᄉᆞᆷ을 젼ᄒᆞ고
피 담은 그ᄅᆞᆺᄉᆞᆯ 밧드러 오니 니부ᄆᆡ 바야흐로 녀ᄋᆞ의 별당으로 나오
ᄆᆞᆯ 기다리다가 이 말을 드ᄅᆞᄆᆡ 그 팔흘 디ᄅᆞᆫ 피ᄅᆞᆯ 보건ᄃᆡ 얼골을 ᄃᆡ치
아냐 텬뉸이 ᄌᆞ동(自動)ᄒᆞ여 참연개용(慘然改容) 왈
"딘실노 의심되디 아닌 내 ᄌᆞ식이엇마ᄂᆞᆫ 그 말이 슌니합도(順理合道)
ᄒᆞ여 텬뉸을 희미히 뎡치 못ᄒᆞ리라. 말이 디극히 명상(明爽)ᄒᆞ니 내
엇디 헐우기ᄅᆞᆯ 더ᄃᆡ ᄒᆞ여 ᄋᆞᄒᆡ 만만비졀(萬萬悲絶)ᄒᆞᆫ 졍니ᄅᆞᆯ 도라보 61면

디 아니리오?”

셜파의 ᄎᆞᆫ 칼흘 ᄲᆡ혀 손가락을 ᄧᅵ여 피ᄅᆞᆯ ᄂᆡ여 그릇ᄉᆡ 담으ᄆᆡ 엇디 합혈(合血)ᄒᆞ미 더ᄃᆡ리오? 즉시 엉긔여 ᄒᆞᆫ 덩이 ᄒᆞᆺ터디미 업ᄉᆞ니 좌위(左右) 이ᄅᆞᆯ 보고 더옥 감동ᄒᆞ여 위ᄒᆞ여 낫빗ᄎᆞᆯ 곳치고 한쇼져의 어린 나ᄒᆡ 범ᄉᆡ 신밀명상(愼密明詳)ᄒᆞ믈 션탄(羨嘆)ᄒᆞ더니 학ᄉᆞ와 한공ᄌᆡ 일승화교(一乘華轎)와 시녀복쳡(侍女僕妾)을 거ᄂᆞ려 쇼져ᄅᆞᆯ 다려갈 위의(威儀) 니ᄅᆞ러시ᄃᆡ 부매 쇼져ᄅᆞᆯ 보디 아녀시믈 착급ᄒᆞ여 이에 합혈ᄒᆞᆫ 그릇ᄉᆡ 한공ᄌᆡ 디(指)ᄅᆞᆯ ᄒᆡ(毁)ᄒᆞ여 부ᄌᆞ남ᄆᆡ(父子男妹)의 혈이 ᄒᆞᆫ가디로 엉긘 ᄌᆡ 쇼져긔 보ᄂᆡ니 심파·츈영이 합혈ᄒᆞᆫ 그ᄅᆞᄉᆞᆯ 밧드러 보보급급(步步急急)히 드러가더니 이윽고 나와 쇼졔 별당으로 가다 ᄒᆞᄂᆞᆫ디라. 부ᄆᆡ ᄌᆞ뎨(子弟)로 더브러 별당의 니ᄅᆞᄆᆡ 쇼져의 교ᄌᆡ(轎子) 다ᄃᆞ랏더라. 부마 형뎨 녀ᄋᆞ의 ᄇᆡ알(拜謁)을 기다리디 못ᄒᆞ여 ᄲᆞᆯ니 교ᄌᆞᄅᆞᆯ 헤치고 원비(猿臂)로 쇼져의 셤신(纖身)을 븟들고 부녀슉딜(父女叔姪)이 비통(悲痛)ᄒᆞ니 쇼졔 밋쳐 부안(父顔)을 아디 못

62면 ᄒᆞ고 오ᄃᆡᆨ 뎐눈이 동ᄒᆞ고 혈ᄆᆡᆨ(血脈)이 상응(相應)ᄒᆞ여 쳐음으로 보ᄂᆞᆫ 소(疏)[47]ᄒᆞ미 업셔 쳬쳬닌닌ᄒᆞᆫ ᄉᆞ랑이 측냥 업ᄉᆞ니 공ᄌᆡ 부슉(父叔)의 과상(過傷)ᄒᆞ시믈 민망ᄒᆞ나 ᄆᆡᄌᆞ의 참담ᄒᆞᆫ 거동을 보ᄆᆡ 능히 ᄎᆞᆷ디 못ᄒᆞ여 ᄯᅩᄒᆞᆫ 쳬루비상(涕淚悲傷)ᄒᆞ니 부녀남ᄆᆡ 오열ᄒᆞ여 말을 못 ᄒᆞ더니 날호여 슬프믈 딘뎡ᄒᆞ여 쇼졔 몸을 ᄲᆡ혀[48] 부슉의게 녜알(禮謁)ᄒᆞᆯ ᄉᆡ 오열뉴쳬(嗚咽流涕) 왈

---

47 소(疏): 소원함. 낯가림.

48 ᄲᆡ혀: 규장각본에는 ‘보ᄂᆞᆫ 소(疏)ᄒᆞ미’부터 여기까지 누락되어 있음.

“쇼녜 텬디(天地)긔 특앙(特殃)을 바다[49] 친ᄉᆡᆼ부모(親生父母)ᄅᆞᆯ ᄯᅥ나 셩시(姓氏)ᄅᆞᆯ 아득히 ᄭᆡ닷디 못ᄒᆞ고 오딕 사ᄅᆞᆷ 가온ᄃᆡ 금쉬(禽獸)오 텬디간 일죄인(一罪人)이라. 심골의 박힌 원과 녕원의 밋친 통(痛)이 오조(烏鳥)의 반포(反哺)ᄒᆞ믈 슬허ᄒᆞ여 능히 밋디 못ᄒᆞ니 오딕[50] 쥬쥬야야(晝晝夜夜)의 텬눈을 단합ᄒᆞ믈 튝원ᄒᆞ고 츈풍츄월(春風秋月)의 구회(九廻) 회젼(回轉)ᄒᆞ여 맛ᄎᆞᆷᄂᆡ 소ᄉᆡᆼ지디(所生之地)ᄅᆞᆯ 모로미 될가 만만통혹(萬萬痛惑)ᄒᆞ믈 니긔디 못ᄒᆞ더니 금일 십이 년 막연텬디(漠然天地)ᄒᆞ던 텬눈이 완젼ᄒᆞ고 골육이 단회ᄒᆞᄂᆞᆫ 즐거오미 이실 줄 뜻ᄒᆞ여시리잇고? 블초녜 은모(恩母) 셔시의 늉산디은(隆山之恩)과 활ᄒᆡ디덕(濶海之大德)으로 ᄌᆞ라시믈 어더시나 강보의 몸이 팔니여 남의 문하의 여러 츈츄ᄅᆞᆯ 디ᄂᆡᄆᆡ 갑족공후(甲族公侯)ᄅᆞᆯ 더러이고 텬 63면 가지엽(天家枝葉)을 굴욕ᄒᆞ여 조션(祖先)을 츄락ᄒᆞ니 블ᄒᆡᆼ블효(不幸不孝)ᄅᆞᆯ 니긔여 ᄡᆞ흘 곳이 업ᄂᆞ이다.”

잉슌(櫻脣)이 ᄉᆞ개(乍開)의 호치(皓齒) 교결(皎潔)ᄒᆞ니 졀셰ᄒᆞᆫ 풍모와 ᄌᆞ약(自若)ᄒᆞᆫ 션ᄐᆡ(仙態) 만고ᄅᆞᆯ 기우려 듯디 못ᄒᆞᆫ ᄉᆡᆨ염(色艶)이라. ᄑᆞ른 눈셥이 쳔산(天山)을 향ᄒᆞ고 ᄆᆞᆰ은 눈은 징파(澄波)ᄅᆞᆯ 묘시(藐視)ᄒᆞ며 ᄆᆞᄅᆞ녹은 운빈(雲鬢)이 향운이 농ᄇᆡᆨ(濃白)ᄒᆞ고[51] 일신(一身)이 ᄇᆡᆨ셜(白雪)을 능만(凌慢)ᄒᆞ니 작작(灼灼)ᄒᆞᆫ[52] 분협(粉頰)이 도홰(桃花) 츈빙(春氷)의 ᄂᆡ왓ᄂᆞᆫ ᄃᆞᆺ ᄇᆡᆨᄐᆡ(白態) 묘연ᄒᆞ고 쳔광(天光)이 딘

---

49 텬디(天地)긔 특앙(特殃)을 바다: 규장각본에는 이 부분이 누락되어 있음.

50 심골의 박힌 원과 ~ 못ᄒᆞ니 오딕: 규장각본에는 이 부분이 누락되어 있음.

51 농ᄇᆡᆨ(濃白)ᄒᆞ고: 규장각본에는 ‘텬가지엽을 굴욕ᄒᆞ여’부터 여기까지 누락되어 있음.

52 작작(灼灼)ᄒᆞᆫ: 규장각본에는 여기부터 ‘긔려졀승(奇麗絶勝)ᄒᆞ믈 ᄃᆡᄒᆞ여’까지 누락되어 있음.

션ᄒᆞ여 프른 빗츤 빵환(雙鬟)을 두ᄅᆞ고 ᄋᆡ원ᄒᆞᆫ 졍은 옥모(玉貌)ᄅᆞᆯ 둘너보ᄂᆞᆫ ᄌᆞ로 ᄒᆞ여곰 심신이 황홀여취(恍惚如醉)ᄒᆞ니 부녀슉딜지졍(父女叔姪之情)으로 텬눈을 비로 단원ᄒᆞᆫ 말이야 닐너 므ᄉᆞᆷ ᄒᆞ리오? 시시(是時)의 한부마 부ᄌᆞ 형뎨 쇼져의 긔려졀승(奇麗絶勝)ᄒᆞ믈 ᄃᆡᄒᆞ여 능히 쳬면을 ᄎᆞᆯ히디 못ᄒᆞ여 낫ᄎᆞᆯ[53] 다히고 손을 잡으ᄆᆡ 그 비샹쥬필(臂上朱筆)을 보고 늣겨 왈

“혈을 합ᄒᆞ미 명ᄇᆡᆨᄒᆞ미 아닌들 팔 우ᄒᆡ 쥬필을 내 아니 ᄡᅳ고 뉘 ᄡᅧ시리오마ᄂᆞᆫ 네 아비 블명소활(不明疏闊)ᄒᆞ미 흉모간계(凶謀奸計)의 ᄭᆡ
64면 닷디 못ᄒᆞ여 내 ᄋᆞᄒᆡ로[54] ᄒᆞ여곰 십여 년을 타문(他門)의 근본 셩시(姓氏)ᄅᆞᆯ 모로ᄂᆞᆫ 인ᄉᆡᆼ을 삼으니 가히 ᄎᆞ홉디 아니랴? 슈연(雖然)이나 졍유인의 양휵ᄒᆞᆫ 은혜 듕ᄒᆞ믈 드ᄃᆡ여 네 능히 보명(保命)ᄒᆞ믈 엇고 졍참졍 곤계의 구활디은(救活之恩)을 인ᄒᆞ여 다시 ᄌᆡᄉᆡᆼ(再生)ᄒᆞ여 부녜 산 낫ᄎᆞ로 텬눈을 단원ᄒᆞ니 셕ᄉᆡ(夕死)라도 무한(無恨)이라. 디난 바ᄂᆞᆫ 일장츈몽(一場春夢)으로 니ᄅᆞᆯ 거시오 ᄯᅩ 명도(命途)의 조험(阻險)ᄒᆞᆫ 연괴니 현마 엇디리오?”

한ᄉᆡᆼ도 ᄆᆡ뎨(妹弟)의 손을 ᄌᆞᆸ고 모친의 졀박히 기다리시ᄂᆞᆫ 졍을 닐너 이곳의셔 오ᄅᆡ 말ᄒᆞ여 도라가기 더ᄃᆡ미 가(可)치 아닌 고로 ᄆᆡ뎨ᄅᆞᆯ 몬져 다려가려 ᄒᆞᆯᄉᆡ 부ᄆᆡ 임의 은화ᄅᆞᆯ 가져왓던디라. 츈영을 블너 슈십 냥으로ᄡᅧ 녀ᄋᆞ 산 갑ᄉᆞᆯ 주고 유인(孺人)의 은혜ᄂᆞᆫ 언어로ᄡᅧ 다ᄒᆞᆯ ᄇᆡ 아니라. 녀ᄋᆡ 맛ᄎᆞᆷᄂᆡ 은모(恩母)로 셤겨 ᄯᅳᆺ이 밧괴이믈 업게 ᄒᆞᆯ 바

53 낫ᄎᆞᆯ: 규장각본에는 여기부터 ‘블명’까지 누락되어 있음.

54 내 ᄋᆞᄒᆡ로: 규장각본에는 여기부터 65면 ‘일아ᄂᆞᆫ 난쇼의’까지 누락되어 있음.

ᄅᆞᆯ 고ᄒᆞ니 츈영이 샤은(謝恩)ᄒᆞ고 한쇼졔 도로 미화당의 드러가 쇼랑으로 분슈(分手)ᄒᆞᆯᄉᆡ 쇼랑이 비록 한시의 텬뉸이 단원ᄒᆞᆫ 바ᄅᆞᆯ 환환희열(歡歡喜悅)ᄒᆞ나 니별이 아득ᄒᆞ믈 오읍비상(嗚泣悲傷)ᄒᆞ여 손 가온ᄃᆡ 듕보(重寶)ᄅᆞᆯ 일흔 ᄃᆞᆺ 능히 심회ᄅᆞᆯ 것잡디 못ᄒᆞ여 한시 ᄯᆞᄒᆞᆫ 눈믈 65면
을 드리워 은덕을 일ᄏᆞ라 져바리미 업ᄉᆞᆯ 바ᄅᆞᆯ 니ᄅᆞ고 인ᄒᆞ여 교듕(轎中)의 오로니 궁녀ᄎᆞ환(宮女叉鬟)이 호위ᄒᆞ고 한공ᄌᆡ 호힝ᄒᆞ여 몬져 도라가고 녕능후 곤계ᄂᆞᆫ 잠간 쳐져 졍참졍 곤계ᄅᆞᆯ 다시 보고 유인의 대은을 일ᄏᆞ라 'ᄉᆡᆼ셰의 다 갑디 못ᄒᆞ니 쳔ᄃᆡ하(泉臺下)의 함호결초(含糊結草)ᄒᆞᆯ 바ᄅᆞᆯ 젼ᄒᆞ라' ᄒᆞ고 부녜 상봉ᄒᆞ믄 참졍과 쳐ᄉᆞ의 주미라 ᄒᆞ여 칭샤브절(稱謝不絶)ᄒᆞ니 참졍 곤계 깃거 아냐 슌슌 고샤블감(固辭不堪)이러라. 날이 느ᄌᆞᄆᆡ 한부마 형뎨 본아(本衙)의 도라와 ᄌᆞ졍의 뵈고 녀ᄋᆞᄅᆞᆯ 다시 볼ᄉᆡ 한공ᄌᆞ 슈흥이 임의 ᄆᆡ뎨ᄅᆞᆯ 호힝(護行)ᄒᆞ여 도라완 디 두어 ᄊᆡ 디낫ᄂᆞᆫ디라. 공쥐 ᄭᅳᆺ쳣던 텬뉸을 단원ᄒᆞ믄 니ᄅᆞ디 말고 합문샹하(闔門上下)의 경환(慶歡)ᄒᆞᆷ과 쳑쳑비상(慽慽悲傷)ᄒᆞ미 엇디 비ᄒᆞᆯ 곳이 이시리오? 모녀ᄌᆞᄆᆡ(母女姉妹) 슉딜군죵(叔姪群從)이 ᄒᆞᆫ가지로 븟드러 통읍비졀(慟泣悲絶)ᄒᆞ믈 ᄭᆡ닷디 못ᄒᆞ니 쥬부인과 일아ᄂᆞᆫ 난쇼의 십이 년 타문의 간고(艱苦)히 ᄌᆞ라믈 슬허ᄒᆞ미 아니라 ᄉᆞ라 도라오믈 블ᄒᆡᆼ통한(不幸痛恨)ᄒᆞ여[55] 우ᄅᆞᆷ으로ᄡᅧ 분을 66면
플고져 ᄒᆞ니 흐ᄅᆞ는 눈믈과 늣기ᄂᆞᆫ 소ᄅᆡ 방인(傍人)으로 ᄒᆞ여곰 조손친지(祖孫親知)의[56] 경인 ᄃᆞᆺ 시브나 그 딘짓 ᄆᆞᄋᆞᆷ이 쇼져ᄅᆞᆯ 므러 너흐

55 블ᄒᆡᆼ통한(不幸痛恨)ᄒᆞ여: 규장각본에는 이 부분이 누락되어 있음.

56 조손친지(祖孫親知)의: 규장각본에는 여기부터 '양인겸의 부ᄌᆞ'까지 누락되어 있음.

디 못ᄒᆞ믈 한ᄒᆞ미라. 공쥐 존고의 심디ᄅᆞᆯ 그윽이 우려ᄒᆞ여 모녀의 상봉ᄒᆞ므로뼈 다시 근심을 삼더니 부마 형뎨 드러와 녀ᄋᆞᄅᆞᆯ 어로만져 탄(歎)ᄒᆞ고 일아ᄅᆞᆯ 흔연이 년ᄋᆡ(戀愛)ᄒᆞ여 웃고 니ᄅᆞᄃᆡ

"일ᄋᆡ 난ᄋᆞ의 삼ᄉᆞ삭(三四朔) 맛이로ᄃᆡ 나힌ᄌᆞᆨ ᄀᆞᆺᄐᆞᆫ디라. 비록 양인겸의 부ᄌᆞ텬뉸(父子天倫)을 가리오디 못ᄒᆞ고 셩(姓)을 곳치디 못ᄒᆞ나 우리[57] 부부의 알오믄 ᄯᆞᆯ을 빵ᄉᆡᆼ(雙生)으로 ᄒᆞ리니 일ᄋᆡ ᄯᅩ 우리 보기ᄅᆞᆯ 젼일노 다ᄅᆞ게 말나."

양ᄋᆡ 슌슌 ᄇᆡ샤(拜謝)ᄒᆞ고 명을 밧드ᄂᆞᆫ ᄃᆞᆺᄒᆞ나 ᄆᆞ음의 친친(親親)ᄒᆞ미 난쇼의 ᄯᅳᆺ은 골육동긔(骨肉同氣)의 감(減)치 아니나 냥ᄋᆞ(兩兒)의 긔상이 현슈(懸殊)ᄒᆞ여 난ᄋᆞᄂᆞᆫ 졍뎡완혜(貞正婉惠)ᄒᆞ여 텬연고결(天然高潔)ᄒᆞ고 일ᄋᆞᄂᆞᆫ 총오ᄌᆡ릉(聰悟才能)ᄒᆞ며 민쳡경신(敏捷輕身)ᄒᆞ니 됴비연(趙飛燕)·양태진(楊太眞)의 ᄉᆡᆨ용(色容)은 일ᄋᆡ오 위후(衛后) 댱강(莊姜)의 ᄉᆡᆨ덕(色德)이 겸비ᄒᆞ믄[58] 한쇼졔라. 가유의 몸 팔니
67면 ᄂᆞᆫ 변괴(變故)ᄅᆞᆯ 만나[59] 비록 남의 문하(門下)의 간고(艱苦)히 ᄌᆞ란 ᄇᆡ나 텬ᄉᆡᆼ특딜(天生特質)이 츌어범뉴(出於凡類)ᄒᆞ여 놉흔 디식과 초연ᄒᆞᆫ 긔상이 은연이 발췌ᄒᆞ여 양홍 슈국(水菊)이 금노ᄅᆞᆯ ᄯᅥᆯ치고 츄공(秋空) 계쉬(桂樹) 엄상(嚴霜)을 므릅쁜 ᄃᆞᆺ 냥셩봉안(兩星鳳眼)이 츄슈졍신(秋水情神)을 능만(凌漫)ᄒᆞ고 딘슈아미(螓首蛾眉)의 팔ᄎᆡ문명

57 우리: 규장각본에는 여기부터 '밧드ᄂᆞᆫ ᄃᆞᆺᄒᆞ나'까지 누락되어 있음.

58 겸비ᄒᆞ믄: 규장각본에는 '겸비'로 되어 있음.

59 가유의 몸 ~ 변괴(變故)ᄅᆞᆯ 만나: 규장각본에는 이 부분이 누락되어 있음.

(八彩文明)[60]이 징휘ᄒᆞ여 동디(動止)의 유법(有法)홈과 위의(威儀) 경뎡(貞正)ᄒᆞ미 준승(準繩)을 바로 ᄒᆞ고 규구(規矩)ᄅᆞᆯ ᄇᆞᆰ히 조ᄎᆞ시니 남녀의 톄디(體肢) 갓디 아니나 이목구비(耳目口鼻)와 면모긔상(面貌氣像)이 의연이 치마 ᄆᆡᆫ 녕능휘오 빈혀 ᄭᅩᄌᆞᆫ 한학ᄉᆡ라. 슈흥 등과 ᄒᆞᆫ 판의 박은 ᄃᆞᆺᄒᆞ니 동긔(同氣)와 부녜(父女) 아닌 후ᄂᆞᆫ 이 ᄀᆞᆺ디 못ᄒᆞᆯ디라. 쥬시 난쇼의 이ᄀᆞᆺ치 아ᄅᆞᆷ다오믈 보ᄆᆡ 일ᄋᆞ로 비ᄒᆞ면 노쥬(奴主) ᄉᆞ이 ᄀᆞᆺᄐᆞ니 더옥 싀오(猜惡)ᄒᆞ여 믜워ᄒᆞ미 슈흥 등의 더으니 경ᄌᆡᆨ의 업시치 못ᄒᆞ믈 더옥 ᄋᆡ돌와ᄒᆞ나 아딕 블호(不好)ᄒᆞᆫ ᄉᆞ식을 낫토디 못ᄒᆞ더라.

화셜. 년능공쥐[61] 셔쇼랑의게 샤례ᄒᆞᄂᆞᆫ 글을 닥고 녜믈(禮物)을 ᄀᆞᆺ초와 션양녀식(善養女息)ᄒᆞᆫ 은혜ᄅᆞᆯ 셩히 샤례ᄒᆞ여 ᄉᆡᆼ셰(生世)의 다 갑흘 길히 업ᄉᆞ니 오딕 디하(地下)의 플 ᄆᆡᆺ기ᄅᆞᆯ 긔약ᄒᆞ고 쇼졔 ᄯᅩᄒᆞᆫ 셔간을 븟쳐 문후(問候)ᄒᆞ믈 디극히 ᄒᆞ니 쇼랑이 도로혀 황공블안ᄒᆞ여 답 68면
간(答簡)을 올녀 고샤블감이로ᄃᆡ 문ᄎᆡ ᄲᆡ혀나고 ᄉᆞ의(辭意) 녜슉(禮肅)ᄒᆞ니 공쥐 칭찬 왈

"녀ᄋᆡ 블ᄒᆡᆼ(不幸) 봉변(逢變) 듕(中) 셔시 ᄀᆞᆺᄐᆞᆫ 녜듕(禮重)ᄒᆞᆫ 녀ᄌᆞ의 휵양(畜養)을 바드미 ᄒᆡᆼ치 아니랴?"

인ᄒᆞ여 졍부의셔 디ᄂᆡ던 바ᄅᆞᆯ 므ᄅᆞ니 쇼졔 일일(一一)히 ᄃᆡ(對)ᄒᆞ여

60 팔ᄎᆡ문명(八彩文明): 《서경》 〈요전(堯典)〉에서 요임금의 덕을 "공경하고 밝고 문채 나고 사려 깊어 편안하고 편안하다(欽明文思安安)."라고 했는데, 여기서 '문'은 문채 나는 것을 의미하고 '명'은 밝은 것을 말하는 것으로 추정. 팔채는 임금의 위용(偉容)을 이르는 말로, 고대 요(堯)임금의 눈썹에 여덟 가지 채색이 있었다는 전설에서 유래됨.

61 년능공쥐: 규장각본에는 여기부터 69면 '외로오시미 업ᄉᆞ온디라'까지 누락되어 있음.

ᄀᆞᆯ오ᄃᆡ

“은뫼(恩母) 쇼녀ᄅᆞᆯ 거두어 기ᄅᆞ미 ᄉᆞ오 셰 후ᄂᆞᆫ 사ᄅᆞᆷ을 뵈디 아니ᄒᆞ니 태향의 이실 ᄊᆡ라도 은모의 가뷔(家夫) 궐ᄌᆞ로 더브러 그 노모 오시ᄅᆞᆯ 써나디 아니ᄒᆞ니 은뫼 일야(日夜) 쇼녀만 다리고 이시ᄃᆡ 쇼녀로 ᄒᆞ여곰 그 댱부(丈夫)도 뵈디 아니니 쇼녜 졍부 남ᄌᆞ녀인을 본 ᄇᆡ 업더니 금년 샹경을 당ᄒᆞ여 은뫼 쇼녀 ᄀᆞᆷ초기ᄅᆞᆯ 신밀(愼密)이 ᄒᆞᄃᆡ 오히려 역녀의 들며 나기ᄅᆞᆯ 인ᄒᆞ여 졔부인(諸夫人) ᄎᆞ두(叉頭) 시ᄋᆞ 등이 쏘 쇼녀의 이시믈 알고 쏘 졍참졍의 ᄎᆞᄌᆡ(次子) 은모ᄅᆞᆯ ᄃᆡᄒᆞ여 어더 기ᄅᆞᆫ ᄋᆞᄒᆡ 뉘 ᄌᆞ식이믈 므ᄅᆞ니 은뫼 공ᄌᆞ의 알 ᄇᆡ 아니라 ᄒᆞ여 맛ᄎᆞᆷᄂᆡ 답디 아냐시ᄃᆡ 졍부 일개(一家) 쇼녀의 이시믈 ᄊᆡ다ᄅᆞ미 이랑(二郎)의 안 연괴(緣故)니이다. 쇼녀의 평ᄉᆡᆼ 원(願)을 일워 텬눈을 단
69면 취(團聚)ᄒᆞ여 야양(爺孃) 좌젼(坐前)의 절ᄒᆞ믈 어드니 셕ᄉᆡ(夕死)라도 무한(無恨)일 쁜 아니라 부듕(府中)이 호화ᄒᆞ고 안항(雁行)이 젹막디 아니니 부모 슬하의 쇼녀 ᄒᆞᆫ 몸이 아니라도 외로오시미 업ᄉᆞ온디라. 쇼녀로 ᄒᆞ여곰 오ᄅᆡ 셰간의 머믈고져 ᄒᆞ시거든 ᄌᆞ위 협실(夾室) 그윽ᄒᆞᆫ 곳의 쇼녀의 쳐소ᄅᆞᆯ 뎡ᄒᆞ여 ᄆᆞᄋᆞᆷ을 안뎡이 ᄒᆞ여이다.”

공줴 쳥파의 경아(驚訝)ᄒᆞ여 ᄀᆞᆯ오ᄃᆡ

“네 졍유인의 곳의셔 ᄌᆞ라므로 협실 밧긔 머리ᄅᆞᆯ ᄂᆡ왓디 아녓거니와 이졔조ᄎᆞ 침실을 뎡치 아니코 협실의 잇기ᄅᆞᆯ 구ᄒᆞᄂᆞ뇨? 졍유인이 맛ᄎᆞᆷ 디식과 명감(明鑑)이 이시므로 너ᄅᆞᆯ ᄎᆞ두쳔비(叉頭賤婢) ᄀᆞᆺ치 아니 ᄒᆞ여시나 일튁디샹(一宅之上)의 허다 인원 ᄀᆞ온ᄃᆡ 엇디 유무ᄅᆞᆯ 알뇌디 아니키 쉬오리오? 졍참졍 곤계 아라시므로 네 텬눈을 완젼ᄒᆞ여 골육이 단취ᄒᆞ니 므어시 슈치ᄉᆡ(羞恥事)리오?”

쇼졔 나ᄌᆞᆨ이 탄식고 좌우의 사ᄅᆞᆷ이 업ᄉᆞ믈 인ᄒᆞ여 고왈(告曰)

“ᄌᆞ위 오히려 쇼녀의 참누흉얼(慙累凶孽)을 시럿던 바ᄅᆞᆯ 모로시고 이 말솜을 ᄒᆞ시나 맛ᄎᆞᆷᄂᆡ 옥엽(玉葉)을 더러이고 갑ᄌᆞᆨ공후(甲族公侯)ᄅᆞᆯ 욕먹엿습ᄂᆞᆫ디라. 그 살ᄆᆡ 죽음만 ᄀᆞᆺ디 못ᄒᆞ오니 ᄌᆞ위ᄂᆞᆫ 아이의 쇼녀 70면 ᄅᆞᆯ 업더니로 아ᄅᆞ샤 맛ᄎᆞᆷᄂᆡ 인뉴의 ᄐᆞᆼ슈치 못ᄒᆞᆯ 바ᄅᆞᆯ ᄉᆡᆼ각ᄒᆞ쇼셔.”

공쥐 쳥필의 경ᄒᆡᄒᆞ여 곡졀을 므ᄅᆞ니 쇼졔 머리ᄅᆞᆯ 숙이고 즐겨 고치 아니ᄒᆞ더니 부ᄆᆡ 드러와 공쥬 모녀의 거동을 보고 이에 경참경 곤계의 드ᄅᆞᆫ ᄃᆡ로 공쥬긔 젼ᄒᆞ더라.

(책임교주 김수연)

교주 완월회맹연 4

1판 1쇄 발행일 2023년 2월 27일

완월회맹연 번역연구모임

발행인 김학원
발행처 (주)휴머니스트출판그룹
출판등록 제313-2007-000007호(2007년 1월 5일)
주소 (03991) 서울시 마포구 동교로23길 76(연남동)
전화 02-335-4422 **팩스** 02-334-3427
저자·독자 서비스 humanist@humanistbooks.com
홈페이지 www.humanistbooks.com
유튜브 youtube.com/user/humanistma **포스트** post.naver.com/hmcv
페이스북 facebook.com/hmcv2001 **인스타그램** @humanist_insta

편집책임 문성환 **편집** 윤무재 **디자인** 박진영
용지 화인페이퍼 **인쇄·제본** 정민문화사

ISBN 979-11-6080-970-1 94810
979-11-6080-792-9 (세트)